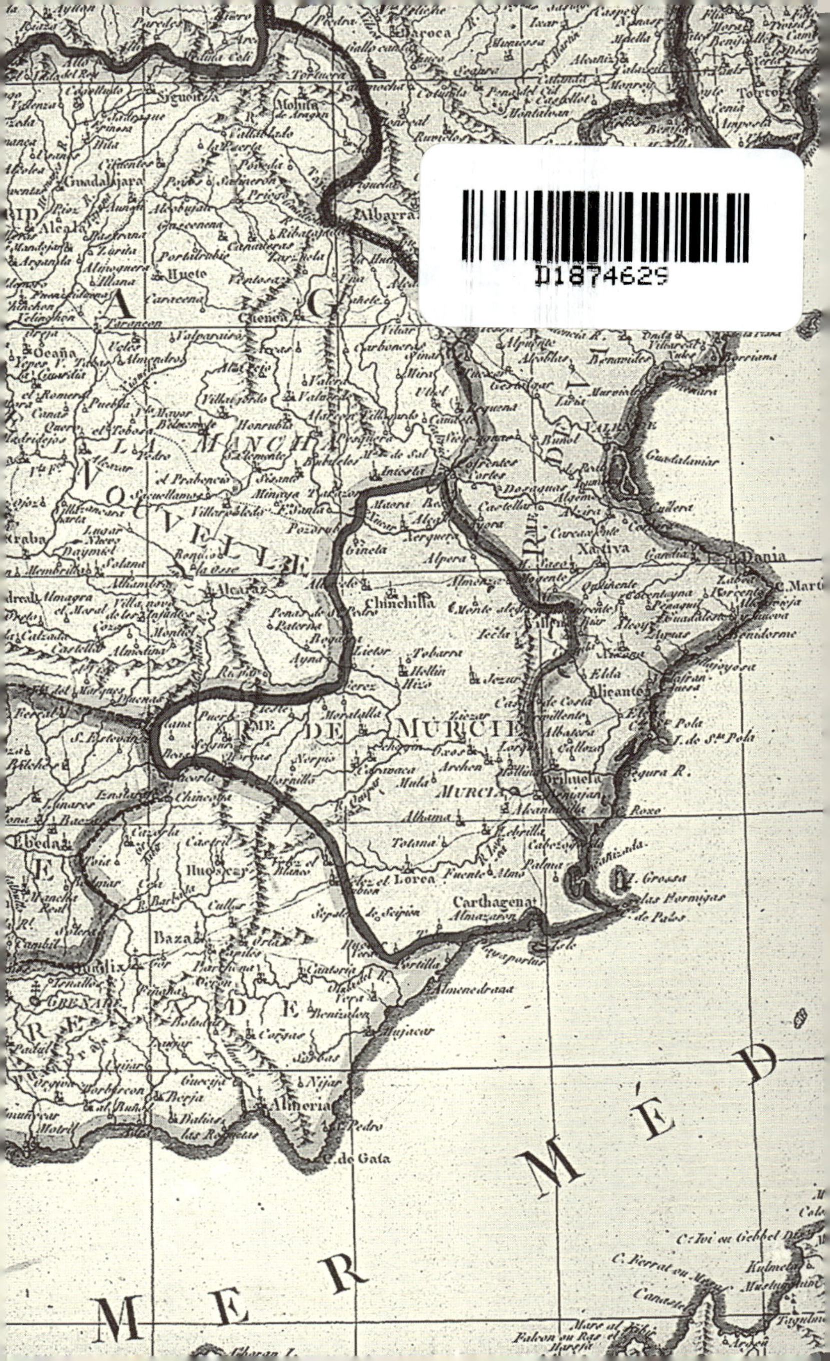
MER MÉD
MANCHA
NOUVELLE
DE MURCIE
MURCIA
Carthagena
Almeria
C. de Gata
Guadalajara
Cuença
Chinchilla
Alicante
Xativa
Dania
Lorca
Baza
Orihuela
Almazaron
Ocaña
Hellin
Tobarra
Alcaraz
Benidorme
Mujacar
Nijar
Ubeda
Motril
Cazorla
Huescar
Totana
Mula
Caravaca
Elda
Alcoy
Segura R.
Guadalaviar
Almenedraaa
Villena
Requena
Valence

Jan Graf Potocki · Die Handschrift von Saragossa

JAN GRAF POTOCKI

Die Handschrift von Saragossa

ROMAN

AUS DEM FRANZÖSISCHEN VON
MANFRED ZANDER

MIT EINEM NACHWORT VON
RENÉ RADRIZZANI

KEIN & ABER

Die erste Teilausgabe dieses Werks erschien
1805 in Petersburg unter dem Titel
»Manuscrit trouvé à Saragosse«.

Die erste deutsche Teilausgabe dieses Werks erschien
1809 in Leipzig unter dem Titel
»Abentheuer in der Sierra Morena;
aus den Papieren des Grafen von ***«.

Diese Neuausgabe beruht auf der von
René Radrizzani herausgegebenen *Nouvelle édition intégrale* des
»Manuscrit trouvé à Saragosse«, Paris 1992.

Erweiterte Neuausgabe
1. Auflage, Herbst 2003

Umschlagbild: Francisco José de Goya
Karte Vorsatz: Sammlung Ryhiner,
Stadt- und Universitätsbibliothek Bern
Umschlaggestaltung: Nick Ditzler
Gesamtherstellung: Ebner & Spiegel, Ulm
ISBN 3 0369 5118 0

www.keinundaber.ch

INHALT

Vorwort

Als Offizier der französischen Armee nahm ich an der Belagerung von Saragossa teil. Als ich einige Tage nach Einnahme der Stadt in ein etwas abgelegeneres Gelände geriet, erblickte ich ein recht wohlgebautes kleines Haus, das, wie ich zunächst glaubte, noch von keinem Franzosen betreten worden war.

Die Neugier trieb mich dazu, hineinzugehen. Ich klopfte an die Tür; aber ich sah, daß sie nicht verschlossen war. Ich stieß sie auf und trat ein. Ich rief, ich suchte, ich fand niemanden. Alles, was von Wert war, hatte man anscheinend schon weggeschafft; auf den Tischen und in den Schränken waren nur ganz wertlose Dinge liegengeblieben. Nur in einer Ecke auf dem Boden erblickte ich mehrere beschriebene Hefte; ich überprüfte kurz ihren Inhalt. Es war ein spanisches Manuskript. Ich beherrschte diese Sprache nur sehr dürftig; jedoch kannte ich sie hinlänglich, um zu begreifen, daß dieses Buch unterhaltsam sein konnte. Es war darin von Räubern, Gespenstern, Kabbalisten die Rede, und nichts war besser geeignet, mich nach dem erschöpfenden Feldzug zu zerstreuen, als die Lektüre eines wunderlichen Romans. Da ich überzeugt war, daß dieses Buch nie mehr in die Hände seines rechtmäßigen Eigentümers gelangen werde, zögerte ich nicht, es mir anzueignen.

In der Folge mußten wir Saragossa verlassen. Da ich unglücklicherweise von der Hauptmacht der Armee weit entfernt war, wurde ich zusammen mit meiner Abteilung vom Feind gefangengenommen; ich glaubte, es sei um mich geschehen. Als wir an dem Ort, zu dem die Spanier uns führten, ankamen, begannen sie, uns unsere Habseligkeiten wegzunehmen. Ich bat darum, nur einen einzigen Gegenstand behalten zu dürfen, der ihnen gar nicht von Nutzen sein konnte, nämlich das Buch, das ich gefunden hatte. Zunächst machten sie Schwierigkeiten, dann wandten sie sich an den Hauptmann, der, kaum hatte er einen Blick auf das Buch geworfen, auf mich zukam und mir dafür dankte, daß ich ein Werk unversehrt bewahrt hatte, dem er einen hohen Wert beimaß, da es die Geschichte eines seiner Ahnen enthalte. Ich erzählte ihm, wie es in meine Hände gelangt war, er nahm mich mit in sein Haus, und während der beträchtlich langen Zeit, die ich dort verbrachte, wobei ich recht gut behandelt wurde, bat ich ihn, mir dieses Werk ins Französische zu übersetzen; ich schrieb es nach seinem Diktat.

Erster Tag

Der Graf von Olavidez hatte in der Sierra Morena noch keine Siedlungen begründet; diese hochragende Bergkette, die Andalusien von der Mancha trennt, war damals nur bewohnt von Schmugglern, Räubern und ein paar herumstreifenden Zigeunern, die angeblich die Reisenden, die sie ermordet hatten, verzehrten; daher das spanische Sprichwort: *Las gitanas de Sierra Morena quieren carne de hombres.*

Das ist noch nicht alles. Der Reisende, der sich in dieses wilde Land traute, sah sich dort, heißt es, von tausend Schrecken bedrängt, die auch den dreistesten Mut erstarren lassen konnten. Er mußte hören, wie sich in das Tosen der Gießbäche und das Heulen des Sturms erbärmliche Klagerufe mischten, trügerische Lichter führten ihn in die Irre, und unsichtbare Hände stießen ihn in bodenlose Abgründe.

Zwar lagen an dieser heillosen Straße weit verstreut einige einsame *ventas* oder Herbergen, aber Gespenster, die teuflischer waren als die Wirte selbst, hatten diese gezwungen, ihnen ihre Stelle zu überlassen und sich in Länder zurückzuziehen, wo ihre Ruhe nur noch von den Vorhaltungen ihres Gewissens gestört wurde – eine Art Schemen, mit denen die Wirte sich arrangiert haben; der Wirt von Andújar rief den Heiligen Jakobus von Compostela als Zeugen für die Wahrheit dieser unglaublichen Geschichten an. Er fügte schließlich hinzu, daß die Schergen der Heiligen Hermandad sich geweigert hätten, irgendwelche Aufträge für die Sierra Morena zu übernehmen, und daß die Reisenden die Straße über Jaen oder durch die Estremadura einschlügen.

Ich erwiderte ihm, daß diese Wahl wohl gewöhnlichen Reisenden genehm sein möge, aber da der König Don Philipp V. die Gnade gehabt habe, mich mit dem Hauptmannspatent bei den Wallonischen Garden zu beehren, schrieben mir die heiligen Gesetze der Ehre vor, mich auf dem kürzesten Wege nach Madrid zu verfügen, ohne danach zu fragen, ob es etwa der gefährlichste sei.

»Mein junger Herr«, erwiderte der Wirt, »Euer Gnaden werden mir die Bemerkung erlauben, daß es, wenn der König Euch mit einer Gardekompanie beehrt hat, bevor die Jahre das Kinn von Euer Gnaden mit dem leichtesten Flaum beehrt haben, nützlich wäre, Beweise Eurer Umsicht zu erbringen; nun sage ich aber, wenn die bösen Geister sich eines Landes bemächtigen ...«

Er hätte noch mehr gesagt, aber ich gab meinem Pferd die Sporen und zügelte es erst wieder, als ich mich außer Reichweite seiner Vorhaltungen glaubte. Als ich mich dann umdrehte, sah ich ihn immer noch gestikulieren und mir von weitem die Straße zur Estremadura weisen. Mein Diener López und Mosquito, mein *zagal*, sahen mich erbärmlich an, was ungefähr dasselbe ausdrückte. Ich gab mir den Anschein, als verstände ich sie nicht, und dort, wo seither die Siedlung La Carlota errichtet wurde, ritt ich in die Heide hinaus.

Damals gab es an der Stelle, wo heute das Posthaus steht, eine Hütte, den Maultiertreibern wohlbekannt, die sie Los Alcornoques oder die Steineichen nannten, weil dort eine ergiebige Quelle, die sich in einen Marmortrog ergoß, von zwei schönen Bäumen dieser Art beschattet wurde. Dies war das einzige Wasser und der einzige Schatten zwischen Andújar und der Herberge, die Venta

Quemada hieß. Diese Herberge war mitten in einer Einöde errichtet, aber sie war groß und geräumig. Eigentlich war sie eine alte Maurenburg, die der Marqués von Peña Quemada wieder hatte herrichten lassen, und daher hatte sie den Namen Venta Quemada. Der Marqués hatte sie einem Bürger von Murcia verpachtet, der darin ein Gasthaus eingerichtet hatte, das ansehnlichste überhaupt an dieser Straße. Die Reisenden brachen also morgens in Andújar auf, speisten in Los Alcornoques von den mitgebrachten Vorräten und schliefen dann in der Venta Quemada. Oft verbrachten sie dort auch noch den nächsten Tag, um sich auf die Überquerung der Berge vorzubereiten und neue Vorräte zu beschaffen. Nichts anderes beabsichtigte auch ich zu tun.

Doch als wir uns schon den Steineichen näherten und ich mit López von der kleinen Mahlzeit sprach, die wir dort einnehmen wollten, bemerkte ich, daß Mosquito mit dem Maultier, das unsere Vorräte trug, nicht mehr bei uns war. López sagte, der Bursche sei etwa hundert Meter zurückgeblieben, um etwas am Packsattel seines Tiers in Ordnung zu bringen. Wir warteten auf ihn, gingen dann ein paar Schritte weiter, blieben stehen, um wieder auf ihn zu warten, riefen nach ihm, kehrten dann um, um ihn zu suchen: alles umsonst. Mosquito war verschwunden und hatte unsere teuersten Hoffnungen, das heißt unser ganzes Mittagessen, mitgenommen. Ich war der einzige mit nüchternem Magen, denn López hatte immerfort an einem Tobosaner Käse geknabbert, den er eingesteckt hatte, aber er war deswegen um nichts aufgeräumter und knurrte zwischen den Zähnen hervor, daß der Wirt von Andújar schon ganz recht gehabt habe und daß die bösen Geister den unglücklichen Mosquito gewiß entführt hätten.

Als wir in Los Alcornoques ankamen, fand ich auf der Tränke einen mit Weinlaub gefüllten Korb; er war offenbar mit Früchten gefüllt gewesen und von einem Reisenden vergessen worden. Neugierig durchwühlte ich ihn und fand zu meinem Vergnügen vier schöne Feigen und eine Orange. Ich bot López zwei Feigen an, aber er schlug sie aus und meinte, er könne bis zum Abend warten; ich aß also alle Früchte auf, worauf ich an der Quelle, die gleich daneben lag, meinen Durst stillen wollte. López hielt mich zurück und meinte, nach den Früchten werde mir das Wasser schaden, und er könne mir einen Rest Alicantewein anbieten. Ich nahm das Angebot an, aber kaum war der Wein in meinen Magen gelangt, so verspürte ich einen starken Druck auf dem Herzen. Himmel und Erde drehten sich um mich, und ich wäre sicher in Ohnmacht gefallen, wenn López mir nicht schleunigst zu Hilfe gekommen wäre; er sorgte dafür, daß ich mich von der Schwäche erholte, und sagte, ich solle nicht darüber erschrecken, da sie nur eine Wirkung der Müdigkeit und Entkräftung sei.

Tatsächlich fand ich mich nicht nur wiederhergestellt, sondern sogar von so viel Kraft und Tatendrang belebt, daß es schon sonderbar war. Das Land, schien mir, leuchtete in den lebhaftesten Farben; die Dinge funkelten vor meinen Augen wie die Sterne in der Sommernacht, und das Blut klopfte mir in den Adern, vor allem an Schläfen und Hals.

Als López sah, daß mein Unwohlsein folgenlos blieb, konnte er sich nicht enthalten, wieder mit seinem Gejammer anzufangen:

»Ach«, sagte er, »warum habe ich mich nicht auf Fray Gerónimo de la Trinidad verlassen, den Mönch, Prediger, Beichtiger und das Orakel unserer Familie. Er ist der Schwager des Schwiegersohns der Schwägerin des Schwiegervaters meiner Stiefmutter, und da er also der nächste Verwandte ist, den wir haben, geschieht nichts in unserem Haus ohne seinen Rat. Ich wollte nicht auf ihn hören und empfange dafür die gerechte Strafe. Er hatte mir schon oft gesagt, daß die Offiziere der Wallonischen Garden ein ketzerischer Haufen sind, was man ja leicht an ihren blonden Bärten, an den blauen Augen und den roten Backen erkennt, während die wirklichen Christen die Farben Unserer lieben Frau von Atocha haben, wie sie der Heilige Lukas gemalt hat.«

Ich brachte diesen Sturzbach von Unverschämtheiten zum Versiegen, indem ich López befahl, mir meine Doppelbüchse zu geben und bei den Pferden zu bleiben, während ich auf einen nahe gelegenen Felsen steigen wollte, um zu versuchen, Mosquito oder wenigstens eine Spur von ihm zu entdecken. Auf diese Ankündigung hin brach López in Tränen aus, warf sich vor mir auf die Knie und beschwor mich im Namen aller Heiligen, ihn an einem von so viel Gefahren bedrohten Ort nicht allein zu lassen. Ich erbot mich, selbst die Pferde zu hüten, während er auf Erkundung ginge, aber diese Rolle erschien ihm noch fürchterlicher. Ich nannte ihm indessen so viele gute Gründe dafür, Mosquito zu suchen, daß er mich gehen ließ. Er zog einen Rosenkranz aus der Tasche und begann bei der Tränke zu beten.

Die Gipfel, die ich ersteigen wollte, waren weiter entfernt, als ich gedacht hatte. Ich brauchte fast eine Stunde, um hinaufzugelangen, und oben sah ich immer noch nichts als die unbewohnte, wilde Ebene: keine Spur von Menschen, Tieren oder Behausungen, kein Weg als die Straße, auf der ich gekommen war, und auch auf ihr zeigte sich niemand; überall absolute Stille. Ich unterbrach sie mit meinen Rufen, die das Echo aus der Ferne zurückwarf. Schließlich kehrte ich wieder zur Tränke zurück und fand dort mein Pferd, das an einem Baum angebunden war; López jedoch war verschwunden.

Ich hatte zwei Möglichkeiten: nach Andújar zurückzukehren oder die Reise fortzusetzen. Die erstere Möglichkeit fiel mir nicht einmal ein. Ich schwang mich aufs Pferd, trieb es zum stärksten Trab an und gelangte nach zwei Stunden an die Ufer des Guadalquivir, der dort keineswegs jener stille und prächtige Fluß ist, dessen majestätischer Lauf die Mauern Sevillas umschmeichelt. Wo der Guadalquivir den Bergen entströmt, ist er ein regellos strudelnder wilder Strom, der immerfort gegen die Felsen tost, die sich seiner Gewalt entgegenstellen.

Das Tal von Los Hermanos beginnt dort, wo der Guadalquivir in die Ebene hinaustritt; es hatte seinen Namen von drei Brüdern, die weniger durch Blutsbande als durch ihre gemeinsame Neigung zu räuberischen Überfällen zusammenhielten und es schon lange zum Schauplatz ihrer Untaten gemacht hatten. Zwei von ihnen waren gefaßt worden, und ihre Leiber konnte man am Eingang des Tals am Galgen hängen sehen; der älteste aber, Zoto, war dem Gefängnis von Córdoba entflohen, und es hieß, er habe sich in die Berge von Alpujarras geflüchtet.

Von den zwei gehenkten Brüdern erzählte man absonderliche Geschichten; man sprach über sie nicht wie von Gespenstern, sondern es wurde behauptet, ihre Körper, von wer weiß welchen bösen Geistern zum Leben erweckt, machten sich des Nachts los und stiegen vom Galgen herab, um die Lebenden zugrunde zu richten. Das galt als so sicher, daß ein Theologe aus Salamanca eine Abhandlung geschrieben hatte, in der er bewies, daß die Gehenkten eine Art Vampire seien und daß der eine nicht unglaubwürdiger sei als der andere, was ihm selbst die größten Freigeister mühelos einräumten. Auch lief ein gewisses Gerücht um, diese zwei Männer seien unschuldig, und da sie zu Unrecht verurteilt worden waren, rächten sie sich nun mit der Billigung des Himmels an den Reisenden und anderen, die gerade vorbeikamen. Da ich in Córdoba von all dem viel hatte reden hören, war ich vorwitzig genug, mich dem Galgen zu nähern. Der Anblick, der sich mir bot, war um so ekelhafter, als die abscheulichen Kadaver, die der Wind in Schwingungen versetzte, sonderbare Pendelbewegungen ausführten, während widerliche Geier an ihnen zerrten, um sich Fleischfetzen herauszureißen; mit Grausen wandte ich den Blick davon ab und schlug den Weg in die Berge ein.

Man muß schon sagen, das Tal von Los Hermanos schien sehr geeignet als Zuflucht für die Banditen und günstig für ihre Handstreiche. Bald wurde man durch Felsbrocken aufgehalten, die sich oben am Berg gelöst hatten, bald von Bäumen, die der Sturm umgeknickt hatte. Häufig überquerte der Weg das Bett des Wildbachs oder führte an tiefen Höhlen vorbei, deren verdächtiger Anblick meinen Argwohn hervorrief.

Am Ausgang dieses Tals gelangte ich sofort in das nächste und entdeckte dort die Venta, die mein Quartier sein sollte; aber so weit sie auch noch entfernt war, ihr Aussehen ließ mich nichts Gutes ahnen. Denn ich erkannte, daß es weder Fenster noch Fensterläden gab; kein Rauch stieg aus den Kaminen; in der Umgebung sah ich keinerlei Bewegung, und als ich mich näherte, gab kein Hund Laut. Ich vermutete daher, die Herberge sei eine von den aufgegebenen, von denen der Wirt von Andújar gesprochen hatte.

Je näher ich der Venta kam, desto tiefer erschien mir die Stille. Endlich langte ich an und erblickte einen Opferstock und darauf die Inschrift: »Hochzuverehrende Herren Reisende, wollet die Barmherzigkeit haben, für die Seele von González aus Murcia, ehemals Wirt der Venta Quemada, ein Gebet zu sprechen. Vor allen Dingen setzt Euren Weg fort und verbringt hier nicht die Nacht, unter welchem Vorwand auch immer.«

Ich beschloß auf der Stelle, den Gefahren zu trotzen, vor denen die Inschrift mich warnte. Nicht daß ich überzeugt gewesen wäre, daß es keine Gespenster gibt; aber im Fortgang der Geschichte wird man erkennen, daß meine ganze Erziehung auf die Ausbildung der Ehre abgezielt hatte, und ich machte es mir daher zur Regel, mir niemals Furcht anmerken zu lassen.

Da die Sonne sich gerade erst anschickte unterzugehen, wollte ich den Rest der Helligkeit dazu ausnützen, alle Winkel dieser Behausung zu erkunden, weniger um mich über die höllischen Mächte zu beruhigen, die davon Besitz ergriffen hatten, als um etwas Eßbares zu suchen, denn das wenige in Alcornoques Verzehrte hatte das Bedürfnis danach, das sich gebieterisch meldete, zwar zeitweilig unterdrücken, aber nicht stillen können. Ich durchquerte viele Zimmer und Säle. Die meisten waren bis in Mannshöhe mit Mosaiken bedeckt, und die Dekken waren von jener schönen Tischlerarbeit, in der die Mauren ihre ganze Pracht entfalten. Ich betrat Küchen, Speicher und Keller; letztere waren in den Fels gehauen, einige mündeten in unterirdische Gänge, die tief in den Berg hineinzureichen schienen; Eßbares fand ich nirgends.

Als der Tag schließlich ganz zur Neige ging, holte ich mein Pferd, das ich im Hof angebunden hatte, führte es in einen Stall, in dem ein wenig Heu lag, und ich selbst richtete mich in einer Kammer ein, in der es eine Lagerstatt gab, die einzige, die in der ganzen Herberge übriggeblieben war. Ich hätte schon gern ein Licht gehabt, aber der Hunger, der mich quälte, hatte ein Gutes: Er hielt mich vom Schlafen ab.

Je schwärzer indessen die Nacht wurde, desto finsterer waren meine Gedanken. Bald dachte ich an das Verschwinden meiner zwei Diener, bald überlegte ich, wie ich mir Nahrung verschaffen könne. Ich nahm an, die Räuber seien unversehens aus einem Busch oder einer unterirdischen Deckung hervorgebrochen und hätten López und Mosquito, als sie allein waren, einen nach dem anderen angegriffen, und ich sei nur verschont worden, weil mein militärischer Aufzug ihnen keinen so leichten Sieg versprach. Mein Hunger beschäftigte mich mehr als alles andere; indessen hatte ich auf dem Berg Ziegen gesehen; es mußte einen Hirten geben, der sie hütete, und dieser Mann hatte sicher einen kleinen Vorrat an Brot, das er mit seiner Milch verzehrte. Ein wenig zählte ich auch auf meine Büchse. Denn dorthin zurückkehren, wo ich hergekommen war, mich dem Gespött des Wirts aussetzen, das wollte ich keinesfalls. Ich war vielmehr ganz fest entschlossen, meinen Weg fortzusetzen.

Alle Überlegungen waren erschöpfend durchgespielt, und ob ich wollte oder nicht, vor meinem inneren Auge zog die berühmte Geschichte von den Falschmünzern vorüber und noch andere ähnliche Erzählungen, die mir aus meiner Kindheit lieb waren. Ich grübelte auch über die Inschrift auf dem Opferstock nach. Ich glaubte nicht, daß der Teufel dem Wirt den Hals umgedreht habe, aber ich begriff auch nicht, welch tragisches Ende er genommen hatte.

So vergingen die Stunden in tiefer Stille, als das Anschlagen einer Glocke mich vor Überraschung zusammenfahren ließ. Zwölf Schläge ertönten, und Gespenster haben ihre Gewalt bekanntlich nur von Mitternacht bis zum ersten Hahnenschrei. Ich sage, ich war überrascht, und ich war es aus gutem Grund, denn zu den vorangegangenen Stunden hatte die Glocke nicht geschlagen; so schien mir ihr Ertönen etwas Unheilvolles zu haben.

Einen Augenblick später öffnete sich die Tür meiner Kammer, und ich sah eine ganz schwarze, aber gar nicht bedrohliche Gestalt eintreten: Es war eine schöne, halbnackte Negerin, die in jeder Hand eine Fackel trug.

Die Negerin kam auf mich zu, verbeugte sich tief und

sagte in sehr gutem Spanisch: »Mein Herr Kavalier, zwei Damen aus dem Ausland, die in dieser Herberge die Nacht verbringen, bitten Euch, mit ihnen ihr Abendessen einzunehmen. Habt die Güte, mir zu folgen.«

Ich folgte der Negerin durch immer neue Gänge und schließlich in einen hell erleuchteten Saal, in dessen Mitte ein Tisch mit drei Gedecken stand, den japanisches Porzellan und Karaffen aus Bergkristall zierten. Im Hintergrund stand ein prachtvolles Bett. Zahlreiche Negerinnen standen zur Bedienung bereit, traten dann aber achtungsvoll zurück, und ich sah zwei Damen eintreten, deren Lilien- und Rosenfarben aufs vollkommenste mit dem Ebenholzteint ihrer Zofen kontrastierten. Die zwei Damen gingen Hand in Hand; ihre Kleidung zeugte von sonderbarem Geschmack, so schien es mir wenigstens, aber er ist tatsächlich in mehreren Städten an der Küste der Berberei gang und gäbe, wie ich später feststellte, als ich dort reiste. So war diese Tracht beschaffen: Sie bestand eigentlich nur aus Hemd und Mieder. Bis unterhalb des Gürtels war das Hemd aus Leinen, darunter aus Meknès-Gaze, einem Gewebe, das ganz transparent wäre, wenn man nicht breite Seidenbänder hineingewunden hätte, um Reize zu verhüllen, die, wenn sie bloß zu ahnen sind, nur gewinnen können. Das Mieder, perlenbestickt und mit Diamantenspangen verziert, bedeckte recht knapp den Busen, es hatte keine Ärmel; die des Hemds, ebenfalls aus Gaze, waren gerafft und im Nacken hochgebunden. Am Handgelenk und über dem Ellenbogen waren ihre nackten Arme mit Armreifen geschmückt. Die Füße dieser Damen hätten, wenn sie Teufelinnen gewesen wären, Klauen oder Krallen tragen müssen; nichts dergleichen war der Fall, sondern sie steckten nackt in kleinen gestickten Pantoffeln, und das Fußgelenk war von einem Reifen mit dicken Brillanten geziert.

Die zwei unbekannten Damen bewegten sich ungezwungen und liebenswürdig auf mich zu. Es waren zwei vollkommene Schönheiten, die eine groß, schlank, eine blendende Erscheinung, die andere rührend schüchtern. Die majestätischere war von bewundernswerter Gestalt und ebensolchen Gesichtszügen. Der Wuchs der jüngeren war voller, ihre Lippen ein wenig gewölbt, die Lider halb geschlossen, und was man von den Augen erkannte, war von ungewöhnlich langen Wimpern verdeckt.

In kastilischer Mundart wandte sich die Ältere an mich: »Mein Herr Kavalier, wir danken Ihnen für Ihre Güte, dieses bescheidene Mahl mit uns einnehmen zu wollen, ich glaube, Sie sind seiner bedürftig.«

Die letzten Worte sagte sie mit so schelmischem Ausdruck, daß ich fast den Verdacht hatte, sie selbst habe uns das mit allen Vorräten beladene Maultier entführt, aber sie entschädigte mich so vorzüglich, daß ich ihr unmöglich böse sein konnte.

Wir setzten uns zu Tisch, und eben diese Dame bot mir eine der japanischen Schüsseln an und sagte: »Mein Herr Kavalier, dies ist eine *olla podrida*, die aus allen Fleischsorten außer einer besteht, denn wir sind glaubenstreue Muselmaninnen.«

»Schöne Unbekannte«, erwiderte ich, »Ihr habt sicher wahr gesprochen. Gewiß seid Ihr treu, denn das ist die Religion der Liebe. Aber habt die Güte, vor meinem Appetit meine Neugier zu stillen, sagt mir doch, wer Ihr seid.«

»Eßt nur, mein Herr Kavalier«, erwiderte die schöne Maurin, »Euch gegenüber wollen wir unser Incognito nicht wahren. Ich heiße Emina, meine Schwester Zubeida; wir haben in Tunis unseren Wohnsitz genommen, aber unsere Familie stammt aus Granada, und einige unserer Verwandten blieben in Spanien, wo sie insgeheim den Glauben ihrer Väter bekennen. Vor acht Tagen verließen wir Tunis; an einem einsamen Strand in der Nähe

Málagas gingen wir an Land. Wir haben dann zwischen Loja und Antequera die Berge überquert und sind nun an diesen abgelegenen Ort gekommen, um die Kleider zu wechseln und alle für unsere Sicherheit notwendigen Maßnahmen zu treffen. Ihr seht, mein Herr Kavalier, daß unsere Reise ein Geheimnis von bedeutendem Gewicht ist, das wir Eurer Ehrenhaftigkeit anvertrauen.«

Ich versicherte den Schönen, daß sie von meiner Seite keinerlei Indiskretion zu fürchten hätten, und dann machte ich mich ans Essen, ein wenig heißhungrig, muß ich gestehen, aber doch mit dem gewissen unerläßlichen Anstand, den ein junger Mann gern aufbringt, wenn er sich als einziger seines Geschlechts in Damengesellschaft befindet.

Als man bemerkt hatte, daß mein erster Hunger gestillt war und ich mich dem zuwandte, was in Spanien *los dulces* heißt, forderte die schöne Emina die Negerinnen auf, mir vorzuführen, wie man in ihrem Lande tanzt. Kein Befehl konnte ihnen offenbar angenehmer sein. Sie gehorchten mit einem Feuer, das schon an Zügellosigkeit grenzte. Ich glaube, es wäre sogar schwer gewesen, ihrem Tanz ein Ende zu setzen, aber ich fragte ihre schönen Herrinnen, ob sie auch manchmal tanzten. Statt einer Antwort erhoben sie sich und verlangten nach Kastagnetten. Ihre Schritte hatten etwas vom Murcianer Bolero und von der Fofa, die man in der Algarve tanzt; wer in diesen Provinzen war, wird eine Vorstellung davon haben. Und doch wird er nie den ganzen Reiz begreifen, den die natürliche Anmut der zwei Afrikanerinnen ihren Bewegungen verlieh und den die Durchsichtigkeit ihrer Gewänder noch erhöhte.

Eine Weile sah ich ihnen ganz gelassen zu. Dann aber wurden ihre Bewegungen von einem heftigeren Rhythmus beschleunigt, die maurische Musik schrillte betäubender, die plötzliche Nahrungsaufnahme hatte meine

Lebensgeister erregt, und all das, in mir und außer mir, kam zusammen, um meine Vernunft zu trüben. Ich wußte nicht mehr, ob ich es mit Frauen oder mit hinterhältigen Sukkuben zu tun hatte. Ich wagte nicht mehr aufzublicken, wollte nichts sehen. Ich bedeckte die Augen mit der Hand, und die Sinne wollten mir schwinden.

Die beiden Schwestern näherten sich mir, jede von ihnen ergriff eine meiner Hände. Emina fragte, ob mir nicht wohl sei. Ich beruhigte sie. Zubeida wollte wissen, welche Bedeutung ein Medaillon habe, das sie an meiner Brust entdeckte, und ob es das Bildnis einer Geliebten sei.

»Es ist ein Kleinod«, erwiderte ich, »das mir meine Mutter gab und das ich ihr immer zu tragen versprach; es enthält einen Splitter vom wahren Kreuz.«

Ich sah, wie Zubeida erbleichte und zurückwich.

»Ihr seid beunruhigt«, sagte ich ihr, »jedoch kann das Kreuz nur den Geist der Finsternis erschrecken.«

Für ihre Schwester antwortete Emina: »Mein Herr Kavalier, Ihr wißt, daß wir Muselmaninnen sind, und dürft nicht über die Betroffenheit erstaunt sein, die Ihr an meiner Schwester wahrgenommen habt. Ich teile sie; wir sind sehr bekümmert, in Euch, der Ihr unser nächster Verwandter seid, einen Christen zu sehen. Meine Rede setzt Euch in Erstaunen, aber war Eure Mutter nicht eine Gomelez? Wir gehören zur selben Familie, die nur ein Zweig des Geschlechts der Abencérages ist; aber setzen wir uns doch auf dieses Sofa, und ich berichte Euch mehr davon.«

Die Negerinnen zogen sich zurück. Emina wies mir den Platz in der Ecke des Sofas an und setzte sich mit gekreuzten Beinen neben mich. Zubeida setzte sich auf die andere Seite, stützte sich auf meine Lehne, und wir waren einander so nah, daß ihr Atem sich mit meinem vermischte.

Emina schien einen Augenblick in ihre Gedanken zu

versinken, dann sah sie mich mit dem Ausdruck der lebhaftesten Teilnahme an, faßte meine Hand und sagte: »Lieber Alfonso, es ist nutzlos, es vor Euch zu verbergen, nicht der Zufall führte uns hierher. Wir haben Euch hier erwartet. Wenn die Furcht Euch veranlaßt hätte, eine andere Straße zu wählen, hättet Ihr für immer unsere Achtung verloren.«

»Ihr schmeichelt mir, Emina«, antwortete ich ihr, »ich begreife nicht, was für ein Interesse Ihr an meinem Mut nehmen könnt.«

»Wir nehmen großen Anteil an Eurem Geschick«, fuhr die schöne Maurin fort, »aber vielleicht fühlt Ihr Euch weniger geschmeichelt, wenn Ihr erfahrt, daß Ihr fast der erste Mann seid, den wir zu Gesicht bekommen. Was ich sage, setzt Euch in Erstaunen, und Ihr scheint daran zu zweifeln. Ich hatte Euch die Geschichte meiner Ahnen versprochen, aber ich fange vielleicht besser mit unserer eigenen an.«

Die Geschichte Eminas und ihrer Schwester Zubeida

Wir sind die Töchter von Djasir Gomelez, dem Onkel mütterlicherseits des gegenwärtigen Deys von Tunis; wir hatten nie einen Bruder, kannten unseren Vater überhaupt nicht, so daß wir hinter den Mauern des Serails keinerlei Vorstellung von Eurem Geschlecht gewannen. Da wir indessen beide mit einer außerordentlichen Neigung zur Zärtlichkeit geboren wurden, liebten wir einander mit großer Leidenschaft. Diese Zuneigung begann schon in frühester Kindheit. Sobald wir getrennt werden sollten, sei es auch nur für Augenblicke, weinten wir. Wenn eine gescholten wurde, brach die andere in Tränen aus. Die Tage verbrachten wir damit, am selben Tisch zu spielen, und wir schliefen im selben Bett.

Diese lebhafte Empfindung schien zugleich mit uns selbst größer zu werden und gewann durch einen Umstand, den ich Euch gleich berichten will, neue Kraft. Damals zählte ich sechzehn Jahre, meine Schwester vierzehn. Seit langem hatten wir bemerkt, daß es Bücher gab, die meine Mutter sorgfältig vor uns verschloß. Anfangs hatten wir wenig darauf geachtet, da uns schon die Bücher, in denen man uns das Lesen beibrachte, verdrießlich genug waren; aber mit den Jahren waren wir neugierig geworden. Als der verbotene Bücherschrank einen Augenblick offenstand, ergriffen wir die Gelegenheit und nahmen schnell einen kleinen Band heraus, zufällig *Die Liebe Leilas und Medjnouns*, aus dem Persischen übersetzt von ben Omri. Dieses göttliche Buch, das in flammenden Worten alle Wonnen der Liebe schildert, erhitzte unsere jungen Köpfe. Wir konnten es kaum verstehen, weil wir Wesen Eures Geschlechts fast nie gesehen hatten, aber wir sprachen uns immer wieder seine Worte vor. Wir sprachen die Sprache der Liebenden; schließlich wollten wir einander auch auf ihre Weise lieben. Ich übernahm die Rolle Medjnouns, meine Schwester die Leilas. Zuerst gestand ich ihr meine Leidenschaft, indem ich einen Strauß aus bestimmten Blumen zusammenstellte, eine geheime Zeichenschrift, die man in ganz Asien pflegt. Dann ließ ich meine Blicke sprechen, warf mich ihr zu Füßen, küßte die Spur ihrer Schritte, beschwor Zephir, ihr meine zärtlichen Klagen zuzutragen, und glaubte, seinen Atem mit meinen Seufzern zur Glut zu entfachen.

Treu den Lehren ihres Autors, gewährte mir Zubeida ein Rendezvous. Ich warf mich vor ihr nieder, küßte ihre Hände, netzte ihre Füße mit meinen Tränen; meine Geliebte leistete zunächst sanften Widerstand, erlaubte mir dann, ihr ein paar Gunstbezeigungen abzuschmeicheln, ergab sich schließlich meiner brennenden Ungeduld. Unsere Seelen schienen tatsächlich miteinander zu verschmelzen, und selbst jetzt wüßte ich nicht, was uns glücklicher machen könnte, als wir es damals waren.

Ich weiß nicht mehr, wie lange wir diese leidenschaftlichen Auftritte genossen, aber schließlich ließen wir ruhigere Empfindungen an ihre Stelle treten. Wir fanden Gefallen am Studium der Wissenschaften, vor allem an der Kunde von den Pflanzen, die wir in den Schriften des berühmten Averroës studierten.

Meine Mutter glaubte, daß man sich nicht genug gegen die Langeweile in den Serails wappnen könne, und sah mit Vergnügen, daß wir uns gern mit etwas beschäftigten, und um uns bei den Studien zu fördern, ließ sie von Mekka eine heilige Person kommen, die man Hazrata oder die Heilige der Heiligen nannte. Hazrata lehrte uns das Gesetz des Propheten; ihre Lehren erteilte sie in der reinen und klangvollen Sprache, die man im Stamme Koraïch spricht. Wir wurden nicht müde, ihr zu lauschen, und kannten fast den ganzen Koran auswendig. Meine Mutter brachte uns dann selbst die Geschichte unseres Hauses bei und legte in unsere Hände zahlreiche Lebenserinnerungen, von denen manche arabisch, andere spanisch verfaßt waren. Lieber Alfonso, wie verhaßt erschien mir doch Euer Gesetz; wie haßten wir Eure Priester und ihre Verfolgungen. Aber wie mitfühlend nahmen wir auf der anderen Seite Anteil an so vielen hochgerühmten Unglücklichen, deren Blut auch in unseren Adern floß.

Einmal begeisterten wir uns leidenschaftlich für Said Gomelez, der in den Kerkern der Inquisition das Martyrium erlitt, dann wieder für seinen Neffen Leiz, der lange Zeit in den Bergen und fern von den Menschen sein Leben fristete, das sich wenig von dem der wilden Tiere unterschied. Solche Charaktere ließen uns voller Zuneigung an die Männer denken; wir hätten endlich welche sehen wollen, und oft stiegen wir auf unsere Terrasse, um aus der Ferne die Männer zu schauen, die sich auf dem See von La Goletta einschifften oder die auf dem Weg zu den Bädern von Hammam Nef waren. Wenn wir auch die Lehre des verliebten Medjnouns nicht ganz vergessen hatten, so sprachen wir sie ihm doch nicht mehr nach. Meine Zärtlichkeit für meine Schwester schien sogar ihren leidenschaftlichen Charakter verloren zu haben; ein neuer Vorfall bewies mir jedoch das Gegenteil.

Eines Tages brachte uns meine Mutter eine Prinzessin von Tafilet, eine nicht mehr ganz junge Dame, ins Haus. Wir empfingen sie aufs liebenswürdigste. Als sie uns wieder verlassen hatte, teilte mir meine Mutter mit, die Prinzessin habe für ihren Sohn um meine Hand angehalten und meine Schwester werde einen Gomelez heiraten. Diese Nachricht traf uns wie ein Blitz; zuerst brachte sie uns so außer Fassung, daß wir sprachlos waren. Dann führten wir uns das Unglück, ohne einander weiterleben zu müssen, in so lebhaften Farben vor Augen, daß wir in die schrecklichste Verzweiflung verfielen. Wir rauften uns die Haare, wir erfüllten das Serail mit unseren Wehrufen. Schließlich nahmen die Äußerungen unseres Schmerzes gefährlich überspannte Züge an. Meine Mutter erschrak und versprach uns, unseren Neigungen keinen Zwang anzutun; sie versicherte, wir dürften Jungfrauen bleiben oder denselben Mann heiraten. Diese Zusicherungen beruhigten uns ein wenig.

Etwas später berichtete meine Mutter, sie habe mit dem Oberhaupt unserer Familie gesprochen, und er habe erlaubt, daß wir denselben Mann heiraten dürften, vorausgesetzt er sei ein Mann vom Geschlecht der Gomelez. Zuerst gaben wir keine Antwort, aber die Aussicht, einen einzigen Gatten für uns beide zu gewinnen, bereitete uns von Tag zu Tag mehr Vergnügen. Einen Mann, ob jung oder alt, hatten wir immer nur aus großer Ferne gesehen, aber da junge Frauen uns angenehmer erschienen als alte, wünschten wir auch einen jungen Gatten zu haben. Wir hofften auch, er werde uns ein paar Stellen aus dem Buch ben Omris erklären, deren Sinn wir nicht recht erfaßt hatten …

Hier unterbrach Zubeida ihre Schwester, zog mich in ihre Arme und sagte: »Ach, lieber Alfonso, daß Ihr doch kein Muselman seid! Wie glücklich wäre ich, Euch in Eminas Armen zu sehen, ihre Wonnen noch zu steigern und an Euren Umarmungen teilzunehmen. Denn, lieber Alfonso, in unserem Haus hat wie in dem des Propheten der Sohn einer Tochter dieselben Rechte wie die männliche Linie. Vielleicht kommt es nur auf Euch an, ob Ihr das Oberhaupt unseres Hauses werdet, das im Begriff ist auszusterben. Dazu wäre es nur unerläßlich, daß Ihr vor den heiligen Wahrheiten unseres Glaubens die Augen nicht verschließt.«

Das schien mir so entschieden einer Einflüsterung Satans zu gleichen, daß ich auf Zubeidas hübscher Stirn schon Hörner zu sehen glaubte. Ich stammelte ein paar Worte über meine Religion. Die zwei Schwestern wichen ein wenig zurück.

Emina nahm eine strengere Haltung an und fuhr fort: »Herr Alfonso, ich habe zu viel von meiner Schwester und mir gesprochen. Das lag nicht in meiner Absicht, ich habe mich nur zu Euch gesetzt, um Euch die Geschichte der Gomelez mitzuteilen, von denen Ihr in weiblicher Linie abstammt. Ich habe Euch also folgendes zu sagen:«

Die Geschichte des Schlosses Kasr Gomelez

Der Begründer unseres Stammes war Massud ben Taher, der Bruder Yussufs ben Taher, der an der Spitze der Araber in Spanien einfiel und von dem der Berg Djebel Taher seinen Namen hat, den Ihr wie Gibraltar aussprecht. Massud, der viel zum Erfolg der arabischen Waffen beitrug, erhielt vom Kalifen von Bagdad die Herrschaft über Granada, wo er bis zum Tod seines Bruders blieb. Er wäre noch länger geblieben, denn ihn liebten Muselmanen wie Mozaraber, das heißt die Christen, die unter der Herrschaft der Araber verblieben waren; aber in Bagdad hatte Massud Feinde, die ihn beim Kalifen anschwärzten. Er erfuhr, daß sein Untergang beschlossene Sache war, und faßte den Entschluß, das Feld zu räumen. Massud berief also die Seinen zu sich und zog sich in die Alpujarras zurück, die, wie Ihr wißt, eine Fortsetzung der Sierra Morena sind und die Königreiche von Granada und Valencia voneinander trennen.

Im Kampf mit den Westgoten hatten wir Spanien erobert; sie waren nie in die Alpujarras vorgedrungen. Die meisten Täler waren menschenleer. Nur drei waren von den Nachkommen eines alten iberischen Volkes besiedelt. Man nannte sie Turduler. Sie erkannten weder Mohammed noch Euren nazarenischen Propheten an; ihre religiösen Überzeugungen und ihre Gesetze wurden in Liedern überliefert, die von den Vätern an ihre Kinder weitergegeben wurden. Einst hatten sie Bücher besessen, die verlorengegangen waren.

Massud machte sich die Turduler mehr durch Überzeugungskraft als durch Gewalt untertan. Er lernte ihre Sprache und lehrte sie das muselmanische Gesetz. Durch Heirat vermischten sich die beiden Völker; dieser Mischung und der Bergluft verdanken wir die lebhafte Gesichtsfarbe, die Ihr an meiner Schwester und mir seht und die alle Töchter der Gomelez auszeichnet. Man kann bei den Mauren sehr viele hellhäutige Frauen sehen, aber immer sind sie blaß.

Massud nahm den Titel eines Scheichs an und ließ eine stark befestigte Burg errichten, die er Kasr Gomelez nannte. Eher Richter als Herrscher seines Stammes, war Massud jederzeit und für jedermann ansprechbar, und das machte er sich zur Pflicht; aber am letzten Freitag jeden Monats beurlaubte er sich von seiner Familie, schloß sich in eine unterirdische Kammer seiner Burg ein und hielt sich dort bis zum folgenden Freitag auf. Diese Abwesenheiten gaben Anlaß zu mancherlei Mutmaßungen: Manche sagten, unser Scheich pflege Zwiesprache mit dem zwölften Imam, der am Ende der Zeiten auf Erden erscheinen soll. Andere glaubten, in unserem Keller liege der Antichrist in Ketten. Wieder andere dachten, die sieben Schläfer ruhten dort mit ihrem Hund Kaleb. Massud kümmerte sich nicht um diese Gerüchte; er regierte weiter sein kleines Volk, so gut es ihm seine Kräfte erlaubten. Endlich wählte er den umsichtigsten Mann seines Stammes aus, ernannte ihn zu seinem Nachfolger, übergab ihm den Schlüssel zu der unterirdischen Kammer und zog sich in eine Einsiedelei zurück, in der er noch viele Jahre lebte.

Der neue Scheich regierte ganz so, wie es sein Vorgänger gehalten hatte, und am letzten Freitag des Monats zog auch er sich von allen zurück. Alles nahm seinen Fortgang wie bisher, bis zu der Zeit, da Córdoba seine eigenen Kalifen erhielt, die von denen Bagdads unabhängig waren. Da nämlich begannen die Bergbewohner der Alpujarras, die an dieser Umwälzung beteiligt waren, sich auch in der Ebene anzusiedeln, wo sie unter dem Namen Abencérages bekannt wurden, während der Name Gomelez denen vorbehalten blieb, die weiter zum Scheich von Kasr Gomelez hielten.

Die Abencérages kauften indessen die schönsten Ländereien des Königreichs Granada und die schönsten Häuser der Stadt. Der Aufwand, mit dem sie lebten, erregte allgemeines Aufsehen; man vermutete, die unterirdischen Gemächer des Scheichs enthielten einen unermeßlichen Schatz, konnte sich dessen aber nicht vergewissern, denn die Abencérages kannten selbst nicht die Quelle ihrer Reichtümer.

Schließlich fielen diese schönen Königreiche, da sie die Rache des Himmels auf sich gezogen hatten, den Ungläubigen in die Hände. Granada fiel, und acht Tage später erreichte der berühmte Gonzalo von Córdoba an der Spitze von dreitausend Mann die Alpujarras. Damals war unser Scheich Hatem Gomelez; er trat vor Gonzalo und händigte ihm die Schlüssel seiner Burg aus; der Spanier verlangte die Schlüssel der unterirdischen Magazine. Der Scheich gab sie ihm ebenfalls ohne Zögern. Gonzalo wollte selbst hinuntersteigen: Er fand nur eine Grabstätte und Bücher, spottete verächtlich über alle Geschichten, die er darüber gehört hatte, und beeilte sich, nach Valladolid zurückzukehren, wo Liebe und Frauendienst auf ihn warteten.

Dann herrschte Frieden in unseren Bergen, bis zu der Zeit, als Karl V. den Thron bestieg. Damals war unser Scheich Sefi Gomelez. Aus Gründen, die niemandem wirklich bekannt wurden, ließ dieser Mann den neuen Kaiser wissen, wenn er ihm in die Alpujarras einen Mann schicken wolle, dem er vertraue, werde er, Sefi, ihm ein bedeutsames Geheimnis enthüllen. Es vergingen keine vierzehn Tage, als Don Ruiz von Toledo im Auftrag Seiner Majestät bei den Gomelez erschien, doch er mußte erfahren, daß der Scheich am Tag zuvor ermordet worden war. Don Ruiz nahm die Verfolgung einiger verdächtiger Personen auf, wurde dessen aber bald müde und kehrte zum Hof zurück.

Das Geheimnis des Scheichs war jedoch im Besitz von Sefis Mörder geblieben. Dieser Mann, der Billah Gomelez hieß, rief die Stammesältesten zusammen und bewies ihnen die Notwendigkeit, neue Vorkehrungen zur Wahrung eines so wichtigen Geheimnisses zu treffen. Man beschloß, mehrere Angehörige der Familie Gomelez einzuweihen, aber jeder von ihnen sollte nur einen Teil des Geheimnisses erfahren, und auch das nur, nachdem er überzeugende Beweise für seinen Mut, seine Umsicht und seine Treue erbracht hätte.

Hier unterbrach Zubeida ihre Schwester wieder und sagte: »Liebe Emina, glaubt Ihr nicht auch, daß Alfonso alle Proben bestanden hätte? Ach, wer könnte daran zweifeln! Lieber Alfonso, warum seid Ihr kein Muselman? Vielleicht wären unermeßliche Schätze in Eurer Hand …«

Das sah wiederum ganz und gar dem Geist der Finsternis ähnlich, der mich durch die Wollust nicht hatte in Versuchung führen können und mich nun durch die Liebe zum Gold zu Fall zu bringen suchte. Aber die zwei Schönen rückten mir wieder näher, und es erschien mir, daß ich nicht Geister, sondern lebendige Körper berührte.

Nach einem Augenblick des Schweigens nahm Emina den Faden der Erzählung wieder auf:

Lieber Alfonso, sagte sie, Ihr kennt hinlänglich die Verfolgungen, die wir unter Philipp, Karls Sohn, zu erleiden hatten. Man nahm uns die Kinder weg und erzog sie im christlichen Glauben. Man gab ihnen alle Güter ihrer Eltern, die ihrem Glauben treu geblieben waren. Damals wurde ein Gomelez in den *teket* der Derwische des heiligen Dominicus aufgenommen und stieg zum Amt des Großinquisitors auf …

In diesem Augenblick ertönte ein Hahnenschrei, und Eminas Rede stockte … Der Hahn krähte noch einmal … Ein abergläubischer Mensch wäre darauf gefaßt gewesen, die zwei Schönen durch den Kamin davonfliegen zu sehen. Sie taten nichts dergleichen, aber sie schienen gedanken- und sorgenvoll.

Emina brach das Schweigen als erste: »Liebenswürdiger Alfonso«, sagte sie zu mir, »gleich bricht der Tag an, und die Stunden, die wir noch gemeinsam verbringen können, sind zu kostbar, um sie mit Geschichtenerzählen hinzubringen. Wir können nur dann Eure Gattinnen sein, wenn Ihr Euch unserem heiligen Glauben zuwendet. Aber es ist Euch erlaubt, uns im Traum zu sehen. Seid Ihr einverstanden?«

Ich stimmte allem zu.

»Das ist noch nicht alles«, fuhr Emina mit dem Ausdruck höchster Würde fort, »das ist noch nicht alles, lieber Alfonso; Ihr müßt Euch auch auf die heiligen Gesetze der Ehre verpflichten, niemals unsere Namen, unsere Existenz und all das, was Ihr von uns wißt, preiszugeben. Seid Ihr bereit, diese feierliche Verpflichtung einzugehen?«

Ich versprach alles, was sie wollten.

»Das genügt«, sagte Emina. »Schwester, bringt den Kelch herbei, den Massud, das erste Oberhaupt unserer Familie, geweiht hat.«

Während Zubeida den Zauberkelch herbeiholte, hatte Emina sich zu Boden geworfen und sprach Gebete in arabischer Sprache. Zubeida kam zurück und trug einen Kelch, der aus einem einzigen Smaragd geschliffen schien; sie benetzte daran ihre Lippen. Emina tat es ihr gleich und hieß mich den Rest des Elixiers in einem Zug austrinken.

Ich gehorchte ihr.

Emina dankte mir für meine Folgsamkeit und umarmte mich mit sehr zärtlichem Ausdruck.

Dann heftete Zubeida heftig ihre Lippen auf die meinen und schien sich nicht mehr davon lösen zu können. Schließlich verließen sie mich, wobei sie mir versicherten, ich würde sie wiedersehen, und mir rieten, so bald wie möglich einzuschlafen.

Derart sonderliche Ereignisse, wundersame Erzählungen und unerwartete Gefühle wären sicher dazu angetan gewesen, mich für den Rest der Nacht darüber nachsinnen zu lassen, aber ich muß gestehen, daß die Träume, die mir verheißen waren, mich mehr beschäftigten als alles andere. Ich entkleidete mich schnell und legte mich in ein Bett, das schon für mich vorbereitet war. Als ich es mir darin bequem machte, stellte ich mit Vergnügen fest, daß es sehr breit war und daß Träume so viel Platz nicht nötig haben. Aber kaum hatte ich Zeit, diese Überlegungen anzustellen, als der Schlaf sich unwiderstehlich auf meine Lider legte, und alle Trugbilder dieser Nacht ergriffen meine Sinne. Ich fühlte, wie sie durch phantastische Vorspiegelungen in die Irre geleitet wurden, und meine Gedanken trugen mich auf den Schwingen der Begierde unwillkürlich davon und hinein in Afrikas Serails, bemächtigten sich der hinter ihren Mauern verborgenen Reize und bildeten daraus Gaukelspiele meiner Lust. Ich fühlte, daß ich träumte, und war mir doch bewußt, daß es nicht Ausgeburten des Traums waren, die ich umarmte. Ich verlor mich in den Wolken der tollsten Einbildungen, aber meinen schönen Cousinen begegnete ich immer wieder. An ihrem Busen schlief ich ein, in ihren Armen erwachte ich wieder.

Ich weiß nicht, wie oft ich diesen schönen Wechsel zu empfinden glaubte…

Zweiter Tag

Endlich wachte ich wirklich auf; die Sonne brannte mir schon auf den Lidern. Nur mit Mühe konnte ich sie heben. Ich sah den Himmel; also war ich im Freien. Aber der Schlaf lag noch schwer auf meinen Augen; ich schlief nicht mehr, war aber auch noch nicht munter. Unablässig zogen Bilder von Martern und Hinrichtungen an mir vorüber. Ein Grausen packte mich. Mit einem Ruck fuhr ich hoch und setzte mich auf...

Mit welchen Worten kann ich das Entsetzen beschreiben, das mich packte? ... Ich lag unter dem Galgen von Los Hermanos. Die Leichen von Zotos zwei Brüdern hingen nicht oben, sie lagen links und rechts neben mir. Offenbar hatte ich mit ihnen die Nacht verbracht. Ich lag auf Seilenden, Radtrümmern, Überresten menschlicher Leichname und auf den ekelhaften Lappen, die die Verwesung davon abgelöst hatte.

Ich glaubte, ich sei noch nicht ganz wach und hätte einen quälenden Traum. Ich schloß die Augen wieder und suchte mich zu erinnern, wo ich am Abend zuvor gewesen war... Da fühlte ich, wie sich in meine Flanken Klauen bohrten. Ich erblickte einen Geier, der sich auf mir niedergelassen hatte und der an einem meiner Lagergenossen fraß. Der Schmerz, den er mir mit dem bohrenden Griff seiner Fänge zufügte, weckte mich vollends auf. Ich sah, daß meine Kleidung dicht bei mir lag, und zog mich schleunigst an. Als ich angekleidet war, wollte ich den Mauerring um den Galgen verlassen, aber ich fand den Zugang vernagelt und versuchte vergeblich, ihn aufzubrechen. Also mußte ich auf diese elende Mauer hinaufklettern. Es gelang mir, und oben stützte ich mich auf den Pfosten des Galgens, um die Umgegend ins Auge zu fassen. Ich kannte mich schnell wieder aus. Ich befand mich wirklich am Eingang des Tals von Los Hermanos und nicht weit von den Ufern des Guadalquivir.

Als ich genauer hinblickte, sah ich nah am Fluß zwei Reisende, deren einer ein Frühstück zubereitete, während der andere zwei Pferde am Zaum hielt. Ich war so entzückt darüber, Menschen zu sehen, daß ich ihnen, einem ersten Impuls folgend, *»agur, agur!«* zurief, was im Spanischen »guten Tag« oder »ich grüße Euch« bedeutet.

Die zwei Reisenden, die sich also hoch vom Galgen herab höflich angesprochen sahen, schienen einen Augenblick unentschlossen; aber plötzlich schwangen sie sich auf die Pferde, trieben sie zum schärfsten Galopp an und schlugen den Weg nach Alcornoques ein.

Ich rief ihnen zu, sie sollten anhalten, aber vergebens; je lauter ich schrie, desto heftiger gaben sie ihren Tieren die Sporen. Als sie meinen Augen entschwunden waren, dachte ich daran, meinen Posten zu verlassen. Ich sprang zu Boden und verletzte mich dabei ein wenig.

Erbärmlich hinkend erreichte ich das Ufer des Guadalquivir und fand dort das von den beiden Reisenden im Stich gelassene Frühstück; nichts konnte mir gelegener kommen, denn ich fühlte mich sehr erschöpft. Es gab Schokolade, die noch kochend heiß war, in Alicantewein getränkten *esponjado*, Brot und Eier. Zunächst einmal ließ ich es mir angelegen sein, meine Kräfte wieder herzustellen, dann begann ich darüber nachzudenken, was mir in der Nacht zugestoßen war. Meine Erinnerungen daran waren sehr verworren; worauf ich mich aber genau besann, war das Ehrenwort, das ich gegeben hatte, das Geheimnis dieser Nacht zu bewahren, und ich war fest entschlossen, es zu halten. Als das einmal entschieden war, blieb mir nur noch zu bedenken, was ich jetzt tun, das heißt, welchen Weg ich einschlagen sollte: Und die Gesetze der Ehre geboten es mir mehr denn je, durch die Sierra Morena zu reisen.

Vielleicht wird man überrascht sein, mich so sehr mit meinem Ruhm und so wenig mit den Ereignissen des Vortags beschäftigt zu sehen; aber diese Denkweise war noch eine Wirkung der Erziehung, die ich genossen hatte, wie man im weiteren Verlauf dieser Erzählung sehen wird. Im Augenblick komme ich auf die Geschichte meiner Reise zurück.

Ich war äußerst neugierig zu erfahren, was die Teufel mit meinem Pferd angestellt hatten, das ich in der Venta Quemada zurückgelassen hatte, und da diese im übrigen auf meinem Wege lag, entschloß ich mich, ihr noch einen Besuch abzustatten. Zuerst mußte ich das ganze Tal von Los Hermanos und das der Venta zu Fuß durchwandern, was mich rechtschaffen ermüdete und dringlich wünschen ließ, mein Pferd wiederzufinden. Ich fand es tatsächlich; es stand in demselben Stall, in dem ich es verlassen hatte, und schien feurig, wohl versorgt und frisch gestriegelt. Ich hatte keine Ahnung, wer sich darum gekümmert haben mochte, aber mir waren so viele merkwürdige Dinge widerfahren, daß ich mich bei diesem nicht lange aufhielt. Ich wäre sogleich weitergezogen, wenn ich nicht so neugierig gewesen wäre, noch einmal durch das Innere der Herberge zu streifen. Ich fand die Kammer wieder, in der ich mich zur Ruhe gelegt hatte, aber ich mochte so viel Nachforschungen anstellen, wie ich wollte, es war unmöglich, den Saal zu finden, in dem ich die schönen Afrikanerinnen gesehen hatte. Ich wurde es müde, ihn länger zu suchen, ich stieg zu Pferde und setzte meine Reise fort.

Als ich unter dem Galgen von Los Hermanos aufgewacht war, hatte die Sonne schon die Höhe ihrer Bahn erreicht. Ich hatte mehr als zwei Stunden gebraucht, um zur Venta zu gelangen, so daß ich, als ich noch ein paar Meilen geritten war, an ein Nachtlager denken mußte; da ich aber keine Unterkunft erblickte, ritt ich immer weiter. Schließlich entdeckte ich in der Ferne eine gotische Kapelle mit einer Hütte, die die Behausung eines Einsiedlers zu sein schien. All das war vom Hauptweg weit entfernt, aber da ich anfing Hunger zu verspüren, zögerte ich nicht, diesen Umweg zu machen, um mir Nahrung zu verschaffen. Als ich bei der Eremitage angekommen war, band ich mein Pferd an einen Baum. Dann klopfte ich an der Tür und sah daraus einen Mönch mit den ehrwürdigsten Gesichtszügen hervortreten. Er umarmte mich mit väterlicher Liebe und sagte mir:

»Tretet ein, mein Sohn; beeilt Euch. Verbringt die Nacht nicht draußen; fürchtet den Versucher. Der Herr hat seine Hand von uns zurückgezogen.«

Ich dankte dem Einsiedler für die Güte, die er mir erwies, und sagte ihm, daß ich das äußerst dringende Bedürfnis verspürte, etwas zu essen.

Er antwortete mir: »Denkt an Eure Seele, o mein Sohn! Tretet ein in die Kapelle. Werfet Euch zu Boden vor dem Kreuz. Ich trage Sorge für die Bedürfnisse Eures Leibes. Aber Ihr werdet ein karges Mahl zu Euch nehmen, wie man es von einem Einsiedler erwarten kann.«

Ich trat in die Kapelle und betete wirklich; denn ich war kein Freigeist und wußte nicht einmal, daß es welche gibt; all das war noch eine Folge meiner Erziehung.

Nach einer Viertelstunde holte mich der Einsiedler ab und führte mich in die Hütte, wo ein recht ordentliches kleines Mahl aufgetischt war. Es gab ausgezeichnete Oliven, in Essig eingelegte Artischocken, zarte Zwiebeln in einer Sauce und Zwieback statt Brot. Auch eine kleine

Flasche Wein fehlte nicht. Der Einsiedler sagte mir, er trinke nie welchen, aber er bewahre ihn für das Meßopfer auf. Da trank ich auch nicht mehr Wein als der Einsiedler, aber die übrige Mahlzeit genoß ich sehr. Während ich ihr zusprach, trat eine Gestalt in die Hütte ein, die erschreckender war als alles, was ich bisher gesehen hatte. Es war ein anscheinend junger Mann, jedoch von gräßlicher Magerkeit. Seine Haare standen zu Berge, ein Auge war ihm ausgeschlagen, und aus der Augenhöhle drang Blut hervor. Die Zunge hing ihm aus dem Mund heraus, und ein schaumiger Geifer troff daran herab. Auf dem Leib trug er ein recht gutes schwarzes Gewand, aber es war seine einzige Bekleidung, er hatte nicht einmal ein Hemd oder Strümpfe.

Diese entsetzliche Kreatur sprach zu niemandem ein Wort und kauerte sich in eine Ecke, wo sie unbeweglich wie ein Standbild verharrte, das einzige Auge starr auf ein Kruzifix in ihrer Hand gerichtet. Als ich mein Abendessen beendet hatte, fragte ich den Einsiedler, wer dieser Mann sei.

Der Eremit antwortete: »Mein Sohn, dieser Mann ist ein Besessener, dem ich den Teufel austreibe; seine schreckliche Geschichte beweist hinlänglich die unheilvolle Macht, die der Engel der Finsternis sich in diesem unglücklichen Landstrich anmaßt. Die Geschichte davon kann Eurem Seelenheil förderlich sein, ich werde ihm befehlen, sie zu erzählen.«

Er wandte sich darauf dem Besessenen zu und sagte ihm: »Pacheco, Pacheco, im Namen deines Erlösers befehle ich dir, deine Geschichte zu erzählen.«

Pacheco stieß ein schreckliches Geheul aus und begann folgendermaßen:

Ich wurde in Córdoba geboren, mein Vater lebte dort in mehr als guten Verhältnissen. Meine Mutter starb vor drei Jahren. Mein Vater schien ihr zunächst sehr nachzutrauern, aber nach einigen Monaten, als er Gelegenheit hatte, nach Sevilla zu reisen, verliebte er sich dort in eine junge Witwe namens Camila Tormes. Diese Person genoß keinen allzu guten Ruf, und mehrere Freunde meines Vaters suchten ihn von diesem Umgang abzubringen; aber trotz all ihrer Bemühungen fand zwei Jahre nach dem Tod meiner Mutter die Hochzeit statt. Sie heirateten in Sevilla, und ein paar Tage später kam mein Vater mit Camila, seiner neuen Gemahlin, und Inesilla, einer Schwester Camilas, nach Córdoba zurück.

Meine Stiefmutter entsprach völlig der schlechten Meinung, die man von ihr gehabt hatte, und unternahm es zuerst, in mir eine Leidenschaft für sie zu entfachen. Es gelang ihr nicht. Ich verliebte mich zwar, aber in ihre Schwester Inesilla. Ich war bald so von ihr hingerissen, daß ich mich sogar meinem Vater zu Füßen warf und ihn um die Hand seiner Schwägerin bat.

Mein Vater hob mich gütig auf und sagte mir: »Mein Sohn, ich verbiete Euch, an diese Heirat zu denken, und ich verbiete es Euch aus drei Gründen. Erstens: Zum Schwager Eures Vaters zu werden, wäre gegen die Schicklichkeit. Zweitens: Das heilige Recht der Kirche billigt nicht derartige Verbindungen. Drittens: Ich will nicht, daß Ihr Inesilla zur Frau nehmt.«

Als mein Vater mir diese drei Gründe mitgeteilt hatte, wandte er mir den Rücken zu und verließ mich.

Ich zog mich in mein Zimmer zurück und gab mich der Verzweiflung hin. Meine Stiefmutter, die mein Vater sogleich darüber ins Bild setzte, was geschehen war, suchte mich auf und erklärte mir, ich sei zu Unrecht bekümmert; wenn ich nicht Inesillas Gatte werden könne, könne ich doch ihr *cortejo* sein, das heißt ihr Liebhaber, und ich solle das nur ihre Sorge sein lassen; aber zugleich eröffnete sie mir, welche Liebe sie für mich empfinde, und machte das Opfer geltend, das sie mir bringe, wenn sie mich ihrer Schwester überlasse. Diesen Reden, die meiner Leidenschaft schmeichelten, öffnete ich nur zu bereitwillig mein Ohr, aber Inesilla war so sittsam, daß es mir unmöglich schien, sie jemals zu einer Erwiderung meiner Liebe zu bewegen.

Zu dieser Zeit beschloß mein Vater, eine Reise nach Madrid zu unternehmen, wo er sich um das Amt des *corregidor* von Córdoba bemühen wollte, und er nahm seine Frau und seine Schwägerin mit. Seine Abwesenheit sollte nicht länger als zwei Monate dauern, aber diese Zeit erschien mir sehr lang, weil ich dann von Inesilla getrennt war.

Als die zwei Monate fast vorüber waren, erhielt ich einen Brief meines Vaters, in dem er mir befahl, ihm entgegenzukommen und ihn bei der Venta Quemada, wo die Sierra Morena beginnt, zu erwarten. Ein paar Wochen früher hätte ich mich nicht so leicht entschlossen, die Sierra Morena zu durchqueren; aber die zwei Brüder Zotos waren gerade gehenkt worden. Seine Bande war in alle Winde zerstreut, und die Straßen galten als ziemlich sicher.

Gegen zehn Uhr morgens brach ich also von Córdoba auf, und ich übernachtete in Andújar bei einem der geschwätzigsten Wirte ganz Andalusiens. Ich bestellte ein üppiges Abendessen, aß einen Teil davon und hob den Rest für die Reise auf.

Am folgenden Tag speiste ich bei Los Alcornoques von dem, was ich vom Vorabend aufbewahrt hatte, und gelangte am gleichen Abend zur Venta Quemada. Meinen Vater fand ich dort nicht, aber da er mich in seinem

Brief geheißen hatte, auf ihn zu warten, entschloß ich mich dazu um so lieber, als ich mich in einer geräumigen und bequemen Herberge befand. Der Wirt, der sie damals führte, war ein gewisser Gonzáles aus Murcia, ein recht guter Mann, obschon ein Großmaul, der es nicht unterließ, mir ein Abendessen zu versprechen, das eines spanischen Granden würdig wäre. Während er sich mit den Vorbereitungen beschäftigte, ging ich an den Ufern des Guadalquivir spazieren, und als ich zur Herberge zurückkam, fand ich dort ein Mahl vor, das tatsächlich gar nicht zu verachten war.

Nach dem Essen sagte ich zu Gonzáles, er möge mein Bett vorbereiten. Da sah ich, daß er in Verwirrung geriet. Er führte Reden, die nicht viel Sinn ergaben. Schließlich gestand er mir, daß die Herberge von Gespenstern heimgesucht werde, daß er mit seiner Familie alle Nächte in einem kleinen Gehöft am Ufer des Flusses verbringe, und er fügte hinzu, wenn ich auch dort schlafen wolle, werde er mir ein Bett neben seinem eigenen bereiten.

Dieser Vorschlag schien mir sehr fehl am Platze; ich sagte ihm, er solle nur schlafen gehen, wo er wolle, und er solle mir meine Leute schicken. Gonzáles gehorchte, schüttelte den Kopf, zuckte die Schultern und zog sich zurück.

Einen Augenblick später kamen meine Diener; auch sie hatten von Gespenstern reden hören und wollten mich dazu bewegen, die Nacht in dem Gehöft zu verbringen. Ich nahm ihre Vorschläge ein wenig barsch entgegen und befahl ihnen, mein Bett in eben dem Zimmer vorzubereiten, in dem ich gespeist hatte. Sie gehorchten mir, wenngleich widerwillig, und als das Bett fertig war, beschworen sie mich nochmals mit Tränen in den Augen, die Nacht mit ihnen im Gehöft zu verbringen. Da ihre Vorhaltungen mich ernstlich in Ärger versetzten, erlaubte ich mir, sie ihn auch spüren zu lassen, was sie in die Flucht schlug; und da ich mich nicht von meinen Leuten entkleiden zu lassen pflegte, konnte ich sie beim Zubettgehen leicht entbehren. Sie waren jedoch diensteifriger gewesen, als ich es durch mein Verhalten ihnen gegenüber verdient hatte; neben meinem Bett hatten sie eine brennende Kerze zurückgelassen, eine weitere als Ersatz, dazu zwei Pistolen und ein paar Bücher, deren Lektüre dazu angetan war, mich wachzuhalten; ich muß aber gestehen, daß mir der Schlaf vergangen war.

Einige Stunden verbrachte ich teils mit Lesen, teils indem ich mich im Bett hin- und herwälzte. Schließlich hörte ich den Klang einer Glocke oder Turmuhr, die Mitternacht schlug. Ich war überrascht, da ich die vorangehenden Stunden nicht hatte schlagen hören. Kurz darauf ging die Tür auf, und ich sah meine Stiefmutter hereintreten; sie trug ein Nachtgewand und hielt in der Hand einen Leuchter. Sie näherte sich mir auf Zehenspitzen, den Finger auf den Mund gelegt, als ob sie mir Schweigen gebieten wolle. Dann stellte sie den Leuchter auf meinen Nachttisch, setzte sich auf mein Bett, nahm meine Hand und redete mich mit folgenden Worten an:

»Mein lieber Pacheco, der Augenblick ist gekommen, in dem ich Ihnen die Freuden bieten kann, die ich Ihnen versprach. Wir sind vor einer Stunde in diesem Gasthaus angekommen. Ihr Vater hat sich im Gehöft zu Bett gelegt, aber da ich wußte, daß Sie hier sind, erlangte ich seine Zustimmung, die Nacht mit meiner Schwester Inesilla hier zu verbringen. Sie erwartet Sie und ist gewillt, Ihnen nichts zu verweigern; aber ich muß Sie von den Bedingungen unterrichten, von deren Erfüllung ich Ihr Glück abhängig mache. Sie lieben Inesilla, und ich liebe Sie. Es darf nicht sein, daß zwei von uns selig sind auf Kosten des Dritten. Ich wünsche, daß wir drei heute nacht ein einziges Bett miteinander teilen. Kommen Sie mit!«

Meine Stiefmutter ließ mir keine Zeit zu antworten; sie nahm mich bei der Hand und führte mich durch zahllose Gänge, bis wir zu einer Tür gelangten, an der sie gleich anfing, durchs Schlüsselloch etwas zu beobachten.

Als sie lange genug durchgeschaut hatte, sagte sie: »Alles verläuft wie gewünscht, sehen Sie nur selbst.«

Ich nahm ihren Platz am Schlüsselloch ein, und ich sah wirklich die reizende Inesilla in ihrem Bett. Aber von der Sittsamkeit, die ich immer an ihr wahrzunehmen geglaubt hatte, war sie weit entfernt! Der Ausdruck ihrer Augen, ihr erregter Atem, die lebhafte Färbung ihrer Wangen, ihre Haltung sprachen dafür, daß sie einen Liebhaber erwartete.

Camila ließ mir Zeit zu schauen und sagte dann: »Mein lieber Pacheco, warten Sie vor dieser Tür; wenn es Zeit ist, melde ich es Ihnen.«

Als sie hineingegangen war, heftete ich mein Auge wieder an das Schlüsselloch, und ich sah tausend Dinge, die wiederzugeben mir schwerfällt. Zuerst entkleidete sich Camila ziemlich vollständig, dann legte sie sich zu ihrer Schwester ins Bett und sagte ihr:

»Meine liebe Inesilla, so ist es denn wahr, daß du einen Liebhaber empfangen willst? Armes Kind, du weißt nicht, welchen Schmerz er dir zufügt. Zuerst streckt er dich nieder, walkt dich durch, und dann zermalmt er dich und reißt dich entzwei.«

Als Camila ihre Schülerin für hinlänglich belehrt hielt, kam sie, um mir die Tür zu öffnen, führte mich zum Bett ihrer Schwester und legte sich zu uns.

Was soll ich Ihnen von dieser verhängnisvollen Nacht erzählen? Ich gelangte zum tiefsten Abgrund aller Lüste und Verbrechen. Lange kämpfte ich an gegen Schlaf und Natur, um die höllische Wollust noch auszudehnen. Endlich schlief ich ein, und am nächsten Tag erwachte ich unter dem Galgen von Zotos Brüdern und lag zwischen ihren schändlichen Kadavern.

Der Eremit unterbrach hier den Besessenen und sagte zu mir: »Nun, mein Sohn! Was haltet Ihr davon? Ich glaube, Ihr wäret arg erschrocken, Euch so zwischen zwei Gehenkte gebettet wiederzufinden.«

Ich antwortete ihm: »Mein Vater, Ihr kränkt mich. Ein Edelmann darf sich niemals fürchten, und erst recht nicht, wenn er die Ehre hat, Hauptmann der Wallonischen Garden zu sein.«

»Aber mein Sohn«, erwiderte der Einsiedler, »habt Ihr denn jemals von einem Menschen gehört, dem ein solches Abenteuer begegnet wäre?«

Ich zögerte einen Augenblick, worauf ich ihm antwortete: »Mein Vater, wenn dieses Abenteuer Herrn Pacheco zugestoßen ist, kann es auch anderen zustoßen; ich werde um so besser ein Urteil darüber abgeben können, wenn Ihr ihm befehlt, mit seiner Geschichte fortzufahren.«

Pacheco stieß ein schreckliches Geheul aus und fuhr mit folgenden Worten fort:

Ich war halb tot, als ich den Galgen verließ. Ich schleppte mich immer weiter, ohne zu wissen wohin. Endlich stieß ich auf Reisende, die Mitleid mit mir hatten und mich zur Venta Quemada zurückbrachten. Dort fand ich den Wirt und meine Leute wieder, die sich die größten Sorgen um mich machten. Ich fragte sie, ob mein Vater in dem Gehöft übernachtet habe. Sie antworteten mir, daß kein Mensch gekommen sei.

Länger in der Venta zu bleiben, brachte ich nicht über mich, und ich machte mich auf den Weg nach Andújar. Ich traf dort erst nach Sonnenuntergang ein. Die Herberge war voll, und man schlug mir ein Bett in der Küche auf, in dem ich mich zur Ruhe legte; aber ich fand keinen Schlaf, denn die Schrecken der vergangenen Nacht waren mir noch allzu gegenwärtig.

Ich hatte eine Kerze angezündet und auf den Kamin

gestellt. Plötzlich erlosch sie, und ich fühlte einen tödlichen Schauer, der mir das Blut in den Adern gefrieren ließ.

Meine Decke wurde herabgezogen; dann vernahm ich eine leise Stimme, die sagte: »Ich bin Camila, deine Stiefmutter, ich friere, mein Herzchen; mach mir Platz unter der Decke.«

Dann sagte eine andere leise Stimme: »Und ich bin Inesilla. Laß mich zu dir ins Bett. Mir ist kalt. Mir ist kalt.«

Dann fühlte ich eine eisige Hand, die mich unter dem Kinn anfaßte. Ich sammelte alle meine Kräfte und sagte ganz laut: »Satan, weiche von mir!«

Da sagten die leisen Stimmen: »Warum willst du uns verjagen? Bist du nicht unser süßer kleiner Gemahl? Wir frieren. Wir wollen ein wenig Feuer machen.«

Alsbald sah ich tatsächlich an der Feuerstelle eine Flamme züngeln. Sie wurde heller, und ich erblickte nicht Inesilla und Camila, sondern, im Rauchfang aufgehängt, die zwei Brüder Zotos.

Diese Erscheinung brachte mich ganz aus der Fassung. Mit einem Satz war ich aus dem Bett. Ich sprang aus dem Fenster und lief querfeldein. Einen Augenblick lang konnte ich hoffen, den ganzen Greueln entkommen zu sein; als ich mich aber umdrehte, sah ich, daß die zwei Gehenkten mir nachsetzten. Ich begann wieder zu rennen und stellte fest, daß die Gehenkten zurückblieben. Aber meine Freude war nicht von Dauer. Die abscheulichen Wesen fingen an, hinter mir her das Rad zu schlagen, und waren in Windeseile wieder dicht an mir. Ich lief immer weiter, aber dann verließen mich die Kräfte.

Da fühlte ich, daß einer der Gehenkten mich am linken Fußgelenk packte. Ich wollte mich losmachen, aber der andere schnitt mir den Weg ab.

Er stellte sich vor mich hin, starrte mich mit grausigen

Augen an und streckte die Zunge heraus, die rotglühend war wie Eisen aus dem Schmiedeofen. Ich flehte um Gnade; umsonst. Mit einer Hand packte er mich bei der Kehle, mit der anderen riß er mir das Auge aus, das mir jetzt fehlt. In die Augenhöhle stieß er seine brennend heiße Zunge. Er leckte mir das Hirn und ließ mich vor Schmerz brüllen.

Dann wollte auch der andere Gehenkte, der mein linkes Bein gepackt hatte, seine Klauen gebrauchen. Zuerst kitzelte er mich an der Sohle des Fußes, den er umklammerte. Dann riß mir das Ungeheuer dort die Haut herunter, suchte säuberlich die Nerven heraus, legte sie bloß und wollte darauf spielen wie auf einem Musikinstrument; da ich jedoch keinen Ton hervorbrachte, der ihm Vergnügen machte, wühlte er seine Krallen in meine Kniekehlen, zupfte an den Sehnen und fing an, sie zusammenzudrehen, wie man es macht, um eine Harfe zu stimmen. Schließlich fing er an, auf meinem Bein zu spielen, aus dem er eine Zither gemacht hatte. Ich hörte sein teuflisches Gelächter; während mir der Schmerz ein schreckliches Gebrüll entlockte, bildete das Geheul der Hölle den Chor dazu. Als ich aber anfing, das Zähneknirschen der Verdammten zu hören, war es mir, als ob jede Faser meines Körpers zwischen ihren Zähnen zermalmt würde. Schließlich verlor ich das Bewußtsein.

Am Tag darauf fanden mich Hirten auf dem Feld liegen und trugen mich zu dieser Einsiedelei. Hier beichtete ich meine Sünden, und hier, zu Füßen des Kreuzes, fand ich Linderung für meine Leiden.

An dieser Stelle stieß der Besessene ein schreckliches Geheul aus und verstummte.

Darauf ergriff der Einsiedler das Wort und sagte zu mir: »Junger Mann, Ihr seht Satans Gewalt, betet und weint! Aber es ist schon spät. Wir müssen uns trennen. Ich empfehle Euch nicht, in meiner Zelle zu schlafen, denn Pacheco stößt nachts Schreie aus, die Euch belästigen könnten. Legt Euch in der Kapelle zur Ruhe. Dort steht Ihr unter dem Schutz des Kreuzes, das über die bösen Geister obsiegt.«

Ich antwortete dem Einsiedler, daß ich schlafen könne, wo immer er es wünsche. Wir trugen ein kleines Gurtbett in die Kapelle. Ich legte mich hin, und der Einsiedler wünschte mir eine gute Nacht.

Als ich allein war, kam mir wieder Pachecos Erzählung in den Sinn. Ich fand darin viele Übereinstimmungen mit meinen eigenen Abenteuern, und ich sann noch darüber nach, als ich es Mitternacht schlagen hörte. Ich wußte nicht, ob der Einsiedler die Glocke schlug oder ob ich es noch mit Gespenstern zu tun hatte. Da hörte ich ein Kratzen an meiner Tür. Ich ging hin und fragte: »Wer ist da?«

Eine leise Stimme antwortete: »Es friert uns, öffnet uns, wir sind deine süßen kleinen Frauen.«

»Ach ja, ihr verdammten Gehenkten«, antwortete ich ihnen, »kehrt zu eurem Galgen zurück und laßt mich schlafen.«

Da sagte die leise Stimme: »Du spottest über uns, weil du in einer Kapelle bist; komm doch ein bißchen heraus.«

»Ich komme«, antwortete ich auf der Stelle.

Ich holte meinen Degen und wollte hinausgehen, aber ich fand die Tür verschlossen. Ich sagte es den Gespenstern, die kein Wort erwiderten. Ich legte mich ins Bett und schlief, bis es Tag war.

Dritter Tag

Ich wurde vom Einsiedler geweckt, der höchst zufrieden schien, mich gesund und wohlbehalten wiederzusehen. Er umarmte mich, netzte meine Wangen mit seinen Tränen und sprach: »Mein Sohn, heute nacht hat sich Seltsames ereignet. Sage mir die Wahrheit: Hast du in der Venta Quemada genächtigt? Haben sich die bösen Geister deiner bemächtigt? Noch ist Hilfe möglich. Komm mit mir zum Altar. Bekenne deine Verfehlungen. Tu Buße.«

Der Einsiedler fuhr mit dergleichen Ermahnungen fort. Dann schwieg er, um auf meine Antwort zu warten.

Da sagte ich ihm: »Mein Vater, ich habe gebeichtet, als ich von Cadix abreiste. Seither glaube ich keine Todsünde begangen zu haben, es sei denn im Traum. Es ist wahr, daß ich in der Venta Quemada übernachtet habe. Wenn ich dort jedoch etwas sah, so habe ich gute Gründe, davon zu schweigen.«

Diese Antwort versetzte den Einsiedler anscheinend in Erstaunen. Er beschuldigte mich, ich sei vom Hochmutsteufel besessen, und versuchte mich zu überzeugen, daß mir eine Generalbeichte nottue; als er indessen sah, daß er meinen hartnäckigen Widerstand nicht überwinden konnte, gab er ein wenig seinen dogmatischen Ton auf, nahm ein menschlicheres Wesen an und sagte:

»Mein Sohn, ich staune über Euren Mut. Sagt mir, wer Ihr seid, welche Erziehung Ihr genossen habt, ob Ihr an

Gespenster glaubt oder nicht! Laßt es Euch nicht verdrießen, meine Neugierde zu befriedigen.«

Ich erwiderte: »Mein Vater, Euer Wunsch, mich kennenzulernen, kann mich nur ehren, ich schulde Euch dafür meinen Dank. Erlaubt, daß ich aufstehe, ich werde Euch in der Einsiedelei aufsuchen, wo ich Euch alles mitteilen will, was Ihr über mich erfahren wollt.«

Der Einsiedler umarmte mich abermals und zog sich zurück.

Als ich angekleidet war, ging ich zu ihm. Er ließ gerade Ziegenmilch heiß werden und bot sie mir mit Zucker und Brot an; er selbst aß ein paar in Wasser gekochte Wurzeln.

Als wir gefrühstückt hatten, wandte sich der Einsiedler dem Besessenen zu und sagte:

»Pacheco! Pacheco! Im Namen des Erlösers befehle ich dir, die Ziegen ins Gebirge zu treiben.«

Pacheco stieß ein furchtbares Geheul aus und ging hinaus.

Dann hob ich mit folgenden Worten an, meine Geschichte zu erzählen:

Die Geschichte des Alfonso van Worden

Ich entstamme einer sehr alten Familie, die indessen wenig Ruhm und noch weniger Reichtümer erwarb. Unser ganzes Erbe hatte immer nur aus einem alten Rittergut bestanden, Worden genannt, das zum Herrschaftsgebiet von Burgund gehört und inmitten der Ardennen liegt.

Da mein Vater einen älteren Bruder hatte, mußte er sich mit einer sehr geringen Ausstattung begnügen, die aber hinreichte, um ihm in der Armee einen ehrenhaften Unterhalt zu gewähren. Er nahm am gesamten Erbfolgekrieg teil, und als der Friede geschlossen wurde, verlieh ihm Philipp V. den Rang eines Oberstleutnants bei der Wallonischen Garde.

In der spanischen Armee herrschte damals ein bis zum äußersten Grad getriebener Ehrenstandpunkt, den mein Vater noch überbot. Und man kann ihn wahrhaftig nicht dafür tadeln, da die Ehre im eigentlichen Sinne die Seele und das Leben eines Soldaten ausmacht. In Madrid wurde kein einziges Duell ausgetragen, bei dem mein Vater nicht das Zeremoniell bestimmte; und sobald er verfügte, daß ausreichend Satisfaktion gegeben sei, hielt jeder seine Ehre für wiederhergestellt. Wenn jemand sich einmal nicht als zufriedengestellt erwies, bekam er es sofort mit meinem Vater selbst zu tun, der nicht zögerte, den Wert jeder seiner Entscheidungen mit der Spitze seines Degens zu unterstreichen. Darüber hinaus führte mein Vater ein Hauptbuch, in das er die Geschichte jedes Duells mit all seinen Umständen eintrug, was ihm tatsächlich den großen Vorteil verschaffte, in allen komplizierten Fällen mit Gerechtigkeit urteilen zu können.

Fast ausschließlich mit seinen kämpferischen Ehrenhändeln beschäftigt, hatte sich mein Vater den Reizen der Liebe wenig zugänglich gezeigt; aber schließlich ließ sich sein Herz vom Zauber eines noch recht jungen Fräuleins berühren, das Urraque de Gomelez hieß, Tochter des *oidor* von Granada und vom Geblüt der einstigen Könige des Landes. Gemeinsame Freunde hatten die beteiligten Parteien einander bald angenähert, und die Heirat wurde vereinbart.

Mein Vater hielt es für angezeigt, alle Herren, mit denen er sich duelliert und die er, versteht sich, nicht getötet hatte, zu seiner Hochzeit zu laden. Hundertzweiundzwanzig saßen also an der Tafel, dreizehn waren nicht in Madrid, und mit dreiunddreißig, mit denen er sich bei der Armee geschlagen hatte, bestand keine Verbindung mehr. Meine Mutter sagte mir oft, dieses Fest sei besonders heiter gewesen und es sei dabei aufgefallen, daß die größte Herzlichkeit herrschte, was mir zu glauben nicht schwerfällt; denn mein Vater hatte im Grunde das allerbeste Herz, und jedermann liebte ihn.

Seinerseits war mein Vater Spanien eng verbunden, das er niemals verlassen hatte; aber zwei Monate nach seiner Hochzeit erhielt er einen vom Rat der Stadt Bouillon unterzeichneten Brief. Man teilte ihm mit, sein Bruder sei kinderlos verstorben und das Rittergut nun ihm zugefallen. Diese Nachricht stürzte meinen Vater in die größe Unruhe, und meine Mutter erzählte mir, daß er so geistesabwesend war, daß man ihm kein Wort entlocken konnte. Schließlich schlug er seine Duellchronik auf, wählte die zwölf Männer aus Madrid aus, die sich am häufigsten duelliert hatten, lud sie zu sich ein und hielt ihnen folgende Ansprache:

»Meine lieben Waffenbrüder, Sie wissen, wie oft ich, wenn Ihre Ehre auf dem Spiel zu stehen schien, Ihrem Gewissen wieder Frieden gegeben habe. Heute bin ich selbst gezwungen, mich auf Ihren Scharfsinn zu verlassen, denn mein eigenes Urteil versagt hier; oder vielmehr fürchte ich, daß es durch das Gefühl meiner Parteilichkeit getrübt ist. Hier ist der Brief, den mir die Räte der Stadt Bouillon senden, deren Wort Achtung heischt, obwohl sie nicht Edelleute sind. Sagen Sie mir, ob die Ehre mir gebietet, das Schloß meiner Ahnen zu bewohnen, oder ob ich weiter dem König Don Philipp dienen muß, der mich mit Wohltaten überhäufte und mich kürzlich in den Rang eines Brigadekommandeurs erhob. Ich lege den Brief auf diesen Tisch und lasse Sie allein. In einer halben Stunde komme ich wieder, um zu erfahren, wie Sie entschieden haben.«

Als er so gesprochen hatte, ging mein Vater wirklich hinaus. Nach einer halben Stunde kam er zurück und ließ abstimmen. Fünf stimmten für den Verbleib beim Soldatendienst, sieben für das Leben in den Ardennen. Mein Vater fügte sich ohne Murren dem Urteil der Mehrheit.

Meine Mutter wäre gern in Spanien geblieben, aber sie hing so an ihrem Gatten, daß er nicht einmal ihren Widerwillen bemerkte, das Land zu verlassen. Schließlich war man nur noch mit den Vorbereitungen zur Reise und der Auswahl einiger Menschen beschäftigt, die daran teilnehmen sollten, um mitten in den Ardennen würdige Vertreter Spaniens zu sein. Obgleich ich noch nicht zur Welt gekommen war, dachte mein Vater, der nicht an meinem Erscheinen zweifelte, daß es an der Zeit sei, mir einen Fechtmeister zu geben. So wurde er auf den besten aufmerksam, den es in Madrid gab, Garcias Hierro. Dieser junge Mann, der es müde war, tagtäglich auf der Plaza de la Cebada Stöße einzustecken, entschloß sich leicht zum Mitkommen. Anderseits wollte meine Mutter nicht ohne Hauskapellan reisen und wählte Iñigo Velez, einen in Cuenza graduierten Theologen. Er sollte mich auch in der katholischen Religion und in der kastilischen Sprache unterweisen. Alle diese Vorkehrungen für meine Erziehung wurden anderthalb Jahre vor meiner Geburt getroffen.

Als mein Vater zur Abreise bereit war, wollte er vom König seinen Urlaub nehmen und ließ sich gemäß dem spanischen Hofzeremoniell auf ein Knie nieder, um ihm die Hand zu küssen; dabei wurde es ihm aber so eng ums Herz, daß er ohnmächtig zu Boden fiel und man ihn nach Hause tragen mußte. Am nächsten Tag verabschiedete er sich von Don Fernando de Laura, dem damaligen Ersten Minister. Dieser Herr empfing ihn mit ganz besonderer Auszeichnung und teilte ihm mit, der König setze ihm eine Pension von zwölftausend *reales* aus und erhebe ihn in den Rang eines *sargente general*, welcher dem eines Generalmajors gleichkommt. Mein Vater hätte ein Gutteil seines Blutes darangegeben, um sich nochmals seinem königlichen Herrn zu Füßen zu werfen, doch da er sich schon beurlaubt hatte, begnügte er sich damit, einen Teil der Gefühle, deren sein Herz so voll war, in einem Brief niederzulegen. Schließlich verließ er Madrid und vergoß dabei viele Tränen.

Bis Lyon wurde seine Reise durch keinerlei widerwärtige Vorkommnisse gestört; als er aber diese Stadt mit Postpferden verlassen hatte, wurde er von einer Kutsche überholt, die, da sie leichter war, die Poststation zuerst erreichte. Mein Vater, der einen Augenblick später eintraf, sah, daß man schon die Pferde vor die Kutsche spannte. Sofort griff er zum Degen, trat auf den Reisenden zu und bat ihn, ihm ein Gespräch unter vier Augen zu gewähren. Als der Reisende, ein französischer Oberst, meinen Vater in Generalsuniform sah, nahm er sogleich seinen Degen, um ihm Ehre zu erweisen. Sie betraten ein Gasthaus, das der Poststation gegenüber lag, und verlangten ein Zimmer.

Als sie unter vier Augen waren, sagte mein Vater zu dem anderen Reisenden: »Mein Herr, Ihre Kutsche hat meinen Wagen überholt, um vor mir die Post zu erreichen. Dieses Vorgehen, das an sich keine Beleidigung ist, hat doch etwas Verletzendes, wofür ich Sie um eine Erklärung bitten muß.«

Der Oberst war sehr überrascht, gab den Postillonen die ganze Schuld und versicherte, daß ihn gar keine treffe.

»Mein Herr Kavalier«, entgegnete ihm mein Vater, »ich will aus der Sache keinen ernsthaften Streitfall machen und werde mich mit dem ersten Blut begnügen.« Und damit zog er den Degen.

»Warten Sie noch einen Augenblick«, sagte der Franzose. »Mir scheint, daß nicht meine Postillone die Ihren überholt haben, sondern daß Ihre langsamer wurden und so zurückfielen.«

Als mein Vater ein wenig nachgedacht hatte, erklärte er dem Oberst: »Mein Herr, ich glaube, Sie haben recht, und wenn Sie mir diese Beobachtung früher, bevor ich den Degen zog, mitgeteilt hätten, müßten wir uns nicht schlagen; aber Sie werden selbst empfinden, daß beim jetzigen Stand der Dinge ein wenig Blut fließen muß.«

Der Oberst, der diesen letzteren Grund wahrscheinlich ganz zutreffend fand, zog ebenfalls seinen Degen. Der Kampf dauerte nicht lang. Als mein Vater fühlte, daß er getroffen war, senkte er die Spitze seines Degens und bat den Obersten herzlich, ihm die Unannehmlichkeiten zu verzeihen, die er ihm bereitet habe; dieser hingegen bot ihm seine Dienste an, gab ihm die Adresse, unter der er in Paris zu finden sei, stieg in seine Kutsche und reiste ab.

Mein Vater hielt zunächst seine Verletzung für sehr geringfügig, aber sein Körper war so von Narben bedeckt, daß ein neuer Stoß fast nur auf eine alte Narbe treffen konnte. Der Degenstoß des Obersten hatte tatsächlich eine alte Musketenwunde wieder geöffnet, unter der die Kugel noch steckte. Das Blei erzeugte neue Spannungen, um wieder herauszutreten, trat nach zweimonatiger Behandlung endlich wieder hervor, und die Reise wurde fortgesetzt.

In Paris angekommen, ließ es sich mein Vater zuallererst angelegen sein, dem Obersten, einem Marquis d'Urfé, seine Reverenz zu erweisen. Dieser war einer der Hofleute, auf die man die größten Stücke hielt. Er empfing meinen Vater mit außerordentlicher Verbindlichkeit und erbot sich, ihn dem Minister vorzustellen und in die besten Häuser einzuführen. Mein Vater dankte ihm und bat ihn nur, ihn dem Herzog von Tavannes, damals Doyen der Marschälle, vorzustellen, da er über alles unterrichtet sein wollte, was das Ehrengericht betraf, von dem er sich immer die höchsten Vorstellungen gemacht hatte und von dem er in Spanien oft als von einer weisen

Einrichtung gesprochen hatte, deren Einführung im Königreich er sehr begrüßt hätte. Der Herzog empfing meinen Vater mit großer Höflichkeit und empfahl ihn dem Chevalier de Bélièvre, dem Vollzugsoffizier der Herren Marschälle und Berichterstatter an ihrem Gericht.

Da der Chevalier meinen Vater oft aufsuchte, erhielt er auch Kenntnis von seiner Duellchronik. Dieses Werk erschien ihm in seiner Art einzigartig, und er bat um die Erlaubnis, es den Herren Marschällen vorzulegen, die genau wie ihr Offizier urteilten und meinen Vater um den Gefallen baten, davon eine Kopie anfertigen zu dürfen, die im Archiv des Gerichts aufbewahrt werden solle. Kein Vorschlag konnte meinem Vater schmeichelhafter sein, und er empfand darüber eine unaussprechliche Freude.

Dergleichen Zeichen der Hochschätzung machten meinem Vater den Pariser Aufenthalt sehr angenehm, aber meine Mutter dachte anders darüber. Sie hatte es sich nicht nur zum Gesetz gemacht, unter keinen Umständen Französisch zu lernen, sondern sogar wegzuhören, wenn man in dieser Sprache redete. Ihr Beichtiger Iñigo Velez machte ständig bittere Scherze über die Freiheiten der gallikanischen Kirche, und Garcias Hierro beendete alle Gespräche mit der schlüssigen Bemerkung, die Franzosen seien Rüpel.

Schließlich verließ man Paris; in vier Tagen gelangte man nach Bouillon. Mein Vater wies sich dem Rat gegenüber aus und ergriff Besitz von seinem Gut.

Das Dach unserer Väter war nicht nur der Gegenwart seiner Herren, sondern auch eines Teils seiner Ziegel beraubt; so daß es ebenso in die Zimmer regnete wie in den Hof, mit dem Unterschied, daß der gepflasterte Hof sehr schnell wieder trocknete, während das Wasser in den Zimmern Pfützen entstehen ließ, die nie trocknen wollten. Diese häusliche Überschwemmung mißfiel meinem

Vater durchaus nicht, da sie ihn an die Belagerung von Lérida erinnerte, bei der er drei Wochen lang mit den Beinen im Wasser gestanden hatte.

Seine erste Sorge war es indessen, das Bett seiner Gattin ins Trockene zu bringen. Im Empfangssaal gab es einen flämischen Kamin, an dem sich leicht fünfzehn Personen wärmen konnten, und der Rauchfang des Kamins bildete eine Art Dach, das auf jeder Seite von zwei Säulen getragen wurde. Der Kaminabzug wurde verstopft, und unter den Rauchfang konnte, zusammen mit dem Nachttisch und einem Stuhl, das Bett meiner Mutter gestellt werden; und da die Feuerstelle um einen Fuß höher lag als der Boden des Saals, bildete sie eine Art Insel, die nicht wohl überschwemmt werden konnte.

Mein Vater schlug sein Bett auf der anderen Seite des Saals auf zwei durch Bretter miteinander verbundenen Tischen auf, und zwischen seinem Bett und dem meiner Mutter wurde eine Brücke konstruiert, in der Mitte verstärkt durch eine Art Damm, der aus Koffern und Kisten ausgeführt war. Dieses Bauwerk wurde noch am Tag ihrer Ankunft im Schloß errichtet, und auf den Tag genau neun Monate später kam ich zur Welt.

Während man äußerst betriebsam an den notwendigsten Reparaturen arbeitete, erhielt mein Vater einen Brief, der ihn überglücklich machte. Er war vom Marschall de Tavannes unterzeichnet, und dieser Herr bat ihn um seine Einschätzung in einer Ehrenangelegenheit, die das Gericht gerade beschäftigte. Diese offensichtliche Auszeichnung erschien meinem Vater von solcher Bedeutung, daß er sie mit einem Fest für die ganze Nachbarschaft feiern wollte. Aber sie hatten keine Nachbarn, so daß das Fest auf einen Fandango beschränkt blieb, den der Fechtmeister mit Señora Francesca, der Ersten Kammerfrau meiner Mutter, ausführte.

Als mein Vater den Brief des Marschalls beantwortete,

bat er darum, man möge ihm in Zukunft gütigst Auszüge aus den Akten der Verfahren zusenden, die vor Gericht gebracht wurden. Diese Gunst wurde ihm gewährt, und am Ersten jeden Monats erhielt er einen Umschlag, dessen Inhalt vier Wochen lang für Gespräche und Unterhaltung sorgte, an den Winterabenden am großen Kamin, im Sommer auf zwei Bänken, die vor dem Schloßtor standen.

Während der ganzen Schwangerschaft meiner Mutter sprach mein Vater mit ihr von dem Sohn, den sie bekommen würde, und er dachte daran, einen Taufpaten für mich zu finden. Meine Mutter neigte zur Wahl des Marschalls de Tavannes oder des Marquis d'Urfé. Mein Vater stimmte mit ihr darin überein, daß dies viel Ehre für uns bedeuten würde, aber er fürchtete, diese beiden Herren könnten glauben, daß sie damit ihm zu viel Ehre erwiesen, und aus einem sehr wohl angebrachten Taktgefühl entschied er sich für den Chevalier de Bélièvre, der sich seinerseits hochachtungsvoll und dankbar anzunehmen entschloß.

Schließlich kam ich zur Welt. Mit drei Jahren trug ich schon einen kleinen Degen, und mit sechs konnte ich ohne Wimpernzucken eine Pistole abfeuern ... Als ich ungefähr sieben Jahre alt war, besuchte uns mein Pate. Dieser Edelmann hatte in Tournai geheiratet, und er bekleidete dort die Stellung eines Vorsitzenden des Militärgerichts und Berichterstatters in Ehrensachen. Das sind Ämter, die auf die Zeit der regelrecht ausgetragenen Zweikämpfe zurückgehen und später mit dem Gericht der Marschälle von Frankreich vereinigt wurden.

Madame de Bélièvre war von sehr zarter Gesundheit, und ihr Gatte begleitete sie zu den Bädern von Spa. Alle beide entwickelten eine außerordentliche Zuneigung zu mir, und da sie keine Kinder hatten, beschworen sie meinen Vater, ihnen meine Erziehung anzuvertrauen, um die man sich in einem so einsamen Landstrich wie im Gebiet von Schloß Worden nicht so gut hätte kümmern können. Mein Vater stimmte zu, wozu ihn vor allem das Amt des Berichterstatters im Ehrengericht bewegte, das ihm die Gewißheit gab, ich würde im Haus Bélièvre frühzeitig von den Grundsätzen durchdrungen, die eines Tages meine Haltung bestimmen sollten.

Zunächst war davon die Rede, ich solle von Garcias Hierro begleitet werden, weil mein Vater der Überzeugung war, die vornehmste Art, sich zu schlagen, sei die mit dem Degen in der Rechten, dem Dolch in der Linken, eine Art der Fechtkunst, die in Frankreich ganz unbekannt war. Da mein Vater aber die Gewohnheit angenommen hatte, jeden Morgen hinter der Mauer mit Hierro die Klingen zu kreuzen, und da diese Übung für seine Gesundheit notwendig geworden war, glaubte er nicht auf ihn verzichten zu können.

Es wurde auch erwogen, mir den Theologen Iñigo Velez mitzugeben, aber da meine Mutter immer noch ausschließlich spanisch sprach, war es nur natürlich, daß sie einen Beichtiger nicht entbehren konnte, der diese Sprache beherrschte. So kam es, daß ich die zwei Männer, die vor meiner Geburt dazu bestimmt worden waren, meine Erziehung zu bestreiten, nicht um mich hatte. Man gab mir indessen einen spanischen Kammerdiener, um mich im Gebrauch der spanischen Sprache zu üben.

Mit meinem Paten reiste ich nach Spa ab. Dort brachten wir zwei Monate zu. Wir unternahmen eine Reise nach Holland und langten gegen Ende des Herbstes in Tournai an. Der Chevalier de Bélièvre rechtfertigte das Vertrauen, das mein Vater in ihn setzte, vollkommen, und sechs Jahre lang ließ er es an nichts fehlen, was eines Tages einen hervorragenden Offizier aus mir machen sollte. Dann starb Madame de Bélièvre, ihr Gatte verließ Flandern, um sich in Paris niederzulassen, und ich wurde in das elterliche Haus zurückgerufen.

Nach einer Reise, die die fortgeschrittene Jahreszeit recht unerfreulich machte, kam ich etwa zwei Stunden nach Sonnenuntergang beim Schloß an und fand seine Bewohner um den großen Kamin versammelt. Mein Vater war zwar glücklich, mich zu sehen, hütete sich aber vor Freudenbezeigungen, die das, was Ihr Spanier *la gravedad* nennt, hätten gefährden können. Meine Mutter benetzte mein Gesicht mit Tränen. Der Theologe Iñigo Velez spendete mir seinen Segen, und der Degenfechter Hierro reichte mir gleich ein Florett. Wir fochten einen Gang, und ich hielt mich besser, als es mein Alter hätte erwarten lassen. Mein Vater war zu sehr Kenner, um es nicht zu bemerken, und seine Würde wich der rührendsten Zärtlichkeit. Das Abendessen wurde aufgetragen, und alle wurden überaus heiter.

Nach dem Essen setzte man sich wieder um den Kamin, und mein Vater sagte zu dem Theologen: »Ehrwürdiger Don Iñigo, wollen Sie mir die Freude machen, den dicken Band hervorzuholen, in dem so viele wunderbare Geschichten stehen, und uns eine vorzulesen?«

Der Theologe stieg in sein Zimmer hinauf und erschien wieder mit einem in weißes Pergament gebundenen Folioband, den die Zeit hatte vergilben lassen. Er schlug ihn aufs Geratewohl auf und las:

Die Geschichte des Trivulzio aus Ravenna

In einer italienischen Stadt, genannt Ravenna, lebte einstmals ein junger Mann mit Namen Trivulzio. Er war schön, reich und von hohem Selbstgefühl. Die jungen Mädchen in Ravenna liefen zu den Fenstern, um ihn vorbeigehen zu sehen, aber keine erregte seine Aufmerksamkeit. Wenn er aber an der einen oder anderen ein wenig Gefallen fand, zeigte er es ihr nicht, da er befürchtete, er könne ihr zuviel Ehre antun; endlich aber konnte sein Stolz nichts mehr ausrichten gegen die Reize der jungen und schönen Nina dei Gieraci. Trivulzio ließ sich dazu herbei, ihr seine Liebe zu erklären. Nina antwortete ihm, daß Herr Trivulzio ihr große Ehre erweise, daß sie aber seit ihrer Kindheit ihren Cousin, Tebaldo dei Gieraci, liebe und gewiß immer nur ihn lieben werde.

Auf diese unerwartete Antwort hin entfernte sich Trivulzio mit den Anzeichen äußerster Wut.

Acht Tage später, an einem Sonntag, als alle Bürger Ravennas sich zur Bischofskirche San Pietro begaben, erkannte Trivulzio in der Menge Tebaldo, der seine Cousine am Arm führte. Er zog seinen Mantel übers Gesicht und folgte ihnen. Als man die Kirche betreten hatte, in der es nicht gestattet ist, sein Gesicht im Mantel zu verstecken, hätten die beiden Liebenden leicht bemerken können, daß Trivulzio ihnen folgte, aber sie waren einzig mit ihrer Liebe beschäftigt und dachten daran mehr als an die Messe, was eine große Sünde ist.

Trivulzio hatte sich indessen in die Bank hinter ihnen gesetzt. Er hörte alle ihre Reden, und das gab seiner Wut neue Nahrung. Da bestieg ein Priester die Kanzel und sprach: »Meine Brüder, ich erlasse hiermit das Aufgebot für Tebaldo und Nina dei Gieraci; ist hier jemand, der gegen ihre Heirat Einwände erhebt?«

»Ich erhebe Einwände!« schrie Trivulzio und versetzte den beiden Liebenden an die zwanzig Dolchstöße. Man wollte ihm in den Arm fallen, aber er stach weiter zu, verließ eilends die Kirche, dann die Stadt und erreichte die Republik Venedig.

Trivulzio war hoffärtig, vom Glück verwöhnt, aber seine Seele war empfindsam. Sein Gewissen selbst rächte seine Opfer, und er schleppte sich von Stadt zu Stadt und fristete ein jammervolles Dasein. Nach einigen Jahren konnten seine Eltern den Fall gütlich beilegen, und er kehrte nach Ravenna zurück; aber er war nicht mehr der vor Glück strahlende und auf seine Vorzüge stolze Trivulzio. Er war so verändert, daß ihn selbst seine Amme nicht wiedererkannte.

Schon am Tag seiner Ankunft fragte Trivulzio, wo das Grab Ninas sei. Man antwortete ihm, sie sei zusammen mit ihrem Cousin Tebaldo in der Kirche San Pietro begraben, ganz dicht bei der Stelle, wo sie ermordet worden waren. Zitternd begab sich Trivulzio dorthin, und als er zum Grab gelangt war, fiel er darauf nieder und vergoß einen Strom von Tränen.

Welchen Schmerz der unglückliche Mörder auch in diesem Augenblick empfand, er fühlte, daß die Tränen ihn erleichtert hatten. Daher gab er dem Mesner seinen Geldbeutel und erlangte seine Erlaubnis, immer, wenn ihm der Sinn danach stand, die Kirche betreten zu dürfen. So kam er endlich jeden Abend dorthin, und der Mesner, der sich daran gewöhnt hatte, achtete nicht mehr weiter darauf.

Eines Abends schlief Trivulzio, der die Nacht vorher nicht zur Ruhe gekommen war, neben dem Grab ein, und als er erwachte, fand er die Kirche geschlossen. Der Entschluß fiel ihm leicht, die Nacht darin zu verbringen, da er gern seine Trauer noch schürte und seiner Schwermut Nahrung gab. Er hörte nacheinander die Stunden schlagen, und er hätte gewünscht, die seines Todes wäre gekommen.

Schließlich schlug es Mitternacht. Da öffnete sich die Tür der Sakristei, und Trivulzio sah den Mesner hereinkommen, die Laterne in der einen Hand, einen Besen in der anderen. Aber dieser Mesner war nur ein Skelett. Das Gesicht wies ein wenig Haut auf und etwas wie tief in den Höhlen liegende Augen; aber das Chorhemd klebte ihm auf den Knochen und ließ hinreichend erkennen, daß er ganz entfleischt war.

Der grausige Mesner stellte die Laterne auf den Hauptaltar und zündete wie für die Vesper die Kerzen an. Dann begann er die Kirche zu kehren und die Bänke abzustauben. Er kam sogar mehrmals an Trivulzio vorbei, schien ihn aber nicht zu bemerken.

Dann ging er zur Tür der Sakristei und läutete das Glöckchen, das dort hing. Da öffneten sich die Gräber, und die Toten, eingehüllt in ihre Leichentücher, kamen hervor und stimmten sehr schwermütig tönende Litaneien an.

Nachdem sie einige Zeit so psalmodiert hatten, stieg ein Toter, mit Chorhemd und Stola bekleidet, auf die Kanzel und sprach: »Meine Brüder, ich erlasse hiermit das Aufgebot für Tebaldo und Nina dei Gieraci. Verdammter Trivulzio, habt Ihr Einwände zu erheben?«

Hier unterbrach mein Vater den Theologen, wandte sich mir zu und fragte: »Mein Sohn Alfonso, hätten Sie an der Stelle Trivulzios Angst gehabt?«

Ich erwiderte ihm: »Mein lieber Vater, ich glaube, ich hätte große Angst gehabt.«

Da fuhr mein Vater wütend hoch, war mit einem Sprung bei seinem Degen und wollte mich damit durchbohren. Man warf sich zwischen uns, und allmählich beruhigte man ihn ein wenig.

Als er jedoch seinen Platz wieder eingenommen hatte, richtete er einen schrecklichen Blick auf mich und sagte: »Sohn, du bist meiner unwürdig; deine Feigheit entehrt geradezu das Regiment der Wallonischen Garden, in das ich dich eintreten lassen wollte.«

Nach diesen harten Vorwürfen, die mich vor Scham fast hätten sterben lassen, entstand ein langes Schweigen. Garcias brach es als erster und sagte, zu meinem Vater gewandt:

»Ihro Gnaden, wenn ich es wagte, Ihro Exzellenz

einen Rat zu geben, so wäre es der, Ihrem Herrn Sohn zu beweisen, daß es weder Geister gibt noch Gespenster noch Tote, die Litaneien singen, und daß es keine geben kann. Auf diese Weise hätte er sicher keine Angst vor ihnen.«

»Señor Hierro«, erwiderte mein Vater mit ein wenig Bitterkeit, »Sie vergessen, daß ich gestern die Ehre hatte, Ihnen eine Gespenstergeschichte zu zeigen, die mein Urgroßvater mit eigener Hand niederschrieb.«

»Ihro Gnaden«, sagte hierauf Garcias, »ich widerspreche natürlich nicht dem Urgroßvater Eurer Exzellenz.«

»Was wollen Sie sagen mit ›ich widerspreche ihm nicht‹?« sagte mein Vater. »Wissen Sie, daß dieser Ausdruck die Möglichkeit eines Widerspruchs voraussetzt, den Sie gegen meinen Urgroßvater erheben?«

»Ihro Gnaden«, sagte wieder Garcias, »ich weiß wohl, daß ich zu gering bin, als daß Ihr gnädiger Urgroßvater irgendeine Satisfaktion von mir fordern möchte.«

Da sagte mein Vater mit noch fürchterlicherer Miene: »Hierro, der Himmel bewahre Sie davor, Entschuldigungen vorzubringen, denn sie setzen eine Beleidigung voraus.«

»Es bleibt mir also nichts übrig«, sagte Garcias, »als mich der Strafe zu unterwerfen, die Ihre Exzellenz mir im Namen Ihres Urgroßvaters angedeihen lassen will, allerdings würde ich zur Ehre meines Berufsstandes wünschen, daß mir die Strafe von unserem Kapellan zugemessen werde, damit ich sie als Kirchenbuße ansehen kann.«

»Der Gedanke ist nicht schlecht«, sagte darauf mein Vater in ruhigerem Ton. »Ich erinnere mich, einen kleinen Traktat über die Satisfaktion geschrieben zu haben, die in den Fällen zulässig ist, in denen kein Duell stattfinden kann. Lassen Sie mich darüber nachdenken.«

Mein Vater schien sich zunächst mit diesem Problem zu beschäftigen; aber über immer neuen Überlegungen schlief er endlich in seinem Lehnstuhl ein. Meine Mutter schlief schon, ebenso wie der Theologe, und es dauerte nicht lang, bis Garcias ihrem Beispiel folgte. Da meinte ich, es sei an der Zeit, mich zurückzuziehen, und so ging der erste Tag meiner Rückkehr ins väterliche Haus vorüber.

Am nächsten Tag focht ich mit Garcias. Ich ging auf die Jagd. Man setzte sich zum Abendessen, und als man die Tafel aufhob, bat mein Vater den Theologen wieder, den dicken Band herbeizuschaffen. Hochwürden gehorchte, schlug aufs Geratewohl auf und las vor, was ich nun erzählen will:

Die Geschichte des Landolfo aus Ferrara

In einer italienischen Stadt, die Ferrara heißt, lebte ein junger Mann namens Landolfo. Er war ein zügelloser Mensch ohne Religion, den alle guten Seelen im Lande verabscheuten. Dieser Bösewicht suchte leidenschaftlich den Umgang mit Kurtisanen, und er hatte bei allen, die es in der Stadt gab, die Runde gemacht, aber keine gefiel ihm so sehr wie Bianca de Rossi, weil sie alle anderen an Verderbtheit ausstach.

Bianca war nicht nur ausschweifend, habsüchtig, lasterhaft, sondern sie verlangte auch, daß ihre Liebhaber Handlungen begingen, die sie entehrten, und von Landolfo verlangte sie, daß er sie jeden Abend in sein Haus einlade und sie mit seiner Mutter und seiner Schwester speisen lasse. Landolfo ging sogleich zu seiner Mutter und teilte ihr den Vorschlag mit, als ob es die selbstverständlichste Sache der Welt wäre. Die gute Mutter zerfloß in Tränen und beschwor ihren Sohn, auf den guten Ruf seiner Schwester Rücksicht zu nehmen. Landolfo blieb diesen Bitten gegenüber taub und versprach nur, die

Sache so geheimzuhalten, wie er konnte; dann holte er Bianca und führte sie in sein Haus.

Mutter und Schwester empfingen die Kurtisane besser, als sie es verdiente. Als diese aber ihre Güte sah, verdoppelte sie ihre Unverschämtheit; beim Essen führte sie sehr lockere Reden und erteilte der Schwester ihres Liebhabers Lektionen, auf die diese gut hätte verzichten können. Endlich gab sie ihr und ihrer Mutter zu verstehen, daß sie gut daran täten, sich zu entfernen, weil sie mit Landolfo allein bleiben wollte.

Am nächsten Tag erzählte die Kurtisane die Geschichte in der ganzen Stadt herum, und tagelang hatte man keinen anderen Gesprächsgegenstand. So geschah es, daß das allgemeine Gerücht Odoardo Zampi erreichte, den Bruder von Landolfos Mutter. Odoardo war ein Mann, den man nicht ungestraft beleidigte. Er hielt sich durch die Beleidigung seiner Schwester auch selbst für beleidigt und ließ am gleichen Tag die schändliche Bianca ermorden. Als Landolfo seine Maitresse aufsuchen wollte, fand er sie erdolcht und in ihrem Blute schwimmend. Er erfuhr schnell, daß sein Onkel den Streich ausgeführt hatte; er lief zu ihm, um ihn zu bestrafen, aber er fand ihn von den tapfersten Männern der Stadt umgeben, die sich über seine Zornesausbrüche lustig machten.

Da Landolfo nicht wußte, an wem er seine Wut auslassen sollte, lief er zu seiner Mutter in der Absicht, sie mit Beschimpfungen zu überschütten. Die arme Frau wollte sich gerade mit ihrer Tochter zu Tisch setzen. Als sie ihren Sohn hereinkommen sah, fragte sie ihn, ob Bianca zum Abendessen komme.

»Soll sie doch kommen und dich mit in die Hölle schleppen«, sagte Landolfo, »mitsamt deinem Bruder und der ganzen Zampi-Sippe.«

Die arme Mutter fiel auf die Knie und sagte: »O mein Gott! Verzeih ihm sein Lästern!«

In diesem Augenblick sprang die Tür mit Getöse auf, und ein fahles, von Dolchstößen zerfetztes Gespenst trat herein, das dennoch eine schreckliche Ähnlichkeit mit Bianca hatte.

Landolfos Mutter und Schwester begannen zu beten, und Gott erwies ihnen die Gnade, den Anblick des Gespensts ertragen zu können, ohne daß sie vor Entsetzen ihr Leben aushauchten.

Die Erscheinung kam mit langsamen Schritten heran und setzte sich zu Tisch wie zur Mahlzeit. Mit einem Mut, den ihm nur der böse Geist eingeben konnte, wagte es Landolfo, ihr eine Schüssel anzubieten. Die Erscheinung riß ihren Mund so weit auf, daß ihr Kopf sich zu teilen schien, und eine rötliche Flamme schoß daraus hervor. Dann streckte sie eine völlig verbrannte Hand aus, nahm ein Stück, verschlang es, und man hörte, wie es unter den Tisch fiel. So schlang sie die ganze Schüssel hinunter, und alle Stücke fielen unter den Tisch. Als die Schüssel geleert war, richtete die Erscheinung ihre grausigen Augen auf Landolfo und sprach:

»Landolfo, wenn ich hier zu Abend esse, so will ich hier auch schlafen. Vorwärts, leg dich schon ins Bett.«

Hier unterbrach mein Vater den Kapellan und sagte zu mir gewandt: »Mein Sohn Alfonso, hätten Sie an der Stelle Landolfos Angst gehabt?«

Ich antwortete ihm: »Mein lieber Vater, ich hätte nicht den geringsten Schauder verspürt, das versichere ich Ihnen.«

Mein Vater schien von der Antwort befriedigt und war noch den ganzen Abend sehr guter Dinge.

So verstrichen die Tage, ohne daß etwas ihr Gleichmaß beeinträchtigt hätte, es sei denn, daß man sich in der schönen Jahreszeit, statt sich um den Kamin zu versammeln, auf den Bänken am Portal niederließ. In dieser angenehmen Ruhe vergingen sechs volle Jahre, die mir heute als ebenso viele Wochen erscheinen.

Als ich mein siebzehntes Jahr vollendet hatte, dachte mein Vater daran, mich in das Regiment der Wallonischen Garde eintreten zu lassen, und er schrieb darüber an die seiner alten Kameraden, auf die er am festesten zählte. Diese würdigen und hochgeachteten Soldaten warfen zu meinen Gunsten gemeinsam ihre Reputation in die Waagschale und erlangten für mich die Bestallung zum Hauptmann. Als mein Vater die Nachricht erhielt, wurde er von einer so heftigen Gemütsbewegung gepackt, daß man um sein Leben fürchtete. Er kam aber schnell wieder zu Kräften und dachte nur noch an die Vorbereitungen für meine Abreise. Er wollte, daß ich den Seeweg wählte, um in Cadix Spanien zu betreten und mich zuerst bei Don Enrique de Sa, dem Provinzstatthalter, vorzustellen, der am meisten zu meiner Ernennung beigetragen hatte.

Als die Postkutsche schon fertig eingespannt im Schloßhof stand, führte mich mein Vater in sein Zimmer und sagte, nachdem er die Tür hinter sich geschlossen hatte:

»Mein lieber Alfonso, ich vertraue Ihnen jetzt ein Geheimnis an, das mir mein Vater mitteilte und das Sie niemandem als Ihrem Sohn überliefern sollen, wenn Sie ihn dessen für würdig erachten.«

Da ich nicht daran zweifelte, daß es sich um einen verborgenen Schatz handele, gab ich ihm zur Antwort, daß ich Gold immer nur als ein Mittel angesehen hätte, um Unglücklichen Hilfe zu leisten.

Doch mein Vater antwortete mir: »Nein, mein lieber Alfonso, hier handelt es sich weder um Gold noch um Silber. Ich will Sie einen geheimen Stoß lehren, mit dem man seinen Gegner unfehlbar entwaffnet, wenn man eine Kontraparade abwehrt und einen Flankenstoß markiert.«

Dann holte er die Degen, zeigte mir den bewußten Stoß, gab mir seinen Segen und geleitete mich zum Wagen. Ich küßte meiner Mutter noch die Hand und fuhr ab.

Bis Vlissingen fuhr ich mit der Post, und dort fand ich ein Schiff, das mich nach Cadix brachte. Don Enrique de Sa empfing mich, als ob ich sein eigener Sohn wäre; er kümmerte sich um meine Ausrüstung und empfahl mir zwei Diener, deren einer López hieß, der andere Mosquito. Von Cadix reiste ich nach Sevilla, von Sevilla nach Córdoba, und daraufhin gelangte ich nach Andújar, von wo aus ich den Weg über die Sierra Morena einschlug. Ich hatte das Mißgeschick, nahe bei der Tränke von Alcornoques von meinen Dienern getrennt zu werden. Jedoch gelangte ich noch am gleichen Tag zur Venta Quemada und gestern abend zu Eurer Eremitage.

»Mein lieber Sohn«, sagte der Einsiedler, »ich nehme großen Anteil an Eurer Geschichte, und ich bin Euch sehr verbunden dafür, daß Ihr sie mir erzählt habt. Ich sehe jetzt wohl, daß bei der Art, wie Ihr erzogen wurdet, die Angst eine Empfindung ist, die Euch ganz fremd sein muß. Da Ihr aber in der Venta Quemada geschlafen habt, fürchte ich sehr, daß Ihr den bösen Zwängen der beiden Gehenkten ausgesetzt wart und das traurige Schicksal des Besessenen erleiden müßt.«

»Mein Vater«, erwiderte ich dem Anachoreten, »ich habe heute nacht lang über die Erzählung Señor Pachecos nachgedacht. Obwohl er den Teufel im Leib hat, ist er doch nicht weniger Edelmann und ist als solcher, glaube ich, unfähig, es an dem, was man der Wahrheit schuldig ist, fehlen zu lassen. Aber Iñigo Velez, der Hauskapellan unseres Schlosses, sagte mir, obwohl in den ersten Jahrhunderten unserer Kirche Besessene aufgetreten seien, gebe es gegenwärtig keine mehr, und sein Wort erscheint mir um so beachtenswerter, als mein Vater mir befahl, Iñigo in allen Dingen, die unsere Religion betreffen, zu glauben.«

»Aber habt Ihr denn nicht das grauenhafte Antlitz des Besessenen gesehen«, sagte der Einsiedler, »und daß er durch die bösen Geister ein Auge eingebüßt hat?«

Ich antwortete ihm: »Mein Vater, Señor Pacheco kann sein Auge auch auf andere Weise verloren haben. Im übrigen verlasse ich mich in all dem auf diejenigen, die mehr davon wissen als ich. Es genügt mir, daß ich weder vor Gespenstern noch vor Vampiren Angst habe. Wenn Ihr mir jedoch eine heilige Reliquie anvertrauen wollt, die mich vor ihren Angriffen schützt, so verspreche ich Euch, sie gläubig und ehrfürchtig zu tragen.«

Der Einsiedler schien ein wenig über diese Einfalt zu lächeln, dann sprach er: »Ich sehe, mein lieber Sohn, daß Ihr noch einigen Glauben habt, aber ich fürchte doch, daß Ihr Euch darin beirren lassen könnt. Diese Gomelez, von denen Ihr in der weiblichen Linie abstammt, sind alle Neuchristen. Einige sind sogar, wie man sagt, im Grunde ihres Herzens Muselmanen. Wenn sie Euch ungeheuren Reichtum böten, damit Ihr Eure Religion aufgebt, würdet Ihr ihn annehmen?«

»Nein, sicher nicht«, antwortete ich. »Mir scheint, seinen Glauben verleugnen oder der Fahne abschwören sind gleichermaßen schimpfliche Handlungen.«

Der Einsiedler schien wieder zu lächeln, dann sagte er: »Mit Kummer sehe ich, daß Eure Tugenden auf einer höchst übertriebenen Ehrauffassung beruhen, und ich versichere Euch, daß Ihr Madrid nicht mehr so von Säbelrasseln erfüllt vorfinden werdet, wie es zu Zeiten Eures Vaters war. Übrigens beruhen die Tugenden auf anderen und sichereren Grundsätzen. Aber ich will Euch nicht länger aufhalten, denn Ihr habt eine starke Tagereise vor Euch, bis Ihr die Venta de Peñon, die Felsenherberge, erreicht. Der Wirt dort hat seine Stellung trotz des Raubgesindels gehalten, da er auf den Schutz einer Zigeunerbande zählt, die in der Umgebung lagert. Übermorgen gelangt Ihr zur Venta de Cardeñas, wo Ihr die Sierra Morena schon hinter Euch habt. Ich habe Euch ein paar Vorräte in die Satteltaschen gesteckt.«

Der Einsiedler umarmte mich auf diese Worte hin liebevoll, aber eine Reliquie, die mich vor bösen Geistern schützen sollte, gab er mir nicht. Ich wollte nicht mehr darauf zurückkommen und stieg aufs Pferd.

Unterwegs begann ich über die Maximen nachzudenken, die ich eben gehört hatte, denn ich konnte nicht begreifen, daß es solidere Grundlagen für die Tugenden geben könne als den Ehrstandpunkt, der mir ganz allein schon alle Tugenden in sich zu begreifen schien.

Mit diesen Überlegungen war ich noch beschäftigt, als plötzlich hinter einem Felsen hervor ein Reiter auftauchte, mir den Weg abschnitt und fragte: »Heißt Ihr Alfonso van Worden?«

Ich antwortete bejahend.

»Wenn dem so ist«, sagte der Reiter, »verhafte ich Euch im Namen des Königs und der Heiligen Inquisition. Gebt mir Euren Degen.«

Ich gehorchte widerspruchslos. Daraufhin stieß der Reiter einen Pfiff aus, und ich sah Bewaffnete von allen Seiten auf mich losstürzen. Sie fesselten mir die Hände auf den Rücken, und sie schlugen mit mir eine Abkürzung quer durch die Berge ein, die uns in einer Stunde zu einer stark befestigten Burg führte. Die Zugbrücke senkte sich, und wir ritten hinein. Noch unter dem Hauptturm öffnete sich eine kleine Seitentür, und man warf mich in ein Verlies, ohne sich auch nur die Mühe zu machen, die Stricke, die mich fesselten, zu lösen.

Das Verlies war völlig finster, und da es mir nicht möglich war, die Hände vor mir auszustrecken, hätte ich

Mühe gehabt umherzugehen, ohne mit der Nase an die Wände zu stoßen. Daher setzte ich mich dort, wo ich gerade war, nieder und begann darüber nachzudenken, was wohl den Anlaß zu meiner Gefangennahme gegeben hatte. Mein erster und einziger Gedanke war es, daß sich die Inquisition meiner schönen Cousinen bemächtigt hatte und daß die Negerinnen alles preisgegeben hatten, was in der Venta Quemada vorgefallen war. Ich nahm an, ich solle über die schönen Afrikanerinnen befragt werden, und hatte also nur die Wahl, sie entweder zu verraten und so mein Ehrenwort zu brechen oder abzuleugnen, daß ich sie kannte, was mich in eine Folge schändlicher Lügen verstrickt hätte. Nachdem ich ein wenig mit mir zu Rate gegangen war, wozu ich mich entscheiden sollte, entschloß ich mich zu strengstem Schweigen und faßte den festen Vorsatz, auf keine Frage zu antworten.

Als diese Zweifel einmal gewichen waren, wandte ich meine Gedanken den beiden letzten Tagen zu. Ich war mir sicher, daß meine Cousinen Frauen von Fleisch und Blut seien. Ein Gefühl sagte es mir, das stärker war als alles, was man mir über die Kraft der bösen Geister gesagt hatte. Was den Streich anging, den man mir gespielt hatte, indem man mich unter den Galgen legte, so war ich darüber höchst ungehalten.

Indessen verstrichen die Stunden. Ich begann Hunger zu verspüren, und da ich hatte sagen hören, daß Verliese manchmal mit Brot und einem Krug Wasser versehen seien, begann ich mit den Beinen und den Füßen zu suchen, ob ich nicht etwas dergleichen fände. Tatsächlich fühlte ich bald einen seltsamen Gegenstand, der sich als eine Brothälfte herausstellte. Die Schwierigkeit war, sie zum Munde zu führen. Ich legte mich neben das Brot und wollte es mit den Zähnen fassen, aber es entschlüpfte mir und rutschte weg, weil kein Widerstand es aufhielt. Ich stieß es vor mir her, bis es an der Wand einen

Halt fand; da konnte ich essen, da es in der Mitte durchgeschnitten war. Wäre es ganz gewesen, hätte ich nicht hineinbeißen können. Ich fand auch einen Krug, aber es war mir nicht möglich zu trinken. Kaum spürte ich einen Tropfen in der Kehle, als das ganze Wasser auch schon auf den Boden kippte. Ich trieb meine Nachforschungen noch weiter: In einer Ecke fand ich Stroh und legte mich dort nieder. Meine Hände waren kunstgerecht gefesselt, das heißt sehr fest, aber ohne daß es mich schmerzte. Ich hatte also keine Mühe einzuschlafen.

Vierter Tag

Ich hatte, scheint mir, mehrere Stunden geschlafen, als man mich weckte. Ich sah einen Dominikanermönch hereinkommen, dem einige Männer von sehr finsterem Aussehen folgten. Manche trugen Fackeln, andere Instrumente, die mir ganz unbekannt waren und die nach meinem Dafürhalten der Folter dienen sollten. Ich rief mir meine Vorsätze in Erinnerung und wollte ihnen treu bleiben. Ich dachte an meinen Vater. Er war nie der Tortur unterzogen worden; aber hatte er nicht unter den Händen der Chirurgen tausend schmerzhafte Operationen durchlitten? Ich wußte, daß er sie erduldet hatte, ohne auch nur einen Klagelaut von sich zu geben. Ich beschloß, ihm nachzueifern, auch nicht ein einziges Wort zu sagen und, wenn es möglich wäre, mir keinen Laut entlocken zu lassen.

Der Inquisitor ließ sich einen Sessel bringen, setzte sich dicht vor mich hin, nahm eine sanfte und honigsüße Miene an und hielt mir ungefähr folgende Rede: »Mein Lieber, mein geliebter Sohn, danke dem Himmel, daß er dich in dieses Verlies geführt hat. Aber sage mir doch, warum bist du hier? Welche Sünden hast du begangen? Bekenne, laß deine Tränen an meiner Brust fließen ... Du antwortest nicht? Ach, mein Sohn, da tust du nicht recht. Wir verhören ja nicht, das gehört zu unserer Methode. Das Geschäft der Anklage überlassen wir dem Schuldigen selbst. Sein Bekenntnis mag zwar ein wenig erzwungen sein, aber es ist doch auch nicht ohne Verdienst, vor allem, wenn der Schuldige seine Komplizen angibt. Du antwortest nicht? Um so schlimmer für dich … Nun gut, man muß dir auf die Sprünge helfen. Kennst du zwei Prinzessinnen aus Tunis? oder vielmehr zwei schändliche Hexen, abscheuliche Vampire und eingefleischte Dämonen? … Du sagst nichts. Man bringe diese zwei Infantinnen vom Hof Luzifers herbei!«

Hier führte man meine zwei Cousinen herein, denen man wie mir die Hände auf den Rücken gefesselt hatte.

Dann fuhr der Inquisitor mit folgenden Worten fort: »Nun, mein lieber Sohn, erkennst du sie? Du sagst immer noch nichts! Mein lieber Sohn, erschrick nicht über das, was ich dir jetzt sage: Man wird dir ein wenig weh tun. Du siehst diese zwei Bretter hier. Man legt deine Beine dazwischen, man umschnürt sie mit Stricken. Dann steckt man dir die Keile, die du hier siehst, zwischen die Beine und treibt sie mit Hammerschlägen tiefer hinein. Zuerst schwellen deine Füße an. Dann springt dir das Blut aus den großen Zehen heraus, und die Nägel der anderen Zehen fallen dir ab. Dann reißen deine Fußsohlen auf, und man sieht einen dicken Brei von zerquetschtem Fleisch hervorquellen. Das wird dir großen Schmerz bereiten. Du antwortest nicht; das alles ist auch nur der gewöhnliche Grad der Befragung. Indessen fällst du in Ohnmacht. Hier stehen Fläschchen mit verschiedenen Essenzen, mit denen man dich wieder zu dir kommen läßt … Wenn du wieder bei Bewußtsein bist, schlägt man die Keile heraus und ersetzt sie durch viel dickere. Beim ersten Hammerschlag zerbrechen deine Knie und deine Fußgelenke. Beim zweiten werden deine Beine der Länge nach aufplatzen. Das Knochenmark tritt heraus und fließt, mit deinem Blut vermengt, auf dieses Stroh … Du willst nicht reden? Vorwärts, quetscht ihm die Zehen!«

Die Folterknechte packten meine Beine und schnürten sie zwischen den Brettern ein.

»Du willst nicht reden? … Setzt die Keile an! … Du willst nicht reden? Hebt die Hämmer … !«

In diesem Augenblick prasselte eine Gewehrsalve. Emina rief: »O Mohammed! Wir sind gerettet! Zoto kommt uns zu Hilfe.«

Zoto brach mit seinen Männern herein, warf die Folterknechte zur Tür hinaus und fesselte den Inquisitor an einen Ring in der Mauer des Verlieses. Dann band er uns, den beiden Maurinnen und mir, die Fesseln los. Sobald die Schwestern ihre Arme wieder frei gebrauchen konnten, warfen sie sich mir an die Brust. Man trennte uns, Zoto ließ mich zu Pferde steigen und vorausreiten, wobei er mir versicherte, er werde mit den beiden Damen bald folgen.

Die Vorausabteilung, mit der ich aufbrach, bestand aus vier Reitern. Bei Tagesanbruch erreichten wir einen völlig einsamen Platz, wo wir die Pferde wechseln konnten. Dann ritten wir über hohe Gipfel und kahle Bergkämme.

Gegen vier Uhr nachmittags gelangten wir zu Felsenhöhlen, in denen wir die Nacht verbringen sollten; ich aber schätzte mich glücklich, daß wir noch bei Tageslicht angekommen waren, denn der Ausblick, den man dort genoß, war großartig und mußte vor allem mir so erscheinen, der ich nur die Ardennen und Zeeland gesehen hatte. Zu meinen Füßen lag die schöne Vega de Granada, die die Bewohner der Stadt zärtlich verkleinernd *la Nuestra Veguilla* nennen. Ich sah sie in ihrem ganzen Umfang mit ihren sechs Städten, vierzig Dörfern, dem mäandernden Lauf des Genil, den Wildbächen, die sich von den Höhen der Alpujarras herunterstürzen, den Wäldchen, erfrischendem Schatten, Bauwerken, Gärten und einer riesigen Menge an *quintas* oder Pachthöfen. Ganz entzückt davon, daß ich mit meinem Blick so viele schöne

Dinge umfassen konnte, gab ich mich völlig der Betrachtung hin. Ich fühlte, daß ich zum Liebhaber der Natur wurde. Ich vergaß völlig meine Cousinen; in Sänften, die von Pferden getragen wurden, kamen sie indessen bald nach.

In der Höhle nahmen sie auf Kissen Platz, und als sie ein wenig ausgeruht waren, sprach ich zu ihnen: »Meine Damen, über die Nacht, die ich in der Venta Quemada verbrachte, beklage ich mich nicht, aber ich gestehe, sie endete auf eine Weise, die mir unendlich mißfiel.«

Emina antwortete mir: »Mein lieber Alfonso, uns dürfen Sie nur den schönen Teil Ihrer Träume zuschreiben. Aber worüber beklagen Sie sich? Haben Sie denn nicht Gelegenheit gehabt, einen geradezu übermenschlichen Mut unter Beweis zu stellen?«

»Wie«, antwortete ich ihr, »zweifelt etwa jemand an meinem Mut? Wenn ich den finden könnte, wollte ich mich mit ihm über einem Mantel oder mit dem Schnupftuch zwischen den Zähnen schlagen!«

Emina erwiderte: »Ich weiß nicht, was Ihr mit Eurem Mantel oder Eurem Schnupftuch meint. Es gibt Dinge, von denen ich Euch nichts sagen darf. Es gibt andere, von denen ich selbst nichts weiß. Was immer ich tue, das tue ich einzig auf Geheiß unseres Familienoberhaupts, des Nachfolgers von Scheich Massud, der das ganze Geheimnis von Kasr Gomelez kennt. Was ich Euch sagen kann, ist nur, daß Ihr unser sehr naher Verwandter seid. Der *oidor* von Granada, der Vater Eurer Mutter, hatte einen Sohn, der würdig war, eingeweiht zu werden. Er nahm den muselmanischen Glauben an und heiratete die vier Töchter des damaligen Deys von Tunis. Einzig die jüngste hatte Kinder, und sie ist unsere Mutter. Kurze Zeit nach der Geburt Zubeidas starben mein Vater und seine drei anderen Frauen an einer Seuche, die damals die ganze Küste der Berberei verheerte ... Aber lassen wir doch all diese Dinge, die Ihr eines Tages vielleicht doch erfahrt. Sprechen wir von Euch, von der Dankbarkeit, die wir Euch schulden, oder vielmehr von unserer Bewunderung für Eure Tugenden. Mit welchem Gleichmut habt Ihr doch die Vorbereitungen zur Folter betrachtet! Was für eine religiöse Ehrfurcht vor dem gegebenen Wort! Ja, Alfonso, Ihr übertrefft alle Helden unseres Stammes, und wir sind ganz und gar Euch zu eigen geworden.«

Zubeida, die gern ihre Schwester sprechen ließ, wenn das Gespräch einen ernsthaften Charakter hatte, kam wieder zu ihrem Recht, wenn es empfindsame Züge annahm. Schließlich fühlte ich mich geschmeichelt, geliebkost und zufrieden mit mir und den anderen. Dann kamen auch die Negerinnen; das Abendessen war fertig, und Zoto selbst bediente uns mit den Zeichen der größten Hochachtung. Später bereiteten die Negerinnen meinen Cousinen in einer Grotte ein recht gutes Bett. Ich legte mich in einer anderen Höhle schlafen, und wir alle genossen eine Ruhe, deren wir alle bedurften.

Fünfter Tag

Am nächsten Tag war die Karawane schon früh wieder marschbereit. Wir zogen abwärts und wanden uns durch tief eingeschnittene Täler oder vielmehr durch Abgründe, die bis in die Eingeweide der Erde hinabzureichen schienen. Sie durchschnitten die Bergkette in so vielen verschiedenen Richtungen, daß es unmöglich war, sich zu orientieren oder festzustellen, nach welcher Seite man zog. So ritten wir etwa sechs Stunden und gelangten zu den Ruinen einer verlassenen, öden Stadt.

Dort ließ Zoto uns absitzen, führte mich zu einem Brunnen und sagte: »Signor Alfonso, habt die Güte, in diesen Brunnen zu schauen und mir zu sagen, was Ihr davon haltet.«

Ich antwortete ihm, ich sähe Wasser und dächte, es sei ein Brunnen.

»Nun«, erwiderte Zoto, »Ihr täuscht Euch, denn es ist der Eingang zu meinem Palast.«

Daraufhin beugte er sich über den Brunnen und stieß einen bestimmten Ruf aus. Da sah ich zuerst, wie sich Bretter aus einer Seite der Brunnenwand hervorschoben und einige Fuß oberhalb der Wasserfläche an der Gegenseite einen Halt fanden. Dann trat ein Bewaffneter aus derselben Öffnung heraus, danach ein zweiter. Sie kletterten die Brunnenwand hoch, und als sie herausgestiegen waren, sagte Zoto zu mir:

»Signor Alfonso, ich habe die Ehre, Euch meine beiden Brüder Cicio und Momo vorzustellen. Vielleicht habt Ihr ihre Körper an einem gewissen Galgen hängen sehen, aber sie sind deshalb nicht weniger lebendig, und sie werden Euch immer ergeben sein, da sie genauso wie ich selbst im Dienst des Großscheichs der Gomelez stehen.«

Ich erwiderte, daß ich entzückt sei, die Brüder eines Mannes zu sehen, der mir offensichtlich einen großen Dienst erwies.

Jetzt galt es in den Brunnen hinabzusteigen. Man schaffte eine Strickleiter herbei, deren sich die beiden Schwestern gewandter bedienten, als ich erwartet hatte. Ich stieg nach ihnen hinab. Als wir auf den Brettern standen, fanden wir eine kleine Seitentür, durch die man nur eintreten konnte, wenn man sich tief bückte. Dann aber befanden wir uns gleich auf einer schönen, in den Felsen gehauenen Treppe, die von Leuchten erhellt wurde. Wir stiegen mehr als zweihundert Stufen abwärts. Schließlich betraten wir eine unterirdische Residenz, die aus vielen Sälen und Kammern bestand. Die Räume, in denen man wohnte, waren mit Kork ausgekleidet, was sie vor Feuchtigkeit schützte. Später sah ich in Cintra bei Lissabon ein in den Fels gehauenes Kloster, dessen Zellen auch so verkleidet waren und das man deshalb das Korkkloster nennt.

Überdies gaben gute, sinnvoll verteilte Feuer in Zotos Residenz eine sehr angenehme Wärme ab. Die Pferde, die zu seiner Kavallerie gehörten, waren in der Umgebung verteilt. Im Notfall konnte man jedoch auch sie durch eine Öffnung, die in ein benachbartes Tal führte, in den Schoß der Erde hereinholen, und es gab einen Mechanismus, der eigens konstruiert war, um sie in die Höhe zu ziehen, doch man bediente sich seiner nicht oft.

»All diese Wunder sind das Werk der Gomelez«, sagte mir Emina. »Sie höhlten diesen Felsen aus, als sie die Herren des Landes waren, das heißt, sie vollendeten dieses Werk, denn die Götzenanbeter, die bei ihrer Ankunft die Alpujarras bewohnten, hatten diese Arbeit schon weit vorangetrieben. Die Gelehrten behaupten, daß an diesem Ort die Minen von Baetica lagen, in denen gediegenes Gold geschürft wurde, und alte Weissagungen verkünden, der ganze Landstrich müsse eines Tages wieder in die Gewalt der Gomelez zurückkehren. Was sagt Ihr dazu, Alfonso? Das wäre ein schönes Erbe!«

Diese Rede Eminas schien mir sehr unangebracht. Ich gab es ihr zu erkennen. Dann wechselte ich das Thema und fragte sie, welche Pläne sie für die Zukunft habe.

Emina antwortete, nach allem, was geschehen sei, könnten sie nicht in Spanien bleiben, sie wollten sich aber noch ein wenig ausruhen, bis ihre Einschiffung wieder in die Wege geleitet sei.

Man trug uns ein sehr reichhaltiges Mahl auf, das vor allem aus Wildbret und vielen getrockneten Früchten bestand. Die drei Brüder bedienten uns mit dem größten Eifer.

Meinen Cousinen gegenüber bemerkte ich, daß man schwerlich anständigere Gehenkte finden könne.

Emina stimmte mir zu und sagte zu Zoto gewandt: »Ihr und Eure Brüder, Ihr müßt sehr merkwürdige Abenteuer erlebt haben. Ihr würdet uns viel Vergnügen machen, wenn Ihr sie uns erzählen wolltet.«

Nachdem sich Zoto eine Weile hatte drängen lassen, setzte er sich zu uns und begann wie folgt:

Die Geschichte Zotos

Ich bin in der Stadt Benevento, der Hauptstadt des gleichnamigen Herzogtums, geboren. Mein Vater, der wie ich Zoto hieß, war ein in seinem Handwerk geschickter Waffenschmied. Da es aber noch zwei andere in der Stadt gab, die sogar größere Hochschätzung genossen, genügte sein Beruf kaum zum Unterhalt für ihn selbst, seine Frau und seine drei Kinder, also für meine zwei Brüder und mich.

Drei Jahre nachdem mein Vater geheiratet hatte, nahm eine jüngere Schwester meiner Mutter einen Ölhändler namens Lunardo zum Gatten, der ihr als Hochzeitsgeschenk Ohrringe aus Gold und eine Halskette aus dem gleichen Metall überreichte. Als meine Mutter von der Hochzeit nach Hause kam, schien sie in düstere Schwermut versunken. Ihr Gatte wollte den Grund dafür wissen; lange scheute sie davor zurück, es zu sagen, schließlich gestand sie ihm, daß sie für ihr Leben gern ebensolche Ohrgehänge und eine Kette wie ihre Schwester gehabt hätte. Mein Vater antwortete nichts. Er hatte ein Jagdgewehr der allerschönsten Arbeit mit Pistolen und einem Jagdmesser derselben Art gefertigt. Mit dem Gewehr konnte man vier Schuß abgeben, ohne nachzuladen. Mein Vater hatte vier Jahre lang daran gearbeitet. Der Wert dieser Waffen betrug nach seiner Einschätzung dreihundert neapolitanische Goldunzen. Er suchte einen Waffenliebhaber auf und verkaufte die ganze Garnitur für achtzig Unzen. Dann kaufte er die Schmuckstücke, wie sie seine Frau begehrte, und brachte sie ihr. Noch am selben Tag ging meine Mutter zu Lunardos Frau, um sie ihr zu zeigen, und man fand ihre Ohrringe sogar ein wenig prächtiger als die ihrer Schwester, was sie außerordentlich vergnügt machte.

Acht Tage später jedoch stattete Lunardos Frau meiner Mutter einen Besuch ab. Ihre Haare waren geflochten, zur Schnecke gewunden und mit einer goldenen Nadel befestigt, deren Kopf eine Rose in Filigranarbeit war, auf der ein kleiner Rubin prangte. Diese Rose drang als schmerzlicher Dorn meiner Mutter ins Herz. Sie verfiel wieder in ihre Schwermut, die sie erst wieder ablegte, als mein Vater ihr eine Nadel gleich der ihrer Schwester versprochen hatte. Da er aber weder Geld hatte noch die Mittel, sich welches zu verschaffen, wurde er bald ebenso schwermütig, wie meine Mutter es ein paar Tage zuvor gewesen war.

Inzwischen erhielt mein Vater den Besuch eines der Raufbolde des Landes, der Grillo Monaldi hieß; er kam zu ihm, um sich seine Pistolen reinigen zu lassen. Als Monaldi die Niedergeschlagenheit meines Vaters bemerkte, fragte er ihn nach dem Grund, und mein Vater machte auch kein Geheimnis daraus. Nach einem Augenblick des Nachdenkens sagte ihm Monaldi folgendes:

»Signor Zoto, ich bin Euch mehr zu Dank verpflichtet, als Ihr denkt. Kürzlich fand man zufällig meinen Dolch im Körper eines auf dem Weg nach Neapel ermordeten Mannes. Das Gericht ließ den Dolch zu allen Waffenschmieden tragen, und Ihr habt großmütig bezeugt, daß Ihr ihn nicht kennt. Es war aber eine Waffe, die Ihr hergestellt habt und die mir verkauft wurde. Hättet Ihr die Wahrheit gesagt, so hättet Ihr mir einigen Verdruß bereiten können. Hier sind also die fünfundvierzig Unzen, die Ihr braucht, und des weiteren wird Euch mein Beutel immer offenstehen.«

Mein Vater nahm voller Dankbarkeit das Geld an, kaufte eine goldene, mit einem Rubin verzierte Nadel und brachte sie meiner Mutter, die nicht zögerte, sich noch am gleichen Tag vor den Augen ihrer stolzen Schwester damit zu brüsten.

Als meine Mutter wieder zu Hause war, zweifelte sie nicht daran, Signora Lunardo mit einem neuen Juwel geschmückt wiederzusehen. Diese aber trug sich mit ganz anderen Plänen. Sie wollte, daß ihr beim Kirchgang ein Mietlakai in Livree folge, und sie hatte den Vorschlag ihrem Gatten unterbreitet. Lunardo, der sehr geizig war, hatte gerne dem Erwerb des goldenen Geschmeides zugestimmt, das ihm auf dem Kopf seiner Frau im Grunde ebenso sicher schien wie in seiner eigenen Kassette. Das war aber anders, als man ihm vorschlug, eine Goldunze an einen Spitzbuben zu zahlen, nur damit der eine halbe Stunde lang hinter der Bank seiner Frau stehen könne. Er wurde jedoch von Signora Lunardo so heftig und so häufig in die Enge getrieben, daß er sich endlich entschloß, selbst eine Livree anzulegen und seiner Frau zu folgen. Signora Lunardo fand, ihr Mann sei zu diesem Zweck ebenso dienlich wie ein anderer, und am folgenden Sonntag wollte sie vor der Gemeinde in Begleitung dieses Lakaien neuer Art auftreten. Die Nachbarn lachten ein wenig über diese Maskerade, aber meine Tante schrieb ihr Gespött nur dem Neid zu, der an ihnen nagte.

Als sie sich der Kirche näherte, stimmten die Bettler ein großes Hohngelächter an und schrien in ihrem Kauderwelsch: *»Mira Lunardu che fa lu criadu de sua mugiera!«*

Da die Bettler indessen ihren Vorwitz nur bis zu einem bestimmten Punkt treiben, betrat Signora Lunardo ungehindert die Kirche, wo man ihr Ehren aller Art erwies. Man reichte ihr das Weihwasser und geleitete sie zu einer Bank, während meine Mutter stehend und beschämt unter den Frauen der niedrigsten Volksschicht ihren Platz fand.

Als meine Mutter wieder zu Hause war, nahm sie sogleich einen blauen Rock meines Vaters hervor und fing an, die Ärmel mit den Resten eines gelben Bandeliers zu schmücken, das von der Patronentasche eines Gardisten stammte. Mein Vater fragte sie überrascht, was sie da mache. Meine Mutter erzählte ihm die ganze Geschichte von ihrer Schwester und wie ihr Gatte die Liebenswürdigkeit gehabt habe, ihr in Livree zu folgen.

Mein Vater versicherte ihr, daß er diese Liebenswürdigkeit nie haben werde. Aber am folgenden Sonntag gab er einem Mietlakaien eine Goldunze, der dann meiner

Mutter in die Kirche folgte, wo sie eine noch bedeutendere Rolle spielte als Signora Lunardo am Sonntag zuvor.

Noch am gleichen Tag, unmittelbar nach der Messe, begab sich Monaldi zu meinem Vater und hielt ihm folgende Rede:

»Mein lieber Zoto, ich weiß, wie Eure Gattin und ihre Schwester miteinander um Extravaganzen wetteifern. Wenn Ihr da nicht Abhilfe schafft, seid Ihr Euer Leben lang unglücklich. Ihr müßt Euch also zwischen zwei Möglichkeiten entscheiden: entweder Eurer Frau den rechten Weg zu weisen oder einen Berufsstand zu wählen, der Euch in die Lage versetzt, ihre Lust am Geldausgeben zu befriedigen. Wählt Ihr die erste Möglichkeit, so biete ich Euch einen Haselstecken an, dessen ich mich bei meiner verblichenen Frau bediente, solange sie lebte. Es gibt noch andere Haselstecken, die man an beiden Enden faßt, sie drehen sich einem in der Hand und dienen dazu, Wasserquellen oder sogar Schätze zu entdecken. Mein Stecken hier hat diese Eigenschaften nicht. Wenn Ihr ihn aber an einem Ende faßt und das andere auf den Schultern Eurer Gattin gebraucht, dann werdet Ihr sie leicht dazu bringen, alle ihre Launen abzulegen, das versichere ich Euch. Wenn Ihr Euch aber entschließt, allen Einfällen Eurer Frau nachzugeben, so biete ich Euch die Freundschaft der kühnsten Männer ganz Italiens an. Sie versammeln sich mit Vorliebe in Benevento, weil dies eine Grenzstadt ist. Ich denke, Ihr versteht mich, also überlegt es Euch.«

Als Monaldi so gesprochen hatte, ließ er seinen Haselstecken auf der Werkbank meines Vaters liegen und ging.

Unterdessen war meine Mutter nach der Messe zum Corso gegangen, um ihren Mietlakaien vorzuführen, und besuchte ein paar Freundinnen. Schließlich kehrte sie in vollem Triumph nach Hause zurück; aber mein Vater empfing sie ganz anders, als sie es erwartete. Mit der linken Hand packte er ihren linken Arm, und mit dem Haselstecken in der Rechten begann er, die Ratschläge Monaldis in die Tat umzusetzen. Seine Frau wurde ohnmächtig. Mein Vater verfluchte den Stecken, bat sie um Verzeihung, erhielt sie, und der Frieden schien wiederhergestellt.

Einige Tage später suchte mein Vater Monaldi auf, um ihm zu sagen, daß das Holz des Haselstrauchs keineswegs eine förderliche Wirkung gehabt habe und daß er sein Schicksal in die Hände der Tapferen legen wolle, von denen jener gesprochen hatte.

Monaldi antwortete ihm: »Signor Zoto, es ist recht erstaunlich, daß Ihr zwar nicht das Herz habt, Eurer Frau auch nur die geringste Züchtigung angedeihen zu lassen, aber beherzt genug seid, in einem Waldwinkel Kaufleuten aufzulauern. Indessen ist all das ja möglich, und im menschlichen Herzen sind noch viele andere Widersprüche verborgen. Ich will Euch gern meinen Freunden vorstellen, aber vorher ist es notwendig, daß Ihr mindestens einen Mord begeht. Nehmt doch jeden Abend, wenn Ihr Euer Tagewerk beendet habt, einen langen Degen, steckt einen Dolch in den Gürtel und schlendert in etwas hochmütiger Haltung zum Madonnenportal; vielleicht kommt jemand, um Euch zu dingen. Adieu, der Himmel segne Eure Unternehmungen!«

Mein Vater tat, was Monaldi ihm geraten hatte, und bald bemerkte er, daß verschiedene Kavaliere seines Schlags und die Sbirren ihn mit der Miene geheimen Einverständnisses grüßten.

Als mein Vater dies vierzehn Tage lang so getrieben hatte, wurde er von einem gutgekleideten Mann angesprochen, der ihm sagte: »Signor Zoto, hier gebe ich Euch hundert Unzen. In einer halben Stunde werdet Ihr hier zwei junge Leute mit weißen Federn auf dem Hut vorbeigehen sehen. Ihr werdet auf sie zutreten, als ob Ihr ihnen ein Geheimnis anvertrauen wolltet, und mit leiser Stimme sagen: ›Wer von Euch ist der Marchese Feltri?‹ Einer wird sagen: ›Das bin ich.‹ Ihr werdet ihm Euren Dolch ins Herz stoßen. Der andere junge Mann ist ein Feigling und wird die Flucht ergreifen. Daraufhin werdet Ihr Feltri den Rest geben. Wenn der Anschlag gelungen ist, flüchtet nicht in eine Kirche. Kehrt in aller Ruhe nach Hause zurück, ich werde Euch auf dem Fuße folgen.«

Mein Vater folgte pünktlich den Anweisungen, die man ihm gegeben hatte, und als er wieder zu Hause war, sah er schon den Unbekannten hereinkommen, für dessen Rachsucht er das Werkzeug gewesen war. Dieser sagte ihm:

»Signor Zoto, für das, was Ihr für mich getan habt, bin ich Euch sehr verpflichtet. Hier ist noch eine Börse von hundert Unzen, die ich Euch anzunehmen bitte, und hier noch eine zweite von gleichem Wert, die Ihr dem ersten Gerichtsbeamten aushändigt, der sich bei Euch zeigt.«

Als der Unbekannte so gesprochen hatte, entfernte er sich.

Kurz darauf erschien der Kommandant der Sbirren bei meinem Vater, der ihm sogleich die hundert für das Gericht vorgesehenen Unzen gab, und der Sbirre lud meinen Vater zu einem Abendessen unter Freunden ein. Sie begaben sich zu einem Quartier, das an die Gefängnismauer angebaut war, und fanden als Tischgenossen den *barigel* und den Beichtiger der Gefangenen. Mein Vater war ein wenig außer Fassung, wie man es nach seinem ersten Mord ist.

Der Kirchenmann bemerkte seine Verwirrung und sagte: »Signor Zoto, jetzt aber bitte keine Traurigkeit. Die Messen in der Kathedrale kosten je zwölf Tari. Man sagt, der Marchese Feltri sei ermordet worden. Laßt zwanzig Messen lesen für die Ruhe seiner Seele, und Ihr erhaltet als Zugabe noch die Generalabsolution.«

Danach war vom Vorgefallenen nicht mehr die Rede, und das Mahl verlief recht vergnügt.

Am folgenden Tag kam Monaldi zu meinem Vater und sagte ihm Artigkeiten über sein Verhalten. Mein Vater wollte ihm die fünfundvierzig Unzen zurückgeben, die er von ihm erhalten hatte; aber Monaldi sagte ihm:

»Zoto, wollt Ihr mich beleidigen? Wenn Ihr noch einmal auf dieses Geld zurückkommt, kann ich nur glauben, Ihr werft mir vor, ich hätte damit nicht genug getan. Mein Beutel steht Euch zu Diensten, und meine Freundschaft ist Euch sicher. Ich will Euch nicht verbergen, daß ich selbst das Haupt der Truppe bin, von der ich Euch sprach. Sie besteht aus Männern von Ehre und absoluter Rechtschaffenheit. Wenn Ihr dazugehören wollt, so laßt verbreiten, daß Ihr nach Brescia reist, um dort Büchsenläufe einzukaufen, und stoßt bei Capua zu uns. Steigt in der Croce d'Oro ab und kümmert Euch sonst um gar nichts.«

Mein Vater brach drei Tage später auf und brachte einen ebenso ehrenvollen wie einträglichen Beutezug hinter sich.

Obwohl das Klima Beneventos sehr milde ist, wollte mein Vater, der an dieses Gewerbe noch nicht gewöhnt war, nicht in der schlechten Jahreszeit arbeiten. Er verlegte sein Winterquartier in den Schoß seiner Familie, und seine Gattin bekam sonntags einen Lakaien, zu ihrem schwarzen Mieder goldene Agraffen und eine goldene Schließe, an der ihre Schlüssel hingen.

Als der Frühling sich ankündigte, wurde mein Vater von einem unbekannten Bedienten auf die Straße gerufen, der ihn bat, ihm zum Stadttor zu folgen. Dort traf er einen älteren Herrn mit vier Berittenen. Der Herr sagte zu ihm: »Signor Zoto, hier ist eine Börse mit fünfzig Zechinen. Ich bitte Euch, mir in ein Schloß in der Nachbarschaft zu folgen und zu gestatten, daß man Euch die Augen verbindet.«

Mein Vater war mit allem einverstanden, und nach einem ziemlich langen Ritt mit mehreren Umwegen kam man beim Schloß des alten Herrn an. Man ließ ihn eine Treppe hochsteigen und nahm ihm seine Augenbinde ab. Da sah er eine maskierte Dame mit einem Knebel im Mund, die in einen Lehnstuhl gefesselt war.

Der alte Herr sagte zu ihm: »Signor Zoto, hier sind noch einmal hundert Zechinen. Habt doch die Liebenswürdigkeit, meine Frau zu erdolchen.«

Mein Vater aber antwortete: »Signor, in mir habt Ihr Euch getäuscht. Ich lauere den Leuten an der Straßenecke auf oder ich falle im Wald über sie her, wie es einem Ehrenmann zukommt; aber ich übe nicht das Amt eines Henkers aus.«

Mit diesen Worten warf mein Vater dem rachsüchtigen Ehemann die zwei Beutel vor die Füße. Dieser drang nicht weiter in ihn, ließ meinem Vater wieder die Augen verbinden und befahl seinen Leuten, ihn wieder vor die Tore der Stadt zurückzubringen. Diese noble und großmütige Handlungsweise brachte meinem Vater viel Ehre ein; danach aber vollbrachte er eine andere Tat, die noch allgemeineren Beifall fand.

In Benevento gab es zwei vornehme Herren, der eine hieß Graf Montalto, der andere Marchese Serra. Der Graf Montalto ließ meinen Vater zu sich rufen und versprach ihm fünfhundert Zechinen, wenn er Serra ermorde. Mein Vater übernahm es, aber er bedang sich einige Zeit aus, da er wußte, daß der Marchese sehr auf der Hut war.

Zwei Tage später ließ der Marchese Serra meinen Vater an einem abgelegenen Ort zu sich rufen und sagte zu ihm: »Zoto, hier ist eine Börse mit fünfhundert Zechinen. Sie gehört Euch, wenn Ihr mir Euer Ehrenwort gebt, Montalto zu erdolchen.«

Mein Vater nahm die Börse und erwiderte: »Herr Marchese, ich gebe Euch mein Ehrenwort, daß ich Montalto töte. Aber ich muß Euch gestehen, daß ich auch ihm das Wort gab, Euch sterben zu lassen.«

Der Marchese sagte lachend: »Ich hoffe doch sehr, daß Ihr das nicht tut.«

Mein Vater erwiderte sehr ernsthaft: »Verzeiht, Herr Marchese, ich habe es versprochen und werde es tun.«

Der Marchese sprang zurück und zog den Degen. Mein Vater aber zog die Pistole aus dem Gürtel und schoß dem Marchese durch den Kopf. Dann ging er zu Montalto und meldete ihm, daß sein Feind tot sei. Der Graf umarmte ihn und übergab ihm die fünfhundert Zechinen. Da bekannte mein Vater mit ein wenig betretener Miene, daß ihm der Marchese vor seinem Tod fünfhundert Zechinen gegeben habe, um ihn zu ermorden.

Der Graf erklärte, er sei entzückt, daß er seinem Feind zuvorgekommen sei.

»Herr Graf«, antwortete ihm mein Vater, »das nützt Euch nichts, denn ich habe mein Wort gegeben.«

Zugleich versetzte er ihm einen Dolchstoß. Im Fallen stieß der Graf einen Schrei aus, der seine Bedienten herbeirief. Mein Vater entkam ihnen mit geschwungenem Dolch und erreichte die Berge, wo er Monaldis Truppe vorfand. Alle Haudegen, aus denen sie sich zusammensetzte, rühmten um die Wette eine derart heilige Bindung an sein Ehrenwort. Ich versichere Euch, diese Tat ist immer noch gewissermaßen in jedermanns Munde, und in Benevento wird man noch lang davon sprechen.

Als Zoto in der Geschichte seines Vaters an diesem Punkt angekommen war, erschien einer seiner Brüder, um ihm mitzuteilen, daß man seine Anweisungen für die Einschiffung erwarte. Also verließ er uns, wobei er uns um die Erlaubnis bat, am nächsten Tag den Faden seiner Erzählung wiederaufnehmen zu dürfen. Was er aber gesagt hatte, gab mir viel zu denken; er hatte Ehre, Zartgefühl, akkurateste Rechtschaffenheit von Menschen gerühmt, denen man mit dem Hängen noch eine Gnade erwiesen hätte. Der Mißbrauch dieser Werte brachte alle meine Vorstellungen in Verwirrung.

Emina bemerkte, daß ich meinen Gedanken nachhing, und fragte nach dem Grund.

Ich antwortete ihr, daß mich die Geschichte von Zotos Vater daran erinnerte, was ich einen gewissen Einsiedler zwei Tage vorher hatte sagen hören, nämlich daß es sicherere Grundlagen für die Tugenden gebe als den Ehrstandpunkt.

Emina antwortete mir: »Mein lieber Alfonso, habt Achtung vor dem Einsiedler und glaubt ihm, was er Euch sagt. Ihr werdet ihm im Lauf Eures Lebens noch mehr als einmal begegnen.«

Dann erhoben sich die beiden Schwestern und zogen sich mit den Negerinnen ins Innere der Gemächer zurück, das heißt in den ihnen vorbehaltenen Teil des unterirdischen Palastes. Zum Abendessen erschienen sie wieder, und dann legte sich jedermann schlafen.

Als aber alles in der Höhle still geworden war, sah ich Emina hereintreten, die in einer Hand wie Psyche eine Lampe hielt und mit der anderen ihre kleine Schwester führte, die reizender war als Amor selbst. Mein Bett war so breit, daß sich beide darauf niederlassen konnten.

Dann sagte Emina zu mir: »Lieber Alfonso, ich habe Euch gesagt, daß wir Euch ganz und gar angehören; der Großscheich möge uns verzeihen, wenn wir seiner Erlaubnis zuvorkommen.«

Ich antwortete ihr: »Schöne Emina, Ihr selbst müßt mir verzeihen. Wenn dies eine weitere Probe ist, auf die Ihr meine Tugend stellt, so wird sie, fürchte ich, nicht sehr gut dabei wegkommen.«

»Man hat schon vorgesorgt«, erwiderte die schöne Afrikanerin, und indem sie meine Hand auf ihre Hüfte legte, ließ sie mich einen Gürtel spüren, der zwar nicht der Gürtel der Venus war, der aber an die Kunst und den Einfallsreichtum des Gatten dieser Göttin denken ließ. Der Gürtel war mit einem Hängeschloß gesichert, über dessen Schlüssel meine Cousinen, das beteuerten sie mir wenigstens, keine Gewalt hatten.

Da das Zentrum all ihrer Schamhaftigkeit so unter Verschluß gehalten war, dachten sie nicht daran, mir ihr Außengelände zu verwehren. Zubeida erinnerte sich an die Rolle der Liebhaberin, die sie einst mit ihrer Schwester zusammen eingeübt hatte. Diese aber sah, in meinen Armen liegend, den Gegenstand ihrer gespielten Liebe vor sich und gab ihre Sinne einer süßen Verzückung hin. Die jüngere, schmiegsam, lebendig, entflammt, verschlang mich mit Berührungen, durchdrang mich mit Zärtlichkeiten. Diese köstlichen Augenblicke wurden noch von einem Ich-weiß-nicht-Was erfüllt, von unausgesprochenen Plänen, dem Geplauder junger Leute zwischen dem Erinnern an gerade Verflossenes und der Hoffnung auf künftiges Glück.

Schließlich machte der Schlummer die schönen Lider meiner Cousinen träge, und sie zogen sich in ihre Gemächer zurück. Als ich mich wieder allein sah, dachte ich, daß es mir sehr widerwärtig wäre, nochmals unter dem Galgen aufzuwachen. Zwar lachte ich nur über diese Vorstellung, aber sie verfolgte mich nichtsdestoweniger bis zum Augenblick des Einschlafens.

Sechster Tag

Ich wurde von Zoto geweckt, der mir sagte, ich hätte sehr lang geschlafen und das Mittagsmahl sei bereitet. Ich kleidete mich in aller Eile an und suchte meine Cousinen auf, die mich im Speisesaal erwarteten. Mit den Augen liebkosten sie mich noch, und ihre Gedanken schienen mehr mit dem Vorabend beschäftigt als mit dem Essen, das man ihnen auftrug. Als die Tafel aufgehoben war, setzte sich Zoto zu uns und nahm mit folgenden Worten den Faden seiner Geschichte wieder auf:

Fortsetzung der Geschichte Zotos

Als sich mein Vater der Truppe Monaldis anschloß, war ich wohl sieben Jahre alt, und ich erinnere mich, daß man uns, meine Mutter, meine beiden Brüder und mich, ins Gefängnis brachte. Aber das geschah nur der Form halber; da mein Vater den Beuteanteil für die Gesetzeshüter nicht vergessen hatte, konnten sie leicht überzeugt werden, daß wir keine Beziehungen zu ihm unterhielten.

Der Kommandant der Sbirren war während unserer Haft ganz besonders um uns bemüht und konnte sogar ihre Dauer verkürzen. Bei der Entlassung aus dem Gefängnis wurde meine Mutter von den Nachbarinnen und den Leuten des ganzen Viertels sehr herzlich empfangen, denn im Süden Italiens sind die Räuber ebenso die Helden des Volkes wie in Spanien die Schmuggler. Wir empfingen unseren Anteil an der allgemeinen Hochschätzung, und besonders ich, denn ich war der Fürst unter den Straßenjungen.

Etwa zu dieser Zeit wurde Monaldi bei einem seiner Händel getötet, und als mein Vater die Führung der Truppe übernahm, wollte er gleich mit einer glänzenden Unternehmung hervortreten. Er postierte sich an der Straße nach Salerno, um einem Geldtransport des Vizekönigs von Sizilien aufzulauern. Der Anschlag gelang, aber mein Vater wurde dabei durch einen Musketenschuß in die Hüfte verwundet, der ihn zu weiteren Unternehmungen unfähig machte. Die Stunde, als er von der Truppe Abschied nahm, war herzergreifend. Man versichert, mehrere Räuber hätten dabei Tränen vergossen; was mir zu glauben schwerfiele, hätte ich nicht einmal in meinem Leben selbst geweint, nämlich als ich meine Geliebte erstochen hatte, wovon ich aber erst sprechen will, wenn es an der Zeit ist.

Unmittelbar danach löste sich die Truppe auf; manche unserer Haudegen ließen sich in der Toscana fassen und wurden aufgehängt; andere schlossen sich Testalunga an, der sich in Sizilien langsam einen Namen machte. Mein Vater selbst überquerte die Meerenge und begab sich nach Messina, wo er bei den Augustinermönchen von Del Monte um Asyl nachsuchte. Seinen Notgroschen legte er in die Hände dieser Väter, tat Buße und richtete sich unter dem Kirchenportal ein, wobei er sich in den Gärten und Höfen des Klosters frei ergehen konnte. Die Mönche gaben ihm Suppe ab, und ein paar Gerichte ließ er sich von einer benachbarten Garküche holen. Der Frater Feldscher verband ihm obendrein seine Wunden.

Ich vermute, daß uns mein Vater danach große Beträge zukommen ließ, denn in unserem Haus herrschte der Überfluß. Meine Mutter nahm an den Lustbarkeiten des

Karnevals teil, und in der Fastenzeit baute sie eine Krippe auf, einen *presepio*, bei dem kleine Puppen, Zuckerschlösser und ähnliches Kinderspielzeug eine Rolle spielten, die im Königreich Neapel sehr im Schwange und für die Bürger ein Gegenstand des Luxus sind. Meine Tante Lunardo hatte auch einen *presepio*, aber er reichte nicht an den unseren heran. Soweit ich mich an unsere Mutter erinnere, erschien sie mir sehr gütig, und oft sahen wir sie über die Gefahren, denen sich ihr Gatte aussetzte, weinen; aber so manche Triumphe, die sie über ihre Schwester oder ihre Nachbarinnen errang, trockneten ihr schnell die Tränen. Die Befriedigung, die ihr die schöne Krippe verschaffte, war das letzte Vergnügen dieser Art, das sie genießen konnte. Sie zog sich, ich weiß nicht wie, eine Rippenfellentzündung zu, an der sie innerhalb weniger Tage starb.

Wir hätten bei ihrem Tod nicht gewußt, was aus uns werden sollte, wenn uns nicht der *barigel* bei sich aufgenommen hätte. Bei ihm verbrachten wir einige Tage, bis man uns einem Maultiertreiber übergab, der mit uns ganz Kalabrien durchquerte und am vierzehnten Tag nach Messina brachte. Mein Vater hatte schon die Nachricht vom Tod seiner Gattin erhalten. Er empfing uns voller Zärtlichkeit, ließ uns eine Matte neben seiner eigenen ausbreiten und stellte uns den Mönchen vor, die uns unter ihre Chorknaben aufnahmen. Wir ministrierten bei der Messe, schneuzten die Kerzen, zündeten die Lampen an und blieben im übrigen genau die ausgemachten Strolche, die wir in Benevento gewesen waren. Wenn wir die Suppe der Mönche gegessen hatten, gab mein Vater jedem von uns einen Taro, mit dem wir uns Kastanien und Gebäck kauften, worauf wir zum Hafen spielen gingen und erst zurückkamen, wenn es Nacht wurde. Wir waren also glückliche Lausbuben … als ein Ereignis, an das ich mich selbst heute nicht ohne eine Aufwallung von Zorn erinnern kann, dem Verlauf meines ganzen Lebens eine entscheidende Wendung gab.

Eines Sonntags, als man zur Vesper ging, kam ich zum Kirchenportal zurück und brachte die Kastanien, die ich für meine Brüder und mich gekauft hatte, um sie unter uns aufzuteilen, als ich eine glänzende Karosse vorfahren sah, gezogen von sechs Schimmeln, denen zwei ebenfalls weiße, nicht eingespannte Pferde voraustrabten; das ist ein Luxus, den ich nur in Sizilien beobachtet habe. Der Wagenschlag öffnete sich, und heraus stieg ein edler *bracciero*, der einer schönen Dame den Arm reichte, dann ein Abbé und ein Knabe meines Alters mit bezaubernden Zügen, in prächtiger ungarischer Tracht, in die man damals die Kinder recht häufig kleidete. Der kleine Husarenrock aus blauem Samt war goldbestickt und mit Zobel besetzt; er bedeckte auch seine Knie und selbst einen Teil seiner gelben Maroquinstiefel. Seine ebenfalls mit Zobel besetzte Mütze war auch aus blauem Samt, und zuoberst prangte eine Quaste aus Perlen, die bis auf eine Schulter herabhing. Sein Gürtel bestand aus goldenen Schnüren und Troddeln, und sein kleiner Säbel war mit Edelsteinen eingelegt. Schließlich trug er in der Hand ein goldverziertes Gebetbuch.

Ich war derart entzückt, einen Knaben meines Alters so schön gekleidet zu sehen, daß ich, ohne zu wissen, was ich eigentlich tat, auf ihn zuging und ihm zwei Kastanien anbot, die ich gerade in der Hand hielt; aber statt die kleine Freundlichkeit zu erwidern, die ich ihm erweisen wollte, schlug mir der schändliche Bengel sein Gebetbuch ins Gesicht, und zwar mit aller Kraft, deren er fähig war. Mein linkes Auge schloß sich und färbte sich blau, und eine Schließe des Buches, die mir ins Nasenloch gefahren war, riß es so auf, daß ich in einem Augenblick von Blut bedeckt war. Es scheint mir auch, daß ich den kleinen Herrn schreckliche Schreie ausstoßen hörte, aber ich hatte eigentlich schon das Bewußtsein verloren; im Garten neben dem Brunnen kam ich wieder zu mir, umgeben von meinem Vater und meinen Brüdern, die mir das Gesicht abwuschen und versuchten, die Blutung zu stillen.

Als indessen das Blut noch überall an mir klebte, sahen wir den kleinen Herrn auf uns zukommen, gefolgt vom Abbé, dem edlen *bracciero* und zwei Lakaien, von denen einer ein Bündel Ruten trug. Der Edelmann erklärte mit wenig Worten, daß die Fürstin von Rocca Fiorita verlange, daß ich als Sühne für den Schrecken, den ich ihr sowie ihrem *Principino* eingejagt hätte, bis aufs Blut gepeitscht werden solle; und sofort machten sich die Lakaien an die Vollstreckung dieses Urteils.

Mein Vater fürchtete sein Asyl zu verlieren und wagte anfangs nichts zu sagen; aber als er sah, daß ich unerbittlich bis aufs Blut geschlagen wurde, konnte er nicht mehr an sich halten und wandte sich ganz im Ton unterdrückten Zorns an den Edelmann: »Laßt damit aufhören, oder denkt daran, daß ich Männer getötet habe, die gut zehn Euresgleichen aufwogen.«

Da der Edelmann bedachte, diese Worte könnten einen tieferen Sinn haben, befahl er, meine Bestrafung zu beenden; aber als ich noch auf dem Bauch vor ihm lag, trat der *Principino* zu mir heran, gab mir einen Tritt ins Gesicht und sagte: *»Managia la tua facia de banditu.«*

Diese letzte Beleidigung trieb meine Wut auf die Spitze. Von diesem Augenblick an, so kann ich sagen, war ich kein Kind mehr, oder wenigstens habe ich die unschuldigen Freuden der Kindheit nie mehr genossen; und noch lange Zeit war es mir unmöglich, einen reich gekleideten Mann kalten Blutes zu betrachten. Die Rachsucht muß die Erbsünde unseres Landes sein, denn obwohl ich erst acht Jahre zählte, dachte ich Tag und Nacht nur noch an die Bestrafung des *Principino*. Ich fuhr aus dem Schlaf hoch, weil ich geträumt hatte, ich hielte ihn an den Haaren und traktierte ihn mit Schlägen; und tagsüber sann ich darüber nach, wie ich ihm von weitem etwas Böses antun könne, weil ich daran zweifelte, daß man mich an ihn heranlassen werde. Nach dem Anschlag wollte ich übrigens fliehen. Schließlich beschloß ich, ihm einen Stein ins Gesicht zu schleudern, eine Waffenübung, auf die ich mich schon recht gut verstand; um mich indessen weiter darin zu schulen, wählte ich ein Ziel, an dem ich fast den ganzen Tag lang Wurfübungen machte.

Einmal fragte mich mein Vater, was ich da tue. Ich antwortete ihm, daß es meine Absicht sei, dem *Principino* das Gesicht zu zerschmettern, dann zu flüchten und Räuber zu werden. Mein Vater schien nicht zu glauben, was ich sagte, lächelte mir aber auf eine Weise zu, die mich in meinem Plan bestärkte.

Endlich kam der Sonntag, der zum Tag der Rache werden sollte. Vor der Kirche erschien die Karosse, man stieg aus. Ich war sehr erregt, aber es gelang mir, mich zu beherrschen. Mein kleiner Feind entdeckte mich in der Menge und streckte mir die Zunge heraus. Ich hielt meinen Stein in der Hand, ich warf ihn, und der Knabe fiel hintenüber. Ich fing sofort an zu rennen und hielt erst am anderen Ende der Stadt wieder an. Dort traf ich einen kleinen Kaminkehrer aus meiner Bekanntschaft, der mich fragte, wohin ich wolle. Ich erzählte ihm meine Geschichte, und er führte mich zu seinem Meister. Diesem fehlten junge Burschen, und er wußte nicht, woher er sie für ein so hartes Handwerk nehmen solle. So nahm er mich mit Vergnügen auf. Er sagte mir, niemand werde mich erkennen, wenn mein Gesicht rußverschmiert sei, und durch die Kamine zu klettern sei eine oft sehr nützliche Kunst. Und darin täuschte er mich nicht. Der Fertigkeit, die ich damals erwarb, hatte ich oft mein Leben zu verdanken.

Der Staub der Kamine und der Rußgeruch setzten mir

anfangs sehr zu, aber ich gewöhnte mich daran, denn ich war in einem Alter, in dem man sich mit allem abfindet. Ich übte mein Handwerk etwa sechs Monate aus, als mir folgendes Abenteuer widerfuhr.

Ich stand auf dem Dach und horchte, aus welchem Kamin die Stimme des Meisters zu hören wäre. Seine Rufe schienen mir aus dem Kamin zu kommen, der mir am nächsten lag. Ich stieg darin abwärts, fand aber heraus, daß er sich unter dem Dach in zwei Röhren teilte. An dieser Stelle hätte ich noch einmal rufen sollen, tat es aber nicht, sondern entschied mich gedankenlos für eine der Röhren. Ich ließ mich darin hinabrutschen und gelangte so in einen schönen Salon, aber das erste, was ich dort sah, war mein nur mit einem Hemd bekleideter *Principino* beim Ballspiel.

Obwohl der kleine Narr sicher schon andere Kaminfeger gesehen hatte, verfiel er darauf, mich für den Teufel zu halten. Er kniete nieder, flehte mich an, ihn nicht mitzunehmen, und versprach, sehr artig zu sein. Seine Beteuerungen hätten mich vielleicht gerührt, aber ich trug in der Hand meinen Kaminfegerbesen, und die Versuchung, davon Gebrauch zu machen, war allzu stark; außerdem hatte ich mich zwar für den Schlag gerächt, den mir der *Principino* mit dem Gebetbuch versetzt hatte, und teilweise auch für die Rutenhiebe, aber der Fußtritt ins Gesicht ergrimmte mich noch, den er mit den Worten begleitet hatte: »*Managia la tua facia de banditu.*« Und ein Neapolitaner rächt sich schließlich lieber zuviel als zuwenig.

Ich zog also aus meinem Besen eine Handvoll Ruten. Dann zerriß ich dem *Principino* das Hemd, und als sein Rücken entblößt war, zerfetzte ich auch ihn oder richtete ihn doch recht übel zu; das Merkwürdigste war aber, daß die Angst den *Principino* am Schreien hinderte.

Als ich glaubte, daß es genug sei, wischte ich mir das

Gesicht ab und sagte zu ihm: »*Ciucio maledetto, io no zuno lu diavolu, io zuno lu piciolu banditu delli Augustini.*«

Da fand der *Principino* den Gebrauch seiner Stimme wieder, und er fing an, um Hilfe zu schreien, ich aber wartete nicht ab, daß jemand kam, sondern stieg auf demselben Weg, auf dem ich heruntergekommen war, wieder hinauf.

Oben auf dem Dach hörte ich wieder die Stimme des Meisters, der nach mir rief, aber ich hielt es nicht für tunlich zu antworten. Ich lief von einem Dach zum nächsten und erreichte das eines Pferdestalles, vor dem eine Fuhre Heu stand. Ich sprang vom Dach auf das Heu und von dort zu Boden. Dann gelangte ich, immer weiter laufend, zum Portal der Augustiner, wo ich meinem Vater alles erzählte, was mir zugestoßen war.

Mein Vater hörte mir aufmerksam zu und sagte dann: »*Zoto, Zoto! Già vegio che tu sarai banditu.*«

Dann wandte er sich an einen Mann an seiner Seite und sagte zu ihm: »*Padron Lettereo, prendete lo chiutosto vui.*«

Lettereo ist ein in Messina häufiger Taufname. Er rührt von einem Brief her, den die Heilige Jungfrau den Einwohnern dieser Stadt geschrieben und »auf das Jahr 1452 nach der Geburt meines Sohnes« datiert haben soll. Die Einwohner Messinas verehren diesen Brief ebenso andächtig wie die Neapolitaner das Blut des Heiligen Januarius. Ich erwähne diesen Umstand, weil ich ein Jahr später an die *Madonna della lettera* ein Gebet richtete, das, wie ich damals glaubte, das letzte meines Lebens sein sollte.

Nun war *Padron Lettereo* Kapitän eines bewaffneten Dreimasters, angeblich Korallenfischer, aber eigentlich Schmuggler und sogar Freibeuter, wenn sich Gelegenheit dazu bot. Das geschah aber selten, weil er keine Kanonen führte und darauf angewiesen war, die Schiffe an einsamen Stränden zu überraschen.

In Messina wußte man all das, aber Lettereo trieb den Schmuggel im Auftrag der größten Kaufleute der Stadt. Die Zollbeamten wurden am Gewinn beteiligt, und im übrigen galt der Kapitän als sehr großzügig im Austeilen der *coltellade*, was jeden einschüchterte, der ihm hätte Sorgen bereiten wollen. Zudem war seine Gestalt wahrhaft mächtig, seine Körpergröße und seine breiten Schultern hätten schon hinreichend Aufmerksamkeit erregt, aber dem entsprach sein ganzes Äußeres so vollkommen, daß ihn ängstliche Menschen nicht ohne eine Regung von Furcht ansehen konnten. Sein Gesicht war schon von einem dunklen Braun, aber es erschien noch schwärzer, da explodierendes Schießpulver darauf seine Spuren hinterlassen hatte, und seine ledrige Haut war mit unterschiedlichen, sehr eigentümlichen Zeichen übersät. Die Matrosen am Mittelmeer haben fast alle die Gewohnheit, sich auf Brust und Armen Zahlen, Galeeren, Kreuze und ähnlichen Schmuck tätowieren zu lassen. Lettereo war noch weit darüber hinausgegangen. Auf eine Wange hatte er ein Kruzifix, auf die andere eine Madonna gravieren lassen, von denen jedoch nur der obere Teil zu sehen war, denn der untere war von einem dichten Bart bedeckt, den niemals ein Rasiermesser berührte und den nur die Schere in gewissen Grenzen hielt. Dazu kamen goldene Ohrringe, eine rote Mütze, ein Gürtel der gleichen Farbe, eine Weste, Seemannshosen, nackte Arme, nackte Füße und die Taschen voller Gold: Das war der Kapitän.

Man sagt, in seiner Jugend habe er bei hochgeborenen Damen große Erfolge gehabt. Und er war auch jetzt noch der Liebling der Frauen seines Standes und der Schrekken der Ehemänner.

Um Eure Kenntnis von Lettereo schließlich abzurunden, will ich Euch sagen, daß er mit einem Mann von wahrem Verdienst eng befreundet gewesen war, der später unter dem Namen Kapitän Pepo von sich reden machte. Sie hatten sich gemeinsam unter den Malteser Korsaren geschlagen. Pepo war in die Dienste seines Königs getreten, während Lettereo, dem die Ehre weniger galt als das Geld, den Entschluß faßte, sich auf jede denkbare Weise zu bereichern; und zugleich war er zum unversöhnlichen Feind seines einstigen Kameraden geworden.

Mein Vater, der in seinem Asyl nichts zu tun hatte als seine Wunden zu pflegen, auf deren vollständige Heilung er nicht mehr hoffen konnte, liebte die Gespräche mit Helden seines Schlages. Das hatte ihn mit Lettereo zusammengeführt; und wenn er mich dem Freund ans Herz legte, hatte er Grund zu hoffen, daß der mich nicht zurückweisen würde. Er täuschte sich nicht: Lettereo war sogar empfänglich für diesen Vertrauensbeweis. Er versprach meinem Vater, daß meine Lehrzeit weniger hart sein werde, als es bei Schiffsjungen üblich ist, und er versicherte, da ich Kaminfeger gewesen sei, bräuchte ich keine zwei Tage, bis ich das Klettern in die Takelage gelernt hätte.

Ich selbst war entzückt, denn mein neuer Stand erschien mir vornehmer als das Auskratzen der Kamine. Ich umarmte meinen Vater und meine Brüder, und mit Lettereo machte ich mich vergnügt auf den Weg zu seinem Schiff. An Bord versammelte der Kapitän seine Mannschaft, die aus zwanzig Männern bestand, deren Gesichter dem des Kapitäns etwa entsprachen.

Er stellte mich diesen Herren vor und hielt ihnen folgende Rede: *»Anime managie, quista criadura e lu filiu de Zotu, se uno de vui a outri le mette la mano sopra io li mangio l'anima.«*

Diese Empfehlung hatte ganz den Erfolg, den sie haben sollte. Ich sollte sogar aus der gemeinsamen Schüssel essen; als ich aber sah, wie zwei Schiffsjungen meines Alters die Matrosen bedienten und später die Reste aßen, machte ich es genauso. Man ließ mich gewähren und liebte mich nur um so mehr. Als man dann aber sah, wie ich die Rute des Lateinersegels erkletterte, wollte mir jeder gleich seine höchste Anerkennung bezeugen. Bei den Lateinerseglern nimmt die Rute den Platz der Rah ein, aber es ist weit weniger gefährlich, sich an den Rahen zu bewegen, da sie stets waagrecht stehen.

Wir setzten Segel und erreichten am dritten Tag die Meerenge von Bonifacio, die Sardinien von Korsika trennt. Wir sichteten dort mehr als fünfzig Boote, die alle Korallenfischerei betrieben. Auch wir begannen zu fischen, oder wir erweckten vielmehr diesen Anschein. Was mich betrifft, konnte ich viel dabei lernen, denn nach vier Tagen schwamm und tauchte ich wie der unerschrockenste meiner Kameraden.

Nach einer Woche wurde unsere kleine Flottille von einer *gregalade* zerstreut; so nennt man im Mittelmeer nordöstliche Böen. Jeder rettete sich, wie er nur konnte. Wir selbst steuerten einen Ankerplatz an, der unter dem Namen der Reede von St. Peter bekannt ist. Er liegt an einem verlassenen Ufer der sardischen Küste. Dort stießen wir auf einen venezianischen Polacker, dem der Sturm anscheinend sehr zugesetzt hatte. Unser Kapitän entwickelte, was dieses Schiff betraf, gleich gewisse Pläne und warf ganz in seiner Nähe Anker. Dann ließ er einen Teil der Mannschaft im Laderaum verschwinden, um den Eindruck zu erwecken, er habe wenig Leute, was aber eine fast aussichtslose Maßnahme war, da die Lateinersegler immer mehr haben als die anderen.

Lettereo beobachtete die venezianische Mannschaft unablässig und stellte fest, daß sie nur aus dem Kapitän, dem Bootsmann, sechs Matrosen und einem Schiffsjungen bestand. Er beobachtete weiter, daß das Marssegel zerrissen war und zum Ausbessern heruntergeholt wurde, denn die Handelsschiffe haben keine Reservesegel. Auf diese Beobachtungen hin ließ er acht Büchsen und ebenso viele Säbel ins Beiboot legen, deckte alles mit einer geteerten Leinwand zu und beschloß, den günstigen Augenblick abzuwarten.

Als sich der Himmel wieder aufgehellt hatte, stiegen die Matrosen des Polackers sofort in die Marsrahe, um das Segel zu setzen, aber da es ihnen nicht recht gelang, kletterte auch der Bootsmann hinauf und schließlich der Kapitän. Da ließ Lettereo das Beiboot zu Wasser, schlüpfte mit sieben Matrosen hinein und enterte achtern den Polacker. Der Kapitän, der auf der Rah stand, schrie ihnen zu: »*A larga, ladron, a larga.*« Aber Lettereo legte auf ihn an und drohte den ersten, der herunterkommen wollte, zu erschießen. Der Kapitän schien ein entschlossener Mann zu sein und warf sich in die Wanten, um herunterzuklettern. Lettereo traf ihn im Sprung. Er fiel ins Meer und tauchte nicht mehr auf.

Die Matrosen baten um Gnade. Lettereo ließ vier Mann an Deck zurück, um sie in Schach zu halten, und mit den drei anderen machte er sich an die Untersuchung des Schiffsinneren. In der Kajüte des Kapitäns fand er ein Faß, wie es für den Transport von Oliven gebraucht wird; da es aber ein wenig schwer und sorgfältig bereift war, konnte er sich vorstellen, es sei etwas anderes darin zu finden. Er öffnete es und war angenehm überrascht, daß mehrere Säcke Gold darin lagen. Mehr wollte er nicht und gab den Befehl zum Rückzug. Die Entermannschaft kam an Bord zurück, und wir setzten die Segel. Als wir am Heck des Venezianers vorbeizogen, schrien wir noch zum Spott hinüber: »*Viva San Marco!*«

Fünf Tage später liefen wir in Livorno ein. Sogleich begab sich der Kapitän mit zweien seiner Leute zum neapolitanischen Konsul und gab dort seine Erklärung ab, wonach es zwischen seiner Mannschaft und der eines venezianischen Polackers zu Händeln gekommen sei und der venezianische Kapitän von einem seiner Leute unglücklicherweise einen Stoß bekommen habe und ins Meer gefallen sei. Vom Inhalt des Olivenfäßchens wurde ein Teil dazu verwendet, diesem Bericht die größte Glaubwürdigkeit zu verleihen.

Lettereo fand entschieden Geschmack an der Piraterie und hätte wahrscheinlich noch andere Handstreiche dieser Art unternommen; aber in Livorno bot man ihm ein neues Geschäft an, dem er den Vorzug gab. Ein Jude namens Nathan Levi, der beobachtet hatte, daß der Papst und der König von Neapel am Prägen von Kupfermünzen glänzend verdienten, wollte an dieser Einnahmequelle auch teilhaben. Daher ließ er in einer englischen Stadt, benannt Birmingham, ähnliche Münzen schlagen. Als er eine bestimmte Menge davon hergestellt hatte, eröffnete einer seiner Gehilfen in La Flariola, einem Fischerdorf an der Grenze der beiden Staaten, eine Niederlassung, und Lettereo übernahm die Aufgabe, die Ware dorthin zu befördern und an Land zu bringen.

Der Gewinn war beträchtlich, und länger als ein Jahr segelten wir mit Ladungen römischer und neapolitanischer Münzen ständig hin und her. Vielleicht hätten wir diese Reisen noch lange fortsetzen können, aber Lettereo, der für Spekulationen eine Ader hatte, schlug dem Juden vor, auch Gold- und Silbermünzen schlagen zu lassen. Dieser befolgte seinen Rat und richtete in Livorno sogar eine kleine Münze für Zechinen und Scudi ein. Unser Gewinn erregte die Eifersucht der Mächtigen. Als Lettereo eines Tages, bereit, in See zu stechen, in Livorno war, hinterbrachte man ihm, daß der Kapitän Pepo vom König von Neapel den Befehl erhalten habe, seiner habhaft zu werden, daß Pepo selbst aber erst gegen Ende des Monats auslaufen könne. Dieser falsche Hinweis war nur eine List Pepos, der schon seit vier Tagen auf hoher See in Bereitschaft lag, und Lettereo war der Dumme. Der

Wind war günstig, er glaubte, noch eine Reise machen zu können, und setzte die Segel.

Bei Anbruch des folgenden Tages sahen wir uns in die Mitte genommen von Pepos Geschwader, das aus zwei Galeoten und zwei *scampavies* bestand. Wir saßen in der Falle, und es gab keine Möglichkeit zu entkommen. Lettereo hatte den Tod vor Augen. Er ließ alle Segel setzen und nahm Kurs auf das Schiff des Kommandeurs. Pepo stand an Deck und gab die Befehle zum Entern.

Lettereo packte eine Büchse, legte an und zerschmetterte dem Kommandanten einen Arm. All das war die Sache weniger Sekunden.

Kurz darauf nahmen die vier Schiffe Kurs auf uns, und wir hörten von allen Seiten: »*Mayna ladro, mayna can senza fede.*«

Lettereo riß das Steuer herum gegen den Wind, so daß das Schiff sich auf die Seite legte und mit der Bordkante die Wasseroberfläche streifte. Dann sagte er, an die Mannschaft gewandt:

»*Anime managie, io in galera non ci vada. Pregate per me la santissima Madonna della Lettera.*«

Wir alle knieten nieder. Lettereo steckte sich Kanonenkugeln in die Taschen. Wir glaubten, er wolle sich ins Meer stürzen. Aber der durchtriebene Pirat beabsichtigte etwas anderes. Auf der Luvseite war eine große Tonne mit Kupfermünzen vertäut. Lettereo packte eine Axt und hieb das Tau durch. Die Tonne rollte sofort auf die andere Bordseite zu, und da wir schon starke Schlagseite hatten, brachte sie uns völlig zum Kentern. Zuerst rutschten wir, die wir noch an Deck knieten, abwärts und auf die Segel, und als das Schiff vom Meer verschlungen wurde, schleuderten uns jene, da sie federten, glücklicherweise mehrere Klafter weit zur Seite.

Pepo fischte uns alle heraus mit Ausnahme des Kapitäns, eines Matrosen und eines Schiffsjungen. Sobald man uns aus dem Wasser gezogen hatte, wurden wir sogleich gefesselt und in den Kielraum des Kommandeursschiffes geworfen. Vier Tage später legten wir in Messina an. Pepo teilte den Gerichtsbehörden mit, er habe ihnen Subjekte zu übergeben, die ihrer Aufmerksamkeit würdig seien. Unser Landgang entbehrte nicht eines gewissen Aufwands. Er fand genau zur Stunde des Korsos statt, zu der der gesamte Adel auf der sogenannten »Marina« promeniert. Wir schritten ernst einher, vor uns und hinter uns die Sbirren.

Unter den Zuschauern befand sich der *Principino*. Er erkannte mich auf den ersten Blick wieder und schrie: »*Ecco lu piciolu banditu delli Augustini.*«

Im gleichen Augenblick warf er sich auf mich, packte mich bei den Haaren und zerkratzte mein Gesicht. Da mir die Hände auf den Rücken gefesselt waren, hatte ich Mühe, mich seiner zu erwehren.

Indessen erinnerte ich mich an einen Kniff, den ich englische Matrosen in Liverpool hatte anwenden sehen, ich riß meinen Kopf los und gab dem *Principino* damit einen wuchtigen Stoß in die Magengrube. Er fiel auf den Rücken. Als er dann wütend aufsprang, zog er aus der Tasche ein kleines Messer und wollte damit nach mir stoßen. Ich wich ihm aus, und indem ich ihm ein Bein stellte, brachte ich ihn selbst sehr unsanft zu Fall, und im Fallen verletzte er sich sogar mit dem Messer, das er in der Hand hielt. Die Fürstin, die in diesem Augenblick erschien, wollte mich wieder von ihren Leuten peitschen lassen. Aber die Sbirren widersetzten sich und führten uns ins Gefängnis.

Der Prozeß gegen unsere Mannschaft war kurz; die Männer wurden zur Strafe des Wippens verurteilt, dann sollten sie den Rest ihrer Tage auf den Galeeren verbringen. Was den überlebenden Schiffsjungen und mich anging, so wurden wir, da wir nicht volljährig waren, freigelassen. Sobald wir die Freiheit wieder erlangt hatten, ging ich zum Augustinerkloster. Meinen Vater fand ich dort aber nicht mehr. Der Bruder Pförtner sagte mir, er sei gestorben und meine Brüder seien Schiffsjungen auf einem spanischen Segler. Ich bat darum, den Pater Prior sprechen zu dürfen. Ich wurde vorgelassen und erzählte meine kurze Geschichte, ohne dabei zu vergessen, daß ich dem *Principino* den Kopfstoß versetzt und das Bein gestellt hatte.

Hochwürden hörte mich sehr gütig an und sprach dann: »Mein Kind, auf dem Sterbelager hat Euer Vater dem Kloster eine beträchtliche Summe hinterlassen. Es war unrecht erworbenes Gut, auf das Ihr kein Anrecht hattet. Es ist den Händen Gottes überantwortet und muß zum Unterhalt seiner Diener verwendet werden. Indessen haben wir es gewagt, ein paar Taler abzuzweigen, die wir dem spanischen Kapitän übergaben, der sich Eurer Brüder annahm. Was Euch betrifft, so können wir Euch mit Rücksicht auf die Fürstin von Rocca Fiorita, unsere erlauchte Wohltäterin, in diesem Kloster kein Asyl gewähren. Aber Ihr werdet Euch zu dem Gut begeben, das wir am Fuße des Ätna besitzen, und dort friedlich die Jahre Eurer Kindheit verbringen.«

Nachdem der Prior mir dies gesagt hatte, rief er einen Laienbruder und gab ihm Anweisungen hinsichtlich meines weiteren Geschicks.

Am Tag darauf machte ich mich mit dem Laienbruder auf den Weg. Wir langten bei dem Gut an, und ich bezog mein Quartier. Von Zeit zu Zeit wurde ich mit Aufträgen für die Gutswirtschaft in die Stadt geschickt. Auf diesen kleinen Reisen tat ich mein möglichstes, um nicht mit dem *Principino* zusammenzutreffen. Einmal jedoch, als ich gerade auf der Straße Kastanien kaufte, kam er vorbei, erkannte mich und ließ mich von seinen Lakaien erbarmungslos auspeitschen. Einige Zeit später schlich ich mich im Schutz einer Verkleidung bei ihm ein, und es wäre mir sicher ein leichtes gewesen, ihn zu ermorden; und ich bedaure noch täglich, daß ich es nicht tat. Ich war aber mit Unternehmungen dieser Art noch nicht vertraut und begnügte mich damit, ihm Prügel zu verabreichen. Während meiner ersten Jugendjahre vergingen nie sechs, ja, nicht einmal vier Monate, ohne daß ich einen Zusammenstoß mit diesem verfluchten *Principino* hatte, der mit seinen Begleitern oft in der Überzahl war. Schließ-lich wurde ich fünfzehn Jahre alt; den Jahren und dem Verstand nach war ich damals noch ein Kind, aber nach Stärke und Mut war ich fast ein Mann, was nicht wundernehmen kann, wenn man bedenkt, daß die Meeres- und später die Bergluft meine Konstitution gekräftigt hatten.

Ich zählte also fünfzehn Jahre, als ich zum ersten Male den tapferen und würdigen Testalunga sah, den ehrlichsten und tugendhaftesten Räuber, den es in Sizilien jemals gab. Morgen werde ich Euch, wenn Ihr erlaubt, mit diesem Mann bekannt machen, dessen Gedächtnis ewig in meinem Herzen leben wird. Im Augenblick muß ich Euch verlassen. Die Herrschaft über meine Höhle erfordert sorgfältige Vorkehrungen, denen ich mich nicht entziehen kann.

Zoto verließ uns, und jeder stellte zu seiner Erzählung Betrachtungen an, wie sie seinem eigenen Charakter entsprachen. Ich gestand, daß ich so beherzten Menschen, wie er sie schilderte, eine Art Hochachtung nicht vorenthalten könne. Emina vertrat die Ansicht, der Mut verdiene nur insoweit unsere Wertschätzung, als er dazu aufgewendet werde, der Tugend Geltung zu verschaffen. Zubeida meinte, ein kleiner Räuber von sechzehn Jahren könne sehr wohl Liebe erwecken.

Wir speisten zu Abend, und danach legten sich alle

schlafen. Die beiden Schwestern traten abermals überraschend bei mir ein.

Emina sagte: »Mein Alfonso, wärt Ihr fähig, uns ein Opfer zu bringen? Es geht dabei mehr um Euer Wohl als um das unsere.«

»Meine schöne Cousine«, antwortete ich, »all diese Vorreden sind überflüssig. Sagt mir doch einfach, was Ihr wünscht.«

»Lieber Alfonso«, fuhr Emina fort, »dieses Kleinod, das Ihr am Halse tragt und das Ihr einen Splitter vom wahren Kreuze nennt, verletzt uns und läßt uns zu Eis erstarren.«

»Oh! Was dieses Kleinod angeht«, sagte ich sofort, »verlangt nicht von mir, daß ich es ablege. Ich versprach meiner Mutter, mich nie davon zu trennen, und ich halte alle meine Versprechen, gerade Ihr dürftet nicht daran zweifeln.«

Meine Cousinen gaben keine Antwort, schmollten ein wenig, wurden wieder sanfter gestimmt, und die Nacht verging etwa wie die vorausgegangene. Das heißt, die Gürtel wurden nicht angerührt.

Siebenter Tag

Am nächsten Tag wachte ich früher auf als am Morgen zuvor. Ich suchte meine Cousinen auf; Emina las den Koran, Zubeida probierte Perlenschmuck und Schals. Ich unterbrach diese ernsthaften Beschäftigungen mit sanften Zärtlichkeiten, in die ich fast ebensoviel Freundschaft wie Liebe legte. Dann aßen wir zu Mittag. Nach dem Essen kam Zoto, um den Faden seiner Geschichte wiederaufzunehmen, was er mit folgenden Worten tat:

Fortsetzung der Geschichte Zotos

Ich hatte versprochen, Euch von Testalunga zu erzählen. Nun halte ich Wort. Mein Freund war ein friedlicher Bewohner von Val Castera, einem kleinen Marktflecken am Fuße des Ätna. Er hatte eine entzückende Frau. Als der junge Fürst von Val Castera eines Tages seine Ländereien besuchte, sah er diese Frau, die mit den anderen Frauen der Notabeln zu seiner Begrüßung gekommen war. Der dünkelhafte junge Mann war weit entfernt davon, sich für die Huldigung, die ihm seine Untertanen durch die Hände der Schönheit darbrachten, empfänglich zu zeigen; er hatte nur Augen für die Reize der Frau Testalungas. Ohne Umschweife erklärte er ihr, welche Wirkung sie auf seine Sinne ausübe, und faßte ihr ins Mieder. Ihr Ehemann stand in diesem Augenblick hinter seiner Frau.

Er zog sein Messer aus der Tasche und stieß es dem jungen Fürsten ins Herz. Ich glaube, an seiner Stelle hätte jeder Mann so gehandelt.

Nach der Tat flüchtete Testalunga in eine Kirche, in der er sich bis zur Nacht aufhielt. Da er aber glaubte, für die Zukunft andere Maßnahmen treffen zu müssen, beschloß er, sich einigen Räubern anzuschließen, die seit kurzem in der Gipfelzone des Ätna Zuflucht gefunden hatten. Er tat es, und die Räuber erwählten ihn zu ihrem Anführer.

Der Ätna hatte damals eine ungeheure Menge Lava ausgestoßen; und inmitten dieser Glutströme, in Schlupfwinkeln, die nur Testalunga kannte, verschanzte er sich mit seiner Bande. Als er somit für seine Sicherheit gesorgt hatte, wandte sich der tapfere Anführer an den Vizekönig und bat ihn um Gnade für sich und seine Gefährten. Die Obrigkeit lehnte ab, wahrscheinlich aus der Furcht heraus, sie könne ihre Autorität einbüßen.

Darauf trat Testalunga in Verhandlungen mit den wichtigsten Pächtern der benachbarten Güter. Er sagte ihnen: »Stehlen wir doch gemeinsam; ich komme und fordere, Ihr gebt mir, was Ihr wollt, und dem Herrn gegenüber seid Ihr gedeckt.«

Das war immerhin Diebstahl, aber Testalunga teilte alles unter seine Gefährten auf und behielt nur das Allernötigste für sich. Wenn er dagegen durch ein Dorf zog, ließ er alles doppelt bezahlen, so daß er in kurzer Zeit zum Abgott des Volkes beider Sizilien wurde.

Ich sagte Euch schon, daß sich etliche Räuber aus der Truppe meines Vaters Testalunga angeschlossen hatten, der sich mehrere Jahre lang auf der Südseite des Ätna aufhielt, um im Val di Noto und im Val di Mazara seine Beutezüge zu betreiben. Aber zu der Zeit, von der ich hier spreche, das heißt, als ich fünfzehn Jahre alt geworden war, zog die Truppe wieder ins Val Demoni, und eines Tages sahen wir sie auch auf dem Gutshof der Mönche erscheinen.

Was Ihr Euch auch immer an Pomp und Glanz vorstellen könnt, es würde den Männern Testalungas noch nicht gerecht. Gardeuniformen, Haarbeutel aus Seidennetzen, Gürtel voller Pistolen und Dolche, ein langer Degen und eine langläufige Büchse, das war etwa ihre Kriegsausrüstung. Sie verbrachten drei Tage damit, unsere Hühner zu verzehren und unseren Wein zu trinken. Am vierten wurde ihnen gemeldet, ein Detachement Dragoner sei auf dem Weg hierher mit der Absicht, sie einzukesseln. Diese Nachricht ließ sie in schallendes Gelächter ausbrechen. An einem Hohlweg legten sie sich in den Hinterhalt, griffen das Detachement an und zersprengten es. Sie waren einer gegen zehn, aber jeder von ihnen verfügte über mehr als zehn Büchsen- und Pistolenläufe, alle von erster Qualität.

Nach dem Sieg kamen die Räuber zum Gutshof zurück, und da ich ihren Kampf von weitem beobachtet hatte, war ich davon so begeistert, daß ich mich ihrem Anführer zu Füßen warf und ihn anflehte, mich in seine Truppe aufzunehmen. Testalunga fragte, wer ich sei. Ich antwortete, ich sei der Sohn des Räubers Zoto.

Bei diesem geliebten Namen stießen alle, die unter meinem Vater gedient hatten, einen Freudenschrei aus. Dann umfaßte mich einer von ihnen mit den Armen, stellte mich auf den Tisch und sagte: »Meine Kameraden, Testalungas Leutnant ist im Kampf getötet worden, wir sind in Verlegenheit, wie wir ihn ersetzen sollen; der kleine Zoto soll unser Leutnant sein! Ihr wißt doch, daß man den Söhnen der Herzöge und Grafen ganze Regimenter gibt! Tun wir dasselbe für den Sohn des tapferen Zoto. Ich will dafür einstehen, daß er sich dieser Ehre würdig erweist.«

Diese Ansprache brachte dem Redner großen Beifall ein, und ich wurde einstimmig zum Leutnant erklärt.

Mein Grad war zuerst nur ein Spaß, und wenn die Räuber mich »*Signor tenente*« nannten, prusteten sie gleich los. Aber sie mußten ihren Ton ändern. Ich war nicht nur der erste beim Angriff und der letzte, wenn ein Rückzug zu decken war, sondern keiner von ihnen kannte sich aus wie ich, wenn es galt, die Bewegungen des Feindes auszuspähen oder das Lager unserer Truppe zu sichern. Bald erkletterte ich Felsgipfel, um ein größeres Gelände im Auge zu haben und verabredete Signale zu geben, bald verbrachte ich ganze Tage mitten in Feindesland und stieg von einem Baum nur herunter, um auf einen anderen hinaufzuklettern. Oft kam es sogar vor, daß ich ganze Nächte auf den höchsten Kastanienbäumen des Ätna verbrachte. Und wenn ich dem Schlaf nicht widerstehen konnte, band ich mich mit einem Riemen an den Ästen fest. All das fiel mir, weil ich Schiffsjunge und Kaminfeger gewesen war, nicht besonders schwer.

Ich versah diese Aufgaben schließlich so gut, daß mir die Sicherheit für alle anvertraut wurde. Testalunga liebte mich wie einen Sohn, aber ich erwarb, wenn ich das so sagen darf, ein Ansehen, das seines fast übertraf, und die Handstreiche des kleinen Zoto wurden in Sizilien bald Gegenstand aller Gespräche. So viel Ruhm machte mich jedoch nicht unempfindlich für die süßen Zerstreuungen, zu denen meine Jugend mich hinzog. Ich sagte Euch schon, daß die Räuber die Helden des Volkes waren, und Ihr könnt Euch denken, daß die Schäferinnen des Ätna mir ihr Herz nicht verweigert hätten, aber mein eigenes war dazu bestimmt, sich sanfteren Reizen hinzugeben, und die Liebe hielt mir eine schmeichelhaftere Eroberung bereit.

Seit zwei Jahren war ich Leutnant und hatte gerade mein siebzehntes Jahr vollendet, als unsere Truppe wieder in den Süden ziehen mußte, da eine neue Eruption des Vulkans unsere bisherige Zuflucht zerstört hatte. In vier Tagen erreichten wir ein Schloß, das Rocca Fiorita hieß, das Lehen und den Hauptsitz meines Feindes, des *Principino*.

Ich dachte kaum mehr an die Kränkungen, die er mir zugefügt hatte, aber der Name des Ortes erweckte in mir wieder meine ganze Verbitterung. Das darf Euch nicht wundern; in unserem Klima sind die Herzen unversöhnlich. Hätte sich der *Principino* in seinem Schloß aufgehalten, ich hätte es mit Feuer und Schwert heimgesucht. Ich begnügte mich damit, es zu verheeren, so gut ich konnte, und meine Kameraden, die meine Gründe dafür kannten, standen mir nach besten Kräften bei. Die Bediensteten des Schlosses, die uns anfangs Widerstand leisten wollten, widerstanden keineswegs dem guten Wein ihres Herrn, den wir in Strömen fließen ließen. Sie stellten sich auf unsere Seite. Schließlich machten wir aus Rocca Fiorita ein wahres Schlaraffenland.

Das fröhliche Leben währte vier Tage. Am fünften berichteten meine Spione, daß uns das ganze Regiment aus Syrakus angreifen und daß dann der *Principino* mit seiner Mutter und mehreren Damen aus Messina eintreffen werde. Ich befahl meiner Bande den Rückzug, aber aus Neugier wollte ich bleiben und nistete mich in der Krone einer dicht belaubten Eiche am Ende des Gartens ein; vorsichtshalber brach ich ein Loch in die Gartenmauer, um leichter entkommen zu können.

Endlich sah ich das Regiment anrücken, das vor dem Schloßportal, nachdem man ringsum Posten aufgestellt hatte, sein Lager aufschlug. Dann erschien ein ganzer Zug von Sänften, in denen die Damen saßen, und in der letzten befand sich, auf einen Berg Kissen gelagert, der *Principino* selbst. Mühevoll und auf zwei Junker gestützt stieg er herab, schickte eine Kompanie Soldaten voraus, und als er erfuhr, daß keiner von uns im Schloß zurückgeblieben sei, betrat er es mit den Damen und einigen Edelleuten seines Gefolges.

Zu Füßen meines Baumes gab es eine frische Quelle, einen Marmortisch und Bänke. Dieser Teil des Gartens war am schönsten angelegt. Ich vermutete, daß sich die Gesellschaft in kurzer Zeit hier einfinden werde, und ich beschloß, auf sie zu warten, um sie näher ins Auge zu fassen. Tatsächlich sah ich nach etwa einer halben Stunde eine junge Person etwa meines Alters daherkommen. Engel können nicht schöner sein, und der Eindruck, den sie bei mir hervorrief, war so stark und kam so unvermittelt, daß ich vielleicht von meinem Baum herabgefallen wäre, wenn mich nicht mein Gürtel gehalten hätte, den ich manchmal um einen Ast schlang, um mich mit mehr Sicherheit ausruhen zu können.

Die junge Person hatte ihre Augen niedergeschlagen und zeigte eine Miene tiefster Schwermut. Sie setzte sich auf eine Bank, stützte ihre Arme auf den Marmortisch und vergoß viele Tränen. Ohne recht zu wissen, was ich tat, ließ ich mich von meinem Baum herabgleiten und stellte mich so auf, daß ich sie sehen konnte, ohne selbst gesehen zu werden. Da erblickte ich den *Principino*, der mit einem Blumenstrauß in der Hand näher kam. Ich hatte ihn an die drei Jahre lang nicht gesehen. Er war ansehnlicher geworden. Sein Gesicht war hübsch, aber ziemlich ausdruckslos.

Als die junge Person ihn sah, sprach aus ihrem Gesicht eine solche Verachtung, daß ich ihr dafür sehr dankbar war.

Der *Principino* trat indessen mit selbstgefälliger Miene auf sie zu und sagte ihr: »Meine teure Braut, dieses Bukett werde ich Euch verehren, wenn Ihr mir versprecht, daß Ihr nie mehr diesen kleinen Schurken Zoto erwähnen wollt.«

Das Mädchen antwortete ihm: »Mein Fürst, Sie scheinen mir doch unrecht zu haben, wenn Sie Ihre Gunst von Bedingungen abhängig machen, und außerdem – wenn nicht ich vom charmanten Zoto spräche, unterhielte Sie doch das ganze Haus von ihm. Hat Ihnen nicht sogar Ihre Amme ins Gesicht gesagt, sie habe noch nie einen so hübschen Kerl gesehen.«

Der *Principino*, tief gekränkt, erwiderte: »Fräulein Sylvia, so denken Sie doch daran, daß Sie meine Braut sind!«

Sylvia gab ihm keine Antwort und brach in Tränen aus.

Darauf sagte der wütende *Principino*: »Verachtenswertes Geschöpf, hier hast du, was du verdienst, wenn du dich in einen Räuber verliebst.« Gleichzeitig gab er ihr eine Ohrfeige.

Das Fräulein rief: »Zoto, warum bist du nicht hier, um diesen Feigling zu bestrafen!«

Sie hatte diese Worte kaum ausgesprochen, als ich hervortrat und zum Fürsten sagte: »Du mußt mich kennen. Ich bin Räuber und könnte dich töten. Aber ich achte das gnädige Fräulein allzu hoch, das die Güte hatte, mich zu Hilfe zu rufen, und ich bin bereit, mich mit dir nach der Art der Adligen zu schlagen.«

Ich führte zwei Dolche und vier Pistolen mit mir. Ich teilte sie in zwei Teile auf, legte diese in zehn Schritt Entfernung voneinander ab und ließ dem *Principino* die Wahl. Aber der Unglückliche war ohnmächtig auf eine Bank gesunken.

Da ergriff Sylvia das Wort und sagte: »Tapferer Zoto, ich bin von Adel, aber arm. Ich sollte morgen den Fürsten heiraten oder aber ins Kloster gehen. Ich werde keins von beiden tun. Ich will dir angehören fürs ganze Leben.« Und damit warf sie sich in meine Arme.

Ihr könnt Euch denken, daß ich mich nicht lange bitten ließ. Es galt indessen, den Fürsten an einer Störung unseres Rückzugs zu hindern. Ich nahm einen Dolch, und indem ich einen Stein als Hammer benützte, nagelte ich dem Fürsten seine Hand auf die Bank, auf der er saß. Er stieß einen Schrei aus und sank wieder ohnmächtig in sich zusammen.

Wir verließen den Garten durch das Loch, das ich in die Mauer gebrochen hatte, und erreichten bald das Gipfelgebiet der Berge.

Meine Kameraden hatten alle eine Geliebte; sie waren begeistert, daß ich nun auch eine gefunden hatte, und ihre Schönen schworen, der meinen Gehorsam zu leisten.

Mit Sylvia hatte ich vier Monate verbracht, als ich genötigt war, sie allein zu lassen, um zu erkunden, welche Veränderungen der letzte Vulkanausbruch im Norden bewirkt hatte. Unterwegs dahin fand ich Schönheiten der Natur, die ich bis dahin gar nicht wahrgenommen hatte. Ich bemerkte Bergwiesen, Höhlen, schattige Wälder, wo ich früher nur Gelegenheiten für einen Hinterhalt oder eine Verschanzung gesehen hatte. Sylvia hatte also mein Räuberherz sanft gestimmt. Aber nur allzu bald wurde es wieder von seiner ganzen Wildheit gepackt.

Ich muß auf meine Reise in den Norden des Berges zurückkommen. Ich drücke mich so aus, weil die Sizilianer, wenn sie vom Ätna sprechen, immer nur *il Monte* sagen: der Berg an sich. Zuerst lenkte ich meine Schritte zu einem Turm, der bei uns der Philosophenturm heißt; aber ich konnte nicht zu ihm hingelangen. Ein Schlund, der an der Flanke des Vulkans aufgerissen war, hatte einen Lavastrom ausgestoßen, der sich etwas oberhalb des Turms teilte und etwa eine Meile unterhalb wieder vereinigte und so eine ganz und gar unzugängliche Insel einschloß.

Die Bedeutung dieser Lage leuchtete mir sofort ein, und außerdem hatten wir im Turm selbst Kastanien gelagert, die ich nicht verlieren wollte. Als ich nachsuchte, fand ich einen unterirdischen Zugang wieder, den ich schon früher benützt hatte und der mich bis zum Fuß oder vielmehr direkt ins Innere des Turms führte. Sogleich beschloß ich, auf dieser Insel unser ganzes Frauenvolk unterzubringen. Ich ließ Laubhütten aufstellen. Eine davon schmückte ich so schön aus, wie es nur möglich war. Dann kehrte ich in den Süden zurück, von wo ich unsere ganze Kolonie hinüberführte, die von ihrer neuen Zuflucht entzückt war.

Wenn ich heute an die Zeit zurückdenke, die ich an diesem glücklichen Ort verbrachte, sehe ich ihn inmitten des wilden Wirbels, der mein Leben mit sich riß, wie eine stille Insel. Von den Menschen waren wir durch Feuerströme getrennt. Die der Leidenschaften setzten unsere Sinne in Brand. Alles folgte meinen Befehlen und war meiner schönen Sylvia untertan. Um das Maß meines Glücks schließlich vollzumachen, stießen meine beiden Brüder zu mir. Beide hatten erregende Abenteuer erlebt, und ich darf Euch versichern, wenn Ihr ihre Geschichte eines Tages vernehmen wollt, wird sie noch mehr zu Eurer Zufriedenheit ausfallen als meine eigene.

Nur wenige Menschen können auf schöne Tage zurückblicken, aber ich weiß nicht, ob es welche gibt, deren Erinnerung auch schönen Jahren gelten darf. Was mich angeht, so währte mein Glück kein ganzes Jahr. Die Tapferen in meiner Bande verhielten sich untereinander hochanständig. Keiner hätte es gewagt, seine Augen auf die Geliebte eines Kameraden zu werfen, und noch viel weniger auf die meine. Eifersucht war also auf unserer Insel ausgeschlossen, oder sie war vielmehr nur für einige Zeit verbannt, denn diese Raserei findet nur allzu leicht ihren Weg zu den Orten, an denen die Liebe wohnt.

Ein junger Räuber namens Antonio verliebte sich in Sylvia, und da seine Leidenschaft sehr heftig war, konnte er sie nicht verbergen. Ich bemerkte sie selbst, aber da ich sah, daß er sehr traurig war, schloß ich daraus, daß meine

Geliebte ihn nicht ermutigte, und war beruhigt. Ich hätte Antonio, den ich seines Mutes wegen schätzte, allerdings gern geheilt. Es gab in der Bande einen anderen Räuber namens Moro, den ich für seine Feigheit verachtete; und wenn Testalunga auf mich gehört hätte, hätte er ihn schon längst weggejagt.

Moro gelang es, das Vertrauen des jungen Antonio zu gewinnen, und er versprach, ihm bei seiner Liebe förderlich zu sein. Er konnte sich auch bei Sylvia Gehör verschaffen und machte ihr weis, ich hätte in einem benachbarten Dorf eine Geliebte. Sylvia schreckte davor zurück, sich mit mir auszusprechen. Ihr Wesen nahm etwas Erkünsteltes an, das ich einer Veränderung ihres Gefühls für mich zuschrieb. Gleichzeitig verdoppelte Antonio, von Moro gedrängt, seine Bemühungen um Sylvia und zeigte in seinem Auftreten eine Selbstsicherheit, die mich vermuten ließ, daß Sylvia ihn glücklich mache.

Ich hatte keine Übung darin, ein solches Geflecht von Motiven zu entwirren. Ich erdolchte Sylvia und Antonio. Dieser starb nicht gleich und enthüllte mir Moros Verrat. Ich suchte den Schurken, den blutigen Dolch noch in der Hand, und fand ihn. Er wurde von Angst ergriffen, fiel auf die Knie und gestand mir, der Fürst von Rocca Fiorita habe ihn bezahlt, sowohl mich wie auch Sylvia zu vernichten, und er habe sich unserer Bande nur in der Absicht angeschlossen, diesen Plan auszuführen. Ich erdolchte auch ihn. Dann eilte ich nach Messina, und nachdem ich mich mit Hilfe einer Verkleidung beim Fürsten eingeschlichen hatte, schickte ich ihn als Gesellschaft für seinen Handlanger und meine beiden anderen Opfer ins Jenseits. Das war das Ende meines Glücks und selbst meines Ruhms. Meine Kühnheit wurde zu einer völligen Gleichgültigkeit dem Leben gegenüber, und da ich gegenüber der Sicherheit meiner Kameraden ebenso gleichgültig wurde, verlor ich bald ihr Vertrauen. Kurz gesagt, ich versichere Euch, daß ich seither nur noch ein ganz gewöhnlicher Räuber war.

Kurz darauf starb Testalunga an einer Rippenfellentzündung, und seine Bande wurde in alle Winde zerstreut. Meine Brüder kannten Spanien und überredeten mich, dorthin zu gehen. Ich sammelte zwölf Männer um mich. Ich zog zur Bucht von Taormina und hielt mich dort drei Tage lang versteckt. Am vierten bemächtigten wir uns einer Brigg, auf der wir zur Küste Andalusiens gelangten.

Obwohl es in Spanien mehrere Gebirgszüge gibt, die uns eine vorteilhafte Zuflucht gewähren konnten, gab ich der Sierra Morena den Vorzug, und ich mußte es keineswegs bereuen. Ich beraubte zwei Transporte mit Piasterladungen und führte andere bedeutende Raubzüge aus.

Schließlich nahm uns der Hof unsere Erfolge übel. Der Gouverneur von Cadix erhielt Order, uns lebend oder tot zu ergreifen, und setzte mehrere Regimenter in Marsch. Anderseits bot mir der Großscheich der Gomelez an, in seine Dienste zu treten, und stellte mir diese Höhle als Zufluchtsstätte zur Verfügung. Ich nahm ohne Zögern an.

Das Tribunal in Granada wollte sich keine Blöße geben. Da es klar war, daß wir nicht zu fassen waren, ließ es zwei Hirten aus dem Tal verhaften und unter dem Namen der beiden Brüder Zotos aufhängen. Ich kannte die zwei Männer, und ich weiß, daß sie mehrere Morde begangen hatten. Man sagt jedoch, sie seien darüber erzürnt, daß man sie an unserer Stelle aufgehängt hat, und bei Nacht stiegen sie vom Galgen herab, um tausenderlei Unfug zu stiften. Ich wurde nie Zeuge davon und kann Euch nichts darüber sagen. Soviel ist aber wahr: Mehrmals, wenn ich in hellen Mondnächten am Galgen vorüberkam, fand ich die Gehenkten nicht an ihrem

Platz, und morgens hingen sie wieder an Ort und Stelle.

Das also, meine verehrten Herrschaften, ist die Geschichte, die Ihr hören wolltet. Ich glaube, meine beiden Brüder, deren Leben ebenso abenteuerlich verlief, hätten Euch interessantere Dinge erzählen können, aber sie werden keine Zeit mehr dazu finden, denn unsere Einschiffung steht bevor, und ich habe den ausdrücklichen Befehl, daß sie morgen stattfinden soll.

Zoto verließ uns, und die schöne Emina sagte mit schmerzlichem Ausdruck: »Wie recht der Mann doch hatte, im Leben des Menschen nimmt die Zeit des Glücks allzuwenig Raum ein. Hier haben wir drei Tage verbracht, wie wir sie vielleicht niemals wieder erleben werden.«

Das Abendessen verlief gar nicht heiter, und ich beeilte mich, meinen Cousinen eine gute Nacht zu wünschen. Ich hoffte sie in meinem Schlafzimmer wiederzusehen und dort ihre Schwermut vertreiben zu können.

Sie fanden sich auch früher als gewohnt dort ein, und – Gipfel der Seligkeit! – ihre Gürtel trugen sie in der Hand. Dieser Wink war nicht schwer zu deuten, aber Emina war so gütig, ihn mir zu erklären.

Sie sagte mir: »Lieber Alfonso, Ihr habt Eurer Hingabe für uns keine Grenzen gesetzt, und wir wollen unserer Dankbarkeit keine setzen. Vielleicht sollen wir für immer getrennt sein. Für andere Frauen wäre das ein Grund, streng mit Euch zu verfahren; wir aber wollen in Eurem Gedächtnis weiterleben, und wenn die Frauen, denen Ihr in Madrid begegnet, an Geist und Gestalt mehr Reize aufzuweisen haben als wir, werden sie doch nicht den Vorzug haben, Euch zärtlicher oder leidenschaftlicher zu erscheinen. Indessen, lieber Alfonso, müßt Ihr noch den früher geleisteten Schwur erneuern, uns unter keinen

Umständen zu verraten; und schwört auch, daß Ihr das Böse nicht glaubt, das man Euch von uns erzählen wird.«

Über die letzte Bedingung mußte ich ein wenig lachen, aber ich versprach, was immer verlangt wurde, und meine Belohnung waren die zärtlichsten Liebkosungen.

Dann sagte Emina noch: »Mein lieber Alfonso, diese Reliquie an Eurem Hals ist uns lästig. Könnt Ihr sie nicht einen Augenblick ablegen?«

Ich weigerte mich, aber Zubeida hatte eine Schere in der Hand, machte sich damit hinter meinem Hals zu schaffen und durchschnitt das Band. Emina ergriff die Reliquie und warf sie in eine Felsspalte.

»Morgen holt Ihr sie Euch wieder«, sagte sie; »hängt Euch inzwischen dieses Geflecht aus meinem Haar und dem meiner Schwester um den Hals, dann bewahrt Euch der Talisman, der daran hängt, auch vor der Untreue, sofern einen Liebenden überhaupt etwas davor bewahren kann.«

Darauf zog Emina eine goldene Nadel aus ihrem Haar, um damit die Vorhänge meines Bettes gewissenhaft zu verschließen.

Ich tue es ihr nach und ziehe vor dem weiteren Verlauf dieser Szene den Vorhang zu. Es genügt zu wissen, daß meine reizenden Freundinnen zu meinen Gattinnen wurden. Es gibt sicher Fälle, in denen die Gewalt, wenn sie unschuldiges Blut vergießt, zum Verbrechen wird. Aber es gibt auch andere, wo eine derartige Grausamkeit der Unschuld dient, indem sie sie erst in all ihrem Glanz erscheinen läßt. Dies geschah nun uns, und ich schloß daraus, daß meine Cousinen an meinen Träumen in der Venta Quemada keinen wirklichen Anteil hatten.

Unsere Leidenschaft flaute indessen ab, und wir befanden uns wieder in einem ruhigeren Gemütszustand, als eine unheilvolle Glocke Mitternacht schlug. Eines Schauders konnte ich mich nicht erwehren, und ich sagte zu meinen Cousinen, daß ich uns von grausigen Ereignissen bedroht fühlte.

»Das fürchte ich so wie Ihr«, sagte Emina, »und diese Gefahr droht in nächster Nähe; aber vernehmt, was ich Euch sage: Glaubt nicht an das Böse, das man uns nachsagen wird. Glaubt nicht einmal Euren eigenen Augen.«

In diesem Augenblick flogen die Vorhänge meines Bettes stürmisch auseinander, und ich erblickte einen majestätisch gebauten Mann in maurischer Tracht. Er hielt in einer Hand den Koran, in der anderen einen Säbel. Meine Cousinen warfen sich ihm zu Füßen und riefen:

»Mächtiger Scheich der Gomelez, verzeiht uns!« Der Scheich erwiderte mit schrecklicher Stimme: »*Adonde estan los fajas?*« Dann sprach er zu mir gewandt: »Unglücklicher Nazarener, du hast das Blut der Gomelez entehrt. Du mußt Mohammedaner werden oder sterben.«

Plötzlich ertönte ein schreckliches Geheul, und im hinteren Teil des Gemachs erblickte ich den besessenen Pacheco, der mir Zeichen machte. Meine Cousinen sahen ihn auch; sie sprangen wütend auf, packten Pacheco und schleppten ihn hinaus.

»Unglücklicher Nazarener«, fuhr der Scheich der Gomelez fort, »stürze in einem Zug den Trank in dieser Schale hinunter, oder du wirst eines schimpflichen Todes sterben, und dein Körper wird zwischen denen von Zotos Brüdern hängen, Beute der Geier und Spielball der Geister der Finsternis, die sich seiner für ihren höllischen Verwandlungszauber bedienen werden.«

Es erschien mir, daß mir in einer derartigen Lage die Ehre gebiete, mich selbst zu töten. Ich rief voller Schmerz: »O mein Vater, an meiner Stelle hättet Ihr gehandelt wie ich!«

Dann nahm ich die Schale und leerte sie mit einem Zug. Ich empfand eine entsetzliche Beklemmung und sank ohnmächtig zu Boden.

Achter Tag

Da ich selbst die Ehre habe, Ihnen meine Geschichte zu erzählen, werden Sie sicher daraus schließen, daß ich an dem Gift, das ich zu nehmen glaubte, durchaus nicht starb. Ich fiel nur in eine Ohnmacht, und ich weiß nicht, wie lange sie andauerte. Was ich weiß, ist nur, daß ich unter dem Galgen von Los Hermanos wieder zu mir kam, und dieses Mal erwachte ich mit einem Empfinden des Glücks, da ich befriedigt feststellen konnte, daß ich gar nicht tot war. Ich erwachte auch nicht zwischen den beiden Gehenkten; ich lag zu ihrer Linken und erblickte zu ihrer Rechten einen weiteren Mann, den ich auch für einen Hingerichteten hielt, da er mir leblos vorkam und einen Strick um den Hals trug. Ich erkannte indessen, daß er schlief, und weckte ihn.

Als der Unbekannte sah, wo er sich befand, brach er in Gelächter aus und sagte: »Ich muß gestehen, beim Studium der Kabbala ist man manchmal ärgerlichen Irrtümern ausgesetzt. Die bösen Geister nehmen so viele Gestalten an, daß man oft nicht weiß, mit wem man es zu tun hat.«

»Aber«, fuhr er fort, »warum habe ich einen Strick um den Hals? Ich glaubte dort ein Haargeflecht zu finden.«

Dann schaute er mich an und sagte: »Ah! Sie sind doch recht jung für einen Kabbalisten. Aber auch Sie tragen um den Hals einen Strick.«

So war es tatsächlich. Ich dachte daran, daß Emina mir

ein Geflecht aus ihren Haaren und aus denen ihrer Schwester um den Hals gelegt hatte, und ich wußte nicht, was ich davon halten sollte.

Der Kabbalist betrachtete mich einige Augenblicke und sagte dann: »Nein, einer der Unseren sind Sie nicht, Sie sind Alfonso, und Ihre Mutter war eine Gomelez; Sie sind Hauptmann der Wallonischen Garde, zwar tapfer, doch ein wenig einfältig. Aber das spielt keine Rolle, vor allem müssen wir von hier fort, und dann sehen wir, was zu tun ist.«

Die Pforte zum Galgenplatz stand offen. Wir verließen ihn, und ich sah nochmals das verfluchte Tal von Los Hermanos wieder. Der Kabbalist fragte mich, wohin ich mich wenden wolle. Ich antwortete ihm, ich sei entschlossen, den Weg nach Madrid einzuschlagen.

»Gut«, sagte er, »ich gehe auch in der Richtung, aber stärken wir uns doch zunächst einmal.«

Er zog eine vergoldete Tasse hervor, ein Kristallgefäß, das mit einem Seim gefüllt war, und ein Fläschchen, das eine gelbliche Flüssigkeit enthielt. Er gab einen Löffel voll Seim in die Tasse, goß ein paar Tropfen der Flüssigkeit hinein und hieß mich das Ganze austrinken. Ich ließ es mir nicht zweimal sagen, denn vor Schwäche sank ich fast um. Das Elixier labte mich wunderbar. Ich fühlte mich gleich so gestärkt, daß ich keinen Augenblick zögerte, mich zu Fuß auf den Weg zu machen, was mir sonst schwergefallen wäre.

Die Sonne stand schon ziemlich hoch, als wir die leidige Venta Quemada erblickten. Der Kabbalist blieb stehen und sagte: »Das ist ein Wirtshaus, in dem man mir letzte Nacht sehr grausam mitgespielt hat. Wir müssen jedoch hineingehen. Ich ließ dort einige Vorräte liegen, die uns guttun sollen.«

Wir betraten wirklich die unheilvolle Venta und stießen im Speisesaal auf einen gedeckten Tisch mit einer

Rebhuhnpastete und zwei Flaschen Wein. Der Kabbalist entwickelte einen guten Appetit, und sein Beispiel machte mir Mut; ich weiß nicht, ob ich es sonst über mich gebracht hätte zu essen, denn alles, was ich seit einigen Tagen gesehen hatte, warf meine Gedanken so aus der Bahn, daß ich nicht mehr wußte, was ich tat; und wenn jemand es darauf angelegt hätte, mich an meiner Existenz zweifeln zu lassen, wäre es ihm nicht schwergefallen.

Als wir gespeist hatten, durchstreiften wir die Räume und gelangten zu dem, in welchem ich mich am Abend nach meinem Aufbruch von Andújar niedergelegt hatte. Ich erkannte das unglückselige Lager wieder, setzte mich darauf und ließ mir alles, was mir zugestoßen war, durch den Kopf gehen, vor allem die Ereignisse in der Höhle. Ich erinnerte mich, daß mich Emina davor gewarnt hatte, das Böse, das man über sie erzählen werde, zu glauben.

Diese Gedanken beschäftigten mich, als der Kabbalist mich auf etwas Glänzendes zwischen den schlecht gefügten Bodendielen aufmerksam machte. Ich sah genauer hin und fand, daß es die Reliquie war, die mir die zwei Schwestern abgenommen hatten. Ich hatte gesehen, daß sie sie in eine Felsspalte der Höhle warfen, und jetzt fand ich sie in der Dielenritze wieder. Ich glaubte nun langsam, daß ich dieses unselige Wirtshaus nie wirklich verlassen hätte und daß der Einsiedler, der Inquisitor und Zotos Brüder nichts seien als ebenso viele von zauberischen Vorspiegelungen hervorgebrachte Gespenster. Indessen zog ich die Reliquie mit Hilfe meines Degens hervor und legte sie wieder an.

Der Kabbalist begann zu lachen und sagte: »Also Ihnen gehört das, mein Herr Kavalier. Wenn Sie hier geschlafen haben, dann wundere ich mich nicht, daß Sie unter dem Galgen erwacht sind. Jedenfalls müssen wir uns wieder auf den Weg machen, heute abend erreichen wir die Einsiedelei.«

Wir zogen weiter, und wir hatten noch nicht den halben Weg zurückgelegt, als wir auf den Einsiedler stießen, der offenbar nur mit großer Mühe gehen konnte. Sobald er uns von weitem erblickte, schrie er: »Ah, junger Freund, ich habe Euch gesucht, kommt wieder in meine Eremitage. Entreißt Eure Seele den Fängen Satans, aber stützt mich jetzt. Für Euch habe ich schwere Mühen auf mich genommen.«

Wir ruhten uns aus und setzten dann unseren Weg fort; und der Greis hielt mit uns Schritt, indem er sich bald auf den einen, bald auf den anderen stützte. Schließlich erreichten wir die Eremitage.

Als erstes erblickte ich dort Pacheco, ausgestreckt in der Mitte des Raumes. Er schien dem Tod nahe zu sein, wenigstens wurde seine Brust von einem fürchterlichen Röcheln zerrissen, dem letzten Anzeichen eines baldigen Todes. Ich versuchte mit ihm zu sprechen, aber er erkannte mich nicht mehr.

Der Einsiedler nahm Weihwasser, besprengte den Besessenen damit und sagte: »Pacheco, Pacheco, im Namen deines Erlösers befehle ich dir, uns zu berichten, was dir letzte Nacht widerfuhr.«

Pacheco zitterte, stieß ein langgezogenes Geheul aus und begann mit folgenden Worten:

Die Erzählung Pachecos

Mein Vater, Ihr hieltet Euch in der Kapelle auf und sanget Litaneien, als ich ein Klopfen an dieser Tür vernahm und ein Gemecker, das vollkommen dem unserer weißen Ziege glich. Ich glaubte also, daß sie es sei, daß ich vielleicht vergessen hätte, sie zu melken, und das arme Tier mich daran erinnern wolle. Ich glaubte um so eher daran, als das gleiche ein paar Tage zuvor wirklich geschehen war. Ich verließ also Eure Hütte und sah tatsächlich Eure weiße Ziege, die mir den Rücken zukehrte und mir ihr pralles Euter zeigte. Ich wollte sie fassen, um ihr den Dienst, den sie verlangte, zu erweisen, aber sie entschlüpfte meinen Händen, und indem sie immer aufs neue stehenblieb und wieder entschlüpfte, führte sie mich bis zum Rand des Abgrunds neben Eurer Einsiedelei.

Dort angekommen, verwandelte sich die weiße Ziege in einen schwarzen Bock. Diese Verwandlung jagte mir schreckliche Angst ein, und ich wollte zu unserer Behausung flüchten, aber der schwarze Bock schnitt mir den Weg ab, stellte sich auf die Hinterbeine und blickte mich mit flammenden Augen an, was mir einen solchen Schrecken einflößte, daß mir die Sinne erstarrten.

Dann begann der verfluchte Bock, mich mit den Hörnern zu stoßen, und brachte mich so dem Abgrund immer näher. Als ich über der Tiefe stand, blieb er stehen, um sich an meiner Todesangst zu weiden. Schließlich stürzte er mich hinunter.

Ich glaubte, mir würden alle Knochen zerbrochen, aber der Bock war noch vor mir am Boden des Abgrunds und fing mich mit seinem Rücken auf, ohne daß mir ein Übel geschah.

Neue Schrecken stürmten auf mich ein, denn sobald mich der verdammte Bock auf seinem Rücken fühlte, begann er auf sehr merkwürdige Art zu galoppieren. Von einem Berg zum anderen machte er einen einzigen Satz und sprang über die tiefsten Täler hinweg, als ob es bloß Gräben wären. Schließlich schüttelte er sich, und ich fiel, ich weiß nicht wie, in eine Höhle hinunter. Dort erblickte ich den jungen Kavalier, der in den letzten Tagen in unserer Einsiedelei nächtigte. Er lag auf dem Bett, und bei ihm lagen zwei sehr schöne, auf maurische Art gekleidete Mädchen. Nachdem diese beiden jungen Personen ihn eine Weile geliebkost hatten, nahmen sie ihm eine Reliquie ab, die er um den Hals trug, und von diesem Augenblick an büßten sie ihre ganze Schönheit ein, und ich erkannte in ihnen die zwei Gehenkten von Los Hermanos. Der junge Kavalier aber, der sie immer noch für reizende Wesen hielt, überhäufte sie mit den zärtlichsten Namen. Dann nahm sich einer der Gehenkten den Strick vom Hals und legte ihn dem Kavalier um, der ihm durch neuerliche Liebkosungen seine Dankbarkeit bezeugte. Endlich schlossen sich die Bettvorhänge, und ich weiß nicht, was sie nun taten, aber es muß eine entsetzliche Sünde gewesen sein.

Ich wollte schreien, konnte aber keinen Ton herausbringen. Das währte einige Zeit. Endlich schlug es Mitternacht, und kurz darauf sah ich einen bösen Geist mit feurigen Hörnern hereintreten, dem ein paar kleine Teufel den flammenden Schwanz trugen.

Dieser Dämon trug in einer Hand ein Buch, in der anderen eine Mistgabel. Er drohte den Kavalier zu töten, wenn er nicht die Religion Mohammeds annehme. Da ich nun die Gefahr sah, in der sich eine Christenseele befand, unternahm ich eine neue Anstrengung, und es gelang mir anscheinend, den Kavalier auf mich aufmerksam zu machen. Aber im selben Augenblick stürzten sich die Gehenkten auf mich und zerrten mich aus der Höhle nach draußen, wo ich den schwarzen Bock wieder sah. Der eine der Gehenkten schwang sich auf den Bock, der andere auf meinen Nacken, und dann zwangen sie uns, über Berg und Tal davonzugaloppieren.

Der Gehenkte in meinem Nacken stieß mir immer wieder seine Fersen in die Weichen. Da er aber fand, daß meine Gangart nicht seinen Wünschen entsprach, las er in vollem Galopp zwei Skorpione vom Boden auf, befestigte sie als Sporen an seinen Fersen und stach sie mir mit der scheußlichsten Grausamkeit in die Flanken. Endlich langten wir an der Pforte der Eremitage an, wo sie mich liegen ließen. Heute morgen, mein Vater, habt Ihr mich dort bewußtlos aufgefunden. Als ich in Euren Armen zu mir kam, glaubte ich mich gerettet, aber das Gift der Skorpione ist in mein Blut gelangt. Es zerfrißt meine Eingeweide: Das werde ich nicht überleben.

An dieser Stelle stieß der Besessene ein schreckliches Geheul aus und verstummte.

Da ergriff der Einsiedler das Wort und sagte zu mir: »Mein Sohn, Ihr habt alles vernommen. Wäre es möglich, daß Ihr Euch mit zwei Dämonen fleischlich vereinigt habt? Kommt, beichtet, gesteht Eure Sünde. Die göttliche Gnade ist grenzenlos. Doch Ihr antwortet nicht? Solltet Ihr in Verstocktheit verfallen sein?«

Nachdem ich einige Augenblicke nachgedacht hatte, antwortete ich: »Mein Vater, dieser vom Teufel besessene Edelmann hat andere Dinge gesehen als ich. Einem von uns müssen die Augen betört gewesen sein, und vielleicht sind wir alle beide Täuschungen erlegen. Aber hier ist ein Kabbalist von Adel, der ebenfalls in der Venta Quemada nächtigte. Wenn er bereit ist, uns sein Abenteuer zu erzählen, fällt vielleicht auf die Ereignisse, die uns seit einigen Tagen beschäftigen, ein neues Licht.«

»Herr Alfonso«, erwiderte der Kabbalist, »die Menschen, die sich wie ich mit den Geheimwissenschaften befassen, dürfen nicht alles sagen. Ich werde jedoch versuchen, Ihren Wissensdurst zu befriedigen, soweit es in meiner Macht steht; aber nicht mehr heute abend. Essen wir, wenn ich bitten darf, und gehen wir zu Bett; morgen sind wir sicher besonnener.«

Der Einsiedler tischte uns ein bescheidenes Mahl auf, nach dem ein jeder nur noch daran dachte, sich schlafen zu legen. Der Kabbalist behauptete, er habe gute Gründe, die Nacht bei dem Besessenen zu verbringen, und ich wurde in die Kapelle geschickt wie das letzte Mal. Dort fand ich noch mein Gurtbett. Ich legte mich hin. Der Einsiedler wünschte mir eine gute Nacht und kündigte an, er werde beim Weggehen meine Tür um der Sicherheit willen abschließen.

Als ich allein war, dachte ich über Pachecos Erzählung nach. Sicher war, daß ich ihn in der Höhle gesehen hatte. Sicher war auch, daß ich beobachtet hatte, wie meine Cousinen sich auf ihn stürzten und ihn aus dem Gemach hinausschleppten; aber Emina hatte mich doch davor gewarnt, von ihr oder ihrer Schwester etwas Böses zu denken. Schließlich konnten die bösen Geister, die Pacheco in ihre Gewalt gebracht hatten, auch seine Sinne trüben und ihn mit jederart Gesichten bestürmen. Und endlich suchte ich noch nach Gründen, die mich bestimmen könnten, meine Cousinen zu rechtfertigen und zu lieben; da schlug es Mitternacht.

Kurz darauf hörte ich an der Tür ein Klopfen und etwas wie Ziegenmeckern. Ich ergriff meinen Degen, ging zur Tür und sagte mit fester Stimme: »Wenn du der Teufel bist, versuche doch, diese Tür zu öffnen, denn der Einsiedler hat sie verschlossen.«

Die Ziege gab keinen Ton mehr von sich. Ich legte mich nieder und schlief bis zum nächsten Morgen.

Neunter Tag

Der Einsiedler kam, um mich zu wecken, setzte sich auf mein Bett und sagte: »Mein Sohn, heute nacht wurde meine unglückliche Einsiedelei von neuen Teufelskünsten heimgesucht. Die thebanischen Einsiedler waren der Bosheit Satans nicht stärker ausgesetzt. Ich weiß auch nicht, was ich von dem Menschen halten soll, der mit dir zusammen kam und der sagt, er sei Kabbalist. Er unternahm es, Pacheco zu heilen, und hat seine Leiden wirklich sehr lindern können, aber er hat sich keineswegs der Formeln zur Teufelsaustreibung bedient, die das Ritual unserer heiligen Kirche vorschreibt. Komm mit in meine Hütte, wir wollen frühstücken und ihn dann nach seiner Geschichte fragen, die er uns gestern abend versprochen hat.«

Ich erhob mich und folgte dem Einsiedler. Tatsächlich bemerkte ich, daß Pachecos Zustand erträglicher, sein Gesicht weniger abstoßend geworden war. Er war immer noch einäugig, aber er hatte seine Zunge in den Mund zurückgezogen. Er geiferte nicht mehr, und sein eines Auge schien weniger wild zu blicken. Ich beglückwünschte den Kabbalisten dazu, der mir erwiderte, das sei nur eine sehr schwache Probe seiner Kunst. Dann brachte der Einsiedler das Frühstück, das aus heißer Milch und Kastanien bestand.

Während wir sie noch verzehrten, sahen wir einen hageren, bleichen Menschen hereinkommen, dessen ganze

Erscheinung etwas Unheimliches hatte, ohne daß man genau hätte sagen können, was eigentlich diesen Eindruck hervorrief. Der Unbekannte kniete vor mir nieder und nahm den Hut ab. Da sah ich, daß er ein Band um die Stirn trug. Mit einer Almosen heischenden Geste hielt er mir den Hut hin. Ich warf eine Goldmünze hinein.

Der merkwürdige Bettler dankte mir und fügte hinzu: »Señor Alfonso, Eure Wohltat soll nicht umsonst gewesen sein. Ich melde Euch, daß Euch in Puerto Lapiche ein wichtiger Brief erwartet. Ohne ihn gelesen zu haben, sollt Ihr den Fuß nicht auf kastilischen Boden setzen.«

Nach dieser Mitteilung fiel der Unbekannte vor dem Einsiedler auf die Knie, der seinen Hut mit Kastanien füllte.

Dann kniete er vor dem Kabbalisten nieder, erhob sich aber gleich wieder und sagte: »Von dir will ich nichts. Wenn du hier verrätst, wer ich bin, wirst du es bereuen.«

Dann verließ er die Hütte.

Als der Bettler draußen war, brach der Kabbalist in Gelächter aus und sagte uns: »Ich will Ihnen zeigen, wie wenig ich mir aus den Drohungen dieses Mannes mache; ich sage Ihnen zuallererst, wer er ist: Er ist der Ewige Jude, von dem Sie vielleicht haben sprechen hören. Seit eintausendsiebenhundert Jahren hat er sich weder gesetzt noch hingelegt, noch ausgeruht, noch geschlafen. Im Gehen wird er Ihre Kastanien essen, und bis morgen hat er sechzig Meilen zurückgelegt. Gewöhnlich durchstreift er kreuz und quer Afrikas endlose Wüsten. Er ernährt sich dort von Wildfrüchten, und die reißenden Tiere können ihm nichts Böses tun, da ihm das heilige Zeichen des Thau auf die Stirn geprägt ist, das er mit dem Band, das Sie gesehen haben, verdeckt. In unseren Breiten läßt er sich kaum sehen, es sei denn, er wäre durch das Wirken eines Kabbalisten dazu gezwungen. Übrigens versichere ich Ihnen, nicht ich habe ihn auftreten lassen, denn ich finde ihn unausstehlich. Ich gebe jedoch zu, daß er in vielen Dingen beschlagen ist, und ich rate Ihnen, Señor Alfonso, den Rat, den er Ihnen gab, nicht in den Wind zu schlagen.«

»Herr Kabbalist«, erwiderte ich ihm, »der Jude sagte mir, in Puerto Lapiche liege ein Brief für mich. Ich hoffe übermorgen dort zu sein, und ich werde nicht verfehlen, danach zu fragen.«

»So lange zu warten ist überflüssig«, entgegnete der Kabbalist, »und im Reich der Geister müßte es um meinen Ruf wohl schlecht bestellt sein, wenn ich Ihnen den Brief nicht eher herbeischaffen könnte.« Dann drehte er den Kopf zur rechten Schulter und sprach einige Worte im Befehlston. Binnen fünf Minuten sahen wir einen dicken Brief mit meiner Adresse auf den Tisch fallen. Ich öffnete ihn und las:

Señor Alfonso,

Im Auftrag unseres Königs Don Ferdinand IV. übersende ich Ihnen die Order, Kastilien nicht zu betreten. Schreiben Sie diese strenge Maßregel ausschließlich dem Mißgeschick zu, daß Sie das Mißfallen des Heiligen Tribunals erregten, das damit betraut ist, über die Reinheit des Glaubens in Spanien zu wachen. Lassen Sie es nicht fehlen an Eifer im Dienste des Königs. Sie finden inliegend den Urlaubsbescheid über drei Monate. Verbringen Sie diese Zeit an den Grenzen zwischen Kastilien und Andalusien, ohne sich in einer dieser Provinzen allzu häufig sehen zu lassen. Wir waren bemüht, Ihren verehrungswerten Vater zu beruhigen und ihm die Angelegenheit in einem solchen Lichte darzustellen, daß sie ihm keinen allzu großen Kummer bereitet.

Ihr wohlgeneigter
Don Sanche de Tor de Peñas
Kriegsminister

Dieser Brief war von einem ordnungsgemäß ausgefertigten und mit allen üblichen Unterschriften und Siegeln versehenen Urlaubsbescheid begleitet.

Wir bezeugten dem Kabbalisten unsere Hochachtung für seine geschwinden Boten. Dann baten wir ihn um die Einhaltung seines Versprechens, uns zu erzählen, was ihm letzte Nacht in der Venta Quemada widerfahren sei. Er antwortete wie schon am Vorabend, daß es vieles in seinem Bericht geben werde, was wir nicht verstehen könnten; aber als er einen Augenblick nachgedacht hatte, begann er folgendermaßen:

Die Geschichte des Kabbalisten

In Spanien heiße ich Don Pedro de Uzeda, und unter diesem Namen besitze ich eine Meile von hier ein hübsches Schloß. Aber mein wahrer Name ist Rabbi Sadok Ben Mamoun, und ich bin Jude. Dies einzugestehen ist in Spanien nicht ungefährlich, aber ich vertraue Ihrer Rechtschaffenheit, und außerdem lassen Sie sich gesagt sein, daß es gar nicht so leicht wäre, mir zu schaden. Der Einfluß der Sterne auf mein Geschick zeigte sich gleich bei meiner Geburt, und mein Vater, der mein Horoskop stellte, war außer sich vor Freude, als er feststellte, daß meine Geburt genau mit dem Eintritt der Sonne ins Sternbild der Jungfrau zusammenfiel. Es ist wahr, er hatte seine ganze Kunst aufgewandt, damit es so geschehe, aber so viel Genauigkeit beim Erfolg hatte er nicht zu hoffen gewagt. Ich brauche Ihnen nicht zu sagen, daß mein Vater Mamoun der erste Astrologe seiner Zeit war. Aber die Wissenschaft von den Konstellationen der Sterne war noch eine der geringsten, über die er verfügte, denn er hatte es in der Kabbala zu Einsichten gebracht, zu denen kein Rabbi vor ihm gelangt war.

Vier Jahre nach meiner Geburt wurde meinem Vater im Zeichen der Zwillinge eine Tochter geboren. Trotz des Altersunterschieds erhielten wir die gleiche Erziehung. Ich zählte noch nicht zwölf, meine Schwester noch keine acht Jahre, als wir schon das Hebräische, das Chaldäische, das Syro-Chaldäische, das Samaritanische, das Koptische, das Abessinische und mehrere andere tote oder im Verschwinden begriffene Sprachen beherrschten. Darüber hinaus konnten wir, ohne einen Stift zu Hilfe zu nehmen, alle Buchstaben eines Wortes nach allen Regeln der Kabbala miteinander kombinieren.

Gegen Ende meines zwölften Lebensjahrs drehte man uns auch mit großer Sorgfalt Locken, und damit nichts der Sittsamkeit zuwiderlaufe, unter deren Zeichen ich geboren war, gab man uns nur das Fleisch jungfräulicher Tiere zu essen und achtete darauf, mich nur das männlicher, meine Schwester nur das weiblicher Tiere verzehren zu lassen.

Als ich das Alter von zwölf Jahren erreicht hatte, begann uns mein Vater in das Geheimnis der Kabbala Sefiroth einzuweihen. Zuerst legte er in unsere Hände das Sefer Sohar, das Buch des Glanzes, das so genannt wird, weil man darin gar nichts begreift, so sehr blendet der Glanz, in dem es erstrahlt, die Augen des Erkennens. Dann studierten wir die Sifra Dizniutha, das Buch der Verborgenheit, dessen klarste Stelle noch als Rätsel gelten darf. Endlich gelangten wir zur Idra Rabba und Idra Sutha, das heißt zum großen und zum kleinen Sanhedrin. Dies sind Dialoge, in denen Rabbi Simeon, Sohn des Jochai, der Autor der beiden anderen Werke, seinen Stil bis auf die Ebene des Gesprächs herabmildert und so vortäuscht, er unterrichte seine Freunde über die einfachsten Dinge, ihnen aber tatsächlich die erstaunlichsten Geheimnisse enthüllt; oder vielmehr sind alle diese Offenbarungen direkt vom Propheten Elias auf uns gekommen, der heimlich seinen himmlischen Sitz verließ und unter dem vorgeblichen Namen des Rabbi Abba an dem Zwiegespräch teilnahm.

Vielleicht meinen Sie als Außenstehende, Sie hätten sich durch die lateinische Übersetzung, die zusammen mit dem chaldäischen Original im Jahre 1684 in einer kleinen deutschen Stadt mit dem Namen Frankfurt gedruckt wurde, eine Vorstellung von allen diesen Schriften machen können. Wir aber spotten nur über den Dünkel derer, die sich einbilden, zum Lesen bedürfe es bloß der physischen Sehorgane. Sie könnten für gewisse moderne Sprachen ausreichen, aber im Hebräischen ist jeder Buchstabe eine Zahl, jedes Wort eine Konzentration von Gelehrsamkeit, jeder Satz eine gewaltige Formel, die, ausgesprochen mit allen Aspirationen und den angemessenen Akzenten, Berge einebnen und Flüsse austrocknen lassen könnte. Sie wissen wohl, Adonai erschuf die Welt durch das Wort, und dann wurde er selber Wort.

Das Wort bewegt die Luft und den Geist, es wirkt auf die Sinne und auf die Seele. Zwar sind Sie nicht eingeweiht, vermögen aber leicht daraus den Schluß zu ziehen, daß das Wort der wahre Mittler zwischen der Materie und den Geistwesen jeder Art sein muß. Alles was ich Ihnen davon mitteilen kann, ist, daß wir jeden Tag nicht nur neues Wissen erwarben, sondern neue Macht, und wenn wir auch nicht wagten, sie zu gebrauchen, so empfanden wir wenigstens die Lust, unsere Kräfte zu spüren und innerlich von ihr durchdrungen zu sein.

Aber die Zeit unseres kabbalistischen Glücks fand bald durch das jammervollste aller Ereignisse ihr Ende.

Täglich bemerkten wir, meine Schwester und ich, daß die Kräfte unseres Vaters Mamoun dahinschwanden. Er schien ein reiner Geist zu sein, der nur Menschengestalt angenommen hatte, um für die groben Sinne der irdischen Geschöpfe wahrnehmbar zu werden.

Eines Tages ließ er uns in sein Studierzimmer rufen. Seine Miene war so ehrwürdig und göttlich, daß wir beide unwillkürlich auf die Knie sanken. So ließ er uns verharren; er wies auf eine Sanduhr und sprach: »Ehe der Sand abgelaufen ist, werde ich nicht mehr sein. Laßt keines meiner Worte verlorengehen.

Mein Sohn, zuerst wende ich mich an Euch. Euch habe ich himmlische Gattinnen ausersehen, die Töchter Salomons und der Königin von Saba. Durch ihre Geburt waren sie nur dazu bestimmt, gewöhnliche Sterbliche zu sein. Aber Salomon offenbarte der Königin den großen Namen dessen, der ist. Im Augenblick ihrer Niederkunft sprach die Königin ihn laut aus. Da eilten die Geister des Großen Orients herbei und empfingen die Zwillinge in ihren Armen, bevor sie das unreine Quartier, das man Erde nennt, berührten. Sie trugen sie empor in die Sphäre der Töchter Elohims, wo sie die Gabe der Unsterblichkeit empfingen sowie die Macht, demjenigen diese Gabe mitzuteilen, den sie einmal gemeinsam zu ihrem Gatten erwählen würden. Diese beiden unsagbar erhabenen Gattinnen hatte ihr Vater in seinem *Schir haschirim,* dem Lied der Lieder, im Sinn. Studiert diesen göttlichen Hochzeitsgesang von neun zu neun Versen.

Euch, meine Tochter, bestimme ich eine noch schönere Vermählung: mit den beiden Thoamim, welche die Griechen unter dem Namen der Dioskuren kannten, die Phönizier unter dem der Kabiren; in einem Wort: mit den Himmelszwillingen. Sie werden Eure Gatten sein ... was sage ich denn ... Euer empfindsames Herz könnte ein Sterblicher ... Der Sand läuft ab ... Ich sterbe.«

Nach diesen Worten verlor mein Vater das Bewußtsein, und an der Stelle, wo er gelegen war, fanden wir nur noch ein wenig glänzende, leichte Asche. Ich hob diese kostbaren Reste auf, verschloß sie in eine Urne und stellte sie in das innerste Tabernakel unseres Hauses, unter die Flügel der Cherubim.

Ihr könnt Euch vorstellen, daß mich die Hoffnung darauf, unsterblich zu werden und zwei himmlische Gattinnen zu besitzen, die kabbalistischen Wissenschaften mit erneuter Inbrunst betreiben ließ; aber ich war noch Jahre entfernt von dem Wagnis, mich in solche Höhen zu erheben, und begnügte mich damit, einige Geister des achtzehnten Grades meinen Beschwörungen auszusetzen. Da ich aber langsam kühner wurde, versuchte ich letztes Jahr eine Arbeit über die ersten Verse des *Schir haschirim* in Angriff zu nehmen. Kaum hatte ich daraus eine Zeile gebildet, als ein schreckliches Getöse losbrach und mein Schloß in seine Fundamente zusammenzustürzen schien. All das erschreckte mich nicht; im Gegenteil, ich schloß daraus, daß ich richtig vorgegangen war. Ich ging zur zweiten Zeile über; als ich sie vollendet hatte, sprang eine Lampe von meinem Tisch auf den Boden und bewegte sich dann in einigen Luftsprüngen vor einen großen Spiegel an der Hinterwand meines Zimmers. Ich sah hinein und erblickte die Spitzen zweier sehr hübscher Frauenfüße, dann noch zwei andere kleine Füße. Ich wagte es, mir einzubilden, diese reizenden Füße gehörten den himmlischen Töchtern Salomons; aber ich glaubte, mein Werk nicht weitertreiben zu dürfen.

Ich nahm es in der folgenden Nacht wieder auf und sah dabei die vier Füßchen bis zur Fessel. In der Nacht darauf sah ich dann die Beine bis zu den Knien, aber die Sonne trat nun aus dem Zeichen der Jungfrau heraus, und ich mußte abbrechen.

Als die Sonne ins Zeichen der Zwillinge eintrat, machte sich meine Schwester an ähnliche Übungen und hatte eine nicht weniger merkwürdige Vision, von der ich Euch nichts sagen will, da sie zu meiner Geschichte nichts beiträgt.

Dieses Jahr traf ich Vorbereitungen, um wieder zu beginnen, als ich erfuhr, ein berühmter Adept der Kabbala werde Córdoba berühren. Ein Gespräch mit meiner Schwester bestimmte mich dazu, ihn bei seiner Durchreise aufzusuchen. Ich reiste ein wenig spät ab und gelangte an diesem Tag nur bis zur Venta Quemada. Ich fand die Herberge aus Angst vor Gespenstern verlassen vor, aber da ich diese nicht fürchte, ließ ich mich im Speisesaal nieder und befahl dem kleinen Nemrael, mir ein Nachtmahl zu beschaffen. Dieser Nemrael ist ein Geist recht gemeiner Natur, den ich zu dergleichen Kommissionen verwende, und er hat auch Euren Brief aus Puerto Lapiche geholt. Er begab sich nach Andújar, wo ein Benediktinerprior die Nacht verbrachte, bemächtigte sich ohne Umstände seines Abendessens und brachte es herbei. Es bestand aus jener Rebhuhnpastete, die Ihr am Morgen danach vorfandet. Was mich betrifft, so war ich müde und rührte sie kaum an. Ich schickte Nemrael zu meiner Schwester und legte mich schlafen.

Mitten in der Nacht weckte mich eine Glocke, die zwölfmal anschlug. Nach diesem Vorspiel war ich darauf gefaßt, ein Gespenst zu erblicken, und bereitete mich schon darauf vor, es hinauszuwerfen, weil sie im allgemeinen lästig und ärgerlich sind. Dazu war ich also aufgelegt, als ich auf einem Tisch in der Mitte des Zimmers eine starke Helligkeit wahrnahm, und dann erschien darin ein kleiner, himmelblauer Rabbiner, der sich vor einem Lesepult hin- und herwiegte, wie es die Rabbiner beim Beten tun. Er war nicht höher als einen Fuß, und nicht nur sein Gewand war blau, sondern auch sein Gesicht, sein Bart, sein Pult und sein Buch. Ich erkannte bald, daß dies kein Gespenst war, sondern ein Geist des siebenundzwanzigsten Grades. Ich wußte seinen Namen nicht und kannte ihn überhaupt nicht. Ich bediente mich indessen einer Formel, die über alle Geister schlechthin eine gewisse Gewalt hat.

Da wandte sich der kleine himmelblaue Rabbiner mir zu und sprach: »Du hast dein Werk verkehrt herum begonnen, und daher haben sich dir die Töchter Salomons zuerst mit den Füßen gezeigt. Fange bei den letzten Versen an, und suche zuerst die Namen der beiden himmlischen Schönheiten.«

Als der kleine Rabbiner diese Worte gesprochen hatte, verschwand er.

Was er gesagt hatte, widersprach allen Regeln der Kabbala. Trotzdem war ich schwach genug, seinem Rat zu folgen. Ich machte mich an den letzten Vers des *Schir haschirim,* und auf der Suche nach den Namen der beiden Unsterblichen stieß ich auf Emina und Zubeida. Ich war sehr überrscht; dennoch begann ich mit den Anrufungen. Da bewegte sich die Erde unter meinen Füßen auf fürchterliche Weise; ich glaubte, die Sterne stürzten auf mein Haupt herab, und ich fiel ohnmächtig nieder.

Als ich wieder zu mir kam, fand ich mich in einem von Licht hell erstrahlenden Raum wieder, in den Armen einiger Jünglinge, die schöner waren als Engel.

Einer von ihnen sprach: »Sohn Adams, komme wieder zu dir, du bist hier in der Wohnstatt derer, die nicht gestorben sind. Unser Herr ist der Patriarch Henoch, der vor Elohim wandelte und die Erde hinter sich lassen durfte. Der Prophet Elias ist unser Großvater, und sein Himmelswagen steht dir immer zu Diensten, wenn du einen anderen Planeten aufzusuchen wünschst. Wir aber sind Egregoren, hervorgegangen aus der Verbindung der Söhne Elohims mit den Töchtern der Menschen. Du wirst unter uns auch einige Nefilim sehen, aber sie sind gering an Zahl. Komm, wir stellen dich unserem Gebieter vor.«

Ich folgte ihnen und gelangte zum Fuß des Throns, auf

welchem Henoch saß. Ich habe nie das Feuer ertragen können, das aus seinen Augen hervordrang, und wagte meine Augen nicht höher zu erheben als bis zu seinem Bart, der sehr jenen bleichen Lichthöfen glich, die wir in feuchten Nächten um den Mond sehen.

Ich fürchtete, mein Ohr könne den Klang seiner Stimme nicht ertragen, aber sie war wohltönender als die der Himmelsorgeln. Er dämpfte sie aber noch, um mir zu sagen: »Sohn Adams, deine Gattinnen sollen dir zugeführt werden.«

Sogleich sah ich den Propheten Elias hereintreten, an den Händen führte er die zwei Schönheiten, deren Grazie den Sterblichen unbegreiflich ist. Ihre Reize waren so zart, daß durch sie hindurch ihre Seelen zu schauen waren, und das Feuer ihrer Leidenschaften war deutlich zu erkennen, wenn es sich in ihre Adern ergoß und mit ihrem Blut mischte. Hinter ihnen trugen zwei Nefilim einen Dreifuß aus einem Metall, das dem Gold so weit überlegen ist, wie dieses an Kostbarkeit das Blei übertrifft. Meine Hände wurden in die der Töchter Salomons gelegt, und um den Hals schlang man mir ein Geflecht aus ihren Haaren. Eine lebendige und reine Flamme stieg aus dem Dreifuß und verzehrte in einem Augenblick, was sterblich an mir war.

Man führte uns zu einem Lager, leuchtend von Glanz, von der Liebe in Glut getaucht. Ein großes Fenster wurde geöffnet, durch das man in den Dritten Himmel blickte, und musizierende Engel vollendeten mein Entzücken.

Am nächsten Morgen jedoch, was soll ich Euch sagen, erwachte ich unter dem Galgen von Los Hermanos, neben zwei abscheuliche Kadaver gebettet, genau wie dieser Kavalier hier. Ich schloß daraus, daß ich es mit sehr boshaften Geistern zu tun hatte, deren Wesen ich gar nicht recht kenne. Ich fürchte sogar sehr, daß dieses

Abenteuer mir bei den wahren Töchtern Salomons schaden könne, von denen ich ja nur die Fußspitzen zu Gesicht bekam.

»Unglückseliger Verblendeter«, sagte der Eremit, »was bedauerst du eigentlich? In dieser unheilvollen Kunst ist doch alles nur Gaukelei. Die verfluchten Sukkuben, die mit dir ihr Spiel trieben, haben dem unglücklichen Pacheco die schrecklichsten Qualen zugefügt, und wahrscheinlich erwartet diesen jungen Kavalier, der uns aufgrund seiner verhängnisvollen Verstocktheit seine Sünden nicht bekennen will, ein ähnliches Schicksal. Alfonso, mein Sohn Alfonso, bereue, jetzt ist noch Zeit!«

Diese Hartnäckigkeit des Einsiedlers, mir Bekenntnisse abzufordern, die ich ihm durchaus nicht machen wollte, mißfiel mir sehr. Ich antwortete ziemlich frostig, daß ich vor seinen heiligen Ermahnungen hohe Achtung hätte, daß ich mein Leben aber nur nach den Gesetzen der Ehre führte. Dann wechselte man das Thema.

Der Kabbalist sagte mir: »Señor Alfonso, da Sie von der Inquisition verfolgt werden und der König Ihnen befiehlt, drei Monate in dieser Einöde zu verbringen, biete ich Ihnen mein Schloß als Wohnsitz an. Sie werden dort meine Schwester Rebekka kennenlernen, die fast ebenso schön ist wie gelehrt. Ja, kommen Sie mit mir, Sie stammen von den Gomelez ab, und Ihr Geschlecht hat Anspruch auf unsere Anteilnahme.«

Ich versuchte, in den Augen des Einsiedlers zu lesen, was er über den Vorschlag dachte. Der Kabbalist schien meine Gedanken zu ahnen und sagte, zum Einsiedler gewandt: »Mein Vater, ich kenne Euch besser, als Ihr denkt. Ihr vermögt durch den Glauben vieles zu bewirken. Meine Wege sind nicht ebenso heilig, aber sie sind auch nicht die des Teufels. Kommt auch mit mir, zusammen mit Pacheco, den ich gänzlich heilen will.«

Bevor der Einsiedler antwortete, versenkte er sich ins Gebet; dann, nach einem Augenblick der Meditation, kam er mit lächelnder Miene auf uns zu und sagte, er sei bereit, uns zu folgen.

Der Kabbalist wandte den Kopf zur rechten Schulter und befahl, daß man ihm Pferde beschaffe. Einen Augenblick später hielten zwei Pferde an der Pforte der Eremitage, dazu zwei Maultiere, die der Eremit und der Besessene bestiegen. Obwohl das Schloß eine Tagereise entfernt war, wie uns Mamoun gesagt hatte, erreichten wir es in weniger als einer Stunde.

Unterwegs hatte mir Ben Mamoun viel von seiner gelehrten Schwester erzählt, und ich war darauf gefaßt, einer Medea mit schwarzem Haarschopf zu begegnen, einen Stab in der Hand und Zaubersprüche murmelnd, aber diese Vorstellung war völlig falsch. Die freundliche Rebekka, die uns am Schloßtor empfing, war die liebenswürdigste und rührendste Blondine, die man sich vorstellen kann; ihr schönes goldenes Haar fiel kunstlos auf die Schultern herab. Ein weißes Gewand kleidete sie ohne übertriebene Sorgfalt, aber es war durch Spangen von unschätzbarem Wert gehalten. Ihr Äußeres ließ auf eine Person schließen, die sich niemals mit der Verschönerung ihrer Erscheinung beschäftigte, aber wenn sie es getan hätte, so hätte es ihr kaum besser gelingen können.

Rebekka fiel ihrem Bruder um den Hals und sagte ihm: »Wie habe ich mich um Sie geängstigt! Ihre Botschaften bekam ich immer, aber nicht in der ersten Nacht. Was ist Ihnen denn zugestoßen?«

»All das will ich Ihnen erzählen«, antwortete Ben Mamoun. »Denken Sie aber im Augenblick vor allem an den angemessenen Empfang der Gäste, die ich mitbringe: Dies ist der Einsiedler aus dem Tal, und dieser junge Mann ist ein Gomelez.«

Rebekka sah den Eremiten ziemlich gleichgültig an,

aber als sie die Augen auf mich geworfen hatte, schien sie zu erröten und sagte mit ziemlich trauriger Miene: »Um Ihres Glückes willen hoffe ich, daß Sie nicht einer der Unseren sind.«

Wir traten ein, und die Zugbrücke wurde hinter uns sofort wieder hochgezogen. Das Schloß war recht weitläufig, und alles darin erschien in tadelloser Ordnung. Wir sahen indessen nur zwei Bediente, nämlich einen jungen Mulatten und eine Mulattin in seinem Alter. Ben Mamoun führte uns zuerst in seine Bibliothek; es war ein kleiner Rundbau, der auch als Speisesaal diente. Der Mulatte legte ein Tischtuch auf und trug eine *olla podrida* und vier Gedecke herein, denn die schöne Rebekka setzte sich nicht mit uns zu Tisch. Der Eremit aß mehr als gewöhnlich und schien weiterhin menschlicher zu werden. Pacheco, immer noch einäugig, schien keine Nachwirkungen seiner Besessenheit mehr zu spüren. Er war nur ernst und schweigsam. Ben Mamoun speiste mit recht gutem Appetit, zeigte aber eine abwesende Miene und räumte ein, daß sein nächtliches Abenteuer ihm sehr zu denken gab.

Sobald wir uns von der Tafel erhoben hatten, sagte er: »Meine lieben Gäste, hier sind Bücher zu Ihrer Unterhaltung, und mein Neger wird bemüht sein, Ihnen in allem zu Diensten zu sein; erlauben Sie mir aber nun, mich mit meiner Schwester um einer wichtigen Arbeit willen zurückzuziehen. Sie werden mich erst morgen zur Essenszeit wiedersehen.«

Ben Mamoun verließ uns also, und wir waren sozusagen die Herren des Hauses.

Der Eremit wählte aus der Bibliothek eine Legende der Wüstenväter und befahl Pacheco, ihm einige Kapitel daraus vorzulesen. Ich trat auf die Terrasse hinaus, von der man auf eine Schlucht blickte; an ihrem Grund floß ein Gebirgsbach, den man nicht sah, dessen Tosen man aber vernahm. Wie verlassen diese Landschaft auch erschien, das Vergnügen, mit dem ich sie betrachtete, oder vielmehr mich den Empfindungen hingab, die ihr Anblick in mir wachrief, war außerordentlich. Es war keine Schwermut, es war fast ein Erlöschen all meiner Antriebe, das durch die grausamen Erschütterungen, denen ich seit einigen Tagen ausgesetzt war, bewirkt wurde. Wie ich über das, was mir zugestoßen war, nachdachte und nichts davon begriff, wagte ich nicht mehr daran zu denken, da ich darüber den Verstand zu verlieren fürchtete. Was mir für den Augenblick am wohltätigsten erschien, war die Hoffnung, ein paar friedliche Tage in Uzedas Schloß zu verbringen. Von der Terrasse trat ich wieder in die Bibliothek.

Dann tischte uns der junge Mulatte einen kleinen Imbiß aus getrockneten Früchten und kaltem Fleisch auf – aber nicht das Fleisch unreiner Tiere. Darauf trennten wir uns. Der Einsiedler und Pacheco wurden in ein Zimmer geleitet, ich in ein anderes.

Ich legte mich hin und schlief gleich ein.

Bald darauf wurde ich jedoch von der schönen Rebekka geweckt, die mir sagte: »Señor Alfonso, verzeihen Sie mir, wenn ich es wage, Ihren Schlummer zu unterbrechen. Ich komme von meinem Bruder. Wir haben die furchtbarsten Beschwörungen unternommen, um die Natur der beiden Geister zu erforschen, mit denen er es in der Venta zu tun hatte, aber wir blieben erfolglos. Wir glauben, daß er von Baalim genarrt wurde, über die wir keine Gewalt haben. Indessen ist die Wohnstatt Henochs ganz so, wie er sie gesehen hat. All das ist von größter Bedeutung für uns, und ich beschwöre Sie, uns zu sagen, was Sie davon wissen.«

Nach diesen Worten setzte sich Rebekka auf mein Bett, aber sie tat es nur, um zu sitzen, und schien einzig mit den Aufschlüssen beschäftigt, die sie von mir wünschte. Diese erhielt sie jedoch keineswegs, und ich begnügte mich damit, ihr mehrfach und deutlich zu versichern, daß ich mein Ehrenwort verpfändet hätte, niemals davon zu sprechen.

»Aber Señor Alfonso«, erwiderte Rebekka, »wie können Sie denken, ein Ehrenwort könne Sie binden, das Sie zwei Dämonen gegeben haben? Wir wissen also, daß es zwei weibliche Dämonen sind, deren Namen Emina und Zubeida lauten. Wir kennen aber nicht das Wesen dieser Dämonen, weil man in unserer Wissenschaft, wie in allen anderen, niemals alles wissen kann.«

Ich verhielt mich weiterhin ablehnend, und ich bat die Schöne, nicht mehr davon zu sprechen.

Da sah sie mich mit einer Art Wohlwollen an und sprach: »Wie glücklich können Sie sein, so tugendhafte Prinzipien zu haben, nach denen Sie all Ihre Handlungen ausrichten und mit denen Sie unerschütterlich auf dem Weg Ihres Gewissens verharren! Wie anders ist unsere Lage! Wir wollten sehen, was dem Auge des Menschen nicht bestimmt ist, und wissen, was ihre Vernunft nicht begreifen kann. Ich war nicht geschaffen für solch erhabene Wissenschaft. Was geht mich die eitle Herrschaft über die Dämonen an? Ich hätte mich gern mit der Herrschaft über das Herz eines Gatten begnügt. Mein Vater wollte es indessen so, und meinem Schicksal muß ich mich fügen.«

Indem Rebekka diese Worte sagte, zog sie ihr Taschentuch hervor und schien ein paar Tränen zu verbergen, dann fügte sie hinzu: »Señor Alfonso, erlauben Sie mir, morgen zur gleichen Stunde wiederzukommen und mich nochmals zu bemühen, Ihre Hartnäckigkeit oder, wie Sie es nennen, Ihre Treue zum gegebenen Wort zu überwinden. Bald tritt die Sonne ins Zeichen der Jungfrau, dann ist keine Zeit mehr, und es geschieht, was geschehen muß.«

Zum Abschied reichte mir Rebekka mit freundschaftlichem Druck die Hand und schien sich zwingen zu müssen, zu ihren kabbalistischen Künsten zurückzukehren.

Zehnter Tag

Ich erwachte zeitiger als gewöhnlich und ging auf die Terrasse hinaus, um die frische Luft zu genießen, bevor die Sonne sie in Glut verwandelte. Die Luft stand still. Selbst der Gebirgsbach schien weniger heftig zu tosen, und man konnte sogar den Gesang der Vögel hören.

Die friedliche Stimmung der Elemente durchdrang meine Seele, und ich konnte in aller Ruhe darüber nachdenken, was ich seit meinem Aufbruch von Cadix erlebt hatte. Einige Worte, die Don Enrique de Sa, dem Gouverneur dieser Stadt, entschlüpft waren und an die ich erst jetzt wieder dachte, ließen mich glauben, daß auch er etwas mit der geheimnisvollen Existenz der Gomelez zu tun hatte und ihr Geheimnis teilweise kannte. Von ihm hatte ich meine zwei Diener, López und Mosquito, erhalten, und ich vermutete, daß sie mich auf sein Geheiß hin am Eingang des unheilvollen Tals von Los Hermanos im Stich gelassen hatten. Meine Cousinen hatten mir oft zu verstehen gegeben, daß ich auf die Probe gestellt werden solle. Ich nahm an, daß man mir in der Venta einen einschläfernden Trank eingeflößt und mich im Schlaf unter den Galgen geschafft hatte. Pacheco konnte sein Auge auch durch einen ganz anderen Unfall verloren haben als durch seine Liebschaft mit den beiden Gehenkten, und seine schreckliche Geschichte konnte ein Märchen sein. Der Einsiedler, der mir beständig mein Geheimnis unter dem Vorwand einer Beichte zu entlocken suchte, erschien mir als Agent der Gomelez, der meine Verschwiegenheit prüfen wollte.

Endlich begann ich anscheinend, meine Geschichte eindeutiger zu verstehen und sie erklären zu können, ohne mich auf übernatürliche Wesen berufen zu müssen, als ich in der Ferne eine sehr heitere Musik vernahm, die aus den Bergen hervorzutönen schien. Sie war bald deutlicher zu hören, und ich erkannte eine fröhliche Zigeunerbande; im Tanzschritt, singend und von ihren *sonajas* und *carrascas* begleitet, kamen sie näher. Sie schlugen nicht weit von der Terrasse ihr kleines Lager auf und gaben mir so Gelegenheit festzustellen, wie elegant ihre Kleidung und ihr Gang wirkten. Ich vermutete, es seien dieselben diebischen Zigeuner, unter deren Schutz sich nach den Worten des Einsiedlers der Wirt der Venta de Cardeñas gestellt hatte; aber für Räuber schienen sie mir zu viel Lebensart zu haben. Während ich sie musterte, stellten sie ihre Zelte auf, hängten ihre *olla podrida*-Kessel übers Feuer und ihre Kinderwiegen an die Äste der benachbarten Bäume. Und als alle diese Zurichtungen beendet waren, gaben sie sich aufs neue ihren Vergnügungen hin, die zu ihrem vagabundierenden Leben gehören und deren größtes in ihren Augen der Müßiggang ist.

Das Zelt ihres Hauptmanns hob sich von den anderen nicht nur durch die Stange mit silbernem Knauf hervor, die vor dem Eingang in den Boden gerammt war, sondern auch dadurch, daß es kostbarer und sogar mit einer reichen Fransenborte geschmückt war, was man an Zigeunerzelten gemeinhin nicht sieht. Aber wie groß war meine Verblüffung, als ich sah, wie das Zelt sich öffnete und meine beiden Cousinen heraustraten, und zwar in der eleganten Tracht, die man in Spanien *a la gitana maja* nennt. Sie näherten sich der Terrasse, ohne mich zu sehen. Sie riefen ihre Gefährtinnen und begannen den eleganten *Polo* zu tanzen, nach den Versen:

Cuando mi Paco me alce
Las palmas para bailar
Se me pone el cuerpecito
Como hecho de mazapán, usw.

Wenn die zärtliche Emina und die reizende Zubeida mir in ihren maurischen Gewändern den Kopf verdreht hatten, so entzückten sie mich in ihrer neuen Tracht nicht weniger. Nur fand ich, daß sie gewitzt und spöttisch dreinschauten, was tatsächlich diesen Wahrsagerinnen gar nicht schlecht zu Gesicht stand, mir aber neue Streiche zu verheißen schien, die sie mir spielen wollten, wenn sie mir in dieser neuen und unerwarteten Aufmachung erschienen.

Das Schloß des Kabbalisten war sorgfältig verwahrt; er allein verfügte über den Schlüssel, und ich konnte nicht zu den Zigeunerinnen hinaus. Aber wenn ich einen unterirdischen Gang hinabging, der zum Bach führte und durch ein eisernes Gitter abgesperrt war, konnte ich sie von nahem betrachten und sogar mit ihnen sprechen, ohne daß die Bewohner des Schlosses mich bemerkten. Ich begab mich also zu der geheimen Pforte, an der ich von den Tänzerinnen nur durch das Bachbett getrennt war. Aber es waren gar nicht meine Cousinen. Ihr Wesen schien mir sogar recht gewöhnlich und wie es ihrem Stand entsprach.

Beschämt über meinen Irrtum, ging ich langsam wieder zur Terrasse zurück. Dort blickte ich abermals hinab und – erkannte meine Cousinen. Sie schienen mich auch zu erkennen. Sie brachen in schallendes Gelächter aus und verschwanden in ihren Zelten.

Ich war empört. »O Himmel«, sagte ich mir, »wäre es möglich, daß diese so liebenswürdigen und liebevollen Geschöpfe nichts als Kobolde sind, die es, indem sie vielerlei Formen annehmen, nur darauf anlegen, uns Sterbliche zum Narren zu halten, oder etwa Hexen oder, was das scheußlichste wäre, Vampire, die sich mit der Erlaubnis des Himmels in den abscheulichen Leichnamen von Los Hermanos einnisten? Es schien mir doch, daß dies alles auf natürliche Weise zu erklären wäre, aber jetzt weiß ich nicht mehr, was ich davon halten soll.«

Beim Nachdenken darüber betrat ich wieder die Bibliothek, wo ich auf dem Tisch ein dickes, in gotischen Lettern geschriebenes Buch erblickte, dessen Titel lautete: *Relationes curiosae von Happelius.* Der Band war aufgeschlagen, und die aufgeschlagene Seite war absichtlich eingeknickt, wo gerade ein Kapitel begann, und dort las ich die folgende Geschichte:

Die Geschichte des Thibaud de la Jacquière

Im französischen Lyon, einer Stadt am Lauf der Rhone, gab es einmal einen sehr reichen Kaufmann namens Jacques de la Jacquière; er nahm jedoch den Namen de la Jacquière erst an, nachdem er den Handel aufgegeben hatte und Bürgermeister der Stadt geworden war, ein Amt, das man in Lyon nur Männern von großem Vermögen und untadeligem Ruf verleiht. Das war auch der Fall des guten Bürgermeisters de la Jacquière: mildtätig gegenüber den Armen, freigiebig gegenüber den Mönchen und anderen Dienern der Kirche, die nach dem Wort des Herrn die wahren Armen sind.

Von ganz anderer Art war aber der einzige Sohn des Bürgermeisters, Messire Thibaud de la Jacquière, Fahnenjunker der königlichen Wache: ein furchtloser Haudegen, lüstern aufs Klingenkreuzen, ein großer Mädchenjäger, Würfelspieler, Fenster- und Laternenzerschmeißer, fluchend und blasphemisch, der manches Mal, um seinen alten Mantel gegen einen neuen, seinen abgewetzten Hut gegen einen besseren einzutauschen, den Bürger auf der Straße einschüchterte; so daß alles nur noch von Messire Thibaud sprach, in Paris nicht anders als in Blois, Fontainebleau und anderen Residenzen des Königs. Nun geschah es, daß unseren guten König seligen Angedenkens Franz I. der lockere Lebenswandel des jungen Raufbolds schließlich verdroß und daß er ihn nach Lyon zurückschickte, damit er dort Buße tue im Hause seines Vaters, des guten Bürgermeisters de la Jacquière; der wohnte damals am Bellecour-Platz, an der Ecke zur Saint-Ramond-Straße.

Der junge Thibaud wurde im väterlichen Hause mit so viel Freude empfangen, als hätte er alle Ablässe Roms mit nach Hause gebracht. Nicht nur, daß man für ihn das fette Kalb schlachtete, der gute Bürgermeister gab auch seinen Freunden ein Bankett, das mehr Goldtaler kostete, als Gäste zu Tisch saßen. Man tat noch mehr. Man trank auf die Gesundheit des jungen Burschen, und jeder wünschte ihm Besonnenheit und Umkehr.

Diese wohlmeinenden Wünsche mißfielen ihm aber. Er nahm einen goldenen Becher vom Tisch, füllte ihn mit Wein und sagte: »Sakrament und Tod und Hölle, mit dem Wein hier will ich dem Teufel mein Blut und meine Seele verschreiben, wenn ich je ein besserer Mensch werde, als ich jetzt einer bin.«

Diese abscheulichen Worte ließen den Gästen die Haare zu Berge stehen. Sie bekreuzigten sich, und manche verließen die Tafel.

Auch Messire Thibaud stand auf, und um frische Luft zu schöpfen, ging er auf den Bellecour-Platz hinaus, wo er zwei seiner alten Genossen traf, Raufbolde aus dem gleichen Holz wie er. Er umarmte sie, nahm sie mit nach Hause und ließ ihnen etliche Flaschen auftragen, ohne sich noch um seinen Vater und alle anderen Gäste zu scheren.

Was Thibaud am Tag seiner Ankunft getan hatte, das wiederholte er am folgenden und an allen Tagen danach, so daß es dem guten Bürgermeister im Herzen weh tat. Er dachte daran, sich seinem Schutzheiligen, dem heiligen Jakob, anzuvertrauen, und brachte seinem Bildnis eine zehnpfündige Kerze dar, die mit zwei Goldringen zu je zehn Mark geschmückt war; als er aber die Kerze auf den Altar stellen wollte, ließ er sie fallen und warf dabei eine silberne Lampe um, die vor dem Heiligen brannte. Der Bürgermeister hatte diese Kerze für eine andere Gelegenheit gießen lassen, aber da ihm nichts so sehr am Herzen lag wie die Bekehrung seines Sohnes, hatte er sie freudig geopfert. Als er aber die Kerze zu Boden gestürzt und die Lampe zerbrochen sah, nahm er es für ein böses Vorzeichen und kehrte traurig nach Hause zurück.

Am gleichen Tag richtete Messire Thibaud seinen Freunden abermals ein Fest aus. Sie gossen manche Flasche Wein in sich hinein, und als die Nacht schon weit fortgeschritten und ganz schwarz war, gingen sie hinaus, um auf dem Bellecour-Platz Luft zu schöpfen. Dort angelangt, hakten die drei sich unter und stolzierten auf und ab, dünkelhaft und nach Art der Raufbolde, die so die Blicke der Mädchen auf sich ziehen wollen. Diesmal jedoch war nichts zu gewinnen, denn es zeigte sich weder Mädchen noch Frau; und aus den Fenstern konnte man die drei auch nicht sehen, da die Nacht, wie ich schon sagte, stockfinster war. So daß der junge Thibaud lauthals seinen gewohnten Fluch ausstieß und schrie: »Sakrament und Tod und Hölle, dem Teufel verschreib ich mein Blut und meine Seele: Wenn jetzt die große Teufelin, seine Tochter, hier vorbeispaziert, dann will ich um sie buhlen, so heiß hat mich der Wein gemacht.«

Diese Worte mißfielen den beiden Freunden Thibauds, die keine so großen Sünder waren wie er. Und einer von ihnen sagte: »Edler Messire und Freund, denkt daran, daß der Teufel der ewige Feind der Menschen ist und ihnen schon genug Böses tut, ohne daß man ihn dazu einlädt und seinen Namen anruft.«

Thibaud antwortete darauf: »Was ich gesagt habe, das will ich auch tun.«

In diesem Augenblick sahen die drei Hurenbeutel aus einer benachbarten Straße eine verschleierte junge Dame heraustreten, deren reizende Gestalt auf ein sehr zartes Alter schließen ließ. Hinter ihr her lief ein kleiner Neger. Er stolperte, fiel auf die Nase und zerbrach seine Laterne. Das junge Mädchen schien sehr erschrocken und wußte nicht, was tun. Da trat Messire Thibaud so ehrerbietig er nur vermochte an sie heran und bot ihr seinen Arm, um sie nach Hause zu geleiten. Die arme Dariolette ließ sich ein wenig nötigen und nahm dann an, und Messire Thibaud drehte sich zu seinen Freunden um und raunte ihnen zu: »Da seht Ihr's, der, den ich anrief, hat mich nicht warten lassen. Also sage ich Euch gute Nacht.«

Die beiden Freunde verstanden, was er wollte, nahmen lachend Abschied von ihm und wünschten ihm Freude und Kurzweil.

Thibaud reichte also der Schönen seinen Arm, und der kleine Neger, dessen Laterne zerbrochen war, lief ihnen voran. Die junge Dame war anfangs offenbar so verstört, daß sie sich nur mit Mühe aufrecht erhielt, aber langsam faßte sie sich und stützte sich vertraulicher auf den Arm des Kavaliers. Manchmal machte sie sogar einen falschen Tritt und klammerte sich fester an seinen Arm, um nicht zu fallen; dann drückte der Kavalier ihren Arm stärker an sein Herz, was er freilich mit größter Zurückhaltung tat, um das Wild nicht zu verschrecken.

So liefen sie und liefen so lange, daß es Thibaud endlich schien, sie hätten sich in den Straßen Lyons ganz verirrt. Es war ihm indessen nur recht, denn es schien ihm, daß er bei der schönen Verirrten um so leichteres Spiel haben werde. Da er jedoch zuerst einmal wissen wollte, mit wem er es zu tun hatte, bat er sie freundlichst, auf einer Steinbank neben einer Haustür Platz zu nehmen. Sie war einverstanden, und er setzte sich neben sie. Dann nahm er weltmännisch ihre Hand und äußerte sehr geistreich: »Schöner irrender Stern, da mein Stern mich hieß, Ihnen in der Nacht zu begegnen, haben Sie die Güte, mir mitzuteilen, wer Sie sind und wo Sie wohnen.«

Das junge Mädchen schien zunächst sehr gehemmt, faßte sich aber langsam und antwortete folgendermaßen:

Die Geschichte der hübschen Dariolette vom Schlosse Sombre

Ich heiße Orlandine, so wenigstens nannten mich die wenigen Menschen, die mit mir das Schloß Sombre in den Pyrenäen bewohnten. Dort kamen mir keine menschlichen Wesen zu Gesicht als meine taube Gouvernante, eine Dienerin, die so arg stotterte, daß man sie hätte stumm nennen können, und ein blinder alter Pförtner.

Dieser Pförtner hatte nicht viel zu tun, denn er öffnete das Portal nur einmal im Jahr, und zwar für einen Herrn, der uns nur aufsuchte, um mich am Kinn zu fassen und in der Sprache der Vizcayer, die ich nicht beherrsche, mit meiner Dueña zu reden. Glücklicherweise konnte ich schon sprechen, als man mich im Schloß Sombre einsperrte, denn von den zwei Gefährtinnen im Gefängnis hätte ich es sicher nicht gelernt. Was den Pförtner angeht, so sah ich ihn nur für den Augenblick, wenn er uns durch das Gitter unseres einzigen Fensters das Essen zuschob. Meine taube Gouvernante schrie mir zwar oft irgendwelche Morallehren in die Ohren, aber ich verstand sie so wenig, als ob ich genauso taub gewesen wäre wie sie, denn sie sprach mir von den Pflichten der Ehe, ohne mir zu sagen, was eine Ehe ist. Genauso sprach sie mir von vielen anderen Dingen, die sie mir gar nicht erklären wollte. Oft bemühte sich auch meine stotternde Dienerin, mir irgendeine Geschichte zu erzählen, die, wie sie behauptete, sehr lustig war; da sie aber nie über den ersten Satz hinausgelangte, mußte sie es endlich sein lassen und stotterte im Hinausgehen ihre Entschuldigungen, mit denen sie ebenso schlecht zu Rande kam wie mit ihren Geschichten.

Ich sagte Ihnen schon, daß wir nur ein einziges Fenster hatten, das heißt ein einziges, das zum Schloßhof hin lag. Die anderen boten einen Blick auf einen weiteren Hof, in dem ein paar Bäume standen, so daß er als Garten gelten konnte, der im übrigen keinen anderen Ausgang hatte als den, der in mein Zimmer führte. Ich züchtete dort ein paar Blumen, und das war mein einziges Vergnügen.

Doch das stimmt nicht ganz, ich hatte noch eins, das ebenso unschuldig war. Es war ein großer Spiegel, und wenn ich aufgestanden war, ja sobald ich aus dem Bett stieg, trat ich davor, um mich anzuschauen. Meine Gouvernante kam auch, um sich zu bespiegeln, hüllenlos wie ich, und es gefiel mir, meine Gestalt mit der ihren zu vergleichen. Diesem Vergnügen gab ich mich auch hin, bevor ich zu Bett ging und wenn meine Gouvernante schon eingeschlafen war. Manchmal bildete ich mir ein, im Spiegel eine Gefährtin in meinem Alter zu erblicken, die meine Gebärden erwiderte und meine Gefühle teilte. Je mehr ich mich dieser Vorstellung hingab, desto besser gefiel mir dieses Spiel.

Ich sagte Ihnen, daß uns jährlich einmal ein Herr aufsuchte, um mich am Kinn zu fassen und mit meiner Gouvernante baskisch zu sprechen. Eines Tages nahm dieser Herr, statt mich am Kinn zu fassen, meine Hand und führte mich zu einer Karosse mit Riemenfederung, in die er mich mit meiner Gouvernante zusammen einschloß. Man kann mit gutem Recht sagen: einschloß, denn in der Karosse erhielt man nur von oben Licht. Wir stiegen erst am dritten Tag wieder aus, oder vielmehr in der dritten Nacht, jedenfalls war der Abend schon stark fortgeschritten.

Ein Mann öffnete den Schlag und sagte: »Ihr seid hier auf dem Bellecour-Platz, an der Einmündung der Saint-Ramond-Straße, und hier ist das Haus des Bürgermeisters de la Jacquière. Wohin soll ich Euch führen?«

»Fahrt in den ersten Torweg nach dem des Bürgermeisters«, antwortete meine Gouvernante.

An dieser Stelle horchte der junge Thibaud auf, denn er war tatsächlich Nachbar eines Edelmannes namens Sire de Sombre, der den Ruf hatte, äußerst eifersüchtig zu sein; und besagter Sire de Sombre hatte sich Thibaud gegenüber gebrüstet, er werde eines Tages beweisen, daß man eine treue Frau haben könne und daß er in seinem Schloß eine Dariolette aufziehen lasse, die seine Gattin sein und seine Behauptung als wahr erweisen werde; der junge Thibaud hatte nicht gewußt, daß sie sich in Lyon aufhielt, und genoß es, daß er sie nun in der Hand hatte.

Orlandine fuhr indessen mit folgenden Worten fort:

Wir fuhren also in einen Torweg ein, und man führte mich in große und schöne Gemächer hinauf und über eine Wendeltreppe in ein Turmzimmer, von dem man sicher, wenn es Tag gewesen wäre, die ganze Stadt Lyon hätte überblicken können; aber selbst am Tage hätte man nichts gesehen, denn die Fenster waren mit einem dicken grünen Tuch abgedichtet. Im übrigen war das Turmzimmer von einem schönen kristallenen Lüster in Emailfassung erleuchtet. Meine Dueña ließ mich in einem Sessel Platz nehmen, gab mir zur Zerstreuung ihren Rosenkranz und ging hinaus, wobei sie hinter sich den Schlüssel zwei- oder dreimal im Schloß umdrehte.

Als ich nun allein war, warf ich den Rosenkranz in die Ecke, nahm die Schere, die ich am Gürtel trug, und schnitt eine Öffnung in das grüne Tuch, mit dem das Fenster versperrt war. Da erblickte ich recht nah gegenüber ein anderes Fenster und hinter diesem Fenster ein hell erleuchtetes Zimmer, in dem drei junge Kavaliere und drei junge Mädchen tafelten, die schöner und ausgelassener waren, als man es sich nur vorstellen kann. Sie sangen, tranken, lachten, küßten sich. Manchmal faßten sie einander sogar beim Kinn, aber mit ganz anderer Miene als der Herr von Schloß Sombre, der doch eigens dazu gekommen war. Darüber hinaus entkleideten sich diese Kavaliere und diese Fräulein immer ein bißchen mehr, wie ich es abends vor meinem großen Spiegel tat, und es stand ihnen wahrhaftig ebenso gut, ganz anders, als wenn meine alte Dueña es machte.

Hier erkannte Messire Thibaud, daß die Rede von einem Nachtmahl war, das er am Vorabend mit seinen beiden Freunden gehalten hatte. Er führte seinen Arm um Orlandines geschmeidige und wohlgerundete Taille und drückte das Mädchen an sein Herz.

Ja, sagte sie, genau so machten es auch die jungen Kavaliere. Es schien mir wahrhaftig, daß sie einander sehr lieb hatten. Da sagte indessen einer der jungen Leute, er wisse besser als die anderen, wie man liebt. »Nein, ich kann's besser! Ich kann's besser!« riefen die beiden anderen. – »Er versteht es!« – »Nein, jener!« riefen die jungen Mädchen. Da verfiel der, der sich gerühmt hatte, am besten zu lieben, auf einen merkwürdigen Einfall.

Hier wäre Thibaud, der sich daran erinnerte, was sich

bei dem Gelage abgespielt hatte, vor Lachen fast erstickt.

»Nun, schöne Orlandine«, sagte er, »worin bestand denn der Einfall, auf den der junge Mann verfiel?«

Ah, fuhr Orlandine fort, lacht nicht, mein Herr, ich versichere Ihnen, es war ein sehr schöner Einfall, und ich habe genau aufgepaßt; da hörte ich, wie meine Tür geöffnet wurde. Ich griff gleich wieder nach meinem Rosenkranz, und meine Dueña trat ein.

Die Dueña nahm mich, ohne ein Wort zu sagen, wieder an der Hand und ließ mich in eine Kutsche steigen, die nicht wie die erste geschlossen war, und aus dieser hätte ich gut die Stadt anschauen können; aber die Nacht war finster, und ich konnte nur wahrnehmen, daß wir endlos weit fuhren, so daß wir schließlich, ganz am Ende der Stadt, fast aufs Land gelangten. Beim letzten Vorstadthaus hielten wir. Dem Anschein nach war es eine Hütte, sogar mit einem Strohdach, aber im Innern sehr hübsch, wie Ihr sehen werdet, wenn der kleine Neger seinen Weg findet; denn ich sehe, er hat jetzt Feuer und zündet seine Laterne wieder an.

Hier beendete Orlandine ihre Geschichte. Messire Thibaud küßte ihr die Hand und sagte: »Schöne Verirrte, haben Sie doch die Güte und sagen Sie mir, ob Sie dieses Haus allein bewohnen.«

»Ganz allein«, erwiderte die Schöne, »mit dem kleinen Neger und meiner Gouvernante. Aber ich glaube nicht, daß sie heute abend dort hinauskommen kann. Der Herr, der mich immer am Kinn faßte, ließ mir sagen, ich solle ihn mit meiner Gouvernante bei einer seiner Schwestern treffen, aber er könne seine Kutsche nicht schicken, die unterwegs sei, um einen Priester zu holen. Wir machten uns also zu Fuß auf. Da trat uns jemand in den Weg, um mir zu sagen, daß er mich hübsch finde. Meine taube Dueña glaubte, er beleidige mich, und entsprechend antwortete sie ihm. Andere Leute kamen hinzu und mischten sich in den Zank ein. Mir wurde angst, und ich lief weg. Der kleine Neger lief hinter mir her. Er fiel hin, seine Laterne zerbrach, und da, schöner Herr, bin ich zum Glück Ihnen begegnet.«

Messire Thibaud war entzückt von der Unbefangenheit dieser Erzählung und wollte gerade mit einer Galanterie darauf antworten, als der kleine Neger die neu angezündete Laterne wieder brachte, deren Licht auf Thibauds Gesicht fiel. Da rief Orlandine aus: »Was sehe ich! Das ist ja derselbe Kavalier, der den schönen Einfall hatte!«

»Ich bin es selbst«, sagte Thibaud, »und ich versichere Ihnen, was ich damals tat, ist gar nichts, verglichen mit dem, was ein reizendes und ehrenhaftes Fräulein von mir erwarten könnte. Denn die, mit denen ich gestern abend zusammen war, waren alles andere als das.«

»Aber es hatte den Anschein, daß Sie alle drei liebten«, sagte Orlandine.

»Keine einzige liebte ich«, erwiderte Thibaud.

Und während sie ihren Weg fortsetzten, wobei ein Wort das andere ergab, gelangten sie ans Ende der Vorstadt zu einer einsamen strohgedeckten Hütte, deren Tür der kleine Neger mit einem Schlüssel, den er an seinem Gürtel trug, öffnete.

Das Innere des Hauses hatte indessen nichts von einer armen Hütte. Man sah dort schöne flandrische Wandteppiche mit so fein gezeichneten und gestickten menschlichen Figuren, daß sie völlig lebendig erschienen, Armleuchter aus feinem und massivem Silber, Kabinettschränke aus Elfenbein und Ebenholz, Sessel aus Genueser Samt, mit goldenen Fransen geziert, und ein Bett aus venezianischem Moiré. All das fesselte Messire Thibaud indessen kaum. Er sah nur Orlandine und wäre nun gern mit seinem Abenteuer ans Ziel gelangt.

Währenddessen deckte der kleine Neger den Tisch, und Thibaud entdeckte, daß dieser Bursche nicht, wie er zuerst geglaubt hatte, ein Kind war, sondern etwas wie ein alter, ganz schwarzer Zwerg mit abstoßenden Gesichtszügen. Der kleine Mann trug jedoch etwas auf, was durchaus nicht abstoßend anmutete. Es war eine goldene Schüssel, in der vier verlockende, bestens angerichtete Rebhühner dampften, und unter dem Arm trug er eine Flasche Würzwein. Kaum hatte Thibaud gegessen und getrunken, als ihm schien, durch seine Adern rinne flüssiges Feuer. Orlandine selbst aß wenig und betrachtete immerzu ihren Tischgenossen, bald zärtlich und unbefangen, bald mit so schalkhaften Blicken, daß der junge Mann dabei fast verlegen wurde.

Schließlich räumte der kleine Neger den Tisch ab. Da faßte Orlandine Thibaud bei der Hand und sagte zu ihm: »Schöner Kavalier, womit sollen wir denn diesen Abend zubringen?«

Thibaud wußte nicht, was er sagen sollte.

»Da kommt mir ein Gedanke«, sagte Orlandine wieder. »Dort steht ein großer Spiegel. Kokettieren wir doch davor ein bißchen, wie ich es im Schloß Sombre tat. Da hatte ich viel Vergnügen daran, zu sehen, daß der Leib meiner Gouvernante ganz anders war als meiner. Jetzt will ich wissen, ob ich nicht auch ganz anders beschaffen bin als Sie.«

Orlandine stellte zwei Stühle vor den Spiegel, und dann schnürte sie Thibauds Halskrause auf und sagte: »Ihr Hals ist etwa so gebaut wie meiner. Die Schultern ebenfalls, aber was für ein Unterschied bei der Brust! Die meine war letztes Jahr so wie Ihre, aber ich habe so viel Fett angesetzt, daß ich mich nicht wiedererkenne. Legen Sie doch Ihren Gürtel ab! Öffnen Sie Ihr Wams! Wozu denn all diese Haken?«

Thibaud konnte sich nicht länger beherrschen, trug Orlandine auf das Bett aus venezianischem Moiré und schätzte sich der glücklichste aller Männer...

Aber bald änderte sich seine Meinung, denn er fühlte, daß sich etwas wie Klauen in seinen Rücken grub.

»Orlandine, Orlandine«, schrie er, »was soll das bedeuten?«

Es gab keine Orlandine mehr. An ihrer Stelle sah Thibaud ein fürchterliches Geschlinge widerlicher und absonderlicher Formen.

»Ich bin nicht Orlandine«, sprach das Ungeheuer mit entsetzlicher Stimme. »Ich bin Beelzebub, und morgen wirst du sehen, in welchen Körper ich gefahren bin, um dich zu verführen.«

Thibaud wollte den Namen Jesu anrufen, aber Satan kam ihm zuvor, packte ihn mit den Zähnen an der Kehle und hinderte ihn daran, den heiligen Namen auszusprechen.

Am nächsten Morgen zogen ein paar Bauern nach Lyon, um auf dem Markt ihr Gemüse zu verkaufen. Da hörten sie in einem verlassenen Gemäuer am Wege, das als Schindergrube diente, ein Stöhnen. Sie schauten nach und fanden Thibaud, ausgestreckt auf einem halb verfaulten Aas. Sie nahmen ihn und legten ihn quer über ihre Körbe, und so brachten sie ihn zum Bürgermeister von Lyon... Der unglückliche de la Jacquière mußte seinen Sohn erkennen.

Der junge Mann wurde zu Bett gebracht. Kurz darauf schien er ein wenig zu sich zu kommen, und mit schwacher Stimme, fast unhörbar, sagte er: »Öffnet dem heiligen Eremiten! Öffnet dem heiligen Eremiten!«

Zuerst verstand man ihn nicht. Schließlich öffnete man die Tür, und da trat ein ehrwürdiger Mönch herein, der wünschte, daß man ihn mit Thibaud allein lasse. Man folgte seinem Verlangen und schloß hinter ihm die Tür.

Lange waren die Ermahnungen des Eremiten zu hören, auf die Thibaud mit kräftiger Stimme antwortete: »Ja, mein Vater, ich bereue und hoffe auf die Gnade Gottes.«

Als man endlich nichts mehr hörte, glaubte man, es sei an der Zeit einzutreten. Der Eremit war verschwunden, und Thibaud lag tot auf dem Bett, in den Händen ein Kruzifix.

Kaum hatte ich diese Geschichte gelesen, als der Kabbalist hereintrat und offenbar versuchte, mir an den Augen den Eindruck abzulesen, den diese Lektüre auf mich gemacht hatte. Dieser Eindruck war bedeutend, das ist wahr, aber ich wollte es ihm nicht zeigen und zog mich in mein Zimmer zurück. Dort dachte ich über alles nach, was ich erlebt hatte, und ich gelangte nun fast zu der Überzeugung, die Dämonen seien in der Absicht, mich zu täuschen, in die Körper der Gehenkten gefahren und ich sei ein zweiter de la Jacquière. Man läutete zum Essen. Der Kabbalist war nicht dabei. Jedermann schien mir mit seinen Gedanken beschäftigt, weil ich es auch war.

Nach dem Essen ging ich wieder auf die Terrasse hinaus. Die Zigeuner hatten ihr Lager in einiger Entfernung vom Lager aufgeschlagen. Die geheimnisvollen Zigeunerinnen zeigten sich nicht. Die Nacht zog herauf, ich suchte mein Zimmer auf. Lange wartete ich auf Rebekka, aber sie kam nicht, und ich schlief ein.

Elfter Tag

Ich wurde von Rebekka geweckt. Als ich die Augen aufschlug, hatte sich die liebenswürdige Jüdin schon auf meinem Bett niedergelassen und hielt mich bei der Hand.

»Tapferer Alfonso«, sagte sie, »Sie wollten gestern die beiden Zigeunerinnen überraschen, aber das Gitter vor dem Wildbach war zugesperrt. Ich bringe Ihnen hier den Schlüssel dazu. Wenn die beiden heute in die Nähe des Schlosses kommen, bitte ich Sie, ihnen zu folgen, selbst bis in ihr Lager. Ich kann Ihnen versichern, Sie machen meinem Bruder eine große Freude, wenn Sie ihm von dort Neuigkeiten bringen. Was mich angeht«, sagte sie mit schwermütigem Ausdruck, »ich muß mich entfernen. Mein Schicksal, mein absonderliches Schicksal will es so. Ach, mein Vater, warum habt Ihr nicht ein gewöhnliches Geschick für mich vorgesehen! Wie gut hätte ich in der Wirklichkeit lieben können statt in einem Spiegel.«

»Was wollen Sie mit dem Spiegel sagen?«

»Oh, nichts«, antwortete Rebekka, »eines Tages sollen Sie es erfahren. Adieu, Adieu.«

Die Jüdin ging heftig bewegt hinaus, und ich mußte unwillkürlich daran denken, daß es ihr schwerfallen werde, sich für die himmlischen Zwillinge, deren Gattin sie nach den Worten ihres Bruders einmal werden sollte, unberührt zu erhalten.

Ich trat auf die Terrasse hinaus. Die Zigeuner hatten sich noch weiter vom Schloß entfernt als am Tag zuvor.

Ich entnahm der Bibliothek ein Buch, aber ich las darin nicht viel. Ich war zerstreut und voller Gedanken. Schließlich setzte man sich zu Tisch. Die Gespräche drehten sich wie üblich um Geister, Gespenster und Vampire. Unser Gastgeber äußerte, daß die Antike über sie, die man damals Empusen, Larven und Lamien nannte, wirre Vorstellungen gehabt habe, daß aber die alten Kabbalisten den modernen ebenbürtig seien, obwohl sie unter der Bezeichnung Philosophen bekannt gewesen seien, die sie mit vielen Leuten gemeinsam hätten, die auch nicht das geringste von den hermetischen Wissenschaften verstünden.

Der Einsiedler sprach von Simon dem Magier, aber Uzeda verfocht den Standpunkt, daß Apollonius von Tyana als der größte Kabbalist jener Zeiten gelten müsse, da er eine außerordentliche Gewalt über alle Wesenheiten der pandämonischen Welt ausgeübt habe. Daraufhin holte er einen Philostratos in der Ausgabe Morels von 1608 und warf einen Blick auf den griechischen Text. Und anscheinend ohne daß ihm das Verständnis die geringsten Schwierigkeiten gemacht hätte, las er in spanischer Sprache folgendes vor:

Die Geschichte des Menippos aus Lykien

In Korinth lebte ein Lykier namens Menippos. Er zählte fünfundzwanzig Jahre und war geistreich und anmutig. In der Stadt erzählte man sich, er liebe eine fremde Frau, die schön und sehr reich sei und die er zufällig kennengelernt habe. Er war ihr auf der Straße nach Kenchreiai begegnet, wo sie liebenswürdig auf ihn zutrat und ihm sagte: »O Menippos, ich liebe Euch seit langem. Ich bin Phönizierin und wohne am Ende des nächstgelegenen Vororts von Korinth. Kommt Ihr zu mir, so sollt Ihr mich singen hören. Und Ihr werdet einen Wein trinken, wie Ihr ihn noch niemals gekostet habt. Ihr habt keinen Nebenbuhler zu fürchten, und Ihr werdet an mir stets so viel Treue finden, wie ich an Eure Redlichkeit glauben kann.«

Der junge Mann, sonst ein Freund der Philosophie, vermochte diesen schönen Worten, die einem so reizenden Munde entsprangen, nicht zu widerstehen und war von seiner neuen Geliebten völlig gefesselt.

Als Apollonius den Menippos zum ersten Mal sah, betrachtete er ihn aufmerksam wie ein Bildhauer, der eine Büste von ihm anfertigen wollte. Dann sagte er zu ihm: »O schöner junger Mann, du herzest eine Schlange, und eine Schlange herzet dich.«

Menippos war von dieser Rede überrascht, aber Apollonius fügte hinzu: »Ein Weib liebt dich, das deine Gattin nicht sein kann. Glaubst du, daß sie dich liebt?«

»Gewiß«, sagte der junge Mann, »sie liebt mich innig.«

»Wirst du sie heiraten?« sagte Apollonius.

»Ich freue mich herzlich darauf«, sagte der junge Mann, »die Frau zu heiraten, die ich liebe.«

»Wann werdet ihr Hochzeit halten?« sagte Apollonius.

»Vielleicht schon morgen«, erwiderte der junge Mann.

Apollonius gab acht, wann das Festmahl stattfinden solle, und als die Gäste versammelt waren, trat er in den Saal ein und fragte: »Wo ist denn die Schöne, die dieses Festmahl gibt?«

Menippos antwortete: »Sie ist gar nicht weit.«

Dann stand er ein wenig beschämt auf.

Apollonius fuhr fort: »Dies Gold, dies Silber und der übrige Schmuck dieses Saales, gehören sie dir oder dieser Frau?«

Menippos antwortete: »Sie gehören der Frau. Ich besitze nur meinen Philosophenmantel.«

Da sagte Apollonius: »Hast du denn die Gärten des

Tantalus gesehen, die gleichzeitig sind und auch nicht sind?«

Die Gäste erwiderten: »Wir haben sie mit den Augen Homers gesehen, denn wir sind ja nicht in die Unterwelt hinabgestiegen.«

Da sagte Apollonius: »Mit allem, was du hier siehst, ist es wie mit diesen Gärten. All dies ist bloßer Schein und ohne jede Wirklichkeit. Und damit ihr die Wahrheit meiner Worte erkennt, wißt, daß diese Frau eine der Empusen ist, die man gewöhnlich Larven oder Lamien nennt. Sie sind voller Gier, aber nicht auf die Freuden der Liebe, sondern auf Menschenfleisch. Und durch den Köder der Wollust locken sie an, wen sie verschlingen wollen.«

Die vorgebliche Phönizierin sagte darauf: »Du solltest besser von mir reden.«

Und recht ärgerlich lästerte sie über die Philosophen und nannte sie Verrückte. Aber auf die Worte hin, die Apollonius dann aussprach, verschwand das Gold- und Silbergeschirr. Ebenso verschwanden die Mundschenke, die Köche. Da stellte sich die Empuse so, als ob sie weine, und bat Apollonius, sie nicht länger zu quälen. Als dieser sie aber immer wieder in die Enge trieb, gestand sie schließlich, wer sie sei, daß sie Menippos die Wollust habe auskosten lassen, um ihn dann zu verschlingen, und daß sie mit Vorliebe die schönsten jungen Leute verzehre, weil deren Blut ihr besonders wohltue.

»Ich meine«, sagte der Einsiedler, »sie wollte wohl eher die Seele des Menippos verschlingen als seinen Leib, und diese Empuse war nichts anderes als der Dämon der Fleischeslust. Aber ich begreife nicht, welche Worte dem Apollonius so viel Gewalt verliehen. Denn er war schließlich kein Christ und konnte die schrecklichen Waffen, die uns die Kirche in die Hände gibt, gar nicht anwenden;

darüber hinaus haben die Philosophen sich zwar schon vor der Geburt Christi eine gewisse Macht über die Dämonen aneignen können, aber das Kreuz, das die Orakel zum Schweigen brachte, hat notwendigerweise und aus gutem Grund jegliche andere Gewalt der Götzenanbeter gebrochen. Und ich denke, daß Apollonius, der weit davon entfernt war, auch nur den geringsten Dämon verjagen zu können, selbst auf das erbärmlichste aller Gespenster keinen Eindruck gemacht hätte; denn Geister dieser Art kehren mit Gottes Erlaubnis auf die Erde zurück, und zwar immer deswegen, weil sie um eine Messe bitten wollen – ein Beweis, daß es sie zur Zeit des Heidentums noch nicht gab.«

Uzeda war anderer Meinung: Er behauptete, die Heiden seien nicht anders als die Christen von Gespenstern heimgesucht worden, obschon wahrscheinlich aus anderen Motiven; um es zu beweisen, holte er einen Band der Plinius-Briefe, aus dem er folgendes vorlas:

Die Geschichte des Philosophen Athenagoras

In Athen stand ein großes und geräumiges, aber verrufenes und unheilbringendes Haus. In der Stille der Nacht ertönten Eisengerassel und, wenn man genauer aufpaßte, Kettengeklirr, weiter entfernt zuerst, dann ganz in der Nähe; darauf erschien ein Gespenst, ein alter Mann, ausgemergelt und von Schmutz starrend, mit wallendem Bart und struppigem Haar; an den Beinen trug er Fesseln, an den Händen Ketten, die er schüttelte. Daher verbrachten die Bewohner qualvolle, schreckliche Nächte, von der Angst ihres Schlafes beraubt; der Schlaflosigkeit folgte Krankheit und bei stets wachsender Gespensterfurcht der Tod. Denn auch untertags, sobald die Erscheinung verschwunden war, schwebte ihnen die Erinnerung an die Erscheinung vor Augen, und die Furcht hielt länger an als die Ursachen der Furcht. Das Haus wurde daher verlassen und dem Verfall geweiht und ganz jenem Schreckgespenst preisgegeben; dennoch war es öffentlich ausgeschrieben, für den Fall, daß es jemand, der diesen großen Übelstand nicht kannte, kaufen oder mieten wollte.

Der Philosoph Athenagoras kommt nach Athen, liest den Anschlag, hört den Preis, erkundigt sich, da ihm dessen geringe Höhe verdächtig ist, erfährt alles und mietet es trotzdem, vielmehr gerade deswegen. Als es Nacht zu werden beginnt, läßt er sich im vorderen Teil des Hauses ein Lager bereiten, verlangt Notizbuch, Griffel, Licht; all seine Leute schickt er in die inneren Gemächer, er selbst richtet Geist, Augen, Hand aufs Schreiben, damit sich nicht seine unbeschäftigte Einbildungskraft die Erscheinungen, von denen die Rede gewesen ist, und nichtige Schreckbilder vorstelle. Zuerst, wie überall, nächtliche Stille, dann Schläge auf Eisen, Schleifen von Ketten. Er hebt nicht die Augen, läßt den Griffel nicht sinken, sondern nimmt sich zusammen und versucht, seinen Geist gegen das, was er hört, zu wappnen. Da wächst der Lärm, kommt näher und scheint schon auf der Schwelle, schon diesseits der Schwelle vernehmbar. Er blickt auf, sieht und erkennt die ihm beschriebene Gestalt. Sie steht da und winkt mit dem Finger, wie jemand, der ruft. Er gibt seinerseits mit der Hand ein Zeichen, ein wenig zu warten, und beugt sich wieder über Heft und Griffel. Die Gestalt rasselt über dem Haupt des Schreibenden mit den Ketten. Er blickt wieder auf und sieht das gleiche Bild wie zuvor: die winkende Gestalt. Er wartet nicht länger, nimmt das Licht und folgt ihr. Sie geht langsamen Schrittes, wie von Ketten beschwert. Nachdem sie in den Hof des Hauses eingebogen ist, löst sie sich plötzlich auf und läßt ihren Begleiter allein. Allein gelassen rafft er

Gras und Blätter zusammen und legt sie als Zeichen an die Stelle. Am nächsten Tag geht er zu den Behörden und ersucht sie, an dieser Stelle aufgraben zu lassen. Man findet in Ketten gelegte und damit umwundene Gebeine, die der mit der Zeit in der Erde verweste Leichnam nackt und verwittert in den Fesseln zurückgelassen hat; sie werden geborgen und auf Staatskosten beigesetzt. Das Haus war später, nach gehöriger Bestattung der Gebeine, frei von Erscheinungen.

Als der Kabbalist ans Ende dieser Geschichte gelangt war, fügte er hinzu: »Gespenster sind zu allen Zeiten erschienen, ehrwürdiger Vater, wie wir an der Geschichte der Hexe von Endor sehen, und sie erscheinen zu lassen lag immer in der Macht der Kabbalisten. Ich gebe indessen zu, daß es in der Welt der Dämonen große Veränderungen gegeben hat. Und zusammen mit einigen anderen sind die Vampire eine neue Erfindung, wenn ich mich so ausdrücken darf. Ich unterscheide dabei zwei Arten: die Vampire Ungarns und Polens, das sind Leichen, die bei Nacht aus den Gräbern steigen, um Menschen das Blut auszusaugen; und die Vampire Spaniens, die schändliche Geister sind, die in den ersten besten Kadaver, den sie finden, hineinfahren, ihm jederlei Gestalt geben können, und …«

Da ich merkte, worauf der Kabbalist hinauswollte, stand ich, vielleicht ein wenig schroff, vom Tisch auf und trat auf die Terrasse hinaus. Ich war noch keine halbe Stunde dort, als ich meine beiden Zigeunerinnen zu Gesicht bekam, die sich auf dem Weg zum Schloß zu befinden schienen und auf die große Entfernung hin Emina und Zubeida völlig glichen. Ich beschloß sofort, von meinem Schlüssel Gebrauch zu machen. Ich ging in mein Zimmer, um Umhang und Degen zu holen, und war im Nu unten am Gitter. Als ich es aber geöffnet hatte, war das Schwierigste noch nicht getan, denn ich mußte noch den Wildbach überwinden. Dazu mußte man sich an eigens in die Mauer eingelassenen eisernen Haken an der Terrassenstützwand entlanghangeln. Schließlich gelangte ich an eine seichte Stelle im Bachbett, sprang dort von einem Stein zum nächsten, war schon ans andere Ufer des Bachs gelangt und stand unverhofft den Zigeunerinnen gegenüber; aber meine Cousinen waren es nicht. Sie hatten auch nicht ihre Umgangsformen, ohne daß sie jedoch die gewöhnlichen und groben Manieren der Frauen ihres Volkes gehabt hätten. Es schien fast so, als ob sie, um deren Charakter darzustellen, die Zigeunerrollen nur spielten. Zuerst wollten sie mir weissagen. Die eine öffnete mir die Hand, die andere, die so tat, als ob sie daraus mein ganzes Schicksal ablesen könne, sagte mir in ihrer Sprache:

»*Ah! Caballero, que vejo in vuestra bast? Dirvanos kamela, ma por quien? Per demonios!*«

Das heißt: »Ah! Caballero, was sehe ich in Eurer Hand? Viel Liebe, aber zu wem? Zu Dämonen!«

Man kann sich wohl vorstellen, daß es mir nie eingefallen wäre, daß *dirvanos kamela* in der Zigeunersprache »viel Liebe« bedeutete. Aber sie bemühten sich, es mir zu erklären; dann nahm mich jede von ihnen bei einem Arm, und sie führten mich zu ihrem Lager, wo sie mich einem gesund und rüstig aussehenden Greis vorstellten, der, wie sie sagten, ihr Vater war.

Er sagte mit etwas pfiffiger Miene: »Wissen Sie denn, Señor Caballero, daß Sie hier inmitten einer Bande sind, von der man sich im Lande nicht viel Gutes erzählt? Haben Sie nicht ein bißchen Angst vor uns?«

Beim Wort »Angst« hatte ich die Hand ans Stichblatt meines Degens gelegt.

Der alte Zigeunerhauptmann streckte mir aber herzlich die Hand entgegen und sagte: »Verzeihen Sie, Señor

Caballero, ich wollte Sie nicht beleidigen, und da mir nichts ferner liegt, bitte ich Sie sogar, einige Tage mit uns zu verbringen. Wenn Ihnen an einer Reise in diesem Gebirge gelegen ist, versprechen wir Ihnen die schönsten wie die fürchterlichsten Täler zu zeigen, die heitersten Gegenden und gleich daneben das, was man den Reiz des Schrecklichen nennen könnte; und wenn Sie die Jagd lieben, haben Sie alle Muße, sich dieser Lust hinzugeben.«

Dieses Angebot nahm ich mit um so größerem Vergnügen an, als mich die Ausführungen des Kabbalisten und die Einsamkeit seines Schlosses ein wenig zu langweilen begannen.

Der alte Zigeuner führte mich dann zu seinem Zelt und sprach: »Señor Caballero, dieses Zelt wird während der ganzen Zeit, die Sie bei uns verbringen wollen, Ihre Behausung sein, und dicht daneben werde ich einen Wall errichten lassen, hinter dem ich selbst schlafen will, um besser über Ihre Sicherheit wachen zu können.«

Ich erwiderte dem Greis, da ich die Ehre hätte, Hauptmann der Wallonischen Garde zu sein, sei mir kein anderer Schutz gestattet als der meines eigenen Degens.

Diese Antwort brachte ihn zum Lachen, und er sagte zu mir: »Señor Caballero, die Musketen unserer Räuber könnten einen Hauptmann der Wallonischen Garde genauso töten wie jeden anderen; wenn sie einmal Bescheid wissen, können Sie sich sogar von unserer Bande entfernen; bis dahin wäre dieser Versuch unvorsichtig.«

Der Greis hatte recht, und ich schämte mich ein wenig meiner Arroganz.

Wir verbrachten den Abend damit, im Lager umherzustreifen und mit den jungen Zigeunerinnen zu plaudern, die mir die tollsten, aber auch glücklichsten Frauen auf der Welt zu sein schienen. Dann wurde das Abendessen aufgetragen. Unter einem Johannisbrotbaum dicht beim Zelt des Hauptmanns wurde gedeckt.. Wir lagerten auf Hirschfellen, und aufgetischt wurde auf einer Büffelhaut, die nach der Art von Maroquinleder bearbeitet war und als Tischtuch diente. Den Wein schenkten die Töchter des Hauptmanns ein, aber ich zog das Wasser einer Quelle vor, die zwei Schritt von uns einem Felsen entsprang. Der Hauptmann selbst hielt das Gespräch aufs angenehmste in Gang. Er schien von meinen Abenteuern unterrichtet zu sein und sagte mir neue voraus.

Endlich war es Zeit, schlafen zu gehen. Im Zelt des Hauptmanns wurde mir ein Bett hergerichtet, an der Tür eine Wache aufgestellt. Mitten in der Nacht jedoch fuhr ich erschreckt aus dem Schlaf hoch. Ich fühlte, wie meine Decke auf beiden Seiten angehoben wurde und daß zwei Körper sich an mich schmiegten. »Mein Gott«, sagte ich zu mir, »muß ich nochmals zwischen den beiden Gehenkten aufwachen?«

Ich verwarf diesen Gedanken jedoch wieder. Ich stellte mir lieber vor, daß dieser Brauch von der Gastfreundschaft der Zigeuner herrühre und daß es Soldaten meines Alters wenig zieme, sich ihm zu verweigern. Endlich schlief ich in der festen Überzeugung ein, daß ich es nicht mit den zwei Gehenkten zu tun hatte.

Zwölfter Tag

Durch den Lärm, den die Zigeuner beim Abbrechen des Lagers machten, wachte ich auf – tatsächlich nicht unter dem Galgen von Los Hermanos, sondern in meinem Bett.

»Erheben Sie sich, Señor Caballero«, sagte der Zigeunerhauptmann, »vor uns liegt eine weite Wegstrecke. Aber Sie werden auf einem Maultier reiten, das in ganz Spanien nicht seinesgleichen findet, und die Bewegung kaum spüren.«

Ich zog mich eilig an und bestieg das Maultier. Wir ritten mit vier Zigeunern voraus, alle gut bewaffnet. Die übrige Bande folgte weit hinter uns, an der Spitze die beiden Mädchen, mit denen ich die Nacht verbracht zu haben glaubte. Manchmal bewirkten die Zickzackwege in den Bergen, daß ich mich einige hundert Fuß über oder unter ihnen bewegte. Dann hielt ich an, um sie zu betrachten, und es schien mir, sie seien meine Cousinen. Der alte Hauptmann schien an meiner Verwirrung seinen Spaß zu haben.

Nach vier Stunden eines recht zügigen Marsches erreichten wir auf der Höhe des Gebirges ein Plateau, und wir stießen auf eine größere Anzahl Warenballen, deren Bestandsaufnahme der alte Hauptmann sogleich vornahm, worauf er mir sagte:

»Señor Caballero, das sind Waren aus England und Brasilien, mit denen man die vier Königreiche von Andalusien, Granada, Valencia und Katalonien beliefern könnte. Der König erleidet durch unseren kleinen Handel einen gewissen Verlust, aber den macht er an anderer Stelle wieder wett, und ein bißchen Schmuggel ist fürs Volk Ergötzen und Trost. Übrigens ist in Spanien jedermann daran beteiligt. Ein paar von diesen Ballen wandern in die Kasernen der Soldaten, andere in die Zellen der Mönche und sogar in die Totengrüfte. Die rot markierten Ballen werden von den *alguacils* beschlagnahmt, die sich damit der Zollbehörde gegenüber verdient machen und unseren Interessen um so enger verbunden sind.«

Auf diese Worte hin ließ der Hauptmann die Waren in verschiedenen Felsklüften verstecken. Dann ließ er das Essen in einer Höhle auftragen, von der sich die Aussicht bis weit jenseits unseres Sehvermögens erstreckte, das heißt, der Horizont lag so weit entfernt, daß er in den Himmel überzugehen schien. Da ich die Schönheiten der Natur täglich lebhafter empfand, tauchte mich dieser Anblick in eine wahre Verzückung, aus der mich die beiden Töchter des Hauptmanns herausrissen, die das Essen brachten. Aus der Nähe ähnelten sie, wie ich schon sagte, meinen Cousinen gar nicht. Ihre verstohlenen Blicke schienen mir zu sagen, daß sie mit mir zufrieden seien, aber eine innere Stimme sagte mir, daß nicht sie mich in der Nacht besucht hatten.

Indessen brachten die Schönen eine ganz heiße *olla*, die ein paar vorausgeschickte Leute den ganzen Morgen hatten köcheln lassen. Wir, der Hauptmann und ich, verzehrten eine reichliche Portion, mit dem Unterschied, daß er das Mahl häufig dadurch unterbrach, daß er einen Schlauch guten Weins ans Herz drückte, während ich mich mit dem Wasser einer benachbarten Quelle begnügte.

Als wir unseren Hunger gestillt hatten, verriet ich ihm

meine Begierde, Näheres über sein Leben zu erfahren. Er sträubte sich, ich drängte ihn; schließlich willigte er ein, mir seine Geschichte zu erzählen, die er so begann:

Die Geschichte des Pandesowna, Zigeunerhauptmann

Alle Zigeuner in Spanien kennen mich unter dem Namen Pandesowna. In ihrer Sprache ist das die Übersetzung meines Familiennamens Avadoro, denn unter Zigeunern geboren bin ich nicht.

Mein Vater hieß Don Felipe d'Avadoro, und er galt als der ernsthafteste und systematischste Mann seiner Zeit. Er war es in einem solchen Maße, daß Sie, wenn ich Ihnen den Verlauf eines seiner Tage schilderte, zugleich auch die Geschichte seines ganzen Lebens wüßten, oder wenigstens die zwischen seinen beiden Ehen; der ersten, der ich das Licht der Welt verdanke, und der zweiten, die durch die Regellosigkeit, die sie in seinen Lebenswandel brachte, seinen Tod verursachte.

Als mein Vater noch im väterlichen Hause lebte, ergriff ihn eine zärtliche und dauerhafte Neigung zu einer entfernten Verwandten, die er ehelichte, sobald dies Haus sein Eigentum wurde. Sie starb, als sie mir das Leben schenkte, und mein Vater, untröstlich über diesen Verlust, schloß sich mehrere Monate lang ein und weigerte sich, selbst seine nächsten Angehörigen zu empfangen. Die Zeit, die alle Leiden lindert, besänftigte auch seinen Schmerz, und schließlich sah man ihn die Tür zu seinem Balkon öffnen, der zur Toledaner Straße hin gelegen war. Eine Viertelstunde lang atmete er die frische Luft ein und öffnete dann ein Fenster zur Querstraße. Im Haus gegenüber sah er ein paar Leute seiner Bekanntschaft und grüßte sie mit recht heiterer Miene. An den folgenden Tagen sah man ihn dasselbe tun, und schließlich erhielt Fray

Gerónimo Sántez, Theatiner und Onkel meiner Mutter, von diesem Wandel in seiner Lebensweise Kunde.

Dieser Mönch begab sich zu meinem Vater, beglückwünschte ihn zur Wiederherstellung seiner Gesundheit, sprach wenig von den Tröstungen, die unsere Religion ihm biete, dafür aber des längeren über die Zerstreuung, deren er bedürftig sei. Er ging in seiner Nachsicht sogar so weit, daß er ihm zum Besuch der Komödie riet. Mein Vater hatte zu Fray Gerónimo das allergrößte Vertrauen und besuchte noch am gleichen Abend das Teatro de la Cruz. Man gab dort ein neues Stück, das von der gesamten Partei der Pollacos unterstützt wurde, während die Sorices danach trachteten, es durchfallen zu lassen. Die Fehde dieser beiden Parteien war für meinen Vater so spannend, daß er von da an keine einzige Vorstellung freiwillig versäumte. Er fühlte sich vorzugsweise der Partei der Pollacos verbunden und besuchte das Teatro del Príncipe nur dann, wenn das Teatro de la Cruz geschlossen war.

Nach der Vorstellung stellte er sich ans Ende des Spaliers, das die Männer bildeten, um die Frauen zu nötigen, einzeln hintereinander zu gehen, aber er machte es nicht wie die anderen, um sie bequem in Augenschein nehmen zu können; im Gegenteil, das beschäftigte ihn wenig, und sobald die letzte Frau vorbeigegangen war, verfügte er sich zum Malteserkreuz, wo er vor dem Nachhauseweg ein leichtes Abendessen zu sich nahm.

Morgens öffnete mein Vater als erstes die Tür zum Balkon nach der Toledaner Straße. Eine Viertelstunde lang atmete er die frische Luft ein. Dann öffnete er das Fenster zur Gasse. Stand jemand am Fenster gegenüber, so grüßte er ihn liebenswürdig, indem er *agur* sagte, und schloß das Fenster wieder. Das Wort *agur* war manchmal das einzige, das er den ganzen Tag über sprach; denn obwohl er am Erfolg aller Stücke, die im Teatro de la Cruz gespielt wurden, lebhaftes Interesse nahm, bekundete er dies Interesse nur durch Klatschen, aber nie durch Worte. Wenn am Fenster gegenüber niemand zu sehen war, wartete er geduldig ab, bis jemand erschien, um seinen liebenswürdigen Gruß anbringen zu können.

Anschließend ging mein Vater bei den Theatinern zur Messe. Bei seiner Rückkehr fand er das Zimmer von der Dienstmagd hergerichtet und rückte mit peinlicher Genauigkeit jedes Möbelstück an die Stelle, an der es am Vortag gestanden hatte. Daran wandte er besondere Sorgfalt und erspähte jeden geringsten Rest Stroh und jedes Staubkörnchen, das dem Besen der Magd entgangen war.

War mein Vater von der Ordnung in seinem Zimmer befriedigt, nahm er Zirkel und Schere und schnitt Papier in vierundzwanzig gleich große Stücke, verteilte darauf Brasiltabak in länglichen Häufchen und rollte daraus vierundzwanzig so schön und gleichmäßig geformte Zigarren, daß man sie als die vollkommensten Zigarren ganz Spaniens ansehen konnte. Sechs dieser Meisterwerke rauchte er, während er die Ziegel auf dem Palais Alba zählte, sechs weitere beim Zählen der Menschen, die durch das Toledaner Tor hereinkamen. Dann blickte er in seinem Zimmer in Richtung auf die Tür, bis er sein Mittagessen hereintragen sah.

Nach dem Essen rauchte er die restlichen zwölf Zigarren, worauf er seine Augen auf die Standuhr heftete, bis sie die Stunde schlug, zu der die Theatervorstellung begann, und wenn in keinem Theater gespielt wurde, ging er zum Buchhändler Moreno, wo er den Gesprächen einiger Literaten zuhörte, die sich damals gewöhnlich dort trafen, ohne daß er sich aber jemals in ihre Unterhaltungen einmischte. War er krank, so schickte er zu Moreno, um sich das Stück, das im Teatro de la Cruz gegeben wurde, kommen zu lassen, und mit Vorstellungsbeginn begann auch er das Stück zu lesen und vergaß auch nicht, bei allen Stellen zu klatschen, denen die Partei der Pollacos gewohnheitsmäßig ihren Beifall bekundete.

Dieses Leben war voller Unschuld. Da mein Vater jedoch die Pflichten seiner Religion zu erfüllen bestrebt war, erbat er sich von den Theatinern einen Beichtiger. Man entsandte zu ihm meinen Großonkel Fray Gerónimo Sántez, der die Gelegenheit wahrnahm, ihn daran zu erinnern, daß ich existierte, und zwar im Hause von Doña Felisa Dalanosa, der Schwester meiner verstorbenen Mutter. Sei es nun, daß mein Vater befürchtete, mein Anblick könne ihn an den geliebten Menschen erinnern, dessen Tod ich unschuldig herbeigeführt hatte, oder daß er vielleicht nicht wünschte, daß mein Kindergeschrei seine schweigsamen Gewohnheiten störe, sicher ist jedenfalls, daß er Pater Gerónimo bat, er möge mich niemals in seine Nähe bringen; zugleich sorgte er aber für meinen Lebensunterhalt, indem er mir die Einkünfte aus einer *quinta,* einem Landgut, überschrieb, das er in der Nähe Madrids besaß, und dem Prokurator der Theatiner vertraute er meine Vormundschaft an.

Ach, es scheint doch, als ob mein Vater, wenn er mich so von sich fernhielt, etwas von dem riesigen Unterschied in unserem Wesen geahnt hätte, durch den die Natur uns voneinander trennte. Denn Sie haben ja gesehen, wie systematisch und gleichförmig seine Lebensweise war, und ich wage zu behaupten, daß es fast unmöglich wäre, einen unbeständigeren Menschen zu finden, als ich es seit jeher war.

Selbst in meiner Unbeständigkeit war ich unbeständig, denn bei meinem ruhelosen Umherstreifen verfolgte mich immerzu die Vorstellung eines stillen Glücks und eines weltabgewandten Lebens, und nur die Lust am Wechsel hat mich stets wieder der Abgeschiedenheit entrissen. So daß ich, als ich mich endlich hinreichend selber kannte, diesem ruhelosen Wechsel ein Ende setzte und mich dieser Zigeunerbande verschrieb. Das ist wohl auch eine Art Abgeschiedenheit und ein gleichförmiges Leben, aber ich leide wenigstens nicht daran, immer dieselben Bäume, dieselben Felsen oder, was mir noch unerträglicher wäre, dieselben Straßen, Wände und Dächer vor Augen zu haben.

Hier ergriff ich das Wort und sagte zum Erzähler: »Señor Avadoro, oder Señor Pandesowna, bei einer so unsteten Lebensweise haben Sie sicher tausend Abenteuer bestanden.«

Der Zigeuner antwortete: »Señor Caballero, seit ich in dieser Wildnis wohne, habe ich allerdings sehr sonderbare Dinge gesehen. Was mein übriges Leben betrifft, so bietet es nur recht gewöhnliche Begebenheiten, bei denen man nur die Leidenschaft bemerkenswert finden wird, mit der ich mich jedem einzelnen Lebensabschnitt widmete, ohne länger als ein oder zwei Jahre dabei zu verharren.«

Nach dieser Antwort fuhr der Zigeuner folgendermaßen fort:

Ich sagte Ihnen, daß meine Tante Dalanosa mich bei sich aufgenommen hatte. Sie selbst hatte keine Kinder und schien zu meinen Gunsten die ganze Nachsicht der Tanten mit derjenigen der Mütter zu vereinen; mit einem Wort: Ich wurde ein verwöhntes Kind. Ich wurde es sogar täglich mehr, denn in dem Maß, wie ich an Kraft und Verstand zulegte, wuchs auch die Versuchung für mich, die Güte, die man mir bewies, zu mißbrauchen. Da ich anderseits fast nie erlebte, daß jemand meinem Willen einen Widerstand entgegensetzte, widersetzte ich mich auch selten dem der anderen und erweckte so beinahe den Anschein der Fügsamkeit; und meine Tante begleitete ihre Anweisungen auch mit einem gewissen sanften und zärtlichen Lächeln, so daß ich mich nie gegen sie auflehnte. Die gute Dalanosa war überzeugt, daß die Natur, unterstützt von ihrer Fürsorge, in mir, wie ich nun einmal war, ein wahres Meisterwerk hervorgebracht habe. Ein wesentliches Element fehlte ihr aber zu ihrem Glück: Es gelang ihr nicht, meinen Vater für meine vermeintlichen Fortschritte als Zeugen zu gewinnen und ihm meine Vollkommenheit vor Augen zu führen, denn er beharrte darauf, nichts von mir sehen zu wollen.

Aber mit welcher Halsstarrigkeit würde eine Frau wohl nicht fertig? Frau Dalanosa bedrängte ihren Onkel Gerónimo so nachhaltig und wirkungsvoll, daß dieser beschloß, die erste Beichte meines Vaters auszunützen, um ihm die grausame Gleichgültigkeit gegen ein Kind, das ihm nichts Böses zugefügt haben konnte, zu einer Gewissensfrage zu machen.

Pater Gerónimo tat, was er meiner Tante versprochen hatte. Mein Vater aber konnte nicht ohne den größten Schrecken daran denken, mich im Innern seines Zimmers zu begrüßen. Pater Gerónimo schlug eine Begegnung im Park von Buen Retiro vor; aber dieser Spaziergang paßte gar nicht in den systematischen und gleichförmigen Tagesplan meines Vaters, von dem er nie abwich. Eher als auf solche Abwege zu geraten, wollte er mich schließlich bei sich zu Hause empfangen, und Pater Gerónimo überbrachte diese Nachricht meiner Tante, die vor Freude darüber glaubte sterben zu müssen.

Ihr müßt wissen, daß zehn Jahre der Schwermut die Merkwürdigkeiten der weltfernen Lebensweise meines Vaters noch verstärkt hatten. Unter anderen Grillen hatte er sich die der Herstellung von Tinte in den Kopf gesetzt, und folgendermaßen hatte er Gefallen daran gefunden:

Als er sich eines Tages mit einigen der vorzüglichsten Schöngeister Spaniens und ein paar Juristen beim Buchhändler Moreno befand, kam das Gespräch auf die

Schwierigkeit, gute Tinte zu finden. Jeder sagte, daß es gar keine gebe oder daß er vergeblich versucht habe, welche herzustellen. Moreno sagte, er habe in seinem Laden eine Rezeptsammlung, in der man sicher etwas Lehrreiches zu diesem Thema finden werde. Er suchte diesen Band, fand ihn nicht sofort, und als er zurückkam, hatte man schon das Thema gewechselt; man ereiferte sich über den Erfolg eines neuen Stücks, und keiner wollte mehr von Tinte sprechen, noch etwas darüber vorlesen hören. Ganz anders mein Vater. Er nahm das Buch in die Hand, fand darin sofort die Zusammensetzung von Tinte und war überrascht, etwas, das die vorzüglichsten Schöngeister Spaniens als sehr schwierig ansahen, so leicht zu begreifen. Es handelte sich tatsächlich nur darum, Gallapfeltinktur mit Vitriollösung zu mischen und Gummiarabikum hinzuzufügen. Der Verfasser warnte jedoch, man werde nie gute Tinte erhalten, wenn man nicht eine große Menge auf einmal herstelle, die Mischung heiß halte und oft umrühre, da das Gummiarabikum keine Affinität mit den metallischen Substanzen aufweise und ständig die Neigung habe, sich davon zu trennen; daß es darüber hinaus dazu neige, sich in Fäulnis zu zersetzen, was man nur verhindern könne, wenn man eine kleine Quantität Alkohol hinzufüge.

Mein Vater kaufte das Buch, verschaffte sich gleich am nächsten Morgen die notwendigen Substanzen, eine Waage, um sie zu dosieren, schließlich die größte Glasflasche, deren er in Madrid habhaft werden konnte, da der Verfasser empfahl, eine große Menge Tinte auf einmal herzustellen. Das Werk gelang vortrefflich. Mein Vater brachte den bei Moreno versammelten Schöngeistern eine Flasche seiner Tinte, alle fanden sie vorzüglich, alle wollten sie haben.

In seinem zurückgezogenen Leben hatte mein Vater nie Gelegenheit dazu gehabt, jemandem eine Gefälligkeit zu erweisen, geschweige denn gelobt zu werden. Er fand nun, daß es wohltuend war, wenn man gefällig sein konnte, noch wohltuender aber, gewürdigt zu werden, und er widmete sich mit außerordentlicher Hingabe seiner Tintenmischung, die ihm so angenehme Empfindungen verschaffte. Als er sah, daß die Schöngeister Madrids den größten Glasbehälter, den er in der ganzen Stadt hatte finden können, im Handumdrehen erschöpft hatten, ließ er aus Barcelona eine große Korbflasche kommen, wie sie die Matrosen des Mittelmeers für ihren Weinvorrat brauchen. So konnte er zwanzig Flaschen Tinte auf einmal herstellen, welche die Schöngeister ebenso leerten wie die früher hergestellten; wobei sie meinen Vater stets mit Lob und Dank glücklich machten.

Je größer jedoch die Glasflaschen wurden, desto mehr Nachteile brachten sie mit sich. Die Mischung ließ sich darin nicht erhitzen, noch weniger umrühren, und vor allem war es schwierig, die Tinte abzufüllen. Also beschloß mein Vater, sich aus Toboso einen der großen Tonkrüge kommen zu lassen, die man für die Salpeterherstellung benützt. Als er geliefert war, ließ ihn mein Vater in einem kleinen Ofen vermauern, in dem ständig mit etwas Kohlenglut ein Feuer unterhalten wurde. Ein in den Fuß des Krugs eingelassener Hahn diente zum Ablassen der Flüssigkeit, und wenn man auf den Ofen stieg, konnte man die Tinte ganz bequem mit einem Holzstößel umrühren. Diese Krüge sind mehr als mannshoch, da können Sie sich vorstellen, welche Tintenmenge mein Vater auf einmal erzeugte; und er sorgte sogar dafür, daß die abgefüllte Menge gleich wieder ersetzt wurde.

Es war ihm eine wahre Lust, die Magd oder den Diener eines berühmten Literaten hereinkommen und um Tinte bitten zu sehen; und wenn dieser Mann ein Werk veröffentlichte, das in der Welt der Literatur Aufsehen erregte, und man sprach bei Moreno davon, so lächelte er wohlgefällig, da er ja etwas dazu beigetragen hatte. Schließlich war mein Vater, um Ihnen auch dies zu berichten, in der Stadt nur noch unter dem Namen Felipe del Tintero Largo oder Felipe vom Großen Tintenfaß bekannt, und seinen Namen d'Avadoro kannten nur noch wenige.

All das wußte ich, ich hatte vom seltsamen Wesen meines Vaters reden hören, von der Ordnung in seinem Zimmer, seinem großen Tintenkrug, und ich brannte darauf, all das mit eigenen Augen zu sehen. Was meine Tante angeht, so hegte sie keinen Zweifel, daß mein Vater, sobald er das Glück hätte, mich zu sehen, unbedingt auf seine Grillen verzichten werde, um sich von morgens bis abends der Bewunderung meiner Person zu widmen. Endlich wurde der Tag bestimmt, an dem ich ihm vorgeführt werden sollte. Mein Vater ging am letzten Sonntag jeden Monats bei Pater Gerónimo zur Beichte. Der Pater sollte ihn noch in seinem Entschluß, mich zu sehen, bestärken und ihm schließlich kundtun, daß ich bei ihm zu Hause auf ihn warte, und ihn zu seiner Wohnung begleiten. Als uns Pater Gerónimo diese Abmachung mitteilte, legte er mir ans Herz, im Zimmer meines Vaters nichts zu berühren. Ich versprach alles, was man von mir verlangte, und meine Tante versprach, mich im Auge zu behalten.

Endlich war der lang ersehnte Sonntag gekommen. Meine Tante ließ mich ein rosafarbenes *majo*-Gewand anlegen, das silberne Fransen und Knöpfe aus brasilianischem Topas zierten. Sie versicherte mir, ich sähe wie Amor persönlich aus und mein Vater werde bei meinem Anblick unweigerlich vor Freude närrisch werden. Voller Hoffnungen und schmeichelhafter Vorstellungen lenkten wir unsere Schritte über die Straße der Ursulinerinnen und gelangten zum Prado, wo mehrere Frauen stehenblieben, um mich zu streicheln. Endlich erreichten wir die Toledaner Straße und schließlich das Haus meines

Vaters. Man öffnete uns sein Zimmer, und meine Tante, die meine Lebhaftigkeit fürchtete, setzte mich in einen Sessel, nahm mir gegenüber Platz und ergriff die Fransen meiner Schärpe, um mich am Aufstehen und Anfassen jedweder Dinge zu hindern.

Zuerst hielt ich mich für diesen Zwang schadlos, indem ich meine Blicke in allen Winkeln des Zimmers umherwandern ließ, dessen Ordnung und Sauberkeit ich bewunderte. Die Ecke für die Tintenherstellung war ebenso sauber und aufgeräumt wie alles übrige, der große Krug aus Toboso war darin geradezu eine Zierde, und dicht daneben stand ein großer Glasschrank, in dem alle notwendigen Substanzen und Instrumente in Reih und Glied standen.

Der Anblick dieses hohen und schmalen Schranks, der neben dem Ofen und dem Krug aufgestellt war, gab mir das ebenso plötzliche wie unwiderstehliche Verlangen ein, auf ihn hinaufzusteigen, und nichts erschien mir so wünschenswert, als meinem Vater zuzusehen, wie er mich im ganzen Zimmer vergeblich suchte und mich endlich so, hoch über seinem Kopf versteckt, erblickte. Ich schlüpfte mit Gedankenschnelle aus der Schärpe, die meine Tante festhielt, heraus und schwang mich auf den Herd, dann auf den Schrank.

Zuerst konnte meine Tante nicht umhin, meiner Behendigkeit zu applaudieren. Dann beschwor sie mich herunterzukommen.

In diesem Augenblick meldete man uns, daß mein Vater schon die Treppe heraufkomme. Meine Tante bat mich kniefällig, den Schrank zu verlassen. Ihrem ergreifenden Flehen konnte ich nicht widerstehen. Als ich aber auf den Ofen hinuntersteigen wollte, fühlte ich, daß ich meinen Fuß auf den Rand des Kruges gesetzt hatte. Ich wollte mich halten, mir war, als ob ich den Schrank ins Kippen brächte. Ich ließ los und fiel in den Tintenkrug.

Ich wäre sicher darin ertrunken, meine Tante aber ergriff den Stößel zum Umrühren der Tinte und versetzte dem Krug damit einen wuchtigen Schlag, der ihn in tausend Stücke zerschellen ließ.

In diesem Augenblick trat mein Vater herein, sah eine Tintenflut, die das Zimmer überschwemmte, und eine schwarze Gestalt, die es von einem schrecklichen Geheul widerhallen ließ. Er stürzte zur Treppe zurück, verrenkte sich den Fuß und fiel in Ohnmacht.

Ich heulte indessen nicht lang; die Tinte, die ich geschluckt hatte, rief eine fürchterliche Übelkeit hervor. Ich verlor das Bewußtsein und kam erst nach einer langwierigen Krankheit wieder ganz zu mir, an die sich noch eine längere Genesungszeit anschloß. Am meisten trug zu meiner Heilung die Ankündigung meiner Tante bei, daß wir Madrid verlassen und uns in Burgos niederlassen würden. Der Gedanke an eine Reise entzückte mich derart, daß man fürchtete, ich könne ganz außer mir geraten. Das unerhörte Vergnügen, das ich darüber empfand, wurde jedoch getrübt, als meine Tante mich fragte, ob ich in ihrer Chaise reisen oder aber in einer Sänfte getragen werden wolle.

»Wahrhaftig, weder das eine noch das andere«, antwortete ich heftig erregt, »ich bin keine Frau. Ich will zu Pferde reisen oder wenigstens auf einem Maultier, eine gute Büchse aus Segovia am Sattel, am Gürtel zwei Pistolen und einen langen Degen; ich werde nur unter der Bedingung aufbrechen, daß Sie mir dies alles geben, und es liegt in Ihrem Interesse, es mir zu geben, da es meine Sache ist, Sie zu verteidigen.«

Ich ließ tausenderlei Narrheiten dieser Art hören, die ich für höchst sinnvolle Feststellungen hielt und die im Munde eines elfjährigen Knaben wahrhaftig apart wirkten.

Die Reisevorbereitungen gaben mir Gelegenheit, eine außerordentliche Geschäftigkeit zu entfalten. Ich kam und ging, lief auf und ab, schleppte, gab Anordnungen, war Herr Wichtig persönlich, und ich hatte wirklich viel zu tun, denn meine Tante, die in Burgos ansässig werden wollte, nahm ihre ganze Habe mit. Endlich kam der glückliche Tag der Abreise. Wir schickten das große Gepäck über Aranda und schlugen selbst die Straße nach Valladolid ein.

Meine Tante hatte zunächst in der Chaise reisen wollen, als sie aber sah, daß ich unbedingt ein Maultier besteigen wollte, entschied sie sich auch dafür. An Stelle des Sattels richtete man für sie auf einem Packsattel einen kleinen, sehr bequemen Sitz ein, den ein Sonnenschirm überdachte. Vor ihr her lief ein *zagal*, um auch den bloßen Anschein einer Gefahr fernzuhalten. Der ganze übrige Zug, der zwölf Maultiere umfaßte, war recht ansehnlich. Ich aber, der ich mich als Oberhaupt dieser eleganten Karawane ansah, bewegte mich bald an der Spitze, bildete bald die Nachhut, und stets hatte ich die Hand an einer meiner Waffen, besonders an Wegkrümmungen und anderen verdächtigen Stellen.

Man kann sich denken, daß sich mir keine Gelegenheit bot, meinen Mut zu beweisen, und wir erreichten glücklich Alabajos, wo wir zwei Karawanen vorfanden, deren Umfang dem der unseren gleichkam. Die Tiere standen an der Raufe, die Reisenden hielten sich an der anderen Seite des Stalls in der Küche auf, die von ihm nur durch zwei Steinstufen abgesetzt war. Damals waren fast alle spanischen Herbergen so eingerichtet. Das ganze Haus bestand nur aus einem einzigen langgestreckten Raum, von dem die Maultiere den größeren Teil beanspruchten, die Menschen den kleineren. Das Treiben war nur um so lustiger. Der *zagal* striegelte die Tiere und ließ dabei tausend witzige Sticheleien gegen die Wirtin los, die ihm mit dem Feuer ihres Geschlechts und ihres Standes Antwort erteilte, bis der Wirt mit seinem ganzen Gewicht eingriff, um das Wortgeplänkel zu beenden, das indessen nur unterbrochen wurde, um im nächsten Augenblick neu einzusetzen. Die Mägde ließen das Haus vom Geklapper ihrer Kastagnetten widerhallen und tanzten zu den rauhen Liedern des Ziegenhirten. Die Reisenden machten sich miteinander bekannt, luden einander zum Abendessen ein; dann versammelte man sich um das Kohlenbecken. Jeder sagte, wer er sei, woher er komme, und manchmal erzählte einer seine ganze Lebensgeschichte. Das waren schöne Stunden. Heute kennt man bessere Quartiere, aber das gesellige und turbulente Leben, das man damals auf Reisen führte, hatte Reize, die ich Ihnen nicht zu schildern vermag. Ich kann Ihnen nur sagen: An jenem Tage wurde ich von all dem so beeindruckt, daß ich in meinem kleinen Hirn beschloß, mein Leben lang nur zu reisen, woran ich mich seither auch gehalten habe.

Indessen bestärkte mich in meinem Beschluß noch ein besonderer Umstand. Nach dem Essen, als alle Reisenden um das Kohlenbecken versammelt waren und jeder etwas über die Länder, in denen er gewesen war, erzählt hatte, sagte einer von ihnen, der bisher den Mund noch nicht geöffnet hatte:

»Alles was Sie auf Ihren Reisen erlebt haben, ist höchst hörens- und festhaltenswert. Was mich angeht, so möchte ich wohl wünschen, daß mir nichts Schlimmeres begegnet wäre, aber bei einer Reise durch Kalabrien habe ich ein so außerordentliches, so verblüffendes, so fürchterliches Abenteuer erlebt, daß mir die Erinnerung daran nicht aus dem Kopf gehen will. Sie verfolgt mich, quält mich, vergiftet alle Freuden, an denen ich mich ergötzen könnte, und ich muß schon zufrieden sein, wenn die Schwermut, die sie erzeugt, mich nicht um den Verstand bringt.«

Eine solche Einleitung erregte die lebhafte Neugier der Zuhörer. Man drängte ihn heftig, durch das Erzählen einer so außerordentlichen Geschichte sein Herz zu erleichtern. Er ließ sich lange bitten, endlich begann er folgendermaßen:

Die Geschichte des Giulio Romati und der Fürstin von Monte Salerno

Mein Name ist Giulio Romati. Mein Vater, der Pietro Romati heißt, ist der berühmteste Rechtsgelehrte Palermos und sogar ganz Siziliens. Er hängt, wie Sie mir glauben können, sehr an seinem Beruf, der ihm ein ehrenhaftes Auskommen sichert, aber mehr noch fesselt ihn die Philosophie; er widmet ihr jeden Augenblick, den er den Rechtsgeschäften entziehen kann.

Ohne mich zu rühmen, kann ich sagen, daß ich auf beiden Wegen in seine Fußstapfen trat, denn ich war mit fünfundzwanzig Jahren Doktor der Rechte; und nachdem ich mich anschließend der Mathematik und der Astronomie widmete, brachte ich es darin hinlänglich weit, um Kopernikus und Galilei kommentieren zu können. Ich erzähle Ihnen diese Dinge nicht, um damit meiner Eitelkeit zu frönen; sondern da ich Sie mit einem sehr verwunderlichen Abenteuer unterhalten will, möchte ich nicht für einen leichtgläubigen und abergläubischen Menschen gehalten werden. Eine derartige Schwäche liegt mir so fern, daß die Theologie vielleicht die einzige Wissenschaft ist, die ich stets unbeachtet ließ. Den übrigen hingegen ergab ich mich mit dem unermüdlichsten Eifer, und meine einzige Erholung bestand im Wechsel des Studiengebiets.

Dieser Eifer griff meine Gesundheit an; und mein Vater, der keinerlei Zerstreuung fand, die mir zugesagt hätte, riet mir zu reisen und wünschte sogar, daß ich ganz Europa kennenlernte und erst nach Ablauf von vier Jahren nach Sizilien zurückkehrte.

Anfangs bekümmerte es mich sehr, mich von meinen Büchern, meinem Arbeitszimmer, meinem Observatorium zu trennen. Aber mein Vater verlangte es, ich mußte gehorchen. Kaum war ich unterwegs, als sich in mir eine sehr günstige Wandlung vollzog. Mein Appetit stellte sich wieder ein, ich kam wieder zu Kräften, mit einem Wort: Ich wurde wieder völlig gesund. Ich war zuerst in einer Sänfte gereist, aber vom dritten Tag an bestieg ich ein Maultier, und es ging mir ausgezeichnet.

Viele Menschen kennen die ganze Welt – mit Ausnahme ihres eigenen Landes. Ich wollte nicht, daß das meine mir einen solchen Fehler vorwerfen könne, und ich begann meine Reise damit, daß ich die Wunder kennenlernte, welche die Natur auf unserer Insel in solcher Fülle hervorgebracht hat. Statt an der Küste entlang von Palermo nach Messina zu ziehen, ritt ich über Castro Nuovo und Caltanissetta und gelangte zum Fuß des Ätna und in ein Dorf, dessen Namen ich vergessen habe. Dort bereitete ich mich zum Aufstieg auf den Berg vor, auf dem ich einen Monat zuzubringen beschloß. Und ich verbrachte in der Tat die ganze Zeit dort oben, wo ich mich im wesentlichen mit der Nachprüfung einiger Experimente beschäftigte, die man seit kurzem mit dem Barometer angestellt hat. Nachts beobachtete ich die Gestirne, und ich hatte die Genugtuung, zwei Sterne zu entdecken, die vom Observatorium in Palermo aus wegen ihrer Stellung unter der Horizontlinie nicht sichtbar waren.

Mit wahrem Kummer verließ ich diese Gegend, in der ich fast an dem ätherischen Licht sowie der erhabenen Harmonie der Himmelskörper teilzuhaben glaubte, deren Gesetze ich so gründlich studiert hatte. Im übrigen ist es gewiß, daß die dünne Luft des Hochgebirges auf sonderbare Weise auf unsere Körper einwirkt, indem sie den Puls und unsere Lungentätigkeit beschleunigt.

Schließlich verließ ich den Berg und stieg in Richtung auf Catania ab.

Diese Stadt wird von einem ebenso glanzvollen Adel bewohnt wie Palermo, er ist jedoch aufgeklärter. Nicht etwa daß die exakten Wissenschaften in Catania viele Anhänger hätten, genausowenig wie auf der übrigen Insel; aber man beschäftigt sich dort viel mit den Künsten, den Altertümern, der älteren und neueren Geschichte, mit allen Völkern, die je von Sizilien Besitz ergriffen. Ausgrabungen und die schönen Dinge, die man dabei zutage förderte, bildeten den Gegenstand aller Unterhaltungen.

Gerade damals hatte man dem Schoß der Erde eine schöne Marmortafel entrissen, die mit unbekannten Schriftzeichen bedeckt war. Ich studierte sie aufmerksam und stellte fest, daß die Inschrift in punischer Sprache verfaßt war; und das Hebräische, das ich gut beherrsche, setzte mich instand, sie so zu deuten, daß jedermann zufriedengestellt war. Dieser Erfolg verhalf mir in Catania zu einer schmeichelhaften Aufnahme, und die Vornehmsten der Stadt suchten mich mit recht verführerischen Geldangeboten zu halten. Ich schlug sie aus, weil ich meine Familie mit ganz anderen Absichten verlassen hatte, und reiste nach Messina weiter. Diese Stadt, berühmt durch ihren blühenden Handel, hielt mich eine ganze Woche lang fest; dann überquerte ich die Meerenge und betrat Reggio.

Bisher war meine Reise nur eine Lustpartie gewesen, aber in Reggio wurde das Unternehmen bedenklicher. Ein Räuber namens Zoto versetzte ganz Kalabrien in Schrecken, und das Meer wimmelte von tripolitanischen Piraten. Ich war völlig ratlos, wie ich es anstellen sollte, von Reggio nach Neapel zu gelangen, und wenn mich nicht ein falsches Schamgefühl davon abgehalten hätte, so wäre ich nach Palermo zurückgekehrt.

Schon acht Tage saß ich, derartigen Zweifeln ausgesetzt, in Reggio fest, als ich mich eines Tages nach einem längeren Gang durch den Hafen an einer Stelle des Ufers, die am wenigsten belebt war, auf die Steine setzte.

Dort trat ein Mann mit angenehmen Gesichtszügen auf mich zu, der einen scharlachroten Mantel trug. Er setzte sich ohne Umstände neben mich; dann sprach er mich folgendermaßen an: »Der Signor Romati ist also mit einem algebraischen oder astrologischen Problem beschäftigt?«

»Durchaus nicht«, erwiderte ich; »der Signor Romati möchte bloß von Reggio nach Neapel reisen, und das Problem, das ihm im Augenblick zu schaffen macht, ist die Frage, wie er der Bande von Signor Zoto entgeht.«

Da sagte mir der Unbekannte mit sehr ernsthafter Miene: »Signor Romati, Eure Fähigkeiten gereichen Eurem Lande schon zur Ehre, und Ihr werdet ihm noch mehr Ehre einbringen, wenn die Reisen, die Ihr unternehmt, den Kreis Eurer Kenntnisse erweitert haben. Zoto ist viel zu rücksichtsvoll, Euch bei einem so ehrenvollen Unternehmen aufhalten zu wollen. Nehmt diese roten Reiherfedern, steckt Euch eine davon an den Hut; verteilt die anderen an Eure Leute und brecht beherzt auf. Ich selbst bin dieser Zoto, den Ihr so fürchtet, und damit Ihr keine Zweifel daran habt, will ich Euch die Instrumente meines Handwerks zeigen.«

Dabei öffnete er seinen Mantel und ließ mich seinen mit Pistolen und Dolchen gespickten Gürtel sehen. Dann drückte er mir herzlich die Hand und verschwand.

Hier unterbrach ich den Zigeunerhauptmann, um ihm zu sagen, daß ich von Zoto hatte reden hören und daß ich ihn und seine beiden Brüder kannte.

»Ich kenne sie auch«, erwiderte Pandesowna. »Sie stehen genau wie ich im Dienste des Großscheichs der Gomelez.«

»Was! Sie stehen auch in seinem Dienst!« rief ich in höchstem Erstaunen.

In diesem Augenblick trat ein Zigeuner heran, um dem Hauptmann etwas ins Ohr zu flüstern, der mich sofort verließ und mir Muße gab, über das, was ich gerade erfahren hatte, nachzudenken.

»Worin besteht nur dieser mächtige Bund«, sagte ich mir, »der kein anderes Ziel zu verfolgen scheint, als was weiß ich für ein Geheimnis zu verbergen oder meine Augen durch einen Glanz zu bezaubern, den ich manchmal teilweise zu durchschauen glaube, während andere Gegebenheiten mich gleich wieder in Zweifel stürzen. Es ist offenkundig, daß ich selbst ein Teil dieser unsichtbaren Kette bin. Es ist klar, daß ich noch fester in sie einbezogen werden soll.«

Meine Überlegungen wurden von den beiden Töchtern des Hauptmanns unterbrochen, die mich zu einem Spaziergang einluden. Ich nahm an und folgte ihnen; wir unterhielten uns in reinem Spanisch ohne jede Beimischung von *jerigonza*, der Zigeunersprache; der Geist der Mädchen war gebildet, ihr Wesen fröhlich und offen. Nach dem Spaziergang wurde das Abendessen eingenommen, und man legte sich zur Ruhe.

In der Nacht jedoch von den Cousinen keine Spur.

Dreizehnter Tag

Der Zigeunerhauptmann ließ mir ein ausgiebiges Frühstück bringen und sagte mir: »Señor Caballero, die Feinde, das heißt die Zöllner, sind nicht mehr weit. Wir überlassen ihnen billigerweise das Schlachtfeld. Da finden sie die Ballen, die wir ihnen zugedacht haben, die anderen sind schon in Sicherheit. Frühstücken Sie in aller Ruhe, dann brechen wir auf.«

Da die Zöllner auf der anderen Talseite schon zu sehen waren, frühstückte ich eilends, während das Gros der Bande schon vorausmarschierte. Wir zogen von Berg zu Berg und drangen immer tiefer in die Einsamkeit der Sierra Morena ein. Schließlich machten wir in einem tiefen Tal Rast, wo wir schon erwartet wurden und eine Mahlzeit vorbereitet war. Als wir sie beendet hatten, bat ich den Hauptmann, in seiner Lebensgeschichte fortzufahren, was er folgendermaßen tat:

Fortsetzung der Geschichte des Zigeunerhauptmanns

Wir blieben an der Stelle stehen, als ich bei der unerhörten Geschichte Giulio Romatis die Ohren spitzte; dies etwa erzählte er:

Der Charakter Zotos war bekannt und ließ mich den Zusicherungen, die er mir gegeben hatte, vollkommen vertrauen. Ich kehrte sehr zufrieden in meine Herberge zurück und ließ Maultiertreiber suchen. Es meldeten sich mehrere, denn die Räuber krümmten ihnen kein Haar, und ihren Tieren ebensowenig. Ich wählte den Mann aus, der bei ihnen den besten Ruf genoß. Ich nahm ein Maultier für mich, eins für meinen Diener und zwei fürs Gepäck. Der Herr der Maultiere ritt auf seinem, und zwei Knechte folgten zu Fuß.

Am folgenden Tag brach ich bei Morgengrauen auf, und kaum war ich unterwegs, als ich Abteilungen von Zotos Bande sichtete, die mir von weitem zu folgen schienen und einander in bestimmten Abständen ablösten. Sie können sich vorstellen, daß mir auf diese Weise nichts Böses widerfahren konnte.

Ich reiste also überaus angenehm, und meine Gesundheit kräftigte sich von einem Tag auf den anderen. Ich war nur noch zwei Tagereisen von Neapel entfernt, als es mir einfiel, von meinem Weg abzubiegen, um Salerno zu besuchen. Das geschah aus einem sehr natürlichen Interesse. Ich hatte mich eindringlich mit der Kunstgeschichte der Renaissance beschäftigt; in Italien war ihre Wiege die Schule von Salerno gewesen. Aber letzten Endes weiß ich nicht, welches Verhängnis mich zu dieser unheilvollen Reise trieb.

In Monte Brugio verließ ich die große Straße, nahm im Dorf einen Führer und drang in das wildeste Bergland ein, das man sich denken kann. Mittags erreichten wir ein gänzlich verfallenes Gemäuer, das nach den Versicherungen des Führers eine Herberge war; an dem Empfang, den mir der Wirt zuteil werden ließ, war es nicht zu bemerken. Denn weit entfernt davon, mir Proviant anzubieten, flehte er mich demütig an, ihm etwas von dem abzutreten, den ich vielleicht mit mir führte. Ich hatte tatsächlich etwas kalten Braten bei mir, den ich mit ihm, meinem Führer und dem Diener teilte, denn die Maultiertreiber waren in Monte Brugio zurückgeblieben.

Diese üble Unterkunft verließ ich gegen zwei Uhr nachmittags, und bald danach entdeckte ich auf einem Berggipfel ein sehr weitläufig gebautes Schloß. Ich fragte meinen Führer, wie dieser Ort heiße und ob er bewohnt sei. Er antwortete, daß man ihn im Lande einfach *Lo Monte* oder *Lo Castello* nenne; daß das Schloß völlig verfallen und verlassen sei, daß man aber in seinem Innern eine Kapelle mit einigen Zellen errichtet habe, in denen die Franziskaner aus Salerno gewöhnlich fünf oder sechs Mönche hausen ließen, und mit großer Einfalt fügte er hinzu:

»Man erzählt sich über das Schloß viele Geschichten, aber ich kann Euch keine erzählen. Denn wenn man in der Küche davon zu sprechen anfängt, mache ich mich aus dem Staub und gehe zu meiner Schwägerin, der Pepa, wo ich immer einen Franziskanerpater finde, der mich sein Skapulier küssen läßt.«

Ich fragte den Burschen, ob wir nahe am Schloß vorbeikommen würden.

Er sagte mir, daß unser Weg in halber Höhe des Berges, auf dem es errichtet war, entlangführe.

Inzwischen verfinsterte sich der Himmel, und gegen Abend brach über unseren Häuptern ein fürchterliches Gewitter los. Wir zogen gerade über einen Bergrücken, der keinerlei Unterschlupf bot. Der Führer sagte, er kenne eine Höhle, in der wir Schutz suchen könnten, aber der Weg dorthin sei schwierig. Ich wollte es riskieren, aber kaum waren wir in den Fels hineingeraten, da schlug der Blitz dicht neben uns ein. Mein Maultier brach zusammen, und ich stürzte mehrere Klafter tief. An einem Baum klammerte ich mich fest, und als ich fühlte, daß ich in Sicherheit war, rief ich nach meinen Reisegefährten, aber es kam keine Antwort.

Die Blitze folgten einander so rasch, daß ich in ihrem Licht die Dinge, die mich umgaben, erkennen und mich mit einiger Sicherheit von der Stelle bewegen konnte. Ich kam vorwärts, indem ich mich an den Bäumen festhielt, und gelangte so zu einer kleinen Höhle; da kein gebahnter Weg zu ihr führte, konnte es nicht diejenige sein, zu der mich der Führer bringen wollte.

Regengüsse, Sturmböen und Donnerschläge folgten einander ununterbrochen. Ich schlotterte in meinen nassen Kleidern, und in dieser mißlichen Lage mußte ich mehrere Stunden ausharren. Auf einmal glaube ich wahrzunehmen, wie sich Fackeln durch die Talmulde bewegen. Ich höre Stimmen. Ich nehme an, es seien meine Leute. Ich rufe und erhalte Antwort.

Bald sehe ich einen freundlichen jungen Mann herankommen, dem mehrere Diener folgen, von denen manche Fackeln trugen, andere Bündel mit Kleidern.

Der junge Mann grüßte mich sehr achtungsvoll und sagte: »Signor Romati, wir stehen im Dienst Ihrer Durchlaucht der Fürstin von Monte Salerno. Der Führer, den Sie in Monte Brugio genommen haben, berichtete uns, Sie hätten sich in den Bergen verirrt, und wir suchen Sie auf Befehl der Fürstin. Nehmen Sie diese Kleider und folgen Sie uns zum Schloß.«

»Was«, antwortete ich, »Ihr wollt mich zu diesem unbewohnten Schloß auf dem Gipfel des Berges bringen?«

»Durchaus nicht«, erwiderte der junge Mann, »Sie werden einen glänzenden Palast vorfinden, von dem wir nur zweihundert Schritte entfernt sind.«

Ich vermutete, daß eine Fürstin dieses Landes tatsächlich in der Umgebung einen Wohnsitz unterhalte. Ich legte die trockenen Kleider an und folgte dem jungen

Mann. Bald stand ich vor einem schwarzen Marmorportal, und da die Fackeln das übrige Gebäude nicht erhellen konnten, vermochte ich darüber keinerlei Erkenntnis zu gewinnen. Wir traten ein. Der junge Mann verließ mich am Fuß der Treppe, und als ich zum ersten Absatz gelangt war, trat mir dort eine Dame von ungewöhnlicher Schönheit entgegen, die mir sagte: »Signor Romati, Ihre Durchlaucht die Fürstin von Monte Salerno trug mir auf, Ihnen die Schönheiten dieses Hauses zu zeigen.«

Ich erwiderte, wenn man die Fürstin nach ihren Hofdamen beurteilen wollte, so gewänne man schon eine sehr hohe Vorstellung von ihr.

Die Dame, die mich führen sollte, war, wie ich schon sagte, von vollkommener Schönheit und hatte ein so vornehmes Wesen, daß ich sie zuerst schon für die Fürstin selbst hielt. Ich bemerkte auch, daß sie etwa gekleidet war wie die Personen auf unseren Familienporträts aus dem letzten Jahrhundert. Aber ich dachte mir, das sei die Landestracht der neapolitanischen Damen, die sich vergangene Moden wieder zu eigen gemacht hätten. Zuerst betraten wir einen Saal, in dem alle Gegenstände aus massivem Silber waren. Das Parkett bestand aus abwechselnd mattierten und polierten Silberplatten. Die Wandteppiche, ebenfalls aus massivem Silber, ahmten ein Damastgewebe nach mit einem polierten Grund, von dem sich ein Gezweig aus mattem Silber abhob. Die Decke war ziseliert wie die Schnitzbalken der alten Burgen. Die Täfelung, die Teppichbordüren, die Leuchter, die Rahmen, die Tische schließlich waren bewundernswürdige Juwelierarbeit.

»Signor Romati«, sagte die angebliche Hofdame, »all dies Silberzeug hält Sie recht lange auf. Das ist indes nur das Vorzimmer, in dem sich die Lakaien der Fürstin aufhalten.«

Ich erwiderte nichts, und wir betraten einen Raum,

der dem ersten ungefähr glich, nur daß das Silber feuervergoldet war und Ornamente in dieser nuancenreichen Technik aufwies, die vor fünfzig Jahren sehr modern gewesen war.

»In diesem Vorzimmer«, sagte die Dame, »halten sich die Ehrenjunker, der Majordomus und die anderen Chargen des Hauses auf. In den Räumen der Fürstin werden Sie weder Gold noch Silber finden. Anrecht auf ihren Beifall hat nur das Einfache. Sie können sich in diesem Speisesaal ein Bild davon machen.«

Damit öffnete sie eine Seitentür. Wir traten in einen Saal, dessen Wände mit farbigem Marmor ausgekleidet waren; ein herrliches Basrelief aus weißem Marmor bildete einen rundum laufenden Fries. Auf prächtigen Anrichten standen Gefäße aus Bleikristall und Schalen aus schönstem indischen Porzellan.

Dann kehrten wir in das Vorzimmer der Hofchargen zurück, aus dem wir in den Gesellschaftssalon weitergingen.

»Diesen Raum zum Beispiel dürfen Sie bewundern«, sagte die Dame.

Ich bewunderte ihn wahrhaftig. Zuerst setzte mich der Boden in Erstaunen. Er bestand aus Lapislazuli mit eingelegten Halbedelsteinen, die florentinische Mosaiken bildeten; schon ein Tisch daraus erfordert mehrere Jahre Arbeit. Die Zeichnung folgte einem Gesamtplan und war von erlesener Ausgewogenheit. Betrachtete man aber die einzelnen Felder, so erkannte man, daß der größte Abwechslungsreichtum im Detail nichts von der Wirkung der Symmetrie zunichte machte. Obwohl es sich in der Tat überall um denselben Grundplan handelte, bot er hier ein Gebinde hervorragend abschattierter Blumen, dort waren es wunderbar emaillierte Muschelgebilde, weiter entfernt Schmetterlinge, woanders wieder Kolibris. Kurzum, die schönsten Steine der Welt waren zur Nachahmung dessen aufgeboten, was die Natur an Schönstem bietet. In der Mitte dieses wunderbaren Mosaiks war ein Kästchen dargestellt, zusammengesetzt aus allen farbigen Steinen und umwunden von dicken Perlschnüren. Das Ganze wirkte reliefartig und wirklichkeitsgetreu wie auf den Tafeln von Florenz selbst.

»Signor Romati«, sagte die Dame, »wenn Sie überall verweilen, werden wir nie fertig.«

Ich erhob also die Augen vom Boden, und sie fielen zuerst auf ein Bild Raffaels, das der erste Entwurf zu seiner *Schule von Athen* zu sein schien und in der Farbgebung noch schöner war als diese, zumal es sich um ein Ölbild handelte.

Dann erblickte ich einen *Herkules zu Füßen der Omphale*; die Gestalt des Herkules stammte von Michelangelo, und in der Frauengestalt war der Pinsel Guido Renis zu erkennen. Mit einem Wort, jedes der Bilder in diesem Salon war vollkommener als alles, was ich bisher gesehen hatte. Die Wandbespannung bestand nur aus einfarbig grünem Samt, dessen Tönung die Gemälde bestens zur Geltung brachte.

Zu beiden Seiten der Tür standen Skulpturen etwas unter Lebensgröße. Es waren vier. Eine war der berühmte Amor von Phidias, dessen Aufstellung in einem Erostempel Phryne veranlaßt hatte. Die zweite war der Faun desselben Künstlers, die dritte die Venus des Praxiteles im Original; die Mediceische ist nur eine Kopie davon. Die vierte ein Antinous von hervorragender Schönheit. Skulpturengruppen standen auch in jeder Fensternische.

Rundherum an den Wänden waren Kommoden mit Schubkästen aufgestellt, deren Beschläge nicht, wie üblich, aus Bronze bestanden, sondern aus schönster Goldschmiedearbeit, in die Kameen eingelassen waren, wie man sie nur in den Kabinetten der Könige findet. In den

Kommoden waren Goldmünzen von erstaunlicher Größe verwahrt.

»Hier hält sich die Fürstin in der Zeit des Après-Dîner auf, und das Studium dieser Sammlung gibt zu ebenso lehrreichen wie anregenden Gesprächen Anlaß. Aber Sie haben noch vieles zu betrachten. Folgen Sie mir also.«

Wir traten daraufhin in das Schlafzimmer. Dieser Raum bildete ein Oktogon. Er enthielt vier Alkoven und ebenso viele Betten von ungewöhnlichen Ausmaßen. Hier waren weder Täfelungen zu sehen noch Wandbespannungen noch die Decke. Alles war von indischem Musselin verhüllt, dessen Faltenwurf von glänzendem Geschmack zeugte und der mit erstaunlicher Kunst bestickt und hauchdünn war, so daß man ihn für einen Nebel hätte halten können, dessen Verwandlung in ein leichtes Gewebe Arachne selbst gelungen wäre.

»Warum denn vier Betten?« fragte ich die Dame.

»Damit man das Bett wechseln kann, wenn man erhitzt ist und nicht einschlafen kann.«

»Aber warum«, fragte ich wieder, »sind denn die Betten so groß?«

»Weil die Prinzessin manchmal ihre Frauen veranlaßt, sich darauf niederzulassen, wenn sie vor dem Einschlafen noch plaudern will. Aber gehen wir weiter ins Bad.«

Es war ein kreisrundes Gemach, ganz in Perlmutt ausgekleidet und mit Muschelrändern abgesetzt. Statt eines Faltenwurfs zierte die Wände oben ein weitmaschiges Perlennetz mit Fransen aus Perlen, alle von gleicher Größe und vom gleichen reinen Glanz. Die Decke wurde von einem einzigen Glas gebildet, durch das man chinesische Goldfische schwimmen sah. Anstelle der Badewanne gab es ein kreisförmiges Becken, das rings von künstlichem Moos umgeben war; die schönsten Muscheln aus dem Indischen Ozean zierten es.

Hier konnte ich meine Bewunderung nicht mehr zügeln, und ich sagte: »Ah, Signora, das Paradies kann auch nicht schöner sein!«

»Das Paradies«, rief die Dame mit dem Ausdruck von Erschrecken und Verzweiflung, »das Paradies! Hat er nicht vom Paradies gesprochen? Signor Romati, ich bitte Sie, sprechen Sie dies Wort nicht mehr aus. Ich ersuche Sie ernstlich darum. Folgen Sie mir!«

Wir gelangten nun in eine Voliere mit ungezählten tropischen Vögeln und all den liebenswürdigen Sängern unserer Breiten. Wir fanden dort einen Tisch vor, der allein für mich gedeckt war.

»O Signora«, sagte ich zu meiner schönen Führerin, »wie könnte man an einem so göttlichen Ort ans Essen denken? Sie wollen sich ja offenbar nicht zu Tisch setzen, und ich könnte mich nicht dazu entschließen, allein Platz zu nehmen, es sei denn, Sie hätten die Liebenswürdigkeit, mir von der Fürstin zu erzählen, die so viele Wunder ihr eigen nennt.«

Die Dame lächelte zuvorkommend, legte mir die Speisen vor, setzte sich und begann mit den Worten: »Ich bin die Tochter des letzten Fürsten von Monte Salerno.«

»Wer? Sie, Signora?«

»Ich wollte sagen, die Fürstin von Monte Salerno. Aber unterbrechen Sie mich nicht mehr.«

Die Geschichte der Fürstin von Monte Salerno

Der Fürst von Monte Salerno, der von den einstigen Herzögen von Salerno abstammte, war spanischer Grande, Konnetabel, Großadmiral, oberster Stallmeister, Haushofmeister, oberster Jägermeister, er vereinigte also in seiner Person alle großen Ämter des Königreichs Neapel. Aber obwohl er dem König diente, stand er selbst einer Haushaltung vor, zu der Edelleute gehörten, unter denen sich mehrere mit höheren Adelsprädikaten befanden. Unter diesen war der Marchese von Spinaverde, Erster Kavalier des Fürsten, der dessen ganzes Vertrauen genoß, das er indessen mit seiner Gattin teilte, der Marchesa von Spinaverde, Erster Kammerfrau der Fürstin.

Ich war zehn Jahre alt ... Ich wollte sagen, die einzige Tochter des Fürsten von Salerno war zehn Jahre alt, als ihre Mutter starb. Zu dieser Zeit verließen die Spinaverdes das Haus des Fürsten; der Gatte, um die Verwaltung seiner sämtlichen Lehensgüter zu übernehmen, seine Gattin, um für meine Erziehung Sorge zu tragen. In Neapel ließen sie ihre Tochter Laura zurück, deren Leben in der Nähe des Fürsten von einer gewissen Zweideutigkeit war. Ihre Mutter und die junge Prinzessin ließen sich in Monte Salerno nieder.

Man beschäftigte sich mit der Erziehung Elfridas nur wenig, aber viel mit der ihrer Umgebung. Diese lehrte man, meinen geringsten Wünschen zuvorzukommen ...

Ich sagte zu der Dame: »Ihren geringsten Wünschen ...«

»Ich hatte Sie gebeten, mich nicht zu unterbrechen«, sagte sie ein wenig verstimmt. Danach fuhr sie fort:

Ich machte mir ein Vergnügen daraus, die Ergebenheit meiner Frauen Prüfungen aller Art zu unterziehen. Ich gab ihnen widersprüchliche Befehle, die sie immer nur zur Hälfte ausführen konnten, und ich bestrafte sie dafür, indem ich sie zwickte oder ihnen Nadeln in die Arme oder Schenkel stach. Sie liefen weg. Die Spinaverde stellte andere ein, die mir ebenfalls wegliefen.

Unterdessen erkrankte mein Vater, und wir reisten nach Neapel. Ich sah ihn selten, aber die Spinaverdes ließen ihn keinen Augenblick allein. Schließlich starb er, nachdem er ein Testament gemacht hatte, in dem er Spinaverde zum einzigen Vormund seiner Tochter und Verwalter seiner Güter und anderen Besitztümer gemacht hatte.

Die Trauerfeierlichkeiten beschäftigten uns mehrere Wochen lang, danach kehrten wir nach Monte Salerno zurück, wo ich wieder anfing, meine Kammerfrauen zu zwicken. Vier Jahre vergingen über diesen unschuldigen Beschäftigungen, die mir um so reizvoller erschienen, da die Spinaverde mir alle Tage versicherte, ich hätte recht, jedermann sei nur dazu da, mir zu parieren, und wer mir nicht geschwind oder zuverlässig genug gehorche, verdiene Strafen aller Art.

Eines Tages verließen mich alle meine Frauen der Reihe nach, und ich sah mich am Abend sogar darauf angewiesen, mich selbst auszukleiden. Ich weinte vor Wut, ich lief zur Spinaverde, die mir sagte: »Liebe und gute Prinzessin, trocknen Sie Ihre schönen Augen. Heute werde ich Sie auskleiden, bis morgen habe ich Ihnen andere Kammerfrauen eingestellt, mit denen Sie sicher zufrieden sein können.«

Bei meinem Erwachen am nächsten Morgen führte mir die Spinaverde sechs sehr schöne junge Mädchen vor, deren erster Anblick schon eine Art Erregung in mir hervorrief. Sie schienen selbst erregt zu sein. Ich kam als erste über meine Verwirrung hinweg. Noch im Hemd sprang ich aus dem Bett. Ich umarmte sie eine nach der anderen und versicherte ihnen, daß ich sie niemals schelten noch zwicken würde. Und tatsächlich, ob sie nun ungeschickt waren, wenn sie mich ankleideten, oder mir zu widersprechen wagten, ich geriet nie in Zorn.

»Aber Signora«, sagte ich zur Fürstin, »diese jungen Mädchen waren vielleicht verkleidete Burschen.«

Die Fürstin sagte mit strenger Miene: »Signor Romati, ich hatte Sie gebeten, mich nicht zu unterbrechen.«

Dann nahm sie den Faden ihrer Erzählung wieder auf:

Am Tag, als ich mein sechzehntes Lebensjahr vollendete, wurde mir ein vornehmer Besuch angekündigt. Es erschienen ein Staatssekretär, der Botschafter Spaniens und der Herzog von Guadarrama. Dieser kam, da er um meine Hand anhalten wollte, die beiden anderen wollten nur seinen Antrag unterstützen. Der junge Herzog hatte das vorteilhafteste Äußere, das man sich denken kann, und ich kann nicht leugnen, daß er Eindruck auf mich machte.

Abends war ein Spaziergang in den Park vorgesehen. Kaum hatten wir ein paar Schritte getan, als aus einer Baumgruppe ein wütender Stier hervor- und auf uns losstürmte. Der Herzog lief ihm entgegen, in einer Hand seinen Mantel, in der anderen den Degen. Der Stier hielt einen Augenblick im Lauf inne, wandte sich gegen den Herzog, stürzte selbst in dessen Degen und brach zu seinen Füßen zusammen. Ich glaubte, ich hätte mein Leben der Tapferkeit und Geschicklichkeit des Herzogs zu verdanken. Am nächsten Tag jedoch erfuhr ich, daß der Stier vom Stallmeister des Herzogs eigens bereitgestellt worden war und daß sein Herr die Gelegenheit dazu herbeigeführt hatte, mir nach Art seines Landes eine ritterliche Aufmerksamkeit zu erweisen. Weit entfernt davon, ihm dankbar dafür zu sein, konnte ich ihm die Angst, die er mir eingeflößt hatte, nicht verzeihen und schlug seine Hand aus.

Die Spinaverde war zufrieden damit. Sie ergriff die Gelegenheit, mir alle meine Vorzüge vor Augen zu führen und mir klarzumachen, wieviel ich verlöre, wenn ich meinen Stand aufgäbe und mich einem Herren unterstellte. Einige Zeit danach suchte mich derselbe Staatssekretär nochmals auf, begleitet von einem anderen Botschafter und dem Regierenden Fürsten von Nudel-Hansberg. Dieser Landesherr war groß, breit, fett, blond, hellhäutig, bleich und suchte mit mir eine Konversation über die Majoratsgüter anzuknüpfen, die er in den Erblanden besaß, aber sein Italienisch hatte einen Tiroler Akzent. Ich ahmte seine Sprechweise nach, und so radebrechend versicherte ich ihm, für seine Majoratsgüter in den Erblanden sei seine Gegenwart unerläßlich. Ein wenig betreten ging er von dannen. Die Spinaverde ließ mir endlose Liebkosungen zuteil werden, und um mich mit mehr Sicherheit an Monte Salerno zu binden, ließ sie all die schönen Dinge vollenden, die Sie hier sehen.

»Ah!« rief ich aus, »wie vollkommen ist es ihr gelungen, diesen schönen Ort kann man ein Paradies auf Erden nennen!«

Bei diesen Worten erhob sich die Fürstin voll Unwillen und sagte: »Romati, ich bat Sie, dieses Wort nicht mehr auszusprechen.«

Damit brach sie in ein Gelächter aus, in ein krampfhaftes und fürchterliches Gelächter, und wiederholte immerzu: »Ja, das Paradies, das Paradies, er geruht vom Paradies zu sprechen.«

Der Auftritt wurde peinlich. Die Fürstin faßte sich endlich wieder, blickte mich streng an und gebot mir, ihr zu folgen.

Sie öffnete eine Tür, und wir befanden uns in unterirdischen Gewölben, man blickte auf etwas wie einen silbernen See hinaus, der in Wirklichkeit aus Quecksilber bestand. Die Fürstin klatschte in die Hände, wir sahen einen Nachen auf uns zukommen, den ein gelber Zwerg lenkte. Wir stiegen in den Nachen, und ich bemerkte, daß das Gesicht des Zwergs aus Gold, seine Augen aus Diamanten und sein Mund aus Korallen bestanden. Es war mit einem Wort ein Automat, der mit Hilfe kleiner Ruder sehr geschickt das Quecksilber durchschnitt und den Nachen vorantrieb. Dieser Fährmann ganz neuer Art ruderte uns bis zum Fuße eines Felsens, der sich öffnete, und wir betraten wieder einen unterirdischen Raum, wo uns tausend andere Automaten den sonderbarsten Anblick boten. Radschlagende Pfauen entfalteten ihre Schwanzfedern aus juwelenbesetztem Email. Papageien mit smaragdenem Gefieder flatterten über unseren Köpfen. Neger aus Ebenholz boten uns goldene Platten dar, auf denen sich Kirschen aus Rubin und Trauben aus Saphiren häuften. Und tausend andere verwunderliche Dinge füllten diese phantastischen Gewölbe, deren Ende gar nicht abzusehen war.

Da war ich wiederum, ich weiß nicht weshalb, versucht, das Wort Paradies zu wiederholen, um zu sehen, welche Wirkung es auf die Fürstin hätte. Ich gab dieser verhängnisvollen Neugierde nach und sagte: »Wahrhaftig, Signora, man kann sagen, Sie genießen das Paradies auf Erden.«

Die Fürstin lächelte auf die liebenswürdigste Weise der Welt und sprach: »Damit Sie sich noch besser ein Urteil über den Liebreiz dieses Ortes bilden können, stelle ich Ihnen meine sechs Kammerfrauen vor.«

Mit einem goldenen Schlüssel, der an ihrem Gürtel hing, öffnete sie eine große, mit schwarzem Samt bedeckte und mit massivem Silber beschlagene Truhe.

Aus ihr erhob sich ein Skelett, das mit drohenden Gebärden auf mich zuschritt. Ich zog meinen Degen. Das Skelett riß sich den linken Arm aus, bediente sich seiner als Waffe und fiel wütend über mich her. Ich verteidigte mich recht gut, aber ein anderes Skelett entstieg der Truhe, brach aus dem ersten eine Rippe heraus und versetzte mir damit einen Schlag auf den Kopf. Ich packte es am Hals, es schlang seine Knochenarme um mich und wollte mich zu Boden werfen. Ich konnte mich losreißen, aber ein drittes Skelett stieg aus der Truhe und stieß zu den beiden ersten. Die drei restlichen tauchten ebenfalls auf. Da ich nicht hoffen konnte, in einem so ungleichen

Kampf zu bestehen, warf ich mich auf die Knie und bat die Fürstin um Gnade.

Die Fürstin gebot den Skeletten, in die Truhe zurückzukehren, dann sagte sie zu mir: »Romati, gedenken Sie Ihr Leben lang dessen, was Sie hier gesehen haben.«

Sie faßte gleichzeitig meinen Arm, ich fühlte, wie er bis auf den Knochen verbrannte, und fiel in Ohnmacht.

Ich weiß nicht, wie lange dieser Zustand andauerte. Endlich erwachte ich und vernahm in der Nähe kirchliche Gesänge. Ich sah, daß ich mich inmitten weitläufiger Ruinen befand. Ich wollte ins Freie gelangen und erreichte einen Innenhof, in dem ich eine Kapelle und Mönche beim Morgengebet erblickte. Als der Gottesdienst beendet war, lud mich der Superior ein, in seine Zelle zu treten. Ich folgte ihm, versuchte, meine Gedanken zu ordnen, und berichtete ihm, was mir widerfahren war. Als ich meine Erzählung beendet hatte, fragte mich der Superior: »Mein Sohn, tragt Ihr nicht an dem Arm, den die Fürstin ergriff, ein Brandmal?«

Ich streifte meinen Ärmel zurück und fand wirklich meinen Arm, in den die fünf Finger der Fürstin sich tief eingeprägt hatten, ganz verbrannt.

Da öffnete der Superior einen Kasten neben seinem Bett und zog daraus ein altes Pergament hervor: »Hier«, so sagte er, »ist unsere Gründungsurkunde, sie kann Euch über das, was Ihr gesehen habt, Auskunft geben.«

Ich entrollte das Pergament und las folgendes:

Gegeben im Jahre des Herrn 1503, dem neunten Regierungsjahr Friedrichs, Königs von Neapel und Sizilien: Elfrida von Monte Salerno, die Gottlosigkeit bis zum Äußersten treibend, rühmte sich geradezu, im Besitz des wahren Paradieses zu sein und aus freiem Willen auf das Paradies zu verzichten, das wir im Ewigen Leben erwarten. In der Nacht vom Donnerstag zum Karfreitag vernichtete ein Erdbeben ihren Palast, dessen Ruinen ein Wohnsitz Satans wurden, in denen der Feind des Menschengeschlechts gar manche Dämonen hausen ließ, welche diejenigen, die sich Monte Salerno zu nähern wagten, und sogar die guten Christen, die in der Umgebung wohnten, lange Zeit hindurch mit tausend Gaukelspielen heimgesucht haben und immer noch heimsuchen.

Daher gestatten Wir, Pius III., Knecht der Knechte etc., innerhalb der Umfassung selbst dieser Ruinen die Gründung einer Kapelle etc.

Ich erinnere mich nicht mehr an den Rest der Urkunde. Ich entsinne mich wohl noch, daß der Superior mir beteuerte, die Heimsuchungen seien viel seltener geworden, ereigneten sich aber bisweilen dennoch, und zwar besonders in den Nächten vom Donnerstag zum Karfreitag. Zugleich riet er mir, für die ewige Ruhe der Fürstin Messen lesen zu lassen und ihnen selbst beizuwohnen. Ich folgte seinem Rat, und dann brach ich auf, um meine Reise fortzusetzen. Was ich aber in dieser unheilvollen Nacht zu Gesicht bekommen hatte, verlieh mir einen schwermütigen Zug, den nichts mehr auszulöschen vermag; und außerdem leide ich an bösen Schmerzen am Arm.

Dabei schob Romati seinen Ärmel zurück und zeigte uns seinen Arm, auf dem man die Male, die ihm die Finger der Fürstin eingeprägt hatten, und etwas wie Brandnarben erkannte.

Hier unterbrach ich den Hauptmann, um ihm zu sagen, daß ich beim Kabbalisten in den vermischten Erzählungen von Happelius geblättert und eine fast gleichlautende Geschichte gefunden hatte.

»Das mag wohl sein«, erwiderte der Hauptmann; »vielleicht hat Romati seine Geschichte aus diesem Buch. Vielleicht hat er sie auch erfunden. Auf jeden Fall hat seine Erzählung viel dazu beigetragen, in mir die Reiselust und sogar eine dunkle Hoffnung auf wunderbare und nie erlebte Abenteuer zu erwecken. Derart ist eben die Macht der Eindrücke, die wir in unserer Kindheit empfangen, daß mir diese überspannte Hoffnung lange den Verstand trübte und daß ich nie ganz davon geheilt wurde.«

»Señor Pandesowna«, sagte ich darauf zum Zigeunerhauptmann, »haben Sie mir nicht zu verstehen gegeben, Sie hätten, seitdem Sie in diesen Bergen leben, Dinge gesehen, die man als wunderbar bezeichnen kann?«

»Das ist wahr«, antwortete er, »ich habe Dinge erlebt, an die mich die Geschichte Romatis erinnerte . . .«

In diesem Augenblick kam ein Zigeuner und unterbrach uns. Wir erhielten zu essen, und da der Hauptmann noch beschäftigt war, nahm ich meine Büchse und ging auf die Jagd. Ich erstieg einige Bergkuppen, und als ich auf das Tal hinabblickte, das sich zu meinen Füßen hinzog, glaubte ich den unheilvollen Galgen der beiden Brüder Zotos zu erkennen. Dieser Anblick reizte meine Neugier. Ich beschleunigte meinen Schritt, und tatsächlich befand ich mich bald am Fuß des Galgens, und oben hingen die beiden Gehenkten.

Ich wandte die Augen davon ab und schlug wieder den Weg zum Lager ein. Der Hauptmann fragte mich, wo ich gewesen sei. Ich antwortete, daß ich bis zum Galgen der Brüder Zotos gelangt war.

»Und hingen sie dort?« fragte er.

»Wie denn«, erwiderte ich, »haben sie denn die Gepflogenheit angenommen, manchmal zu verschwinden?«

»Das tun sie häufig«, sagte der Hauptmann, »vor allem bei Nacht.«

Diese wenigen Worte ließen mich ins Grübeln geraten. Ich war also plötzlich wieder in die Nachbarschaft dieser verdammten Gespenster geraten, und ob sie nun Vampire waren oder Werkzeuge, die benutzt wurden, um mir Ungemach zu bereiten, es schien mir immer noch, daß ich Schlimmes von ihnen zu befürchten hatte. Ich war den Rest des Tages niedergeschlagen, ging früh zu Bett und träumte von Vampiren, Geistern, Schreckenserscheinungen, Gespenstern und Gehenkten.

Vierzehnter Tag

Die Zigeuner brachten meine heiße Schokolade und wollten mir beim Frühstück Gesellschaft leisten; dann nahm ich meine Büchse, und eine unheimliche Anziehung führte mich zum Galgen von Zotos Brüdern.

Die Leichen waren abgehängt. Ich trat ins Innere des Richtplatzes; die zwei Kadaver waren dort der Länge nach ausgestreckt, zwischen ihnen lag ein junges Mädchen, in dem ich Rebekka erkannte.

Ich weckte sie so sanft wie möglich; die Überraschung jedoch, die ich ihr nicht ganz ersparen konnte, versetzte sie in einen erbärmlichen Zustand; sie wurde von Krämpfen geschüttelt, weinte, verlor das Bewußtsein. Ich nahm sie in die Arme und trug sie zu einer nahe gelegenen Quelle; ich spritzte ihr Wasser ins Gesicht, so daß sie allmählich wieder zu sich kam. Ich hätte nie gewagt, sie zu fragen, wie sie unter diesen Galgen gelangt sei; aber sie sprach als erste.

»Ich hatte ja vorausgesehen«, sagte sie, »daß Ihre Verschwiegenheit schlimm für uns enden werde. Sie wollten Ihr Abenteuer nicht erzählen, und so wurde ich wie Sie das Opfer dieser verdammten Vampire. Ich kann die Schrecken dieser Nacht selbst noch nicht begreifen; ich werde jedoch versuchen, mich daran zu erinnern, und sie Ihnen schildern; aber Sie verständen mich nicht hinreichend, wenn ich nicht meine Lebensgeschichte ein wenig früher beginnen ließe.«

Rebekka dachte einige Augenblicke nach und begann dann folgendermaßen:

Die Geschichte Rebekkas

Als mein Bruder Ihnen seine Geschichte erzählte, hat er Ihnen auch schon einen Teil meiner eigenen mitgeteilt. Mein Vater hatte ihn dazu ausersehen, der Gatte der zwei Töchter der Königin von Saba zu werden, und er wünschte, ich solle mich mit den zwei Genien vermählen, die dem Sternbild der Zwillinge seinen Namen geben. Mein Bruder, dem die vorgesehene Verbindung schmeichelte, verdoppelte seinen Eifer für die kabbalistische Wissenschaft. Bei mir trat das Gegenteil ein; zwei Genien zugleich zu heiraten, schien mir beängstigend; schon der Gedanke daran brachte mich so in Verwirrung, daß ich es nicht über mich brachte, auch nur zwei Zeilen der Kabbala zu vollenden; jeden Tag verschob ich das Werk auf den folgenden, und schließlich verlernte ich diese ebenso schwierige wie gefährliche Kunst.

Mein Bruder bemerkte bald meine Nachlässigkeit und machte mir darüber die bittersten Vorwürfe. Ich versprach ihm Besserung und unternahm gar nichts. Schließlich drohte er mir, er werde bei meinem Vater Klage führen. Ich bat ihn inständig um Schonung; er versprach mir, noch bis zum nächsten Samstag zu warten; da ich bis zu diesem Zeitpunkt aber noch nichts unternommen hatte, betrat er zur Mitternacht mein Zimmer, weckte mich und sagte, er werde den Schatten meines Vaters, des schrecklichen Mamoun, beschwören. Ich umschlang seine Knie, flehte um sein Mitleid, er war unerbittlich. Ich hörte ihn die furchtbare Formel aussprechen, die einst die Hexe von Endor ersonnen hatte. Augenblicklich erschien mein Vater, sitzend auf einem Elfenbeinthron. Sein drohender Blick verwandelte mich zur Salzsäule, und ich glaubte, ich könne das erste Wort aus seinem Mund nicht überleben. Aber er sprach; er sprach vom Gott Abrahams und Jakobs. Er wagte es, sie auszusprechen, die schrecklichen Verwünschungen.

An dieser Stelle schlug die junge Jüdin die Hände vors Gesicht und schien beim bloßen Gedanken an diese quälende Szene zu zittern. Endlich faßte sie sich und fuhr fort:

Die letzten Worte meines Vaters hörte ich nicht mehr; ich war bewußtlos geworden, bevor er sie beendet hatte. Als ich wieder zur Besinnung kam, erblickte ich meinen Bruder, der mir das Buch Sephiroth vor Augen hielt. Ich glaubte wieder in Ohnmacht zu fallen; aber ich mußte mich beugen. Mein Bruder ahnte, daß ich wieder bei den Anfangselementen beginnen müsse, und war geduldig genug, um sie mir nach und nach wieder ins Gedächtnis zu rufen. Ich fing mit dem Zusammenfügen der Silben an; ich schritt fort zu Worten und Formeln. Endlich war ich von dieser erhabenen Wissenschaft wieder gefesselt. Ich verbrachte die Nächte in dem Kabinett, das meinem Vater als Observatorium gedient hatte, und legte mich erst nieder, wenn das Tageslicht mein Werk störte; dann sank ich sofort in Schlaf. Suleika kleidete mich aus, fast ohne daß ich dessen gewahr wurde; ich schlief ein paar Stunden, und dann nahm ich eine Tätigkeit wieder auf, für die ich, wie Ihr sehen werdet, nicht geschaffen war.

Sie kennen Suleika und konnten Ihre Aufmerksamkeit schon ihren Reizen widmen. Sie hat unendlich viele: Aus ihren Augen spricht Zärtlichkeit, ihren Mund verschönert das Lächeln; ihre Gestalt weist vollkommene Formen auf. Eines Morgens, als ich vom Observatorium kam, rief ich sie, um mich auskleiden zu lassen. Sie hörte mich nicht. Ich ging in ihr Zimmer, das neben dem meinen lag, und da sah ich, wie sie halbnackt aus dem Fenster lehnte und zur anderen Talseite hinüberwinkte und jemandem aus voller Seele Kußhände zuzuwerfen schien. Von der Liebe hatte ich gar keine Vorstellung: Zum ersten Mal war ich Zeugin einer Äußerung dieses Gefühls. Ich war derart bewegt und überrascht, daß ich stillstand wie eine Statue. Suleika wandte sich um, und ein lebhaftes Rot kam auf dem Nußbraun ihres Busens zum Vorschein und verbreitete sich über ihren ganzen Körper. Ich errötete ebenfalls, erblaßte dann und war nahe daran, ohnmächtig zu werden. Suleika fing mich mit ihren Armen auf, und ihr Herz, dessen Pochen ich an meinem Herzen spürte, übertrug den Aufruhr, der in ihren Sinnen herrschte, auf mich.

Suleika kleidete mich eilig aus, und als ich zu Bett lag, schien es mir, daß sie mich vergnügt verließ und noch vergnügter die Tür hinter sich zuzog. Bald darauf hörte ich jemanden in ihr Zimmer treten; etwas trieb mich ebenso rasch wie unwillkürlich aus dem Bett, ließ mich zur Tür laufen und mein Auge ans Schlüsselloch pressen. Ich erblickte den jungen Mulatten Tanzai. Er trug einen Korb voller Blumen, die er auf den Wiesen gepflückt hatte. Suleika lief ihm entgegen, nahm die Blumen mit vollen Händen und drückte sie an ihre Brust. Tanzai trat heran, um ihren Duft einzuatmen, der sich mit dem Atem seiner seufzenden Geliebten mischte. Ich sah deutlich, wie Suleikas ganzen Leib ein Schauer überlief, der sich auf ihn zu übertragen schien. Sie fiel Tanzai in die Arme, und ich lief zum Bett zurück, um dort meine Scham und meine Schwäche zu verbergen.

Ich überschwemmte mein Lager mit Tränen. Ich erstickte fast vor Schluchzen, und im Übermaß meines Schmerzes rief ich aus: »O Ihr, hundertzwölfte Urahne, deren Namen ich trage, sanfte und zärtliche Gattin

Isaaks! Wenn Ihr, ruhend im Schoße Eures Schwiegervaters, im Schoße Abrahams, den Zustand seht, in dem ich mich befinde, besänftigt den Schatten Mamouns und sagt ihm, seine Tochter sei unwürdig der Ehren, die er ihr zugedacht.«

Meine Rufe hatten meinen Bruder geweckt; er trat in mein Zimmer, und da er dachte, ich sei krank, ließ er mich ein Beruhigungsmittel nehmen. Mittags kam er wieder, und da er meinen Puls beschleunigt fand, bot er mir an, er wolle meine kabbalistischen Prozeduren für mich weiterführen. Ich nahm seinen Vorschlag freudig an, denn es wäre mir unmöglich gewesen, daran zu arbeiten. Gegen Abend schlief ich ein, und meine Träume waren von denen, die ich bisher gehabt hatte, von Grund auf verschieden. Am nächsten Tag träumte ich auch, wenn ich hellwach war, oder ich war doch so zerstreut, daß man es hätte glauben können. Mein Bruder warf mir oft Blicke voller Strenge zu und machte mich erröten, ohne daß ich wußte warum. So vergingen acht Tage.

Eines Nachts trat mein Bruder zu mir ins Zimmer. Unter dem Arm trug er das Buch Sephiroth, in der Hand eine Konstellationsbinde, auf der die siebzig Namen verzeichnet waren, die Zoroaster der Konstellation der Zwillinge gab.

»Rebekka«, sagte er zu mir, »Rebekka, lassen Sie diesen Zustand, der Sie nur entehrt, hinter sich. Es ist an der Zeit, daß Sie Ihre Macht über die Elementargeister und die Geister der Hölle erproben. Diese Konstellationsbinde schützt Sie vor deren Ungestüm. Wählen Sie unter den Bergen der Umgebung den Ort, der Ihnen für Ihr Werk am förderlichsten erscheint. Denken Sie daran, daß Ihr Schicksal davon abhängt.«

Nach diesen Worten führte mich mein Bruder vor das Schloß hinaus und schloß hinter mir das Gittertor.

Auf mich gestellt, besann ich mich auf meinen Mut.

Die Nacht war finster, ich stand im Hemd und barfuß, mit fliegenden Haaren und das Buch in der Hand. Ich machte mich auf den Weg zu dem Berg, der mir am nächsten schien. Ein Hirte wollte Hand an mich legen, ich stieß ihn mit der Hand, in der ich mein Buch hielt, zurück, und er fiel mir tot vor die Füße. Sie werden sich darüber nicht wundern, wenn Sie erfahren, daß der Einband meines Buches aus dem Holz der Arche gefertigt war, das die Eigenschaft hatte, alles zugrunde gehen zu lassen, was damit in Berührung kam.

Die Sonne hob sich gerade über den Horizont, als ich auf den Gipfel gelangte, den ich für mein Werk ausgewählt hatte. Ich konnte es erst um die Mitternacht des folgenden Tages beginnen. Ich suchte in einer Höhle Schutz; dort stieß ich auf eine Bärin mit ihren Jungen. Sie stürzte sich auf mich; aber der Einband meines Buches tat seine Wirkung, und sie brach vor meinen Füßen zusammen. Ihre prall gefüllten Zitzen ließen mich daran denken, daß ich Hungers sterben könnte, und mir standen noch keine Geister, nicht einmal das geringste Irrlicht, zu Diensten. Ich entschloß mich also, mich neben der Bärin auszustrecken und ihre Milch zu saugen. Ein Rest Wärme, die der Körper noch bewahrte, machte die Mahlzeit weniger abstoßend; aber die kleinen Bärenjungen wollten sie mir streitig machen. Können Sie sich, Alfonso, ein sechzehnjähriges Mädchen, das nie die Mauern verlassen hatte, in deren Schutz es geboren wurde, in dieser schrecklichen Lage vorstellen? Ich hatte todbringende Waffen in der Hand, aber ich hatte sie nie eingesetzt, und die geringste Unaufmerksamkeit konnte sie gegen mich wenden.

Indessen sah ich, wie das Gras verdorrte; die Luft erfüllte sich mit einem Gluthauch, und die Vögel fielen tot vom Himmel. Die Dämonen mußten gewarnt sein und begannen sich zu sammeln. Ein Baum entflammte sich von selber; Rauchwirbel drangen daraus hervor, und statt emporzusteigen, ballten sie sich um meine Höhle und tauchten sie in Finsternis. Die zu meinen Füßen liegende Bärin schien sich wieder zu beleben, und aus ihren Augen blitzte ein Feuer, das für einen Augenblick die Finsternis durchdrang. Da entstieg ihrem Rachen ein Schalksgeist in Gestalt einer geflügelten Schlange. Es war Nemrael, ein Geist der untersten Ordnung, den man zu meiner Bedienung abgeordnet hatte. Aber bald darauf hörte ich die Sprache der Egregoren sprechen, der vornehmsten der gefallenen Engel, und ich begriff, daß sie mir die Ehre erwiesen, meinem Eintritt in die Welt der Zwischenwesen beizuwohnen. Diese Sprache ist dieselbe, in der uns das Buch Henoch überliefert ist, ein Werk, dem ich ein besonderes Studium gewidmet habe.

Schließlich erschien Semiaras, Fürst der Egregoren, um mir anzuzeigen, es sei Zeit zu beginnen. Ich trat vor die Höhle, legte meine Konstellationsbinde in Kreisform aus, öffnete mein Buch und sprach laut die schrecklichen Formeln aus, die ich bisher nur mit den Augen zu lesen gewagt hatte. Sie können sich denken, Señor Alfonso, daß ich Ihnen unmöglich sagen kann, was dann geschah, und Sie könnten es nicht einmal begreifen. Ich sage Ihnen also nur, daß ich eine beträchtliche Macht über die Geister gewann und daß ich die Mittel erlernte, mit denen ich mich den himmlischen Zwillingen zu erkennen geben konnte. Um diese Zeit erblickte auch mein Bruder die Fußspitzen der Töchter Salomons. Ich wartete ab, bis die Sonne ins Zeichen der Zwillinge trat, und machte mich ans Werk. An diesem Tage oder vielmehr in dieser Nacht arbeitete ich mit dem äußersten Einsatz, bis der Schlaf mich überwältigte und zum Innehalten zwang.

Als mir am nächsten Morgen Suleika den Spiegel reichte, erblickte ich darin zwei menschliche Gestalten, die hinter mir zu stehen schienen. Ich wandte mich um und sah niemanden. Ich blickte wieder in den Spiegel und sah sie abermals. Diese Erscheinung hatte übrigens nichts Erschreckendes. Ich sah zwei junge Männer, etwas über Menschenmaß; ihre Schultern waren auch ein wenig breiter, wiesen aber eine Rundung auf, die etwas von der unserer weiblichen Formen hatte. Die Brust war hoch wie die der Frauen; aber ihr Schoß war männlich. Ihre gerundeten und wohlgeformten Arme hatten sie auf die Hüften gestützt, eine Haltung, die man an ägyptischen Statuen beobachtet. Ihre azur- und goldfarbenen Haare fielen in schweren Locken auf ihre Schultern herab. Ich sage Ihnen nichts von ihren Gesichtszügen; Sie können sich ja vorstellen, daß Halbgötter schön sind; denn es waren die himmlischen Zwillinge selbst. Ich erkannte sie an den über ihren Häuptern leuchtenden Flämmchen.

»Wie waren denn diese Halbgötter bekleidet?« fragte ich Rebekka.

Überhaupt nicht, antwortete sie. Jeder hatte vier Flügel, von denen zwei auf den Schultern saßen, und zwei weitere kreuzten sich in der Höhe ihrer Gürtel. Diese Flügel waren in der Tat so durchsichtig wie die der Fliegen; aber durch goldene und azurblaue Felder, die in ihre durchscheinende Materie eingewirkt waren, wurde man vor allem bewahrt, was das Schamgefühl hätte verletzen können.

Das sind sie also, sagte ich zu mir selbst, diese himmlischen Gatten, für die ich bestimmt bin. Ich konnte nicht umhin, sie innerlich mit dem jungen Mulatten zu vergleichen, der Suleika anbetete, aber ich schämte mich dieses Gedankens. Ich sah wieder in den Spiegel und glaubte wahrzunehmen, daß die Halbgötter mir einen Blick voller Strenge zuwarfen, als ob sie in meiner Seele gelesen hätten und sich durch mein unwillkürliches Verlangen nach einem Vergleich beleidigt fühlten.

Ich verbrachte einige Tage, ohne daß ich es gewagt hätte, meine Augen auf einen Spiegel zu richten. Endlich bezwang ich meine Furcht. Die göttlichen Zwillinge hatten die Hände über der Brust gekreuzt, und ihr völlig sanftmütiger Ausdruck ließ meine Befangenheit schwinden. Ich wußte mir aber keinen Rat, was ich zu ihnen sprechen sollte. Um der Verlegenheit zu entgehen, holte ich mir einen Band des Edris, den Ihr Atlas nennt; es ist das Schönste, was wir an Dichtung besitzen. Die Harmonie von Edris' Versen ist der der Himmelskörper nachgebildet. Da mir die Sprache dieses Autors nicht allzu vertraut ist und ich fürchtete, sie schlecht vorgetragen zu haben, warf ich einen verstohlenen Blick in den Spiegel, um die Wirkung festzustellen, die ich bei meinen Zuhörern erzielte. Ich hatte allen Grund zur Zufriedenheit. Die Thamim sahen einander mit beifälligem Ausdruck an, und manchmal warfen sie Blicke in den Spiegel, die ich nicht ohne Erregung auffing.

In diesem Augenblick betrat mein Bruder das Zimmer, und die Erscheinung verschwand. Er berichtete mir von den Töchtern Salomons, deren Fußspitzen er zu Gesicht bekommen hätte. Er war sehr heiter; ich stimmte in seine Freude ein. Ich fühlte mich selbst von einer Empfindung durchdrungen, von der ich bis dahin nichts geahnt hatte. Die innere Anspannung, die gewöhnlich die kabbalistischen Sitzungen begleitet, wich unmerklich einer Art sanfter Gelöstheit, deren Reiz mir bisher unbekannt war.

Mein Bruder ließ das Gittertor des Schlosses öffnen, das seit meinem Gang auf den Berg verschlossen geblieben war. Wir genossen voller Lust unseren Spaziergang. Das Land schien mir in den schönsten Farben zu funkeln. Auch in den Augen meines Bruders fand ich ein merkwürdiges Blitzen, das sich sehr von der Inbrunst unterschied, die man für die Wissenschaft aufbringt. Wir traten in einen Orangenhain. Ich versank in meine Träume, er in die seinen; und noch ganz erfüllt von unseren Träumen kehrten wir ins Schloß zurück.

Suleika, die mir beim Auskleiden half, brachte mir einen Spiegel. Ich sah, daß ich nicht allein war; ich ließ den Spiegel wegbringen, da ich mir wie der Vogel Strauß einbildete, ich könne nicht gesehen werden, wenn ich nichts sähe. Ich ging zu Bett und schlief ein; aber bald bemächtigten sich meiner Einbildungskraft wunderliche Bilder. Es schien mir, in den Abgründen des Himmels sähe ich zwei helle Sterne, die ihrer Bahn im Tierkreis gravitätisch folgten. Plötzlich traten sie aus ihr heraus, und dann erschienen sie wieder, führten nun aber den Spiralnebel vom Gürtel der Andromeda mit sich.

Gemeinsam setzten diese drei Himmelskörper ihre überirdische Bahn fort; dann standen sie still und nahmen die Gestalt eines feurigen Meteors an. Danach erschienen sie mir in der Form dreier leuchtender Ringe, die sich nach einer Weile des Umherwirbelns um einen Mittelpunkt versammelten. Darauf verwandelten sie sich in eine Art Glorie oder Aureole, die sich um einen Saphirthron legte. Ich sah, wie die Zwillinge ihre Arme nach mir ausstreckten und mir den Platz wiesen, den ich zwischen ihnen einnehmen sollte. Ich wollte mich emporschwingen; in diesem Augenblick schien es mir, daß der Mulatte Tanzai meine Hüften umschlang und mich so zurückhielt. Ich fühlte mich tatsächlich ergriffen und fuhr aus dem Schlaf hoch.

Mein Zimmer war dunkel, und durch die Türspalte sah ich, daß bei Suleika Licht brannte. Ich hörte sie Klagelaute ausstoßen und glaubte, sie sei krank; ich hätte sie rufen müssen, und ich tat es nicht. Ich weiß nicht, welche Gedankenlosigkeit mich wieder zum Schlüsselloch eilen ließ. Ich sah, wie der Mulatte Tanzai sich mit Suleika Freiheiten herausnahm, die mich vor Entsetzen lähmten;

Dunkelheit umfing mich, und ich sank ohnmächtig zu Boden.

Als ich wieder zu mir kam, erblickte ich an meinem Bett meinen Bruder und Suleika. Dieser warf ich einen vernichtenden Blick zu und verbot ihr, jemals wieder in meine Nähe zu kommen. Mein Bruder fragte mich nach dem Grund für meine Härte. Errötend schilderte ich ihm, was ich gesehen hatte. Er antwortete mir, daß er sie am Tag zuvor verheiratet habe, daß es ihn jetzt aber sehr verdrieße, da er nicht vorausgesehen hatte, was geschehen würde. Tatsächlich war zwar nur mein Blick entweiht worden; aber das extreme Zartgefühl der Thamim beunruhigte ihn. Ich selbst hatte jedes Gefühl verloren außer dem der Scham, und ich wäre lieber gestorben, als daß ich die Augen auf einen Spiegel geworfen hätte.

Mein Bruder kannte nicht die Art meiner Beziehung zu den Thamim; und da er sah, daß ich mich einer gewissen Schwermut hingab, fürchtete er, ich könne hinsichtlich des Werks, das ich begonnen hatte, nachlässig werden. Als die Sonne sich anschickte, das Zeichen der Zwillinge zu verlassen, glaubte er mich darauf hinweisen zu müssen. Ich erwachte wie aus einem Traum. Ich zitterte beim Gedanken daran, meine Götter nicht mehr wiederzusehen, mich für elf Monate von ihnen zu trennen, sogar ohne zu wissen, was ich für sie bedeutete und ob ich mich nicht ihrer Aufmerksamkeit gänzlich unwürdig erwiesen hätte.

Ich faßte den Entschluß, einen hohen Saal des Schlosses aufzusuchen, in dem ein zehn Fuß hoher venezianischer Spiegel stand. Um jedoch meine Verlegenheit nicht merken zu lassen, nahm ich den Band von Edris mit, der sein Gedicht von der Erschaffung der Welt enthält. Ich setzte mich weit entfernt vom Spiegel und begann mit lauter Stimme zu lesen.

Dann wagte ich es, das Lesen zu unterbrechen und mit

erhobener Stimme die Thamim zu fragen, ob sie Zeugen dieser Wunder gewesen seien. Da verließ der venezianische Spiegel die Wand, an der er befestigt war, und stellte sich vor mir auf. Ich erblickte darin die Zwillinge, die mir mit einem Ausdruck der Befriedigung zulächelten und beide zur Bestätigung dessen, daß sie bei der Erschaffung der Welt tatsächlich zugegen gewesen seien und alles so gewesen sei, wie Edris es berichtete, die Häupter neigten.

Da wurde ich noch kühner; ich schloß mein Buch und versenkte meine Augen in die meiner göttlichen Geliebten. Dieser Augenblick der Hingabe sollte mich teuer zu stehen kommen. Ich war noch zu sehr mit Menschlichem behaftet, um eine so innige Berührung ertragen zu können. Das himmlische Feuer, das aus ihren Augen leuchtete, war im Begriff, mich zu verzehren; ich schlug die Augen nieder, und als ich mich ein wenig gefaßt hatte, las ich weiter. Aber ich geriet genau zu jenem zweiten Gesang, in dem der größte aller Dichter die Liebe der Söhne Elohims und der Menschentöchter schildert. Es ist heute unmöglich, sich ein Bild davon zu machen, auf welche Weise man in der frühesten Periode der Welt liebte. Diese Entzückungen, die ich selbst nicht recht begriff, ließen mich oft innehalten. In diesen Augenblicken wandten sich meine Augen unwillkürlich zum Spiegel, und ich glaubte zu sehen, daß das Vergnügen der Thamim an dieser Lektüre sich unablässig steigerte. Sie streckten die Arme nach mir aus; sie näherten sich meinem Stuhl. Ich sah, daß sie die glänzenden Flügel entfalteten, die sie an den Schultern trugen; ich nahm sogar in denen, die ihnen als Schurz dienten, ein leichtes Beben wahr. Ich glaubte, sie wollten auch sie entfalten, und bedeckte meine Augen mit der Hand. Im gleichen Augenblick spürte ich, daß ich geküßt wurde, und genauso die Hand, in der ich mein Buch hielt. Und zum gleichen Zeitpunkt hörte ich, daß der Spiegel in tausend Scherben zersprang. Ich begriff, daß die Sonne aus dem Zeichen der Zwillinge herausgetreten war und daß sie so von mir Abschied nahmen.

Am nächsten Morgen erblickte ich in einem anderen Spiegel etwas wie zwei Schatten oder vielmehr wie eine leichte Andeutung der Züge meiner beiden Geliebten. Am übernächsten Tag sah ich gar nichts mehr. Um mich also angesichts der Leere, die ihre Abwesenheit in mir erzeugte, aufzuheitern, verbrachte ich die Nächte im Observatorium, und das Auge ans Teleskop geheftet, folgte ich der Bahn meiner Geliebten, bis sie versanken. Sie standen schon unter dem Horizont, als ich sie immer noch zu sehen glaubte. Als schließlich der Schwanz des Krebses meinen Blicken entschwand, legte ich mich auch selber zur Ruhe und benetzte mein Bett oft mit Tränen, die ohne mein Zutun flossen und für die ich nicht einmal einen Grund wußte.

Mein Bruder indessen, von Liebe und Hoffnung erfüllt, gab sich mehr denn je den geheimen Wissenschaften hin. Eines Tages suchte er mich auf und teilte mir mit, er habe am Himmel gewisse Zeichen erblickt, die er dahin gehend deutete, ein berühmter Kabbalist, der seit zweihundert Jahren in der Suphis-Pyramide hause, sei nach Amerika aufgebrochen und werde am Dreiundzwanzigsten unseres Monats Tybi um sieben Uhr zweiundvierzig Minuten Córdoba berühren.

Abends ging ich ins Observatorium und fand, daß er recht hatte; meine Berechnungen führten indessen zu einem leicht abweichenden Ergebnis. Mein Bruder behauptete, sein eigenes sei richtig, und da er hartnäckig auf seinen Ansichten besteht, wollte er selbst Córdoba aufsuchen, um mir zu beweisen, daß er recht hatte. Mein Bruder hätte die Reise ebenso schnell bewerkstelligen können, wie ich es Ihnen berichte; aber er wünschte den abwechslungsreichen Weg zu genießen und folgte dem Gebirgszug, wobei er die Strecke wählte, deren schöne

Ausblicke ihm am meisten Ablenkung verschafften. So gelangte er zur Venta Quemada. Er hatte sich von Nemrael begleiten lassen, diesem Schalksgeist, der mir in der Höhle begegnet war. Er befahl ihm, ein Abendessen herbeizuschaffen. Nemrael eignete sich das eines Benediktinerpriors an und brachte es zur Venta. Dann schickte mir mein Bruder Nemrael wieder zurück, da er seiner nicht mehr bedurfte. Zu der Zeit war ich gerade im Observatorium, und am Himmel sah ich Vorgänge, die mich für meinen Bruder zittern ließen. Ich befahl Nemrael, zur Venta zurückzukehren und seinen Herrn nicht mehr zu verlassen. Er eilte hin und kam einen Augenblick später schon zurück, um mir zu sagen, eine stärkere Macht als die seine habe ihn gehindert, ins Innere der Herberge einzudringen. Ich geriet in höchste Besorgnis; endlich sah ich Sie mit meinem Bruder kommen.

In Ihren Zügen las ich eine Ruhe und eine Heiterkeit, die mir klarmachten, daß Sie kein Kabbalist sind. Mein Vater hatte mir vorausgesagt, daß mich ein Sterblicher viel leiden lassen werde; ich fürchtete, Sie könnten es sein. Bald beschäftigten mich andere Sorgen. Mein Bruder erzählte mir die Geschichte Pachecos und das, was ihm selbst begegnet war; aber zu meiner größten Verwunderung fügte er hinzu, er wisse nicht, mit welcher Art Dämonen er zu tun hatte. Wir erwarteten die Nacht mit höchster Ungeduld. Sie brach an, und wir sprachen die furchtbarsten Beschwörungen. Es war umsonst; wir konnten weder in Erfahrung bringen, welcher Natur diese beiden Wesen seien, noch ob mein Bruder wirklich durch sie sein Anrecht auf die Unsterblichkeit verloren habe. Ich glaubte, durch Sie könne man ein wenig Aufklärung gewinnen; aber da Sie ich weiß nicht welchem Ehrenwort die Treue hielten, wollten Sie nicht sprechen.

Dann entschloß ich mich, um meinem Bruder behilflich zu sein und um seiner Ruhe willen, selbst eine Nacht in der Venta Quemada zu verbringen, und gestern brach ich auf. Die Nacht war schon weit fortgeschritten, als ich zum Taleingang gelangte. Ich sammelte ein paar Nebelschwaden ein, bildete daraus ein Irrlicht und befahl ihm, mich zu führen. Diese Kunst ist ein Geheimnis, das unsere Familie zu hüten vermochte, und durch ein ähnliches Mittel erschuf Moses, der leibliche Bruder meines dreiundsechzigsten Ahns, die Feuersäule, die den Juden in der Wüste voranleuchtete.

Mein Irrlicht fing schnell Feuer und begann mir vorauszulaufen; aber es schlug nicht den kürzesten Weg ein. Ich bemerkte seine Pflichtverletzung, gab aber nicht genügend darauf acht.

Als ich ankam, war es Mitternacht. Beim Eintritt in den Hof der Venta nahm ich im mittleren Zimmer ein Licht wahr und vernahm eine harmonische Musik. Ich setzte mich auf eine Steinbank und wandte ein paar kabbalistische Verfahren an, die gar nichts bewirkten. Es ist richtig, daß diese Musik mich bis zu einem Grad bezauberte und ablenkte, daß ich Ihnen bis zur jetzigen Stunde nicht sagen kann, ob meine Prozeduren richtig ausgeführt waren, und ich denke, daß ich an wesentlicher Stelle versagt haben muß. Ich glaubte schließlich, ich hätte sie richtig vollendet, und in der Überzeugung, daß sich in der Herberge weder Dämonen noch Geister aufhielten, kam ich zu der Schlußfolgerung, daß nur Menschen da seien, und ich gab mich dem Vergnügen hin, ihren Gesängen zu lauschen. Es waren zwei Stimmen, begleitet von einem Saiteninstrument, aber sie ertönten in so vollendetem Einklang und einer solchen Harmonie, daß man keine Musik der Welt damit vergleichen konnte.

Die Lieder, die diese Stimmen zu Gehör brachten, erzeugten eine so aufreizend zärtliche Stimmung, daß ich Ihnen keine Vorstellung davon geben kann. Lange hörte ich ihnen von meiner Bank aus zu; endlich mußte ich aber hineingehen, da ich ja nur deswegen gekommen war. Ich trat also hinein und traf im Mittelzimmer zwei große, ansehnliche junge Leute, die bei Tisch saßen und nach Herzenslust aßen, tranken und sangen. Sie trugen orientalische Tracht; ein Turban bedeckte ihre Köpfe, Brust und Arme waren nackt, den Gürtel schmückten kostbare Waffen.

Diese beiden Unbekannten, die ich für Türken hielt, erhoben sich, rückten mir einen Stuhl heran, füllten mir Teller und Glas und begannen wieder zu singen, wobei sie sich mit einer Theorbe begleiteten, die sie abwechselnd spielten.

Ihre ungezwungene Art hatte etwas Ansteckendes. Sie machten keine Umstände, ich machte auch keine. Ich war hungrig, also aß ich. Es gab kein Wasser, also trank ich Wein. Dann bekam ich Lust, mit den jungen Türken zu singen, die mir entzückt zuzuhören schienen. Ich sang eine spanische Seguidilla. Sie respondierten mit gleichen Reimen und ähnlichen Gedanken.

Ich fragte sie, wo sie Spanisch gelernt hätten. Der eine von ihnen antwortete: »Wir sind in Morea geboren und von Beruf Seeleute. Die Sprache der Häfen, die wir anlaufen, haben wir leicht gelernt. Aber lassen wir doch die Seguidillas, hört einmal die Musik unseres Landes.«

Was soll ich Ihnen sagen, Alfonso? Die Melodien ihrer Lieder trugen die Seele durch alle Modulationen des Gefühls, und war man gerade maßlos gerührt, so versetzten einen unerwartete Akkorde gleich wieder in die überschwenglichste Heiterkeit.

Durch die ganze Veranstaltung ließ ich mich nicht zum Narren halten. Ich faßte die angeblichen Matrosen aufmerksam ins Auge, und es schien mir, daß sie einander, aber auch meinen göttlichen Zwillingen, außerordentlich ähnlich waren.

»Ihr seid also Türken«, sagte ich, »und in Morea geboren?«

»Ganz und gar nicht«, erwiderte der, der noch nichts gesagt hatte, »wir sind keine Türken, sondern Griechen, die in Sparta geboren und demselben Ei entsprungen sind.«

»Einem Ei?«

»Ah! Göttliche Rebekka«, erwiderte der andere, »erkennt Ihr uns denn nicht? Ich bin Pollux, und das ist mein Bruder!«

Ich fuhr von meinem Stuhl hoch und flüchtete in eine Ecke des Zimmers. Die angeblichen Zwillinge nahmen ihre Gestalten aus dem Spiegel an und entfalteten ihre Flügel. Ich fühlte mich in die Lüfte emporgetragen, aber Dank einer glücklichen Eingebung sprach ich einen heiligen Namen aus, den unter allen Kabbalisten nur mein Bruder und ich kennen. Im gleichen Augenblick wurde ich zur Erde hinabgeschleudert. Mein Sturz raubte mir das Bewußtsein, das mir durch Ihre Fürsorge wiedergegeben wurde. Ein bestimmtes Gefühl sagt mir, daß ich von allem, was zu bewahren mir wesentlich war, nichts verloren habe. Aber so vieler Wunderdinge bin ich jetzt müde. Ihr göttlichen Zwillinge, ich fühle, daß ich Eurer nicht würdig bin. Ich bin dazu geboren, eine gewöhnliche Sterbliche zu sein.

Damit schloß Rebekka ihre Erzählung, und mein erster Gedanke war, daß sie sich die ganze Zeit über mich lustig gemacht hatte und kein anderes Ziel verfolgte, als meine Gutgläubigkeit zu mißbrauchen. Ich ließ sie ziemlich unvermittelt sitzen, und indem ich über ihre Geschichte nachzudenken begann, sagte ich zu mir selbst: »Entweder steht diese Frau im wesentlichen auf seiten der Gomelez und beabsichtigt, mich zu prüfen und zum Muselman zu machen, oder sie hat irgendeinen anderen

Grund, mir das Geheimnis meiner Cousinen zu entlocken; und was diese angeht, so sind sie entweder Dämonen, oder aber sie stehen im Dienste der Gomelez . . .«

Ich war noch damit beschäftigt, solchen Spekulationen nachzugehen, als ich bemerkte, daß Rebekka in der Luft Kreise beschrieb und anderen Hokuspokus trieb. Kurz darauf kam sie zu mir und sagte: »Ich habe meinen Bruder wissen lassen, wo ich mich aufhalte, und er wird sich heute abend sicher hier einfinden. Lassen Sie uns inzwischen das Zigeunerlager aufsuchen.«

Sie stützte sich recht unbefangen auf meinen Arm, und wir kamen zum alten Hauptmann, der die Jüdin mit Äußerungen größter Hochachtung begrüßte.

Rebekka gab sich den ganzen Tag sehr natürlich und schien die geheimen Wissenschaften vergessen zu haben. Ihr Bruder traf vor Einbruch der Nacht ein. Sie zogen sich gemeinsam zurück, und ich legte mich zur Ruhe. Im Bett dachte ich noch über Rebekkas Geschichte nach; da ich aber das erste Mal im Leben von Kabbala, Geistern und Himmelszeichen gehört hatte, fand ich keine triftigen Einwände dagegen und schlief in dieser Ungewißheit ein.

Fünfzehnter Tag

Ich erwachte ziemlich früh und unternahm in Erwartung des Frühstücks einen Spaziergang. Von weitem sah ich den Kabbalisten und seine Schwester, die eine recht lebhafte Unterhaltung zu führen schienen. Um sie nicht zu stören, schlug ich eine andere Richtung ein, aber bald sah ich, daß der Kabbalist sich zum Lager hin entfernte und daß Rebekka eilig auf mich zukam. Ich ging ihr ein paar Schritte entgegen, und dann setzten wir den Spaziergang gemeinsam fort, ohne viel zu sprechen.

Endlich brach Rebekka ihr Schweigen und sagte: »Señor Alfonso! Ich möchte Ihnen etwas anvertrauen, das Sie nicht gleichgültig lassen wird, wenn Sie an meinem Schicksal ein wenig Anteil nehmen. Ich habe die kabbalistische Wissenschaft aufgegeben. Heute nacht habe ich endgültig meinen Entschluß gefaßt. Was ist das denn für eine eitle Unsterblichkeit, mit der mein Vater mich ausstatten wollte? Sind wir denn nicht alle unsterblich? Haben wir nicht alle die Wohnstatt der Gerechten zum Ziel? Ich will dieses kurze Leben genießen. Ich will es mit einem Gatten verbringen und nicht zwischen zwei Sternen. Ich will Mutter werden, Kinder und Kindeskinder erleben und dann, von meinem Dasein müde und gesättigt, in ihren Armen entschlafen und eingehen in Abrahams Schoß. Was sagen Sie zu diesem Wunsch?«

»Ich stimme ihm von ganzem Herzen zu«, antwortete ich Rebekka, »aber was sagt Ihr Bruder dazu?«

»Zuerst raste er vor Zorn«, sagte sie, »aber schließlich versprach er mir, wenn er auf die Töchter Salomons verzichten müsse, werde er meinem Beispiel folgen. Er wartet jetzt ab, bis die Sonne ins Zeichen der Jungfrau getreten ist, und will sich dann entscheiden. Bis dahin will er herausfinden, wer die Vampire sind, die ihn in der Venta zum besten gehalten haben und die seiner Ansicht nach Emina und Zubeida heißen. Er verzichtet darauf, Sie darüber zu befragen, denn er behauptet, Sie wüßten darüber auch nicht mehr als er. Heute abend will er aber den Ewigen Juden zitieren. Er hofft von ihm einige Aufschlüsse zu erhalten.«

An dieser Stelle von Rebekkas Rede teilte man uns mit, daß das Frühstück bereitstehe. Es war in einer geräumigen Höhle vorbereitet, in die man, da sich der Himmel mit Wolken bedeckte, auch die Zelte gerettet hatte. Schon bald war der Donner zu hören. Da wir offensichtlich dazu verurteilt waren, den Tag in der Höhle zu verbringen, bat ich den alten Hauptmann, in seiner Geschichte fortzufahren, was er auch folgendermaßen tat:

Fortsetzung der Geschichte des Zigeunerhauptmanns

Sie erinnern sich, Señor Alfonso, an die Geschichte der Fürstin von Monte Salerno, die Romati erzählte. Ich sagte Ihnen ja, welch großen Eindruck sie auf mich machte. Als wir uns schlafen gelegt hatten, war das Zimmer nur noch vom spärlichen Licht einer Lampe erhellt. Ich wagte es nicht, die Blicke in die dunkelsten Ecken des Raumes schweifen zu lassen, besonders nicht auf eine bestimmte Truhe, in welcher der Wirt gewöhnlich seinen Gerstenvorrat lagerte. Es schien mir, es könnten jeden Augenblick die sechs Skelette der Fürstin daraus hervorsteigen. Ich wühlte mich in meine Decken und schlief bald ein.

Zeitig am nächsten Morgen wurde ich von den Glöckchen der Maultiere geweckt, und ich war als einer der ersten auf den Beinen. Ich dachte nicht mehr an Romati und seine Fürstin und hatte nur noch den vergnüglichen Fortgang der Reise im Sinn. Sie verlief überaus angenehm; die Sonne verbarg sich ein wenig hinter den Wolken und wurde uns nicht lästig, und die Maultiertreiber entschlossen sich, die ganze Tagesreise ohne Aufenthalt zurückzulegen und nur bei der Tränke von Dos Leones zu halten, wo sich die Straße nach Segovia mit der nach Madrid vereinigt. Der Ort bietet reichlich Schatten, und zwei Steinlöwen, die in ein Marmorbecken Wasser speien, tragen viel zu seiner Verschönerung bei.

Zur Mittagszeit langten wir dort an; und kaum ließen wir uns nieder, als wir auf der Straße von Segovia andere Reisende herankommen sahen. Auf dem Maultier, das den Zug eröffnete, ritt ein junges Mädchen, das etwa in meinem Alter zu stehen schien; tatsächlich war sie einige Jahre älter; und der *zagal*, der ihr Maultier führte, war ebenfalls ein Junge von siebzehn Jahren, aber hübsch und anständig gekleidet, obwohl er auch die übliche Tracht der Stallburschen trug. Es folgte eine reifere Dame, die man für meine Tante Dalanosa hätte halten können; nicht daß sie ihr ähnlich sah, aber sie hatte völlig dasselbe Wesen, und vor allem zeigten ihre Züge denselben Ausdruck von Güte. Danach kamen noch einige Bedienstete.

Da wir als erste eingetroffen waren, luden wir die reisenden Damen ein, unsere Mahlzeit, die unter den Bäumen vorbereitet wurde, mit uns zu teilen. Sie nahmen an, aber ihr Gebaren, vor allem das des jungen Mädchens, zeugte von tiefer Betrübnis. Sie sah den jungen Stallburschen von Zeit zu Zeit recht liebevoll an, und dieser bediente sie mit großem Eifer. Und die ältere Dame betrachtete alle beide mit dem Ausdruck des Mitleids und feuchten Augen. Ich sah ihrer beider Kummer, und ich hätte ihnen gern etwas Tröstliches gesagt, aber da ich nicht wußte, wie ich es hätte anstellen sollen, speiste ich zunächst einmal mit gutem Appetit.

Man brach wieder auf; meine gute Tante ließ ihr Maultier Seite an Seite mit dem der Dame gehen, ich suchte die Nähe des Mädchens. Ich sah genau, daß der junge Stallbursche unter dem Vorwand, ihren Sattel zu richten, gelegentlich ihren Fuß oder ihre Hand berührte, und einmal sah ich, wie er ihren Fuß küßte.

Nach zwei Stunden erreichten wir Olmeda, wo wir die Nacht verbringen sollten. Meine Tante ließ Stühle vor die Tür des Hauses, das heißt der Herberge, tragen und nahm mit der anderen Dame darauf Platz. Einen Augenblick später bat sie mich, Schokolade bereiten zu lassen. Ich betrat das Haus, um unsere Leute zu suchen; ich geriet in einen Raum, in dem ich den jungen Mann und das junge Mädchen erblickte, die einander eng umschlungen hielten und Ströme von Tränen vergossen. Bei diesem Anblick wollte mir fast das Herz brechen; ich fiel dem Burschen um den Hals und weinte, bis ich von Krämpfen geschüttelt wurde. Unterdessen waren die beiden Matronen hereingetreten. Meine Tante, die sehr gerührt war, fragte mich nach dem Grund für meine Tränen. Da ich keine Ahnung hatte, warum wir geweint hatten, vermochte ich es ihr nicht zu erklären. Als sie nun merkte, daß ich geweint hatte, ohne zu wissen warum, konnte sie sich eines kleinen Lächelns nicht erwehren. Indessen hatte sich die andere Matrone mit dem jungen Mädchen in ihr Zimmer eingeschlossen; wir hörten sie schluchzen, und sie erschienen erst wieder zum Abendessen.

Zu Tisch saßen wir weder fröhlich noch ausdauernd.

Als abgeräumt war, wandte sich meine Tante der älteren Dame zu und sagte: »Señora, der Himmel bewahre mich, übel von meinem Nächsten zu denken, besonders aber von Ihnen, die Sie eine so gütige und gänzlich christliche Seele zu haben scheinen. Aber schließlich hatte ich die Ehre, mit Ihnen zu Abend zu speisen, und es wird mir gewiß bei allen Gelegenheiten wieder eine Ehre sein; jedoch ist hier mein Neffe, der beobachten konnte, wie dieses junge Fräulein einen Stallburschen umarmte, der wahrhaftig sehr hübsch ist, von daher ist ihr also nichts vorzuwerfen. Und Sie, Señora, haben anscheinend auch nichts Tadelnswertes daran gefunden. Ich habe nun gewiß keinerlei Recht ... Da ich nun aber die Ehre hatte, mit Ihnen ... und da wir die Reise bis Burgos noch ...«

Hier verhaspelte sich meine gute Tante derart, daß sie ihren Satz niemals zu Ende gebracht hätte; aber die andere Dame unterbrach sie sehr gelegen und sagte: »O ja, Señora, Sie haben recht; nach allem, was Sie gesehen haben, haben Sie jedes Recht, nach den Gründen für meine Nachsicht zu fragen. Ich habe wohl Anlaß, sie zu verbergen, aber ich sehe nun, daß es meine Pflicht ist, sie Ihnen mitzuteilen.«

Darauf zog die gute Dame ihr Taschentuch hervor, wischte sich die Augen und begann wie folgt:

Die Geschichte der Maria de Torres

Ich bin die älteste Tochter von Don Manuel de Noruña, *oidor* des Gerichtshofes von Segovia. Im Alter von achtzehn Jahren wurde ich mit Don Enrique de Torres, Obersten außer Diensten, verheiratet. Meine Mutter war viele Jahre vorher gestorben. Wir verloren zwei Monate nach der Hochzeit meinen Vater und nahmen meine jüngere Schwester Elvira de Noruña bei uns auf, die noch keine vierzehn Jahre zählte, deren Schönheit aber schon viel Aufsehen erregte. Das Erbe meines Vaters war nicht der Rede wert. Mein Gatte besaß indessen ein ansehnliches

Vermögen; familiäre Übereinkünfte verpflichteten uns jedoch dazu, an fünf Malteserritter eine Leibrente zu zahlen und die Ausstattung von sechs Nonnen aus unserer Verwandtschaft zu übernehmen, so daß unsere Einkünfte nur für unsere dringlichsten Bedürfnisse reichten. Eine Pension aber, die der Hof meinem Gatten aussetzte, verschaffte uns ein wenig mehr Bewegungsfreiheit.

In Segovia gab es damals eine Anzahl sehr vornehmer Häuser, deren Lage nicht besser war als die unsere; sie waren durch ein gemeinsames Interesse verbunden und hatten den Brauch eingeführt, ihre Ausgaben einzuschränken. Nur selten stattete man einander Besuche ab. Die Damen schauten aus dem Fenster, die Herren spazierten auf den Straßen. Man spielte häufig auf der Gitarre, noch öfter stieß man Seufzer aus, und all das kostete nichts. Die Fabrikanten, die Vikunjatuch herstellten, lebten im Überfluß. Da wir es ihnen aber nicht nachmachen konnten, rächten wir uns, indem wir sie verachteten und lächerlich machten.

Je weiter meine Schwester heranwuchs, desto heftiger drängten sich in unserer Straße die Gitarren. Manche Klimperer seufzten, während andere ihr Instrument schlugen, oder sie seufzten und klimperten alle zusammen. Die Schönen der Stadt wollten vor Eifersucht schier sterben; diejenige aber, der alle diese Huldigungen galten, schenkte ihnen überhaupt keine Beachtung. Meine Schwester hielt sich fast immer im Hintergrund; um nicht unhöflich zu erscheinen, harrte ich dagegen am Fenster aus und sagte jedem eine Freundlichkeit. Das war ein Gebot der Schicklichkeit, dem ich mich nicht hätte entziehen können. War aber der letzte Klimperer abgezogen, schloß ich das Fenster mit unglaublicher Erleichterung. Mein Gatte und meine Schwester warteten im Speisezimmer auf mich. Wir nahmen eine sehr karge Mahlzeit ein, die wir mit unzähligen Scherzen über die seufzenden Verehrer würzten. Jeder bekam sein Teil, und ich glaube, wenn sie an den Türen gelauscht hätten, wäre kein einziger wiedergekommen. Diese Gespräche waren ein wenig unbarmherzig, aber wir fanden daran so viel Vergnügen, daß wir sie manchmal bis tief in die Nacht fortsetzten.

Eines Abends, als wir bei Tisch unser Lieblingsthema behandelten, sagte mir Elvira mit ernsterem Ausdruck: »Liebe Schwester, haben Sie bemerkt, daß jeden Abend, wenn alle Klimperer die Straße geräumt haben und das Licht in unserem Salon gelöscht ist, ein oder zwei Seguidillas erklingen, die eher von einem Künstler als von einem bloßen Liebhaber gesungen und gespielt werden?«

Mein Gatte meinte, das sei wahr, er habe dieselbe Beobachtung gemacht. Ich stimmte dem zu, und wir neckten meine Schwester mit ihrem neuen Verehrer. Wir glaubten indessen wahrzunehmen, daß sie unsere Scherze weniger unbefangen aufnahm als sonst.

Als ich am nächsten Tag die Klimperer fortkomplimentiert und das Fenster geschlossen hatte, löschte ich das Licht und blieb im Zimmer. Bald vernahm ich die Stimme, von der meine Schwester gesprochen hatte. Den Einsatz bildete ein unendlich kunstvolles Vorspiel, es folgte ein Lied über das Glück der Heimlichkeit, ein anderes über die scheue Liebe; danach war nichts mehr zu hören. Als ich aus dem Salon heraustrat, sah ich meine Schwester, die an der Tür gelauscht hatte. Ich ließ mir nichts anmerken, aber während des Essens wurde mir bewußt, daß sie ein träumerisches und nachdenkliches Wesen angenommen hatte.

Der geheimnisvolle Sänger brachte weiterhin seine Ständchen, und wir gewöhnten uns so sehr daran, daß wir nicht mehr zum Abendessen gingen, bevor wir ihm zugehört hatten.

Diese Beharrlichkeit und dieses Geheimnis machten

Elvira neugierig, ohne sie aber wirklich zu beeindrucken. Unterdessen sah man in Segovia eine neue Persönlichkeit erscheinen, die in Köpfen und Besitztümern einige Verwirrung stiftete. Es war der Graf von Rovellas, der vom Hof verbannt und aus diesem Grund in den Augen der Provinzbewohner ein Mann von Bedeutung war.

Rovellas war in Veracruz geboren. Seine Mutter, eine Mexikanerin, hatte ein riesiges Vermögen ins Haus gebracht, und da die Amerikaner bei Hof gerade wohlgelitten waren, hatte er den Ozean überquert, um die Würde eines Granden zu erwerben. Da er in der Neuen Welt geboren war, können Sie sich denken, daß er sich in den Bräuchen der Alten nicht sehr gut auskannte. Aber er entfaltete einen blendenden Luxus, und selbst der König amüsierte sich über seine Einfalt. Da sie jedoch fast immer auf seine hohe Selbsteinschätzung zurückging, machte man sich schließlich über ihn lustig.

Die jungen Adligen hatten damals die Gewohnheit, eine Dame ihres Herzens zu erwählen. Sie trugen ihre Farben und bei gewissen Gelegenheiten, wie zum Beispiel den *parejas*, einer Art Schauturnieren, ihre Initialen.

Rovellas, der gern hoch hinaus wollte, trug die Initialen der Prinzessin von Asturien zur Schau. Der König fand diesen Einfall sehr erheiternd, da aber die Prinzessin daran Anstoß genommen hatte, verhaftete ein *alguacil* des Hofes den Grafen und verbrachte ihn in den Turm von Segovia. Dort brachte er acht Tage zu, und dann wurde ihm die Stadt als Gefängnis angewiesen. Die Ursache für diese Verbannung war nicht besonders rühmlich, aber es lag im Wesen des Grafen, sich auf alles etwas einzubilden. Er sprach also mit Vorliebe von der Ungnade, in die er gefallen sei, und ließ gern durchblicken, im Grunde stehe die Prinzessin im Einvernehmen mit ihm.

Rovellas vereinigte in sich wahrhaftig alle Spielarten

der Eigenliebe. Er war überzeugt, er wisse alles, und alles, was er unternehme, müsse ihm gelingen. Sein größter Ehrgeiz aber war es, sich im Stierkampf hervorzutun, zu singen und zu tanzen. Niemand war unhöflich genug, ihm die beiden letzteren Fähigkeiten abzusprechen, aber die Stiere erwiesen ihm nicht die gleiche Gefälligkeit. Der Graf indessen, unterstützt von seinen Stallknechten, hielt sich für unbesiegbar.

Ich sagte Ihnen schon, daß wir kein gastfreies Haus führten. Davon waren die Antrittsbesuche ausgenommen, die wir regelmäßig empfingen. Da meinen Gatten sowohl seine Geburt als auch sein militärischer Rang auszeichneten, glaubte Rovellas, bei seinen Besuchen mit unserem Haus beginnen zu müssen. Ich empfing ihn auf meiner Estrade sitzend, er befand sich draußen, da es in unserer Provinz noch Brauch war, zwischen uns und den Männern, die uns besuchten, einen großen Abstand zu wahren.

Rovellas sprach viel und mit großer Geläufigkeit. Mitten in die Unterhaltung trat meine Schwester herein und nahm neben mir Platz. Der Graf war von Elviras Schönheit so betroffen, daß er wie versteinert wirkte. Er stammelte ein paar Worte, die nicht allzuviel Sinn ergaben, und fragte sie dann, welches ihre Lieblingsfarbe sei. Elvira erwiderte, sie bevorzuge keine besonders.

»Señora«, antwortete der Graf, »da Sie so viel Gleichgültigkeit bezeigen, gebührt es mir, nichts als Trauer zu bezeigen, und meine Farbe wird künftig das Braun sein.«

Meine Schwester, die derlei Komplimente nicht gewöhnt war, wußte darauf keine Antwort. Rovellas stand auf und verabschiedete sich. Noch am gleichen Abend erfuhren wir, bei allen Besuchen, die Rovellas absolvierte, habe er nur von Elviras Schönheit gesprochen; und gleich am nächsten Tag hinterbrachte man uns, daß er vierzig braune, mit Gold und Schwarz bordierte Livreen in Auftrag gegeben habe.

Von da an ließ sich die zu Herzen gehende abendliche Stimme nicht mehr hören.

Da Rovellas erfahren hatte, daß es in den Adelshäusern Segovias nicht der Brauch war, regelmäßig Besuche zu empfangen, begnügte er sich damit, zusammen mit den anderen Edelleuten, die uns diese Ehre erwiesen, die Abende unter unseren Fenstern zu verbringen. Da er kein spanischer Grande war und die meisten unserer jungen Leute nur den Adelstitel Kastiliens besaßen, glaubte er sich mit ihnen ebenbürtig und ging auch so mit ihnen um. Doch allmählich wirkte sich sein Reichtum unwiderstehlich aus; alle Gitarren verstummten vor der seinen, und in Unterhaltungen wie in Konzerten gab er den Ton an.

Diese Vorherrschaft genügte aber Rovellas noch nicht. Er brannte darauf, vor unseren Augen mit dem Stier zu kämpfen und mit meiner Schwester zu tanzen. Er teilte uns also auftrumpfend mit, er habe hundert Stiere aus Guadarrama kommen lassen, und einen Platz hundert Schritt von der Arena lasse er mit einem Bretterboden ausschlagen, auf dem man die Nächte nach dem Stierkampf mit Tanzen verbringen werde. Diese wenigen Worte erzielten in Segovia eine große Wirkung; ich sagte Ihnen ja, daß alle Köpfe verdreht, wenn nicht gar alle Besitztümer ruiniert, wenigstens aber gefährdet wurden.

Das Gerücht vom Stierkampf hatte sich kaum verbreitet, da konnte man die jungen Leute schon wie schwachsinnig umherlaufen, alle in diesem Kampf denkbaren Haltungen einnehmen, goldbestickte Gewänder, scharlachrote Mäntel bestellen sehen. Die Vorstellung, was die Frauen anstellten, überlasse ich Ihnen. Sie probierten alle Kleider und Hüte, die sie finden konnten, aber das sagt noch wenig. Man ließ Schneider, Modistinnen kommen, und der Kredit ersetzte mangelnde Mittel.

Am Tag, der diesen denkwürdigen Ereignissen folgte,

erschien Rovellas zur gewohnten Stunde unter unseren Fenstern und teilte uns mit, er habe aus Madrid fünfundzwanzig Konditoren und Kaffeewirte kommen lassen und er bitte uns, ihre Kunstfertigkeit zu beurteilen. Im gleichen Augenblick füllte sich unsere Straße mit Leuten in braungoldener Livree, die auf vergoldeten Silberplatten Erfrischungen herantrugen.

Am nächsten Tag spielte sich das gleiche ab, und mein Gatte nahm gerechterweise Anstoß daran. Es schien ihm unschicklich, daß unsere Tür ein Ort öffentlicher Zusammenkünfte werde. Er hatte die Güte, meine Meinung dazu einzuholen. Ich stimmte ihm zu, wie ich es immer tat, und wir faßten den Entschluß, uns in den Marktort Villaca zurückzuziehen, wo wir ein Haus und ein Landgut besaßen. Übrigens sahen wir darin einen großen Vorteil, nämlich den der Sparsamkeit. Auf Grund dieses Entschlusses konnten wir uns einigen von Rovellas Stierkämpfen und Bällen entziehen, und das bedeutete ebenso viele eingesparte Kleider. Da jedoch das Haus in Villaca ausbesserungsbedürftig war, waren wir gezwungen, unsere Abreise um drei Wochen zu verschieben. Sobald unsere Absichten bekannt wurden, verbarg Rovellas nicht den Kummer, den sie ihm bereiteten, und ebensowenig die Gefühle, die meine Schwester in ihm erweckt hatte. Was Elvira selbst betrifft, scheint es mir, daß sie die zu Herzen gehende abendliche Stimme vergessen hatte, daß sie aber dennoch Rovellas' Aufmerksamkeiten mit der vollkommensten Gleichgültigkeit entgegennahm.

Ich hätte Ihnen sagen sollen, daß zu jener Zeit mein Sohn zwei Jahre alt war, und dieser Sohn ist kein anderer als der kleine Stallknecht, den Sie bei uns gesehen haben. Dieses Kind, das wir Lonzeto nannten, war unsere ganze Freude. Elvira liebte es fast ebenso wie ich, und ich kann Ihnen versichern, daß es unser einziger Trost war, als wir der Abgeschmacktheiten, die man unter unseren Fenstern bot, allzu überdrüssig wurden. Kaum hatten wir nun den Entschluß gefaßt, nach Villaca zu gehen, als Lonzeto die Pocken bekam. Sie können sich unsere Verzweiflung vorstellen. Wir verbrachten Tag und Nacht mit seiner Pflege, und zu dieser Zeit ließ sich die holde abendliche Stimme wieder vernehmen. Elvira errötete, als das Vorspiel erklang, im übrigen war sie aber ausschließlich mit Lonzeto beschäftigt. Endlich genas das liebe Kind, unser Fenster öffnete sich wieder den Verehrern, und der geheimnisvolle Sänger war nicht mehr zu hören.

Sobald das Fenster geöffnet war, stellte sich auch Rovellas wieder ein. Er teilte uns mit, der Stierkampf sei nur unseretwegen aufgeschoben worden, und bat uns, den Tag dafür zu bestimmen. Wir entsprachen dieser artigen Bitte, da wir nicht gut anders konnten. Für das denkwürdige Ereignis wurde schließlich der nächste Sonntag festgelegt, der für den armen Rovellas nur allzu früh herankam.

Ich gehe über die Einzelheiten des Schauspiels hinweg. Wenn man eins gesehen hat, hat man tausend gesehen. Sie wissen jedoch, daß die Edelleute mit dem Stier nicht kämpfen wie das gemeine Volk. Zuerst greifen sie den Stier hoch zu Roß mit dem *rejon* oder Kurzspieß an. Wenn sie den ersten Stoß geführt haben, müssen sie einen vom Stier empfangen; da die Pferde aber dazu dressiert sind, streift ihnen das Horn nur die Kruppe. Dann steigt der adlige Stierkämpfer ab und greift zum Degen. Damit alles nach der Regel verläuft, sind *toros francos* nötig, das heißt, der Stier muß unerfahren und ohne Tücke sein. Die Knechte des Grafen hatten aber das Ungeschick, einen *toro marrajo* in die Arena zu schicken, der für andere Gelegenheiten vorgesehen war. Die Kenner bemerkten sofort den Fehler, der ihnen unterlaufen war; aber Rovellas war in die Arena geritten und konnte nicht mehr zurück. Man hatte den Eindruck, daß er die Gefahr, in die er sich begab, gar nicht bemerkte. Er ließ sein Pferd um den Stier herumtänzeln und brachte ihm einen Stoß in die rechte Schulter bei, wobei er sich ganz nach den Regeln der Kunst mit Arm und Oberkörper zwischen die Hörner seines Gegners beugte.

Der verletzte Stier wollte anscheinend die Flucht zum Einlaßtor ergreifen, machte aber eine plötzliche Wendung und stürmte auf Rovellas los, nahm sein Pferd auf die Hörner und schleuderte es mit solcher Gewalt in die Luft, daß das Pferd über die Barriere weg, Rovellas aber innerhalb der Barriere zu Boden stürzte. Dann ging der Stier aufs neue auf ihn los, stieß sein Horn durch den Kragen seines Gewandes, wirbelte ihn im Kreis durch die Luft und schleuderte ihn auf die andere Seite der Arena. Als der Stier daraufhin sah, daß sein Opfer verschwunden war, suchte er es überall mit blutunterlaufenen Augen; als er es endlich wieder erblickte, starrte er es mit ständig anwachsender Wut an, warf den Sand mit den Hufen auf und peitschte mit dem Schwanz seine Flanken. In diesem Augenblick übersprang ein junger Mann die Barriere, ergriff Rovellas Degen und scharlachroten Mantel und stellte sich dem Stier. Das tückische Tier führte ein paar Scheinangriffe, die den Unbekannten aber nicht zu verwirren vermochten. Endlich stürzte es, die Hörner bis auf den Boden gesenkt, auf ihn los, rannte ihm in den Degen und stürzte ihm tot zu Füßen. Dann warf der Sieger Degen und Mantel auf den Stier, blickte zu unserer Loge herauf, grüßte uns, sprang wieder über die Barriere und verschwand in der Menge. Elvira drückte mir die Hand und sagte: »Ich bin sicher, das ist unser Sänger.«

Als der Zigeunerhauptmann an dieser Stelle seiner Erzählung angelangt war, wollte ihn einer seiner Vertrauten sprechen. Er bat uns um die Erlaubnis, die Fortsetzung seiner Geschichte auf den nächsten Tag zu verschieben, und verließ uns, um in seinem kleinen Reich seinen Obliegenheiten nachzukommen.

»Ich bin wirklich sehr ärgerlich über diese Unterbrechung«, sagte Rebekka. »Unser Hauptmann hat den Grafen von Rovellas in einer traurigen Lage verlassen, und wenn er bis morgen in der Arena liegenbleibt, kann man ihm doch keine Hilfe mehr bringen.«

»Machen Sie sich deswegen keinen Kummer«, antwortete ich ihr. »Sie können sicher sein, daß ein reicher Mann nicht im Stich gelassen wird, und Sie können sich auf seine Stallburschen verlassen.«

»Sie haben recht«, erwiderte die Jüdin. »Das ist es auch nicht, was mir am meisten zu schaffen macht; ich möchte nämlich den Namen des Mannes wissen, der den Stier getötet hat, und ob es der abendliche Sänger ist.«

»Aber Señora«, sagte ich, »ich dachte, Ihnen sei nichts verborgen.«

»Alfonso«, erklärte sie, »schweigen Sie mir doch von den geheimen Wissenschaften; ich will nicht mehr wissen als das, was man mir sagt, noch eine andere Wissenschaft studieren als die, denjenigen glücklich zu machen, den ich einmal lieben werde.«

»Sie haben also Ihre Wahl getroffen?«

»Ganz und gar nicht; und diese Wahl ist keine einfache Entscheidung. Ich weiß nicht, warum ich mir einbilde, ein Mann meines Glaubens könne mir kaum gefallen. Einen Mann Ihres Glaubens werde ich nie zum Gatten nehmen: Es bleibt mir also nur ein Muselman. Man sagt, die Männer von Tunis und Fez seien hübsch und liebenswürdig. Wenn ich nur einen mit reichem Gefühl finde, verlange ich nicht mehr.«

»Aber woher denn diese Abneigung gegen die Christen?« fragte ich Rebekka.

»Darüber sollen Sie mir keine Fragen stellen«, antwortete sie mir. »Begnügen Sie sich mit dem Wissen, daß nächst meinem Glauben der muselmanische der einzige ist, den ich annehmen könnte.«

In dieser Art plauderten wir einige Zeit; da sich aber die Unterhaltung dahinzuschleppen begann, verabschiedete ich mich von der jungen Jüdin und verbrachte beinahe den ganzen Tag auf der Jagd. Zum Abendessen kam ich zurück. Ich fand alle bei recht heiterer Stimmung. Der Kabbalist sprach vom Ewigen Juden; er sagte, dieser sei schon unterwegs und werde in Kürze aus dem Inneren Afrikas hier eintreffen. Rebekka sagte zu mir: »Señor Alfonso, Sie werden einen Menschen sehen, der den, den Sie anbeten, von Angesicht kannte.«

Diese Bemerkung Rebekkas schien mir zu einer Unterhaltung überzuleiten, die mir hätte mißfallen können. Ich wechselte also das Thema. Wir hätten gern noch am selben Abend die Fortsetzung der Geschichte des Zigeuners gehört, aber er bat uns um die Erlaubnis, sie auf den nächsten Tag zu verschieben. Wir gingen also zu Bett, und mein Schlaf wurde nicht gestört.

Sechzehnter Tag

In aller Frühe weckte mich das ungestüme und betriebsame Schrillen der andalusischen Zikaden. Ich war für die Schönheiten der Natur empfänglich geworden. Ich trat aus meinem Zelt, um zu beobachten, wie die ersten Sonnenstrahlen bis zu dem weiten, für mein Auge gerade noch erreichbaren Horizont vordrangen. Ich dachte an Rebekka. Wie recht hat sie, sagte ich mir, daß sie die Wonnen des menschlichen und sinnlichen Lebens den eitlen Spekulationen einer idealen Welt vorzieht, der wir früher oder später ohnehin einmal angehören. Bietet uns denn unsere eigene Welt nicht genug unterschiedlichste Empfindungen, köstlichste Eindrücke, die uns während unseres kurzen Daseins schon genug in Anspruch nehmen? Solche Betrachtungen, die wahrhaftig nichts als Träumereien waren, beschäftigten mich eine Weile. Dann sah ich, daß man zum Frühstück die Höhle aufsuchte, und begab mich auch dorthin. Wir schmausten wie Menschen, die in der Bergluft geschlafen haben, und als unser Hunger gestillt war, baten wir den Zigeunerhauptmann, den Faden seiner Erzählung wiederaufzunehmen, und er tat es wie folgt:

Fortsetzung der Geschichte des Zigeunerhauptmanns

Ich sagte Ihnen schon, Señores, daß wir auf der Reise von Madrid nach Burgos unser zweites Nachtquartier erreicht hatten, daß wir aber ein sehr junges Mädchen bei uns hatten, das in einen als Stallburschen verkleideten jungen Mann, den Sohn der Maria de Torres, verliebt war. Diese Maria berichtete, daß der Graf von Rovellas leblos auf einer Seite der Arena lag, während ein junger Unbekannter auf der anderen Seite den Stier, der sein Leben bedrohte, getötet hatte. Also lasse ich hier Maria de Torres in ihrer Geschichte fortfahren:

Fortsetzung der Geschichte der Maria de Torres

Sobald sich der furchtbare Stier in seinem Blut wälzte, stürzten die Stallknechte des Grafen in die Arena, um ihm Hilfe zu leisten. Er gab kein Lebenszeichen von sich. Man legte ihn auf eine Bahre und trug ihn in seine Wohnung. Das Schauspiel wurde abgebrochen, wie Sie sich denken können, und alle begaben sich wieder nach Hause. Am gleichen Abend aber erfuhren wir, Rovellas sei außer Gefahr. Am nächsten Tag schickte mein Gatte einen Pagen zu ihm, der sich nach seinem Befinden erkundigen sollte. Er kam lange nicht zurück; schließlich brachte er uns einen Brief mit folgendem Wortlaut:

Herr Oberst, Hochwohlgeborener Don Enrique de Torres,

Aus Vorliegendem werden Euer Gnaden ersehen, daß die Barmherzigkeit unseres Schöpfers mir noch den Gebrauch einiger Kraft zu belassen geruht. Ein starker Schmerz, den ich in der Brust verspüre, läßt mich jedoch an meiner völligen Genesung zweifeln. Sie wissen, hochwohlgeborener Don Enrique, daß mich die Vorsehung mit Gütern dieser Welt reich bedacht hat. Einen Teil davon vermache ich dem hochherzigen Unbekannten, der sein Leben aufs Spiel setzte, um das meine zu retten. Was den anderen Teil betrifft, so wüßte ich keinen besseren Gebrauch davon zu machen, als ihn Elvira de Noruña, Ihrer unvergleichlichen Schwägerin, zu Füßen zu legen. Wollen Sie die Güte haben, sie die achtungsvollen und ehrbaren Gefühle wissen zu lassen, die sie in dem erweckte, der in kurzem vielleicht nur noch Asche und Staub sein wird, dem der Himmel aber noch sich zu nennen erlaubt

Graf von Rovellas, Marqués de Vera
Lonza und Cruz Velada,
Erbkommandeur von Tallaverde und
Rio Floro, Herr von Tolasquez und
Riga Fuera und Mendez und Lonzos
und so fort und so fort.

Sie werden sich wundern, daß ich mich an so viele Titel erinnere, aber wir verliehen sie zum Scherz alle nacheinander meiner Schwester, und schließlich konnten wir sie auswendig hersagen.

Gleich als mein Gatte diesen Brief erhielt, machte er uns mit seinem Inhalt bekannt und fragte meine Schwester, welche Antwort er darauf geben solle. Elvira erwiderte, sie werde immer nur dem Rat meines Gatten folgen; aber sie gestand, daß die guten Eigenschaften des Grafen ihr weniger aufgefallen seien als die grenzenlose Eitelkeit, die in allen seinen Reden wie Handlungen zum Vorschein komme.

Mein Gatte begriff leicht, was meine Schwester durchblicken ließ; er erwiderte dem Grafen, Elvira sei zu jung, um den wahren Wert des Angebots Seiner Exzellenz zu empfinden, sie vereinige aber ihre guten Wünsche mit denen aller anderen für die Wiederherstellung seiner Gesundheit. Der Graf faßte das durchaus nicht als Zurückweisung auf; er sprach vielmehr von seiner Vermählung mit Elvira als von einer beschlossenen Sache. Indessen brachen wir nach Villaca auf.

Unser Haus lag am Ende des Marktfleckens und ganz wie auf dem Lande in einer entzückenden Umgebung. Dazu hatte man es sehr hübsch hergerichtet. Genau gegenüber stand aber ein einfaches Bauernhaus, das mit ganz besonderem Geschmack ausgestattet war. An der Freitreppe standen Blumentöpfe, es gab schöne Fenster, dazu eine Voliere, und es machte einen unsagbar angenehmen und gepflegten Eindruck. Man sagte uns, ein *labrador* aus Murcia habe es gekauft. Die Landwirte, die man in unserer Provinz *labradores* nennt, bilden zwischen Adligen und Bauern eine eigene Klasse.

Es war schon spät, als wir in Villaca ankamen. Zunächst besichtigten wir das Haus vom Keller bis zum Dachboden, dann ließen wir Stühle vor die Tür setzen und tranken unsere Schokolade. Mein Gatte neckte Elvira damit, daß die Ärmlichkeit des Hauses für eine künftige Gräfin von Rovellas wenig geeignet sei. Sie nahm diese Scherze recht gutgelaunt auf. Kurz darauf sahen wir einen Pflug von den Feldern zurückkehren; er war mit vier mächtigen Ochsen bespannt, die ein Knecht führte und denen ein junger Mann folgte, an dessen Arm eine junge Frau ging. Der junge Mann fiel auf durch seine Gestalt, und als er in unsere Nähe gelangte, erkannten Elvira und ich in ihm Rovellas' Retter. Mein Gatte beachtete ihn nicht weiter, aber meine Schwester warf mir einen Blick zu, den ich sehr wohl verstand. Der junge Mann grüßte uns mit dem Ausdruck eines Menschen, der keine Bekanntschaft wünscht, und betrat das Haus gegenüber. Die junge Frau musterte uns anscheinend aufmerksam.

»Ein hübsches Paar«, bemerkte Doña Manuela, unsere Beschließerin.

»Wieso ein hübsches Paar«, rief Elvira, »sind sie denn verheiratet?«

»Aber gewiß«, erwiderte Manuela, »und um es Euch gleich zu sagen, es ist eine gegen den Willen der Eltern geschlossene Ehe, das Mädchen wurde entführt. Hier fällt ja keiner darauf herein, aber wir sehen schon, daß es keine Bauern sind.«

Mein Gatte fragte Elvira, warum sie so heftig gesprochen habe, und fügte hinzu: »Man könnte meinen, er sei der geheimnisvolle Sänger.«

In diesem Augenblick hörten wir aus dem Haus gegenüber ein Gitarrenvorspiel und eine Stimme, die den Verdacht meines Mannes bestätigte. »Das ist sonderbar«, sagte er, »aber da er verheiratet ist, sind diese Serenaden sicher einer unserer Nachbarinnen zugedacht.«

»Und ich glaubte wahrhaftig, sie gelten mir«, sagte Elvira.

Diese Unbefangenheit brachte uns ein wenig zum Lachen, und dann sprachen wir nicht mehr davon. In den sechs Wochen, die wir in Villaca verbrachten, blieben die Jalousien des Hauses gegenüber geschlossen, und von unseren Nachbarn sahen wir fast nichts. Ich glaube fast, daß sie Villaca vor uns verließen.

Nach Ablauf dieser Zeit erfuhren wir, daß der Graf von Rovellas vollständig wiederhergestellt sei und daß die Stierkämpfe wieder beginnen sollten, daß er dabei aber selbst nicht mehr auftreten werde. Wir kehrten nach Segovia zurück. Das Leben bestand dort nur noch aus Festen und galanten Veranstaltungen. Die Bemühungen des Grafen rührten schließlich Elviras Herz, und ihre Vermählung wurde mit höchstem Gepränge gefeiert.

Der Graf war gerade drei Wochen verheiratet, als er erfuhr, seine Verbannung sei beendet und man gestatte ihm das Erscheinen bei Hofe. Sein Vergnügen darüber, meine Schwester dort einzuführen, war sehr lebhaft; bevor er aber Segovia verließ, wollte er den Namen dessen erfahren, der ihm das Leben gerettet hatte. Er ließ also durch den öffentlichen Ausrufer verkünden, wer ihm Nachricht über seinen Retter bringe, solle hundert Achtergoldstücke erhalten, deren jedes acht Pistolen wert ist. Am nächsten Tag empfing er folgenden Brief:

Ew. Gräfliche Gnaden,

Ew. Exzellenz bemühen sich vergeblich. Verzichten Sie darauf, den Mann kennenzulernen, der Ihnen das Leben gerettet hat, und begnügen Sie sich damit zu wissen, daß Sie das seine vernichtet haben.

Rovellas zeigte diesen Brief meinem Gatten und meinte recht hochmütig, dieses Schreiben könne nur von einem Rivalen herrühren, und er habe nicht gewußt, daß Elvira in Liebessachen verwickelt gewesen sei; hätte er es gewußt, so hätte er sie nie geheiratet. Mein Gatte bat den Grafen, sich in seinen Reden mehr Zurückhaltung aufzuerlegen, und mied ihn fortan.

Es war keine Rede mehr davon, an den Hof zu gehen. Rovellas wurde düster und jähzornig. Seine ganze Eitelkeit war zu Eifersucht geworden, und seine Eifersucht war in Erbitterung umgeschlagen. Mein Gatte teilte mir den Inhalt des anonymen Schreibens mit, und wir zogen daraus den Schluß, daß der Landmann von Villaca ein unglücklich Liebender sein mußte, der sich verkleidet hatte. Wir bemühten uns, Nachforschungen anzustellen; aber der Unbekannte blieb verschwunden, und sein Haus war verkauft.

Elvira war schwanger; sorgfältig verbargen wir vor ihr, was wir über den Gefühlsumschlag ihres Gatten wußten. Sie bemerkte den Umschlag und wußte nicht, welchem Umstand sie ihn zuschreiben sollte. Der Graf erklärte, da er seiner Gattin lästig zu fallen fürchte, wünsche er getrennte Betten. Er sah sie nur noch zu den Mahlzeiten. Ihre Unterhaltung bekam etwas Gezwungenes und wurde fast nur noch in ironischem Ton geführt.

Als meine Schwester in den neunten Monat kam, schützte Rovellas Geschäfte vor, die ihn nach Cadix riefen, und acht Tage später erschien ein Gerichtsbeamter, der Elvira einen Brief übergab; er bat sie, ihn vor Zeugen zu lesen. Wir versammelten uns alle, und dies ist der Inhalt des Briefes:

Señora!

Ich habe Ihr Verhältnis mit Don Sancho de Peña Sombre entdeckt. Ich ahnte es seit langem. Aber sein Aufenthalt in Villaca beweist hinreichend Eure Arglist, die nur ungeschickt durch die Schwester von Don Sancho, die er für seine Frau ausgab, kaschiert war. Mein Reichtum verdiente sicher den Vorzug. Sie werden ihn nicht mit mir teilen, und wir werden nicht mehr zusammenleben. Für Ihren Unterhalt werde ich aufkommen, aber das Kind, das Sie gebären werden, erkenne ich nicht an.

Elvira hörte das Ende des Briefes nicht mehr; bei den ersten Zeilen war sie schon in Ohnmacht gefallen. Mein Gatte reiste noch am gleichen Abend ab, um die Beschimpfung meiner Schwester zu rächen. Rovellas hatte sich schon nach Amerika eingeschifft. Mein Gatte bestieg ein anderes Schiff. Ein Sturm ließ sie beide zugrunde gehen. Elvira kam mit dem jungen Mädchen nieder, das Sie hier bei mir sehen, und starb zwei Tage darauf. Warum bin ich nicht auch gestorben? Wahrhaftig, ich weiß es nicht. Ich denke, das Übermaß meines Schmerzes gab mir die Kraft, ihn zu überleben.

Der Kleinen gab ich den Namen Elvira und bemühte mich, ihre Rechte am Erbe ihres Vaters geltend zu machen. Es hieß, ich müsse mich an den Gerichtshof in Mexiko wenden. Ich schrieb nach Amerika und erhielt die Antwort, das Erbe sei unter zwanzig Seitenverwandte aufgeteilt und man wisse wohl, daß Rovellas das Kind meiner Schwester nicht anerkannt habe. Mein gesamtes Einkommen hätte nicht hingereicht, um zwanzig Seiten Gerichtsakten zu zahlen. Ich begnügte mich damit, in Segovia Geburt und Stand Elviras anzuzeigen. Das Haus, das ich in der Stadt besaß, verkaufte ich und zog mich mit meinem kleinen Lonzeto, der bald drei Jahre alt wurde, und meiner kleinen Elvira, die ebenso viele Monate zählte, nach Villaca zurück. Das größte Leid bereitete es mir, ständig das Haus vor Augen zu haben, in dem sich der verwünschte Unbekannte mit seiner geheimnisvollen Liebe eingenistet hatte. Schließlich gewöhnte ich mich daran, und meine Kinder waren mir für alles ein Trost.

Seit ich mich nach Villaca zurückgezogen hatte, war noch kein Jahr verstrichen, als ich aus Amerika einen Brief empfing, der folgenden Wortlaut hatte:

Señora!

Folgende Zeilen richtet der Unglückliche an Sie, dessen ehrerbietige Liebe das Unglück Ihres Hauses herbeigeführt hat. Meine Hochachtung für die unvergleichliche Elvira war, wenn möglich, noch größer als die Liebe, die sie schon beim ersten Anblick in mir erweckte. Ich wagte also erst dann meine Seufzer und meine Gitarre ertönen zu lassen, wenn die Straße leer war und meine Kühnheit ohne Zeugen blieb.

Als sich der Graf von Rovellas zum Sklaven jener Reize erklärte, an die auch ich meine Freiheit verloren hatte, glaubte ich auch den leisesten Funken einer Leidenschaft, die mich hätte schuldig machen können, in meinem Busen verschließen zu müssen. Da ich indessen wußte, daß Sie einige Zeit in Villaca verbringen wollten, erkühnte ich mich, dort ein Haus zu erwerben und aus ihm, hinter den Jalousien verborgen, die anzuschauen, an die ich nie das Wort zu richten und noch weniger mein Begehren zu äußern gewagt hätte. Bei mir hatte ich meine Schwester, die ich als meine Frau ausgab, um alles zu vermeiden, was den Verdacht hätte aufkommen lassen können, ich sei ein verkleideter Liebhaber.

Daß unsere geliebte Mutter gefährlich erkrankte, veranlaßte uns, in ihre Arme zu eilen, und als ich wieder zurückkehrte, erfuhr ich, daß Elvira den Namen der Gräfin von Rovellas trug. Ich beweinte den Verlust eines Glücks, auf das ich doch nie Anspruch zu erheben gewagt hätte, und eilte fort, um meinen Schmerz in den Wäldern einer anderen Hemisphäre zu verbergen. Dort erfuhr ich erst von den Schändlichkeiten, deren unschuldiger Urheber ich geworden war, und den Abscheulichkeiten, deren man meine ehrfurchtsvolle Liebe bezichtigte.

Hiermit erkläre ich also, daß der verstorbene Graf von Rovellas eine Lüge aussprach, wenn er behauptete, meine Huldigung an die unvergleichliche Elvira habe mich zum Vater des Kindes machen können, das sie unter dem Herzen trug.

Ich erkläre dies für falsch und ich beschwöre auf meinen Glauben und mein Seelenheil, daß ich niemals eine andere Frau als die Tochter der unvergleichlichen Elvira ehelichen werde, was hinlänglich beweist, daß sie meine Tochter nicht ist. Zur Bezeugung dieser Wahrheit rufe ich die Jungfrau an und das kostbare Blut ihres Sohnes, die mir in meiner letzten Stunde beistehen mögen.

Don Sancho de Peña Sombre

P.S. Ich habe den Corregidor von Acapulco und einige Zeugen diesen Brief gegenzeichnen lassen; lassen Sie ihn durch den Gerichtshof in Segovia ebenfalls beglaubigen und beurkunden.

Als ich diesen Brief gelesen hatte, erging ich mich in Verwünschungen über Peña Sombre und seine ehrerbietige Liebe.

»O du Unglückseliger«, rief ich, »verstiegener Mensch,

Satan, Luzifer! Warum hat dir der Stier, den du vor unseren Augen getötet hast, nicht lieber den Bauch aufgeschlitzt? Deine verdammte Ehrerbietung hat zum Tode meines Gatten und meiner Schwester geführt! Du hast mich zu einem Leben in Tränen und Elend verurteilt, und jetzt begehrst du mein Kind zur Frau, das gerade zehn Monate zählt; möge der Himmel! ... soll doch der Blitz! ...« Ich sagte also alles, was mir der Zorn eingab, und dann begab ich mich nach Segovia, wo ich Don Sanchos Brief beurkunden ließ. In der Stadt angekommen, fand ich meine Geschäfte in desolatem Zustand. Die Zahlungen für das Haus, das ich verkauft hatte, waren eingestellt zugunsten der Leibrenten für die fünf Malteserritter, mit denen wir in Verzug geraten waren, und die Pension meines Gatten war gestrichen. Mit den fünf Rittern und den sechs Nonnen gelangten wir mit Hilfe einer Abfindung zu einem Übereinkommen. Nun blieb mir nur noch mein kleines Landgut in Villaca. Es wurde mir dadurch nur um so teurer, und ich kehrte um so vergnügter dorthin zurück.

Meine Kinder fand ich gesund und munter vor. Ich behielt die Frau, die für sie gesorgt hatte, und mit einem Lakaien und einem Knecht bildete sie mein ganzes Personal. So lebte ich, ohne Not leiden zu müssen.

Meine Herkunft und der Rang, den mein Gatte innegehabt hatte, gaben mir im ganzen Ort Ansehen. Jedermann erwies mir seine Dienste, so gut er es vermochte. So vergingen sechs Jahre, und ich wünsche mir nur, daß ich nie unglücklichere erleben möge.

Eines Tages suchte mich der Alkalde unseres Marktortes auf. Er kannte Don Sanchos sonderbare Erklärung und sagte mir, indem er mir die Zeitung reichte: »Señora, erlaubt, daß ich Euch zu der glänzenden Vermählung beglückwünsche, die Euer Fräulein Nichte eingehen wird. Lest diesen Artikel.«

Don Sancho de Peña Sombre, der dem König sowohl durch die Erwerbung zweier an Silberminen reicher Provinzen im Norden Neumexikos als auch durch die Umsicht, mit der er die Revolte in Cusco beendete, außerordentliche Dienste geleistet hat, wurde soeben zur Würde eines Granden von Spanien mit dem Titel des Grafen von Peña Velez erhoben. Er ist mit dem Rang eines Generalkapitäns zu den Philippinen entsandt worden.

»Gott sei gelobt«, sagte ich zum Alkalden. »Elvira wird wenn schon nicht einen Gatten, so doch wenigstens einen Beschützer haben. Möge er doch glücklich von den Philippinen zurückkehren, Vizekönig Mexikos werden und uns zu unserem Vermögen verhelfen!«

Was ich so angelegentlich wünschte, traf vier Jahre später ein. Der Graf von Peña Sombre wurde zum Vizekönig ernannt, und ich schrieb ihm im Interesse meiner Nichte. Er antwortete mir, ich verletzte ihn schmerzlich mit der Annahme, er könne die Tochter der unvergleichlichen Elvira vergessen; weit entfernt davon, sich eines solchen Vergessens schuldig zu machen, habe er schon beim Gerichtshof von Mexiko die notwendigen Schritte unternommen; der Prozeß werde sehr viel Zeit beanspruchen, aber er wage es nicht, seinen Gang zu beschleunigen, und da er keine andere Frau wünsche als meine Nichte, schicke es sich nicht, daß er die Justiz veranlasse, zu seinen Gunsten Ausnahmen zu machen. Ich sah nun also, daß der Mann fest zu seinem Vorhaben stand. Einige Zeit darauf ließ mir ein Bankier aus Cadix tausend Goldachter aushändigen, ohne mir angeben zu wollen, von wem diese Summe stamme. Ich vermutete, daß sie vom Vizekönig kam; aus Taktgefühl wollte ich das Geld nicht annehmen, nicht einmal berühren, und bat den Bankier, es in der Asiento-Bank anzulegen.

All dies hielt ich so geheim, wie es mir nur möglich war; aber da schließlich alles ans Tageslicht kommt, erfuhr man auch in Villaca von den Absichten, die der Vizekönig auf meine Nichte hatte, und nannte sie nur noch die kleine Vizekönigin.

Jeder anderen als meiner kleinen Elvira, die damals elf Jahre alt war, hätte das, glaube ich, den Kopf verdreht; aber Kopf und Herz des jungen Mädchens waren von etwas anderem eingenommen, das die Eitelkeit hinderte, sich zu entfalten, und das ich zu spät bemerkte. Seit ihrer frühesten Kindheit hatte sie Worte der Liebe und Zärtlichkeit geplappert, und Gegenstand ihrer vorzeitigen Gefühle war ihr kleiner Vetter Lonzeto. Oft kam ich auf den Gedanken, sie voneinander zu trennen, aber ich wußte nicht, was ich mit meinem Sohn anfangen sollte. Ich schalt meine Nichte, und alles, was ich erreichte, war, daß sie mir gegenüber schweigsam wurde.

Sie wissen, daß in der Provinz unsere ganze Lektüre aus Romanen und Novellen und aus Romanzen besteht, die man mit Gitarrenbegleitung vorträgt. In Villaca hatten wir einige zwanzig Bände dieser schönen Literatur, und ihre Liebhaber liehen sie einander aus. Ich verbot Elvira, auch nur eine Seite davon zu lesen; als mir das aber einfiel, kannte sie längst alle auswendig.

Seltsam ist, daß mein kleiner Lonzeto dieselben romantischen Ideen im Kopf hatte. Beide verstanden sich glänzend, vor allem wenn es darum ging, mir etwas geheimzuhalten, was gar nicht so schwer war; denn Sie wissen, daß in diesen Dingen die Mütter und die Tanten fast ebenso scharfsichtig sind wie die Ehemänner. Ich hegte jedoch bei ihrem Treiben einen gewissen Verdacht, und ich wollte Elvira in einem Kloster unterbringen, hatte indessen die Mittel nicht, um für ihren Unterhalt aufzukommen. Es scheint, ich tat nichts von dem, was ich hätte tun sollen, und es kam hinzu, daß die kleine Person, statt über den Titel einer Vizekönigin entzückt zu sein, sich vorzustellen begann, sie sei eine unglücklich

Liebende, ein auserwähltes Opfer des Schicksals. Sie teilte diese schönen Ideen ihrem Vetter mit, und alle beide beschlossen, die heiligen Rechte der Liebe gegen die tyrannischen Gebote des Schicksals zu behaupten. All das währte drei Jahre, ohne daß ich auch nur das Geringste davon ahnte.

Eines Tages überraschte ich sie in der denkbar tragischsten Haltung im Hühnerstall. Elvira lag ausgestreckt auf einem Hühnerkäfig, hielt ein Taschentuch in der Hand und zerfloß in Tränen. Zehn Schritt von ihr lag Lonzeto auf den Knien und weinte ebenfalls aus Leibeskräften. Ich fragte sie, was sie da anstellten. Sie antworteten mir, aus dem Roman *Fuen de Rosas y Linda Mora* spielten sie eine Szene nach.

Diesmal ließ ich mich nicht hinters Licht führen, und ich mußte nun einsehen, daß hier Liebe im Spiel war. Ich ließ mir nichts anmerken, sondern ging zum Pfarrer und fragte ihn um Rat, wie ich mich jetzt verhalten solle. Nachdem der Pfarrer ein wenig überlegt hatte, sagte er, er werde einem Geistlichen schreiben, der sein Freund sei und der Lonzeto aufnehmen könne; inzwischen solle ich eine Novene verrichten und die Tür der Kammer, in der Elvira schlief, gut verschlossen halten.

Ich dankte dem Pfarrer, verrichtete die Novene, schloß Elviras Tür ab; aber unglücklicherweise hatte ich das Fenster nicht verwahrt. Eines Nachts hörte ich bei Elvira Geräusche. Ich öffnete ihre Tür und fand Lonzeto bei ihr im Bett; im Hemd sprangen sie auf, warfen sich vor mir auf die Knie und sagten, sie seien verheiratet.

»Wer hat Sie getraut?« rief ich. »Welcher Priester hat sich zu dieser Nichtswürdigkeit herbeigelassen?«

»Nein, Señora«, antwortete Lonzeto mit großem Ernst, »kein Priester hat damit zu tun. Wir haben uns unter der großen Kastanie vermählt. Der Gott der Natur empfing im Angesicht der aufgehenden Sonne unsere

Schwüre, und die Vögel ringsum waren die Zeugen unserer Seligkeit. So, Señora, ist die reizende Linda Mora zur Gattin des glücklichen Fuen de Rosas geworden, und so ist es in unvergänglichen Lettern in unserer Geschichte bezeugt.«

»Ach, unglückliche Kinder«, sagte ich zu ihnen, »Ihr seid gar nicht verheiratet und könnt es nicht sein: Ihr seid ja Geschwisterkinder und Blutsverwandte!«

Der Gram hatte mich so zur Verzweiflung gebracht, daß ich nicht einmal den Mut hatte, sie zu schelten. Ich schickte Lonzeto hinaus, warf mich auf Elviras Bett und überschwemmte es mit meinen Tränen.

An dieser Stelle seiner Erzählung erinnerte sich der Zigeunerhauptmann, daß eine wichtige Angelegenheit seine Gegenwart erforderte, und er bat uns um die Erlaubnis, sich zurückzuziehen.

Als er sich entfernt hatte, sagte Rebekka zu mir: »An diesen Kindern nehme ich lebhaften Anteil. Ich fand schon die Liebe im Antlitz des Mulatten Tanzai und Suleikas ganz entzückend. Um wieviel hinreißender mußte sie sein, als sie den hübschen Lonzeto und die liebe Elvira beseelte. Sie sind doch ein Abbild von Amor und Psyche.«

»Das ist ein glücklicher Vergleich«, erwiderte ich. »Er zeigt, daß Sie in der Kunst, die Ovid lehrt, bald ebenso weit gelangen wie in den Büchern von Henoch und Atlas.«

»Es scheint mir«, sagte Rebekka, »daß die Wissenschaft, von der Sie da sprechen, ebenso gefährlich ist wie die, mit der ich mich bisher abgab, und daß die Liebe ebenso zauberisch ist wie die Kabbala.«

»Was die Kabbala betrifft«, sagte Ben Mamoun, »so teile ich Ihnen mit, daß der Ewige Jude die Berge Armeniens heute nacht überschritten hat und sich uns mit großen Schritten nähert.«

Ich war der Magie so müde, daß ich nicht mehr hinhörte, als man das Gespräch auf dieses Thema lenkte. Ich entfernte mich also und ging auf die Jagd. Gegen Abend kam ich zurück. Der Zigeunerhauptmann war mit unbekanntem Ziel weggegangen. Ich speiste mit seinen Töchtern zu Abend, denn der Kabbalist ließ sich nicht sehen, ebensowenig seine Schwester. Ich war ein wenig verlegen, mich mit den beiden jungen Mädchen allein zu sehen. Es schien mir indessen, daß nicht sie mich bei Nacht in meinem Zelt besucht hatten. Es mußte sich doch um meine Cousinen handeln. Was nun aber diese Cousinen oder Dämonen wirklich waren, das vermochte ich nicht zu ergründen.

Siebzehnter Tag

Als ich sah, daß sich alle bei der Höhle versammelten, begab ich mich auch dorthin. Man beeilte sich mit dem Frühstück, und Rebekka fragte als erste nach dem weiteren Schicksal von Maria de Torres. Der Zigeunerhauptmann ließ sich nicht lange bitten und begann sogleich:

Fortsetzung der Geschichte der Maria de Torres

Nachdem ich lange auf Elviras Bett geweint hatte, weinte ich auf meinem eigenen weiter. Mein Leid wäre vielleicht geringer gewesen, wenn ich jemand hätte um Rat fragen können. Aber ich wagte es nicht, die Schande meiner Kinder preiszugeben, und ich selbst starb vor Scham, da ich mich als die einzig Schuldige betrachtete. Zwei Tage lang konnte ich nur weinen. Am dritten sah ich vor unserem Haus eine lange Kolonne von Pferden und Maultieren halten, und man meldete mir den *Corregidor* von Segovia. Dieser Vertreter des Gesetzes erklärte mir nach dem ersten Austausch von Höflichkeiten, daß der Graf von Peña Velez, spanischer Grande und Vizekönig von Mexiko, ihm einen Brief gesandt habe mit der Anordnung, ihn mir zuzustellen, und die Hochachtung, die er für diesen Herrn empfinde, veranlasse ihn, mir diesen Brief eigenhändig zu übergeben. Ich dankte ihm gebührend und nahm den Brief entgegen, der folgendermaßen abgefaßt war:

Señora!

Zwei Monate weniger als dreizehn Jahre sind es heute her, daß ich Ihnen zu erklären die Ehre hatte, ich wolle niemals eine andere zur Gattin nehmen als Elvira de Noruña, die am Tage, als ich in Amerika diesen Brief abfaßte, siebeneinhalb Monate alt war. Die Achtung, die ich seither ihrer liebenswürdigen Person entgegenbrachte, ist zusammen mit ihrer Anmut nur größer geworden. Ich nahm mir vor, nach Villaca zu eilen, um mich ihr zu Füßen zu werfen, aber der höchste Befehl Ihrer Majestät verbietet mir, mich Madrid auf eine Distanz von weniger als fünfzig Kilometern anzunähern. Daher bitte ich darum, Euer Gnaden auf dem Wege von Segovia nach Vizcaya meine Aufwartung machen zu dürfen.

Mit höchster Achtung verbleibe ich
Euer Gnaden ergebener Diener
Don Sancho, Graf von Peña Velez

So lautete der Brief des ehrerbietigen Vizekönigs. So bekümmert ich war, ich konnte nicht umhin, ein wenig darüber zu lachen. Der *Corregidor* händigte mir noch ein Portefeuille aus, in dem sich die Summe befand, die ich in der Asiente-Bank angelegt hatte, dann verabschiedete er sich von mir, nahm das Mittagessen beim Alkalden ein und reiste wieder nach Segovia ab.

Ich selbst aber stand still wie eine Statue, den Brief in der einen, das Portefeuille in der anderen Hand. Ich hatte mich von meiner Überraschung noch nicht erholt, als der Alkalde hereintrat, um mir zu sagen, daß er den *Corregidor* bis zur Gemeindegrenze von Villaca gebracht habe und meine Befehle erwarte, um mir Maultiere, Diener, Führer, Sättel, Mundvorrat, kurz alles zu beschaffen, was ich brauchte, um meine Reise anzutreten.

Ich überließ alles dem guten Alkalden. Dank seiner geschäftigen Fürsorge wurden wir instand gesetzt, am nächsten Tag aufzubrechen. In Villa Verde haben wir übernachtet, und hier sind wir nun. Morgen werden wir Villa Real erreichen, um den ehrerbietigen Vizekönig zu treffen. Aber was soll ich ihm sagen? Was kann er selber sagen, wenn er die Tränen dieses Mädchens sieht? Ich habe mich aus Furcht vor Verdächtigungen nicht getraut, meinen Sohn zu Hause zu lassen, und ich habe, um nur die Wahrheit zu sagen, seinen flehentlichen Bitten, ihn mitzunehmen, nicht widerstehen können. Also verkleidete ich ihn als Maultiertreiber. Weiß der Himmel, was daraus wird! Ich fürchte und wünsche, daß alles ans Tageslicht kommt. Auf jeden Fall muß ich den Vizekönig sprechen. Ich muß ihn fragen, was er unternommen hat, um Elviras Vermögen wiederzuerlangen. Wenn sie nicht mehr würdig ist, seine Frau zu werden, so wünsche ich doch, daß er hinreichend Anteil an ihr nehme, um sie zu seinem Mündel zu machen. Aber mit welcher Stirn kann ich, in meinem Alter, ihm gegenübertreten, um ihm meine Nachlässigkeit einzugestehen? Wahrhaftig, wäre ich nicht Christin, ich zöge einem solchen Augenblick den Tod vor.

So beschloß die gute Maria ihre Erzählung, und ganz ihrem Schmerz hingegeben, vergoß sie einen Strom von Tränen. Meine gute Tante zog ebenfalls das Taschentuch hervor und begann zu weinen. Ich weinte auch. Elvira schluchzte so verzweifelt, daß man sie aufschnüren und zu Bett bringen mußte. Und das war der Anlaß für alle, sich schlafen zu legen.

Fortsetzung der Geschichte des Zigeunerhauptmanns

Auch ich legte mich zu Bett und schlief ein. Die Sonne war noch nicht aufgegangen, als ich fühlte, daß mich jemand am Arm zog. Ich wachte auf und wollte schreien.

»Sprechen Sie leise«, sagte eine Stimme. »Ich bin Lonzeto. Elvira und ich, wir haben einen Weg gefunden, wie wir unserer Not entkommen, wenigstens für ein paar Tage. Hier sind die Kleider meiner Cousine. Legen Sie sie an, und Elvira wird die Ihren nehmen. Meine Mutter ist so gut, daß sie uns verzeihen wird; und was die Maultiertreiber angeht und die anderen Leute, die seit Villaca bei uns waren, so können sie uns nicht verraten, da der Vizekönig andere schickte, um sie abzulösen. Die Kammerfrau hält zu uns. Kleiden Sie sich schnell an, und dann legen Sie sich in Elviras Bett, und sie legt sich in Ihres.«

Ich fand überhaupt nichts gegen Lonzetos Vorschlag einzuwenden und kleidete mich an, so schnell ich konnte. Ich war zwölf Jahre alt, ziemlich groß für mein Alter, und die Kleider einer vierzehnjährigen Kastilianerin paßten mir genau; Ihr wißt ja, daß die Frauen in Kastilien im allgemeinen kleiner sind als in Andalusien.

Sobald ich angekleidet war, legte ich mich auf Elviras Bett, und kurz darauf hörte ich, wie meiner Tante gemeldet wurde, der Majordomus des Vizekönigs erwarte sie in der Küche der Herberge, die auch als Aufenthaltsraum für alle diente.

Einen Augenblick später wurde Elvira gerufen, und ich ging an ihrer Stelle hinunter. Ihre Tante hob die Hände zum Himmel und sank auf einen Stuhl, der hinter ihr stand, aber der Majordomus achtete nicht auf sie. Er senkte ein Knie zu Boden, versicherte mich der Hochachtung seines Herrn und überreichte mir eine Schatulle. Ich nahm sie sehr anmutig entgegen und hieß ihn sich erheben. Viele Menschen aus dem Gefolge des Vizekönigs traten herein, um mich zu grüßen, und riefen dreimal: »*Viva la nuestra virreina!*«

Dann kam meine eigene Tante herein, gefolgt von Elvira in Knabenkleidern. Sie bedeutete Maria de Torres mit geheimen Zeichen des Einverständnisses und des

Mitleids, man könne nichts mehr tun und müsse den Dingen ihren Lauf lassen.

Der Majordomus fragte, wer diese Dame sei. Ich erklärte ihm, sie komme aus Madrid und reise nach Burgos, um ihren Neffen im Kolleg der Theatiner unterzubringen. Der Majordomus bat sie um die Freundlichkeit, sich der Sänften des Vizekönigs zu bedienen. Meine Tante erbat eine für ihren Neffen, der, wie sie sagte, von zarter Gesundheit und von der Reise erschöpft sei. Entsprechend traf der Majordomus seine Anordnungen. Dann reichte er mir seine behandschuhte Rechte und half mir in die Sänfte. So gelangte ich an die Spitze der Kolonne, und die ganze Truppe setzte sich in Bewegung.

Nun war ich also die künftige Vizekönigin, eine Schatulle mit Diamanten in der Hand, in einer vergoldeten Sänfte, die von zwei weißen Maultieren getragen wurde, und eskortiert von zwei Berittenen, die ihre Pferde vor den Schlägen meiner Sänfte tänzeln ließen. In dieser für einen Knaben meines Alters sehr seltsamen Lage begann ich zum ersten Mal über die Ehe nachzudenken, diese Bindung, deren Natur mir noch einigermaßen fremd war. Jedoch begriff ich genug davon, um mir sicher zu sein, daß der Vizekönig mich niemals heiraten werde und daß ich daher nichts Besseres tun könne, als ihn länger in seinem Irrtum zu erhalten und meinem Freund Lonzeto Zeit zu verschaffen, sich einen Ausweg aus seiner verzweifelten Lage auszudenken. Einem Freund beizustehen erschien mir sehr verdienstvoll. Ich beschloß also, das Mädchen zu spielen, und um mich darin zu üben, legte ich mich in der Sänfte zurück und nahm ein affektiertes und vornehmes Gehabe an. Es fiel mir auch ein, daß ich beim Gehen nicht zu große Schritte machen dürfe und mich ganz allgemein vor weit ausholenden Bewegungen hüten müsse.

So weit waren meine Überlegungen gediehen, als uns

eine große Staubwolke den Vizekönig ankündigte. Der Majordomus ließ mich aussteigen und sagte mir, ich solle mich auf seinen Arm stützen. Der Vizekönig stieg vom Pferd, senkte ein Knie auf den Boden und sprach zu mir: »Señora! Geruhen Sie die Bekundung einer Liebe zu empfangen, die mit Ihrer Geburt begann und die erst mit meinem Tode enden wird.« Dann küßte er mir die Hand, half mir, ohne auf meine Antwort zu warten, in die Sänfte, stieg zu Pferd und ließ die Kolonne ihren Weg fortsetzen.

Da er sein Pferd neben meiner Sänfte tummelte und selten zu mir herübersah, hatte ich Gelegenheit, ihn in aller Ruhe zu betrachten. Er war nun nicht mehr der junge Mann, der Señora de Torres so anziehend erschienen war, als er den Stier tötete oder als er mit dem Pflug nach Villaca zurückkam. Der Vizekönig konnte wohl noch als schöner Mann gelten, aber seine von der Äquatorsonne verbrannte Haut war eher schwarz als weiß. Die buschigen Brauen, die über seine Augen herabhingen, gaben seinem Blick etwas so Bedrohliches, daß alle seine Bemühungen, ihn sanfter erscheinen zu lassen, nur auf eine Grimasse hinausliefen, die nichts Freundliches hatte. Wenn er mit Männern sprach, donnerte seine Stimme, gegenüber Frauen brachte sie ein Flötenfalsett hervor, das einen zum Lachen reizte. Richtete er das Wort an seine Leute, so schien er eine Armee zu kommandieren, wandte er sich an mich, schien er Anordnungen für einen Feldzug zu empfangen.

Je länger ich den Vizekönig beobachtete, desto größer wurde mein Unbehagen. Ich überlegte, der Augenblick, in dem er entdecken werde, daß ich ein Knabe war, könne sehr wohl eine Züchtigung herbeiführen, deren bloße Vorstellung mich erbeben ließ. Ich hatte es also nicht nötig, Ängstlichkeit vorzutäuschen, denn ich zitterte am ganzen Leib und wagte keinen Menschen mehr anzublicken.

Wir erreichten Valladolid. Der Majordomus reichte mir die Hand und geleitete mich in die mir bestimmten Gemächer. Die beiden Tanten folgten mir. Elvira wollte auch eintreten, wurde aber als unverschämter Bengel fortgejagt. Lonzeto dagegen blieb bei den Pferdeknechten.

Sobald ich mit den Tanten allein war, warf ich mich ihnen zu Füßen und beschwor sie, mich nicht zu verraten, indem ich ihnen das Strafgericht ausmalte, dem mich die geringste Indiskretion aussetzen müsse. Die Vorstellung, ich könne ausgepeitscht werden, trieb meine Tante fast zur Verzweiflung; sie schloß sich meinen inständigen Bitten an. Aber sie waren überflüssig; Maria de Torres war genauso verängstigt wie wir und trachtete nur danach, die Offenbarung der Wahrheit hinauszuschieben, solange sie es vermochte.

Endlich bat man uns zum Essen. Der Vizekönig erwartete mich an der Tür des Speisesaals, geleitete mich zu meinem Platz und ließ sich zu meiner Rechten nieder, wobei er erklärte: »Señora, meine Würde als Vizekönig ist durch das von mir gewahrte Incognito zeitweise ausgesetzt, aber nicht aufgehoben. Folglich muß ich mir erlauben, zu Ihrer Rechten Platz zu nehmen, genau wie der erhabene Herr, dessen Stelle ich hier einnehme, sich zur Rechten der Königin niederläßt.«

Dann wies der Majordomus den anderen, ihrem Rang entsprechend, ihre Plätze an, wobei er den ersten Señora de Torres einräumte.

Lange speiste man schweigend; dann sagte der Vizekönig, zu Señora de Torres gewandt: »Señora, es war mir schmerzlich zu erfahren, daß Sie sich in einem Brief, den Sie mir nach Amerika sandten, offenbar im Zweifel darüber befanden, ob ich zurückkäme, um das Versprechen, das ich vor dreizehn Jahren und einigen Monaten gab, einzulösen.«

»Hoheit«, sagte Maria, »meine Nichte erschiene Euer Hoheit würdiger, ja sie wäre es sogar, wenn ich angenommen hätte, dies sei Ihr Ernst.«

»Da sieht man«, erwiderte der Vizekönig, »daß Sie aus Europa stammen. Denn in der Neuen Welt weiß man sehr wohl, daß ich niemals scherze.«

Darauf versiegte das Gespräch und kam nicht mehr in Gang. Als die Tafel aufgehoben war, geleitete mich der Vizekönig bis zur Tür meiner Gemächer. Die beiden Tanten suchten nach der echten Elvira, die man am Tisch des Majordomus hatte essen lassen, und ich blieb allein mit ihrer Kammerfrau, die nun zu der meinen geworden war. Sie wußte, daß ich ein Knabe war, diente mir aber deswegen mit nicht geringerem Eifer. Aber sie fürchtete sich ebenfalls entsetzlich vor dem Vizekönig. Wir sprachen einander Mut zu, und am Ende lachten wir ganz unbekümmert.

Die Tanten kamen zurück; und da der Vizekönig geäußert hatte, daß wir ihn an diesem Tag nicht mehr wiedersehen würden, ließen sie heimlich Elvira und Lonzeto hereinkommen. Nun war die Freude vollkommen. Wir schüttelten uns vor Lachen, und die Tanten, entzückt über einen Tag Aufschub, waren beinahe ebenso ausgelassen wie wir.

Später am Abend hörten wir eine Gitarre und entdeckten den verliebten Vizekönig, eingehüllt in einen dunklen Mantel und halb verborgen hinter einem Nachbarhaus. Seine Stimme, zwar nicht mehr die eines jungen Mannes, war noch klangvoll; er sang fehlerlos, und er hatte sich zweifellos viel mit Musik beschäftigt.

Die kleine Elvira, der die Werbungsrituale vertraut waren, streifte mir einen meiner Handschuhe ab und warf ihn auf die Straße hinaus. Der Vizekönig hob ihn auf, küßte ihn und barg ihn an seinem Busen. Aber kaum hatte ich ihm diese Gunst gewährt, als mich deuchte, das bedeute hundert Rutenstreiche mehr für mich, wenn der Vizekönig erführe, was für eine Elvira ich war. Dieser Gedanke machte mich so niedergeschlagen, daß ich nur noch daran dachte, zu Bett zu gehen. Elvira und Lonzeto verabschiedeten sich von mir und vergossen ein paar Tränen.

»Auf morgen!« sagte ich zu ihnen.

»Vielleicht«, erwiderte Lonzeto.

Dann legte ich mich im gleichen Zimmer schlafen wie meine neue Tante. Ich entkleidete mich so züchtig ich nur konnte, was sie ebenfalls tat.

Am nächsten Morgen weckte uns meine Tante Dalanosa, die uns mitteilte, Elvira und Lonzeto seien in der Nacht entflohen und man wisse nicht, was aus ihnen geworden sei. Diese Nachricht traf Maria de Torres wie ein Peitschenhieb. Mir dagegen erschien es im ersten Augenblick, daß mir nichts übrigbleibe, als anstelle Elviras Vizekönigin zu werden.

Als der Zigeunerhauptmann bis zu dieser Stelle seiner Erzählung gelangt war, kam ein Zigeuner heran, der über andere Angelegenheiten mit ihm sprechen wollte. Er erhob sich und bat uns darum, die Fortsetzung seiner Erzählung auf den nächsten Tag verschieben zu dürfen.

Rebekka bemerkte mit einer gewissen Ungeduld, gerade an der spannendsten Stelle einer Erzählung würden wir immer unterbrochen. Dann sprachen wir über gleichgültige Dinge. Der Kabbalist erklärte, er habe neue Nachricht vom Ewigen Juden, der schon das balkanische Gebirge überquert habe und bald in Spanien sein werde. Ich weiß nicht mehr, womit wir den Rest des Tages zubrachten. Daher gehe ich gleich zum nächsten über, der reicher an Ereignissen wurde.

Achtzehnter Tag

Nachdem ich schon vor Sonnenaufgang erwacht war, hatte ich den Einfall, den unheilvollen Galgen von Los Hermanos aufzusuchen und festzustellen, ob dort nicht ein neues Opfer zu finden sei. Mein Gang war nicht vergeblich. Ich fand tatsächlich einen Mann, der zwischen den beiden Gehenkten lag. Er schien keine Empfindung mehr zu haben. Ich berührte seine Hände, die erstarrt waren, aber doch eine schwache Wärme fühlen ließen. Vom Fluß holte ich Wasser und spritzte es ihm ins Gesicht. Als ich dann gewisse Lebenszeichen an ihm feststellte, hob ich ihn hoch und trug ihn aus dem Galgenplatz heraus. Er kam zu sich, starrte mich mit wilden Augen an, raffte sich plötzlich hoch und lief davon. Ich folgte ihm einige Zeit mit den Augen. Als ich schließlich sah, daß er bald hinter Büschen verschwinden und sich womöglich in der Einöde verirren werde, glaubte ich, es sei meine Pflicht, ihm nachzulaufen und ihn festzuhalten. Er wandte sich um, und da er nun mich laufen sah, rannte er schneller, stürzte schwer und verletzte sich über der Schläfe. Zum Säubern seiner Wunde nahm ich mein Taschentuch, dann wickelte ich ihm einen Streifen meines Hemdes um den Kopf. Der Mann ließ alles mit sich geschehen und sprach kein Wort. Ich glaubte ihn zum Zigeunerlager mitnehmen zu sollen. Er nahm den Arm, den ich ihm als Stütze anbot, und ging an meiner Seite, ohne daß ich ihm ein Wort hätte entlocken können.

Als wir zur Höhle gelangten, wo sich alle zum Frühstück eingefunden hatten, war ein Platz für mich frei gehalten. Für den Unbekannten rückte man ein wenig zusammen, ohne zu fragen, wer er sei. Das verlangen die Gesetze der Gastfreundschaft, an der man es in Spanien nie fehlen läßt. Der Unbekannte löffelte seine Schokolade; offenbar war er der Stärkung bedürftig. Der Zigeunerhauptmann fragte mich, ob mein Begleiter von Räubern verletzt worden sei.

»Keineswegs«, antwortete ich. »Ich fand diesen Herrn bewußtlos unter dem Galgen von Los Hermanos. Als er wieder zu sich kam, lief er querfeldein davon. Da ich fürchtete, er werde sich im Buschland verirren, lief ich hinter ihm her. Je mehr ich mich anstrengte, ihn zu erreichen, desto schneller rannte er, um mir zu entkommen; ein Sturz ist der Grund für seine Verletzung.«

Hier legte der Unbekannte seinen Löffel beiseite und sagte, indem er sich mir mit großem Ernst zuwandte: »Señor, Sie haben sich schlecht ausgedrückt, und ich habe den Verdacht, daß man Sie falsche Grundsätze gelehrt hat.«

Sie können sich wohl denken, welche Wirkung derartige Worte bei mir erzeugen mußten. Ich beherrschte mich indessen und erwiderte: »Mein unbekannter Señor, ich darf Ihnen versichern, daß man mir seit meiner Kindheit die allerbesten Grundsätze beigebracht hat und daß sie mir um so notwendiger sind, als ich die Ehre habe, Hauptmann der Wallonischen Garde zu sein.«

»Señor«, antwortete der Unbekannte, »ich sprach von den Grundsätzen, die Sie hinsichtlich der Beschleunigung von Körpern erhielten, sofern sie auf einer schiefen Ebene stattfindet. Da Sie von meinem Sturz sprechen und über seine Gründe Klarheit gewinnen wollten, hätten Sie tatsächlich feststellen müssen, daß ich, da der Galgen auf einer Anhöhe steht, auf einer schiefen Ebene lief, und hätten die Linie, die meine Bewegung beschrieb, als Hypotenuse eines rechtwinkligen Dreiecks ansehen müssen, dessen Basis in der Horizontale verliefe, sein rechter Winkel würde aus ebendieser Basis und einer Senkrechten gebildet, die zur Spitze des Dreiecks, das heißt zum Fuß des Galgens führte. Also hätten Sie sagen können, meine Beschleunigung auf der schiefen Ebene verhalte sich zu der Beschleunigung, die ich erfahren hätte, wenn ich in der Senkrechten gefallen wäre, wie eben diese Senkrechte zur Hypotenuse. Nach dieser Bewertung war es die Beschleunigung, die mich so heftig stürzen ließ, und nicht die Verdoppelung meiner Geschwindigkeit, die durch meinen Wunsch, Ihnen zu entkommen, verursacht wurde. Aber das steht der Tatsache nicht entgegen, daß Sie Hauptmann der Wallonischen Garde sind.«

Nach diesen Worten ergriff der Unbekannte wieder seinen Löffel und verzehrte weiter seine Schokolade, wobei ich im Zweifel darüber blieb, wie seine Argumentation aufzufassen sei, und nicht einmal wußte, ob er im Ernst gesprochen hatte oder sich über mich lustig machen wollte.

Da der Zigeunerhauptmann sah, daß ich drauf und dran war, zornig zu werden, wollte er dem Gespräch eine andere Wendung geben und sagte: »Dieser Kavalier, der anscheinend die Geometrie vortrefflich beherrscht, ist sicher der Ruhe bedürftig. Es wäre taktlos, ihn heute zum Sprechen bringen zu wollen. Daher werde ich, wenn die Gesellschaft es gutheißt, in der Geschichte fortfahren, die ich gestern begann.«

Rebekka erklärte, nichts könne ihr angenehmer sein, und der Zigeunerhauptmann fuhr folgendermaßen fort:

Als man uns gestern unterbrach, berichtete ich Ihnen gerade, wie uns meine Tante Dalanosa mit der Nachricht weckte, daß Lonzeto mit Elvira, die Knabenkleider trug, davongelaufen sei, und in welche Bestürzung diese Neuigkeit uns versetzte. Die Tante Torres, die gleichzeitig ihre Nichte und ihren Sohn eingebüßt hatte, war von unfaßbarem Schmerz erfüllt. Und mir schien es, von Elvira verlassen, bleibe mir nichts übrig, als an ihrer Stelle Vizekönigin zu werden oder aber einer Züchtigung entgegenzusehen, die ich mehr fürchtete als den Tod. Ich stellte noch meine Überlegungen zu dieser fürchterlichen Alternative an, als der Majordomus mir ankündigte, es sei Zeit zum Aufbruch, und mir den Arm bot, um mich die Treppe hinabzuführen. Noch ganz benommen von der Notwendigkeit, Vizekönigin zu werden, warf ich mich aus einer unwillkürlichen Regung heraus in die Brust und nahm den Arm des Majordomus mit einem Ausdruck so natürlicher Würde, daß meine Tanten trotz ihres Kummers nicht umhin konnten zu lachen.

An diesem Tag tummelte der Vizekönig sein Pferd nicht neben meiner Sänfte. Wir sahen ihn erst an der Tür der Herberge von Torquemada wieder. Die Gunst, die ich ihm am Vorabend gewährt hatte, hatte ihn kühn gemacht. Er wies mir meinen Handschuh, den er an seinem Busen verborgen hatte, und dann ergriff er meine Hand, um mir aus der Sänfte zu helfen, drückte sie ein wenig und küßte sie. Da ich mich von einem Vizekönig so bevorzugt behandelt sah, konnte ich mich eines gewissen Vergnügens nicht erwehren; aber mein Gefühl blieb von dem Gedanken an die Auspeitschung verdüstert, die mir nach all diesen Zeugnissen der Ehrerbietung wahrscheinlich bevorstand.

Einen Augenblick verbrachten wir in den Frauengemächern, dann wurde zu Tisch gebeten. Man wies uns die Plätze etwa wie am Vortage zu. Der erste Gang wurde vollkommen schweigend eingenommen. Als man den zweiten auftrug, wandte sich der Vizekönig Señora Dalanosa zu und sagte:

»Señora, ich habe von dem Streich vernommen, den Ihnen Ihr Neffe mit diesem kleinen Halunken von Stallburschen gespielt hat. Wären wir in Mexiko, hätten wir sie bald gefaßt; jedenfalls habe ich angeordnet, daß man sie sucht. Wenn wir sie finden, erhält Ihr Neffe im Klosterhof der Theatiner feierlich die Peitsche, und der kleine Stallbursche unternimmt eine Reise mit der Galeere.«

Das Wort Galeere, in Zusammenhang gebracht mit ihrem Sohn, ließ Señora de Torres sogleich in Ohnmacht sinken, und die Vorstellung der Peitsche im Theatinerhof ließ mich vom Stuhl fallen.

Der Vizekönig bemühte sich aufs galanteste, mir beizuspringen. Ich erholte mich ein wenig und blieb bis zum Ende der Mahlzeit recht gelassen. Als die Tafel aufgehoben wurde, geleitete mich der Vizekönig, statt mich zu meinen Gemächern zurückzubringen, zusammen mit den beiden Tanten zu den Bäumen gegenüber der Herberge, ließ uns darunter Platz nehmen und sprach:

»Meine Damen! Es ist mir nicht entgangen, daß Sie heute etwas beunruhigt wurden durch die scheinbare Härte, die man an meinem Wesen bemerkt und die ich sicher in den unterschiedlichen Stellungen, die ich bekleidete, erwarb. Ich habe auch daran gedacht, daß Sie nur einige Einzelheiten meines Lebens wissen können, deren Motive und Zusammenhänge Ihnen jedoch unbekannt sind. Mir scheint also, Sie müßten den Wunsch haben, meine Geschichte kennenzulernen, und es empfehle sich, daß ich sie Ihnen berichte. Wenn Sie mich besser kennen, werden Sie, so hoffe ich wenigstens, nicht mehr den Schauder empfinden, den ich heute an Ihnen bemerkte.«

Nach diesen Worten schwieg der Vizekönig, um unsere Antwort abzuwarten. Wir bezeigten ihm das lebhafte Verlangen, ihn näher kennenzulernen. Er dankte uns für diese Bekundung unseres Interesses und begann folgendermaßen:

Die Geschichte des Grafen von Peña Velez

In dem schönen Landstrich, der Granada umgibt, in einem Landhaus, das mein Vater am Ufer des romantischen Genil besaß, wurde ich geboren. Sie wissen, daß die spanischen Dichter unsere Provinz zum Schauplatz aller Schäferszenen machen. Sie haben uns so gründlich davon überzeugt, daß unser Klima uns zur Liebe anfeuere, daß es kaum einen Mann gibt, der nicht seine ganze Jugend und manchmal sein ganzes Leben ausschließlich der Liebe widmete.

Wird ein junger Mann in die Gesellschaft eingeführt, so gilt sein erstes Trachten der Wahl einer Dame seines Herzens; nimmt sie seine Huldigung an, so erklärt er sich zu ihrem *embebecido*, das heißt als besessen von ihren Reizen. Indem ihn die Dame als solchen anerkennt, übernimmt sie die stillschweigende Verpflichtung, nur ihm ihre Handschuhe und ihren Fächer anzuvertrauen. Sie gibt ihm auch den Vorzug, wenn es darum geht, ihr ein Glas Wasser zu bringen; der *embebecido* bietet es ihr kniend an. Weiterhin genießt er das Vorrecht, sein Pferd am Schlag ihrer Sänfte zu tummeln, ihr in der Kirche das Weihwasser zu reichen, und einige Privilegien von ähnlichem Gewicht. Die Ehemänner sind auf diese Art des Umgangs keineswegs eifersüchtig, und sie haben keinen Anlaß dazu. Zunächst einmal, weil die Frauen niemanden im Innern des Hauses empfangen, wo sie übrigens stets von Dueñas und Kammerfrauen umgeben sind;

und weiterhin, um Ihnen die Wahrheit zu sagen, geben diejenigen unserer Frauen, die ihrem Gatten untreu sein wollen, keineswegs ihrem *embebecido* den Vorzug. Sie werfen ihr Auge auf irgendeinen jungen Verwandten, der Zutritt zum Hause hat, und die verdorbensten holen ihre Liebhaber aus den niedrigsten Gesellschaftsschichten.

So stand es in Granada mit den Gepflogenheiten der Galanterie, als ich in die Gesellschaft eingeführt wurde. Aber diese Mode konnte mich nicht verlocken. Nicht daß ich dafür unempfindlich gewesen wäre; weit entfernt davon, mein Herz empfand stärker als manches andere die berückende Wirkung unseres Klimas, und das Verlangen zu lieben war das erste Gefühl, das meine Jugend beseelte.

Aber ich überzeugte mich sehr bald, daß die Liebe etwas ganz anderes ist als das alberne Geplapper, das die Damen mit ihren *embebecidos* austauschten, ein Umgang, der wahrhaftig nichts Schuldhaftes an sich hatte, der indessen bewirkte, daß eine Frau mit dem Herzen an einem Mann Anteil nahm, der sie niemals besitzen durfte, und daß ihre Gefühle für denjenigen, dem sie mit Leib und Seele gehörte, sich abschwächten. Diese Aufteilung empörte mich. Liebe und Ehe schienen mir ein und dasselbe sein zu müssen; und eine Ehe, umstrahlt von allen Zeichen der Liebe, wurde zu meinem geheimsten wie auch meinem liebsten Gedanken, zum Inbild meiner Phantasien. Ich muß Euch gestehen, daß diese Lieblingsidee, da ich ihr unermüdlich nachhing, sich so stark meiner Seelenkräfte bemächtigte, daß meine Vernunft dabei Schaden nahm, und manchmal hätte man mich für einen wahrhaften *embebecido* halten können.

Betrat ich ein Haus, so stellte ich mir – weit entfernt davon, mich an der Konversation, die dort im Gange war, zu beteiligen – vor, das Haus gehöre mir und ich wolle mit meiner Gattin dort einziehen. Ich stattete ihren Salon mit den schönsten indischen Stoffen, chinesischem Flechtwerk und persischen Teppichen aus, in denen ich schon ihre Fußabdrücke zu sehen glaubte. Ich vermeinte auch schon die Kissen zu sehen, auf denen sie sich bevorzugt niederließ. Wollte sie frische Luft schöpfen, so trat sie auf einen Balkon hinaus, der mit den schönsten Blumen und einer Voliere geschmückt war, in der die seltensten Vögel ihr Lied anstimmten. An ihr Schlafzimmer wagte ich nur als an einen Tempel zu denken, den ich mit meiner Einbildungskraft zu entweihen fürchtete. Während mich dies alles ganz ausfüllte, nahm die Unterhaltung ihren Fortgang. Ich nahm nur daran teil, wenn man das Wort an mich richtete, und dann antwortete ich aufs Geratewohl und immer ein wenig übellaunig, weil ich ungern in meinen Vorstellungen gestört wurde.

So absonderlich benahm ich mich also bei Besuchen; bei Gängen in die Umgebung trieb ich es ähnlich. War ein Bach zu überqueren, watete ich bis zu den Knien ins Wasser und ließ über die Trittsteine meine Gattin gehen, die sich auf meinen Arm stützte und mich für meine Aufmerksamkeit mit einem himmlischen Lächeln belohnte. Kinder machten mich ganz närrisch. Wenn ich eins traf, überschüttete ich es mit Zärtlichkeiten, und eine Frau, die ihres stillte, erschien mir als das Meisterwerk der Natur.

Der Vizekönig wandte sich daraufhin mit sanftem und ehrerbietigem Ausdruck mir zu und sagte: »Ich habe meine Ansichten in dieser Hinsicht nicht geändert und bin überzeugt, daß die anbetungswürdige Elvira niemals die oft unreine Milch eines Mietweibs in das Blut ihrer Kinder gelangen lassen wird.«

Diese Äußerung brachte mich mehr außer Fassung, als Sie sich vorstellen können. Ich faltete die Hände und sprach: »Hoheit, im Namen des Himmels sprechen Sie mir niemals von solchen Dingen, denn ich verstehe überhaupt nichts davon.«

Der Vizekönig antwortete mir: »Mein Fräulein, ich bin ganz untröstlich, wenn ich Sie in Ihrer Unschuld geängstigt habe. Ich setze meine Geschichte fort, ohne noch einmal einen solchen Fehler zu begehen.«

So fuhr er in der Tat fort:

Meine häufige Geistesabwesenheit erweckte in Granada den Eindruck, ich hätte den Verstand verloren. Und es war wirklich etwas daran; oder vielmehr erschien ich deshalb wahnwitzig, weil meine Narrheit von der meiner Mitbürger verschieden war. Ich hätte für vernünftig gegolten, wenn ich mich hätte entschließen können, zum erklärten Narren irgendeiner der Schönen Granadas zu werden. Da dieser Ruf indessen nicht gerade schmeichelhaft ist, entschloß ich mich, mein Vaterland zu verlassen. Noch ein weiterer Grund bestimmte mich dazu. Ich wollte mit meiner Frau und durch meine Frau glücklich sein. Hätte ich eine Dame aus Granada geheiratet, so hätte sie sich durch die herrschenden Sitten berechtigt gesehen, die Huldigungen eines *embebecido* zu empfangen, und das war, wie man gesehen hat, nicht mein Geschmack.

Ich entschloß mich also, Granada zu verlassen, und ging an den Hof. Unter anderen Bezeichnungen fand ich hier dieselben Albernheiten. Die des *embebecido*, die heute von Granada bis Madrid vorgedrungen ist, war damals noch nicht im Schwange. Die Damen bei Hofe nannten ihren bevorzugten, obschon unglücklichen Liebhaber *cortejo*, und die noch schlechter behandelten Verliebten, die höchstens mit einem Lächeln entlohnt wurden, und auch das nur ein- oder zweimal im Monat, nannten sie *galanes*. Aber alle trugen ohne Unterschied die Farben ihrer Schönen und ließen ihre Pferde um ihre Kutschen tänzeln; das ergab tagtäglich um den Prado herum eine Staubentwicklung, die alle dieser schönen Promenade benachbarten Straßen unbewohnbar machte.

Ich hatte weder genügend Vermögen noch einen hinreichend glänzenden Rang, um mich bei Hof auszuzeichnen; aber ich fiel durch meine Geschicklichkeit beim Stierkampf auf. Der König richtete mehrfach das Wort an mich, und die Granden erwiesen mir die Ehre, meine Freundschaft zu suchen. Unter anderem war ich auch mit dem Grafen Rovellas gut bekannt; als ich aber seinen Stier tötete, war er bewußtlos und konnte mich nicht erkennen. Zwei seiner Stallknechte kannten mich recht gut, aber wahrscheinlich waren sie anderwärts beschäftigt, sonst hätten sie zweifellos Anspruch auf die tausend Goldachter erhoben, die der Graf demjenigen ausgesetzt hatte, der ihm Mitteilungen über seinen Retter machen konnte.

Als ich eines Tages beim Minister *de haciendas* oder Finanzminister speiste, wurde mir ein Platz neben Don Enrique de Torres angewiesen, dem ehrenwerten Gatten der Señora. Ich hatte das erste Mal Gelegenheit, das Wort an ihn zu richten; aber sein Wesen war vertrauenerweckend, und so brachte ich das Gespräch bald auf mein Lieblingsthema, also Ehe und Galanterie. Ich fragte Don Enrique, ob die Damen Segovias auch ihre *embebecidos, cortejos* und *galanes* hätten.

»Nein«, erwiderte er, »unsere Sitten gestatten dergleichen Figuren noch nicht. Wenn die Damen unsere Promenade, genannt Zodocover, aufsuchen, ob sie nun zu Fuß oder im Wagen erscheinen, ist es nicht der Brauch, sie anzusprechen. In unseren Häusern empfangen wir auch nur die Antrittsbesuche, sei es von Mann oder Frau; es ist jedoch üblich, die Abende auf den Balkonen zu verbringen, die nur wenig höher liegen als die Straße. Die Männer bleiben stehen, um mit Leuten ihrer Bekanntschaft zu sprechen. Die jungen Männer spazieren von einem Balkon zum anderen und beenden den Abend schließlich vor einem Haus, in dem ein Mädchen in heiratsfähigem Alter wohnt.

»Aber unter den Balkonen Segovias«, fügte Señor de Torres hinzu, »empfängt meiner die häufigsten Huldigungen, und er verdankt sie meiner Schwägerin, Elvira de Noruña, die alle vorzüglichen Eigenschaften meiner Gattin mit einer Schönheit verbindet, die in ganz Spanien nicht ihresgleichen hat.«

Von dieser Rede Señor de Torres' war ich tief beeindruckt. Ein so schönes Mädchen, mit derart vorzüglichen Eigenschaften begabt und in einem Land, in dem es keinen *embebecido* gab, schien mir vom Himmel dazu ausersehen, mein Glück zu machen. Mehrere Bürger Segovias, die ich dazu brachte, über dieses Thema zu plaudern, stimmten darin überein, daß Elviras Schönheit unvergleichlich sei. Ich beschloß, mich mit eigenen Augen davon zu überzeugen.

Ich hatte Madrid noch nicht verlassen, als sich die Leidenschaft für Elvira schon einigermaßen in mir befestigt hatte, aber meine Schüchternheit nahm im gleichen Ausmaß zu. Und als ich in Segovia angelangt war, brachte ich es nicht über mich, Señor de Torres oder eine der anderen in Madrid gemachten Bekanntschaften aufzusuchen. Ich hätte gewünscht, daß jemand bei Elvira zu meinen Gunsten gesprochen hätte, so wie ich selbst Gutes über sie hatte reden hören. Ich beneidete Menschen, deren großer Name oder glanzvolle Eigenschaften sie schon vor ihrem Eintreffen bekannt machen; und es schien mir, wenn ich auf Elvira nicht im allerersten Augenblick einen vorteilhaften Eindruck machte, werde es mir niemals gelingen, in ihrem Gefühl einen bevorzugten Platz einzunehmen.

Mehrere Tage verbrachte ich in meiner Herberge und

sah keinen Menschen; schließlich ließ ich mir die Straße zeigen, in der Señor de Torres wohnte. Am Haus gegenüber sah ich ein Schild. Ich fragte nach, ob dort ein Zimmer zu vermieten sei. Man zeigte mir eines, das unter dem Dach gelegen war, und zum Preis von zwölf *reales* im Monat nahm ich damit vorlieb. Ich nannte mich Alonzo und gab an, ich sei in Geschäften angereist.

Meine Geschäfte beschränkten sich indessen darauf, durch eine Jalousie zu blicken. Und gegen Abend sah ich Sie mit der unvergleichlichen Elvira auf den Balkon treten. Soll ich es Ihnen gestehen? Im ersten Augenblick glaubte ich nur eine alltägliche Schönheit zu erblicken. Nach einer kurzen Prüfung bemerkte ich aber, daß es die vollkommene Harmonie war, die ihre Züge untereinander aufwiesen, was mir ihre Schönheit weniger bestürzend erscheinen ließ, daß aber alle ihre Vorzüge sofort ins Auge sprangen, wenn man sie mit einer anderen Frau verglich. Sie selbst, Señora de Torres, waren sehr schön, und doch wage ich es zu behaupten, daß Sie dem Vergleich nicht standhalten konnten.

Hoch aus meiner Dachkammer bemerkte ich mit großem Vergnügen, daß Elvira allen Huldigungen gegenüber völlig gleichgültig blieb, ja daß sie von ihnen gelangweilt schien. Diese Beobachtung nahm mir aber ganz und gar die Lust, die Zahl ihrer Verehrer, also derer, die sie langweilten, zu vergrößern. Ich beschloß, sie aus meinem Fenster anzuschauen und eine günstige Gelegenheit abzuwarten, um rühmlich von mir reden zu machen; um Ihnen nur alles zu gestehen: ich rechnete auf die Stierkämpfe.

Sie erinnern sich, Señora, daß ich damals recht gut sang. Ich konnte mein Verlangen, meine Stimme hören zu lassen, nicht bezwingen. Als also alle Verehrer wieder abgezogen waren, stieg ich hinunter und sang zur Begleitung der Gitarre eine Seguidilla, so schön ich es nur vermochte. Dasselbe tat ich mehrere Abende hintereinander. Schließlich beobachtete ich, daß man sich bei Ihnen erst dann zurückzog, wenn man mein Lied gehört hatte. Diese Wahrnehmung erfüllte meine Seele mit einer Art von freudigem Gefühl, das jedoch von Hoffnung noch sehr weit entfernt war.

Ich erfuhr damals, daß Rovellas in Segovia seine Verbannung verbrachte. Ich war verzweifelt, und es schien mir sicher, daß er sich in Elvira verlieben würde. Er erklärte sich öffentlich zum *cortejo* Ihrer Schwester, ganz als ob er noch in Madrid wäre, nahm ihre Farben an oder was er sich darunter vorstellte und stattete die Livreen seiner Bediensteten damit aus. Von meiner Dachkammer aus wurde ich häufig zum Zeugen seines frechen Dünkels und hatte das Vergnügen festzustellen, daß Elvira ihn nicht nach dem Gepränge beurteilte, mit dem er sich umgab, als vielmehr nach seinen persönlichen Verdiensten. Er war jedoch reich und stand dicht davor, die Würde eines Granden zu erlangen; was konnte ich bieten, das mit derartigen Vorzügen zu vergleichen wäre? Wahrscheinlich gar nichts. Davon war ich so überzeugt, und ich liebte Elvira so selbstlos, daß ich schließlich aufrichtig wünschte, daß sie Rovellas heirate. Ich dachte nicht mehr daran, von mir reden zu machen, und gab es auf, meine einschmeichelnden *tiranas* zu singen.

Rovellas gab indessen seine Leidenschaft nur durch Aufmerksamkeiten zu erkennen und unternahm keine Schritte, um Elviras Hand zu erlangen. Ich hatte sogar in Erfahrung gebracht, Señor Torres wolle sich nach Villaca zurückziehen. Es war mir eine liebe Gewohnheit geworden, meine Zeit seinem Hause gegenüber zu verbringen. In Villaca wollte ich mir denselben Vorteil sichern. Ich reiste hin und gab mich als Landwirt aus Murcia aus. Ich kaufte das Haus, das dem Ihren gegenüber lag, und richtete es ganz nach meinem Geschmack ein. Aber da Verehrer, die sich einer Verkleidung bedienen, immer etwas an sich haben, das sie verrät, kam ich auf den Einfall, meine Schwester aus Granada zu holen und sie als meine Frau auszugeben, was sicher jeden Verdacht ausräumen würde. Als ich alle diese Vorbereitungen getroffen hatte, kehrte ich nach Segovia zurück und erfuhr dort, daß Rovellas Vorbereitungen traf, um einen prächtigen Stierkampf zu veranstalten ... Aber, Señora de Torres, Sie hatten damals einen zweijährigen Sohn; möchten Sie mir wohl von seinem Ergehen berichten?

Da die Tante Torres daran dachte, daß dieses Kind eben jener Maultiertreiber war, den der Vizekönig eine Stunde zuvor auf die Galeeren hatte schicken wollen, wußte sie keine Antwort; sie zog ihr Taschentuch hervor und brach in Tränen aus.

»Verzeihen Sie«, sagte der Vizekönig, »ich sehe, daß ich in Ihnen eine traurige Erinnerung wachrufe; der Fortgang der Geschichte verlangt aber, daß ich Ihnen von diesem unglücklichen Kind spreche.«

Sie erinnern sich, daß es damals die Pocken bekam. Sie sorgten für das Kind auf das rührendste, und ich weiß, daß auch Elvira Tag und Nacht am Bett des Kindes verbrachte. Ich konnte dem Wunsch nicht widerstehen, Sie wissen zu lassen, daß es noch einen Sterblichen gab, der Ihren Kummer teilte. Und alle Abende sang ich unter Ihrem Fenster ein paar schwermütige Romanzen. Ich weiß nicht, Señora de Torres, erinnern Sie sich daran?

»Ich erinnere mich sehr wohl«, antwortete sie, »und gestern noch habe ich es der Señora hier erzählt.«

Der Vizekönig fuhr also fort:

In der ganzen Stadt machte die Nachricht von Lonzetos

Krankheit die Runde, denn nur sie verzögerte den Beginn des Stierkampfs. Die Genesung des Kindes rief allgemeine Freude hervor. Das große Fest fand statt und dauerte nicht lang. Der erste Stier richtete Rovellas grausam zu. Als ich den Degen in den Nacken des Tiers gestoßen hatte, warf ich einen Blick auf Ihre Loge und sah, daß Elvira sich zu Ihnen hinüberbeugte und mit einem Ausdruck von mir sprach, der mich glücklich machte. Ich trat jedoch in die Menge zurück.

Am nächsten Tag hielt Rovellas, der sich etwas erholt hatte, um Elviras Hand an. Es hieß, er sei zurückgewiesen worden; er selbst sagte das Gegenteil. Als ich aber erfuhr, daß Sie sich anschickten, nach Villaca abzureisen, schloß ich daraus auf eine Absage. Ich brach selbst nach Villaca auf, wo ich ganz und gar die Lebensweise eines Landmanns annahm, indem ich den Pflug führte oder wenigstens zu führen vorgab, denn ich ließ alles von meinem Knecht verrichten.

Nach einigen Tagen ging ich hinter meinen Ochsen her nach Hause, meine Schwester am Arm, die als meine Frau galt. Da sah ich Sie mit Elvira und Ihrem Gatten. Sie hatten sich vor der Tür Ihres Hauses zur Schokolade niedergelassen. Sie erkannten mich, ebenso wie Ihre Schwester, aber ich gab kein Zeichen des Erkennens. Um Ihre Neugierde zusätzlich zu reizen, war ich, ins Haus eingekehrt, so mutwillig, einige der Melodien zu spielen, die ich während Lonzetos Krankheit hatte hören lassen. Vor meiner Werbung wollte ich noch abwarten, ob Elvira Rovellas wirklich abgewiesen hatte.

»Ah! Hoheit!« sagte Señora de Torres, »es ist Ihnen zweifellos gelungen, Elviras Anteilnahme zu erringen, und es ist ebenso sicher, daß sie Rovellas zurückgewiesen hat. Wenn sie sich später mit ihm vermählte, dann vielleicht deswegen, weil sie glaubte, Sie seien verheiratet.«

»Señora«, erwiderte der Vizekönig, »sicher hatte die Vorsehung mit meiner unwürdigen Person ihre Absichten. Wäre mir die Hand Elviras zuteil geworden, so wären die Assiniboinen und die Chiricahua-Apachen nicht zum christlichen Glauben bekehrt worden, und das Kreuz, das heilige Zeichen unserer Erlösung, wäre jetzt nicht drei Grad nördlich des Golfs von Kalifornien aufgepflanzt.«

»Das mag wohl sein«, sagte Señora de Torres, »aber meine Schwester und mein Mann wären noch am Leben. Indessen, Hoheit, haben Sie die Güte, in Ihrer Geschichte fortzufahren.«

Der Vizekönig erzählte also weiter:

Einige Tage nach meiner Ankunft in Villaca benachrichtigte mich ein eigens aus Granada angereister Bote von einer gefährlichen Erkrankung meiner Mutter. Die Liebe mußte vor der Fürsorge des Sohnes zurücktreten, und ich reiste mit meiner Schwester ab. Die Krankheit meiner Mutter währte zwei Monate; sie verschied in unseren Armen. Ich beweinte sie, vielleicht nicht lange genug, und eilte nach Segovia zurück, wo ich erfuhr, daß Elvira die Gräfin von Rovellas geworden war. Zugleich vernahm ich, daß der Graf demjenigen, der ihm seinen Retter bekanntgebe, eine Belohnung von hundert Goldachtern ausgesetzt habe. Ich richtete an ihn einen anonymen Brief, und ich brach nach Madrid auf, wo ich mich um eine Stellung in Amerika bewarb. Ich erlangte sie und schiffte mich so bald wie möglich ein. Mein Aufenthalt in Villaca war ein Geheimnis geblieben, das nur meine Schwester und ich kannten. Wenigstens glaubte ich das; aber unsere Leute sind geborene Spione, denen nichts entgeht. Ein Bedienter, der mir nicht nach Amerika folgen wollte, trat in Rovellas' Dienste und plauderte die ganze Geschichte von dem Haus, das ich in Villaca kaufte, und meiner Verkleidung aus. Er vertraute sie der Kammerfrau der *dueña mayor* der Gräfin an. Die Kammerfrau sagte es der Dueña weiter, und diese wollte sich durch ihre Beflissenheit verdient machen und berichtete alles dem Grafen. Dieser brachte die Verkleidung mit meinem anonymen Brief, meiner Geschicklichkeit im Stierkampf und meiner Abreise nach Amerika in Zusammenhang und schloß daraus, ich sei der glücklich erhörte Liebhaber seiner Gattin gewesen. Später wurde ich über alle diese Umstände aufgeklärt. Bei meiner Ankunft in Amerika erhielt ich aber zu meiner Überraschung den folgenden Brief:

Señor Don Sancho de Peña Sombre!

Ich habe von Ihrem geheimen Umgang mit der Ehrvergessenen erfahren, die ich als Gräfin von Rovellas nicht mehr anerkenne. Sie mögen das Kind, das sie zur Welt brachte, zu sich nehmen, wenn Sie es für angezeigt halten.

Ich meinerseits werde Ihnen in kurzer Zeit nach Amerika folgen, wo ich Sie zum letzten Mal in meinem Leben zu sehen hoffe.

Dieser Brief ließ mich schier verzweifeln, und die Nachricht vom Tod Elviras, Ihres Gatten und des Grafen von Rovellas, den ich von seinem Unrecht hätte überzeugen wollen, machte das Maß meines Schmerzes voll. Ich tat indessen alles, was in meiner Macht stand, um die Verleumdung zurückzuweisen und die legitime Geburt seiner Tochter beurkunden zu lassen. Ich ging also feierlich die Verpflichtung ein, sie zu ehelichen, sobald sie das heiratsfähige Alter erreicht hätte. Nach Erfüllung dieser Pflicht glaubte ich, nun den Tod suchen zu dürfen, den mir selbst zu geben meine Religion mir verbietet.

Ein wilder Volksstamm, der sich mit den Spaniern verbunden hatte, führte gerade gegen seine Nachbarn Krieg.

Ich wurde Mitglied dieses Stammes. Um aufgenommen zu werden, mußte man die Einstiche einer Nadel auf dem ganzen Körper erdulden, mit denen die Gestalten einer Schlange und einer Schildkröte eintätowiert wurden. Der Kopf der Schlange mußte auf meine rechte Schulter gezeichnet, ihr Körper sechzehnmal um den meinen gewunden werden und der Schwanz auf meiner linken großen Zehe enden.

Bei dieser Zeremonie sticht der Wilde, der sie vornimmt, mit voller Absicht bis auf die Beinknochen und in andere empfindliche Körperstellen, und dem Initianden ist es verboten, einen Klagelaut hören zu lassen. Während man mich noch dieser Tortur unterzog, heulten in der Ebene schon unsere eingeborenen Feinde, und die Unseren stimmten den Totengesang an. Ich riß mich von den Priestern los, bewaffnete mich mit einer Keule und stürzte mich in den Kampf. Wir erbeuteten zweihundertdreißig Skalpe, und ich wurde noch auf dem Schlachtfeld zum Kaziken gewählt. Zwei Jahre später wurden die Stämme Neumexikos zum christlichen Glauben bekehrt und der spanischen Krone unterworfen. Den Rest meiner Geschichte müssen Sie ungefähr kennen. Ich gelangte zur höchsten Würde, den ein Untertan des Königs von Spanien bekleiden kann. Ihnen, reizende Elvira, muß ich indessen sagen, daß Sie niemals Vizekönigin sein werden. Die Politik des Staatsrates in Madrid erlaubt es nicht, daß ein verheirateter Mann in der Neuen Welt eine so große Macht in Händen hält. In dem Augenblick, da Sie sich mit mir vermählen, werde ich nicht mehr Vizekönig sein. Ich kann Ihnen nur den Titel eines spanischen Granden zu Füßen legen und ein Vermögen, über das ich Ihnen einige Einzelheiten schuldig zu sein glaube, da Sie es mit mir teilen sollen.

Als ich zwei Provinzen im Norden Mexikos erobert hatte, gestattete mir der König, dort eine Silbermünze nach meiner Wahl auszubeuten. Ich tat mich mit einem Unternehmer aus Veracruz zusammen, und im ersten Jahr erzielten wir einen Gewinn in Höhe von drei Millionen Piastern. Da das Privileg indessen auf meinen Namen lautete, bezog ich im ersten Jahr sechshunderttausend Piaster mehr als mein Teilhaber.

»Señor«, sagte der Unbekannte, »der Anteil des Vizekönigs betrug eine Million achthunderttausend Piaster, der seines Teilhabers eine Million zweihunderttausend.«

»Das ist gut möglich«, sagte der Zigeunerhauptmann.

»So ist es«, erwiderte der Unbekannte. »Die Hälfte der Summe zuzüglich der Hälfte der Differenz. Das weiß jedermann.«

»Na schön!« sagte der Hauptmann und fuhr dann fort:

Der Vizekönig, der mich weiterhin über den Stand seines Vermögens zu unterrichten trachtete, sagte mir: »Schon im zweiten Jahr drangen wir tiefer in den Schoß der Erde ein und mußten Stollen, Sickerschächte und Wetterdächer anlegen. Die Unkosten, die bisher nur ein Viertel der Einnahmen betragen hatten, stiegen um ein Achtel an, und die Erzmenge sank um ein Sechstel.«

Hier zog der Geometer Schreibtäfelchen und Bleistift aus der Tasche; da er aber eine Feder in der Hand zu halten glaubte, tauchte er seinen Stift in die Schokolade. Als er dann feststellte, daß er mit der Schokolade nicht wie gewünscht schreiben konnte, wollte er die Feder an seinem schwarzen Rock abwischen, bekam aber statt dessen Rebekkas Kleid zwischen die Finger. Daraufhin begann er, seine Täfelchen mit Zahlen zu füllen. Wir lachten ein wenig über seine Zerstreutheit, und der Zigeunerhauptmann fuhr fort, uns die Rede des Vizekönigs mitzutei-len:

»Im dritten Jahr vermehrten sich die Widrigkeiten noch. Wir mußten Bergleute aus Peru kommen lassen, denen wir ein Fünfzehntel der Einnahmen abtraten, ohne sie an den Unkosten zu beteiligen, die in diesem Jahr um zwei Fünfzehntel stiegen. Die Ausbeute an Erz erhöhte sich hingegen gegenüber der des zweiten Jahres um das Zehneinviertelfache.«

Hier begriff ich, daß der Zigeuner in den Berechnungen des Geometers Verwirrung stiften wollte. Und er gab offenbar wirklich seiner Erzählung die Form einer Rechenaufgabe und berichtete weiter:

»Seither, Señora, haben sich unsere Gewinne jährlich um ein Siebzehntel vermindert. Da ich aber das in der Mine erwirtschaftete Geld auf Zins anlegte und die Zinsen, die ich zum Kapital hinzuschlug, gleichfalls so verwendete, ist das Ergebnis ein Vermögen von fünfzig Millionen Piastern, die ich Ihnen zusammen mit meinen Titeln, meinem Herzen und meiner Hand zu Füßen lege.«

Der Unbekannte erhob sich, und fortwährend Zahlen in seine Täfelchen eintragend, schlug er den Weg ein, auf dem wir gekommen waren; aber statt ihm weiter zu folgen, geriet er auf einen Pfad, auf dem die Zigeuner ihr Wasser holten, und einen Augenblick später hörten wir, wie er in den Wildbach stürzte.

Ich eilte ihm zu Hilfe. Ich sprang ins Wasser, kämpfte gegen die Strömung an und brachte unseren zerstreuten Unbekannten ans Ufer zurück. Man brachte ihn dazu, das Wasser, das er geschluckt hatte, wieder von sich zu geben, entfachte ein großes Feuer, und nachdem er uns alle mit Augen, denen man seine Erschöpfung ablesen konnte, angestarrt hatte, erklärte er:

»Señores, Sie können ganz sicher sein, daß das Vermögen des Vizekönigs sich auf sechzig Millionen fünfundzwanzigtausendeinhunderteinundsechzig Piaster belief, vorausgesetzt, der Anteil des Vizekönigs zu dem seines Teilhabers stand immer noch achtzehnhundert zu zwölfhundert oder drei zu zwei.«

Nach dieser Rede verfiel der Geometer in eine Art Erstarrung, aus der wir ihn nicht lösen wollten, weil er uns des Schlafs bedürftig schien. So schlief er bis sechs Uhr abends, aber er erwachte aus seiner Bewußtlosigkeit nur, um von einem zerstreuten Einfall zum nächsten zu gelangen.

Zuerst erkundigte er sich, wer ins Wasser gefallen sei.

Er erhielt die Antwort, ins Wasser sei er selbst gefallen, und ich hätte ihn gerettet.

Da wandte er sich äußerst höflich und liebenswürdig mir zu und sagte: »Ich hätte wahrhaftig nicht geglaubt, daß ich so gut schwimme. Ich bin glücklich, dem König einen seiner besten Offiziere vor dem Tode bewahrt zu haben, denn Sie sind Hauptmann der Wallonischen Garde. Sie haben es mir berichtet, und ich vergesse nichts.«

Alle lachten, aber unser Geometer blieb gefaßt und belustigte uns weiter durch seine Zerstreutheit.

Der Kabbalist war innerlich kaum weniger beschäftigt und sprach nur vom Ewigen Juden, der ihm Auskünfte über die beiden Dämonen namens Emina und Zubeida geben sollte.

Rebekka faßte mich am Arm und führte mich an eine Stelle, wo man uns nicht hören konnte, um mir zu sagen: »Señor Alfonso, ich beschwöre Sie, sagen Sie mir Ihre Gedanken über alles, was Sie seit unserem Aufenthalt in diesen Bergen gehört und gesehen haben, und was Sie von diesen verdammten Gehenkten halten, die uns so garstige Streiche spielen.«

Ich antwortete ihr: »Señora, Ihre Frage bringt mich in unendliche Verlegenheit. Was Ihr Bruder erforschen will, ist ein Geheimnis, das ich nicht kenne. Was mich angeht, so bin ich überzeugt davon, daß man mich mit einem einschläfernden Trank betäubt und dann unter den Galgen geschleppt hat. Übrigens haben Sie ja von der Macht gesprochen, die in dieser Gegend insgeheim von den Gomelez ausgeübt wird.«

»Ah! Ja«, sagte Rebekka, »ich glaube, daß sie Sie zum Muselman machen wollen, und vielleicht täten Sie gut daran, ihren Wünschen nachzugeben.«

»Wie denn«, erwiderte ich ihr, »sollten Sie denn auch nur halbwegs ihre Vorstellungen teilen?«

»Nein«, entgegnete sie, »ich verfolge hier wohl meine eigenen Ziele. Ich sagte Ihnen schon, daß ich niemals einen Mann meines eigenen Glaubens noch einen Christen lieben kann; aber kehren wir doch zu den anderen zurück, wir sprechen ein anderes Mal über dieses Thema.«

Rebekka suchte ihren Bruder auf, und ich ging beiseite, um über alles, was ich gesehen und gehört hatte, nachzudenken; je mehr ich indessen darüber nachdachte, desto weniger begriff ich es.

Neunzehnter Tag

Die ganze Gesellschaft versammelte sich zeitig in der Höhle, aber der Zigeunerhauptmann war nicht dabei. Der Geometer hatte sich völlig erholt und war immer noch überzeugt, er habe mich aus dem Wasser gezogen. Er sah mich mit jenem teilnehmenden Ausdruck an, mit dem man jemanden betrachtet, dem man einen wichtigen Dienst erwiesen hat.

Rebekka bemerkte es und fand es sehr belustigend. Als man gefrühstückt hatte, sagte sie: »Señores, durch die Abwesenheit des Hauptmanns entgeht uns viel, denn ich sterbe vor Neugierde zu erfahren, wie er es aufnahm, daß der Vizekönig ihm Hand und Vermögen bot. Aber hier ist doch ein Herr, der uns durch das Erzählen seiner eigenen Geschichte, die sehr interessant sein muß, entschädigen könnte. Er hat anscheinend Wissenschaften betrieben, die mir nicht fremd sind, und alles, was sich auf einen Menschen wie ihn bezieht, ist mir unendlich wissenswert.«

Der Unbekannte erwiderte: »Señora, ich kann mir nicht vorstellen, daß Sie sich denselben Wissenschaften widmen wie ich, da die Frauen zuallermeist nicht einmal ihre Grundelemente verstehen können. Aber Sie haben mich hier schließlich mit solcher Gastfreundschaft aufgenommen, daß ich es mir zur Pflicht mache, Sie über alles, was mich betrifft, zu unterrichten. Mein Name ist ... Mein Name ist ...«

»Wie denn«, sagte Rebekka, »sind Sie etwa so zerstreut, daß Sie Ihren Namen vergessen?«

»Keineswegs«, erwiderte der Geometer, »ich bin durchaus nicht von Natur aus zerstreut ... aber mein Vater war es ein einziges Mal in seinem Leben auf verhängnisvolle Weise. Er unterzeichnete statt mit dem eigenen Namen mit dem seines Bruders, und diese Zerstreutheit kostete ihn auf einen Schlag seine Frau, sein Vermögen und seine Belohnung für geleistete Dienste. Damit mir also dergleichen nicht unterläuft, habe ich meinen Namen auf meine Schreibtäfelchen eingetragen, und wenn ich etwas unterschreiben will, kopiere ich das dort Notierte.«

»Aber hier handelt es sich doch nicht um Ihre Unterschrift, sondern um das Aussprechen Ihres Namens«, sagte Rebekka.

»Ah! Sie haben ja recht«, sagte der Unbekannte, dann steckte er seine Täfelchen wieder weg und begann wie folgt:

Die Geschichte des Geometers

Mein Name ist Don Pedro Velásquez. Ich entstamme dem berühmten Hause der Marqueses von Velásquez, die seit der Erfindung des Schießpulvers in der Artillerie dienten und Spanien die besten Offiziere stellten, die es in dieser Waffengattung besaß. Don Ramiro Velásquez, Großmeister der Artillerie unter Philipp IV., wurde von dessen Nachfolger zum spanischen Granden erhoben. Er hatte zwei Söhne, beide im Ehestand. Die Linie des ältesten Sohns blieb im Besitz der Güter und der Grandenwürde. Aber die Häupter unseres Geschlechts, weit entfernt davon, sich dem verweichlichenden Einfluß der Hofämter auszuliefern, blieben immer der ruhmreichen

Tätigkeit verbunden, der sie ihre ehrenvolle Stellung verdankten; und sie machten es sich übrigens zur Pflicht, die Angehörigen der jüngeren Linie zu unterstützen und ihnen Schutz zu gewähren.

Das blieb so bis zu Don Sancho, dem fünften Herzog von Velásquez, dem Urenkel von Don Ramiros ältestem Sohn. Dieser würdige Herr wurde wie mehrere seiner Vorfahren als Großmeister der Artillerie in Amt und Würden gesetzt. Darüber hinaus war er Gouverneur von Galicien und in dieser Provinz ansässig. Er hatte eine Tochter des Herzogs von Alba geheiratet, und diese Ehe machte ihn ebenso glücklich, wie die Verbindung mit dem Haus Alba für unsere Familie ehrenvoll war. Aber die Fruchtbarkeit der Herzogin entsprach den Wünschen ihres Gatten nicht gleichermaßen. Sie schenkte ihm nur eine Tochter namens Blanca. Der Herzog bestimmte sie dazu, die Gattin eines Velásquez aus der jüngeren Linie zu werden, an die sie die Grandenwürde und die Güter der älteren Linie weitergeben konnte.

Mein Vater, der Enrique hieß, und sein Bruder, Don Carlos, hatten gerade ihren Vater verloren, der im gleichen Verwandtschaftsgrade wie der Herzog von Don Ramiro abstammte. Der Herzog nahm beide in sein Haus auf. Mein Vater war damals zwölf Jahre alt, sein Bruder acht. Ihre Charaktere unterschieden sich beträchtlich voneinander. Mein Vater war ernsthaft, dem Studium ergeben und äußerst feinfühlig. Sein Bruder Carlos war leichtfertig, gedankenlos und unfähig zum Fleiß. Da der Herzog diese gegensätzlichen Anlagen erkannt hatte, beschloß er, daß mein Vater sein Schwiegersohn sein werde, und damit Blancas Herz keine andere Wahl treffe als die seine, schickte er Carlos nach Paris, um ihn dort unter den Augen des Grafen von Hereira, seines Verwandten, der damals Botschafter in Frankreich war, erziehen zu lassen.

Durch seine Herzensgüte und seinen außerordentlichen Arbeitseifer verdiente sich mein Vater von Tag zu Tag mehr die Gunst des Herzogs, und die junge Blanca, die wußte, daß sie für ihn bestimmt war, fand immer mehr Gefallen an der Wahl, die ihr Vater für sie getroffen hatte. Sie teilte sogar die Neigungen ihres jungen Liebhabers und folgte ihm mit einigem Abstand auf seinem wissenschaftlichen Werdegang. Stellen Sie sich einen jungen Menschen vor, dessen frühreifer Geist die Gesamtheit des menschlichen Wissens schon in einem Lebensalter überschaut, in dem andere kaum seine Grundelemente begreifen. Stellen Sie sich dann vor, daß dieser junge Mensch in ein Mädchen seines Alters von überlegenem Verstand verliebt ist, die danach lechzt, ihn zu verstehen, die über seine Erfolge, an denen sie teilzuhaben glaubt, glücklich ist. Dann haben Sie etwa eine Vorstellung von der Seligkeit meines Vaters in diesem kurzen Abschnitt seines Lebens. Und wie hätte ihn denn Blanca nicht lieben sollen? Er war der Stolz des alten Herzogs, geliebt von der ganzen Provinz; und er war noch nicht zwanzig Jahre alt, als sein Ruf sich über die Grenzen Spaniens hinaus zu verbreiten begann.

Blanca fühlte sich zu ihrem zukünftigen Gatten sowohl aus Liebe wie aus Eigenliebe hingezogen. Enrique jedoch, der ganz Herz und Gemüt war, liebte sie aus tiefster Seele. Für den alten Herzog empfand er fast die gleiche Zuneigung wie für dessen Tochter, und oft dachte er an seinen Bruder Don Carlos.

»Meine teure Blanca«, sagte er zu seiner Geliebten, »finden Sie nicht auch, daß Carlos noch zu unserem Glücke fehlt? Wir haben hier doch viele liebenswürdige junge Damen, die ihn fesseln könnten. Er ist recht leichtsinnig, er schreibt mir selten; aber einer liebreizenden und zärtlichen Frau gelänge es, sein Herz zu bilden. Teure Blanca, ich bete Sie an, ich liebe herzlich Ihren Vater, aber da mir die Natur einen Bruder geschenkt hat, warum müssen wir dann immer getrennt voneinander leben?«

Eines Tages ließ der Herzog meinen Vater zu sich rufen und sprach zu ihm: »Don Enrique, vom König, unserem gnädigsten Herrn, habe ich soeben einen Brief empfangen, den ich Ihnen mitteilen will. Dies ist sein Inhalt:

Mein Cousin!

Wir haben in Unserem Rat beschlossen, die Plätze, die der Verteidigung unseres Reiches dienen, nach neuen Plänen befestigen zu lassen.

Wir sehen Europa uneins in der Frage, ob das System von Vauban oder das von Coehoorn vorzuziehen sei. Veranlaßt die fähigsten Köpfe, ihre Ansichten darüber schriftlich niederzulegen. Sendet Uns ihre Denkschriften. Finden Wir eine, die Uns zufriedenstellt, so wird der Verfasser selbst damit beauftragt, die von ihm eingereichten Pläne auszuführen, und entsprechend wird ihn Unsere Königliche Majestät belohnen.

Damit bitten Wir Gott, er möge Euch seinen heiligen Schutz bewahren.

Ich, der König

»Nun, mein lieber Enrique!« sagte der Herzog, »fühlen Sie sich imstande, die Herausforderung anzunehmen? Machen Sie sich darauf gefaßt, daß ich Ihnen als Mitbewerber die fähigsten Ingenieure nicht nur Spaniens, sondern ganz Europas zur Seite stellen werde.«

Einen Augenblick dachte mein Vater über die Worte des Herzogs nach, und dann antwortete er selbstbewußt: »Ja, Durchlaucht, ich erwähle diesen Beruf, und ich werde Ihnen keine Schande machen.«

»Nun gut«, sagte der Herzog, »tun Sie Ihr Bestes, und

wenn Ihre Arbeit vollendet ist, steht Ihrem Glück nichts mehr im Wege, und Blanca gehört Ihnen.«

Sie können sich denken, mit welchem Feuer sich mein Vater ans Werk machte. Er verbrachte damit seine Tage und Nächte, und wenn ihn die Erschöpfung zu ein wenig Ruhe zwang, verbrachte er die Zeit der Erholung in Blancas Gesellschaft, sprach von ihrem künftigen Glück und oft auch von der Freude, die ihm das Wiedersehen mit Carlos bereiten würde. Darüber verging ein Jahr.

Endlich trafen aus allen spanischen Provinzen und aus allen Teilen Europas unterschiedliche Denkschriften ein. Sie waren versiegelt und wurden in der Kanzlei des Herzogs hinterlegt. Mein Vater sah, daß es an der Zeit war, letzte Hand an seine Arbeit zu legen, und er brachte sie zu einem Grad der Vollkommenheit, von der ich Ihnen nur eine sehr schwache Vorstellung geben kann. Er begann damit, die wesentlichen Prinzipien von Angriff und Verteidigung darzulegen. Er bewies, worin Coehoorn diesen Prinzipien entspreche und worin er davon abweiche. Er stellte Vauban weit über Coehoorn, aber er sah voraus, daß er ein zweites Mal sein System verändern werde, und der Lauf der Geschichte bestätigte seine Voraussage. Alle diese Argumente wurden nicht nur durch eine gelehrte Theorie fundiert, sondern auch durch Details in Konstruktion und örtlicher Lage, Kostenvoranschläge und Berechnungen, die selbst die der Wissenschaft Kundigsten verblüfften.

Als mein Vater die letzte Zeile seines Werkes niedergeschrieben hatte, glaubte er tausend Fehler darin zu erkennen, die er zunächst übersehen hatte, und überbrachte es nur zitternd dem Herzog, der es ihm am nächsten Tag mit den Worten zurückgab: »Mein lieber Neffe, der Preis gehört Ihnen. Ich übernehme es, die Denkschrift weiterzuleiten. Denken Sie jetzt an Ihre Hochzeit, die bald stattfinden soll.«

Mein Vater warf sich dem Herzog zu Füßen und sagte: »Durchlaucht, habt die Güte, meinen Bruder kommen zu lassen. Mein Glück wird unvollkommen sein, wenn ich nicht nach so langer Zeit die Freude empfinden kann, ihn zu umarmen.«

Der Herzog runzelte die Brauen und sagte: »Ich vermute, Carlos wird uns bis zum Überdruß mit der Größe Ludwigs XIV. und dem Glanz des Hofes in den Ohren liegen; aber da du es wünschst, lassen wir ihn kommen.«

Mein Vater küßte dem Herzog die Hand und suchte seine künftige Gattin auf. Von der Geometrie war nicht mehr die Rede; die Liebe füllte seine Stunden und beanspruchte alle Kräfte seiner Seele.

Der König, dem das Festungsprojekt sehr am Herzen lag, ordnete indessen an, alle Denkschriften zu lesen und zu überprüfen. Die meines Vaters setzte sich einstimmig durch. Er empfing einen Brief des Ministers, der ihm die Zufriedenheit des Königs meldete, und daß Seine Majestät wünsche, er möge selbst seine Belohnung festsetzen. In einem anderen, an den Herzog gerichteten Brief gab der Minister zu verstehen, wenn der junge Mann um den Rang eines Generalobersten der Artillerie nachsuchen wolle, werde er ihn möglicherweise erhalten.

Mein Vater brachte seinen Brief dem Herzog, der ihm den Inhalt des seinigen mitteilte. Mein Vater erklärte, er werde es niemals über sich gewinnen, um einen Rang nachzusuchen, den er nicht verdient zu haben glaube, und beschwor den Herzog, dem Minister an seiner Stelle zu antworten. Der Herzog weigerte sich. »Ihnen hat der Minister geschrieben, und da er Sie in dem an mich gerichteten Brief den ›jungen Mann‹ nennt, ist anzunehmen, daß Ihre Jugend den König interessiert und daß der Minister dem König einen eigenhändigen Brief des jungen Mannes vorlegen möchte. Es wird uns schon gelingen, den Brief so abzufassen, daß er nicht zu vermessen erscheint.« Mit diesen Worten setzte sich der Herzog an den Schreibtisch und schrieb folgenden Brief:

Durchlaucht!

Die Zufriedenheit des Königs, von der mir Ew. Exzellenz berichten, ist für jeden edlen Kastilianer Belohnung genug.

Indessen wage ich es, ermutigt durch Ihre Güte, Seine Majestät um die Einwilligung zu meiner Ehe mit Blanca von Velásquez, der Erbin der Güter und Titel unseres Hauses, zu ersuchen.

Diese Verehelichung wird meinen Eifer im Dienste des Königs nicht abschwächen. Ich werde mich glücklich schätzen, wenn ich mir eines Tages durch meine Arbeit Amt und Würden eines Generalobersten der Artillerie verdienen kann, die mehrere meiner Vorfahren ehrenvoll bekleidet haben.

Eurer Exzellenz ... etc.

Mein Vater dankte dem Herzog für die Mühe, der er sich unterzogen hatte, nahm den Brief mit in sein Zimmer und kopierte ihn Wort für Wort. Aber im Augenblick, als er seine Unterschrift daruntersetzen wollte, hörte er im Hof rufen: »Don Carlos ist da! Don Carlos ist da!«

»Wer? Mein Bruder! Wo ist er, ich will ihn umarmen!«

»So unterschreibt doch, Señor Enrique«, sagte der Kurier, der den Brief dem Minister überbringen sollte. Mein Vater, voller Freude über die Ankunft seines Bruders und vom Kurier gedrängt, unterschrieb »Don Carlos de Velásquez« anstelle von »Don Enrique«, siegelte den Brief und lief hinaus, um seinen Bruder zu umarmen.

Die beiden Brüder umarmten einander in der Tat. Don Carlos aber trat gleich wieder zurück, brach in schallendes Gelächter aus und sagte: »Mein lieber Enrique, du gleichst dem Scaramouche in der italienischen Komödie wie ein Tropfen Wasser dem anderen. Dein steifer Kragen liegt dir am Kinn wie ein Rasierbecken; aber ich liebe dich, wie du nun einmal bist. Gehen wir also zu dem guten Alten.«

Sie stiegen zum alten Herzog hinauf, den Don Carlos mit seiner Umarmung fast erstickte, was damals am französischen Hof als weltmännisch galt. Dann sagte er: »Mein lieber Onkel, mir gab doch der Botschafter, der gute Mann, einen Brief für Sie, aber ich habe ihn tatsächlich beim Bademeister vergessen; übrigens macht das gar nichts. Gramont, Roquelaure und alle die Alten lassen Sie herzlich grüßen.«

»Mein lieber Carlos«, sagte der Herzog, »ich kenne ja gar keinen dieser Herren.«

»Wie schade für Sie«, erwiderte Carlos, »es sind angenehme Gesellschafter. Aber wo ist denn meine künftige Schwägerin? Sie muß ja bildschön geworden sein.«

In diesem Augenblick trat Blanca herein. Don Carlos ging ganz unbefangen auf sie zu und sagte: »Meine göttliche Schwester, bei uns in Paris verlangt es die Sitte, die Frauen zu küssen.« Und Carlos küßte sie zum großen Erstaunen Enriques, der Blanca immer nur in Gegenwart ihrer Dueñas sah und niemals gewagt hatte, ihr auch nur die Hand zu küssen. Und Carlos sagte noch viele kaum vorstellbare Dinge, die Enrique ernstlich kränkten und den Herzog die Stirn runzeln ließen.

Schließlich sprach dieser edle Herr in strengstem Ton zu ihm: »Gehen Sie jetzt und legen Sie Ihre Reisekleidung ab. Heute abend findet hier ein Ball statt. Denken Sie daran, was jenseits der Berge als Höflichkeit gilt, wird hierzulande als Frechheit betrachtet.«

Mit der größten Ruhe antwortete Carlos: »Mein lieber Onkel, ich werde die neue Hofkleidung anlegen, die Ludwig XIV. für seine Umgebung entworfen hat, und Sie werden sehen, daß dieser Fürst groß ist in allem, was er tut. Ich will meine schöne Cousine zu einer Sarabande auffordern. Es ist ein spanischer Tanz, aber Sie werden sehen, was die Franzosen daraus gemacht haben.« Mit diesen Worten zog sich Don Carlos zurück, wobei er eine Melodie Lullys trällerte. Sein Bruder, der über sein ausgefallenes Benehmen sehr bekümmert war, wollte ihn beim Herzog und bei Blanca entschuldigen. Aber seine Mühe war vergebens; denn der Herzog hatte schon zu viele Vorbehalte gegen Carlos, und Blanca hatte gar keine.

Schließlich begann der Ball. Blanca erschien nicht nach spanischer, sondern nach französischer Mode gekleidet, was jedermann in Erstaunen versetzte. Sie sagte, das Gewand sei ihr vom Botschafter, ihrem Großonkel, zugesandt worden, und ihr Cousin habe es überbracht. Diese Erklärung stellte aber niemanden zufrieden, und das Erstaunen hielt an.

Carlos ließ lange auf sich warten. Endlich erschien er, gekleidet nach der Mode am Hof Ludwigs XIV. Er trug ein blaues, silberbesticktes Wams, Schärpe und Zierschnüre aus weißem Satin, ebenfalls bestickt, einen Umschlagkragen aus Spitzen von Alençon und eine blonde Perücke von mächtigem Umfang. Dieses an sich schon prächtige Kostüm wirkte um so prächtiger, da unsere letzten Könige aus dem Hause Österreich in Spanien eine sehr armselige Tracht eingeführt hatten. Man hatte sogar die Halskrause aufgegeben, die ihr noch ein wenig zum Schmuck gereicht hätte, und ersetzte sie durch den steifen Kragen, wie man ihn heute die *alguaciles* und Rechtsvertreter tragen sieht, was allerdings dem Kostüm des Scaramouche sehr ähnlich ist, wie Don Carlos ganz richtig bemerkt hatte.

Unser Leichtfuß, der sich schon durch seine Tracht von den spanischen Kavalieren bedeutend unterschied, stach durch die Art, wie er den Ballsaal betrat, noch mehr von ihnen ab. Statt jemanden zu begrüßen oder wem auch immer seine Reverenz zu erweisen, rief er schon aus weiter Entfernung, so daß er gerade noch gehört werden konnte, den Musikern zu: »Ruhe da, Ihr Flegel! Wenn Ihr etwas anderes spielt als meine Sarabande, schlage ich Euch die Geigen um die Ohren!« Dann verteilte er die Noten, die er mitgebracht hatte, holte Blanca und führte sie in die Mitte des Saals, um mit ihr zu tanzen.

Selbst mein Vater räumt ein, daß Carlos superb tanzte, und Blanca, die fraglos unendlich anmutig war, übertraf sich bei dieser Gelegenheit selbst. Als die Sarabande beendet war, erhoben sich alle Damen zugleich, um Blanca zur Vollkommenheit ihres Tanzes zu beglückwünschen. Während sie sie aber rühmten, richteten sie ihre Augen auf Carlos, um ihm zu verstehen zu geben, daß er der eigentliche Gegenstand ihrer Bewunderung sei. Das entging Blanca keineswegs, und das geheime Votum der Frauen erhöhte in ihren Augen die Vorzüge des jungen Mannes.

Den ganzen Abend lang wich Carlos nicht mehr von Blancas Seite, und als sein Bruder sich näherte, erklärte er ihm: »Lieber Freund Enrique, geh doch und löse wieder ein algebraisches Problem; wenn Blanca einmal deine Frau ist, hast du Zeit genug, sie zu langweilen.« Blancas ungezügeltes Gelächter trieb ihn noch zu solch schnöden Reden an, und der arme Enrique zog sich ganz verwirrt zurück.

Als das Abendessen serviert wurde, reichte Don Carlos Blanca die Hand und nahm mit ihr am oberen Ende des Tisches Platz. Der Herzog runzelte die Brauen, aber Enrique bat ihn, es seinen Bruder nicht entgelten zu lassen. Beim Essen unterhielt Don Carlos die Gesellschaft mit den Festen, die Ludwig XIV. gab, und vor allem mit dem Ballett *L'Olympe amoureux*, in dem dieser Fürst selbst die Rolle der Sonne übernommen hatte. Er sagte, er beherrsche ihre Schritte vollkommen, und Blanca werde bewundernswert die Rolle der Diana spielen. Er verteilte auch gleich die anderen Rollen, und als man die Tafel aufhob, war das Ballett Ludwigs XIV. beschlossene Sache. Enrique verließ den Ball, und Blanca bemerkte nicht einmal seine Abwesenheit.

Am nächsten Morgen machte mein Vater Blanca zur gewohnten Stunde seine Aufwartung und fand sie damit beschäftigt, mit Carlos eine Schrittfolge einzuüben. So vergingen drei Wochen. Der Herzog hatte ein düsteres Wesen angenommen. Enrique schluckte seinen Gram hinunter. Carlos gab tausend Frechheiten von sich, die von den Frauen der Stadt für ebenso viele Offenbarungen der Weisheit gehalten wurden. Blanca hatte nur noch Paris und das Ballett Ludwigs XIV. im Kopf, und sie hatte keine Ahnung von dem, was um sie her geschah.

Eines Tages, als man bei Tisch saß, erhielt der Herzog eine Depesche vom Hof; es war ein Brief des Ministers, der wie folgt abgefaßt war:

Ew. Durchlaucht!

Seine Majestät der König, unser Herr, erklärt sein Einverständnis mit der Hochzeit Ihrer Tochter mit Don Carlos de Velásquez, bestätigt seine Grandenwürde und erkennt ihm den Rang des Generalobersten der Artillerie zu.

Ihr Ihnen sehr geneigter… etc.

»Was ist das?« rief der Herzog wütend. »Was hat der Name Carlos in diesem Brief zu suchen? Blanca soll Enrique heiraten!«

Mein Vater bat den Herzog, ihn geduldig anzuhören, und erklärte ihm dann: »Ich weiß nicht, Ihro Durchlaucht, wieso sich hier der Name Carlos an der Stelle des meinen befindet; ich bin aber sicher, daß meinen Bruder keine Schuld daran trifft oder daß vielmehr niemanden eine Schuld trifft und daß dieser Namenswechsel von der Vorsehung so gefügt wurde. Sie müssen in der Tat bemerkt haben, daß Fräulein Blanca keinerlei Zuneigung für mich aufbringt, dagegen sehr viel für Don Carlos. Also gehören ihre Hand, ihre Person, ihre Titel ihm, und ich habe kein Recht mehr darauf.«

Der Herzog wandte sich seiner Tochter zu und sprach: »Blanca! Blanca! Ist es denn wahr, daß deine Seele flatterhaft und falsch ist?«

Blanca fiel in Ohnmacht, weinte dann und gestand schließlich, daß sie Carlos liebe.

Voller Verzweiflung sagte der Herzog zu meinem Vater: »Lieber Enrique, wenn er dir die Herrin deines Herzens weggenommen hat, so kann er dir doch nicht den Rang des Generalleutnants der Artillerie nehmen. Nur du verdienst ihn, und einen Teil meiner Güter will ich dir dreingeben.«

»Nein, Durchlaucht«, erwiderte Enrique, »Ihre Güter gehören ganz und gar Ihrem Fräulein Tochter, und was den Rang des Generalleutnants angeht, so hat ihn der König meinem Bruder verliehen, und er hat sicher wohl daran getan; denn der Zustand meiner Seele erlaubt mir gegenwärtig nicht den Soldatendienst, weder in diesem noch in einem anderen Rang. Gestatten Sie mir, mich zurückzuziehen. Ich begebe mich zu einem heiligen Zufluchtsort, meinen Schmerz vor den Altären zu ergießen und ihn Jenem als Opfer darzubringen, der für uns gelitten hat.«

Mein Vater verließ das Haus des Herzogs und trat in ein Kamaldulenserkloster ein, wo er das Gewand eines Novizen anlegte. Don Carlos heiratete Blanca. Die Hochzeit fand statt, ohne Aufsehen zu erregen. Der Herzog nahm nicht daran teil. Blanca hatte ihren Vater zur Verzweiflung getrieben und grämte sich nun über die Leiden, die sie verursacht hatte. Und Carlos war bei all seiner

Unverfrorenheit doch durch die allgemeine Niedergeschlagenheit ein wenig außer Fassung gebracht.

Bald erlitt der Herzog wieder einen seiner Podagraanfälle und fühlte, daß er nicht mehr lang zu leben hätte. Er schickte zu den Kamaldulensern und ließ darum bitten, noch einmal den Bruder Enrique sehen zu dürfen. Alvarez, der Majordomus des Herzogs, reiste zum Kloster und entledigte sich des Auftrags. Die Kamaldulenser gaben ihm keine Antwort, da ihre Ordensregel ihnen das Sprechen verbietet; aber sie führten ihn in Enriques Zelle. Alvarez fand ihn mit Lumpen bedeckt auf dem Stroh liegen, mit einer Kette um die Leibesmitte gefesselt.

Mein Vater erkannte Alvarez und sagte zu ihm: »Freund Alvar, wie findest du die Sarabande, die ich gestern tanzte? Ludwig XIV. war damit zufrieden. Die Musiker, diese Flegel, haben schlecht gespielt. Und Blanca, was sagt sie? Blanca! Blanca! ... Unglückseliger, antworte mir...« Dann zerrte mein Vater an seiner Kette, biß sich in die Arme und verfiel in einen schrecklichen Anfall von Tollheit. Tränenüberströmt zog sich Alvarez zurück und berichtete dem Herzog, welch trostloser Anblick sich ihm geboten hatte.

Am folgenden Tag griff das Podagra des Herzogs auf seinen Magen über, und man verzweifelte an seinem Aufkommen. Angesichts des Todes wandte er sich seiner Tochter zu und sagte zu ihr: »Blanca! Blanca! Enrique wird mir in Bälde folgen. Wir verzeihen dir.« Dies waren des Herzogs letzte Worte. Sie drangen in Blancas Seele und senkten das Gift der Gewissensangst hinein. Sie verfiel in tiefe Schwermut. Der neue Herzog tat, was er konnte, um seine junge Gattin zu zerstreuen; da es ihm aber nicht gelang, überließ er sie ihrem Elend. Aus Paris ließ er eine berühmte Kurtisane kommen, genannt die Jardin, und Blanca zog sich in ein Kloster zurück. Die Stellung des Generalleutnants der Artillerie konnte dem Herzog nicht gefallen. Er versuchte indessen, sie auszufüllen; da er aber damit keine Ehre einlegen konnte, reichte er beim König seinen Abschied ein und ersuchte ihn um ein Hofamt. Der König ernannte ihn zum Großkämmerer, und er ließ sich mit der Jardin in Madrid nieder.

Mein Vater verbrachte bei den Kamaldulensern drei Jahre. Schließlich gelang es diesen guten Vätern mit unermüdlicher Pflege und Engelsgeduld, ihm wieder zum Gebrauch seiner Vernunft zu verhelfen. Daraufhin begab er sich nach Madrid und ließ sich beim Minister melden. Dieser vornehme Herr bat ihn in sein Kabinett und sagte zu ihm: »Señor Don Enrique, Ihre Sache ist dem König zur Kenntnis gebracht worden, der mir wie meinem Amt sehr darüber zürnte. Aber ich zeigte ihm Ihren Brief, der mit Don Carlos unterzeichnet war, und hier liegt er mir noch vor. Sagen Sie mir doch bitte, warum Sie nicht Ihren Namen daruntergesetzt haben!«

Mein Vater nahm den Brief, erkannte seine Schrift und sagte zum Minister: »Ach, Durchlaucht, ich erinnere mich, daß man im Augenblick, in dem ich diesen Brief unterzeichnete, die Ankunft meines Bruders meldete. Die Freude, die ich darüber empfand, wird mich den Namen meines Bruders an die Stelle des meinen haben setzen lassen; aber nicht diese Verwechslung hat mein Unglück herbeigeführt. Selbst wenn das Patent des Generalleutnants auf meinen Namen ausgestellt worden wäre, wäre ich nicht imstande gewesen, diese Stelle anzutreten. Heute ist mein Verstand wiederhergestellt, und ich glaube mich fähig, den Absichten zu entsprechen, die der König damals mit mir hatte.«

»Mein lieber Enrique«, erwiderte der Minister, »alle unsere Festungsprojekte sind ins Wasser gefallen; und bei Hofe haben wir nicht die Gewohnheit, auf vergessene

Pläne zurückzukommen. Alles, was ich Ihnen anbieten kann, ist die Stelle des Kommandanten von Ceuta; sie ist als einzige vakant. Überdies werden Sie abreisen müssen, ohne den König zu sehen. Ich gebe zu, dieser Posten entspricht nicht Ihren Fähigkeiten. Und in Ihrem Alter ist es bitter, sich auf einen Felsen in Afrika verbannt zu sehen.«

»Genau deswegen möchte ich die Stelle übernehmen«, antwortete mein Vater. »Wenn ich Europa verlasse, so scheint mir, entkomme ich meinem grausamen Geschick, und indem ich einen anderen Teil der Welt betrete, werde ich ein anderer Mensch; und unter günstigeren Gestirnen finde ich schließlich Frieden und Glück.«

Mein Vater beeilte sich, seine Ernennung zum Kommandanten in Empfang zu nehmen, schiffte sich in Algeciras ein und gelangte glücklich nach Ceuta. Dort den Fuß auf den Boden zu setzen, war eine köstliche Genugtuung für ihn. Es schien ihm, daß er nach langen stürmischen Tagen in den Hafen einlaufe.

Als erstes ließ es sich der neue Kommandant angelegen sein, alle seine Pflichten kennenzulernen, nicht nur um sie zu erfüllen, sondern um noch Besseres zu leisten. So sehr auch seine Neigung den Befestigungen galt, er beschäftigte sich kaum mit dieser Materie, da die Stadt, die von unzivilisierten Feinden umgeben war, diesen ohnehin recht gut Widerstand leisten konnte. Er verwandte aber seine Geisteskräfte darauf, die Lage der Garnison und der Einwohner zu verbessern und ihnen alle Annehmlichkeiten zu verschaffen, die in ihrer Situation irgend erreichbar waren, und er verzichtete dafür auf tausenderlei Erträge und Vorteile, deren sich die Kommandanten vor ihm erfreut hatten. Dieses Verhalten machte ihn zum Abgott der kleinen Kolonie. Mein Vater verwandte auch größte Sorgfalt auf die Staatsgefangenen, die ihm anvertraut waren, und manchmal lockerte er zu ihren Gunsten die strengen Regeln seiner Vorschriften, sei es, indem er ihnen Wege eröffnete, mit ihren Familien zu korrespondieren, sei es, um ihnen andere Erleichterungen zu verschaffen.

Als die Zustände in Ceuta so weit verbessert waren, als es irgend möglich war, gab sich mein Vater wieder dem Studium der exakten Wissenschaften hin. Die beiden Brüder Bernoulli erregten damals in der akademischen Welt durch ihre Gelehrtenfehde Aufsehen. Mein Vater nannte sie scherzhaft Eteokles und Polyneikes, im Grunde nahm er aber an ihren Auseinandersetzungen mit dem lebhaftesten Interesse teil, und oft mischte er sich mit anonymen Schriften in den Kampf ein, die bald der einen, bald der anderen Seite unerwarteten Beistand leisteten. Als das große isoperimetrische Problem den vier bedeutendsten Geometern Europas zur Entscheidung unterbreitet wurde, ließ mein Vater ihnen Analysemethoden zukommen, die man als Meisterwerke des Scharfsinns ansehen kann. Aber man konnte sich nicht vorstellen, daß ihr Urheber sich habe entschließen können, inkognito zu bleiben, und es konnte nicht ausbleiben, daß man sie bald dem einen, bald dem anderen der Brüder zuschrieb. Man war im Irrtum. Mein Vater liebte die Wissenschaften und nicht das Ansehen, das sie verschaffen. Sein Unglück hatte ihn ungesellig und scheu gemacht.

Jacques Bernoulli starb, als er im Begriff war, den vollständigen Sieg davonzutragen. Sein Bruder behauptete das Schlachtfeld. Mein Vater erkannte wohl, daß dieser sich irrte, wenn er nur zwei Elemente der Kurve berücksichtigte; aber er wollte einen Krieg nicht verlängern, der die ganze Gelehrtenwelt betrübte. Jean Bernoulli konnte jedoch nicht in Frieden leben. Er erklärte dem Marquis de l'Hospital den Krieg, dessen sämtliche Entdeckungen er für sich beanspruchte, und einige Jahre später legte er sich sogar mit Newton persönlich an. Gegenstand dieser neuen Auseinandersetzungen war die Infinitesimalrechnung, die Leibniz gleichzeitig mit Newton erfunden hatte und aus der die Engländer eine Angelegenheit nationalen Prestiges gemacht hatten.

So verbrachte mein Vater die schönsten Jahre seines Lebens damit, von weitem die großen Kämpfe zu verfolgen, die die größten Geister der Welt mit den schärfsten Waffen austrugen, die der menschliche Geist sich jemals geschmiedet hat.

Die Liebe, die mein Vater den exakten Wissenschaften entgegenbrachte, konnte ihn nicht dazu bringen, die anderen zu vernachlässigen. Die Felsenküste von Ceuta ist die Heimstatt einer großen Zahl von Meerestieren, die sich der pflanzlichen Natur annähern und den Übergang zwischen diesen großen Reichen bilden. Mein Vater bewahrte immer einige von ihnen in Glasbehältern auf und fand Vergnügen daran, die Wunder ihrer Gestaltung zu beobachten. Ebenso besaß mein Vater eine Bibliothek lateinischer oder ins Lateinische übersetzter Bücher, die man als historische Quellen ansehen kann. Er hatte diese Sammlung in der Absicht zusammengestellt, die Prinzipien der Wahrscheinlichkeit, die Bernoulli in seinem Buch *ars conjectandi* entwickelt hatte, durch Beweise, die er aus Tatsachen gewonnen hatte, zu stützen.

So verschloß sich mein Vater fast immer in seinem Hause, lebte in seinen Gedanken, wechselte zwischen Beobachtung und Meditation, und die fortwährende geistige Anspannung ließ ihn oft jene schreckliche Epoche seines Lebens vergessen, in der seine Vernunft der Übermacht des Unglücks erlegen war. Aber oft wollte auch das Herz wieder in alle seine Rechte eintreten, was vor allem gegen Abend geschah, wenn sein Kopf von des Tages Arbeit ermüdet war. Dann stieg er, da er es nicht gewohnt war, außerhalb seines Hauses Ablenkung zu suchen, auf die Terrasse und sah auf das Meer und den Horizont hinaus, der in der Ferne durch die Küsten Spaniens begrenzt sein mußte. Dieser Anblick erinnerte ihn an die Tage des Ruhmes und des Glücks, in denen seine Familie ihn hochschätzte, die Herrin seines Herzens ihn liebte, Männer von Geltung ihn bewunderten; seine Seele, entflammt vom Feuer der Jugend, erleuchtet von der Klarheit des reifen Alters, öffnete sich allen Empfindungen, die den Genuß des Lebens ausmachen, und allen großen Entwürfen, die dem menschlichen Geist zur Ehre gereichen.

Dann dachte er wieder an seinen Bruder, der ihm die Geliebte, seine Güter, seinen Stand raubte, und er dachte wieder an sich selbst, wie er ohne den Besitz seiner Vernunft auf dem Stroh lag. Manchmal nahm er seine Geige und spielte die verhängnisvolle Sarabande, die Blanca veranlaßt hatte, sich für Carlos zu entscheiden. Diese Musik entlockte ihm Tränen; und wenn er geweint hatte, war er erleichtert. So vergingen fünfzehn Jahre.

Eines Abends, ein wenig spät, suchte der königliche Statthalter von Ceuta meinen Vater noch dienstlich auf und traf ihn bei einem seiner Schwermutsanfälle. Nachdem er ein wenig darüber nachgedacht hatte, sagte er zu ihm: »Mein lieber Kommandant, ich bitte Sie, mir ein wenig Aufmerksamkeit zu schenken. Sie sind unglücklich, Sie leiden; das ist kein Geheimnis. Wir wissen es, und meine Tochter weiß es auch. Sie war fünf Jahre alt, als Sie nach Ceuta kamen, und seither verging kein Tag, an dem sie nicht mit Bewunderung von Ihnen hätte sprechen hören; denn Sie sind die Schutzgottheit unserer kleinen Kolonie. Oft sagte sie zu mir: ›Unser lieber Kommandant fühlt seine Schmerzen nur deshalb so heftig, weil er niemanden hat, mit dem er sie teilen kann.‹ Besucht uns doch, Señor Don Enrique, das wird Ihnen besser tun als das Zählen der Meereswogen.«

Mein Vater ließ sich zu Inés de Cadanza führen. Er heiratete sie sechs Monate später, und zehn Monate nach der Hochzeit wurde ich geboren. Als das gebrechliche

Wesen, das ich war, das Licht der Welt erblickt hatte, nahm mich mein Vater in die Arme, erhob die Augen zum Himmel und sprach: »O Macht, die das Unendliche zum Exponenten hat! Letztes Ziel aller aufsteigenden Progressionen! O mein Gott! Hier ist wieder ein fühlendes Wesen, ausgesetzt in den endlichen Raum. Soll es ebenso elend werden wie sein Vater es war, so möge ihm Deine Güte das Zeichen der Subtraktion aufprägen.«

Als mein Vater dieses Gebet gesprochen hatte, umarmte er mich voll Entzücken und sprach: »Nein, mein liebes Kind, du wirst nicht unglücklich sein, wie ich es war. Beim heiligen Namen Gottes schwöre ich, daß ich dich nie die Mathematik lehren werde; aber du sollst die Sarabande und das Ballett Ludwigs XIV. beherrschen und allen Vorwitz, der mir noch zur Kenntnis gelangt.« Dann ließ mein Vater seine Tränen über mich fließen und übergab mich der Hebamme.

Nun bitte ich Sie, auf das Absonderliche meines Schicksals achtzuhaben. Mein Vater gelobt, mich niemals die Mathematik zu lehren und mir das Tanzen beibringen zu lassen: Genau das Gegenteil trifft ein. Meine Kenntnis der exakten Wissenschaften ist bedeutend, und es ist mir unmöglich, ich will nicht sagen, die Sarabande zu erlernen, da man sie ja gar nicht mehr zu tanzen pflegt, aber es ist mir unmöglich, mir irgendeinen anderen Tanz anzueignen, und ich begreife wahrhaftig nicht, wie man sich die Figuren eines Kontertanzes merken kann. Es gibt wirklich keine einzige, die von einem Zeugepunkt aus oder nach einer konstanten Regel hervorgebracht würde. Diese Figuren sind nicht durch Formeln darzustellen, und es erscheint mir unbegreiflich, daß es Menschen gibt, die sie in ihrem Gedächtnis speichern können.

Als Don Pedro Velásquez diese Stelle seiner Erzählung erreicht hatte, betrat der Zigeunerhauptmann die Höhle und teilte uns mit, das Interesse der Bande erfordere es, daß man aufbreche und ins Innere der Alpujarras-Kette ziehe.

»Wunderbar!« sagte der Kabbalist, »um so eher treffen wir den Ewigen Juden; und da ihm keine Rast vergönnt ist, wird er uns auf dem Marsch begleiten, und wir können uns um so besser seines Gesprächs erfreuen. Er hat viel gesehen, und mehr Erfahrung zu haben als er ist unmöglich.«

Dann wandte sich der Räuberhauptmann Velásquez zu und sagte zu ihm: »Und Sie, Señor, wollen Sie mit uns kommen, oder wollen Sie sich unter dem Schutz einiger Männer in eine benachbarte Stadt begeben?«

Velásquez dachte einige Augenblicke nach und sagte dann: »Ich habe ein paar Papiere neben dem üblen Lager liegenlassen, in dem ich vorgestern schlief, um unter dem Galgen aufzuwachen, wo mich der Señor hier auffand, der Hauptmann der Wallonischen Garde ist. Wenn ich nicht im Besitz meiner Papiere bin, ist es zwecklos für mich, die Reise fortzusetzen. Ich muß dann nach Ceuta zurückkehren. Während Sie bei der Venta nachforschen, kann ich immerhin mit Ihnen weiterziehen.«

»All meine Leute sind Ihnen zu Diensten«, sagte der Zigeuner. »Ich schicke ein paar zur Venta, und beim ersten Lager stoßen sie wieder zu uns.«

Jedermann packte auf. Wir legten sechs Meilen zurück und verbrachten die Nacht auf ich weiß nicht welchem hohen Gipfel.

Zwanzigster Tag

Wir verbrachten den Vormittag damit, auf die Leute zu warten, die der Zigeunerhauptmann zur Venta geschickt hatte, um dort Velásquez' Papiere zu suchen; und von einer Neugierde getrieben, die nach meiner Meinung allen Menschen natürlich ist, hatten wir die Augen auf den Weg geheftet, auf dem sie erscheinen mußten – mit Ausnahme von Velásquez selbst, der, als er auf einem felsigen Hang eine vom Wasser schön geglättete Schieferplatte gefunden hatte, diese nun mit mathematischen Zeichen zu bedecken begann. Als er eine Weile gerechnet hatte, wandte er sich zu uns und fragte, warum wir ungeduldig seien. Wir erwiderten ihm, daß doch seine Papiere noch nicht gekommen seien. Er antwortete, wir seien sehr gütig, uns seinetwegen zu beunruhigen, und er werde, sobald er nur seine Berechnung abgeschlossen habe, mit uns zusammen unruhig sein. Dann vollendete er seine Gleichungen und fragte uns, worauf wir denn mit dem Aufbruch warteten.

»Weiß Gott«, sagte der Kabbalist, »Herr Geometer Don Pedro de Velásquez, wenn Sie die Ungeduld nicht aus eigener Erfahrung kennen, müssen Sie sie doch bisweilen an anderen bemerkt haben, mit denen Sie Umgang hatten.«

»Es ist wahr«, antwortete Velásquez, »ich habe die Ungeduld oft an anderen beobachtet, und es schien mir, sie sei ein Unlustgefühl, das sich von einem Augenblick zum anderen steigert, ohne daß man das Gesetz bestimmen könnte, nach dem sich diese Steigerung vollzieht. Man kann indessen allgemein feststellen, daß es sich umgekehrt proportional zum Quadrat der Trägheit verhält. Wenn ich also zweimal schwerer zu beunruhigen bin als Sie, so zeige ich nach einer Stunde nur einen Grad Ungeduld, während Sie schon vier aufweisen. So ist es mit allen Passionen, die man mit gutem Recht als Antriebskräfte ansehen kann.«

»Mir scheint«, sagte Rebekka, »Sie kennen vortrefflich die Triebfedern des menschlichen Herzens, und die Geometrie sei der sicherste Weg zum Glück.«

»Señora«, erwiderte Velásquez, »mir scheint, die Suche nach dem Glück kann mit der Lösung einer Gleichung höheren Grades verglichen werden. Sie kennen das letzte Glied, und Sie wissen, daß es das Produkt aller Wurzeln ist. Bevor Sie aber die Divisoren erschöpft haben, gelangen Sie zu einer Anzahl imaginärer Zahlen. Darüber vergeht der Tag, und Sie haben sich an der Lust des Rechnens ergötzt. Ebenso verhält es sich mit dem menschlichen Leben. Man gerät ebenfalls an imaginäre Größen, die man für reale Werte gehalten hat. Indessen hat man aber gelebt, und darüber hinaus ist man älter geworden; also ist die Tätigkeit ein allgemeines Gesetz der Natur. In ihr verharrt nichts im Zustand der Ruhe. Der Felsen hier scheint Ihnen zu ruhen, weil die Erde, auf der er aufliegt, ihm einen Widerstand entgegensetzt, der seinen Druck übersteigt; stellten Sie aber Ihren Fuß unter diesen Felsen, würden Sie seiner Tätigkeit gewahr.«

»Aber«, warf Rebekka ein, »kann man denn jene Regung, die Liebe genannt wird, auch der Berechnung unterziehen? Man versichert doch zum Beispiel, daß der vertraute Verkehr der Liebenden miteinander die Liebe beim Manne vermindere, bei der Frau verstärke. Können Sie mir einen Grund dafür nennen?«

»Señora«, antwortete Velásquez, »das Problem, das Sie mir vorlegen, setzt voraus, daß die Liebe hier einmal in ansteigender, einmal in absteigender Linie fortschreitet; so daß es notwendigerweise einen Augenblick gibt, in dem die beiden Liebenden einander in gleicher Weise lieben, und zwar in genau gleichem Grade. Daher läuft die Frage auf die Maxima und die Minima hinaus, und das Problem ließe sich durch eine Kurve darstellen. Ich habe für alle Probleme dieser Art eine sehr elegante Beweisführung ersonnen, wobei das X . . .«

Als Velásquez an diesen Punkt seiner Analyse gelangt war, zeigten sich die zur Venta geschickten Leute. Sie brachten einige Papiere, die Velásquez sehr sorgfältig prüfte, worauf er erklärte: »Alle meine Papiere sind nun da bis auf ein einziges, das mir nicht sehr notwendig ist, das mich aber in der Nacht, als ich unter den Galgen geschafft wurde, sehr beschäftigt hat. Es ist nicht weiter von Bedeutung, ich möchte Sie nicht aufhalten.«

Man brach nun wirklich auf. Wir liefen einen guten Teil des Tages. Wir hielten dann an und versammelten uns im Zelt des Hauptmanns. Und als wir zu Abend gegessen hatten, baten wir ihn, in seiner Lebensgeschichte fortzufahren, was er mit folgenden Worten tat:

Fortsetzung der Geschichte des Zigeunerhauptmanns

Sie haben mich bei dem schrecklichen Vizekönig verlassen, der mich über seinen Vermögensstand zu unterrichten geruhte.

»Ich erinnere mich daran sehr wohl«, sagte Velásquez, »und dieses Vermögen belief sich auf sechzig Millionen fünfundzwanzigtausendeinhunderteinundsechzig Piaster.«

»Alle Wetter!« sagte der Hauptmann und fuhr mit seiner Rede fort:

Hatte mir der Vizekönig schon vom ersten Augenblick an Angst gemacht, so ängstigte ich mich noch viel mehr, als ich erfuhr, daß man ihm mit Nadeln eine Schlange auf den Leib gestickt hatte, die sich sechzehnmal um seinen Körper schlang und an seinem linken Großzeh endete. Ich gab daher sehr wenig auf seinen Bericht über sein Vermögen acht; bei der Tante Torres war das indessen anders. Sie nahm all ihren Mut zusammen und sagte zum Vizekönig: »Durchlaucht, Euer Vermögen ist gewiß sehr groß, aber das dieser jungen Person muß auch sehr bedeutend sein.«

»Señora«, entgegnete der Vizekönig, »der Graf von Rovellas hatte sein Vermögen durch seine Verschwendung sehr stark angegriffen. Und obwohl ich alle Prozeßkosten übernahm, konnte ich von seinem Besitz nur sechzehn Plantagen in Santo Domingo, zweiundzwanzig Aktien aus der Silbermine in Sanlúcar, zwölf von der Philippinischen Handelsgesellschaft, sechsundfünfzig von der Asiento-Bank und andere geringere Güter retten; wobei die Gesamtsumme sich nur etwa auf siebenundzwanzig Millionen Piaster beläuft.«

Hier rief der Vizekönig seinen Sekretär und ließ ihn eine Kassette aus kostbarem indischen Holz herbeischaffen. Dann setzte er ein Knie auf den Boden und sprach zu mir: »Reizende Tochter einer Mutter, die mein Herz anzubeten nie aufhörte, geruhen Sie, die Früchte dreizehnjähriger Bemühung zu empfangen; denn so lange habe ich gebraucht, um dieses Gut den Händen Ihrer habgierigen Verwandten zu entreißen.«

Zunächst wollte ich die Kassette mit sanfter und anmutiger Geste ergreifen, aber der Gedanke, zu meinen Füßen den Mann zu sehen, der so vielen Indianern den

Schädel eingeschlagen hatte, vielleicht auch die Scham darüber, eine Rolle zu spielen, die meinem eigenen Geschlecht so fremd war, und schließlich irgendeine Art Verwirrtheit ließen mich fast das Bewußtsein verlieren. Aber die Tante Torres, deren Mut die siebenundzwanzig Millionen auf eigenartige Weise gestärkt hatten, hielt mich mit ihren Armen aufrecht, ergriff die Kassette mit einer Bewegung, in der ein wenig Gier zum Vorschein kam, und sagte zum Vizekönig: »Durchlaucht! Dieses junge Mädchen hat nie einen Mann vor sich auf den Knien erblickt. Wollen Sie ihr gütigst erlauben, sich in ihre Gemächer zurückzuziehen.« Der Vizekönig küßte mir die Hand und bot mir dann seinen Arm, um mich auf mein Zimmer zu geleiten.

Dort angelangt, drehten wir den Schlüssel zweimal im Schloß um, und die Tante Torres gab sich der lebhaftesten Freude hin, küßte hundertmal die Kassette und dankte dem Himmel dafür, daß Elviras Zukunft nunmehr nicht nur gesichert, sondern höchst glänzend erschien.

Einen Augenblick später klopfte es an der Tür. Wir sahen den Sekretär des Vizekönigs mit einem Notar hereintreten, der eine Aufstellung der in der Kassette enthaltenen Papiere anfertigte und von Señora de Torres eine Empfangsbestätigung dafür verlangte. Er fügte hinzu, da ich minderjährig sei, sei meine Unterschrift überflüssig.

Dann schlossen wir, die beiden Tanten und ich, uns wieder ein. »Señora«, sagte ich, »das Schicksal Elviras wäre also gesichert, aber wie lassen wir die falsche Rovellas zu den Theatinern gelangen? Und wo finden wir nur die echte?«

Kaum hatte ich diese Worte ausgesprochen, als die beiden Damen Seufzer auszustoßen begannen; Señora Dalanosa glaubte mich schon von den Knechten ausgepeitscht zu sehen, und Señora de Torres befürchtete für ihre Nichte und ihren Sohn unendliche Gefahren jeder Art, denen die unglücklichen Kinder ausgesetzt wären, die ohne Leitung und Stütze durch die Welt irrten. Ein jeder legte sich traurig zu Bett. Ich sann lange darüber nach, wie ich mich aus der Schlinge ziehen könne. Auch ich konnte die Flucht ergreifen, aber der Vizekönig hätte mich allenthalben suchen lassen. Ich schlief ein, ohne eine Lösung gefunden zu haben, und wir waren nur noch eine Tagereise von Burgos entfernt. Die Rolle, die ich dort spielen sollte, war mir höchst peinlich; nichtsdestoweniger mußte ich wieder in meine Sänfte steigen, und der Vizekönig tummelte wieder an meiner Seite sein Pferd und ließ in die übliche Strenge seiner Züge einen gewissen Ausdruck von Zärtlichkeit und Zutunlichkeit einfließen, der mich sehr befangen machte. So erreichten wir ein schön beschattetes Brunnenbecken, wo wir einen Imbiß vorfanden, den uns die Bürgerschaft von Burgos hatte vorbereiten lassen.

Als ich aus der Sänfte stieg, reichte mir der Vizekönig die Hand; aber statt mich zum Imbiß zu geleiten, führte er mich ein wenig abseits, ließ mich im Schatten Platz nehmen, setzte sich neben mich und sagte: »Reizende Elvira, je länger ich das Glück habe, Ihnen nahe zu sein, desto mehr festigt sich meine Überzeugung, daß der Himmel Sie dazu bestimmt hat, den Abend eines stürmischen Lebens zu verschönen, das dem Wohl meines Landes und dem Ruhm meines Königs gewidmet war. Ich habe Spanien den Besitz des Philippinischen Archipels gesichert, ich habe Neumexiko zur Hälfte entdeckt, ich habe die ruhelose Rasse der Inkas wieder zur Erfüllung ihrer Pflichten angehalten, ich mußte meine Existenz unablässig gegen die Wogen des Ozeans, die Unbilden der Äquatorzone, die tödlichen Dünste der Minen, die ich anlegen ließ, behaupten. Wer lohnt mir diese vielen

Jahre, die schönsten meines Lebens? Ich hätte sie der Ruhe, dem süßen Müßiggang, der Freundschaft, ja der kostbarsten aller Empfindungen widmen können. So mächtig der König Spaniens und Indiens auch sein mag, er ist sicher nicht mächtig genug, um es mir zu vergelten. Aber Sie, wunderbare Elvira, mir diesen Lohn zu gewähren, haben Sie die Macht. Wenn sich Ihr Geschick mit dem meinen vereint, bleibt mir nichts mehr zu wünschen übrig. Kann ich nur meine Tage ohne andere Tätigkeit verbringen, als jede Regung Ihrer schönen Seele zu erspähen, wird mich jedes Lächeln von Ihnen glücklich machen, wird mich das geringste Zeichen der Zuneigung, das Sie mir zu geben geruhen, in Entzücken versetzen. Die Vorstellung dieser friedvollen Zukunft, die auf den Wirbel meines vergangenen Lebens folgen soll, beglückt mich dermaßen, daß ich heute nacht den Entschluß gefaßt habe, den Augenblick, da Sie mir gehören werden, beschleunigt herbeizuführen. Ich verlasse Sie also, schöne Elvira, doch nur, um mich nach Burgos zu begeben, wo Sie die Frucht meines Eifers sehen sollen.«

Nach dieser Rede ließ sich der Vizekönig auf ein Knie nieder, küßte mir die Hand, schwang sich aufs Pferd und sprengte in vollem Galopp davon.

Ich brauche Ihnen meine Ängste nicht zu schildern. Ich machte mich auf die widrigsten Auftritte gefaßt, und diese verzweifelte Aussicht lief immer auf die Züchtigung hinaus, die ich unfehlbar im Hof des Theatinerklosters empfangen würde. Ich begab mich zu den beiden Tanten, die beim Essen saßen. Ich wollte ihnen von der neuen Erklärung des Vizekönigs Mitteilung machen, aber es gab keine Möglichkeit dazu. Der unerbittliche Majordomus nötigte mich, wieder in die Sänfte zu steigen, und ich mußte gehorchen.

Vor dem Stadttor von Burgos stießen wir auf einen Pagen meines zukünftigen Gatten, der uns erklärte, wir würden im Erzbischöflichen Palast erwartet. Der kalte Schweiß, der mir über die Stirn rann, ließ mich fühlen, daß ich noch lebte. Denn im übrigen hatte mich die Angst gänzlich meiner Sinne beraubt, wovon ich mich erst erholte, als ich vor dem Erzbischof stand. Dieser Prälat saß in einem Lehnstuhl dem Vizekönig gegenüber; etwas unterhalb von ihm hatte sein geistliches Gefolge Platz genommen. Die vornehmsten Bürger von Burgos saßen zu Seiten des Vizekönigs. Am anderen Ende des Saals war ein Altar für die Zeremonie vorbereitet. Der Erzbischof erhob sich, segnete mich und küßte mir die Stirn.

Überwältigt von den Empfindungen, die meine Seele bewegten, fiel ich dem Erzbischof zu Füßen, und dort nun, von einer mir selbst unerklärlichen Eingebung erleuchtet, sprach ich zu ihm: »Ehrwürdiger Vater, seien Sie barmherzig mit mir! Ich will Nonne werden! Ja, ich will Nonne werden!«

Nach dieser Erklärung, die im ganzen Saal laut und deutlich zu hören war, glaubte ich, es sei nun angemessen, in Ohnmacht zu fallen. Ich richtete mich also nur auf, um den beiden Tanten in die Arme zu sinken, die schon Mühe hatten, sich selbst aufrecht zu halten, so ergriffen waren sie. Meine Augen hielt ich einen Spalt geöffnet und sah, daß der Erzbischof voller Ehrerbietung vor dem Vizekönig stand und dessen Entscheidung zu erwarten schien.

Der Vizekönig bat den Erzbischof, wieder Platz zu nehmen und ihm Zeit zum Nachdenken zu gewähren. Der Erzbischof setzte sich also und gab mir Gelegenheit, das Antlitz meines erhabenen Anbeters zu betrachten, das noch strenger war als üblich und einen Ausdruck zeigte, der die Kühnsten zum Zittern gebracht hätte. Einige Zeit schien er in seine Überlegungen vertieft. Dann setzte er mit stolzer Gebärde seinen Hut auf und sprach: »Mein Incognito ist beendet. Ich bin der Vizekönig von Mexiko. Dem Erzbischof ist es gestattet, sitzen zu bleiben.« Alle anderen Anwesenden erhoben sich ehrfurchtsvoll.

»Señores!« sprach darauf der Vizekönig, »heute ist es vierzehn Jahre her, daß ruchlose Verleumder mich beschuldigten, ich sei der Vater dieser jungen Person. Damals fand ich kein anderes Mittel, ihnen den Mund zu schließen, als mich zur Ehe mit ihr zu verpflichten, sobald sie das erforderliche Alter erreicht hätte. Während sie nun anmutig und tugendreich heranwuchs, ließ mich der König, der meine Dienste huldvoll in Anspruch nahm, von Rang zu Rang aufsteigen und bekleidete mich schließlich mit der außerordentlichen Würde, die mir die unmittelbare Nähe zum Thron verleiht. Als nun die Zeit gekommen war, mein Versprechen einzulösen, ersuchte ich den König um die Erlaubnis, nach Spanien zu kommen und mich hier zu vermählen. Die Antwort des Staatsrats von Madrid lautete, ich könne kommen, werde aber nur im Fall meines Verzichts auf die Eheschließung die Ehre haben, Vizekönig zu bleiben. Gleichermaßen war es mir verboten, mich der Hauptstadt mehr anzunähern als bis auf fünfzig Meilen. Ich begriff natürlich, daß ich auf die Heirat oder auf die Gunst meines Herrn verzichten müsse; da ich aber mein Versprechen gegeben hatte, konnte es kein Schwanken geben.

Als ich die reizende Elvira erblickte, glaubte ich zu ahnen, daß der Himmel mich vom Weg der Ehren wegführen und in den sanften Freuden der Abgeschiedenheit eine neue Glückseligkeit finden lassen wolle. Da der eifersüchtige Himmel jedoch Anspruch auf eine Seele erhebt, deren die Welt nicht würdig war, überantworte ich sie Ihnen. Lassen Sie sie zum Annunziatenkloster begleiten, dort soll sie ihr Noviziat antreten. Ich werde an den König schreiben und ihn um die Erlaubnis bitten, nach Madrid zu kommen.«

Als der schreckliche Vizekönig dies gesagt hatte, grüßte er alle Versammelten, setzte den Hut wieder auf, drückte ihn mit dem strengsten Ausdruck bis auf die Augen herab und begab sich zu seiner Karosse. Er wurde vom Erzbischof, den Honoratioren der Stadt, der Geistlichkeit und ihrem ganzen Gefolge geleitet. Wir blieben allein mit einigen Mesnern, die den Altar abräumten, im Saal zurück. Wir, die Tanten und ich, beeilten uns, in ein Nebenzimmer zu gelangen, und ich stürzte zum Fenster, um zu sehen, ob es nicht eine Möglichkeit gab, die Flucht zu ergreifen und dem Kloster zu entgehen.

Das Fenster ging auf einen Innenhof mit einem Brunnen. Dort erblickte ich zwei kleine Burschen, zerlumpt und von Müdigkeit gezeichnet, die in langen Zügen ihren Durst zu löschen schienen. An einem von ihnen erkannte ich die Kleider wieder, die ich mit Elvira getauscht hatte. Und ich erkannte sie selbst. Der andere zerlumpte Bursche war Lonzeto. Ich stieß einen Freudenschrei aus. Das Zimmer, in dem wir uns befanden, hatte vier Türen. Die erste, die ich öffnete, führte auf eine Treppe, auf der man in den Innenhof mit meinen kleinen Halunken gelangte. Ich lief, um sie hereinzuholen, und die gute Tante Torres starb schier vor Freude, ihre Kinder zu umarmen.

In diesem Augenblick hörten wir wieder den Erzbischof, der mich, nachdem er den Vizekönig hinausbegleitet hatte, nun holen wollte, um mich zum Annunziatenkloster zu bringen. Mir blieb gerade noch Zeit, zur Tür zu stürzen und sie zu schließen. Meine Tante schrie, die junge Person sei wieder in Ohnmacht gefallen und außerstande, Menschen zu sehen. Wir beeilten uns, noch einmal unsere Kleider zu tauschen, wir verbanden Elviras Kopf, als ob sie sich beim Fallen verletzt hätte, und trugen Sorge, einen Teil ihres Gesichts zu verdecken, damit der Personentausch nicht so leicht bemerkt werde.

Als alles hergerichtet war, machte ich mich mit Lonzeto davon, und die Tür wurde geöffnet. Der Erzbischof war nicht mehr zugegen, aber er hatte seinen Großvikar dagelassen, der Elvira und Señora de Torres ins Kloster geleitete. Meine Tante Dalanosa begab sich zur Herberge de las Rosas, wohin sie auch mich bestellt hatte. Wir bezogen dort Quartier, und acht Tage lang dachten wir an nichts anderes, als uns über das glückliche Ende dieses Abenteuers und der Sorgen, die es uns gekostet hatte, zu freuen. Lonzeto, der jetzt kein Maultiertreiber mehr war, wohnte bei uns und galt nun wirklich als Sohn der Señora de Torres.

Meine Tante stattete im Annunziatenkloster mehrere Besuche ab. Es wurde dabei vereinbart, daß Elvira zunächst den glühenden Wunsch bezeugen solle, den Schleier zu nehmen, daß die Inbrunst ihrer Berufung langsam nachlassen solle, daß man sie schließlich aus dem Kloster austreten lassen und Rom um den notwendigen Dispens für ihre Ehe mit ihrem Vetter ersten Grades angehen werde.

Wir erfuhren bald darauf, daß der Vizekönig in Madrid gewesen und dort mit besonderer Auszeichnung empfangen worden war. Er erhielt sogar die Billigung Seiner Majestät dazu, daß seine Güter und Titel dereinst auf seinen Neffen übergingen, den Sohn jener Schwester, die er nach Villaca mitgebracht hatte, und wenig später schiffte er sich wieder nach Amerika ein.

Was mich angeht, so hatten die aufregenden Wendungen unserer so einzigartigen Reise beträchtlich verstärkt, was bisher schon in meiner Gemütsart gelegen hatte, nämlich die Neigung zur Leichtlebigkeit und zum Vagabundieren, und ich dachte nur mit Abscheu an den Augenblick, da ich bei den Theatinern in Klausur gehen müßte. Mein Großonkel hatte es indessen beschlossen, und nach allen Verzögerungen, die ich mir einfallen lassen konnte, mußte ich mich dazu durchringen.

An dieser Stelle seiner Erzählung wurde der Zigeunerhauptmann abgerufen. Jeder von uns stellte einige Überlegungen zu diesem absonderlichen Abenteuer an. Der Kabbalist aber versprach uns noch viel ungewöhnlichere Erzählungen, die uns der Ewige Jude mitteilen werde, und er versicherte uns, am nächsten Tag würden wir unfehlbar dieser außerordentlichen Persönlichkeit begegnen.

Einundzwanzigster Tag

Wir brachen auf, und der Kabbalist, der uns für diesen Tag den Ewigen Juden versprochen hatte, konnte, da er noch nicht erscheinen wollte, seiner Ungeduld kaum Herr werden. Endlich erblickten wir auf einem entfernten Gipfel einen Menschen in sehr schneller Gangart, der sich dabei an gar keinen Weg hielt. »Ah, sehen Sie ihn?« sagte Uzeda, »so ein Faulenzer, so ein Schlingel! Acht Tage hat er gebraucht von Zentralafrika bis hierher!«

Bloß einen Augenblick später war der Jude schon in unserer Nähe. Als er in Hörweite war, schrie der Kabbalist ihm zu: »Wie steht's? ... Kann ich noch Anspruch machen auf Salomons Töchter?«

»O nein«, schrie der Jude, »Ihr habt kein Anrecht mehr auf sie und habt auch jede Gewalt über die Geister vom zweiundzwanzigsten Grade an verloren. Ich hoffe nur, daß Ihr die Gewalt über mich, die Ihr Euch aneignen konntet, nicht behalten werdet!«

Eine Weile schien der Kabbalist in seine Gedanken versunken, dann sagte er: »Nun gut, dann folge ich dem Beispiel meiner Schwester. Wir sprechen bei anderer Gelegenheit davon. Inzwischen, Herr Reisender, befehle ich Euch, Eure Schritte zwischen den Maultieren dieses jungen Kavaliers und jenes anderen Jünglings zu setzen, der schon die ganze Ehre der Geometrie auf sich versammelt. Erzähle ihnen die Geschichte deines Lebens; aber ich warne dich: zuverlässig und genau!«

Der Ewige Jude schien sich widersetzen zu wollen, aber der Kabbalist sprach zu ihm einige unverständliche Worte, und der unselige Wanderer begann wie folgt:

Die Geschichte des Ewigen Juden

Meine Familie gehört zur Zahl derer, die dem Hohepriester Onias folgten und mit der Erlaubnis des großen Ptolemäus Philometor in Unterägypten einen Tempel errichteten. Mein Großvater hieß Hiskia. Als sich die berühmte Kleopatra mit ihrem Bruder Ptolemäus Dionysos vermählte, wurde Hiskia als Königlicher Juwelier in ihren Hausstand aufgenommen. Aber es oblag ihm ebenfalls, die Stoffe und Gewänder einzukaufen, und er war es, der in der Folge auch die Festlichkeiten auszurichten hatte. Mit einem Wort, ich kann Euch versichern, daß mein Großvater am alexandrinischen Hof eine bedeutende Rolle spielte. Ich sage es nicht, um mich zu rühmen; was hätte ich davon? Er ist seit siebzehn Jahrhunderten oder sogar schon ein wenig länger tot, denn er starb im einundvierzigsten Jahr der Herrschaft des Augustus. Damals war ich noch sehr jung, und ich erinnere mich kaum daran; aber ein gewisser Dellius hat oft mit mir über alle Ereignisse jener Zeit geplaudert.

Hier unterbrach Velásquez den Ewigen Juden, um ihn zu fragen, ob Dellius jener Musiker Kleopatras gewesen sei, von dem bei Flavius und Plutarch oft die Rede ist.

»Ebendieser«, sagte der Jude. Dann fuhr er fort:

Da Kleopatra ihrem Bruder keine Kinder gebar, glaubte er sie unfruchtbar und verstieß sie nach drei Ehejahren. Kleopatra suchte Zuflucht in einem Hafen am Roten Meer. Mein Großvater folgte ihr ins Exil, und damals hatte er Gelegenheit, für seine Herrin die zwei außerordentlichen Perlen zu kaufen, deren eine anläßlich eines Festes aufgelöst und von Antonius verschluckt wurde.

Indessen brach in allen Teilen der römischen Welt der Bürgerkrieg aus. Antonius flüchtete zu Ptolemäus Dionysos, der ihn enthaupten ließ. Dieser Verrat, der dazu bestimmt war, ihm Caesars Gunst einzutragen, bewirkte in der Tat das Gegenteil. Caesar wollte Kleopatra wieder auf den Thron erheben. Die Bewohner Alexandrias ergriffen mit einer in der Geschichte beispiellosen Hingabe für ihren König Partei. Da der Monarch aber durch einen Unglücksfall ertrank, fand Kleopatras Ehrgeiz keinen Widerstand mehr, und auch sie kannte für ihre Dankbarkeit Caesar gegenüber keine Grenzen.

Bevor Caesar Ägypten verließ, vermählte er Kleopatra mit dem jungen Ptolemäus, der Ptolemäus Dionysos', ihres ersten Gatten, jüngerer Bruder, also ihr Bruder und Schwager zugleich war. Der Fürst war zu jener Zeit nur elf Jahre alt. Kleopatra war schwanger, und ihr Kind erhielt den Namen Caesarion, damit kein Zweifel über seine Herkunft bestehen könne.

Mein Großvater, der damals fünfundzwanzig Jahre zählte, dachte daran, sich zu verheiraten. Das war für einen Juden recht spät, aber er hatte immer eine Abneigung dagegen gehabt, aus den Familien Alexandrias eine Frau zu wählen. Wir wurden von den Juden Jerusalems nicht gerade als Schismatiker angesehen; nach dem Geist unserer Religion durfte es aber nur einen einzigen Tempel geben. Die herrschende Meinung war, unser ägyptischer, von Onias gegründeter Tempel könne Anlaß zu einem Schisma werden, wie es der von Samaria gewesen war, was die Juden als Greuel aller Greuel betrachteten.

Diese gottesfürchtigen Beweggründe und der Verdruß, an dem es an den Höfen niemals mangelt, ließen meinen Großvater wünschen, sich in die Heilige Stadt des Herrn zurückzuziehen und sich dort zu verheiraten. Zu dieser Zeit kam indessen wegen einiger Handelsgeschäfte ein Jerusalemer Jude, geheißen Hillel, mit seiner gesamten Familie nach Alexandria. Auf seine geliebte älteste Tochter namens Melea fiel die Wahl meines Großvaters. Die Hochzeit wurde mit außergewöhnlichem Prunk gefeiert. Kleopatra und ihr junger Gemahl beehrten sie mit ihrer Anwesenheit.

Einige Tage später ließ die Königin meinen Großvater zu sich rufen und teilte ihm mit: »Mein lieber Hiskia, ich erfahre soeben, daß Caesar zum Diktator auf Lebenszeit ernannt wurde. Als den mächtigsten unter den Welteroberern hat ihn das Schicksal zu einer Höhe erhoben, auf die es noch keinen Sterblichen stellte, weit über Belos, Sesostris, über Cyrus und Alexander. Durch die Liebe von Caesarions Vater ist mein Ruhm größer denn je. Dieses Kind ist bald vier Jahre alt; ich wünsche, daß Caesar es sieht und umarmt. Binnen zwei Monaten will ich nach Rom aufbrechen. Du kannst dir denken, daß ich dort mit der vollen Würde der Königin auftreten will. Noch der letzte meiner Sklaven soll mit golddurchwirkten Stoffen gekleidet, auch das unbedeutendste Gerät soll aus massivem Gold gefertigt und mit Edelsteinen besetzt sein. Ich selbst will nur Perlen tragen, meine Gewänder seien aus leichtem Byssus-Gewebe. Nimm alle meine Schatullen, alles Gold aus meinem Palast. Darüber hinaus soll mein Schatzmeister dir hunderttausend Goldtalente auszahlen; das ist der Preis für zwei Provinzen, die ich an den König der Araber verkauft habe. Nach meiner Rückkehr aus Rom werde ich sie ihm wieder abjagen. Geh, und in zwei Monaten sei alles bereit.«

Kleopatra zählte damals fünfundzwanzig Jahre. Ihr junger Bruder, den sie vier Jahre zuvor geheiratet hatte und der erst fünfzehn Jahre alt war, liebte sie mit außerordentlicher Leidenschaft. Als er erfuhr, daß sie reisen werde, unterlag er Ausbrüchen schrecklicher Verzweiflung; und als er sich von der Königin verabschiedete und ihr Schiff in der Ferne verschwinden sah, griff es ihn so an, daß man für sein Leben fürchtete.

Kleopatra ging unter Segel und landete in weniger als drei Wochen in Ostia. Dort fand sie prächtige Gondeln vor, die schon auf sie warteten, um sie den Tiber hinaufzutragen, und man kann sagen, daß sie im Triumph in diese Stadt einzog, die andere Könige fast nur vor die Streitwagen der römischen Feldherrn gespannt betraten.

Caesar, der liebenswürdigste, aber auch der größte aller Menschen, empfing Kleopatra unendlich huldreich, aber etwas weniger zärtlich, als sie es erhofft hatte. Die Königin, die mehr Ehrgeiz als Empfindsamkeit besaß, achtete nicht sonderlich darauf und dachte vor allem daran, Rom näher kennenzulernen. Da es ihr nicht an Scharfblick fehlte, bemerkte sie bald die Gefahren, die den Diktator bedrohten. Sie sprach mit ihm darüber; aber die großen Männer lassen nichts an sich heran, was der Furcht auch nur ähnelt. Als Kleopatra sah, daß Caesar nicht auf sie hören wollte, suchte sie aus ihren Beobachtungen für sich selbst Nutzen zu ziehen. Es schien ihr gewiß, daß Caesar Opfer einer Verschwörung und daß dann die römische Welt in zwei Parteien zerfallen werde. Die eine, bestehend aus den Freunden der Freiheit, hatte zum sichtbaren Oberhaupt den alten Cicero, eine eitle Figur, die große Dinge vollbracht zu haben glaubte, weil sie große Reden gehalten hatte, und die sich gern dem mit geistiger Arbeit gewürzten Müßiggang in ihrer tuskulanischen Villa hingegeben hätte, ohne auf die Hochachtung verzichten zu wollen, die der aktiven Tätigkeit des Staatsmannes gilt. Alle Anhänger dieser Partei wollten das Gute und vermochten es nicht herbeizuführen, weil sie keine Menschenkenntnis besaßen. Die andere Partei war die der Freunde Caesars; sie bestand aus tüchtigen

Kriegern und noch besseren Zechern, die ihren Leidenschaften ergeben waren und aus denen der anderen Menschen ihren Nutzen zogen. Kleopatra hatte ihre Wahl bald getroffen. Sie bezeugte viel Hochachtung für Antonius und sehr wenig für Cicero, der es ihr niemals verzieh, wie man aus seinen Briefen ersehen kann, die er an Atticus schrieb.

Kleopatra, die nicht neugierig war auf die Lösung des Dramas, dessen Intrige sie schon entwirrt hatte, stach wieder nach Alexandria in See. Ihr junger Gemahl empfing sie mit maßlosen Freudenausbrüchen. Das Volk Alexandrias war trunken vor Begeisterung, Kleopatra war davon mitgerissen und gewann die Herzen der Menschen; wer sie aber kannte, bemerkte leicht, wieviel politische Berechnung an ihren Auftritten beteiligt war und daß ihre Gefühle mehr gespielt als aufrichtig waren. Und wirklich, als sie sich Alexandrias sicher glaubte, eilte sie nach Memphis, wo sie als Isis gekleidet und mit Kuhhörnern auf dem Kopf erschien, was ihr die Herzen der Ägypter zufliegen ließ. Es gelang ihr gleichermaßen, das Wohlwollen der Äthiopier, Nabatäer, Lybier und aller Völker zu gewinnen, die noch an Ägypten angrenzten.

Schließlich kehrte die Königin nach Alexandria zurück. Caesar wurde ermordet, und der Bürgerkrieg brach in allen Provinzen des Reiches aus. Von diesem Augenblick an erschien Kleopatra düster und nachdenklich, und wer ihr nahestand, erkannte, daß es ihr Plan war, sich mit Antonius zu vermählen und über Rom zu herrschen.

Eines Morgens trat mein Großvater vor die Königin und zeigte ihr Juwelen, die neuerdings aus Indien geliefert worden waren. Sie schien sehr zufrieden damit, lobte meinen Großvater für seinen Geschmack, rühmte seinen Eifer und sprach dann zu ihm: »Mein lieber Hiskia, hier stehen köstliche kandierte Bananen, die wohl von denselben Händlern aus Serendib gebracht wurden, von denen du diese kostbaren Steine erhieltest. Mache mir das Vergnügen, diese Früchte zu meinem jungen Gemahl zu tragen, und bitte ihn, sie mir zuliebe gleich zu essen.«

Mein Großvater entledigte sich seines Auftrags, und der junge König sagte zu ihm: »Da die Königin wünscht, daß ich diese Früchte ihr zuliebe esse, möchte ich, daß du Zeuge davon seiest, daß ich auch nicht eine einzige übriglasse.«

Er hatte indessen noch nicht drei Bananen verspeist, als sich seine Züge verzerrten, seine Augen ihm aus dem Kopf treten wollten. Er stieß einen schmerzerfüllten Schrei aus und fiel leblos zu Boden. Mein Großvater erkannte gleich, daß er zum Werkzeug des abscheulichsten Verbrechens geworden war. Er ging nach Hause, zerriß sein Gewand, bedeckte sich mit einem Sack und streute Asche auf sein Haupt.

Sechs Wochen später ließ ihn die Königin rufen und sagte zu ihm: »Mein lieber Hiskia, du mußt wissen, daß Augustus, Antonius und Lepidus die Welt untereinander aufgeteilt haben. Meinem teuren Antonius ist der Orient zugefallen, und ich habe mich entschlossen, in Kilikien mit ihm zusammenzutreffen. Ich wünsche nun, mein lieber Hiskia, daß du mir ein Schiff in Form einer Muschel bauest, das innen und außen mit Perlmutter ausgekleidet sein soll. Über dem Deck soll ein feingesponnenes goldenes Netz ausgespannt werden, durch das man mich mit den Attributen der Venus sehen kann, umgeben von Grazien und Amoretten. Geht und führt meine Befehle so geistreich aus, wie ich es gewohnt bin.«

Mein Großvater warf sich der Königin zu Füßen und sagte: »O Majestät, geruht in Erwägung zu ziehen, daß ich Hebräer bin; alles, was auf die Gottheiten der Griechen Bezug hat, erscheint mir als Gotteslästerung, und ich darf keinesfalls daran teilhaben.«

»Ich verstehe sehr wohl«, erwiderte die Königin. »Du

trauerst um meinen jungen Gemahl. Dein Schmerz ist angemessen, und ich selbst empfinde ihn stärker, als ich es erwartet hätte. Hiskia, du bist nicht geschaffen für den Hof, und ich entbinde dich von der Pflicht, dort zu erscheinen.«

Das ließ sich mein Großvater nicht zweimal sagen. Er ging heim, packte seine Habseligkeiten und zog sich in ein Haus zurück, das er am Ufer des Mareotis-Sees besaß. Dort beschäftigte er sich nur noch damit, seine Angelegenheiten zu ordnen, um so bald wie möglich seinen Plan zu verwirklichen, sich in Jerusalem niederzulassen, mit dem er sich schon lange trug. Er lebte übrigens in größter Zurückgezogenheit und empfing keinen Menschen, den er bei Hofe gekannt hatte, mit Ausnahme des Musikers Dellius, mit dem ihn immer schon eine wahre Freundschaft verbunden hatte.

Kleopatra indessen, die ein Schiff hatte bauen lassen, das etwa ihren Vorstellungen entsprach, setzte Segel nach Kilikien, dessen Völker sie tatsächlich für Venus hielten; und da Marcus Antonius fand, daß die Kilikier sich dabei gar nicht so sehr täuschten, folgte er Kleopatra nach Ägypten, wo ihre Hochzeit mit einer Prachtentfaltung jenseits aller Beschreibung gefeiert wurde.

Als der Ewige Jude diese Stelle seiner Erzählung erreicht hatte, sagte der Kabbalist zu ihm: »Das reicht für heute, lieber Freund, denn wir sind an unserem Lager angelangt. Du wirst die Nacht damit verbringen, diesen Berg zu umkreisen, und morgen bist du wieder bei uns zur Weiterreise. Was ich dir noch zu sagen habe, hole ich ein anderes Mal nach.«

Der Ewige Jude warf dem Kabbalisten einen schrecklichen Blick zu und verschwand in einer Talmulde.

Zweiundzwanzigster Tag

Wir machten uns recht zeitig auf den Weg, und als wir ein paar Meilen zurückgelegt hatten, schloß sich uns der Ewige Jude an, der sich, ohne daß man es ihm noch einmal hätte sagen müssen, zwischen mein Pferd und Velásquez' Maultier einordnete und folgendermaßen begann:

Fortsetzung der Geschichte des Ewigen Juden

Als Kleopatra die Gemahlin des Antonius geworden war, gelangte sie zu der Überzeugung, wenn sie sein Herz auf die Dauer fesseln wolle, müsse ihre Rolle mehr vom Wesen der Phryne enthalten als von dem Artemisias; besser gesagt, diese durchtriebene Frau wechselte mit außerordentlichem Geschick zwischen dem Ton der Kurtisane und dem der Königin hin und her und spielte sogar vollendet die zärtliche und treue Gattin. Sie wußte, daß Antonius unter allen Männern der wollüstigste war, und sie suchte ihn vor allem mit den Künsten der Verführung kirre zu machen. Der Hof tat es den Mächtigen nach; die Stadt imitierte den Hof, das ganze Land die Kapitale, so daß binnen kurzer Zeit ganz Ägypten zu einem Schauplatz der Unzucht wurde. Diese Greuel erreichten selbst die jüdische Kolonie.

Mein Großvater hätte sich schon seit langem nach Jerusalem zurückgezogen, aber die Parther hatten diese

Stadt inzwischen eingenommen und Herodes, Antipas' Sohn, daraus verjagt, der später von Marcus Antonius zum König von Judäa gemacht wurde. Mein Großvater, genötigt, seinen Aufenthalt in Ägypten zu verlängern, wußte nicht mehr, wo er Zuflucht suchen sollte, denn der stets von Gondeln bedeckte Mareotis-See bot Tag und Nacht ein höchst skandalöses Schauspiel. Endlich entschloß sich mein Großvater, die auf den See hinausführenden Fenster zu vermauern und sich mit seiner Frau Melea und einem Kind, das er Mardochai genannt hatte, völlig einzuschließen. Er öffnete seine Tür übrigens nur noch seinem alten Freund Dellius. So vergingen mehrere Jahre. Herodes wurde König, und mein Großvater wandte sich wieder seinem Plan zu, sich in Jerusalem niederzulassen.

Eines Tages suchte Dellius das Haus meines Großvaters auf und sagte zu ihm: »Mein lieber Hiskia, ich komme, um Eure Aufträge für Jerusalem entgegenzunehmen, wohin mich Antonius und Kleopatra senden. Gebt mir ein Schreiben an Euren Schwiegervater Hillel; ich möchte sein Gast sein, obwohl ich übrigens fast sicher bin, daß man mich am Hof behalten will und nicht gestatten wird, daß ich bei einem Privatmann wohne.«

Als mein Großvater einen Menschen vor sich sah, der im Begriff war, nach Jerusalem zu reisen, vergoß er viele Tränen. Er gab ihm einen Brief für Hillel mit und die Summe von dreißigtausend Dareiken mit dem Auftrag, ihm dafür das schönste Haus Jerusalems zu kaufen.

Drei Wochen später kehrte Dellius zurück. Er gab meinem Großvater sofort Nachricht, ließ ihm aber zugleich sagen, daß er ihn erst vier Tage später besuchen könne, weil er noch in wichtigen Angelegenheiten bei Hofe beschäftigt sei.

Endlich kam er und berichtete: »Mein lieber Hiskia, als erstes übergebe ich Euch hier den Kaufvertrag für das schönste Haus Jerusalems, das Haus Eures Schwiegervaters selbst. Die Richter haben ihre Unterschrift daruntergesetzt, und die Urkunde ist in aller Form bestätigt. Hier bringe ich Euch noch einen Brief Hillels, der sein Haus noch bis zu Eurer Ankunft bewohnt und Euch dafür Miete zahlt. Meine Reise selbst gehört zu meinen vergnüglichsten. Herodes war bei meiner Ankunft nicht in Jerusalem anwesend. Seine Schwiegermutter Alexandra lud mich zum Abendessen mit ihren Kindern ein: mit Mariamne, Herodes' Gemahlin, und dem jungen Aristobulos, der zum Hohepriester bestimmt war, aber erleben mußte, daß ihm ein Mann aus der Hefe des Volkes vorgezogen wurde. Ich kann Euch nicht sagen, wie sehr mich die Schönheit dieser zwei Menschen in Erstaunen versetzte. Besonders Aristobulos erscheint mir wie ein auf die Erde herabgestiegener Gott. Stellt Euch vor, das Haupt der schönsten jungen Frau sitze auf den Schultern des schönsten jungen Mannes. Da ich bei meiner Ankunft von nichts anderem sprach, sagte Antonius, man müsse alle beide an den Hof Alexandrias kommen lassen.

›Dazu kann ich Euch nur raten‹, erwiderte Kleopatra darauf; ›laßt nur die Frau des Königs von Judäa herkommen, dann habt Ihr in kurzer Zeit die Parther in allen römischen Provinzen.‹

›Nun gut‹, sagte Antonius, ›lassen wir wenigstens diesen schönen jungen Mann kommen. Wir machen ihn zu unserem Mundschenken. Ich gebe doch auch nichts auf die Schönheit eines Sklaven; ich wünsche, daß meine Pagen den besten Familien Roms entstammen oder wenigstens Söhne der Barbarenkönige seien.‹

›Das läßt sich hören‹, antwortete Kleopatra, ›lassen wir also Aristobulos herkommen.‹«

»Gott Israels und Jakobs!« rief mein Großvater, »habe ich dich recht verstanden? Ein Hasmanäer, reinstes Blut der Makkabäer, ein Erbe Aarons, soll unter die Pagen des

Antonius eingereiht werden, eines Unbeschnittenen, der sich jeder Art Unzucht hingibt! Mein Leben währt schon allzu lange, Dellius; ich verlasse diese Welt, zerreiße meine Gewänder, hülle mich in einen Sack und streue Asche auf mein Haupt!«

Mein Großvater tat, was er gesagt hatte. Er schloß sich zu Hause ein, beweinte Zions Unglück, nährte sich fast nur von seinen Tränen; und gewiß wäre er seinem Gram erlegen, wenn nicht nach einigen Wochen Dellius vor seiner Tür erschienen wäre und gerufen hätte: »Aristobulos wird nicht Antonius' Page sein, Herodes hat ihn zum Hohepriester gemacht!«

Mein Großvater öffnete wieder seine Tür, ließ sich ein wenig trösten und lebte mit seiner Familie wie vorher.

Einige Zeit später brach Antonius nach Armenien auf, begleitet von Kleopatra, die ihm in der Absicht folgte, die Herrschaft über das peträische Arabien und Judäa anzutreten. Dellius nahm an der Reise teil, und bei seiner Rückkunft berichtete er in allen Einzelheiten davon.

Alexandra, die auf Herodes' Befehl in ihrem Palast gefangengesetzt war, hatte mit ihrem Sohn zu Kleopatra flüchten wollen, die im Grunde sehr begierig war, den reizenden Hohepriester zu Gesicht zu bekommen. Dieser Plan wurde von einem gewissen Kubian entdeckt. Herodes hatte Aristobulos beim Bade ertränken lassen. Kleopatra hatte Vergeltung dafür gefordert, aber Antonius hatte ihr erwidert, ein König müsse Herr im eigenen Lande sein. Um aber Kleopatra zufriedenzustellen, hatte er ihr ein paar Städte geschenkt, die Herodes gehörten.

»Später«, fügte Dellius hinzu, »gab es genügend andere erregende Auftritte. Herodes als echter Jude pachtete von Kleopatra die Provinzen, die sie ihm abgenommen hatte. Wir reisten nach Jerusalem, um das Geschäft zu verhandeln. Unsere Königin wollte den Gesprächen eine kecke Note geben, aber die gute Fürstin zählte immerhin schon fünfunddreißig Jahre. Herodes dagegen ist bis zur Raserei in Mariamne verliebt, die nicht älter als zwanzig ist. Statt nun auf Kleopatras Koketterien einzugehen, berief er seinen Rat und machte den Vorschlag, sie erdrosseln zu lassen, wobei er behauptete, Antonius sei ihrer längst überdrüssig und werde es zu danken wissen. Glücklicherweise ließ ihn der Rat bedenken, selbst wenn Antonius entzückt wäre, ihrer ledig zu sein, werde er doch ihren Tod rächen, und sie hatten recht.

Als wir hier nun ankamen, erwarteten uns genug andere Neuigkeiten. In Rom wird Kleopatra verklagt, sie habe Antonius verhext. Der Prozeß hat noch nicht begonnen, aber das wird in Kürze geschehen. Was sagst du zu all dem? Drängt es dich immer noch, mein lieber Hiskia, nach Jerusalem überzusiedeln?«

»Im Augenblick nicht«, antwortete mein Großvater. »Ich könnte es nicht verhehlen, wie sehr ich mich dem Geschlecht der Makkabäer verbunden fühle, und ich bin überzeugt, daß Herodes alle Hasmanäer nacheinander auslöschen wird.«

»Da Ihr hier bleiben wollt«, sagte Dellius darauf, »gewährt mir bei Euch Zuflucht. Ich habe dem Hof gestern den Rücken gekehrt. Wir schließen uns zusammen ein und erscheinen erst wieder, wenn dieses Land zur römischen Provinz geworden ist, was nicht mehr lange dauern kann. Mein Vermögen beläuft sich auf dreißigtausend Dareiken. Ich habe sie Eurem Schwiegervater übergeben, der mir den Auftrag gab, Euch die Miete für Euer Haus auszuhändigen.«

Mein Großvater nahm den Vorschlag seines Freundes Dellius freudig an und hielt strenger als zuvor Abstand von der gesellschaftlichen Welt. Dellius indessen ging zuweilen aus, brachte Neuigkeiten aus der Stadt mit, und in der restlichen Zeit unterrichtete er den jungen Mardochai, der später mein Vater wurde, in griechischer Literatur. Häufig nahm man sich auch die Septuaginta vor, und Hiskia suchte Dellius zu bekehren.

Ihr wißt, welches Ende Antonius und Kleopatra fanden: Ägypten wurde zur römischen Provinz, wie es Dellius vorhergesehen hatte. In unserem Haus aber, in dem die Zurückgezogenheit zur Gewohnheit geworden war, lebte man weiterhin abgeschieden wie zuvor.

Indessen empfing man stets die Neuigkeiten aus Palästina: Herodes, der eigentlich mit seinem Protektor Antonius hätte untergehen müssen, fand Gnade vor den Augen des Augustus. Er erlangte die aufgegebenen Provinzen zurück und erwarb neue dazu, stellte ein Heer auf, legte einen Staatsschatz und staatliche Getreidespeicher an; schließlich nannte man ihn »Herodes den Großen« und hätte auch sagen können »den Glücklichen«, wenn nicht die Zwistigkeiten in seiner Familie den Glanz einer so leuchtenden Lebensbahn getrübt hätten.

Als nun die Ruhe in Palästina wiederhergestellt war, wandte sich mein Großvater wieder dem Plan zu, sich dort mit seinem teuren Mardochai, der damals dreizehn Jahre zählte, niederzulassen. Dellius hatte seinen Schüler sehr liebgewonnen und wollte sich ihnen anschließen. Zu diesem Zeitpunkt erschien bei ihnen ein Jude aus Jerusalem, der ihnen einen Brief folgenden Inhalts übergab:

Rabbi Zedekia, Sohn Hillels, unwürdiger Sünder und Letzter im heiligen Sanhedrin der Pharisäer, an Hiskia, Gatten seiner Schwester Melea. Seid gegrüßt!

Die Seuche, die sich Jerusalem durch die Sünden Israels zuzog, hat meinen Vater und meine älteren Brüder hinweggerafft. Sie ruhen in Abrahams Schoß und haben teil an seinem ewigen Ruhm. Möge der Himmel die Sadduzäer und alle, die nicht an die Auferstehung glauben, vertilgen!

Ich wäre unwürdig, mich einen Pharisäer zu nennen, wenn meine Hände imstande wären, sich mit der Unterschlagung frem-

den Gutes zu beschmutzen. Daher habe ich aufs sorgfältigste nachgeforscht, ob mein Vater jemandem etwas schulde, und nun vernahm ich, das Haus, das wir in Jerusalem bewohnten, sei zeitweilig Euer Eigentum gewesen. Ich suchte also das Gerichtsarchiv auf, fand dort aber nichts, was eine derartige Ansicht bestätigen könnte. Das Haus gehört also mir. Der Himmel strafe die Übeltäter! Ich bin kein Sadduzäer!

Ich fand ebenfalls heraus, daß ein Unbeschnittener namens Dellius einstmals bei meinem Vater dreißigtausend Dareiken angelegt hatte. In meinem Besitz befindet sich nun aber ein etwas verblaßtes Schriftstück, das mir die Empfangsbestätigung dieses Dellius zu sein scheint. Übrigens war dieser Mann mit Mariamne und ihrem Bruder Aristobulos verbunden. Er ist ein Feind unseres großen Königs. Möge ihn der Himmel vertilgen wie alle Übeltäter und Sadduzäer!

Gott schütze Euch, mein lieber Bruder, umarmt für mich meine gute Schwester Melea. Als Ihr sie zur Frau nahmt, war ich noch sehr jung, aber ihr Andenken lebt immer noch in meinem Herzen. Ich glaube, daß die Mitgift, die sie Euch einbrachte, das gesetzlich ihr Zustehende übersteigt; wir wollen diese Frage jedoch bei anderer Gelegenheit behandeln. Mit Gott, mein lieber Bruder; möge Euch der Himmel zu einem wahren Pharisäer machen!

Mein Großvater und Dellius sahen einander lange sehr überrascht an, schließlich brach Dellius das Schweigen und sagte: »Mein lieber Freund, dies also bedeutet der Rückzug von der Welt. Man glaubt, man könne sich der Ruhe erfreuen, und man ist weit davon entfernt. Die Menschen sehen einen als abgestorbenen Baum an, den sie beschneiden und plündern, als Wurm, den sie zertreten können, als unnütze Last auf Erden. Ich sehe wohl, in dieser Welt muß man Hammer oder Amboß sein, schlagen oder geschlagen werden. Ich war mit vielen römischen Präfekten eng verbunden, die auf die Seite des Augustus übertraten, und wenn ich diese Freundschaften nicht vernachlässigt hätte, würde man es heute nicht wagen, mich so schändlich zu behandeln. Aber ich war der Welt müde; ich verlasse sie also, um mit einem tugendhaften Freund zu leben, und da nimmt mir ein Pharisäer aus Jerusalem mein Gut und behauptet, er habe ein verblaßtes Schriftstück, das er für meine Quittung halte. Für Euch, mein lieber Hiskia, bedeutet das Haus, das er Euch wegnahm, nicht einmal ein Viertel Eures Vermögens; ich aber habe alles verloren, und koste es, was es wolle, ich reise nach Palästina.«

In diesem Augenblick trat Melea herein. Man teilte ihr den Tod ihres Vaters und ihrer beiden älteren Brüder mit und konnte ihr das unwürdige Vorgehen ihres Bruders Zedekia nicht verhehlen. Eindrücke, die man empfängt, wenn man von der Welt abgeschieden lebt, sind gewöhnlich tief. Der Gram, den die gute Melea empfand, vereinte sich mit einer Krankheit und führte in weniger als sechs Monaten zu ihrem Tode.

Dellius bereitete sich schon auf seine Abreise nach Judäa vor; eines Abends jedoch, als er zu Fuß durch den Vorort Rakote nach Hause ging, versetzte man ihm einen Messerstich in die Brust. Er drehte sich um und erkannte denselben Juden, der ihm Zedekias Brief überbracht hatte. Dellius brauchte lange, um sich von seiner Verwundung zu erholen, und als er endlich genesen war, war ihm die Lust vergangen, nach Palästina zu reisen. Wenigstens wollte er nur mit hinreichender Protektion reisen und dachte darüber nach, wie er sich seinen früheren Beschützern wieder in Erinnerung rufen könne. Aber auch Augustus befolgte den Grundsatz, die Könige sollten in ihrem Lande die Herren sein. Es galt also zu erkunden, wie Herodes zu Zedekia stand, und man beschloß, einen zuverlässigen und hinreichend klugen Mann nach Jerusalem zu schicken, um die politische Topographie des Landes zu erkunden.

Dieser Mann kam nach zwei Monaten zurück. Er berichtete, daß Herodes immer deutlicher Fortunas Huld erfahre, daß dieser geschickte Fürst sowohl die Römer als auch die Juden auf seine Seite zu bringen wisse und daß er, während er dem Octavian Altäre errichte, die Absicht bekunde, den Tempel Jerusalems nach weit größeren Entwürfen wieder zu erbauen, was das Volk derart entzücke, daß einige Schmeichler die Gelegenheit wahrnahmen, Herodes als den von den Propheten verkündeten Messias zu preisen. Diese Meinung, sagte unser Bote, sei bei Hofe sehr günstig aufgenommen worden und habe schon eine Sekte hervorgebracht. Man nenne die neuen Sektierer Herodianer, und Zedekia stehe an ihrer Spitze.

Ihr könnt Euch vorstellen, daß alle diese Neuigkeiten meinen Großvater ebenso wie Dellius sehr nachdenklich machten. Aber bevor ich fortfahre, werde ich Euch mitteilen, was unsere Propheten über den Messias zu sagen hatten.

An dieser Stelle seiner Geschichte hielt der Ewige Jude plötzlich inne, starrte den Kabbalisten verächtlich an und sagte zu ihm: »Unreiner Sohn Mamouns, ein mächtigerer Adept, als du es bist, ruft mich zu den Gipfeln des Atlas. Lebe wohl!«

»Das lügst du«, antwortete der Kabbalist, »ich habe hundertmal mehr Macht als der Scheich von Taroudant.«

»Deine Macht hast du in der Venta Quemada eingebüßt«, erwiderte der Jude beim Weggehen, und schon bald war er unseren Blicken entschwunden.

Der Kabbalist erschien ein wenig verwirrt; als er aber ein paar Augenblicke darüber nachgedacht hatte, sagte er: »Sie können sicher sein, der Schlingel hat von der Hälfte der Formeln, die mir Macht verleihen, keine Ahnung, und er soll sie noch zum eigenen Schaden kennenlernen. Aber reden wir von etwas anderem. Señor

Velásquez, konnten Sie dem Gang seiner Erzählung gut folgen?«

»Ja sicher«, erwiderte der Geometer, »ich bin ihm aufmerksam gefolgt und fand alles, was er vorbrachte, in völliger Übereinstimmung mit der Geschichte. Tertullian spricht von der Sekte der Herodianer.«

»Sollten Sie in der Geschichte ebenso beschlagen sein wie in der Mathematik?« fragte der Kabbalist.

»Nein, nicht so ganz«, antwortete Velásquez; »aber ich sagte es schon, mein Vater, der die Rechenkunst überall anwandte, glaubte sie auch in der Geschichte verwenden zu können, um zu bestimmen, in welcher Proportion, in welchem Verhältnis der Wahrscheinlichkeit das, was sich ereignet hat, zu dem steht, was sich hätte ereignen können. Er ging sogar noch darüber hinaus, denn er glaubte, er könne menschliches Handeln und menschliche Leidenschaften durch geometrische Figuren darstellen. Ich will das erklären. Zum Beispiel sagte mein Vater: ›Antonius kommt nach Ägypten; er fällt dort zwei Leidenschaften zum Opfer: dem Ehrgeiz, der ihn zur Herrschaft hinführt, und der Liebe, die ihn davon ablenkt. Ich stelle diese beiden Tendenzen durch die Linien AB und AC dar und lasse sie einen beliebigen Winkel zueinander bilden. Die Linie AB, die Antonius' Liebe zu Kleopatra darstellt, ist kürzer als AC, da Antonius im Grunde weniger Liebe als Ehrgeiz aufbrachte. Ich gehe von der Annahme aus, die Liebe sei dreimal schwächer. Ich vermesse also die Linie AB und ziehe die Linie AC dreimal so lang aus, bilde aus beiden Linien das Parallelogramm und ziehe die daraus resultierende Diagonale, die sehr genau die neue Richtung darstellt, die aus den Antriebskräften, die zu B und C hinleiten, entsteht. Diese Diagonale wird sich zusehends der Linie AB annähern, wenn man von einem stärkeren Anteil der Liebe ausgeht und die Linie AB verlängert. Dagegen wird sich die Diagonale immer mehr der Linie AC nähern, wenn man mehr Ehrgeiz voraussetzt. (Augustus zum Beispiel, dem die Liebe ganz fremd blieb, wird sich dem Punkt C immer stärker annähern, da ihn nichts von der Linie AC ablenkt.) Da aber die Leidenschaften eine sukzessive Verstärkung und Abschwächung erfahren, die auch die Form des Parallelogramms verändern, führt das zu dem Ergebnis, daß die resultierende Diagonale in jedem Falle eine Kurve beschreibt, auf die man die Fluxionenrechnung, die heute Differenzialrechnung genannt wird, anwenden kann.‹

In Wahrheit betrachtete mein weiser Erzeuger alle diese historischen Probleme nur als willkommene Extravaganzen, deren er sich bediente, um seine Einsamkeit ein wenig aufzuheitern. Da aber die Genauigkeit der Lösungen von den gegebenen Größen abhängt, hatte mein Vater, wie ich Ihnen schon sagte, alle historischen Quellen mit unendlicher Sorgfalt gesammelt. Dieser Schatz war mir lange verschlossen, genauso wie der Schrank mit den mathematischen Büchern, da mein Vater wünschte, ich solle nur die Sarabande, den Passepied und tausenderlei ungereimtes Zeug erlernen; ich konnte mir indessen Zugang zu jenen verschaffen, und so habe ich die Geschichte studiert.«

»Señor Velásquez«, sagte der Kabbalist, »erlauben Sie mir zu wiederholen, daß ich sehr erstaunt bin, Sie in Geschichte und Geometrie gleichermaßen beschlagen zu sehen. Das eine Studium ist Sache der Urteilskraft, das andere des Gedächtnisses, und diese beiden Vorzüge gelten als gegensätzlich und einander ausschließend.«

»Erlauben Sie mir«, erwiderte der Geometer, »daß ich anderer Ansicht bin. Die Urteilskraft unterstützt das Gedächtnis, indem sie das, was es sammelt, klassifiziert, so daß in einem wohlgeordneten Gedächtnis jeder Gedanke gleich von allen denkbaren Folgerungen begleitet ist. Aber es stimmt, daß das Gedächtnis wie die Urteilskraft nur auf eine begrenzte Anzahl von Begriffen mit Erfolg anzuwenden ist. Ich erinnere mich zum Beispiel im Bedarfsfall an alles, was ich jemals über die exakten Wissenschaften, über die Geschichte des Menschen und der Natur erfahren habe; anderseits kommt es vor, daß ich mein gegenwärtiges Verhältnis zu den Gegenständen, die mich umgeben, vergesse. Das heißt, ich sehe nicht, was ich vor Augen habe, und höre nicht, was man mir in die Ohren schreit, und das gibt mir manchmal den Anschein der Zerstreutheit.«

»Manchmal allerdings«, sagte der Kabbalist, »zum Beispiel damals, als Sie ins Wasser fielen.«

»Es stimmt«, sagte Velásquez, »daß ich nicht wirklich weiß, warum ich mich in einem Augenblick, als ich am wenigsten darauf gefaßt war, im Wasser befand. Dennoch bin ich immer noch entzückt darüber, da ich doch so Gelegenheit erhielt, diesem liebenswürdigen Kavalier, der Hauptmann der Wallonischen Garde ist, das Leben zu retten. Im übrigen sähe ich mich ungern öfter in der Lage, dergleichen Dienste leisten zu müssen, da mir doch das Wasser, das ich dabei schluckte, sehr ungelegen war.«

Nach einigen anderen ähnlichen Feststellungen erreichten wir den Ort, an dem wir die Nacht verbringen sollten und wo man unser Abendessen schon vorbereitet hatte. Wir aßen mit gutem Appetit, aber es wurde wenig gesprochen, da der Kabbalist anscheinend verstimmt war. Nach dem Essen führten Bruder und Schwester ein langes Gespräch. Ich wollte sie nicht unterbrechen und zog mich in eine Felshöhle zurück, in der mein Lager hergerichtet war.

Dreiundzwanzigster Tag

Das Wetter war schön, bei Sonnenaufgang waren wir auf den Beinen und machten uns nach einem leichten Frühstück wieder auf den Weg. Die Tagesstrecke war nicht lang, zum Mittagessen erreichten wir schon unser Lager. Als wir uns zu Tisch setzten, das heißt um ein ledernes Tuch, das auf dem Boden ausgebreitet wurde, tat der Kabbalist gewisse Äußerungen, die von seinem Verdruß über die Geisterwelt zeugten. Nach dem Essen wandte er sich dem Thema wieder zu. Seine Schwester, die etwas Ungebührliches darin zu finden schien, tat, was sie konnte, um dem Gespräch eine andere Wendung zu geben. Schließlich bat sie Velásquez, in seiner Geschichte fortzufahren, was er auch folgendermaßen tat:

Fortsetzung der Geschichte des Velásquez

Ich hatte schon die Ehre, Ihnen von meiner Geburt zu berichten und wie mein Vater, der mich in die Arme genommen hatte, ein geometrisches Gebet sprach und schwor, er werde mich niemals die Geometrie lehren.

Etwa drei Wochen nach meiner Geburt sah mein Vater eine kleine Schebecke in den Hafen einlaufen, die nach dem Ankersetzen ihr Beiboot an Land schickte. Diesem Beiboot entstieg ein Greis, den das Alter gebeugt hatte und der wie die Beamten des verstorbenen Herzogs von

Velásquez gekleidet war, das heißt in grünem Rock mit Gold- oder Scharlachborten, weiten Manschetten, breitem Gürtel und den Degen am Gehänge. Mein Vater griff zum Fernrohr und glaubte den alten Alvarez zu erkennen. Er war es wirklich. Das Gehen machte ihm Mühe. Mein Vater lief ihm bis in den Hafen entgegen, und beide erlagen fast der Erschütterung, die sie in diesem Augenblick empfanden. Dann erklärte Alvarez meinem Vater, er sei von der Herzogin Blanca de Velásquez gesandt, die sich ins Ursulinerinnenkloster zurückgezogen habe, und händigte ihm einen Brief aus, der wie folgt lautete:

Señor Don Enrique,

Eine Unglückliche, die den Tod ihres Vaters verursachte und das Elend dessen verschuldete, dem der Himmel sie bestimmt hatte, wagt es, sich Ihnen wieder ins Gedächtnis zu rufen.

Als Opfer meiner Gewissensqualen nahm ich eine Buße von solcher Härte auf mich, daß sie mein baldiges Ende herbeigeführt hätte. Alvarez aber stellte mir vor Augen, daß mein Tod, der dem Herzog seine Freiheit zurückgäbe, ihm auch zu erben verhelfen könne, daß ich hingegen, wenn ich meine Tage länger fristete, Euch sein Erbe zu bewahren vermöchte. Diese Überlegung brachte mich dazu weiterzuleben. Ich verzichtete auf das strenge Fasten, legte das Büßerhemd ab und beschränkte meine Buße auf Weltentsagung und Gebet.

Der Herzog, der sich unermüdlich den mondänsten Vergnügungen hingibt, wurde fast jedes Jahr von irgendeiner ernstlichen Krankheit heimgesucht, und mehrmals glaubte ich, er werde Ihnen wieder zum Besitz des Titels und der Güter unseres Hauses verhelfen. Aber der Himmel will Sie offensichtlich in einem Schattendasein belassen, das Ihren Fähigkeiten so wenig entspricht.

Ich höre, Sie haben einen Sohn. Wenn ich den Himmel darum bitte, mein Leben zu verlängern, dann einzig in der Absicht, ihm die Anrechte zu bewahren, deren meine Verfehlungen Sie beraubten. Ich habe hier indessen seine und Ihre Interessen wahrgenommen. Die Erbgüter unseres Hauses haben seit jeher der jüngeren Linie gehört; da Sie aber keinen Anspruch darauf erhoben, hatte man sie zu denen geschlagen, die zu meinem Unterhalt bestimmt waren. Von Rechts wegen sind sie jedoch Ihr Eigentum. Die Einkünfte aus fünfzehn Jahren wird Ihnen Alvarez aushändigen, und für die Zukunft werden Sie mit ihm die Verfügungen treffen, die Ihnen angemessen dünken. Gründe, die mit dem Wesen des Herzogs von Velásquez zusammenhängen, haben mich verhindert, diese Rückerstattung früher an Sie zu leisten.

Leben Sie wohl, Señor Don Enrique. Es vergeht kein Tag, an dem ich nicht meine Büßerinnenstimme erhebe und den Segen des Himmels auf Sie und Ihre glückliche Gattin herabrufe. Beten Sie auch für mich, und beantworten Sie diesen Brief nicht.

Ich sprach schon von der Macht, die die Erinnerungen auf Don Enriques Seele ausübten, und Sie können mir glauben, daß dieser Brief sie wieder auffrischen mußte. Mehr als ein Jahr lebte er, ohne seinen Lieblingsbeschäftigungen nachgehen zu können. Aber die Fürsorge seiner Gattin, seine Liebe zu mir und, mehr als all dies, das grundsätzliche Problem der Lösung von Gleichungen, mit dem die Geometer sich damals zu beschäftigen begannen, all diese Gründe also gaben seiner Seele Spannkraft und Ruhe zurück. Daß seine Einkünfte sich erhöhten, erlaubte ihm auch eine Vergrößerung seiner Bibliothek und seines physikalischen Kabinetts. Es gelang ihm sogar, ein sehr gut mit Instrumenten versehenes Observatorium zu errichten. Ich brauche Ihnen nicht zu sagen, daß er auch seiner Neigung zur Wohltätigkeit folgte. Ich kann Ihnen versichern, daß ich in Ceuta keinen Menschen zurückließ, der wirklich hätte bedauert werden müssen, da mein Vater alle Mittel seines Geistes daran wandte, jedermann ein anständiges Auskommen zu verschaffen. Was ich Ihnen im einzelnen davon berichten könnte, würde Sie sicher interessieren; aber ich will nicht vergessen, daß ich mich anheischig machte, Ihnen meine Geschichte zu erzählen, und vom Wortlaut meines Versprechens darf ich nicht abweichen.

Soweit ich mich erinnere, war die Neugier meine erste Leidenschaft. In Ceuta gibt es weder Pferd noch Wagen, Kinder sind durch nichts gefährdet, und ich durfte frei durch die Straßen laufen, soviel ich wollte. Also stillte ich meine Neugierde, indem ich hundertmal am Tag zum Hafen hinunter- und wieder in die Stadt hinauflief. Ich ging sogar in alle Häuser, Arsenale, Läden, Werkstätten hinein, beobachtete die Arbeiter, lief hinter den Lastenträgern her, stellte den Leuten Fragen und steckte überall meine Nase hinein. Überall lachte man über meine Neugierde, überall machte man sich einen Spaß daraus, sie zu befriedigen. Ganz anders war es indessen im Hause meines Vaters.

Mein Vater hatte in einem Hof seines Hauses einen eigenen Pavillon errichten lassen, in dem er seine Bibliothek, sein physikalisches Kabinett und sein Observatorium unterbrachte. Diesen Pavillon zu betreten war mir verboten. Anfangs störte mich das nicht sehr; dann aber wurde dieses Verbot, indem es meine Neugier erregte, zu einem Ansporn, der meinen wissenschaftlichen Werdegang sehr beschleunigte. Die erste Wissenschaft, der ich mich widmete, war jener Teil der Naturgeschichte, den man Konchyliologie nennt. Mein Vater begab sich oft ans Meeresufer in der Nähe eines Felsens, um den das Wasser bei ruhigem Wetter glasklar war. Er studierte dort das Leben der Meerestiere, und wenn er eine schön erhaltene Muschelschale fand, nahm er sie mit nach Hause. Kinder sind geborene Nachahmer, und so wurde ich Konchyliologe. Dabei kam es vor, daß Krebse mich zwickten, daß Quallen mich brannten und Seeigel mich stachen. Diese unangenehmen Begleiterscheinungen nahmen mir die Lust an der Naturgeschichte, und ich wandte mich der Physik zu.

Mein Vater bedurfte eines Handwerkers, der ihm die Instrumente, die er aus England bezog, auswechseln, ausbessern oder nachbauen konnte, und hatte diese Fertigkeit einem Kanonenmeister beigebracht, der von Natur aus einige Fähigkeiten aufwies. Ich verbrachte fast meine ganze Zeit bei diesem fleißigen Adepten der Mechanikerkunst. Ich half ihm bei seiner Arbeit. Ich erwarb wohl praktische Kenntnisse, aber eine ganz wesentliche fehlte mir: Ich konnte weder lesen noch schreiben.

Indessen war ich acht Jahre alt geworden; aber mein Vater meinte, wenn ich meine Unterschrift leisten und die Sarabande tanzen könne, so solle mir das genügen. Es gab nun in Ceuta einen alten Priester, der wegen irgendeiner Klosterintrige relegiert worden war. Er war bei jedermann hoch angesehen und besuchte uns oft. Da dieser brave Geistliche sah, wie meine Erziehung vernachlässigt wurde, hielt er meinem Vater vor, daß ich sogar über meine Religion ganz unwissend geblieben sei, und bot sich an, mich darin zu unterrichten. Mein Vater stimmte zu, und unter diesem Vorwand lehrte mich Pater Anselmo lesen, schreiben und rechnen. Ich machte schnell Fortschritte, besonders in der Arithmetik, in der ich bald meinen Lehrer übertraf.

So wurde ich zwölf Jahre alt und hatte für mein Alter eine Menge Kenntnisse, aber ich hütete mich, vor meinem Vater damit glänzen zu wollen; wenn das aber geschah, warf er mir mit Sicherheit einen strengen Blick zu und sagte: »Lerne die Sarabande, mein Sohn, lerne die Sarabande, und lasse beiseite, was dich doch nur unglücklich macht.« Dann bedeutete mir meine Mutter durch ein Zeichen, ich solle schweigen, und gab dem Gespräch eine andere Wendung.

Als wir eines Tages bei Tisch saßen und mein Vater mir wiederum nahelegte, den Grazien zu huldigen, trat ein nach französischer Mode gekleideter Mann von etwa dreißig Jahren herein. Er vollführte wohl dreißig Verbeugungen hintereinander, worauf er, wohl in der Absicht, irgendeine Pirouette zu drehen, gegen einen Diener stieß, der gerade die Suppenschüssel hereintrug und sie zu Boden fallen ließ. Ein Spanier hätte sich vor lauter Entschuldigungen schier umgebracht; nicht so der Fremde. Er brach in schallendes Gelächter aus, das gar nicht enden wollte, worauf er uns in sehr schlechtem Spanisch mitteilte, er sei der Marquis de Folencour, habe Frankreich verlassen müssen, da er im Duell einen Mann getötet habe, und bitte uns, ihm Asyl zu gewähren, bis seine Affäre beigelegt sei.

Folencour hatte kaum seine Ansprache beendet, als mein Vater äußerst lebhaft aufsprang und zu ihm sagte: »Herr Marquis, Sie sind der Mann, auf den ich schon seit langem warte. Sehen Sie mein Haus als das Ihre an, verfügen Sie über alles, was mir gehört, und geruhen Sie nur, sich ein wenig der Erziehung meines Sohnes anzunehmen. Könnte er Ihnen eines Tages gleichen, so will ich mich den glücklichsten aller Väter schätzen.«

Hätte Folencour gewußt, welchen Sinn mein Vater mit seinen Worten verband, so hätte er sich möglicherweise nicht so geschmeichelt gefühlt; aber er nahm das Kompliment ganz buchstäblich und schien sehr befriedigt darüber. Er verdoppelte sogar seine Unverschämtheiten, indem er fortgesetzt Anspielungen auf die Schönheit meiner Mutter und das Alter meines Vaters machte, der indessen nicht müde wurde, ihm Beifall zu spenden und ihn mir als Vorbild hinzustellen.

Gegen Ende der Mahlzeit fragte mein Vater den Marquis, ob er mich die Sarabande lehren könne. Statt zu antworten, verfiel mein Privatlehrer in ein wilderes Gelächter als zuvor. Und als er sich nach den heftigsten Ausbrüchen wieder gefaßt hatte, versicherte er uns, seit endlos langer Zeit tanze man nicht mehr die Sarabande, sondern nur den Passepied und die Bourrée. Zugleich zog er aus der Tasche eines jener Instrumente, die von den Tanzlehrern Taschengeigen genannt werden, und spielte die Melodien dieser beiden Tänze.

Als er geendet hatte, sagte mein Vater mit ganz ernster Miene: »Herr Marquis, Sie spielen da ein Instrument, das Leute von Stand nur selten beherrschen, und Sie könnten mich glauben machen, daß Sie Tanzlehrer waren. Übrigens macht das gar nichts aus, und Sie entsprechen damit meinen Absichten nur um so besser. Ich bitte Sie, gleich morgen mit der Ausbildung meines Sohnes zu beginnen und ihn einem Edelmann am französischen Hofe zum Verwechseln ähnlich zu machen.«

Folencour räumte ein, diverse Mißgeschicke hätten ihn genötigt, einige Zeit den Beruf eines Tanzlehrers auszuüben; da er aber deshalb nicht weniger dem Adelsstand angehöre, sei er nur um so geeigneter, einen jungen Herrn zu unterrichten. Es wurde also beschlossen, ich solle gleich am nächsten Tag meinen ersten Unterricht in Tanzen und guten Umgangsformen erhalten. Bevor ich Ihnen aber von diesem leidigen Tage berichte, muß ich noch von einer Unterhaltung sprechen, die mein Vater noch am gleichen Abend mit Herrn von Cadanza, seinem Schwiegervater, führte. Ich habe seither kaum daran gedacht, aber gerade jetzt kommt sie mir wieder in den Sinn, und vielleicht interessiert es Sie.

Da die Neugier mich veranlaßte, an diesem Tag die Nähe meines neuen Mentors zu suchen, dachte ich nicht daran, wieder durch die Straßen zu laufen, und als ich einmal am Kabinett meines Vaters vorbeikam, hörte ich, wie er mit zornig erhobener Stimme zu Cadanza sagte: »Mein lieber Schwiegervater, ich warne Sie zum letzten

Mal: Wenn Sie sich weiter so geheimnisvoll gebärden und Nachrichten ins Innere Afrikas senden, so werde ich es dem Minister anzeigen.«

»Mein lieber Schwiegersohn«, antwortete Cadanza, »wenn Sie in unsere Geheimnisse eingeweiht werden wollen, dann ist nichts leichter als das. Meine Mutter war eine Gomelez, und ihr Blut fließt in den Adern Ihres Sohnes.«

»Señor Cadanza«, erwiderte mein Vater, »ich führe hier den Befehl im Namen des Königs und habe mit den Gomelez und ihren Geheimnissen nichts zu schaffen. Sie können sicher sein, daß ich morgen sofort dem Minister von unserem Gespräch Bericht erstatte.«

»Sie aber können sicher sein«, sagte Cadanza, »daß der Minister Ihnen untersagen wird, ihm künftig über Dinge zu berichten, die uns betreffen.«

Ihr Gespräch endete hier. Das Geheimnis der Gomelez aber beschäftigte mich noch den ganzen Tag und einen Teil der Nacht; am Tag darauf aber gab mir der verfluchte Folencour meine erste Tanzstunde, die ganz anders ausging, als mein Vater es erhofft hatte, und die bewirkte, daß ich mich mit allen Gedanken der Mathematik zuwandte.

An dieser Stelle der Erzählung wurde Velásquez vom Kabbalisten unterbrochen, der, wie er sagte, seiner Schwester wichtige Dinge mitzuteilen hatte. Wir trennten uns also, und jeder ging seiner Wege.

Vierundzwanzigster Tag

Weiterhin durchzogen wir die Alpujarras. Wieder gelangten wir zum Lagerplatz, und als wir gegessen hatten, baten wir Velásquez, in seiner Lebensgeschichte fortzufahren, was er also tat:

Fortsetzung der Geschichte des Velásquez

Mein Vater wollte meiner ersten Tanzstunde beiwohnen und wünschte auch die Anwesenheit meiner Mutter. Folencour, der sich durch solche Aufmerksamkeiten ermuntert fühlte, vergaß völlig, daß er sich als einen Mann von Stand ausgegeben hatte, und hielt eine recht lange Rede zum Lob des Tanzes, den er als seine Kunst bezeichnete. Dann stellte er fest, ich setzte die Füße stark einwärts und ich sollte das als eine häßliche Angewohnheit ansehen lernen, die mit den Eigenschaften eines Ehrenmannes unvereinbar sei. Ich drehte also die Fußspitzen nach außen und versuchte so zu gehen, obwohl diese Methode den Gesetzen des Gleichgewichts widerspricht; aber Folencour war noch nicht zufrieden damit; er verlangte, daß ich die Fußspitzen abwärts richte. Endlich wurde er bei meinem Ungeschick ärgerlich und faßte mich bei den Händen, und indem er mich zu sich hinziehen wollte, gab er mir einen solchen Ruck, daß ich mich nicht mehr auf den derart verdrehten Füßen halten konnte, aufs Gesicht fiel und mich blutig schlug. Folencour, schien mir, hätte sich bei mir entschuldigen müssen, aber nichts dergleichen geschah; er ereiferte sich und sagte mir die häßlichsten Dinge, mit Ausdrücken, deren Unschicklichkeit er empfunden hätte, hätte er das Spanische nur besser beherrscht. In ganz Ceuta war ich an das Wohlwollen der Menschen gewöhnt. Folencours Reden erschienen mir als Beleidigungen, die ich nicht hinnehmen mußte. Ich trat stolz auf ihn zu, ergriff seine Taschengeige, zerschmetterte sie auf dem Boden und schwor, ich werde von einem so rohen Menschen niemals das Tanzen erlernen.

Mein Vater zankte nicht mit mir. Er erhob sich ernst, nahm mich bei der Hand, führte mich in ein niedriges Gemach am Ende des Hofes und schloß hinter mir die Tür, wobei er mir sagte, ich würde hier nur wieder hinausgehen, um tanzen zu lernen.

Da ich an die größte Freiheit gewöhnt war, erschien mir das Gefängnis zuerst unerträglich. Ich weinte viel und lange. Beim Weinen wandte ich die Augen zu einem großen quadratischen Fenster, dem einzigen in dem niedrigen Raum, und begann seine Scheiben zu zählen. Es gab vierundzwanzig in der Höhe, ebenso viele in der Breite. Ich erinnerte mich an die Arithmetikstunden von Pater Anselmo, dessen Wissenschaft nicht über die Multiplikation hinausgegangen war. Ich multiplizierte die Scheiben in der Höhe mit denen an der Basis, und mit Staunen sah ich, daß ich genau die Gesamtzahl meiner Scheiben erhielt. Meine Schluchzer wurden weniger häufig, mein Schmerz verlor an Heftigkeit. Ich wiederholte meine Rechnung, indem ich bald eine, bald zwei Reihen Scheiben, sei es in der Höhe, sei es an der Basis, wegließ. Da begriff ich, daß die Multiplikation nur eine wiederholte Addition ist und daß man eine Fläche ebenso messen kann wie eine Strecke. Ich wiederholte mein Experiment mit den Steinfliesen, mit denen der Raum ausgelegt war. Es gelang mir genauso. Ich weinte nicht mehr, vielmehr hüpfte mir vor Freude das Herz. Selbst heute noch kann ich nicht darüber sprechen, ohne daß es mich innerlich bewegt.

Gegen Mittag brachte mir meine Mutter Schwarzbrot und einen Krug Wasser. Mit Tränen in den Augen beschwor sie mich, den Wünschen meines Vaters nachzukommen und bei Folencour Tanzstunden zu nehmen. Als sie ihre Ermahnungen beendet hatte, küßte ich ihr sehr zärtlich die Hand. Dann bat ich sie, mir Papier und Bleistift zu verschaffen und mich nur meinem Schicksal zu überlassen, da ich mich in diesem niedrigen Gemach recht wohl fühlte. Meine Mutter verließ mich mit einem Ausdruck der Verwunderung und schickte mir die gewünschten Dinge. Dann widmete ich mich mit unsäglichem Eifer meinen Rechnungen, überzeugt davon, daß ich in jedem Augenblick die bedeutendsten Entdeckungen machte. Für mich, der ich ja gar keine Vorstellung davon hatte, waren tatsächlich alle diese Eigenschaften der Zahlen wahre Entdeckungen.

Indessen meldete sich bei mir der Hunger. Ich brach mein Schwarzbrot und entdeckte, daß meine Mutter darin ein gebratenes Hühnchen und ein Stück gesalzenes Schweinefleisch versteckt hatte. Dies Zeugnis ihrer Güte trug noch zu meiner Zufriedenheit bei, und mit erneutem Vergnügen setzte ich meine Berechnungen fort. Am Abend brachte man mir Licht, und ich betrieb meine Berechnungen bis weit in die Nacht hinein.

Am nächsten Morgen teilte ich die Seite einer Fliese in zwei gleiche Teile, und ich bemerkte, daß die Hälfte, mit der Hälfte multipliziert, ein Viertel ergab. Ich teilte die Seite der Fliese in drei Teile und erhielt ein Neuntel, was mich über die Beschaffenheit der Brüche aufklärte. Ich versicherte mich dessen noch weiter, indem ich zweieinhalb mit zweieinhalb multiplizierte und neben dem Quadrat von zwei ein Dreieck erhielt, dessen Fläche zweieinviertel betrug. In meinen Versuchen mit den Zahlen ging ich immer weiter. Ich erkannte, wenn ich eine Zahl mit sich selbst multiplizierte und das Ergebnis ins Quadrat setzte, erhielt ich dasselbe Resultat, wie wenn ich die Zahl dreimal mit sich selbst multiplizierte. Alle diese schönen Entdeckungen drückte ich nicht in der Sprache der Algebra aus, die ich gar nicht kannte; ich hatte mir jedoch ein eigenes System von Aufzeichnungen gebildet, das sich auf die Scheiben meines Fensters bezog und dem es weder an Eleganz noch an Klarheit fehlte.

Endlich, es war am sechzehnten Tag meiner Gefangenschaft, sagte mir meine Mutter, als sie mir das Essen brachte: »Mein liebes Kind, ich habe gute Neuigkeiten für dich. Folencour wurde als Deserteur erkannt, und dein Vater, der die Desertion verabscheut, hat ihn festnehmen lassen. Ich denke, du kannst dein Gefängnis bald verlassen.«

Die Nachricht von meiner Freilassung nahm ich mit einer Gleichgültigkeit hin, die meine Mutter überraschte. Kurz darauf trat mein Vater herein; er bestätigte, was sie gesagt hatte, und fügte dann hinzu, er habe an seine Freunde Cassini und Huygens geschrieben und sie gebeten, ihm die Melodien und Tänze zu senden, die in Paris und London gerade der letzten Mode entsprächen. Übrigens erinnerte er sich sehr deutlich daran, auf welche Art sein Bruder ein Zimmer betrat, und vor allem das wollte er mir einprägen.

Während er noch sprach, bemerkte mein Vater ein Heft, das aus meiner Tasche herausragte, und zog es hervor. Zuerst war er sehr erstaunt, es mit Zahlen und ihm unbekannten Zeichen bedeckt zu finden. Diese und alle meine Berechnungen erklärte ich ihm. Seine Verwunderung wurde größer, und es entging mir nicht, daß sich ein

Ausdruck von Befriedigung dazugesellte. Mein Vater verfolgte aufmerksam, wie sich meine Entdeckungen aneinanderfügten, und sagte dann: »Mein liebes Kind, wenn ich in diesem quadratischen Fenster, das in der Höhe und Breite jeweils vierundzwanzig Scheiben aufweist, unten zwei Scheiben hinzufügte und ihm seine quadratische Form bewahren wollte, wie viele Scheiben kämen dann insgesamt hinzu?«

Ich antwortete ohne Zögern: »Man erhielte an eben dieser Seite und oben zwei Reihen von insgesamt zweiundfünfzig Scheiben und dazu noch ein kleines Quadrat von vier Scheiben in der Ecke, in der sich die beiden Reihen treffen.«

Über diese Antwort empfand mein Vater lebhafte Freude, die er jedoch verbarg, so gut er konnte. Dann sprach er weiter: »Wenn ich aber unten einen unendlich schmalen Streifen hinzufügte, wie wäre das resultierende Quadrat beschaffen?«

Ich dachte einen Augenblick nach und sagte dann: »Man erhielte zwei Streifen, die ebenso lang sind wie die Seiten des Fensters, aber von unendlich geringer Breite; das Eckquadrat aber, das wäre so unendlich klein, daß ich mir keine Vorstellung davon machen kann.«

Nun sank mein Vater gegen die Lehne seines Stuhls zurück, faltete die Hände, richtete die Augen gen Himmel und sprach: »O mein Gott, du siehst es, er hat den binomischen Lehrsatz erraten, und wenn ich ihn gewähren lasse, entdeckt er noch die Differentialrechnung!«

Der Zustand, in dem ich meinen Vater sah, erschreckte mich. Ich lockerte sein Halstuch und rief um Hilfe. Er kam wieder zu sich, schloß mich in die Arme und sagte: »Mein Kind, mein liebes Kind! Laß doch das Rechnen sein, erlerne die Sarabande, mein Freund, erlerne die Sarabande!«

Von Einsperren war nicht mehr die Rede. Noch am

gleichen Abend machte ich auf den Mauern von Ceuta die Runde, und beim Gehen wiederholte ich in meinem Innern: »Er hat den binomischen Lehrsatz erraten, er hat den binomischen Lehrsatz erraten!«

Von da an, kann ich wohl sagen, waren alle meine Tage von irgendeinem Fortschritt in der Mathematik gekennzeichnet. Mein Vater hatte geschworen, mir niemals ihr Studium zu erlauben; aber eines Tages fand ich auf dem Fußboden die *Allgemeine Arithmetik* des Don Isaak Newton, und ich muß wohl sagen, daß er sie geradezu absichtlich hatte herumliegen lassen. Manchmal fand ich auch die Tür seines Kabinetts geöffnet, und ich konnte nicht umhin, daraus meinen Nutzen zu ziehen.

In anderen Fällen aber kam mein Vater auf seine früheren Ideen zurück und zeigte sich gewillt, mich für die große Welt heranzubilden. Er ließ mich beim Betreten eines Zimmers eine Pirouette drehen, trällerte eine Melodie und tat so, als könne er kaum erkennen, was ich da trieb; dann brach er in Tränen aus und sagte: »Mein Kind, du bist nicht für die Dreistigkeit geschaffen, dein Leben wird nicht glücklicher sein als das meine.«

Fünf Jahre nach der Zeit meiner Gefangenschaft war meine Mutter schwanger. Sie gebar ein Mädchen, das zu Ehren der schönen und allzu flatterhaften Herzogin von Velásquez Blanca getauft wurde. Obwohl es diese Dame meinem Vater untersagt hatte, ihr zu schreiben, glaubte er ihr die Geburt des Kindes anzeigen zu müssen, und er erhielt eine Antwort, die seinen früheren Schmerz wieder wachrief. Aber mein Vater wurde älter und war weniger empfänglich für so heftige Gemütsbewegungen.

Dann vergingen zehn Jahre, ohne daß irgendein Ereignis die Gleichförmigkeit unseres Lebens gestört hätte, das doch für meinen Vater und mich durch die neuen Kenntnisse, die uns alle Tage bereicherten, ständig Abwechslung brachte. Mein Vater hatte mir gegenüber sogar seine frühere Verschlossenheit aufgegeben. Tatsächlich hatte ja nicht er mich die Mathematik gelehrt. Im Gegenteil, er hatte sein Möglichstes getan, mich nichts als die Sarabande lernen zu lassen. Er hatte sich also nichts vorzuwerfen und gab sich ohne Gewissensbisse dem Vergnügen hin, mit mir über alles zu reden, was mit den exakten Wissenschaften zu tun hatte. Diese Unterhaltungen hatten immer zur Folge, daß sie meine Begeisterung neu anfachten und meinen Fleiß verdoppelten; zugleich aber gab mir die Konzentration auf diese Gegenstände, wie ich Ihnen schon sagte, eine Neigung zur Zerstreutheit, und diese kam mich bisweilen teuer zu stehen, wie ich es Ihnen bei gehöriger Gelegenheit mitteilen werde. Denn einmal verließ ich Ceuta, ohne daß ich es bemerkt hätte, und befand mich plötzlich mitten unter Arabern.

Was meine Schwester angeht, so wurde sie täglich reizvoller und schöner, und nichts hätte zu unserer Glückseligkeit gefehlt, wenn wir nicht unsere Mutter verloren hätten; aber vor einem Jahr wurde sie durch eine heftige Krankheit unserer innigen Liebe entzogen. Mein Vater nahm also eine Schwester seiner verstorbenen Frau ins Haus auf, Doña Antonia de Poneras, zwanzig Jahre alt und seit sechs Monaten verwitwet. Sie entstammte nicht der gleichen Ehe wie meine Mutter. Als Señor de Cadanza seine damals einzige Tochter verheiratet hatte, entschloß er sich, da er seine Einsamkeit schmerzlich empfand, sich ebenfalls zu verehelichen, aber seine zweite Gattin war nach fünf Ehejahren gestorben, als sie einer Tochter das Leben geschenkt hatte, die, glaube ich, fünf Jahre jünger war als ich und die später Señor de Poneras heiratete, der noch im ersten Jahr ihrer Ehe starb.

Diese junge und hübsche Tante ergriff also Besitz vom Zimmer meiner Mutter und führte das Regiment im Hause, worauf sie sich recht gut verstand. Vor allem mir galt ihre Fürsorge. Zwanzigmal am Tage trat sie bei mir ein, um sich zu erkundigen, ob ich Schokolade, Limonade oder dergleichen wünsche. Diese Besuche waren mir oft zuwider, da sie mich bei meinen Rechnungen unterbrachen. Wenn mich Doña Antonia zufällig eine halbe Stunde lang nicht störte, besorgte dies ihre Kammerfrau. Sie war ein Mädchen im gleichen Alter und mit den gleichen Launen wie ihre Herrin. Ihr Name war Marica. Ich bemerkte bald, daß meine Schwester weder für die Zofe noch für ihre Herrin etwas übrig hatte, und schloß mich ihrer Abneigung bald an, die meinerseits indessen nur auf dem Ärger beruhte, den mir ihre Störungen verursachten. Ich wurde indessen nicht immer ihr Opfer. Ich nahm die Gewohnheit an, sobald eine dieser beiden Frauen mein Zimmer betrat, für meine mathematischen Werte Stellvertreterzahlen einzusetzen, und sobald sie gegangen waren, nahm ich meine Rechnung wieder vor.

Als ich eines Tages gerade einen Logarithmus suchte, trat Antonia herein und setzte sich in einen Lehnstuhl neben meinem Tisch; dann klagte sie über die Hitze, nahm das Tuch von ihrem Busen, faltete es zusammen und legte es über die Lehne ihres Sessels. Da ich aus diesen Anstalten schloß, daß sie sich des längeren bei mir aufhalten wollte, hielt ich im Rechnen inne, schloß meine Logarithmentafeln und stellte einige Überlegungen über das Wesen der Logarithmen und über die außerordentliche Mühe an, die den Baron Napier die Herstellung der Tafeln gekostet hatte. Da trat Antonia, die mich nur ärgern wollte, hinter meinen Stuhl, verdeckte mir mit beiden Händen die Augen und sagte: »Jetzt rechnen Sie doch, Herr Geometer!«

Diese Aufforderung meiner Tante erschien mir wahrhaft als Herausforderung, was sie auch wirklich war. Da ich in der letzten Zeit die Logarithmentafeln häufig benutzt hatte, hatte ich viele Logarithmen in meinem Gedächtnis gespeichert und kannte sie, wie man sagt, auswendig. Es schoß mir plötzlich der Gedanke durch den Kopf, ich könne die Zahl, deren Logarithmus ich suchte, in drei Faktoren zerlegen. Ich fand drei, deren Logarithmen ich kannte. Ich addierte sie im Kopf, und dann entzog ich mich blitzschnell Antonias Händen und schrieb meinen Logarithmus nieder, ohne daß auch nur eine Dezimale fehlte. Antonia war verärgert; sie verließ das Zimmer und rief dabei ziemlich grob: »Was für ein Dummkopf, so ein Geometer!« Meine Methode ließ sich tatsächlich nicht auf die Primzahlen anwenden, die nur die Eins als Teiler haben; aber sie war deshalb nicht weniger sinnreich und konnte in vielen Fällen nützlich sein, und dies war sicher nicht der richtige Augenblick, mir zu sagen, daß ich ein Dummkopf sei. Kurz darauf erschien die Zofe Marica, ebenfalls um mich zu reizen und zu necken; aber ich hatte noch die Worte ihrer Herrin im Ohr und schickte sie recht unfreundlich hinaus.

Ich war nun in eine Epoche meines Lebens eingetreten, die sich durch den neuen Gebrauch auszeichnete, den ich von meinen Ideen zu machen begann, indem ich sie auf ein einziges Ziel hinlenkte. Im Leben eines jeden Gelehrten wird man einen Augenblick finden, in dem er alle Konsequenzen und Bezüge eines Prinzips, das ihm aufgegangen ist, begreift und sie, wie man sagt, in ein System bringt. Dann verdoppeln sich sein Selbstvertrauen und seine Kräfte. Er stützt sich auf das, was er schon weiß, und eignet sich an, was ihm fehlt. Er erwägt jeden Begriff nach allen Seiten hin, stellt Verbindungen zu anderen her, ordnet sie ein. Gelingt es ihm nicht, sein System zu vollenden oder sich auch nur von seiner Stichhaltigkeit zu überzeugen, legt er es ab, ist an Wissen reicher als vor dem Entwerfen des Systems und gelangt zu Wahrheiten, die vorher unbekannt waren. Für mich war also der Augenblick für den Entwurf eines Systems erreicht; und bei folgender Gelegenheit hatte ich den ersten Einfall dazu:

Als ich eines Abends nach dem Essen noch arbeitete und gerade eine sehr heikle Herleitung beendet hatte, trat, fast nur mit dem Hemd bekleidet, meine Tante Antonia herein. Sie sagte zu mir: »Mein lieber Neffe, solange ich in Ihrem Zimmer noch Licht sehe, kann ich nicht schlafen. Und da die Geometrie etwas so Schönes ist, wünsche ich darin von Ihnen unterrichtet zu werden.«

Da ich gerade nichts Besseres zu tun hatte, kam ich dem Wunsch meiner Tante nach. Ich nahm meine Schiefertafel und zeigte ihr die zwei ersten Euklidischen Lehrsätze. Ich wollte zum dritten übergehen, als mir Antonia die Tafel aus den Händen riß und rief: »O Neffe, o Einfaltspinsel, hat Ihnen denn die Geometrie nicht beigebracht, wie die Kinder gemacht werden?«

Diese Äußerung meiner Tante erschien mir zunächst ganz ungereimt; als ich aber darüber nachdachte, glaubte ich zu verstehen, daß sie vielleicht einen allgemeinen Lehrsatz von mir erwartete, der auf alle in der Natur vorkommenden Arten der Reproduktion anwendbar wäre, von der Zeder bis zur Flechte und vom Walfisch bis zu den mikroskopisch kleinen Infusorien. Ich erinnerte mich gleichzeitig an die Überlegungen, die ich über die mehr oder weniger große Intelligenz jedes Tieres angestellt hatte, wofür ich die Ursache fand, indem ich auf Lernprozesse, auf die vorgeburtliche Entwicklung und auf die Zeugung zurückging; und da dieses Mehr oder Weniger an Intelligenz mir die Möglichkeit von Vergrößerung und Verkleinerung bewies, wurde ich wieder ins Gebiet der Geometrie verwiesen. Schließlich hatte ich die Idee zu einer besonderen Art der Aufzeichnung, mit der ich im ganzen Tierreich Handlungen gleicher Art und unterschiedlichen Wertes bezeichnen könnte. Plötzlich hatte meine Einbildungskraft Feuer gefangen. Ich ahnte die Möglichkeit, für jeden unserer Gedanken und für jede der aus ihm hervorgehenden Handlungen den geometrischen Ort und die Grenzen zu bestimmen, mit einem Wort also: die Möglichkeit, rechnerisch das ganze System der Natur zu erfassen. Da die Fülle meiner Gedanken mir fast den Atem raubte, hatte ich das Bedürfnis nach frischer Luft; ich lief auf die Mauern der Stadt und machte, ohne zu wissen, was ich tat, dreimal auf ihnen die Runde.

Endlich wurde es ruhiger in meinem Kopf, und als der Tag graute, fiel mir ein, einige meiner Prinzipien schriftlich niederzulegen. Ich nahm also meine Schreibtafeln vor, und beim Schreiben schlug ich den Weg nach Hause ein, oder vielmehr: ich glaubte, dies zu tun; aber statt mich von den königlichen Befestigungen nach rechts zu wenden, geriet ich nach links und durch eine Ausfallpforte in den Graben. Abgesehen davon, daß meine Gedanken noch nicht sehr klar waren, konnte ich sie, selbst verworren, nur mit großer Mühe auf meinen Tafeln notieren, da das Tageslicht noch so schwach war, daß ich kaum erkennen konnte, was ich schrieb. Ich hatte es eilig, nach Hause zu kommen; ich beschleunigte meine Schritte und glaubte dabei ständig, auf dem Heimweg zu sein. Stattdessen lief ich eine Böschung hinunter, die man aufgeschüttet hatte, um bei Gelegenheit eines Ausfalls die Kanonen mitzuführen, und befand mich nun im Vorfeld der Festung.

Immer im Glauben, ich ginge nach Hause, ständig meine Tafeln mit Zeichen bedeckend, lief ich, so schnell ich nur konnte. Ich lief indessen vergebens, ich kam nicht an mein Ziel, denn ich hatte, ohne dessen gewahr zu werden, eine Richtung eingeschlagen, die dem Weg zur Stadt entgegengesetzt war. Ich ließ mich endlich nieder und rechnete weiter. Nach einiger Zeit blickte ich auf und fand mich von Arabern umringt. Da ich ihre Sprache beherrschte, die in Ceuta allgemein benutzt wird, sagte ich ihnen, wer ich sei und daß sie, wenn sie mich zu meinem Vater zurückbrächten, ein gutes Lösegeld erhielten.

Das Wort Lösegeld hat für arabische Ohren immer etwas Verführerisches. Die Nomaden, die mich umgaben, wandten sich mit wohlgefälligem Ausdruck an ihren Anführer und schienen von ihm eine Antwort zu erwarten, die für sie einträglich wäre. Der Scheich strich sich lange mit nachdenklicher und ernsthafter Miene den Bart und sagte dann zu mir: »Hör zu, junger Nazarener, wir kennen deinen Vater, der ein gottesfürchtiger Mann ist. Auch von dir haben wir sprechen hören. Es heißt, du seiest gütig wie dein Vater, aber Gott habe dich eines Teils deiner Vernunft beraubt. Gräme dich deswegen nicht, Gott ist groß; er gibt uns die Vernunft und nimmt sie wieder weg, wie es ihm gefällt. Die Verrückten sind ein lebendiger Beweis für die Allmacht Gottes und für die Nichtigkeit der menschlichen Weisheit. Die Verrückten sind auch, da sie Gut und Böse nicht kennen, etwas wie Exempel des früheren Standes der Unschuld. Es ist, als ständen sie auf der ersten Stufe zur Heiligkeit. Wir nennen unsere Verrückten *Marabuts*, ganz wie die Heiligen. All das liegt schon in den Grundsätzen unserer Religion; wir müßten glauben, daß wir eine Sünde begingen, wenn wir von dir auch nur das geringste Lösegeld nähmen. Wir wollen dich zum ersten spanischen Posten bringen und uns dann zurückziehen.«

Ich muß gestehen, daß mich die Rede des Scheichs in höchste Verwirrung stürzte. »Wie denn«, sagte ich mir, »auf den Spuren von Locke und Newton wäre ich also zu den letzten Grenzen menschlicher Einsicht gelangt, indem ich die Grundsätze des einen mit den Berechnungen des anderen abstützte, hätte mich einiger Schritte in die Tiefen der Metaphysik versichert, und worauf läuft alles hinaus? Daß ich zu den Irren gezählt werde, daß ich als

Wesen minderer Art gelte, das der menschlichen Spezies nicht mehr angehört. Zur Hölle mit der Differentialrechnung und allen Integrationen, in denen ich mein ganzes Verdienst erblickte!«

Während mir das durch den Kopf ging, nahm ich meine Tafeln und zerbrach sie in kleine Stücke. Dann setzte ich meine Klage fort und sagte: »O lieber Vater, wie sehr hatten Sie recht, mich die Sarabande und alle seither erfundenen Albernheiten lernen zu lassen!«

Aus einem unwillkürlichen Antrieb heraus begann ich daraufhin, ein paar Schritte der Sarabande zu üben, wie es mein Vater tat, wenn er sich an sein Unglück erinnerte.

Die Araber indessen, die gesehen hatten, wie ich mit viel Hingabe meine Tafeln mit Schrift bedeckte, dann wie ich sie zerbrach und tanzte, sagten mit dem Ausdruck des Mitleids und der Andacht: »Gott ist groß! Gelobt sei Gott! *Hamdullah, Allâh herim!*« Dann stützten sie mich sanft unter den Armen und geleiteten mich zum ersten spanischen Posten.

An dieser Stelle seiner Erzählung erschien Velásquez betrübt oder zerstreut, und da wir bemerkten, daß er Mühe hatte, den Faden seiner Geschichte wiederzufinden, baten wir ihn, die Fortsetzung auf den folgenden Tag zu verschieben.

Fünfundzwanzigster Tag

Wir zogen durch eine schöne, aber sehr einsame Landschaft. Als wir einen Berg umrundeten und ich mich ein wenig von unserem Zug entfernt hatte, glaubte ich aus einer dicht bewaldeten Talsenke, die sich unterhalb unseres Weges hinzog, mehrfach ein Stöhnen zu hören. Es verstärkte sich; ich band mein Pferd an, zog den Degen und drang ins Unterholz ein. Je weiter ich voranschritt, desto weiter schien sich das Stöhnen zu entfernen; schließlich erreichte ich eine lichtere Stelle und sah mich umringt von acht oder zehn Männern, die ihre Musketen auf mich angeschlagen hatten.

Einer von ihnen rief mir zu, ich solle meinen Degen herausgeben. Statt einer Antwort stürzte ich mich auf ihn, um ihn zu durchbohren; er aber legte selbst sein Gewehr zu Boden, als ob er die Waffen streckte, dann schlug er mir vor, zu kapitulieren und irgendwelche Versprechungen abzugeben. Ich antwortete ihm, daß ich weder kapitulieren noch etwas versprechen wolle.

In diesem Augenblick waren die Stimmen der Reisenden zu hören, die nach mir riefen. Der, welcher das Haupt der Bande zu sein schien, sagte mir: »Señor Caballero, man sucht Euch, wir haben also keine Zeit zu verlieren. Habet in fünf Tagen von heute an die Güte, das Lager zu verlassen und gen Sonnenuntergang zu gehen. Dort werdet Ihr Leute treffen, die Euch wichtige Geheimnisse mitzuteilen haben. Das Stöhnen, das Ihr gehört habt, war nur eine Finte, die Euch zu uns locken sollte. Findet Euch doch gütigst rechtzeitig ein.«

Nach diesen Worten neigte der Mann leicht den Kopf, stieß einen Pfiff aus und verschwand mit seinen Leuten. Ich schloß mich der Karawane wieder an, fand es jedoch nicht geraten, von meinem Abenteuer zu berichten. Wir gelangten schon recht früh zum Lagerplatz; wir aßen zu Abend, und dann baten wir Velásquez, in seiner Lebensgeschichte fortzufahren, was er also tat:

Fortsetzung der Geschichte des Velásquez

Ich sagte es Ihnen bereits, Señores: Als ich meine Überlegungen der Ordnung zuwandte, die in dieser Welt herrscht, hatte ich Anwendungen der Rechenkunst zu finden geglaubt, die noch niemand vor mir entdeckt hatte. Dann habe ich Ihnen berichtet, wie meine Tante Antonia durch ein taktloses und unpassendes Wort zum Anlaß dafür wurde, daß meine flüchtigen Gedanken sich wie in einem Fokus sammelten und zum System zusammenschlossen. Endlich sagte ich auch, daß ich durch die Erfahrung, für einen Irren gehalten zu werden, aus einem äußersten Überschwang des Geistes in eine außerordentliche Entmutigung verfiel. Ich gestehe es Ihnen, dieser Zustand der Niedergeschlagenheit war anhaltend und schmerzlich. Ich wagte niemandem ins Gesicht zu blikken; meinesgleichen schien sich verschworen zu haben, mich abzustoßen und verächtlich zu machen; die Bücher, die doch mein ganzes Entzücken gewesen waren, verursachten mir einen tödlichen Ekel, ich sah in ihnen nur noch einen wirren Haufen nutzloser Wortemacherei. Ich rührte keine Schiefertafel mehr an und rechnete nicht mehr. Meine Gehirnfasern waren erschlafft, sie hatten ihre Spannung verloren. Ich hatte es aufgegeben zu denken.

Mein Vater bemerkte meine Mutlosigkeit und drängte mich, ihm den Grund dafür zu sagen. Lange sträubte ich mich. Schließlich berichtete ich ihm von der Rede des arabischen Scheichs und gestand ihm, welchen Kummer es mir bereitete, als Irrer zu gelten.

Mein Vater ließ den Kopf auf seine Brust sinken, und seine Augen füllten sich mit Tränen. Nach langem Schweigen wandte er mir seinen mitleidigen Blick zu und sprach: »O mein Sohn, du giltst also als verrückt, und ich war es drei Jahre lang wirklich. Deine Zerstreutheit und meine Liebe zu Blanca sind gar nicht die eigentlichen Gründe für unsere Schmerzen; unser Übel hat tiefere Ursachen.

Die unendlich fruchtbare und in ihren Mitteln vielfältige Natur scheint Gefallen daran zu finden, selbst gegen ihre unwandelbarsten Regeln zu verstoßen. Sie hat den Eigennutz zum Beweggrund aller menschlichen Handlungen gemacht; jedoch hat sie in der unermeßlichen Zahl der Menschen solche von abartiger Bildung hervorgebracht, an denen sich kaum Egoismus wahrnehmen läßt, weil sie ihre Affekte auf Gegenstände außerhalb ihrer selbst richten. Manche geraten über die Wissenschaften in Leidenschaft, andere über das Gemeinwohl. Sie begeistern sich für die Entdeckungen anderer, als ob es ihre eigenen wären, und für Einrichtungen, die dem Staat nützen, als ob sie selbst Vorteile davon zu erwarten hätten. Diese Gewohnheit, nicht an sich selbst zu denken, hat Folgen für ihr ganzes Geschick. Sie wissen nicht, wie man die Menschen zum eigenen Vorteil beeinflußt. Fortuna lächelt sie an; es fällt ihnen nicht ein, sie festzuhalten.

Bei fast allen Menschen ist die Triebkraft des Ichs niemals aufgehoben. Ihr Ich findet man in dem Rat, den sie einem geben, in dem Dienst, den sie einem leisten, in dem Umgang, den sie suchen, in den Freundschaften, die sie schließen – leidenschaftlich bewegt von allem, was auch nur von ferne sie selbst angeht, und gleichgültig gegen alles andere. Und wenn sie auf ihrem Pfade einem Menschen begegnen, den der Eigennutz kalt läßt, können sie ihn nicht verstehen; sie unterstellen ihm verborgene Motive, Verstellung oder Narretei. Sie stoßen ihn von sich, machen ihn verächtlich oder verbannen ihn auf einen Felsen in Afrika.

O mein Sohn, wir gehören alle beide zur Art der Geächteten; aber auch wir haben unsere Freuden, und ich muß sie dir weisen. Ich habe alles getan, um einen Gecken und Dummkopf aus dir zu machen. Der Himmel hat meine Mühe nicht gelohnt, und so lebst du nun mit fühlender Seele und aufgeklärtem Geist. Ich muß dich also lehren, daß auch wir unsere Wonnen empfinden. Sie sind unbekannt und ungesellig, aber süß und rein. Wie groß war doch meine innere Genugtuung, als ich erlebte, daß Don Isaak Newton eine meiner anonymen Schriften für gut befand und ihren Verfasser kennenzulernen wünschte. Ich gab mich nicht zu erkennen; aber ich fühlte mich zu neuen Bemühungen angefeuert, ich bereicherte meinen Geist durch eine Fülle neuer Gedanken. Ich war bis zum Bersten voll davon, konnte sie nicht für mich behalten. Ich lief hinaus, um sie den Felsen von Ceuta mitzuteilen, ich vertraute sie der ganzen Natur an, brachte sie meinem Schöpfer dar, dem ich sie schuldete. Die Erinnerung an meine Leiden mischte in diese überschwenglichen Gefühle Seufzer und Tränen, die ebenfalls ihre Wollust mit sich brachten. Sie ließen mich wieder daran denken, daß ich von vielen Leiden umgeben war, die ich lindern konnte. In Gedanken verbündete ich mich mit den Absichten der Vorsehung, mit den Werken der Schöpfung, dem Voranschreiten des menschlichen Geistes. Mein Geist, mein Ich, mein Geschick erschienen mir nicht als vereinzelt, sondern als Teile eines großen Ganzen.

So ging die Zeit der Leidenschaften vorüber. Dann fand ich wieder zu meinem Ich. Die unablässige und zärtliche Fürsorge deiner Mutter zeigte mir hundertmal am Tage, daß ich der einzige Gegenstand ihrer Neigung war. Meine Seele, die sich von der Außenwelt abgeschlossen hatte, öffnete sich dem Gefühl der Dankbarkeit, den vertraulichen Ergießungen des Herzens. Die kleinen Ereignisse in deiner und deiner Schwester Kindheit machten mich mit den süßesten Empfindungen bekannt.

Heute lebt deine Mutter nur noch in meinem Herzen, und mein im Alter hinfällig gewordener Geist vermag dem Reichtum des menschlichen Geistes nichts mehr hinzuzufügen. Aber mit Vergnügen beobachte ich, wie dieser Schatz sich alle Tage vermehrt, und ich verfolge diese Vermehrung mit Freude. Daß ich daran teilnehmen kann, läßt mich meine Gebrechen, die traurigen Gefährten meiner Jahre, vergessen, und die Langeweile ist meinem Leben noch fremd.

Du siehst also, mein Sohn, daß wir auch unsere Freuden finden, und wenn du ein Geck geworden wärest, wie ich es immer wünschte, hättest du auch deinen Teil Schmerz erfahren.

Als Alvarez uns aufsuchte, sprach er mir von meinem Bruder auf eine Art, die mir eher Mitleid als Neid erregte. ›Der Herzog‹, sagte er, ›kennt den Hof sehr genau und durchschaut seine Intrigen. Packt ihn aber der Ehrgeiz, so bereut er bald, daß er sein Ziel allzu hoch steckte. Er war Botschafter, und man sagt, er habe den König, seinen Herrn, mit äußerster Würde vertreten; bei der ersten heiklen Affäre sah man sich aber zu seiner Abberufung gezwungen. Du weißt auch, daß er zum Minister berufen wurde, und er versah sein Amt so gut wie jeder andere. Aber soviel Mühe sich die Ministerialen auch gaben, ihm Arbeit zu ersparen, seine Trägheit war noch größer, und er mußte sein Ressort abgeben. Er hat heute keinerlei

Einfluß mehr, aber er versteht sich auf die Kunst, geringfügige Gelegenheiten herbeizuführen, die ihn dem Monarchen annähern und ihm den Anschein geben, er genieße dessen Gunst. Übrigens stirbt er vor Langeweile; er hat alles versucht, ihr zu entgehen, aber der erdrückenden Pranke dieses vernichtenden Ungeheuers fällt er immer wieder zum Opfer. Er sucht ihr zu entkommen, indem er sich fortgesetzt mit sich selbst beschäftigt; aber dieser übermäßige Egoismus hat ihn gegenüber dem geringsten Ärger so empfindlich gemacht, daß das ganze Leben für ihn zur Qual wurde. Indessen haben ihn häufige Krankheiten daran gemahnt, daß dieses Ich, einziger Gegenstand all seiner Sorge, ihn eines Tages im Stich lassen könne, und dieser Gedanke vergiftet ihm alle Freuden.‹

Ungefähr das sagte mir der alte Alvarez; und ich schloß daraus, daß ich in meiner Abgeschiedenheit vielleicht glücklicher war als mein Bruder in seinem Glanz und mit seinen Gütern, deren er mich beraubt hatte. Dich aber, mein Sohn, hielten die Bewohner Ceutas für ein wenig verrückt. Das ist nur eine Folge ihres schlichten Gemüts. Eines Tages aber, wenn du in die Welt hinaustrittst, wirst du mit Sicherheit auch Ungerechtigkeit erfahren, und gegen sie mußt du Vorsorge treffen. Am besten wäre es wahrscheinlich, der Beleidigung die Beleidigung entgegenzusetzen, der Verleumdung die Verleumdung, und die Ungerechtigkeit mit ihren eigenen Waffen zu bekämpfen; aber die Fähigkeit, sich dieser Schändlichkeiten selbst zu bedienen, ist Menschen unserer Art nicht gegeben. Wenn man also über dich herfällt, dann ziehe dich zurück, schließe dich vor der Außenwelt ab, nähre deine Seele aus ihren eigenen Schätzen, und du wirst noch das Glück kennenlernen.«

Diese Rede meines Vaters machte tiefen Eindruck auf mich. Ich schöpfte wieder Hoffnung und begann wieder die Arbeit an meinem System. Ich fing auch an, wirklich zerstreut zu werden. Selten hörte ich, was man mir sagte, mit Ausnahme der letzten Silben, die sich meinem Gedächtnis einprägten. Ich antwortete darauf völlig richtig, aber fast immer ein oder zwei Stunden, nachdem man mit mir gesprochen hatte. Es kam vor, daß ich ziel- und orientierungslos vor mich hin lief, und wie die Blinden hätte ich einen Führer gebraucht. Diese Geistesabwesenheiten dauerten indessen nur so lange, wie ich damit beschäftigt war, mein System in eine gewisse Ordnung zu bringen. In dem Maße, wie ich weniger Aufmerksamkeit darauf verwandte, wurde ich zusehends weniger zerstreut und kann sagen, daß ich heute beinahe davon geheilt bin.

»O ja, beinahe«, sagte der Kabbalist; »gewähren Sie mir die Ehre, Ihnen dazu meinen Glückwunsch auszusprechen.«

»Ich nehme ihn mit Freuden entgegen«, sagte Velásquez; »denn mein System war kaum vollendet, als ein unerwartetes Ereignis mein Schicksal derart veränderte, daß es mir nun schwerfallen muß, ich will nicht sagen: ein System zu bilden, aber leider wird es mir nicht einmal gestattet sein, zehn oder zwölf Stunden kontinuierlich einer Berechnung zu widmen. Mit einem Wort, Señores, der Himmel bestimmt mich zum Herzog von Velásquez, spanischen Granden und Herrn über ein beachtliches Vermögen.«

»Wie denn, herzogliche Durchlaucht«, sagte Rebekka, »Sie machen daraus ein geringes Beiwerk Ihrer Erzählung! Viele an Ihrer Stelle hätten das, glaube ich, an den Anfang gesetzt!«

»Ich muß gestehen«, sagte Velásquez, »daß ein solcher Koeffizient einen einzelnen Wert vervielfacht; aber ich glaubte nicht davon sprechen zu dürfen, bevor mich die Reihenfolge der Fakten dazu führte. Dies also bleibt mir noch zu berichten:

Vor etwa vier Wochen kam Diego Alvarez, Sohn des Ihnen bekannten Alvarez, nach Ceuta, um meinem Vater einen Brief der Herzogin Blanca zu übergeben. Dieser Brief lautet wie folgt:

Señor Don Enrique,

Diese Zeilen sind bestimmt, Ihnen mitzuteilen, daß Gott vielleicht schon bald Ihren Bruder, den Herzog Velásquez, zu sich berufen wird.

Die spanischen Lehensgesetze erlauben nicht, daß Sie die Erbfolge eines jüngeren Bruders antreten, und die Grandenwürde muß auf Ihren Sohn übergehen.

Indem ich ihm die Güter zurückerstatte, deren meine Unbesonnenheit Sie beraubte, kann ich den vierzig Jahren meiner Buße ein glückliches Ende setzen. Was ich Ihnen nicht erstatten kann, ist der Ruhm, zu dem Ihre Fähigkeiten Sie getragen hätten; aber wir stehen beide schon vor der Pforte himmlischen Ruhmes, und jener der Welt kann uns kaum noch berühren. Lassen Sie die schuldige Blanca ein letztes Mal Ihrer Vergebung teilhaftig werden und senden Sie uns den Sohn, den der Himmel Ihnen geschenkt hat. Der Herzog, den ich seit zwei Monaten pflege, wünscht seinen Erben zu sehen.

Blanca de Velásquez

Man kann sagen, daß dieser Brief in ganz Ceuta Freude hervorrief, so sehr wünschte man mir Gutes, genau wie meinem Vater. Ich war jedoch weit entfernt davon, in das allgemeine Jauchzen einzustimmen. Ceuta war für mich eine ganze Welt, und ich begab mich nur im Geiste aus ihr hinaus, um mich in Abstraktionen zu verlieren; oder wenn ich über seine Mauern hinweg in die weiten Ländereien blickte, die von den Mauren bewohnt wurden, dann war es mir, als ob ich eine gemalte Landschaft betrachtete. Da ich mich dort nicht selber ergehen konnte, schien mir das Land nur eine Augenweide zu sein. Es schien mir auch, Ceuta sei der einzige Flecken, auf dem ich leben könne. Es gab in dieser kleinen Stadt keine Mauer, auf der ich nicht mit einem Stück Kohle eine Gleichung gekritzelt hätte, keinen Altar, der mich nicht an eine Zeit des Nachsinnens erinnerte, dessen Ergebnis mich innerlich befriedigte. Meine Tante Antonia und ihre Zofe Marica hatten mich manchmal wirklich geärgert, aber was bedeuteten schon ihre harmlosen Störungen, verglichen mit den zahllosen Ablenkungen, die zu ertragen ich nun verurteilt war! Vorbei die langen Meditationen, vorbei das Rechnen; und ohne Berechnungen gab es kein Glück für mich. Das waren meine Überlegungen; und doch mußte ich mich auf die Reise machen.

Mein Vater begleitete mich bis zum Schiff, faltete segnend die Hände über meinem Kopf und sagte: »O mein Sohn, du wirst Blanca sehen. Sie ist nicht mehr die hinreißende Schönheit, die deinem Vater Ehre und Glück bedeutet hätte. Du wirst ihre Schönheit vom Alter getilgt, ihre Züge von der Buße verändert finden. Aber warum beweinte sie so lange eine Verfehlung, die ihr Vater ihr vergeben hatte? Ich selbst habe ihr gegenüber niemals Verbitterung empfunden. Wenn ich auch meinem König nicht in ruhmvollen Ämtern gedient habe, so habe ich doch vierzig Jahre lang auf diesen Felsen für das Wohlergehen einiger guter Menschen gesorgt. Sie verdanken es Blanca. Sie alle haben von ihren Tugenden sprechen hören, und sie alle segnen sie.«

Mein Vater konnte nicht weitersprechen, er schluchzte, daß es ihm den Atem benahm. Alle Bewohner von Ceuta wohnten meiner Abreise bei. In allen Augen stand der Schmerz darüber zu lesen, daß man mich verlor, in den sich die Freude mischte, die die Teilnahme der Menschen am glücklichen Umschwung meines Geschicks hervorrief.

Man setzte die Segel, und am Tag darauf ging ich im Hafen von Algeciras an Land, von wo ich mich nach Córdoba begab, um dann in Andújar zu nächtigen. Der Wirt in Andújar erzählte mir was weiß ich für Gespenstergeschichten, von denen ich kein Wort verstand. Ich verbrachte bei ihm die Nacht und brach am nächsten Morgen zeitig auf. Ich hatte zwei Diener, der eine ritt mir voran, der andere hinterher. Da mich plötzlich der Gedanke beunruhigte, in Madrid hätte ich zum Arbeiten keine Zeit mehr, zog ich meine Tafeln hervor und stellte einige Berechnungen an, die mein System noch erforderlich machte. Ich ritt auf einem Maultier, dessen gleichmäßiger und langsamer Schritt diese Tätigkeit begünstigte. Ich weiß nicht, wieviel Zeit ich damit verbrachte. Aber plötzlich stand mein Maultier still. Ich sah mich am Fuß eines Galgens, der mit zwei Gehenkten belegt war, die mir Fratzen zu schneiden schienen, was mir einigen Schrecken einjagte. Ich blickte umher und konnte keinen meiner Leute sehen. Ich rief sie aus Leibeskräften, aber niemand zeigte sich. Ich entschloß mich, dem Weg zu folgen, der vor mir lag. Als die Nacht hereinbrach, langte ich bei einer weitläufigen und wohlgebauten Herberge an, die jedoch öde und verlassen war.

Ich stellte mein Maultier in den Stall und stieg in ein Zimmer hinauf, in dem ich die Reste eines Abendessens fand, nämlich Rebhuhnpastete, Brot und eine Flasche Alicantewein. Ich hatte seit Andújar nichts gegessen, und ich dachte, die Not gebe mir ein Recht auf die Pastete, die außerdem herrenlos war. Überdies plagte mich der Durst, und ich löschte ihn, vielleicht etwas überstürzt, denn der Alicantewein stieg mir zu Kopf, und ich merkte es zu spät.

In dem Zimmer stand ein ziemlich sauberes Bett. Ich entkleidete mich, legte mich hinein und schlief ein. Dann aber ließ mich irgend etwas aus dem Schlaf hochfahren.

Ich hörte eine Glocke Mitternacht schlagen. Ich stellte mir vor, in der Nähe liege ein Kloster, und nahm mir vor, es am nächsten Tag aufzusuchen.

Kurz darauf hörte ich im Hof Geräusche. Ich glaubte, meine Leute seien gekommen. Aber wie groß war meine Überraschung, als ich meine Tante Antonia mit ihrer Zofe Marica hereintreten sah. Letztere trug einen Leuchter mit zwei Kerzen, und meine Tante hielt ein Heft in der Hand.

»Mein lieber Neffe«, sagte sie zu mir, »Ihr Vater schickt uns, Ihnen diese Papiere zu überbringen, die sehr wichtig seien.«

Ich nahm das Heft und las auf dem Einband: *Beweis für die Quadratur des Kreises*. Ich wußte, daß sich mein Vater mit dieser müßigen Frage nie beschäftigt hatte. Ich öffnete das Heft mit einem Erstaunen, das sich bald in Unwillen verwandelte, als ich feststellte, daß diese vorgebliche Quadratur nichts weiter war als die Theorie des Dinostrates, von einer Beweisführung begleitet, in der ich wohl die Handschrift meines Vaters, nicht aber seinen Geist erkannte; denn die vermeintlichen Beweise waren nichts weiter als Fehlschlüsse.

Indessen bemerkte meine Tante, da ich mir das einzige Bett, das es in der Herberge gab, angeeignet hätte, müsse ich ihr gestatten, sich darin an meiner Seite niederzulegen. Daß meinem Vater so grobe Fehler unterliefen, bereitete mir solchen Kummer, daß ich gar nicht recht auf ihre Worte achtete; gedankenlos rückte ich für sie auf die Seite, und Marica bettete sich zu meinen Füßen und legte den Kopf auf meine Knie.

Dann las ich nochmals die Beweisführung, und sei es, daß mir der Alicantewein zu Kopfe stieg oder daß meine Augen betört waren, wie es geschah, weiß ich nicht mehr, aber ich konnte das Fehlerhafte der Beweise nicht mehr finden; nach der dritten Lektüre hatten sie mich völlig überzeugt. Ich blätterte weiter und stieß auf eine Reihe der geistreichsten Folgerungen, die darauf hinausliefen, alle denkbaren Kurven zu quadrieren und zu rektifizieren; schließlich erschien das Problem der Isochronen mit den Regeln der elementaren Geometrie gelöst. Hingerissen, verblüfft, ja, betäubt von allem, was ich da sah, rief ich aus: »Ja, mein Vater hat die größte aller Entdeckungen gemacht!«

»Nun«, sagte meine Tante, »umarmen Sie mich also dafür, daß ich so viel Mühe auf mich nahm und das Meer überquerte, um Ihnen dieses Heft zu bringen.«

Ich umarmte sie.

»Und ich«, sagte Marica, »habe ich denn nicht auch das Meer überquert?«

Auch sie mußte ich umarmen.

Meine zwei Bettgenossinnen umschlangen mich so heftig mit ihren Armen, daß es mir nicht möglich erschien, sie mir wieder vom Halse zu schaffen. Ich wünschte es nicht einmal; denn plötzlich fühlte ich, wie ich von unbekannten, ja, unschätzbaren Empfindungen ergriffen wurde. Ein neuer Sinn bemächtigte sich der ganzen Oberfläche meines Körpers, vor allem aber an den Stellen, wo er die beiden Frauen berührte, was mich an einige Eigenschaften der Oskulationskurven denken ließ. Ich wollte mir über das, was ich verspürte, klarwerden, aber mein Kopf war außerstande, einem Gedanken zusammenhängend zu folgen. Schließlich entwickelten sich meine Gefühle in einer nach unendlich hin ansteigenden Reihe, welcher der Schlaf folgte und ein sehr widerwärtiges Erwachen unter dem Galgen, von dem herunter mir die zwei Gehenkten mir ihre Fratzen schnitten.

Dies also ist die Geschichte meines Lebens, wozu jetzt nur noch die meines Systems fehlt, das heißt die Anwendung der Rechenkunst auf die allgemeine Ordnung des

Universums; ich hoffe aber, Ihnen eines Tages eine Vorstellung davon geben zu können, und vor allem dieser schönen Dame, die, scheint mir, für die Geometrie eine Neigung gefaßt hat, mit der sie ihrem Geschlecht überlegen ist.

Rebekka antwortete sehr verbindlich auf dieses Kompliment, dann fragte sie Velásquez, was mit dem Heft geschehen sei, das ihm seine Tante brachte.

»Señora«, erwiderte er ihr, »unter den Papieren, die mir die Zigeuner brachten, habe ich es nicht gefunden, und das kränkt mich sehr, denn wenn ich diesen vorgeblichen Beweis noch einmal nachgeprüft hätte, hätte ich den Fehler darin entdeckt, dessen bin ich sicher; wie ich Ihnen jedoch schon sagte, damals brachte ich nicht die Gelassenheit dazu auf; der Alicantewein, die zwei Frauen in meinem Bett und eine Müdigkeit, der ich kaum widerstehen konnte, das waren zweifellos die Ursachen für meinen Irrtum. Was mich aber am meisten verblüfft, ist der Umstand, daß mir das Heft von der Hand meines Vaters geschrieben schien, namentlich in der Art, wie er Zahlen schreibt.«

Von Velásquez zu hören, daß er Mühe hatte, der Müdigkeit zu widerstehen, machte mich betroffen. Ich kam zum Schluß, daß der Alicantewein in der Venta präpariert war wie der meiner Cousinen am Tag meiner ersten Begegnung mit ihnen oder wie das angebliche Gift, das man mich in dem unterirdischen Verlies hatte trinken lassen und das wahrscheinlich nichts als ein Schlaftrunk war.

Die Gesellschaft ging auseinander. Als ich mich zu Bett legte, stellte ich andere Überlegungen an, die mir die Möglichkeit zu eröffnen schienen, alles, was ich erlebt hatte, auf natürliche Weise zu erklären. Während ich noch darüber nachdachte, überwältigte mich der Schlaf.

Sechsundzwanzigster Tag

Dieser Tag war der Ruhe gewidmet. Die Lebensweise der Zigeuner und die Schmuggelei, die ihr Handwerk war, erforderten fortgesetzte und ermüdende Ortswechsel; ich war also glücklich, einen ganzen Tag an einem Ort verbringen zu können, an dem ich die Nacht verbracht hatte. Jeder kümmerte sich ein wenig um die eigene Person. Rebekka suchte sogar ihr Äußeres zu verschönern; man konnte meinen, sie versuche zum Gegenstand der Zerstreutheiten des jungen Herzogs zu werden. Diesen Titel gaben wir Velásquez seit dem letzten Abend.

Wir suchten einen schönen, schattigen Platz, um dort ein festlicheres Mahl einzunehmen, als wir es gewohnt waren, und als wir es beendet hatten, meinte Rebekka, da der Zigeunerhauptmann nicht wie sonst immer beschäftigt war, sei es keine Zumutung, ihn um die Fortsetzung seiner Geschichte zu bitten. Er kam der Bitte gern nach und fuhr also fort:

Fortsetzung der Geschichte des Zigeunerhauptmanns

Ins Theatinerkolleg trat ich also, wie ich Ihnen schon sagte, erst ein, nachdem ich alle Vorwände und Aufschübe, die mir nur einfielen, durchprobiert hatte. Zuerst war ich gar nicht böse, mit so vielen jungen Leuten meines Alters zusammenzusein; die ständige Abhängigkeit aber, in der uns die Priester hielten, erschien mir bald unerträglich. Die Liebkosungen meiner Tante und ihre zärtliche Nachsicht waren mir eine süße Gewohnheit geworden; es schmeichelte mir auch sehr, daß sie hundertmal am Tag davon sprach, welch gutes Herz ich hätte. Hier nützte mir das gute Herz nichts; es hieß ununterbrochen aufmerksam sein oder die Rute spüren. Das eine war mir fast so verhaßt wie das andere. Das Ergebnis für mich war ein absoluter Widerwille gegen alles, was den schwarzen Rock trug, und ich bekundete es durch alle Streiche, die man sich vorstellen kann.

Unter den Schülern gab es einige, deren Gedächtnis besser war als ihr Charakter und die sich ein Vergnügen daraus machten, alles weiterzugeben, was sie vom Tun und Lassen ihrer Kameraden wußten. Ich gründete gegen sie einen Bund und berechnete meine Streiche so, daß der Verdacht immer auf seine Urheber zurückfiel, so daß sich die Abneigung der Schwarzröcke gegen uns alle richtete und sie unterschiedslos Beschuldigte wie Denunzianten bestraften.

Ich will Sie nicht mit einem so kindischen Thema wie Schülerstreichen unterhalten; nur dies sei festgestellt, daß die Possen, die ich spielte, in den vier Jahren, in denen ich meine Erfindungsgabe daran übte, einen immer bedenklicheren Charakter annahmen und daß ich mir schließlich einen an sich ganz unschuldigen Streich einfallen ließ, der aber zweifellos recht verdammungswürdig war wegen der Mittel, deren ich mich zu bedienen wagte; sie hätten dazu führen können, mich für die Zeit meiner Jugend und vielleicht fürs ganze Leben hinter Gitter zu bringen. Dies also ereignete sich:

Unter den Theatinern, die uns mit der größten Härte behandelten, hatte keiner eine unbeugsamere Strenge bewiesen als der Pater Sanudo, der Lehrer der ersten Klasse. Seine Härte kam indessen nicht aus seinem Herzen. Im Gegenteil, dieser Geistliche war in seinem Wesen nur allzu empfindsam; seine geheime Neigung hatte immer zu seinen Pflichten im Widerspruch gestanden, und Sanudo hatte das dreißigste Lebensjahr erreicht, ohne daß er jemals aufgehört hätte, zu kämpfen und sich selbst zu besiegen.

Mitleidlos gegenüber sich selbst, war Sanudo auch unerbittlich gegenüber anderen geworden. Die Opfer, die er dem Sittengesetz unaufhörlich brachte, waren um so verdienstvoller, als es keinen Menschen gab, bei dem mehr als bei ihm das Gesetz der Natur zu dem der Religion im Gegensatz stand; denn er war der stattlichste Mann, den man sich vorstellen kann, und es gab in Burgos nicht viele Frauen, die ihn sahen und von seiner Erscheinung unberührt blieben; Sanudo aber senkte die Augen, runzelte die Stirn und eilte vorbei, als hätte er nichts bemerkt. So lebte Pater Sanudo, oder vielmehr: so hatte er lange gelebt. Aber die vielen Siege hatten seine Seele müde werden lassen; sie hatte ihre alte Kraft verloren. Da er die Frauen zu fürchten hatte, dachte er schließlich nur noch an sie; und der Feind, den er so lange bekämpft hatte, war seiner Einbildungskraft immerzu präsent. Schließlich hatte eine heftige Krankheit, der eine mühselige Genesungszeit folgte, eine allzu große Empfindlichkeit hinterlassen, die sich in einer ständigen Ungeduld äußerte. Unsere geringsten Vergehen brachten ihn auf, unsere Entschuldigungen konnten ihn zu Tränen rühren. Er wurde zum Träumer, und wenn sich seine umherirrenden Augen auf irgendeinen gleichgültigen Gegenstand hefteten, nahmen sie einen zärtlichen Ausdruck an; wenn ihn jemand in seiner Verzückung störte, sprach aus seinem Blick nicht Strenge, sondern Schmerz. Wir waren es allzusehr gewöhnt, unsere Mentoren zu belauern, als daß uns eine so bedeutende Veränderung hätte entgehen können. Aber wir erkannten noch nicht ihre Ursache, als wir zu einer Beobachtung Gelegenheit hatten, die uns auf eine Spur führte. Um mich indessen besser verständlich zu machen, muß ich etwas weiter ausholen. Die zwei glanzvollsten Häuser von Burgos waren die der Grafen von Lirias und der Marqueses von Fuen Castilla. Erstere gehörten sogar zu denen, die in Spanien *agraviados* heißen, womit ausgedrückt wird, daß ihnen zu Unrecht die Würde des Granden vorenthalten wurde. Daher werden sie auch von den anderen Granden geduzt, wie diese sich auch untereinander duzen, was ihre Art ist, sie ihrem Stande gleichzustellen.

Das Haupt des Hauses Lirias war ein Greis von siebzig Jahren, ein höchst liebenswürdiger und edler Mensch; er hatte zwei Söhne gehabt, die gestorben waren, und alle seine Güter sollten der jungen Gräfin von Lirias zufallen, der einzigen Tochter seines ältesten Sohnes.

Der alte Graf, der also einem Erben seines Namens entsagen mußte, hatte die Hand seiner Enkelin dem Erben der Fuen Castillas versprochen, der durch seine Ehe den Titel des Grafen von Fuen de Lirias y Castillas erwerben sollte. Diese Verbindung, von den Familien her so überlegt arrangiert, war es auch hinsichtlich des Alters, der Gestalt und der Charaktere der jungen Gatten; sie liebten einander daher mit äußerster Leidenschaft, und der alte Lirias hatte seine Freude am Anblick ihrer unschuldigen Liebe, die ihn in der Erinnerung die seligsten Zeiten seines Lebens wiedererleben ließ.

Die künftige Gräfin von Fuen de Lirias wohnte im Annunziatenkloster. Alle Tage aber besuchte sie zum Mittagessen ihren Großvater, um dort in Gesellschaft ihres künftigen Gatten bis zum Abend zu verweilen. Sie wurde dabei von ihrer *dueña mayor*, Doña Clara Mendoza, begleitet, einer etwa dreißigjährigen, sehr ehrbaren, aber keineswegs sauertöpfischen Frau; das Sauertöpfische mochte der alte Graf nämlich nicht leiden.

Alle Tage fuhr die junge Lirias mit ihrer Dueña an unserem Kolleg vorbei, da sie auf diesem Wege den alten Grafen aufsuchte; und da dies auch gerade zur Zeit unserer Pause stattfand, standen wir oft an den Fenstern, oder aber wir liefen dorthin, sobald wir ihren Wagen kommen hörten.

Wer schnell beim Fenster war, hatte oft die Mendoza zu ihrem jungen Pflegling sagen hören: »Schauen wir doch den schönen Theatiner an.«

Diesen Namen gab die weibliche Welt dem Pater Sanudo. Die Dueña hatte tatsächlich nur Augen für ihn. Das junge Mädchen dagegen ließ seine Blicke über uns alle schweifen, da unser Alter sie an das ihres Geliebten erinnerte, oder sie versuchte die zwei Vettern zu erkennen, die sie im Kolleg hatte.

Was Sanudo betrifft, so lief er wie die anderen zum Fenster; sobald die Frauen ihre Augen auf ihn richteten, verfinsterte sich seine Miene, und er trat geringschätzig zurück. Dieser Widerspruch verblüffte uns. »Wenn es ihn denn vor den Frauen graust«, sagten wir uns, »warum läuft er dann zum Fenster? Und wenn er darauf brennt, sie anzuschauen, dann soll er doch nicht die Augen abwenden!«

Ein Schüler namens Veyras sagte mir dazu, Sanudo sei kein Feind der Frauen mehr wie zuvor, und er überlege sich ein Mittel, wie er sich darüber Klarheit verschaffen könne. Dieser Veyras war mein bester Freund am Kolleg, das heißt, er half mir bei allen meinen Streichen, die er auch oft selbst ausheckte.

Zu dieser Zeit war ein neuer Roman erschienen, der den Titel trug *Der verliebte Léonce*. Der Autor dieses Werkes hatte die Liebe in Farben gemalt, die seine Lektüre sehr gefährlich machten; und unsere Lehrer hatten sie uns streng verboten. Veyras fand einen Weg, sich ein Exemplar dieses *Léonce* zu verschaffen, und steckte es so in seine

Tasche, daß der Band zur Hälfte daraus hervorlugte. Sanudo sah und konfiszierte ihn. Er drohte Veyras mit den strengsten Maßnahmen, wenn er sich jemals wieder dergleichen zuschulden kommen lasse; dann nahm er irgendeine Krankheit zum Vorwand, um dem abendlichen Unterricht fernzubleiben. Wir aber gaben vor, wir hätten den Wunsch, uns nach der Gesundheit unseres Lehrers zu erkundigen. Wir traten überraschend in sein Zimmer; wir fanden ihn mit dem gefährlichen *Léonce* beschäftigt, die Augen voller Tränen, die von dem Reiz zeugten, die diese Lektüre auf ihn ausübte. Sanudo schien betreten. Wir taten so, als bemerkten wir es gar nicht; und bald erhielten wir einen neuen Beweis für die Veränderung, die im Herzen des unglücklichen Geistlichen eingetreten war.

Die Frauen Spaniens nehmen es ernst mit den Pflichten, die ihre Religion ihnen auferlegt, und verlangen jedesmal denselben Beichtiger. Man nennt das *buscar el su padre*. Daher kommt es, daß maßlose Spottvögel die Mehrdeutigkeit des Wortes benützen und beim Anblick eines Kindes in der Kirche fragen, ob es komme *buscar el su padre*.

Die Damen von Burgos hätten gern bei Pater Sanudo gebeichtet; aber der verletzliche Priester hatte erklärt, er befasse sich nicht damit, dem Gewissen von Personen weiblichen Geschlechts Anleitung zu erteilen. Am Tag nach der unseligen Lektüre verlangte jedoch eine der schönsten Frauen der Stadt nach dem Pater Sanudo, und er begab sich auf der Stelle in den Beichtstuhl. Man machte ihm darüber ein paar zweideutige Komplimente. Er antwortete darauf sehr ernsthaft, einen Feind, den er so lange bekämpft habe, brauche er nicht mehr zu fürchten. Die Patres glaubten ihm vielleicht; wir Schüler aber wußten, woran wir waren.

Sanudo schien sich indessen täglich mehr für die Geheimnisse zu interessieren, die das schöne Geschlecht vor dem Bußtribunal enthüllte. Er fand sich pünktlich im Beichtstuhl ein, fertigte eilig die älteren Damen ab und beschäftigte sich länger mit den jungen; und weiterhin lief er zum Fenster, um die schöne Lirias und die liebenswürdige Mendoza vorbeifahren zu sehen; wenn dann die Karosse vorüber war, wandte er geringschätzig die Augen ab.

Eines Tages, als wir im Unterricht sehr nachlässig gewesen waren und Sanudos Strenge zu spüren bekommen hatten, nahm mich Veyras mit geheimnisvoller Miene beiseite und sagte zu mir: »Wir sollten uns endlich an dem verdammten Pedanten rächen, der uns die schönsten Tage mit seinem Arrest verleidet und offensichtlich seinen Spaß daran hat, uns zu bestrafen. Ich denke an einen prachtvollen Steich; aber wir müßten ein Mädchen finden, das in der Figur der Lirias gleicht. Die Juanita, die Tochter des Gärtners, hilft uns ja sonst immer, aber dafür hat sie nicht genug Witz.«

»Mein lieber Veyras«, antwortete ich, »selbst wenn wir ein Mädchen mit der Figur der Lirias finden, ich weiß nicht, wie wir ihr deren reizendes Gesicht geben sollen.«

»In der Hinsicht habe ich kein Bedenken«, erwiderte Veyras; »die Frauen haben doch gerade für die Fastenzeit ihre Schleier angelegt, die sie *catafalcos* nennen; das ist eine Art Volants aus Krepp, die übereinanderfallen und sie so gut verhüllen, daß sie selbst für einen Ball nicht besser maskiert sein könnten. Die Juanita aber kann uns trotzdem nützlich sein, wenn schon nicht um eine Rolle zu spielen, dann wenigstens, um die neue Lirias und ihre Dueña zu kostümieren.«

Mehr sagte Veyras an jenem Tag nicht; eines schönen Sonntags aber sah Pater Sanudo, als er seinen Platz im Beichtstuhl eingenommen hatte, zwei Frauen hereintreten, die in weite Umhänge und Schleier gehüllt waren, deren eine sich, wie es in Spanien der Brauch ist, auf einer

Matte am Boden niederließ, während die andere als Büßerin vor ihn niederkniete. Diese, die sehr jung zu sein schien, war zwar zum Beichten gekommen, brach aber nur in Tränen aus und schluchzte erbärmlich. Sanudo tat, was er konnte, um sie zu beruhigen; sie aber wiederholte ständig: »Vater, erbarmen Sie sich meiner, ich habe eine Todsünde begangen!«

Schließlich sagte ihr Sanudo, da sie außerstande sei, ihm ihre Seele zu öffnen, solle sie am nächsten Tag wiederkommen. Die junge Sünderin trat aus dem Beichtstuhl hervor, warf sich vor den Altären nieder, betete lange und inbrünstig und verließ mit ihrer Begleiterin die Kirche.

»Es fällt mir wahrhaftig nicht leicht«, sagte der Zigeuner, indem er sich selbst unterbrach, »von solch sündhaften Spielen zu sprechen; nur unser jugendliches Alter könnte sie entschuldigen, und wenn ich nicht mit Ihrer Nachsicht rechnete, könnte ich es niemals wagen, meine Erzählung fortzusetzen.«

Jeder erwiderte, was ihm am förderlichsten schien, um dem Erzähler Mut zu machen, der folgendermaßen fortfuhr:

Am nächsten Tag zur gleichen Stunde erschienen die beiden Büßerinnen wieder, und Sanudo hatte schon lange auf sie gewartet. Die jüngere begab sich gleich wieder in den Beichtstuhl. Sie wirkte etwas beherrschter; es ging indessen nicht ohne eine Menge Tränen und Schluchzer ab; schießlich sprach sie mit silberheller Stimme die Worte: »Mein Vater, bis vor kurzem schien mein Herz, ganz im Einklang mit meinen Pflichten, für alle Zeiten fest auf dem Pfad der Tugend zu wandeln. Man bestimmte mir einen jungen und liebenswerten Gatten, und ich glaubte ihn zu lieben ...«

Hier begann aufs neue das Schluchzen; Sanudo aber flößte der jungen Person durch fromme, salbungsvolle Worte Mut ein, und sie fuhr fort: »Eine schlechtberatene Dueña lenkte meine Aufmerksamkeit allzu sehr auf die Vorzüge eines Mannes, dem ich nie angehören, ja, an den ich gar keinen Gedanken wenden darf; und dennoch vermag ich diese gotteslästerliche Leidenschaft nicht zu überwinden.«

Dem Wort »gotteslästerlich« glaubte Sanudo zu entnehmen, daß es sich hier um einen Priester, ja, vielleicht um ihn selbst handele. »Señorita«, sagte er mit bebender Stimme, »Ihre ganze Liebe sind Sie dem Gatten schuldig, auf den die Wahl Ihrer Eltern gefallen ist.«

»O mein Vater«, erwiderte die junge Person, »warum gleicht er denn nicht dem Mann, den ich liebe! Warum hat er nicht seinen sanften und strengen Blick, seine edlen und schönen Züge, seine Gestalt, sein Wesen!«

»Señorita«, sagte Sanudo, »das ist nicht die richtige Art zu beichten.«

»Das ist keine Beichte«, sagte die junge Person, »das ist ein Geständnis.« Und wie von Scham ergriffen erhob sie sich, eilte wieder zu ihrer Begleiterin, und beide verließen die Kirche. Sanudo folgte ihnen mit den Augen, und für den Rest des Tages schien er tief in Gedanken. Am nächsten Tag hielt er sich fast nur im Beichtstuhl auf; aber niemand erschien, ebensowenig wie am übernächsten.

Am dritten Tag zeigte sich wieder die junge Person mit ihrer Dueña, kniete im Beichtstuhl nieder und sagte zu Sanudo: »Mein Vater, ich glaube, diese Nacht hatte ich eine Offenbarung; Scham und Verzweiflung wollten mich überwältigen; mein böser Engel gab mir ein, mir eines meiner Strumpfbänder um den Hals zu schlingen; schon atmete ich nicht mehr. Plötzlich war es mir, als ob mir jemand in den Arm falle; ein helles Licht blendete meine Augen, und ich sah die heilige Therese, meine

Schutzheilige, vor meinem Bett stehen. Sie sprach zu mir: ›Meine Tochter, beichte morgen bei Pater Sanudo, und bitte ihn, dir eine Locke seines Haupthaares zu geben; sie wirst du auf dem Herzen tragen, und die Gnade wird gleich wieder darin einziehen.‹«

»Entfernen Sie sich«, sagte Sanudo, »knien Sie vor den Altären nieder und beweinen Sie Ihre Verirrung. Ich selbst werde für Sie die göttliche Barmherzigkeit erflehen.« Sanudo erhob sich, verließ den Beichtstuhl und zog sich in eine Kapelle zurück. Er blieb dort bis zum Abend und betete mit tiefster Inbrunst.

Am folgenden Tag zeigte sich die junge Person nicht; die Dueña erschien allein. Sie suchte den Beichtstuhl auf und sagte: »O mein Vater, ich bin hier, um Eure Vergebung für eine junge Sünderin zu erflehen, deren Seele von der ewigen Verdammnis bedroht ist. Sie sagt, sie komme nicht über die Strenge hinweg, mit der Sie ihr gestern begegnet sind. Sie haben ihr, sagt sie, eine heilige Reliquie verweigert, die Sie besitzen. Ihr Verstand geht in die Irre; sie sucht Mittel, sich selber auszutilgen. Gehen Sie, mein Vater; holen Sie die Reliquie, nach der sie verlangt hat. Ich warte auf Sie. Gehen Sie, verweigern Sie mir nicht diese Gnade.«

Sanudo verbarg sein Gesicht in seinem Tuch, erhob sich, verließ die Kirche und kam bald darauf zurück. Er hielt in der Hand ein kleines Reliquiar, übergab es der Dueña und sagte: »Señora, was ich Ihnen hier gebe, ist ein Splitter vom Schädel unseres heiligen Stifters. Eine Bulle des Heiligen Vaters verknüpft mit dieser Reliquie vielerlei Ablaß, und wir haben hier keine kostbarere. Möge Ihr Pflegling diese heiligen Überreste auf dem Herzen tragen, und der Himmel helfe ihr.«

Als die Reliquie in unsere Hände gelangt war, lösten wir in der Hoffnung, darin eine Haarlocke zu finden, ihre Fassung; aber wir fanden nichts. Sanudo war nur weichherzig und leichtgläubig, vielleicht auch eitel, aber tugendhaft und seinen Grundsätzen treu.

Nach dem Abendunterricht sagte Veyras zu Sanudo: »Mein Vater, warum dürfen die Priester nicht heiraten?«

»Zu ihrem Unglück in dieser Welt und vielleicht zu ihrer Verdammnis in jener«, antwortete Sanudo. Dann sagte er, indem er Veyras sehr streng anblickte: »Veyras, stellen Sie mir nie mehr solche Fragen!«

Am folgenden Tag erschien Sanudo nicht im Beichtstuhl; die Dueña verlangte ihn, aber ein anderer Geistlicher nahm seinen Platz ein. Wir wollten fast schon am Erfolg unserer abscheulichen Bosheit verzweifeln, als der Zufall uns über alles Erwarten zu Hilfe kam.

Als die junge Lirias mit dem Grafen von Fuen Castilla getraut werden sollte, wurde sie von einer gefährlichen Krankheit ergriffen. Sie verfiel in ein hitziges Fieber, das von einem Schlagfluß oder vielmehr einer Art Wahn begleitet war. Die ganze Stadt Burgos nahm Anteil an den beiden vornehmen Häusern, und die Kunde von dieser Krankheit verbreitete allgemeine Bestürzung. Die Theatinerpatres waren nicht die letzten, die davon erfuhren, und am Abend empfing Sanudo folgenden Brief:

Mein Vater,

Die heilige Therese ist ungehalten. Sie sagt, Sie hätten mich getäuscht; sie hat auch der Mendoza Vorwürfe gemacht. Warum hat sie mich auch Tag für Tag bei den Theatinern vorüberfahren lassen? Die heilige Therese liebt mich; anders als Sie ... Mein Kopf schmerzt zum Zerspringen ... Ich sterbe.

Dieser Brief war mit zitternder Hand geschrieben und fast unleserlich. Und weiter unten hatte eine andere Hand hinzugefügt:

Mein Vater, sie schreibt zwanzig solcher Billette am Tag. Jetzt ist sie zum Schreiben nicht mehr fähig. Beten Sie für uns, mein Vater; das ist alles, was ich Ihnen im Augenblick sagen kann.

Der Kopf des armen Sanudo hielt das alles nicht mehr aus; eine maßlose Verwirrung ergriff ihn. Er ging aus und ein, lief wieder weg, zog Erkundigungen ein; und am wohltuendsten fanden wir, daß er unsere Stunden ausfallen ließ, oder aber sie fielen wenigstens so kurz aus, daß wir sie aushielten, ohne uns zu langweilen. Eine befreiende Krise und irgendein schweißtreibendes Mittel retteten schließlich der reizenden Lirias das Leben. Die Nachricht von ihrer Genesung machte die Runde, und Sanudo erhielt einen Brief folgenden Inhalts:

Mein Vater,

Endlich ist die Gefahr vorüber; aber die Vernunft ist noch nicht wieder zurückgekehrt. Das junge Mädchen ist ständig auf dem Sprung, mir zu entfliehen und sich zu verraten. Sehen Sie zu, mein Vater, ob es Ihnen nicht möglich wäre, uns in Ihrer Zelle zu empfangen. Das Kloster wird erst gegen elf Uhr geschlossen, und wir könnten bei Einbruch der Nacht kommen. Vielleicht bewirken Ihre Vorhaltungen mehr als Ihre Reliquien. Wenn dieser Zustand anhält, werde ich wahrscheinlich auch wahnsinnig werden. Im Namen des Himmels, mein Vater, retten Sie die Ehre zweier vornehmer Häuser.

Dieser Brief erschütterte Sanudo derart, daß er nur mit Mühe den Weg zu seiner Zelle zurückfand. Dort schloß er sich ein, und wir lauerten an der Tür, um zu hören, was sich drinnen abspielte. Zuerst hörten wir ihn schluchzen und weinen, dann betete er mit tiefer Inbrunst. Darauf ließ er den Klosterpförtner kommen und sagte ihm: »Mein Bruder, wenn zwei Frauen nach mir verlangen, laßt sie unter keinen Umständen herein.«

Sanudo ging nicht zum Abendessen. Er verbrachte den Abend im Gebet. Gegen elf Uhr klopfte es an seiner Tür. Er öffnete. Ein junges Mädchen stürmte in seine Zelle und warf die Lampe um, die sogleich erlosch. In diesem Augenblick ließ sich die Stimme des Paters Präfekten hören, der nach Sanudo rief.

Als der Zigeuner diese Stelle seiner Erzählung erreicht hatte, kam einer seiner Leute heran, um mit ihm über Angelegenheiten seiner Bande zu sprechen, aber Rebekka sagte zu ihm: »Ich bitte Sie, unterbrechen Sie hier nicht Ihre Geschichte. Ich will heute noch unbedingt wissen, wie Sanudo sich aus einer so heiklen Lage retten konnte.«

»Señora«, sagte der Zigeuner, »ich muß mich ein paar Augenblicke mit diesem Mann befassen, und dann fahre ich mit meiner Geschichte fort.«

Wir lobten die Festigkeit, die Rebekka an den Tag gelegt hatte, und als der Zigeuner den Mann, der ihn in Anspruch nahm, abgefertigt hatte, nahm er also den Faden seiner Erzählung wieder auf:

Die Stimme des Paters Präfekten war also zu hören, der nach Pater Sanudo rief, der nur noch die Zeit fand, den Schlüssel in seiner Zellentür zweimal umzudrehen, und sich dann zu seinem Superior begab. Es hieße Ihrem Scharfsinn unrecht tun, wenn man annähme, Sie hätten nicht längst geahnt, daß die falsche Mendoza niemand anders war als Veyras und daß die schöne Lirias eben die Person war, die der Vizekönig von Mexiko heiraten wollte, also ich selber. Ich fand mich also in völliger Finsternis in Sanudos Zelle eingesperrt, und ich wußte nicht recht, wie man diesem Streich ein Ende machen könne, der nicht ganz nach unseren Vorstellungen abgelaufen war. Denn wir hatten Sanudo zwar leichtgläubig gefunden, aber niemals schwach oder heuchlerisch. Am besten wäre es wahrscheinlich gewesen, den Streich einfach abzubrechen und auf sich beruhen zu lassen. Die Hochzeit des Fräuleins von Lirias, die einige Tage später stattfinden sollte, und das Glück der beiden Gatten wären für Sanudo unlösbare Rätsel gewesen, die ihm sein ganzes Leben lang keine Ruhe gelassen hätten. Wir hatten uns aber an der Verlegenheit unseres Mentors weiden wollen, und ich zerbrach mir den Kopf, ob wir den letzten Akt unserer Komödie mit einem schallenden Gelächter oder einer boshaften Ironie beenden sollten. Noch beschäftigten mich diese niederträchtigen Überlegungen, als ich hörte, daß man die Tür aufschloß.

Sanudo trat ein, und ich war nicht auf den Eindruck gefaßt, den er auf mich machte. Er trug Chorhemd und Stola und trug in einer Hand einen Kerzenleuchter, in der anderen ein Kruzifix aus Ebenholz. Er stellte den Leuchter auf den Tisch, umfaßte das Kruzifix mit beiden Händen und sprach zu mir: »Señorita, Sie sehen mich im Ornat des Priesters, das Sie an den religiösen Charakter gemahnt, den es meiner ganzen Person verleiht. Als Priester eines Erlösergottes kann ich mein heiliges Amt nicht besser versehen als dadurch, daß ich Sie vom Rand des Abgrunds zurückreiße. Der Geist des Bösen hat Ihre Vernunft getrübt, um Sie auf die abschüssige Bahn des Lasters zu ziehen. Wenden Sie Ihre Schritte davon ab, Señorita; kehren Sie auf den Pfad der Tugend zurück. Zu Ihren Füßen sind nur Blumen gestreut. Ein junger Gatte reicht Ihnen die Hand. Er wurde Ihnen zugeführt von dem tugendhaften Greis, dessen Blut in Ihren Adern fließt. Ihr Vater war sein Sohn; und dieser Vater ist Ihnen beiden vorangeschritten zu dem Ort der reinen Seelen und weist Ihnen den Weg dorthin. Erheben Sie die Augen zu den Lichtern des Himmels; fürchten Sie den Lügengeist, der Ihre Blicke bannte und Sie unter den Dienern jenes Gottes, dessen ewiger Widersacher er ist, in die Irre gehen ließ ...«

Sanudo sprach noch mehr schöne Dinge, die meine Bekehrung hätten bewirken können, wenn ich wirklich Señorita de Lirias und verliebt in meinen Beichtvater gewesen wäre. Aber ich war nur ein mit Rock und Mantilla herausgeputzter Schlingel, der sehr beklommen war bei dem Gedanken, wie all das enden sollte. Sanudo schöpfte indessen Atem und sagte zu mir: »Kommen Sie, Señorita, ich habe alles vorbereitet, um Sie aus dem Kloster hinausgelangen zu lassen. Ich führe Sie zur Gärtnersfrau, und man gibt der Mendoza einen Wink, damit sie Sie hier abholen kann.«

Zugleich öffnete Sanudo die Tür; ich stürzte sofort darauf zu, um wegzulaufen, so schnell meine Beine mich trugen; und das hätte ich auch wirklich tun sollen; aber genau in diesem Augenblick gab mir ein böser Geist ein, meinen Schleier abzuwerfen, mich meinem Mentor an die Brust zu werfen und zu sagen: »Grausamer! Wollen Sie die liebende Lirias sterben lassen?«

Sanudo erkannte mich, und zuerst war er völlig fassungslos. Dann vergoß er Tränen; und mit allen Anzeichen tiefster Verzweiflung wiederholte er: »Mein Gott, mein Gott! Erbarme dich meiner! Wolle mich anleiten und erleuchten inmitten meiner Zweifel! Mein Gott, was soll ich nur tun?«

Der arme Lehrer flößte mir Mitleid ein. Ich umschlang seine Knie, bat ihn um Vergebung und schwor ihm, daß Veyras und ich das Geheimnis für uns behalten wollten.

Sanudo hob mich auf, ließ seine Tränen über mich strömen und sagte: »Armes Kind, kannst du denn meinen, ich sei in diesem Zustand aus Furcht, andere könnten auf meine Kosten lachen? Über dich weine ich. Du hast dich nicht gescheut, das Heiligste zu entweihen, das unsere Religion besitzt: Du hast dein Spiel getrieben mit dem heiligen Tribunal der Buße. Vor dem der Inquisition muß ich dich anklagen. Kerker und Folter sind dein Los.« Dann umarmte er mich mit dem Ausdruck des tiefsten Schmerzes und sagte: »Nein, mein Kind, gib deine Seele nicht der Verzweiflung hin. Vielleicht kann ich erreichen, daß man deine Bestrafung uns anheimstellt. Sie wird hart sein; aber sie wird nicht über dein weiteres Leben entscheiden.«

Nach diesen Worten schritt Sanudo hinaus, drehte hinter sich den Schlüssel zweimal im Schloß um und ließ mich in einer Niedergeschlagenheit zurück, die Sie sich vorstellen können und die ich nicht auszumalen versuche. Der Gedanke an ein Verbrechen war uns nie in den Sinn gekommen, und unsere gotteslästerlichen Einfälle waren uns nur als recht unschuldige Schelmereien erschienen. Die Züchtigungen, die mir drohten, jagten mir ein Entsetzen ein, das mir selbst die Fähigkeit zu weinen raubte. Ich weiß nicht, wie lange dieser Zustand dauerte. Endlich öffnete sich die Tür. Der Pater Präfekt trat herein, gefolgt vom Pönitentiar und zwei Männern, die mich unter den Armen faßten und mich über ich weiß nicht wie viele Gänge zu einem abgelegenen Gelaß führten. Sie stießen mich hinein, und ich hörte, wie sich mehrere Riegel hinter mir schlossen.

Ich faßte mich und schaute mich in meinem Gefängnis um. Der Mond leuchtete hell durch die Gitterstäbe des Fensters und ließ mich Wände erkennen, die mit Inschriften bekritzelt waren, und in einer Ecke ein Strohlager. Mein Fenster ging auf einen Friedhof hinaus. Unter einer Galerie waren drei in Leichentücher gehüllte Leichname auf ihren Bahren abgesetzt. Bei diesem Anblick erfaßte mich ein Grauen; ich wagte es nicht, mich weiter umzusehen, weder in meinem Kerker noch draußen.

Bald hörte ich vom Friedhof Geräusche, und ich sah,

wie dort ein Kapuzinermönch mit vier Totengräbern erschien. Sie traten zur Galerie, und der Kapuziner sagte: »Dies ist der Leichnam des Marqués de Valdornez; bringt ihn in die Kammer zum Einbalsamieren. Die beiden Christen aber werft in die gestern ausgehobene Grube.« Kaum hatte der Kapuziner seinen Satz beendet, als ich ein langgezogenes Ächzen vernahm und auf der Friedhofsmauer drei greuliche Gespenster erblickte.

Als der Zigeuner in seiner Erzählung bis hierher gelangt war, kam wieder der Mann, der uns schon das erste Mal unterbrochen hatte, und sprach mit ihm über die laufenden Angelegenheiten. Rebekka aber, dreist geworden durch ihren ersten Erfolg, sagte im gleichen Befehlston wie zuvor: »Herr Hauptmann, ich muß unbedingt wissen, was es mit diesen Gespenstern auf sich hatte; sonst gehe ich einfach nicht zu Bett!«

Der Zigeuner versprach, sie zufriedenzustellen; seine Abwesenheit währte tatsächlich nicht lange. Er kam zurück und nahm seine Erzählung wieder auf:

Ich sagte schon, daß sich drei greuliche Gespenster auf der Friedhofsmauer gezeigt hatten. Diese Erscheinung und das Ächzen, das sie begleitete, jagten den vier Totengräbern sowie ihrem Anführer, dem Kapuziner, einen tödlichen Schrecken ein. Angstschreie ausstoßend suchten sie das Weite. Auch ich hatte Angst; aber ihre Wirkung war völlig anders, ich blieb nämlich halb tot und wie angenagelt am Fenster stehen.

Ich sah also, wie zuerst zwei Gespenster von der Mauer in den Friedhof herabsprangen und dem dritten, das mit dem Herabsteigen etwas mehr Mühe zu haben schien, die Hand reichten. Danach erschienen weitere Gespenster, etwa zehn oder zwölf, die auch in den Friedhof heruntersprangen. Dann zog das schwerfällige Gespenst, dem die anderen zum Herabsteigen die Hand gegeben hatten, unter seinem weißen Leichentuch eine Blendlaterne hervor und trat in die Galerie, um die drei Toten in Augenschein zu nehmen; es wandte sich den anderen Gespenstern zu und erklärte: »Meine Freunde, dies ist der Leichnam des Marqués de Valornez. Sie haben verfolgen können, wie mich meine Kollegen, diese Esel, behandelt haben; sie haben sich indessen alle getäuscht, wenn sie die Krankheit des Marqués für eine Wassersucht in der Brust hielten. Ich allein, der Doktor Sangre Moreno, habe sie richtig als *Angina polyposa* diagnostiziert, die von den Meistern unserer Kunst so trefflich beschrieben wird.

Ich hatte indessen kaum die *Angina polyposa* genannt, als man beobachten konnte, wie sich die Mienen meiner ehrenwerten Kollegen, dieser ausgemachten Esel, veränderten. Wie Sie sehen konnten, zuckten sie mit den Schultern und wandten mir den Rücken zu, als ob ich ein unwürdiges Mitglied ihrer Zunft wäre. Ah wahrhaftig, dieser Doktor Sangre Moreno ist nicht würdig, als einer der ihren angesehen zu werden. Um sie zu führen und zur Vernunft zu bringen, wären Galiciens Eseltreiber und die Maultiertreiber der Estremadura nötig. Aber der Himmel ist gerecht; letztes Jahr hatten wir ein großes Rindersterben; wenn die Viehseuche dieses Jahr wieder auftritt, seien Sie sicher, daß keiner meiner Kollegen ihr entkommt; dann beherrscht der Doktor Sangre Morena das Schlachtfeld, und Sie, meine lieben Schüler, können die Standarte der chemischen Medizin aufpflanzen. Sie haben es erlebt, daß ich die junge Lirias einzig durch die Wirkung einer glücklichen Mischung aus Phosphor und Antimon gerettet habe. Die Halbmetalle und ihre ausgeklügelten Verbindungen, das sind unsere machtvollen Heilmittel, mit denen sich alle Übel bekämpfen und zur Strecke bringen lassen – nicht aber die Wurzeln und

Kräuter, die nur dazu gut sind, von meinen ehrenwerten Kollegen, diesen ausgemachten Eseln, abgefressen zu werden.

Meine lieben Schüler, Sie waren Zeugen davon, wie inständig ich die Marquesa de Valornez bat, sie möge mir die Erlaubnis geben, bloß die Spitze des Skalpells in die Luftröhre des erlauchten Marqués eintauchen zu lassen; aber von meinen Feinden irregeleitet, hat die Marquesa niemals zustimmen wollen. Endlich bin ich nun in der Lage, meine Beweise zu liefern. Ah! Wie sehr betrübt es mich, daß der erlauchte Marqués nicht der Öffnung seines eigenen Körpers beiwohnen kann! Mit welchem Vergnügen könnte ich ihm die hydratische und polypenartige Materie zeigen, die in den Bronchien wurzelt und sich bis in den Kehlkopf verzweigt.

Aber was rede ich denn? Der geizige Kastilianer, den die Fortschritte der Wissenschaft gleichgültig lassen, enthält uns vor, was ihm selbst keinen Nutzen mehr bringen kann. Hätte der Marqués die geringste Neigung zur Medizin gehabt, so hätte er uns seine Lunge, seine Leber und seine Eingeweide hinterlassen, die ihm ja doch nicht mehr dienlich sein können. Aber nein, mit Gefahr für Leib und Leben müssen wir nun den Ort des Todes schänden und den Grabesfrieden stören.

Doch wie dem auch sei, meine lieben Schüler, je mehr Widerständen man begegnet, desto größer ist der Ruhm, sie zu überwinden. Also Mut gefaßt, führen wir das große Unternehmen zu Ende! Auf drei Pfiffe hin werden Ihre Gefährten, die jenseits der Mauer warten, die Leitern herübergeben, und sogleich entführen wir den erlauchten Marqués. Wir müssen ihn dazu beglückwünschen, daß er an einer so seltenen Krankheit gestorben ist, aber mehr noch dazu, daß er so fähigen Männern in die Hände geriet, die sein Leiden erkannten und es beim rechten Namen nannten.

In wenigen Tagen werden wir imstande sein, hier eine vornehme Persönlichkeit in Empfang zu nehmen, deren Tod durch ... Aber still, man soll nicht alles sagen.«

Als der Doktor seine Rede beendet hatte, stieß einer seiner Schüler drei Pfiffe aus, und über die Mauer senkten sich Leitern herab. Dann wurde der Leichnam des Marqués mit Stricken umschnürt und über die Mauer gezogen; die Gespenster stiegen hinterher, worauf die Leitern wieder zurückgezogen wurden.

Hier muß ich Ihnen nun von einer besonderen Bestattungsart berichten, die in einigen Klöstern Spaniens und Siziliens der Brauch ist. Man baut kleine, dunkle Grüfte, in denen jedoch durch kunstvoll angelegte Lüftungskanäle ein starker Luftzug entsteht. In diesen Grüften setzt man Leichname bei, die man konservieren will; die Dunkelheit bewahrt sie vor Insekten, und der Luftstrom trocknet sie aus. Nach sechs Monaten wird die Gruft geöffnet. Ist die Prozedur gelungen, veranstalten die Mönche eine Prozession zur Familie des Toten, um sie zu beglückwünschen; dann legen sie dem Toten das Habit der Kapuziner an und verbringen ihn in eine Gruft, die zwar nicht eigentlich für die Leichname von Heiligen vorgesehen ist, aber für solche, deren Heiligkeit im Bereich des Möglichen liegt. In diesen Klöstern begleitet der Leichenzug den Toten nur bis zur Friedhofspforte, wo Laienbrüder ihn in Empfang nehmen, um mit ihm nach den Anordnungen ihres Superiors zu verfahren. Gewöhnlich brachte man die Leichname abends. Die Superioren gingen miteinander zu Rate, und in der Nacht wurden die Toten zum Ort ihrer Bestimmung gebracht. Viele Leichname waren nicht mehr in einem Zustand, der ihre Konservierung erlaubt hätte.

Die Kapuziner hatten die Absicht, den Marqués de Valornez austrocknen zu lassen. Sie wollten sich gerade ans Werk machen, als die Totengräber von den Gespenstern in die Flucht geschlagen wurden. Sie erschienen vor Anbruch des Tages wieder, auf Zehenspitzen und dicht aneinander gedrängt; sie erschraken heftig, als sie bemerkten, daß der Leichnam des Marqués verschwunden war; sie meinten, der Teufel habe ihn geholt. Bald darauf zogen alle Mönche heran, bewaffnet mit Weihwasserwedeln, sprengten heiliges Wasser und plärrten aus Leibeskräften ihre Beschwörungsformeln. Ich aber konnte mich vor Müdigkeit nicht mehr auf den Beinen halten, warf mich aufs Stroh und schlief sofort ein.

Am folgenden Tag galt mein erster Gedanke den Züchtigungen, von denen ich bedroht war, und der zweite den Möglichkeiten, mich ihnen zu entziehen. Veyras und ich hatten so viele Speisekammern ausgeräumt, daß wir mit Klettereien ganz vertraut waren. Wir hatten auch gelernt, wie man das Eisengitter eines Fensters löst und unbemerkt wieder einsetzt. Mit einem Messer, das ich in der Tasche trug, zog ich einen Nagel aus dem Fensterholz. Mit diesem Nagel kratzte ich einen Gitterstab aus seiner Verankerung. Bis zum Mittag arbeitete ich daran ununterbrochen.

Dann öffnete sich die Klappe in meiner Tür, und ich erkannte darin das Gesicht eines Laienbruders, der in unserem Schlafsaal seinen Dienst verrichtete. Er reichte mir Brot und einen Krug Wasser herein und fragte mich, ob er etwas für mich tun könne. Ich bat ihn, den Pater Sanudo für mich aufzusuchen und ihn zu beschwören, mir Bettlaken und eine Decke bringen zu lassen, da es zwar gerecht sei, daß ich bestraft, nicht aber, daß ich unreinlich würde. Dieses Argument wurde günstig aufgenommen, und man schickte mir das Gewünschte; dazu brachte man mir, um mich bei Kräften zu halten, etwas Fleisch. Ich informierte mich nebenbei, wie es Veyras ergangen war, erfuhr, daß man ihn nicht belangt hatte, und nahm zufrieden zur Kenntnis, daß man nicht auf der

Suche nach Schuldigen war. Ich fragte, wann meine Bestrafung beginnen werde. Der Laienbruder antwortete, er wisse es nicht; man lasse aber den Schuldigen gewöhnlich drei Tage Zeit, damit sie in sich gehen könnten. Ich brauchte nicht mehr zu wissen und war beruhigt.

Das Wasser, das man mir gebracht hatte, benützte ich, um die Verankerung des Gitterstabs zu befeuchten, den ich herauslösen wollte, und dieses Werk machte gute Fortschritte; der Gitterstab war am Morgen des dritten Tages gänzlich freigelegt. Darauf zerschnitt ich meine Laken und die Decke und knüpfte daraus eine Kette, die einer Strickleiter sehr ähnlich sah, und ich wartete für meinen Ausbruch nur noch auf die Nacht. Es war auch Zeit, dafür Vorsorge zu treffen, denn der Aufseher teilte mir mit, daß am folgenden Tage eine Kommission über mich zu Gericht sitzen werde, die aus Theatinern unter dem Vorsitz eines Mitglieds des Heiligen Offiziums bestand.

Gegen Abend brachte man einen Leichnam, der von einem schwarzen Tuch mit silbernen Fransen bedeckt war. Ich nahm an, es handele sich um den großen Herrn, von dem Sangre Moreno gesprochen hatte.

Als die Nacht stockfinster war und eine fast vollkommene Stille herrschte, hob ich die Gitterstange heraus, band die Strickleiter fest und wollte gerade hinaussteigen, als auf der Mauer wieder die Gespenster erschienen. Es waren, wie Sie sich denken können, die Schüler des Doktors. Sie traten sofort auf den hingeschiedenen großen Herrn zu und trugen ihn fort, ohne sich jedoch an dem schwarzen, mit Silberfransen geschmückten Tuch zu vergreifen.

Als sie verschwunden waren, öffnete ich mein Fenster und gelangte aufs glücklichste hinab. Ich wollte nun eine der Totenbahren an die Mauer lehnen und sie als Leiter benützen.

Während ich mich dazu anschickte, hörte ich, wie die Friedhofstür geöffnet wurde. Ich lief in die Galerie, um mich zu verstecken; ich legte mich auf die Bahre und zog das Fransentuch über mich, hob aber eine Ecke davon an, um zu sehen, wer kam.

Zuerst erblickte ich einen Junker in schwarzem Gewand, in einer Hand eine Fackel, den Degen in der anderen; dann traten Lakaien in Trauerlivree herein, schließlich eine Dame von wunderbarer Schönheit, von Kopf bis Fuß in schwarzen Krepp gehüllt.

Die trauernde Schöne trat bis auf wenige Schritte an meine Bahre heran; dann sank sie auf die Knie und stieß die jammervollen Worte hervor: »O ihr verehrten Reste des teuersten Gatten, warum kann ich nicht als eine andere Artemisia Ihre Asche in mein Getränk mischen. Sie könnte mit meinem Blut meinen Leib durchströmen und meinem Herzen, das immer nur für Sie geschlagen hat, wieder Leben schenken; da es mir meine Religion aber verbietet, Ihnen als lebendes Grab zu dienen, will ich Sie wenigstens dem Staub all dieser Toten entreißen. Ich will alle Tage mit meinen Tränen die Blumen begießen, die aus Ihrem Grabe wachsen, in dem uns mein letzter Seufzer in Bälde vereinen wird.«

Auf diese Worte hin wandte sich die Dame zu ihrem Junker und sprach: »Don Diego, lassen Sie den Leichnam Ihres Herrn mit uns führen; wir begraben ihn dann bei der Gartenkapelle.«

Sogleich nahmen vier stämmige Diener meine Bahre auf; und wenn sie einen Toten zu tragen glaubten, täuschten sie sich kaum, denn ich war halb tot vor Entsetzen.

Als der Zigeuner diese Stelle seiner Erzählung erreicht hatte, suchte man ihn in Angelegenheiten seiner Bande. Er verließ uns, und wir sahen ihn den ganzen Tag nicht mehr.

Siebenundzwanzigster Tag

An diesem Tag blieben wir noch am gleichen Ort. Der Zigeuner hatte keine Geschäfte, und Rebekka ergriff die erste Gelegenheit, ihn um die Fortsetzung seiner Geschichte anzugehen. Er ließ sich nicht lange bitten und begann zu erzählen:

Fortsetzung der Geschichte des Zigeunerhauptmanns

Während ich auf meiner Bahre fortgetragen wurde, hatte ich durch das schwarze Tuch, das mich bedeckte, ein Loch gebohrt. Ich sah, daß die Dame in eine schwarz verhängte Sänfte gestiegen war, daß ihr Junker ihr zu Pferde folgte und daß meine Träger einander ablösten, um schneller voranzukommen. Wir hatten Burgos durch ich weiß nicht welches Tor verlassen und zogen etwa eine Stunde lang weiter, worauf wir vor einem Garten anhielten; durch ihn wurde ich in einen Pavillon getragen, in dem man mich in der Mitte eines schwarz ausgeschlagenen und von einigen Lampen nur recht schwach erhellten Saales absetzte. »Don Diego«, sagte die Dame zu ihrem Junker, »ziehen Sie sich nun zurück, ich aber will noch die geliebten Überreste meines Gatten beweinen, mit dem mich mein Schmerz bald vereinen wird.«

Als die Dame allein war, setzte sie sich vor mir nieder und sprach: »Grausamer, dahin also hat dich deine erbarmungslose Wut gebracht. Du hast uns verurteilt, ohne uns anzuhören. Wie willst du das vor dem schrecklichen Gericht der Ewigkeit verantworten?«

In diesem Augenblick erschien eine andere Frau. Sie schwang in der Hand einen Dolch und erweckte ganz und gar den Eindruck einer Furie. »Wo sind die abscheulichen Reste dieses Ungeheuers in menschlicher Gestalt?« rief sie. »Ich will wissen, ob er Eingeweide hatte; ich will sie zerfetzen, ich will sein gnadenloses Herz herausreißen; mit den Händen will ich es zermalmen; ich muß meiner Wut freien Lauf lassen.«

Hier schien es mir an der Zeit, mich zu erkennen zu geben. Ich warf das schwarze Tuch ab, fiel der Dame, die gerade gesprochen hatte, zu Füßen und rief: »Señora, haben Sie Mitleid mit einem armen Schüler, der sich unter dem Bahrtuch versteckte, um der Peitsche zu entgehen.«

»Kleiner Unglücksrabe«, sagte die Dame, »wo ist denn der Leichnam des Herzogs von Sidonia?«

»Er ist in den Händen des Doktors Sangre Moreno«, erwiderte ich, »dessen Schüler ihn heute nacht entführt haben.«

»Gerechter Himmel«, rief die Dame, »er hat als einziger erkannt, daß der Herzog an Gift gestorben ist. Ich bin verloren!«

»Fürchten Sie nichts«, sagte ich zu ihr, »der Doktor wird es niemals wagen, den Leichenraub einzugestehen, den er im Friedhof der Kapuziner betreibt; und diese, im Glauben, daß der Teufel die verschwundenen Leichen geholt hat, werden sich wohl hüten zuzugeben, daß Satan in den Mauern ihres Klosters so viel Macht an sich gerissen hat.«

Da blickte mich die Dame mit dem Dolch streng an und sprach: »Und du, kleiner Unglücksrabe, wer bürgt uns für dein Schweigen?«

»Señora«, antwortete ich, »ich soll heute durch eine Kommission von Theatinern unter dem Vorsitz eines

Mitglieds der Inquisition abgeurteilt werden; sie werden mich sicher zu tausend Peitschenhieben verurteilen. Ich bitte Sie fußfällig, versichern Sie sich meiner Verschwiegenheit, indem Sie mich allen Blicken entziehen.«

Die Dame mit dem Dolch öffnete, statt zu antworten, eine Falltür, die in einer Ecke des Saals angebracht war, und bedeutete mir hinabzusteigen. Ich gehorchte, und die Falltür schloß sich über mir. Ich stieg eine sehr finstere Treppe hinab und gelangte in ein ebenso dunkles Kellergelaß. Ich stieß gegen einen Pfosten. Mit den Händen ertastete ich Ketten; dann fanden meine Füße Widerstand an einer Grabplatte, auf der ein Metallkreuz stand. Diese traurigen Gegenstände luden nicht gerade zum Schlafen ein; ich befand mich indessen in dem glücklichen Alter, in dem man allem zum Trotz schläft. Ich streckte mich auf der Marmorplatte aus und war in kürzester Zeit eingeschlummert.

Am nächsten Tag sah ich beim Erwachen mein Gefängnis durch eine Leuchte erhellt, die in einem anderen Gelaß brannte, das von dem meinen durch Eisenstangen abgetrennt war. An diesem Gitter zeigte sich nach kurzer Zeit die Dame mit dem Dolch, um dort einen mit weißem Tuch bedeckten Korb abzusetzen. Sie wollte zu mir sprechen, wurde aber von ihren Tränen daran gehindert. Sie verließ mich und gab mir mit Gebärden zu verstehen, daß dieser Ort schreckliche Erinnerungen in ihr wecke. In ihrem Korb fand ich reichlich Mundvorrat und einige Bücher. Vor der Züchtigung war ich also gerettet, auch war ich sicher, daß ich keinen Theatiner sehen müßte, und alle diese Erwägungen bewirkten, daß mein Tag höchst angenehm verlief.

Am Tag darauf wurde mir das Essen von der jungen Witwe gebracht. Auch sie wollte sprechen, brachte aber die Kraft dazu nicht auf und zog sich zurück, ohne auch nur ein Wort hervorbringen zu können.

Am nächsten Tag kam sie wieder. Sie trug den Korb am Arm und in der Hand ein großes Kruzifix. Sie schob mir den Korb durch die Gitterstäbe zu. Dann lehnte sie das Kruzifix an die Wand, sank auf die Knie und sprach folgendes Gebet: »Oh mein Gott! Unter diesem Marmor ruhen die geschändeten Gebeine eines zärtlichen und sanften Menschen. Er wohnt jetzt gewiß bei den Engeln, deren Abbild er auf Erden war. Gewiß erbittet er deine Gnade für seinen unmenschlichen Mörder, für die, die seinen Tod rächte, und für die Unglückliche, deren Schicksal es war, unfreiwillig zur Mitschuldigen und zum Opfer so vieler Greuel zu werden.«

Dann fuhr die Dame mit leiser Stimme, aber großer Inbrunst in ihrem Gebet fort. Schließlich erhob sie sich, näherte sich dem Gitter und sagte mit ruhigerer Stimme: »Sagen Sie mir, mein junger Freund, ob es Ihnen an etwas fehlt und was wir für Sie tun können.«

»Señora«, antwortete ich ihr, »ich habe eine Tante namens Dalanosa, die in der Theatinerstraße wohnt. Ich wünschte wohl, daß sie erführe, daß ich lebe und in Sicherheit bin.«

»Ein solcher Auftrag könnte uns gefährden«, sagte die Dame. »Ich verspreche Ihnen dennoch, nach Möglichkeiten zu suchen, wie wir Ihre Tante beruhigen können.«

»Señora«, erwiderte ich ihr, »Sie sind die Güte in Person. Der Gatte, der Ihr Unglück verschuldete, muß gewiß ein Ungeheuer gewesen sein.«

»Ach«, seufzte die Dame, »wie irren Sie sich doch; der Herzog von Medina Sidonia war der beste und mitfühlendste aller Männer.«

Am folgenden Tag brachte mir die andere Dame meine Nahrung. Sie schien mir weniger erregt, oder wenigstens war sie mehr Herrin ihrer selbst. »Mein Kind«, sagte sie zu mir, »ich selbst bin bei Señora Dalanosa gewesen. Diese Dame scheint für Sie die Zärtlichkeit einer

Mutter zu empfinden, und Sie haben sicher keine Eltern mehr.«

Ich antwortete, daß ich wirklich bei der Geburt meine Mutter verlor; und daß mein Vater, da mich das Mißgeschick in sein Tintenfaß fallen ließ, mich auf immer aus seinem Umkreis verbannt habe.

Die Dame verlangte nach einer Erklärung dessen, was ich ihr gesagt hatte. Ich erzählte ihr meine Geschichte, die ihr ein Lächeln zu entlocken schien. Sie sagte: »Mein Kind, ich glaube, ich habe gelächelt; das ist mir seit langem nicht geschehen. Ich hatte einen Sohn; er ruht unter dem Marmor, auf dem Sie sitzen. In Ihnen möchte ich ihn wiederfinden. Ich gab der Herzogin von Sidonia die Brust. Ich bin nur eine Frau aus dem Volk; aber ich habe ein Herz, das auch liebt und haßt; und Menschen dieser Art sind nie zu verachten.«

Ich dankte der Dame und versicherte ihr, daß ich ihr stets die Gefühle eines Sohnes entgegenbringen wolle.

Auf die Art verstrichen mehrere Wochen. Die beiden Damen gewöhnten sich alle Tage mehr an mich. Die Amme behandelte mich wie einen Sohn, und die Herzogin schien mir gegenüber schwesterliche Gefühle zu empfinden; oft verbrachte sie im Keller mehrere Stunden.

Eines Tages erschien sie etwas weniger traurig als sonst; ich wagte es, sie um die Geschichte ihres unseligen Schicksals zu bitten. Lange sträubte sie sich. Endlich entschloß sie sich, meinen inständigen Bitten nachzugeben, und berichtete:

Die Geschichte der Herzogin von Medina Sidonia

Ich bin die einzige Tochter von Don Emanuel de Val Florida, einst erstem Staatssekretär, seit kurzem verstorben, geehrt durch die Trauer seines Herrn und, wie man mir sagte, durch die mehrerer mit unserem mächtigen Monarchen verbundenen Könige. Ich kannte diesen ehrwürdigen Mann erst in den letzten Jahren seines Lebens.

Meine Jugend verbrachte ich in Asturien bei meiner Mutter, die, seit den ersten Jahren ihrer Ehe von ihrem Gatten getrennt, bei ihrem Vater lebte, dem Marqués von Astorgas, dessen einzige Erbin sie war. Ich weiß nicht, mit welchem Recht meiner Mutter von ihrem Gatten die Zuneigung entzogen wurde; aber ich weiß, daß der langwährende Kummer ihres Lebens ausgereicht hätte, die schwersten Verfehlungen zu sühnen. Ihr ganzes Wesen schien von Schwermut durchdrungen. Ihr Blick brach immer durch Tränen, und in ihrem Lächeln lag Schmerz. Selbst ihr Schlaf war nicht frei von Gram. Seufzen und Stöhnen unterbrachen seinen Frieden. Nicht daß eine vollständige Trennung geherrscht hätte; meine Mutter empfing regelmäßig Briefe ihres Gatten und antwortete ihm entsprechend. Zweimal hatte sie ihn in Madrid besucht; das Herz dieses Gatten hatte sich jedoch für immer verschlossen. Die Seele der Marquesa war liebevoll und zärtlich. Sie wandte alle Zuneigung ihrem Vater zu, und dieses Gefühl, das sie bis zur Schwärmerei trieb, milderte ein wenig die Bitterkeit ihres langen Elends.

Was mich betrifft, so fiele es mir schwer, das Gefühl zu benennen, das meine Mutter mir gegenüber hegte. Sicher liebte sie mich; aber man hätte sagen können, daß sie sich davor fürchtete, in mein Geschick einzugreifen. Weit entfernt davon, mir Lehren zu erteilen, wagte sie es kaum, mir Ratschläge zu geben. Kurz gesagt, wenn ich es Ihnen schon eingestehen muß, da sie sich gegen die Tugend vergangen hatte, glaubte sie sich nicht würdig, sie ihre Tochter zu lehren. Die Vernachlässigung, in der ich gleichsam aufwuchs, hätte mich zweifellos der Vorteile einer guten Erziehung beraubt, wenn ich nicht die Giralda gehabt hätte, zuerst als Amme, dann als meine Gouvernante. Sie kennen sie; Sie wissen, daß sie eine große Seele und einen wohlgebildeten Geist hat. Sie hat alles getan, um aus mir die glücklichste der Frauen zu machen. Aber das unerbittliche Schicksal siegt über alle Fürsorge. Giraldas Mann war durch sein draufgängerisches, aber zwielichtiges Wesen bekannt. Als er gezwungen war, Spanien zu verlassen, hatte er sich nach Amerika eingeschifft und ließ nichts mehr von sich hören. Die Giralda hatte von ihm nur einen einzigen Sohn empfangen, der mein Milchbruder war. Dieses Kind war von geradezu wunderbarer Schönheit, was ihm den Übernamen Hermosito eintrug, den er während der ganzen kurzen Spanne seines Lebens beibehielt. Die gleiche Milch hatte uns genährt, oft hatten wir in der gleichen Wiege geruht. Bis zu unserem siebenten Jahr nahm unsere Vertrautheit nur zu. Da dachte die Giralda, es sei an der Zeit, ihren Sohn über den Standesunterschied und den großen Abstand zu belehren, den das Geschick zwischen ihn und seine junge Freundin gesetzt hatte.

Als wir eines Tages einen kindlichen Streit geführt hatten, rief die Giralda ihren Sohn heran und erklärte ihm in sehr ernstem Ton: »Mein Sohn, vergiß niemals, daß Fräulein von Val Florida deine Herrin ist und auch die meine und daß wir nur die ersten Diener des Hauses sind.«

Hermosito ließ es sich gesagt sein; er hatte keinen anderen Willen mehr als den meinen. Er machte daraus sogar sein Studium, um ihn erahnen und ihm zuvorkommen zu können. Dieser völlige Gehorsam schien einen unaussprechlichen Zauber auf ihn auszuüben; und ich fand großen Gefallen daran zu sehen, wie er mir in allem und jedem gehorchte.

Die Giralda sah bald die Gefahren, die sich aus der neuen Art unserer Beziehung zueinander ergaben, und faßte den Vorsatz, uns zu trennen, sobald wir dreizehn Jahre alt würden. Da sie glaubte, sie könne mit Sicherheit unseren Empfindungen füreinander Grenzen setzen, dachte sie nicht mehr daran und wandte ihre Aufmerksamkeit anderen Dingen zu.

Wie Sie wissen, ist die Giralda ein sehr gebildeter Mensch. Frühzeitig legte sie uns einige gute spanische Autoren in die Hand und vermittelte uns eine allgemeine Vorstellung von der Geschichte. Da sie auch unser Urteilsvermögen heranbilden wollte, ließ sie uns zu unserer Lektüre Überlegungen anstellen und zeigte uns, wie man sie zum Gegenstand nützlichen Nachdenkens machen könne. Wenn Kinder anfangen, Geschichtsbücher zu lesen, nehmen sie gewöhnlich leidenschaftlich an den Personen Anteil, welche die glanzvollste Rolle spielen. In diesen Fällen wurde mein Held sogleich auch der meines jungen Freundes. Und wenn ich einen anderen Helden erwählte, verfiel auch er sogleich in meine neue Schwärmerei.

Ich hatte mich an Hermositos Ergebenheit so vollkommen gewöhnt, daß mich sein leisestes Widerstreben sehr verblüfft hätte. Aber das stand nicht zu befürchten, und ich war gezwungen, meiner Autorität selbst Grenzen zu setzen oder sie doch wenigstens maßvoll zu gebrauchen. Eines Tages wünschte ich eine glänzende Muschel zu besitzen, die ich am Boden eines tiefen und klaren Gewässers erspähte; Hermosito stürzte sich auf der Stelle hinein und wäre fast ertrunken. Als er ein anderes Mal ein Nest erreichen wollte, das zu sehen mich gelüstete, brach unter ihm ein Ast, er stürzte und zog sich böse Verletzungen zu. Von da an äußerte ich meine Wünsche nur vorsichtig; zugleich fand ich es aber sehr schön, so viel Macht zu besitzen und mich ihrer nicht zu bedienen. Das war für mich, wenn ich mich recht erinnere, die erste Anwandlung von Stolz. Ich glaube, daß ich seither noch weitere erlebt habe.

So ging unser dreizehntes Lebensjahr vorüber. An

dem Tag, an dem Hermosito es beendete, sagte seine Mutter zu ihm: »Mein Sohn, heute haben wir die dreizehnte Wiederkehr des Tages deiner Geburt gefeiert. Du bist kein Kind mehr, und du kannst nicht mehr so nahen Umgang mit dem Fräulein haben wie bisher. Nimm Abschied von ihr, und morgen brichst du nach Navarra zu deinem Großvater auf.«

Die Giralda hatte ihren Satz noch nicht beendet, da verfiel Hermosito in die schrecklichste Verzweiflung. Er weinte, verlor das Bewußtsein, kam wieder zu sich und weinte aufs neue. Ich selbst war mehr damit beschäftigt, ihn zu trösten, als daß ich seinen Schmerz geteilt hätte. Ich sah ihn als ganz und gar von mir abhängiges Wesen an, das sozusagen nur mit meiner Erlaubnis zu atmen wagte. Ich fand also, daß seine Verzweiflung etwas ganz Natürliches sei, war jedoch weit davon entfernt zu glauben, ich schulde ihm die geringste Erwiderung. Überdies war ich zu jung und zu sehr an seinen Anblick gewöhnt, als daß seine wunderbare Schönheit auf mich hätte Eindruck machen können.

Die Giralda gehörte nicht zu den Menschen, die man mit Tränen rührt. Hermositos Tränen fruchteten nichts. Er mußte abreisen; aber zwei Tage später kam der Maultiertreiber, dem man ihn anvertraut hatte, mit betrübter Miene zurück, um uns zu berichten, daß er beim Durchqueren eines Waldes seine Tiere nur fünf Minuten lang verlassen und ihn bei seiner Rückkehr nicht mehr gefunden habe; er habe vergeblich nach ihm gerufen, ihn dann im ganzen Wald gesucht, und offensichtlich hätten ihn die Wölfe gefressen.

Die Giralda schien weniger bekümmert als überrascht zu sein. »Sie werden sehen«, sagte sie, »dieser kleine Dickkopf kommt zurück.«

Sie täuschte sich nicht. Bald war der junge Ausreißer wieder da. Er umfaßte die Knie seiner Mutter und sagte zu ihr: »Ich bin geboren, um Fräulein von Val Florida zu dienen; und ich sterbe, wenn mir dies Haus verboten wird.«

Wenige Tage später erhielt die Giralda einen Brief ihres Gatten, der seit langer Zeit keine Nachricht mehr geschickt hatte. Er schrieb, daß er in Veracruz ein Vermögen erworben habe, und fügte hinzu, wenn sein Sohn noch lebe, wäre er glücklich, ihn bei sich zu haben. Die Giralda, die um jeden Preis ihren Sohn entfernen wollte, ergriff die Gelegenheit und nahm diesen Vorschlag an.

Hermosito wohnte seit seiner Rückkehr nicht mehr im Schloß. Er war in einem Gut an der Meeresküste untergebracht, das uns gehörte. Eines Morgens suchte seine Mutter ihn dort auf und zwang ihn, ein Fischerboot zu besteigen, dessen Eigentümer ihr versprochen hatte, ihn an Bord eines amerikanischen Schiffes zu bringen. Hermosito gehorchte ihr; bei Nacht jedoch sprang er ins Wasser und erreichte schwimmend die Küste. Die Giralda zwang ihn abermals, sich einzuschiffen. All dies waren Opfer, die sie der Pflicht brachte. Es war ihr anzusehen, welche Überwindung es sie kostete.

Alle Vorfälle, von denen ich jetzt berichtete, hatten sich kurz hintereinander ereignet; sehr traurige folgten darauf. Mein Großvater erkrankte; meine Mutter, an der seit langem ein Siechtum zehrte, hatte nicht mehr die für seine Pflege erforderliche Kraft und vereinte ihren letzten Seufzer mit dem des Marqués von Astorgas.

In Asturien hatte man Tag für Tag meinen Vater erwartet. Der König konnte sich indessen nicht entschließen, ihn zu beurlauben, und man sagte, daß Staatsangelegenheiten seine Abwesenheit nicht zuließen. Der Marqués von Val Florida schrieb in den bewegendsten Worten an die Giralda und trug ihr auf, mich schleunigst nach Madrid zu bringen. Mein Vater hatte alle Bedienten des Marqués von Astorgas, dessen einzige Erbin ich war, in seine Dienste übernommen. Sie brachen mit mir zusammen auf und bildeten mein glänzendes Gefolge. Übrigens kann die Tochter eines Staatssekretärs immer sicher sein, von einem Ende Spaniens bis zum anderen gut empfangen zu werden, und die Ehrungen, die mir auf dieser Reise zuteil wurden, trugen, wie ich meine, dazu bei, in meinem Kopf hochfliegende Pläne entstehen zu lassen, die seither mein Schicksal bestimmen sollten. Von dieser Empfindung lenkte mich, wie wir uns Madrid näherten, eine andere Art Hochmut ab. Ich hatte erlebt, wie die Marquesa von Val Florida ihren Vater bis zur Anbetung liebte, daß sie ihn geradezu abgöttisch verehrte, daß sie nur für ihn atmete und lebte, mir aber mit einer gewissen Kälte begegnete. Jetzt sollte mir ein Vater gehören. Ich nahm mir fest vor, ihn von ganzem Herzen zu lieben, ja ich wollte zu seinem Glück beitragen. Diese Hoffnung machte mich stolz, ich vergaß meine vierzehn Jahre und hielt mich für erwachsen; dabei hatte ich mein vierzehntes Lebensjahr noch nicht beendet.

Mit diesen schmeichelhaften Vorstellungen ging ich noch um, als mein Wagen in das Tor unseres Stadthauses einfuhr. Mein Vater kam mir die Treppe herunter entgegen und streichelte mich mit unendlicher Zärtlichkeit. Kurz darauf rief ihn ein Befehl des Königs an den Hof. Ich zog mich in meine Gemächer zurück; aber ich war voller Erregung und verbrachte die Nacht schlaflos.

Am nächsten Morgen ließ mein Vater mich rufen. Er nahm gerade seine Schokolade und ließ mich mit ihm zusammen frühstücken. Dann sprach er zu mir: »Meine liebe Eleonora, ich bin voll Traurigkeit, und so ist meine Stimmung ein wenig düster geworden; da Sie mir aber wiedergegeben sind, hoffe ich, daß meine Tage künftig heiterer werden. Mein Kabinett steht Ihnen immer offen; bringen Sie doch eine Handarbeit mit; für vertrauliche Beratungen und Arbeiten habe ich noch ein entlegeneres Kabinett. Wann immer meine Geschäfte es erlauben, werde ich Augenblicke finden, um mit Ihnen zu plaudern, und in solchen freudvollen Gesprächen hoffe ich ein Abbild des häuslichen Glücks wiederzufinden, das ich so lange schon entbehre.«

Als der Marqués so zu mir gesprochen hatte, läutete er; sein Sekretär trat herein und brachte zwei Körbe; einer enthielt die Briefe, die an diesem Tag eingegangen waren, der andere Schriftsachen, deren Erledigung man aufgeschoben hatte.

In diesem Kabinett hielt ich mich noch eine Stunde auf, und zur Essenszeit kam ich wieder. Ich begegnete dort einigen vertrauten Freunden meines Vater, die wie er mit den bedeutendsten Staatsgeschäften betraut waren. Sie sprachen davon in meiner Gegenwart, ohne sich Zwang anzutun. In ihre ernsthaften Erwägungen warf ich unbefangene Worte ein, die sie amüsierten. Sie erweckten aber, wie ich zu beobachten glaubte, das Interesse meines Vaters, und ich empfand darüber lebhaftes Vergnügen.

Am nächsten Tag suchte ich ihn auf, sobald ich ihn in seinem Kabinett wußte. Er nahm seine Schokolade und äußerte mit sehr zufriedener Miene: »Heute ist Freitag, da empfangen wir Briefe aus Lissabon.« Darauf läutete er. Der Sekretär brachte die zwei Körbe. Mein Vater wühlte emsig in dem der Neueingänge. Er zog einen Brief heraus, der zwei Blätter enthielt: ein chiffriertes, das er seinem Sekretär übergab, und eins in lesbarer Handschrift, das er selbst mit dem Ausdruck des Wohlgefallens und der Genugtuung zu lesen begann.

Während er mit dieser Lektüre beschäftigt war, hatte ich den Umschlag des Briefes genommen und betrachtete das Siegel. Ach! Dieses prunkende Wappen sollte eines Tages mein eigenes werden! Am folgenden Tag traf Post aus Frankreich ein und so, einen Tag um den anderen, auch alle übrige. Keine beschäftigte meinen Vater aber so sehr wie die aus Portugal.

Als nun die Woche verstrichen und wieder Freitag war, sagte ich mit dem Ausdruck großer Zufriedenheit zu meinem Vater, als er gerade seine Schokolade nahm: »Heute ist Freitag, da empfangen wir Briefe aus Lissabon.« Dann bat ich ihn darum, läuten zu dürfen, und als der Sekretär hereinkam, lief ich zu dem Korb, um ihn zu durchwühlen; ich zog den Lieblingsbrief heraus und brachte ihn meinem Vater, der mich zur Belohnung zärtlich umarmte.

Mehrere Freitage hintereinander wiederholte ich dieselbe Prozedur. Eines Tages faßte ich mir ein Herz und fragte meinen Vater, was es denn mit diesem Brief auf sich habe, den er so vor allen anderen auszeichnete.

»Dieser Brief«, antwortete er, »ist von unserem Botschafter in Lissabon, dem Herzog von Medina Sidonia, meinem Freund und Wohltäter und noch weit mehr; denn ich bin völlig überzeugt, daß meine Existenz mit der seinen fest verknüpft ist.«

»In diesem Falle«, antwortete ich, »hat der liebenswürdige Herzog ein Anrecht darauf, daß auch ich Anteil an ihm nehme. Ich muß mich bemühen, ihn kennenzulernen; ich verlange nicht zu wissen, was er Ihnen in Geheimschrift mitteilt, aber ich bitte Sie inständig, mir das Blatt vorzulesen, das in gewöhnlichen Lettern geschrieben ist.«

Dieses Ansinnen schien meinen Vater in wahre Wut zu versetzen. Er hieß mich ein verzogenes, eigenwilliges Kind, das voller Launen stecke. Er sagte mir noch andere äußerst harte Dinge; dann wurde er sanfter, und er las mir den Brief des Herzogs von Sidonia nicht nur vor, sondern er schenkte ihn mir sogar. Ich bewahre ihn oben im Haus auf und bringe ihn mit, wenn ich Sie das nächste Mal aufsuche.

An dieser Stelle seiner Erzählung wurde der Zigeunerhauptmann von seiner Bande beansprucht, und wir sahen ihn den ganzen Tag nicht mehr.

Achtundzwanzigster Tag

Das Frühstück versammelte uns schon zeitig. Als Rebekka dann sah, daß der Zigeunerhauptmann keine Geschäfte hatte, bat sie ihn, in seiner Geschichte fortzufahren, was er folgendermaßen tat:

Fortsetzung der Geschichte des Zigeunerhauptmanns

Die Herzogin brachte mir tatsächlich den Brief, von dem sie am Tag zuvor gesprochen hatte.

Fortsetzung der Geschichte der Herzogin von Medina Sidonia

So lautete der Brief:

Der Herzog von Medina Sidonia an den Marqués von Val Florida

In der chiffrierten Botschaft, lieber Freund, werden Sie den Bericht über die Fortsetzung der Verhandlungen finden. Hier nun will ich Ihnen erzählen, was sich an dem ebenso bigotten wie frivolen Hof abspielt, an dem ich zu leben verurteilt bin. Einer meiner Leute wird den Brief bis zur Grenze bringen, daher kann ich mich offener über dieses Thema auslassen.

Der König Don Pedro de Bragança macht die Klöster auch weiterhin zum Schauplatz seiner galanten Feldzüge. Um der Priorin der Visitandinnen willen hat er die Äbtissin der Ursulinerinnen verlassen. Seine Majestät wünscht, daß ich ihn auf seinen amourösen Pilgerfahrten begleite, und im Interesse unserer politischen Beziehungen gebe ich mich dazu her. Der König begibt sich zur Priorin, von ihr getrennt durch ein furchtgebietendes Gitter, das sich, wie man sagt, durch einen geheimen Mechanismus von der allgewaltigen Hand des Monarchen absenken läßt.

Wir, die wir sein Gefolge bilden, sind auf andere Sprechzimmer verteilt, in denen uns die jüngsten Klausnerinnen empfangen. Die Portugiesen finden außerordentliches Gefallen an der Unterhaltung mit den Nonnen, die indessen kaum sinnvoller ist als der Gesang der Vögel im Käfig, denen sie übrigens auch durch die Klausur gleichen, in der sie leben. Was aber die jungen Herren unseres Hofes sicher reizt und was sie bei den Damen Lissabons nicht finden könnten, ist die ergreifende Blässe dieser geweihten Jungfrauen, sind ihre frommen Seufzer, ihr zartfühlender Umgang mit der Sprache der Frömmigkeit, ihre kindliche Unwissenheit und ihr dunkles Begehren.

In diesen Refugien trägt übrigens alles dazu bei, Seele und Sinne in einen Taumel zu versetzen. Die Luft, die man atmet, ist vom Duft der Blumen durchströmt, die sich vor den Bildern der Heiligen türmen. Jenseits der Sprechzimmer nimmt das Auge einsame Schlafkammern wahr, die im gleichen Schmuck prangen und duften. Die Klänge der weltlichen Gitarre mischen sich mit den Akkorden der geistlichen Orgeln und übertönen das süße Geflüster der jungen Liebenden, die sich beidseits an die Gitter drängen. Dies also sind die Sitten der portugiesischen Nonnen.

Ich selbst kann mich wohl für ein paar Augenblicke auf diese zärtlichen Narreteien einlassen; dann aber erwecken die Schmeichelworte von Leidenschaft und Liebe in mir unweigerlich Gedanken an Verbrechen und Mord. Ich habe indessen zeit meines Lebens nur einen einzigen begangen; ich habe einen Freund ermordet, den Mann, der Ihr Leben und meines gerettet hat. Die galanten Sitten der vornehmen Gesellschaft haben jene unheilvollen Ereignisse herbeigeführt, die mein Leben in seiner vollen Blüte verdorren ließen, in der meine Seele sich dem Glück wie auch der Tugend öffnete; und gewiß hätte sie sich der Liebe geöffnet; aber diese Empfindung konnte inmitten so schrecklicher Eindrücke nicht gedeihen. Ich konnte nicht von Liebe sprechen hören, ohne meine Hände mit Blut befleckt zu sehen.

Indessen verlangte es mich zu lieben; was in meinem Herzen Liebe hätte werden können, wurde zu einem allgemeinen Gefühl des Wohlwollens, das ich meine Umgebung spüren ließ. Ich liebte mein Land, ich liebte meinesgleichen, ich liebte vor allem dieses gutmütige spanische Volk, das in solcher Treue zu seinen Königen, zu seiner Religion und zu seinem Wort steht. Die Spanier erwiderten Liebe mit Liebe, und man befand bei Hofe, sie liebten mich zu sehr. Seither vermochte ich nur in einem ehrenvollen Exil meinem Lande zu dienen; nur aus der Ferne konnte ich zum Glück meiner Lehensleute beitragen. Die Liebe zum Vaterland und zur Menschheit hat mein Dasein schließlich mit sehr freudigen Empfindungen erfüllt.

Was aber jene andere Liebe betrifft, die in den Frühling meines Lebens hätte Glanz bringen können, was hätte ich heute schon von ihr zu erwarten? Ich habe mich entschieden, ich werde der letzte aus dem Geschlecht der Sidonia sein. Ich weiß, daß die Töchter der Granden danach streben, sich mit mir zu verbinden. Aber sie wissen nicht, daß meine Hand für sie eine gefährliche Gabe wäre. Mein Gemüt kann sich den Tagessitten nicht bequemen. Unsere Väter sahen in ihren Gattinnen die Bewahrerinnen ihres Glücks und ihrer Ehre. Die Strafe für Treulosigkeiten waren im alten Kastilien Dolch und Gift. Ich bin weit davon entfernt, meine Vorväter zu tadeln; ich möchte nicht in die Lage geraten, es ihnen nachtun zu müssen. Und wie ich Ihnen schon sagte, es ist besser, daß mein Haus mit mir untergeht.

An dieser Stelle des Briefes schien mein Vater zu zögern und die Lektüre nicht fortsetzen zu wollen; doch ich bat ihn so inständig, daß er wieder nach dem Brief griff und weiterlas:

Mit Ihnen freue ich mich des Glücks, das Sie in der Gesellschaft der liebenswürdigen Eleonora finden. Die Vernunft muß in diesem Alter betörende Formen annehmen. Was Sie mir davon schreiben, bürgt mir dafür, daß Sie glücklich sind, und macht mich selber glücklich.

Ich konnte nicht länger zuhören, ich umschlang die Knie meines Vaters. Ich machte sein ganzes Glück aus, dessen war ich sicher, und ich war außer mir vor Freude.

Als diese ersten Augenblicke der Freude vorübergegangen waren, fragte ich, in welchem Alter der Herzog von Sidonia stehe.

»Er ist fünf Jahre jünger als ich«, antwortete mein Vater, »das heißt, er ist fünfunddreißig Jahre alt; jedoch«, fügte er hinzu, »er gehört zu den Menschen, die lange jung bleiben.«

Ich war in einem Alter, in dem die Mädchen noch nicht über das Alter der Männer nachdenken; ein Knabe, der wie ich vierzehn Jahre alt gewesen wäre, wäre mir als ein meiner Aufmerksamkeit ganz und gar unwürdiges Kind erschienen. Mein Vater erschien mir durchaus nicht alt, und da der Herzog jünger war als mein Vater, mußte er ein junger Mann sein. Diese Vorstellung machte ich mir damals von ihm, und dieser Eindruck trug, meine ich, zum weiteren Verlauf meines Schicksals bei.

Dann fragte ich, welche Bewandtnis es mit den Morden habe, die der Herzog erwähnte.

Da wurde mein Vater sehr ernst. Er dachte kurze Zeit nach und sagte dann: »Meine liebe Eleonora, das sind Ereignisse, die in unmittelbarem Zusammenhang mit der Trennung stehen, die, wie Sie wissen, zwischen Ihrer Mutter und mir herrschte. Vielleicht dürfte ich darüber mit Ihnen nicht sprechen, aber früher oder später wird Ihre Wißbegier Sie selber darauf bringen; und bevor sie sich an einem ebenso heiklen wie schmerzlichen Gegenstand wundreibt, möchte ich Sie lieber selbst darüber belehren.«

Nach dieser Einleitung erzählte mir mein Vater die Geschichte seines Lebens und begann folgendermaßen:

Die Geschichte des Marqués von Val Florida

Sie wissen, daß das Haus Astorgas mit Ihrer Mutter erlosch. Diese Familie und die von Val Florida waren die ältesten Asturiens, und in der Provinz war es der allgemeine Wunsch, daß mir die Hand von Fräulein von Astorgas zufalle. Da wir uns frühzeitig an diesen Gedanken gewöhnten, konnten wir füreinander alle Gefühle entwickeln, die eine Ehe glücklich zu machen vermögen. Verschiedene Umstände zögerten unsere Vermählung hinaus, und ich heiratete erst, als ich mein fünfundzwanzigstes Jahr vollendet hatte.

Sechs Wochen nach der Hochzeit sagte ich zu meiner Frau, da meine Vorfahren alle das Waffenhandwerk ausgeübt hätten, glaubte ich, die Ehre heiße mich ihrem Beispiel folgen, und in Spanien gebe es ohnehin viele Garnisonen, in denen wir unsere Zeit angenehmer als in Asturien zubringen könnten. Frau von Val Florida erwiderte mir, sie werde sich überall, wo ich meine Ehre tangiert glaubte, meiner Meinung anschließen. Es wurde also entschieden, daß ich dem König dienen solle. Ich teilte es dem Minister mit und erhielt eine Kavalleriekompanie im Regiment Medina Sidonia. In Barcelona lag seine Garnison, dorthin zog ich mit meiner Gattin, und dort wurden Sie geboren.

Der Krieg brach aus; wir wurden nach Portugal beordert, um uns dort der Armee von Don Sancho Saavedra anzuschließen. Dieser General eröffnete den Feldzug mit dem berühmten Gefecht von Villa Marga. Unser Regiment, damals das stärkste der Armee, erhielt den Befehl, eine englische Kolonne zu vernichten, die den linken Flügel des Gegners bildete. Zweimal führten wir den Angriff vergebens; wir bereiteten uns auf die dritte Attacke vor, als ein unbekannter Held vor uns auftauchte; er stand in der Blüte seiner Jugend und trug blitzende Waffen. »Zu mir«, rief er, »ich bin euer Kommandeur, der Herzog von Sidonia.«

Er tat gewiß gut daran, seinen Namen zu nennen, denn wir hätten ihn vielleicht für den Schlachtenengel oder einen anderen Fürsten der himmlischen Heerscharen gehalten. Sein Wesen hatte wahrhaft etwas Göttliches.

Die englische Kolonne wurde vernichtet, und unser Regiment trug den Ruhm des Tages davon. Ich habe allen Grund zu glauben, daß ich nächst dem Herzog die schneidigsten Handstreiche ausführte. Wenigstens bekundete es mir unser berühmter Kommandeur auf sehr schmeichelhafte Weise, indem er mir die Ehre erwies, mir seine Freundschaft anzutragen. Das war von seiner Seite durchaus kein leeres Kompliment. Wir wurden wirklich zu Freunden, so daß diese Beziehung weder beim Herzog den Charakter einer Protektion noch bei mir auch nur den Anschein von Untergebenheit angenommen hätte. Man wirft den Spaniern eine gewisse Förmlichkeit im Umgang vor; indem wir aber die Zwanglosigkeit meiden, können wir stolz sein ohne Hochmut, ehrerbietig mit Würde.

Der glückliche Sieg von Villa Marga gab Anlaß zu mehreren Beförderungen. Der Herzog erhielt den Rang eines Generals, der dem entspricht, was man heute Brigadegeneral nennt; gleichzeitig wurde ihm ein Armeekorps anvertraut. Ich wurde Oberstleutnant und als erster Adjutant dem Herzog zugeordnet.

Wir erhielten die gefährliche Order, dem Feind den

Übergang über den Douro streitig zu machen. Der Herzog bezog eine vorteilhafte Stellung und hielt sie ziemlich lange. Schließlich wurden wir von der gesamten englischen Armee berannt. Ihre zahlenmäßige Überlegenheit konnte uns nicht zum Rückzug bewegen; das Gemetzel war grauenhaft und unsere Niederlage sicher, als uns ein gewisser van Berg, Oberst der wallonischen Haufen, dreitausend Mann als Verstärkung heranführte. Er vollbrachte Wunder an Tapferkeit und half uns nicht nur aus der Bredouille, sondern wir behaupteten das Schlachtfeld. Dennoch mußten wir danach wieder zum Gros der Armee stoßen.

Als wir am Tag nach dem Gefecht zusammen mit den Wallonen den Rückzug antraten, näherte sich mir der Herzog und sagte: »Mein lieber Val Florida, ich weiß, daß der Freundschaft die Zahl zwei zukommt; über sie kann man nicht hinausgehen, ohne ihre heiligen Gesetze zu übertreten, aber ich glaube, der hervorragende Dienst, den uns van Berg geleistet hat, erfordert eine Ausnahme. Die Dankbarkeit, scheint mir, macht es uns zur Pflicht, ihm Ihre und meine Freundschaft anzubieten und ihn als dritten in die Bande, die uns verknüpfen, aufzunehmen.«

Ich stimmte dem Herzog zu, der sich zu van Berg begab und ihm mit der Feierlichkeit, die der Bedeutung entsprach, die er dem Wort »Freund« beimaß, unser Freundschaftsangebot unterbreitete. Van Berg erschien überrascht. »Durchlauchtigster Herzog«, sagte er, »Ihro Exzellenz erweist mir viel Ehre; aber ich habe die Angewohnheit, mir fast jeden Tag einen Rausch anzutrinken. Wenn ich nicht betrunken bin, spiele ich um die höchstmögliche Summe. Wenn Ihro Exzellenz nicht die gleichen Gewohnheiten hat, glaube ich nicht, daß unsere Freundschaft von Dauer sein kann.«

Diese Antwort verblüffte den Herzog, aber sie brachte ihn zum Lachen. Er versicherte van Berg indessen seiner vollen Hochachtung; dann setzte er sich nachdrücklich dafür ein, daß er hohe Anerkennung finde. Van Berg aber wünschte vor allem eine einträgliche Belohnung. Der König verlieh ihm die Baronie Deuken, die im Bezirk von Mecheln liegt, und noch am gleichen Tage verkaufte van Berg sie an Walter van Dyck, einen Bürger von Antwerpen und Armeelieferanten.

In Coïmbra, einer der größten Städte Portugals, bezogen wir unser Winterquartier. Frau von Val Florida reiste zu mir. Sie liebte Gesellschaft, und ich öffnete mein Haus den vorzüglichsten Offizieren der Armee. Aber der Herzog und ich nahmen an den gesellschaftlichen Vergnügungen wenig Anteil. Ernstere Tätigkeiten füllten unsere Zeit aus. Die Tugend war das Idol des jungen Sidonia, das Gemeinwohl seine Utopie. Wir schrieben eine besondere Studie zur Verfassung Spaniens und entwarfen viele Pläne für seinen künftigen Wohlstand. Um die Spanier glücklich zu machen, wollten wir sie zuerst die Tugend lieben lehren und sie dann von ihrem Eigennutz befreien, was uns sehr einfach deuchte. Auch wollten wir den alten Geist der Ritterlichkeit wieder beleben. Jeder Spanier sollte seiner Gattin ebenso treu sein wie dem König, und jeder sollte einen Waffenbruder haben. Ich war schon der des Herzogs. Wir waren von dem Glauben nicht mehr weit entfernt, die Welt werde einst unsere Freundschaft rühmen und redliche Seelen, die ähnliche Bande schlössen, fänden in Zukunft den Weg zur Tugend einfacher und sicherer.

Meine liebe Eleonora, ich würde mich schämen, Ihnen von diesen Narreteien zu berichten; allein schon lange hat man beobachtet, daß junge Leute, die in der Begeisterung völlig aufgingen, danach nützliche und große Männer werden können. Die jungen Catos dagegen, die das Alter noch kälter hat werden lassen, können sich nicht mehr über den strikten Kalkül des Eigennutzes erheben.

Ihr Charakter beengt den Geist und macht sie gänzlich unfähig zu Plänen, die den Staatsmann ausmachen oder den Mann, der seinesgleichen nützlich ist. Diese Regel duldet wenige Ausnahmen.

So gaben wir unsere Einbildungskraft mancherlei tugendhaften Schwärmereien hin und hofften, eines Tages in Spanien wieder die Herrschaft Saturns und Rheas verwirklichen zu können; van Berg indessen führte das Goldene Zeitalter tatsächlich wieder ein. Aus dem Verkauf seiner Baronie Deuken hatte er achthunderttausend Livres gelöst und hatte erklärt und sein Ehrenwort darauf gegeben, er werde nicht nur während der zwei Monate unseres Winterquartiers diese ganze Summe ausgeben, sondern obendrein hunderttausend Francs Schulden machen. Unserem flämischen Verschwender fiel es ein, um sein Wort halten zu können, werde er täglich vierzehnhundert Pistolen durchbringen müssen, was in einer Stadt wie Coïmbra keine leichte Aufgabe war. Er fürchtete, mit seinem Wort sei er zu leichtfertig vorgeprescht. Man machte ihm klar, er könne einen Teil des Geldes darauf verwenden, den Elenden zu helfen und sie glücklich zu machen; aber van Berg wies diese Gedanken zurück. Er erklärte, er habe sich verpflichtet, das Geld aus-, nicht aber wegzugeben, und sein Takt erlaube es ihm nicht, auch nur den geringsten Teil dieses Geldes für Wohltaten zu hinterziehen; und selbst seine Spielleidenschaft fiel nicht ins Gewicht, denn er hatte ja auch die Chance zu gewinnen, und verlorenes Geld war kein ausgegebenes.

Eine so schreckliche Notlage schien van Berg nahezugehen. Einige Tage lang war seine Miene besorgt. Schließlich fand er einen Ausweg, der seine Ehre retten konnte: Er rief alles zusammen, was er an Köchen, Musikanten, Komödianten und anderen Personen, die ein noch lustigeres Gewerbe ausübten, finden konnte.

Zu Mittag gab er große Festmähler, abends Bälle und Komödien sowie vor dem Portal seines Hauses Jahrmarktsspiele; und wenn es ihm trotz aller Bemühungen nicht gelang, die vierzehnhundert Pistolen auszugeben, ließ er den Überschuß aus den Fenstern werfen und erklärte, ein solches Vorgehen laufe der Prasserei nicht zuwider.

Als van Berg derart sein Gewissen beruhigt hatte, verfiel er wieder in seine gewohnte Fröhlichkeit. Er hatte viel natürlichen Witz und gab ihn reichlich zum besten, um seine verschrobenen Grillen zu verteidigen, die man ihm allenthalben vorwarf. Diese Plädoyers, an denen er oft seine Zunge schärfte, gaben seiner Unterhaltung Glanz und zeichneten ihn besonders vor uns Spaniern aus, die wir alle sehr zurückhaltend und ernsthaft sind.

Van Berg besuchte mich oft, ebenso wie alle anderen Offiziere von Rang; aber er kam auch zu Zeiten, da ich nicht zu Hause war. Ich wußte es, aber es machte mich nicht mißtrauisch, weil ich mir vorstellte, ein Übermaß an Zutraulichkeit lasse ihn voraussetzen, daß er überall und jederzeit willkommen sei. Die Öffentlichkeit hatte da einen schärferen Blick, und bald verbreiteten sich meiner Ehre abträgliche Gerüchte. Ich ahnte nichts davon; dem Herzog aber waren sie bekannt. Er wußte, wie sehr ich an meiner Gattin hing, und seine Freundschaft ließ ihn an meiner Stelle leiden.

Eines Morgens begab sich der Herzog zu Frau von Val Florida, warf sich vor ihr auf die Knie und beschwor sie, ihrer Pflichten eingedenk zu sein und zu Zeiten, in denen sie allein sei, van Berg nicht mehr zu empfangen. Ich weiß nicht recht, welche Antwort er erhielt; aber van Berg suchte sie noch am selben Morgen auf und wurde zweifellos von den tugendhaften Mahnungen, die Frau von Val Florida empfangen hatte, in Kenntnis gesetzt.

Daraufhin begab sich der Herzog zu van Berg in der

Absicht, im gleichen Ton mit ihm zu sprechen und ihm Empfindungen einzuflößen, die einer tugendhaften Gesinnung besser entsprächen. Er traf ihn zu Hause nicht an und kam nach dem Mittagessen wieder. Der Saal war voller Menschen. Van Berg aber saß allein am Spieltisch, schüttelte die Würfel im Becher und war sicher ein wenig angetrunken. Ich war auch zugegen, und ich plauderte mit dem jungen Fonsèque, dem Schwager des Herzogs, dem geliebten Gatten seiner Schwester, die der Herzog sehr ins Herz geschlossen hatte.

Sidonia sprach van Berg freundschaftlich an und fragte ihn lachend nach dem Stand seiner Ausgaben.

Van Berg blickte ihn grimmig an und antwortete: »Ich mache Ausgaben, um meine Freunde zu empfangen, nicht aber die unehrlichen Menschen, die ihre Nase in Dinge stecken, die sie nichts angehen.«

Mehrere Anwesende hörten das.

»Bin ich es«, sagte der Herzog, »den man einen unehrlichen Menschen nennen kann? Van Berg, widerrufen Sie diese Äußerung.«

»Ich widerrufe mein Wort niemals!« antwortete van Berg.

Der Herzog setzte ein Knie auf den Boden und sprach: »Van Berg, Sie haben mir hervorragende Dienste erwiesen, warum wollen Sie mir diesen Schimpf antun? Ich beschwöre Sie, erkennen Sie mich als Mann von Ehre an.«

Van Berg antwortete wieder mit irgendeiner Beleidigung.

Der Herzog erhob sich mit dem ruhigsten Ausdruck; er zog einen Dolch aus dem Gürtel und legte ihn auf den Tisch, dann sprach er: »Das ist nicht mit einem gewöhnlichen Duell aus der Welt zu schaffen. Einer von uns muß jetzt sterben, und je eher, desto besser. Werfen wir einer nach dem anderen die Würfel; wer mehr Augen erzielt, nimmt diesen Dolch und stößt ihn seinem Gegner ins Herz.«

»Bravo«, sagte van Berg, »das nenne ich einen Einsatz. Ich schwöre bei Gott, wenn ich gewinne, will ich Sie nicht verschonen.«

Die Zuschauer standen starr vor Entsetzen.

Van Berg ließ die Würfel rollen und warf zweimal die Zwei. »Teufel noch mal«, rief er, »mein Spiel steht schlecht.«

Der Herzog nahm den Würfelbecher und warf die Sechs und die Fünf. Er ergriff den Dolch und stieß ihn van Berg in die Brust. Dann wandte er sich mit derselben Kaltblütigkeit den Zuschauern zu und sprach: »Meine Herren, ich überlasse es Ihnen, diesem jungen Mann, der bei seinem heldenhaften Mut eines besseren Schicksals würdig gewesen wäre, den letzten Dienst zu erweisen. Ich begebe mich indessen zum Generalauditor der Armee und unterwerfe mich der königlichen Rechtsprechung.«

Sie können sich das Aufsehen vorstellen, das dieser Vorfall erregte. Nicht nur die Spanier, sondern auch unsere Feinde, die Portugiesen, liebten den Herzog. Als man in Lissabon davon erfuhr, stellte der Erzbischof dieser Stadt, der zugleich der Patriarch Indiens ist, unter Beweis, daß das Haus, in dem der Herzog in Coïmbra unter Arrest stand, dem Domkapitel gehörte und seit jeher als Asyl betrachtet worden war, daß also die Person des Herzogs sich dort in Sicherheit und außer Reichweite des weltlichen Arms der Gerechtigkeit befand. Der Herzog erwies sich als empfänglich für dieses Zeichen der Anteilnahme, erklärte aber, er wolle von diesem Freiraum keinen Gebrauch machen.

Der Generalauditor stellte gegen den Herzog Ermittlungen an, aber der Rat von Kastilien führte seine Rechte ins Feld. Dann behauptete der Gerichtsherr von Aragon, dessen Amt vor kurzem aufgehoben wurde, der Herzog, gebürtig in seiner Provinz und einer der einstigen *ricos hombres*, gehöre in seinen Zuständigkeitsbereich. Dieser ganze Wettstreit entsprang nur dem Wunsch eines jeden, den Herzog zu retten.

In diesem Getümmel dachte ich verzweifelt darüber nach, was wohl den Anlaß zu dem Duell gegeben habe. Ein barmherziger Mensch hatte schließlich Mitleid mit mir und belehrte mich über das Verhalten von Frau von Val Florida.

Ich war, aus welchem Grunde auch immer, des festen Glaubens, daß meine Frau nur mich lieben könne. Es dauerte mehrere Tage, bis ich mich vom Gegenteil überzeugen konnte.

Als mir schließlich einige Umstände ein Licht aufgehen ließen, begab ich mich zu Frau von Val Florida und sagte: »Señora, man schreibt mir, Ihr Vater sei erkrankt. Ich glaube, es wäre schicklich, wenn Sie ihm beistünden. Übrigens bedarf Ihre Tochter Ihrer Fürsorge; und Sie sollten, meine ich, künftig in Asturien leben.«

Frau von Val Florida senkte die Augen und nahm die Entscheidung ergeben hin. Sie wissen, wie wir seither gelebt haben. Ihre Mutter hatte tausenderlei schätzenswerte Eigenschaften und sogar Tugenden, denen ich stets Gerechtigkeit widerfahren ließ.

Indessen hatte das Verfahren gegen den Herzog die merkwürdigste Wendung genommen. Die Wallonen hatten daraus eine Angelegenheit ihres Korps und ihrer Nation gemacht. Sie erklärten, da die Spanier es sich erlauben könnten, die Flamen zu ermorden, wollten sie alle den Dienst quittieren. Die Spanier hielten dagegen, dies sei ein Duell und keineswegs ein Mord gewesen. Die Sache zog so weite Kreise, daß der König eine Kommission aus zwölf Spaniern und zwölf Flamen bestellen ließ, nicht etwa um ein Urteil über den Herzog zu fällen, sondern nur, um die Frage zu entscheiden, ob hier ein Duell oder ein Mord vorliege.

Die zwölf spanischen Offiziere stimmten zuerst ab und entschieden, wie vorauszusehen war, es sei ein Duell gewesen. Die ersten elf Wallonen waren der gegenteiligen Ansicht, begründeten sie gar nicht und schlugen beharrlich Lärm.

Der zwölfte, der als letzter seine Stimme abgab, weil er der Jüngste war, hatte schon in mehreren Ehrensachen von sich reden gemacht. Er hieß Juan van Worden.

Hier unterbrach ich den Zigeuner und sagte ihm: »Ich habe die Ehre, der Sohn dieses ehrenwerten van Worden zu sein, und ich rechne darauf, daß sich in Ihrem Bericht nichts findet, woran meine Verehrung für ihn Anstoß nehmen müßte.«

»Señor«, erwiderte der Zigeuner, »ich werde getreulich wiedergeben, was der Marqués von Val Florida seiner Tochter über ihn mitteilte:«

Als es an Juan van Worden war, seine Stimme abzugeben, ergriff er das Wort und äußerte sich folgendermaßen: »Señores, zwei Voraussetzungen, glaube ich, machen das Wesen des Duells aus: Die erste ist die Forderung oder, bei ihrem Fehlen, der Kampf selbst. Zweitens die Gleichheit der Waffen oder, ist sie nicht vorhanden, die Gleichheit der Chancen. Denn ein mit einer Büchse bewaffneter Mann könnte gegen einen anderen antreten, der mit einer Taschenpistole ausgerüstet wäre, vorausgesetzt, der erste feuere aus hundert Schritt und der andere aus vier Schritt Distanz, wenn man einmal übereingekommen wäre, wer den ersten Schuß haben solle. In dem Fall, der uns hier beschäftigt, mußte den beiden Duellanten dieselbe Waffe dienen. Die Gleichheit der Waffen konnte also nicht vollkommener sein. Die Würfel waren nicht falsch, also war die Gleichheit der Chancen auch gegeben. Schließlich wurde die Forderung eindeutig ausgesprochen und angenommen.

Ich gebe zu, es ist schmerzlich, das Duell, den edelsten aller Kämpfe, auf das Niveau eines Glücksspiels herabgewürdigt zu sehen, eine Art der Lustbarkeit, die ein Mann von Ehre sich nur mit äußerster Zurückhaltung erlauben sollte. Aber nach den Grundsätzen, die ich eben dargelegt habe, scheint es mir unbestreitbar, daß der Fall, der uns hier beschäftigt, ein Duell und nicht ein Mord war. Ich sage dies, indem ich meinem Gewissen gehorche, aber ich empfinde nichtsdestoweniger einen tiefen Kummer darüber, daß ich ein Votum abgebe, das dem meiner elf Waffenbrüder widerspricht. Da ich jedoch fast sicher bin, daß sie mir zu meinem Unglück ihre Gunst entziehen werden, glaube ich es meinem Taktgefühl schuldig zu sein, daß ich den Bekundungen ihrer Unzufriedenheit zuvorkomme, indem ich alle elf um die Ehre ersuche, sich mit mir zu schlagen, und zwar sechs am Morgen und fünf am Nachmittag.«

Die Schlußfolgerung dieser Rede rief in der Versammlung eine lebhafte Unruhe hervor, aber schließlich mußte man der Aufforderung Herrn van Wordens nachkommen. Die ersten sechs, die sich ihm vor dem Mittagessen stellten, setzte er außer Gefecht, dann speiste er in der Gesellschaft der anderen fünf. Nach dem Essen griff man wieder zu den Waffen. Die drei ersten wurden von Herrn van Worden verletzt, der zehnte verwundete ihn an der Schulter, der elfte stieß ihm den Degen durch den Leib und streckte ihn zu Boden.

Ein geschickter Chirurg rettete daraufhin Herrn van Worden das Leben, aber von Kommission oder Prozeß konnte nicht mehr die Rede sein, und der König begnadigte den Herzog von Sidonia.

Wir führten noch einen Feldzug, und wir führten ihn

als Ehrenmänner; aber nicht mehr mit dem einstigen Elan. Das erste Unheil hatte uns betroffen. Der Herzog hatte stets für van Bergs Kühnheit und für seine militärischen Qualitäten viel Hochachtung gehabt. Er warf sich seinen allzu großen Eifer für meine Seelenruhe vor, der so tragische Ereignisse herbeigeführt hatte. Er lernte durch Erfahrung, daß es nicht genügt, das Gute zu wollen, sondern daß man es auch ins Werk zu setzen verstehen muß. Ich aber verschloß meinen Schmerz in mir, wie viele Ehemänner, und fühlte ihn nur um so tiefer. Pläne zur Mehrung von Spaniens Wohlstand machten wir nicht mehr.

Die Könige schlossen indessen Frieden. Der Herzog entschloß sich, die Welt kennenzulernen. Zusammen bereisten wir Italien, Frankreich und England. Nach unserer Heimkehr wurde mein vornehmer Freund Mitglied des Rats von Kastilien, und ich wurde Berichterstatter dieses Gremiums.

Die Reisen und einige weitere Jahre hatten im Wesen des Herzogs einen außerordentlichen Wandel bewirkt. Er hatte nicht nur die tugendhaften Narreteien seiner Jugend abgelegt, sondern die Behutsamkeit war seine Lieblingstugend geworden. Das Gemeinwohl war nicht mehr seine Utopie; es war indessen weiterhin seine Leidenschaft. Er wußte aber, daß man nicht alles auf einmal erreicht, daß man die Gemüter darauf vorbereiten und sorgfältig seine Mittel und sein Ziel verbergen muß. Er trieb die Umsicht so weit, daß er im Rat nie einen eigenen Standpunkt zu vertreten, sondern sich dem der anderen anzuschließen schien, und doch war er es, der sie dazu inspiriert hatte. Die Sorgfalt, mit der der Herzog seine Fähigkeiten verbarg, trug nur dazu bei, daß sie um so besser zur Geltung kamen. Die Spanier durchschauten und liebten ihn; am Hofe regte sich Eifersucht. Man bot dem Herzog den Botschafterposten in Lissabon an; er erkannte, daß er ihn nicht ablehnen dürfe; er nahm ihn an, doch unter der Bedingung, daß ich zum Staatssekretär ernannt würde. Seither habe ich ihn nicht mehr gesehen, aber in unseren Herzen herrschte Eintracht.

An dieser Stelle wurde der Zigeuner in Angelegenheiten seines Stammes abgerufen. Als er uns verlassen hatte, ergriff Velásquez das Wort und sagte: »Ich kann den Erzählungen unseres Zigeunerhauptmanns noch so aufmerksam lauschen, der Zusammenhang entgeht mir völlig. Ich weiß nicht mehr, wer eigentlich spricht oder wer zuhört. Hier erzählt der Marqués von Val Florida sein Leben seiner Tochter, die es dem Zigeuner berichtet, der es nun uns überliefert. Das ist wirklich sehr verworren. Es schien mir schon immer, Romane und andere Werke dieser Art müßten wie chronologische Übersichten in mehreren Spalten geschrieben sein.«

»Tatsächlich«, sagte Rebekka, »in einer Spalte könnte man lesen, wie Frau von Val Florida ihren Gatten betrügt, in einer anderen könnte man sehen, welche Auswirkungen das für ihn hat; das könnte für diese Geschichte sehr erhellend wirken.«

»Das wollte ich nicht sagen«, erwiderte Velásquez. »Aber da ist zum Beispiel der Herzog von Sidonia, dessen Charakter ich ergründen soll, während ich doch schon seinen Tod erlebt habe. Wäre es nicht zweckdienlicher gewesen, mit dem portugiesischen Krieg zu beginnen, und in einer anderen Spalte hätte ich erfahren können, wie Sangre Morena die Medizin studiert. Dann hätte ich mich nicht mehr gewundert, wenn einer den anderen obduziert.«

»Wie recht Sie haben«, fiel Rebekka ein, »die ständigen Überraschungen berauben uns jeden Interesses an dieser Geschichte, man weiß nie, mit wem man es zu tun hat.«

Hier ergriff ich das Wort und sagte, daß mein Vater zur

Zeit des portugiesischen Krieges sehr jung gewesen sei und daß man gar nicht genug die Umsicht bewundern könne, die er im Falle des Herzogs von Medina Sidonia an den Tag gelegt habe.

»Sie erinnern mich daran mit Recht«, sagte Rebekka; »tatsächlich, hätte sich Ihr Vater nicht mit den elf Offizieren geschlagen, so wäre er am Ende mit ihnen in Streit geraten, und wenn er dem zuvorkam, so handelte er mit großer Umsicht.«

Da schien es mir, Rebekka mache sich über uns alle lustig. In ihrem Charakter fand ich etwas Ironisches und Vieldeutiges. Ich hatte den Verdacht, sie hätte uns auch eine ganz andere Geschichte als die von den himmlischen Zwillingen erzählen können, und nahm mir vor, sie eines Tages danach zu fragen. Indessen trennten wir uns, und jeder ging seiner Wege.

Neunundzwanzigster Tag

Man versammelte sich zeitig, und da der Zigeuner Muße dazu hatte, nahm er also den Faden seiner Erzählung wieder auf:

Fortsetzung der Geschichte des Zigeunerhauptmanns

Nachdem mir die Herzogin von Sidonia die Geschichte ihres Vaters erzählt hatte, ließ sie mehrere Tage vergehen, bevor sie sich wieder zeigte, und meinen Korb brachte mir die Giralda. Sie unterrichtete mich auch davon, daß sich mein Fall dank des Ansehens meines Großonkels, des Theatinerpaters Gerónimo Sántez, erledigt hatte. Im Grunde war man sehr darüber erleichtert, daß ich mich davongemacht hatte. Im Dekret des Heiligen Offiziums war nur von einer Unbesonnenheit und einer zweijährigen Buße die Rede; mein Name war sogar nur durch seine Initialen bezeichnet. Die Giralda richtete mir noch von meiner Tante Dalanosa aus, ich solle mich zwei Jahre lang versteckt halten, sie aber werde sich nach Madrid begeben, wo sie die Erträge der *quinta*, also des Bauerngutes, das mein Vater zu meinem Unterhalt bestimmt hatte, verwalten werde.

Ich fragte die Giralda, ob sie denke, daß ich die zwei Jahre in dem Kellergelaß verbringen müsse, in dem ich mich befand. Sie antwortete mir, dies werde am sichersten sein, und übrigens mache auch ihre eigene Sicherheit gewisse Vorsichtsmaßnahmen erforderlich.

Am nächsten Tag erschien wieder die Herzogin, und ich war entzückt davon, da ich sie lieber mochte als ihre selbstbewußte Amme. Auch wollte ich den weiteren Verlauf ihrer Geschichte erfahren, bat sie darum, und sie fuhr also fort:

Fortsetzung der Geschichte der Herzogin von Medina Sidonia

Ich dankte meinem Vater für das Vertrauen, mit dem er mir die entscheidenden Ereignisse seines Lebens mitgeteilt hatte, und am folgenden Freitag übergab ich ihm noch den Brief des Herzogs von Sidonia. Er las ihn mir nicht vor, ebensowenig wie alle anderen, die er seither empfing; aber er sprach oft mit mir über seinen Freund, denn kein Gespräch konnte ihn besser unterhalten.

Etwas später empfing ich den Besuch einer Dame, der Witwe eines Offiziers. Sie war die Tochter eines der Lehensleute des Herzogs, und sie beanspruchte ein Lehensgut, das der Zuständigkeit des Herzogs von Sidonia unterstand. Ich hatte noch niemals jemandem meine Protektion gewähren können; es tat mir wohl, daß ich jetzt die Gelegenheit dazu hatte. Ich verfaßte ein Memorandum, in dem ich die Rechte der Witwe mit großer Genauigkeit und Klarheit nachwies. Ich brachte es meinem Vater, der damit sehr einverstanden war und es an den Herzog schickte, und ich gestehe, daß ich dies vorhergesehen hatte. Der Herzog gewährte der Witwe die erbetene Gunst und schrieb mir einen Brief voller Komplimente über meinen Verstand, der meinem Alter weit voraus sei.

Ich bekam eine Gelegenheit, ihm meinerseits zu schreiben. Darauf erhielt ich neue Komplimente über meinen Geist, und tatsächlich verwandte ich meine Zeit und meinen Fleiß darauf, ihn zu bilden, und die Giralda unterstützte mich dabei mit ihrer Fürsorge und ihrem Wissen. Als ich diesen Brief schrieb, hatte ich mein fünfzehntes Lebensjahr vollendet und trat ins sechzehnte ein.

Als ich mich eines Tages bei meinem Vater aufhielt, hörte ich Lärm auf der Straße und etwas wie den Jubel zusammenströmenden Volkes. Ich lief zum Fenster und sah eine große Menschenmenge, die ungestüm und wie in einem Triumphzug neben einer goldenen Karosse einherlief, auf der ich das Wappen der Sidonia erkannte.

Eine Schar von Edelleuten und Pagen lief auf die Wagenschläge zu, um sie aufzureißen, und heraus stieg ein Mann von höchst vorteilhafter Erscheinung. Er trug die kastilische Tracht, die unser Hof gerade aufgegeben hatte, das heißt Halskrause, kurzen Mantel und Federbusch; und von seiner Brust blitzte das mit Diamanten besetzte Goldene Vlies, das die Schönheit dieser Kleidung noch hervorhob.

Auch mein Vater war ans Fenster gelaufen. »Ah, er ist es«, rief er aus, »ich wußte doch, daß er kommt.«

Ich zog mich in meine Gemächer zurück, und ich bekam den Herzog erst am folgenden Tag zu Gesicht; dann aber sah ich ihn täglich, denn er ging aus dem Haus meines Vaters nicht hinaus.

Der Herzog war zu sehr wichtigen Angelegenheiten beordert worden. Es handelte sich darum, eine heftige Gärung in Aragon zu dämpfen, die eine neue Steuer hervorgerufen hatte. Das Königreich Aragon hat eine besondere Verfassung, unter anderem die der *ricos hombres*, die einst dem entsprachen, was man in Kastilien die Granden nannte. Die Sidonia waren die ältesten *ricos hombres*, was schon genügt hätte, um dem Herzog große Wertschätzung zu verschaffen; aber er wurde auch für seine persönlichen Vorzüge geliebt. Der Herzog reiste nach Saragossa, und es gelang ihm, das Gebot des Hofes mit den Interessen der Nation zu versöhnen. Die Wahl einer Belohnung wurde ihm freigestellt; er bat bloß um die Erlaubnis, einige Zeit die Luft seines Vaterlandes atmen zu dürfen.

Der Herzog war in seinem Wesen sehr freimütig und verbarg nicht das Vergnügen, das ihm die Unterhaltung mit mir bereitete, und wir verbrachten die Zeit fast ständig zusammen, während die anderen Freunde meines Vaters gemeinsam die Staatsgeschäfte betrieben. Sidonia gestand mir seine Neigung zu Eifersucht und manchmal Gewalttätigkeit. Im allgemeinen sprach er fast immer von sich oder von mir, und wenn diese Art Unterhaltung zwischen einem Mann und einer Frau zur Gewohnheit wird, werden ihre Beziehungen zueinander notwendigerweise vertrauter. Ich empfand also keine große Überraschung, als mich mein Vater eines Tages in sein Kabinett rufen ließ und mir mitteilte, der Herzog habe um meine Hand angehalten.

Ich antwortete ihm, ich bäte nicht um Bedenkzeit, denn da ich vorausgesehen hätte, daß der Herzog ein lebhaftes Interesse an der Tochter seines Freundes nehmen könne, hätte ich mir im voraus schon über seinen Charakter und unseren Altersunterschied Gedanken gemacht. »Aber«, fügte ich hinzu, »Spaniens Granden heiraten untereinander; und mit welchen Augen müßten sie unsere Ehe sehen? Sie könnten so weit gehen, daß sie sich weigerten, den Herzog zu duzen, was das erste Anzeichen für ihre Mißgunst ist.«

»Das ist ein Einwand«, sagte mein Vater, »den ich dem Herzog schon gemacht habe. Er hat mir erwidert, daß er nur Ihre Zustimmung wünsche, alles andere sei seine Sache.«

Sidonia hielt sich nicht weit von uns entfernt auf. Er trat mit schüchterner Miene ein, die einen seltsamen

Kontrast zu seinem natürlichen Stolz bildete. Das rührte mich, und meine Einwilligung ließ nicht lange auf sich warten. So machte ich zwei Menschen glücklich, denn mein Vater war es in einem Maße, daß ich es kaum zu sagen vermag. Auch die Giralda war vor Freude außer sich.

Am nächsten Tag ließ der Herzog alle Granden, die sich in Madrid aufhielten, zum Essen laden. Als sie sich bei ihm eingefunden hatten, ließ er sie Platz nehmen und hielt ihnen folgende Ansprache: »Alba, ich wende mich an dich, da ich dich als den Ersten unter uns ansehe; nicht etwa deswegen, weil dein Haus vornehmer wäre als das meine, aber in hochachtungsvollem Andenken an den Helden, dessen Namen du trägst.

Ein Vorurteil, das uns ehrt, fordert, daß wir unsere Frauen unter den Töchtern der Granden erwählen; und den von uns würde ich wahrhaft verachten, der aus Hang zum Reichtum oder verführt von einer leichtfertigen Neigung eine Mesalliance schlösse.

Der Fall, den ich hier vortrage, liegt gänzlich anders. Ihr wißt, die Asturier nennen sich ›edel wie der König und ein wenig mehr‹. So übertrieben dieses Wort sein mag, da ihre Adelsprädikate in der Mehrzahl auf die Zeit vor den Mauren zurückgehen, ist es nicht weniger gewiß, daß sie sich für die vornehmsten Edelleute Europas halten.

Das reinste asturische Blut fließt durch die Adern Eleonoras von Val Florida! Sie vereinigt darin die seltensten Tugenden. Ich behaupte, daß diese Verbindung das Haus eines spanischen Granden nur ehren kann. Vertritt jemand eine andere Ansicht, so hebe er den Handschuh auf, den ich jetzt mitten unter euch werfe.«

»Ich hebe ihn auf«, sagte der Herzog von Alba, »aber um ihn dir zurückzugeben und dich zu einer so schönen Verbindung zu beglückwünschen.« Dann umarmte er ihn, und alle Granden taten desgleichen.

Als mein Vater mir von dieser Szene berichtete, sagte er mit etwas bekümmerter Miene: »Das ist eben mein alter Sidonia mit seinem Rittertum; ich glaube, von seiner Gewalttätigkeit ist er auch nicht geheilt; meine liebe Eleonora, gib acht, daß du ihn nicht verletzt!«

Ich gestand Ihnen schon, daß mein Wesen etwas zum Hochmut neigte; aber dieses stolze Begehren nach Größe fiel von mir ab, sobald es befriedigt war. Ich wurde Herzogin von Sidonia, und die zartesten Empfindungen erfüllten mein Herz. Innerlich war der Herzog der liebenswürdigste aller Sterblichen, weil er zur stärksten Liebe fähig war. Er war von unerschütterlicher Güte, nie versiegendem Wohlwollen und beständiger Zärtlichkeit, und seine engelsgleiche Seele leuchtete aus allen seinen Zügen. Nur manchmal, wenn eine strenge Aufwallung sie entstellte, bekamen sie etwas Erschreckendes, und zitternd erkannte ich darin den Mörder van Bergs. Es gab indessen nur wenige Dinge, die Sidonia in Zorn versetzen konnten, und alles an mir vermochte ihn glücklich zu machen. Mit Vorliebe sah er mir zu, wenn ich meinen Tätigkeiten nachging, lauschte er mir, wenn ich sprach; er erriet meine geringsten Gedanken. Daß er mich noch mehr liebte, hielt ich für unmöglich; aber die Geburt einer Tochter steigerte seine Liebe noch und ließ uns das höchste Glück genießen.

Am Tag, an dem ich vom Kindbett aufstand, kam die Giralda zu mir und sagte: »Meine liebe Eleonora, Sie sind Ehefrau und glückliche Mutter; Sie bedürfen meiner nicht mehr, und meine Pflicht ruft mich nach Amerika.«

Ich versuchte sie zurückzuhalten.

»Nein«, sagte sie, »dort werde ich gebraucht.«

Wenige Tage später reiste sie ab und nahm alles Glück mit sich fort, das ich bisher erfahren hatte. Ich habe Ihnen ja diese kurze Weile himmlischer Seligkeit geschildert, die nicht andauern konnte, da diesem irdischen Leben ein solcher Segen offenbar nicht bestimmt ist. Heute fehlt mir die Kraft, Ihnen mein Unglück zu schildern. Leben Sie wohl, junger Freund, und morgen sehen Sie mich wieder.

Ich war der Geschichte der Herzogin mit großer Teilnahme gefolgt; ich wünschte zu wissen, wie sie weiterging, und zu erfahren, wie eine solche Glückseligkeit in schreckliches Unglück umschlagen konnte. Während ich noch darüber grübelte, kamen mir auch wieder die Worte der Giralda in den Sinn, die meinte, ich müsse zwei Jahre in dem Keller ausharren; das dachte ich mir anders, und ich überlegte Möglichkeiten zur Flucht.

Die Herzogin brachte mir mein Essen. Ihre Augen waren gerötet, und sie schien viel geweint zu haben. Sie sagte mir jedoch, sie glaube genug Kraft zu haben, mir die Geschichte ihres Unglücks zu erzählen, und sie fuhr fort:

Ich sagte Ihnen schon, daß die Giralda bei mir die Stelle einer *dueña mayor* versehen hatte; sie wurde durch eine gewisse Doña Mencia ersetzt, eine dreißigjährige, noch recht hübsche Frau von nicht ungebildetem Wesen, das ihr gelegentlich den Zutritt zu unserer Gesellschaft verschaffte. Bei solchen Anlässen führte sie sich manchmal auf, als sei sie in meinen Mann verliebt. Ich lachte nur darüber, und er achtete gar nicht darauf. Übrigens suchte die Mencia mir zu gefallen und vor allem mich kennenzulernen. Oft brachte sie das Gespräch auf sehr vergnügliche Gegenstände, oder sie unterhielt mich mit den neuesten Stadtgeschichten, und mehr als einmal mußte ich ihr Ruhe gebieten.

Ich hatte meine Tochter gestillt, und glücklicherweise hatte ich sie entwöhnt, bevor die schrecklichen Ereignisse eintraten, die ich Ihnen noch zu berichten habe.

Mein erstes Unglück war der Tod meines Vaters. Plötzlich von einer heftigen Krankheit ergriffen, verschied er in meinen Armen, nachdem er mich wie meinen Gatten gesegnet hatte, ohne dabei vorherzusehen, was uns noch zustoßen sollte.

Kurz darauf brachen in Vizcaya Unruhen aus. Der Herzog wurde dorthin entsandt, und ich begleitete ihn bis Burgos. Wir besitzen in allen Provinzen Spaniens Ländereien und in fast allen Städten Häuser; aber hier hatten die Sidonia nur ein Sommerhaus, das eine Meile außerhalb der Stadt lag, und eben dort befinden Sie sich jetzt. Der Herzog ließ mich dort mit meiner ganzen Dienerschaft zurück und brach zu seinem Bestimmungsort auf.

Eines Tages, als ich nach Hause kam, hörte ich Lärmen im Hof; man sagte mir, man habe einen Dieb aufgespürt, habe ihn mit einem Steinwurf an den Kopf niedergestreckt, es sei aber ein so schöner junger Mann, daß dergleichen nie gesehen worden sei. Zugleich legten ihn einige Diener vor mir nieder, und ich erkannte Hermosito.

»O Himmel«, rief ich aus, »das ist kein Dieb, das ist ein Bursche aus Astorgas, den mein Großvater aufzog.«

Dann wandte ich mich an meinen Majordomus und hieß ihn, diesen jungen Mann bei sich unterzubringen und ihn sorgfältig zu pflegen. Ich glaube sogar, ich sagte, er sei ein Sohn der Giralda, aber das weiß ich nicht mehr genau.

Am nächsten Tage berichtete mir Doña Mencia, der junge Mann liege im Fieber, und in seinem Wahn spreche er viel von mir und sage höchst zärtliche und leidenschaftliche Dinge.

Ich erklärte der Mencia, wenn sie fortfahre, solche Reden vor mir zu halten, werde ich sie hinauswerfen.

»Das werden wir sehen«, antwortete sie mir. Ich verbot ihr, sich noch einmal vor mir blicken zu lassen.

Am Tag darauf ließ sie mich um Vergebung bitten, warf sich mir zu Füßen, und ich verzieh ihr.

Acht Tage später, als ich gerade allein war, kam die Mencia herein und stützte dabei Hermosito, der außerordentlich schwach zu sein schien. »Sie haben mich zu Ihnen befohlen«, sagte er mit tonloser Stimme.

Ich sah die Mencia überrascht an, aber ich wollte dem Sohn der Giralda keinen Schmerz zufügen und ließ ihm einen Stuhl bis auf ein paar Schritte vor mir heranrücken. »Mein lieber Hermosito«, sagte ich zu ihm, »Ihre Mutter hat Ihren Namen niemals vor mir ausgesprochen, und ich möchte wissen, was Sie seit unserer Trennung erlebt haben.«

Mit schwacher, tonloser Stimme begann Hermosito zu sprechen und erzählte folgendes:

Die Geschichte des Hermosito Giraldo

Als ich unser Schiff unter Segeln sah und jede Hoffnung verlor, das Ufer meines Vaterlandes wieder zu erreichen, überlegte ich, warum meine Mutter mich mit solcher Grausamkeit oder doch äußerster Härte verbannt hatte, und war außerstande, ihre Gründe zu begreifen. Mir war gesagt worden, ich sei Ihr Diener, und ich diente Ihnen mit aller Hingabe, deren ich fähig war. Nie hatte ich Ihnen den Gehorsam verweigert. Warum also mich davonjagen, als ob ich mich der schwersten Vergehen schuldig gemacht hätte? Je länger ich darüber nachdachte, desto weniger konnte ich es verstehen.

Am fünften Tag unserer Überfahrt waren wir in das Geschwader von Don Fernando Arudez geraten. Man schrie uns zu, wir sollten am Heck des Admiralsschiffes vorübersegeln. Hoch auf der vergoldeten und in tausend Farben beflaggten Brücke erblickte ich Don Fernando in reicher Kleidung, im Schmuck vieler Orden, und seine Offiziere umgaben ihn respektvoll. In der Hand hielt er einen Schalltrichter; er stellte uns mehrere Fragen nach unseren Begegnungen während der Überfahrt und befahl uns dann weiterzusegeln. Als wir das Admiralsschiff passiert hatten, sagte mir unser Kapitän: »Das ist nun ein Marqués, aber begonnen hat er wie der Schiffsjunge, der dort die Kajüte fegt.«

An dieser Stelle seiner Erzählung warf Hermosito mehrmals verlegene Blicke auf die Mencia. Ich glaubte zu verstehen, daß er sich scheute, in ihrer Gegenwart zu sprechen, und ich bat sie hinauszugehen. Ich hatte dabei nur meine Freundschaft mit der Giralda im Sinn, und der Gedanke, man könne einen Argwohn gegen mich fassen, kam mir nicht. Als die Mencia hinausgegangen war, fuhr Hermosito in seiner Erzählung fort:

Ich glaube, Señora, da ich meine erste Nahrung aus denselben Quellen empfing wie Sie, ist meine Seele sympathetisch geworden und vermag nur an Sie oder durch Sie zu denken und setzt alles, woran sie gerät, in eine Beziehung zu Ihnen. Der Kapitän sagte mir, daß Don Fernando Marqués geworden sei, nachdem er als Schiffsjunge angefangen hatte. Ich dachte daran, daß Sie Marquesa sind, es schien mir nichts Schöneres zu geben, als Marqués zu werden, und ich erkundigte mich, wie es Don Fernando angefangen habe. Der Kapitän erklärte mir, er habe sich von Rang zu Rang hochgedient und durch glanzvolle Taten ausgezeichnet. In diesem Augenblick beschloß ich, Seemann zu werden, und übte mich durch Klettern im Tauwerk. Der Kapitän, der meine Obhut übernommen hatte, versuchte mich daran zu hindern, so sehr er konnte; aber ich leistete ihm Widerstand, und als wir Veracruz erreichten, war ich schon ein ganz guter Matrose.

Das Haus meines Vaters lag am Meeresufer. Wir gelangten mit dem Beiboot hin. Mein Vater empfing mich umgeben von einer Schar junger Mulattenmädchen, die ich auf sein Geheiß eine um die andere küßte. Sie tanzten, neckten mich auf jede Weise, und der Abend verfloß unter tausenderlei Tollheiten.

Am nächsten Tag ließ der *corregidor* von Veracruz meinem Vater ausrichten, wenn man ein Haus so führe wie er das seine, könne man seinen Sohn nicht bei sich behalten, und er solle mich ins Theatinerkolleg schicken. Mein Vater gehorchte, obschon mit Bedauern.

Im Kolleg fand ich als Lehrer einen Pater, der uns, um uns zum Lernen zu ermuntern, oft sagte, der Marqués von Campo Salez, damals Zweiter Staatssekretär, habe auch als armer Schüler begonnen und verdanke seinen Erfolg nur seinem Fleiß. Da ich sah, daß man auch auf diesem Weg Marqués werden könne, lernte ich zwei Jahre lang mit Feuereifer.

Der *corregidor* von Veracruz wurde abgelöst; da sein Nachfolger ein Mann von weniger strengen Prinzipien war, glaubte mein Vater, er könne es wagen, mich wieder bei sich aufzunehmen.

Ich fand mich aufs neue dem Ungestüm der jungen Mulattinnen ausgesetzt, die mein Vater noch zu tausenderlei Zudringlichkeiten ermunterte; diese Tollheiten gefielen mir ganz und gar nicht. Indessen belehrten sie mich über viele Dinge, die mir bis dahin unbekannt geblieben waren, und endlich begriff ich, warum ich von Astorgas weggeschickt worden war.

Damals durchlebte ich die folgenschwerste innere Umwälzung. Neuartige Empfindungen erwachten in meiner Seele und erweckten die Erinnerung an Spiele meiner frühesten Jugend, den Gedanken an jenes verlorene Glück, an die Gärten von Astorgas, die ich mit Ihnen durchstreifte, das wirre Andenken an tausend Beweise

Ihrer Güte. Zu viele feindliche Kräfte stürmten auf meine Vernunft ein, denen weder sie noch meine Gesundheit standhalten konnten. Die Ärzte sagten, ich hätte das schleichende Fieber. Ich dagegen hielt mich nicht für krank; aber der Aufruhr meiner Sinne ging so weit, daß ich Dinge zu sehen glaubte, die ich gar nicht vor Augen hatte und die ohne jede Realität waren. Sie waren es, Señora, die sich meiner verwirrten Phantasie am häufigsten zeigten, nicht so wie Sie heute erscheinen, sondern so, wie ich Sie zuletzt gesehen hatte. Wenn ich nachts aus dem Schlafe hochfuhr, glaubte ich, Sie durchbrächen die Finsternis und erschienen mir in strahlendem Glanz. Ging ich aus dem Haus, ertönte mir aus den Geräuschen der ländlichen Natur Ihr Name.

Manchmal schien es mir, Sie seien vor meinen Augen über die Felder geschritten. Und wenn ich zum Himmel aufblickte, um ihn zu bitten, meine Qual zu beenden, sah ich in den Lüften wieder Ihr Bild. Ich hatte festgestellt, daß ich in einer Kirche weniger litt und daß mir vor allem das Beten Erleichterung verschaffte. So brachte ich schließlich in diesen Zufluchtsstätten der Andacht ganze Tage zu.

Ein Mönch, dessen Haar unter den Bußübungen weiß geworden war, trat eines Tages an mich heran und sagte: »Mein Sohn, deine Seele ist von einer unendlichen Liebe erfüllt, die nicht für diese Welt geschaffen ist. Komm in meine Zelle, ich weise dir den Weg zum Paradies.«

Ich folgte ihm: In seiner Zelle erblickte ich Büßerhemden, härene Gürtel und andere Werkzeuge der Kasteiung, die mich nicht sehr schreckten. Woran ich litt, war ein ganz anderer Schmerz. Der Mönch las mir einige Stellen aus dem Leben der Heiligen vor. Ich bat ihn um die Erlaubnis, das Buch mitnehmen zu dürfen, und ich las darin die ganze Nacht. Ganz neue Vorstellungen erfüllten meine Seele; im Traum schaute ich den offenen

Himmel und Engel darin, die Ihnen wahrhaftig alle ein wenig glichen.

In Veracruz wurde damals Ihre Heirat mit dem Herzog von Medina Sidonia bekannt. Seit langem trug ich mich schon mit dem Gedanken, mich dem geistlichen Leben zu weihen. Meine Seligkeit fand ich darin, Tag und Nacht für Ihr Glück in dieser Welt und Ihr Heil in jener anderen zu beten. Mein frommer Lehrer sagte mir, der Sittenverfall sei in den amerikanischen Klöstern groß, und riet mir, Novize eines Madrider Klosters zu werden.

Ich teilte meinen Entschluß meinem Vater mit. Er hatte meine Frömmigkeit immer mit Mißvergnügen betrachtet; da er aber nicht wagte, mir offen davon abzuraten, bat er mich, wenigstens auf meine Mutter zu warten, die in Kürze eintreffen müsse. Ich sagte ihm, auf Erden hätte ich keine Eltern mehr und meine Familie sei der Himmel. Er hatte mir nichts zu erwidern. Schließlich suchte ich den *corregidor* auf, der meine Absichten lobte und dafür sorgte, daß ich das erste Schiff bestieg. Als ich Bilbao erreichte, erfuhr ich, daß meine Mutter sich nach Amerika eingeschifft hatte. Meine Einweisungsbriefe waren, wie ich Ihnen sagte, für Madrid ausgestellt; dahin machte ich mich auf. Als ich durch Burgos kam, erfuhr ich, daß Sie ganz in der Nähe dieser Stadt wohnten, und ich wollte Sie, bevor ich der Welt entsagte, noch einmal sehen. Wenn ich Sie gesehen hätte, so schien es mir, könnte ich mit größerer Inbrunst für Ihr Heil beten.

Ich schlug also den Weg zu Ihrem Sommerhaus ein. Ich betrat den ersten Hof und dachte dort einen der alten Bedienten zu finden, die Sie in Astorgas gehabt hatten; denn ich wußte, daß sie Ihnen gefolgt waren. Dem ersten, der vorbeikäme, wollte ich mich zu erkennen geben und ihn bitten, mir einen Platz anzuweisen, von dem ich Sie beim Besteigen der Karosse sehen könne; denn ich wollte Sie anschauen, ohne mich Ihnen zu zeigen.

Nur Unbekannte gingen an mir vorbei, und ich geriet mehr und mehr in Verlegenheit. Ich erblickte eine offene Tür und betrat einen völlig leeren Raum. Dann glaubte ich, jemand aus meiner Bekanntschaft gehe vorbei. Ich trat hinaus, da streckte mich ein Steinwurf zu Boden … Aber ich sehe, Señora, daß mein Bericht Ihre lebhafte Teilnahme erweckt …

»Ich kann Ihnen versichern«, sagte die Herzogin zu mir, »daß der fromme Wahn Hermositos nichts als mein Mitleid erregte.« Und sie fuhr fort:

Als er aber von Astorgas' Gärten sprach, von den Spielen unserer Kindheit, da fühlte ich mein Herz bedrängt von der Erinnerung an die Seligkeit, die ich damals genoß, vom Gedanken an mein gegenwärtiges Glück, von einer plötzlichen Zukunftsangst, von ich weiß nicht welchem zugleich süßen und schwermütigen Gefühl, und ich spürte, daß mir die Tränen übers Gesicht strömten.

Hermosito erhob sich, und ich glaube, er wollte den Saum meines Kleides küssen; aber seine Knie gaben unter ihm nach, sein Kopf sank in meinen Schoß, und seine Arme schlangen sich ganz fest um mich. In diesem Augenblick fielen meine Augen auf einen Spiegel, und ich sah darin die Mencia mit dem Herzog; dessen Züge aber sprachen von so schrecklicher Wut, daß er kaum wiederzuerkennen war.

Ich war vor Schrecken wie gelähmt. Ich richtete die Augen wieder auf den Spiegel und sah nichts mehr. Ich befreite mich aus Hermositos Armen. Ich rief, und die Mencia trat herein. Ich befahl ihr, sich um den jungen Mann zu kümmern, der noch ohne Bewußtsein war, und verließ das Zimmer. Die Vision, die ich gehabt hatte, versetzte mich in große Unruhe; man versicherte mir jedoch, der Herzog sei nicht hier.

Am nächsten Tag erkundigte ich mich nach Hermositos Befinden; ich erhielt die Antwort, er sei nicht mehr im Haus.

Drei Tage später, als ich gerade zu Bett gehen wollte, brachte mir die Mencia einen Brief des Herzogs. Er enthielt nur die Worte:

Tun Sie alles, was Doña Mencia Ihnen gebietet. Ich befehle es Ihnen als Ihr Gatte und Ihr Richter.

Die Mencia verband mir die Augen mit einem Tuch. Ich wurde an den Armen gepackt und in dieses Kellergelaß geführt. Ich hörte das Rasseln von Ketten. Ich entfernte das Tuch von meinen Augen und erblickte Hermosito, der mit dem Hals an den Pfosten gekettet war, an dem Sie jetzt lehnen. Seine Augen hatten jeden Glanz verloren, und er war leichenblaß.

»Sie sind es?« fragte er mit erlöschender Stimme; »ich kann nur mit Mühe sprechen; man gibt mir kein Wasser, und die Zunge klebt mir am Gaumen; mein Martyrium wird nicht lange dauern; wenn ich in den Himmel komme, halte ich dort Fürsprache für Sie.«

In diesem Augenblick fiel dort aus der Mauerspalte ein Schuß und zerschmetterte Hermosito einen Arm. Er rief aus: »Mein Gott, verzeih meinen Henkern!«

Ein zweiter Schuß ging aus der gleichen Spalte los, aber ich weiß nicht, welche Wirkung er hatte, denn ich fiel in Ohnmacht.

Als ich wieder zu mir kam, fand ich mich von meinen Frauen umgeben, die vom Vorgefallenen nichts zu wissen schienen; sie teilten mir nur mit, die Mencia habe das Haus verlassen. Am Vormittag kam ein Junker meines Gatten und sagte mir, dieser sei mit einem geheimen Auftrag nach Frankreich abgereist und werde erst in einigen Monaten zurück sein. Da ich nun so auf mich selbst gestellt war, besann ich mich auf meinen Mut; ich befahl meine Seele dem höchsten Richter und widmete alle Fürsorge meiner Tochter.

Nach drei Monaten kam die Giralda; sie war aus Amerika zurückgekehrt und hatte ihren Sohn schon in dem Kloster zu Madrid gesucht, in dem er sein Noviziat antreten sollte. Da sie ihn dort nicht gefunden hatte, war sie nach Bilbao gereist und war Hermositos Spuren bis nach Burgos gefolgt. Da ich Ausbrüche ihres Schmerzes fürchtete, sagte ich ihr nur einen Teil der Wahrheit. Es gelang ihr, mir auch noch den Rest zu entreißen.

Sie wissen wohl, welch hartes und stürmisches Wesen diese Frau hat. Wut, Raserei und alle furchtbaren Gefühle, die ein Herz zerreißen können, erfaßten nacheinander das ihre. Ich selbst war zu unglücklich, um ihren Schmerz lindern zu können.

Als die Giralda eines Tages in ihrem Zimmer einige Veränderungen vornahm, entdeckte sie eine unter der Tapete verborgene Tür und drang bis zum Kerker hinab, in dem sie sogleich den Pfosten erkannte, an den man ihren Sohn angekettet hatte. Er war noch blutbefleckt. Als sie mich aufsuchte, war sie dem Irrsinn nahe. Seither schloß sie sich häufig in ihr Zimmer ein, aber ich glaube, daß sie sich dann in dem unseligen Kellergelaß aufhielt und dort über Racheplänen brütete.

Einen Monat später wurde mir die Ankunft des Herzogs gemeldet, und ich erwartete ihn mit Fassung. Er trat mit ruhiger, beherrschter Miene ein, liebkoste seine Tochter ein wenig; dann gebot er mir Platz zu nehmen und setzte sich neben mich.

»Señora«, sagte er, »ich habe viel darüber nachgedacht, welche Maßnahmen ich nun Ihnen gegenüber zu ergreifen habe. Ich werde alles beim alten lassen. Sie werden in meinem Hause leben, man wird Ihnen mit derselben Hochachtung begegnen wie sonst, und Sie werden von mir dem Anschein nach dieselben Beweise meiner Wertschätzung empfangen. Bis zu dem Tage, an dem Ihre Tochter das sechzehnte Jahr erreicht, wird das so bleiben ...«

»Und wenn sie sechzehn Jahre alt ist, was wird dann aus mir?« fragte ich den Herzog.

In diesem Augenblick brachte die Giralda Schokolade herein, und der Gedanke schoß mir durch den Kopf, sie sei vergiftet; aber der Herzog ergriff sogleich wieder das Wort und sagte: »Wenn Ihre Tochter sechzehn Jahre alt ist, werde ich ihr sagen: ›Ihre Züge, meine Tochter, erinnern mich an eine Frau, deren Geschichte ich Ihnen erzählen will. Sie war schön, und ihre Seele schien noch schöner zu sein; aber sie heuchelte ihre Tugenden. Indem sie bloß ihren Anschein erweckte, gelang es ihr, die beste Partie Spaniens zu machen. Eines Tages mußte ihr Mann sie für einige Wochen verlassen. Gleich ließ sie aus ihrer Heimat einen kleinen Schurken kommen. Sie erinnerten sich an ihre alte Liebe und fielen einander in die Arme. Hier ist sie, diese abscheuliche Heuchlerin: Es ist Ihre Mutter.‹ Dann werde ich Sie aus meiner Gegenwart verbannen, und Sie werden Ihre Tränen auf dem Grab Ihrer Mutter vergießen, die nicht mehr taugte als Sie.«

Das Unrecht hatte meine Seele so hart werden lassen, daß mir diese fürchterliche Rede keinen großen Eindruck machte. Ich nahm meine Tochter in die Arme und verließ das Zimmer.

Unglücklicherweise vergaß ich die Schokolade. Der Herzog hatte, wie ich später erfuhr, seit zwei Tagen fast nichts gegessen. Die Tasse stand vor ihm, er leerte sie bis auf den letzten Rest. Dann begab er sich in seine Gemächer. Eine halbe Stunde später befahl er, man solle den Doktor Sangre Moreno holen und, von ihm abgesehen, niemanden vorlassen.

Man lief zum Doktor; er war zu einem Landhaus gefahren, wo er seine Leichen sezierte. Man eilte hin, er war nicht mehr da. Man suchte ihn bei allen seinen Patienten. Erst nach drei Stunden kam er und fand den Herzog nicht mehr am Leben.

Sangre Moreno untersuchte die Leiche sehr aufmerksam. Er prüfte Fingernägel, Augen, Zunge; er ließ aus seinem Hause mehrere Fläschchen holen und stellte damit ich weiß nicht welche Untersuchungen an. Dann suchte er mich auf und sagte: »Señora, Sie können sicher sein, daß der Herzog durch die Wirkung eines sachkundig hergestellten, scheußlichen Gemischs von narkotisierendem Harz und ätzendem Metall gestorben ist. Ich übe kein Richteramt aus, und ich überlasse es dem großen Richter dort oben, Verbrechen ans Licht des Tages zu bringen. Ich werde bekanntgeben, der Herzog sei am Schlagfluß gestorben.«

Danach erschienen andere Ärzte und folgten dem Urteil Sangre Morenos.

Ich ließ die Giralda kommen und teilte ihr die Worte des Doktors mit. Ihre Verwirrung verriet sie. »Sie haben meinen Gatten vergiftet«, sagte ich zu ihr; »wie kann sich ein Christenmensch eines solchen Verbrechens schuldig machen?«

»Ich bin Christin«, antwortete sie, »aber ich wurde auch zur Mutter; und wenn man Ihr Kind hinschlachtete, dann handelten Sie vielleicht grausamer als eine wütende Löwin.«

Ich hatte ihr nichts zu erwidern. Ich machte sie indessen darauf aufmerksam, daß sie auch mich hätte vergiften können.

»Nein«, antwortete sie, »ich hatte das Auge am Schlüsselloch, und hätten Sie die Tasse berührt, dann wäre ich sofort eingetreten.«

Dann erschienen die Kapuziner und verlangten die Leiche des Herzogs, um sie einzubalsamieren, und da sie eine Anordnung des Erzbischofs vorwiesen, konnte ich sie ihnen nicht verweigern.

Die Giralda, die sich bisher als sehr tapfer erwiesen hatte, erschien auf einmal unruhig und ängstlich; sie fürchtete, beim Einbalsamieren des Leichnams könnten die Spuren der Vergiftung entdeckt werden. Diese Vorstellung verfolgte sie in einem Maße, daß man um ihren Verstand fürchten mußte, und ihre inständigen Bitten zwangen mich zu der Entführung, die uns die Ehre verschaffte, daß Sie bei uns weilen. Die gefühlvolle Rede, die ich auf dem Friedhof hielt, war dazu bestimmt, meine Leute zu täuschen; und als wir sahen, daß wir anstelle des Leichnams Sie hierhergebracht hatten, mußten wir zur weiteren Täuschung eine Puppe herstellen, die wir im Garten bei der Kapelle an Ihrer Stelle begruben.

Trotz all dieser Vorsichtsmaßregeln ist die Giralda noch keineswegs beruhigt; sie spricht davon, nach Amerika zurückzukehren, und will Sie hier festhalten, bis sie sich endgültig entschlossen hat. Ich selbst fürchte nichts; werde ich je verhört, sage ich die ganze Wahrheit, und die Giralda habe ich davon in Kenntnis gesetzt. Die Ungerechtigkeit und die Grausamkeit des Herzogs haben meine Liebe zu ihm zum Erlöschen gebracht, und ich hätte mich nie entschließen können, ein Leben mit ihm zu führen. Mein ganzes Glück ist jetzt meine Tochter, und ihr Schicksal macht mich nicht besorgt. Die Würde von zwanzig Granden ruht auf ihrem Haupt, was wohl hinreicht, um ihr in einer vornehmen Familie eine gute Aufnahme zu verschaffen.

Das also, mein junger Freund, wollten Sie von mir wissen. Die Giralda weiß, daß ich Ihnen unsere ganze Geschichte erzähle; sie findet es nicht gut, wenn Sie alles nur bruchstückhaft wissen. Aber die Luft in diesem Kerker erstickt einen; ich gehe nach oben, um freier zu atmen.

Als die Herzogin ihre beklagenswerte Geschichte beendet hatte, sagte sie, wie schon berichtet, hier fürchte sie zu ersticken. Als sie gegangen war, fand ich wirklich, daß das Kellergelaß etwas Stickiges hatte. Das Grab des jungen Märtyrers und der Pfosten, an den man ihn gekettet hatte, schienen mir eine höchst traurige Möblierung. Solange ich noch die Kommission der Theatiner fürchtete, hatte mir dieses Gefängnis noch zugesagt; da mein Fall jetzt aber abgelegt war, begann ich mich unwohl zu fühlen, und die Zuversicht der Giralda, die damit rechnete, mich hier zwei Jahre lang festzuhalten, brachte mich unwillkürlich zum Lachen. Übrigens verstanden die beiden Damen ihr Amt als Kerkermeisterinnen so schlecht, daß sie die meiste Zeit die Tür zu ihrem Keller offenstehen ließen, vielleicht weil sie dachten, das Gitter, welches mich von ihr trennte, sei ein unüberwindliches Hindernis. Indessen hatte ich nicht nur einen Plan zur Flucht geschmiedet, sondern auch einen für mein Verhalten während der zwei Jahre, die ich büßend verbringen sollte. Ich will in wenigen Worten meine Vorstellungen darüber mitteilen.

Während meines Aufenthalts im Theatinerkolleg hatte ich oft über das Glück nachgedacht, dessen sich in meinen Augen ein paar kleine Bettler am Portal unserer Kirche erfreuten. Während ich über den Büchern immer blasser wurde und doch meine Lehrer niemals völlig zufriedenstellen konnte, durchstreiften diese glücklichen Kinder des Elends die Straßen, spielten Karten auf einer Marmortreppe und zahlten mit Kastanien. Sie rauften miteinander, und niemand trennte sie; sie machten sich schmutzig, ohne daß man sie nötigte, sich zu waschen; sie zogen sich auf der Straße das Hemd aus und wuschen es im Rinnstein. Konnte man sich vergnüglicher die Zeit vertreiben?

In meinem Keller kamen mir nun alle diese Gedanken über das glückliche Leben, das diese kleinen Bettler genossen, wieder in den Sinn, und nicht ganz grundlos stellte ich mir vor, ich täte am besten daran, mich für die Zeit meiner Buße dem Stande der Bettler anzuschließen. Mein Geist war tatsächlich auf eine Weise gebildet, daß mich meine Sprache, die gesitteter war als die meiner Standesgenossen, hätte verraten können; ich hoffte aber, mir mühelos ihren Ton und ihre Manieren aneignen und später wieder zu meinen eigenen zurückkehren zu können. Obwohl dieser Entschluß etwas Sonderbares hatte, war es in meiner Lage wirklich der beste.

Als das einmal entschieden war, zerbrach ich eine Messerklinge und machte mich bei einem der Gitterstäbe an die Arbeit. Um ihn zu lösen, brauchte ich fünf Tage. Ich sammelte sorgfältig den herausgekratzten Steinstaub und verteilte ihn wieder um die Gitterstäbe, so daß er nicht auffiel.

An dem Tag, als mein Werk vollendet war, brachte mir die Giralda meinen Korb. Ich fragte sie, ob sie nicht fürchte, man könne entdecken, daß sie im Keller des Hauses einen jungen Mann verköstigte.

»Nein«, erwiderte sie, »die Falltür, durch die Sie hier hereinkamen, öffnet sich zu einem gesonderten Pavillon, dessen Tür ich unter dem Vorwand, er erwecke in der Herzogin traurige Erinnerungen, zumauern ließ; und der Gang, durch den wir kommen, mündet in mein Schlafzimmer. Seinen Eingang verbirgt eine Tapete.«

»Ich hoffe doch«, sagte ich, »er ist durch eine gute Eisentür versichert?«

»Nein«, antwortete sie, »die Tür ist recht leicht, aber sie ist gut versteckt, und darüber hinaus schließe ich die Tür meines Zimmers stets ab. Im Hause gibt es noch mehrere Kellerräume dieser Art. Ich glaube, vor uns haben hier andere Eifersüchtige gewohnt und so manches Verbrechen begangen.« Mit diesen Worten wollte die Giralda sich offenbar zurückziehen.

»Warum gehen Sie denn schon?« fragte ich sie.

»Weil die Herzogin eine Ausfahrt unternimmt«, antwortete sie. »Heute endet die sechste Woche ihrer Trauer, und sie möchte spazierengehen.«

Ich hatte nun alles erfahren, was ich wissen mußte, und hielt die Giralda nicht mehr zurück, die wiederum hinausging, ohne die Kellertür zu verschließen. In aller Eile schrieb ich der Herzogin einen Entschuldigungs- und Dankesbrief und legte ihn auf das Gitter. Dann hob ich die Gitterstange heraus und betrat das Kellergelaß der beiden Damen, dann einen finsteren Gang, der an einer verschlossenen Tür endete. Ich hörte die Geräusche eines Wagens und mehrerer Pferde; daraus schloß ich, daß die Herzogin ausgefahren und die Amme nicht mehr im Hause war.

Ich schickte mich an, die Tür aufzubrechen. Sie war teilweise morsch und gab schon den ersten Stößen nach. Dann befand ich mich im Schlafzimmer der Amme, und da ich wußte, daß sie ihre Tür sorgfältig abschloß, glaubte ich mich hier gefahrlos aufhalten zu können.

Ich sah mich im Spiegel und fand, mein Äußeres entspreche nicht hinreichend dem Stand, dem ich angehören wollte. Aus dem Kamin zog ich ein Stück Kohle und tönte damit meinen hellen Teint ein wenig dunkler; dann brachte ich in Hemd und Rock Risse an, und darauf trat ich ans Fenster und sah, daß es auf einen kleinen Garten hinausging, der einstmals wohl der Lieblingsplatz seiner Eigentümer war, jetzt aber gänzlich vernachlässigt schien. Ich öffnete das Fenster und stellte fest, daß kein anderes zum Garten hinausging. Es lag auch nicht sehr hoch, und ich hätte in den Garten hinabspringen können; ich benützte aber lieber ein Bettlaken der Giralda. Das Gerüst eines alten Laubenganges ermöglichte es mir, auf die Gartenmauer zu klettern, von der ich in die freie Flur hinaussprang, ganz entzückt davon, die Luft der Felder einzuatmen, und mehr noch, der Theatiner und Inquisitoren, der Herzoginnen und Ammen ledig zu sein.

In der Ferne sah ich die Stadt Burgos, aber ich wandte mich in die entgegengesetzte Richtung. Ich gelangte zu einer finsteren Spelunke. Der Wirtin zeigte ich eine Münze von zwanzig *reales,* die ich sorgfältig in Papier gewickelt hatte, und erklärte ihr, all dieses Geld wolle ich bei ihr ausgeben. Sie lachte und gab mir Brot und Zwiebeln zum doppelten Wert. Ich besaß wohl etwas Geld, aber ich traute mich nicht, es zu zeigen. Dann legte ich mich im Pferdestall zur Ruhe, und ich schlief, wie man eben nur mit sechzehn Jahren schläft.

Ich erreichte Madrid, ohne etwas zu erleben, das erzählenswert wäre. Ich kam dort an, als der Tag zur Neige ging; ich fand das Haus meiner Tante wieder, und Sie können sich vorstellen, welche Freude sie hatte, als sie mich wiedersah. Aus Angst, man könne mich hier finden, blieb ich aber nur wenige Augenblicke. Ich durchquerte ganz Madrid, gelangte zum Prado, legte mich auf den Boden und schlief ein.

Sobald der Tag graute, begann ich Straßen und Plätze zu durchstreifen, um die Stellen herauszufinden, wo ich vorzugsweise meinen Beruf ausüben wollte. Als ich durch die Toledaner Straße kam, begegnete mir eine Magd, die eine Flasche Tinte trug. Ich fragte sie, ob sie nicht von Señor Avadoro komme.

»Nein«, antwortete sie, »ich komme von Don Felipe del Tintero Largo.« So erfuhr ich, daß mein Vater immer noch unter demselben Beinamen bekannt war und sich mit denselben Dingen beschäftigte.

Ich mußte indessen daran denken, mich irgendwo niederzulassen. Unter dem Portal der St. Rochus-Kirche entdeckte ich ein paar Bettler in meinem Alter, deren Gesichter mir zusagten. Ich ging auf sie zu und erklärte ihnen, daß ich als Knabe aus der Provinz nach Madrid gekommen sei, um hier mein Schicksal in die Hände mildtätiger Seelen zu legen; es sei mir aber noch eine Handvoll *reales* verblieben, und wenn sie eine Gemeinschaftskasse hätten, brächte ich diesen Schatz gerne dort ein.

Dieser Beginn sprach zu meinen Gunsten. Sie sagten mir, sie hätten tatsächlich eine gemeinsame Kasse, die sie der Obhut einer Kastanienverkäuferin anvertraut hätten, deren Stand sich am Ende der Straße befand. Sie brachten mich dorthin, und dann kehrten wir unter das Portal zurück, wo wir uns anschickten, Tarock zu spielen.

Während wir uns mit diesem Spiel beschäftigten, das viel Aufmerksamkeit verlangt, schien uns ein wohlgekleideter Mann zu mustern, der bald diesen, bald jenen von uns ins Auge faßte. Wir wollten ihm gerade eine Flegelei zurufen, als er uns zuvorkam, indem er mich zu sich rief und mich hieß, ihm zu folgen. Er führte mich in eine entlegenere Straße und sagte zu mir: »Mein Junge, ich habe dir vor deinen Kameraden den Vorzug gegeben, da dein Gesicht von mehr Verstand zeugt und da dieser für den Auftrag, den ich dir geben will, notwendig ist. Es handelt sich um folgendes: Hier werden viele Frauen vorübergehen, die alle schwarze Samtröcke tragen und schwarze Mantillas, die mit Spitzen besetzt sind und ihre Gesichter so gut verbergen, daß es unmöglich ist, sie zu erkennen. Da aber sowohl Samt- als auch Spitzenstoffe glücklicherweise verschiedenartige Zeichnungen aufweisen, ist es immerhin möglich, den Spuren dieser schönen Unbekannten zu folgen. Ich bin der glücklich erhörte Liebhaber einer jungen Dame, die mir eine gewisse Neigung zur Untreue zu haben scheint, und ich bin entschlossen, mir darüber Klarheit zu verschaffen. Hier habe ich zwei Samt- und zwei Spitzenmuster. Wenn zwei Frauen vorüberkommen, deren Kleider ihnen entsprechen, beobachtest du, ob sie in diese Kirche oder in das gegenüberliegende Haus eintreten, das dem Ritter von Toledo gehört; und dann kommst du zu dem *bevandes*-Händler am Ende der Straße und berichtest mir dort. Hier hast du eine Goldmünze; du bekommst eine zweite, wenn du deinen Auftrag gut erledigst. Adios.«

Während dieser Mann mit mir sprach, beobachtete ich ihn sehr aufmerksam, und es schien mir, sein Auftreten sei nicht das eines Liebhabers, sondern eher das eines Ehemannes. Die Wutausbrüche des Herzogs von Sidonia fielen mir wieder ein, und ich scheute vor der Sünde zurück, die ich begangen hätte, wenn ich hier die Sache Amors den finsteren Verdächtigungen Hymens aufgeopfert hätte. Ich entschloß mich also, nur die Hälfte des Auftrags auszuführen, das heißt, wenn die Damen die Kirche betraten, wollte ich es dem Eifersüchtigen berichten, wenn sie aber woanders hingingen, wollte ich hingegen sie vor der Gefahr, von der sie bedroht waren, warnen. Ich kehrte zu meinen Kameraden zurück und sagte ihnen, sie sollten nur zu spielen fortfahren, ohne auf mich zu achten; dann legte ich mich hinter sie und breitete die Samt- und Spitzenmuster vor mir aus.

Bald erschienen paarweise viele Frauen, und schließlich auch zwei, die wirklich die Stoffe trugen, deren Proben ich vor mir hatte. Die beiden Frauen schickten sich an, die Kirche zu betreten; unter dem Portal blieben sie jedoch stehen, blickten um sich, um festzustellen, ob ihnen jemand folge, und überquerten dann so schnell sie konnten die Straße und schlüpften in das Haus gegenüber.

An dieser Stelle der Erzählung wurde der Zigeuner weggerufen; und als er uns verlassen hatte, sagte Velásquez: »Wahrhaftig, diese Geschichte macht mir angst und bange. Die Geschichten des Zigeuners fangen alle scheinbar ganz harmlos an, und man glaubt ihr Ende schon abzusehen; aber nichts davon, eine Geschichte enthält in sich schon die nächste, die wieder eine dritte in sich birgt. Ungefähr wie die Reste bei einer Division, die man reihenweise weiterteilen kann und die in manchen Fällen ins Unendliche laufen. Aber man kennt ja Methoden, um fast alle Reihen durch eine Summe abzuschließen; wenn ich dagegen die Summe alles dessen ziehen will, was der Zigeuner erzählt, gelange ich nur zu einer ungeheuren Verwirrung.«

»Es scheint doch«, sagte Rebekka, »Sie hören ihm mit großem Vergnügen zu, denn Sie wollten, meine ich, nach Madrid reisen, und nun sehe ich befriedigt, daß Sie nicht daran denken, uns zu verlassen.«

»Señora«, antwortete Velásquez, »aus zwei Gründen bin ich noch hier. Zunächst einmal habe ich eine wichtige Berechnung angefangen, die ich abschließen will, und dann finde ich in Ihrer Gesellschaft mehr Vergnügen, als ich jemals in der einer Frau empfand, oder vielmehr: Sie sind die einzige, deren Unterhaltung mir anregend erscheint.«

»Durchlauchtigster Herzog«, erwiderte die Jüdin, »ich wünschte, der zweite Grund würde eines Tages zum ersten.«

»Señora«, sagte der Herzog, »es ist, glaube ich, nicht von Bedeutung, ob ich vor oder nach der Geometrie an Sie denke, aber etwas stört mich: Ich kenne nicht Ihren Namen, und wenn ich an Sie denke, muß ich Sie als x, y oder z bezeichnen, womit wir in der Mathematik die unbekannten Größen benennen.«

»Mein Name«, sagte die Jüdin, »ist ein Geheimnis, das ich gern Ihrer Rechtschaffenheit anvertrauen würde, wenn ich nicht die Folgen Ihrer Geistesabwesenheiten fürchtete.«

»Aber das müssen Sie nicht!« sagte Velásquez darauf.

»Die häufige Verwendung von Substitutionen bei meinen Berechnungen hat mich dazu gebracht, dieselben Größen gleichbleibend auf dieselbe Weise zu bezeichnen. Und wenn ich Ihnen einmal einen Namen gegeben habe und Sie wollten dann anders bezeichnet werden, so wäre ich außerstande, Ihrem Wunsche nachzukommen.«

»Nun gut«, sagte Rebekka, »nennen Sie mich Laura Uzeda.«

»Ausgezeichnet«, sagte Velásquez, »oder auch schöne Laura, gelehrte Laura, entzückende Laura; denn all dies sind Exponenten Ihres allgemeinen Wertes.«

Mitten in ihrer Unterhaltung erinnerte ich mich, daß ich den Räubern versprochen hatte, mich vierhundert Schritt westlich des Lagers mit ihnen zu treffen. Ich nahm meinen Degen, und als meine Entfernung vom Lager etwa groß genug war, hörte ich einen Pistolenschuß. Ich folgte im Wald der Richtung, aus der er abgefeuert worden war, und stieß dort auf die mir schon bekannten Männer. Ihr Anführer sagte zu mir: »Señor Caballero, seid gegrüßt! Ich sehe, Ihr steht zu Eurem Wort, und ohne Zweifel seid Ihr auch ein Mann von Mut. Hier seht Ihr im Fels einen Durchlaß, er führt in Höhlen, in denen Ihr schon mit Ungeduld erwartet werdet. Die an Euch Anteil nehmen, erweisen Euch ihr Vertrauen; ich hoffe, Ihr enttäuscht es nicht!«

Ich betrat die Höhle, ohne daß der Mann, der mit mir gesprochen hatte, mir gefolgt wäre. Als ich ein paar Schritte gemacht hatte, hörte ich hinter mir ein Geräusch und sah, daß dicke Felsblöcke, von einem unsichtbaren Mechanismus abgesenkt, die Öffnung, durch die ich eingetreten war, verschlossen hatten. Das Tageslicht, das durch eine Felsspalte hereindrang, ließ mich einen langen Gang erkennen, der sich im Dunkeln verlor. Trotz der Finsternis konnte ich ohne Beschwernis voranschreiten, weil der Boden geebnet war und sich leicht absenkte. Der

Weg strengte mich also nicht an, aber ich glaube, manch einer hätte sich, wenn er so in die Eingeweide der Erde hätte eindringen müssen, an meiner Stelle geängstigt. Zwei gute Stunden schritt ich so immer voran, in einer Hand den Degen und die andere, um mich vor einem Aufprall zu schützen, vor mir ausgestreckt.

Plötzlich spürte ich, wie sich die Luft um mich bewegte. Dann vernahm ich eine zarte Stimme, die sagte: »Wie kann der Sterbliche es wagen, in das Reich der Gnomen einzudringen?«

Eine andere, ebenso zarte Stimme antwortete: »Vielleicht will er unsere Schätze rauben.«

Die erste Stimme versetzte: »Wollte er den Degen ablegen, so könnten wir ihm näher kommen.«

Da ergriff ich meinerseits das Wort und sagte: »Liebenswürdige Gnominnen, deren Stimmen ich zu kennen glaube, ich kann meinen Degen nicht ablegen, aber ich habe seine Spitze in den Boden gestoßen. Ihr könnt ohne Bedenken näher kommen.«

Die unterirdischen Geistwesen schlangen ihre Arme um mich, aber ein sicheres Gefühl sagte mir, daß es meine Cousinen waren. Ein strahlendes Licht, das uns plötzlich umfloß, zeigte mir, daß ich mich nicht getäuscht hatte. Sie führten mich in eine Grotte, die mit gepolsterten Ruhebänken ausgestattet war und von deren Wänden blitzende Steine in allen Farben des Opals glänzten.

»Nun«, sagte Emina, »findet Ihr es reizvoll, uns wiederzusehen? Ihr lebt ja jetzt in Gesellschaft einer jungen Israelitin, die ebenso geistvoll wie schön ist.«

»Ich kann Euch versichern«, sagte ich, »daß Rebekka überhaupt keinen Eindruck auf mich gemacht hat; aber jedes Mal, wenn ich Euch sehe, denke ich mit geheimem Bangen, es könne das letzte Mal sein. Man hat mir einreden wollen, Ihr seiet zwei Dämonen; ich habe es nie geglaubt. Eine innere Stimme sagte mir, Ihr seiet Wesen meiner Art und zur Liebe geschaffen. Gewöhnlich glaubt man ja, es sei unmöglich, zugleich mehr als eine Frau zu lieben. Das ist sicher ein Irrtum, da Ihr mir doch beide gleich lieb seid. Zwischen Euch beiden unterscheidet mein Herz nicht, und Ihr beide herrscht darin ebenso wie über meine Sinne.«

»Ah«, sagte Emina, »das Blut der Abencérages spricht aus Euch, denn Ihr vermögt mehr als eine Frau zu lieben. Nehmt doch den heiligen Glauben an, der Euch mehrere Gattinnen erlaubt.«

»Vielleicht«, sagte Zubeida, »vielleicht könntet Ihr Tunis beherrschen, wenn Ihr dieses wunderbare Land, die Serails von Bardo und Manuba, ihre Gärten, ihre Wasserspiele, ihre köstlichen Bäder und hundert jungen Sklavinnen sähet, die noch schöner sind als wir!«

»Lassen wir einmal die sonnenbeschienenen Königreiche beiseite«, sagte ich; »hier sind wir in der Tiefe ich weiß nicht welchen Abgrunds; aber wenngleich dicht an der Hölle, können wir hier doch die Wonnen finden, die der Prophet, wie man sagt, seinen Heiligen verspricht.«

Zubeida sprach sich für dieses Urteil aus, und ihre Schwester verweigerte ihre Zustimmung nicht.

Dreißigster Tag

Als ich erwachte, waren meine Cousinen verschwunden; unruhig blickte ich mich um und sah vor mir einen hell erleuchteten Gang, und ich begriff, daß dies der Weg war, dem ich folgen sollte. Ich kleidete mich also in aller Eile an, und als ich noch eine halbe Stunde weitergegangen war, gelangte ich zu einer Wendeltreppe, auf der ich nach meinem Belieben zur Oberfläche der Erde hinauf oder tiefer in ihr Inneres hinabsteigen konnte. Ich entschloß mich zur letzteren Möglichkeit und erreichte eine Gruft, in der ich ein weißes, von vier Leuchten erhelltes Marmorgrab erblickte sowie einen alten Derwisch, der Gebete sprach.

Der Greis drehte sich mit freundlicher Miene zu mir um und sagte: »Seid willkommen, Señor Alfonso, wir warten schon lange auf Euch.«

Ich fragte ihn, ob ich mich hier in den Fundamenten des Kasr Gomelez befände.

»Ihr täuscht Euch nicht, edler Nazarener«, erwiderte der Derwisch. »Dieses Grab birgt das berühmte Geheimnis der Gomelez, aber bevor ich diesen wichtigen Gegenstand zur Sprache bringe, erlaubt mir, Euch einen leichten Imbiß anzubieten. Ihr werdet heute alle Kraft Eures Geistes und Eures Körpers nötig haben, und vielleicht«, fügte er mit ein wenig listiger Miene hinzu, »sind sie jetzt schon einer Wiederherstellung bedürftig!«

Nach diesen Worten führte mich der Greis in ein benachbartes Gewölbe, wo ich ein sehr anständig aufgetischtes Frühstück vorfand. Als ich die Mahlzeit beendet hatte, bat mich mein Gastgeber, mir aufmerksam zuzuhören, und sprach:

»Señor Caballero, es ist mir wohlbekannt, daß Euch Eure schönen Cousinen über die Geschichte Eurer Ahnen und über die Bedeutung, die sie dem Kasr Gomelez beimaßen, ins Bild gesetzt haben. Nichts auf der Welt könnte tatsächlich mehr Gewicht haben. Einem Menschen, der Gewalt über unser Geheimnis hätte, fiele es nicht schwer, sich zum Herrn ganzer Nationen zu machen und vielleicht sogar eine universale Monarchie zu begründen. Aber diese bedeutenden und gefährlichen Mittel könnten in den Händen eines Unbesonnenen auf lange Zeit die in der Gesellschaft herrschende Ordnung vernichten. Die Gesetze, denen wir seit vielen Jahrhunderten gehorchen, haben folglich festgelegt, daß das Geheimnis nur Menschen vom Blut der Gomelez enthüllt werden darf, und auch nur dann, wenn man sich durch außerordentliche und unterschiedlichste Prüfungen ihres Charakters versichert hat. Auch verlangt der Brauch feierliche Schwüre, die vom zeremoniellen Pomp der Religion begleitet werden müssen. Eure Denkart kennen wir jedoch hinreichend, um uns mit Eurem Ehrenwort zu begnügen. Ich wage es also, Señor Caballero, Euch um Euer Wort darauf zu bitten, daß Ihr keiner lebenden Seele preisgebt, was Ihr jetzt sehen werdet.«

Da ich im Dienste des Königs von Spanien stand, schien es mir im ersten Augenblick, ich dürfe mein Wort nicht verpfänden, bevor ich wüßte, daß ich in diesen Gewölben nichts zu sehen bekäme, das seinen Interessen zuwiderliefe. Dem Derwisch gegenüber erhob ich diesen Einwand.

Er antwortete mir: »Señor Caballero, Euer Bedenken ist billig, Euer Arm gehört gewiß dem König, dem Ihr dient; aber hier seid Ihr in einem unterirdischen Lande, in das seine Gewalt niemals vordringt. Auch das Blut, dem Ihr entspringt, erlegt Euch Pflichten auf; und das Ehrenwort, das ich von Euch verlange, ist schließlich nur eine Konsequenz des Wortes, das Ihr Euren Cousinen gegeben habt.«

Ich glaube, diese Argumente waren nur scheinbar stichhaltig, aber sie überzeugten mich. Ich gab das Wort, das von mir verlangt wurde; darauf schob der Derwisch eine Wand des Grabmals zur Seite und wies mir eine Treppe, die in noch tiefere Gewölbe hinabführte.

»Steigt hinunter, Señor Caballero«, sagte der Derwisch. »Es wäre unnütz, Euch zu begleiten, aber heute abend hole ich Euch ab.«

Ich stieg also hinab und sah Dinge, von denen Euch zu berichten mir ein Vergnügen wäre, wenn mich nicht ein Ehrenwort davon abhielte, das ein unüberwindliches Hindernis ist.

Abends kam der Derwisch, wie er versprochen hatte. Gemeinsam stiegen wir wieder nach oben und betraten ein anderes Gewölbe, wo man für uns ein Abendessen vorbereitet hatte. Der Tisch war am Fuß eines goldenen Baumes gedeckt, der den Stammbaum der Gomelez darstellte. Der Baum teilte sich sozusagen in zwei Hauptäste, deren einer, der den muselmanischen Gomelez vorbehalten war, blühend und in der ganzen Kraft seines Wachstums erschien; der andere hingegen, den christlichen Gomelez zugedacht, schien verdorrt und nur durch lange, bedrohliche Dornen gekennzeichnet.

Nach dem Essen sagte mir der Derwisch: »Wundert Euch nicht über den Unterschied, den Ihr zwischen den beiden Hauptästen bemerkt. Den Gomelez, die dem Gesetz des Propheten die Treue hielten, wurden als Belohnung Throne zuteil, die anderen jedoch führten in unterschiedlichen Gewerben ein recht unbedeutendes

Leben; keiner von ihnen erhielt jemals Zugang zur Kenntnis unseres Geheimnisses, und wenn man zu Euren Gunsten eine Ausnahme macht, verdankt Ihr das vor allem der Ehre, Euch die Gunst zweier Prinzessinnen vom tunesischen Zweig unseres Geschlechts verdient zu haben. Übrigens seid Ihr weit entfernt davon, unsere Politik insgesamt zu durchschauen; wolltet Ihr zum anderen Ast überwechseln, zu dem, der blüht und von Tag zu Tag voller blühen wird, dann bekämt Ihr mit Eurem Streben gewiß Anlaß zur Genugtuung, und Ihr könntet ruhmreich zur Verwirklichung großer, ja gewaltiger Pläne beitragen.«

Ich wollte antworten, aber der Derwisch ließ mir nicht die Zeit dazu und fuhr fort: »Mit Fug und Recht erhaltet Ihr Euren Teil an den Gütern der Familie und eine Entschädigung für die Mühe, der Ihr Euch in diesen unterirdischen Gewölben unterzogen habt. Hier ist ein Wechsel, einzulösen bei Esteban Moro, dem reichsten Bankier Madrids. Die Order scheint nur auf tausend *reales* zu lauten, aber ein einziger besonderer Federstrich macht den Wechsel unbegrenzt, und auf Eure Unterschrift wird man Euch alles geben, was Ihr verlangt. Jetzt steigt diese Wendeltreppe hinauf. Seid Ihr dreitausendfünfhundert Stufen gestiegen, gelangt Ihr an eine sehr niedrige Wölbung, an deren Boden Ihr fünfzig Schritt weit entlangkriechen müßt; dann befindet Ihr Euch inmitten der Ruinen des Schlosses von Alcassar oder Kasr Gomelez. Ihr werdet gut daran tun, dort die Nacht zu verbringen, und morgen findet Ihr am Fuß des Berges leicht das Zigeunerlager. Lebt wohl, lieber Alfonso, möge unser heiliger Prophet Euch erleuchten und auf den Weg der Wahrheit führen!«

Der Derwisch umarmte mich, verabschiedete sich und schloß hinter mir die Tür. Es blieb mir nur übrig, Punkt für Punkt zu befolgen, was er mir aufgetragen hatte.

Mehrmals mußte ich beim Steigen innehalten; endlich erblickte ich den bestirnten Himmel. Ich kauerte mich unter ein zerfallenes Gewölbe und schlief ein.

Einunddreißigster Tag

Beim Erwachen erblickte ich im Tal schon das Lager der Zigeuner, und aus der Bewegung, die ich darin wahrnahm, erkannte ich, daß sie im Begriff waren, den Ort zu verlassen und weiterhin umherzuziehen. Ich beeilte mich also, zu ihnen zu stoßen. Ich war auf einige Fragen gefaßt, warum ich zwei Nächte nicht im Lager verbracht hatte. Es wurde mir keine einzige gestellt, und jedermann schien ausschließlich mit den Vorbereitungen zum Aufbruch beschäftigt.

Als wir aufgesessen waren, sagte mir der Kabbalist: »Diesmal kann ich Ihnen versprechen, daß wir uns heute der Unterhaltung des Ewigen Juden erfreuen können. Meine Macht ist noch nicht gebrochen, wie es sich der Halunke einbildete. Er war fast schon in Taroudant, als ich ihn zwang, schnurstracks umzukehren. Er murrt und bewegt sich so langsam, wie er kann; aber ich habe Mittel, ihm Beine zu machen.« Damit zog er ein Buch aus der Tasche, aus dem er ich weiß nicht was für wilde Beschwörungsformeln sprach, und schon bald darauf erblickten wir auf dem Kamm eines Berges einen Menschen.

»Sehen Sie ihn«, sagte Uzeda, »den Faulpelz, den Spitzbuben! Aber Sie werden Zeugen davon, wie ich mit ihm umspringe!«

Rebekka bat für den Pflichtvergessenen um Gnade, und ihr Bruder schien sich zu beruhigen. Als der Ewige Jude bei uns anlangte, kam er mit ein paar heftigen Vorwürfen davon, die ihm der Kabbalist in einer mir unverständlichen Sprache machte. Dann befahl er ihm, neben meinem Pferd herzulaufen und seine Geschichte an der Stelle fortzusetzen, an der er sie unterbrochen hatte. Der unglückliche Wanderer antwortete nicht und begann folgendermaßen:

Fortsetzung der Geschichte des Ewigen Juden

Ich sagte Euch bereits, daß sich in Jerusalem eine Herodianer-Sekte gebildet hatte, die behauptete, Herodes sei der Messias, und ich hatte Euch versprochen, Euch über den Sinn aufzuklären, den die Juden diesem Wort beilegen. So wißt denn, daß der »Messias« im Hebräischen so viel wie »mit Öl eingerieben«, »gesalbt« besagt, und »Christos« ist die Übersetzung dieses Namens ins Griechische. Als Jakob nach seinem berühmten Traumgesicht erwachte, übergoß er den Stein, auf dem sein Haupt geruht hatte, mit Öl und nannte den Ort ›Bethel‹ oder ›Haus Gottes‹. Bei Sanchuniathon könnt Ihr lesen, daß Scham die Bethylen oder lebenden Steine erfand. Damals glaubte man, der göttliche Geist ergieße sich sogleich in alles, was durch die Salbung geweiht werde. Man salbte die Könige, und ›Messias‹ wurde das Synonym für ›König‹. Wenn David vom Messias spricht, so denkt er an sich selber, wovon man sich schon in seinem zweiten Psalm überzeugen kann.

Als nun das Königreich der Juden, zuerst geteilt, dann unter der Herrschaft fremder Mächte zum Spielball der Nachbarländer wurde, vor allem aber, als man das Volk in die Gefangenschaft führte, trösteten es die Propheten, die ihm verkündeten, eines Tages werde ihm ein König aus dem Stamm Davids geboren werden, der den Hochmut Babylons niederschlagen und die Juden obsiegen lassen werde.

Es kostete die Propheten nichts, ihrer Eingebung folgend die schönsten Bauwerke zu entwerfen, und daher versäumten sie nicht, ein künftiges Jerusalem zu errichten, das der Residenz eines so großen Königs würdig wäre, mit einem Tempel, der im Überfluß besaß, was den Dienst Gottes in den Augen des Volkes ehrfurchtgebietend machen konnte. Die Juden hörten diese Weissagungen mit Vergnügen, ohne ihnen jedoch besondere Bedeutung beizumessen. Wahrhaftig, wie hätten sie viel Aufhebens machen können von Ereignissen, die erst unter den Enkeln ihrer Urgroßneffen eintreffen sollten?

Es scheint, diese Weissagungen waren unter der Herrschaft der Mazedonier fast vergessen, daher wurde auch keiner der Makkabäer, die doch ihr Land aus der Knechtschaft der Fremden befreit hatten, als Messias angesehen. Ihre Nachkommen, die den Königstitel trugen, galten auch nicht als von den Propheten verkündet.

Unter dem alten Herodes war es indessen anders. Als die Höflinge dieses Fürsten vierzig Jahre lang alle Schmeicheleien, die ihn nur erfreuen konnten, erschöpft hatten, suchten sie ihn endlich davon zu überzeugen, daß er der von den Propheten verkündete Messias sei. In dieser Auffassung glaubte Herodes, übersättigt von allem außer von der höchsten Herrschaft, die er mit jedem Tag eifersüchtiger behauptete, ein Mittel gefunden zu haben, mit dem er erkennen könne, wer ihm wirklich ergeben sei. Seine Freunde bildeten also die Sekte der Herodianer, deren Haupt der Betrüger Zedekia wurde, der jüngere Bruder meiner Großmutter. Ihr könnt Euch wohl vorstellen, daß mein Großvater und sein Freund Dellius nicht mehr daran dachten, sich in Jerusalem niederzulassen. Sie ließen eine kleine Bronzetruhe anfertigen und verschlossen darin den Kaufvertrag für das Haus Hillels und seine Obligation über dreißigtausend Dareiken mit einer Abtretung des Dellius an meinen Vater Mardochai.

Dann brachten sie darauf ihr Siegel an und versprachen einander, nicht mehr daran zu denken, solange die Umstände sich nicht zu ihren Gunsten gewendet hätten.

Herodes starb, und Judäa fiel höchst erbärmlichen Zwistigkeiten zum Opfer. In den entstehenden Parteiungen ließen sich dreißig Parteihäupter salben und wurden zu ebenso vielen Messiassen. Einige Jahre später heiratete Mardochai die Tochter eines seiner Nachbarn, und ich als einzige Frucht ihrer Vereinigung kam im letzten Regierungsjahr des Augustus zur Welt. Mein Großvater wollte die Genugtuung erleben, mich selber zu beschneiden, und gab Anweisung, ein recht prunkvolles Fest vorzubereiten. Aber er war an ein Leben in der Zurückgezogenheit gewöhnt. Die Aufregung, die dieser Anlaß mit sich brachte, und sicher auch sein hohes Alter führten eine Krankheit herbei, der er nach wenigen Wochen erlag. In Dellius' Armen hauchte er sein Leben aus und legte ihm noch ans Herz, die Bronzetruhe für uns zu bewahren und zu verhindern, daß der Bösewicht die Früchte seiner Ruchlosigkeit genießen könne. Meine Mutter, deren Entbindung unglücklich verlaufen war, überlebte ihren Schwiegervater nur um wenige Monate.

Zu dieser Zeit pflegten die Juden griechische oder persische Namen anzunehmen. Ich wurde Ahasver genannt. Unter diesem Namen machte ich mich auch im Jahre 1603 in Lübeck mit Anton Colterus bekannt, wie man aus den Schriften von Duduleus ersieht, und 1710 führte ich auch in Cambridge diesen Namen, wie man den Werken des scharfsinnigen Tenzelius entnehmen kann.

»Herr Ahasver«, sagte Velásquez, »auch im Theatrum Europaeum ist von Euch die Rede.«

»Das ist gut möglich«, sagte der Jude; »ich bin nur allzu

bekannt, seitdem die Kabbalisten darauf verfallen sind, mich aus dem Innersten Afrikas herbeizuzitieren.«

Dann ergriff ich das Wort und fragte den Juden, was er denn an jenen öden Landstrichen so reizvoll finden könne.

»Daß man dort keine Menschen sieht«, erwiderte er mir. »Und wenn ich dort einmal einen verirrten Reisenden oder auch eine Kaffernfamilie treffe, so kenne ich die Höhle der Löwin, die ihre Jungen säugt. Sie führe ich zu ihrer Beute hin und sehe mit Vergnügen, wie sie ihre Opfer verschlingt.«

»Herr Ahasver, Ihr scheint mir doch einen sehr schlechten Charakter zu haben«, sagte Velásquez.

»Ich hatte Sie gewarnt«, sagte der Kabbalist. »Er ist der größte Spitzbube der Welt.«

»Wenn du achtzehn Jahrhunderte gelebt hättest«, sagte der Wanderer, »wärest du auch nicht besser als ich.«

»Ich hoffe doch, länger zu leben als du und ein besserer Mensch zu sein«, sagte der Kabbalist; »aber unterlasse doch diese ungefälligen Bemerkungen und komme zur Fortsetzung deiner Geschichte!« Der Jude antwortete ihm nicht mehr und setzte seine Erzählung also fort:

Der alte Dellius blieb bei meinem Vater, den so viele Verluste schwer belasteten. Sie lebten weiterhin ganz zurückgezogen. Zedekia aber verhielt sich nicht ruhig; der Tod des Herodes hatte ihm einen sicheren Halt genommen. Unaufhörlich war er von der Angst vor unserem Erscheinen in Jerusalem geplagt. Er beschloß, uns seinem ruhigen Schlaf zu opfern. Alles schien auch seinen Absichten entgegenzukommen; denn Dellius verlor das Augenlicht, und mein Vater, der ihn sehr liebte, zog sich mehr denn je in seine Einsamkeit zurück. So vergingen sechs Jahre.

Eines Tages wurde uns berichtet, das Haus neben unserem sei von Juden aus Jerusalem gekauft worden und es hielten sich darin Leute mit üblen Visagen auf, die wie Mörder wirkten. Mein Vater, der natürlich die Ruhe über alles liebte, fand in diesem Umstand neue Gründe, um nicht aus dem Haus zu gehen.

Ich weiß nicht, was für ein Lärm in der Karawane die Erzählung des Juden unterbrach. Er machte ihn sich zunutze und suchte das Weite, und wir gelangten bald zu unserem Nachtlager. Unser Abendessen war bereits zubereitet und sogar aufgetischt. Wir speisten mit dem Appetit, den Reisende gewöhnlich haben, und als die Tischdecke weggeräumt war, wandte sich Rebekka an den Zigeuner und sagte ihm: »Als man Sie letzthin unterbrach, erzählten Sie, glaube ich, daß die zwei Damen, nachdem sie sich vergewissert hatten, daß sie nicht beobachtet wurden, die Straße überquerten, um in das Haus des Ritters von Toledo einzutreten.« Da der Zigeunerhauptmann sah, daß man die Fortsetzung seiner Geschichte zu hören wünschte, nahm er ihren Faden folgendermaßen wieder auf:

Fortsetzung der Geschichte des Zigeunerhauptmanns

Ich erreichte die beiden Damen noch auf der Treppe, zeigte ihnen die Stoffproben, berichtete ihnen von dem Auftrag, den mir der Eifersüchtige gegeben hatte, und sagte ihnen: »Jetzt, meine Damen, gehen Sie wirklich in die Kirche; ich hole den vorgeblichen Liebhaber, der nach meiner Meinung der Ehemann einer von Ihnen ist. Hat er Sie gesehen, wird er wahrscheinlich wieder weggehen, da er nicht ahnt, daß Sie wissen, daß er Ihnen folgte. Dann können Sie gehen, wohin es Sie gut dünkt.«

Die beiden Damen wußten diesen Rat zu schätzen; ich lief zum *bevandes*-Stand und berichtete meinem Auftraggeber, die beiden Damen hätten wirklich die Kirche betreten. Wir gingen gemeinsam hin, und ich zeigte ihm die beiden Samtröcke, die, ebenso wie die Spitzen, den Stoffproben entsprachen. Er schien noch zu zweifeln, da wandte sich aber eine der Damen um und hob mit scheinbar unwillkürlicher Gebärde ihren Schleier an: Sofort zeichnete sich in den Zügen des Eifersüchtigen die Genugtuung des Ehemanns ab. Bald mischte er sich in die Menge und verließ die Kirche. Auf der Straße traf ich ihn wieder; er dankte mir und gab mir eine weitere Goldmünze. Als ich sie annahm, plagte mich ein wenig das Gewissen; aber ich fürchtete, wenn ich sie zurückwiese, könne mich das verraten. Ich folgte ihm mit den Augen, dann holte ich die beiden Damen ab und geleitete sie bis zum Hause des Ritters. Die hübscheste wollte mir eine Goldmünze geben. »Nein, Señora«, sagte ich. »Ich habe an Ihrem angeblichen Liebhaber Verrat geübt, weil ich in ihm den Ehemann erkannte, und ich gehorchte dabei meinem Gewissen; aber ich habe zuviel Taktgefühl, um mich von beiden Seiten bezahlen zu lassen.«

Ich kehrte zum Portal von St. Rochus zurück und zeigte die zwei Goldstücke vor; meine Kameraden waren hingerissen. Sie hatten oft schon ähnliche Aufträge erhalten, aber man hatte sie nie so glänzend belohnt. Ich trug das Gold zur Gemeinschaftskasse; meine Kameraden folgten mir, um sich an der Verblüffung der Händlerin zu weiden, die beim Anblick der Münzen tatsächlich fast außer sich geriet.

Sie erklärte nicht nur, sie wolle uns Kastanien geben, soviel wir wollten, sondern sie werde sich auch mit kleinen Würsten eindecken und mit allem, was zum Grillen notwendig sei. Die Aussicht auf ein so köstliches Mahl verbreitete Hochstimmung in unserer Truppe; ich hatte jedoch keinen Anteil daran und nahm mir vor, mir einen besseren Koch zu suchen. Wir versorgten uns mit Kastanien; wir kehrten zum Portal von St. Rochus zurück, nahmen das Nachtmahl ein, jeder wickelte sich in seinen Mantel, und bald waren wir eingeschlafen.

Am nächsten Tag sprach mich eine der beiden Damen vom Vortag an, übergab mir ein Billett und bat mich, es dem Ritter zu bringen. Ich ging hin und händigte es dem Kammerdiener aus. Gleich darauf wurde ich selber zu ihm geführt. Das Äußere des Ritters von Toledo nahm mich so sehr für ihn ein, daß ich sofort verstand, warum er den Damen nicht gleichgültig bleiben konnte. Er war ein junger Mann von höchst einnehmender Gestalt. Ohne daß er zu lachen brauchte, leuchtete die Heiterkeit aus allen seinen Zügen; sie gehörte zu seinem Habitus. Außerdem hatten alle seine Bewegungen etwas äußerst Anmutiges; nur war in seinem Benehmen etwas Zügelloses und Leichtfertiges zu erkennen, das ihm bei den Frauen hätte schaden können, wenn nicht eine jede glaubte, sie sei dazu geschaffen, auch den Flatterhaftesten zu domestizieren.

»Mein Freund«, sagte mir der Ritter, »ich kenne schon deinen Verstand und dein Taktgefühl. Willst du in meinen Dienst treten?«

»Das ist mir unmöglich«, erwiderte ich. »Ich bin als Edelmann geboren, und eine dienstbare Stellung kann ich nicht annehmen. Ich wurde Bettler, weil dieser Stand mich nicht erniedrigt.«

»Bravo«, antwortete der Ritter. »Diese Denkart ist eines Kastilianers würdig; aber was kann ich für dich tun, mein Freund?«

»Euer Gnaden«, sagte ich, »ich liebe mein Gewerbe, denn es ist ehrenhaft und gibt mir mein Auskommen; aber man ißt dabei sehr schlecht; ich wäre Ihnen daher sehr verbunden, wenn Sie mir gestatteten, mit Ihren Leuten zu essen und das zu teilen, was von Ihrer Tafel abfällt.«

»Sehr gern«, antwortete der Ritter. »An den Tagen, an denen ich die Frauen erwarte, schicke ich gewöhnlich meine Diener weg, und wenn deine adlige Herkunft es erlaubte, würde ich es zu schätzen wissen, wenn du bei diesen Gelegenheiten kommen und uns aufwarten wolltest.«

»Señor«, antwortete ich, »wenn Sie Ihre Geliebte empfangen, diene ich Ihnen mit Vergnügen; denn auch diese Tätigkeit wird in meinen Augen dadurch geadelt, daß man sich Ihnen nützlich erweisen kann.«

Darauf verabschiedete ich mich von dem Ritter und suchte die Toledaner Straße auf.

Ich fragte nach dem Haus des Señor Avadoro; niemand konnte mir Auskunft geben. Dann erkundigte ich mich nach Don Felipe vom Großen Tintenfaß: Man zeigte mir einen Balkon, auf dem ich einen Mann von höchst würdigem Äußeren erblickte, der eine Zigarre rauchte und die Ziegel des Palastes der Alba zu zählen schien. Obwohl die Natur in mir zu seinen Gunsten lebhafte Fürsprache hielt, konnte ich doch nicht umhin, mit Verwunderung festzustellen, daß sie dem Vater so viel Würde, dem Sohn aber so wenig davon verliehen hatte. Es schien mir, sie hätte besser daran getan, jedem von uns etwas davon mitzugeben; dann aber überlegte ich, man müsse, wie es heißt, Gott für alle Dinge loben, und ich kehrte wieder zu meinen Kameraden zurück. Wir gingen die kleinen Würste der Händlerin probieren, und ich fand so viel Geschmack daran, daß ich die Reste von der Tafel des Ritters vergaß.

Gegen Abend sah ich die zwei Damen wieder bei ihm eintreten. Sie blieben dort ziemlich lang. Ich ging hin, um zu sehen, ob ich gebraucht wurde; da kamen die Damen wieder heraus. Der hübscheren machte ich ein etwas zweideutiges Kompliment, wofür sie mir mit dem Fächer einen Backenstreich versetzte.

Einen Augenblick später trat ein junger Mann auf mich zu, dessen stattliches Äußeres noch ein auf den Mantel gesticktes Malteserkreuz auszeichnete. Seine übrige Kleidung ließ den Reisenden erkennen. Er fragte mich, wo der Ritter von Toledo wohne. Ich bot ihm an, ihn hinzuführen. Im Vorzimmer war kein Mensch. Ich öffnete die Tür und trat mit ihm ein.

Die Überraschung des Ritters von Toledo war unbeschreiblich. »Was sehe ich?« rief er, »du, mein lieber Aguilar! In Madrid! ... Was für ein Glück! ... Wie geht es zu in Malta? Was macht der Großmeister, der Großbailli, der Meister der Novizen? Ich muß dich umarmen!«

Der Ritter von Aguilar antwortete auf alle diese freundlichen Worte mit der nämlichen Liebe, aber mit großem Ernst.

Ich dachte mir, daß die beiden Freunde gemeinsam zu Abend essen wollten. Im Vorzimmer fand ich alles Nötige, um den Tisch zu decken, und schaffte die Speisen heran. Als sie aufgetragen waren, hieß mich der Ritter von Toledo von seinem Kellermeister zwei Flaschen französischen Schaumweins verlangen. Ich brachte sie herein und ließ die Korken knallen.

Unterdessen hatten die Freunde einander schon viel erzählt, eine Menge Erinnerungen aufgefrischt, und dann ergriff Toledo wieder das Wort und sagte: »Ich begreife gar nicht, wie wir einander so lieben können, da wir doch so gegensätzliche Charaktere haben. Du besitzt alle Tugenden – nun, und ich liebe dich, als wärest du das schlimmste Subjekt der Welt. Das ist so wahr, daß ich in Madrid noch keine Freundschaften geschlossen habe. Du bist immer noch der einzige Freund, den ich habe; aber um nur die Wahrheit zu sagen: In der Liebe bin ich durchaus nicht so beständig.«

»Hast du den Frauen gegenüber immer noch dieselben Grundsätze?« fragte Aguilar.

»Dieselben Grundsätze? Nein, doch nicht ganz«, erwiderte Toledo. »Früher ließ ich meine Geliebten aufeinander folgen, so schnell es nur ging; aber ich fand heraus, daß man auf diese Weise viel Zeit verliert. Jetzt beginne ich eine neue Liebschaft, bevor die alte beendet ist, und eine dritte habe ich schon im Visier.«

»So willst du also nie dein leichtfertiges Leben aufgeben?« fragte Aguilar.

»Aber nein«, sagte Toledo, »ich fürchte vielmehr, daß es mich im Stich läßt. Die Damen von Madrid haben im Wesen so etwas Nachdrückliches, so etwas Beharrliches, daß man recht oft moralischer bleibt, als man es sich eigentlich wünschte.«

»Unser Orden«, sagte Aguilar, »hat militärischen Charakter, ist aber auch religiös. Wir legen Gelübde ab wie die Mönche und Priester.«

»Sicher«, sagte Toledo, »ganz wie die Frauen, wenn sie versprechen, ihren Gatten treu zu sein.«

»Und wer weiß denn schon«, fragte Aguilar, »ob sie nicht in jener anderen Welt dafür bestraft werden?«

»Mein Freund«, erklärte Toledo, »ich habe jeden Glauben, den ein Christ haben muß; aber bei all dem gibt es notwendigerweise ein Mißverständnis. Wie zum Teufel kannst du verlangen, daß die Frau des *oidor* Uscariz, die soeben ein Schäferstündchen mit mir verbracht hat, dafür eine Ewigkeit in der Hölle brennen soll?«

»Die Religion lehrt uns«, sagte Aguilar, »daß es noch andere Arten der Buße gibt.«

»Du meinst das Fegefeuer«, sagte Toledo; »was das betrifft, so habe ich es, glaube ich, schon durchgemacht, nämlich als ich dieses Satansweib Inés von Navarra liebte, das wunderlichste, anspruchsvollste, eifersüchtigste aller Geschöpfe, daher verzichte ich seither auf die Komödiantinnen. Aber du ißt und trinkst nicht, mein Freund. Ich habe meine Flasche geleert, und dein Glas ist immer noch voll. Woran denkst du? Woran denkst du um Himmels willen?«

»Ich denke daran«, sagte Aguilar, »daß ich heute die Sonne gesehen habe.«

»Ah, das glaube ich schon«, erwiderte Toledo; »denn ich, der ich mit dir spreche, habe sie ja auch gesehen.«

»Auch dachte ich daran«, sagte Aguilar, »daß ich die Sonne morgen gern wiedersehen möchte.«

»Aber du wirst sie ja sehen«, sagte Toledo, »wenn es keinen Nebel gibt.«

»Das ist gar nicht sicher«, erklärte Aguilar; »denn heute nacht könnte ich sterben.«

»Man muß gestehen«, rief Toledo, »daß du uns aus Malta sehr heitere Tischgespräche mitbringst.«

»Ach«, sagte Aguilar, »wir können sicher sein, daß wir sterben; nur die Stunde dafür ist unsicher.«

»Jetzt hör zu«, sagte Toledo, »von wem hast du denn all diese liebenswürdigen Neuigkeiten? Das muß ein Sterblicher mit sehr unterhaltsamem Gewerbe sein. Wird er oft zum Souper geladen?«

»Überhaupt nicht«, sagte Aguilar, »heute morgen sagte mir all das mein Beichtvater.«

»Dann kommst du nach Madrid«, rief Toledo, »und noch am gleichen Tag legst du die Beichte ab; du bist also gekommen, um dich zu duellieren?«

»So ist es«, erwiderte Aguilar.

»Alle Wetter«, sagte Toledo. »Ich habe ja auch schon lange nicht gefochten. Ich will dein Sekundant sein.«

»Eben das kann nicht sein«, sagte Aguilar. »Du bist der einzige Mensch auf der Welt, den ich dafür nicht brauchen kann.«

»Gerechter Himmel!« schrie Toledo, »du hast den verdammten Handel mit meinem Bruder wieder angefangen!«

»So ist es«, sagte Aguilar. »Der Herzog von Lerna

wollte mir die Genugtuung, die ich von ihm forderte, nicht leisten, und heute nacht, am Ufer des Manzanares unter der großen Brücke, schlagen wir uns im Schein der Fackeln.«

»Guter Gott!« rief Toledo mit schmerzlichem Ausdruck, »muß ich heute nacht einen Bruder oder einen Freund verlieren?«

»Vielleicht alle beide«, antwortete Aguilar. »Wir kämpfen auf Leben und Tod; statt des langen Degens führen wir kurze Stoßdegen und mit der linken Hand den Dolch. Du weißt, wie blutig diese Waffen sind.«

Toledo, dessen mitfühlendes Herz sich stets leicht beeindrucken ließ, geriet im Nu aus der ausgelassensten Freude in die tiefste Verzweiflung.

»Ich habe deinen Schmerz vorausgesehen«, sagte Aguilar, »und wollte dich gar nicht mehr aufsuchen; aber eine himmlische Stimme ließ sich vernehmen und befahl mir, mit dir von den Höllenqualen jenes anderen Lebens zu sprechen.«

»Ah«, erwiderte Toledo, »gib es auf, mich zu bekehren!«

»Ich bin nur ein Soldat«, sagte Aguilar; »ich verstehe mich nicht aufs Predigen, aber ich gehorche der Stimme des Himmels.«

In diesem Augenblick hörten wir die elfte Stunde schlagen. Aguilar umarmte seinen Freund und sprach: »Toledo, hör mir zu. Eine geheime Ahnung sagt mir, daß ich den Tod finden soll; aber ich will, daß er dir zum Heil gereiche. Ich will den Zweikampf bis Mitternacht hinauszögern; danach gib genau auf alles acht. Ist es den Toten möglich, sich den Lebenden durch irgendein Zeichen mitzuteilen, sei sicher, daß dein Freund dir aus einer anderen Welt Nachricht geben wird; aber pünktlich um Mitternacht paß gut auf.« Dann umarmte Aguilar seinen Freund noch und ging.

Toledo warf sich auf sein Bett und weinte viele Tränen;

und ich, neugierig, wie das alles enden werde, zog mich ins Vorzimmer zurück.

Toledo erhob sich, schaute auf die Uhr, und dann legte er sich wieder aufs Bett und weinte. Die Nacht war finster, der Lichtschein ferner Blitze zuckte durch die Spalten der Fensterläden. Das Gewitter zog näher heran, und der Schrecken, den es verbreitete, steigerte noch die Trostlosigkeit unserer Lage. Es schlug Mitternacht, und gegen den Laden dröhnten drei Schläge.

Toledo öffnete ihn und rief: »Bist du tot?«

»Ich bin tot«, antwortete eine Grabesstimme.

»Gibt es ein Fegefeuer?« fragte Toledo.

»Es gibt eins; und ich bin schon darin«, antwortete dieselbe Stimme, und dann hörten wir ein schmerzliches Stöhnen.

Toledo stürzte nieder, das Gesicht auf dem Boden. Dann sprang er auf, griff nach dem Mantel und lief hinaus. Ich folgte ihm, wir schlugen den Weg zum Manzanares ein; aber wir waren noch nicht bei der großen Brücke angelangt, als wir eine Menschengruppe erblickten. Einige trugen Fackeln. Toledo erkannte seinen Bruder.

»Geh nicht weiter«, sagte ihm der Herzog von Lerna; »du findest den Leichnam deines Freundes.«

Toledo fiel in Ohnmacht. Ich sah ihn von den Seinen umgeben und ging wieder zum Kirchenportal. Dort begann ich über das, was wir gehört hatten, nachzudenken. Der Pater Sanudo hatte mir immer versichert, daß es ein Fegefeuer gebe; ich war also nicht überrascht, es nun wieder zu vernehmen, und all das machte keinen allzu großen Eindruck auf mich; ich schlief genauso gut wie immer.

Der erste, der am nächsten Tag die Kirche St. Rochus betrat, war Toledo; er sah aber so bleich und abgekämpft aus, daß er kaum wiederzuerkennen war. Er sprach sein Gebet und verlangte nach einem Beichtvater.

Als der Zigeuner an dieser Stelle seiner Erzählung angekommen war, unterbrachen ihn seine Leute; er mußte uns verlassen, und wir trennten uns.

Zweiunddreißigster Tag

Wir machten uns rechtzeitig wieder auf den Weg, der uns in die innersten Täler der Gebirgskette führte, und nach einer Stunde erblickten wir den Juden Ahasver, der seinen Platz zwischen Velásquez und mir einnahm und folgendermaßen in seiner Geschichte fortfuhr:

Fortsetzung der Geschichte des Ewigen Juden

Eines Tages ließ sich bei uns ein römischer Gerichtsschreiber melden; er wurde hereingeführt, und wir erfuhren, mein Vater sei des Hochverrats angeklagt, da er Ägypten den Arabern habe übergeben wollen. Als der Römer wieder gegangen war, sagte Dellius zu meinem Vater: »Mein lieber Mardochai, es ist überflüssig, daß Ihr Euch rechtfertigt, denn jedermann ist von Eurer Unschuld überzeugt; doch dies wird Euch die Hälfte Eures Vermögens kosten, und Ihr werdet sie gutwillig hergeben müssen.«

Dellius hatte recht: Die Sache kostete uns die Hälfte des Vermögens.

Im Jahr darauf fand mein Vater, als er morgens einmal das Haus verlassen wollte, vor seiner Tür einen Ermordeten, der noch zu atmen schien. Mein Vater ließ ihn ins Haus bringen und bemühte sich, ihn wieder ins Leben zurückzurufen; gleich darauf traten aber Gerichtsbeamte herein mit allen acht Bewohnern des Nachbarhauses, die sämtlich schworen, sie hätten meinen Vater bei der Ermordung dieses Mannes gesehen. Mein Vater verbrachte sechs Monate im Gefängnis und erlangte seine Freiheit erst wieder, nachdem er auch die andere Hälfte seines Vermögens geopfert hatte, das heißt alles, was ihm noch davon verblieben war.

Es blieb ihm noch sein Haus; aber kaum war er zurückgekehrt, als bei seinen bösen Nachbarn das Feuer ausbrach. Es war mitten in der Nacht; die Nachbarn drangen bei ihm ein, trugen alles davon, was sie konnten, und legten Feuer, wo es noch nicht brannte.

Bei Sonnenaufgang war unser Haus nur noch ein Haufen Asche, durch die der blinde Dellius mit meinem Vater tappte, der mich mit den Armen umschlang und sein Unglück beweinte.

Als die Läden öffneten, nahm mich mein Vater bei der Hand und führte mich zum Bäcker, der uns immer das Brot geliefert hatte. Dieser Mann schien von Mitgefühl bewegt und gab uns drei Brote. Wir kehrten zu Dellius zurück, der uns sagte, in unserer Abwesenheit sei ein Mann gekommen, den er nicht sehen konnte, und habe gesagt: »O Dellius! Möge doch Euer Unglück auf das Haupt des Zedekia zurückfallen! Vergebt denen, die er in Sold nahm. Wir wurden dafür bezahlt, Euch auszulöschen, und wir haben Euer Leben geschont. Nehmt dies, damit habt Ihr einige Zeit zu essen.«

Dann hatte ihm der Mann eine Börse mit fünfzig Goldstücken übergeben.

Mein Vater freute sich über diese unerwartete Hilfe. Fröhlich breitete er auf der Asche einen halb verbrannten Teppich aus, legte die drei Brote darauf und ging mit einem halb zerbrochenen Tonkrug Wasser holen. Ich war damals sieben Jahre alt, und ich erinnere mich, daß ich mit meinem Vater die Freude dieses Augenblicks teilte und mit ihm zur Zisterne ging. Ich bekam auch meinen Anteil am Frühstück.

Kaum hatten wir mit dieser Mahlzeit begonnen, als sich uns ein Knabe meines Alters näherte, der uns weinend um ein Stück Brot bat. »Ich bin der Sohn eines römischen Soldaten und einer Frau aus Syrien, die starb, als ich zur Welt kam«, berichtete er. »Die Soldatenfrauen derselben Kohorte, die Marketenderinnen, haben mir abwechselnd die Brust gegeben. Sicher haben sie mir auch noch etwas anderes zu essen gegeben; sonst wäre ich nicht hier. Aber mein Vater wurde gegen eine Hirtenbande ausgeschickt und kam davon nicht zurück, und alle seine Kameraden sind dabei getötet worden. Gestern war das Brot zu Ende, das man mir gelassen hatte; ich habe in der Stadt um Brot betteln wollen, aber ich fand alle Türen verschlossen; da Ihr aber weder Tür noch Haus mehr besitzt, hoffe ich, daß Ihr mich nicht abweist.«

Der alte Dellius, der keine Gelegenheit ungenutzt vorbeigehen ließ, aus allem eine allgemeine Lehre zu ziehen, erklärte: »Es gibt also keinen Menschen, der so elend wäre, daß er nicht noch einem anderen Gutes erweisen könnte. So wie es auch keinen Mächtigen gibt, der nicht auch der anderen bedürfte. Ja, mein Kind, sei uns willkommen, teile mit uns das Brot der Elenden. Wie ist dein Name?«

»Ich heiße Germanus«, sagte der Knabe.

»Mögest du lange leben«, fuhr Dellius fort, und dieser Segen wurde zur Weissagung; denn dieses Kind lebte noch sehr lange und lebt zur Stunde immer noch in Venedig, wo man es unter dem Namen des Chevaliers von Saint-Germain kennt.

»Ich kenne ihn«, sagte hier Uzeda. »Er hat einige kabbalistische Kenntnisse.«

Dann fuhr der Ewige Jude fort:

Als wir gefrühstückt hatten, fragte Dellius meinen Vater, ob die Kellertür aufgebrochen sei.

Mein Vater antwortete, die Tür sei noch verschlossen wie schon vor dem Brand, und die Flammen hätten der Wölbung über dem Keller nichts anhaben können. »Nun«, sagte Dellius, »nehmt zwei Goldstücke aus der Börse, die ich erhielt, stellt Arbeiter an und laßt auf dem Kellergewölbe eine Hütte bauen; man kann sicher noch ein paar Überreste des alten Hauses verwenden.«

Wir fanden tatsächlich noch ein paar erhaltene Balken und Bretter. Sie wurden, so gut es ging, zusammengefügt, das Ganze wurde mit Palmzweigen abgedeckt, mit Matten ausgelegt, und wir hatten einen bequemen Unterschlupf. Bei unserem gesegneten Klima stellt die Natur keine höheren Ansprüche; der geringste Anschein eines Daches reicht unter einem so klaren Himmel aus, und die leichteste Kost ist auch die gesündeste. So kann man mit gutem Recht sagen, daß die Armut bei uns nicht ebenso zu fürchten ist wie in Euren Breiten, die Ihr gemäßigt nennt.

Während man an unserer Behausung arbeitete, legte Dellius eine Matte auf die Straße, setzte sich darauf und spielte auf der phönizischen Zither eine Weise; dann sang er eine längere Arie, die er einst für Kleopatra komponiert hatte. Seine mehr als sechzigjährige Stimme hatte noch die Kraft, eine Volksmenge anzulocken, die ihr mit Vergnügen lauschte. Als er seine Arie beendet hatte, sprach er: »O Bürger Alexandrias! Spendet dem armen Dellius, den Eure Väter als ersten Musiker Kleopatras und Günstling des Antonius erlebten, ein Almosen!«

Dann machte der kleine Germanus mit einem Tonschälchen die Runde, in das ein jeder sein Scherflein legte.

Dellius machte es sich zum Gesetz, nur einmal wöchentlich zu singen und zu betteln. An diesen Tagen strömte das ganze Viertel zusammen, und man ging erst wieder nach Hause, nachdem man reichlich Almosen gespendet hatte. Das verdankten wir nicht nur der Stimme des Dellius, sondern weitgehend auch seiner Rede, die heiter, lehrreich und mit Anekdoten gespickt war. Unser Los war also recht erträglich. Mein Vater indessen, dem diese Kette von Unglücksfällen allzu nahe gegangen war, verfiel in ein schwächendes Siechtum, das ihn in weniger als einem Jahr unter die Erde brachte. Wir blieben also einzig auf Dellius' Fürsorge angewiesen und mußten unser Leben von dem fristen, was uns seine schon alte und brüchige Stimme einbrachte. Ein schwerer Husten, gefolgt von vollständiger Heiserkeit, beraubte uns schon vom nächsten Winter an dieser Einnahmequelle. Mir hinterließ indessen ein Verwandter, der in Pelusium gestorben war, eine kleine Erbschaft. Die Summe belief sich auf fünfhundert Goldstücke, das war nicht einmal ein Drittel dessen, was mir rechtmäßig zustand. Aber Dellius sagte, für den Armen sei die Gerechtigkeit nicht gemacht, und er müsse sich mit dem begnügen, was man ihm gutwillig überlasse. Er gab sich also in meinem Namen damit zufrieden; aber er wirtschaftete mit dem Geld so gut, daß es während meiner ganzen Kindheit für meinen Unterhalt ausreichte.

Übrigens vernachlässigte Dellius nicht meine Erziehung, ebenso wenig wie die des kleinen Germanus. Wir hielten uns abwechselnd bei ihm auf. An den Tagen, an denen ich nicht dazu eingeteilt war, besuchte ich eine kleine Judenschule in der Nachbarschaft, und wenn Germanus frei war, folgte er dem Unterricht eines Isispriesters namens Cheremon. In der Folge wurde er Fackelträger beim Mysterienkult der Göttin; und seine Erzählungen von den Zeremonien fesselten mich.

Als der Ewige Jude diese Stelle seiner Erzählung erreicht hatte, kamen wir zu unserem Nachtlager, und er eilte in die Berge hinauf. Gegen Abend, als wir uns wieder versammelt hatten und der Zigeunerhauptmann müßig zu sein schien, erbat Rebekka von ihm die Fortsetzung seiner Geschichte, und er nahm ihren Faden folgendermaßen wieder auf:

Fortsetzung der Geschichte des Zigeunerhauptmanns

Der Ritter von Toledo hatte sein Gewissen offenbar mit vielen Sünden belastet, denn er beschäftigte seinen Beichtvater sehr lange. Er verließ ihn tränenüberströmt und trat mit den Anzeichen tiefster Zerknirschung aus der Kirche; beim Durchqueren des Portals sah er mich und bedeutete mir durch eine Geste, ihm zu folgen.

Es war früh am Morgen, und die Straßen waren noch leer. Der Ritter mietete die erstbesten Maultiere, die wir fanden, und wir verließen die Stadt. Ich machte ihn darauf aufmerksam, daß eine zu lange Abwesenheit seine Leute beunruhigen werde. »Nein«, antwortete er mir, »sie wissen Bescheid und warten nicht auf mich.«

»Euer Gnaden«, sagte ich darauf, »erlauben Sie mir eine Bemerkung. Die Stimme, die wir gestern vernahmen, sagte Ihnen etwas, das Sie auch in Ihrem Katechismus hätten finden können. Sie haben jetzt gebeichtet, und die Absolution wurde Ihnen sicher nicht verweigert. Ändern Sie, wenn Sie wollen, Ihren Lebenswandel; aber seien Sie nicht derart verzweifelt.«

»Ach, mein Freund«, sagte der Ritter, »hat man einmal die Stimme der Toten gehört, verbleibt einem mit den Lebenden nicht mehr viel Zeit.«

Da begriff ich, daß mein junger Herr glaubte, er müsse bald sterben, und daß dieser Gedanke ihm zusetzte. Ich hatte Mitleid mit ihm und beschloß, ihn nicht zu verlassen.

Wir schlugen einen selten begangenen Weg ein, der eine recht wilde Gegend durchquerte und zur Pforte eines Kamaldulenserklosters führte. Der Ritter bezahlte die Maultiertreiber und läutete. Ein Mönch erschien, der Ritter nannte seinen Namen und bat darum, man möge ihm eine Einkehr von einigen Wochen gestatten. Wir wurden in eine Einsiedelei am Ende des Gartens geleitet, und in der Zeichensprache wurde uns bedeutet, eine Glocke werde uns die Stunde für den Gang zum Refektorium anzeigen. Unsere Zelle war mit Erbauungsbüchern ausgestattet, deren Lektüre zur einzigen Beschäftigung des Ritters wurde. Was mich betrifft, so stieß ich auf einen Kamaldulenser, der gern angelte. Ich schloß mich ihm an, und das war mein einziges Vergnügen.

Das Schweigen, das zu den Kamaldulenserregeln gehört, mißfiel mir am ersten Tag nicht sonderlich; am dritten war es mir unerträglich geworden. Die Schwermut des Ritters jedoch verschlimmerte sich von Tag zu Tag, und schließlich hörte er ganz auf zu sprechen.

Acht Tage hielten wir uns schon im Kloster auf, als ich einen meiner Kameraden von St. Rochus kommen sah. Er sagte mir, er habe uns auf die gemieteten Maultiere steigen sehen, und als er später den Maultiertreiber wieder getroffen habe, habe er erfahren, wohin wir uns zurückgezogen hätten. Zugleich teilte er mir mit, daß die kleine Truppe sich aus Verdruß darüber, mich verloren zu haben, aufgelöst habe, er selbst habe bei einem Händler aus Cadix Dienst genommen, der in Madrid krank geworden sei und Bedienung brauchte, da er sich durch einen Unfall Arme und Beine gebrochen habe.

Ich sagte ihm, daß ich es bei den Kamaldulensern nicht mehr aushielte, und bat ihn, meine Stellung beim Ritter für einige Tage zu übernehmen.

Er antwortete, das werde er gern tun, aber er fürchte, der Händler aus Cadix, der ihn eingestellt hatte, werde ihn vermissen; man habe ihn unter dem Portal von St. Rochus engagiert, und ein solches Verhalten könne der ganzen Truppe schaden, die sich dort versammelte.

Ich antwortete ihm, ich könne seinen Platz beim Händler einnehmen; übrigens hatte ich einige Autorität über meine Kameraden erworben, und dieser hier glaubte sich mir nicht widersetzen zu können. Ich führte ihn zum Ritter, dem ich sagte, wichtige Angelegenheiten zwängen mich, für einige Tage nach Madrid zurückzukehren, und während dieser Zeit ließe ich ihm einen Kameraden da, für den ich genauso einstehen wolle wie für mich selber. Der Ritter sagte nichts, gab mir aber durch Zeichen zu verstehen, daß er mit dem Tausch einverstanden war.

Also begab ich mich nach Madrid und suchte sofort die Herberge auf, die mir mein Kamerad angegeben hatte, aber ich mußte feststellen, daß man den Kranken zu einem berühmten Arzt gebracht hatte, der in der St. Rochus-Straße wohnte. Ich fand ihn ohne Schwierigkeiten. Ich sagte, ich sei anstelle meines Kameraden Chiquito gekommen, mein Name sei Avarito, und ich werde ihm mit der gleichen Zuverlässigkeit die gleichen Dienste leisten.

Ich erhielt die Antwort, meine Dienste seien angenommen, aber ich müsse sofort schlafen gehen, da ich nun mehrere Nächte hintereinander bei dem Kranken wachen müsse. Ich schlief also, und abends meldete ich mich zu diesem Dienst. Ich wurde zu dem Kranken gebracht und fand ihn in sehr unbequemer Haltung auf dem Bett ausgestreckt, unfähig, außer der linken Hand auch nur eines seiner Glieder zu regen. Er war übrigens ein junger Mann mit interessantem Gesicht, und er war nicht eigentlich krank, litt jedoch mit seinen gebrochenen Gliedern große Schmerzen. Ich versuchte ihn seine Schmerzen vergessen zu lassen, indem ich ihn, sooft ich nur konnte, erheiterte und zerstreute; schließlich gelang es mir so gut, daß er bereit war, mir seine Geschichte zu erzählen, was er folgendermaßen tat:

Die Geschichte des López Soarez

Ich bin der einzige Sohn von Gaspar Soarez, dem reichsten Händler von Cadix. Mein Vater, dessen Wesen naturgemäß trocken und hart ist, verlangte von mir, ich solle mich nur mit Angelegenheiten des Kontors beschäftigen. Er wünschte nicht, daß ich an den Vergnügungen teilnehme, die sich die Söhne der ersten Häuser von Cadix erlauben. Da ich bestrebt war, ihn stets zufriedenzustellen, besuchte ich nur selten das Schauspiel und nahm nie an den großen Lustpartien teil, denen man in den Handelsstädten die meisten Sonntage widmet.

Die Entspannung, deren der Geist jedoch auch bedarf, suchte ich in der Lektüre jener angenehmen, wenngleich gefährlichen Bücher, die man als Romane bezeichnet. Der Genuß, den ich darin fand, verlieh mir einen starken Hang zur Zärtlichkeit; da ich aber wenig ausging und keine Frauen ins Haus kamen, hatte ich keine Gelegenheit, der Neigung meines Herzens nachzugeben.

Es traf sich, daß mein Vater Geschäfte bei Hofe hatte, und er glaubte, das sei eine gute Gelegenheit, mich Madrid sehen zu lassen. Er verkündete mir also, er beabsichtige, mich dorthin zu schicken. Ich war keineswegs abgeneigt, ich war entzückt, außerhalb der Gitter unseres Kontors und ohne den Staub unserer Lager eine freiere Luft atmen zu können.

Als die Reisevorbereitungen abgeschlossen waren, ließ mich mein Vater in sein Privatkontor rufen und hielt mir folgende Rede: »Mein Sohn, Sie reisen in ein Land, in dem die Kaufleute nicht wie in Cadix die erste Rolle spielen, und sie bedürfen dort eines sehr würdigen und schicklichen Auftretens, um nicht den Stand herabzusetzen, der sie ehrt, da er hervorragend zum Wohlstand des Vaterlandes sowie zur tatsächlichen Macht des Monarchen beiträgt. Ich sage Ihnen nun drei Regeln, die Sie getreu befolgen werden, wenn Sie sich nicht meinen Unwillen zuziehen wollen:

Erstens befehle ich Ihnen, das Gespräch mit Edelleuten zu meiden; sie glauben uns eine Ehre zu erweisen, wenn sie das Wort an uns richten und uns einer Bemerkung würdigen. In diesem Irrtum darf man sie nicht lassen, da unsere Verdienste ganz unabhängig von dem bestehen, was sie uns zu sagen haben.

Zweitens befehle ich Ihnen, sich einfach Soarez zu nennen und nicht Don López Soarez. Zum Ansehen eines Kaufmanns können Titel nichts beitragen; es beruht ausschließlich auf der Vielfalt seiner Verbindungen und der Klugheit seiner Unternehmungen.

Drittens verbiete ich Ihnen, jemals den Degen zu ziehen. Da es der Brauch verlangt, bin ich damit einverstanden, daß Sie einen tragen; aber Sie müssen immer daran denken, daß die Ehre eines Kaufmannes gänzlich darin besteht, daß er seinen Verpflichtungen pünktlich nachkommt; daher wollte ich auch nie, daß Sie in der gefährlichen Fechtkunst auch nur eine einzige Stunde nähmen.

Verstoßen Sie gegen eine dieser drei Regeln, so haben Sie meinen Zorn zu gewärtigen; aber es gibt noch eine vierte, in der Sie mir gehorchen müssen, andernfalls droht Ihnen nicht nur mein Zorn, sondern mein Fluch, der meines Vaters und der meines Großvaters, der Ihr Urgroßvater und der erste Urheber unseres Vermögens ist. Diese wichtige Regel lautet, daß Sie niemals direkte oder indirekte Beziehungen mit dem Hause der Brüder Moro, der Hofbankiers, unterhalten dürfen.

Die Brüder Moro genießen mit Recht den Ruf der ehrlichsten Leute der Welt, und mein Verbot wird Sie natürlich überraschen; aber Ihre Überraschung wird enden, wenn Sie die Gründe für die Vorwürfe erfahren, die unser Haus gegen sie erhebt. Daher will ich Ihnen in wenigen Worten unsere Geschichte erzählen:«

Die Geschichte des Hauses Soarez

Der Begründer unseres Vermögens war Iñigo Soarez, der in seiner Jugend die Meere durchkreuzte, sich dann bei der öffentlichen Versteigerung der Minen von Potosí beträchtlich beteiligte und in Cadix ein Handelshaus eröffnete.

Als der Zigeuner in seiner Erzählung hier angelangt war, zog Velásquez seine Täfelchen hervor und machte ein paar Eintragungen. Da wandte sich der Erzähler an ihn und sagte: »Ihro herzogliche Durchlaucht haben vielleicht die Absicht, eine interessante Berechnung anzustellen, und meine Geschichte könnte Sie davon ablenken.«

»Keineswegs«, erwiderte Velásquez, »gerade Ihre Geschichte gibt mir zu denken. Vielleicht ist Señor Iñigo Soarez auf jemanden gestoßen, der ihm die Geschichte eines Menschen erzählt, der seinerseits eine Geschichte zu erzählen hat. Um hier hindurchzufinden, ersann ich eine Auflistung der Bezüge, die der ähnlich ist, deren man sich für die rückläufigen Reihen bedient, die so genannt werden, da man mit ihrer Hilfe auf die ersten Glieder Rekurs nimmt. Fahren Sie also bitte fort.«

Der Zigeuner setzte seine Geschichte also fort:

Da Iñigo Soarez ein Handelshaus gründen wollte, suchte er die Freundschaft der bedeutendsten spanischen Kaufleute. Die Moros spielten schon damals eine wichtige Rolle; er unterrichtete sie über seine Absicht, dauerhafte Beziehungen zu ihnen aufzunehmen. Er erhielt ihre Zustimmung, und sein erster Schritt war, daß er in Antwerpen Geld anlegte und darauf Wechsel bei den Moros in Madrid zog; wie groß war aber seine Empörung, als er den Wechselbrief unter Protest zurückerhielt. Mit der nächsten Post empfing er einen Brief voller Entschuldigungen. Rodrigo Moro teilte ihm darin mit, er habe sich beim Minister in San Ildefonso befunden, und da die Deckungsanzeige aus Antwerpen verspätet eingetroffen sei, habe sein Kontorvorsteher geglaubt, er dürfe von der im Hause eingeführten Regel nicht abweichen; es gebe aber keine Schadenersatzleistung, die zu zahlen er nicht bereit sei. Die Beleidigung war indessen geschehen, und Iñigo Soarez brach allen Handel mit den Moros ab, und auf dem Totenbett legte er seinem Sohn nahe, niemals Beziehungen zu ihnen aufzunehmen.

Ruiz Soarez, mein Vater, fügte sich lange diesem Wunsch; aber große Bankerotte, die unversehens die Zahl der Handelshäuser reduzierten, zwangen ihn geradezu, die Moros wieder in Anspruch zu nehmen. Er hatte allen Grund, es zu bereuen. Ich sagte Ihnen, daß wir an der Versteigerung der Minen von Potosí stark beteiligt waren. Da wir durch diesen Umstand viele Silberbarren erhielten, hatten wir die Gewohnheit, sie auch für unsere Zahlungen zu benützen, die dadurch nicht den Zufällen der Wechselkurse ausgesetzt waren. Wir hatten dafür Kassetten, deren jede hundert Pfund Silber enthielt, das heißt, einen Wert von zweitausendsiebenhundertsiebenundfünfzig Piastern und sechs *reales*. Diese Kassetten, von denen Sie vielleicht noch welche zu sehen bekamen, waren mit Eisen beschlagen und mit bleiernen Siegeln verschlossen, welche das Petschaft unseres Hauses trugen; jede Kassette war numeriert. Sie wurden nach Indien verschickt, kamen nach Europa zurück, gingen nach Amerika, ohne daß jemand daran gedacht hätte, sie zu öffnen, und jedermann nahm sie höchst zufrieden an Zahlungs Statt an; sogar in Madrid waren sie allgemein bekannt. Indessen lieferte jemand, der an das Haus Moro eine Zahlung zu leisten hatte, vier dieser Kassetten dorthin, und der Kontorvorsteher ließ sie nicht nur öffnen, sondern auch das Silber prüfen. Als die Nachricht von diesem beleidigenden Vorgang Cadix erreichte, wurde mein Vater von der heftigsten Empörung ergriffen. Tatsächlich erhielt er mit der nächsten Post einen Brief von Antonio Moro, dem Sohn Rodrigos. Der Brief enthielt nichts als Entschuldigungen. Antonio schrieb, er sei nach Valladolid abberufen worden, wo sich der Hof aufhielt; bei seiner Rückkehr sei er über das Vorgehen seines Vorstehers, der als Ausländer die spanischen Gepflogenheiten nicht kenne, sehr erzürnt gewesen.

Mein Vater gab sich mit diesen Entschuldigungen nicht zufrieden; er brach alle Beziehungen zu den Moros ab, und auf dem Totenbett riet er mir, keinerlei Verkehr mit ihnen zu pflegen.

Lange Zeit zeigte ich mich gegenüber dem Gebot meines Vaters fügsam, und ich fuhr gut damit; schließlich ließen mich besondere Umstände die Verbindung mit ihnen wieder aufnehmen. Ich vergaß die letzten Warnungen meines Vaters, oder vielmehr sie waren mir nicht mehr hinreichend gegenwärtig, und Sie werden sehen, was mir widerfuhr.

Als mich Geschäfte mit dem Hof zwangen, nach Madrid zu reisen, wurde ich dort mit einem gewissen Livárdez bekannt, einem Kaufmann, der sich zur Ruhe gesetzt hatte und der von den Renten eines beträchtlichen, unterschiedlich angelegten Kapitals lebte. Im Wesen dieses

Mannes lag etwas, das mir zusagte. Unser Umgang war schon sehr vertraulich, als ich erfuhr, daß Livárdez ein Onkel mütterlicherseits von Sancho Moro war, dem damaligen Chef des Hauses. Ich hätte sofort mit Livárdez brechen sollen. Ich tat es nicht; mein Verhältnis zu ihm wurde immer enger.

Eines Tages eröffnete mir Livárdez, da er wisse, mit welcher Umsicht ich den Handel mit den Philippinen betriebe, wolle er als Gesellschafter eine Million darin anlegen. Ich hielt ihm vor, da er der Onkel der Moros sei, solle er seine Mittel lieber ihnen anvertrauen.

»Nein«, antwortete er mir, »Geldangelegenheiten mit meinen Verwandten schätze ich nicht.« Endlich konnte er mich überzeugen, und es gelang ihm um so leichter, als ich ja mit den Moros selbst keine Beziehung aufnahm. Nach Cadix zurückgekehrt, schickte ich zusätzlich zu den zwei Schiffen, die ich jedes Jahr zu den Philippinen entsandte, noch ein drittes mit und dachte nicht mehr daran.

Im Jahr darauf starb der gute Livárdez, und Sancho Moro schrieb mir, da sein Onkel eine Million bei mir investiert habe, bitte er mich, sie an ihn auszuzahlen. Vielleicht hätte ich ihn von den Bedingungen des Gesellschaftervertrags unterrichten sollen; ich wünschte jedoch keinerlei Beziehung zu diesem verwünschten Haus und schickte einfach die Million.

Nach zwei Jahren kehrten meine Schiffe zurück, und das eingesetzte Kapital hatte sich verdreifacht. Dem verstorbenen Livárdez standen also noch zwei Millionen zu. So mußte ich mit den Moros wieder eine Korrespondenz beginnen. Ich schrieb ihnen, daß ich ihnen noch zwei Millionen auszuzahlen hätte.

Sie antworteten mir, das Kapital sei zwei Jahre zuvor eingetrieben worden, und von dieser Angelegenheit wollten sie nichts mehr hören.

Sie können sich vorstellen, mein Sohn, daß eine so

beißende Kränkung mich empfindlich verletzte; denn sie hieß nichts anderes, als daß man mir unbedingt zwei Millionen schenken wollte. Ich sprach darüber mit einigen Kaufleuten in Cadix, die mir sagten, die Moros hätten recht, und da sie ihr Kapital bereits eingetrieben hätten, seien sie des Anrechts auf den Gewinn, den ich erzielt hatte, verlustig gegangen. Ich nun erbot mich, durch authentische Dokumente zu beweisen, daß sich das Kapital von Livárdez tatsächlich auf den Schiffen befunden hatte und daß ich, wenn sie untergegangen wären, das Recht gehabt hätte, die von mir ausgezahlte Million zurückzufordern; aber ich sah ein, welches Gewicht der Name Moro hatte; und wenn ich die Sache vor eine Kommission von Kaufleuten gebracht hätte, wäre ihre Entscheidung mit allergrößter Wahrscheinlichkeit zu meinen Ungunsten ausgefallen.

Ich konsultierte einen Advokaten, der mir erklärte, da die Moros das Kapital ohne Zustimmung ihres toten Onkels abgezogen und da ich es entsprechend den Absichten des besagten Onkels investiert hätte, sei besagtes Kapital noch in meinem Besitz, und die Million, welche die Moros vereinnahmt hatten, sei eine andere Million, die mit jener ersteren gar nichts zu tun haben könne. Mein Advokat riet mir, die Moros bei dem Gerichtshof von Sevilla zu verklagen. Ich tat es und prozessierte sechs Jahre lang, was mich hunderttausend Piaster kostete; trotz allem verlor ich meinen Prozeß, und die zwei Millionen blieben mir erhalten.

Zuerst hatte ich Lust, davon irgendeine fromme Stiftung zu errichten, aber ich fürchtete, das Verdienst daran würde den verwünschten Moros zugeschrieben. Ich bin noch unschlüssig, was ich mit diesem Geld anfangen soll. Vorläufig setze ich, wenn ich meine Bilanz von Soll und Haben aufstelle, bei den Aktiva zwei Millionen weniger ein. Sie sehen also, mein Sohn, daß ich hinreichende

Gründe habe, Ihnen jede Beziehung zu den Moros zu verbieten.

Als der Zigeuner bis zu dieser Stelle seiner Geschichte gelangt war, holte man ihn weg, und jeder ging seiner Wege.

Dreiunddreißigster Tag

Wir machten uns wieder auf den Weg, und bald tauchte auch der Ewige Jude wieder auf, der wie folgt die Fortsetzung seiner Geschichte erzählte:

Fortsetzung der Geschichte des Ewigen Juden

Wir wuchsen also nicht unter den Augen des guten Dellius auf, der ja sein Augenlicht verloren hatte, aber geführt von seiner Klugheit und geleitet von seinem guten Rat. Seither sind achtzehn Jahrhunderte vergangen, und meine Kindheit ist die einzige Periode meines langen Lebens, an die ich freudig zurückdenke. Ich liebte Dellius wie meinen Vater und hatte meinen Freund Germanus sehr ins Herz geschlossen. Mit ihm kam es jedoch häufig zu Auseinandersetzungen, und zwar immer um dieselbe Sache, nämlich die Religion. Durchdrungen von den intoleranten Lehrsätzen der Synagoge, wiederholte ich ihm immer wieder: »Eure Idole haben Augen, doch sie sind blind; sie haben Ohren, doch sie sind taub. Ein Goldschmied hat sie gebildet, die Mäuse bauen darin ihr Nest.« Germanus antwortete mir stets, sie würden gar nicht als Götter angesehen und ich hätte keinerlei Vorstellung von der Religion der Ägypter.

Diese immerzu wiederholte Antwort erregte meine Neugierde. Ich bat Germanus, den Priester Cheremon selbst dazu zu bewegen, mich in seiner Religion zu unterrichten, was nur heimlich geschehen konnte; wenn es nämlich in der Synagoge bekannt geworden wäre, so hätte ich die Schmach der Exkommunikation erfahren. Cheremon liebte Germanus sehr und erfüllte bald meine Bitte, und schon am folgenden Abend suchte ich einen Hain beim Isistempel auf. Germanus stellte mich Cheremon vor, der mich neben sich niedersitzen ließ, die Hände faltete, sich sammelte und in der Volkssprache Unterägyptens, die ich sehr gut verstand, das folgende Gebet sprach:

Ägyptisches Gebet

O mein Gott, Vater aller Dinge,
Heiliger Gott, Du offenbarst Dich den Deinen.
Du bist der Heilige, der alles durch das Wort erschuf.
Du bist der Heilige, die Natur ist Dein Ebenbild.
Du bist der Heilige, den die Natur nicht schuf.
Du bist der Heilige, gewaltiger als alle Macht.
Du bist der Heilige, höher als jede Erhebung.
Du bist der Heilige, jenseits aller Lobpreisung.
Nimm entgegen das Dankopfer meines Herzens und meiner Worte.
Du bist unsäglich, und Deine Predigt ist Dein Schweigen.
Getilgt hast Du den falschen Glauben, der entgegensteht der wahren Lehre.
Nimm mich an, stärke mich, laß teilhaben an dieser Gnade jene, die noch verharren in der Unwissenheit, sowie jene, die Dich erkennen und meine Brüder und Deine Kinder sind.
Ich glaube an Dich, und laut bekenne ich es.
Ich erhebe mich zum Leben wie zum Licht.
Teilnehmen will ich an Deiner Heiligkeit, und Du gibst mir ein, dies zu begehren.

Als Cheremon sein Gebet gesprochen hatte, wandte er sich mir zu und sagte: »Mein Kind, du siehst wohl, daß wir wie ihr einen Gott kennen, der die Welt durch das Wort erschuf. Das Gebet, das du hörtest, ist dem Poimandres entnommen, einem Buch, das wir dem dreimal großen Thot zuschreiben, dessen Werke wir bei allen unseren Festen in feierlicher Prozession mit uns tragen. Bei uns gibt es sechsundzwanzigtausend Schriftrollen, die dieser Philosoph geschrieben haben soll, der vor zweitausend Jahren lebte. Da aber nur unsere Sahis befugt sind, sie zu kopieren, ist es möglich, daß diese so manches selber hinzufügten. Übrigens sind Thots Schriften erfüllt von einer dunklen und ausgeklügelten Metaphysik, die höchst unterschiedliche Auslegungen hervorgerufen hat. Ich begnüge mich also damit, dich über die anerkanntesten Lehren zu unterrichten, die weitgehend denen der Chaldäer entsprechen. Die Religionen unterliegen wie alles auf der Welt einer langsam und beharrlich wirkenden Kraft, die unablässig auf die Veränderung ihrer Form und ihres Wesens hinstrebt, so daß nach einigen hundert Jahren eine Religion, die man für unveränderlich hielt, dem Glauben der Menschen andere Inhalte darbietet: Allegorien, deren Sinn man nicht mehr durchdringt, oder Dogmen, an die man nur noch zur Hälfte glaubt.

Ich kann dir also keine Gewähr dafür bieten, daß ich dich in der alten Religion unterrichte, deren Zeremonien noch auf dem Basrelief des Osymandias in Theben zu sehen sind. Ich will dir aber die Lehren der Meister so übermitteln, wie ich sie auch meinen Schülern weitergebe.

Zuerst empfehle ich dir, dich nicht an Bilder noch Sinnbilder zu halten, sondern dich zu bemühen, den Geist all dieser Dinge zu erfassen. So ist der Schlamm das Bild für alles Materielle. Ein Gott, der auf der Lotosblüte sitzend über dem Schlamme schwimmt, versinnbildlicht das Denken, das auf der Materie aufruht, ohne sie zu berühren. Dies ist das Sinnbild, dessen sich euer Gesetzgeber bediente, als er sagte: Der Geist Gottes schwebte über den Wassern. Man behauptet, Moses sei von den Priestern der Stadt On oder Heliopolis erzogen worden, und eure Riten haben mit den unseren in der Tat viel Ähnlichkeit. Wie ihr haben wir Priesterfamilien, Propheten, den Brauch der Beschneidung, den Abscheu vor Schweinefleisch und noch viele andere Übereinstimmungen.«

Als Cheremon in seiner Lektion bis hierher gelangt war, schlug ein Diener des Isiskultes die Glocke zur Mitternacht. Unser Meister teilte uns mit, fromme Pflichten riefen ihn in den Tempel, und bei Anbruch der kommenden Nacht könnten wir uns hier wieder einfinden.

»Auch Ihr«, fügte der Ewige Jude hinzu, »werdet Euer Lager bald erreichen. Erlaubt mir also, den Fortgang meiner Geschichte auf morgen zu verschieben.«

Als der Wanderer verschwunden war, dachte ich darüber nach, was er uns gesagt hatte, und glaubte darin recht deutlich das Bestreben zu erkennen, unsere religiösen Grundsätze ins Wanken zu bringen und so die Absichten derer zu fördern, die mich zum Glaubenswechsel verleiten wollten. Ich war mir aber wohl bewußt, was mir die Ehre diesbezüglich gebot, und wie sie es auch anstellten, sie konnten damit nicht zum Ziel gelangen.

Indessen erreichten wir das Lager, das Abendessen fand in gewohnter Weise statt, und der Zigeunerhauptmann, den keine Geschäfte abhielten, fuhr mit seiner Geschichte folgendermaßen fort:

Fortsetzung der Geschichte des Zigeunerhauptmanns

Als mir der junge Soarez die Geschichte seines Hauses berichtet hatte, schien es ihn nach Schlaf zu verlangen, und da ich wußte, daß dieser zu seiner Wiederherstellung sehr notwendig war, bat ich ihn, die Fortsetzung seiner Geschichte auf den nächsten Abend zu verschieben. Er schlief in der Tat recht gut. Am nächsten Abend schien sich sein Befinden gebessert zu haben; da ich nun sah, daß er nicht schlafen konnte, ermunterte ich ihn, in der Erzählung seiner Geschichte fortzufahren, was er also tat:

Fortsetzung der Geschichte des López Soarez

Ich sagte Ihnen schon, daß mein Vater mir untersagte, den Titel »Don« zu führen, den Degen zu ziehen und den Umgang mit Adligen zu suchen; vor allem aber, irgendwelche Beziehungen zum Hause Moro aufzunehmen. Ich berichtete Ihnen auch von dem unendlichen Genuß, den mir die Lektüre von Romanen bereitete. Ich bemühte mich also, mir die Vorschriften meines Vaters einzuprägen, und dann suchte ich alle Buchhändler von Cadix auf, um mich mit dieser Art von Büchern einzudecken, von denen ich mir vor allem während der Reise unendlich viel Vergnügen versprach.

Endlich schiffte ich mich auf einem Dreimaster ein, und unser trockenes, staubiges und von der Sonne versengtes Eiland verließ ich nicht ohne Genugtuung. Andalusiens blühende Gestade dagegen versetzten mich in Entzücken. Wir segelten den Guadalquivir aufwärts, und in Sevilla ging ich an Land. Dort blieb ich gerade lang genug, um Maultiertreiber zu finden. Einer fand sich, der statt des Tragestuhls eine recht bequeme Kutsche anzubieten hatte; ihm gab ich den Vorzug. Ich packte die Romane, die ich in Cadix gekauft hatte, in die Kutsche und brach auf nach Madrid.

Die schönen Landschaften, durch die man bis Córdoba reist, die malerisch-wilden Täler der Sierra Morena, das Hirtenleben der Manchabewohner, alles, was ich zu sehen bekam, verstärkte die Wirkung meiner Lieblingsbücher. Alles rührte meine Seele, und ich nährte sie mit schwärmerischen und zarten Empfindungen. Kurz und gut, ich kann Ihnen versichern, daß ich bei meiner Ankunft in Madrid unsäglich verliebt war, ohne daß ich ein Objekt dafür gefunden hätte.

In der Hauptstadt angekommen, stieg ich im Malteserkreuz ab. Es war Mittag, und sofort wurde mir der Tisch gedeckt. Dann ging ich ans Auspacken meiner Sachen, wie es Reisende zu tun pflegen, wenn sie von einem Gasthauszimmer Besitz ergreifen. Dabei hörte und sah ich, daß an meinem Türschloß hantiert wurde. Ich ging zur Tür und öffnete sie ruckartig. Der Widerstand, den ich spürte, ließ mich vermuten, daß ich jemandem einen Stoß versetzt hatte. Tatsächlich erblickte ich hinter meiner Tür einen recht gut gekleideten Mann, der sich die blutige Nase wischte.

»Señor Don López«, sagte der Unbekannte, »im Gasthaus erfuhr ich, daß der ehrenwerte Sohn des berühmten Gaspar Soarez angekommen ist, und ich bin gekommen, um Ihnen meine Aufwartung zu machen.«

»Señor«, sagte ich, »wenn Sie nur die Absicht gehabt hätten, bei mir einzutreten, hätte ich Ihnen beim Öffnen der Tür bloß eine Beule auf der Stirn beigebracht; da Sie aber eine blutige Nase haben, meine ich, daß Sie wahrscheinlich Ihr Auge am Schlüsselloch hatten.«

»Bravo!« erwiderte der Unbekannte, »Ihr Scharfsinn ist bewundernswert. Es ist richtig, da ich Ihre Bekanntschaft zu machen wünschte, wollte ich mir im voraus eine Vorstellung von Ihrem Wesen verschaffen, und ich war von der vornehmen Art entzückt, mit der Sie sich durch das Zimmer bewegten und Ihre Habseligkeiten unterbrachten.«

Nach diesen Worten trat der Unbekannte bei mir ein, ohne daß ich ihn darum gebeten hätte, und fuhr sogleich fort: »Señor Don López, in mir sehen Sie den erlauchten Sproß der Busqueros aus Altkastilien, nicht zu verwechseln mit den anderen Busqueros, die aus León stammen. Mich kennt man unter dem Namen Don Roque Busqueros; künftig will ich mich jedoch nur durch meine Ergebenheit im Dienste von Ihro Exzellenz hervortun.«

Da erinnerte ich mich an die Gebote meines Vaters und sagte: »Señor Don Roque, ich muß Ihnen sagen, daß mir Gaspar Soarez, dessen Sohn ich bin, beim Abschied verbot, jemals die Anrede mit dem Titel ›Don‹ zu dulden; diesem Gebot fügte er hinzu, ich dürfe nie Umgang mit einem Adligen pflegen, woraus Ihro Exzellenz ersehen, daß es mir unmöglich sein wird, Ihre dankenswerten Dienste in Anspruch zu nehmen.«

Hier wurde Busqueros' Miene sehr ernst, und er sagte mir: »Señor Don López, Ihro Exzellenz bringen mich durch Ihre Worte unendlich in Verlegenheit, denn mein Vater hieß mich auf dem Sterbebett, den vornehmen Kaufleuten stets den Titel ›Don‹ zu geben und ihren Umgang zu suchen. Ihro Exzellenz sehen also, daß Sie Ihrem Vater nicht Gehorsam leisten können, ohne daß ich dem letzten Willen des meinen zuwiderhandle, und so sehr Sie sich bemühen, mich zu meiden, so sehr muß ich danach streben, Ihnen so oft wie möglich Gesellschaft zu leisten.«

Busqueros' Beweisführung verwirrte mich. Übrigens hatte sein Gesicht sehr ernste Züge angenommen, und da mein Vater mir verboten hatte, den Degen zu ziehen, mußte ich tun, was ich nur konnte, um einem Streit aus dem Wege zu gehen.

Indessen hatte Don Roque auf meinem Tisch einige Goldachter entdeckt, die also je acht holländische Dukaten wert waren. »Señor Don López«, sagte er, »ich sammle solche Münzen, und mir fehlen genau die aus den Jahren, in denen diese hier geschlagen wurden. Sie wissen ja, was Sammlerleidenschaft bedeutet, und ich glaube, es wird Ihnen Vergnügen bereiten, wenn ich Ihnen die Gelegenheit biete, mir einen Gefallen zu erweisen; oder vielmehr ist es der glückliche Zufall, der sie Ihnen bietet; denn ich besitze solche Münzen seit dem Jahre 79, als man sie zu schlagen begann, und ausgerechnet diese zwei hier mußten mir noch fehlen.«

Ich schenkte Don Roque die zwei Goldmünzen um so bereitwilliger, als ich annahm, daß er sich dann wegbegeben werde; das lag aber nicht in seiner Absicht.

Busqueros setzte wieder eine ernste Miene auf und sagte: »Señor Don López, es wäre, glaube ich, ganz unschicklich, wenn wir beide vom selben Teller äßen oder einander abwechselnd mit dem Löffel oder der Gabel aushelfen müßten; ich lasse also ein zweites Gedeck bringen.«

Folglich gab Busqueros Anweisung dazu, dann wurden wir bedient, und ich muß gestehen, daß die Reden meines ungebetenen Tischgenossen recht kurzweilig waren, und wenn mich nicht mein Ungehorsam gegenüber meinem Vater bekümmert hätte, wäre mir die Mahlzeit mit ihm ein Vergnügen gewesen. Busqueros ging sofort nach dem Essen seiner Wege; ich wartete ab, daß die große Tageshitze vorüberging, und ließ mich dann zum Prado führen. Ich bewunderte seine Schönheiten; aber ich konnte es kaum erwarten, das Buen Retiro zu sehen; dieser abgeschiedene Park wird schon in unseren Romanen gerühmt, und ich weiß nicht, was für eine Ahnung mir sagte, daß auch ich dort Gelegenheit finden würde, eine zarte Bindung einzugehen.

Der Anblick dieses schönen Gartens entzückte mich mehr, als ich Ihnen sagen kann, und ich hätte mich lange meiner Bewunderung hingegeben; aber etwas Glänzendes, das mir im Gras zwei Schritte von mir entfernt ins Auge fiel, riß mich aus meinem Entzücken. Ich hob es auf und stellte fest, daß es ein Miniaturportrait war, das an einem zerbrochenen Goldkettchen hing. Das Portrait zeigte einen sehr schönen jungen Mann, und eine geflochtene Locke war auf der Rückseite des Medaillons mit einem goldenen Band befestigt, in das die Worte eingraviert waren: »Ganz der Deine, meine teure Inés.« Ich steckte das Kleinod in die Tasche und setzte meinen Spaziergang fort.

Als ich dann wieder an derselben Stelle vorbeikam, stieß ich dort auf zwei Frauen, deren eine, ein sehr junges und sehr schönes Wesen, mit bekümmertem Ausdruck, wie man ihn annimmt, wenn man etwas verloren hat, den Boden absuchte. Ich erriet leicht, daß sie das Portrait suchte. Ich trat ehrerbietig auf sie zu und sprach: »Señora, ich glaube, ich habe den Gegenstand gefunden, den Sie suchen; aber die Vorsicht gestattet mir nicht, ihn herauszugeben, bevor Sie eine Beschreibung zu geben geruhen, die Ihr Eigentumsrecht beweist.«

»Señor«, erwiderte die schöne Unbekannte, »ich suche ein Portrait, das an einem zerbrochenen Goldkettchen hängt, dessen andere Hälfte ich hier bei mir habe.«

»Aber«, sagte ich, »gibt es denn nicht irgendeine Inschrift auf dem Portrait?«

»Es gibt eine«, sagte die Unbekannte ein wenig errötend; »sie wird Sie darüber belehrt haben, daß ich Inés heiße und daß das Urbild dieses Portraits ganz mir gehört. Und nun, was hindert Sie noch, es mir herauszugeben?«

»Señora«, antwortete ich, »Sie haben mir noch nicht gesagt, in welcher Eigenschaft dieser glückliche Sterbliche Ihnen gehört.«

»Señor«, sagte die Unbekannte, »ich glaubte Ihr Gewissen beruhigen, aber nicht Ihre Neugierde befriedigen zu müssen, und ich weiß nicht, mit welchem Recht Sie solche Fragen stellen.«

»Meine Neugierde«, antwortete ich, »hätten Sie richtiger als Anteilnahme bezeichnet. Was aber das Recht angeht, das ich habe, Ihnen solche Fragen zu stellen, so gebe ich Ihnen zu bedenken, daß derjenige, der eine Fundsache zurückgibt, gewöhnlich eine anständige Belohnung erhält. Die Belohnung, die ich von Ihnen erwarte, besteht darin, mir zu sagen, was mich vielleicht zum unglücklichsten aller Menschen machen wird.«

Die Miene der schönen Unbekannten wurde ernsthaft, und sie sagte: »Sie sind sehr kühn für eine erste Begegnung; das garantiert nicht immer, daß einem auch eine zweite gewährt wird; aber in dieser Frage will ich Sie zufriedenstellen. Das Original dieses Portraits ist . . .«

In diesem Augenblick spazierte aus einer Seitenallee unversehens Busqueros hervor, trat galant auf uns zu und sagte: »Ich beglückwünsche Sie, Señora, daß Sie mit dem Sohn des reichsten Kaufmanns von Cadix Bekanntschaft gemacht haben.«

Die Züge der Unbekannten kündeten von höchstem Unwillen. »Ich glaubte nicht«, sagte sie, »daß ich eine Frau sei, an die man das Wort richtet, ohne sie zu kennen.« Dann wandte sie sich mir zu und sagte: »Señor, möchten Sie mir wohl das Portrait aushändigen, das Sie gefunden haben.«

Dann stieg sie in ihre Karosse und entschwand unseren Augen.

Jemand kam, um den Zigeuner zu holen, und er bat uns um die Erlaubnis, die Fortsetzung seiner Geschichte auf den nächsten Tag zu verschieben. Als er uns verlassen hatte, wandte sich die schöne Jüdin, die wir nur noch

Laura nannten, an Velásquez und sagte zu ihm: »Was denken Sie, durchlauchtigster Herzog, von den überschwenglichen Gefühlen des jungen Soarez? Haben Sie sich denn nie der Mühe unterzogen, das, was man gemeinhin Liebe nennt, zum Gegenstand Ihres Begriffssystems zu machen?«

»Señora«, antwortete Velásquez, »mein System erstreckt sich auf die gesamte Natur und umfaßt notwendigerweise alle Gefühle, die sie in das menschliche Herz gelegt hat. Ich mußte ihnen allen auf den Grund gehen und sie definieren. Und das gelang mir vorzugsweise bei der Liebe: Denn ich fand, daß es möglich ist, sie mit algebraischen Begriffen zu erfassen, und Sie wissen ja, daß Fragen, die der Algebra zugänglich sind, Lösungen zeitigen, die nichts mehr zu wünschen übriglassen.

Nehmen wir doch einmal an, ›Liebe‹ sei ein positiver Wert, der mit dem Pluszeichen zu verbinden ist; ›Haß‹, als der Liebe entgegengesetzt, wird vom Minuszeichen begleitet, und die Gleichgültigkeit als Mangel an Empfindung wäre der Null gleichzusetzen.

Multipliziere ich die Liebe mit sich selbst, liebe ich also die Liebe oder liebe ich es, die Liebe zu lieben, erhalte ich immer positive Werte, denn plus mal plus ergibt immer plus.

Hasse ich aber den Haß, so kehre ich zu den Gefühlen der Liebe oder den positiven Größen zurück; und minus mal minus ergibt daher plus.

Wenn ich es dagegen hasse, den Haß zu hassen, kehre ich wieder zu den Gefühlen zurück, die der Liebe entgegengesetzt sind, also zu den negativen Werten, denn minus in der dritten Potenz ergibt wirklich minus. Was die Produkte von Liebe mal Haß oder Haß mal Liebe angeht, sie sind immer negativ, wie die Produkte von plus mal minus und minus mal plus. In der Tat, ob ich nun die Liebe hasse oder den Haß liebe, ich bewege mich immer im Bereich der Gefühle, die der Liebe entgegengesetzt sind.

Haben Sie, schöne Laura, meinen Argumenten etwas entgegenzusetzen?«

»Ganz und gar nicht«, erwiderte die Jüdin, »und ich bin überzeugt, daß es keine Frau gibt, die sich dieser Beweisführung entziehen könnte.«

»Das läge nicht in meinem Interesse«, fuhr Velásquez fort. »Wenn sie nämlich so schnell überzeugt wäre, dann entginge ihr die Folge meiner Korollarien oder Konsequenzen, die aus meinen Grundsätzen erwachsen. Ich fahre also in meiner Argumentation fort: Da Liebe und Haß sich absolut wie positive und negative Werte verhalten, ist daraus zu folgern, daß ich statt ›Haß‹ auch schreiben kann ›minus Liebe‹, was nicht mit Gleichgültigkeit verwechselt werden darf, deren Eigenschaft mit null gleichzusetzen ist.

Prüfen Sie nun das Verhalten der Liebenden. Sie lieben einander, hassen einander, verabscheuen den Haß, den sie empfunden haben, lieben einander mehr denn je, dann läßt ein negativer Faktor alle diese Gefühle in Haß umschlagen. So kann man gar nicht umhin, darin die abwechselnden Kräfte von plus und minus zu erkennen. Schließlich kommt Ihnen zu Ohren, daß der Liebende seine Geliebte erdolcht hat. Sollen Sie entscheiden, ob dies ein Produkt der Liebe oder des Hasses ist, sind Sie in größter Verlegenheit. Das ist ganz wie in der Algebra, wo Sie zu plus oder minus Wurzel aus x gelangen, wenn die Wurzelexponenten ungerade Zahlen sind.

Dies ist so wahr, daß man oft bemerkt, daß eine Liebe mit einer Art Abstoßung beginnt, einem geringfügigen negativen Wert, den wir als minus B darstellen können. Diese Abstoßung führt ein Zerwürfnis herbei, das wir durch minus C darstellen. Das Produkt beider ist eine

Versöhnung, die durch plus BC darzustellen wäre, das heißt ein positiver Wert, ein Gefühl der Liebe.«

Hier wurde Velásquez von der vorgeblichen Uzeda unterbrochen, die bemerkte: »Durchlauchtigster Herzog, wenn ich Sie richtig verstanden habe, könnte die Liebe nicht besser dargestellt werden als durch die Entwicklung der Kraft von x minus a, wobei man davon auszugehen hat, daß a ein viel kleinerer Wert ist als x.«

»Liebenswürdige Laura«, sagte Velásquez, »Sie haben meine Gedanken gelesen. Ja, reizendes Geschöpf, die Formel des Binoms, die der Caballero Don Newton erfand, muß beim Studium des menschlichen Herzens wie bei allen anderen Berechnungen unser Leitfaden sein.«

Danach ging man auseinander; aber von nun an war es nicht schwer zu erkennen, daß die schöne Israelitin auf den Geist und das Herz von Velásquez den lebhaftesten Eindruck gemacht hatte. Da er genau wie ich von den Gomelez abstammte, hatte ich keinen Zweifel daran, daß man sich der Gewalt, die dieses liebenswerte Wesen auf ihn ausübte, bediente, um ihn zum Islam zu bekehren. Die Folge wird zeigen, daß ich mich in meinen Mutmaßungen nicht täuschte.

Vierunddreißigster Tag

Schon beim Morgengrauen saßen wir wieder zu Pferde. Der Ewige Jude, der nicht vermutete, daß wir so früh aufbrechen könnten, hatte sich weit von uns entfernt. Wir warteten lange auf ihn; endlich zeigte er sich, nahm seinen Platz neben mir wieder ein und hob mit folgenden Worten zu sprechen an:

Fortsetzung der Geschichte des Ewigen Juden

Bei Einbruch der folgenden Nacht versäumte ich nicht, den Isishain wieder aufzusuchen. Dort fand ich schon den verehrungswürdigen Cheremon vor, der bereit war, seinen Unterricht wieder aufzunehmen; wir setzten uns, und er begann wie folgt:

»Die Sinnbilder haben uns nie daran gehindert, an einen Gott zu glauben, der über allen anderen steht. Dies beweist die Schrift Thots. So drückt er sich aus:

Dieser eine Gott verharrt unbewegt in der Abgeschlossenheit seiner Einheit. Selbst der Geist kann nicht eins mit ihm werden, so wenig wie jegliches andere.

Er ist sein eigener Vater, er ist sein eigener Sohn, und der einzige Vater Gottes. Er ist das Gute, er ist die Quelle aller Ideen und aller Urwesen.

Dieser Gott ist die Erklärung seiner selbst, weil er sich selbst genügt. Er ist der erste Ursprung, der Gott der Götter, das Unteilbare der Einheit und der Anfang des Wesens; und da er schon war vor allem Geist, heißt er Noetarch.

Ihr seht also, meine Freunde«, fuhr Cheremon fort, »daß man über die Gottheit keine erhabeneren Vorstellungen haben kann als die unseren; aber einen Teil der Attribute Gottes, seiner Beziehungen zu uns, glaubten wir vergöttlichen zu dürfen, um daraus ebenso viele Gottheiten oder vielmehr göttliche Eigenschaften zu machen.

So nennen wir das Denken Gottes Emeph, und wenn es sich durch Worte äußert, nennen wir es Thot (Überzeugung) oder Armeth (Auslegung).

Wenn sich das Denken Gottes, und in seiner Obhut die Wahrheit, der Erde zuneigt und die Kraft der Zeugung wirken läßt, heißt sie Amun.

Wenn sich dieses Denken auch noch der Kunst bedient, wird sie Phta oder Vulkan genannt.

Wenn dieses Denken in hervorragendem Maße wohltätig erscheint, heißt es Osiris.

Wir betrachten Gott als einen einzigen, aber die unendliche Menge wohltätiger Beziehungen, deren er uns würdigt, hat zur Folge, daß wir ihn, ohne als gottlos gelten zu müssen, als Vielheit ansehen dürfen; denn er ist wahrhaft vielfältig und unendlich mannigfaltig in den Eigenschaften, die wir an ihm wahrnehmen können.

Was die Dämonen angeht, so denken wir, daß jeder von uns deren zwei hat, einen guten und einen bösen. Die Seelen der Heroen haben teil am Wesen der Geister und sind in der Rangordnung der Seelen die ersten.

Die Götter können ihrem Wesen nach mit dem Äther verglichen werden, und uns scheint den einfachen Seelen etwas Irdisches anzuhaften. Die göttliche Vorsehung vergleichen wir mit dem Licht, das den ganzen Raum der Welten erfüllt.

Alte Überlieferungen berichten auch von englischen oder kündenden Mächten, beauftragt, Gottes Gebote zu verbreiten, und von anderen Gewalten höherer Ordnung, die von den Juden im Einflußbereich des Hellenismus Archonten oder Erzengel genannt wurden.

Diejenigen von uns, welche die priesterlichen Weihen empfangen haben, glauben die Macht zu besitzen, die reale Gegenwart der Götter, Dämonen, Engel, Heroen und Seelen zu bewirken; sie können jedoch diese Theurgien nicht herbeiführen, ohne die Ordnung dieses Weltalls ein wenig zu stören.

Steigen die Götter auf die Erde herab, entziehen sich die Sonne oder der Mond für einige Zeit dem Anblick der Sterblichen.

Das Licht, das die Erzengel umgibt, strahlt heller als das der Engel; die Seelen der Heroen haben weniger Glanz als die der Engel, aber mehr als die Seelen der einfachen Sterblichen, welche die Wirkung der Schatten sehr verdunkelt.

Die Fürsten des Zodiakus zeigen sich in äußerst majestätischer Gestalt. Überdies gibt es eine Unmenge besonderer Gegebenheiten, welche die Erscheinungen dieser unterschiedlichen Wesen begleiten und dazu dienen, sie voneinander abzuheben. Die bösen Dämonen sind zum Beispiel an den bösartigen Wirkungen zu erkennen, die ihnen stets folgen.

Was die Idole betrifft, glauben wir, daß man eine gewisse Teilhabe am göttlichen Wesen auf sie herabbeschwören kann, wenn man sie bei bestimmten Konstellationen der Gestirne und unter gewissen theurgischen Zeremonien herstellt. Aber diese Kunst ist so trügerisch und so unwürdig der wahren Erkenntnis Gottes, daß wir sie einem Priesterstand überlassen, der jenem, dem ich anzugehören die Ehre habe, weit unterlegen ist.

Ruft einer unserer Priester die Götter an, gewinnt er

auf gewisse Weise die Teilhabe an ihrem Wesen. Deswegen hört er nicht auf, Mensch zu sein; aber die göttliche Natur durchdringt ihn doch bis zu einem bestimmten Grade. Er wird gewissermaßen eins mit seinem Gott. In diesem Zustand fällt es ihm leicht, den rohen und irdischen Geistern zu gebieten und sie aus den Körpern, von denen sie Besitz ergriffen haben, auszutreiben.

Manchmal mischen unsere Priester Steine, Kräuter und tierische Substanzen und stellen so ein Gemenge her, das würdig ist, die Gottheit zu empfangen; aber das wahre Band, das den Priester mit seinem Gott vereint, ist das Gebet.

Alle diese Riten und Lehrsätze, deren Erklärung ich Euch mitgeteilt habe, schreiben wir nicht Thot zu, dem dritten Merkur, der unter Osymandias lebte. Ihr wirklicher Urheber ist nach unserer Meinung der Prophet Bitys, der zweitausend Jahre zuvor lehrte und der die Sprüche des ersten Merkur deutete. Wie ich Euch aber schon sagte, hat die Zeit Veränderungen und Zusätze bewirkt, und ich glaube nicht, daß diese alte Religion uns unvermischt überliefert wurde.

Schließlich – da nun alles gesagt werden soll – wagen unsere Priester es mitunter, den Göttern gegenüber von Drohungen Gebrauch zu machen. Dann äußern sie sich während des Opfers folgendermaßen:

Wenn Ihr mir nicht gewährt, worum ich Euch bitte, dann enthülle ich Isis' Verborgenstes. Ich decke die Geheimnisse der tiefsten Tiefe auf, ich zerschlage Osiris' Schrein und zerstreue seine Glieder.

Ich gestehe Euch, daß ich diese Formeln keineswegs billige, und die Chaldäer enthalten sich ihrer ganz und gar.«

Als Cheremon mit seinem Unterricht so weit gekommen war, schlug der Akolyt die Mitternacht; und da Ihr

Euch dem Lager nähert, erlaubt mir, die Fortsetzung meiner Geschichte auf morgen zu verschieben.

Der Ewige Jude entfernte sich, und Velásquez versicherte uns, er habe keine Neuigkeiten von ihm erfahren und all dies stehe schon in Jamblichos' Buch. »Dieses Buch habe ich mit großer Aufmerksamkeit gelesen«, fügte er hinzu, »und ich habe nie verstehen können, daß die Kritiker, die den Brief des Porphyrios an den Ägypter Anebo als authentisch ansehen, die Antwort des Ägypters Abammon bloß für eine Erfindung des Porphyrios hielten. Porphyrios schien mir dagegen in sein Werk nur die Antwort Abammons einzuarbeiten und dabei einige Bemerkungen über die griechischen Philosophen und die Chaldäer hinzuzufügen.«

»Wie es auch sei mit Anebo und Abammon«, sagte Uzeda, »ich versichere Ihnen, daß der Jude Ihnen nichts als die reine Wahrheit gesagt hat.«

Wir erreichten unser Lager, nahmen eine leichte Mahlzeit ein, und der Zigeuner, der die Muße dazu hatte, setzte seine Geschichte folgendermaßen fort:

Fortsetzung der Geschichte des Zigeunerhauptmanns

Als mir der junge Soarez berichtet hatte, wie die Begegnung im Garten ausgegangen war, schien er der Ruhe zu bedürfen. Zur Wiederherstellung seiner Gesundheit war der Schlaf unerläßlich. Ich ließ ihm Gelegenheit dazu. In der Nacht darauf erzählte er die Fortsetzung seiner Geschichte:

Ich verließ den Buen-Retiro-Park, das Herz erfüllt von der Liebe zur schönen Unbekannten und von Empörung über Busqueros. Da der nächste Tag ein Sonntag war, dachte ich, wenn ich die Kirchen absuchte, wäre es mir möglich, die Dame meines Herzens zu finden. Drei Kirchen besuchte ich ganz umsonst; aber in der vierten fand ich sie. Sie erkannte mich. Als sie nach Beendigung der Messe die Kirche verließ, ging sie an mir vorbei und kam mir absichtlich so nah, daß sie mir sagen konnte: »Es war das Portrait meines Bruders.«

Sie war schon vorüber, als ich immer noch wie festgenagelt an meinem Platz stand, verzaubert von den wenigen Worten, die ich vernommen hatte. Das Streben, das sie an den Tag legte, mich zu beruhigen, konnte nur die Folge davon sein, daß sie an mir Anteil zu nehmen begann.

Zur Herberge zurückgekehrt, ließ ich mein Essen auftragen und hoffte, dabei meinen Busqueros nicht wiederzusehen; aber er erschien zusammen mit der Suppe und erklärte: »Señor Don López, ich habe zwanzig Einladungen ausgeschlagen; aber ich habe Ihnen ja gesagt, daß ich mich ganz und gar Ihro Exzellenz' Diensten widme.«

Ich hatte große Lust, dem Señor Don Roque ein unfreundliches Wort zu erwidern; ich erinnerte mich jedoch an das Verbot meines Vaters, den Degen zu ziehen, und dachte, ich müsse Streitigkeiten vermeiden.

Busqueros ließ sich ein Gedeck bringen, setzte sich, wandte sich mir mit äußerst vergnügter und selbstgefälliger Miene zu und sprach: »Geben Sie zu, Señor Don López, daß ich Ihnen gestern einen hervorragenden Dienst geleistet habe. Scheinbar unabsichtlich habe ich die Dame wissen lassen, daß Sie der Sohn eines reichen Kaufmanns sind. Sie gab vor, sie sei heftig erzürnt; in

Wirklichkeit aber nur, um Sie davon zu überzeugen, daß Ihr Herz für die Verlockungen des Reichtums unempfindlich sei. Glauben Sie es nicht, Don López. Sie sind jung, geistvoll, haben ein hübsches Gesicht; aber wenn man Sie lieben soll, spielt auch das Geld eine Rolle. Ich zum Beispiel muß das nicht befürchten. Liebt man mich, dann nur um meinetwillen, und ich habe nie eine Leidenschaft hervorgerufen, bei der materielle Vorteile ins Spiel kamen.«

Ich weiß nicht, wie lange Busqueros dergleichen Reden hielt, und als er gegessen hatte, ging er von dannen. Abends begab ich mich zum Buen Retiro, doch ich ahnte insgeheim, daß ich die schöne Unbekannte nicht zu Gesicht bekäme. Tatsächlich zeigte sie sich nicht; aber Busqueros erschien und ließ den ganzen Abend nicht mehr von mir.

Am nächsten Tag kam er zum Essen, und im Weggehen verkündete er mir, daß er mich im Buen Retiro wieder treffen wolle. Ich sagte ihm, ich hätte nicht vor hinzugehen; und da ich überzeugt war, daß er mir keinen Glauben schenken werde, versteckte ich mich, als es Abend wurde, in einem Laden am Weg zum Buen Retiro. Es verging nicht viel Zeit, da sah ich Busqueros vorbeikommen; er ging zum Buen Retiro, und da er mich dort nicht fand, sah ich ihn bald wieder zurückkommen. Da begab ich mich selber hin. Ich durchstreifte einige Wege, und endlich sah ich die schöne Unbekannte herankommen. Ich trat voll Ehrerbietung auf sie zu, was ihr nicht zu mißfallen schien. Ich war mir im Zweifel, ob ich ihr für ihre Worte in der Kirche danken sollte.

Sie wollte mir anscheinend selbst aus der Verlegenheit helfen und sagte mir mit scherzhafter Miene: »Sie behaupten, man habe das Recht auf eine anständige Belohnung, wenn man etwas Verlorenes findet, und da Sie dieses Portrait fanden, wollten Sie den Charakter meiner

Beziehungen zum Original erfahren. Sie kennen ihn jetzt, also fragen Sie mich nichts mehr, es sei denn, Sie fänden noch etwas anderes, das mir gehört; denn dann hätten Sie zweifellos das Recht auf eine neue Belohnung. Indessen schickt es sich nicht, daß man uns häufig gemeinsam spazierengehen sieht. Adieu, und wenn Sie mir etwas zu sagen haben, verbiete ich Ihnen nicht, mich anzusprechen.«

Darauf entbot mir die Unbekannte einen liebreizenden Gruß, den ich mit einer tiefen Reverenz erwiderte, worauf ich meine Schritte zu einer nahebei verlaufenden Allee wandte, nicht ohne meine Blicke noch wiederholt auf die Allee zu richten, die ich gerade verlassen hatte. Die Unbekannte ging darin noch auf und ab, bevor sie den Garten verließ, und als sie in den Wagen stieg, warf sie mir einen letzten Blick zu, dem ich ihr Wohlwollen zu entnehmen glaubte.

Am nächsten Morgen beherrschten mich die nämlichen Gefühle, dachte ich über ihr Fortschreiten nach, und es schien mir, der Augenblick sei vielleicht nicht mehr weit entfernt, da mir die schöne Inés das Recht einräumen würde, ihr zu schreiben; und da ich bisher noch nie Liebesbriefe geschrieben hatte, glaubte ich, um den Stil richtig zu treffen, sei es angebracht, mich darin zu üben. Ich griff also zur Feder und schrieb folgenden Brief:

*López Soarez an Inés ****

Ein scheues Gefühl läßt meine Hand zittern; sie schreckt davor zurück, diese Zeilen niederzuschreiben. Wahrhaftig, was könnten sie ausdrücken? Welcher Sterbliche könnte schreiben, wenn die Liebe selbst diktiert? Ihr zu folgen ist die Feder außerstande.

Wie sehr trachte ich danach, meine Gedanken auf dieses Papier zu versammeln; aber sie entgleiten mir, sie irren durch die Boskette des Buen Retiro, sie verharren auf dem Sand, der Ihre Fußspuren trägt, und können sich nicht losreißen davon.

Ist dieser Garten unserer Könige denn wirklich so schön, wie er mir erscheint? Nein, sein Zauber liegt wahrhaftig in meinen Augen, und Sie haben ihn hineingesenkt. Wenn auch andere die Schönheiten sähen, die ich darin entdecke, könnte dieser Ort dann so verlassen sein?

In diesem Garten haucht der Rasen lebendigere Frische, der Jasmin verströmt seinen Duft bis zur Erschöpfung, und das Gehölz, in dem Sie verweilten, ist eifersüchtig auf seinen verliebten Schatten und bewacht ihn kraftvoller vor dem sengenden Strahl des Tages. Sie gingen nur hindurch. Aber was richten Sie an in diesem Herzen, in dem Sie nun für immer wohnen?

Als ich diese Epistel vollendet hatte, las ich sie noch einmal durch und bemerkte, daß sie voller Extravaganzen steckte. Daher hatte ich keine Lust, sie zu überreichen oder abzuschicken. Um mich indessen in einer angenehmen Illusion zu wiegen, versiegelte ich sie und schrieb darauf: *An die schöne Inés* … , dann ließ ich den Brief in einer Schublade verschwinden.

Danach empfand ich das Verlangen auszugehen. Ich lief durch die Straßen Madrids, und als ich am Gasthof zum Weißen Löwen vorüberging, kam mir der Gedanke, es wäre angenehm, hier zu essen und so dem verwünschten Busqueros zu entgehen. Ich aß dort also, und dann kehrte ich zu meiner Herberge zurück.

Ich zog die Schublade auf, in der ich den Brief abgelegt hatte, und fand ihn nicht mehr. Ich befragte meine Leute; sie sagten, mit Ausnahme von Busqueros sei niemand dagewesen. Ich hatte keinen Zweifel, daß er ihn genommen hatte, und war recht besorgt darüber, was er damit anstellen werde.

Abends begab ich mich nicht geradewegs zum Buen Retiro; sondern im selben Laden, in dem ich mich das erste Mal aufgehalten hatte, bezog ich meinen Hinterhalt. Bald nahte die Karosse der schönen Inés, und Busqueros lief hinterher und wies auf einen Brief, den er schwenkte. Mit Gesten und Geschrei brachte er schließlich die Karosse zum Halten und konnte den Brief in die richtigen Hände legen. Dann fuhr die Karosse weiter in Richtung des Buen Retiro, und Busqueros nahm einen anderen Weg.

Ich wußte nicht recht, wie die Sache ausgehen würde, und begab mich langsam zum Park. Dort fand ich die schöne Inés, die mit ihrer Begleiterin auf einer Bank saß.

Sie winkte mir, mich zu nähern, ließ mich bei sich Platz nehmen und erklärte mir dann: »Señor, ich muß Sie zur Rede stellen. Ich ersuche Sie zunächst, mir zu sagen, warum Sie mir all diese Dummheiten geschrieben haben. Und warum haben Sie dann diesen Menschen damit geschickt, dessen Unverfrorenheit, wie Sie doch feststellen konnten, sehr mein Mißfallen erregt hat?«

»Señora«, erwiderte ich, »es ist wohl wahr, daß ich Ihnen diesen Brief geschrieben habe; aber es lag nicht in meiner Absicht, daß Sie ihn erhielten. Ich schrieb ihn um der Freude am Schreiben willen, und dann habe ich ihn in meine Schublade gelegt, aus der ihn mir der abscheuliche Busqueros wegnahm, der seit meiner Ankunft in Madrid mein ganzes Unglück ist.«

Inés mußte lachen und las meinen Brief mit dem Ausdruck des Wohlgefallens noch einmal. Dann sagte sie: »Ihr Name ist also López Soarez. Sind Sie mit jenem bedeutenden und reichen Kaufmann in Cadix verwandt?«

Ich antwortete, ich sei eben dessen Sohn.

Inés sprach dann von gleichgültigen Dingen und begab sich endlich wieder zu ihrer Karosse. Vor dem Einsteigen sagte sie: »Es schickt sich nicht, daß ich diese Dummheiten bei mir behalte; ich gebe sie Ihnen zurück; aber verlieren Sie sie nicht, vielleicht fordere ich sie eines

Tages wieder zurück.« Als mir Inés den Brief übergab, drückte sie mir die Hand.

Bisher hatte mir noch keine Frau die Hand gedrückt. In den Romanen hatte ich jedoch schon Beispiele dafür gefunden; aber durch die Lektüre hatte ich mir noch keine angemessene Vorstellung davon bilden können, welches Vergnügen darin lag. Diese Art, seinen Gefühlen Ausdruck zu geben, fand ich ganz hinreißend, und ich kam als der glücklichste aller Männer wieder nach Hause.

Am nächsten Tag erwies mir Busqueros abermals die Ehre, bei mir zu speisen. »Nun«, sagte er, »hat der Brief seine Adressatin erreicht? An Ihrer Miene sehe ich, daß er seine Wirkung getan hat.«

Ich mußte zugeben, daß ich ihm Dank schuldete.

Gegen Abend suchte ich den Buen Retiro auf; als ich ihn betrat, erblickte ich sogleich Inés, die etwa fünfzig Schritte vor mir herging. Sie war unbegleitet, ein Lakai folgte ihr von weitem. Sie blickte sich um, dann ging sie weiter und ließ ihren Fächer fallen. Ich beeilte mich, ihn ihr zu bringen, und sie nahm ihn mit liebenswürdigem Ausdruck entgegen und sagte: »Ich versprach Ihnen eine anständige Belohnung, sooft Sie mir einen verlorenen Gegenstand bringen. Setzen wir uns auf diese Bank und besprechen wir den Fall.«

Sie führte mich zur selben Bank, auf der wir am Tag zuvor gesessen waren, und sie sagte: »Nun denn, als Sie dieses Portrait zurückbrachten, erfuhren Sie, daß es meinen Bruder darstellte. Was wollen Sie jetzt wissen?«

»O Señora«, antwortete ich, »ich möchte wissen, wer Sie sind, wie Sie heißen und welcher Familie Sie entstammen.«

»So hören Sie«, versetzte Inés, »Sie könnten meinen, Ihr Reichtum versetze mich in Bewunderung; aber Sie werden diese Vorstellung aufgeben, wenn Sie erfahren, daß ich die Tochter eines Mannes bin, der ebenso reich ist wie Ihr Vater, nämlich des Bankiers Moro.«

»Gerechter Himmel!« rief ich, »habe ich Sie richtig verstanden? O Señora, ich bin der unglücklichste aller Menschen. Ich darf nicht einmal an Sie denken, ohne den Fluch meines Vaters, meines Großvaters und meines Urgroßvaters Iñigo Soarez auf mich zu ziehen, welch letzterer, nachdem er die Meere durchkreuzt hatte, in Cadix ein Handelshaus gründete. Jetzt kann ich nur noch sterben!«

In diesem Augenblick drang der Kopf von Don Busqueros durch das Blattwerk des Laubenganges, vor dem unsere Bank stand, und er streckte ihn zwischen uns und sagte zu ihr: »Glauben Sie kein Wort davon, Señora; zu diesem Trick nimmt er immer Zuflucht, wenn er jemanden los sein will. Da ihm nichts daran lag, meine nähere Bekanntschaft zu machen, brachte er vor, sein Vater habe ihm verboten, mit Adligen umzugehen. Jetzt nun fürchtet er, seinen Urgroßvater Iñigo Soarez zu kränken, der in Cadix ein Handelshaus gründete, nachdem er die Meere durchkreuzt hatte. Verlieren Sie nicht den Mut, Señorita: Diese kleinen Krösusse tun sich immer schwer, nach dem Köder zu schnappen, aber er muß doch hinunter.«

Inés erhob sich mit dem Ausdruck äußerster Empörung und eilte zu ihrem Wagen.

Als der Zigeuner in seiner Geschichte so weit gekommen war, unterbrach man ihn, und wir sahen ihn den ganzen Abend nicht mehr.

Fünfunddreißigster Tag

Wir stiegen zu Pferde, um unseren Irrweg durch die Berge wieder aufzunehmen, und als wir etwa eine Stunde weitergezogen waren, erschien der Ewige Jude. Er reihte sich wie gewohnt zwischen Velásquez und mir ein und setzte seine Geschichte wie folgt fort:

Fortsetzung der Geschichte des Ewigen Juden

In der folgenden Nacht empfing uns der verehrungswürdige Cheremon mit der Güte, die wir schon an ihm kannten, und sprach:

»Die Fülle der Dinge, die wir gestern abhandelten, erlaubte es mir nicht, von einem Dogma zu sprechen, das bei uns allgemein anerkannt ist, das aber durch die große Beliebtheit, die Platon ihm verschaffte, bei den Griechen noch höheren Ruhm genießt. Ich will vom Glauben an das Wort oder die göttliche Weisheit sprechen, die wir bald Mander, bald Meth und manchmal auch Thot oder Überzeugung nennen.

Es gibt noch ein Dogma, von dem ich Euch sprechen muß. Es wurde von demjenigen der drei Thot aufgestellt, der Trimegistos oder ›dreimal groß‹ genannt wird, da er die Gottheit als in drei große Mächte aufgeteilt begriff: Gott selbst, dem er den Namen Vater beilegte, dann das Wort und den Geist.

Dies sind also unsere Dogmen. Was unsere Gebote angeht, so sind sie nicht weniger rein, vor allem für uns Priester. Tugend üben, fasten, beten: das macht unser Leben aus.

Die Pflanzennahrung, mit der wir uns begnügen, läßt durch unsere Adern ein Blut fließen, das nicht so leicht hitzig wird, und wir haben weniger Mühe, unsere Leidenschaften zu zügeln. Die Apispriester gestatten sich den Umgang mit Frauen überhaupt nicht.

Dies also ist heute unsere Religion. In mehreren wichtigen Fragen weicht sie von der alten ab, zum Beispiel bei der Seelenwanderung, die heute nur noch wenige Anhänger findet, obwohl vor siebenhundert Jahren, als Pythagoras unser Land besuchte, der Glaube daran sehr verbreitet war. In unserer alten Mythologie ist auch viel von den Planetengöttern die Rede, die Regenten genannt wurden; heute indessen hat man diese Lehre den Sterndeutern überlassen. Wie ich Euch schon sagte: Religionen wandeln sich wie alles in der Welt.

Jetzt brauche ich Euch bloß noch von unseren heiligen Mysterien zu sprechen, und ich will Euch alles sagen, was Euch davon zu wissen wichtig sein kann. Glaubt mir nur, wäret Ihr initiiert, so hättet Ihr auch kein größeres Wissen über den Ursprung unserer Mythologie. Schlagt nach bei dem Historiker Herodot: Er war ein Eingeweihter und rühmt sich dessen auf jeder Seite; indessen hat er nach dem Ursprung der Götter Griechenlands geforscht wie jemand, der nicht mehr davon weiß als das gemeine Volk.

Was er Mysterienrede nennt, hatte keine Entsprechung in der Geschichte. Es war das, was die Römer ›turpi loquens‹ oder Schandreden nennen. Jedem Initianden erzählte man eine Geschichte, welche die allgemeine Vorstellung vom Anstand verletzt. In Eleusis betraf es Baubo, die Ceres bei sich aufnahm; in Phrygien die Liebschaften des Bacchus.

In Ägypten halten wir diese Schändlichkeiten für Sinnbilder, die darauf hinweisen, wie nichtswürdig das Wesen der Materie an sich ist, und mehr wissen wir darüber nicht. Ein berühmter Konsular namens Cicero schrieb kürzlich ein Buch über das Wesen der Götter. Er gibt zu, daß er nicht weiß, woher Italiens religiöser Kult stammt. Dabei war er Augur und in alle Mysterien der toskanischen Religion eingeweiht. Die Unwissenheit, die in allen Werken der Eingeweihten zum Vorschein kommt, beweist, daß die Initiation uns kein tieferes Wissen über den Ursprung unserer Religion verschafft. Sie geht insgesamt tatsächlich auf früheste Zeiten zurück. Auf dem Basrelief des Osymandias ist eine Osirisprozession zu sehen. Der Apis- und der Mneviskult wurden vor mehr als dreitausend Jahren in Ägypten eingeführt.

Die Initiation verschafft uns also weder Aufklärung über den Ursprung des Kults noch über die Geschichte der Götter, ja nicht einmal über die Bedeutung unserer Sinnbilder; nichtsdestoweniger war die Begründung der Mysterien für das menschliche Geschlecht äußerst nützlich. Ein Mensch, der sich eine schwere Verfehlung vorwirft oder dessen Hände durch einen Mord besudelt sind, tritt vor die Mysterienpriester, bekennt seine Sünden und wird dann durch die Taufe gereinigt. Als diese heilsame Einrichtung noch nicht bestand, waren viele Menschen, die sich den Altären nicht mehr nahen durften, von der Gesellschaft ausgestoßen und wurden zu Räubern.

In den Mithrasmysterien werden den Initianden Brot und Wein dargereicht, und dieses Mahl heißt Eucharistie: Der Sünder, mit Gott versöhnt, beginnt ein neues Leben, das weniger mit Schuld behaftet ist als das alte.«

Hier unterbrach ich den Ewigen Juden und hielt ihm vor, daß mir die Eucharistie ausschließlich der christlichen Religion anzugehören scheine.

Da ergriff Velásquez das Wort. »Verzeihen Sie«, sagte er, »was er hier gesagt hat, stimmt gänzlich damit überein, was ich bei dem heiligen Märtyrer Justin gelesen habe, der noch hinzufügt, daß man darin die Bosheit der Dämonen erkennen könne, die schon im voraus das nachäfften, was die Christen eines Tages tun sollten. Fahrt jedoch fort, Señor Ewiger Jude.«

Der Jude fuhr also in seiner Rede fort:

»Die Mysterien«, sagte Cheremon, »haben alle miteinander noch eine Zeremonie gemeinsam: Ein Gott stirbt, wird begraben, wird mehrere Tage lang beweint; dann erfährt der Gott seine Auferstehung, und jedermann ist glücklich. Manche sagen, dies sei ein Sinnbild für Unter- und Aufgang der Sonne, aber im allgemeinen meint man damit die in die Erde gesenkten Getreidekörner.

Dies also«, fügte der Priester hinzu, »dies also, mein junger Israelit, ist ungefähr alles, was ich Euch von unseren Dogmen und Riten sagen kann. Ihr seht, daß wir nicht Götzenanbeter sind, wie es uns Eure Propheten so oft vorgeworfen haben; aber ich glaube, wie ich zugeben muß, daß Eure Religion und die unsere mit der Zeit den Völkern nicht mehr genügen. Sehen wir uns um, so erblicken wir allenthalben Unruhe und die Lust am Neuen.

In Palästina laufen die Massen in die Wüste, um dort jenem neuen Propheten zu lauschen, der die Menschen im Jordan tauft. Hier könnt Ihr Therapeuten und Heiler beobachten, Zauberer, die den Kult der Perser mit dem unseren vermengen, den jungen Apollonius, der seinen blonden Schopf von Stadt zu Stadt trägt und als Pythagoras gelten will, Jahrmarktsgaukler geben sich als Isispriester aus, und den alten Kult hat man aufgegeben, seine Tempel sind verödet, und auf den Altären brennt kein Weihrauch mehr.«

Als der Ewige Jude in seiner Geschichte so weit gekommen war, bemerkte er, daß wir uns dem Lager näherten, wandte sich dem Tal zu und entschwand unseren Blicken.

Ich nahm den Herzog von Velásquez beiseite und sagte: »Erlauben Sie mir die Frage, was Sie von diesen Dingen halten, die uns der Ewige Jude erzählt hat. Es gibt dabei Aussagen, die zu hören uns nicht ansteht und die mir im Gegensatz zu dem Glauben zu stehen scheinen, den wir bekennen.«

»Señor Alfonso«, antwortete Velásquez, »diese fromme Empfindung ehrt Sie in den Augen eines jeglichen denkenden Menschen. Mein eigener Glaube ist, so wage ich zu sagen, aufgeklärter als der Ihre; aber er ist nicht weniger stark und nicht weniger rein. Den Beweis dafür finden Sie in meinem System, von dem ich ja schon mehrfach gesprochen habe und das nur eine Folge von Reflexionen über die Vorsehung und ihre unendliche Weisheit ist. Ich glaube aber, Señor Alfonso, was ich anhören kann, ohne beunruhigt zu sein, können auch Sie ohne Bedenken hören.«

Diese Antwort von Velásquez beruhigte mich vollständig; und abends fuhr der Zigeuner, der die nötige Muße hatte, folgendermaßen in seiner Geschichte fort:

Fortsetzung der Geschichte des Zigeunerhauptmanns

Nachdem mir der junge Soarez von seinem Verdruß im Garten des Buen Retiro erzählt hatte, schien er des Schlafes zu bedürfen. Ich ließ ihn die Ruhe genießen, die der Zustand seiner Gesundheit erforderlich machte; und als ich am folgenden Abend wieder zu ihm kam, um die Nachtwache zu halten, fuhr er wie folgt in seiner Erzählung fort:

Meine Seele war noch immer von Liebe zu Inés erfüllt sowie, das können Sie mir glauben, von Empörung über Busqueros, was den lästigen Quälgeist nicht hinderte, am nächsten Tag, als man gerade die Suppe auftrug, wieder bei mir zu erscheinen. Als er seinen ersten Hunger gestillt hatte, sagte er: »Señor Don López, ich begreife gut, daß Sie in Ihrem Alter zum Heiraten keine Lust haben, das ist eine Dummheit, die man immer noch früh genug begeht; aber einem Mädchen gegenüber den Zorn Ihres Urgroßvaters ins Feld zu führen, der, nachdem er die Meere durchkreuzte, ein Handelshaus in Cadix eröffnete, das ist wirklich eine wunderliche Idee. Sie können von Glück sagen, daß ich noch ein wenig vermitteln konnte.«

»Señor Don Roque«, erwiderte ich, »geruhen Sie doch zu all den guten Diensten, die Sie mir schon geleistet haben, einen weiteren hinzuzufügen, nämlich nicht zum Buen Retiro zu gehen. Ich fürchte sehr, die schöne Inés wird gar nicht hinkommen, und wenn sie kommt, wird sie sich nicht herbeilassen, mit mir zu sprechen; aber ich will auf derselben Bank sitzen, auf der ich sie gestern sah, und dort ungestört mein Unglück beweinen und beklagen.«

Don Roques Miene wurde höchst ernsthaft, und er sagte: »Señor López, die Äußerung, die Ihro Gnaden soeben an mich richteten, hat etwas höchst Verletzendes und könnte mich glauben machen, meine Ergebenheit hätte nicht das Glück, Ihr Wohlgefallen zu finden. Allerdings könnte ich Sie mühelos alleine seufzen und Ihr Unglück beklagen lassen. Aber die schöne Inés könnte doch kommen; und wer sollte es übernehmen, Ihre Ungeschicklichkeiten wettzumachen, wenn ich nicht zur Stelle bin? Nein, nein, Señor López, ich bin Ihnen zu tief ergeben, um Ihnen hier Folge zu leisten.«

Don Roque zog sich nach dem Essen gleich zurück. Ich ließ die Hitze des Tages vorbeigehen und schlug dann den Weg zum Buen Retiro ein; aber ich verfehlte nicht, mich in dem gewohnten Laden zu verstecken. Busqueros tauchte auf, ging zum Buen Retiro, um mich zu suchen, und da er mich dort nicht fand, kam er schnurstracks zurück und wandte sich, wie mir schien, dem Prado zu. Da verließ ich meinen Hinterhalt und suchte denselben Ort auf, an dem ich soviel Freude und soviel Schmerz erfahren hatte. Ich setzte mich auf die Bank, auf der ich auch am Vortag gesessen hatte, und vergoß zahllose Tränen.

Plötzlich wurde ich an der Schulter angestoßen. Ich glaubte, es sei Busqueros, und wandte mich voller Zorn um; aber vor mir stand Inés, die mir mit göttergleicher Anmut zulächelte. Sie ließ sich neben mir nieder, hieß ihre Zofe, sich ein wenig zu entfernen, und sprach zu mir:

»Mein lieber Soarez, gestern war ich sehr böse auf Sie, da ich nicht verstand, warum Sie mir von Ihrem Großvater und Ihrem Urgroßvater sprachen. Seither habe ich jedoch Auskünfte eingeholt und erfahren, daß Ihr Haus seit hundert Jahren keine Beziehungen zu uns unterhalten will, und zwar wegen ich weiß nicht welcher Beschwerden, die dem Vernehmen nach an sich ziemlich bedeutungslos sind. Wenn es aber auf Ihrer Seite Schwierigkeiten gibt, so stehen ihnen auf der meinen andere entgegen. Mein Vater hat seit langem über mich verfügt und fürchtet, ich könnte zu anderen Vorstellungen über meine Verheiratung gelangen. Er verlangt, daß ich nur selten ausgehe, und gestattet mir nicht, den Prado aufzusuchen oder ins Theater zu gehen. Nur die offensichtliche Notwendigkeit, daß ich bisweilen frische Luft schöpfen muß, zwingt ihn, mich mit meiner Dueña hierherkommen zu lassen. Diese Promenade wird so wenig besucht, daß er meint, ich könne hier ungefährdet spazierengehen. Mein künftiger Gatte ist ein neapolitanischer Edelmann; er führt den Namen eines Herzogs von Santa Maura. Ich glaube, er will mich nur heiraten, um in den Genuß meines Vermögens zu gelangen und sein eigenes aufzubessern. Ich hatte immer schon einen großen Widerwillen gegen diese Partie, und seit ich Sie kenne, ist er noch viel größer geworden. Mein Vater ist von sehr eigensinnigem Wesen. Frau von Avaloz, seine jüngere Schwester, hat indessen großen Einfluß auf ihn. Diese herzensgute Tante liebt mich sehr und trägt größte Bedenken gegen den neapolitanischen Herzog. Mit ihr habe ich über Sie gesprochen, und sie wünscht Sie kennenzulernen; begleiten Sie mich bis zum Wagen, und am Parktor finden Sie einen der Leute von Señora von Avaloz, der Sie zu ihr führen wird.«

Diese Rede der anbetungswürdigen Inés erfüllte mein Herz mit Freude, und tausend süße Hoffnungen gingen mir auf. Ich begleitete Inés bis zum Wagen, dann suchte ich ihre Tante auf. Ich hatte den Vorzug, Frau von Avaloz zu gefallen. In den folgenden Tagen suchte ich sie zur gleichen Stunde wieder auf, und stets fand ich auch ihre Nichte bei ihr.

Mein Glück währte sechs Tage. Am siebenten wurde mir die Ankunft des Herzogs von Santa Maura mitgeteilt. Frau von Avaloz sagte mir, ich solle nicht den Mut verlieren, und eine Bediente des Hauses gab mir unter der Hand einen Brief folgenden Wortlauts:

Inés Moro an López Soarez

Der verhaßte Mensch, dem man mich zugedacht hat, hält sich in Madrid auf, und seine Leute drängen sich in unserem Haus. Ich erhielt die Erlaubnis, mich in einen Gebäudeflügel zurückzuziehen, von dem sich ein Fenster auf die Augustinergasse öffnet. Das Fenster ist nicht sehr hoch, und ein paar Augenblicke können wir mit-

einander sprechen. Ich habe Ihnen Dinge zu sagen, von denen unser Glück abhängt. Kommen Sie bei Einbruch der Nacht.

Als ich das Billett erhielt, war es fünf Uhr nachmittags, und da die Sonne um neun Uhr unterging, blieben mir vier Stunden, mit denen ich nicht viel anzufangen wußte. Ich entschloß mich, zum Buen Retiro zu gehen. Der Anblick dieses Parks ließ mich gleich in süße Träume versinken, die mir die Zeit vergehen ließen, ohne daß ich es bemerkte. Ich hatte schon mehrmals die Runde gemacht, als ich Busqueros hereinkommen sah. Einer ersten Regung folgend, wollte ich auf eine knorrige Eiche klettern, die ich in meiner Nähe erblickte; es gelang mir nicht, weil ich nicht gewandt genug war. Ich stieg wieder herab und setzte mich auf eine Bank, auf der ich dem Feind gelassen entgegenblickte.

Don Roque mit seinem vertraulichen und selbstgefälligen Wesen kam heran und sagte zu mir: »Nun, Señor López, ich glaube, die schöne Moro wird endlich doch Ihren Urgroßvater Iñigo Soarez erweichen, der die Meere durchkreuzte und ein Handelshaus in Cadix begründete … Sie antworten mir nicht, Señor Don López? Da Sie also nicht reden wollen, lasse ich mich auf dieser Bank nieder und erzähle Ihnen meine Geschichte. Sie werden sonderbare Geschehnisse darin finden, die Ihnen eine Lehre sein können.«

Ich war fest entschlossen, bis zum Sonnenuntergang alles zu ertragen; ich ließ also Busqueros völlige Freiheit, der wie folgt begann:

Die Geschichte des Don Roque Busqueros

Ich bin der einzige Sohn von Don Blas Busqueros, welcher der jüngste Sohn des jüngeren Bruders eines anderen Busqueros war, seinerseits des Jüngsten einer jüngeren Linie.

Mein Vater hatte die Ehre, dem König dreißig Jahre lang als *alférez* zu dienen, das heißt als Fähnrich in einem Infanterieregiment. Als er sah, daß seine ganze Beharrlichkeit ihm nicht dazu verhalf, zum Rang eines Unterleutnants aufzurücken, quittierte er den Dienst und ließ sich in dem Marktflecken Allazuelos nieder, wo er ein adliges Fräulein heiratete, dem ein Onkel, der Kanonikus war, eine Leibrente von sechshundert Piastern ausgesetzt hatte. Ich wurde die einzige Frucht dieser Verbindung, die nicht lange währte, da mein Vater starb, als ich erst acht Jahre alt war.

Ich blieb also der mütterlichen Fürsorge überlassen, mit der es indessen nicht weit her war. Da meine Mutter sicher glaubte, Bewegung tue Kindern nur gut, ließ sie mich von morgens bis abends durch die Straßen laufen, ohne sich darum zu kümmern, was ich dabei trieb. Die anderen Kinder meines Alters hatten nicht die Freiheit, wann immer sie wollten herumzulaufen, folglich war es meine Sache, sie zu Hause zu besuchen. Ihre Eltern hatten sich an mein Erscheinen gewöhnt und achteten nicht mehr darauf. So hatte ich die Möglichkeit, zu jeder Tageszeit alle Häuser des Marktfleckens zu betreten.

Was sich in all diesen Familien abspielte, dessen wurde ich mit meiner natürlichen Neigung zur Beobachtung begierig gewahr, und ich berichtete es zuverlässig meiner Mutter, die daran viel Vergnügen fand. Ich muß sogar gestehen, daß ich ihrer klugen Lenkung das glückliche Talent verdanke, mich in die Angelegenheiten anderer Leute einzumischen – eher zu ihrem Vorteil als zu meinem eigenen.

Einmal hatte ich auch die Vorstellung, ich könne meiner Mutter damit eine Freude machen, daß ich die ganze Nachbarschaft darüber ins Bild setzte, was bei uns vor sich ging. Sie empfing keinen Besuch und führte kein Gespräch, so persönlich es auch war, ohne daß der ganze Ort sogleich Kenntnis davon gehabt hätte. Diese Art Öffentlichkeit vermochte ihr jedoch nicht zu gefallen, und eine recht derbe Züchtigung belehrte mich darüber, daß man zwar Neuigkeiten von draußen hereinzutragen, aber nicht die eigenen unter die Leute zu bringen habe.

Nach einiger Zeit bemerkte ich, daß man in allen Häusern Geheimnisse vor mir hatte. Ich war gekränkt. Die Widerstände, die man meiner Neugier entgegenstellte, reizten sie um so mehr. Ich fand tausend Mittel, um meine Blicke bis ins Innerste der Schlafzimmer dringen zu lassen, und die ortsübliche leichte Bauart der Häuser begünstigte mein Vorgehen. Die Zimmerdecken bestanden nur aus aneinandergelegten Brettern. Ich schlich nachts auf die Dachböden, durchbohrte die Bretter und war bald über alle Familiengeheimnisse auf dem laufenden. Ich teilte sie meiner Mutter mit, die sie an alle Bewohner von Allazuelos weitergab – oder vielmehr jedem für sich.

Man ahnte wohl, daß meine Mutter alle diese Informationen mir zu verdanken hatte, und man haßte mich alle Tage mehr. Alle Häuser waren mir verschlossen, aber die Dachluken standen mir offen, und auf ihren Dachböden kauernd, befand ich mich ohne ihr Wissen mitten unter meinen Mitbürgern; sie gaben mir Unterkunft, ohne es zu wollen, und ihnen zum Trotz bewohnte ich ihre Häuser, fast wie die Ratten es tun. Auch daß ich mich, wenn ich konnte, in ihre Speisekammern schlich und mich über ihre Vorräte hermachte, hatte ich mit diesen Tieren gemeinsam.

Als ich achtzehn Jahre alt war, sagte mir meine Mutter, nun sei es Zeit, mich zu einem Beruf zu entschließen; aber meine Wahl war schon lange getroffen. Ich wollte ein Mann des Gesetzes werden und dadurch tausenderlei Gelegenheit erhalten, die Familien von innen her kennenzulernen und mich in ihre Angelegenheiten einzumischen. Es wurde beschlossen, ich solle die Rechte studieren, und ich reiste nach Salamanca ab.

Was für ein Unterschied zwischen einer großen Stadt und dem Marktflecken, in dem ich das Licht der Welt erblickt hatte, welch weites Feld für meine Neugier! Aber was gab es auch für neue Hindernisse! Die Häuser hatten mehrere Stockwerke, sie waren nachts sorgfältig verschlossen, und die Bewohner des zweiten und dritten Stockwerks ließen bei Nacht, als ob sie meine Neugier zusätzlich reizen wollten, ihre Fenster offen, um frische Luft zu atmen. Ich erkannte auf den ersten Blick, daß ich allein gar nichts ausrichten könne und daß ich mich mit Freunden zusammentun müsse, die würdig wären, mir bei meinen Unternehmungen zur Hand zu gehen. Ich fing also an, meine juristischen Vorlesungen zu besuchen, und unterdessen studierte ich den Charakter meiner Kameraden, um mein Vertrauen nicht leichtfertig zu verschenken. Endlich fand ich vier heraus, die mir die erforderlichen Eigenschaften zu haben schienen, und mit ihnen begann ich mich nachts herumzutreiben und bloß ein wenig durch die Straßen zu lärmen.

Als ich sie schließlich für hinreichend vorbereitet hielt, sagte ich zu ihnen: »Meine lieben Freunde, bewundert ihr nicht die Dreistigkeit, mit der die Bewohner dieser Stadt ganze Nächte über ihre Fenster offenstehen lassen? Was denn! Glauben sie etwa, weil sie zwanzig Fuß über unseren Köpfen wohnen, sie dürften den Studenten Trotz bieten? Ihr Schlaf hat etwas Beleidigendes für uns, ihr Seelenfrieden beunruhigt mich. Ich habe beschlossen, zuerst in Erfahrung zu bringen, was sich bei ihnen abspielt, und ihnen dann zu zeigen, was wir zu tun vermögen.«

Meine Rede fand Beifall; aber noch wußte niemand, was ich im Schilde führte. Da erklärte ich mich deutlicher: »Meine lieben Freunde«, sagte ich, »zuerst einmal brauchen wir eine Leiter von bloß fünfzehn Fuß Höhe. Drei von euch, die sich in ihre Mäntel hüllen, können sie leicht transportieren und werden einfach wie ein paar Leute im Gänsemarsch aussehen, vor allem, wenn sie darauf achtgeben, daß sie sich auf der unbeleuchteten Seite der Straße halten und die Leiter auf der Seite der Hauswände tragen. Wollen wir von ihr Gebrauch machen, so lehnen wir sie an ein Fenster, und während einer von uns bis zur Höhe der Wohnung, die wir beobachten wollen, emporsteigt, halten sich die anderen in einer gewissen Entfernung, um für die allgemeine Sicherheit zu sorgen. Sind wir unterrichtet über die Vorgänge oberhalb des Parterres, so sehen wir zu, was weiter zu tun ist.«

Der Vorschlag fand Zustimmung, und ich ließ eine leichte, aber stabile Leiter anfertigen; und sobald sie fertig war, trafen wir Vorbereitungen, um sie zu benützen. Ich wählte ein recht stattliches Haus, dessen Fenster nicht zu weit oben lag. Ich lehnte meine Leiter dagegen und stieg so weit hoch, daß aus dem Zimmer heraus nur mein Kopf zu sehen war.

Das Mondlicht fiel hell hinein. Dennoch konnte ich im ersten Augenblick nichts sehen; dann aber erkannte ich im Bett einen Mann, der mich mit verängstigten Augen anstarrte. Der Schrecken schien ihm den Gebrauch der Sprache genommen zu haben. Endlich gewann er ihn jedoch wieder und sprach: »Entsetzliches, blutiges Haupt, höre auf, mich zu quälen und mir ein unwillentlich begangenes Verbrechen vorzuwerfen!«

Als Don Roque in seiner Geschichte bis hierher gelangt war, schien es mir, daß die Sonne sich schon sehr dem Untergang zuneige, und da ich keine Uhr mitführte, fragte ich ihn, wie spät es sei.

Diese recht einfache Frage schien ihn sehr zu verletzen: »Señor Don López Soarez«, sagte er ein wenig verstimmt, »mir scheint, wenn ein zuvorkommender Mann die Ehre hat, Ihnen seine Geschichte zu erzählen, und Sie unterbrechen ihn an der spannendsten Stelle, um ihn zu fragen, wie spät es sei, dann heißt das beinahe, ihm zu verstehen geben, daß er, wie wir Spanier sagen, *pesado*, also langweilig sei. Ich glaube nicht, daß man mich dessen bezichtigen kann, und in dieser Überzeugung fahre ich in meiner Geschichte fort:«

Als ich sah, daß ich für ein entsetzliches und blutiges Haupt gehalten wurde, schnitt ich die schrecklichste Fratze, deren ich nur fähig war. Mein Gegenüber hielt es nicht mehr aus, sprang aus dem Bett und stürzte aus dem Zimmer. Aber er hatte nicht allein im Bett gelegen; eine junge Frau erwachte, streckte zwei wohlgerundete Arme unter der Decke hervor, und als sie mich bemerkte, stieg sie aus dem Bett, verriegelte die Tür, durch die ihr Mann entwichen war, und winkte mir hereinzukommen. Meine Leiter war ein wenig kurz; ich behalf mich mit einem Mauervorsprung; ich setzte meinen Fuß darauf und schwang mich ins Zimmer hinein. Als die Dame mich aus der Nähe sah, schien es ihr aufzugehen, daß sie sich getäuscht hatte, und auch ich begriff, daß ich nicht der Mann war, den sie erwartet hatte. Indessen ließ sie mich Platz nehmen und schlüpfte in einen Rock.

Dann kam die Dame zu mir zurück, ließ sich auf einem Stuhl ein paar Schritte von mir entfernt nieder und sagte: »Señor, ich erwartete einen Verwandten, mit dem ich über Familienangelegenheiten zu sprechen habe, und Sie können sich denken, daß er schwerwiegende Gründe hat, wenn er durchs Fenster hereinkommt. Was Sie angeht, Señor, so habe ich nicht die Ehre, Ihre Bekanntschaft gemacht zu haben, und ich weiß nicht, warum Sie mich zu dieser für Besuche recht ungewöhnlichen Zeit aufsuchen.«

Ich antwortete ihr: »Señora, es lag nicht in meiner Absicht, Ihnen einen Besuch abzustatten, sondern nur, meine Augen in die Höhe Ihres Zimmers gelangen zu lassen, um zu sehen, was darin geschieht.« Dann ergriff ich die Gelegenheit, die Dame über meine Neigungen aufzuklären, über mein Tun und Lassen in meiner Jugend und über die Beziehung, die ich zu den vier jungen Leuten aufgenommen hatte, die mich bei meinen Unternehmungen unterstützen sollten.

Die Dame schien meinen Worten sehr aufmerksam zuzuhören, dann sagte sie: »Señor, was ich von Ihnen erfahre, erfüllt mich mit Hochachtung. Sie haben ja so recht, nichts auf der Welt ist so unterhaltsam, als zu wissen, was sich bei anderen Leuten abspielt, und ich habe immer wie Sie darüber gedacht. Es ist mir nicht möglich, Sie länger hierzubehalten, aber wir sehen uns sicher wieder.«

»Señora«, sagte ich, »bevor Sie erwachten, erwies mir Ihr Gatte die Ehre, mein Gesicht für ein entsetzliches Haupt zu halten, das ihn aufsuche, um ihm ein unwillentlich begangenes Verbrechen vorzuwerfen. Gewähren Sie mir die Gunst, mir darüber die näheren Einzelheiten mitzuteilen.«

»Ich billige Ihre Wißbegier«, erwiderte die Dame. »Begeben Sie sich morgen um fünf Uhr nachmittags zum Stadtgarten; dort finden Sie mich mit einer meiner Freundinnen; für heute leben Sie wohl.«

Die Dame geleitete mich mit großer Höflichkeit zum Fenster zurück. Ich stieg die Leiter hinab und traf wieder meine Kameraden, denen ich erzählte, was sich abgespielt hatte. Am nächsten Tag fand ich mich um Punkt fünf Uhr im Stadtgarten ein.

Als Busqueros in seiner Erzählung bis hierher gelangt war, schien es mir, daß die Sonne sich beträchtlich senke, und ich sagte voll Ungeduld: »Señor Don Roque, ich muß Ihnen versichern, daß eine äußerst wichtige Angelegenheit mich zwingt, Sie zu verlassen. Sie können die Fortsetzung dieser Geschichte beim nächsten Mal, wenn Sie mich zum Essen beehren, bequem wieder aufnehmen.«

Busqueros' Miene wurde überaus streng, und er sagte: »Señor Don López Soarez, es wird mir klar, daß es in Ihrer Absicht liegt, mich zu beleidigen; wenn das so ist, so täten Sie besser daran, mir klipp und klar ins Gesicht zu sagen, daß Sie mich als unverschämten Schwätzer und Langeweiler ansehen. Aber nein, Señor Don López, ich vermag es nicht zu glauben, daß Sie so von mir denken, und ich greife den Faden meiner Erzählung wieder auf:«

Im Stadtpark fand ich die betreffende Dame mit einer ihrer Freundinnen, einer großen und wohlgestalten Person etwa ihres Alters. Wir ließen uns auf eine Bank nieder, und da mich die Dame näher mit sich vertraut machen wollte, begann sie folgendermaßen die Geschichte ihres Lebens zu erzählen:

Die Geschichte der Frasqueta Salero

Ich bin die jüngste Tochter eines rechtschaffenen Offiziers, der sich so verdient machte, daß sein Sold nach seinem Tode seiner Witwe als Pension zugesprochen wurde. Meine Mutter, die aus Salamanca stammte, zog sich auch wieder dorthin zurück, zusammen mit meiner Schwester, die Dorotea hieß, und mir, die man damals Frasqueta nannte. Sie besaß in einem sehr einsamen Viertel ein Haus, ließ es instandsetzen und einrichten, wir bezogen es und lebten so sparsam, wie es dem bescheidenen Äußeren unseres Wohnsitzes entsprach.

Meine Mutter ließ uns weder ins Theater noch zum

Stierkampf noch zu den öffentlichen Promenaden gehen. Sie stattete niemandem Besuche ab und empfing auch keine. Da ich mich anders nicht unterhalten konnte, verbrachte ich fast den ganzen Tag am Fenster.

Da ich von Natur aus zu großer Höflichkeit neige, folgte ich mit den Blicken jedem gutgekleideten Mann, der durch unsere Straße kam, und sah ihn dabei so an, daß er überzeugt sein mußte, er habe einen gewissen Eindruck auf mich gemacht. Die Vorübergehenden waren für meine Aufmerksamkeit keineswegs unempfänglich. Einige grüßten mich, andere warfen mir beifällige Blicke zu, und mehrere gingen wiederholt die Straße entlang, bloß in der Absicht, mich zu sehen. Als meine Mutter mein Treiben bemerkte, sagte sie: »Frasqueta! Frasqueta! Was tun Sie denn da? Seien Sie sittsam und solide wie Ihre Schwester, sonst bekommen Sie nie einen Mann.«

Hier irrte sich meine Mutter, denn meine Schwester ist noch ein Mädchen, und ich bin schon länger als ein Jahr verheiratet.

Wir wohnten in einer ziemlich verlassenen Straße, und ich hatte selten das Vergnügen, Passanten darin zu erblicken, deren Äußeres mich für sie einnahm. Ein besonderer Umstand kam mir jedoch entgegen. Nicht weit von unseren Fenstern stand ein großer Baum mit einer Steinbank darunter, und wer mich ganz ungeniert anschauen wollte, konnte sich dort niederlassen, ohne Verdacht zu erregen oder aufzufallen.

Eines Tages nahm ein junger Mann, der besser gekleidet war als alle, die ich bisher gesehen hatte, auf der Bank Platz, zog ein Buch aus der Tasche und begann zu lesen; sobald er mich aber bemerkt hatte, beschäftigte ihn die Lektüre kaum mehr, und seine Augen waren unablässig auf mich geheftet. An jedem der folgenden Tage erschien der junge Mann wieder. Einmal näherte er sich meinem

Fenster, indem er so tat, als suche er etwas. Dabei sagte er: »Señorita, haben Sie nicht etwas fallen lassen?«

Ich verneinte.

»Das ist schade«, versetzte er darauf; »denn hätten Sie zum Beispiel das kleine Kreuz, das Sie am Hals tragen, fallen lassen, so hätte ich es aufgehoben und mit nach Hause genommen. Besäße ich etwas, das Ihnen vorher gehört hat, so könnte ich mir vorgaukeln, ich sei Ihnen nicht ganz so gleichgültig wie andere, die sich auf diese Bank setzen. Der Eindruck, den Sie in meinem Herzen hervorgerufen haben, verdient vielleicht ein wenig, daß Sie mich von der Menge unterscheiden.«

Da in diesem Augenblick meine Mutter hereintrat, konnte ich dem jungen Mann keine Antwort geben; doch ich hakte geschwind mein Kreuz los und ließ es hinunterfallen.

Am Abend erschienen zwei Damen, denen ein Lakai in schöner Livree folgte. Sie setzten sich auf die Bank und legten ihre Mantillen ab; dann zog eine von ihnen ein Papier aus der Tasche, entfaltete es und zog ein kleines Goldkreuz heraus, worauf sie mir einen etwas belustigten Blick zuwarf. Überzeugt davon, daß der junge Mann dieser Dame das erste Zeichen meiner Neigung als Opfer dargebracht habe, geriet ich in furchtbaren Zorn und schlief die ganze Nacht nicht.

Am nächsten Tag ließ sich wiederum mein niederträchtiger Verehrer auf der Bank nieder, und es überraschte mich sehr, als ich ihn aus der Tasche ein Papier ziehen, es entfalten und ein kleines Kreuz herausnehmen sah, das er überschwenglich küßte.

Abends zeigten sich zwei Lakaien mit der Livree vom Vortag. Sie schafften einen Tisch herbei, deckten ihn, gingen dann wieder weg und kamen mit Gefrorenem, Schokolade, Orangeade, Gebäck und ähnlichen Dingen wieder. Dann erschienen die beiden Damen vom Vortag;

sie setzten sich auf die Bank und ließen auftragen, was man herbeigeschafft hatte.

Meine Mutter und meine Schwester, die sich sonst nie am Fenster aufhielten, konnten beim Klirren der Teller und Flaschen ihren Gleichmut nicht bewahren. Eine der beiden Damen, die sie bemerkte und von einnehmendem Wesen fand, lud sie ein, den Imbiß mit ihnen zu teilen, wenn sie nur einige Stühle heraustragen lassen wolle.

Meine Mutter ließ sich nicht lange bitten. Sie ließ Stühle auf die Straße stellen; wir legten noch ein wenig Schmuck an und gesellten uns zu der Dame, die uns mit so viel Zuvorkommenheit behandelte. Als ich sie von nahem sah, fiel mir auf, daß sie meinem jungen Mann sehr ähnlich war. Ich vermutete, sie sei seine Schwester; ich schloß daraus, daß er ihr von mir gesprochen und ihr mein Kreuz gegeben und daß sie sich am Vortag, bloß um mich zu sehen, auf diese Bank gesetzt hatte. Bald stellten wir fest, daß es an Löffeln fehlte, und meine Schwester ging, um ein paar zu holen. Bald darauf bemerkten wir, daß keine Servietten vorhanden waren, und meine Mutter bat mich, welche zu bringen; die Dame gab mir jedoch einen Wink, und ich antwortete, daß ich sie wohl nie finden würde; also ging meine Mutter selbst. Als sie uns verlassen hatte, sagte ich zu der Dame: »Mir scheint, Señora, Sie haben einen Bruder, der Ihnen sehr ähnlich ist?«

»Nein, Señora«, erwiderte sie, »dieser Bruder, von dem Sie sprechen, bin ich selber; aber hören Sie mir gut zu. Ich habe einen anderen Bruder, den Herzog von San Lugar; ich selbst werde bald Herzog von Arcos sein, weil ich die Erbin dieses Namens heiraten soll. Meine zukünftige Gattin ist mir unerträglich; wenn ich mich aber dieser Ehe widersetzte, würden sich in meiner Familie grausige Szenen abspielen, die ganz und gar nicht nach meinem Geschmack sind. Da ich nicht nach meiner Neigung über meine Hand verfügen kann, bin ich entschlossen, mein

Herz für ein liebenswürdigeres Wesen, als es die junge Arcos ist, aufzubewahren. Ich bin weit davon entfernt, Señora, Ihnen etwas vorschlagen zu wollen, das wider die Ehre verstieße. Aber Sie wollen Spanien nicht verlassen, ich genausowenig. Der Zufall kann uns wieder zusammenführen, und wenn er ausbleibt, verstehe ich mich wohl darauf, Gelegenheiten zu schaffen, die uns ein Wiedersehen gestatten. Doch Ihre Mutter kommt zurück. Hier ist ein Ring mit einem Solitär von hohem Wert, den ich gewählt habe, um Sie zu überzeugen, daß ich über meine Herkunft keinen falschen Eindruck erweckt habe. Ich beschwöre Sie, dieses Zeichen meines steten Andenkens anzunehmen, das auch Sie an mich erinnern möge.«

Mich hatte eine Mutter erzogen, deren Grundsätze äußerst streng waren, und ich wußte wohl, daß mir die Ehre gebot, dieses Geschenk zurückzuweisen; aber Überlegungen, die ich damals anstellte und an die ich mich jetzt nicht erinnere, bewegten mich dazu, es anzunehmen. Meine Mutter kam mit Servietten, meine Schwester mit Löffeln zurück. Die unbekannte Dame war den ganzen Abend sehr liebenswürdig, und als wir uns trennten, waren wir höchst zufrieden miteinander. Der artige junge Mann aber zeigte sich nicht mehr unter meinem Fenster, und sicher war er zur Vermählung mit der Erbin der Arcos abgereist.

Am nächsten Sonntag fiel mir ein, daß man den Ring früher oder später bei mir entdecken werde. Als ich daher zur Kirche ging, tat ich so, als ob ich ihn gerade zu meinen Füßen gefunden hätte, und zeigte ihn meiner Mutter. Sie bemerkte, es sei wahrscheinlich ein Stück Glas, das man so gefaßt habe, aber ich solle den Ring nur in die Tasche stecken. In unserer Nachbarschaft wohnte ein Juwelier; wir zeigten ihm den Ring, und er schätzte ihn auf achttausend Pistolen. Meine Mutter war über den hohen Preis entzückt; sie meinte, es gezieme sich wohl am ehesten, ihn dem heiligen Antonius von Padua, dem Schutzheiligen unserer Familie, zu stiften; wenn wir ihn aber verkauften, gewännen wir die Mittel für zwei gute Aussteuern, und wir könnten beide verheiratet werden.

»Verzeihen Sie, Mama«, antwortete ich ihr, »ich glaube, wir müssen zuerst bekanntmachen, daß wir einen Ring gefunden haben, ohne seinen Wert anzuführen. Wenn sich der rechtmäßige Besitzer meldet, geben wir ihm den Ring zurück, wenn nicht, so hat meine Schwester keinerlei Recht darauf, ebensowenig wie der heilige Antonius von Padua, und da ich den Ring gefunden habe, gehört er unstreitig mir.«

Dagegen konnte meine Mutter nichts einwenden. Wir machten in Salamanca bekannt, daß ein Ring gefunden wurde; aber wir behielten das Geheimnis seines Wertes für uns, und wie Sie sich denken können, meldete sich niemand.

Der junge Mann, dem ich ein Geschenk von so hohem Wert verdankte, hatte in meinem Herzen einen lebendigen Eindruck hinterlassen, und acht Tage lang erschien ich nicht mehr am Fenster. Dann aber siegte die Macht der Gewohnheit, es zog mich zum Fenster wie zuvor, und ich verbrachte dort meine ganze Zeit.

Die Steinbank, auf der der junge Herzog gesessen hatte, um mich anzusehen, war nun von einem dicken Herrn besetzt, dessen Wesen völlig still und friedlich zu sein schien. Er bemerkte mich am Fenster, und meine Gegenwart schien sein Mißbehagen hervorzurufen. Er wandte mir den Rücken zu. Aber selbst wenn er mich nicht sah, schien ich ihn zu stören; denn von Zeit zu Zeit drehte er sich unruhig um. Bald ging er weg, und seine Blicke verrieten einen gewissen Unwillen; aber am nächsten Tag kam er wieder, und die Szene wiederholte sich. Schließlich hatte er sich so oft um- und umgedreht, daß er – nach Ablauf von zwei Monaten – um meine Hand anhielt.

Meine Mutter erklärte mir, daß man nicht alle Tage eine solche Partie finde, und befahl mir zuzusagen. Ich gehorchte, tauschte meinen Namen Frasqueta Salero gegen den einer Doña Francisca Cornádez ein und bewohnte von da an das Haus, in dem Sie mich gestern fanden.

Als ich die Frau von Don Cornádez geworden war, bestand mein ganzes Trachten darin, ihn glücklich zu machen. Es gelang mir nur allzugut, und nach drei Monaten glänzten seine Züge mehr, als mir recht war, vor Zufriedenheit, und was noch schlimmer war: Er glaubte mich völlig glücklich zu machen. Der Ausdruck des Behagens paßte sehr schlecht zu seiner Physiognomie, und überdies war er mir zuwider und machte mich ungeduldig. Glücklicherweise hielt seine Seligkeit nicht lange an.

Als Cornádez eines Tages aus dem Haus ging, stieß er auf einen kleinen Jungen, der ein Papier in der Hand hielt und verwirrt um sich blickte. Er wollte ihm aus der Verlegenheit helfen und sah, daß der Brief *An die reizende Frasqueta* gerichtet war. Cornádez zog eine Grimasse, die den kleinen Boten in die Flucht schlug. Dann trug er das kostbare Dokument ins Haus und las:

Ist es möglich, daß mein Reichtum, meine Verdienste, mein Name Ihnen unbekannt geblieben wären? Alles bin ich zu tun, hinzugeben, zu unternehmen bereit, wenn Sie mir nur ein wenig Aufmerksamkeit schenken. Wer immer sich erboten hat, mir zu dienen, hat mich zweifellos getäuscht; denn ich erhalte von Ihnen kein Zeichen des Einvernehmens. Aber ich bin von kühnem Wesen. Nichts kann mich aufhalten, wenn es um Leidenschaft geht. Die meine ist von Beginn an maß- und zügellos: Ihnen unbekannt zu bleiben ist das einzige, was ich fürchte.

Graf von Peña Flor

Die Lektüre dieses Billetts ließ die ganze Glückseligkeit, in der sich Cornádez wiegte, augenblicks zerrinnen. Er wurde unruhig, mißtrauisch, erlaubte mir nicht mehr auszugehen, es sei denn mit einer unserer Nachbarinnen, zu der er wegen ihrer vorbildlichen Frömmigkeit Zutrauen gefaßt hatte.

Cornádez wagte es indessen nicht, mit mir von seinen Sorgen zu sprechen; denn er wußte nicht, wie ich zum Grafen Peña Flor stand, ja, nicht einmal, ob ich von seiner Liebe unterrichtet sei. Tausend Umstände verstärkten sein Elend. Einmal fand er, gegen die Gartenmauer gelehnt, eine Leiter. Ein anderes Mal schien sich ein Unbekannter im Haus versteckt zu haben. Überdies ertönten in der Nähe häufig Serenaden, und diese Musik ist den Eifersüchtigen verhaßt. Schließlich kannte die Kühnheit des Grafen Peña Flor keine Grenzen mehr. Eines Tages ging ich mit meiner frommen Nachbarin zum Prado; wir blieben bis spät am Ende der großen Allee und waren fast allein. Der Graf trat heran, erklärte mir in aller Form seine Leidenschaft, ließ mich wissen, er sei fest entschlossen, mich zu besitzen oder zu sterben; dann ergriff er gewaltsam meine Hand, und ich weiß nicht, was der Rasende ohne die Schreie, die wir ausstießen, noch unternommen hätte.

Wir kamen stark verstört nach Hause zurück. Die fromme Nachbarin erklärte meinem Gatten, sie wolle nicht mehr mit mir ausgehen, und es sei recht ärgerlich, daß ich keinen Bruder hätte, der dem Grafen Respekt einflößen könne, da mein Mann nicht in der Lage sei, mir Achtung zu verschaffen; tatsächlich verbiete es uns ja die Religion, Rache zu üben, aber die Ehre einer liebevollen und treuen Gattin verdiene doch etwas mehr Eifer, und die Aufführung des Grafen von Peña Flor sei nur darauf zurückzuführen, daß er über das gutmütige Wesen von Cornádez Bescheid wisse.

Als mein Mann in der folgenden Nacht durch eine enge Gasse ging, die er oft für den Heimweg benutzte, fand er sie von zwei Männern versperrt, deren einer mit einem Degen von außerordentlicher Länge gewaltige Stöße gegen eine Mauer führte, und der andere sagte zu ihm: »Bravo, Señor Don Ramiro, wenn Ihr so dem berühmten Grafen von Peña Flor zu Leibe geht, ist er nicht mehr lange der Schrecken der Brüder und Ehemänner.« Der verhaßte Name Peña Flor ließ Cornádez aufhorchen, und er drückte sich in einen finsteren Durchgang.

»Mein lieber Freund«, erwiderte der Mann mit dem langen Degen, »es wird mir keine Mühe machen, den Eskapaden des Grafen von Peña Flor ein Ende zu setzen. Ich will ihn gar nicht töten, sondern ihn nur so zurichten, daß er sich nicht mehr mausig macht. Ramiro Caramanza gilt nicht umsonst als Spaniens größter Raufbold; nur die Folgen des Duells sind mir lästig. Hätte ich nur hundert Dublonen, so könnte ich eine Zeitlang auf die Inseln gehen.«

Die beiden Freunde unterhielten sich im gleichen Ton noch eine Weile und wollten schon gehen, als mein Mann sein Versteck verließ, an sie herantrat und ihnen sagte: »Señores, ich bin einer der Ehemänner, deren Frieden der Graf von Peña Flor stört. Wäre es Eure Absicht gewesen, ihn zu töten, so hätte ich mich nicht in Eure Unterhaltung eingedrängt, da Ihr ihm aber bloß eine Lektion erteilen wollt, biete ich Euch mit Vergnügen die hundert Dublonen an, die Ihr braucht, um auf die Inseln zu gelangen. Bleibt hier, ich hole das Geld.«

Er ging wirklich nach Hause und kam mit den hundert Dublonen zurück, die er dem gefürchteten Caramanza übergab.

In der nächsten Nacht klopfte es herrisch an unsere Tür. Man öffnete, und es erschien ein Gerichtsbeamter mit zwei *alguaziles*. Der Gerichtsbeamte sagte zu meinem

Mann: »Señor, wir sind bei Nacht gekommen, um Sie zu schonen, damit unser Erscheinen Ihrem Ruf nicht schade und in der Nachbarschaft keine Furcht verbreite. Es handelt sich um den Fall des Grafen von Peña Flor, der gestern ermordet wurde. Ein Brief, der dem Vernehmen nach einem der Mörder aus der Tasche fiel, könnte glauben machen, Sie hätten ihm hundert Dublonen gegeben, um die Täter zu dem Verbrechen zu verleiten und ihre Flucht zu befördern.«

Mit einer Geistesgegenwart, deren ich meinen Mann nicht für fähig gehalten hätte, antwortete er: »Den Grafen von Peña Flor habe ich nie gesehen. Zwei Männer, die ich gar nicht kenne, haben mir gestern einen Wechsel über hundert Dublonen präsentiert, den ich letztes Jahr in Madrid ausgestellt hatte, und ich habe ihnen die Summe ausgezahlt. Wenn Sie wünschen, hole ich Ihnen den Wechsel herbei.«

Der Gerichtsbeamte zog einen Brief aus der Tasche und sagte: »Hier steht: ›Wir stechen nach Santo Domingo in See mit den hundert Dublonen des guten Cornádez.‹«

»Nun ja«, sagte mein Mann, »das sind die hundert Dublonen des Wechselbriefs; es war ein Sichtwechsel, und ich hatte kein Recht, die Zahlung hinauszuschieben oder über den Namen des Überbringers Erkundigungen einzuziehen.«

»Ich gehöre zur Kriminalgerichtsbarkeit«, sagte der Gerichtsbeamte, »und Handelssachen fallen nicht in meine Zuständigkeit. Leben Sie wohl, Señor Cornádez, entschuldigen Sie die Unannehmlichkeiten, die wir Ihnen bereitet haben.«

Wie ich Ihnen schon sagte, überraschte mich die Geistesgegenwart, die mein Mann bei dieser Gelegenheit an den Tag legte; aber ich hatte schon mehrmals erlebt, daß er eine gewisse Genialität bewies, wenn es um seinen Vorteil oder um den Schutz seiner Person ging.

Als die ganze Aufregung sich ein wenig gelegt hatte, fragte ich den lieben Cornádez, ob er wirklich den Grafen von Peña Flor habe ermorden lassen. Zuerst wollte er nichts zugeben; dann gestand er, er habe dem Haudegen Caramanza hundert Dublonen gegeben, nicht um ihn zu ermorden, sondern um ihm seine Dreistigkeit auszutreiben; daß aber der Gedanke, er habe sich an einem Mord mitschuldig gemacht, sein Gewissen belaste, und er erwäge es, zum heiligen Santiago oder noch weiter weg zu pilgern, um noch wirksameren Ablaß zu erlangen.

Dieses Geständnis meines Gatten wurde sozusagen zum Auslöser für die sonderbarsten und übernatürlichsten Geschehnisse; denn fast jede Nacht brachte nun irgendeine fürchterliche Erscheinung hervor, die geeignet war, in einem ohnehin gepeinigten Gewissen noch mehr Verwirrung zu stiften. Fast immer spielten dabei die hundert Dublonen eine Rolle. Manchmal ließ sich in der Finsternis eine Stimme hören, die sprach: »Dir gebe ich die hundert Dublonen noch zurück.« Bei anderer Gelegenheit konnte man hören, wie Geld gezählt wurde.

Eines Abends sah eine Dienerin in einer Ecke eine mit Dublonen gefüllte Schüssel; sie wollte das Geld anfassen, hielt dann aber nichts als dürre Blätter in der Hand, die sie uns zusammen mit der Schüssel hereinbrachte.

Als mein Mann am Abend des folgenden Tages ein Zimmer durchquerte, das von den Strahlen des Mondes nur schwach erhellt wurde, glaubte er in einer Schüssel, die in der Ecke stand, einen menschlichen Kopf zu erblicken; er verließ den Raum voller Schrecken und berichtete mir davon. Ich ging hinein und sah nur seinen Perückenkopf, den man zufällig in ein Rasierbecken gestellt hatte. Da ich ihm nicht widersprechen, sondern eher noch seiner Angst Nahrung geben wollte, stieß ich schreckliche Schreie aus und erzählte ihm sogar, auch ich hätte das blutbefleckte und drohende Haupt erblickt.

Seither erschien der gleiche Kopf fast dem gesamten Gesinde, und mein Mann zog es sich so zu Gemüte, daß man für seinen Verstand fürchten mußte. Ich brauche Ihnen indessen nicht zu sagen, daß alle diese Erscheinungen von mir ersonnenes Blendwerk waren. Der Graf von Peña Flor war, wie man so sagt, ein Hirngespinst, das ich nur erfunden hatte, um Cornádez zu beunruhigen und ihn seine Selbstgefälligkeit ablegen zu lassen. Die Gerichtsbeamten waren genau wie die Raufbolde Leute des Herzogs von Arcos, der gleich nach seiner Vermählung nach Salamanca gekommen war.

Letzte Nacht hatte ich nun den Plan, meinem Mann einen großen Schrecken einzujagen, und ich hatte keinen Zweifel, daß er dann das Schlafzimmer verlassen und in sein Arbeitszimmer eilen würde, in dem ein Betpult steht. Ich hatte vor, daraufhin die Tür zu verriegeln, und der Herzog sollte durchs Fenster bei mir einsteigen. Daß mein Mann ihn hereinkommen sähe oder die Leiter entdeckte, fürchtete ich nicht, denn das Haus wird jeden Abend sorgfältig verschlossen, und den Schlüssel habe ich unter dem Kopfkissen. Auf einmal erschien im Fenster Ihr Kopf; mein Mann hielt ihn für den von Peña Flor, der erschiene, um ihm die hundert Dublonen vorzuhalten.

Schließlich muß ich Ihnen nur noch von der so frommen und vorbildhaften Nachbarin berichten, in die mein Mann derartiges Vertrauen setzte. Ach ja, diese Nachbarin war der Herzog in Person, und ihn sehen Sie hier in Frauenkleidern vor sich, die ihm in der Tat wunderbar stehen. Noch bin ich meinen Pflichten treu; aber ich kann mich nicht entschließen, den liebenswürdigen Arcos von mir zu weisen; denn ich bin mir nicht sicher, ob ich immer tugendhaft bleiben werde; und falls ich zu einer Entscheidung darüber gelangen sollte, möchte ich Arcos in meiner Nähe wissen.

Frasqueta beendete hier ihre Erzählung, und der Herzog ergriff das Wort und sagte: »Señor Busqueros, wir haben Sie nicht ohne Absicht ins Vertrauen gezogen. Es geht darum, Cornádez' Reise zu beschleunigen: Wir wünschen sogar, daß er sich nicht mit einer einfachen Pilgerreise begnügt, sondern daß er sich dazu entschließt, in einem frommen Refugium Buße zu tun. Daher brauche ich Sie und die vier Studenten, die auf Sie hören; ich will Ihnen meinen Plan erklären.«

Als Busqueros in seiner Erzählung bis hierher gelangt war, stellte ich fest, daß die Sonne sich anschickte unterzugehen, und ich dachte mit Schrecken daran, daß ich das Rendezvous verpassen könnte, das mir die reizende Inés geben wollte. Ich unterbrach also den Erzähler und beschwor ihn, den Bericht über die Absichten des Herzogs von Arcos auf morgen aufzuschieben. Busqueros antwortete mit der gewohnten Anmaßung; da überwältigte mich der Zorn, und ich sagte zu ihm: »Abscheulicher Busqueros, jetzt mache meinen Tagen, die du mir vergällst, ein Ende oder verteidige dein Leben.« Zugleich zog ich meinen Degen und zwang ihn, es auch zu tun.

Da mir mein Vater niemals gestattet hatte, ein Rapier zu berühren, machte mich der Degen recht hilflos. Ich ließ ihn zuerst im Kreis herum wirbeln, was meinen Gegner zu verwundern schien; dann aber griff er zu ich weiß nicht welcher Finte und durchbohrte mir den Arm, so daß mir seine Degenspitze bei der Schulter wieder herausdrang.

Der Degen entglitt meiner Hand, und im Nu war ich von Blut überströmt. Zum Verzweifeln brachte es mich aber, daß ich nun mein Rendezvous nicht einhalten und nicht mehr in Erfahrung bringen konnte, was die bezaubernde Inés mir mitzuteilen hatte.

An dieser Stelle seiner Erzählung wurde der Zigeuner abberufen, und als er gegangen war, sagte Velásquez recht trübsinnig: »Ich wußte es ja, daß die Geschichten des Zigeuners sich ineinander verzahnen würden. Frasqueta Salero hat ihre Geschichte Busqueros erzählt, er hat sie López Soarez berichtet, der sie dem Zigeuner wiedergegeben hat. Ich hoffe doch, dieser wird uns mitteilen, was aus der schönen Inés geworden ist; wenn er noch eine Geschichte einschaltet, dann gerate ich mit ihm aneinander, wie Soarez mit Busqueros aneinandergeriet. Ich vermute jedoch, daß unser Erzähler heute abend nicht mehr erscheint.«

Und wirklich zeigte sich der Zigeuner nicht mehr, und alle legten sich zur Ruhe.

Sechsunddreißigster Tag

Wir machten uns wieder auf den Weg. Der Ewige Jude schloß sich uns bald an und fuhr in seiner Geschichte also fort:

Fortsetzung der Geschichte des Ewigen Juden

Die Lehren des weisen Cheremon waren viel ausführlicher als meine auszugsweise Wiedergabe. Ihr eigentlicher Kern war, daß ein Prophet namens Bitys in seinen Werken die Existenz Gottes und der Engel bewiesen und daß ein anderer Prophet namens Thot diese Ideen in eine sehr dunkle Metaphysik gehüllt hatte, die indessen nur umso durchgeistigter wirkte.

In dieser Theologie wurde Gott, den man den Vater nannte, nur durch Schweigen gerühmt. Wollte man indessen zum Ausdruck bringen, in welchem Maße er sich selbst genügt, so sagte man: »Er ist sein eigener Vater, er ist sein eigener Sohn.« Man sah ihn auch in seiner Eigenschaft als Sohn, und deshalb nannte man ihn auch »Vernunft Gottes« oder auch »Thot«, was im Ägyptischen »Überzeugung« bedeutet.

Da man schließlich in der Natur Geist und Materie wahrzunehmen glaubte, betrachtete man den Geist als Emanation Gottes, und man stellte ihn dar als auf dem Schlamm schwimmend, wie ich Euch zuvor schon sagte.

Der Urheber dieser Metaphysik wurde ›dreimal groß‹ genannt. Platon, der achtzehn Jahre in Ägypten gelebt hatte, brachte den Griechen seine Lehre vom Wort, was ihm bei ihnen den Beinamen »der Göttliche« einbrachte.

Cheremon behauptete, all dies entspreche nicht völlig dem Geist der alten ägyptischen Religion, sie habe sich vielmehr verändert, und verändern müsse sich jede Religion. Seine Ansicht wurde kurz darauf durch die Geschehnisse in der Synagoge von Alexandria bestätigt.

Ich war nicht der einzige Jude, der die Religion der Ägypter studierte; auch andere hatten eine Neigung dazu entwickelt; sie wurden vor allem verführt durch den Geist des Geheimnisvollen, der in der ganzen ägyptischen Literatur herrscht und der wahrscheinlich von der Hieroglyphenschrift herrührt sowie von dem ägyptischen Gebot, man dürfe nicht am Sinnbild hängen, sondern müsse sich an den geheimen Sinn halten, den es in sich birgt.

Unsere Rabbiner in Alexandria wollten auch Geheimnisse zu enträtseln haben; sie gefielen sich in der Annahme, daß die Bücher Mosis, obwohl sie einen Bericht über Tatsachen und wirkliche Geschichte bieten, nichtsdestoweniger mit so göttlicher Kunst verfaßt seien, daß sie neben ihrem historischen auch noch einen allegorischen und geheimen Sinn bargen. Mehrere unserer Gottesgelehrten enträtselten diese geheime Bedeutung mit einem solchen Scharfsinn, daß es ihnen zu jener Zeit viel Ehre einbrachte; unter all diesen Rabbinern zeichnete sich indessen keiner so aus wie Philon. Ein langes Studium Platons hatte ihn dazu herausgefordert, bei der herrschenden metaphysischen Finsternis falsche Aufschlüsse zu verbreiten; daher wurde er der Platon der Synagoge genannt. Das erste Werk Philons handelte von der Weltschöpfung, vor allem aber von den Eigenschaften der Zahl sieben. In dieser Schrift wird Gott der Vater genannt, was ganz und gar dem Geschmack der ägyptischen Theologie entspricht, nicht aber dem biblischen Stil. Man kann dort auch lesen, die Schlange sei eine Allegorie der Wollust; allegorisch sei auch der Bericht, die Frau sei aus einer Rippe Adams geschaffen worden.

Eben dieser Philon schrieb ein Buch über die Träume, in dem er behauptet, Gott habe zwei Tempel. Einer der Tempel sei diese Welt, und der Hohepriester dieses Tempels sei das Wort Gottes; der andere Tempel sei die vernunftbegabte Seele, sein Hohepriester aber der Mensch.

In seinem Buch über Abraham spricht sich Philon noch eindeutiger im Geschmack der Ägypter aus, denn er sagt dort: »Der aber, den unsere heiligen Schriften den Seienden (oder den, der ist) nennen, ist der Vater des Alls; zu beiden Seiten geleiten ihn die ältesten und unverbrüchlichen Mächte des großen Seins: die Schöpfermacht und die Herrschermacht; die eine heißt Gott, die andere Herr; derart, daß das große Sein, stets von diesen beiden Mächten begleitet, bald in einfacher, bald in dreifacher Gestalt erscheint; in der einfachen, wenn die gänzlich geläuterte Seele sich über alle Zahlen und selbst über die Zweiheit, die der Einheit so nahe steht, erhebt und zum abstrakten, erhabenen und einfachen Bild gelangt. Die andere, die dreifache Gestalt zeigt sich der Seele, die noch nicht vollkommen in die großen Mysterien eingeweiht ist.«

Dieser Philon, der über dem Platonisieren ins Unabsehbare und Unausdenkbare geriet, ist der nämliche, der später zum Kaiser Claudius entsandt wurde. In Alexandrien genoß er großes Ansehen, und die Schönheit seines Stils und der Hang aller Menschen zum Neuen ließen fast alle hellenisierten Juden seine Ansichten übernehmen. Bald waren sie nur noch dem Namen nach Juden. Die Bücher Mosis waren für sie nur noch eine Art Entwürfe, auf denen sie nach Belieben ihre Allegorien und

Mysterien ausmalten, vor allem das der dreifachen Gestalt.

In dieser Zeit hatten die Essener schon ihre sonderbare Gemeinschaft gegründet. Sie lebten ohne Frauen, und ihr Eigentum war Gemeinbesitz; kurz und gut, überall entstanden neue Religionen, ein Gemenge aus Judentum und Zauberkunst, Sabäismus und Platonismus, und vor allem viel Astrologie. Die alten Religionen gerieten allenthalben ins Wanken.

Als der Jude in seiner Erzählung bis hierher gekommen war, befanden wir uns schon in der Nähe unseres Nachtlagers, und der unglückliche Wanderer verließ uns und war bald in den Bergen verschwunden. Gegen Abend setzte der Zigeuner, der Muße dazu hatte, seine Geschichte fort und erzählte:

Fortsetzung der Geschichte des Zigeunerhauptmanns

Als mir der junge Soarez die Geschichte seines Duells mit Busqueros erzählt hatte, schien es ihn nach Schlaf zu verlangen. Ich überließ ihn der Ruhe; und als ich ihn am nächsten Morgen um die Fortsetzung seiner Geschichte bat, nahm er sie folgendermaßen wieder auf:

Fortsetzung der Geschichte des López Soarez

Nachdem Busqueros mir den Arm durchbohrt hatte, erklärte er, er sei entzückt, eine neue Gelegenheit zu finden, mir seine Ergebenheit zu beweisen. Er zerriß mein Hemd, verband meinen Arm, legte mir einen Mantel um und brachte mich zu einem Chirurgen. Dieser versorgte meine Wunden, und dann ließ ich einen Wagen kommen und fuhr nach Hause. Busqueros ließ in meinem Vorzimmer ein Bett aufschlagen. Der Mißerfolg, den ich bei meinem Versuch, ihn loszuwerden, erlitten hatte, hatte mich so entmutigt, daß ich ihm keinen Widerstand mehr leistete. Am nächsten Tag bekam ich Fieber, wie es Verwundeten eben geht, und Busqueros hielt sich weiterhin zu meiner Verfügung. Er wich keinen Augenblick von meiner Seite, so wenig wie an den folgenden Tagen. Am vierten Tag konnte ich aufstehen, den Arm in der Schlinge.

Am fünften Tag erschien nach dem Essen ein Bedienter aus dem Hause von Frau von Avaloz, die mir einen Brief brachte, dessen sich Busqueros sofort bemächtigte; und er las folgendes vor:

Inés Moro an López Soarez

Ich habe erfahren, mein lieber Soarez, daß Sie sich duelliert haben und am Arm verletzt sind. Sie können mir glauben, daß ich gelitten habe. Jetzt aber geht es darum, bis zum Äußersten zu gehen. Ich will, daß mein Vater Sie bei mir findet. Das Unternehmen ist riskant; aber meine Tante, Frau von Avaloz, hält ihre Hand über uns und leitet mich. Vertrauen Sie dem Mann, der Ihnen den Brief übergibt, morgen ist es schon zu spät.

»Señor Don López«, sagte der unausstehliche Busqueros, »Sie sehen, hier bin ich Ihnen unersetzlich, und Sie werden mir wenigstens darin zustimmen, daß die Angelegenheit, da es um einen Handstreich geht, in mein Ressort fällt. Ich fand immer, es ist Ihr Glück, daß Sie mich zum Freund haben; bei solchen Gelegenheiten aber muß man Ihnen dazu gratulieren. Ah! Beim heiligen Rochus, meinem Schutzpatron, wenn Sie mich meine Geschichte hätten beenden lassen, so hätten Sie erfahren, was ich für den Herzog von Arcos getan habe; Sie aber unterbrachen mich auf recht ungezogene Weise. Übrigens beklage ich mich nicht darüber, denn der Degenstoß, den ich Ihnen beibrachte, hat mir aufs neue Gelegenheit gegeben, Ihnen meine Ergebenheit zu beweisen. Für dieses Mal, Señor Don López, bitte ich Sie nur noch um eine Gunst, nämlich daß Sie sich um nichts kümmern, bis der Augenblick zum Handeln gekommen ist; nicht die kleinste Frage, nicht das geringste Wort! Überlassen Sie alles mir, Señor Don López, überlassen Sie alles mir!«

Nach diesen Worten zog sich Busqueros mit dem Vertrauensmann von Señorita Moro in ein anderes Zimmer zurück. Lange besprachen sie sich miteinander; woraufhin Busqueros allein wieder erschien, in der Hand eine Art Plan, der die Augustinergasse darstellte.

»Hier ist das Ende der Straße, die zum Dominikanerkloster führt«, sagte er. »Hier wird sich der Mann postieren, den Sie eben gesehen haben, zusammen mit zwei anderen, für die er sich verbürgt. Ich beziehe mit der Elite meiner Freunde, die auch die Ihren sind, Señor Don López, am anderen Ende Stellung. Doch nein, ich habe mich geirrt, dort stehen nur zwei; die Elite zieht an dieser Hintertür auf, um die Leute des Herzogs von Santa Maura in Schach zu halten.«

Ich nahm an, alle diese Erläuterungen gäben mir auch das Recht, ein paar Worte zu sagen und mich zu erkundigen, welche Rolle unterdessen mir zufallen sollte. Busqueros jedoch unterbrach mich gebieterisch und sprach: »Auch nicht eine Frage, Señor Don López, auch nicht das geringste Wort! Das war unsere Bedingung: Wenn Sie sie vergessen haben, ich denke sehr wohl daran.«

Den Rest des Tages ging Busqueros fortwährend ein und aus. Am Abend setzte sich das fort; bald war das Nachbarhaus zu hell erleuchtet, oder auf der Straße trieben sich verdächtige Gestalten herum, oder man hatte noch nicht die vereinbarten Zeichen gesichtet. Manchmal erschien Busqueros selbst, andere Male ließ er mir seine Berichte durch einen Vertrauten überbringen. Endlich kam er, um mich abzuholen, und ich schickte mich an, ihm zu folgen. Sie können sich denken, wie mir das Herz schlug. Der Gedanke, meinem Vater ungehorsam zu sein, trug zu meiner Erregung bei; aber die Liebe behielt über alle anderen Gefühle die Oberhand.

Als wir die Augustinergasse betraten, zeigte mir Busqueros seine Freunde, die hier Posten bezogen hatten, und gab ihnen das Losungswort. »Wenn jemand vorbeikommt«, sagte er mir, »so erwecken meine Freunde den Anschein, es sei unter ihnen ein Streit ausgebrochen, und gleich biegt der Passant in eine andere Straße ein. Jetzt aber«, fuhr er fort, »sind wir schon da. Hier ist die Leiter, die Sie hinaufsteigen müssen; Sie sehen, sie ist am Boden mit Bausteinen abgestützt. Ich gebe jetzt auf die Signale acht, und wenn ich in die Hand klatsche, steigen Sie hoch.«

Wer würde schon glauben, daß sich Busqueros nach seiner ganzen Planung und Vorbereitung im Fenster getäuscht hätte. Eben das war der Fall, und Sie werden die Folgen erfahren.

Ich trug den rechten Arm in der Schlinge; jedoch stieg ich, als er mir das Zeichen gab, sehr geschickt aufwärts, indem ich mich nur mit einem Arm hielt. Als ich das obere Ende der Leiter erreicht hatte, fand ich keineswegs den Fensterladen einen Spalt breit geöffnet, wie man es mir verheißen hatte. Ich riskierte es, mit dem unverletzten Arm zu klopfen, wobei ich mich nur mit den Beinen halten konnte. Fast im gleichen Augenblick öffnete ein Mann ungestüm den Laden und stieß ihn dabei gegen mich. Ich verlor das Gleichgewicht und stürzte von der Leiter hinunter auf die Bausteine. Den verletzten Arm brach ich mir gleich zweimal, dazu ein Bein, mit dem ich zwischen den Leitersprossen hängengeblieben war; das andere renkte ich mir aus, und vom Nacken bis zu den Hüften trug ich blutige Wunden davon. Der Mann, der den Laden aufgestoßen hatte und der mir offenbar den Tod wünschte, schrie mir zu: »Bist du tot?«

Ich fürchtete, er wolle mir den Garaus machen, und antwortete, daß ich tot sei.

Da schrie der Mann mir zu: »Gibt es ein Fegefeuer?«

Da ich fürchterliche Schmerzen litt, antwortete ich, es gebe zweifellos ein Fegefeuer und ich sei schon drin. Dann fiel ich wahrscheinlich in Ohnmacht.

Hier unterbrach ich Soarez und fragte ihn, ob es in dieser Nacht ein Unwetter gab.

»Ganz sicher«, antwortete er, »mit Donner und Blitz; vielleicht hat sich Busqueros deshalb im Haus geirrt.«

»Ah«, rief ich aus, »das ist also unsere Seele aus dem Fegefeuer, da gibt es keinen Zweifel! Das ist unser armer Aguilar!« Sogleich rannte ich auf die Straße, und da schon der Morgen graute, mietete ich mir Maultiere und eilte zum Kamaldulenserkloster. Ich fand den Ritter von Toledo auf dem Boden ausgestreckt vor einem Gnadenbild. Ich warf mich neben ihm nieder, und da es bei den Kamaldulensern nicht gestattet ist, laut zu sprechen, flüsterte ich ihm die ganze Geschichte von Soarez ins Ohr. Zuerst erzielte ich damit gar keine Wirkung; aber dann wandte Toledo sich mir zu und sagte mir ebenfalls im Flüsterton ins Ohr: »Mein lieber Avarito, meinst du, die Frau des *oidor* Uscariz liebt mich noch und ist mir treu geblieben?«

»Bravo!« antwortete ich. »Doch still! Erregen wir kein Ärgernis bei den guten Mönchen. Beten Sie jetzt wie gewöhnlich, und ich teile ihnen mit, daß die Zeit unserer Einkehr beendet ist.«

Als der Superior erfuhr, daß wir die Absicht hatten, in die Welt zurückzukehren, lobte er dennoch die Frömmigkeit des Ritters.

Sobald wir das Kloster verlassen hatten, gewann der Ritter seine ganze Munterkeit zurück. Ich erzählte ihm von Busqueros; er sagte mir, er kenne ihn; er sei ein Edelmann aus der Umgebung des Herzogs von Arcos und gelte in ganz Madrid als unausstehlich.

Als der Zigeuner diese Stelle seiner Erzählung erreicht hatte, rief man nach ihm, und er ließ sich den ganzen Abend nicht mehr blicken.

Siebenunddreißigster Tag

Dieser Tag war der Ruhe gewidmet. Das Frühstück war reichlich und besser zubereitet. Keiner versäumte es. Die schöne Jüdin hatte auf ihren Putz einige Sorgfalt gewandt; diese war jedoch überflüssig, wenn sie beabsichtigte, beim Herzog Erfolg zu haben; denn nicht ihr Äußeres konnte ihn verführen; sondern er sah in ihr eine Frau, die sich durch die Tiefe ihrer Gedanken und einen Geist, dessen Bildung die exakten Wissenschaften vollendet hatten, von allen anderen abhob.

Rebekka wünschte schon seit langem die Ansichten des Herzogs über die Religion zu erforschen, denn sie war dem Christentum entschieden abgeneigt, und bei der Verschwörung, die uns zum Islam bekehren wollte, hatte sie ihre Hand im Spiel. Halb ernsthaft, halb tändelnd wandte sie sich also an den Herzog und fragte ihn, ob es in seiner Religion nicht eine Gleichung gebe, deren Lösung ihm zu schaffen mache.

Bei dem Wort Religion war Velásquez sehr ernst geworden; da er aber merkte, daß ihm eine Art Scherzfrage gestellt wurde, wurde sein Ausdruck ungehalten, und er antwortete mit folgenden Gedanken:

Ich sehe schon, worauf Sie hinauswollen. Sie sprechen meine Geometrie an, also antworte ich Ihnen mit Geometrie. Will ich eine unendliche Größe bezeichnen, so schreibe ich eine liegende Acht, die nur durch die Eins zu dividieren ist; will ich das unendlich Kleine bezeichnen, schreibe ich die Eins und dividiere sie durch das Zeichen für das Unendliche; jedoch vermitteln mir die Zeichen, deren ich mich in dieser Rechnung bediene, keine Vorstellung von dem, was ich ausdrücken will. Das unendlich Große ist das unendlich Vielfache des Fixsternhimmels. Das unendlich Kleine ist die unendliche Unterteilung des kleinsten der Atome. Ich bezeichne also das Unendliche, aber ich begreife es nicht.

Wenn ich nun also das unendlich Große und das unendlich Kleine nicht verstehe, nicht ausdrücken, sondern nur bezeichnen kann, wie sollte ich dann das ausdrücken, was zugleich unendlich groß, unendlich gut, unendlich weise und Schöpfer aller Unendlichkeiten ist? Hier kommt die Kirche meiner Geometrie zu Hilfe, sie schenkt mir das Bild der Dreiheit, die in der Einheit enthalten ist, ohne sie zu sprengen; was kann ich dem, das über meine Vorstellungen hinausgeht, entgegenstellen? Mir bleibt nur die Unterwerfung.

Nicht die Wissenschaft führt zum Unglauben, vielmehr die Unwissenheit. Der Unwissende glaubt etwas zu verstehen, wenn er es nur Tag für Tag vor Augen hat. Der Physiker aber wandelt zwischen lauter Rätseln, stets vom Verlangen erfüllt, sie zu lösen, und begreift doch immer nur halb. Er lernt zu glauben, was er nicht begreift, und das ist wahrhaft ein Schritt zum Glauben hin. Don Newton und Don Leibniz waren wirkliche Christen und sogar Theologen, und beide haben das Geheimnis der Zahlen anerkannt, das sie nicht begreifen konnten.

Wären sie im Glauben unserer Kirche aufgewachsen, hätten sie auch ein anderes, nicht weniger unbegreifliches Geheimnis angenommen, das in der Möglichkeit einer persönlichen Verbindung zwischen dem Menschen und seinem Schöpfer besteht. Die Annahme dieser Möglichkeit hat keinerlei bekannte Größe zur Voraussetzung, da sie sozusagen nur Unbekannte aufweist; nur insofern bietet sie uns einen gewissen Anhalt, als wir auf eine grundsätzliche Trennung zwischen dem Menschen und den anderen in Materie gehüllten Intelligenzen verwiesen sind. Denn wenn der Mensch auf dem Erdball tatsächlich der einzige seiner Gattung ist, wenn wir von seiner völligen Unabhängigkeit vom gesamten Tierreich überzeugt sind, dann werden wir der Vorstellung, daß er sich mit seinem Gott vereinen kann, mit weniger Widerstreben zustimmen. Nachdem wir dies festgestellt haben, beschäftigen wir uns doch einen Augenblick mit der tierischen Intelligenz.

Das Tier will, erinnert sich, schätzt ab, zaudert, entscheidet sich; es denkt, aber es denkt nicht nach über sein Denken, denn dies bedeutet ja, die Kraft der Intelligenz in die zweite Potenz erheben. Das Tier sagt nicht: »Ich bin ein denkendes Wesen.« Diese Abstraktion liegt so wenig in seiner Macht, daß man noch nie ein Tier gesehen hat, das eine Vorstellung von Zahlen hatte, die doch unter allen Abstraktionen die einfachste sind.

Die Elster verläßt nicht ihr Nest, solange sie argwöhnt, daß sich in der Umgebung ein Mensch versteckt. Man hat sich über das Ausmaß ihrer Intelligenz Klarheit verschaffen wollen. Fünf Jäger bezogen ein Versteck. Sie kamen einer nach dem anderen wieder heraus, und die Elster verließ nicht ihr Nest, bevor sie den fünften wieder hatte hervorkommen sehen. Als die Jäger zu sechst oder zu siebt kamen, verlor die Elster den Überblick, so daß sie stets nach dem fünften hervorkam. Die Jäger schlossen daraus, die Elster könne bis fünf zählen. Sie täuschten sich: Die Elster hatte sich das Gesamtbild der fünf Männer eingeprägt, hatte sie aber nicht gezählt. Zählen bedeutet die Zahl von der Sache abstrahieren.

Von Scharlatanen werden oft kleine Pferde vorgeführt, die so oft mit dem Huf auf den Boden schlagen, wie auf einer Spielkarte Pik oder Kreuz zu sehen sind; aber stampfen und innehalten läßt sie nur ein Zeichen ihres Herrn. Sie haben keinerlei Vorstellung von Zahlen. Und diese Abstraktion, die einfachste von allen, kann als Grenze für die tierische Intelligenz angesehen werden.

Sicher kommt die Intelligenz der Tiere oft der unseren nahe. Der Hund kann in kurzer Zeit den Herrn des Hauses, seine Freunde und fremde Menschen voneinander unterscheiden. Die einen liebt er, die anderen mag er kaum dulden. Er haßt Menschen mit Spitzbubengesichtern. Er gerät in Verwirrung, in Erregung, zeigt Angst, zeigt Hoffnung. Er schämt sich, wenn man ihn bei etwas Verbotenem betrifft. Plinius berichtet, man habe Elefanten tanzen gelehrt und habe sie einmal im Mondschein bei einer Probe überrascht.

Die Intelligenz der Tiere setzt uns in Erstaunen, soweit sie Einzelfälle betrifft. Sie tun, was man sie zu tun heißt. Sie unterlassen, was ihnen verboten ist, so wie auch alles, was ihnen anderweitig schaden könnte. Aber sie unterscheiden nicht die allgemeine Idee des Guten von der besonderen Vorstellung dieser oder jener Handlung. Sie sind also nicht imstande, ihre Handlungen zu klassifizieren. Sie können sie also nicht in gute und böse einteilen. Diese Abstraktion ist schwieriger als die der Zahlen; sie sind der geringeren Leistung nicht fähig, sie werden auch der höheren nicht fähig sein.

Das Gewissen ist zum Teil ein Werk des Menschen, denn was schlecht ist in einem Lande, ist in einem anderen gut. Im allgemeinen aber zeigt das Gewissen an, was das Abstraktionsvermögen unter das eine oder das andere Vorzeichen gestellt hat, das heißt des Guten oder des Bösen. Die Tiere sind dieser Abstraktion unfähig. Sie haben also kein Gewissen, können keinem Gewissen folgen; sie sind also nicht für Lohn oder Strafe empfänglich, es sei denn für die, die wir ihnen zu unserem Nutzen, nicht aber zu ihrem eigenen angedeihen lassen.

So lebt allein der Mensch in seiner Gattung auf einem Erdenrund, in dem wir nichts erblicken, was nicht in einem allgemeinen Plan aufginge. Allein der Mensch kann über sein Denken nachdenken, kann abstrahieren und eine Eigenschaft verallgemeinern. Eben deswegen ist er fähig zu Verdienst und Verfehlung, da Abstraktion, Verallgemeinrung und Einteilung in Gut und Böse in ihm ein Gewissen herangebildet haben. Warum aber sollte der Mensch Eigenschaften haben, die ihn von allen andern Tieren unterscheiden? Ein Analogieschluß führt uns hier zu der Aussage: Wenn alles in der Welt einen wohlbezeichneten Zweck hat, kann das Gewissen dem Menschen nicht umsonst verliehen sein. Und siehe da, die Schlußfolgerung hat uns zur natürlichen Religion geführt. Und wohin sollte uns diese führen, wenn nicht zum gleichen Ziel wie die Offenbarungsreligion, das heißt zu einer künftigen Belohnung? Wenn also die Produkte die gleichen sind, können auch die Faktoren nicht sehr unterschiedlich sein.

Die Argumentation, auf die sich die natürliche Religion gründet, ist indessen ein gefährliches Instrument, das den, der sich seiner bedient, leicht verletzen kann. Welche Tugend wurde nicht schon mit Argumenten angegriffen? Welches Verbrechen hat man nicht schon mit ihnen rechtfertigen wollen? Konnte die ewige Vorsehung das Schicksal der Moral ihnen aussetzen und es auf Gnade und Ungnade Sophismen anheimgeben? Nein, sicher nicht, und der Glaube, der sich auf Bräuche der Kindheit, auf Kindesliebe, auf Bedürfnisse des Herzens stützt, bietet dem Menschen einen solideren Halt als die Vernunft. Selbst das Gewissen, das uns vom Tier unterscheidet, wurde schon in Zweifel gezogen; und die Skeptiker wollten daraus ihren Spielball machen. Sie wollten uns glauben machen, der Mensch unterscheide sich in nichts von tausend anderen in Materie gehüllten Intelligenzen, die unsere Welt bevölkern. Aber ihnen zum Trotz fühlt der Mensch in sich ein Gewissen, und der Priester sagt ihm mit den Segensworten: »Ein Gott steigt auf die Altäre herab und vereinigt sich mit euch.« Da fühlt der Mensch wohl, daß er nicht der tierischen Natur angehört; er geht in sich hinein und findet dort sein Gewissen.

Aber, werden Sie mir sagen, es geht doch gar nicht darum, mir zu beweisen, daß die natürliche Religion demselben Ziel zustrebt wie die geoffenbarte. Wenn Sie Christen sind, müssen Sie an die geoffenbarte Religion glauben, ebenso wie an die Wunder, auf denen sie errichtet ist. – Einen Augenblick bitte! Richten wir unsere Aufmerksamkeit zuerst auf den Unterschied zwischen geoffenbarter und natürlicher Religion.

Für den Theologen ist Gott der Urheber der christlichen Religion. Für den Philosophen ist er es auch, da nach seiner Anschauung nichts ohne die Zustimmung Gottes geschieht. Der Theologe aber stützt sich auf Wunder, die in der allgemeinen Naturgesetzlichkeit die Ausnahmen bilden und dem Philosophen einiges Kopfzerbrechen machen. In seiner Eigenschaft als Physiker ist dieser anzunehmen geneigt, daß Gott, der Urheber unserer heiligen Religion, diese nur mit menschlichen Mitteln einrichten wollte und ohne den allgemeinen Gesetzen zuwiderzuhandeln, welche die physische und moralische Welt regieren.

Hier wiegt der Unterschied ziemlich leicht; aber der

Physiker wagt eine noch heiklere Unterscheidung. Er sagt zum Theologen »Wer die Wunder noch gesehen hat, hatte keine Mühe, daran zu glauben. Sie jedoch leben achtzehnhundert Jahre später, und Ihr Glaube ist ein Verdienst; und wenn der Glaube ein Verdienst ist, so ist der Ihre gleichermaßen zuverlässig, ob nun die Wunder tatsächlich stattgefunden haben oder ob nur eine heilige Überlieferung Ihnen die Kenntnis davon vermittelt hat; und wenn die Zuverlässigkeit des Glaubens gleich ist, so ist es auch das Verdienst daran.«

Hier geht der Theologe aus der Verteidigung heraus und sagt zum Physiker: »Aber wer hat denn Ihnen die Naturgesetze offenbart? Wie können Sie denn wissen, ob die Wunder, statt Ausnahmen zu sein, nicht vielmehr Manifestationen Ihnen unbekannter Phänomene sind? Denn Sie kennen die Gesetze nicht, auf die Sie sich gegenüber den Ratschlüssen der Religion zu berufen wagen. Wie können diese Lichtstrahlen, mit deren Hilfe Sie die optischen Gesetze aufgestellt haben, einander nach allen Richtungen durchdringen, ohne sich gegenseitig zu stoßen und abzulenken, während sie, wenn sie auf einen Spiegel stoßen, zurückgeworfen werden, als ob sie elastische Körper wären? Auch der Schall kreuzt sich so, und das Echo wiederholt seinen Klang. Er folgt etwa den Gesetzen der Lichtstrahlen. Er scheint indessen nichts als ein Modus, die Lichtstrahlen jedoch scheinen Körper zu sein; aber Sie wissen es nicht. Denn im Grunde wissen Sie gar nichts.«

Der Physiker muß wohl eingestehen, daß er nichts weiß; aber er sagt: »Wenn ich nicht imstande bin, ein Wunder zu erklären – und ich bin weit davon entfernt, es zu leugnen –, so haben Sie, Herr Theologe, nicht das Recht, das Zeugnis der Kirchenväter zu verwerfen, die zugeben, daß unsere Dogmen und Mysterien schon in den Religionen erschienen, die dem Christentum vorausgingen. Da sie nun in diese früheren Religionen nicht durch das Mittel der Offenbarung Eingang fanden, müssen Sie meiner Anschauung näherkommen und einräumen, daß eben diese Dogmen auch ohne die Mitwirkung von Wundern zustande gebracht werden konnten. Wenn Sie schließlich wollen«, fügt der Physiker hinzu, »daß ich Ihnen meine Auffassung über den Ursprung des Christentums unmißverständlich darlege – hier ist sie:

Die Tempel der Alten waren Schlachthäuser, ihre Götter waren schamlose Ehebrecher. Aber es gab Vereinigungen religiöser Menschen, deren Grundsätze reiner, deren Opfergaben weniger abstoßend waren. Die Philosophen bezeichneten die Gottheit mit dem Namen ›Theos‹, ohne im einzelnen Jupiter oder Saturn anzuführen. Rom unterwarf damals die Welt mit seinen Waffen und versklavte sie mit seinen Lastern. In Palästina erschien ein göttlicher Meister; er predigte die Liebe zum Nächsten, die Verachtung weltlicher Güter, die Vergebung angetanen Unrechts, die Ergebung in den Willen eines Vaters, der im Himmel wohnt.

Zu seinen Lebzeiten waren ihm einfache Menschen gefolgt. Nach seinem Tode schlossen sie sich zusammen. Andere, gebildetere Menschen wählten aus den heidnischen Riten aus, was ihnen am angemessensten erschien für den neuen Kult. Schließlich entfalteten die Kirchenväter auf den Kanzeln eine überzeugendere Beredsamkeit als die, die bisher von den Tribünen ertönt war. Das Christentum hat sich also mit scheinbar menschlichen Mitteln aus den reinsten Inhalten der heidnischen und der jüdischen Religion herausgebildet. Und so gehen die Pläne des Himmels stets in Erfüllung. Der Weltenschöpfer konnte ja ohne allen Zweifel sein heiliges Gesetz in feurigen Lettern an den Sternenhimmel schreiben, aber er tat es nicht. In den alten Mysterien hat er die Riten einer vollkommeneren Religion verborgen, so wie er in der Eichel schon den Wald birgt, der eines Tages unseren Enkeln Schatten bieten soll. Wir selbst leben inmitten von Ursachen, die wir nicht kennen und deren Wirkungen die Nachwelt überraschen werden. Daher geben wir Gott auch den Namen ›Vorsehung‹; wenn er anders handelte, könnten wir ihn nur als Macht bezeichnen.«

Diese Vorstellung macht sich der Physiker vom Ursprung des Christentums. Dem Theologen sagt sie durchaus nicht zu; aber er hat nicht den Mut, dagegen Stellung zu beziehen, denn in den Anschauungen seines Gegners sieht er richtige und große Gedanken, die ihn verzeihlichen Irrtümern gegenüber Nachsicht walten lassen.

Daher können sich die Vorstellungen des Philosophen und des Theologen, ähnlich den Linien, die wir Asymptoten nennen, ohne sich je vollständig miteinander zu decken, einander bis auf eine Distanz annähern, die geringer ist als jede gegebene Größe und als jeder einschätzbare Unterschied. Kann mir denn nun ein Unterschied, den ich gar nicht einzuschätzen vermag, das Recht geben, meine Überzeugung der meiner Glaubensbrüder und meiner Kirche entgegenzustellen? Gibt er mir das Recht, inmitten des Glaubens, den sie bekennen und den sie zur Grundlage ihrer Sittlichkeit gemacht haben, meine Zweifel zu säen? Nein, dieses Recht habe ich gewiß nicht. Ich füge mich also mit Herz und Seele. Don Newton und Don Leibniz waren Christen und sogar Theologen. Ja, letzterer arbeitete sogar an der Vereinigung der Kirchen. Was mich angeht, der ich mich nach diesen großen Männern gar nicht nennen dürfte, ich studiere die Theologie in den Werken der Schöpfung, um dort neue Gründe für die Anbetung des Schöpfers zu finden.

Nach diesen Worten nahm Velásquez den Hut ab, sein Ausdruck bekam etwas Andächtiges, und er verfiel in eine Entrücktheit, die man bei einem Asketen für eine Ekstase hätte halten können.

Rebekka schien ein wenig aus der Fassung gebracht, und ich begriff, daß diejenigen, die unsere religiösen Grundüberzeugungen erlahmen lassen wollten, um uns daraufhin zu Mohammedanern zu machen, beim Geometer nicht leichter zum Ziel kommen würden als bei mir.

Achtunddreißigster Tag

Die Erholung am Vortag hatte uns gutgetan. Beherzt machten wir uns wieder auf den Weg. Am Tag vorher hatte sich der Ewige Jude nicht eingefunden, da er, selbst zum Verweilen unfähig, nur dann weitererzählen konnte, wenn wir ebenfalls unterwegs waren; daher hatten wir noch keine Viertelstunde zurückgelegt, als er auftauchte, seinen gewohnten Platz zwischen Velásquez und mir wieder einnahm und so zu erzählen begann:

Fortsetzung der Geschichte des Ewigen Juden

Dellius wurde alt, und da er sein Ende nahen fühlte, ließ er uns, Germanus und mich, zu sich kommen und hieß uns im Keller neben der Tür den Boden aufgraben; wir würden dort eine Bronzetruhe finden, die wir ihm bringen sollten. Wir taten, was er uns aufgetragen hatte, fanden die Truhe und brachten sie ihm. Dellius öffnete sie mit einem Schlüssel, den er auf der Brust getragen hatte, und sprach zu uns:

»Hier sind zwei mit Unterschriften und Siegeln versehene Pergamente. Das eine sichert meinem lieben Sohn das Eigentum des schönsten Hauses von Jerusalem zu. Das andere ist eine Eigentumsurkunde über dreißigtausend Dareiken, einschließlich Zins und Zinseszins für viele Jahre.«

Daraufhin erzählte er mir die ganze Geschichte meines Großvaters Hiskias und meines Großonkels Zedekia. Dann fügte er hinzu: »Dieser ungerechte und habsüchtige Mann lebt immer noch, was beweist, daß Gewissensbisse nicht töten. Meine Kinder, sobald ich nicht mehr bin, sollt ihr nach Jerusalem reisen; aber gebt euch dort nicht zu erkennen, bevor ihr Beschützer gefunden habt; und vielleicht täte man gut daran, den Tod Zedekias abzuwarten, der in Anbetracht seines hohen Alters bald bevorsteht. Unterdessen könnt ihr von euren fünfhundert Dareiken leben. Ihr findet sie in dieses Kopfkissen eingenäht, von dem ich mich niemals trenne.

Einen Rat möchte ich euch noch geben: Führt ein Leben, in dem ihr euch nichts vorzuwerfen habt, und euer Lohn wird die Heiterkeit sein, die euch an eurem Lebensende ein gutes Gewissen verleiht. Was mich angeht, so will ich sterben, wie ich gelebt habe, das heißt singend; das wird, wie man sagt, mein Schwanengesang. Homer, der blind war wie ich, dichtete einen Hymnus an Apollon, den Gott der Sonne, die er nicht mehr sah und die auch ich nicht sehe. Einst habe ich diesen Hymnus in Musik gesetzt; ich will ihn anstimmen, aber ich bezweifle, ob ich ihn noch beenden kann.«

Dellius sang also den Hymnus, der mit »Heil dir, glückselige Leto« beginnt; als er aber an die Stelle kam: »Delos, so du willst, daß mein Sohn deine Ufer bewohne«, wurde Dellius' Stimme immer schwächer, er sank gegen meine Schulter und gab seine Seele auf.

Lange beweinten wir unseren alten Freund. Schließlich machten wir uns nach Palästina auf den Weg und gelangten am zwölften Tag nach unserem Aufbruch von Alexandria nach Jerusalem. Um unserer Sicherheit willen nahmen wir andere Namen an. Ich nannte mich Antipas, und Germanus ließ sich Glaphyras nennen. Zuerst nahmen wir in einer Taverne vor den Toren der Stadt Quartier, und als wir uns nach der Wohnung Zedekias erkundigten, erhielten wir sofort Auskunft; denn es war das schönste Haus Jerusalems, ein wahrer Palast, der eines königlichen Prinzen würdig gewesen wäre. Wir mieteten bei einem Schuster, der Zedekia gegenüber wohnte, eine armselige Unterkunft. Ich ging wenig aus, Germanus durchstreifte die Stadt und stellte Nachforschungen an.

Nach einigen Tagen kam er und teilte mir mit: »Mein Freund, ich habe eine gute Entdeckung gemacht: Der Bach Kidron bildet hinter dem Haus des Zedekia einen prachtvollen Teich. Dort, unter einer Jasminlaube, verbringt der Greis seine Abende. Er ist schon dort, ich will dir deinen Widersacher zeigen.«

Ich folgte Germanus, und wir gelangten zum Bachufer, einem schönen Garten gegenüber, in dem ich einen schlafenden Greis erblickte. Ich ließ mich nieder und schaute ihn an. Wie verschieden war sein Schlaf von dem des Dellius! Garstige Träume schienen ihn zu plagen, und von Zeit zu Zeit ließen sie ihn zusammenfahren. »Oh Dellius«, rief ich aus, »wie recht hattest du, wenn du mir ans Herz legtest, ein Leben ohne Schuld zu führen!«

Germanus hatte dieselben Überlegungen angestellt.

Während wir uns noch mit solchen Betrachtungen abgaben, erblickten wir ein Wesen, das uns bald alle Beobachtungen und Überlegungen vergessen ließ. Es war ein junges Mädchen von sechzehn bis achtzehn Jahren von zauberhafter Schönheit, die ein reicher Schmuck noch mehr zur Geltung brachte. Hals, Arme und Beine waren mit Perlen und Ketten aus edlen Steinen geschmückt, im übrigen trug sie nur eine Tunika aus goldbesticktem Leinen. Germanus rief aus: »Das ist ja Venus selber!« Einer unwillkürlichen Regung folgend, fiel ich vor ihr nieder. Die junge Schönheit erblickte uns und schien ein wenig verwirrt; dann aber beherrschte sie sich wieder, nahm einen Fächer aus Pfauenfedern und fächelte damit das

Haupt des Greises, um ihn zu kühlen und seinen Schlummer zu verlängern.

Germanus nahm ein eigens hierzu mitgebrachtes Buch zur Hand und gab vor zu lesen, ich tat so, als hörte ich ihm zu; aber wir waren ausschließlich von den Vorgängen im Garten in Anspruch genommen.

Der Greis erwachte. Einige Fragen, die er an das junge Mädchen richtete, bewiesen uns, daß seine Augen sehr geschwächt waren und daß er uns dort, wo wir uns aufhielten, nicht zu sehen imstande war, was uns sehr befriedigte; denn wir beschlossen, öfter wieder herzukommen. Zedekia begab sich fort, gestützt auf die junge Schönheit, und wir gingen nach Hause. Da wir nichts anderes zu tun hatten, brachten wir unseren Wirt, den Schuster, zum Schwatzen und erfuhren von ihm, Zedekia habe keinen lebenden Sohn und seine Güter sollten auf die Tochter eines seiner Söhne übergehen, dieses junge Mädchen heiße Sara und ihr Großvater liebe sie innig.

Als wir wieder allein in unserer Kammer waren, erklärte mir Germanus: »Mein lieber Freund, ich kann mir vorstellen, wie du auf einen Schlag mit deinem Großonkel fertigwerden könntest. Du bräuchtest nur seine Enkelin zu heiraten; um das zu erreichen, ist aber größte Vorsicht vonnöten.« Der Gedanke gefiel mir sehr, wir sprachen noch lange darüber, und in der Nacht träumte ich davon.

Am nächsten Tag ging ich wieder zum Bach; ebenso an den darauf folgenden. Fast unweigerlich wurde ich dort auch meiner jungen Cousine ansichtig, bald allein, bald mit ihrem Großvater, und ohne daß ich gesprochen hätte, durchschaute die junge Schöne bald, daß ich nur ihretwegen kam.

Als der Ewige Jude diese Stelle seiner Erzählung erreicht hatte, gelangten wir zu unserem Lager, und der unglückliche Heimatlose war bald in den Bergen verschwunden.

Rebekka hütete sich, den Herzog wieder auf das Thema Religion zu bringen; da sie aber begierig darauf war, das, was sie sein System nannte, kennenzulernen, ergriff sie die erste Gelegenheit, die Rede darauf zu bringen, und mit ihren Fragen bedrängte sie ihn geradezu.

Darstellung des Systems von Velásquez

Señora, antwortete ihr Velásquez, wir sind Blinde, die ein paar Grenzen ertasten und das Ende einiger Straßen kennen; aber man darf uns nicht nach dem Plan der Stadt fragen. Da Sie es jedoch wünschen, will ich versuchen, Ihnen eine Vorstellung davon zu geben, was Sie mein System nennen, was ich aber eher als meine Sehweise bezeichnen möchte.

Nun also, alles was wir mit dem Auge umfassen, dieser weite Horizont, der sich bis zum Fuß der Berge erstreckt, diese ganze Natur letzten Endes, die unseren Sinnen wahrnehmbar ist, kann man in tote und organische Materie einteilen: Das heißt, letztere unterscheidet sich von der ersteren durch ihre Organe, ist aber hinsichtlich ihrer Elemente absolut mit ihr identisch. So könnte man, Señora, die Elemente, aus denen Sie zusammengesetzt sind, genauso in dem Fels, auf dem wir sitzen, und dem Gras, das ihn schmückt, wiederfinden. Ihre Knochen enthalten in der Tat Kalk, Ihr Fleisch Kieselerde, Ihre Galle Alkali, Ihr Blut Eisen, Ihre Tränen Salz. Ihre Fettanteile sind eine Verbindung von Brennstoffen mit einer atmosphärischen Beimischung. Setzte man Sie einem Flammenofen aus, könnte man Sie in einem Glasfläschchen unterbringen; und wenn man noch ein wenig metallischen Kalk hinzufügte, könnte man aus Ihnen ein sehr schönes Objektiv für ein Teleskop herstellen.

»Durchlauchtigster Herzog«, sagte Rebekka, »Sie entwerfen da ein ganz und gar anmutiges Bild; aber fahren Sie doch bitte fort.«

Der Herzog nahm an, er habe der schönen Jüdin, ohne es zu bemerken, ein Kompliment gemacht. Mit galanter Gebärde zog er den Hut, setzte ihn wieder auf und fuhr fort:

In den Elementen der toten Materie stellen wir eine spontane Neigung wenn nicht zur Organisation, so doch wenigstens zu Verbindungen fest. Die Elemente schließen sich miteinander zusammen, trennen sich wieder, um Verbindungen mit anderen einzugehen. Sie täuschen bestimmte Formen vor, man denkt, sie seien füreinander geschaffen; aber sie organisieren sich nicht von sich aus. Ohne einen hinzutretenden Keim könnten sie nicht zu jener anderen Art von Verbindungen gelangen, deren Ergebnis das Leben ist.

Ähnlich wie das magnetische Kraftfeld ist auch das Leben nur an seinen Wirkungen wahrzunehmen. Zuerst bewirkt es in organischen Körpern den Stillstand einer inneren Gärung, die man Fäulnis nennt und die mit Organen ausgestattete Körper befällt, sobald das Leben sie verläßt. Daher schreckte ein Philosoph der Antike nicht vor der Aussage zurück, das Leben sei ein Salz.

Das Leben kann in einer Flüssigkeit wie im Ei oder in einer festen Materie wie im Samenkorn lange verborgen ruhen, und es entwickelt sich erst dann, wenn die Umstände ihm günstig sind.

Das Leben wohnt in allen Teilen des Körpers, selbst in den Flüssigkeiten, selbst im Blut, das in Verwesung übergeht, wenn es aus unseren Adern heraustritt.

Das Leben wohnt in der Magenwand und schützt sie vor dem Wirken des Magensafts, der alle leblosen Körper, die man dem Magen zuführt, zersetzt.

Das Leben bleibt in Gliedern, die vom Körper abgetrennt werden, mehr oder weniger lang erhalten.

Schließlich bedient sich das Leben seiner Fähigkeit, sich fortzupflanzen. Dies nennt man das Mysterium der Zeugung, die geheimnisvoll ist wie alles in der Natur.

Die organischen Wesen lassen sich in zwei große Klassen einteilen: eine, deren Verbrennungsprodukt festes Alkali ist, und eine andere, die reichlich flüssiges Alkali enthält. Die Pflanzen bilden die erstere, die Tiere die letztere Klasse.

Es gibt Tiere, die aufgrund eines Kunstgriffs in ihrem Aufbau weit unter bestimmten Pflanzen zu stehen scheinen: etwa die tierischen Schleimwesen, die man auf dem Meer schwimmen sieht, oder die Blasenwürmer, die sich im Schafsgehirn einnisten.

Es gibt Tiere, die weit höher organisiert sind, bei denen man jedoch das, was man als Willen bezeichnet, noch nicht deutlich unterscheiden kann. Wenn daher das Korallentier blütengleich aus seiner Kapsel heraustritt, um die winzigen Lebewesen zu verschlingen, die seine Nahrung bilden, können wir glauben, diese Bewegung sei eine Folge seiner Anlage, so wie wir beobachten, daß die Blumen sich nachts schließen und tagsüber zum Licht hin öffnen.

Die Willensart des Polypen, der seine Kapsel öffnet und seine Arme ausstreckt, kann etwa noch mit dem Willen des neugeborenen Säuglings verglichen werden, der noch nicht denkt, der aber will; denn der Wille geht beim Kind dem Gedanken voraus und ist die unmittelbare Folge von Bedürfnis und Schmerz.

Ein Körperglied, das lange beengt war, will sich tatsächlich strecken und bringt uns selbst dazu, dies zu wollen. Der Magen widerspricht häufig der Kost, die wir ihm verordnen. Die Speicheldrüsen füllen sich, wenn eine begehrte Speise in Reichweite kommt, und auch der Gaumen will sie. Oft hat die Vernunft Mühe, die Oberhand zu behalten.

Stellt man sich einen Menschen vor, der lange nicht gegessen und getrunken hat, dessen Glieder eingeschnürt waren und der lange geschlechtlich enthaltsam war, wird man erleben, daß verschiedene Teile seines Körpers ihn dazu bringen, unterschiedliche Dinge gleichzeitig zu wollen.

Diese Willensantriebe, die dem unmittelbaren Bedürfnis entspringen, sind ebenso beim ausgewachsenen Polypen zu finden wie beim neugeborenen Kind. Es sind die ersten Regungen eines höheren Willens, der sich entsprechend der Vervollkommnung des Organismus entwickelt.

Der Wille des neugeborenen Kindes geht wahrscheinlich dem Denken voraus, aber nur kurze Zeit; und auch das Denken kennt seine Phasen, von denen ich noch sprechen werde.

Als Velásquez in der Darlegung seiner Gedanken so weit gekommen war, wurden wir unterbrochen. Rebekka bekundete dem Herzog das große Vergnügen, mit dem sie ihm zugehört hatte, und die Fortsetzung einer Belehrung, der auch ich mit höchstem Interesse gefolgt war, wurde auf den nächsten Tag verschoben.

Neununddreißigster Tag

Wir machten uns wieder auf den Weg, und bald stieß der Ewige Jude zu uns, der seine Geschichte folgendermaßen fortsetzte:

Fortsetzung der Geschichte des Ewigen Juden

Während mich die schöne Sara völlig in Anspruch nahm, hatte Germanus, der an ihr nicht im gleichen Maße Anteil nahm wie ich, mehrere Tage damit verbracht, den Lehren eines Meisters namens Josua zu lauschen, der später unter dem Namen Jesus berühmt wurde. Denn Jesus ist im Griechischen derselbe Name wie Johoschua im Hebräischen, wie man aus der Septuaginta-Version ersehen kann.

Germanus wollte seinem Meister sogar nach Galiläa folgen; aber der Gedanke, er könne mir nützlich sein, bewog ihn, in Jerusalem zu bleiben.

Eines Abends lüftete Sara ihren Schleier und wollte ihn an die Zweige eines Balsambaumes hängen; aber der Wind bemächtigte sich des leichten Gewebes, ließ es ein wenig hin- und herwehen und schließlich in den Kidron fallen. Ich stürzte mich in den bewegten Gießbach, wurde des Schleiers habhaft und hängte ihn über das Gezweig unterhalb der Terrasse. Sara streifte eine Goldkette vom Hals und warf sie mir zu. Ich drückte einen Kuß darauf und schwamm zu meinem Ufer zurück.

Durch die Geräusche war der alte Zedekia erwacht. Er wollte wissen, was sich ereignet hatte. Sara erklärte es ihm; er glaubte, er stehe direkt vor einem Geländer, aber er stand auf dem Felsen, wo man keins angebracht hatte, da an seiner Stelle das Gesträuch wuchs. Der Greis geriet mit einem Fuß ins Rutschen, die Sträucher gaben unter ihm nach, und er rollte bis in den schnell strömenden Bach. Ich warf mich hinein, bekam den Greis sofort zu fassen und brachte ihn zurück ans Ufer. All dies war das Werk eines Augenblicks.

Zedekia kam wieder zu sich, und da er sah, daß er in meinen Armen lag, begriff er, daß er mir sein Leben verdankte. Er fragte mich, wer ich sei; ich antwortete, ich sei ein Jude aus Alexandria, mein Name sei Antipas, und da ich weder Geld noch Eltern hätte, sei ich nach Jerusalem gekommen, um mein Glück zu machen.

»Ich will deines Vaters Stelle bei dir einnehmen«, sagte Zedekia, »und du sollst bei mir wohnen.« Ich nahm die Einladung an, ohne Germanus zu erwähnen, der dies aber keineswegs mißbilligte und weiter bei dem Schuster wohnte. So kam es, daß ich im Hause meines größten Feindes Wohnung bezog, und Tag für Tag nahm die Wertschätzung dieses Mannes für mich zu, der mich ermordet hätte, wenn ihm bewußt gewesen wäre, daß ich der rechtmäßige Erbe des größten Teils seines Vermögens war. Sara aber sah mich tagtäglich mit größerem Vergnügen.

Die Geldwechsler betrieben in Jerusalem ihr Geschäft, wie es heute noch im ganzen Orient üblich ist. Wenn man nach Kairo oder Bagdad kommt, so sieht man bei den Portalen der Moscheen Männer auf dem Boden sitzen. Sie halten auf den Knien kleine Tische mit einem Schiebedeckel in einer Ecke, durch den sie das bereits gezählte Geld gleiten lassen. Neben ihnen stehen Säcke mit Gold und Silber, das sie an Leute vertreiben, die diese oder jene Münzen erwerben wollen. Heute nennt man diese Wechsler *sarafs*. Eure Evangelisten nannten sie der kleinen Tische wegen, von denen ich sprach, Trapezisten.

Fast alle Wechsler in Jerusalem arbeiteten im Auftrag Zedekias, der im Einverständnis mit den römischen Pächtern und Zöllnern die Wechselkurse nach seinem Belieben steigen oder fallen ließ. Ich verstand schnell, daß es, um die Gunst meines Onkels zu gewinnen, das sicherste Mittel wäre, wenn ich ein geschickter Geldwechsler würde und das Steigen und Fallen der Kurse aufmerksam beobachtete. Es gelang mir so hervorragend, daß man nach zwei Monaten keinen Abschluß mehr tätigte, ohne meinen Rat einzuholen.

Zu dieser Zeit lief das Gerücht um, Tiberius habe angeordnet, alle Münzen im gesamten Reich einzuschmelzen, Silbermünzen sollten außer Kurs gesetzt werden, und man werde sie zu Barren umschmelzen und dem Schatz des Herrschers zuschlagen. Ich hatte diese Nachricht keineswegs erfunden; aber ich glaubte das Recht zu haben, sie auszustreuen, und Ihr könnt Euch denken, welche Wirkung sie auf das Wechslervolk haben mußte. Zedekia selbst war sich im Zweifel, was er davon halten sollte, und gelangte zu keinem Entschluß.

Ich sagte Euch schon, daß noch heute im ganzen Orient an den Portalen der Moscheen die Wechsler zu sehen sind. In Jerusalem hielten wir uns im Tempel selbst auf. Er war weitläufig, und in dem Winkel, in dem wir saßen, behinderten wir nicht den Gottesdienst. Seit einigen Tagen waren jedoch keine Wechsler mehr zu sehen, denn es herrschte allgemein Bestürzung. Zedekia fragte mich nicht nach meiner Meinung; aber er schien sie mir an den Augen ablesen zu wollen. Als ich schließlich glaubte, die Silbermünzen seien hinlänglich in Verruf geraten, legte ich meinem Großonkel meinen Plan vor. Er hörte mir aufmerksam zu, schien lange unentschlossen und nachdenklich; schließlich sagte er mir: »Mein lieber Antipas, ich habe zwei Millionen Goldsesterze im Keller, und wenn deine Spekulation gelingt, hast du ein Anrecht auf Saras Hand.«

Die Hoffnung auf den Besitz der schönen Sara und die Aussicht auf das Gold, das für einen Juden immer verlockend ist, versetzten mich in einen Taumel, aus dem ich erst wieder erwachte, um durch die Stadt zu laufen und das Silbergeld weiter zu diskreditieren. Germanus half mir nach besten Kräften. Ich brachte ein paar Händler auf meine Seite, die sich weigerten, Silber in Kauf zu nehmen. Schließlich kam es dazu, daß die Bewohner Jerusalems nur noch mit einer Art Abscheu und Schrecken Silbergeld annahmen. Als wir glaubten, dieses Gefühl sei weit genug gediehen, machten wir uns daran, unseren Plan in die Tat umzusetzen.

Am dazu bestimmten Tag ließ ich in abgedeckten Metallgefäßen mein ganzes Gold zum Tempel bringen. Ich machte bekannt, daß Zedekia, der eine Zahlung in Silber leisten müsse, sich entschlossen habe, zweihunderttausend Sesterze zum Kurs von einer Goldunze zu fünfundzwanzig Silberunzen zu kaufen; das heißt, er gewann hundert Prozent und mehr. Der Eifer der Leute, von diesem guten Geschäft zu profitieren, war indessen so groß, daß ich bald die Hälfte meines Geldes eingetauscht hatte. Unsere Lastträger brachten das Silber weg, so wie ich es einnahm, und der Eindruck entstand, auf diese Weise hätte ich erst fünfundzwanzig- oder dreißigtausend Sesterze kassiert. Alles lief also vorzüglich, und ich war im Begriff, Zedekias Vermögen zu verdoppeln, als ein Pharisäer herantrat und zu uns sagte …

An dieser Stelle seiner Erzählung wandte sich der Ewige

Jude an Uzeda und sagte zu ihm: »Ein mächtigerer Kabbalist, als du es bist, zwingt mich, dich zu verlassen.«

»Aber sicher«, sagte der Kabbalist, »du willst uns also nicht von der Rauferei erzählen, die es im Tempel gab, und von den Prügeln, die du bezogen hast.«

»Mich ruft der Alte vom Libanon«, sagte der Jude und entschwand unseren Blicken. Ich muß gestehen, daß ich deshalb nicht böse war und seine Wiederkehr gar nicht wünschte, da ich den Verdacht hatte, dieser Mann sei nur ein in der Geschichte sehr bewanderter Betrüger, der uns unter dem Vorwand, uns die Geschichte seines Lebens zu erzählen, Dinge mitteilte, die uns Christen zu hören wenig ziemte.

Indessen gelangten wir zum Nachtlager, und Rebekka bat den Herzog, er möge die Güte haben, uns mehr über sein System mitzuteilen. Er dachte kurze Zeit nach und fuhr dann fort:

Fortsetzung der Darstellung des Systems von Velásquez

Gestern habe ich versucht, Ihnen die Elemente des Willens nahezubringen, der ja dem Denken vorauseilt, und wir hatten uns vorgenommen, nun zu den Elementen des Denkens zu gelangen.

Einer der tiefgründigsten Philosophen der Antike wies uns den wahren Weg, dem man bei metaphysischen Forschungen folgen muß; und diejenigen, die seinen Entdeckungen etwas hinzuzufügen gedachten, sind meiner Meinung nach keinen Schritt weitergelangt.

Lange Zeit vor Aristoteles bedeutete das Wort »Idee« bei den Griechen so viel wie »Bild«, und daher rührt auch das Wort »Idol«. Aristoteles, der jede seiner Ideen genau untersucht hatte, erkannte, daß alle wirklich einem Bild entsprangen, das heißt einer auf die Sinne wirkenden

Empfindung. Daher kommt es, daß auch der erfinderischste Geist von sich aus gar nichts erfinden kann. Die Mythenerfinder fügten eine Männerbüste mit einem Pferdekörper zusammen, einen Frauenleib mit einem Fischschwanz. Den Kyklopen nahmen sie ein Auge, dem Briareos fügten sie weitere Arme hinzu, aber sie erfanden nichts; denn das liegt außerhalb menschlicher Macht. Und seit Aristoteles ist es anerkannt, daß im Denken nichts vorkommt, als was vorher schon in den Sinnen war.

In unseren Tagen indessen traten Philosophen auf, die tiefsinniger zu sein glaubten und erklärten: »Wir räumen ein, daß die Seele ihre Fähigkeiten ohne Zutun der Sinne nicht hätte entwickeln können. Sind aber ihre Fähigkeiten einmal entwickelt, so ersinnt die Seele auch Dinge, die niemals von den Sinnen erfaßt wurden, wie zum Beispiel den Raum, die Ewigkeit, die mathematischen Wahrheiten.«

Ich gestehe Ihnen, daß ich diese neue Lehre ganz und gar nicht schätze. Die Abstraktion scheint mir nur eine Subtraktion. Um zu abstrahieren, muß man etwas wegnehmen. Wenn ich von meinem Zimmer in Gedanken alles, was es enthält, bis hin zur Luft wegnehme, erhalte ich den reinen Raum. Wenn ich von einem Zeitraum Anfang und Ende wegnehme, erhalte ich die Ewigkeit. Wenn ich von einem Vernunftwesen den Körper wegnehme, habe ich die Idee eines Engels. Wenn ich abstrahierend den Linien ihre Breite nehme, um bloß ihre Länge und die von ihnen umschlossenen Flächen zu berücksichtigen, erhalte ich die Euklidischen Elemente. Wenn ich von einem Menschen ein Auge wegnehme und seiner Größe etwas hinzufüge, erhalte ich die Gestalt eines Kyklopen. All dies sind mit den Sinnen wahrgenommene Bilder. Wenn die neuen Gelehrten mir eine einzige Abstraktion vorweisen, die ich nicht auf eine

Subtraktion reduzieren kann, will ich ihr Schüler werden. Bis dahin will ich mich aber an den alten Aristoteles halten.

Das Wort »Idee« (Bild) bezieht sich nicht einzig auf das, was in unserem Auge eine Empfindung erregt. Der Laut betrifft unser Ohr und vermittelt Ideen, die dem Gehörsinn zuzuordnen sind. Die Zitrone macht unsere Zähne stumpf und vermittelt uns die Idee der Säure.

Aber richten Sie Ihr Augenmerk darauf, daß unsere Sinne die Fähigkeit haben, etwas zu empfinden, wenn der Gegenstand, der die Empfindung hervorgerufen hat, gar nicht gegenwärtig ist. Schlägt man uns vor, in eine Zitrone zu beißen, bringt uns schon die bloße Vorstellung dazu, Speichel abzusondern, und macht unsere Zähne stumpf. Eine schmetternde Musik tönt uns noch lange in den Ohren, nachdem das Orchester zu spielen aufgehört hat. Beim gegenwärtigen Stand der Physiologie können wir den Schlaf und folglich auch die Träume nicht erklären; indessen können wir sagen, daß es von unserem Willen unabhängige Regungen gibt, die unsere Organe in den gleichen Zustand versetzen, in den sie gerieten, als sie die über die Sinne hervorgerufenen Empfindungen hatten, oder anders gesagt: zu der Zeit, als sie die Idee empfingen.

Daraus folgt ebenfalls, daß es uns, solange wir in der Kenntnis der Physiologie nicht weiter fortgeschritten sind, von Nutzen ist, die Ideen theoretisch als im Gehirn hervorgerufene Empfindungen anzusehen – Empfindungen, in die sich die Organe, freiwillig oder unfreiwillig, in Abwesenheit des Gegenstandes, der sie hervorruft, versetzen können. Beachten Sie, daß die Empfindung weniger lebhaft sein wird, wenn man an den Gegenstand nur denkt, daß sie aber, wenn man in fiebrig erregtem Zustand ist, genauso stark sein kann wie zur Zeit, da man die Empfindung erstmals hatte.

Nach dieser Abfolge von nicht ganz einfach zu erfassenden Definitionen und Schlüssen werden wir einige Überlegungen anstellen, die unseren Gegenstand in ein neues Licht zu setzen geeignet sind.

Die Tiere, die durch ihren Bau dem Menschen am nächsten kommen und die mehr oder weniger Intelligenz zeigen, weisen, wie ich meine, alle das Organ auf, das man Gehirn nennt. Im Gegensatz zu ihnen ist dieses Organ bei den Tieren, die sich dem Pflanzlichen annähern, nicht zu finden.

Die Pflanzen leben, und manche bewegen sich oder vielmehr rühren sich ein wenig. Unter den Meerestieren gibt es Arten, die wie die Pflanzen keine Fortbewegung, also keine Ortsveränderung kennen. Ich habe andere Meerestiere gesehen, deren gleichförmige Bewegung, etwa wie die unserer Lungen, von keinerlei Willen bestimmt schienen.

Die höher organisierten Tiere dagegen zeigen einen Willen und entwickeln Vorstellungen. Einzig der Mensch ist der Abstraktion fähig.

Nicht alle Menschen besitzen diese Fähigkeit im gleichen Grade. Eine Erschlaffung des Drüsensystems entzieht sie dem Kropfkranken der Gebirgsländer; und mangeln uns ein oder zwei Sinne, wird die Abstraktion sehr schwierig.

Den Taubstummen, die darin, daß ihnen das Sprachorgan fehlt, den Tieren gleichen, bereitet es große Mühe, die Abstraktion zu erfassen; aber man zeigt ihnen fünf oder zehn Finger, wenn es sich gar nicht um Finger handelt, und dadurch erhalten sie eine Vorstellung von Zahlen. Sie sehen, wie man betet, wie man auf die Knie fällt, und bilden sich die Vorstellung eines unsichtbaren Wesens.

Die Blinden lernen viel müheloser. Denn da die Sprache das wesentliche Werkzeug der menschlichen Intelligenz ist, kann man ihnen durch sie fertig geprägte Abstraktionen vermitteln. Übrigens verleiht der Mangel an Ablenkung den Blinden eine besondere Begabung zur Gedankenverknüpfung.

Stellen Sie sich aber ein blind und taub geborenes Kind vor, so kann wohl behauptet werden, daß es nie einer Abstraktion fähig sein wird. Es wird die Vorstellungen haben, die ihm durch Geschmack, Geruchssinn und Tastsinn zugänglich werden. Von eben diesen Vorstellungen wird es träumen. Wird es wegen einer Verfehlung bestraft, so wird es sie künftig vielleicht nicht mehr begehen, da es ihm nicht gänzlich an Gedächtnis mangelt. Aber keinerlei menschlichem Bemühen wird es meiner Meinung nach gelingen, seinem Geist den abstrakten Begriff des Bösen mitzuteilen. Es wird kein Gewissen haben, wird unfähig sein, zwischen Verdienst und Schuld zu unterscheiden. Machte es sich einer Tötung schuldig, so könnte es dafür nach Recht und Gesetz nicht bestraft werden. Es gibt also verschiedenartige Seelen mit unterschiedlichem Anteil am Schöpferhauch Gottes; und warum? Wegen des Fehlens zweier Sinnesorgane!

Ein weit geringerer, aber immer noch beträchtlicher Abstand trennt den Eskimo oder den Hottentotten vom Menschen mit voll ausgebildetem Geist. Was ist der Grund für diesen Unterschied? Nicht etwa das Fehlen eines Sinnesorgans, sondern die mehr oder weniger große Menge von Begriffen und die Zahl gedanklicher Verknüpfungen. Der Mensch, der mit den Augen des reisenden Schriftstellers die ganze Welt gesehen, der alle Ereignisse der Geschichte in sich aufgenommen hat, trägt im Kopf eine Unzahl Bilder, die der Bauer nicht kennt; und wenn er seine Vorstellungen miteinander verknüpft, sie einander annähert, wenn er sie vergleicht, so hat er Kenntnisse und Geist.

Newton hatte die ständige Gewohnheit der Ideenverknüpfung, und unter der Fülle der Begriffe, die er anhäufte, befand sich auch die Verknüpfung der Vorstellungen vom fallenden Apfel mit der des Mondes, der seine Bahn nicht verlassen kann.

Ich schließe daraus, daß die Verschiedenheit der Geister auf der Menge ihrer Bilder und der Leichtigkeit, sie miteinander zu verknüpfen, beruht oder, wenn ich so sagen darf, auf dem Verhältnis der Bilder zu der Fähigkeit, sie miteinander zu kombinieren. Hier bitte ich Sie wieder um ein wenig Aufmerksamkeit.

Tiere mit ungegliederten Organen besitzen vielleicht weder einen Willen noch Vorstellungen. Ihre Bewegungen sind unwillkürlich wie die der Mimose. Aber man kann doch vermuten, daß der Süßwasserpolyp, wenn er seine Tentakel ausstreckt, um Larven einzufangen, auch solche verschlingt, die ihm mehr zusagen als andere und die ihm Vorstellungen vom Guten, vom Besseren und vom Schlechten eingeben. Und wenn er imstande ist, die schlechten Larven wieder von sich zu geben, müssen wir annehmen, daß er auch einen Willen hat. Der primäre Wille entsprang dem Bedürfnis, das ihn seine acht Tentakel ausstrecken ließ. Die geschluckten Kleinlebewesen haben ihm zwei oder drei Vorstellungen eingegeben: Ein Beutetier auszuspeien, ein anderes zu verzehren zeugt von einem Willen zur Wahl, der einer oder mehreren Vorstellungen entspringt.

Wenden wir dieselben Überlegungen auf das neugeborene Kind an, so sehen wir, daß seine erste Willenskundgebung unmittelbar dem Bedürfnis entspringt: Dieser Wille läßt es den Mund an die Brust der Amme legen; sobald es aber die Ammenmilch geschmeckt hat, besitzt es eine Vorstellung; eine andere Empfindung wirkt auf seine Sinne ein, und es erwirbt eine weitere Vorstellung, darauf eine dritte, eine vierte. Diese Vorstellungen sind also zählbar; aber wir sahen schon, daß sie auch miteinander verknüpfbar sind. Man kann also auf sie wenn nicht die Kombinationsrechnung selbst, dann doch ihre Prinzipien anwenden. Kombination nenne ich das Zusammenfügen, nicht das Umstellen; so ist AB dieselbe Kombination wie BA.

Zwei Buchstaben können also nur auf eine Art zusammengefügt werden.

Drei Buchstaben, jeweils in Zweierverbindungen, können auf drei Arten zusammengefügt oder kombiniert werden, und schließlich alle drei zusammen; das ergibt vier Kombinationen.

Vier Buchstaben, jeweils in Zweierverbindungen, ergeben sechs Kombinationen; in Dreierverbindungen ergeben sie vier; alle zusammen eine; das macht insgesamt elf.

Fünf Buchstaben ergeben insgesamt 16 Kombinationen
sechs 57
sieben 121
acht 236
neun 495
zehn 1013
elf 2035

Man sieht also, daß eine einzige zusätzliche Vorstellung oder Idee die Zahl der Kombinationen verdoppelt und daß die Kombination von fünf Vorstellungen sich zu der von zehn Vorstellungen verhält wie 16 zu 1013 oder von eins zu neunundsechzig.

Ich beabsichtige nicht, durch diese materielle Berechnung den Geist dem Zahlensystem zu unterwerfen, sondern nur das Gesetz all dessen zu zeigen, das miteinander verknüpfbar ist.

Wir hatten gesagt, daß die Verschiedenheit der Geister auf dem Verhältnis der Menge der Ideen zu der Fähigkeit beruht, sie miteinander zu kombinieren.

Wir können uns also eine Stufenleiter all dieser unterschiedlichen Geister vorstellen. Nehmen wir an, darauf zuoberst stehe Newton, dessen Geist durch die Zahl von hundert Millionen repräsentiert würde, zuunterst ein Bergbauer mit der Zahl hunderttausend. Zwischen diesen Zahlen können wir unendlich viele Durchschnittswerte proportional einordnen, die wir Geistern zuordnen, die dem Bauern überlegen, Newton aber unterlegen sind. Und auf dieser Stufenleiter ist Ihr Geist ebenso wie meiner zu finden.

Kennzeichen der Geister am oberen Ende der Stufenleiter werden zum Beispiel sein:

über Newtons Entdeckungen hinauszugehen,
sie zu verstehen,
einen Teil von ihnen zu erfassen,
sich durch Gedankenverknüpfung hervorzutun.

Jedoch kann man sich auch eine absteigende Leiter vorstellen, die vom Bauern, der durch die Zahl hunderttausend repräsentiert wird, bis zu Geistern hinabreicht, die sechzehn, elf, fünf, und schließlich noch zu Intelligenzen, die vier Vorstellungen und sechs Kombinationen oder drei Vorstellungen und vier Kombinationen aufweisen.

Das Kind, das nur vier Vorstellungen und sechs Kombinationen besitzt, abstrahiert noch nicht; aber zwischen dieser Zahl und den hunderttausend ist die Vernunft angesiedelt, die die Zahl ihrer Ideen und Kombinationen derart miteinander verbindet, daß sie die Abstraktion hervorbringt.

Diese kombinierende Vernunft nun erreichen die Tiere nie, ebensowenig wie das taube und blinde Kind: dieses mangels Bildvorstellungen, die Tiere durch den Mangel an Kombinationen.

Die einfachste Abstraktion ist vielleicht die der Zahlen. Sie besteht darin, daß man von den Dingen ihre numerische Eigenschaft trennt. Bevor das Kind sie vollzieht, besitzt es noch nicht das Kennzeichen menschlicher Vernunft, da es noch nicht abstrahiert hat; durch die Analyse der Eigenschaften, die auch eine Art Abstraktion ist, ist es zur Subtraktion gelangt. Es ist nur langsam so weit gekommen; und geht es über die erste Abstraktion hinaus, wird es zu weiteren gelangen, indem es kombiniert und Ideen erwirbt.

Diese Reihe von den geringsten bis zu den höchsten Intelligenzen besteht stets aus Bezügen oder Werten derselben Art, entsprechend der Zahl der Bilder und nach dem Gesetz der Kombination. Man stößt immer auf die gleichen Elemente.

Intelligenzen unterschiedlicher Ordnung können also tatsächlich als zugehörig zu einer Art angesehen werden, so wie die komplizierteste Rechnung doch auch als zugehörig zur Art der Addition und Subtraktion angesehen werden kann; und jede mathematische Abhandlung ist, soweit sie vollständig ist, in der Tat eine Stufenleiter von Abstraktionen von der einfachsten bis zur transzendentalsten.

Velásquez fügte diesem Vergleich noch einige andere Überlegungen hinzu, deren Vorzüge Rebekka ganz und gar zu würdigen schien, und als sie sich trennten, waren sie gegenseitig von ihrem Wert überzeugt.

Vierzigster Tag

Ich wachte zeitig auf und trat aus meinem Zelt, um die Morgenfrühe zu genießen. Velásquez und die vermeintliche Uzeda waren mit der gleichen Absicht herausgekommen.

Wir wandten uns der Durchgangsstraße zu, um zu sehen, ob sich keine Reisenden zeigten, und als wir an eine Schlucht gelangten, die sich zwischen Felsen hindurchwand, beschlossen wir uns niederzulassen.

Bald sichteten wir eine Karawane, die in die Schlucht hineinzog und sich etwa fünfzig Fuß unterhalb der Felsen, auf denen wir saßen, entlangbewegte. Je näher uns dieser Zug kam, desto größer wurde unsere Verwunderung. Vier Indios eröffneten die Gesellschaft. Ihre ganze Kleidung bestand aus langen, spitzenbesetzten Hemden. Ihren Kopf bedeckte ein Strohhut mit hohen, vielfarbigen Federn, und sie waren mit langen Büchsen bewaffnet. Hinter ihnen her zog eine Herde Vikunjas, auf deren Rücken je ein Affe hockte. Es folgte eine gut berittene und bewaffnete Negertruppe. Dann ritten auf schönen Andalusiern zwei alte Herren daher, die in blaue Samtmäntel mit eingestickten Calatravakreuzen gehüllt waren. Ihnen folgte ein chinesischer Tragsessel, der von acht Insulanern der Molukken getragen wurde. Im Tragsessel war eine junge Dame in reicher spanischer Kleidung zu sehen, und ein junger Mann tummelte neben ihr kavaliersmäßig sein Pferd.

Es folgte, in einer Sänfte ausgestreckt und vielleicht sogar ohnmächtig, ein junges Geschöpf, und ein Priester, der auf einem Maultier neben ihr ritt, besprengte sie mit Weihwasser und schien an ihr den Exorzismus zu vollziehen. Dann kam eine lange Reihe von Menschen aller Hautfarben von Ebenholzschwarz bis zur Olivfarbe; eine hellere Tönung gab es nicht.

Während diese Truppe vorbeizog, kamen wir nicht auf den Gedanken zu fragen, was für Leute das sein könnten. Als aber der letzte vorbeigezogen war, sagte Rebekka: »Wir hätten wirklich fragen sollen, wer das ist.«

Als Rebekka noch diese Überlegung anstellte, erblickte ich einen Mann aus der Kolonne, der zurückgeblieben war. Ich riskierte die Kletterei an den Felsen hinab und lief hinter dem Trödler her.

Dieser warf sich vor mir auf die Knie und sagte mit angstvoller Miene: »Señor Räuber, mögen Ihro Gnaden Erbarmen haben mit einem Edelmann, der inmitten der Goldminen geboren wurde und der keinen Groschen sein eigen nennt.«

Ich antwortete ihm, ich sei kein Räuber und ich wünschte bloß die Namen der vornehmen Herren zu erfahren, die ich hatte vorüberziehen sehen.

»Wenn es nur dies ist«, sagte der Amerikaner, der sich voller Stolz erhob, »so kann ich Sie zufriedenstellen. Wenn Sie einverstanden sind, steigen wir auf diesen Felsvorsprung, von dem wir bequemer den ganzen Weg, auf dem die Karawane der Schlucht folgt, überblicken können. Zuerst sehen Ihro Gnaden jene eigenartig gekleideten Leute an der Spitze des Zuges: Das sind Bergbewohner aus Cuzco und Quito, deren Obhut die schönen Vikunjas anvertraut wurden, die mein Herr Seiner Majestät dem König von Spanien und Indien zum Geschenk machen will.

Die Neger sind alle Sklaven, oder vielmehr sie waren

die Sklaven meines Herrn; denn die Erde Spaniens duldet die Sklaverei genausowenig wie die Häresie, und von dem Augenblick an, da die Sklaven diesen heiligen Boden berührt haben, sind sie so frei wie Sie und ich.

Der alte Herr, den Sie zur Rechten sehen, ist der Graf von Peña Velez, leiblicher Neffe des berühmten Vizekönigs dieses Namens und Grande erster Klasse.

Jener andere alte Herr ist Don Alonzo, Marqués von Torres Rovellas, Sohn eines Marqués von Torres und nunmehr Gatte der Erbin der Rovellas. Diese zwei Herren lebten stets in bester Eintracht miteinander, die durch die Heirat des jungen Peña Velez mit der einzigen Tochter von Torres Rovellas noch enger zu werden verspricht. Sie können dieses entzückende Paar von hier aus sehen. Der Bräutigam reitet jenes feurig stampfende Pferd, die Braut sitzt in dem vergoldeten Tragsessel, einst ein Geschenk des Königs von Borneo für den verstorbenen Vizekönig von Peña Velez.

Das junge Mädchen schließlich, das in der Sänfte getragen wird und dem ein Priester die Dämonen auszutreiben sucht, ist mir so wenig bekannt wie Ihnen. Gestern morgen ließ mich eine Regung der Neugier einen Galgen aufsuchen, der nicht weit entfernt von der Straße steht. Ich fand das junge Geschöpf ausgestreckt zwischen zwei Gehenkten. Ich rief alle zusammen, um ihnen diesen sonderbaren Anblick zu zeigen. Als mein Herr, der Graf, bemerkte, daß das junge Geschöpf noch lebte, ließ er es zu dem Ort bringen, an dem wir die Nacht verbrachten. Er verfügte sogar, daß wir den ganzen Tag dort zubringen sollten, damit die Kranke gepflegt werden könne. Und sie verdient es wahrhaftig, denn sie ist eine vollkommene Schönheit. Heute hat man es gewagt, sie in eine Sänfte zu legen; aber sie fällt von einer Ohnmacht in die andere.

Der Edelmann, der hinter der Sänfte geht, ist Don Alvar Massa Gordo, erster Küchenmeister des Granden oder vielmehr sein Hofmarschall. Dicht bei ihm sehen Sie Don Lemado, den Kuchenbäcker, und Lecho, den Zuckerbäcker.

»Ah, Señor«, unterbrach ich ihn, »das ist schon mehr, als ich wissen will.«

»Derjenige schließlich, der den Zug beschließt und die Ehre hat, mit Ihnen zu sprechen, ist Don González de Hierro Sangre, peruanischer Edelmann aus dem Stamm der Pizarro und Almagra und Erbe ihrer Tapferkeit.«

Ich dankte dem vornehmen Peruaner und stieß wieder zu meiner kleinen Gruppe, der ich das Erfahrene mitteilte. Wir kehrten zum Lager zurück und berichteten dem Zigeunerhauptmann, daß wir seinen kleinen Lonzeto und die Tochter seiner jungen Elvira gesehen hatten, deren Platz er beim Vizekönig eingenommen hatte.

Der Zigeuner antwortete, sie hätten sich schon lange mit dem Plan getragen, Amerika zu verlassen, im vergangenen Monat seien sie in Cadix an Land gegangen, seien letzte Woche aufgebrochen und hätten zwei Nächte am Ufer des Guadalquivir verbracht, recht nahe am Galgen der Brüder Zoto, wo sie zwischen den beiden Gehenkten ein junges Mädchen gefunden hätten.

Dann fügte er hinzu: »Ich habe Grund zu der Annahme, daß dieses junge Mädchen in keinerlei Beziehung zu den Gomelez steht, und ich kenne sie gar nicht.«

»Wie denn«, rief ich verblüfft aus, »das junge Mädchen ist also gar kein Werkzeug der Gomelez, und doch liegt sie unter dem Galgen! So wären ja die Teufelsfratzen Wirklichkeit?«

»Vielleicht«, sagte der Zigeuner.

»Wir müßten die Reisenden hier ein paar Tage lang aufhalten«, sagte Rebekka.

»Daran habe ich schon gedacht«, erwiderte der Zigeuner, »und heute nacht lasse ich ihnen die Hälfte ihrer Vikunjas stehlen.«

Einundvierzigster Tag

Diese Art, Fremde aufzuhalten, erschien mir absonderlich. Ich wollte gerade meine Bedenken dazu äußern, als sich der Zigeunerhauptmann abwandte und den Befehl gab, das Lager abzubrechen. Am Ton seiner Stimme merkte ich, daß jeder Einwand nutzlos gewesen wäre. Dieses Mal verlegte man das Lager nur um die Entfernung einiger Büchsenschüsse weiter zu einer Stelle, wo der Felsen durch die Wirkung eines Erdbebens auseinanderzuklaffen schien. Dort speisten wir zu Mittag, und dann zog sich ein jeder in sein Zelt zurück.

Gegen Abend suchte ich das des Hauptmanns auf und vernahm von dort lebhaft erhobene Stimmen. Der Abkömmling der Pizarros hatte sich mit zwei fremdländischen Dienern eingefunden und verlangte in sehr arrogantem Ton die Herausgabe der Vikunjas. Der Zigeunerhauptmann hörte ihn mit großer Geduld an, was den Señor von Hierro Sangre nur dreister machte, der nun anfing, noch lauter zu schreien, und mit Beiwörtern wie »Schurke«, »Bandit« und dergleichen nicht eben sparsam umging. Da stieß der Hauptmann einen durchdringenden Pfiff aus. Das Zelt füllte sich allmählich mit bewaffneten Zigeunern, die einer nach dem anderen hereintraten und in gleichem Maße, wie ihre Zahl zunahm, den arroganten Ton des Peruaners dämpften, der schließlich so heftig zitterte, daß seine Worte nicht mehr zu verstehen waren.

Als ihn der Hauptmann derart beruhigt sah, streckte er ihm lachend die Hand entgegen und sagte zu ihm: »Verzeihen Sie mir, tapferer Peruaner, der Schein spricht gegen mich, und Sie hatten einigen Grund, mir zu zürnen. Aber gehen Sie doch zum Marqués von Torres Rovellas. Fragen Sie ihn, ob er sich an die Dame Dalanosa erinnert, deren Neffe sich aus lauter Gutmütigkeit dazu hergab, anstelle des Fräuleins von Rovellas Vizekönigin von Mexiko zu werden; und wenn er sich daran erinnert, so möge er sich doch hier mit uns treffen.«

Don González de Hierro Sangre schien hochbefriedigt, daß ein Auftritt, dessen Ausgang er mit Bangen entgegengesehen hatte, so glücklich beendet war; er versprach, seinen Auftrag pünktlich auszuführen.

Als er uns verlassen hatte, sagte mir der Hauptmann: »Der Marqués von Torres Rovellas fand einst ungewöhnlichen Geschmack an Romanen und Schäferstücken. Wir müssen ihn an einem Ort empfangen, der ihm zusagt.«

Wir betraten die Felsspalte, die von dichtem Gebüsch beschattet war. Und plötzlich war ich vom Anblick einer Gegend in Bann geschlagen, die sich von allem unterschied, was ich bisher gesehen hatte. Einen See von dunkelgrünem Wasser, der gleichwohl bis zum tiefsten seiner Gründe von kristallener Klarheit war, umschlossen steil aufragende Felsberge, unterbrochen von heiteren Stränden, die mit kunstvoll gepflanzten und doch natürlich wirkenden Blütensträuchern bedeckt waren. Wo immer das Wasser die Felsen unmittelbar umspülte, führte ein in den Stein gehauener Pfad von einem Strand zum nächsten. Das Wasser des Sees strömte in tiefe Höhlen hinein, die gleich den Grotten der Kalypso geschmückt waren. Es waren Refugien, in denen man die Frische genießen und sogar baden konnte. Die vollkommene Stille zeugte davon, daß dieser Ort den Menschen unbekannt geblieben war.

»Dies ist nun eine Provinz meines kleinen Reiches«, sagte der Hauptmann, »in der ich einige Jahre meines Lebens verbracht habe, vielleicht die glücklichsten. Aber bald kommen die beiden Amerikaner. Suchen wir uns eine hübsche Zuflucht, in der wir sie erwarten können.«

Wir betraten eine der schönsten Grotten, in der sich auch Rebekka und ihr Bruder einfanden, und bald sahen wir die beiden Greise herankommen.

»Ist es denn möglich«, sagte der eine, »daß ich nach so vielen Jahren den Mann wiederfinde, der mir als Kind einen so großen Dienst erwiesen hat? Ich habe oft Erkundigungen über Sie einholen lassen, aber vergeblich; ich habe nie hinreichende Auskünfte über Sie erlangt.«

»Sie konnten auch nicht hinreichend sein«, sagte der Zigeuner, »ich habe so viele Verwandlungen erlebt, mein Leben verlief in so vielen verschiedenen Erscheinungsformen, daß es schwierig gewesen wäre, mich aufzuspüren. Da wir uns nun aber endlich wiedersehen, erweisen Sie mir doch die Ehre, einige Tage an diesem stillen Ort zu verbringen. Sie können hier eine Ruhe genießen, deren Sie nach der anstrengenden Reise bedürftig sein müssen.«

»Aber das ist ja eine Zauberwelt!« sagte der Marqués.

»Dafür kann sie wohl gelten«, sagte der Hauptmann. »Unter der Herrschaft der Araber nannte man diesen Ort Afrit-hamami oder das Bad der Dämonen. Heute heißt er La Frita. Die Bewohner der Sierra Morena wagen sich nicht in seine Nähe und erzählen sich abends von seltsamen Ereignissen, die sich hier abspielen. Ich will sie von ihrem Glauben nicht abbringen, und ich bitte Sie, den Großteil Ihres Gefolges außerhalb des Tals lagern zu lassen, wo auch ich mein Lager aufgeschlagen habe.«

»Mein alter Freund«, sagte der Marqués, »ich bitte Sie, für meine Tochter und meinen künftigen Schwiegersohn eine Ausnahme zu machen.«

Der Zigeunerhauptmann verbeugte sich tief und befahl, daß man die beiden jungen Leute mit einigen wenigen Dienern herbeihole.

Während der Zigeuner seine Gäste durch das kleine Tal führte, sah Velásquez voll Erstaunen um sich, hob einen Stein auf, untersuchte ihn und sagte: »Das hier ist im einfachen Feuer einer Glashütte ohne Zusätze schmelzbar. Wir stehen hier im Krater eines erloschenen Vulkans. Der Innenhang dieses auf die Spitze gestellten Kegels liefert uns die Mittel, seine Tiefe zu bestimmen und folglich die Expansionskraft zu berechnen, die ihn aufriß; die Sache ist es wert, daß man darüber nachdenkt.«

Einen Augenblick lang dachte Velásquez nach, zog aus seiner Tasche die Täfelchen, schrieb etwas darauf und sagte: »Mein Vater hatte eine ganz richtige Vorstellung über Vulkane. Ihm zufolge ist die Expansionskraft, die sich in einem Vulkan entwickelt, bei weitem größer als alles, was man dem Wasserdampf oder der Salpeterverbrennung zuschreiben kann. Und er schloß daraus, daß man eines Tages Kenntnis von flüssigen oder gasförmigen Körpern erlangen werde, deren Wirkungen einen großen Teil der Naturerscheinungen erklären könnten.«

»Sie glauben also«, sagte Rebekka, »daß dieser See durch die Explosion eines Vulkans entstanden ist?«

»Ja, Señora«, antwortete Velásquez, »die Gesteinsart beweist es, und die Form des Sees spricht hinreichend dafür. Nach der Art, wie ich Objekte am anderen Ufer erkennen kann, vermute ich, daß er einen Durchmesser von etwa dreihundert Klaftern aufweist; und da der durchschnittliche Neigungswinkel des auf die Spitze gestellten Kegels etwa siebzig Grad beträgt, können wir den Schluß ziehen, daß sich der Vulkanschlot in etwa vierhundertdreizehn Klaftern Tiefe befand, was eine Bewegung von 9.734.455 Kubikklaftern Materie ergäbe. Und wie ich

Ihnen schon sagte, könnte die Kraft, über die der Mensch verfügt, wie auch immer man sie speichern mag, niemals eine vergleichbare Wirkung hervorbringen.«

Rebekka wollte zu dieser Überlegung noch eine Bemerkung machen, aber in diesem Augenblick erschien wieder der Marqués mit den Seinen. Da dieses Gespräch nicht bei allen in gleichem Maße Interesse erregt hätte, wandte sich der Zigeunerhauptmann, der den mathematischen Beweisführungen von Velásquez ein Ende machen wollte, an seinen Gast und sagte: »Señor, als ich Sie kennenlernte, waren Sie gänzlich von zärtlichen Empfindungen erfüllt, und Sie waren so schön wie Amor selbst. Ihre Verbindung mit Elvira muß ein Leben in höchsten Wonnen gewesen sein. Sie haben den Duft seiner Rosen genossen, ohne ihre Dornen kennenzulernen.«

»Doch nicht ganz«, sagte der Marqués. »Es mag wahr sein, daß die Empfindungen mich einen allzu großen Teil meiner Zeit beschäftigten. Aber da ich im übrigen keine der Verpflichtungen eines Ehrenmannes versäumte, gestehe ich diese Schwäche ein, ohne mich zu schämen. Und da wir uns an einem Ort befinden, der mir für das Erzählen von Romanzen recht günstig scheint, will ich Ihnen, wenn Sie es wünschen, die Geschichte meines Lebens mitteilen.«

Die ganze Gesellschaft spendete diesem Vorschlag Beifall, und mit folgenden Worten begann der Erzähler:

Die Geschichte des Marqués von Torres Rovellas

Als Sie in die Theatinerschule eintraten, wohnten wir, wie Sie ja wissen, ganz nahe bei Ihrer Tante Dalanosa. Meine Mutter besuchte gelegentlich die junge Elvira, aber sie nahm mich dazu nicht mit. Elvira war ins Kloster eingetreten und täuschte vor, daß sie Nonne werden wolle, und der Besuch eines Burschen in meinem Alter wäre nicht schicklich gewesen. Wir waren also allen Leiden der Entbehrung unterworfen, die wir durch zahlreiche Briefe linderten; meine Mutter spielte den freundlichen Merkur, was sie indessen nur ein wenig widerstrebend tat; denn sie behauptete, der Dispens aus Rom sei nicht so leicht zu erlangen, und den Vorschriften entsprechend hätten wir uns erst nach Ausstellung des Dispenses schreiben dürfen. Doch trotz dieser Skrupel trug sie Briefe und Antworten hin und her. Das Vermögen Elviras anzugreifen, hütete man sich; da sie ins Kloster eintreten sollte, wäre es den entfernten Verwandten von Rovellas zugefallen.

Ihre Tante schilderte meiner Mutter ihren Onkel, den Theatiner, als gewandten und weltklugen Mann, der sie, was den Dispens anging, sicher gut beraten könne. Meine Mutter bezeugte Ihrer Tante höchste Dankbarkeit. Sie wandte sich schriftlich an den Pater Sántez, der die Angelegenheit so bedeutsam fand, daß er, statt ihr zu antworten, selbst nach Burgos kam, begleitet von einem Konsultor der Nunziatur, der wegen der Geheimhaltung, mit der man die Verhandlungen umgeben wollte, einen Decknamen trug.

Es wurde beschlossen, daß Elvira noch sechs Monate im Noviziat aushalten solle; dann, wenn ihre Berufung sich tatsächlich völlig verloren hätte, solle sie als Pensionärin höchsten Ranges im Kloster verbleiben, das heißt mit weiblicher Bedienung innerhalb und einem Hause außerhalb der Klostermauern, als ob sie dort wohne. Dort zog meine Mutter mit mehreren Rechtsgelehrten ein, die sich mit den Details der Vormundschaft befassen sollten. Ich selbst sollte mit einem Präzeptor nach Rom reisen, und der Konsultor sollte uns folgen, was indessen unterblieb; denn man fand mich zu jung, als daß man um einen Dispens hätte nachsuchen können, und vor meiner Abreise vergingen noch zwei Jahre.

Doch was für Jahre! Ich sah Elvira täglich im Sprechzimmer, und den Rest des Tages verbrachte ich damit, ihr zu schreiben oder auch Romane zu lesen, und diese Lektüre half mir sehr beim Verfassen meiner Briefe. Elvira las dieselben Bücher und antwortete mir im gleichen Ton. In dieser Korrespondenz gab es sehr wenig von uns selbst, unsere Worte waren geborgt, aber unsere Gefühle waren ganz echt, oder wenigstens waren wir sehr zueinander hingezogen. Das unüberwindliche Hindernis des stets zwischen uns stehenden Gitters entzündete unser Begehren. Unser Blut wallte auf mit der ganzen Hitze unserer Jugend, und der Aufruhr unserer Sinne steigerte noch die Verwirrung, die schon in unseren Köpfen herrschte.

Dann hieß es abreisen. Der Augenblick des Abschieds war schrecklich, unser Schmerz war nicht routiniert noch vorgespielt und grenzte an Raserei. Man fürchtete für Elviras Leben. Mein Schmerz war nicht weniger heftig, aber ich konnte ihm besser Widerstand leisten, und dann waren die Ablenkungen durch die Reise sehr wohltuend. Viel verdankte ich auch meinem Mentor, der keineswegs einer jener Pedanten war, die man aus dem Schulstaub hervorgezogen hat, sondern ein Offizier, der den Abschied genommen und sogar mehrere Jahre bei Hofe gelebt hatte. Er hieß Don Diego Sántez und war mit dem Theatinermönch dieses Namens ziemlich nahe verwandt. Dieser Mann, der ebensoviel Geistesschärfe wie Weltläufigkeit besaß, wandte auch ausgefallene Mittel an, um meinen Geist zur Wahrheit zurückzulenken; jedoch hatte bei mir die Gewöhnung an das Unechte allzu tiefe Wurzeln geschlagen.

Wir erreichten Rom, und als erstes machten wir Monsignore Ricardi unsere Aufwartung, einem einflußreichen Mann, der besonders bei den Jesuitenpatres großes Ansehen genoß, die damals in Rom den Ton angaben. Er war ein würdevoller und stolzer Mensch von imponierendem Äußeren, und ein Kreuz aus riesigen Diamanten, das auf seiner Brust blitzte, hob seine Erscheinung noch hervor.

Ricardi erklärte uns, er sei über unser Anliegen unterrichtet, es erfordere Geheimhaltung, und wir sollten in der Gesellschaft wenig Umgang pflegen. »Sie werden indessen gut daran tun«, fügte er hinzu, »mich oft zu besuchen. Wenn man mein Interesse an Ihnen bemerkt, wird man auf Sie aufmerksam, und daß man Sie sonst selten sieht, spricht für Ihre Zurückhaltung, deren Eindruck Ihnen nur nützen kann. Unterdessen unternehme ich es, die Einstellung des Heiligen Kollegiums zu Ihrem Anliegen zu erkunden.«

Wir befolgten Ricardis Rat. Ich verbrachte meine Vormittage damit, Roms Altertümer zu besichtigen, und abends suchte ich den Auditor in seiner Villa auf, die jener der Barberini benachbart war. Die Marchesa Paludi machte bei Ricardi die Honneurs. Sie war verwitwet und wohnte im seinem Hause, weil sie keine näheren Verwandten hatte. So sagte man wenigstens, aber im Grunde wußte man nichts Näheres; denn Ricardi war Genueser, und der vorgebliche Marchese Paludi war in ausländischen Diensten verstorben.

Die junge Witwe wies alle Eigenschaften auf, deren es bedarf, um ein Haus angenehm zu machen, viel Liebenswürdigkeit und eine generelle Höflichkeit, die sich mit Zurückhaltung und Würde verband. Ich glaubte bei ihr indessen eine gewisse Vorliebe oder sogar ein Gefühl für mich wahrzunehmen, das sie immer wieder durchblicken ließ, jedoch nur durch kaum merkliche Zeichen, die der übrigen Gesellschaft verborgen blieben. Ich erkannte darin jene geheime Zuneigung, von der alle Romane voll sind, und die Paludi dauerte mich, da sie dieses Gefühl einem Menschen zuwandte, der es nicht zu erwidern vermochte.

Ich suchte dennoch das Gespräch mit der Marchesa, und ich brachte es gern auf mein Lieblingsthema, nämlich die Liebe und die unterschiedlichen Arten des Liebens, auf den notwendigen Unterschied zwischen Zärtlichkeit und Leidenschaft, zwischen Treue und Beständigkeit. Indem ich nun mit der schönen Italienerin diese schwerwiegenden Gegenstände behandelte, kam es mir gar nicht in den Sinn, ich könne Elvira jemals untreu werden, und in meinen Briefen nach Burgos brannte dasselbe Feuer wie zuvor.

Eines Tages betrat ich die Villa ohne meinen Mentor. Ricardi war nicht zu Hause. Ich spazierte durch die Gärten. Ich trat in eine Grotte und fand dort die Paludi, tiefen Träumereien hingegeben, aus denen sie ein Geräusch, das ich beim Hereinkommen verursachte, aufschrecken ließ. Daß mein Erscheinen sie so heftig überraschte, hätte mich fast vermuten lassen, daß ich der Gegenstand ihrer Träume gewesen sei. Sie zeigte sogar den erschrokkenen Ausdruck eines Menschen, der einer Gefahr zu entkommen sucht.

Sie faßte sich jedoch, ließ mich Platz nehmen und sprach mich mit der in Italien üblichen Redensart an: »*Lei a girato questa mattina* (sind Sie heute morgen spazierengegangen)?«

Ich erwiderte ihr, ich sei über den Corso gegangen, auf dem ich viele Frauen gesehen hätte, deren schönste die Marchesa Lepri gewesen sei.

»Kennen Sie keine schönere?« fragte mich die Paludi.

»Verzeihen Sie«, antwortete ich, »ich kenne in Spanien ein Fräulein, das bei weitem schöner ist.«

Diese Antwort schien Signora Paludi weh zu tun. Sie versank wieder in ihre Träumerei, senkte die schönen Lider und heftete ihren wehmutsvollen Blick auf den Boden.

Um sie abzulenken, begann ich wieder ein Gespräch, dessen Gegenstand die Zärtlichkeit war.

Da erhob sie die Augen sehnsuchtsvoll zu mir und sagte: »Haben Sie denn diese Gefühle, die Sie so gut darzustellen verstehen, auch schon selbst erfahren?«

»Oh, wirklich und wahrhaftig«, erwiderte ich, »und noch tausendmal heftiger und tausendmal zärtlicher, und für dasselbe Fräulein, dessen Schönheit so unübertrefflich ist.«

Kaum hatte ich diese Worte ausgesprochen, da überzog sich das Gesicht der Paludi mit Todesblässe. Sie fiel der Länge nach zu Boden, nicht anders, als wenn sie tot wäre. Ich hatte nie zuvor eine Frau in diesem Zustand gesehen und hatte keine Ahnung, was ich tun sollte. Glücklicherweise sah ich zwei Kammerfrauen im Garten spazierengehen. Ich lief hin und sagte ihnen, sie sollten ihrer Herrin zu Hilfe kommen.

Schließlich verließ ich den Garten, wobei ich über das, was sich ereignet hatte, nachdachte und vor allem die Macht der Liebe bewunderte, die bloß ein Fünkchen in die Herzen fallen läßt und damit Verheerungen anrichtet. Die Paludi dauerte mich; ich gab mir die Schuld an ihrem Unglück, aber ich konnte mir nicht vorstellen, daß ich Elvira untreu werden könne, weder um der Paludi willen noch wegen irgendeiner anderen Frau auf der Welt.

Am nächsten Tag begab ich mich wieder zur Villa Ricardi. Man empfing dort niemanden, Signora Paludi war krank. Am Tag darauf sprach ganz Rom von ihrer Krankheit, und man sagte, sie sei gefährlich. Ich empfand dabei ein Schuldgefühl, als ob ich etwas Böses angerichtet hätte.

Am fünften Tag ihrer Krankheit erschien bei mir ein junges Mädchen in einem weiten Umhang, in dem sie auch ihr Gesicht verbarg. Sie sagte zu mir: »*Signor forestiero,* eine sterbende Frau wünscht Sie zu sehen; folgen Sie mir!«

Ich ahnte schon, daß es um Signora Paludi ging, aber

einer Sterbenden glaubte ich ihren Wunsch nicht abschlagen zu dürfen. Am Ende der Straße wartete ein Wagen auf mich, den ich mit dem verhüllten Mädchen bestieg. Über eine Hinterpforte des Gartens gelangten wir zur Villa. Wir durchschritten eine düstere Allee, traten darauf in einen Gang, dann in mehrere sehr finstere Zimmer und endlich in das von Signora Paludi. Sie lag im Bett und streckte die Hand nach mir aus; sie war glühend heiß, was ich für eine Wirkung des Fiebers hielt. Ich richtete meinen Blick auf die Kranke und sah sie mehr als zur Hälfte nackt. Bis jetzt hatte ich nur Gesicht und Hände der Frauen zu sehen bekommen. Auf einmal sah ich nur noch wie durch einen Schleier, die Knie gaben unter mir nach. Ich war Elvira untreu, ohne eigentlich zu begreifen, wie das geschah.

»Gott der Liebe!« rief die schöne Italienerin, »solche Wunder tust du! Der, den ich liebte, hat mich dem Leben wiedergegeben!«

Aus dem Zustand völliger Unschuld ging ich unversehens zu den köstlichsten Erkundungen der Wollust über. So vergingen vier Stunden. Schließlich kam die Zofe und teilte mit, es sei Zeit, daß wir uns trennten, und den Wagen erreichte ich nur mit einiger Anstrengung, wobei ich mich auf den Arm des jungen Mädchens stützen mußte, das insgeheim lachte. Bevor sie zurückging, umschlang sie mich mit den Armen und sagte: »Einmal bin ich an der Reihe!«

Kaum saß ich im Wagen, da wich der Gedanke an die genossene Lust den quälendsten Gewissensbissen. »Elvira«, rief ich aus, »Elvira, ich bin dir untreu geworden! Elvira, ich bin deiner nicht mehr würdig! Elvira, Elvira, Elvira! …« Ich sagte schließlich alles, was man in dieser Lage eben sagt, und zog mich zurück, fest entschlossen, die Marquesa nie mehr aufzusuchen.

Als der Marqués von Torres in seiner Erzählung so weit gekommen war, erschienen ein paar Zigeuner, die nach ihrem Hauptmann verlangten, und da er an der Geschichte seines alten Freundes lebhaft Anteil nahm, bat er ihn, die Fortsetzung auf den folgenden Tag zu verschieben.

Zweiundvierzigster Tag

Wir versammelten uns in einer Grotte, die ebenso schön ausgestattet war wie die vom Vortag, und da der Marqués von Torres sah, daß wir ungeduldig auf die Fortsetzung seiner Abenteuer warteten, nahm er den Faden seiner Erzählung also wieder auf:

Fortsetzung der Geschichte des Marqués von Torres Rovellas

Ich habe Ihnen schon von den Gewissensbissen berichtet, die mich befielen, als ich mich der Treulosigkeit schuldig gemacht hatte. Ich hatte keinen Zweifel, daß die Zofe von Signora Paludi am nächsten Tag wieder kommen werde, um mich zum Bett ihrer Herrin zu führen, und ich schwor mir, ihr einen üblen Empfang zu bereiten; doch am nächsten Tag kam Sylvia nicht, noch an den folgenden Tagen, was mich ein wenig überraschte.

Sylvia erschien erst nach einer Woche. Sie war mit einer Erlesenheit gekleidet, die ihr Gesicht gar nicht nötig gehabt hätte, denn im Grunde war sie anmutiger als ihre Herrin.

»Sylvia«, sagte ich zu ihr, »Sylvia, gehen Sie fort; Sie haben mich der wunderbarsten aller Frauen untreu werden lassen, Sie haben mich getäuscht. Ich glaubte zu einer Sterbenden zu gehen, und Sie führten mich zu einer Frau, die von Kopf bis Fuß nichts als Wollust war. Mein

Herz weiß nichts von Schuld, aber unschuldig bin ich nicht mehr.«

»Aber Sie sind es doch, und Sie sind sogar sehr unschuldig«, antwortete mir Sylvia, »darüber seien Sie unbesorgt. Aber ich komme nicht, um Sie zur Marchesa zu bringen, die im Augenblick in den Armen Ricardis liegt.«

»Ihres Onkels?«

»Ganz und gar nicht. Ricardi ist nicht ihr Onkel. Kommen Sie mit mir, ich erkläre Ihnen alles.«

Ich folgte Sylvia aus purer Neugier. Wir stiegen in den Wagen, gelangten zur Villa, betraten sie vom Garten her. Dann führte mich die schöne Botin in ihr Zimmer empor, ein wahres Grisettennest voller Pomadentiegel, Kämme und anderem Toilettenzubehör; außerdem erblickte ich ein kleines, schneeweißes Bett und unter dem Bett ein Paar außerordentlich elegante Pantoffeln. Sylvia legte Handschuhe und Mantel ab und löste sodann ihr Busentuch.

»Halten Sie inne«, rief ich, »das genügt! So hat mich Ihre Herrin schon zur Treulosigkeit verführt.«

»Meine Herrin«, antwortete Sylvia, »greift zu den äußersten Mitteln, auf die ich bis jetzt verzichten konnte.«

Dabei öffnete sie einen Schrank und holte Früchte, Zuckerbrot und eine Flasche Wein hervor. Sie stellte alles auf ein Tischchen, das sie vor das Bett rückte, und sagte dann: »Mein reizender Spanier, mit den Möbeln der Zofen sieht es nicht gut aus. Hier stand einmal ein Stuhl; heute morgen hat man ihn weggenommen. Setzen Sie sich neben mich auf das Bett und verschmähen Sie nicht diesen kleinen Imbiß, den ich Ihnen herzlich gern anbiete.«

Ein so freundliches Angebot konnte man wohl nicht abschlagen. Ich setzte mich neben Sylvia, aß ihr Obst, trank ihren Wein und bat sie, mir die Geschichte ihrer Herrin zu erzählen, womit sie folgendermaßen begann:

Die Geschichte des Monsignore Ricardi und der Laura Cerella, genannt Marchesa Paludi

Ricardi, jüngster Sohn einer vornehmen Genueser Familie, war frühzeitig Ordensgeistlicher geworden und bald darauf zur Prälatur gelangt. Ein hübsches Gesicht und violette Strümpfe waren damals in Rom wirkungsvolle Empfehlungen beim schönen Geschlecht. Ricardi machte von diesen Vorteilen Gebrauch, ja er mißbrauchte sie sogar, wie es alle jungen Prälaten, seine Amtsbrüder, auch taten. Mit dreißig Jahren war er der Vergnügungen müde und wünschte im öffentlichen Leben eine Rolle zu spielen.

Auf die Frauen gänzlich verzichten wollte er nicht. Er hätte ein Verhältnis eingehen wollen, in dem er ausschließlich Annehmlichkeiten finden könnte, aber er wußte nicht, wie er das anstellen sollte. Er war *cavaliere servente* von Roms schönsten Fürstinnen gewesen, aber die Fürstinnen fingen an, ihm jüngere Prälaten vorzuziehen. Übrigens war er der unablässigen Courschneiderei müde, die einen ganz und gar unerträglichen Zwang darstellt. Auch ausgehaltene Frauen haben ihre Nachteile; sie sind über gesellschaftliche Begebenheiten zu wenig auf dem laufenden, und man weiß nicht, worüber man mit ihnen sprechen soll.

In dieser Ungewißheit faßte Ricardi einen Plan, auf den vor und nach ihm schon viele verfielen: ein junges Mädchen ganz und gar nach seinen Vorstellungen aufzuziehen, das ihn folglich völlig glücklich machen könne. Welche Freude wäre es doch, in einem Wesen von höchstem Liebreiz die Anmut des Geistes zusammen mit der des Körpers aufblühen zu sehen, sie in Welt und Gesellschaft einzuführen, sich an ihrem Erstaunen zu ergötzen, das erste Erwachen ihrer Gefühle auszuspähen, sie alle Gedanken zu lehren und ein Geschöpf aus ihr zu machen, das einem ganz zueigen ist. Aber dann – was anfangen mit diesem reizenden Wesen? Viele Männer heiraten sie, um allen Schwierigkeiten aus dem Wege zu gehen. Ricardi konnte das nicht. Über seinen leichtsinnigen Projekten vergaß unser Prälat doch nicht die Pflege seiner Karriere. Ein Onkel von ihm war Auditor der Rota, dem der Kardinalshut zugesagt war, und wenn er Kardinal wäre, so hatte man ihm versichert, könne er sein jetziges Amt auf seinen Neffen übertragen; aber all das sollte erst in vier oder fünf Jahren stattfinden. Ricardi gelangte zu der Ansicht, inzwischen könne er seine Heimat aufsuchen oder sogar reisen.

Als Ricardi eines Tages durch die Straßen Genuas spazierte, sprach ihn ein dreizehnjähriges Mädchen an, das einen Korb Orangen trug und ihm bezaubernd anmutig eine anbot. Ricardi strich der Kleinen mit lüsterner Hand die schlecht gekämmten Haare aus dem Gesicht und entdeckte Züge, die vollkommen schön zu werden versprachen. Er fragte die Orangenverkäuferin, wer ihre Eltern seien. Sie antwortete, sie habe nur noch ihre Mutter, eine Witwe, die sehr arm sei und Bastiana Cerella heiße. Ricardi ließ sich zu ihr führen und nannte gleich seinen Namen; dann erklärte er der Bastiana, er habe eine Verwandte, eine Dame von großer Wohltätigkeit, die mit Vorliebe arme junge Mädchen erziehe, denen sie dann zu einer Mitgift verhelfe; er wolle es übernehmen, die kleine Laura dort unterzubringen.

Die Mutter lächelte und sagte: »Eure Verwandte, die sicher eine ehrbare Frau sein muß, kenne ich nicht; aber Eure Mildtätigkeit für junge Mädchen ist wohlbekannt, und die hier könnt Ihr mitnehmen. Ich weiß nicht, ob Ihr sie zur Tugend erzieht, aber Ihr holt sie aus dem Elend, das schlimmer ist als jedes Laster.«

Ricardi machte der Mutter das Angebot, eine Summe für sie auszusetzen.

»Nein«, erwiderte sie, »ich verkaufe meine Tochter nicht. Die Zuwendungen, die Ihr mir etwa gewährt, werde ich indessen annehmen. Leben ist das oberste Gesetz, und oft kann ich vor Entkräftung nicht arbeiten.«

Noch am gleichen Tag wurde die kleine Laura bei einem Schützling Ricardis in Kost gegeben. Ihre Hände wurden mit Mandelcreme gesalbt, ihr Haar mit Wickeln geformt, ihr Hals mit Perlen geschmückt, ihr Busen mit Spitzen bedeckt. Die Kleine bestaunte sich in allen Spiegeln und konnte sich nicht wiedererkennen; aber vom ersten Augenblick an begriff sie, wozu sie bestimmt war, und wuchs in den Geist ihres neuen Standes hinein.

Die Kleine hatte indessen in ihrer Kindheit Gefährten gehabt, die nicht wußten, was aus ihr geworden war, und sich Sorge um sie machten. Am eifrigsten war Ceco Boscone darauf aus, sie wiederzufinden, ein Knabe von vierzehn Jahren, Sohn eines Lastenträgers, selbst schon sehr stark und schon verliebt in die kleine Orangenverkäuferin, die er oft sah, sei es auf der Straße, sei es bei uns, denn er war weitläufig mit uns verwandt. Wenn ich »mit uns« sage, so deshalb, weil ich auch Cerella heiße und die Ehre habe, die Cousine meiner Herrin zu sein.

Wir machten uns über unsere Cousine um so mehr Sorgen, als man sie nicht nur mit Schweigen überging, sondern uns sogar verbot, von ihr zu reden oder ihren Namen auszusprechen. Ich war gewöhnlich mit der Grobwäsche beschäftigt, und mein Vetter übernahm Aufträge im Hafen, in der Erwartung, daß er bald Warenballen werde tragen können. Nachdem ich den ganzen Tag fleißig gearbeitet hatte, traf ich mich mit ihm unter einem Kirchenportal, und wir vergossen über das Schicksal unserer Cousine viele Tränen.

Eines Abends sagte Ceco zu mir: »Ich habe eine Idee. Jetzt hat es alle Tage in Strömen gegossen, und Signora Cerella konnte keinen Fuß vor die Türe setzen; am ersten schönen Tag hält sie es aber nicht länger aus, und wenn ihre Tochter in Genua ist, geht sie sie besuchen. Wir brauchen ihr nur zu folgen, und wir wissen, wo man Laura versteckt hat.«

Über den Einfall klatschte ich in die Hände. Am nächsten Tag war das Wetter sehr schön; ich ging zu Signora Cerella, ich sah sie aus einem alten Schrank einen noch älteren Umhang nehmen. Ich wechselte ein paar Worte mit ihr und lief dann zu Ceco, um ihm Bescheid zu sagen. Wir legten uns auf die Lauer und sahen Signora Cerella kurz darauf aus dem Hause treten. Wir folgten ihr in ein weit entferntes Viertel, und als sie in ein Haus verschwand, versteckten wir uns abermals. Sie kam wieder heraus und ging weiter. Wir aber schlüpfen hinein und steigen die Treppen hinauf oder springen, besser gesagt, die Stufen hoch, öffnen in der Beletage die Tür, ich erkenne Laura, falle ihr um den Hals; Ceco reißt mich weg, nimmt sie in die Arme und preßt seinen Mund auf ihre Lippen. Aber eine andere Tür fliegt auf; Ricardi erscheint, verpaßt mir zwanzig Ohrfeigen, Ceco ebenso viele Fußtritte. Plötzlich sind auch schon seine Leute im Zimmer. Im Handumdrehen sehen wir uns wieder auf der Straße, geohrfeigt, verprügelt und vollends überzeugt, daß wir weitere Nachforschungen über das Schicksal unserer Cousine zu unterlassen haben.

Ceco ließ sich auf einem Malteser Kaperschiff als Schiffsjunge anheuern. Ich habe nie wieder von ihm gehört.

Mir war indessen der Wunsch, meine Cousine wiederzusehen, nicht vergangen, er wuchs gleichsam mit mir zusammen. Ich nahm in mehreren Häusern Dienste an, schließlich auch in dem des Marchese Ricardi, des älteren Bruders unseres Prälaten. Signora Paludi war dort ein häufiger Gesprächsgegenstand, und man konnte sich nicht vorstellen, wie der Prälat zu dieser neuen Verwandten gekommen war. Vorläufig konnte sie sich noch den Nachforschungen der Familie entziehen; aber der Neugier der Dienerschaft entgeht nichts. Wir stellten unsererseits Untersuchungen an, und bald kam heraus, daß die angebliche Marchesa niemand anders war als Laura Cerella. Der Marchese erlegte uns Stillschweigen auf und schickte mich zu seinem Bruder, den er ermahnte, doppelte Vorsicht walten zu lassen, wenn er sich nicht Nachteile einhandeln wolle, die nicht mehr gutzumachen seien.

Doch ich erzähle Ihnen ja nicht meine eigene Geschichte und berichte Ihnen zu wenig von der Marchesa Paludi, da wir ja die kleine Laura kürzlich erst noch bei der Schutzbefohlenen des Prälaten verließen. Sie blieb dort nicht lange. Man brachte sie in ein Städtchen an der Küste bei Genua, und Monsignore suchte sie von Zeit zu Zeit auf und war jedesmal, wenn er zurückkam, zufriedener mit dem Werk seiner Hände.

Zwei Jahre später fuhr Ricardi nach London. Er reiste unter falschem Namen und gab sich als italienischer Kaufmann aus. Laura begleitete ihn und galt als seine Frau. Er führte sie nach Paris und in andere große Städte, wo er leichter sein Incognito wahren konnte. Sie wurde täglich liebenswürdiger, betete ihren Wohltäter an und machte ihn zum glücklichsten aller Menschen. Im Nu waren drei Jahre vergangen. Ricardis Onkel sollte den Kardinalshut empfangen und drängte ihn, nach Rom zurückzukommen.

Ricardi brachte seine Mätresse zu einem Landhaus, das er bei Gorizia besaß. Am Tag nach ihrer Ankunft sagte er zu ihr: »Signora, ich habe Ihnen etwas mitzuteilen, das Sie erfreuen wird. Sie sind die Witwe des Marchese Paludi, der soeben im Dienste des Kaisers verstorben ist. Hier sind die Papiere, die es bezeugen. Paludi ist mit uns verwandt, und Sie werden meinen Vorschlag nicht abweisen, in Rom bei mir einzuziehen und im Hause die Honneurs zu machen.«

Einige Tage darauf reiste Ricardi ab.

Die neue Marchesa, mit ihren Gedanken allein gelassen, stellte sehr ernsthafte Betrachtungen über Ricardis Charakter und ihre Beziehungen zu ihm an sowie über den Nutzen, den sie daraus ziehen könne. Drei Monate später wurde sie zu ihrem sogenannten Onkel befohlen und fand ihn von der ganzen Pracht umgeben, die mit dem Amt, das er bekleidete, verbunden ist. Ein Teil seines Ruhmes fiel auch auf sie zurück, und viele Huldigungen wurden ihr dargebracht. Ricardi ließ seine Familie wissen, er habe in seinem Hause die Witwe Paludis aufgenommen, eines Vetters von der mütterlichen Seite her. Der Marchese Ricardi, dem noch nie zu Ohren gekommen war, daß Paludi verheiratet gewesen sei, stellte darüber Nachforschungen an, worüber ich schon sprach, und schickte mich zu der neuen Marchesa, der ich zur größten Vorsicht raten sollte.

Ich reiste auf dem Seeweg, ging in Civitavecchia an Land und begab mich nach Rom. Ich machte der Marchesa meine Aufwartung. Sie schickte die Dienerschaft weg und warf sich mir in die Arme. Wir sprachen von unserer Kindheit, von meiner Mutter, von der ihren, von den Kastanien, die wir gemeinsam verspeist hatten. Auch den kleinen Ceco vergaßen wir nicht. Ich berichtete, daß er auf einem Kaperschiff angeheuert hatte und daß man seither nichts mehr von ihm wußte. Laura, die ohnehin schon weich gestimmt war, brach in Tränen aus und gewann nur mit Mühe ihre Fassung zurück. Sie bat mich, ich solle mich nur nicht dem Prälaten gegenüber zu erkennen geben und mich bloß als ihre Kammerfrau ausgeben. Sie fügte hinzu, mein Genueser Akzent könne mich verraten und ich solle angeben, ich sei im Staatsgebiet Genuas, aber nicht in der Hauptstadt geboren.

Laura hatte ihre Absichten. Vierzehn Tage lang blieb ihre Stimmung gleichbleibend munter, dann aber erschien sie uns eher ernst, versonnen, grillenhaft und unzufrieden mit allem. Ricardi versuchte ihr vergeblich zu gefallen, vermochte sie aber nicht mehr zu dem zu machen, was sie bisher gewesen war.

»Meine liebe Laura«, sagte er eines Tages zu ihr, »was fehlt Ihnen nur? Vergleichen Sie doch Ihre derzeitige Lage mit der Situation, aus der ich Ihnen herausgeholfen habe!«

»Und warum haben Sie mir herausgeholfen?« erwiderte Laura äußerst heftig. »Ich vermisse ja gerade mein Elend! Was tue ich denn hier unter lauter Fürstinnen? Ihre zweideutigen Höflichkeiten sind in Wahrheit ebenso viele bittere Beleidigungen. Oh, wie fehlen mir meine Lumpen, mein Schwarzbrot, meine Kastanien! Ich kann gar nicht daran denken, ohne daß es mir das Herz zerreißt. Und du, mein kleiner Ceco, du wolltest mich ja heiraten, sobald du stark genug wärst zum Lastentragen! Mit dir hätte ich das Elend gekannt, aber nicht diesen Trübsinn, und die Fürstinnen hätten mich um mein Los beneidet.«

»Laura, Laura«, rief Ricardi aus, »wie redest du auf einmal mit mir?«

»In der Sprache der Natur«, antwortete ihm Laura. »Sie hat Mädchen gemacht, damit sie in dem Stand, in den der Himmel sie hineingeboren hat, Frauen und Mütter werden und nicht die Nichten zügelloser Priester.«

Darauf ging Laura aus dem Zimmer und schloß hinter sich die Tür.

Ricardi blieb betroffen zurück. Er hatte die Paludi überall als seine Nichte eingeführt, und wenn sie leichtsinnig die Wahrheit aufdeckte, war er verloren und seine Karriere beendet. Außerdem liebte er die kleine Hexe, war eifersüchtig auf sie, und alles trug dazu bei, ihn unglücklich zu machen.

Am nächsten Tag bat Ricardi an Lauras Tür zitternd um Einlaß und war angenehm überrascht, aufs zärtlichste empfangen zu werden.

»Verzeihen Sie mir, lieber Onkel«, sagte sie, »lieber Wohltäter; ich bin eine Undankbare, unwürdig, das Licht des Tages zu sehen. Ich bin das Werk Ihrer Hände, Sie haben meinen Geist gebildet, Ihnen verdanke ich alles. Verzeihen Sie mir eine Laune, an der mein Herz unschuldig ist.«

Der Friede war schnell geschlossen.

Einige Tage später sagte Laura zu Ricardi: »Ich kann nicht glücklich sein mit Ihnen. Sie sind allzu sehr mein Gebieter. Alles hier gehört Ihnen, und ich lebe in völliger Abhängigkeit. Der Lord, der bisweilen zu uns ins Haus kommt, hat seiner Mätresse das schönste Stück Land im Herzogtum Urbino geschenkt. Das nenne ich einen Liebhaber! Und wenn ich Sie um die Baronie bäte, auf der ich drei Monate verbrachte? Sie würden sie mir abschlagen; und doch ist sie ein Vermächtnis Ihres Onkels Cambiosi, und Sie können frei darüber verfügen.«

»Sie wollen die Unabhängigkeit«, erwiderte Ricardi, »um mich zu verlassen.«

»Nein, um Sie mehr zu lieben«, entgegnete Laura.

Ricardi war sich im Zweifel, ob er nachgeben oder ablehnen sollte. Er war verliebt und eifersüchtig; er fürchtete, seine Würde könne angetastet werden; er fürchtete, seinerseits von seiner Mätresse abhängig zu werden.

Laura las in seiner Seele und hätte ihn gern zum Äußersten getrieben. Aber Ricardis Macht war in Rom gewaltig. Auf ein Wort von ihm hätten vier Sbirren die Nichte gepackt und in ein Kloster verbracht, in dem sie lange hätte büßen können. Diese Überlegung brachte Laura dazu, sich zu bezähmen, und sie entschloß sich schließlich dazu, die Kranke zu spielen, um Ricardi dahin zu bringen, wo sie ihn haben wollte. Dieses Vorhaben beschäftigte sie gerade, als Sie in die Grotte hereintraten.

»Wie, hat sie also gar nicht an mich gedacht?« rief ich ganz erstaunt.

»Nein, mein Kind«, sagte Sylvia, »sie dachte an eine einträgliche Baronie, die eine Rente von zweitausend Scudi abwerfen könnte. Aber plötzlich fiel ihr ein, sich krank oder tot zu stellen. Sie hatte schon Übung darin, da sie die Schauspielerinnen, die sie in London gesehen hatte, nachzuahmen pflegte. Sie wollte nun wissen, ob sie es fertigbrächte, Sie zu täuschen. Sie sehen also, mein kleiner Spanier, daß Sie bis dahin ganz und gar zum Narren gehalten wurden. Aber über den Ausgang der Geschichte dürfen Sie sich nicht beklagen, und meine Herrin beklagt sich auch nicht über Sie. Ich selbst aber fand es ganz entzückend, wie Sie meinen Arm als Stütze suchten, als Sie fast einer Schwäche unterlagen. Damals habe ich geschworen, daß ich auch einmal an die Reihe komme.« So sprach das Kammermädchen.

Was soll ich Ihnen sagen? Was ich gehört hatte, verblüffte mich; alle meine Illusionen waren dahin; ich wußte nicht mehr, woran ich war. Sylvia machte sich meine Erregung zunutze, um meine Sinne zu verwirren. Es gelang ihr mühelos. Ja, sie mißbrauchte ihre Überlegenheit. Als sie mir schließlich wieder in den Wagen geholfen hatte, wußte ich nicht, ob ich mir neue Vorwürfe machen oder aber alles vergessen sollte.

Als der Marqués von Torres Rovellas in seiner Erzählung bis hierher gelangt war, bat ihn der Zigeuner um die Gunst, die Fortsetzung auf den nächsten Tag zu verschieben, da er uns verlassen mußte.

Dreiundvierzigster Tag

Man versammelte sich wie an den vorangegangenen Tagen und verfehlte nicht, den Marqués von Torres Rovellas um die Fortsetzung seiner Geschichte zu bitten. Er nahm sie wieder auf wie folgt:

Fortsetzung der Geschichte des Marqués von Torres Rovellas

Ich berichtete Ihnen schon, daß ich mich der schönen Elvira gegenüber zweimal einer Treulosigkeit schuldig machte, daß ich nach der ersten peinigende Gewissensqualen verspürte, nach der zweiten aber nicht mehr wußte, ob ich mich wieder meinen Gewissensbissen hingeben sollte oder ob es nicht besser sei, gar nicht mehr daran zu denken. Im übrigen versichere ich Ihnen, daß meine Liebe zu meiner Cousine stets unverändert blieb, daß meine Briefe von der gleichen Leidenschaft zeugten. Mein Mentor, der mich um jeden Preis von meinen romanhaften Vorstellungen kurieren wollte, erlaubte sich manchmal Schritte, die über seine Kompetenzen hinausgingen. Ohne sich anmerken zu lassen, daß er dabei die Hand im Spiele hatte, setzte er mich Versuchungen aus, denen ich regelmäßig erlag. Und doch blieb meine Leidenschaft für Elvira die gleiche, und ich brannte vor Ungeduld, endlich zu erleben, daß der Dispens von der apostolischen Kanzlei ausgefertigt würde.

Schließlich wurden wir, Sántez und ich, eines Tages zu Ricardi einbestellt. Seine Miene verriet eine gewisse Feierlichkeit, die dafür sprach, daß er uns eine bedeutende Mitteilung zu machen habe. Er milderte gleichwohl ihre Strenge durch ein leutseliges Lächeln und sprach zu uns: »Ihr Fall ist zum Abschluß gebracht, doch es hat Mühe gekostet. Für bestimmte katholische Länder gewähren wir den Dispens ziemlich bereitwillig, für Spanien aber viel schwerer, weil dort der Glaube reiner ist und der Gehorsam gegenüber den Geboten strikter. Seine Heiligkeit hat indessen in Anbetracht der frommen Stiftungen, die das Haus Rovellas in Amerika errichtet hat, und in Anbetracht dessen, daß die läßliche Sünde der beiden Kinder eine Folge des Mißgeschicks besagter Familien war und nicht etwa die Frucht einer leichtfertigen Erziehung – Seine Heiligkeit hat also, wie ich schon sagte, die Verwandtschaftsbande, die zwischen Ihnen bestanden, auf Erden gelöst. Im Himmel werden sie gleichermaßen gelöst sein. Damit jedoch andere junge Menschen sich nicht auf dieses Beispiel berufen mögen, um dergleichen Verfehlungen zu begehen, wird Ihnen auferlegt, einen Rosenkranz von hundert Perlen am Halse zu tragen und ihn drei Jahre lang täglich zu beten; des weiteren, für die Theatiner von Veracruz eine Kirche zu bauen. Und hiermit habe ich nun die Ehre, Ihnen ebenso wie der künftigen Marquesa meine Glückwünsche auszusprechen.«

Meine Freude können Sie sich vorstellen. Ich beeilte mich, mir das Breve Seiner Heiligkeit aushändigen zu lassen, und zwei Tage später verließen wir Rom.

Ich reiste Tag und Nacht, erreichte Burgos, sah Elvira: Sie war noch schöner geworden. Es blieb uns nur noch übrig, unsere Vermählung vom Hof billigen zu lassen. Elvira aber war schon im Vollbesitz ihrer Güter, und es fehlte uns nicht mehr an Freunden. Unsere Vormunde erhielten die gewünschte Einwilligung, und der Hof verlieh mir zusätzlich den Titel des Marqués von Torres Rovellas.

Von nun an galt alle Beschäftigung nur noch Kleidern, Schmuck und Juwelen, den ganzen köstlichen Kleinigkeiten eines jungen Mädchens, das im Begriff ist, in die Ehe zu treten. Die zärtliche Elvira war davon nur wenig beeindruckt, um so mehr aber von den Aufmerksamkeiten ihres Geliebten.

Endlich kam der Tag unserer Vereinigung. Er zog sich tödlich in die Länge, denn die Trauung sollte erst am Abend stattfinden, in der Kapelle eines Landhauses, das wir bei Burgos besaßen.

Ich spazierte durch die Gärten, um die Ungeduld, die mich verzehrte, zu bändigen. Dann ließ ich mich auf einer Bank nieder, wo ich über mein Verhalten nachzudenken begann, das des Engels, mit dem ich vereint werden sollte, so wenig würdig war. Denn wenn ich alle Treulosigkeiten bedachte, die ich begangen hatte, zählte ich ihrer schon zwölf. Da schlichen sich aufs neue Gewissensbisse in meine Seele, ich richtete die härtesten Vorwürfe gegen mich, und ich sagte mir: »Undankbarer, Unseliger! Hast du denn richtig bedacht, was für ein Kleinod dir bestimmt war, welches göttliche Wesen? Es seufzt, ja es atmet nur für dich und hat nie an einen anderen das Wort gerichtet!«

Während ich diese Bußrede an mich hielt, hatten sich zwei Zofen Elviras auf eine Bank hinter dem Laubengang gesetzt, vor dem ich saß, und hatten eine Unterhaltung begonnen, die mich höchst hellhörig machte.

»Nun, Manuela«, sagte die eine, »unsere Herrin wird heute sehr glücklich sein, denn nun wird sie wirklich lieben und wahrhaftige Beweise dafür geben können anstelle der kargen Gunsterweise, die sie ihren Verehrern am Klostergitter so freigebig schenkte.«

»Du sprichst wohl von dem Gitarrenlehrer«, sagte die

andere Zofe, »der ihr verstohlen die Hand küßte unter dem Vorwand, er wolle ihr die Finger auf die Saiten setzen.«

»Keineswegs«, versetzte die erste Zofe, »ich spreche von einem Dutzend hübscher Liebeleien, die zwar an sich recht unschuldig waren, mit denen zu spielen ihr aber gefiel und die sie auf ihre Art förderte. Zuerst der kleine Kandidat, der sie Geographie lehrte. Der zum Beispiel war ja furchtbar verliebt, und daher hat sie ihm ein solches Büschel Haare geschenkt, daß sie mir wirklich gefehlt haben, als ich sie am nächsten Tag frisieren wollte. Dann kam der junge Plauderer, der sie über den Stand ihres Vermögens unterrichtete und über ihre Einkünfte ins Bild setzte. Der zum Beispiel hatte schon seine Absichten. Er überhäufte sie mit Lob und Schmeicheleien und berauschte sie mit schönen Reden. Sie hat ihm ihr nach dem Schatten gezeichnetes Profil geschenkt und hundertmal ihre Hand durch das Gitter hindurch zum Küssen, und was für Blumen und Sträuße wurden ausgetauscht!«

Der Rest des Gesprächs blieb nicht in meinem Gedächtnis haften, aber ich kann Ihnen versichern: das Dutzend wurde voll. Ich war aufs höchste bestürzt. Gewiß, Elvira hatte nur recht unschuldige Gunsterweise verschenkt, eigentlich wahre Kindereien. Aber die Elvira, die mir vor Augen stand, durfte sich auch nicht den geringsten Hauch von Untreue erlauben. Meine Haltung war sicher sehr unüberlegt. Schon in ihrer Kindheit hatte Elvira von Liebe geplappert, später davon gesprochen. Da sie mit Vorliebe über dieses Thema redete, hätte ich begreifen müssen, daß sie sich auch mit anderen darüber unterhalten würde. Aber ich hätte es niemals geglaubt, selbst wenn man es mir gesagt hätte. Jetzt mußte ich es einsehen, war aus meinen Illusionen gerissen, versank in Schmerz. Da wurde ich zur Trauung gerufen. Ich betrat die Kapelle mit verstörten Zügen, die meine Mutter erschreckten und meine Braut mit Besorgnis und Kummer erfüllten. Selbst der Priester geriet in Verwirrung und war sich im Zweifel, ob er uns trauen sollte. Er vollzog indessen die heilige Handlung, aber ich kann Ihnen versichern, daß ein ungeduldig ersehnter Tag niemals weniger das einlöste, was er zu versprechen schien.

In der Nacht war alles anders. Als Hymen seine Fackel löschte, beschirmten uns seine ersten Wonnen wie ein dichter Schleier. Alles Getändel am Gitter war aus Elviras Gedächtnis getilgt. Unbekannte Entzückungen erfüllten ihr Herz mit Liebe und Dankbarkeit. Sie gehörte ganz ihrem Gatten.

Am nächsten Morgen waren wir sehr glücklich; wie hätte ich auch noch im Schmerz verharren können! Menschen, die im Leben erfahren sind, wissen ja, daß unter dem Besten, das es bietet, nichts dem Glück vergleichbar ist, das die junge Gattin gewährt, die uns auf dem Hochzeitslager so viele Geheimnisse ergründen läßt, so viele Träume wahr macht und uns so viele liebevolle Gedanken zuflüstert. Was ist schon das ganze übrige Leben gegen solche Tage, die man verbringt zwischen dem allerjüngsten Andenken an süße Erregungen und ungewissen Wunschvorstellungen einer Zukunft, die uns die Hoffnung mit den schmeichelndsten Farben verschönt?

Die Freunde unseres Hauses überließen uns einige Monate lang dem Taumel unseres Glücks; und als sie glaubten, wir seien wieder fähig, ihnen zuzuhören, suchten sie aufs neue den Ehrgeiz in uns zu wecken.

Der Graf von Rovellas hatte einige Hoffnungen gehegt, zur Grandenwürde aufzusteigen, und nach der Meinung dieser Freunde mußten wir seine Absichten weiterverfolgen; wir schuldeten es uns ebenso wie den Kindern, die der Himmel uns schenken würde. Man bedeutete uns schließlich, welchen Erfolg die dazu notwendigen Schritte auch immer haben könnten, wir würden es eines Tages bereuen, wenn wir sie nicht unternommen hätten, und es sei immer besser, wenn man sich keine Vorwürfe zu machen brauche.

Wir standen in dem Alter, in dem man kaum einen anderen Willen hat als den seiner Umgebung, und so ließen wir uns nach Madrid geleiten. Als der Vizekönig von unseren Absichten erfuhr, äußerte er sich schriftlich aufs eindringlichste zu unseren Gunsten. Dem Anschein nach stand unsere Sache bald recht vorteilhaft, aber dies war eben nur der Anschein, und obwohl er sich in allen wandlungsreichen Äußerungen des Hofes kundtat, wurde er nie zur Wirklichkeit.

Diese enttäuschten Hoffnungen bekümmerten unsere Freunde und unglücklicherweise auch meine Mutter. Sie hätte alles in der Welt hergegeben, um ihren kleinen Lonzeto als spanischen Granden zu sehen. Die arme Frau wurde bald von einer Auszehrung befallen, und sie spürte, daß sie nicht mehr lange zu leben hätte. Sie dachte an ihr Seelenheil und wünschte zuallererst den braven Leuten des Marktfleckens Villaca ihre Dankbarkeit zu bezeigen, die uns so liebenswert Beistand geleistet hatten, als wir Hilfe nötig hatten. Vor allem hätte sie etwas für den Alkalden und den Pfarrer tun wollen. Meine Mutter besaß nichts Eigenes; aber Elvira war selig, daß sie sie bei ihrem edlen Plan unterstützen konnte, und machte ihnen Zuwendungen, die die Wünsche meiner Mutter noch übertrafen.

Sobald unsere Freunde von dem Glück erfuhren, das ihnen zuteil wurde, eilten sie nach Madrid und drängten sich um das Bett ihrer Wohltäterin. Als unsere Mutter von uns ging, liebten wir einander immer noch, waren wir immer noch glücklich und reich. Friedlich schlafend ging sie in das ewige Leben hinüber, nachdem sie schon auf Erden einen Teil ihres Lohnes empfing, den sie sich durch ihre Tugenden und vor allem ihre unendliche Güte verdient hatte.

Kurz darauf suchte uns das Unglück heim. Die zwei Söhne, die Elvira mir geschenkt hatte, starben nach kurzer Krankheit. Da verlor auch die Grandenwürde jede Anziehungskraft für uns. Wir beschlossen, unsere Bemühungen aufzugeben und nach Mexiko überzusiedeln, wo der Stand unserer Geschäfte unsere Anwesenheit erforderlich machte. Die Gesundheit der Marquesa war stark in Mitleidenschaft gezogen, und die Ärzte versicherten, eine Seereise könne sie wiederherstellen.

Also reisten wir ab, und nach einer zehnwöchigen Seefahrt, die für Elviras Gesundheit die günstige Wirkung hatte, die man sich von ihr versprach, gelangten wir nach Veracruz. Sie erreichte die Neue Welt nicht nur völlig gesund, sondern auch schöner, als sie jemals gewesen war.

In Veracruz stießen wir sogleich auf einen der vorzüglichsten Offiziere des Vizekönigs, der ihn entsandt hatte, um uns zu begrüßen und zur Stadt Mexiko zu geleiten. Dieser Mann berichtete uns viel vom Prunk im Hause des Grafen von Peña Velez und von dem galanten Ton, den er in seiner Umgebung eingeführt habe. Von unseren amerikanischen Verwandten hatten wir schon einiges davon erfahren. Wir wußten, daß seine Neigung zu den Frauen erwacht war, als er seinen Ehrgeiz völlig zufriedengestellt sah, und daß er, da er das Glück nicht mehr in der Ehe finden konnte, seine Zerstreuung in jenem gesitteten und rücksichtsvollen Umgang mit dem schönen Geschlecht suchte, der einst die spanische Gesellschaft ausgezeichnet hatte.

In Veracruz blieben wir nur kurze Zeit und reisten in aller Muße nach Mexiko. Wie man weiß, liegt diese Kapitale mitten in einem See. Wir erreichten sein Ufer bei Einbruch der Nacht, und bald erblickten wir hundert über und über mit Lampions geschmückte Gondeln. Die am prächtigsten dekorierte fuhr voran, um als erste anzulegen, und ihr entstieg der Vizekönig, der sich an meine Gattin wandte und sprach:

»Unvergleichliche Tochter einer Frau, die mein Herz nie zu verehren aufgehört hat, ich glaubte schon, der Himmel habe Sie meinen ehrbaren Wünschen entrissen; aber er wollte die Welt nicht ihres schönsten Kleinods berauben, und ich danke ihm dafür. Kommen Sie also und zieren Sie unsere Hemisphäre. Da die Neue Welt Sie nun ihr eigen nennt, gibt es nichts mehr, worum sie die Alte Welt beneiden könnte.«

Dann erwies mir der Vizekönig die Ehre, mich zu umarmen, und wir nahmen in seiner Gondel Platz. Ich bemerkte bald, daß der Graf die Marquesa erstaunt musterte.

Schließlich sagte er: »Señora, ich glaubte, Ihre Züge hätten sich tief in mein Gedächtnis eingeprägt. Aber ich muß Ihnen gestehen, daß ich Sie niemals wiedererkannt hätte. Wenn Sie sich übrigens verändert haben, dann sehr zu Ihrem Vorteil.«

Da mußten wir daran denken, daß der Vizekönig meine Gattin niemals zu Gesicht bekommen hatte, denn in seiner Erinnerung waren ja Ihre Züge haftengeblieben.

Ich erklärte ihm, Elviras Veränderung sei tatsächlich derart, daß alle, die sie damals gekannt hatten, die größte Mühe hätten, sie wiederzuerkennen.

Nach einer halbstündigen Bootsfahrt gelangten wir zu einer schwimmenden Insel, die mittels einer erfinderischen Vorrichtung den Eindruck einer wirklichen Insel erweckte; sie war mit Orangen- und anderen Bäumen und Sträuchern bedeckt, schwamm aber desungeachtet auf der Wasseroberfläche. Sie konnte zu allen Teilen des Sees gelenkt werden und den Betrachter ständig mit dem Anblick seiner unterschiedlichen Landschaften erfreuen. In Mexiko sind solche Flöße nicht selten; sie heißen dort *chinampas*. In der Mitte der Insel stand ein hell erleuchteter Pavillon, und schon aus der Ferne tönten von dort die Klänge einer schmetternden Musik zu uns herüber. Bald konnten wir zwischen den Lampions die Lettern von Elviras Namen erkennen. Als wir uns dem Ufer näherten, erblickten wir zwei Gruppen von Männern und Frauen, die aufs prächtigste gekleidet, aber recht sonderbar geschmückt waren, nämlich in den leuchtenden Farben verschiedener Vogelfedern, deren Glanz mit dem der kostbarsten Edelsteine wetteiferte.

»Señora«, sprach der Vizekönig, »eine dieser Gruppen besteht aus Mexikanern. Das schöne Wesen an ihrer Spitze ist die Marquesa von Montezuma, die letzte dieses Namens, den die Herrscher des Landes einmal trugen. Die Politik des Staatsrates in Madrid gestattet ihr nicht, die alten Rechte fortleben zu lassen, die viele Mexikaner noch als höchst legitim betrachten. Über ihr Unglück trösten wir sie, indem wir sie zur Königin unserer Feste ausrufen. Die Leute der anderen Gruppe bezeichnen sich als peruanische Inkas. Sie haben erfahren, daß eine Tochter der Sonne in Mexiko an Land gegangen ist, und kommen, um ihr zu huldigen.«

Während der Vizekönig an meine Gattin diese Schmeichelei richtete, konnte ich ihr in die Augen sehen. Und darin bemerkte ich ein bestimmtes Feuer, das von einem Fünkchen Eigenliebe herrührte, die in den sieben Jahren, die wir verheiratet waren, noch keine Muße gefunden hatte, sich zu entwickeln. Trotz unseres Reichtums waren wir in Madrid tatsächlich weit entfernt davon, eine bedeutende Rolle zu spielen. Elvira, die mit ihrer Mutter, mit ihren Kindern, mit ihrer eigenen Gesundheit beschäftigt war, hatte wenig Gelegenheit gefunden, glanzvoll hervorzutreten. Die Seereise hatte ihr aber zusammen mit ihrer Gesundheit auch ihre ganze Schönheit zurückgegeben; und da sie sich nun auf einer neuen Bühne in die vorderste

Reihe gestellt sah, schien sie mir dazu aufgelegt, sich übersteigerten Vorstellungen von sich selbst hinzugeben und die allgemeine Aufmerksamkeit auf sich zu ziehen.

Der Vizekönig setzte Elvira als Königin der Peruaner ein, dann sagte er zu mir: »Sie sind zweifellos der erste Untertan dieser Sonnentochter, aber da wir nun alle in einer Verkleidung auftreten, seien Sie so gütig, die Gesetze einer anderen Gebieterin anzuerkennen.« Damit stellte er mich der Marquesa von Montezuma vor und legte ihre Hand in die meine.

Wir begaben uns mitten in das Festgetümmel. Die beiden Gruppen tanzten bald getrennt, bald vereint, ihr beiderseitiger Wettstreit belebte das Fest, man beschloß, die Maskerade bis zum Ende der Saison fortzusetzen.

Ich blieb also der Untertan der Thronanwärterin Mexikos, und meine Gattin behandelte ihre Untertanen mit einer Leutseligkeit, die mir nicht verborgen blieb.

Aber ich muß Ihnen das Portrait der Kazikentochter entwerfen oder Ihnen vielmehr eine Vorstellung von ihrer Erscheinung vermitteln. Denn ich wäre außerstande, Ihnen ihre wilde Anmut zu schildern oder den raschen Wechsel, den die Regungen ihrer leidenschaftlichen Seele auf ihren Zügen hervorriefen.

Tlascala von Montezuma war in der Gebirgsregion Mexikos geboren und hatte nicht die schwarzbraune Hautfarbe der Ebenenbewohner. Ihr Teint hatte, ohne die Helligkeit der Blonden aufzuweisen, doch deren Feinheit, und Augen wie Pechkohle erhöhten seinen Glanz. Die Formen ihres Gesichts traten weniger hervor als die der Europäer, waren aber nicht abgeplattet, wie man es bei den amerikanischen Rassen feststellen kann. Daran erinnerte Tlascala nur durch ein wenig vollere Lippen, die jedoch entzückend waren, wenn das Lächeln ihnen seine flüchtige Anmut schenkte. Über ihre Gestalt sage ich Ihnen nichts, und ich verlasse mich dabei auf Ihre

Phantasie oder vielmehr auf die des Künstlers, der sich mit der Absicht trägt, eine Atalante oder Diana zu malen.

Ihr ganzes Auftreten hatte etwas Besonderes. In ihren Bewegungen war ein Feuer zu erkennen, das sie durch Selbstbeherrschung zügelte. Ihre Ruhe hatte nichts von Müßiggang und verriet innerliche Bewegtheit.

Das Blut der Montezuma erinnerte Tlascala allzu oft daran, daß sie geboren war, um die Herrschaft über einen großen Teil der Welt auszuüben. Wer das Wort an sie richtete, bemerkte zuerst die stolze Miene einer beleidigten Königin; einen jeden bezauberte ihre Antwort; aber bevor sie noch den Mund dazu öffnete, entzückte ihn unweigerlich ihr sanfter Blick. Betrat sie den Salon des Vizekönigs, glaubte man einen gewissen Unwillen darüber zu erkennen, daß sie von Gleichgestellten umgeben war. Aber bald gab es keine Gleichgestellten mehr: Die zum Lieben geschaffenen Herzen hatten ihre Gebieterin erkannt und strömten ihr zu. Tlascala war nicht mehr Königin, sie war Frau und genoß ihre Huldigungen.

Schon beim ersten Ball wurde ich ihrer stolzen Würde gewahr. Ich glaubte, ich müsse ihr über den Charakter ihrer Maske sowie die Rolle ihres ersten Untertans, die mir der Vizekönig zugeteilt hatte, eine Artigkeit sagen. Tlascala aber nahm sie übel auf: »Señor«, sagte sie, »Ballkönigin zu sein kann nur denen schmeicheln, die nicht durch ihre Geburt für den Thron ausersehen sind.«

Zugleich warf sie einen Blick auf meine Frau. Elvira war in diesem Augenblick von Peruanern umgeben, die ihr auf Knien ihre Dienste anboten. Sie war geradezu hingerissen von hoffärtiger Freude, und bei ihrem Anblick empfand ich eine Art Scham. Noch am gleichen Abend sprach ich mit ihr davon. Meine Hinweise nahm sie zerstreut entgegen, mein Ereifern mit Kälte. Die Eigenliebe hatte sich in ihrer Seele eingenistet und die Liebe daraus vertrieben.

Die Trunkenheit, die der Weihrauch der Schmeichelei erzeugt, klingt nur langsam ab; Elviras Trunkenheit konnte nur zunehmen. Ganz Mexiko ergriff entweder für ihre vollkommene Schönheit oder für Tlascalas unvergleichlichen Zauber Partei. Elvira verbrachte ihre Tage damit, ihre Erfolge vom Vorabend zu genießen oder die des kommenden vorzubereiten. Eine abschüssige Bahn trug sie fort zu Vergnügungen aller Art. Ich suchte sie aufzuhalten, aber vergeblich. Ich selber sah mich fortgetragen, aber in ganz anderer Richtung, weit weg von den Blütenpfaden, auf denen unter den Schritten meiner Gattin alle Vergnügungen entsprangen.

Ich war noch keine dreißig Jahre alt, nicht einmal neunundzwanzig. Ich stand in einem Alter, in dem alle Gefühle noch die Frische der Jugend haben, die Leidenschaften aber die Kraft des reifen Mannes. Meine Liebe, geboren an Elviras Wiege, war niemals aus dem Kindheitsalter herausgetreten, und Elviras von Beginn an mit romantischen Torheiten genährter Geist war niemals gereift. Der meine war nur wenig weiter fortgeschritten. Meine Vernunft war indessen weit genug entwickelt, um mich erkennen zu lassen, daß Elviras Gedanken sich um kleine Vorteile drehten, um kleine Rivalitäten und oft genug um kleinliche Lästerei – ein enger Kreis, der die Frauen eher durch die Grenzen ihres Charakters als durch die ihres Verstandes gefangenhält. Ausnahmen davon sind selten, und ich glaubte, es gebe gar keine. Aber wie sehr wurde ich eines Besseren belehrt, als ich Tlascala kennenlernte. Keine Regung der Eifersucht hatte den Weg in ihre Seele gefunden. Ihr ganzes Geschlecht schien ein Recht auf ihre Gunst zu haben, und diejenigen, die es durch ihre Schönheit, ihre Anmut oder ihren Empfindungsreichtum ehrten, flößten ihr das lebhafteste Interesse ein. Sie hätte sie alle um sich haben, sich ihr Vertrauen verdienen und ihre Freundschaft gewinnen wollen. Von den Männern sprach sie indessen wenig und immer mit Zurückhaltung, es sei denn, sie konnte edle und großherzige Taten loben. Dann aber sprach sie ihre Bewunderung offen, ja sogar herzlich aus. Im übrigen drehte sich ihr Gespräch um allgemeine Ideen und zeugte nur dann von Eifer, wenn es um den Wohlstand der Neuen Welt und das Glück ihrer Bewohner ging, ihr Lieblingsthema, auf das sie immer wieder zurückkam, wenn sie es tun zu können glaubte, ohne aufdringlich zu werden.

Viele Menschen scheinen durch den Einfluß der Gestirne und sicher auch ihres Charakters dazu bestimmt zu sein, ihr Leben lang unter den Gesetzen des Geschlechts zu stehen, das all die beherrscht, die es sich nicht zu unterwerfen verstehen. Ich gehöre unstrittig zu ihnen. Ich war Elviras demütiger Verehrer, dann ihr recht gefügiger Gatte gewesen; sie selbst hatte indessen die Zügel gelockert, da sie ihnen nur geringen Wert beizumessen schien.

Eine Maskerade folgte auf die andere, und die gesellschaftlichen Ereignisse ließen mich der Marquesa sozusagen auf Schritt und Tritt folgen; mein Herz ließ diese Gefolgschaft noch stärker werden. Die erste Veränderung, die ich an mir wahrnahm, war eine Erhebung meiner Gedanken und ein Weiterwerden meiner Seele. Mein Wesen gewann Entschiedenheit, mein Wille wurde kraftvoller. Ich empfand das Bedürfnis, meine Gefühle zu Taten werden zu lassen und Einfluß auf meine Mitmenschen zu gewinnen. Ich bat um ein Amt und erhielt es.

Die Stellung, die ich nun bekleidete, gab mir die Herrschaft über mehrere Provinzen. Dort sah ich, daß die Ureinwohner von der Schicht der Eroberer unterdrückt wurden, und übernahm ihre Verteidigung. Ich machte mir mächtige Feinde, ich zog mir die Ungnade des Ministers zu; selbst vom Hof schien eine Drohung auszugehen. Dem setzte ich den entschlossensten Widerstand entgegen. Ich gewann die Liebe der Mexikaner, die Hochachtung der Spanier und, was in meinen Augen noch mehr zählte, ich flößte der, die schon meine ganze Zuneigung besaß, ein lebhaftes Interesse ein. Tlascala zeigte mir gegenüber die gleiche oder noch mehr Zurückhaltung als gegenüber anderen Männern, aber ihr Blick suchte den meinen, ruhte wohlgefällig in ihm und entzog sich ihm verwirrt. Sie sprach wenig mit mir, nicht einmal darüber, was ich für die Amerikaner getan hatte, aber wenn sie das Wort an mich richtete, stockte ihr der Atem, ging schneller, und ihre schüchterne und sanfte Stimme gab der gleichgültigsten Unterhaltung den Ton einer erwachenden Vertrautheit.

Tlascala glaubte in mir eine gleichgestimmte Seele gefunden zu haben: Sie täuschte sich. Ihre Seele hatte von der meinen Besitz ergriffen. Sie feuerte mich an und brachte mich zum Handeln.

Ich selbst täuschte mich über meine Charakterstärke. In meinen Träumen glaubte ich Betrachtungen zu erkennen, in meinen Einfällen dazu, wie man das Glück Amerikas befördern könnte, kühne Pläne. Mein Zeitvertreib nahm in meinen Augen heroische Züge an. In den Wäldern spürte ich Jaguar und Puma nach oder jagte gar diese wilden Bestien. Am häufigsten aber verlor ich mich in unzugängliche Täler, deren einsames Echo der einzige Zeuge meiner Liebe war, die ich der, die sie erweckt hatte, zu gestehen fürchtete.

Tlascala aber hatte mich schon durchschaut. Und ich hatte auch begonnen, Klarheit über ihre Gefühle zu gewinnen, und in einer recht scharf beobachtenden Öffentlichkeit hätten wir uns leicht verraten können. Wir entgingen jedoch ihrer Aufmerksamkeit. Der Vizekönig war mit ernsthaften politischen Angelegenheiten beschäftigt, welche die Abfolge der glanzvollen Feste unterbrachen, für die er so viel Geschmack, die ganze Gesellschaft Mexikos aber eine wahre Leidenschaft entwickelt hatte. Jedermann begann nun, sein Leben disziplinierter zu führen. Tlascala zog sich in ein Haus zurück, das sie im Norden des Sees besaß. Ich suchte sie nun öfters auf und begab mich schließlich alle Tage dorthin. Ich kann Ihnen nicht genauer erklären, wie wir die Zeit miteinander verbrachten. Von meiner Seite war es ein Kult, der fanatische Züge annahm. Von ihrer Seite war es ein heiliges Feuer, dessen Flamme sie glühend und andächtig nährte. Das Geständnis unserer Liebe lag uns auf der Zunge, aber wir wagten es nicht auszusprechen. Dieser Zustand war köstlich, wir genossen seine Süße und schreckten vor jeder Veränderung zurück.

Als der Marqués von Torres Rovellas an dieser Stelle seiner Erzählung angelangt war, bat ihn der Zigeuner, der sich nun um die Interessen seiner Truppe kümmern mußte, die Fortsetzung auf den nächsten Tag zu verschieben.

Vierundvierzigster Tag

Man setzte sich wie an den Vortagen zusammen. Der Marqués von Torres Rovellas wurde gebeten, seine Geschichte fortzusetzen, und er tat es wie folgt:

Fortsetzung der Geschichte des Marqués von Torres Rovellas

Ich habe Ihnen von meiner Liebe zu der schönen Tlascala berichtet, und ich habe Ihnen ihr Wesen geschildert. Jetzt sollen Sie sie noch besser kennenlernen.

Tlascala war von den Wahrheiten unserer Religion tief überzeugt; zugleich war sie aber von der heiligen Achtung vor dem Andenken ihrer Ahnen durchdrungen, und in ihrem Mischglauben hatte sie ihnen ein gesondertes Paradies eingeräumt, das nicht im Himmel lag, sondern in einer Mittelzone. Bis zu einem gewissen Grad teilte sie den Aberglauben ihrer Landsleute. Sie glaubte, die erlauchten Schatten der Könige ihrer Rasse stiegen in dunklen Nächten herab und suchten einen alten Friedhof in den Bergen auf. Nichts in der Welt konnte Tlascala dazu bringen, bei Nacht dort zu verweilen. Bei Tage suchten wir ihn jedoch manchmal auf und verbrachten dort viele Stunden. Sie erklärte mir die Hieroglyphen, die in die Grabmäler ihrer Vorväter eingemeißelt waren, und erläuterte sie mit Hilfe von Überlieferungen, von denen sie umfassende Kenntnisse besaß.

Wir kannten schon die meisten Inschriften, und als wir unsere Forschungen vertieften, fanden wir noch neue, die wir von wucherndem Moos und Dornbüschen befreiten.

Eines Tages zeigte mir Tlascala ein Dornengestrüpp und erklärte mir, es wachse nicht zufällig an dieser Stelle, denn der, der es pflanzte, habe das in der Absicht getan, die Rache des Himmels auf die Manen seiner Feinde zu lenken. Sie sagte mir, ich könne ein gutes Werk verrichten, wenn ich das verderbliche Gestrüpp ausrottete. Ich nahm einem Mexikaner die Axt aus der Hand und schlug das unheilvolle Gestrüpp weg. Da entdeckten wir einen Stein, der noch dichter von Hieroglyphen bedeckt war als die, die wir schon gesehen hatten.

»Das wurde nach der spanischen Eroberung geschrieben«, sagte Tlascala. »Die Amerikaner mischten damals in ihre Hieroglyphen einige Buchstaben aus dem Alphabet, die sie den Spaniern nachbildeten. Die Inschriften aus dieser Zeit sind am leichtesten zu lesen.«

Tlascala las tatsächlich; aber je länger sie las, desto deutlicher prägte ihre Züge ein zunehmender Schmerz. Dann sank sie bewußtlos auf den Stein, der zwei Jahrhunderte lang die Ursache ihres jähen Entsetzens verborgen gehalten hatte.

Als man Tlascala nach Hause gebracht hatte, kam sie wieder ein wenig zu sich, aber bloß, um zusammenhanglose Reden auszustoßen, die nur zeigten, wie verstört sie war. Den Tod in der Seele, kehrte ich nach Hause zurück, und am nächsten Tag erhielt ich einen Brief dieses Inhalts:

Alonzo, ich habe alle meine Kraft und meine Gedanken zusammengenommen, um Ihnen ein paar Zeilen zu schreiben. Der greise Xoaz wird sie Ihnen übergeben, der mein Lehrer in unserer alten Sprache war. Führen Sie ihn zu dem Stein, den wir entdeckt haben, er soll Ihnen die Inschrift übersetzen.

Mein Blick trübt sich, meine Augen bedeckt dichter Nebel.
Alonzo, zwischen uns treten grauenhafte Gespenster.
Alonzo, ich sehe Dich niemals wieder.

Xoaz war Priester, das heißt, er war der Nachkomme einstiger Priester. Ich führte ihn zum Friedhof und zeigte ihm den verhängnisvollen Stein. Er kopierte die Hieroglyphen und nahm die Kopie mit sich. Ich ging zu Tlascala; sie lag im Fieberwahn und erkannte mich nicht. Abends schien das Fieber zurückzugehen, aber der Arzt sagte mir, ich solle mich ihr nicht zeigen.

Am folgenden Tag suchte Xoaz mich auf und brachte mir die Übersetzung der mexikanischen Inschrift. Sie lautete folgendermaßen:

Ich, Koatril, Sohn Montezumas, habe hierher den schändlichen Leib Marinas verbracht, die ihr Herz und ihr Vaterland dem abscheulichen Cortez, dem Anführer der Meeresräuber, auslieferte.

Geister meiner Ahnen, die Ihr in dunklen Nächten hierherkommt, gebt dieser leblosen Hülle das Leben für kurze Zeit zurück und laßt sie den Todeskampf wieder erleiden.

Geister meiner Ahnen, hört meine Stimme, hört meinen Fluch, den sie ausstößt im Namen der Menschenopfer, von denen meine Hände dampfen.

Ich, Koatril, Sohn Montezumas, bin Vater. Meine Töchter irren über die eisigen Gipfel der Berge, aber Schönheit ist das Kennzeichen meines vornehmen Geschlechts. Geister meiner Ahnen, sollte jemals eine Tochter Koatrils oder die Tochter seiner Töchter oder Söhne, sollte jemals eine Tochter meines Geschlechts ihr Herz und ihren Zauber an die gemeine Rasse der Menschenräuber verschwenden, sollte unter den Töchtern meines Geschlechts jemals eine Marina sein, dann, Geister meiner Ahnen, die Ihr hierher herabsteigt in den dunklen Nächten, straft sie mit fürchterlichen Qualen!

Kommt in der finsteren Nacht als flammende Schlangen, zerreißt ihren Leib, zerstreut ihn über die Erde, und jeder Fetzen, den

Ihr herausgerissen habt, fühle Schmerzen, Todesqual und Untergang!

Kommt in der finsteren Nacht als Geier, deren Schnäbel rotglühendes Eisen seien, zerreißt ihren Körper, zerstreut ihn in die Lüfte, und jeder Fetzen, den Ihr herausgerissen habt, fühle Schmerzen, Todesqual und Untergang!

Geister meiner Ahnen, wenn Ihr mir das verweigert, dann rufe ich gegen Euch die vom Blut der Menschenopfer triefenden Rachegötter auf. Mögen sie Euch dieselben Qualen zufügen!

Ich habe einen Fluch in den Stein geschlagen, ich, Koatril, Sohn Montezumas, und auf das Grab den Strauch Mescusxaltra gepflanzt.

Es fehlte wenig, und diese Inschrift hätte auf mich die gleiche Wirkung gehabt wie auf Tlascala. Ich versuchte, Xoaz von der Ungereimtheit des mexikanischen Aberglaubens zu überzeugen, sah aber bald ein, daß ich ihm so nicht beikommen konnte, und er selbst wies mir einen anderen Weg, wie ich Tlascalas Seele trösten könnte.

»Herr«, sagte Xoaz, »es steht außer jedem Zweifel, daß die Geister der Könige zum Friedhof auf den Bergen zurückkehren und die Macht haben, Tote und Lebende zu peinigen, vor allem wenn sie durch den Fluch, den Ihr auf dem Stein gesehen habt, dazu aufgefordert werden; aber mancherlei Umstände können die fürchterlichen Folgen hinfällig machen. Zunächst habt Ihr den verderblichen Strauch beseitigt, der mit voller Absicht auf das düstere Grab gepflanzt wurde. Und was gibt es denn schon Gemeinsames zwischen Euch und Cortez' wilden Gesellen? Seid nur weiterhin der Beschützer der Mexikaner und glaubt uns, daß wir uns ein wenig auf die Kunst verstehen, die Geister der Könige und selbst die schrecklichen Götter zu besänftigen, die einst in Mexiko angebetet wurden und die Eure Priester Dämonen nennen.«

Ich riet Xoaz, sich nicht offen zu seinen religiösen

Überzeugungen zu bekennen, und nahm mir vor, jede Gelegenheit zur Hilfe für die Ureinwohner Mexikos zu ergreifen. Sie sollte sich bald bieten. In den Provinzen, die der Vizekönig erobert hatte, brach eine Revolte aus. Im Grunde war es nur ein gerechtfertigter Widerstand gegen eine Knechtschaft, die den Absichten des Hofes durchaus zuwiderlief. Der gestrenge Peña Velez jedoch, der falsche Berichte erhalten hatte, machte diesen Unterschied nicht. Er setzte sich an die Spitze einer Armee, rückte in Neumexiko ein, zerstreute die bewaffneten Scharen und ergriff zwei Kaziken, die er in der Hauptstadt der Neuen Welt auf dem Blutgerüst sterben lassen wollte. Gerade sollte ihnen ihr Urteil verlesen werden, als ich mich im Gerichtssaal nach vorne drängte, die Hände auf die beiden Angeklagten legte und die Worte sprach: »*Los toquo por parte de el rey*, ich lege die Hand auf sie im Namen des Königs.«

Diese Formel des alten spanischen Rechts hat noch eine solche Wirkung, daß kein Gericht es wagen würde, Widerspruch dagegen zu erheben, und daß sie die Vollstreckung jeden Urteils aussetzt; zugleich jedoch übernimmt derjenige, der sie ausspricht, persönlich die Bürgschaft. Der Vizekönig machte zornentbrannt von seinem Recht in aller Härte Gebrauch und ließ mich in einen für Verbrecher bestimmten Kerker werfen; und dort erlebte ich die süßesten Augenblicke meines Lebens.

Eines Nachts – und es war stets nächtlich an diesem finsteren Ort – nahm ich am Ende einer langen Galerie ein schwaches, bleiches Leuchten wahr, das mich beim Näherkommen die Züge Tlascalas erkennen ließ. Bloß dieser Anblick hätte schon genügt, aus meinem Gefängnis ein paradiesisches Gefilde zu machen; aber sie verschönerte es nicht nur durch ihre Gegenwart, sie sorgte auch für die wunderbarste Überraschung: Sie gestand mir eine Leidenschaft, die der meinen gleichkam.

»Alonzo«, sagte sie, »tugendhafter Alonzo, du hast dein Ziel erreicht. Die Manen meiner Väter sind versöhnt. Dieses Herz, das kein Sterblicher besitzen sollte, ist nun dein, und es ist der Preis für die Opfer, die du immer wieder zum Wohl meiner unglücklichen Landsleute bringst.«

Kaum hatte Tlascala diese Worte ausgesprochen, da fiel sie mir bewußtlos und fast ohne Lebensregung in die Arme. Ich schrieb die Ohnmacht der Gemütsbewegung zu, die sie erlebt hatte; aber ach, die Ursache lag tiefer und war gefährlicher. Das Entsetzen, das sie im Friedhof ergriffen hatte, und der Fieberwahn, der darauf gefolgt war, hatten ihre Konstitution empfindlich geschwächt.

Tlascalas Augen öffneten sich indessen wieder der Sonne, und ein himmlischer Lichtschein schien mein düsteres Verlies in einen Ort strahlender Helligkeit zu verwandeln. Eros, du Gott der Griechen, die dich anbeteten, weil sie Geschöpfe der Natur waren, göttlicher Eros, niemals erschienst du in Knidos noch in Paphos mit solcher Macht wie in unseren Kerkern der Neuen Welt! Mein Verlies war dein Tempel geworden, die Blöcke waren deine Altäre, die Ketten deine Girlanden. Dieser Zauber ist bis heute nicht verflogen. In meinem Herzen, das die Jahre erstarren ließen, lebt er ungebrochen fort. Und wenn mich meine Gedanken, von der Erinnerung angestoßen, mitten in die schönen Bilder der Vergangenheit versetzen, so suchen sie weder Elviras bräutliches Bett noch Lauras Lustlager auf, sondern die Mauern eines Kerkers.

Ich sagte Ihnen, daß der Vizekönig sehr zornig auf mich war. Sein hitziges Wesen hatte bei ihm die Grundsätze des Rechts und die Freundschaft, die er für mich empfand, verdrängt. Er fertigte ein leichtes Schiff nach Europa ab, und sein Bericht schilderte mich als Anstifter von Revolten.

Aber kaum hatte das Schiff Segel gesetzt, als die Güte des Vizekönigs und sein Sinn für Gerechtigkeit die Oberhand gewannen. Er sah den Fall nun in ganz anderem Licht. Wenn er nicht gefürchtet hätte, sich eine Blöße zu geben, hätte er einen zweiten Bericht abgeschickt, um dem ersten zu widersprechen. Er fertigte indessen ein zweites Schiff mit Depeschen ab, welche die Wirkung der ersten abzuschwächen geeignet waren.

Der Staatsrat in Madrid, der in allen seinen Entschließungen recht langsam arbeitete, nahm sich die Muße, auch den zweiten Bericht abzuwarten, und seine Antwort ließ lange auf sich warten. Sie fiel, wie man es erwarten konnte, vollendet umsichtig aus. Das Urteil des Staatsrates schien von äußerster Strenge geleitet und sprach gegen die Urheber und Anstifter der Revolte Todesstrafen aus. Wenn man jedoch den Wortlaut des Urteils genau ins Auge faßte, war es schwer, die Schuldigen auszumachen, und der Vizekönig empfing geheime Erlasse, die es ihm verboten, sie aufzuspüren.

Der veröffentlichte Teil des Urteils wurde jedoch zuerst bekannt und beeinträchtigte die schwankende Lebenskraft Tlascalas aufs neue. Ein Blutsturz... ein Fieberanfall... zuerst leicht und schleichend... dann glühend und kontinuierlich...

Der empfindsame Greis konnte nicht weitersprechen. Schluchzer brachten ihn zum Schweigen, und er verließ uns, um seinen Tränen freien Lauf zu lassen, während wir in feierlicher Stille zurückblieben. Jeder beklagte das Schicksal der schönen Mexikanerin.

Fünfundvierzigster Tag

Man versammelte sich zur gewohnten Stunde und bat den Marqués, in seiner Erzählung fortzufahren, was er also tat:

Fortsetzung der Geschichte des Marqués von Torres Rovellas

Als ich Ihnen erzählte, in welche Ungnade ich gefallen war, sagte ich Ihnen noch nichts davon, wie Elvira daran Anteil nahm und wie sie ihrem Schmerz Ausdruck verlieh. Zuerst ließ sie sich mehrere Kleider von gedeckter Farbe anfertigen. Dann zog sie sich in ein Kloster zurück, dessen Parlatorium zu ihrem Gesellschaftszimmer wurde. Dort zeigte sie sich indessen nur mit einem Taschentuch in der Hand und mit wirrem Haar. Zweimal hatte sie mich in meinem Gefängnis besucht. Diese Beweise ihrer Teilnahme bewegten mich natürlich. Obwohl ich für schuldlos erklärt war, mußte ich wegen der rechtlichen Formalitäten und der den Spaniern eigenen Langsamkeit noch vier Monate im Gefängnis ausharren. Sobald ich entlassen war, eilte ich zum Kloster der Marquesa und führte sie wieder in ihr Stadthaus, wo ihre Rückkehr mit einem Fest begangen wurde.

Aber was für ein Fest, gerechter Himmel! Tlascala war nicht mehr. Selbst die Gleichgültigsten dachten an sie zurück, und ihre Trauer ehrte Tlascalas Andenken. Von ihrem Kummer können Sie auf meinen Schmerz schließen. Ich ging ganz in ihm auf und sah meine Umgebung nicht mehr.

Eine neue, schmeichelnde Empfindung riß mich aus diesem Zustand heraus. Ein junger Mensch von glücklichem Naturell hat das Verlangen, sich auszuzeichnen. Mit dreißig Jahren hat er das Bedürfnis, Ansehen zu genießen; später strebt er nach Geltung. Ich war noch im Stande des Ansehens, und vielleicht hätte man es mir nicht zugestanden, wenn man gewußt hätte, in welchem Grade an allen meinen Taten die Liebe Anteil hatte; man schrieb sie seltenen Tugenden zu, die sich auf einen außerordentlichen Charakter stützen könnten. Hinzu kam etwas von jenem Enthusiasmus, von dem man sich leicht ergreifen läßt, wenn er Menschen gilt, die einmal öffentliche Aufmerksamkeit errangen. Die Aufmerksamkeit Mexikos ließ mich die hohe Meinung kennenlernen, die es sich über mich gebildet hatte, und seine schmeichelhaften Huldigungen halfen mir, meinen Gram abzustreifen. Ich fühlte, daß ich dieses Maß an Wertschätzung noch nicht verdient hatte, hoffte aber, mich seiner würdig zu erweisen. Wenn wir so in Schmerz versinken und nur noch eine düstere Zukunft vor Augen haben, dann zündet die über unser Geschick wachende Vorsehung unverhofft Lichter an, die uns auf den Weg des Lebens zurückführen.

Ich nahm mir also vor, mir mein Ansehen erst noch zu verdienen. Ich erhielt Ämter, die ich mit ebenso strenger wie tatkräftiger Gerechtigkeit ausübte. Doch ich war zum Lieben geboren. Das Bild Tlascalas, das mein Herz noch ganz erfüllte, hinterließ dort desungeachtet eine große Leere, und ich suchte Gelegenheiten, ihm einen neuen Inhalt zu geben.

Hat man das dreißigste Jahr überschritten, kann man noch eine starke Neigung empfinden und sogar erwekken. Aber wehe dem Mann dieses Alters, der das Spiel der jungen Liebe noch mitspielen will. Keine Fröhlichkeit liegt mehr auf seinen Lippen, die zärtliche Freude spricht ihm nicht mehr aus den Augen, der liebenswürdige Unsinn geht ihm nicht mehr von der Zunge. Er sucht Mittel, um zu gefallen, und hat nicht mehr den natürlichen Trieb, der es ihm leichtmachte, sie zu finden. Der boshafte und lustige Schwarm der Jungen hat ihn schon durchschaut und flieht leichtfüßig zu seinesgleichen.

Kurz und ohne Umschweife – ich hatte Geliebte, die auch an mir hingen. Aber hinter ihrer Anhänglichkeit standen gewöhnlich Vernunftgründe, die sie nicht daran hinderten, mich zugunsten jüngerer Liebhaber aufzugeben. Darüber war ich gelegentlich böse, aber nie betrübt. Leichte Ketten tauschte ich gegen andere ein, die auch nicht schwerer wogen, und insgesamt waren mir diese Bande mehr Vergnügen als Last.

Meine Frau wurde vierzig Jahre alt und war immer noch schön. Oft wurden ihr Huldigungen zuteil. Aber sie waren Ausdruck der Ehrerbietung. Man suchte ihre Unterhaltung, aber sie war nicht mehr ihr Gegenstand. Die Welt der Gesellschaft gab sie keineswegs auf, aber sie hatte in ihren Augen nicht mehr den früheren Reiz.

Der Vizekönig starb. Die Marquesa hatte zu seiner gewohnten Umgebung gehört; jetzt wünschte sie in ihrem Hause Gäste zu empfangen. Ich liebte noch die Gesellschaft von Frauen. Es schien mir ein angenehmer Gedanke, sie vorzufinden, wenn ich bloß die Treppe hinunterginge. Die Marquesa war fast wie eine neue Bekanntschaft für mich. Sie schien mir liebenswert, und ich bildete mir ein, ich sei es auch. Meine Tochter, die ich hier bei mir habe, ist die Frucht dieser erneuerten Verbindung.

Die späte Niederkunft der Marquesa war von üblen

Folgen für ihre Gesundheit. Sie kränkelte immer wieder. Schließlich verfiel sie einer zehrenden Schwäche, die zu ihrem Tode führte. Ich weinte ihr aufrichtige Tränen nach. Sie war meine erste Geliebte und meine letzte Freundin gewesen. Die Bande des Blutes vereinten uns, ich verdankte ihr Vermögen und Rang; was für Gründe, um sie zu trauern! Als ich Tlascala verlor, war ich noch rings von den Wahnbildern des Lebens umgeben; die Marquesa ließ mich ohne Trost zurück, allein, in einer Verdüsterung, der mich nichts mehr entreißen konnte.

Und doch fand ich wieder heraus. Ich suchte meine Güter auf, ich wohnte auf einem meiner Meierhöfe. Die Tochter des Pächters, zu jung, um schon das Alter wichtig zu nehmen, entwickelte ein Gefühl für mich, das ein wenig der Liebe ähnlich sah und das mich in den letzten Tagen meines späten Herbstes noch ein paar Blumen pflücken ließ.

Schließlich ließ das Alter meine Sinne erstarren, aber mein Herz ist weiterhin voll Empfindung, und für meine Tochter hege ich eine Zärtlichkeit, die lebendiger ist, als es je meine Leidenschaften waren. Sie glücklich zu sehen und in ihren Armen zu sterben, das wünsche ich mir alle Tage. Ich habe kein Recht zu klagen: Mein liebes Kind belohnt mich mit ihrer aufrichtigen Liebe. Um ihr Geschick ängstige ich mich nicht, die Verhältnisse sind ihr günstig. Ich glaube ihre Zukunft gesichert zu haben, sofern man sie auf Erden überhaupt jemandem sichern kann. Im Frieden, aber nicht ohne Schmerz lasse ich diese Welt hinter mir, in der ich wie jeder Mensch viel Mißgeschick, aber auch viel Glück erfahren habe.

Sie wollten meine Geschichte kennenlernen: Dies ist sie. Aber ich fürchte, sie hat Ihren Geometer gelangweilt, der seine Täfelchen hervorgezogen und mit Zahlen bedeckt hat.

»Verzeihen Sie«, antwortete der Geometer, »Ihre Geschichte hat mich lebhaft interessiert. Indem ich Ihrem Lebensweg folgte und bemerkte, daß eine wesentliche Triebkraft Sie beim Voranschreiten gleichzeitig auch erhöhte, Sie auf der Höhe Ihrer Laufbahn vorwärtstrug und Sie nun, da Ihr Dasein zur Neige geht, immer noch stützt, glaube ich die Ordinate einer geschlossenen Kurve zu erkennen, die auf der Abszissenachse nach einem vorgegebenen Gesetz zunimmt, zur Achsenmitte hin gleichbleibend verläuft und dann entsprechend der Proportion seiner Zunahme auch wieder abnimmt.«

»Ich hätte mir wahrhaftig vorgestellt«, sagte der Marqués, »daß sich aus meiner Lebensgeschichte eine Moral ziehen ließe, aber nicht, daß sie als Gleichung darzustellen sei.«

»Es handelt sich dabei nicht um Ihr Leben«, erwiderte Velásquez, »sondern um das Leben im allgemeinen. Da die physische und moralische Energie mit dem Alter zunimmt, einen Stillstand erreicht und wieder schwindet, ist sie mit anderen Kräften identisch und auch denselben Gesetzen unterworfen, das heißt einer bestimmten Proportion zwischen der Zahl der Lebensjahre und der Menge der Energie, gemessen am moralischen Antrieb. Ich will mich aber besser verständlich machen. Ich habe Ihren Lebenslauf als Hauptachse einer großen Ellipse genommen, die in vierundzwanzig gleiche Abschnitte eingeteilt ist, und ich habe die Hälfte der Nebenachse so angesetzt, daß die Ordinate von 45 über die von 40 und 50 nur um zwei Zehntel hinausgehen kann. Beachten Sie, daß die Ordinaten, welche die Menge der Energie darstellen, nicht Werte der gleichen Art sind wie die Teile der Hauptachse, mit denen die Jahre wiedergegeben werden, aber sie sind nichtsdestoweniger Funktionen davon. Wir erhalten also, den Eigenschaften der Ellipse entsprechend, eine Kurve, die zuerst schnell ansteigt, dann fast auf gleicher Höhe verläuft und endlich, dem Anstieg entsprechend, sinkt.

Der Augenblick Ihrer Geburt ist der Ausgangspunkt der Ordinaten, an dem x und y noch gleich Null sind. Sie werden geboren, und nach Ablauf eines Jahres beträgt Ihre Ordinate 31/10. Die folgenden Ordinaten werden nicht mehr die Differenz 31/10 aufweisen; daher ist der Abstand von einem Nichts bis zu einem Wesen, das kaum die elementaren Begriffe stammeln kann, größer als jeder andere.

Das Menschenwesen von zwei, drei, vier, fünf, sechs und sieben Jahren weist als Ordinate seiner Energie die Werte 47/10, dann 57/10, 65/10, 73/10, 79/10, 85/10 auf, deren Abstände voneinander 16, 10, 8, 8, 6, 6 Zehntel betragen.

Mit vierzehn Jahren ist die Ordinate 115/10, und die Summe der Abstände seit dem siebten Lebensjahr beträgt nur 30/10. Mit vierzehn Jahren beginnt man Jüngling zu werden; mit einundzwanzig ist man es noch in hohem Grade, und die Summe der Abstände gegenüber dem siebten Lebensjahr beträgt nur 19/10. Beachten Sie dabei, daß meine Kurve das Leben von Menschen wiedergibt, deren Leidenschaften maßvoll sind und die ihre größte Kraft entwickeln, wenn sie das vierzigste Lebensjahr überschritten haben, also auf die fünfundvierzig zugehen. Sie, für den die Liebe die stärkste Triebkraft war, mußten den höchsten Punkt der Ordinate wenigstens zehn Jahre früher erreichen, sagen wir etwa mit fünfunddreißig Jahren, und der Anstieg mußte schneller erfolgen. Der höchste Anstieg Ihrer Ordinate liegt bei fünfunddreißig Jahren und entspricht so einer Hauptachse von siebzig Jahren. Daher betrug auch Ihre Ordinate mit vierzehn Jahren 127/10, während sie beim maßvollen Menschen 115/10 beträgt; die Ordinate mit einundzwanzig beträgt für Sie 144/10 statt 134/10. Der maßvolle Mensch vermag auch mit zweiundvierzig Jahren seine Energie noch um ein Zehntel zu steigern, während Sie dann schon auf dem Abstieg begriffen sind.

Wollen Sie mir doch noch ein wenig Aufmerksamkeit widmen: Mit vierzehn Jahren lieben Sie ein junges Mädchen; mit zwanzig Jahren werden Sie der beste aller Ehemänner. Nach dem achtundzwanzigsten werden Sie Ihrer Gattin entschieden untreu, aber die Frau, die Sie lieben, hat eine erhabene Seele, die auch Ihre Seele beflügelt; und mit fünfunddreißig Jahren spielen Sie in der Gesellschaft eine rühmliche Rolle. Bald darauf finden Sie wieder an Liebschaften Geschmack, den Sie bereits mit achtundzwanzig Jahren bewiesen; ihre Ordinate kommt der von zweiundvierzig Jahren gleich. Dann werden Sie wieder ein guter Ehemann, wie Sie es mit einundzwanzig Jahren waren, deren Ordinate der von neunundvierzig entspricht. Schließlich ziehen Sie bei einem Ihrer Pächter ein, und Sie lieben ein sehr junges Mädchen, wie Sie mit vierzehn Jahren eines liebten, deren Ordinate derjenigen mit sechsundfünfzig entspricht. Ich hoffe, Herr Marqués, daß die Hauptachse Ihres Daseins sich nicht auf siebzig Jahre beschränkt, ja daß sie hundert erreichen wird. In diesem Falle wird sich indessen Ihre Ellipse langsam in eine andere Kurve verwandeln, die der Kettenlinie ähnlich sieht.«

Während Velásquez dies noch erklärte, stand er auf, schwenkte mit furchterregender Miene die Arme und griff zu seinem Degen, mit dem er Linien in den Sand zu ziehen begann. Er hätte uns zweifellos die vollständige Theorie der Kettenlinien geboten, wenn ihn nicht der Marqués, der wie übrigens auch die ganze restliche Gesellschaft auf die Darlegungen des Geometers wenig neugierig war, um die Erlaubnis gebeten hätte, sich zur Ruhe zu legen. Nur Rebekka blieb bei ihm. Velásquez schenkte denen, die sich erhoben, nicht die geringste Beachtung; die schöne Jüdin war ihm genug. Er begann also, ihr sein System zu erklären. Ich hörte ihm noch einen Augenblick zu, bis ich, ermüdet von der Unzahl wissenschaftlicher Ausdrücke und Zahlenangaben, die mich nie besonders angezogen hatten, dem Schlaf nicht mehr widerstehen konnte und ebenfalls zu Bett ging. Velásquez aber fuhr in seinen Erörterungen fort.

Sechsundvierzigster Tag

Die Mexikaner, die länger als vorgesehen bei uns verweilt waren, beschlossen nun weiterzuziehen. Der Marqués bemühte sich, den Zigeunerhauptmann davon zu überzeugen, er müsse mit ihm nach Madrid gehen und dort ein Leben führen, das seiner Herkunft angemessen sei; aber der Zigeuner wollte nichts davon wissen. Er bat ihn sogar, niemals über ihn zu sprechen und das Geheimnis, das seine Existenz umgab, zu hüten. Die Abreisenden bezeugten dem künftigen Herzog Velásquez ihre Hochachtung und erwiesen mir die Ehre, mich um meine Freundschaft zu bitten.

Wir begleiteten sie bis zum Talende und folgten ihnen noch lange mit den Blicken. Auf dem Rückweg kam es mir in den Sinn, daß in ihrem Zug jemand fehlte. Da dachte ich wieder an das junge Mädchen, das man unter dem vermaledeiten Galgen von Los Hermanos gefunden hatte. Ich fragte den Hauptmann, was aus ihr geworden sei und ob es sich nicht um ein neues außergewöhnliches Abenteuer handele, um einen Streich der verdammten Höllengeister, die uns schon so zugesetzt hatten.

Der Zigeuner lächelte etwas spöttisch und sagte: »Dieses Mal täuschen Sie sich, Señor Alfonso; aber die menschliche Natur ist nun einmal so eingerichtet, daß sie die gewöhnlichsten Begebenheiten auf das Wunderbare zurückführt, wenn sie einmal davon gekostet hat.«

»Sie haben recht«, unterbrach ihn Velásquez. »Auch

auf diese Vorstellungen kann man die Theorie der geometrischen Progression anwenden, deren erstes Glied hier ein begriffsstutziger Abergläubischer wäre, das letzte aber der Alchimist oder der Astrologe; zwischen beiden ist Platz genug für eine Menge Vorurteile, die die Menschheit schwer bedrücken.«

»Gegen diese Argumente hätte ich nichts einzuwenden«, sagte ich; »all dies erklärt aber noch nicht, wer die junge Unbekannte ist.«

»Ich habe einen meiner Leute ausgeschickt«, antwortete der Zigeuner, »der Auskünfte über das junge Mädchen einholen soll. Er berichtete mir, es handle sich um eine arme Waise, die beim Tod ihres Geliebten den Verstand verloren habe und die, da sie nirgends Zuflucht fand, von der Wohltätigkeit der Reisenden und dem Mitleid der Hirten lebt. Sie irrt ständig allein in den Bergen umher und schläft, wo die Nacht sie gerade überrascht. Gewiß befand sie sich neulich gerade unter dem Galgen von Los Hermanos und legte sich friedlich schlafen, ohne das Entsetzliche dieses Ortes zu bemerken. Der Marqués ließ sie pflegen, da ihn das Mitleid ergriff, aber sobald die Wahnsinnige wieder zu Kräften kam, ergriff sie die Flucht und verlor sich in den Bergen. Es wundert mich, daß Sie ihr noch nicht begegnet sind. Die Ärmste wird schließlich von einem Felsen stürzen und elend zugrunde gehen; aber ich muß gestehen, daß man um so ein elendes Leben wie das ihre kaum zu trauern vermag. Wenn die Hirten nachts ihr Feuer entzünden, kommt ihnen das junge Mädchen manchmal näher. Dann setzt sich Dolorita – so heißt die Unglückliche – still nieder, starrt einen von ihnen durchdringend an, wirft sich ihm an den Hals und ruft ihn mit dem Namen ihres verstorbenen Geliebten. Zuerst wich man ihr aus; später aber haben sich die Hirten an sie gewöhnt, und jetzt lassen sie sie frei umherirren und teilen sogar mit ihr die Nahrung.«

Während der Zigeuner also sprach, begann Velásquez eine Theorie über einander entgegengesetzte Kräfte zu entwickeln, die sich gegenseitig aufheben: Die Leidenschaft besiegt endlich nach langem Kampfe die Vernunft, ergreift das Zepter des Wahnsinns und wird Alleinherrscherin über das Gehirn. Was mich betrifft, so wunderte ich mich über die Worte des Zigeuners; denn ich hatte vermutet, er werde abermals die Gelegenheit wahrnehmen, uns eine lange Geschichte zu erzählen. Übrigens hatte er vielleicht nur deshalb die Abenteuer Doloritas verkürzt, weil der Ewige Jude in Sicht gekommen war; er stieg mit langen Schritten vom Berg herab. Der Kabbalist begann schreckliche Beschwörungen zu murmeln; aber umsonst, wie es schien, denn der Ewige Jude schenkte ihm gar keine Beachtung. Endlich langte er bei uns an, so als ob er sich nur der Gesellschaft gegenüber höflich erweisen wolle.

Er sagte zu Uzeda: »Deine Herrschaft ist beendet, du hast die Macht verloren, deren du unwürdig warst, eine schreckliche Zukunft erwartet dich.«

Der Kabbalist begann lauthals zu lachen, aber sein Lachen schien ihm nicht von Herzen zu kommen, denn fast flehentlich bedrängte er den Juden in einer unbekannten Sprache.

»Nun gut«, erwiderte Ahasver; »heute noch einmal, heute zum letzten Mal: Du siehst mich niemals wieder.«

»Was macht das schon«, sagte Uzeda, »wir werden sehen, was geschieht; und jetzt fahre in deiner Erzählung fort. Wir wollen sehen, ob der Scheich von Taroudant mehr Macht besitzt als ich. Übrigens kenne ich den Grund, weshalb du uns zu entgehen versuchst; sei gewiß, daß ich ihn allen enthüllen werde.«

Der unglückliche Wanderer warf dem Kabbalisten einen mörderischen Blick zu; da er aber einsah, daß er sich uns nicht entziehen konnte, nahm er wie gewöhnlich zwischen mir und Velásquez seinen Platz ein, schwieg einen Augenblick und fuhr folgendermaßen in seinem Bericht fort:

Fortsetzung der Geschichte des Ewigen Juden

Ich erzählte Euch, wie in dem Augenblick, als ich das Ziel meiner glühenden Wünsche zu erreichen glaubte, im Tempel eine Auseinandersetzung begann. Ein Pharisäer trat an mich heran und behandelte mich als Betrüger. Ich antwortete, wie man es in solchen Fällen gewöhnlich tut, er sei ein Verleumder, und wenn er nicht sofort verschwinde, würde ich ihn von meinen Leuten hinauswerfen lassen.

»Genug!« schrie der Pharisäer, indem er sich der Menge zuwandte. »Dieser schändliche Sadduzäer betrügt euch. Er hat ein falsches Gerücht in die Welt gesetzt, um sich auf eure Kosten zu bereichern; er zieht aus eurer Gutgläubigkeit seinen Nutzen, und es ist höchste Zeit, ihm die Maske vom Gesicht zu reißen. Ich will euch die Wahrheit dieser Worte beweisen: Für eine Unze Silber biete ich jedem doppelt soviel Gold wie er.«

So machte der Pharisäer immer noch einen Gewinn von fünfundzwanzig Prozent; das Volk aber, berauscht von Habgier, drängte sich um ihn, nannte ihn Wohltäter der Stadt und beschimpfte mich dabei aufs widerwärtigste. Mehr und mehr gerieten die Gemüter in Wallung, man ging von Beschimpfungen zu Handgreiflichkeiten über, und plötzlich herrschte im Tempel ein solches Getöse, daß sich keiner mehr verständlich machen konnte. Als ich sah, daß im Tempel die Zeichen auf Sturm standen, ließ ich schleunigst nach Hause schaffen, was ich an Gold und Silber zusammenraffen konnte; bevor aber die Diener noch alles weggeschleppt hatten, stürzte sich die losgelassene Menge auf die Tische und begann, das restliche Geld fortzuschleppen. Ich verteidigte es, so gut ich konnte, aber meine Anstrengungen blieben vergeblich; die Gegenseite war stärker. Im Handumdrehen verwandelte sich der Tempel in ein Schlachtfeld. Ich weiß nicht, wie der Kampf ausgegangen wäre, vielleicht wäre ich nicht mit dem Leben davongekommen, denn mein Kopf blutete bereits aus mehreren Wunden. Aber in diesem Augenblick betrat den Tempel der Prophet aus Nazareth mit seinen Jüngern. Ich werde nie seine strenge und feierliche Stimme vergessen, die den Lärm im Augenblick zum Verstummen brachte. Wir waren gespannt, für welche Seite er Partei ergreifen würde: Der Pharisäer war überzeugt, daß er sich durchsetzen werde; aber der Prophet wandte sich voller Empörung gegen beide Parteien und warf uns vor, wir besudelten den Tempel, entehrten das Haus Gottes und mißachteten um der Güter des Teufels willen den Schöpfer. Seine Worte riefen unter den Versammelten einen tiefen Eindruck hervor, der Tempel füllte sich mit einer unübersehbaren Menge, in der sich zahlreiche Anhänger der neuen Lehre befanden. Die beiden streitenden Parteien mußten erkennen, daß das Eingreifen des Propheten unheilvolle Folgen für sie haben werde. Wir täuschten uns nicht; denn es ertönte wie aus einer Kehle der Schrei: »Raus aus dem Tempel!« Dieses Mal dachte das Volk nicht an seinen Vorteil, sondern war von rasender Begeisterung ergriffen und begann, die Tische hinauszuwerfen und uns zu verjagen. Als wir draußen auf der Straße standen, wurde die Menge dichter, aber das Volk richtete seine Aufmerksamkeit viel mehr auf den Propheten als auf uns, und so schlängelte ich mich durch Nebengassen und erreichte, gedeckt von der allgemeinen Verwirrung, das Haus. An der Tür traf ich wieder auf unsere Diener, die mit dem geretteten Silber geflüchtet waren. Ein Blick auf die Säcke zeigte mir, daß sich unsere Hoffnungen auf Gewinn nicht erfüllt, daß wir aber auch keinen Verlust erlitten hatten. Bei diesem Gedanken atmete ich auf.

Zedekia wußte schon alles. Sara hatte meine Rückkehr voller Ungeduld erwartet. Als sie mich blutüberströmt sah, erbleichte sie und warf sich an meine Brust.

Der Greis sah mich lange schweigend an, wiegte den Kopf hin und her, als suche er einen Gedanken, und sagte schließlich: »Ich versprach dir Sara für den Fall, daß du das Geld, welches dir anvertraut war, verdoppeltest. Was ist daraus geworden?«

»Es liegt nicht an mir«, erwiderte ich, »wenn ein unvorhergesehener Zwischenfall meine Absichten zunichte gemacht hat. Ich habe Euer Gut unter Gefahr meines Lebens verteidigt. Ihr könnt Euer Geld zählen: Ihr habt nichts verloren, im Gegenteil, es bleibt sogar ein gewisser Gewinn. Er ist indessen nicht der Rede wert, verglichen mit dem, was wir uns erhofften.«

Da kam mir plötzlich eine glückliche Eingebung; ich beschloß, alles auf einmal in die Waagschale zu werfen, und ich sagte: »Wenn Ihr jedoch wünscht, daß dieser Tag Euch Gewinn bringe, kann ich Euren Verlust anders wettmachen.«

»Und wie?« rief Zedekia. »Ich verstehe schon: Es ist sicher ein Plan, der wie dieser hier ausgeht!«

»Keineswegs«, antwortete ich. »Ihr werdet Euch selbst davon überzeugen, daß mein Angebot einen sehr reellen Wert besitzt.«

Ich sprach es, stürzte hinaus und kam bald wieder, unter dem Arm meine Bronzetruhe. Zedekia beobachtete mich aufmerksam, auf Saras Lippen erschien ein hoffnungsvolles Lächeln. Ich öffnete die Truhe, zog die Papiere heraus, die darin lagen, riß sie mittendurch und übergab sie dem Greis. Da erkannte Zedekia, was es war; er zerknüllte die Papiere in einer krampfartigen Bewegung, und sein Gesicht verzerrte sich in schrecklichem Zorn. Er erhob sich ein wenig, wollte etwas sagen, aber die Worte blieben ihm im Halse stecken. Jetzt sollte sich mein Schicksal entscheiden, ich fiel dem Greis zu Füßen und benetzte sie mit meinen Tränen.

Sara sah es, kniete neben mir nieder, und ohne zu wissen, warum, begann sie weinend die Hände ihres Großvaters zu küssen. Der Greis ließ den Kopf auf die Brust sinken, in seiner Brust stritten tausend Gefühle miteinander, und wortlos riß er die Papiere in winzige Stücke; dann erhob er sich jäh und stürzte aus dem Zimmer. Wir blieben in peinigender Ungewißheit zurück. Ich muß gestehen, ich hatte jede Hoffnung verloren. Ich begriff, daß ich nach allem, was geschehen war, nicht länger in Zedekias Haus bleiben konnte. Ich warf einen letzten Blick auf Sara, deren Gesicht von Tränen überströmt war, und ging hinaus; aber plötzlich bemerkte ich im Flur das Hin und Her vieler Menschen. Ich erkundigte mich nach dem Grund dafür, und man antwortete mir lächelnd, mir komme es weniger als jedem anderen zu, eine solche Frage zu stellen.

»Dir will doch Zedekia seine Enkelin zur Frau geben. Er hat angeordnet, daß man schleunigst die Vorbereitungen zur Hochzeit treffe.«

Ihr könnt Euch vorstellen, wie meine tiefste Verzweiflung sich in ein unbeschreibliches Glück verwandelte. Vierzehn Tage später heiratete ich Sara. Mir fehlte nur mein Freund, der an dieser glänzenden Wendung meines Schicksals hätte teilnehmen müssen; aber Germanus, von den Lehren des Propheten aus Nazareth völlig durchdrungen, gehörte zu denen, die uns aus dem Tempel gejagt hatten. Trotz der Freundschaft, die ich für ihn empfand, konnte ich also nicht umhin, jeglichen Umgang mit ihm abzubrechen, und ich verlor ihn völlig aus den Augen.

Nachdem ich so viel Mißgeschick erlitten hatte, glaubte ich mich nun eines friedlichen Lebens erfreuen zu dürfen, um so mehr, als ich das Wechslergeschäft, das mir so gefährliche Erfahrungen eingetragen hatte, nun aufgab. Ich wollte von meinem Vermögen leben; um aber nicht müßig zu gehen, beschloß ich, Geld zu verleihen. Tatsächlich fehlte es nicht an Menschen, die welches brauchten, und ich erzielte beträchtliche Gewinne. Sara machte mir das Leben täglich angenehmer, als ein unvorhergesehenes Ereignis diesen Zustand jäh beendete.

Aber die Sonne geht schon unter, die Rast ist nicht mehr weit für Euch; mich aber beruft ein mächtiger Zauber woandershin. In meiner Seele regt sich eine seltsame Ahnung; sollte sich das Ende meiner Leiden ankünden? Lebt wohl!

Daraufhin verschwand der Wanderer in einer nahe gelegenen Schlucht. Seine letzten Worte machten mich neugierig; ich fragte den Kabbalisten nach ihrer Bedeutung.

»Ich habe meine Zweifel«, erwiderte er, »ob wir jemals die Fortsetzung der Abenteuer des Juden erfahren werden. Dieser Halunke verschwindet jedesmal, wenn er an die Zeit seines Lebens gelangt, da er für seinen Hohn auf den Propheten zur ewigen Wanderschaft verurteilt wurde, und dann vermag ihn keine Macht der Welt zurückzurufen. Seine letzten Worte wundern mich nicht. Schon einige Zeit fällt mir auf, daß der Wanderer sehr alt geworden ist; aber wahrscheinlich führt das nicht zu seinem Tode, denn was würde dann aus Ihrer Legende?«

Da ich bemerkte, daß der Kabbalist von Dingen zu sprechen trachtete, die für die Ohren eines guten Katholiken nicht geeignet sind, brach ich die Unterhaltung ab, verließ die Gesellschaft und kehrte allein zu meinem Zelt zurück.

Die anderen kamen auch bald, aber sie wollten sich

offenbar nicht gleich schlafen legen, denn noch lange hörte ich Velásquez' Stimme, der Rebekka eine mathematische Formel erklärte.

Siebenundvierzigster Tag

Am nächsten Tag ließ uns der Zigeuner wissen, er erwarte das Eintreffen neuer Waren, und aus Sicherheitsgründen habe er die Absicht, an diesem Ort zu bleiben. Wir nahmen die Nachricht freudig auf, denn eine zauberhaftere Stelle hätte man im ganzen Massiv der Sierra Morena schwerlich finden können.

Am Vormittag ging ich mit mehreren Zigeunern in den Bergen auf die Jagd; abends gesellte ich mich zu den anderen Teilnehmern unserer Gesellschaft und hörte mit ihnen die weiteren Abenteuer des Zigeunerhauptmanns an, der wie folgt begann:

Fortsetzung der Geschichte des Zigeunerhauptmanns

Mit Toledo, der schwor, er wolle die im Kamaldulenserkloster verlorene Zeit wieder einholen, kehrte ich nach Madrid zurück. Da ihn die Abenteuer von López Soarez lebhaft beschäftigten, berichtete ich ihm andere Einzelheiten darüber. Der Ritter lauschte mir höchst aufmerksam und sagte:

»Wenn man nach einer Bußübung sozusagen ein neues Leben beginnt, so weiht man es füglich mit einer wohltätigen Handlung ein. Ich habe Mitleid mit diesem armen Jungen, der sich ohne Freunde und Bekannte, krank, auf sich gestellt und außerdem noch verliebt, in einer fremden Stadt nicht zu helfen weiß. Avarito, führe du mich zu Soarez, vielleicht kann ich ihm von Nutzen sein.«

Toledos Absicht überraschte mich gar nicht: Seit langem war mir schon sein edles Gemüt und sein Eifer, seinem Nächsten Hilfe zu leisten, aufgefallen.

Kaum waren wir in Madrid angekommen, da begab sich der Ritter wirklich zu Soarez. Ich begleitete ihn. Beim Eintreten überraschte uns ein merkwürdiger Anblick. López lag mit heftigem Fieber zu Bett. Seine Augen waren geöffnet, doch er konnte nichts wahrnehmen. Nur manchmal erschien auf seinen Lippen ein verzerrtes Lächeln: Sicher träumte er von seiner geliebten Inés. Dicht bei ihm saß Busqueros in einem Lehnstuhl und drehte sich nicht einmal um, als wir hereinkamen. Ich trat näher zu ihm hin und sah, daß er schlief. Toledo ging auf den Menschen zu, der das Unglück des armen Soarez verursacht hatte, und rüttelte ihn an der Schulter.

Don Roque wachte auf, rieb sich die Augen und rief: »Was sehe ich? Sie sind hier, Señor Don José! Gestern im Prado hatte ich die Ehre, Seiner Durchlaucht dem Herzog von Lerna zu begegnen, der mich angelegentlich ins Auge faßte; zweifellos wünschte er meine Bekanntschaft zu machen. Sollte Seine Durchlaucht meiner Dienste bedürfen, so haben Sie die Güte, Señor, Ihrem Bruder zu erklären, daß er jederzeit über mich disponieren kann.«

Toledo unterbrach Busqueros endlosen Redefluß und sagte zu ihm: »Das ist im Augenblick nicht das Thema; ich bin da, um zu erfahren, wie es dem Kranken geht und ob er etwas braucht.«

»Dem Kranken geht es schlecht«, erwiderte Don Roque; »vor allem braucht er Pflege, Zuspruch und die Hand der schönen Inés.«

»Was den ersten Punkt angeht«, unterbrach ihn Toledo, »so werde ich stehenden Fußes den Arzt meines Bruders aufsuchen; er ist der geschickteste Chirurg von Madrid.«

»Was den zweiten betrifft«, fügte Busqueros hinzu, »so können Sie ihm kaum helfen, denn Sie können seinen Vater nicht wieder zum Leben erwecken. Und was den dritten Punkt angeht, so kann ich Ihnen versichern, daß ich nichts unversucht lasse, um dieses Ziel zu erreichen.«

»Ist es denn möglich!« rief ich, »der Vater von Don López ist tot?«

»O ja«, erwiderte Busqueros; »der Enkel jenes Iñigo Soarez, der in seiner Jugend die Meere durchkreuzt und dann in Cadix ein Handelshaus begründet hatte. Dem Kranken ging es schon viel besser, und er wäre sicher bald genesen, wenn ihn die Botschaft vom Tode seines Erzeugers nicht aufs neue niedergeworfen hätte. Da Sie am Schicksal meines Freundes solchen Anteil nehmen, Señor«, fuhr Busqueros fort, indem er sich Toledo zuwandte, »erlauben Sie, daß ich Sie zum Arzt begleite und Ihnen zugleich meine Dienste anbiete.«

Daraufhin brachen beide auf, und ich blieb mit dem Kranken allein. Ich betrachtete sein bleiches Antlitz, in das die Leiden in so kurzer Zeit ihre Spuren eingegraben hatten, und innerlich verfluchte ich den lästigen Menschen, der das ganze Unglück verschuldet hatte. Der Kranke schlummerte, und ich hielt den Atem an, um nicht durch eine unabsichtliche Bewegung seine Ruhe zu stören, als plötzlich jemand an der Türe pochte. Ich stand unwillig auf, schlich auf Zehenspitzen zur Tür und öffnete. Ich erblickte eine Frau, nicht mehr in der Blüte der Jugend, doch von angenehmer Erscheinung. Als sie sah, daß ich einen Finger auf die Lippen legte, um ihr Schweigen zu gebieten, ließ sie mich auf den Treppenabsatz hinaustreten.

»Mein junger Freund«, sagte sie, »könnten Sie mir nicht sagen, wie es Señor Soarez heute geht?«

»Gar nicht gut, scheint mir«, antwortete ich, »aber er

ist gerade eingeschlafen, und ich hoffe, der Schlaf wird ihn ein wenig kräftigen.«

»Es hieß, er sei sehr leidend«, fuhr die Unbekannte fort; »eine Person, die ehrlich an ihm Anteil nimmt, hat mich gebeten, mir Klarheit über seinen Zustand zu verschaffen. Haben Sie doch die Güte, ihm dieses Billett zu übergeben, sobald er erwacht. Ich komme morgen wieder und will sehen, ob es ihm bessergeht.«

Auf diese Worte hin verschwand sie. Ich steckte das Billett in die Tasche und kehrte ins Zimmer zurück.

Kurz darauf kam Toledo mit dem Arzt wieder. Dieser rechtschaffene Äskulapjünger erinnerte mich durch seine Miene an den Doktor Sangre Moreno; er faßte den Kranken ins Auge, schüttelte den Kopf, dann bemerkte er, im Augenblick könne er gar nichts behaupten, aber er werde die Nacht an Soarez' Bett verbringen, und am nächsten Morgen werde er seine endgültige Diagnose stellen. Toledo umarmte ihn freundschaftlich und bat ihn, das denkbar Mögliche zu unternehmen; daraufhin brachen wir zusammen auf, und innerlich gelobte sich jeder, bei Tagesanbruch wiederzukommen. Auf dem Wege unterrichtete ich den Ritter vom Besuch der Unbekannten.

Er nahm das Billett und sagte: »Ich bin sicher, es kommt von der schönen Inés. Wenn Soarez sich morgen besser fühlt, können wir es ihm geben. Ich könnte wahrhaftig die Hälfte meines Lebens hingeben, wenn ich damit das Glück dieses Mannes erkaufen könnte, dem ich so viel Schmerz zugefügt habe. Aber es ist schon spät, nach unserer Reise bedürfen auch wir der Ruhe. Kommen Sie, Sie schlafen bei mir.«

Ich nahm freudig die Einladung dieses Mannes an, für den ich immer mehr Anhänglichkeit verspürte, und nachdem ich mich gestärkt hatte, fiel ich in tiefen Schlaf.

Am nächsten Morgen begaben wir uns zu Soarez. Die Miene des Arztes verriet schon, daß seine Kunst über die

Krankheit triumphiert hatte. Der Patient war noch sehr schwach, aber er erkannte mich und begrüßte mich herzlich.

Toledo erzählte ihm, wie er die Ursache für seinen Sturz gewesen war; er versicherte ihm, er werde alles in seiner Macht Stehende tun, um die Schmerzen, die er erlitten hatte, wiedergutzumachen, und bat ihn, er möge ihn als seinen Freund ansehen. Soarez nahm von Herzen gern an und streckte dem Ritter seine schwache Hand entgegen. Dann zog sich Toledo mit dem Arzt ins Nebenzimmer zurück; ich benutzte die Gelegenheit, um dem Kranken das Billett zu übergeben. Die Worte, die es enthielt, waren zweifellos eine mächtige Arznei, denn López Soarez richtete sich im Bett auf; die Tränen liefen ihm über die Wangen, er drückte sich das Billett ans Herz und rief schluchzend:

»Großer Gott, du verläßt mich also nicht, ich bin doch nicht allein auf der Welt! Inés, meine liebe Inés hat mich nicht verlassen, sie liebt mich! Und die liebe Dame von Avaloz ist selbst gekommen, um sich zu erkundigen, wie es mir geht!«

»Das ist richtig, Señor López«, antwortete ich; »aber um Gottes willen beruhigen Sie sich, eine plötzliche Erregung könnte Ihnen schaden!«

Toledo hatte die letzten Worte gehört. Er kam mit dem Arzt herein, der vor allem Ruhe und frische Getränke verordnete; er versprach, abends wiederzukommen, und verließ uns.

Einen Augenblick später ging die Tür auf, und Busqueros trat herein. »Bravo!« rief er; »wie ich sehe, geht es unserem Kranken schon viel besser. Das trifft sich gut, denn bald müssen wir unsere ganze Findigkeit aufbieten. In der Stadt kursiert das Gerücht, daß die Tochter des Bankiers in Kürze den Herzog von Santa Maura heiraten soll. Aber lassen wir die Leute reden, wir werden sehen, wer recht behält. In der Herberge zum Goldenen Hirsch traf ich eben jemanden aus dem Gefolge des Herzogs und deutete ihm an, daß sie die Reise vergeblich unternommen hätten.«

»Jedenfalls meine ich«, unterbrach ihn Toledo, »daß Señor López nicht die Hoffnung verlieren darf. Gleichwohl wünsche ich, mein Bester, daß Sie sich in dieser Sache jeder Einmischung enthalten.«

Der Ritter hatte diese Worte in so bestimmtem Ton ausgesprochen, daß ihm Don Roque nicht zu widersprechen wagte. Ich bemerkte indessen seine Genugtuung, als er kurz darauf sah, daß Toledo den Kranken verließ.

»Schöne Worte helfen uns nicht weiter«, sagte Don Roque, »jetzt heißt es handeln, und je eher, desto besser.«

Als der aufdringliche Mensch das gesagt hatte, klopfte es an der Tür. In der Annahme, es handele sich um Señora von Avaloz, flüsterte ich Soarez ins Ohr, er müsse Busqueros durch die Hintertür hinausschicken. Dieser aber erklärte empört:

»Ich wiederhole Ihnen, jetzt heißt es handeln. Wenn Sie also einen Besuch empfangen, der zu unserem Anliegen in Beziehung steht, muß ich zugegen sein oder wenigstens das ganze Gespräch vom Nachbarzimmer aus hören können.«

Soarez warf einen flehenden Blick auf Busqueros, der bemerkte, daß seine Anwesenheit nicht erwünscht war, nach nebenan ging und hinter der Tür Stellung bezog. Señora von Avaloz blieb nicht lang. Sie war entzückt, als sie feststellte, daß es dem Kranken besserging, und sie versicherte ihm, daß Inés nicht aufgehört habe, an ihn zu denken und ihn zu lieben; auf ihre Bitte hin sei sie gekommen, und Inés, voller Sorge für ihn, da sie von seinem neuen Mißgeschick erfahren habe, sei entschlossen, ihn noch am gleichen Abend mit ihrer Tante zu besuchen und ihm Trost und Hoffnung zuzusprechen, um ihm Mut zu machen, sein Schicksal zu ertragen.

Sobald sich Señora von Avaloz zurückgezogen hatte, stürzte Busqueros herein und schrie: »Was höre ich? Die schöne Inés will uns heute abend besuchen? Ah! Das nenne ich einen wahren Liebesbeweis! Das arme Fräulein denkt nicht einmal daran, daß sie durch ihr unbedachtes Handeln Gefahr läuft, ihren Ruf auf alle Zeit zugrunde zu richten. Señor Don López, ich suche auf der Stelle meine Freunde zusammen, die vor Ihrem Haus Aufstellung nehmen müssen, und gebiete ihnen, keinen Fremden hereinzulassen. Seien Sie ganz ruhig, ich übernehme die Verantwortung.«

Soarez wollte etwas entgegnen, Don Roque aber war schon draußen und lief, als brenne ihm der Boden unter den Füßen. Da ich sah, daß man auf eine weitere Katastrophe gefaßt sein mußte und Busqueros eine neue Dummheit begehen würde, beeilte ich mich, ohne dem Kranken etwas zu sagen, Toledo aufzusuchen und ihm alles, was sich zugetragen hatte, zu berichten. Die Stirn des Ritters verdüsterte sich; er dachte nach, dann befahl er mir, zu Soarez zurückzukehren und ihm zu sagen, er werde alles tun, um den Torheiten des Zudringlichen vorzubeugen. Gegen Abend hörten wir, daß vor dem Haus eine Equipage hielt. Kurz darauf trat Inés mit ihrer Tante herein. Da ich nicht auch noch lästig sein wollte, schlüpfte ich aus dem Zimmer hinaus, als ich von der Straße her einen geräuschvollen Auftritt vernahm. Ich ging hinab und erblickte Toledo, der sich erregt mit einem Unbekannten auseinandersetzte.

»Señor«, sagte der Fremde, »ich versichere Ihnen, daß es mir gelingen wird, hier einzutreten. Meine Braut hat hier ein Stelldichein mit einem Bürger von Cadix, dessen bin ich sicher. Der Freund dieses Bengels hat im Goldenen Hirschen in Gegenwart meines Majordomus ein paar Kanaillen angeheuert, die aufpassen sollen, daß niemand diese Turteltauben stört.«

»Verzeihen Sie, Señor«, erwiderte Toledo, »ich werde unter keinen Umständen zulassen, daß Sie dieses Haus betreten. Ich leugne nicht, daß eben eine junge Frau hineinging, aber es ist eine Verwandte von mir, die ich von niemandem beleidigen lasse.«

»Lüge!« schrie der Unbekannte; »diese Frau heißt Inés Moro und ist meine Braut.«

»Señor, Sie haben mich einen Lügner genannt«, sagte Toledo. »Ich wünsche nicht festzustellen, ob Sie recht haben oder nicht; jedenfalls haben Sie mich beleidigt, und bevor Sie sich auch nur einen Schritt entfernen, werden Sie mir Genugtuung geben. Ich bin der Ritter von Toledo, der Bruder des Herzogs von Lerna.«

Der Unbekannte lüftete den Hut und sprach: »Señor, der Herzog von Santa Maura steht Ihnen zu Diensten.«

Damit warf er den Mantel ab und zog den Degen. Nur das fahle Licht der Laterne über der Tür fiel auf die beiden Gegner. Ich drängte mich an die Mauer und erwartete den Ausgang dieses unseligen Abenteuers. Plötzlich entfiel dem Herzog der Degen, er führte die Hand zur Brust und brach zusammen. Zum Glück kam im gleichen Augenblick der Arzt des Herzogs von Lerna vorbei, um Soarez aufzusuchen. Toledo zeigte ihm Santa Maura und fragte ihn mit besorgter Miene, ob die Wunde tödlich sei.

»Durchaus nicht«, erwiderte der Arzt. »Lassen Sie ihn schnell nach Hause tragen und verbinden; in etwa vierzehn Tagen ist er wieder genesen, der Degen hat ihm nicht einmal die Lunge geritzt.«

Dabei hielt er dem Kranken sein Riechsalz unter die Nase, und Santa Maura schlug die Augen auf.

Der Ritter trat auf ihn zu und sagte: »Durchlaucht, Sie haben sich nicht getäuscht: Die schöne Inés hält sich hier bei einem jungen Mann auf, den sie mehr als ihr Leben liebt. Nach allem, was zwischen uns geschehen ist, meine ich, Ihro Durchlaucht haben ein zu edles Gemüt, um ein junges Mädchen zu einer Verbindung zwingen zu wollen, die seinem Herzen widersteht.«

»Ritter«, antwortete Santa Maura mit schwacher Stimme, »an der Wahrheit Ihrer Worte kann ich nicht zweifeln. Aber ich bin erstaunt, daß mir die schöne Inés nicht selbst mitgeteilt hat, daß ihr Herz nicht mehr frei ist. Ein paar Worte aus ihrem Munde oder ein paar Zeilen aus ihrer Hand …«

Der Herzog wollte weitersprechen, aber er verlor von neuem das Bewußtsein; man brachte ihn nach Hause. Toledo indessen beeilte sich, Inés wissen zu lassen, was ihr Bewerber erwarte, um sie in Frieden zu lassen und auf ihre Hand zu verzichten.

Was soll ich Ihnen noch sagen? Der Ausgang der Geschichte ist nicht schwer zu erraten. Soarez, der nun der Treue seiner Geliebten sicher war, war bald wiederhergestellt. Er hatte einen Vater verloren, aber eine Frau und einen Freund gewonnen; denn Inés' Vater, der nie von demselben Haß beseelt war, der in dem verstorbenen Gaspar Soarez gegen ihn gelodert hatte, gab ihnen von ganzem Herzen seinen Segen. Kaum verheiratet, brach das junge Paar nach Cadix auf. Busqueros begleitete sie noch mehrere Meilen aus Madrid heraus, und es gelang ihm, dem jungen Paar für vorgeblich geleistete Dienste einen Beutel Gold abzunötigen. Was mich betrifft, so dachte ich nicht, daß mich das Schicksal jemals wieder mit diesem unerträglichen Menschen zusammenführen werde, der mir einen unsagbaren Widerwillen einflößte; aber die Dinge sollten sich anders entwickeln.

Seit einiger Zeit war mir aufgefallen, daß Don Roque gelegentlich den Namen meines Vaters nannte. Da ich schon vorhersah, daß diese Bekanntschaft uns kaum nützlich sein könne, fing ich an, Busqueros' Kommen und Gehen zu beobachten. Bald entdeckte ich, daß er eine Verwandte namens Gita Cimiento hatte, die er innigst mit meinem Vater zu verheiraten wünschte; denn er wußte, daß Don Avadoro vermögend war, und vielleicht vermögender, als man allgemein annahm. Die Schöne bewohnte bereits das Nachbarhaus auf der anderen Seite der Gasse, dem Balkon meines Vaters gerade gegenüber.

Meine Tante wohnte wieder in Madrid. Ich mußte sie einfach aufsuchen und umarmen. Die gute Dame Dalanosa war bei meinem Anblick zu Tränen gerührt, aber sie beschwor mich, ich dürfe mich bis zum Ende meiner Bußzeit nicht öffentlich blicken lassen. Ich sprach mit ihr über Busqueros' Absichten. Es schien ihr zwingend notwendig, den Heiratsplan fehlschlagen zu lassen. Sie sprach darüber mit ihrem Onkel, dem ehrwürdigen Theatiner Gerónimo Santez. Aber dieser Ordensmann weigerte sich schlechterdings, in einer Sache einzugreifen, die ihm allzuviel von weltlichen Ränken mit sich zu bringen schien, und erklärte, er habe sich nie in eine Familienangelegenheit eingemischt, es sei denn, um Versöhnung zu stiften oder einen Skandal zu verhindern; Interessen dieser Art fielen in jedem anderen Fall nicht in die Zuständigkeit seines Amtes. Da ich mich so auf meine eigenen Mittel verwiesen sah, hätte ich gern den liebenswürdigen Toledo für mein Anliegen interessiert; aber ich hätte sagen müssen, wer ich war, was ich, ohne gegen die Grundsätze der Ehre zu verstoßen, keinesfalls tun konnte. Ich begann also, Busqueros eifrig zu überwachen, der sich nach Soarez' Abreise dem Ritter von Toledo angeschlossen hatte, wenn auch weniger aufdringlich. Er zeigte sich indessen jeden Morgen, um nachzufragen, ob der Ritter nicht seine Dienste benötige.

Als der Zigeuner in seiner Erzählung bis hierher gelangt war, erschien einer seiner Leute, um mit ihm über die Tagesgeschäfte zu sprechen, und an diesem Tag sahen wir ihn nicht wieder.

Achtundvierzigster Tag

Als wir am folgenden Tag wieder zusammenkamen, baten wir den Zigeuner, in seiner Erzählung fortzufahren, was er tat wie folgt:

Fortsetzung der Geschichte des Zigeunerhauptmanns

López Soarez war seit vierzehn Tagen der Gatte der entzückenden Inés, und Busqueros, der sich einbildete, er könne sich das Hauptverdienst an diesem guten Gelingen zuschreiben, schloß sich hinfort dienstfertig an Toledo an. Ich hatte dem Ritter nahegelegt, sich vor der Aufdringlichkeit seines Satelliten in acht zu nehmen; Don Roque aber mangelte es manchmal nicht an einem gewissen Taktgefühl. Der Ritter hatte ihm erlaubt, ihm dienstbar zu sein, und Busqueros hatte ein Gefühl dafür, daß er dieses Recht nicht mißbrauchen durfte, wenn er es nicht verlieren wollte.

Eines Tages fragte ihn der Ritter, was es mit der Liebschaft auf sich habe, die den Herzog von Arcos so viele Jahre beschäftigt hatte, und ob diese Frau betörend genug sei, um ihn so lange an sich zu binden.

Busqueros schaute sehr ernst drein und antwortete dem Ritter: »Indem Ihro Exzellenz mich nach den Geheimnissen meines Gönners fragen, beweisen Sie, daß Sie sich des Ausmaßes meiner Ergebenheit für Sie bewußt sind. Anderseits genieße ich den Vorzug, Ihro Exzellenz hinreichend zu kennen, um sagen zu können, daß eine gewisse Leichtlebigkeit, die man in Ihrem Betragen wahrnehmen mag, immer nur für Frauen Ungemach mit sich brachte, die es Ihnen übrigens verziehen haben, und daß Ihro Exzellenz gar nicht fähig sind, Ihro treuem Diener zu schaden.«

»Señor Busqueros«, sagte der Ritter, »ich habe Sie nicht gebeten, mein Lob zu verkünden.«

»Das weiß ich«, erwiderte Busqueros, »doch das Lob Eurer Erhabenheit fließt denen, die der Ehre teilhaftig sind, Sie zu kennen, ganz natürlich von den Lippen. Die Geschichte, nach der Ihro Exzellenz mich fragen, hatte ich unter Verwendung falscher Namen dem jungen Kaufmann zu erzählen begonnen, den wir mit der schönen Inés verheiratet haben . . .«

»Bis dahin kenne ich sie«, sagte der Ritter; »López Soarez hatte sie dem kleinen Avarito erzählt, der sie mir dann mitteilte. Sie waren an der Stelle stehengeblieben, als Frasqueta Ihnen im Park ihre Geschichte erzählte, woraufhin der Herzog von Arcos, als Freundin Frasquetas verkleidet, an Sie herangetreten war, um Ihnen zu sagen, Cornádez müsse schleunigst aufbrechen; der Herzog wünschte sogar, daß Cornádez sich nicht mit einer Pilgerreise begnüge, sondern an einem heiligen Ort eine gewisse Zeit Buße tue.«

»Ihro Exzellenz«, unterbrach ihn Busqueros, »haben ein bewundernswertes Gedächtnis. Seine Durchlaucht der Herzog berichtete mir dies tatsächlich. Da Ihro Exzellenz die Geschichte der Frau schon kennen, muß ich Sie, um die chronologische Ordnung zu wahren, auch mit der Geschichte ihres Mannes vertraut machen und Ihnen berichten, wie er mit Hervás, dem schrecklichen Pilger, bekannt wurde.«

Der Ritter von Toledo nahm Platz und sagte uns, daß

er den Herzog von Arcos um eine Geliebte wie Frasqueta beneide: Er selbst habe immer die Frechen geliebt, und diese übertreffe alle anderen.

Busqueros lächelte vieldeutig und begann seine Geschichte mit folgenden Worten:

Die Geschichte des Cornádez, erzählt von Busqueros

Dieser Gatte, dessen Namen man als sprechendes Wappen nehmen könnte, war der Sohn eines Bürgers aus Salamanca. Lange Zeit hatte er ein recht unbedeutendes Verwaltungsamt versehen; damit verband er geringfügige Großhandelsgeschäfte und belieferte einige Läden. Als er dann eine beträchtliche Erbschaft gemacht hatte, entschloß er sich wie viele Spanier, gar nichts mehr zu tun, es sei denn, Kirchen und öffentliche Plätze zu besuchen und Zigarren zu rauchen.

Sie werden mir sagen, da Cornádez an nichts als an der vollkommenen Ruhe Geschmack fand, hätte er nicht unbedingt den erstbesten losen Vogel heiraten müssen, der ihm vom Fenster her schöne Augen machte. Aber das ist das große Geheimnis des menschlichen Herzens, daß keiner tut, was er tun sollte. Einer sieht das Glück ausschließlich in der Ehe, verbringt sein Leben damit, die richtige Wahl zu treffen, und stirbt als Junggeselle. Ein anderer, der schwört, er werde niemals eine Frau nehmen, heiratet einmal um das andere. Cornádez also war verheiratet; zuerst war er froh darüber, dann bereute er es. Als er merkte, daß er nicht nur den Grafen von Peña Flor am Hals hatte, sondern auch dessen Schatten, der der Hölle entstiegen war, um ihn zu peinigen, da erfaßte ihn der Gram, er zog sich in sich selbst zurück; es dauerte nicht lang, und er ließ sein Bett in dem Kabinett mit dem Betstuhl und dem Weihwasserbecken aufstellen. Tagsüber sah er seine Frau nur wenig und verbrachte mehr Zeit als früher in der Kirche.

Eines Tages bemerkte er neben sich einen Pilger, der ihn so angsteinflößend anstarrte, daß er sich gezwungen sah, die Kirche zu verlassen. Abends traf er ihn auf der Promenade wieder, und dann begegnete er ihm überall, wohin er auch ging, und überall erzeugte der starre und durchdringende Blick des Pilgers in ihm eine unaussprechliche Bangigkeit.

Endlich überwand Cornádez seine natürliche Befangenheit, und er sagte: »Señor, wenn Sie mich weiter verfolgen, beschwere ich mich beim Alkalden.«

»Verfolgen, verfolgen«, entgegnete der Pilger mit Grabesstimme; »ja, Sie werden verfolgt, hartnäckig verfolgt: hundert Dublonen, ein Kopf, ein Ermordeter, der starb, ohne kommuniziert zu haben. Also, habe ich es erraten?«

»Wer sind Sie?« fragte Cornádez, von Ängsten geplagt.

»Ich bin ein Verworfener; aber ich hoffe auf Gottes Barmherzigkeit. Haben Sie schon vom gelehrten Hervás reden hören?«

»Ich kenne seine Geschichte in großen Zügen. Er war zu seinem Unglück ein Atheist und nahm ein böses Ende.«

»So ist es. Ich bin sein Sohn, und schon bei meiner Geburt wurde mir das Siegel der Verdammnis aufgeprägt; aber ich erhielt das Vorrecht, ihr Zeichen auf der Stirn der Sünder zu erkennen und sie auf den Weg des Heils zurückzuführen. Komm, unglücklicher Spielball Satans, du sollst mich genauer kennenlernen.«

Der Pilger führte Cornádez im Garten der Cölestinerväter zu einer der einsamsten Alleen. Er ließ sich mit ihm auf einer Bank nieder und sprach zu ihm:

Die Geschichte des Diego Hervás,
erzählt von seinem Sohn, dem verdammten Pilger

Ich heiße Blas Hervás; mein Vater, Diego Hervás, war noch sehr jung, als er auf die Universität von Salamanca geschickt wurde und sich dort bald durch außerordentlichen Fleiß hervortat. Bald kam ihm unter seinen Kameraden keiner mehr gleich, und ein paar Jahre später wußte er mehr als die Professoren. Wenn er sich nun mit den Werken der Meister jeglicher Wissenschaft in seine Studierstube zurückzog, beflügelte ihn die schmeichelhafte Hoffnung, den gleichen Ruhm zu erlangen wie sie und seinen Namen eines Tages zusammen mit ihren Namen verzeichnet zu sehen. Mit diesem keineswegs geringen Ehrgeiz verband Diego noch einen anderen: Er wollte seine Werke anonym veröffentlichen, und wenn ihr Wert anerkannt wäre, sich als Autor zu erkennen geben und den plötzlichen Glanz, der auf ihn fallen würde, genießen. Indem er sich mit diesem Plan beschäftigte, gelangte er zu der Überzeugung, daß Salamanca nicht den Horizont biete, über den sich der Ruhmesstern seines Schicksals strahlend genug erheben könne, und er wandte seinen Blick der Hauptstadt zu. Dort genossen Männer, die sich durch ihren Geist hervortaten, zweifellos die schuldige Achtung, das Vertrauen der Minister, ja die Gunst des Königs.

Diego meinte also, allein die Hauptstadt könne seinen Fähigkeiten die Gerechtigkeit widerfahren lassen, die ihnen gebührte. Unser junger Gelehrter hatte die Geometrie Descartes', die Analyse Harriots, die Werke Fermats und Robervalles vor Augen. Er sah deutlich, daß die großen Geister, indem sie der Wissenschaft den Weg erschlossen, selbst noch sehr unsicher darauf vorangeschritten. Er legte ein Verzeichnis aller ihrer Entdeckungen an, fügte Lösungen hinzu, die noch niemand versucht hatte, und schlug für die bisher angewandten Logarithmen Verbesserungen vor. Hervás arbeitete an seinem Buch länger als ein Jahr. Werke über Geometrie waren damals stets in lateinischer Sprache verfaßt; Hervás schrieb seines auf Spanisch, damit es mehr Verbreitung finde, und um ihm einen Titel zu geben, der Neugier erwecken könne, nannte er es *Geheimnisse der Analyse, enthüllt in Kenntnis des Unendlichen aller Dimensionen*.

Als das Manuskript eben abgeschlossen war, wurde mein Vater volljährig, und er erhielt darüber einen Bescheid seiner Vormunde; sie teilten ihm ebenfalls mit, sein Vermögen, das sich zunächst auf achttausend Pistolen zu belaufen schien, habe sich mehrerer Umstände wegen auf achthundert reduziert, und man werde ihm diese Summe zustellen, sobald er seine Vormunde nach Recht und Gesetz ausgezahlt habe. Hervás überlegte, daß achthundert Pistolen genau die Summe seien, die er benötigte, um sein Werk drucken zu lassen und nach Madrid zu transportieren. Er beeilte sich also, die Entlastung für die Vormunde zu unterzeichnen, erhielt die achthundert Pistolen und legte sein Manuskript der Zensurbehörde vor.

Die Zensoren vom theologischen Fach machten in Anbetracht dessen, daß die Analyse des unendlich Kleinen anscheinend auf die Atome Epikurs zurückzuführen war, dessen Lehre von der Kirche mißbilligt wird, einige Schwierigkeiten. Man hielt ihnen vor, daß es sich um abstrakte Werte, nicht um materielle Teilchen handle, und sie zogen ihren Einspruch zurück.

Von der Zensur ging das Werk zum Drucker. Es wurde ein recht dicker Quarto-Band, für den fehlende algebraïsche Zeichen gegossen und sogar neue Patrizen geschnitten werden mußten, so daß die Ausgabe, die in tausend Exemplaren gedruckt werden sollte, Hervás auf siebenhundert Pistolen zu stehen kam. Er zahlte sie um so lieber, als er damit rechnete, jedes Exemplar zu drei

Pistolen zu verkaufen, was einen Reingewinn von zweitausenddreihundert Pistolen ergab. Hervás war nichts weniger als auf seinen Vorteil bedacht; aber die Gewißheit, dieses kleine Kapital in Händen zu halten, erfüllte ihn auf Dauer mit Genugtuung.

Der Druck nahm mehr als sechs Monate in Anspruch. Hervás las selbst die Korrekturfahnen, und diese langwierige Arbeit kostete ihn mehr Mühe als das Schreiben des Buches. Endlich brachte ihm der größte Karren, der in Salamanca aufzutreiben war, die schweren Pakete ins Haus, auf die sich sein gegenwärtiger Ruhm und seine künftige Unsterblichkeit gründeten.

Gleich am nächsten Tag lud Hervás, berauscht von Freude und trunken von Hoffnungen, sein Werk auf acht Maulesel, stieg selber auf den neunten und schlug den Weg nach Madrid ein. In der Hauptstadt angekommen, suchte er geradewegs den Buchhändler Moreno auf und erklärte ihm:

»Señor, diese acht Maultiere brachten Ihnen neunhundertneunundneunzig Exemplare eines Werkes, dessen tausendstes Sie hier sehen. Hundert Exemplare, die Sie auf Ihre Rechnung verkaufen, werden Ihnen dreihundert Pistolen einbringen, und Sie werden die Güte haben, über die anderen mit mir abzurechnen. Ich wage zu behaupten, daß die ganze Auflage in wenigen Wochen vergriffen sein wird und daß ich eine neue drucken lassen kann, in die ich einige Erläuterungen einfügen werde, die mir während der Drucklegung in den Sinn kamen.«

Moreno machte den Eindruck, als zweifle er an einem so schnellen Verkauf, da er jedoch die Druckerlaubnis der Zensoren von Salamanca sah, machte er keine Umstände, nahm die Pakete auf Lager und legte einige Exemplare in seinem Laden aus. Hervás suchte sich in einer Herberge Quartier; und ohne Zeit zu verlieren, begann er an Anmerkungen und Zusätzen zu arbeiten, welche die zweite Auflage seines Werkes ergänzen sollten.

So vergingen drei Wochen, und unser Geometer dachte, es sei nun Zeit, Moreno aufzusuchen und das Geld abzuholen, das aus dem Verkauf stammte und mindestens tausend Pistolen ausmachen mußte. Er ging hin und war tief gekränkt, als er erfuhr, daß noch kein einziges Exemplar verkauft war.

Bald hatte er Grund, sich noch tiefer gedemütigt zu fühlen; denn als er zur Herberge zurückkam, stieß er dort auf einen *alguazil* vom Hof, der ihn in einen geschlossenen Wagen steigen ließ und in den Turm von Segovia brachte. Es ist verwunderlich, daß ein Geometer als Staatsgefangener behandelt wurde; dies aber war geschehen: Die zwei oder drei Exemplare, die Moreno ausgestellt hatte, gelangten bald den Neugierigen in die Hände, die seinen Laden frequentierten. Einer von ihnen, der den Titel *Geheimnisse der Analyse, enthüllt*... gelesen hatte, erklärte, das könne sehr wohl ein Pamphlet gegen die Regierung sein. Ein anderer, der eben diesen Titel aufmerksam studierte, meinte mit boshaftem Lächeln, die Satire müsse sich auf den Minister der Finanzen, Don Pedro Alanyes, beziehen; denn »Analyse« war das Anagramm von »Alanyes«, und der zweite Teil des Titels, *Unendliches aller Dimensionen*, beziehe sich ebenfalls auf den Minister, der physisch unendlich klein und unendlich dick, moralisch unendlich hochmütig und unendlich niedrig sei. An diesem Witz ist leicht zu ermessen, daß den Klienten Morenos alles zu sagen erlaubt war und daß die Regierung diese kleine satirische Junta tolerierte.

Wer Madrid kennt, weiß, daß das Volk dort in gewisser Hinsicht am Bildungsgrad der höheren Klassen teilhat; daß es an den gleichen Ereignissen Anteil nimmt, die gleichen Meinungen teilt und daß die Späße der großen Welt in kurzer Zeit auf die Straße herabsteigen und dort kursieren. Daher gingen die Witze der Klienten Morenos bald auch in den Barbierstuben um; schließlich auch an allen Straßenecken.

Bald hieß auch der Minister Alanyes nur noch »Señor Analyse, unendlich in allen Dimensionen«. Dieser Finanzmann war an die Abneigung des Volkes ziemlich gewöhnt und achtete nicht darauf; als ihm indessen derselbe Spitzname oft genug zu Ohren gekommen war, fragte er seinen Sekretär nach einer Erklärung dafür. Dieser antwortete, der Witz rühre von einem angeblich mathematischen Buch her, das man bei Moreno verkaufe. Ohne sich um weitere Einzelheiten zu kümmern, ließ der Minister zunächst den Autor verhaften, dann die ganze Auflage beschlagnahmen.

Hervás, dem all dies unbekannt blieb, der in den Turm von Segovia eingesperrt war, über Tinte und Feder nicht verfügte und nicht wußte, wann seine Haft enden würde, verfiel darauf, um seine Langeweile zu verkürzen, alle seine Kenntnisse in Gedanken Revue passieren zu lassen, das heißt, sich an alles zu erinnern, was er in jedem Wissenszweig wußte. Da bemerkte er mit viel Genugtuung, daß er wirklich das Ganze des menschlichen Wissens beherrschte und – wie Pico della Mirandola – Thesen *de omni scibile* hätte verfechten können.

Da Hervás den Ehrgeiz hatte, sich in den Wissenschaften einen Namen zu machen, faßte er den Plan eines hundertbändigen Werkes, das alles einschließen sollte, was die Menschen seiner Zeit wußten. Er wollte es ohne Autorennamen erscheinen lassen. Die Öffentlichkeit würde sich gewiß hinters Licht führen lassen und glauben, das Werk könne nur von einem Gremium von Gelehrten verfaßt sein. Dann wollte Hervás hervortreten und mit einem Schlage den Titel eines Universalmenschen erlangen. Hervás verfügte über einen Geist, dessen Kräfte einem derart umfassenden Unternehmen gewachsen waren; er fühlte das und gab sich seinem Plan ganz hin, der den zwei Leidenschaften seiner Seele schmeichelte, der Liebe zu den Wissenschaften und der Eigenliebe.

Sechs Wochen gingen für Hervás schnell vorüber. Am Ende dieser Zeit wurde er zum Kommandanten der Festung gerufen; dort fand er den Ersten Sekretär des Finanzministers vor. Dieser Mann grüßte ihn mit einer Art Hochachtung und erklärte ihm:

»Don Diego Hervás, Sie wollten in der Gesellschaft ohne Beschützer auftreten, was höchst unklug ist; denn wenn Sie eines Vergehens beschuldigt werden, ist niemand da, der Sie verteidigen könnte. Man legt Ihnen zur Last, Sie hätten mit Ihrer *Analyse der Unendlichkeiten* auf den Finanzminister gezielt. Don Pedro de Alanyes hat in seinem gerechten Zorn die ganze Auflage Ihres Werks den Flammen übergeben; mit dieser Genugtuung ist er jedoch zufriedengestellt, will Ihnen verzeihen und bietet Ihnen in seiner Kanzlei die Stelle des *contador* an. Dort wird man Sie mit einigen Rechnungen beauftragen, deren Kompliziertheit uns manchmal etwas zu schaffen macht. Verlassen Sie nun dieses Gefängnis und kommen Sie nie mehr wieder her.«

Hervás war zunächst sehr betrübt darüber, daß man auf einmal neunhundertneunundneunzig Exemplare eines Werkes verbrannt hatte, das ihn soviel Mühe gekostet hatte; da er jetzt aber seinen Ruhm auf andere Pläne gründen wollte, verschmerzte er sie ziemlich schnell und widmete sich seinem Amt in der Kanzlei. Dort präsentierte man ihm Annuitätenregister, Diskontberechnungen mit Münzsortenarbitrage und andere Rechnungen, die er mit einer Leichtigkeit bewältigte, die ihm die Hochachtung seiner Vorgesetzten eintrug. Man gab ihm das Gehalt eines Vierteljahrs als Vorschuß und wies ihm in einem Hause, über das der Minister verfügen konnte, eine Wohnung an.

An dieser Stelle seiner Erzählung wurde der Zigeuner zu seinen Leuten gerufen; um unsere Neugier zu befriedigen, mußten wir also auf den nächsten Tag warten.

Neunundvierzigster Tag

Bei Tagesanbruch versammelten wir uns wieder in der Höhle. Rebekka bemerkte, Busqueros habe seine Geschichte sehr gewandt vorgetragen.

»Ein gewöhnlicher Intrigant«, erklärte sie, »hätte, um Cornádez Furcht einzujagen, in Leintücher verhüllte Gespenster auftreten lassen, die gewiß Eindruck auf ihn gemacht hätten, der aber nach einiger Überlegung verflogen wäre. Busqueros geht anders vor: Er versucht nur durch Worte auf Cornádez zu wirken. Jedermann kennt die Geschichte des Atheisten Hervás; der Jesuit Granada hat sie in den Anmerkungen zu seinem Werk mitgeteilt. Der verdammte Pilger behauptet, er sei sein Sohn, um in Cornádez' Seele einen um so tieferen Eindruck zu hinterlassen.«

»Sie sind allzu voreilig mit Ihrem Urteil«, sagte der alte Hauptmann. »Der Pilger konnte sehr wohl der Sohn des Atheisten Hervás sein, und es steht außer Zweifel, daß die Ereignisse, von denen er berichtet, in der Legende, die Sie erwähnen, nicht erscheinen, in der wir vor allem einige Details über die Umstände seines Todes finden. Haben Sie also die Güte, geduldig das Ende der Geschichte anzuhören.«

Fortsetzung der Geschichte des Diego Hervás, erzählt von seinem Sohn, dem verdammten Pilger

Hervás war also wieder in Freiheit; sein Lebensunterhalt war gesichert. Die Arbeit, die von ihm verlangt wurde, beschäftigte ihn nur ein paar Vormittagsstunden, und ihm schwebte ein Riesenplan vor, der geeignet war, alle Kräfte seines Geistes in Anspruch zu nehmen und ihm alle Freuden des Wissens zu schenken. Unser ehrgeiziger Enzyklopädist beschloß, über jede Wissenschaft einen Oktavband zu schreiben. Da er feststellte, daß die Sprache etwas wie das Erkennungsmerkmal des Menschen sei, widmete er den ersten Band der Grammatik; er entwickelte darin die unendlich mannigfaltigen grammatischen Kunstgriffe, mittels derer man in jeder Sprache die verschiedenen Teile der Rede hervorbringt und den Elementen des Denkens ihre Formen verleiht.

Indem Hervás dann von dem Denken, das sich im Inneren des Menschen abspielt, zu den Vorstellungen überging, die von den ihn umgebenden Gegenständen herrühren, widmete er den zweiten Band der allgemeinen Naturgeschichte; den dritten der Zoologie, also der Tierkunde; den vierten der Ornithologie, das heißt der Vogelkunde; den fünften der Ichthyologie, also der Lehre von den Fischen; den sechsten der Entomologie, also der Insektenkunde; den siebten der Skolekologie, das heißt der Kunde von den Würmern; den achten der Konchyliologie, also der Lehre von den Schalentieren; den neunten der Botanik; den zehnten der Geologie oder der Lehre von der Erdstruktur; den elften der Lithologie oder der Gesteinskunde; den zwölften der Oryktologie oder Fossilienkunde; den dreizehnten der Metallurgie, der Kunst, Metalle abzubauen und zu bearbeiten; den vierzehnten der Dokimastik, der Kunst, sie auf ihre Zusammensetzung hin zu prüfen.

Der fünfzehnte Band, der den Menschen selbst wieder zum Thema machte, behandelte die Physiologie oder das Wissen vom menschlichen Körper. Der sechzehnte Band behandelte die Anatomie; der siebzehnte war der Myologie oder der Lehre von den Muskeln gewidmet; der achtzehnte der Osteologie; der neunzehnte der Neurologie; der zwanzigste der Phlebologie oder dem Wissen vom Adernsystem.

Der einundzwanzigste Band galt der Medizin, die im zweiundzwanzigsten weiter spezifiziert wurde in die Nosologie, die Kunde von den Krankheiten, im dreiundzwanzigsten in die Ätiologie, die Lehre von ihren Ursachen; im vierundzwanzigsten in die Pathologie, die Lehre von den Leiden, zu denen sie führen; im fünfundzwanzigsten in die Semiotik oder Symptomlehre; im sechsundzwanzigsten in die Klinik, die Lehre von den am Krankenbett anzuwendenden Verfahren; im siebenundzwanzigsten in die Therapeutik, also die Heilkunde (die schwierigste von allen). Der achtundzwanzigste Band behandelte die Diätetik oder das Wissen von der Diät; der neunundzwanzigste die Hygiene oder die Kunst, die Gesundheit zu bewahren; der dreißigste die Chirurgie; der einunddreißigste die Pharmazie; und der zweiunddreißigste die Veterinärmedizin.

Dann kam im dreiunddreißigsten Band die allgemeine Physik; im vierunddreißigsten die spezielle Physik; im fünfunddreißigsten die Experimentalphysik; im sechsunddreißigsten die Meteorologie; im siebenunddreißigsten die Chemie; die Scheinwissenschaften, die davon abgeleitet werden, wie etwa die Alchimie, im achtunddreißigsten Band; und im neununddreißigsten die hermetische Philosophie.

Auf diese Naturwissenschaften folgten solche, die vom Kriegszustand abzuleiten sind, von dem man auch glaubt, er sei dem Menschen natürlich. Also handelte der vierzigste Band von der Strategie oder Kriegskunst; der einundvierzigste von der Castrametation oder der Kunst, ein Feldlager aufzuschlagen; der zweiundvierzigste von der Fortifikation; der dreiundvierzigste vom Krieg unter der Erde, das heißt von der Mineurkunst; der vierundvierzigste von der Pyrotechnik, also der Kunst des Feuerwerkers; der fünfundvierzigste von der Ballistik, das heißt der Kunst, schwere Körper zu schleudern: Bei der Artillerie war sie in Vergessenheit geraten, aber Hervás hatte sie durch seine gelehrten Untersuchungen über die in der Antike gebräuchlichen Wurfmaschinen sozusagen wiederbelebt.

Von da aus zu den Künsten des Friedens übergehend, hatte Hervás den sechsundvierzigsten Band der zivilen Baukunst gewidmet; den siebenundvierzigsten den Küstenbauwerken; den achtundvierzigsten dem Schiffbau; den neunundvierzigsten der Navigation.

Dann betrachtete Hervás wieder den Menschen in der Gesellschaft und widmete den fünfzigsten Band der Gesetzgebung; den einundfünfzigsten dem Zivilrecht; den zweiundfünfzigsten dem Strafrecht; den dreiundfünfzigsten dem Staatsrecht; den vierundfünfzigsten der Geschichte; den fünfundfünfzigsten der Mythologie; den sechsundfünfzigsten der Chronologie; den siebenundfünfzigsten der Biographie; den achtundfünfzigsten der Archäologie oder Altertumswissenschaft; den neunundfünfzigsten der Numismatik; den sechzigsten der Heraldik; den einundsechzigsten der Diplomatik, das heißt der Wissenschaft von den Urkunden und Dokumenten; den zweiundsechzigsten der Diplomatie, welche die Wissenschaft vom Gesandtschaftswesen oder die Kunst der Verhandlungsführung ist; den dreiundsechzigsten der Idiomatik, also der allgemeinen Kenntnis der Sprachen; den vierundsechzigsten der Bibliographie, also der Bücher- und Editionskunde.

Der fünfundsechzigste Band handelte, indem Hervás auf die Kunst des Denkens zurückkam, von der Logik; der sechsundsechzigste von der Rhetorik; der siebenundsechzigste von der Ethik, also der Sittlichkeit; der achtundsechzigste von der Ästhetik, also der Analyse der Eindrücke, die wir über die Sinne aufnehmen.

Es folgte der neunundsechzigste Band, welcher die Theosophie enthielt, das heißt das Studium der Weisheit, wenn sie mit dem religiösen Kult in Beziehung gesetzt wird; der siebzigste, der die Theologie im allgemeinen enthielt; von der im einundsiebzigsten die Abteilung Dogmatik dargestellt wurde; im zweiundsiebzigsten die Polemik, welche die Fähigkeit ist, in der Disputation die wesentlichen Gesichtspunkte darzustellen; die Asketik im dreiundsiebzigsten. Letztere lehrt die Exerzitien der Frömmigkeit. Im vierundsiebzigsten folgte darauf die Exegese, also die Auslegung der heiligen Schriften. Im fünfundsiebzigsten die Hermeneutik, das heißt ihre Interpretation, im sechsundsiebzigsten die Scholastik, also die Beweisführung in vollkommener Unabhängigkeit vom gesunden Menschenverstand, und im siebenundsiebzigsten die mystische Theologie oder der spirituelle Pantheismus.

Von der Theologie aus schlug Hervás im achtundsiebzigsten Band wohl allzu kühn den Bogen zur Oneiromantie, also zur Traumdeutung: ein Band, der nicht zu den uninteressantesten gehörte. Hervás zeigte darin, wie lügnerische und frivole Irrtümer die Welt Jahrhunderte lang beherrschen konnten; denn aus der Geschichte sehen wir, daß der Traum von den fetten und den mageren Kühen den Bestand Ägyptens veränderte, dessen Grund und Boden in dieser Epoche zum Eigentum des Königs wurde. Fünfhundert Jahre später erleben wir, daß Agamemnon den versammelten Griechen seine Träume erzählt. Wieder sechs Jahrhunderte später erklärten endlich die Chaldäer von Babylon und das Orakel von Delphi diese Träume.

Der neunundsiebzigste Band behandelte die Ornithomantie oder die Wissenschaft der Auguren, das heißt das Weissagen aus dem Vogelflug, das vor allem von den toskanischen Haruspices praktiziert wurde: Seneca hat uns ihre Riten überliefert.

Der achtzigste Band, der gelehrter ist als die anderen, verfolgte die Magie auf ihre Ursprünge zu Zeiten Zoroasters und Ostanes' zurück. Darin war die Geschichte dieser erbärmlichen Lehre zu finden, die schändlicherweise noch die Anfänge unseres Jahrhunderts verseuchte und die man auch heute noch nicht ganz aufgegeben hat.

Der einundachtzigste Band war der Kabbala und verschiedenen Arten der Wahrsagung gewidmet, wie etwa der Rhabdomanie oder der Wahrsagung durch den Stäbchenwurf, der Hydromantie, der Geomantie und so weiter.

Von all diesen Lügengeweben ging Hervás plötzlich zu den unstrittigsten Wahrheiten über. So war der zweiundachtzigste Band der Geometrie gewidmet; der dreiundachtzigste der Arithmetik; der vierundachtzigste der Algebra; der fünfundachtzigste der Trigonometrie; der sechsundachtzigste der Stereometrie, das heißt der Körperschnittlehre, die auf Steinschnitte angewandt wird; der siebenundachtzigste der Geographie, der achtundachtzigste der Astronomie und ihrer fehlerhaften Anwendung, die unter dem Namen Astrologie bekannt ist; der neunundachtzigste der Mechanik; der neunzigste der Dynamik, der Lehre von Kräften in der Bewegung; der einundneunzigste der Statik, der Lehre von im Gleichgewicht zueinander wirkenden Kräften; der zweiundneunzigste der Hydraulik; der dreiundneunzigste der Hydrostatik; der vierundneunzigste der Hydrodynamik; der fünfundneunzigste der Optik und der Perspektive; der sechsundneunzigste der Dioptrik; der siebenundneunzigste der Katoptrik; der achtundneunzigste der analytischen Geometrie; der neunundneunzigste den Grundbegriffen der Differentialrechnung. Der hundertste Band war schließlich der Analyse vorbehalten, die nach Hervás' Meinung die Wissenschaft der Wissenschaften und die äußerste Grenze des menschlichen Geistes darstellte.

Nach Ansicht mancher muß eine vertiefte Kenntnis von hundert Wissenschaften über die Kräfte hinausgehen, die man einem menschlichen Geist zugesteht; es ist indessen sicher, daß Hervás über jede einzelne einen Band verfaßte, der mit der Geschichte der Wissenschaft begann und mit höchst scharfsinnigen Ausblicken darüber endete, wie man sie noch erweitern und die Grenzen des Wissens noch in allen Richtungen hinausrücken könne.

Mittels der ökonomischen Anwendung seiner Zeit und einer beträchtlichen Regelmäßigkeit in ihrer Verwendung genügte Hervás allen Anforderungen. Er erhob sich vor Sonnenaufgang und bereitete sich auf die Arbeit in der Kanzlei durch Überlegungen vor, die den mathematischen Operationen, die er auszuführen hatte, entsprachen. Eine halbe Stunde vor allen anderen begab er sich zum Minister und wartete, die Feder in der Hand und den Kopf frei von allen Gedanken, die Beziehung zu seinem Werk hatten, auf das Anschlagen der Kanzleiglocke. Im Augenblick, wenn sie ertönte, begann er seine Rechnungen und erledigte sie mit verblüffender Geschwindigkeit. Daraufhin schaute er beim Buchhändler Moreno herein, dessen Vertrauen er hatte gewinnen können, nahm dort die Bücher mit, die er brauchte, und trug sie nach Hause. Er ging noch einmal aus, um eine leichte Mahlzeit zu sich zu nehmen, kam vor ein Uhr zurück und arbeitete bis acht Uhr abends. Dann spielte er mit Knaben aus der Nachbarschaft *pelota*, ging wieder nach Hause, trank eine Tasse Schokolade und legte sich zur Ruhe. Sonntags blieb er den ganzen Tag draußen und dachte über die Arbeit der nächsten Woche nach. So konnte Hervás etwa dreitausend Stunden jährlich dem Verfassen seines enzyklopädischen Werkes widmen, was nach fünfzehn Jahren fünfundvierzigtausend Stunden ausmachte, womit dieses erstaunliche Elaborat tatsächlich vollendet war, ohne daß jemand in Madrid etwas davon geahnt hätte; denn Hervás war keineswegs mitteilsam und sprach von seinem Werk mit keinem, da er die Welt in Erstaunen versetzen wollte, indem er ihr diese vielseitige Häufung von Wissen mit einem Schlag zur Kenntnis brachte.

Hervás' Werk war also vollendet, als er eben sein neununddreißigstes Jahr vollendete, und er beglückwünschte sich dazu, daß er gerade mit dem Aufblühen seines Ruhms in das vierzigste eintreten sollte. Zugleich aber empfand er in seiner Seele eine Art Trauer; denn die Gewohnheit der Arbeit, durch Hoffnung beschwingt, war ihm etwas wie eine angenehme Gesellschaft gewesen, die seinen Tag in allen Augenblicken ausgefüllt hatte.

Diese Gesellschaft hatte er verloren, und er begann zu fühlen, was er niemals gekannt hatte: die Langeweile. Dieser Zustand, der für Hervás ganz neu war, warf ihn völlig aus der gewohnten Bahn. Er suchte keineswegs die Einsamkeit, sondern er war überall zu sehen, wo Menschen zusammenkamen. Man hatte den Eindruck, er wolle jedermann ansprechen; da er aber niemanden kannte und an Konversation nicht gewöhnt war, ging er vorbei, ohne ein Wort über die Lippen zu bringen. In seinem Innern dachte er indessen, bald werde ihn ganz Madrid kennen und seinen Umgang suchen, und sein Name werde bald in aller Munde sein.

Vom Bedürfnis nach Zerstreuung getrieben, hatte Hervás die Idee, seinen Geburtsort wieder aufzusuchen, jenen bescheidenen Marktflecken in Asturien, den er einmal berühmt zu machen hoffte. Seit fünfzehn Jahren hatte er sich kein anderes Vergnügen gegönnt, als mit den Knaben der Nachbarschaft *pelota* zu spielen, und er versprach sich einen köstlichen Spaß davon, sie in der Umgebung zu spielen, in der er seine früheste Jugend zugebracht hatte.

Bevor Hervás abreiste, wollte er den Anblick seiner auf einem einzigen Wandbrett aufgereihten hundert Bände genießen. Er hatte eine Kopie seines Werks in dem Format, das es auch im Druck haben sollte. Er brachte sein Manuskript zu einem Buchbinder und legte ihm ans Herz, der Rücken jedes Bandes solle der Länge nach den Titel der Wissenschaft und die Bandnummer tragen, vom ersten an, der Universalgrammatik, bis hin zur Analyse, dem hundertsten.

Der Buchbinder brachte das Werk nach drei Wochen. Das Wandbrett, das es aufnehmen sollte, war schon befestigt. Hervás stellte die eindrucksvolle Reihe darauf und entfachte mit allen Entwürfen und Teilkopien ein Freudenfeuer. Daraufhin drehte er den Schlüssel seiner Tür zweimal im Schloß um, brachte sein Siegel auf der Tür an und brach nach Asturien auf.

Der Anblick seines Geburtsortes gewährte Hervás alle Lust, die er sich davon versprochen hatte. Tausend unschuldige, süße Erinnerungen ließen ihn Freudentränen vergießen, deren Quellen die zwanzig Jahre voll trockener Begriffe gleichsam zum Versiegen gebracht hatten. Unser Enzyklopädist hätte gern den Rest seiner Tage im heimatlichen Marktflecken verbracht; die hundert Bände riefen ihn jedoch wieder nach Madrid zurück. Er schlägt wieder den Weg zur Hauptstadt ein; er kommt nach Hause, findet das an der Tür angebrachte Siegel unverletzt; er öffnet sie! ... und findet die hundert Bände in Fetzen und aus den Einbänden gerissen; alle Blätter wirr verstreut auf dem Boden!

Der furchtbare Anblick verwirrt seine Sinne; er stürzt inmitten der zerfetzten Bücher nieder und verliert das Bewußtsein.

Ach ja! Dies war nämlich die Ursache für das Unglück: Hervás speiste nie zu Hause. Die Ratten, die in allen Häusern Madrids so zahlreich auftreten, hüteten sich, das seine zu besuchen, sie hätten dort nichts zu nagen gefunden als ein paar Federkiele; anders wurde dies aber, als man hundert mit ganz frischem Kleister gesättigte Bände in das Zimmer brachte und dieses Zimmer noch am gleichen Tage von seinem Herrn verlassen wurde. Angelockt vom Geruch des Kleisters, dreist geworden durch die Einsamkeit, strömten sie zusammen, stürzten die Bücher herab, zernagten sie, verschlangen sie ...

Als Hervás wieder zu sich kam, sah er eins dieser Ungeheuer, das gerade die letzten Seiten seiner *Analyse* in ein Loch schleppte. Der Zorn hatte vielleicht nie Macht über Hervás' Seele gewonnen. Nun fühlte er sich zum ersten Mal davon gepackt, stürzte sich auf den Entführer seiner *Transzendenten Geometrie*: Sein Kopf prallte gegen die Wand, und er sank erneut ohnmächtig nieder.

Hervás kam wieder zur Besinnung, sammelte die Fetzen auf, die den Boden seines Zimmers bedeckten, und warf sie in einen Kasten. Dann setzte er sich darauf und gab sich den traurigsten Gedanken hin. Bald darauf überlief ihn ein Schauer, der am nächsten Tag in ein bösartiges Gallenfieber mit komatösen Zuständen überging. Er mußte den Ärzten übergeben werden.

Als der Zigeunerhauptmann diese Stelle seiner Erzählung erreicht hatte, wurde er zu seiner Bande gerufen; also verschob er die Fortsetzung seiner Erzählung auf den nächsten Tag.

Fünfzigster Tag

Am nächsten Tag versammelte sich die Gesellschaft wieder, und der Zigeunerhauptmann setzte seine Erzählung folgendermaßen fort:

Fortsetzung der Geschichte des Diego Hervás,
erzählt von seinem Sohn, dem verdammten Pilger

Hervás, durch die Ratten seines Ruhms beraubt, von den Ärzten schon aufgegeben, wurde von seiner Krankenpflegerin nicht verlassen. Sie sorgte unablässig für ihn, und bald rettete ihm eine heilsame Krise das Leben. Die Krankenpflegerin war ein Mädchen von dreißig Jahren namens Marica; sie hatte seine Pflege aus Freundschaft übernommen, weil er manchmal die Abende plaudernd mit ihrem Vater, einem benachbarten Schuhmacher, verbrachte. Der genesende Hervás fühlte, was er alles diesem guten Mädchen verdankte.

»Marica«, sagte er zu ihr, »Sie haben mir das Leben gerettet, und dabei beglücken Sie mich. Was kann ich für Sie tun?«

»Señor«, antwortete ihm das Mädchen, »Sie könnten mich glücklich machen, aber wie, das wage ich nicht zu sagen.«

»Sprechen Sie, sprechen Sie, und Sie können sicher sein, wenn es in meiner Macht steht, so tue ich es.«

»Wenn ich Sie aber bäte, mich zu heiraten?«

»Das will ich tun, und von Herzen gern. Sie sollen für mich kochen, wenn es mir gut geht, Sie sollen mich pflegen, wenn ich krank liege, und Sie sollen die Ratten fernhalten, wenn ich nicht zu Hause bin. Ja, Marica, ich heirate Sie, wann Sie es wünschen, je eher, desto besser.«

Hervás, der noch nicht völlig geheilt war, öffnete den Kasten, in dem die Reste seiner *Polymathesis* lagen. Er versuchte, die Blätter in eine Ordnung zu bringen, und erlitt einen Rückfall, der ihn sehr schwächte. Als er imstande war auszugehen, suchte er den Finanzminister auf und stellte ihm dar, er habe fünfzehn Jahre lang gearbeitet und Schüler ausgebildet, die ihn ersetzen könnten; seine Gesundheit sei stark angegriffen; und er bat um seinen Abschied mit einer Pension, die die Hälfte seiner Besoldung ausmachte. In Spanien sind dergleichen Gunsterweise nicht sehr schwer zu erlangen; man gewährte Hervás, worum er bat, und er heiratete Marica.

Danach änderte unser Gelehrter seine Lebensführung. Er bezog eine Wohnung in einem abgelegenen Viertel und nahm sich vor, den Fuß nicht mehr vor die Tür zu setzen, bevor er das Manuskript seiner hundert Bände wieder zusammengestellt hätte. Die Ratten hatten alles Papier auf der Seite der Buchrücken zernagt und nur die andere Hälfte der Blätter übriggelassen, und selbst diese Hälften waren zerrissen. Sie dienten Hervás jedoch dazu, sich an den vollständigen Text zu erinnern. So machte er sich daran, das ganze Werk erneut herzustellen. Gleichzeitig brachte er ein ganz anderes hervor; Marica schenkte mir das Leben, mir, dem Sünder, dem Verworfenen. Ach! Der Tag meiner Geburt war gewiß ein Festtag der Hölle; die ewigen Flammen dieses schrecklichen Ortes lohten schrecklich empor, und die Teufel fügten den Verdammten neue Qualen zu, um sich besser an ihrem Geheul zu ergötzen.

Als der Pilger diese Worte sprach, schien er sich der Verzweiflung anheimzugeben. Er vergoß Ströme von Tränen; dann wandte er sich Cornádez zu und sagte ihm:

»Heute bin ich nicht imstande, in meiner Erzählung fortzufahren; kommen Sie morgen zur gleichen Zeit wieder und hüten Sie sich, es zu versäumen, es geht um Ihr Seelenheil.«

Die Seele voll neuer Schrecknisse, ging Cornádez nach Hause. In der Nacht weckte ihn der verstorbene Peña Flor, der ihm dicht an den Ohren die hundert Dublonen vorzählte, ohne eine einzige auszulassen.

Am folgenden Tag ging er wieder in den Garten der Cölestiner. Dort fand er den Pilger, der folgendermaßen in seiner Erzählung fortfuhr:

Ich kam zur Welt, und meine Mutter überlebte meine Geburt nur um wenige Stunden. Liebe und Freundschaft hatte Hervás immer nur durch die Definition dieser beiden Empfindungen gekannt, die er im siebenundsechzigsten Band seines Werkes untergebracht hatte. Der Verlust seiner Gattin bewies ihm, daß er dazu geschaffen war, Freundschaft und Liebe zu empfinden; dieser Verlust drückte ihn tiefer zu Boden als der seiner von den Ratten gefressenen hundert Oktavbände. Hervás' Haus war klein und hallte bei jedem Schrei, den ich ausstieß, von oben bis unten wider; es war nicht möglich, mich dort bleiben zu lassen. Mein Großvater nahm mich auf, der Schuster Marañon, der sich sehr geschmeichelt zeigte, seinen Enkel, den Sohn eines *contadors* und Edelmannes, in seinem Hause zu beherbergen.

Mein Großvater lebte bei seinem bescheidenen Stande in beträchtlichem Wohlstand. Sobald ich alt genug war, die Schulen zu besuchen, schickte er mich hin. Als ich sechzehn Jahre zählte, gab er mir elegante Kleidung und die Mittel dazu, als Müßiggänger durch Madrid zu spazieren. Für seine Unkosten glaubte er sich reichlich belohnt, wenn er sagen konnte: *Mi nieto el hijo del contador*, mein Enkel, der Sohn des *contadors*. Aber kommen wir auf meinen Vater und sein trauriges Los zurück, das nur allzu bekannt ist. Möge es den Gottvergessenen als Lehre und Abschreckung dienen!

Diego Hervás brauchte acht Jahre, um die von den Ratten angerichteten Verwüstungen zu beheben. Er hatte sein Werk fast vollendet, als ihm ausländische Zeitungen in die Hände fielen, aus denen hervorging, daß die Wissenschaften, von ihm unbemerkt, beträchtliche Fortschritte gemacht hatten. Hervás seufzte über die zusätzliche Mühe, da er aber sein Werk nicht unzulänglich belassen wollte, ergänzte er jede Wissenschaft um die neuerdings gemachten Entdeckungen. Das kostete ihn nochmals vier Jahre. Zwölf ganze Jahre verbrachte er also, ohne den Fuß vor die Tür zu setzen und fast ständig über sein Werk gebeugt. Die sitzende Lebensweise ruinierte seine Gesundheit vollends. Er litt an einer hartnäckigen Ischias, Kreuzschmerzen, Harngrieß und allen Anzeichen einer Gicht. Aber endlich war die *Polymathesis* vollendet. Hervás ließ den Buchhändler Moreno kommen, den Sohn des Moreno, der seine unselige *Analyse* zum Verkauf gebracht hatte.

»Señor«, erklärte er ihm, »diese Bände enthalten alles, was der Mensch heute weiß. Diese *Polymathesis* wird Ihrem Verlag und, wie ich zu sagen wage, ganz Spanien Ehre machen. Für mich selbst verlange ich nichts, tun Sie mir nur die Liebe, mich zu drucken, damit meine unerhörte Mühe nicht umsonst war.«

Moreno schlug alle Bände auf, prüfte sie sorgfältig und sagte: »Señor, ich übernehme das Werk, aber Sie müssen sich entschließen, es auf fünfundzwanzig Bände zu kürzen.«

»Verlassen Sie mich«, erwiderte ihm Hervás mit höchster Entrüstung, »verlassen Sie mich; kehren Sie in Ihren Laden zurück und drucken Sie den romantischen oder pedantischen Quark, der Spanien zur Schande gereicht. Lassen Sie mich, Señor, mit meinem Harngrieß und meinem Geist, der mir, wäre er bekannter geworden, die allgemeine Hochachtung eingetragen hätte. Ich aber habe von den Menschen nichts mehr zu erwarten, und noch weniger von den Buchhändlern; verlassen Sie mich.«

Moreno zog sich zurück, und Hervás verfiel der schwärzesten Melancholie; er hatte ständig seine hundert Bände vor Augen, seines Geistes Kinder, in Freuden empfangen, geboren unter Schmerzen, die auch ihr Entzücken mit sich brachten – und jetzt ins Vergessen gestürzt. Sein ganzes Leben sah er vertan, seine Existenz, in der Gegenwart wie in der Zukunft, vernichtet. Daher wandte sich nun sein Geist, der es gewohnt war, alle Geheimnisse der Natur zu durchdringen, unglücklicherweise dem Abgrund des menschlichen Elends zu. Da er seine Tiefe ermaß, sah er das Böse überall, sah er nur noch das Böse und sprach in seinem Herzen: »Schöpfer des Bösen, wer bist du?«

Dieser Gedanke erschreckte ihn selbst, und er wollte untersuchen, ob das Böse, um zu existieren, notwendigerweise erschaffen sein müsse. Dann prüfte er dieselbe Frage unter einem umfassenderen Gesichtspunkt. Er hielt sich an die Naturkräfte und schrieb der Materie eine Energie zu, die ihm geeignet schien, für alles eine Erklärung zu liefern, ohne daß man eine Schöpfung in Anspruch nehmen müßte.

Was den Menschen und die Tiere betrifft, so verdankten sie seiner Ansicht nach ihre Existenz einer generativen Säure, welche die Materie zur Gärung bringt und ihr so beständige Formen verleiht, ungefähr so, wie die Basen die Alkalien und Erden in immer gleichen Polyedern kristallisieren lassen. Er betrachtete die Schwammkörper, die feuchtes Holz hervorbringt, als Bindeglied, das die fossile Kristallisation mit der pflanzlichen und tierischen Fortpflanzung verbindet und das, wenn nicht auf ihre Identität, so doch auf eine Analogie zwischen ihnen hindeutet.

Gelehrt, wie er war, hatte Hervás keine Mühe, sein falsches System mit sophistischen Beweisen zu untermauern, die dazu angetan waren, die Geister zu verwirren. So fand er beispielsweise, daß die Maultiere, die von zwei Arten abstammen, mit Salzen aus vermischten Basen zu vergleichen seien, deren Kristallisation regellos erfolgt. Das Aufschäumen mancher Erden beim Hinzufügen von Säuren schien ihm mit der Gärung der Schleimgewächse vergleichbar, und diese erschien ihm ihrerseits als ein Beginn des Lebens, das sich mangels günstiger Umstände noch nicht entwickeln konnte.

Hervás hatte beobachtet, daß die Kristalle sich bei ihrer Bildung in den am hellsten beleuchteten Teilen des Gefäßes häuften und sich bei Dunkelheit schwerer herausbildeten; und da das Licht ebenfalls die Vegetation fördert, betrachtete er die Emanation des Lichts als eines der Elemente, aus denen die Universalsäure, die der Natur Leben verleiht, sich zusammensetzt; übrigens hatte er festgestellt, daß das Licht blaugefärbtes Papier auf die Dauer rötlich werden läßt, und das war ein weiterer Grund, es als Säure anzusehen*.

Hervás wußte, daß in den hohen Breiten, in Polnähe, das Blut mangels ausreichender Wärme einer Alkalisierung ausgesetzt ist, die nur durch die innerliche Anwendung von Säuren zum Stillstand gebracht werden kann. Er schloß daraus, daß Wärme, die in manchen Fällen durch eine Säure ersetzt werden kann, selbst eine Säure oder wenigstens ein Element der Universalsäure sein müsse.

Hervás war die Beobachtung bekannt, daß das Gewitter den Wein sauer werden läßt und zur Gärung bringt. Im Sanchuniathon hatte er gelesen, daß am Anfang der Welt die Wesen, die zu leben ausersehen waren, durch heftige Donnerschläge gleichsam erweckt wurden, und unser unglückseliger Gelehrter war nicht davor zurückgeschreckt, diese heidnische Weltschöpfungslehre zu Hilfe zu nehmen, um zu behaupten, die Materie des Blitzes habe der generativen Säure einen ersten Anstoß zur Entwicklung zu geben vermocht, die unendlich mannigfaltig, aber beständig in der Hervorbringung immer derselben Formen sei.

Hervás, der die Geheimnisse der Schöpfung zu durchdringen suchte, mußte doch den Ruhm dafür dem Schöpfer einräumen; wollte der Himmel, er hätte es getan! Aber sein guter Engel hatte ihn verlassen, und sein Geist, von Gelehrtenhochmut irregeleitet, lieferte ihn widerstandslos dem Blendwerk jener strahlenden Geister aus, deren Fall auch den der Welt zur Folge hatte.

Ach! Während Hervás seine sündhaften Gedanken in Bereiche erhob, die außerhalb des menschlichen Begreifens liegen, drohte seiner sterblichen Hülle schon die nahe Auflösung. Um ihn zu Boden zu zwingen, gesellten sich zu seinen chronischen Leiden mehrere akute Übel; seine sehr schmerzhaft gewordene Ischias machte sein rechtes Bein unbrauchbar; sein Harngrieß verfestigte sich immer mehr und zerriß ihm die Blase; die arthritische Plage hatte ihm die Finger der linken Hand gekrümmt und bedrohte die Gelenke der rechten; und schließlich, während die Kräfte seines Körpers abnahmen, zerrüttete die düstere Hypochondrie auch die seiner Seele. Er scheute sich davor, Zeugen seiner Schwäche zu haben, wies endlich meine Pflege von sich und weigerte sich, mich zu empfangen. Ein alter Invalide bildete seine ganze Dienerschaft und wandte alle Kräfte auf, die ihm noch verblieben waren, um ihm zu dienen. Doch er erkrankte selbst, und von da an mußte mein Vater mich in seiner Nähe dulden.

Mein Großvater Marañon wurde bald darauf von einem hitzigen Fieber ergriffen. Er war nur fünf Tage krank. Da er sein Ende nahen fühlte, ließ er mich zu sich rufen und sprach:

»Blas, mein lieber Blas, empfange meinen letzten Segen. Du stammst von einem Vater ab, der höchst gelehrt ist, und gefalle es nur dem Himmel, daß er es weniger wäre! Zu deinem Glück ist dein Großvater in seinem Glauben und Handeln ein einfacher Mensch, und er hat dich in derselben Einfachheit erzogen; laß dich nur nicht von deinem Vater verleiten. Seit einigen Jahren hat er kaum religiös gelebt, und seine Überzeugungen sind derart, daß selbst Ketzer sich ihrer schämen würden. Blas, mißtraue der menschlichen Weisheit! In ein paar Augenblicken weiß ich mehr als alle Philosophen. Blas, Blas, ich segne dich, ich sterbe.«

Er starb wirklich. Ich erwies ihm die letzte Ehre und kehrte zu meinem Vater zurück, bei dem ich die vergangenen vier Tage nicht gewesen war. Unterdessen war auch der alte Invalide gestorben, und die Barmherzigen Brüder hatten sich seiner Bestattung angenommen. Ich wußte, daß mein Vater allein war, und wollte mich seiner Pflege widmen; als ich aber bei ihm eintrat, bot sich meinem Auge ein höchst merkwürdiger Anblick, und vom Schrecken wie gelähmt, blieb ich im Vorzimmer stehen.

Mein Vater hatte seine Kleidung abgelegt und hatte sich in ein Bettlaken gehüllt, als ob es ein Leichentuch wäre. Er saß und blickte in die untergehende Sonne. Nach langer Betrachtung erhob er die Stimme und sprach: »O Gestirn, dessen letzte Strahlen meine Augen zum letzten Male trafen, warum hast du den Tag meiner Geburt beschienen? Hatte ich danach verlangt, geboren zu werden? Und wozu bin ich denn auf der Welt? Die

Menschen sagten mir, ich hätte eine Seele, und ich habe ihr nachgeforscht, selbst auf Kosten meines Leibes. Ich habe meinen Geist gebildet, aber die Ratten haben ihn gefressen; die Buchhändler haben ihn geringgeschätzt. Nichts wird bleiben von mir; ich sterbe ganz und gar, ins Dunkel hinein, als wäre ich nie geboren. Nichts, empfange deine Beute.«

Einige Augenblicke saß Hervás still und finsteren Gedanken ausgeliefert. Dann nahm er einen Becher, der mir mit altem Wein gefüllt zu sein schien; er erhob seine Augen zum Himmel und sprach: »O mein Gott, wenn es einen gibt, erbarme dich meiner Seele, wenn ich eine habe.«

Darauf leerte er den Becher und setzte ihn auf den Tisch, legte dann die Hand aufs Herz, als ob es ihm eng würde. Hervás hatte noch einen zweiten Tisch vorbereitet; auf ihn hatte er Kissen ausgebreitet; darauf legte er sich, kreuzte die Hände über der Brust und sprach kein Wort mehr.

Sie werden erstaunt sein, daß ich mich, als ich alle diese Vorbereitungen zum Selbstmord sah, nicht auf das Glas stürzte oder um Hilfe rief. Ich wundere mich selbst darüber, oder vielmehr: Ich bin ganz sicher, daß mich eine übernatürliche Macht an meinem Platz festgebannt hielt, ohne mir auch nur zur geringsten Bewegung Freiheit zu lassen; auf meinem Kopf standen mir die Haare zu Berge.

In dieser Lage fanden mich die Barmherzigen Brüder, die unseren Invaliden begraben hatten; sie sahen meinen Vater auf dem Tisch ausgestreckt, mit einem Leichentuch bedeckt, und sie fragten mich, ob er tot sei. Ich erwiderte, ich wisse es nicht. Sie fragten mich, wer ihn in das Leichentuch gehüllt habe. Ich antwortete, er selbst habe es umgelegt. Sie untersuchten den Körper und fanden ihn leblos. Sie sahen das Glas mit einem Rest Flüssigkeit und nahmen es an sich, um es zu prüfen. Dann gingen sie mit Äußerungen der Mißbilligung davon und ließen mich in äußerster Niedergeschlagenheit zurück. Hierauf kamen die Leute der Pfarrei. Sie stellten mir dieselben Fragen, und sie gingen weg mit den Worten: »Er ist gestorben, wie er gelebt hat; ihn zu beerdigen, ist nicht unsere Sache.«

Ich blieb mit dem Toten allein. Meine Verzweiflung ging so weit, daß ich keine Kraft mehr zum Handeln, ja nicht einmal zum Denken aufbrachte. Ich warf mich in den Lehnstuhl, in dem mein Vater gesessen hatte, und verfiel wieder in die Lähmung, in der mich die Leute der Pfarrei angetroffen hatten.

Die Nacht brach an; dunkle Wolken zogen herauf; ein plötzlicher Windstoß ließ mein Fenster auffliegen; ein bläulicher Blitz schien durch mein Zimmer zu zucken und ließ es dunkler zurück, als es zuvor gewesen war. In dieser Finsternis meinte ich phantastische Formen zu erkennen; dann glaubte ich zu hören, daß der Leichnam meines Vaters ein langgezogenes Stöhnen ausstieß, das in dem nächtlichen Raum ein fernes Echo widerhallen ließ. Ich wollte aufspringen, war aber wie an meinen Platz gefesselt und unfähig zu jeder Regung. Durch meine Glieder drang eine eisige Kälte; ein fiebriger Schauer überlief mich, aus meinen Visionen wurden Träume, und über meine Sinne legte sich der Schlaf.

Plötzlich fuhr ich hoch: Ich erblickte sechs große gelbe Kerzen, die um den Leichnam meines Vaters brannten, und mir gegenüber saß ein Mann, der auf mein Erwachen zu warten schien. Sein Antlitz war majestätisch und achtunggebietend; er war von hoher Gestalt; schwarzes, ein wenig gekräuseltes Haar fiel ihm in die Stirn; sein Blick war lebhaft und durchdringend, zugleich aber sanft und verführerisch; im übrigen trug er eine Halskrause und einen grauen Mantel, etwa wie sich auf dem Lande die Edelleute kleiden.

Als der Unbekannte sah, daß ich wach war, lächelte er mich liebenswürdig an und sagte: »Mein Sohn! So nenne ich Sie, weil ich das Empfinden habe, Sie gehörten mir schon; Sie sind von Gott und von den Menschen verlassen, und die Erde hat sich vor den Überresten dieses Weisen, der Ihnen das Leben gab, verschlossen; wir aber verlassen Sie nicht.«

»Señor«, erwiderte ich, »Sie haben, glaube ich, gesagt, ich sei von Gott und von den Menschen verlassen. Das ist wahr, soweit es die Menschen betrifft, aber ich glaube nicht, daß Gott jemals eines seiner Geschöpfe verlassen kann.«

»Ihre Bemerkung«, sagte der Unbekannte, »ist in gewisser Hinsicht richtig, ich erkläre es Ihnen ein anderes Mal. Um Sie jedoch davon zu überzeugen, welchen Anteil wir an Ihnen nehmen, biete ich Ihnen diesen Beutel an; Sie finden darin tausend Pistolen. Ein junger Mann muß Leidenschaften haben und die Mittel, sie zu befriedigen; seien Sie nicht sparsam mit diesem Gold, und zählen Sie immer auf uns.«

Darauf klatschte der Unbekannte in die Hände; sechs maskierte Männer traten herein und nahmen Hervás' Leichnam mit sich; die Kerzen erloschen, und es herrschte tiefe Finsternis. Ich hielt es nicht lange darin aus. Ich tastete mich zur Tür; ich erreichte die Straße, und als ich den Sternenhimmel sah, glaubte ich schon freier zu atmen. Die tausend Pistolen, die ich in der Tasche fühlte, trugen auch dazu bei, mir Mut zu machen. Ich durchquerte ganz Madrid; ich gelangte zum Ende des Prado, zu jener Stelle, an der später ein Kolossalstandbild der Kybele aufgestellt wurde. Dort legte ich mich auf eine Bank und schlief sofort ein.

Als der Zigeuner zu dieser Stelle seiner Erzählung gelangt war, bat er um die Erlaubnis, die Fortsetzung auf den nächsten Tag verschieben zu dürfen, und wir sahen ihn den ganzen Tag nicht mehr.

Einundfünfzigster Tag

Zur gewohnten Stunde versammelte man sich wieder. Rebekka wandte sich an den alten Hauptmann und sagte, die Geschichte von Diego Hervás habe sie, obwohl sie ihr teilweise schon bekannt gewesen sei, stark beeindruckt.

»Es scheint mir aber«, fügte sie hinzu, »man hat sich übermäßig viel Mühe gemacht, um den armen Ehemann zu betrügen; man hätte ihn viel leichter ins Bockshorn jagen können. Die Geschichte des Atheisten hat man gewiß erzählt, um Cornádez' furchtsame Seele noch mehr zu erschrecken.«

»Erlauben Sie«, sagte der Hauptmann, »daß ich Sie auf eins aufmerksam mache: Ihr Urteil über die Abenteuer, die ich Ihnen zu erzählen die Ehre hatte, ist voreilig. Der Herzog von Arcos war ein großer Herr, und um ihm einen Dienst zu erweisen, hätte man schon manche Personen erfinden oder vorgaukeln können; aber nichts spricht für die Annahme, die Geschichte des Sohnes, die Sie ja noch nicht kennengelernt haben, sei Cornádez in dieser Absicht erzählt worden.«

Rebekka versicherte dem Hauptmann, auch diese Geschichte interessiere sie lebhaft, worauf der Greis seine Erzählung wie folgt fortsetzte:

Ich sagte Ihnen also, daß ich mich am Ende der großen Allee im Prado auf eine Bank legte und einschlief. Als ich aufwachte, stand die Sonne schon ziemlich hoch, und was mich weckte, war, wie ich glaube, daß mir ein Taschentuch leicht übers Gesicht strich; denn als ich erwachte, erblickte ich ein junges Mädchen, das sein Taschentuch als Fliegenwedel benutzte und die Fliegen verscheuchte, die meinen Schlaf hätten stören können. Am verwunderlichsten erschien es mir aber, daß mein Kopf sehr weich auf den Knien eines anderen Mädchens gebettet war, dessen süßen Atem ich in den Haaren spürte. Beim Aufwachen hatte ich mich fast nicht bewegt; es stand mir frei, diese Situation in die Länge zu ziehen, indem ich mich schlafend stellte.

Ich schloß also wieder die Augen, und kurz darauf hörte ich eine Stimme, die ein wenig zankend, aber ohne Schärfe zu meinen beiden Wächterinnen sagte: »Celia, Zorrilla, was tun Sie hier? Ich glaubte Sie in der Kirche, und nun finde ich Sie ja bei einer reizenden Andacht.«

»Aber Mama«, erwiderte das Mädchen, das mir als Kopfkissen diente, »sagten Sie nicht, die Werke seien ebenso verdienstlich wie das Gebet? Und ist es nicht ein barmherziges Werk, den Schlaf dieses jungen Menschen zu verlängern, der eine böse Nacht hinter sich haben muß!«

»Sicher«, erwiderte die Stimme mehr lachend als tadelnd, »sicher ist das sehr verdienstlich, und der Einfall beweist wenn schon nicht Ihre Frömmigkeit, dann wenigstens Ihre Unschuld; aber jetzt, meine barmherzige Zorrilla, legen Sie den Kopf dieses jungen Mannes ganz vorsichtig auf die Bank und folgen Sie mir nach Hause.«

»Ah, meine teure Mama«, antwortete das junge Mädchen, »sehen Sie doch, wie sanft er schläft; statt ihn zu wecken, Mama, sollten Sie lieber seine Halskrause lösen, die ihm fast die Luft abschnürt.«

»Was denn sonst noch«, sagte die Mama, »da geben Sie mir einen schönen Auftrag; aber sehen wir mal zu: Er sieht tatsächlich sehr süß aus.« Zugleich glitt die Hand der Mama unter mein Kinn und öffnete mir die Halskrause.

»So geht es ihm besser«, sagte Celia, die bisher nichts gesagt hatte, »und er atmet schon freier: Jetzt sehe ich, wie hübsch es ist, gute Werke zu tun.«

»Diese Überlegung beweist viel Urteilsvermögen«, sagte die Mutter, »aber man darf die Barmherzigkeit nicht zu weit treiben. Also, Zorrilla, legen Sie dieses jugendliche Haupt vorsichtig auf die Bank, und wir gehen.«

Zorrilla umfaßte mit ihren Händen sanft meinen Kopf und zog die Knie zurück. Da glaubte ich, es sei jetzt nutzlos, länger den Schlafenden zu spielen. Ich setzte mich auf und öffnete die Augen. Die Mutter stieß einen Schrei aus, und die Töchter wollten fliehen; ich hielt sie zurück.

»Celia! Zorrilla!« sagte ich, »Sie sind ebenso schön wie unschuldig, und Sie, die nur deshalb ihre Mutter zu sein scheinen, weil Ihre Reize stärker entfaltet sind, erlauben Sie mir, bevor ich von dannen gehe, ein paar Augenblicke der Bewunderung zu widmen, die Sie mir alle drei einflößen.«

Alles, was ich ihnen sagte, entsprach der Wahrheit. Wären Celia und Zorilla nicht von so zarter Jugend gewesen, die sie noch nicht hatte zur vollen Entfaltung kommen lassen, so hätte man ihre Schönheit vollkommen nennen können. Und ihre Mutter, noch keine dreißig Jahre alt, schien nicht mehr als fünfundzwanzig zu zählen.

»Señor Caballero«, sagte sie zu mir, »wenn Sie Ihren Schlaf bloß vortäuschten, haben Sie sich von der Unschuld meiner Töchter überzeugen und eine gute Meinung von ihrer Mutter gewinnen können. Ich fürchte also nicht, Ihre Hochachtung zu verlieren, wenn ich Sie bitte, uns nach Hause zu begleiten. Eine so merkwürdig geschlossene Bekanntschaft scheint dazu bestimmt, daß sie vertraulicher wird.«

Ich folgte ihnen. Ich gelangte zu ihrem Haus, das am Prado lag. Die Töchter übernahmen die Zubereitung der Schokolade. Die Mutter, die mich den Platz neben dem ihren einnehmen ließ, sagte mir: »Sie sehen hier ein Haus, dessen Ausstattung ein wenig reicher ist, als es unserer gegenwärtigen Lage zukäme. Ich zog in glücklicheren Zeiten hier ein. Heute würde ich die Beletage gerne weitervermieten, aber ich wage es nicht; die Umstände, in denen ich lebe, erfordern strenge Zurückgezogenheit.«

»Señora«, erwiderte ich, »auch ich habe Gründe, sehr zurückgezogen zu leben, und wenn es Ihnen paßt, will ich gern den *cuarto principal* oder die Beletage beziehen.«

Mit diesen Worte zog ich meinen Beutel hervor, und der Anblick des Goldes räumte alle Einwände, die mir die Dame hätte machen können, beiseite. Im voraus zahlte ich Logis und Kost für drei Monate. Wir kamen überein, daß mir das Essen ins Zimmer gebracht und daß mir ein vertrauenswürdiger Diener zur Verfügung gestellt werde, der auch Aufträge außer Haus übernehmen sollte. Als Zorrilla und Celia mit der Schokolade wieder hereinkamen, wurden sie über unsere Vereinbarungen unterrichtet, und ihre Blicke schienen von mir Besitz zu ergreifen; die Augen der Mutter wollten jedoch offenbar mit ihnen in einen Wettstreit darum eintreten. Dieses kleine Scharmützel der Koketterie entging mir keineswegs; den Ausgang überließ ich dem Schicksal und konzentrierte mich darauf, mich in der neuen Wohnung einzurichten.

In kurzer Zeit war sie mit allem ausgestattet, das dazu beitragen konnte, sie mir angenehm und bequem zu machen. Bald brachte mir Zorrilla Schreibgerät, bald schmückte Celia meinen Tisch mit einer Lampe oder Büchern. Nichts wurde vergessen. Die beiden Schönen kamen jede für sich, und wenn sie einander bei mir begegneten, entstand ein Gelächter, das kein Ende finden wollte. Auch die Mutter hatte ihre Auftritte: Sie kümmerte sich hauptsächlich um mein Bett, ließ es mit Laken aus holländischem Leinen beziehen, eine schöne seidene Decke darüberbreiten und einen Stapel Kissen aufschichten. Diese Maßnahmen beschäftigten mich am Vormittag. Es wurde Mittag. Man deckte in meinem Zimmer den Tisch; ich war entzückt: Drei reizende Personen, die mir zu gefallen suchten und um mein Wohlwollen wetteiferten, sah ich mit Vergnügen. Doch alles hat seine Zeit; ich war zufrieden, als ich mich, ohne verwirrt oder abgelenkt zu werden, meinem Appetit hingeben konnte.

Ich speiste also. Dann nahm ich Mantel und Degen und ging in der Stadt spazieren. Niemals hatte ich solches Vergnügen dabei empfunden; ich war unabhängig, hatte die Taschen voll Geld, war gesund und voller Kraft und hatte dank der Liebenswürdigkeit der drei Damen von mir selbst eine hervorragende Meinung, denn junge Leute schätzen sich im allgemeinen so ein, wie das schöne Geschlecht sie schätzt.

Ich trat bei einem Juwelier ein und kaufte ein paar Schmuckstücke. Dann ging ich ins Theater und kehrte nach Hause zurück. Ich stieß auf die drei Damen, die vor der Haustür saßen. Zorrilla sang und begleitete sich auf der Gitarre, die beiden anderen waren mit Garn- oder Filetarbeiten beschäftigt.

»Señor Caballero«, sagte die Mutter zu mir, »Sie haben bei uns Logis bezogen und erweisen uns großes Vertrauen, ohne auch nur zu wissen, wer wir sind. Es wäre aber schicklich, Sie darüber zu unterrichten. Erfahren Sie also, Señor Caballero, daß ich Inés Santárez heiße, Witwe von Don Juan Santárez, *Corregidor* von Havanna. Er hatte mich mittellos geheiratet und ließ mich ebenso zurück, samt meinen beiden Töchtern, die Sie hier sehen. Meine Witwenschaft und meine Armut brachten mich in große Bedrängnis, da erhielt ich unvermutet einen Brief meines Vaters. Erlauben Sie mir, daß ich Ihnen seinen Namen verschweige. Ach! Auch er mußte sein Leben lang gegen Schicksalsschläge kämpfen; endlich aber erlangte er, wie ich aus seinem Brief erfuhr, als Kriegsschatzmeister eine glänzende Stellung. Sein Brief enthielt eine Anweisung über zweitausend Pistolen und die Anordnung, wir sollten nach Madrid kommen. Ich reiste tatsächlich hierher, aber nur um zu erfahren, daß mein Vater der Amtsunterschlagung, ja sogar des Hochverrats beschuldigt und in der Burg von Segovia gefangengehalten werde. Indessen war dieses Haus für uns gemietet worden. Ich bezog es also, lebte hier in der Zurückgezogenheit und empfing keinen Menschen, mit Ausnahme eines jungen Mannes, der im Kriegsministerium beschäftigt ist; er unterrichtet mich über alles, was den Prozeß meines Vaters angeht. Außer ihm kennt niemand unser Verhältnis zu dem unglücklichen Gefangenen.« Hier vergoß Señora Santárez ein paar Tränen.

»Weinen Sie doch nicht, Mama«, sagte Celia zu ihr, »alles endet einmal, und so geht es auch mit diesen Schmerzen. Hier ist doch schon ein junger Kavalier, der ganz glücklich dreinschaut, und die Begegnung mit ihm scheint mir ein günstiges Vorzeichen.«

»Wahrhaftig«, erklärte Zorrilla, »seit er hier ist, scheint mir unsere Einsamkeit nicht mehr traurig zu sein.«

Señora Santárez warf mir einen Blick zu, der von Trauer und Zärtlichkeit sprach. Auch die Töchter sahen mich an, schlugen dann die Augen nieder, erröteten, wurden verlegen, dann versonnen; drei zauberhafte Geschöpfe liebten mich also; dieser Zustand erschien mir ganz köstlich.

In diesem Augenblick trat ein großer, wohlgestalteter Mann heran, nahm Señora Santárez bei der Hand, führte sie einige Schritte abseits und unterredete sich lange mit ihr. Dann führte sie ihn zu mir und sagte zu mir: »Señor Caballero, dies ist Don Cristof Sparadoz, von dem ich Ihnen erzählt habe und der der einzige Mensch ist, den wir in Madrid sehen. Er sollte auch das Vergnügen haben, Sie kennenzulernen; aber obwohl wir jetzt dasselbe Haus bewohnen, weiß ich nicht, mit wem ich zu sprechen die Ehre habe.«

»Señora«, erwiderte ich ihr, »ich bin von Adel und Asturier; mein Name ist Leganez.« Ich glaubte ihr den Namen Hervás, da er bekannt sein konnte, verschweigen zu müssen.

Der junge Sparadoz musterte mich hochmütig und schien mir selbst den Gruß verweigern zu wollen. Wir betraten das Haus, und Señora Santárez ließ einen Imbiß aus Obst und leichtem Gebäck auftragen. Für die drei Schönen bildete ich immer noch den Mittelpunkt der Aufmerksamkeit, jedoch bemerkte ich wohl Blicke und Gebärden, die dem Neuankömmling galten. Ich fühlte mich verletzt, und da ich alle Aufmerksamkeit auf mich ziehen wollte, gab ich mich so liebenswürdig und geistreich, wie ich nur konnte.

Während ich triumphierte, legte Don Cristof seinen rechten Fuß über das linke Knie, betrachtete die Schuhsohle und sagte: »Seit dem Tod des Schusters Marañon ist es tatsächlich unmöglich, in Madrid einen gut gearbeiteten Schuh zu bekommen.« Dann sah er mir höhnisch und verächtlich ins Gesicht.

Der Schuster Marañon war eben mein Großvater mütterlicherseits, der mich erzogen hatte und dem ich unendlich dankbar war; meinen Stammbaum verunzierte er aber beträchtlich, so schien es mir wenigstens. Es kam mir vor, ich verlöre in der Vorstellung der drei Damen sehr viel, wenn sie erführen, daß ich einen Schuster zum Großvater gehabt hatte. Meine ganze Heiterkeit war wie weggeblasen; Don Cristof warf ich bald wütende, bald stolze und verächtliche Blicke zu. Ich nahm mir vor, ihm das Betreten des Hauses zu verbieten.

Er ging. Ich folgte ihm in der Absicht, ihn zur Rede zu stellen; ich holte ihn am Ende der Straße ein und hielt ihm die Schmährede, die ich mir ausgedacht hatte. Ich glaubte, er werde in Zorn geraten. Statt dessen tat er sehr liebenswürdig, faßte mich am Kinn, als wolle er mich tätscheln, aber plötzlich packte er mich und hob mich hoch, so daß ich den Boden unter den Füßen verlor; dann gab er mir einen Tritt gegen das Bein, was man ein Bein stellen nennt, und ließ mich kopfüber in den Rinnstein fallen. Vom Sturz benommen und gänzlich mit Kot bedeckt stand ich auf; und wuterfüllt ging ich nach Hause.

Die Damen waren zur Ruhe gegangen; ich legte mich ins Bett, konnte aber nicht einschlafen: Zwei Leidenschaften, Liebe und Haß, hielten mich wach; letzterer konzentrierte sich auf Don Cristof. Mit der Liebe war es anders; mein Herz war von ihr erfüllt, hatte sich aber nicht entschieden. Celia, Zorrilla und ihre Mutter fesselten mich abwechselnd; ihre Schmeichelbilder verwirrten sich in meinen Träumen und bedrängten mich die ganze Nacht.

Sehr spät wachte ich auf. Als ich die Augen öffnete, saß Señora Santárez am Fußende meines Bettes. Sie schien geweint zu haben.

»Mein junger Caballero«, sagte sie, »bei Ihnen habe ich Zuflucht gesucht; oben sind Menschen, die Geld von mir verlangen, und ich kann ihnen keins geben. Ich habe Schulden – aber ach! –, habe ich nicht die armen Kinder kleiden und ernähren müssen? Sie leiden Entbehrungen genug!«

Hier begann Señora Santárez zu schluchzen, und ihre

tränenerfüllten Augen richteten sich unwillkürlich auf meinen Beutel, der neben mir auf dem Nachttisch lag. Diese stumme Sprache verstand ich. Ich leerte das Gold auf den Tisch; ich teilte es, so gut ich konnte, in zwei gleiche Hälften und bot eine von ihnen Señora Santárez an: Sie hatte eine solche Großzügigkeit nicht erwartet. Zuerst schien sie vor Überraschung wie erstarrt; dann ergriff sie meine Hände, küßte sie überschwenglich, drückte sie an ihr Herz, dann raffte sie das Gold zusammen und rief: »Oh! meine Kinder, meine lieben Kinder!«

Darauf erschienen die Töchter, auch sie küßten mir die Hände. Durch alle diese Zeichen der Dankbarkeit wurde mein Blut, das durch die Träume schon allzusehr erhitzt war, lichterloh entflammt.

Ich zog mich eilig an und wollte auf einer Terrasse des Hauses Luft schöpfen. Als ich am Zimmer der jungen Mädchen vorüberging, hörte ich, wie sie schluchzten und einander weinend um den Hals fielen. Einen Augenblick hörte ich es mir an, dann trat ich hinein.

Celia sagte zu mir: »Hören Sie, allzu teurer und allzu liebenswürdiger Gast, Sie sehen uns in äußerster Erregung. Seit wir auf der Welt sind, hatte keine Wolke unsere Empfindungen füreinander verdunkelt, und die Liebe verband uns noch stärker als die Bande des Blutes; seitdem Sie hier sind, ist es nicht mehr so. In unsere Seelen hat sich die Eifersucht eingeschlichen, und fast wären wir dazu gelangt, einander zu hassen. Zorrillas Gutmütigkeit hat dieses schreckliche Unglück verhütet. Sie hat sich in meine Arme geworfen, unsere Tränen haben sich miteinander vermischt, und unsere Herzen sind einander wieder nähergekommen. Jetzt aber, teurer Gast, ist es an Ihnen, uns vollends zu versöhnen. Versprechen Sie uns, die eine nicht mehr als die andere zu lieben; und wollen Sie uns Liebkosungen zuteil werden lassen, so teilen Sie sie gleichmäßig unter uns auf.«

Was konnte ich auf diese temperamentvolle und dringliche Aufforderung erwidern? Ich drückte sie beide nacheinander an meine Brust; ich trocknete ihre Tränen, und ihr Kummer wich zärtlichen Tollheiten.

Gemeinsam traten wir auf die Terrasse hinaus, und dort gesellte sich Señora Santárez zu uns. Das Glück darüber, ihre Schulden beglichen zu haben, machte sie trunken vor Freude. Sie lud mich zum Essen ein und bat mich, den ganzen Tag mit ihr zu verbringen. Bei unserem Mahl herrschte eine Atmosphäre von Vertrautheit und innigem Einverständnis. Die Bedienten wurden weggeschickt; die beiden Töchter bedienten uns abwechselnd. Señora Santárez, erschöpft von den Aufregungen, die sie erlebt hatte, trank zwei Gläser eines feurigen Weines aus Rota. Ihr Blick wurde ein wenig verschwommen, die Augen glänzten ihr aber um so mehr. Sie wurde sehr lebhaft, und ihre Töchter hätten wieder einen Grund zur Eifersucht gehabt; aber sie hatten eine zu hohe Meinung von ihrer Mutter, als daß ihnen auch nur der Gedanke daran hätte kommen können. Die Mutter aber erlag zwar dem Einfluß ihres vom Wein erhitzten Blutes, war jedoch von jeder Zügellosigkeit weit entfernt.

Was mich angeht, so dachte ich nicht im geringsten an Verführung. Uns verführten unser Geschlecht und unsere Jugend. Der süße Drang der Natur gab unserem Zusammensein einen unaussprechlichen Zauber; wir hatten Mühe, uns zu trennen. Der Sonnenuntergang hätte uns endlich Abschied voneinander nehmen lassen; aber ich hatte bei einem Verkäufer in der Nachbarschaft Erfrischungen bestellt. Daß sie gebracht wurden, erregte Freude, weil es uns den Vorwand lieferte, beisammen zu bleiben: Bis dahin verlief alles gut. Kaum saßen wir aber bei Tisch, da erschien Cristof Sparadoz. Der Eintritt eines französischen Edelmannes in den Harem des Großscheichs hätte keine peinlichere Empfindung erzeugen können, als ich sie erlebte, als Don Cristof hereinkam. Señora Santárez und ihre Töchter waren nicht meine Gattinnen und bildeten nicht meinen Harem, aber mein Herz hatte von diesen Damen sozusagen Besitz ergriffen, und daß meine Rechte in Frage gestellt wurden, schmerzte mich wirklich.

Weder diesem Umstand noch meiner Person schenkte Don Cristof die geringste Aufmerksamkeit. Er grüßte die Damen, geleitete Señora Santárez ans Ende der Terrasse, führte mit ihr ein langes Gespräch und setzte sich dann mit zu Tisch, ohne daß er dazu aufgefordert worden wäre. Er aß, trank und sprach kein Wort; als sich die Unterhaltung aber dem Stierkampf zuwandte, schob er seinen Teller von sich, schlug mit der Faust auf den Tisch und sprach:

»Ah, beim heiligen Christophorus, warum muß ich nur Kanzlist beim Minister sein? Ich wäre lieber der letzte Torero von Madrid als Präsident aller *cortez* von Kastilien.«

Zugleich stieß er mit dem Arm in die Luft, als wolle er einem Stier den Todesstoß versetzen, und ließ uns den Umfang seiner Muskeln bewundern. Dann setzte er, um seine Kraft zu demonstrieren, die drei Damen in einen Lehnstuhl, schob seine Hand darunter und trug ihn quer durch das Zimmer. Don Cristof genoß diese Spiele so sehr, daß er sie so lange wie möglich fortsetzte; dann nahm er Mantel und Degen, um zu gehen. Bis dahin hatte er mir überhaupt keine Beachtung geschenkt. Aber dann sagte er, zu mir gewandt: »Und nun, mein Freund und Edelmann, wer macht denn die besten Schuhe seit dem Tod des Schusters Marañon?«

Diese Bemerkung faßten die Damen nur als eine der Ungereimtheiten auf, die Don Cristof recht oft zum besten gab. Ich aber war äußerst ungehalten darüber. Ich holte meinen Degen und lief hinter Don Cristof her.

Ich erreichte ihn am Ende einer Querstraße, verstellte ihm den Weg und rief: »Unverschämter, für so viel gemeinen Schimpf wirst du mir bezahlen.«

Don Cristof legte die Hand an die Glocke seines Degens, als er aber auf dem Boden einen Knüppel entdeckte, hob er ihn auf und führte damit einen harten Schlag gegen die Klinge meines Degens, so daß er mir aus der Hand sprang. Dann stürzte er sich auf mich, packte mich an den Haaren, schleppte mich zum Rinnstein und warf mich nieder, wie er es am Vortag gemacht hatte, aber mit solcher Gewalt, daß meine Benommenheit noch länger dauerte.

Jemand reichte mir die Hand, um mir auf die Beine zu helfen; ich erkannte den Edelmann, der meinen Vater hatte wegtragen lassen und der mir tausend Pistolen gegeben hatte. Ich warf mich ihm zu Füßen; er hob mich gütig auf und hieß mich mit ihm kommen. Unterwegs schwiegen wir und gelangten zur Brücke über den Manzanares, wo zwei Rappen für uns bereitstanden, auf denen wir eine halbe Stunde lang am Fluß entlanggaloppierten. Wir gelangten zu einem einsamen Haus, dessen Türen sich von selbst vor uns öffneten; der Raum, den wir betraten, war mit brauner Serge ausgeschlagen, ringsum prangten silberne Leuchter, und es brannte ein silbernes Kohlebecken. An ihm ließen wir uns in zwei Lehnstühlen nieder, und der Unbekannte sagte zu mir:

»So geht es zu in der Welt, Señor Hervás; ihre so sehr bewunderte Ordnung zeichnet sich nicht gerade durch eine gleichmäßig austeilende Gerechtigkeit aus; den einen gab die Natur eine Kraft von achthundert Pfund, anderen bloß von sechzig. Allerdings gibt es die Hinterlist, mit der man das Recht wieder ein wenig ins Gleichgewicht bringen kann.«

Dabei zog der Unbekannte eine Schublade auf, nahm einen Dolch heraus und sagte: »Sehen Sie dieses Instrument: Sein Ende ist olivförmig gebogen, aber es läuft in eine haarfein geschliffene Spitze aus; stecken Sie ihn in den Gürtel. Leben Sie wohl, mein Caballero; denken Sie stets an Ihren guten Freund, Don Belial de Gehenna. Sollten Sie mich brauchen, so kommen Sie nur um Mitternacht zur Manzanaresbrücke; klatschen Sie dreimal in die Hände, und die Rappen werden erscheinen. Ich vergaß übrigens das Wichtigste; hier ist ein neuer Beutel; lassen Sie es sich an nichts fehlen.«

Ich dankte dem hochherzigen Don Belial. Ich stieg auf meinen Rappen; ein Neger stieg auf den anderen; wir gelangten wieder zur Brücke, wo ich absitzen mußte, und ich kehrte wieder zur Wohnung zurück.

Wieder zu Hause, legte ich mich zu Bett und schlief ein; aber ich hatte quälende Träume. Den Dolch hatte ich mir unter das Kopfkissen gelegt; es schien mir, er bewege sich von seinem Platz weg und dringe mir ins Herz. Ich sah auch Don Cristof, wie er mir die drei Damen aus dem Hause entführte.

Am nächsten Morgen war meine Stimmung düster; selbst die Gegenwart der jungen Mädchen gab mir keine Ruhe. Ihre Versuche, mich aufzuheitern, bewirkten das Gegenteil, und meine Liebkosungen waren weniger unschuldig. War ich allein, so spielte ich mit dem Dolch und bedrohte damit Don Cristof, den ich vor mir zu sehen glaubte.

Dieser fürchterliche Mensch erschien am Abend wieder und schenkte mir nicht die mindeste Beachtung; aber den Damen widmete er sich angelegentlich. Mit jeder von ihnen schäkerte er, machte sie zornig und brachte sie dann zum Lachen. Seine Possen gefielen schließlich mehr als meine Liebenswürdigkeit.

Das Souper, das ich hatte bringen lassen, war eher delikat als üppig. Don Cristof verzehrte es fast allein; dann griff er nach seinem Mantel, um zu gehen. Vorher aber wandte er sich unvermittelt mir zu und sagte: »Mein Edelmann, was sehe ich denn in Ihrem Gürtel für einen Dolch? Sie würden ihn doch besser durch eine Schusterahle ersetzen.«

Daraufhin verließ er uns mit schallendem Gelächter. Ich folgte ihm, holte ihn an einer Straßenbiegung ein und stieß ihm mit aller Kraft den Dolch in die linke Seite. Doch mit der gleichen Kraft, mit der ich zugestoßen hatte, fühlte ich mich abgewehrt; und Don Cristof wandte sich mir ganz kaltblütig zu und sagte: »Flegel, weißt du nicht, daß ich einen Harnisch trage?«

Dann packte er mich bei den Haaren und warf mich in den Rinnstein. Dieses Mal war ich aber glücklich, daß ich dort lag und daß es mir erspart blieb, einen Mord zu begehen. Ich rappelte mich mit einer gewissen Zufriedenheit auf. Dieses Gefühl begleitete mich bis ins Bett, und meine Nacht war friedlicher als die vorangegangene.

Am Morgen fanden mich die Damen ruhiger als am Vortag und beglückwünschten mich dazu; aber ich wagte es nicht, den Abend mit ihnen zu verbringen. Ich fürchtete den Mann, den ich hatte ermorden wollen, und glaubte, ich könne es nicht wagen, ihm ins Gesicht zu sehen. Ich verbrachte den Abend damit, durch die Straßen zu spazieren, und mein Herz war voller Grimm, wenn ich an den Wolf dachte, der mir in den Pferch eingefallen war.

Um Mitternacht ging ich zur Brücke; ich klatschte in die Hände, und die Rappen tauchten auf; ich schwang mich auf den, der für mich bestimmt war, und folgte meinem Führer zum Hause Don Belials. Die Türen öffneten sich von selbst; mein Beschützer kam mir entgegen und führte mich vor das Kohlebecken, an dem wir zuvor schon gesessen hatten.

»Nun«, sagte er mit leicht spöttischem Ton, »nun, mein Caballero, der Mord ist mißlungen; aber das macht nichts, man rechnet Ihnen schon die Absicht an. Wir haben übrigens dafür gesorgt, Ihnen einen so fatalen Rivalen vom Halse zu schaffen. Man hat die Verrätereien, die er sich zuschulden kommen ließ, zur Anzeige gebracht, und heute sitzt er im gleichen Gefängnis wie der Vater von Señora Santárez. Es liegt also nur an Ihnen, Ihr Glück zu nutzen, und zwar ein wenig besser als bisher. Nehmen Sie diese Bonbonniere als Geschenk an, sie enthält Konfekt mit besonderen Ingredienzien: Bieten Sie sie den Damen an und essen Sie selbst davon.«

Ich nahm die Bonbonniere, die einen angenehmen Duft verströmte, und sagte zu Don Belial: »Ich weiß nicht recht, was Sie mit ›mein Glück nutzen‹ meinen. Ich wäre ja ein Ungeheuer, wenn ich das Vertrauen einer Mutter und die Unschuld ihrer Töchter zu mißbrauchen fähig wäre; ich bin nicht so niederträchtig, wie Sie zu glauben scheinen.«

»Ich denke nicht, daß Sie dem Bösen mehr oder weniger zuneigen als alle anderen Kinder Adams. Bevor Sie ein Verbrechen begehen, haben Sie Skrupel, hinterher Gewissensbisse. Daher bilden Sie sich ein, die Tugend bedeute Ihnen noch etwas; aber Sie könnten sich diese lästigen Empfindungen sparen, wenn Sie untersuchen wollten, was die Tugend eigentlich ist; nämlich eine gedachte Eigenschaft, deren Existenz Sie ohne Nachprüfung gelten lassen; und eben dies stellt sie in die Reihe der Vorurteile, also der Meinungen, die man übernimmt, ohne sich zuvor ein Urteil zu bilden.«

»Señor Don Belial«, antwortete ich meinem Gönner, »mein Vater hatte mir seinen siebenundsechzigsten Band in die Hände gelegt, der von der Moral handelt. Das Vorurteil ist nach seiner Ansicht nicht eine Meinung, die ohne vorausgehendes Urteil übernommen wird, sondern eine Ansicht, über die schon geurteilt wurde, bevor wir das Licht der Welt erblickten, und die gleichsam als Erbschaft auf uns gekommen ist. Die Gewohnheiten unserer Kindheit streuen den ersten Samen in unsere Seele; das Beispiel bringt ihn zur Entfaltung, die Kenntnis der Gesetze gibt ihm Kraft; folgen wir ihm, so sind wir ehrenhaft; tun wir mehr, als die Gesetze verlangen, so beweisen wir Tugend.«

»Diese Definition«, sagte Don Belial, »ist nicht schlecht und macht Ihrem Vater Ehre; er schrieb gut und dachte noch besser, vielleicht folgen Sie seinem Beispiel. Aber kommen wir auf Ihre Definition zurück. Ich stimme darin mit Ihnen überein, daß Vorurteile Meinungen sind, über die schon geurteilt wurde; aber das ist doch kein Grund, nicht abermals über sie zu urteilen, wenn sich unser Urteilsvermögen erst richtig herausgebildet hat. Ein Geist, der danach dürstet, den Dingen auf den Grund zu gehen, wird die Vorurteile einer Prüfung unterziehen, er wird sogar untersuchen, ob die Gesetze für jedermann auf gleiche Weise bindend sind. Sie werden tatsächlich finden, daß die Rechtsordnung einzig zum Vorteil jener kalten und trägen Seelen erfunden zu sein scheint, die ihr Vergnügen von der Ehe, ihren Wohlstand von Sparsamkeit und Arbeit erwarten. Die schönen Geister aber, die glühenden Seelen, die nach Gold und Genuß lechzen, die rasend ihre Jahre verzehren möchten, was hat schon die gesellschaftliche Ordnung für sie getan? Sie würden ihr Leben im Kerker verbringen und müßten es unter Foltern aushauchen. Glücklicherweise sind die menschlichen Institutionen nicht das, was sie zu sein scheinen. Die Gesetze sind Schranken; sie reichen hin, um die zufälligen Passanten zurückzuweisen; wer aber wirklich danach strebt, sie zu überwinden, der springt darüber hinweg oder schlüpft darunter durch. – Das Thema führt mich zu weit; es ist schon spät, leben Sie wohl, mein Caballero; machen Sie von meiner Bonbonniere Gebrauch und zählen Sie auf meine Protektion.«

Ich verabschiedete mich von Señor Don Belial und ging nach Hause. Man öffnete mir die Tür; ich legte mich ins Bett und versuchte einzuschlafen. Auf meinem Nachttisch stand die Bonbonniere; sie verbreitete einen köstlichen Duft. Ich konnte der Versuchung nicht widerstehen; ich aß zwei Pralinés, schlief ein und hatte eine sehr unruhige Nacht.

Zur gewohnten Stunde kamen meine jungen Freundinnen. Sie fanden etwas Ungewöhnliches in meinem Blick; tatsächlich sah ich sie mit anderen Augen; ihre Bewegungen erschienen mir alle aufreizend und von der Absicht bestimmt, mir zu gefallen. Dieselbe Absicht glaubte ich in ihrem gleichgültigsten Geplauder wahrzunehmen; alles an ihnen erregte meine Aufmerksamkeit und gab mir Vorstellungen ein, von denen ich zuvor nicht einmal geträumt hatte.

Zorrilla erblickte meine Bonbonniere; sie aß zwei Pralinés und bot auch ihrer Schwester welche an. Bald gewann Wirklichkeit, was ich zu sehen geglaubt hatte: Die beiden Schwestern wurden von einem aus ihrem Inneren hervordringenden Gefühl überwältigt und gaben sich ihm hin, ohne es zu kennen; sie selbst erschraken davor und verließen mich mit einem Rest von Scheu, die ihrerseits etwas Wildes hatte.

Ihre Mutter trat herein. Seitdem ich sie vor ihren Gläubigern gerettet hatte, war sie mir gegenüber sehr zutraulich. Ihre Zärtlichkeit beruhigte mich einige Augenblicke; aber bald sah ich sie mit denselben Augen, mit denen ich auch ihre Töchter gesehen hatte. Sie bemerkte wohl, was in mir vorging, und geriet in Verwirrung. Sie wich meinen Blicken aus, und ihre Augen fielen auf die Bonbonniere; sie entnahm ihr einige Pralinés und ging. Alsbald kam sie zurück, liebkoste mich abermals, nannte mich ihren Sohn und schloß mich in die Arme. Sie verließ mich mit dem Ausdruck des Schmerzes und gewaltsamer Selbstüberwindung. Die Verwirrung meiner Sinne ging bis zur Tollheit: Ich fühlte, daß mir Feuer durch die Adern schoß, ich sah kaum mehr meine Umgebung, mein Blick umwölkte sich.

Ich strebte auf die Terrasse hinaus. Die Tür zum Zimmer der jungen Mädchen war halb geöffnet, und ich konnte nicht anders, ich trat ein. Ihre Sinne waren noch aufgewühlter als meine; das erschreckte mich. Ich wollte mich aus ihren Armen losreißen; ich hatte nicht die Kraft dazu. Ihre Mutter trat ein; die Vorwürfe auf ihren Lippen erstarben: Bald hatte sie das Recht verwirkt, uns welche zu machen.

»Verzeihen Sie, Señor Cornádez«, fügte der Pilger hinzu, »verzeihen Sie, wenn ich von Dingen spreche, die zu erzählen schon eine Todsünde ist; aber diese Erzählung war notwendig für Ihr Heil. Ich habe es auf mich genommen, Sie der Verdammnis zu entreißen, und ich hoffe, es gelingt mir; versäumen Sie nicht, sich morgen zur gewohnten Stunde wieder hier einzufinden.«

Cornádez begab sich nach Hause, und in der Nacht wurde er wieder vom Schatten Peña Flors heimgesucht.

Als der Zigeuner in seiner Erzählung hier angelangt war, mußte er uns verlassen und die Fortsetzung auf den nächsten Tag verschieben.

Zweiundfünfzigster Tag

Zur gewohnten Stunde kamen wir wieder zusammen. Der alte Zigeuner gab der Ungeduld seiner Zuhörer nach und setzte seine Geschichte, oder vielmehr die von Busqueros, mit den Worten fort, mit denen dieser sie dem Ritter von Toledo erzählt hatte:

Fortsetzung der Geschichte des Zigeunerhauptmanns

Als sich Cornádez am nächsten Tag an dem Ort eingefunden hatte, der ihm vom Pilger bezeichnet worden war, fuhr dieser folgendermaßen in seinem Bericht fort:

Fortsetzung der Geschichte des verdammten Pilgers

Meine Bonbonniere war leer, meine Pralinés waren aufgezehrt; unsere Blicke und Seufzer schienen aber unsere erloschenen Leidenschaften immer wieder anfachen zu wollen. Unsere Gedanken speisten sich aus frevlerischen Erinnerungen, und selbst in unserer Erschöpfung lag noch sündhafte Lust.

Es ist dem Verbrechen eigen, daß es die natürlichen Gefühle erstickt. Ihrem entfesselten Begehren hingegeben, vergaß Señora Santárez, daß ihr Vater in einem Verlies schmachtete und sein Todesurteil vielleicht schon gefällt war. Wenn sie schon nicht daran dachte, beschäftigte es mich noch weniger.

Eines Abends trat indessen ein Mann zu mir herein, den ein Mantel sorgfältig verhüllte, was mich doch etwas erschreckte, und ich fand es keineswegs beruhigend, daß er, um sich besser unkenntlich zu machen, sogar eine Maske trug. Der geheimnisvolle Mensch bedeutete mir, Platz zu nehmen, setzte sich selber und sprach:

»Señor Hervás, Sie scheinen Umgang mit Señora Santárez zu pflegen; über sie will ich offen mit Ihnen sprechen: Da die Sache sehr ernst ist, finde ich es mißlich, sie mit einer Frau abzuhandeln. Señora Santárez hatte einem Leichtfuß namens Cristof Sparadoz ihr Vertrauen geschenkt. Heute sitzt er im gleichen Gefängnis wie Señor Gonarez, der Vater der besagten Dame. Dieser Tollkopf glaubte, in das Geheimnis gewisser mächtiger Männer eingeweiht zu sein. Aber der Verwahrer des Geheimnisses bin ich selbst; ich teile es Ihnen in wenigen Worten mit. Heute in einer Woche werde ich eine halbe Stunde nach Sonnenuntergang an dieser Tür vorbeigehen und dreimal den Namen des Gefangenen aussprechen: ›Gonarez, Gonarez, Gonarez.‹ Beim dritten Mal werden Sie mir einen Sack mit dreitausend Pistolen übergeben. Señor Gonarez befindet sich nicht mehr in Segovia, sondern in einem Gefängnis in Madrid. Sein Schicksal wird sich vor Mitternacht desselben Tages entscheiden. Das hatte ich Ihnen zu sagen; mein Auftrag ist erfüllt.« Damit erhob sich der Vermummte und ging.

Ich wußte oder glaubte zu wissen, daß Señora Santárez keinerlei flüssige Mittel besaß. Ich beschloß also, Don Belial wieder in Anspruch zu nehmen. Ich begnügte mich damit, meiner reizenden Wirtin zu sagen, Don Cristof komme nicht mehr zu ihr, da er seinen Vorgesetzten verdächtig geworden sei; ich selbst aber stünde mit den Kanzleien in Verbindung und hätte allen Grund, einen völligen Erfolg zu erwarten. Die Hoffnung, ihren Vater zu retten, erfüllte Señora Santárez mit überschwenglicher Freude. Zu allen Gefühlen, die ich in ihr erregt hatte, kam nun noch die Dankbarkeit hinzu. Ihre Hingabe erschien ihr nicht mehr so sträflich. Eine so große Wohltat, glaubte sie, mußte sie Vergebung finden lassen. Unsere Stunden waren von neuer Lust erfüllt. In einer Nacht riß ich mich von ihr los, um Don Belial aufzusuchen.

»Ich habe Sie schon erwartet«, sagte er, »ich wußte wohl, daß Ihre Skrupel kaum anhalten würden, Ihre Gewissensbisse noch weniger. Alle Adamssöhne sind aus demselben Teig geknetet; aber ich war nicht darauf gefaßt, daß Sie so bald der Wonnen müde würden, wie sie selbst die Könige dieses kleinen Erdballs nicht gekostet haben, die meine Bonbonniere nicht besaßen.«

»Ach, Señor Belial!« erwiderte ich, »ein Teil dessen, was Sie sagen, ist nur allzu wahr; aber meiner derzeitigen Verhältnisse bin ich durchaus nicht müde. Vielmehr fürchte ich, wenn sie endeten, hätte das Leben für mich keinen Reiz mehr.«

»Aber Sie sind doch gekommen, mich um dreitausend Pistolen zu bitten, um den armen Señor Gonarez zu retten, und sobald seine Unschuld erwiesen ist, wird er seine Tochter und seine Enkelinnen zu sich nehmen: Über ihre Hand hat er bereits zugunsten zweier Beamter seiner Kanzlei verfügt. In den Armen dieser glücklichen Gatten werden Sie zwei reizende Geschöpfe sehen, die Ihnen ihre Unschuld geopfert und als Preis für diese Hingabe nichts verlangt haben als teilzuhaben an den Freuden, deren Mittelpunkt Sie bildeten. Mehr von Wetteifer als von Eifersucht angefeuert, war jede von ihnen glücklich über die Wonne, die sie Ihnen schenkte, und über die, die Sie der anderen zu danken hatten, freute sie sich neidlos. Ihre Mutter, erfahrener, aber nicht weniger leidenschaftlich, vermochte dank meiner Bonbonniere dem

Glück ihrer Töchter ohne Verdruß zuzusehen. Was werden Sie denn nach solchen Augenblicken mit Ihrem Leben anfangen? Wollen Sie die legitimen Freuden der Ehe suchen oder bei einer gefallsüchtigen Person gefühlvoll seufzen, die Ihnen auch nicht den Schatten der Lüste bieten kann, die kein Sterblicher vor Ihnen kannte?«

Dann schlug Don Belial einen anderen Ton an und sagte: »Aber nein, ich habe unrecht; Señora Santárez' Vater ist wirklich unschuldig, und es liegt in Ihrer Macht, ihn zu retten. Das Vergnügen, eine gute Tat zu vollbringen, muß stärker sein als alle anderen.«

»Señor, Sie sprechen sehr kalt von den guten Taten und sehr warm von den Vergnügungen, die letzten Endes solche der Sünde sind. Man könnte sagen, Sie wollen meine ewige Verdammnis. Ich bin zu glauben versucht, Sie seien . . .«

Don Belial ließ mich nicht ausreden. »Ich bin eines der maßgeblichen Mitglieder einer mächtigen Vereinigung, die es sich zum Ziel gesetzt hat, die Menschen glücklich zu machen, indem sie sie von den leeren Vorurteilen heilt, die sie mit der Ammenmilch eingesogen haben und die ihnen dann bei allen ihren Wünschen im Wege sind. Wir haben ausgezeichnete Bücher herausgebracht, in denen wir trefflich beweisen, daß die Eigenliebe das Prinzip aller menschlichen Handlungen ist und daß sanftmütiges Mitleid, kindliche Anhänglichkeit, feurige und zärtliche Liebe, Gnade der Könige nichts weiter sind als Verfeinerungen des Egoismus. Ist also die Triebkraft all unserer Handlungen die Eigenliebe, muß deren natürliches Ziel die Erfüllung unserer eigenen Wünsche sein. Die Gesetzgeber haben das sehr wohl empfunden. Sie haben die Gesetze so abgefaßt, daß man sie umgehen kann, und wer das will, wird es kaum unterlassen.«

»Wie denn, Señor Don Belial!« sagte ich, »sehen Sie Recht und Unrecht nicht als wirkliche Werte an?«

»Es sind relative Werte. Ich will es Ihnen mit Hilfe einer Fabel verständlich machen:

Sehr kleine Insekten krabbelten auf die Spitze hoher Gräser. Eins von ihnen sagte zu den anderen: ›Seht doch diesen Tiger, der sich neben uns niedergelassen hat; er ist das sanfteste aller Tiere, er hat uns nie etwas Böses getan. Dagegen ist das Schaf eine reißende Bestie; wenn es daherkäme, würde es uns mitsamt dem Gras, das uns Unterschlupf bietet, auffressen; der Tiger aber ist gerecht, er würde uns rächen.‹

Daraus können Sie schließen, daß alle Vorstellungen von Recht und Unrecht, Gut und Böse relativ sind und keineswegs absolut oder allgemeingültig. Ich stimme darin mit Ihnen überein, Señor Hervás, daß sich mit dem, was man gute Taten nennt, eine Art einfältige Befriedigung verbindet. Sie werden sie sicher erleben, wenn Sie den guten, zu Unrecht verklagten Señor Gonarez retten. Sie dürfen nicht zögern, es zu tun, wenn Sie des Lebens mit seiner Familie müde sind. Überlegen Sie es sich, die Zeit dazu haben Sie. Das Geld muß am Samstag übergeben werden, eine halbe Stunde nach Sonnenuntergang. Kommen Sie in der Nacht vom Freitag zum Samstag hierher, die dreitausend Pistolen liegen genau um Mitternacht bereit. Leben Sie wohl, und empfangen Sie noch diese Bonbonniere.«

Ich kehrte nach Hause zurück, und unterwegs aß ich noch ein paar Pralinés. Señora Santárez und ihre Töchter erwarteten mich und waren noch nicht zu Bett gegangen. Ich wollte von dem Gefangenen sprechen: Man ließ mir keine Zeit dazu... Aber warum sollte ich so viele schmähliche Missetaten ans Licht bringen? Es wird Ihnen genügen zu wissen, daß wir, der zügellosen Begierde hingegeben, nicht mehr imstande waren, an die Zeit zu denken und die Tage zu zählen; der Gefangene geriet völlig in Vergessenheit.

Der Samstag neigte sich dem Ende zu; die Sonne, die in Wolken versank, schien dem Himmel einen blutigen Glanz zu verleihen. Plötzliche Blitze ließen mich zusammenfahren. Ich versuchte mich an das letzte Gespräch mit Don Belial zu erinnern. Auf einmal hörte ich eine hohle Stimme wie aus dem Grab hervor dreimal rufen: »Gonarez, Gonarez, Gonarez.«

»Gerechter Himmel!« rief Señora Santárez, »ist das ein Geist des Himmels oder der Hölle? Er sagt mir, daß mein Vater nicht mehr lebt.«

Ich hatte das Bewußtsein verloren; als ich wieder zu mir kam, lief ich zum Manzanares hinab, um ein letztes Mal vor Don Belial zu treten. Da verhafteten mich die *alguaziles* und brachten mich in ein mir ganz unbekanntes Stadtviertel und in ein Haus, das ich ebensowenig kannte; bald wurde mir klar, daß es ein Gefängnis war. Man legte mich in Ketten und stieß mich in ein dunkles Verlies.

Neben mir hörte ich das Rasseln von Ketten. »Bist du der junge Hervás?« fragte mich mein Gefährte im Unglück.

»Ja«, antwortete ich, »ich bin Hervás, und an deiner Stimme erkenne ich, daß du Cristof Sparadoz bist. Weißt du etwas über Gonarez? War er unschuldig?«

»Er war unschuldig«, sagte Don Cristof, »aber sein Ankläger hatte sein Netz mit solcher Kunst geknüpft, daß er es völlig in der Hand hatte, Gonarez zu verderben oder ihn zu retten. Er verlangte dreitausend Pistolen von ihm: Gonarez konnte sie nicht beschaffen und hat sich soeben im Gefängnis erdrosselt. Ich wurde auch vor die Wahl gestellt, mich entweder zu erdrosseln oder den Rest meiner Tage in der Festung Laroche an der Küste Afrikas zu verbringen. Ich habe letzteres gewählt und habe beschlossen, sobald ich nur kann, zu fliehen und Mohammedaner zu werden. Was dich betrifft, mein Freund, so wird man dich hochnotpeinlich befragen, um dich Dinge gestehen zu lassen, von denen du keine Ahnung hast; aber dein Verhältnis zu Señora Santárez legt die Vermutung nahe, daß du eingeweiht und Komplize ihres Vaters bist.«

Man stelle sich nur einen Menschen vor, dem die Wollust Leib und Seele gleichermaßen verweichlicht hat und dem nun die Schrecknisse einer unbarmherzig in die Länge gezogenen Folter drohen. Ich glaubte schon die Schmerzen der Tortur zu fühlen, die Haare sträubten sich mir auf dem Kopf; die Schauer des Schreckens fuhren mir durch die Glieder: sie gehorchten nicht mehr meinem Willen, sondern den plötzlichen Zuckungen zwanghafter Krämpfe.

Ein Wärter betrat den Kerker, um Sparadoz abzuholen. Dieser warf mir, als er ging, einen Dolch zu. Ich hatte nicht die Kraft, ihn aufzufangen, noch weniger Kraft hätte ich gehabt, ihn mir ins Herz zu stoßen. Meine Verzweiflung war derart, daß nicht einmal der Tod mir Ruhe geben konnte.

»O Belial!« rief ich aus, »Belial, ich weiß wohl, wer du bist, und doch rufe ich dich an!«

»Da bin ich«, rief der unreine Geist. »Nimm diesen Dolch, laß einen Tropfen deines Blutes fließen und unterzeichne damit dieses Papier.«

»Ach! Mein guter Engel«, schrie ich da, »hast du mich ganz verlassen?«

»Du rufst ihn allzu spät an«, sprach Satan zähneknirschend und feuerspeiend.

Zugleich drückte er mir die Kralle in die Stirn. Ich fühlte einen brennenden Schmerz und verlor das Bewußtsein, oder vielmehr: ich geriet in einen Taumel.

Plötzlich war das Gefängnis in Licht getaucht: Ein Cherubim mit gleißenden Flügeln hielt mir einen Spiegel vor und sprach: »Sieh auf deiner Stirn das umgekehrte

Thau: Es ist das Zeichen der Verdammnis. Du wirst es auch an anderen Sündern sehen; führe zwölf von ihnen auf den Weg des Heils, so kannst du ihn auch beschreiten. Nimm dies Pilgerkleid und folge mir.«

Ich erwachte oder glaubte zu erwachen, und tatsächlich befand ich mich nicht mehr im Gefängnis, sondern auf der Straße nach Galicien; ich trug das Pilgerkleid.

Kurz darauf kam eine Pilgergruppe vorbei. Sie zogen nach Santiago de Compostela. Ich schloß mich ihnen an und besuchte alle heiligen Orte Spaniens. Ich wollte nach Italien pilgern und Loreto besuchen. Ich war in Asturien und schlug den Weg über Madrid ein. In dieser Stadt angekommen, begab ich mich zum Prado und suchte das Haus von Señora Santárez. Ich konnte es nicht finden, obwohl ich alle Häuser der Nachbarschaft wiedererkannte. Diese Hexerei bewies mir, daß ich noch unter der Gewalt Satans stand. Ich wagte es nicht, meine Nachforschungen weiterzutreiben.

Ich suchte ein paar Kirchen auf und ging dann zum Buen Retiro. Dieser Park war gänzlich verlassen. Ich sah einen einzigen Menschen, der auf einer Bank saß. Das große Malteserkreuz, das auf seinen Mantel gestickt war, zeigte mir, daß er eines der führenden Ordensmitglieder war. Er schien nachdenklich, ja, so tief in Gedanken versunken, daß er ganz reglos saß.

Als ich auf ihn zu ging, glaubte ich zu seinen Füßen einen Abgrund zu sehen, in dem sich seine Gestalt umgekehrt spiegelte, als ob es Wasser wäre; hier aber schien der Abgrund von Feuer erfüllt.

Als ich näher herankam, war das Trugbild verschwunden; bei genauerer Betrachtung des Mannes sah ich, daß er das Thau auf der Stirne trug, das Zeichen der Verdammnis, das mich der Cherubim im Spiegel auf meiner eigenen Stirn hatte sehen lassen.

An dieser Stelle der Erzählung trat ein Mann an den Zigeuner heran, der mit ihm über die Tagesgeschäfte sprechen wollte; also mußte er uns verlassen.

Dreiundfünfzigster Tag

Am nächsten Tag nahm der alte Hauptmann Busqueros' Geschichte wieder auf und setzte die Erzählung also fort:

Fortsetzung der Geschichte des verdammten Pilgers

Ich begriff schnell, daß ich einen der zwölf Sünder vor mir hatte, die ich auf den Weg des Heils zurückführen mußte. Ich versuchte sein Vertrauen zu gewinnen; ich erlangte es, als er sich davon überzeugt hatte, daß mein Motiv nicht eitle Neugier war. Es war unerläßlich, daß er mir seine Geschichte erzählte. Ich bat ihn darum, und er begann mit folgenden Worten:

Die Geschichte des Komturs von Toralva

Bevor ich noch der Kindheit entwachsen war, trat ich in den Malteserorden ein; ich wurde, wie man es nennt, in den Pagenstand aufgenommen. Die Protektion, die ich am Hof genoß, verschaffte mir die Gunst, schon mit fünfundzwanzig Jahren eine Galeere zu kommandieren; und als der Großmeister im nächsten Jahr zur Ämtervergabe schritt, übertrug er mir die beste Komturei der »Zunge« von Aragon.

So konnte ich auf die höchsten Würden des Ordens

Ansprüche erheben, und ich kann es immer noch. Da man jedoch erst in vorgerücktem Alter dazu gelangt und ich indessen gar nichts zu tun hatte, nahm ich mir unsere vorzüglichsten Baillis zum Beispiel, die mir vielleicht ein besseres hätten geben sollen. Mit einem Wort: Ich verbrachte die Zeit mit Liebschaften, was ich damals für eine der läßlichsten Sünden hielt; und wollte der Himmel, daß ich keine schwereren begangen hätte! Die Sünde, die ich mir vorzuwerfen habe, ist eine strafwürdige Heftigkeit, die mich damals dazu brachte, dem Heiligsten unserer Religion zu trotzen. Ich denke nur noch mit Schrecken daran. Aber greifen wir doch nicht vor.

Sie werden wissen, daß auf Malta einige bodenständige Adelsfamilien leben, die nicht in den Orden eintreten und mit den Rittern, welchen Ranges sie auch seien, keinerlei Beziehungen unterhalten, und sie erkennen nur den Großmeister als ihren Herrscher und das Kapitel als dessen Rat an.

Unter dieser Klasse steht eine Mittelschicht, welche die Ämter innehat und die Protektion der Ritter sucht. Die Damen dieser Klasse werden mit dem Titel *onorate* bezeichnet, was im Italienischen die Ehrenhaften bedeutet, und nennen sich auch selbst so. Und gewiß verdienen sie ihn durch die Schicklichkeit ihres Lebenswandels und, um Ihnen die Wahrheit zu sagen, durch das Geheimnis, mit dem sie ihre Liebschaften umgeben.

Lange Erfahrung lehrte die *onorate*-Damen, daß Geheimhaltung mit dem Wesen der französischen Ritter unvereinbar ist oder daß man doch unendlich selten mit allen schönen Eigenschaften, durch die sie sich auszeichnen, auch die Verschwiegenheit vereint findet. Daher kommt es, daß sich die jungen Männer dieser Nation, die beim schönen Geschlecht aller Länder üblicherweise glänzende Erfolge vorzuweisen haben, in Malta mit Dirnen begnügen müssen.

Die übrigens wenig zahlreichen deutschen Ritter gefallen den *onorate* am besten, und ich glaube, sie verdanken es ihrem weißen und rosigen Teint. Nach ihnen kommen die Spanier, und wir verdanken es, glaube ich, unserem Charakter, der mit Recht als ehrenhaft und verläßlich gilt.

Die französischen Ritter, vor allem aber die Karawanisten, rächen sich an den *onorate*, indem sie auf jede Weise über sie lästern und ihre geheimen Ränke aufdecken. Da sie aber ihre eigenen Wege gehen und es für unnötig halten, Italienisch, also die Landessprache, zu lernen, bleibt alles, was sie sagen, ohne große Wirkung.

So lebten wir also, ebenso wie unsere *onorate*, in Frieden dahin, da brachte uns ein Schiff aus Frankreich den Komtur von Foulequère aus dem alten Hause der Seneschalle von Poitou, die von den Grafen von Angoulême abstammen. Er war schon früher in Malta gewesen, und ständig hatte es Ehrenhändel gegeben. Im Augenblick bemühte er sich um das Kommando über die Galeeren. Er zählte mehr als fünfundzwanzig Jahre; folglich erwartete man, daß er besonnener geworden sei. Der Komtur war tatsächlich nicht mehr der Raufbold und Radaubruder von früher; aber er war hochmütig, herrisch und sogar umstürzlerisch, indem er auf mehr Beachtung Anspruch erhob als der Großmeister selbst.

Der Komtur führte ein offenes Haus: Die französischen Ritter strömten ihm in hellen Haufen zu. Wir besuchten ihn wenig und blieben schließlich ganz weg, da wir fanden, daß es in der Unterhaltung immer um Themen ging, die uns peinlich waren, unter anderem um die *onorate*, die wir liebten und achteten.

Ging der Komtur aus, sah man ihn von jungen Karawanisten umgeben. Er führte sie in die Enge Gasse, zeigte ihnen die Plätze, an denen er sich geschlagen hatte, und erzählte ihnen genau den Hergang seiner Duelle.

Dabei muß ich einflechten, daß das Duell nach unseren Regeln in Malta verboten ist, ausgenommen in der Engen Gasse, einer Passage, auf die kein Fenster sich öffnet; sie ist nur so breit, daß hier zwei Männer in Auslage gehen und die Klingen kreuzen können. Sie können keinen Schritt zurückweichen. Die Gegner stellen sich quer zur Gasse; ihre Freunde halten die Passanten zurück und verhindern, daß man die Duellanten stört. Dieser Brauch wurde einst eingeführt, um Morde zu verhindern, denn wer einen Feind zu haben glaubt, meidet die Enge Gasse; und wurde ein Mord anderswo begangen, konnte man ihn nicht als Duell durchgehen lassen. Übrigens bedroht den die Todesstrafe, der die Enge Gasse mit einem Dolch betritt. Das Duell wird also in Malta nicht nur geduldet, sondern geradezu erlaubt. Diese Erlaubnis gilt indessen sozusagen stillschweigend, und weit entfernt davon, sie zu mißbrauchen, spricht man nur schamhaft davon, da sie ein Vergehen gegen die christliche Nächstenliebe und im Hauptort eines mönchischen Ordens anstößig ist.

Die Gänge des Komturs durch die Enge Gasse waren höchst unschicklich. Ihre böse Folge war, daß die Karawanisten aus Frankreich sehr rauflustig wurden, und von sich aus waren sie ohnehin dazu geneigt.

Die üblen Sitten verschlimmerten sich zusehends. Die spanischen Ritter ihrerseits wurden noch zurückhaltender; schließlich suchten sie mich zusammen auf und fragten mich, was man tun könne, um einem Übermut Einhalt zu gebieten, der gänzlich unerträglich wurde. Ich dankte meinen Landsleuten für die Ehre, die sie mir erwiesen, indem sie mir ihr Vertrauen schenkten: Ich versprach ihnen, mit dem Komtur darüber zu sprechen und ihm das Betragen der jungen Franzosen als ein Unwesen darzustellen, dessen Fortschritt allein er entgegentreten könne, aufgrund der großen Wertschätzung und Achtung, die man in den drei Zungen seiner Nation für ihn aufbringe. Ich nahm mir vor, in dieser Erklärung jede denkbare Rücksicht walten zu lassen; aber ich machte mir keine Illusionen darüber, daß die Sache ohne Duell ausgehen könne. Da mir indessen die Ursache für diesen seltsamen Kampf Ehre machte, war ich nicht allzu böse darüber, ihn auszufechten. Und schließlich gab ich auch, wie ich glaube, einer Abneigung nach, die ich gegen den Komtur hegte.

Wir waren gerade in der Karwoche, und es wurde vereinbart, mein Gespräch mit dem Komtur solle erst vierzehn Tage später stattfinden. Ich glaube, er hatte erfahren, was sich bei mir abgespielt hatte, und wollte mir zuvorkommen, indem er Streit mit mir suchte.

Der Karfreitag kam. Sie wissen, daß man nach spanischem Brauch einer Frau, um die man wirbt, von Kirche zu Kirche folgt, um ihr das Weihwasser zu reichen. Man tut das auch ein wenig aus Eifersucht, aus Besorgnis, ein anderer könne es ihr reichen und die Gelegenheit ergreifen, eine Bekanntschaft mit ihr anzuknüpfen. Dieser spanische Brauch hatte sich auch in Malta verbreitet. Ich folgte also einer jungen *onorata*, um die ich seit mehreren Jahren warb; jedoch von der ersten Kirche an, die sie betrat, ging der Komtur vor mir auf sie zu, stellte sich zwischen uns, kehrte mir dabei den Rücken zu und trat mehrmals einen Schritt zurück, um mir auf die Füße zu treten, was auch anderweitig bemerkt wurde.

Beim Verlassen der Kirche sprach ich den Menschen beiläufig an, als wollte ich mit ihm über Neuigkeiten plaudern. Ich fragte ihn dann, welche Kirche er nun besuchen wolle; er nannte sie mir. Ich bot ihm an, ihm einen kürzeren Weg zu zeigen: Ohne daß es ihm aufgefallen wäre, führte ich ihn in die Enge Gasse. Dort angelangt und übrigens völlig sicher, daß uns an einem Tag wie diesem, da jedermann in der Kirche ist, niemand stören werde, zog ich den Degen.

Der Komtur zog gleichfalls vom Leder, senkte aber die Spitze des Degens: »Wie denn«, sagte er, »am Karfreitag!«

Ich wollte nichts davon wissen.

»Hören Sie zu«, sagte er, »seit mehr als sechs Jahren habe ich nicht gebeichtet; der Zustand meines Gewissens macht mir Angst. In drei Tagen …«

Ich bin friedfertig von Natur, und Menschen dieser Art sind, wie Sie wissen, wenn sie einmal in Zorn geraten, nicht mehr zur Vernunft zu bringen. Ich zwang den Komtur, sich zu wehren; aber ein seltsamer Schrecken erschien in seinen Zügen. Er stellte sich mit dem Rücken gegen die Wand, als ob er voraussähe, daß er zu Fall kommen werde, und schon eine Stütze suche. Und wahrhaftig, beim ersten Ausfall stieß ich ihm den Degen durch den Leib.

Er senkte die Klinge, lehnte sich an die Mauer und sagte mit ersterbender Stimme: »Ich verzeihe Ihnen; möge auch der Himmel Ihnen verzeihen! Bringen Sie diesen Degen nach Tête-Foulque, und lassen Sie in der Schloßkapelle hundert Messen lesen.«

Er starb. In diesem Augenblick achtete ich nicht sonderlich auf seine letzten Worte, und wenn ich sie mir gemerkt habe, dann deswegen, weil ich sie seither öfter hören mußte. Meine Erklärung gab ich in der üblichen Form ab. In den Augen der Menschen, muß ich sagen, schadete mir das Duell überhaupt nicht: Alle verabscheuten Foulequère, und man fand, er habe sein Los verdient; mir schien indessen, daß mich meine Tat vor Gott höchst schuldig gemacht habe, vor allem, da Foulequère die Sakramente nicht empfangen konnte, und mein Gewissen machte mir bittere Vorhaltungen. Das währte acht Tage lang.

In der Nacht vom Freitag auf den Samstag fuhr ich jäh aus dem Schlaf hoch, und als ich um mich blickte, glaubte ich nicht in meinem Zimmer zu sein, sondern mitten in der Engen Gasse auf dem Pflaster zu liegen. Ich wunderte mich noch darüber, als ich deutlich den Komtur erkannte, der an der Mauer lehnte. Das Gespenst schien nur mühsam zu sprechen; es sagte: »Bringen Sie den Degen nach Tête-Foulque, und lassen Sie in der Schloßkapelle hundert Messen lesen.«

Kaum hatte ich die Worte gehört, da fiel ich in einen bleiernen Schlaf. Am nächsten Tag erwachte ich in meinem Zimmer und in meinem Bett, aber die Erscheinung war mir ganz deutlich in der Erinnerung haften geblieben.

In der Nacht darauf ließ ich einen Diener in meinem Zimmer schlafen, und ich sah nichts, sowenig wie in den folgenden Nächten. Aber in der Nacht vom Freitag auf den Samstag hatte ich wieder dieselbe Erscheinung, mit dem Unterschied, daß ich einige Schritte von mir den Diener auf dem Pflaster liegen sah. Das Gespenst des Komturs zeigte sich und sprach dieselben Worte. Die nämliche Erscheinung wiederholte sich jeden Freitag. Dann träumte mein Diener, er schlafe in der Engen Gasse; weder sah noch hörte er übrigens den Komtur.

Zunächst wußte ich nicht, was Tête-Foulque eigentlich sei, wohin ich auf Geheiß des Komturs den Degen bringen sollte. Ritter aus dem Poitou belehrten mich, es sei ein Schloß inmitten eines Waldes, drei Meilen von Poitiers entfernt; im Lande erzähle man davon viel Sonderbares und könne dort auch merkwürdige Dinge erblicken, etwa die Rüstung von Foulque-Taillefer und die Waffen der Ritter, die er getötet habe, und es sei im Hause der Foulequères eben der Brauch, dort die Waffen niederzulegen, deren sie sich bedient hatten, sei es im Krieg, sei es im Zweikampf. All dies beschäftigte mich; aber ich mußte an mein Gewissen denken.

Ich reiste nach Rom und beichtete dem Großpönitentiar. Ich verhehlte ihm nicht die Erscheinung, die mich immer noch verfolgte. Er erteilte mir die Absolution, aber er gewährte sie mir nur unter der Voraussetzung, daß ich Buße getan hätte. Dazu gehörten die hundert Messen im Schloß Tête-Foulque; der Himmel aber nahm meine Gabe an, und vom Augenblick der Beichte an suchte mich das Gespenst des Komturs nicht mehr heim. Ich hatte seinen Degen von Malta mitgenommen und machte mich, sobald ich konnte, nach Frankreich auf den Weg.

In Poitiers angekommen, stellte ich fest, daß man vom Tod des Komturs schon unterrichtet war und daß er hier nicht etwa mehr betrauert wurde als in Malta. Ich ließ meine Diener in der Stadt zurück; ich legte ein Pilgerkleid an und nahm einen Führer. Es erschien mir angemessen, mich zu Fuß nach Tête-Foulque zu begeben, und außerdem war der Weg für Wagen nicht passierbar.

Wir fanden den Torturm verschlossen. Lange zogen wir an der Glocke; endlich erschien der Burgvogt; er war der einzige Bewohner von Tête-Foulque, abgesehen von einem Eremiten, der in der Kapelle die Gottesdienste hielt und den wir beim Gebet trafen. Als er es beendet hatte, sagte ich ihm, ich sei gekommen, ihn hundert Messen lesen zu lassen. Zugleich legte ich meine Opfergabe auf den Altar. Ich wollte hier auch den Degen des Komturs niederlegen, aber der Burgvogt sagte mir, ich müsse ihn in die Rüstkammer, auch Waffensaal genannt, bringen, wo alle Degen der im Duell getöteten Foulequères und derer, die sie getötet hatten, bewahrt würden; dies sei der geheiligte Brauch.

Ich folgte dem Burgvogt in den Waffensaal, wo ich in der Tat Degen in jeder Länge vorfand und außerdem Portraits, angefangen mit dem Portrait von Foulque-Taillefer, Graf von Angoulême, der Tête-Foulque für einen seiner natürlichen Söhne, das heißt Bastarde, hatte bauen lassen, welcher Seneschall von Poitou und Stammvater der Foulequères von Tête-Foulque wurde.

Die Portraits des Seneschalls und seiner Frau hingen zu Seiten eines großen Kamins in einer Ecke des Waffensaals. Sie waren äußerst lebensecht. Die anderen Portraits waren ebenfalls gut gemalt, wenn auch im Stil der Zeit. Keines war aber so verblüffend lebendig wie das von Foulque-Taillefer. Er war in seinem Wams aus Büffelleder dargestellt, den Degen in der Hand, und griff gerade nach dem Rundschild, das ihm ein Knappe reichte. Die meisten Degen steckten unter diesem Portrait und bildeten ein ganzes Bündel.

Ich bat den Burgvogt, mir in diesem Saal Feuer zu machen und mir ein Abendessen herbeizuschaffen.

»Was das Abendessen angeht«, antwortete er, »will ich das gern tun; aber, mein lieber Pilger, ich rate Ihnen dringend, zum Schlafen mit in mein Zimmer zu kommen.«

Ich fragte ihn nach dem Grund für diese Vorsichtsmaßnahme.

»Ich weiß schon, was ich sage«, antwortete der Burgvogt, »und will Ihnen auf jeden Fall ein Bett neben meinem eigenen vorbereiten.«

Ich nahm sein Anerbieten um so lieber an, als gerade Freitag war und ich eine Wiederkehr meiner Erscheinung fürchtete.

Der Burgvogt machte sich an die Zubereitung des Abendessens, und ich fing an, die Waffen und Bilder zu betrachten. Letztere waren, wie ich schon sagte, äußerst lebensecht gemalt. Wie der Tag sich neigte, verschwammen im Schatten die dunkelfarbigen Draperien der Porträtierten mit dem düsteren Hintergrund der Gemälde, und das Feuer im Kamin ließ mich nur noch die Gesichter erkennen, was etwas Erschreckendes für mich hatte; oder vielleicht schien es mir auch nur so, da mich der Zustand meines Gewissens fortgesetzt ängstigte.

Der Vogt brachte mein Abendessen, das aus einer Schüssel Forellen bestand, die man in einem nahe gelegenen Bach geangelt hatte. Auch wurde mir eine Flasche recht guten Weins aufgetischt. Ich hätte gewünscht, daß sich der Eremit mit mir zu Tisch setze, aber er lebte nur von in Wasser gekochten Kräutern.

Ich habe es immer genau genommen mit dem Lesen des Breviers, das für die Ritter, die das Gelübde abgelegt haben, verpflichtend ist, wenigstens in Spanien. Ich zog es also aus der Tasche, zusammen mit dem Rosenkranz, und zum Burgvogt sagte ich, da ich noch nicht müde sei, wolle ich mich ins Gebet vertiefen, bis die Nacht weiter vorgerückt sei, und er möge mir nur mein Zimmer zeigen.

»Schon recht«, antwortete er, »zur Mitternacht sucht der Einsiedler die Kapelle nebenan auf, um sein Gebet zu sprechen. Dann steigen Sie diese kleine Treppe hinab, und Sie können mein Zimmer nicht verfehlen, ich lasse die Tür offen. Bleiben Sie aber nach Mitternacht nicht hier.«

Der Burgvogt ging. Ich begann zu beten und legte von Zeit zu Zeit ein Holzscheit ins Feuer. Aber ich wagte es nicht, den Saal genauer in Augenschein zu nehmen, denn die Portraits schienen Leben zu gewinnen. Wenn ich eins ein wenig länger betrachtete, schien es mir, als zwinkere es mir zu und verziehe den Mund, vor allem der Seneschall und seine Frau, die beiderseits des Kamins hingen. Ich glaubte wahrzunehmen, daß sie mir Blicke voller Zorn zuwarfen und dann einander anblickten. Ein Windstoß vergrößerte mein Entsetzen; denn er ließ nicht nur die Fenster klirren, sondern brachte auch die Waffenbündel zum Schwanken, und ihr Gegeneinanderschlagen ließ mich schaudern. Indessen betete ich inständig.

Schließlich hörte ich den Einsiedler psalmodieren; und als er fertig war, stieg ich die Treppe hinab, um zum Zimmer des Burgvogts zu gelangen. Ich hielt eine herunterbrennende Kerze in der Hand; der Wind löschte sie aus, ich stieg noch einmal hoch, um sie wieder anzuzünden. Wie groß war aber meine Verblüffung, als ich sah, daß der Seneschall und die Seneschallin aus ihren Rahmen herabgestiegen waren und in der Kaminecke saßen. Ungezwungen plauderten sie miteinander, und ihre Reden waren gut zu verstehen.

»Liebste Freundin«, sagte der Seneschall, »wie dünkt Euch dieser Kastilianer, der den Komtur gemordet hat, ohne ihm die Beichte zu gestatten?«

»Mich dünkt«, erwiderte das weibliche Gespenst, »mich dünkt, mein Lieber, hier waren Heimtücke und Bosheit am Werk. Also vermute ich, Messire Taillefer wird den Kastilianer aus dem Schloß nicht gehen lassen, ohne demselben den Handschuh hinzuwerfen.«

Ich war zu Tode erschrocken und sprang zur Treppe zurück; ich suchte die Tür des Burgvogts und tastete nach ihr, ohne sie zu finden. Ich hatte immer noch die erloschene Kerze in der Hand. Ich dachte daran, sie wieder anzuzünden, und wurde ein wenig ruhiger; ich versuchte mir einzureden, die zwei Gestalten, die ich am Kamin gesehen hatte, existierten nur in meiner Einbildung. Ich stieg die Treppe wieder hinauf, und als ich an der Tür des Waffensaals stehenblieb, sah ich, daß die beiden Gestalten nicht mehr am Feuer saßen, wo ich sie zu sehen geglaubt hatte. Ich ging also beherzt hinein, aber kaum hatte ich ein paar Schritte getan, da erblickte ich inmitten des Saales Messire Taillefer in Ausfallstellung, die Degenspitze auf mich gerichtet.

Ich strebte zur Treppe zurück, aber die Tür war durch die Gestalt eines Schildknappen versperrt, der mir einen Panzerhandschuh vor die Füße warf. Ich wußte nicht mehr aus noch ein, packte einen Degen, den ich aus einem der Degenbündel herausriß, und stürzte mich damit auf das Phantom, meinen Gegner. Mir schien, ich hätte ihn mitten durchgehauen; aber unmittelbar darauf empfing ich unterhalb des Herzens einen Degenstoß, der mich brannte wie glühendes Eisen. Mein Blut floß in Strömen, und ich verlor das Bewußtsein.

Am nächsten Morgen erwachte ich im Zimmer des Burgvogts. Als ich in der Nacht nicht gekommen war, hatte er ein Gefäß mit Weihwasser genommen und hatte sich auf die Suche nach mir gemacht. Er fand mich bewußtlos zu Boden gestreckt, aber ohne jede Verletzung. Der Streich, den ich zu fühlen glaubte, war nur eine Sinnestäuschung. Der Vogt stellte mir keine Fragen und riet mir bloß, das Schloß zu verlassen.

Ich brach auf und machte mich auf den Weg nach Spanien. Bis Bayonne brauchte ich acht Tage. Ich kam dort an einem Freitag an und nahm Logis in einer Herberge. Mitten in der Nacht fuhr ich aus dem Schlaf hoch und erblickte vor meinem Bett Messire Taillefer, der mich mit seinem Degen bedrohte. Ich schlug das Kreuz, und das Gespenst schien sich in Rauch aufzulösen. Aber ich spürte denselben Degenstoß, den ich im Schloß Tête-Foulque zu empfangen glaubte. Es schien mir wieder, ich sei in meinem Blut gebadet. Ich wollte rufen und das Bett verlassen: das eine wie das andere war mir unmöglich. Mich befiel eine unaussprechliche Angst, die bis zum ersten Hahnenschrei währte. Dann schlief ich wieder ein, aber am nächsten Tag war ich krank und in erbärmlichem Zustand.

Alle Freitage habe ich seither diese Erscheinung. Keine Andachtsübung konnte mich davon erlösen. Die Schwermut wird mich zum Grabe begleiten, und ich werde hinabsteigen, bevor ich mich von der Macht Satans habe befreien können. Noch hält mich die Hoffnung auf die Barmherzigkeit Gottes aufrecht und läßt mich mein Leid ertragen.

So endete die Geschichte des Komturs von Toralva, oder

vielmehr der Bericht davon, den der verdammte Pilger an Cornádez weitergab; woraufhin er folgendermaßen den Faden seiner eigenen Geschichte wieder aufnahm:

Der Komtur von Toralva war ein religiöser Mensch. Obwohl er gegen seine religiösen Pflichten verstoßen hatte, als er sich duellierte, ohne seinem Gegner zu gestatten, den Frieden seiner Seele zu suchen, fiel es mir nicht schwer, ihn zu der Einsicht zu bringen, daß er, wenn er sich wirklich von den Anfechtungen Satans befreien wolle, die heiligen Stätten besuchen müsse, die der Sünder niemals aufsucht, ohne daß ihm die Tröstungen der Gnade zuteil werden.

Toralva war leicht zu überzeugen. Zusammen suchten wir die heiligen Stätten Spaniens auf. Dann zogen wir nach Italien weiter: wir besuchten Loreto und Rom. Der Großpönitentiar erteilte ihm nicht nur die bedingte, sondern die Generalabsolution und gleichzeitig den päpstlichen Ablaß. Toralva, seiner Erscheinungen gänzlich ledig, begab sich nach Malta, ich reiste nach Salamanca.

Schon als ich Sie das erste Mal sah, bemerkte ich auf Ihrer Stirn das Zeichen der Verdammnis, und ich kannte Ihre ganze Geschichte. Der Graf von Peña Flor hatte sich tatsächlich vorgenommen, alle Frauen zu verführen und zu besitzen, aber keine einzige hat er verführt oder besessen; da er immer nur Gedankensünden beging, war seine Seele nicht in Gefahr. Seit zwei Jahren hatte er indessen seine religiösen Pflichten versäumt, und er war gerade im Begriff, sich ihnen zu widmen, als Sie ihn ermordeten oder wenigstens zu seiner Ermordung beitrugen. Das ist die Ursache für die Erscheinung, die Sie quält. Es gibt nur ein Mittel für Sie, sich davon zu befreien, nämlich dem Beispiel des Komturs zu folgen. Ich will Ihr Führer sein: Sie wissen, daß auch mein eigenes Heil davon abhängt.

Cornádez ließ sich überzeugen. Er suchte die heiligen

Stätten Spaniens, dann Italiens auf. Er brachte zwei Jahre mit seiner Pilgerschaft zu. In dieser Zeit lebte Señora Cornádez in Madrid, wo sich ihre Mutter und ihre Schwester niedergelassen hatten.

Cornádez kam nach Salamanca zurück; er fand sein Haus in bester Ordnung vor, seine Gattin viel schöner geworden, liebenswürdig und sanftmütig. Nach zwei Monaten reiste sie abermals nach Madrid, um Mutter und Schwester zu besuchen, kam dann wieder nach Salamanca und blieb endlich ganz dort, nachdem der Herzog von Arcos an die Botschaft in London berufen worden war.

Hier ergriff der Ritter von Toledo das Wort und sagte: »Mein lieber Busqueros, Sie sind uns noch etwas schuldig geblieben; ich möchte auch den Schluß der Geschichte erfahren und wissen, was aus Señora Cornádez geworden ist.«

»Sie wurde zur Witwe«, sagte Busqueros; »dann hat sie wieder geheiratet, und ihr Lebenswandel ist mustergültig. Aber sehen Sie doch, da kommt sie schon, und ich glaube, sie geht gerade auf Ihr Haus zu.«

»Was sagen Sie da?« rief Toledo. »Das ist doch Señora Uscariz. Ah, die Kanaille! Sie hat mir eingeredet, ich sei ihre erste Liebe! Das wird sie mir büßen.«

Der Ritter wollte mit seiner Mätresse allein sein und schickte uns eilig fort.

»Ich selbst«, fügte der Zigeuner hinzu, »bin nun gezwungen, Sie alleinzulassen, um meinen Pflichten für mein Völkchen nachzugehen.«

Vierundfünfzigster Tag

Am nächsten Tag versammelten wir uns zur gewohnten Stunde und baten den Zigeuner, den Faden seiner Erzählung wieder aufzunehmen, was er tat wie folgt:

Fortsetzung der Geschichte des Zigeunerhauptmanns

Toledo, der nun die wahre Geschichte von Señora Uscariz kannte, machte sich einige Zeit lang einen boshaften Spaß daraus, mit ihr über Frasqueta Cornádez als einer reizvollen Frau zu sprechen, deren Bekanntschaft er zu machen wünsche und die allein ihn glücklich zu machen und ihn für alle Zeit zu fesseln vermöge. Schließlich wurde er jedoch aller Liebschaften müde, einschließlich der mit Señora Uscariz.

Da sich Toledo der Gunst des Hofes erfreute, wurde er für das Priorat von Kastilien ausersehen; es sollte vakant werden; folglich beeilte sich der Ritter, nach Malta zu gelangen. So verlor ich für einige Zeit einen Gönner, der in der Lage war, die Pläne zu durchkreuzen, die Busqueros gegen das große Tintenfaß meines Vaters geschmiedet hatte. Ich wurde zum Zeugen dieses Komplotts, ohne es vereiteln zu können; so aber spielte es sich ab:

Zu Beginn meiner Geschichte sagte ich, daß mein Vater jeden Morgen auf den Balkon hinausging, um frische Luft zu schöpfen; daß er dann auf einen anderen Balkon hinaustrat, der auf das Gäßchen führte, und daß er die Nachbarn gegenüber, wenn er sie sah, mit *agur* begrüßte. Er ging ungern wieder ins Zimmer zurück, ohne seinen Gruß angebracht zu haben. Um ihn nicht zu lange aufzuhalten, beeilten sich die Nachbarn, seinen Gruß entgegenzunehmen; im übrigen hatte er keinen Umgang mit ihnen.

Die guten Nachbarn zogen weg und wurden durch die Damen Cimiento ersetzt, entfernte Verwandte von Don Roque Busqueros. Señora Cimiento, die Tante, war eine vierzigjährige Frau von frischem Teint und sanftem, gesetztem Wesen. Señorita Cimiento, die Nichte, groß und wohlgestaltet, hatte recht schöne Augen und sehr schöne Arme.

Die beiden Damen ergriffen von ihrer Wohnung Besitz, sobald sie frei war; und als mein Vater am nächsten Morgen auf den Balkon zum Gäßchen hinaustrat, war er entzückt, sie auf dem Balkon gegenüber zu sehen. Sie empfingen seinen Gruß und erwiderten ihn höchst anmutig. Das war eine sehr angenehme Überraschung für ihn. Nichtsdestoweniger trat er in seine Wohnung zurück, und die Damen verließen ihrerseits den Balkon.

Acht Tage lang blieb es bei diesem Austausch von Höflichkeiten. Dann entdeckte mein Vater im Zimmer von Señorita Cimiento ein Objekt, das seine Neugier reizte. Es war eine kleine Vitrine voller Kristallgläser und -flakons; manche schienen mit leuchtenden Farben gefüllt, wie man sie zur Färberei benützt; manche mit einem goldenen, silbernen oder azurblauen Pulver; manche auch mit goldgetöntem Firnis. Die Vitrine stand nahe am Fenster. Señorita Cimiento, nur mit einem einfachen Mieder bekleidet, holte bald das eine, bald das andere Glas heraus. Aber wozu brauchte sie das? Mein Vater erriet es nicht, es war nicht seine Art, viel zu fragen: Lieber war es ihm, gar nichts zu wissen.

Eines Tages war Señorita Cimiento nahe am Fenster mit Schreiben beschäftigt. Ihre Tinte war zu dick; sie goß Wasser dazu, da wurde sie so hell, daß sie zum Schreiben unbrauchbar war. Voll höflicher Aufmerksamkeit füllte mein Vater ein Fläschchen mit Tinte und schickte es ihr. Die Magd brachte ihm mit dem verbindlichen Dank der Damen eine Schachtel mit zwölf Stangen Siegellack in ebenso vielen verschiedenen Farben; höchst kunstvoll waren Ornamente und Sentenzen darauf eingeprägt. Mein Vater wußte nun, womit sich Señorita Cimiento beschäftigte; ihre Arbeit entsprach also seiner eigenen, ja, ergänzte sie. Die Herstellung von Siegellack war nach der Meinung von Kennern zu größerer Vollendung gelangt als die von Tinte. Voll Bewunderung faltete mein Vater ein Kuvert, schrieb darauf mit seiner schönen Tinte eine Adresse und setzte mit dem neuen Lack sein Siegel darauf, das einen ausgezeichneten Abdruck ergab; er legte das Kuvert auf den Tisch und wurde nicht müde, es zu betrachten.

Am Morgen brachte er seinen gewohnten Gruß an. Er öffnete sogar den Mund, um noch mehr zu sagen; jedoch sagte er nichts und trat in seine Wohnung zurück; er setzte sich indessen so hin, daß er sehen konnte, was sich bei Señorita Cimiento abspielte. Die Schöne prüfte mit einer Lupe die Möbel, die ihre Dienstmagd abstaubte; und wenn sie noch ein Staubkorn entdeckte, ließ sie sie von vorn anfangen. Mein Vater war in seinem Zimmer strengstens auf Sauberkeit bedacht; und die Sorgfalt, die seine liebenswürdige Nachbarin darauf verwandte, flößte ihm große Achtung für sie ein.

Ich sagte schon, daß die Hauptbeschäftigung meines Vaters darin bestand, die Passanten oder die Ziegel auf dem Dach des Palais Alba zu zählen; nun aber verbrachte er damit anstelle von Stunden kaum noch Minuten; eine mächtige Lockung zog ihn rastlos auf den Balkon hinaus.

Busqueros bemerkte diese Verwandlung als erster; und in meiner Gegenwart versicherte er mehrmals, Don Felipe Avadoro werde bald seinen richtigen Namen zurückerhalten und seines Beinamens »del Tintero Largo« ledig sein. Obwohl wenig bewandert in Rechtsangelegenheiten, vermutete ich, daß eine zweite Heirat meines Vaters kaum vorteilhaft für mich sein könne; ich lief also zu meiner Tante Dalanosa und beschwor sie, etwas zu unternehmen, damit dieses Unglück vermieden werde. Ernstlich betrübt von der Neuigkeit, die ich ihr brachte, wandte sich meine Tante aufs neue an den Onkel Sántez. Der Theatiner erwiderte jedoch, die Ehe sei ein Sakrament, bei dem ihm eine Intervention nicht gestattet sei; aber er versprach darauf zu achten, daß mir kein Nachteil daraus erwachse.

Seit einiger Zeit lebte der Ritter von Toledo in Malta; ich mußte also ohnmächtig die Entwicklung der Sache verfolgen und sie manchmal sogar befördern, da Busqueros mir Briefe zur Zustellung an seine Verwandten anvertraute, die er selbst nie aufsuchte.

Weder machte Señora Cimiento jemandem Besuche noch empfing sie welche; mein Vater seinerseits ging seltener aus dem Haus. Er hätte keineswegs leichtfertig seinen Tagesplan geändert und darauf verzichtet, ins Theater zu gehen; aber ein Anflug von Erkältung diente ihm schon als Vorwand, um das Haus zu hüten. An solchen Tagen hielt er sich fast ausschließlich auf der Seite der Wohnung auf, die dem Gäßchen zugewandt war, und dann sah er, wie Señorita Cimiento mit den Gläsern und sogar mit den Siegelwachsstangen hantierte. Ihre schönen Arme, die sie fortgesetzt zur Schau stellte, bemächtigten sich seiner Phantasie; er dachte an nichts anderes mehr.

Ein neuer Gegenstand reizte seine Neugier: ein großes irdenes Gefäß, das dem sehr ähnlich war, in dem er seine Tinte aufbewahrte, aber doch wesentlich kleiner und auf ein eisernes Dreibein gelagert; darunter brannten Lämpchen, die für eine mäßige Wärme darin sorgten. Bald wurden neben diesem Gefäß zwei weitere, ähnliche Gefäße installiert. Am nächsten Morgen, als mein Vater auf dem Balkon erschien, öffnete er, nachdem er *agur* gesagt hatte, den Mund, um zu fragen, was man mit jenen Tonkrügen anfange; da er aber nicht gewohnt war zu sprechen, sagte er kein Wort und zog sich zurück.

Da ihn die Neugier plagte, entschloß er sich, Señorita Cimiento noch ein Fläschchen Tinte zu schicken, und man sandte ihm dafür drei Kristallfläschchen, die mit roter, grüner und blauer Tinte gefüllt waren.

Am Tag darauf begab sich mein Vater zum Buchhändler Moreno. Ein Mann trat herein, der im Finanzministerium beschäftigt war. Unter dem Arm trug er eine Kassenaufstellung in tabellarischer Form: Einige Zahlenkolonnen waren mit roter Tinte geschrieben, die Überschriften in blauer, die Linien in grüner Tinte. Der Finanzbeamte sagte, er allein kenne die Zusammensetzung seiner Tinten und er wolle darauf wetten, daß ihm niemand dergleichen vorweisen könne.

Ein Mann, den mein Vater nicht kannte, wandte sich ihm zu und sagte: »Señor Avadoro, Sie stellen so ausgezeichnete schwarze Tinte her, könnten Sie nicht auch farbige machen?«

Mein Vater konnte es nicht leiden, wenn man das Wort an ihn richtete, und ließ sich leicht aus der Fassung bringen. Jedoch öffnete er den Mund, um die Frage zu beantworten, schwieg dann aber und ging lieber nach Hause, um die drei Fläschchen zu holen. Man bewunderte sehr ihren Inhalt, und der Finanzbeamte bat um die Erlaubnis, sich Proben mitzunehmen. Mein Vater wurde mit Lob überhäuft und schrieb seinen Ruhm innerlich der schönen Cimiento zu, deren Namen er noch nicht kannte. Als er wieder zu Hause war, holte er das Buch mit den Rezepten hervor und fand darin drei für grüne, sieben für rote, zwei für blaue Tinte; all dies erzeugte in seinem Kopf ein Durcheinander. Aber die schönen Arme Señorita Cimientos zeichneten sich in seiner Phantasie ganz deutlich ab, seine schlummernden Sinne erwachten und ließen ihn ihre Macht fühlen.

Als mein Vater am nächsten Morgen die Schönen grüßte, hatte er endlich das entschiedene Verlangen, ihren Namen kennenzulernen, und er öffnete schon den Mund, um sie danach zu fragen; er sagte jedoch nichts und trat in seine Wohnung zurück.

Dann ging er auf den Balkon zur Toledaner Straße hinaus und erblickte einen recht gut gekleideten Mann, der eine schwarze Flasche trug; er vermutete, daß er komme, ihn um Tinte zu bitten, und rührte die Tinte im Tonkrug sorgfältig um, damit er ihm solche von guter Qualität herauslassen könne; der Hahn des Krugs befand sich auf einem Drittel seiner Höhe, so daß nie der Bodensatz mit herauszulaufen drohte. Der Unbekannte trat herein, und mein Vater füllte seine Flasche. Statt aber wieder zu gehen, stellte dieser Mann seine Flasche auf dem Tisch ab, setzte sich und bat um die Erlaubnis, eine Zigarre zu rauchen. Mein Vater wollte antworten, sagte aber nichts; der Unbekannte nahm eine Zigarre aus seinem Kästchen und zündete sie an der Lampe an, die auf dem Tisch stand.

Der Unbekannte war kein anderer als der unerbittliche Busqueros. »Señor Avadoro«, sagte er zu meinem Vater, »Sie stellen da eine Flüssigkeit her, die in der Welt viel Unheil angerichtet hat. Was für Ränke, was für Verrätereien, welche Hinterlist, wie viele schlechte Bücher! All das floß aus der Tinte; ganz zu schweigen von Liebesbriefchen und all den kleinen Verschwörungen gegen das Glück und die Ehre der Ehemänner. Was sagen Sie dazu, Señor

Avadoro? Sie sagen nichts dazu, denn Sie sagen gewöhnlich nichts. Das ist gleichgültig, ich spreche für zwei, das ist meine Gewohnheit. Da, setzen Sie sich auf den Stuhl, Señor Avadoro, und ich erkläre Ihnen meine Gedanken. Ich behaupte, aus dieser Flasche wird Tinte fließen ...«

Indem er das sagte, stieß Busqueros die Flasche um, und die Tinte floß über die Knie meines Vaters, der hinausging, um sich abzutrocknen und die Kleider zu wechseln. Als er zurückkam, erwartete ihn Busqueros schon, den Hut in der Hand, um sich zu verabschieden; mein Vater war höchst befriedigt, ihn gehen zu sehen, und öffnete ihm die Tür. Busqueros ging wirklich hinaus, kam aber gleich darauf wieder herein.

»Nun, Señor Avadoro«, sagte er, »wir haben ganz vergessen, daß meine Flasche leer ist; aber machen Sie sich nur keine Mühe, ich fülle sie selbst.«

Busqueros nahm einen Trichter, steckte ihn in den Flaschenhals und öffnete den Hahn. Als die Flasche voll war, öffnete mein Vater wieder die Tür, und Busqueros beeilte sich hinauszukommen; plötzlich sah mein Vater aber, daß der Hahn noch offen stand und die Tinte ins Zimmer floß. Mein Vater lief schleunigst hin und schloß den Hahn; da kam Busqueros zurück, und anscheinend ohne das Unheil zu bemerken, das er angerichtet hatte, stellte er die Tintenflasche wieder auf den Tisch, ließ sich auf dem Stuhl nieder, auf dem er schon gesessen hatte, nahm eine Zigarre aus seinem Kästchen und zündete sie an der Lampe an.

»Je nun, Señor Avadoro«, sagte er zu meinem Vater, »ich habe erzählen hören, Sie hätten einen Sohn gehabt, der in diesem Gefäß ertrunken sei. Wahrhaftig, hätte er schwimmen können, wäre er noch einmal davongekommen. Aber woher haben Sie diesen Tonkrug? Ich nehme an, aus Toboso. Das ist ein ausgezeichneter Ton, man nimmt ihn auch zum Salpetersieden. Er ist steinhart. Erlauben Sie, daß ich ihn mit diesem Stößel ausprobiere.«

Mein Vater wollte die Probe verhindern; Busqueros aber schlug gegen den Krug, der Krug brach entzwei, und die Tinte stürzte in einem Schwall daraus hervor und ergoß sich über meinen Vater und das ganze Zimmer, Busqueros nicht ausgenommen, der über und über besudelt wurde.

Mein Vater, der ja selten den Mund öffnete, schrie nun aus Leibeskräften. Auf ihrem Balkon zeigten sich die Nachbarinnen.

»Ah, meine Damen«, schrie Busqueros, »ein schreckliches Unglück hat sich ereignet; der große Krug ist zerbrochen, das Zimmer ist mit Tinte überschwemmt, und Señor Tintero läßt alle Hoffnung fahren; vollbringen Sie eine Tat christlicher Barmherzigkeit und nehmen Sie uns bei sich auf.«

Die Damen schienen freudig zuzustimmen; und mein Vater empfand es trotz aller Aufregung gewissermaßen als wohltätig, als er erfuhr, daß er der schönen Dame näher kommen sollte, die von fern die reizenden Arme für ihn auszubreiten schien und ihm auf das anmutigste zulächelte.

Busqueros warf meinem Vater einen Mantel über die Schultern und führte ihn in das Haus der Damen Cimiento. Kaum war mein Vater dort, da erhielt er eine höchst unangenehme Nachricht: Ein Stoffhändler, der den Laden unter seiner Wohnung betrieb, brachte ihm zur Kenntnis, daß die Tinte in seinen Laden gesickert sei und daß er zum Gericht geschickt habe, um den entstandenen Schaden aufnehmen zu lassen. Zugleich ließ ihm der Hausbesitzer ausrichten, daß er ihn nicht länger bei sich dulden wolle.

Verstoßen aus seiner Wohnung und triefend von Tinte, zog mein Vater das traurigste Gesicht der Welt.

»Seien Sie nicht bekümmert, Señor Avadoro«, sagte Busqueros zu ihm; »zum Hof hin haben diese Damen noch eine komplette Wohnung, die sie gar nicht benützen. Ich werde Ihre Sachen dorthin bringen lassen. Sie werden sich da sehr wohlfühlen, Sie finden rote, grüne und blaue Tinte, die der schwarzen mindestens gleichwertig ist; ich rate Ihnen jedoch, nicht allzu schnell aus dem Hause zu gehen; wenn Sie nämlich zum Buchhändler Moreno gehen, wird Sie jedermann die Geschichte vom zerbrochenen Tonkrug erzählen lassen, und Sie reden ja nicht allzu gern. Und sehen Sie doch: Die Gaffer des ganzen Viertels sind in Ihre Wohnung gelaufen, um die Tintenschwemme zu bestaunen; morgen gibt es in Madrid keinen anderen Gesprächsstoff.«

Mein Vater war außer sich; aber ein huldvoller Blick Señorita Cimientos machte ihm wieder Mut, und er bezog seine neue Wohnung. Er blieb darin nicht lange. Señora Cimiento trat bei ihm herein und erklärte, sie habe sich mit ihrer Nichte beraten und wolle ihm die Wohnung überlassen, die zur Straße hin lag. Mein Vater, der mit Vorliebe die Passanten oder die Ziegel auf dem Dach des Palais Alba zählte, stimmte dieser Veränderung freudig zu. Man bat ihn um die Erlaubnis, die farbigen Tinten stehenlassen zu dürfen, wo sie waren. Durch ein Neigen des Kopfes gab er seine Einwilligung. Die Tonkrüge standen im mittleren Salon; Señorita Cimiento kam und ging, holte Farben und sprach kein Wort. Im Hause herrschte absolute Stille. Mein Vater war nie glücklicher gewesen.

So vergingen acht Tage. Am neunten stattete ihm Busqueros einen Besuch ab und sprach: »Señor, ich verkünde Ihnen ein Glück, das Sie insgeheim begehrten, ohne daß Sie sich zu erklären wagten; Sie haben das Herz Señorita Cimientos bewegt. Sie ist bereit, Ihnen die Hand zur Ehe zu reichen, und ich bringe Ihnen hier ein Dokument, das

Sie unterzeichnen müssen, wenn Sie wollen, daß am Sonntag das Aufgebot verkündet wird.«

Höchst überrascht wollte mein Vater antworten; Busqueros ließ ihm keine Zeit dazu.

»Señor Avadoro«, erklärte er ihm, »Ihre bevorstehende Vermählung ist kein Geheimnis mehr; sie ist in Madrid allgemein bekannt. Haben Sie also die Absicht, sie hinauszuschieben, so versammeln sich die Verwandten Señorita Cimientos bei mir, und Sie müssen erscheinen und ihnen die Gründe für diesen Verzug darlegen; das ist ein Akt des Anstands, dem Sie sich nicht entziehen können.«

Die Vorstellung, einem ganzen Familienkonvent Rede und Antwort stehen zu müssen, stürzte meinen Vater in Verwirrung; er wollte etwas sagen, aber Busqueros ließ ihm nicht die Zeit dazu.

»Ich weiß, was das für Sie bedeutet. Übrigens begreife ich Sie; Sie wollen Ihr Glück aus dem Munde Señorita Cimientos selbst hören. Da sehe ich sie kommen, und ich lasse Sie mit ihr allein.«

Señorita Cimiento trat leicht befangen herein und wagte ihren Blick nicht zu meinem Vater zu erheben. Sie nahm einige Farben und mischte sie in völliger Stille. Ihre Schüchternheit kam dem Mut Don Felipes zu Hilfe; er richtete seinen Blick auf sie und vermochte ihn nicht mehr von ihr abzuwenden; er sah sie mit neuen Augen.

Auf dem Tisch hatte Busqueros die Papiere über die Bekanntgabe des Aufgebots liegenlassen; Señorita Cimiento trat zitternd heran, nahm sie vom Tisch auf und las sie, dann legte sie die Hand auf ihre Augen und vergoß einige Tränen. Seit dem Tod seiner Gattin hatte mein Vater nicht geweint, geschweige denn jemanden zum Weinen gebracht. Diese Tränen, die ihm galten, bewegten ihn um so mehr, als er ihre Ursache nur dunkel ahnte.

Weinte Señorita Cimiento über den Inhalt des Papiers oder weil er es noch nicht unterschrieben hatte? Wollte sie seine Frau werden oder nicht? Indessen weinte sie immer fort: Sie weinen zu lassen, war allzu grausam; sie zu einer Erklärung zu veranlassen, mußte jedoch zu einem Gespräch führen. Mein Vater griff zu einer Feder und unterzeichnete das Dokument; Señorita Cimiento küßte ihm die Hand, nahm das Papier und ging hinaus.

Zur gewohnten Stunde betrat sie wieder den Salon, küßte meinem Vater die Hand und machte sich an die Herstellung von Siegellack. Mein Vater rauchte Zigarren und zählte die Ziegel des Palais Alba. Gegen Mittag erschien mein Großonkel, Fray Gerónimo Sántez, und brachte einen Ehevertrag, in dem meine Interessen keineswegs vergessen waren. Mein Vater unterzeichnete ihn; Señorita Cimiento unterzeichnete ihn, küßte meinem Vater die Hand und wandte sich wieder der Herstellung von Siegellack zu.

Nach der Zertrümmerung des großen Tintenfasses hatte es mein Vater nicht mehr gewagt, sich im Theater zu zeigen, und noch weniger beim Buchhändler Moreno. Dieses Einsiedlerleben verdroß ihn. Seit der Unterzeichnung des Ehevertrags waren drei Tage vergangen; Don Busqueros erschien, um meinem Vater eine Kutschfahrt vorzuschlagen. Mein Vater sagte zu; sie überquerten den Manzanares, und als sie zu der kleinen Franziskanerkirche gelangten, ließ Busqueros meinen Vater aussteigen. Sie betraten die Kirche und stießen dort auf Señorita Cimiento, die sie an der Tür schon erwartete. Mein Vater öffnete den Mund, um zu erklären, daß er nur eine Spazierfahrt zu unternehmen gedachte; er sagte jedoch nichts, nahm Señorita Cimiento bei der Hand und führte sie zum Altar.

Beim Verlassen der Kirche bestiegen die Jungvermählten eine schöne Karosse, kehrten nach Madrid zurück und stiegen bei einem hübschen Hause wieder aus; dort wurde ein Ball gegeben. Señora Avadoro eröffnete ihn mit einem jungen Mann von großem Anstand; sie tanzten einen *fandango* und erhielten viel Beifall. Mein Vater suchte in seiner Gattin vergeblich die sanfte und ruhige Person, die ihm mit so fügsamer Miene die Hand geküßt hatte; hingegen sah er eine lebendige, stürmische, leichtsinnige junge Frau. Übrigens sprach er mit niemandem ein Wort, keiner richtete das Wort an ihn, und dieser Zustand mißfiel ihm durchaus nicht.

Man trug kaltes Fleisch und Erfrischungen auf; dann erkundigte sich mein Vater, der sich vor Müdigkeit kaum mehr auf den Beinen halten konnte, ob es nicht Zeit sei, nach Hause zu gehen. Dort sei er ja, antwortete man ihm, und das Haus gehöre ihm. Mein Vater nahm an, das Haus sei ein Teil der Mitgift seiner Gattin; er ließ sich das Schlafzimmer zeigen und legte sich zu Bett.

Am nächsten Morgen wurden Señor und Señora Avadoro von Busqueros geweckt.

»Señor und lieber Vetter«, sagte er zu meinem Vater, »so nenne ich Sie, weil Ihre Frau Gemahlin die nächste Verwandte ist, die ich auf der Welt habe, da ihre Mutter eine Busqueros aus Léon ist, also zu einem Zweig meiner Familie gehört. Bisher wollte ich nicht von Ihren Geschäften reden, aber künftig denke ich mich mehr darum zu kümmern als um meine eigenen; was mir um so leichter fällt, als ich, um ehrlich zu sein, gar keine eigenen habe. Was Sie angeht, Señor Avadoro, habe ich mich darum bemüht, mich über Ihre Einkünfte und über den Gebrauch, den Sie seit sechzehn Jahren davon machen, zu unterrichten; hier sind alle Unterlagen, die Bezug darauf haben. Sie hatten, als Sie zum ersten Mal in die Ehe traten, ein Einkommen von viertausend Pistolen und haben sie, beiläufig gesagt, nicht auszugeben vermocht; für sich selber nahmen Sie nur sechshundert, und zweihundert für die Erziehung Ihres Sohnes. Es verblieben Ihnen also dreitausendzweihundert Pistolen, die Sie bei der Innungsbank anlegten. Die Zinsen gaben Sie dem Theatiner Gerónimo, der sie für mildtätige Werke verwenden sollte. Ich tadle Sie deswegen nicht; aber mir tun um des Himmels willen die Armen leid, die nun nicht mehr mit diesen Einnahmen rechnen dürfen. Zunächst einmal werden wir Ihre jährlichen viertausend Pistolen ohne weiteres auszugeben wissen, und was die einundfünfzigtausendzweihundert angeht, die Sie bei der Innungsbank angelegt haben, so werden wir folgendermaßen darüber verfügen: auf dieses Haus entfallen achtzehntausend Pistolen; das ist viel, wie ich gern zugebe, aber der Verkäufer ist einer meiner Verwandten, und meine Verwandten sind auch die Ihren, Señor Avadoro. Das Kollier und die Ohrringe, die Sie an Señora Avadoro bemerkt haben, sind achttausend Pistolen wert; berechnen wir unter Brüdern zehntausend, eines Tages sage ich Ihnen schon den Grund dafür. Übrig sind dreiundzwanzigtausendzweihundert Pistolen. Ihr verwünschter Theatiner hat fünfzehntausend für den Tunichtgut, Ihren Sohn, reserviert, für den Fall, daß er sich wieder blicken läßt; fünftausend dienen uns zur Einrichtung Ihres Hauses; denn die Aussteuer Ihrer Frau besteht, unter uns gesagt, aus sechs Hemden und sechs Paar Strümpfen. Sie werden mir erklären, Ihnen verblieben noch fünftausend Pistolen, mit denen Sie beim besten Willen nichts anzufangen wüßten. Also gut, um Ihnen aus der Verlegenheit zu helfen, bin ich bereit, sie Ihnen als Darlehen abzunehmen, über dessen Zinsen wir schon einig werden wollen. Hier ist eine Vollmacht, Señor Avadoro, die zu unterschreiben Sie die Güte haben werden.«

Mein Vater kam aus der Verblüffung, in die ihn Busqueros' Rede versetzte, kaum mehr heraus. Er öffnete den Mund, um zu antworten, da er aber nicht wußte, womit er beginnen sollte, drehte er sich im Bett um und zog sich die Nachtmütze über die Augen.

»Sie sind wahrlich nicht der erste, der sich meiner zu entledigen glaubte, indem er die Nachtmütze aufsetzte und so tat, als wolle er schlafen. Ich bin an dergleichen Aufführung gewöhnt und trage immer eine Nachtmütze in der Tasche. Ich mache es mir also auf diesem Kanapee bequem, und wenn wir ein Schläfchen gemacht haben, kommen wir auf die Vollmacht zurück, oder aber wir rufen, wenn Ihnen das lieber ist, Ihre und meine Verwandten zusammen und wollen dann sehen, was zu tun ist.«

Mein Vater hatte seinen Kopf ins Kissen gewühlt und stellte ernsthafte Überlegungen zu seiner Lage an sowie zu den Entschlüssen, die er um seiner Ruhe willen fassen könnte. Wenn er seiner Frau alle Freiheiten ließe, so dachte er sich, wäre es ihm möglicherweise gestattet, auf seine Art zu leben; ins Theater zu gehen, dann zum Buchhändler Moreno; und vielleicht könnte er sogar Tinte herstellen. Ein wenig getröstet, öffnete er die Augen und bedeutete Busqueros durch Gesten, daß er die Vollmacht unterschreiben werde.

Er unterschrieb sie tatsächlich und schickte sich an aufzustehen.

»Warten Sie, Señor Avadoro«, sagte Busqueros; »bevor Sie sich erheben, gebe ich Ihnen zweckmäßigerweise den Plan für die Einteilung Ihres Tages bekannt. Ich denke, er wird Ihnen nicht mißfallen, um so weniger, als dieser Tag wie auch alle künftigen nur eine Aneinanderreihung ebenso lebhafter wie abwechslungsreicher Vergnügungen sein wird. Zuerst bringe ich Ihnen ein schönes Paar bestickter Gamaschen und einen kompletten Reitanzug; vor der Tür erwartet Sie ein recht schmucker Zelter, und im Prado wollen wir ein bißchen unsere Pferde tummeln. Señora Avadoro folgt uns in der Chaise; Sie werden sehen, daß sie in der Gesellschaft vornehme Freunde hat, die auch Ihre Freunde sein werden, Señor Avadoro. Sie hatten sich ihr freilich ein wenig entfremdet; wenn sie jedoch sehen, daß sie mit einem Mann von Ihrem Verdienst vermählt ist, werden sie von ihren Vorurteilen lassen. Die vornehmsten Herren des Hofes werden Ihren Umgang suchen, sage ich Ihnen, sie werden Ihren Wünschen zuvorkommen, werden Sie umarmen; was sage ich? Sie werden Sie mit ihren Umarmungen ersticken.«

Hier wurde mein Vater ohnmächtig, oder wenigstens verfiel er in eine Erstarrung, die einer Ohnmacht nahe kam.

Busqueros bemerkte es gar nicht, und er fuhr fort: »Einige dieser Herren werden Ihnen die Ehre antun, sich selbst bei Ihnen zum Essen einzuladen. Ja, Señor Avadoro, diese Ehre werden sie Ihnen erweisen, und dabei zähle ich auf Sie; Sie werden erleben, wie Ihre Gattin die Honneurs macht. Ha, wahrhaftig, Sie werden die Siegellackherstellerin nicht wiedererkennen. Sie sagen nichts, Señor Avadoro; Sie haben recht, wenn Sie mich sprechen lassen. Sie lieben ja zum Beispiel die spanische Komödie; aber Sie haben vielleicht noch nie die italienische Oper besucht, die das Entzücken des Hofes ist. Nun, heute abend werden Sie hingehen, und raten Sie, in welcher Loge Sie sitzen? In der keines Geringeren als des Oberstallmeisters, des Herzogs von Ihar. Von da begeben wir uns zur *tertulia* Seiner Hoheit. Sie sehen dort den gesamten Hof, ein jeder wird das Wort an Sie richten, bereiten Sie sich vor, darauf zu antworten.«

Mein Vater war wieder zu Sinnen gekommen; aber aus allen Poren brach ihm der kalte Schweiß: Seine Arme wurden steif, sein Nacken verkrampfte sich, sein Kopf warf sich nach hinten, seine Lider öffneten sich unnatürlich weit, seiner bedrängten Brust entrangen sich erstickte Seufzer, Krämpfe traten auf. Endlich bemerkte Busqueros seinen Zustand, rief Hilfe herbei und lief zum Prado, wo er meine Stiefmutter vorfand.

Mein Vater war in eine Art Lethargie verfallen. Als sie

ihn verließ, erkannte er niemanden, ausgenommen seine Frau und Busqueros. Als er sie erblickte, trat Wut in seine Züge; übrigens lag er ruhig, sprach nicht und weigerte sich, das Bett zu verlassen. Wenn ihn dennoch ein unabweisliches Bedürfnis dazu zwang, schien er von Kälte ganz durchdrungen und schlotterte noch eine halbe Stunde lang. Bald verschlimmerten sich die Symptome. Der Kranke konnte nur noch in sehr kleinen Mengen Nahrung zu sich nehmen. Ein krampfhaftes Würgen schnürte ihm die Kehle zusammen, seine Zunge wurde steif und schwoll an, seine Augen verloren ihren Glanz und blickten verstört, seine Haut war von bräunlich-gelber Farbe und mit weißen Knoten übersät.

Ich hatte mir als Diener Zutritt zum Hause verschafft, und seufzend verfolgte ich die Fortschritte der Krankheit. Meine Tante Dalanosa, die Bescheid wußte, wachte am Krankenbett viele Nächte. Mein Vater schien sie nicht zu erkennen. Die Gegenwart meiner Stiefmutter bereitete dem Kranken offensichtlich große Pein. Der Pater Gerónimo brachte sie dazu, in die Provinz zu reisen, und Busqueros folgte ihr.

Ich ersann ein letztes Mittel, das den Unglücklichen vielleicht seiner Schwermut entreißen konnte und das in der Tat vorübergehend Erfolg hatte. Eines Tages sah mein Vater im Nachbarzimmer durch die halboffene Tür einen Tonkrug, der völlig dem glich, der ihm einst zur Tintenherstellung gedient hatte. Daneben stand ein Tisch mit verschiedenen Ingredienzien und Waagen, um sie abzuwiegen. Im Antlitz meines Vaters erschien eine Art Heiterkeit; er erhob sich, näherte sich dem Tisch und verlangte einen Lehnstuhl. Da er sehr schwach war, laborierte man vor seinen Augen, und aufmerksam verfolgte er die Vorgänge. Am nächsten Tag konnte er sich an der Arbeit beteiligen, und der übernächste verlief noch glücklicher.

Einige Tage darauf trat jedoch ganz unabhängig von seiner Krankheit ein Fieber auf: seine Symptome waren keineswegs gefährlich; aber der Kranke war so geschwächt, daß er auch der geringsten Unpäßlichkeit nichts mehr entgegenzusetzen hatte. Er erlosch, ohne mich wiederzuerkennen, so sehr man sich auch darum bemühte, mich ihm ins Gedächtnis zurückzurufen. Das war das Ende eines Mannes, der nicht mit jenem Grad körperlicher und seelischer Kräfte zur Welt kam, der ihm eine auch nur mittelmäßige Energie hätte geben können. Eine Art Instinkt hatte ihn eine Lebensweise wählen lassen, die seinen Mitteln entsprach. Als man ihn in ein tätiges Leben versetzen wollte, bedeutete das seinen Untergang.

Es ist an der Zeit, daß ich auf mein Leben zurückkomme. Meine zwei Bußjahre waren fast beendet; das Heilige Offizium erlaubte mir in Ansehung des Paters Gerónimo, meinen Namen wieder zu tragen, unter der Bedingung, daß ich auf den maltesischen Galeeren an einer Fahrt teilnähme, worauf ich höchst erfreut einging, da ich hoffte, den Komtur von Toledo wiederzusehen, nun nicht mehr als Diener, sondern fast als seinesgleichen. Der Lumpen, die ich trug, war ich wahrhaft überdrüssig. Ich kleidete mich mit einigem Aufwand ein, wobei ich alles bei meiner Tante Dalanosa anprobierte, die vor Entzücken fast verging. In aller Frühe brach ich auf, um meine Verwandlung den Augen der Neugierigen zu entziehen. Ich schiffte mich in Barcelona ein und gelangte nach kurzer Überfahrt nach Malta. Die Begegnung mit dem Ritter bereitete mir noch mehr Vergnügen, als ich erwartet hatte.

Der Ritter versicherte mir, er sei niemals auf meine Verkleidung hereingefallen und habe immer darauf gezählt, daß er mich als Freund gewinnen werde, wenn ich zu meinem wahren Selbst zurückgefunden hätte. Er führte die Galeere des Kommandeurs. Er nahm mich an Bord, und vier Monate lang durchkreuzten wir das Meer, ohne den maurischen Piraten viel Schaden zuzufügen, deren leichte Schiffe uns mühelos davonsegelten.

Hier endet die Geschichte meiner Kindheit. Ich habe sie Ihnen in allen Einzelheiten berichtet, denn sie haben sich tief in mein Gedächtnis eingegraben. Ich glaube die Zelle des Theatinerlehrers in Burgos und die strengen Züge des Paters Sanudo noch vor mir zu sehen, mir ist es, als ob ich vor dem Portal von St. Rochus noch Kastanien verzehrte und dem edlen Toledo die Hand gebe. Die Erlebnisse meiner Jünglingsjahre will ich Ihnen nicht ebenso ausführlich erzählen. Sobald mich meine Phantasie in die glanzvollste Zeit meines Lebens versetzt, erkenne ich nur noch ein buntes Gewirr verschiedenster Leidenschaften und das Tosen ihrer Stürme. Die Empfindungen, die damals meine Seele erfüllten und sie zu einem flüchtigen Glück emportrugen, sanken in tiefste Vergessenheit. Gewiß, ich sehe im Nebel der Vergangenheit die hellen Strahlen einer erwiderten Liebe aufblitzen, aber diejenigen, denen diese Liebe galt, verschmelzen zu einem unklaren Bild, in dem ich nur schöne und zärtliche Frauen wahrnehme, fröhliche Mädchen, die mir ihre schneeweißen Arme um den Hals schlingen; ich sehe sogar verdrossene Dueñas, die diesem bewegenden Anblick nicht zu widerstehen vermögen und die Liebenden vereinen, die sie auf ewig hätten trennen müssen. Vor mir sehe ich die glühend ersehnte Lampe, die mir aus dem Fenster ein Zeichen gibt, geheime Treppen, die mich zu verborgenen Türen führen: Augenblicke wunderbarer Lust! Die vierte Stunde schlägt, der Tag graut schon, die Liebenden müssen sich trennen. Ach, wie süß kann selbst der Abschied sein! Die Geschichte der jungen Liebe ist wahrscheinlich überall die gleiche, von einem Ende der Welt zum anderen. Meine Liebesabenteuer wären für Sie kaum von Interesse; aber ich denke, Sie werden mich gern von meinem ersten wahren Gefühl erzählen hören. Seine Umstände sind erstaunlich, ja, man könnte sie für wunderbar halten.

Heute aber ist es schon spät; und ich muß noch über die Angelegenheiten meiner Leute nachdenken. Erlauben Sie denn, daß ich die Fortsetzung auf morgen verschiebe.

Fünfundfünfzigster Tag

Zur gewohnten Stunde kamen wir wieder zusammen, und da der Zigeuner keine anderen Geschäfte hatte, setzte er seine Erzählung wie folgt fort:

Fortsetzung der Geschichte des Zigeunerhauptmanns

Im nächsten Jahr erhielt der Ritter von Toledo das Oberkommando über die Galeeren, und für seine Ausgaben schickte ihm sein Bruder sechshunderttausend Piaster. Damals verfügte der Orden über sechs Galeeren; Toledo ließ auf seine Kosten zwei weitere ausrüsten. Sechshundert Ritter versammelten sich, die Blüte der europäischen Jugend. In Frankreich begann man in dieser Periode, die Soldaten in Uniformen einzukleiden, was bisher nicht der Fall gewesen war. Toledo ließ uns eine halb spanische, halb französische Tracht anlegen. Wir trugen purpurrote Gewänder, schwarze Panzer mit den Malteserkreuzen auf der Brust, eine Halskrause und einen spanischen Hut. Diese Tracht stand uns ausgezeichnet. Wo immer wir auftauchten, wollten die Frauen nicht mehr die Fenster verlassen; die Dueñas kamen mit Liebesbriefen gelaufen und täuschten sich dabei oft im Empfänger, und diese Verwechslungen lösten die ergötzlichsten Zwischenfälle aus. Wir liefen alle Häfen des Mittelmeers an, und überall wurden wir überschwenglich begrüßt.

Inmitten dieser festlichen Ereignisse erreichte ich das zwanzigste Lebensjahr. Toledo war zehn Jahre älter.

Da er Bailli und Unterprior von Kastilien geworden war, verließ er, mit seinen neuen Würden bekleidet, Malta und forderte mich auf, mit ihm durch Italien zu reisen; ich war von ganzem Herzen einverstanden. Wir schifften uns nach Neapel ein, wo wir ohne Zwischenfall ankamen. Die Weiterreise wäre nicht ganz einfach gewesen, wenn die schönen Damen den liebenswürdigen Toledo ebenso leicht hätten halten können, wie sie ihn in ihre Schlingen bekamen; seine höchste Kunst bestand aber darin, daß er die Schönen verlassen konnte, ohne daß sie den Mut fanden, ihm böse zu sein. Er entzog sich also seinen Liebschaften in Neapel, um sich in neue Ketten zu begeben, und zwar nacheinander in Florenz, Mailand, Venedig und Genua. Erst im Jahr darauf gelangten wir nach Madrid.

Gleich am Tag unserer Ankunft ließ sich Toledo vom König empfangen; dann wählte er das schönste Pferd aus dem Stall seines Bruders, des Herzogs von Lerma. Ich erhielt eines, das kaum weniger schön war, und wir mischten uns unter den Schwarm Reiter, die ihre Pferde neben den Wagenschlägen der Damen im Prado tänzeln ließen.

Eine prächtige Equipage fiel uns ins Auge: Es war eine offene Kutsche, in der zwei Damen in Halbtrauer saßen. Toledo erkannte die stolze Herzogin von Avila und beeilte sich, ihr den Hof zu machen. Die andere Dame wandte sich ihm zu; er kannte sie nicht und war offensichtlich von ihrer Schönheit betroffen.

Diese Unbekannte war keine andere als die schöne Herzogin von Sidonia, die gerade ihre Weltabgeschiedenheit aufgegeben hatte, um in die Gesellschaft zurückzukehren. Sie erkannte ihren einstigen Gefangenen wieder und legte den Finger auf den Mund, um mich um Verschwiegenheit zu bitten; dann wandte sie ihre schönen

Augen Toledo zu, in dessen Zügen ein ernster und befangener Ausdruck erschien, den ich bei ihm noch in Gegenwart keiner Frau wahrgenommen hatte. Die Herzogin von Sidonia hatte erklärt, sie werde sich niemals wieder verheiraten, die Herzogin von Avila, sie werde überhaupt keine Ehe eingehen. Ein Ritter des Malteserordens war also genau die Gesellschaft, die ihnen nützlich erschien. Sie machten Toledo Avancen, und er ging bereitwillig darauf ein. Die Herzogin von Sidonia verstand es, ohne sich anmerken zu lassen, daß sie mich kannte, mich durch ihre Freundin in die Gesellschaft einführen zu lassen; wir bildeten eine Art Quadrille, die stets im dichtesten Festgetümmel zu finden war. Toledo, der sich zum hundertsten Mal im Leben geliebt sah, liebte selbst zum erstenmal. Ich versuchte, der Herzogin von Avila ehrerbietig zu huldigen; bevor ich Ihnen aber von meinen Beziehungen mit dieser Dame berichte, muß ich ein paar Worte über die Lage verlieren, in der sie sich damals befand.

Ihr Vater, der Herzog von Avila, war während unseres Aufenthalts auf Malta gestorben. Der Tod eines ehrgeizigen Mannes macht auf die Menschen immer großen Eindruck. Er bedeutet einen tiefen Fall; sie werden davon bewegt und überrascht. In Madrid erinnerte man sich an die Infantin Beatrice und ihre geheime Verbindung mit dem Herzog. Die Rede ging wieder von einem Sohn, auf dem das Geschick des Hauses ruhen sollte. Man erwartete, das Testament des Verstorbenen werde Klarheit schaffen. In dieser Erwartung sah man sich getäuscht; Aufklärung gab das Testament nicht. Bei Hofe war nicht mehr die Rede davon; aber die hochmütige Herzogin von Avila kehrte in die Gesellschaft zurück, hochmütiger, verächtlicher und weiter vom Gedanken an eine Ehe entfernt als jemals zuvor.

Ich stamme aus sehr gutem Adel; aber nach spanischen Vorstellungen konnte zwischen der Herzogin und mir keinerlei Ebenbürtigkeit bestehen, und wenn sie mich in ihrer Nähe zu dulden geruhte, so konnte meine Rolle nur die des Günstlings sein, dem sie zum Erfolg verhelfen wollte. Toledo war der Ritter der liebreizenden Sidonia; ich war gleichsam der Page ihrer Freundin.

Diese Art der Dienstbarkeit mißfiel mir keineswegs; ohne meine Leidenschaft zu verraten, konnte ich allen Wünschen Manuelas zuvorkommen, ihre Befehle ausführen, ja mich ganz ihrem Willen unterordnen. In allem meiner Herrscherin zu Diensten, nahm ich mich in acht, daß kein Wort, kein Blick, kein Seufzer die Empfindungen meines Herzens verriet; und die Angst, sie etwa zu beleidigen und, schlimmer noch, aus ihrer Umgebung verbannt zu werden, gab mir die Kraft, meine Leidenschaft zu bezwingen. Im Laufe dieser süßen Leibeigenschaft versäumte die Herzogin von Sidonia keine Gelegenheit, meine Vorzüge bei ihrer Freundin zur Geltung zu bringen; aber die Gunst, die sie für mich erwirkte, beschränkte sich höchstens auf ein leutseliges Lächeln, das nichts weiter war als gönnerhaft.

All dies dauerte länger als ein Jahr. Ich sah die Herzogin in der Kirche, im Prado, ich nahm ihre Befehle für den Tag entgegen, aber ich betrat nicht ihr Haus.

Eines Tages ließ sie mich rufen. Sie war von ihren Frauen umgeben und mit Stickerei beschäftigt. Sie ließ mich Platz nehmen, zeigte mir eine hochmütige Miene und sprach: »Señor Avadoro, dem Geschlecht, dem ich angehöre, würde ich wenig Ehre antun, wenn ich nicht den Einfluß meiner Familie dazu einsetzte, mich für die Ehrerbietung, die Sie mir alle Tage entgegenbringen, erkenntlich zu zeigen. Mein Onkel Sorriente selbst lenkte meine Aufmerksamkeit darauf und bietet Ihnen ein Oberstenpatent in dem Regiment, das seinen Namen trägt. Wollen Sie ihm die Ehre erweisen, es anzunehmen? Denken Sie darüber nach.«

»Señora«, erwiderte ich, »ich habe mein Los mit dem des liebenswürdigen Toledo verknüpft, und ich begehre nur solche Ämter, die er für mich erlangt. Was die Ehrerbietung betrifft, die ich Ihnen alle Tage zu erweisen das Glück habe, so wäre es die süßeste Vergeltung für mich, sie Ihnen auch weiterhin erweisen zu dürfen.«

Die Herzogin gab mir keine Antwort und bedeutete mir durch ein leichtes Neigen des Kopfes, ich sei entlassen.

Acht Tage später wurde ich wiederum zu der stolzen Herzogin gerufen; sie empfing mich wie beim ersten Mal und sprach: »Señor Avadoro, ich kann es nicht dulden, daß Sie die Avila, die Sorriente und alle anderen Granden, deren Blut in meinen Adern fließt, an Edelmut zu übertreffen suchen. Ich kann Ihnen neue Vorschläge machen, die für Ihr Fortkommen vorteilhaft sind. Ein Edelmann, mit dessen Familie wir in den besten Beziehungen stehen, hat in Mexiko ein großes Vermögen erworben; er hat eine einzige Tochter, deren Mitgift sich auf eine Million beläuft ...«

Ich ließ die Herzogin ihren Satz nicht beenden, sprang einigermaßen unwillig auf und sagte: »Señora, obwohl das Blut der Avila und der Sorriente nicht durch meine Adern fließt, schlägt das Herz, das es nährt, zu hoch, als daß eine Million es wankend machen könnte.«

Ich wollte mich zurückziehen, doch die Herzogin bat mich, wieder Platz zu nehmen; dann befahl sie ihren Frauen, ins Zimmer nebenan zu gehen und die Tür offenzulassen, worauf sie zu mir sagte: »Señor Avadoro, es bleibt nur ein einziger Lohn, den ich Ihnen anbieten kann, und der Eifer, mit dem Sie sich mir widmen, läßt mich hoffen, daß Sie ihn nicht zurückweisen werden: Sie könnten mir einen wichtigen Dienst erweisen.«

»Wahrhaftig«, antwortete ich, »das Glück, Ihnen zu dienen, ist der einzige Lohn, den ich mir für meine Dienste wünsche.«

»Kommen Sie näher«, sagte die Herzogin, »man könnte uns vom anderen Zimmer aus hören. Avadoro, Sie wissen sicher, daß mein Vater insgeheim der Gatte der Infantin Beatrice war, und vielleicht hat man Ihnen auch unter strengster Vertraulichkeit gesagt, daß er einen Sohn von ihr hatte. Tatsächlich hatte mein Vater dieses Gerücht in Umlauf gebracht, aber nur, um die Höflinge irrezuführen. Die Wahrheit ist, daß sie ihm eine Tochter gebar und daß diese noch lebt. Sie wurde in einem Kloster in Madrid erzogen. Bevor mein Vater starb, hat er mir das Geheimnis ihrer Geburt enthüllt, von dem sie selber nichts weiß. Er erklärte mir auch die Pläne, die er für sie gefaßt hatte; aber sein Tod durchkreuzte sie alle.

Heute wäre es unmöglich, den Faden der ehrgeizigen Intrigen, die er gesponnen hatte, wieder zu knüpfen; die volle Legitimierung meiner Schwester zu erreichen, wäre meiner Meinung nach unmöglich, und der erste Schritt, den wir dazu unternähmen, könnte die völlige Klausur dieser Unglücklichen zur Folge haben.

Ich habe sie besucht; Eleonora ist ein gutes Mädchen, schlicht und fröhlich, und ich empfand aufrichtige Zärtlichkeit für sie; aber die Äbtissin wiederholte so oft, daß sie mir ähnlich sei, daß ich es nicht wagte, wieder hinzugehen. Ich erklärte mich indessen zu ihrer Beschützerin und erweckte die Vermutung, sie sei eine Frucht der zahllosen Amouren, die mein Vater in seiner Jugend unterhielt. Vor kurzem ließ der Hof im Kloster Erkundigungen einziehen, die mich mit Unruhe erfüllen, und ich bin entschlossen, sie nach Madrid kommen zu lassen.

In der Retrada-Straße besitze ich ein Haus von schlichtem Äußeren; ein Haus gegenüber ließ ich mieten; ich bitte Sie nun, dort Wohnung zu nehmen und über das Gut zu wachen, das ich Ihnen anvertraue: Hier ist die Adresse Ihres neuen Wohnsitzes, und hier ist ein Brief, den Sie der Äbtissin der Ursulinerinnen in Peñón übergeben werden. Sie werden zwei Berittene und eine Chaise mit zwei Maultieren nehmen; mit meiner Schwester kommt eine Dueña und wird bei ihr bleiben: Sie haben nur mit ihr zu tun. Zum Hause haben Sie keinen Zutritt: Wenigstens der Ruf der Tochter meines Vaters mit einer Infantin muß fleckenlos sein.«

Nach dieser Rede neigte die Herzogin leicht den Kopf, was bei ihr bedeutete, daß ich entlassen war. Ich zog mich also zurück und nahm meine neue Wohnung in Augenschein. Sie war bequem und gut möbliert. Ich ließ zwei vertrauenswürdige Bediente darin zurück und behielt die Wohnung, die ich bei Toledo bezogen hatte. Das Haus indessen, das ich von meinem Vater geerbt hatte, vermietete ich für vierhundert Piaster.

Ich besichtigte auch Eleonoras Haus. Ich fand dort zwei Frauen vor, die sie bedienen sollten, und einen alten Domestiken aus dem Hause Avila, der keine Livree trug. Das Haus war reich und elegant mit allem ausgestattet, was zu einem bürgerlichen Haushalt gehört.

Am nächsten Morgen nahm ich vier Berittene mit und begab mich zum Kloster von Peñón. Ich wurde in das Sprechzimmer der Äbtissin geführt.

Sie las meinen Brief, lächelte und seufzte: »Du mein lieber Jesus«, sagte sie, »es werden so viele Sünden auf dieser Welt begangen; ich kann von Glück reden, daß ich ihr entsagt habe. Das Fräulein, das Sie abholen, Caballero, ähnelt zum Beispiel der Herzogin von Avila, und wie sehr ähnelt sie ihr! Zwei Bilder meines lieben Jesus sehen einander nicht ähnlicher. Und wer sind die Eltern des Fräuleins? Davon weiß man nichts. Der verewigte Herzog von Avila, möge seine Seele bei Gott wohnen, ...«

Wahrscheinlich hätte die Äbtissin ihren Redestrom nicht so bald beendet, doch ich bedeutete ihr, daß ich es eilig hätte, meinen Auftrag zu Ende zu bringen. Die Äbtissin wackelte mit dem Kopf, ließ noch mehrfach ihr »Ach« und »mein lieber Jesus« laut werden, dann sagte sie mir, ich solle mit der Pförtnerin sprechen.

Ich ging zu ihr. Die Klosterpforte öffnete sich; heraus traten zwei dichtverschleierte Damen. Ohne ein Wort zu sprechen, bestiegen sie den Wagen. Ich stieg zu Pferd und folgte ihnen schweigend. Als wir dicht vor Madrid waren, ritt ich schon voraus und nahm die Damen an der Tür ihres Hauses in Empfang. Ich ging nicht mit ihnen hinein; ich begab mich in meine Wohnung gegenüber, aus der ich zusah, wie sie von der ihren Besitz ergriffen.

Eleonora schien mir in der Tat der Herzogin sehr ähnlich zu sein; aber ihr Teint war von hellerem Weiß, ihr Haar war sehr blond, und ich hatte den Eindruck, sie sei fülliger. So schien es mir von meinem Fenster aus; Eleonora indessen bewegte sich zu schnell, als daß ich ihre Züge genauer hätte erkennen können. Glücklich, dem Kloster entronnen zu sein, gab sie sich ganz ihrer ungezügelten Freude hin; sie lief durch das ganze Haus, von den Mansarden bis zum Keller, und beim Anblick einfacher Haushaltsgegenstände, entzückt etwa von einem schönen Holzscheit oder einem Kessel, stieß sie kleine Freudenschreie aus. Mit tausend Fragen setzte sie der Dueña zu, die ihr kaum nachkommen konnte. Wenig später ließ die Gouvernante die Sichtgitter vorlegen, verschloß sie fest, und ich sah nichts mehr.

Im Laufe des Nachmittags ging ich zur Herzogin und berichtete ihr, was ich getan hatte. Sie empfing mich mit der gewohnten Distanz.

»Señor Avadoro«, sagte sie, »Eleonora soll in die Ehe treten. Nach unserer Sitte können Sie nicht von ihr empfangen werden, selbst wenn Sie dazu bestimmt wären, ihr Gatte zu sein; indessen werde ich die Dueña anweisen, an der Seite des Hauses, an der sich Ihre Fenster befinden, ein Sichtgitter offenzulassen. Ich verlange jedoch, daß Ihre Jalousien geschlossen bleiben. Sie sollen mir über Eleonoras Tun und Lassen Bericht erstatten. Vielleicht wäre es für das Mädchen gefährlich, Ihre Bekanntschaft zu machen, vor allem, wenn Sie der Ehe gegenüber den Widerwillen empfinden, den Sie kürzlich durchblicken ließen.«

»Señora«, antwortete ich ihr, »ich sagte Ihnen nur, daß mich nicht der materielle Vorteil zu einer Ehe bestimmen könne; Sie haben indessen recht: Ich habe nicht die Absicht zu heiraten.«

Ich verließ die Herzogin; ich ging zu Toledo, dem ich unsere Geheimnisse verschwieg, dann ging ich zu meiner Wohnung in der Retrada-Straße. Die Gitter des Hauses gegenüber und sogar seine Fenster waren geöffnet. Der alte Lakai Androdo spielte Gitarre; Eleonora tanzte den *bolero* so lebendig und anmutig, wie ich es von einem Zögling der Karmeliterinnen niemals erwartet hätte, denn bei ihnen hatte sie ihre Erziehung erhalten und war erst nach dem Tode des Herzogs bei den Ursulinerinnen eingetreten. Eleonora stellte tausend Narrheiten an und wollte ihre Dueña dazu bringen, mit Androdo zu tanzen. Ich konnte mich nicht genug darüber wundern, daß die strenge Herzogin von Avila eine Schwester von so ausgelassenem Wesen hatte. Die Ähnlichkeit war übrigens verblüffend; im Grunde war ich sehr in die Herzogin verliebt, und ihr lebhaftes Ebenbild mußte natürlich mein größtes Interesse erwecken. Ich gab mich dem Vergnügen hin, sie anzuschauen; da schloß die Dueña die Jalousie.

Am nächsten Tag ging ich wieder zur Herzogin. Ich berichtete ihr, was ich gesehen hatte. Ich verhehlte auch nicht, wie außerordentlich mich das unbefangene Vergnügen ihrer Schwester ergötzt hatte; ich wagte es sogar, meine maßlose Hingerissenheit der großen Familienähnlichkeit zuzuschreiben.

Da dies entfernt einer Liebeserklärung glich, erschien in der Miene der Herzogin eine Verstimmung; sie wurde noch strenger.

»Señor Avadoro«, sagte sie zu mir, »wie groß auch die Ähnlichkeit zwischen den Schwestern sein mag, ich bitte Sie, sie in Ihren Lobreden nicht zu verwechseln. Jedoch kommen Sie morgen. Ich muß eine Reise unternehmen und wünsche Sie vor meinem Aufbruch zu sehen.«

»Señora«, sagte ich zu ihr, »soll mich Ihr Zorn doch auslöschen, aber Ihre Züge sind in meine Seele eingeprägt, als wären sie das Bildnis einer Gottheit. Sie stehen zu weit über mir, als daß ich es wagen dürfte, einen verliebten Gedanken zu Ihnen zu erheben; aber heute finde ich Ihre göttlichen Züge in einem fröhlichen, aufrichtigen, schlichten, natürlichen Geschöpf wieder; wer sollte mich davor bewahren, Sie selbst in ihm zu lieben?«

Während ich sprach, wurden die Züge der Herzogin immer strenger; ich war darauf gefaßt, aus ihrer Nähe verbannt zu werden. Aber das war nicht der Fall; sie wiederholte einfach, ich solle am nächsten Tag wiederkommen.

Ich speiste mit Toledo, und am Abend bezog ich wieder meinen Posten. Die Fenster des Hauses gegenüber waren geöffnet, und ich konnte ins Innere der Wohnung blicken. Eleonora selbst bereitete eine *olla podrida* zu. Alle Augenblicke holte sie den Rat der Dueña ein. Sie schnitt Fleisch und richtete es auf einer Platte an. Eleonora persönlich breitete mit fröhlichem Gelächter ein blütenweißes Tuch über einen Tisch und stellte zwei schlichte Gedecke darauf; sie trug ein einfaches Mieder, die Ärmel ihres Hemdes hatte sie bis zu den Schultern hochgestreift.

Fenster und Sichtgitter wurden geschlossen; was ich gesehen hatte, hinterließ einen starken Eindruck bei mir; und welcher junge Mann könnte gelassen in den Haushalt eines jungen Mädchens hineinblicken? Solche Bilder sind Anlaß dafür, daß die Leute sich verheiraten.

Ich kann mich nicht erinnern, was ich am nächsten Tag der Herzogin vorstotterte. Sie schien zu befürchten, es werde wieder eine Liebeserklärung, ergriff rasch das Wort und sagte: »Señor Avadoro, wie ich Ihnen gestern sagte, muß ich abreisen. Ich werde einige Zeit in meinem Herzogtum Avila weilen. Meiner Schwester habe ich die Erlaubnis erteilt, nach Sonnenuntergang einen Spaziergang zu unternehmen, wenn sie sich nicht zu weit vom Hause entfernt. Wünschen Sie sie anzusprechen, so wird Sie die Dueña, die ihre Instruktionen erhalten hat, mit ihr plaudern lassen, solange Sie nur wollen. Versuchen Sie, Geistesart und Wesen dieses jungen Geschöpfes zu ergründen; bei meiner Rückkehr werden Sie mir davon berichten.«

Dann belehrte mich eine Neigung ihres Kopfes, ich hätte mich zurückzuziehen. Die Herzogin zu verlassen, fiel mir schwer. Ich war wirklich in sie verliebt. Ihr außerordentlicher Stolz konnte mich nicht entmutigen; ich dachte sogar, wenn sie sich entschließen sollte, einen Liebhaber zu nehmen, würde sie einen unter ihrem Stande wählen, was in Spanien nicht allzu selten geschieht. Und endlich sagte mir eine innere Stimme, daß die Herzogin mich eines Tages lieben könne. Ich weiß wahrhaftig nicht, woher mir diese Ahnung kam; ihr Verhalten mir gegenüber gab dazu keinen Anlaß. Ich dachte noch den ganzen Tag an die Herzogin, gegen Abend wandte ich meine Gedanken wieder ihrer Schwester zu. Ich ging in die Retrada-Straße. Der Mond leuchtete hell. Auf einer Bank neben ihrer Tür erkannte ich Eleonora und ihre Dueña. Die Dueña erkannte mich ebenfalls, trat auf mich zu und forderte mich auf, mich neben ihren Schützling zu setzen. Sie selbst entfernte sich.

Nach einem Augenblick des Schweigens sagte Eleonora: »Sie sind also der junge Mann, mit dem ich sprechen darf? Wollen Sie mir zugetan sein?«

Ich antwortete ihr, ich sei es schon sehr.

»Nun, dann machen Sie mir die Freude, mir zu sagen, wie ich heiße!«

»Sie heißen Eleonora.«

»Danach habe ich nicht gefragt. Ich muß noch einen anderen Namen haben. Ich bin nicht mehr so einfältig wie bei den Karmeliterinnen; damals glaubte ich, die Welt sei nur von Nonnen und Beichtvätern bevölkert, aber jetzt weiß ich, daß es Männer und Frauen gibt, die Tag und Nacht beieinander bleiben, und daß die Kinder den Namen ihres Vaters tragen: Daher will ich meinen Namen wissen.«

Da die Karmeliterinnen, vor allem in einigen ihrer Klöster, sehr strengen Regeln gehorchen, war ich nicht verwundert, daß Eleonora bis zum Alter von zwanzig Jahren so ahnungslos geblieben war. Ich antwortete ihr, mir sei nur bekannt, daß sie Eleonora heiße. Dann sagte ich ihr, daß ich ihr zusah, als sie in ihrem Zimmer tanzte, und daß sie gewiß nicht bei den Karmeliterinnen tanzen gelernt habe.

»Nein«, antwortete sie, »der Herzog von Avila hatte mich bei den Karmeliterinnen untergebracht. Nach seinem Tode trat ich jedoch bei den Ursulinerinnen ein, wo mich ein Zögling das Tanzen, ein anderer das Singen lehrte; was die Art betrifft, wie die Ehemänner mit ihren Frauen leben, so haben alle Zöglinge der Ursulinerinnen mit mir darüber gesprochen, und es ist für sie kein Geheimnis. Ich selbst aber will einmal einen Namen haben, und dazu muß man mich verheiraten.«

Dann sprach Eleonora vom Theater, von Landpartien, Stierkämpfen, und zeigte sich sehr begierig, all dies kennenzulernen. Ich unterhielt mich noch mehrmals mit ihr, immer am Abend. Nach acht Tagen empfing ich von der Herzogin einen Brief, der wie folgt abgefaßt war:

Indem ich Ihnen Zugang zu Eleonora verschaffte, hoffte ich, daß sie eine Neigung zu Ihnen fassen werde. Die Dueña teilt mir mit, daß meine Wünsche sich erfüllt haben. Wenn Sie mir wahrhaft ergeben sind, so werden Sie Eleonora heiraten; bedenken Sie, daß Ihre Weigerung mich beleidigen müßte.

So antwortete ich:

Durchlauchtigste Herzogin,

Meine Ergebenheit für Ew. Hochfürstliche Durchlaucht ist die einzige Empfindung, die meine Seele erfüllen kann: Die Empfindungen, die man einer Gattin schuldet, fänden darin keinen Raum mehr. Eleonora verdient einen Gatten, der sich ganz ihr widmet.

Ich erhielt die folgende Antwort:

Es ist nutzlos, es länger zu verbergen: Sie sind mir gefährlich, und daß Sie die Hand Eleonoras ausschlagen, hat mir die größte Freude bereitet, die ich jemals im Leben empfand; aber ich bin zur Selbstüberwindung bereit. So stelle ich Sie vor die Wahl, Eleonora zu heiraten oder auf ewig aus meiner Nähe und vielleicht sogar aus Spanien verbannt zu werden; so weit reicht mein Einfluß bei Hofe. Schreiben Sie mir nicht mehr. Die Dueña hat meine Weisungen erhalten.

So verliebt ich auch in die Herzogin war, diese Anmaßung mußte mir mißfallen. Einen Augenblick war ich versucht, mich Toledo anzuvertrauen und mich unter seinen Schutz zu stellen; Toledo aber, immer noch verliebt in die Herzogin von Sidonia, war auch ihrer Freundin zugetan und hätte, um mir beizustehen, nicht gegen ihre

Freundin agiert. Ich entschloß mich also zu schweigen, und am Abend ging ich ans Fenster, um meine künftige Gattin zu sehen.

Die Fenster drüben waren geöffnet, ich konnte tief ins Zimmer hineinblicken. Eleonora stand zwischen vier Frauen, die an ihrer Kleidung beschäftigt waren. Sie trug ein weißes, silberbesticktes Atlaskleid, einen Blumenkranz und ein Diamantenkollier. Darüber breitete man einen weißen Schleier, der sie von Kopf bis Fuß verhüllte.

All dies verwunderte mich ein wenig. Bald wuchs mein Erstaunen noch: In den hinteren Teil des Zimmers trug man einen Tisch und schmückte ihn wie einen Altar. Man stellte Kerzen darauf, ein Priester erschien, begleitet von zwei Edelleuten, die anscheinend nur als Zeugen dienen sollten; der Bräutigam fehlte noch.

Es klopfte an meiner Tür. Die Dueña erschien: »Sie werden erwartet«, sagte sie; »oder dachten Sie, Sie könnten sich dem Willen der Herzogin widersetzen?«

Ich folgte ihr. Die Braut lüftete nicht den Schleier; man legte ihre Hand in meine: Mit einem Wort, man vermählte uns.

Die Zeugen beglückwünschten mich ebenso wie meine Gattin, deren Gesicht ich noch nicht erblickt hatte, und zogen sich zurück. Die Dueña führte uns in ein Zimmer, das nur dürftig vom Mondlicht beleuchtet wurde, und schloß hinter uns die Tür.

Als der Zigeuner an diese Stelle seiner Erzählung gelangt war, verlangte ein Mann seiner Truppe, ihn zu sprechen. Er verließ uns, und wir bekamen ihn den ganzen Tag nicht mehr zu sehen.

Sechsundfünfzigster Tag

Wir versammelten uns zur gewohnten Stunde, und da der Zigeuner keine anderen Geschäfte hatte, erzählte er folgendermaßen seine Geschichte weiter:

Fortsetzung der Geschichte des Zigeunerhauptmanns

Ich habe Ihnen schon berichtet, wie sich meine Eheschließung vollzog. Die Art, wie ich mit meiner Frau lebte, entsprach dieser wunderlichen Hochzeit. Nach Sonnenuntergang öffnete sich bei ihr das Gitter, und ich sah bis ins Innerste ihrer Wohnung. Sie ging abends nicht mehr aus, und ich hatte keine Gelegenheit, eine Unterhaltung mit ihr zu beginnen. Gegen Mitternacht holte die Dueña mich ab und geleitete mich vor Tagesanbruch zurück.

Acht Tage später kam die Herzogin wieder nach Madrid. Als ich sie aufsuchte, geschah das mit einer gewissen Verlegenheit; ich hatte ihren Kult entweiht und machte mir ein Gewissen daraus. Sie hingegen behandelte mich mit großer Zuneigung. Als wir unter vier Augen waren, verschwand ihr Hochmut; ich war ihr Bruder und Freund.

Als ich eines Abends nach Hause kam und gerade die Tür schließen wollte, fühlte ich mich am Rockschoß festgehalten. Ich wandte mich um und erkannte Busqueros.

»Ah! Da sind Sie endlich«, sagte er; »der Monseñor

von Toledo sagte mir, Sie ließen sich nicht mehr bei ihm blicken und hätten Gewohnheiten angenommen, von denen er nichts wisse. Um sie zu erforschen, verlangte ich von ihm nur vierundzwanzig Stunden Zeit, und schon habe ich Erfolg. Übrigens, mein Junge, du bist mir Respekt schuldig, denn ich habe deine Stiefmutter geheiratet.«

Diese wenigen Worte riefen mir wieder in Erinnerung, welchen Anteil Busqueros am Tod meines Vaters hatte; ich konnte nicht anders, ich mußte ihn meine Abneigung fühlen lassen und wurde ihn los.

Am nächsten Tag begab ich mich zur Herzogin und erwähnte diese peinliche Begegnung; sie schien darüber sehr betroffen.

»Busqueros ist ein Fuchs, dem nichts entgeht«, sagte sie. »Man muß Eleonora vor seiner Neugier schützen. Ich lasse sie noch heute nach Avila abreisen. Seien Sie mir deswegen nicht böse, Avadoro, es geht mir nur darum, Ihnen Ihr Glück zu bewahren.«

»Durchlaucht«, sagte ich zu ihr, »die Idee des Glücks scheint doch die Erfüllung der Wünsche zu bedingen, und Eleonoras Gatte zu sein habe ich niemals gewünscht; es ist indessen richtig, daß ich sie nunmehr liebgewonnen habe, und ich liebe sie jeden Tag mehr, wenn mir dieser Ausdruck überhaupt gestattet ist; denn bei Tage sehe ich sie ja gar nicht.«

Am gleichen Abend ging ich zur Retrada-Straße, traf dort jedoch niemanden mehr an; Tür und Sichtgitter waren verschlossen.

Einige Tage später ließ mich Toledo in sein Kabinett rufen und sagte: »Avadoro, ich habe mit dem König über Sie gesprochen. Seine Majestät erteilt Ihnen einen Auftrag für Neapel. Temple, dieser liebenswürdige Engländer, hat mir Vorschläge unterbreiten lassen; er wünscht mich in Neapel zu sehen, und wenn ich nicht kommen kann, sollen Sie fahren. Der König findet es nicht ratsam, daß ich die Reise unternehme, und will Sie schicken. Aber Sie«, fügte Toledo hinzu, »Sie fühlen sich durch diese Reise offenbar nicht besonders ausgezeichnet.«

»Die Güte Seiner Majestät schmeichelt mir sehr; aber ich habe eine Gönnerin und möchte nichts ohne ihr Einverständnis unternehmen.«

Toledo lächelte und sagte: »Mit der Herzogin habe ich gesprochen; suchen Sie sie noch heute vormittag auf.«

Ich ging hin. Die Herzogin sagte mir: »Mein lieber Avadoro, Sie kennen die heutige Lage der spanischen Monarchie. Der König ist dem Tode nahe, und mit ihm gelangt die österreichische Linie an ihr Ende; unter derartigen Umständen muß jeder gute Spanier seine eigenen Interessen vergessen, und kann er seinem Lande dienen, darf er die Gelegenheiten dazu nicht vorübergehen lassen. Ihre Frau ist in Sicherheit. Sie wird Ihnen nicht schreiben, das haben sie die Karmeliterinnen nicht gelehrt. Ich will den Sekretär für sie machen. Wenn ich der Dueña glauben darf, bin ich bald in der Lage, Ihnen Neuigkeiten zu berichten, die Sie noch enger mit Eleonora verbinden werden.«

Bei diesen Worten schlug die Herzogin die Augen nieder und errötete, dann bedeutete sie mir zu gehen.

Vom Minister erhielt ich meine Anweisungen; sie betrafen die Außenpolitik und erstreckten sich auch auf die Verwaltung des Königreichs Neapel, das man fester denn je an Spanien zu binden beabsichtigte. Gleich am nächsten Tag reiste ich ab und brachte die Reise ohne Säumen hinter mich.

Meinen Auftrag erfüllte ich mit allem Eifer, den man bei einer Erstlingsarbeit aufbringt. In den Ruhepausen aber, die mir meine Tätigkeit ließ, gewannen die Erinnerungen an Madrid wieder große Macht über meine Seele. Wie auch immer, die Herzogin liebte mich; sie hatte es mir gestanden. Da sie meine Schwägerin geworden war, war sie von der Leidenschaft, die mit diesem Gefühl verbunden war, kuriert; aber sie hatte mir eine Anhänglichkeit bewahrt, für die sie mir tausend Beweise lieferte. Eleonora, die geheimnisvolle Göttin meiner Nächte, hatte mir durch Hymens Hand den Kelch der Wollust gereicht; die Erinnerung an sie beherrschte ebenso meine Sinne wie mein Herz. Mein Sehnen nach ihr wurde fast zur Verzweiflung. Von diesen zwei Frauen abgesehen, war mir das schöne Geschlecht gleichgültig.

Ich erhielt die Briefe der Herzogin mit der Post des Ministers; sie waren nicht signiert, und die Schrift war verstellt. Ich erfuhr daraus, daß Eleonoras Schwangerschaft fortschritt, daß sie jedoch krank war und an Mattigkeit litt. Dann erhielt ich die Mitteilung, daß ich Vater sei und daß Eleonora viel Schmerzen habe erleiden müssen. Die Nachrichten, die man mir zukommen ließ, waren offensichtlich so abgefaßt, daß sie mich auf noch schlimmere vorbereiten sollten.

Schließlich, in einem Augenblick, da ich am wenigsten darauf gefaßt war, kam Toledo. Er warf sich in meine Arme. »Ich komme im Interesse des Königs«, sagte er; »aber die Herzoginnen haben mich geschickt.«

Zugleich übergab er mir einen Brief. Ich öffnete ihn zitternd; ich ahnte, was er enthielt. Die Herzogin teilte mir Eleonoras Ende mit und bot mir alle Tröstungen inniger Freundschaft an.

Toledo, der seit langem schon den stärksten Einfluß auf mich hatte, nutzte ihn, um meiner Seele wieder Ruhe zu geben. Ich hatte Eleonora gewissermaßen gar nicht gekannt; aber sie war meine Gattin geworden, und der Gedanke an sie wurde eins mit dem Andenken an die Wonnen unserer kurzen Verbindung. Von meinem Schmerz blieb mir Schwermut und tiefe Niedergeschlagenheit.

Toledo übernahm meine Mission, und als sie beendet war, kehrten wir nach Madrid zurück. Vor den Toren der Kapitale ließ er mich absitzen und führte mich auf abgelegenen Wegen zum Friedhof der Karmeliterinnen. Dort wies er mir eine schwarze Marmorurne; auf ihrem Sockel war *Eleonora Avadoro* zu lesen. Auf den Grabstein flossen meine Tränen; ich suchte ihn noch mehrmals auf, bevor ich mich zur Herzogin begab; sie nahm es mir nicht übel. Ganz im Gegenteil, als ich sie zum ersten Male wiedersah, bezeugte sie mir eine Zuneigung, in der Zärtlichkeit zu spüren war. Endlich führte sie mich in ihre inneren Gemächer und zeigte mir eine Wiege mit einem Kind. Meine Erschütterung war vollständig. Ich ließ mich auf ein Knie nieder. Um mich aufstehen zu lassen, reichte mir die Herzogin die Hand. Ich küßte sie ihr. Sie bedeutete mir, ich möge gehen.

Am nächsten Morgen ging ich zum Minister und mit ihm zum König. Als mich Toledo nach Neapel entsandte, war dies ein Vorwand für ihn gewesen, um mir die Gunst des Königs zu verschaffen. Ich wurde zum Calatravaritter geschlagen. Diese Auszeichnung versetzte mich zwar nicht in den Rang der Vornehmsten, näherte mich ihnen jedoch schon an. Zu Toledo und den beiden Herzoginnen stand ich nun in einem Verhältnis, dem nichts mehr von Unterlegenheit anhaftete; übrigens war ich ihr Geschöpf, und mich herauszuheben, schien ihnen Freude zu machen.

Kurz darauf trug mir die Herzogin von Avila auf, beim Rat von Kastilien ein Anliegen für sie zu betreiben; ich verwandte darauf jeden denkbaren Eifer und eine Umsicht, durch die die Hochschätzung meiner Gönnerin für mich noch gesteigert wurde. Ich sah sie nun Tag für Tag, und ihr Verhalten mir gegenüber wurde täglich herzlicher. Hier aber beginnt das Wunderbare meiner Geschichte.

Bei meiner Rückkehr aus Italien hatte ich wieder meine Wohnung bei Toledo bezogen; das Haus in der Retrada-Straße stand mir aber weiter zur Verfügung. Ich ließ dort einen Diener namens Ambrosio schlafen. Das Haus gegenüber, in dem ich ja geheiratet hatte, gehörte der Herzogin. Es war verschlossen und unbewohnt. Eines Morgens kam Ambrosio zu mir, um mich zu bitten, jemand anderen seine Stellung einnehmen zu lassen, vorzugsweise einen couragierten Menschen. Nach Mitternacht sei es dort nämlich nicht geheuer, ebenso wie im Haus auf der anderen Straßenseite.

Ich wollte mir erklären lassen, welcher Art Geister er gesehen habe; Ambrosio gestand mir, vor lauter Angst habe er nichts erkennen können. Er sei übrigens entschlossen, nicht mehr in der Retrada-Straße zu schlafen, weder allein noch in Gesellschaft. Diese Reden reizten meine Neugier; ich beschloß, noch in derselben Nacht das Abenteuer zu wagen. Im Hause waren noch ein paar Möbel verblieben. Nach dem Abendessen begab ich mich hin; einen Diener ließ ich im Treppenhaus schlafen und bezog das Zimmer, das zur Straße hin und dem früheren Haus Eleonoras gegenüber lag. Ich trank ein paar Tassen Kaffee, um nicht einzuschlafen, und hörte, daß es Mitternacht schlug. Ambrosio hatte mir gesagt, um diese Zeit erscheine das Gespenst. Damit es durch nichts verscheucht werde, löschte ich meine Kerze. Schon bald sah ich im Haus gegenüber Licht. Es bewegte sich aus einem Zimmer, einem Stockwerk ins nächste; die Sichtgitter hinderten mich daran zu sehen, welches der Ursprung des Lichtscheins war. Am nächsten Tag ließ ich die Herzogin um die Schlüssel dieses Hauses bitten und betrat es; ich fand es völlig leer und konnte feststellen, daß es unbewohnt war. Ich hängte in jeder Etage ein Gitter aus und ging dann meinen Obliegenheiten nach.

In der folgenden Nacht bezog ich wieder meinen Posten, und Schlag Mitternacht erschien das Licht abermals; dieses Mal sah ich jedoch, wovon es ausging. Eine weißgekleidete Frau mit einer Leuchte wandelte langsam durch alle Zimmer der ersten Etage, stieg zur zweiten hinauf und verschwand. Die Lampe beleuchtete sie zu schwach, als daß ich die Züge ihres Gesichts hätte unterscheiden können; das blonde Haar aber ließ mich Eleonora erkennen.

Als es Tag wurde, eilte ich zur Herzogin. Sie war nicht zu Hause. Ich ging zu meinem Kind. Unter den Frauen herrschte Bewegung und Unruhe. Zuerst wollte keine sprechen. Dann sagte mir die Amme, in der Nacht sei eine ganz in Weiß gekleidete Frau hereingeschritten, die in der Hand eine Leuchte trug; sie habe das Kind lange betrachtet, habe es gesegnet und habe sich dann wieder entfernt.

Die Herzogin kam wieder nach Hause; sie ließ mich rufen und sagte:

»Mancherlei Gründe lassen mich wünschen, daß Ihr Kind nicht hierbleibt. Ich habe angeordnet, daß das Haus in der Retrada-Straße hergerichtet wird; dort wird es untergebracht, zusammen mit seiner Amme und der Frau, die wir als seine Mutter ausgeben. Ich würde Ihnen ja vorschlagen, dort ebenfalls Wohnung zu beziehen, aber das könnte Schwierigkeiten mit sich bringen.«

Ich antwortete, daß ich das Haus gegenüber behalten und gelegentlich dort schlafen wolle.

Man fügte sich den Absichten der Herzogin. Ich trug Sorge dafür, daß mein Kind im Zimmer zur Straßenseite gebettet wurde und daß man die Gitter nicht schloß.

Es schlug Mitternacht. Ich ging zum Fenster; im Zimmer gegenüber sah ich das Kind sowie die Amme im Schlaf. Die weißgekleidete Frau zeigte sich, eine Leuchte in der Hand. Sie trat an die Wiege, sah das Kind lange an, segnete es; dann trat sie ans Fenster und sah lange zu mir herüber; dann verließ sie das Zimmer, und in der oberen Etage sah ich Licht. Schließlich erschien die Frau auf dem Dach, eilte leichtfüßig über den First, trat auf das Nachbardach hinüber und entschwand meinen Blicken.

Ich war verwirrt, das gestehe ich. Ich schlief wenig, und am nächsten Tag harrte ich ungeduldig der Mitternacht. Die zwölfte Stunde schlug, und schon war ich am Fenster; bald darauf sah ich nicht etwa die weiße Frau hereinkommen, sondern eine Art Zwerg mit bläulichem Gesicht, einem Holzbein und einer Laterne in der Hand. Er trat an das Kind heran, betrachtete es aufmerksam, ging dann zum Fenster, setzte sich dort, schlug die Beine übereinander und musterte mich eindringlich; dann sprang er aus dem Fenster auf die Straße, oder besser gesagt, es sah so aus, als gleite er hinunter, und er kam herüber, um an meiner Tür zu pochen.

Vom Fenster aus fragte ich ihn, wer er sei.

Statt mir zu antworten, sagte er: »Juan Avadoro, nimm Mantel und Degen und folge mir.«

Ich tat, was er sagte, ging zur Straße hinab und sah den Zwerg etwa zwanzig Schritt von mir entfernt; er humpelte auf seinem Holzbein vor mir her und wies mir mit der Laterne den Weg. Nach etwa hundert Schritten wandte er sich nach links und führte mich in das verlassene Viertel, das sich von der Retrada-Straße bis zum Manzanares erstreckt. Wir traten durch einen Torbogen und gelangten zu einem *patio* mit einigen Bäumen. *Patio* nennt man in Spanien die Innenhöfe, die keine Zufahrt für Kutschen aufweisen. Am Ende des *patio* erhob sich eine kleine gotische Fassade, offenbar die Portalseite einer Kapelle. Aus ihr trat die weiße Frau hervor. Der Zwerg richtete die Laterne auf mein Gesicht.

»Er ist es!« rief sie aus, »er ist es wirklich, mein Gatte, mein geliebter Gatte!«

»Señora«, sagte ich, »ich dachte, Sie seien tot.«

»Ich lebe doch!«

Sie war es wirklich. Ich erkannte sie am Klang ihrer Stimme, und noch deutlicher an der Inbrunst ihrer ehelichen Leidenschaft. Ihre Heftigkeit ließ mir nicht die Muße, ihr über das Wunderbare unserer Begegnung Fragen zu stellen. Ich hatte nicht einmal Zeit dazu. Eleonora entwand sich meinen Armen und entschwand in der Finsternis; der hinkende Zwerg mit seiner kleinen Laterne bot mir seine Hilfe an. Ich folgte ihm durch Ruinen und völlig öde Teile der Stadt. Plötzlich erlosch die Laterne. Ich wollte den Zwerg zurückrufen, doch er antwortete nicht mehr. Die Nacht war stockfinster. Ich beschloß, mich auf den Boden zu legen und so auf den Tag zu warten. Ich schlief ein.

Als ich erwachte, war es schon heller Tag. Ich lag neben einer schwarzen Marmorurne. Auf ihr las ich in goldenen Lettern: *Eleonora Avadoro*. Mit einem Wort, ich befand mich am Grab meiner Frau. Da erinnerte ich mich an die Ereignisse der Nacht, und der Gedanke daran verstörte mich. Ich hatte seit langem das Bußtribunal gemieden. Nun ging ich zu den Theatinern und verlangte meinen Großonkel, den Pater Gerónimo, zu sprechen. Er war krank. An seiner Stelle erschien ein anderer Beichtvater; ich fragte ihn, ob es möglich sei, daß Dämonen menschliche Gestalt annehmen.

»Ohne Zweifel«, erwiderte er, »die Sukkuben werden in der *Summa* des heiligen Thomas ausdrücklich erwähnt, ihr Fall erfordert besondere Maßnahmen. Wenn ein Mensch lange nicht die Sakramente empfangen hat, gewinnen die Dämonen eine gewisse Gewalt über ihn; sie zeigen sich in Weibsgestalt und führen uns in Versuchung. So Ihr glaubt, mein Sohn, daß Ihr Sukkuben begegnet seid, dann wendet Euch an den Großpönitentiar; beeilt Euch, verliert nur keine Zeit.«

Ich antwortete ihm, mir sei ein merkwürdiges Abenteuer widerfahren, bei dem ich durch Trugbilder getäuscht wurde. Ich bat ihn um die Erlaubnis, meine Beichte unterbrechen zu dürfen.

Ich ging zu Toledo. Er sagte mir, er wolle mich zum Essen zur Herzogin von Avila mitnehmen, und die Herzogin von Sidonia werde auch da sein. Er fand, ich sähe sorgenvoll aus, und fragte mich nach der Ursache dafür. Ich war tatsächlich zerstreut und konnte meine Gedanken auf nichts Vernünftiges konzentrieren. Beim Diner der Herzoginnen war ich immer noch bekümmert; aber ihre Fröhlichkeit war so lebhaft und Toledo antwortete darauf so treffsicher, daß ich mich schließlich davon anstecken ließ.

Während des Essens hatte ich zuweilen ein Lachen und Zeichen des Einverständnisses bemerkt, die sich offenbar auf mich bezogen. Die Tafel wurde aufgehoben, und unsere Vierergesellschaft ging nicht etwa in den Salon, sondern in die inneren Gemächer. Als wir dort waren, schloß Toledo die Tür ab und sagte:

»Erlauchter Calatravaritter, knien Sie nieder vor der Herzogin, sie ist seit über einem Jahr Ihre Frau. Nun sagen Sie nicht, Sie hätten es geahnt! Die Menschen, denen Sie dereinst einmal Ihre Geschichte erzählen, erraten es vielleicht; aber die eigentliche Kunst besteht darin, einen Verdacht gar nicht erst aufkommen zu lassen, und das haben wir getan. Die Geheimnisse des ehrgeizigen Herzogs von Avila haben unsere Zwecke tatsächlich hervorragend befördert. Er hatte wirklich einen Sohn, den er anzuerkennen gedachte. Dieser Sohn starb, und darauf forderte er von seiner Tochter, sie dürfe sich nicht vermählen, damit die Lehensgüter den Sorriente zufielen, die eine Linie der Familie Avila sind. Der Stolz unserer Herzogin ließ sie zwar wünschen, nie einem Gebieter gehorchen zu müssen; aber seit unserer Rückkehr aus Malta war dieser Stolz einigermaßen brüchig und lief Gefahr, fürchterlich zu scheitern. Zum Glück hat die Herzogin von Avila eine Freundin, die auch Ihre Freundin ist, mein lieber Avadoro. Sie hat sich ihr rückhaltlos anvertraut, und im Interesse eines so teuren Menschen schmiedeten wir ein Komplott.

Wir erfanden also eine Eleonora, eine Tochter des Herzogs und der Infantin, die niemand anders war als die Herzogin selbst, ausgestattet mit einer blonden Perücke und leicht geschminkt; aber Sie waren zu leichtgläubig, um in dem einfältigen Zögling der Karmeliterinnen Ihre stolze Gebieterin zu erkennen. Ich war Zeuge einiger Proben dieses Rollenspiels, und ich versichere Ihnen, ich hätte mich täuschen lassen wie Sie.

Als die Herzogin sah, daß Sie einzig aus Anhänglichkeit zu ihr die glänzendsten Partien ausschlugen, faßte sie den Entschluß, Sie zu heiraten. Sie sind verheiratet vor Gott und der Kirche, aber keineswegs vor den Menschen, jedenfalls würden Sie vergeblich Beweise für Ihre Ehe suchen; so verstößt die Herzogin nicht gegen die Verpflichtung, die sie einging.

Sie sind also in die Ehe getreten, und folglich mußte die Herzogin einige Monate auf ihren Ländereien verbringen, um sich den Blicken Neugieriger zu entziehen. Busqueros war gerade nach Madrid gekommen. Ich setzte ihn auf Ihre Spur, und unter dem Vorwand, wir müßten diesen Fuchs irreführen, ließen wir Eleonora aufs Land reisen. Dann schien es uns ratsam, Sie nach Neapel zu schicken, denn wir wußten nicht mehr, was wir Ihnen noch über Eleonora mitteilen sollten, und die Herzogin wollte sich Ihnen erst zu erkennen geben, wenn ein lebendes Pfand Ihrer Liebe Ihnen noch mehr Rechte gäbe.

Hier, mein lieber Avadoro, erflehe ich Ihre Vergebung; als ich Ihnen den Tod eines Menschen mitteilte, der niemals gelebt hatte, habe ich Ihnen den Dolch ins Herz gestoßen. Aber Sie haben nicht umsonst gelitten. Daß Sie die Herzogin in zwei derart unterschiedlichen Erscheinungsformen so vollkommen liebten, hat sie tief bewegt. Seit einer Woche brennt sie darauf, sich Ihnen zu erklären. Und auch hier bin ich der Schuldige; ich bestand hartnäckig darauf, Eleonora aus jener anderen Welt wiederkehren zu lassen. Die Herzogin war so gütig, die weiße Frau zu spielen, aber nicht sie ist so leichtfüßig über den First des Nachbardaches gelaufen; diese Eleonora war nichts als ein kleiner Schornsteinfeger.

Derselbe Fratz erschien in der Nacht darauf, als hinkender Teufel verkleidet. Er setzte sich aufs Fensterbrett und ließ sich an einem vorher befestigten Strick auf die Straße herab. Ich weiß nicht, was im *patio* des einstigen Karmeliterklosters geschah; aber am Morgen ließ ich Sie überwachen und erfuhr, daß Sie lange Zeit mit der Beichte zubrachten. Ich lege mich nicht gern mit der Kirche an, und ich fürchtete die Folgen eines Scherzes, der zu weit getrieben wurde. Also widersetzte ich mich dem Wunsch der Herzogin nicht mehr, und wir beschlossen, daß der Augenblick für die Erklärung heute gekommen sei.«

Dies etwa war die Rede des liebenswürdigen Toledo. Ich hörte ihm indessen kaum mehr zu. Ich lag Manuela zu Füßen. In ihren Zügen spiegelte sich eine entzükkende Verwirrung. Sie enthielt das volle Eingeständnis ihrer Niederlage. Mein Sieg hatte niemals mehr als zwei Zeugen; er war mir deshalb nicht weniger lieb.

So erlebte ich in der Liebe, in der Freundschaft und selbst in der Eigenliebe die höchste Erfüllung. Was für ein Glück für einen jungen Menschen!

Als der Zigeuner zu dieser Stelle seiner Erzählung gelangt war, wurde ihm gemeldet, daß die Angelegenheiten seiner Truppe seine Gegenwart erforderlich machten.

Ich wandte mich an Rebekka und stellte fest, daß wir von erstaunlichen Begebenheiten hatten erzählen hören, die doch alle auf natürliche Weise zu erklären waren.

»Sie haben recht«, sagte sie; »vielleicht geht es Ihnen mit Ihrer Geschichte noch ebenso.«

Siebenundfünfzigster Tag

Wir erwarteten wichtige Ereignisse. Der Zigeuner hatte in mehreren Richtungen Boten ausgesandt und erwartete voller Ungeduld ihre Rückkehr. Wenn er gefragt wurde, wann man das Lager abbrechen werde, schüttelte er den Kopf und erwiderte, er könne den Zeitpunkt dafür nicht angeben. Der Aufenthalt in den Bergen begann mich zu langweilen. Ich wäre glücklich gewesen, schnellstens mein Regiment zu erreichen; aber ungeachtet dieses Wunsches mußte ich noch eine Zeitlang verweilen. Die Tage verliefen recht eintönig, die Abende hingegen sehr angenehm dank der Gesellschaft des Zigeunerhauptmanns, an dem ich immer neue Vorzüge entdeckte. Ich war gespannt auf den weiteren Verlauf seiner Abenteuer, und dieses Mal bat ich ihn selbst, unsere Neugierde zu befriedigen, was er folgendermaßen tat:

Fortsetzung der Geschichte des Zigeunerhauptmanns

Sie werden sich an mein Mittagessen mit der Herzogin von Avila, der Herzogin von Sidonia und meinem Freund Toledo erinnern; wie ich Ihnen schon sagte, erfuhr ich nun erst, daß die stolze Manuela meine Frau war. Die Karossen waren angespannt, wir fuhren zum Schloß Sorriente. Eine neue Überraschung erwartete mich dort: Dieselbe Dueña, die im Dienste der falschen Eleonora in der

Retrada-Straße gestanden hatte, führte meine kleine Manolita herein. Diese Dueña nannte sich Doña Rosalba, und das Kind hielt sie für seine Mutter.

Sorriente liegt am Ufer des Tajo, in einer der bezauberndsten Gegenden der Welt. Aber die Reize der Natur nahmen mich nur kurze Zeit gefangen; väterliche Gefühle, Liebe, Freundschaft, ein inniges Zutrauen, eine wohltuende menschliche Nähe machten jeden Tag aufs neue zur Freude. Was wir in unserem kurzen Leben als Glück bezeichnen, erfüllte jeden meiner Augenblicke. Soweit ich mich erinnere, währte dieser Zustand sechs Wochen. Dann mußten wir nach Madrid zurückkehren. Als wir in der Hauptstadt ankamen, war der Abend schon stark fortgeschritten. Ich begleitete die Herzogin bis an die Treppe ihres Palastes. Sie war sehr bewegt.

»Don Juan«, sprach sie zu mir, »in Sorriente waren Sie Manuelas Gatte; in Madrid sind Sie immer noch der Witwer Eleonoras.«

Kaum hatte sie diese Worte ausgesprochen, da nahm ich wahr, wie ein Schatten hinter das Treppengeländer glitt. Ich packte den Mann beim Kragen und zog ihn ans Licht. Ich erkannte Busqueros. Schon wollte ich ihm den Lohn für sein Spionieren verabreichen, als ein einziger Blick der Herzogin meinen Arm wieder sinken ließ. Dieser Blick war Busqueros nicht entgangen. Er setzte die übliche freche Miene auf und sagte:

»Señora, ich konnte der Versuchung nicht widerstehen, wenigstens einen Augenblick lang den Zauber Ihrer Person zu bewundern, und zweifellos hätte mich keiner in meinem Versteck zu entdecken vermocht, hätte nicht der Glanz Ihrer Schönheit gleich einer Sonne diese Treppe ins Licht getaucht.«

Nachdem Busqueros dieses Kompliment gedrechselt hatte, verneigte er sich tief und ging von dannen.

»Ich fürchte«, sagte die Herzogin, »daß meine Worte

den zudringlichen Ohren dieses Elenden nicht entgingen. Gehen Sie also, Don Juan, sprechen Sie mit ihm und versuchen Sie, ihn solch überflüssigen Verdacht fallenzulassen.«

Dieser Vorfall schien die Herzogin aufs äußerste zu beunruhigen. Ich verließ sie und traf Busqueros auf der Straße.

»Teurer Stiefsohn«, sagte er zu mir, »eben hättest du mich fast mit dem Stock geschlagen, was dir bestimmt sehr schlecht bekommen wäre. Erstens hättest du mir die Achtung vorenthalten, die du dem Gatten deiner einstigen Stiefmutter schuldest; zweitens wirst du zur Kenntnis nehmen, daß ich nicht mehr der junge Dachs bin, den du einmal gekannt hast. Seit jener Zeit habe ich meinen Weg gemacht, im Ministerium und selbst bei Hofe hat man meine Fähigkeiten erkannt. Der Herzog von Arcos ist von seinem Botschafterposten zurückgekehrt und genießt die Gunst des Hofes. Señora Uscariz, seine einstige Geliebte, ist Witwe und mit meiner Frau eng befreundet. Wir tragen die Nasen hoch und fürchten niemanden. Aber sag mir doch, teurer Stiefsohn, was hat dir die Herzogin anvertraut? Ihr hattet ja eine fürchterliche Angst, daß ich euch zuhören könnte. Laß dir sagen, daß wir weder die Avila noch die Sidonia noch dein Hätschelkind Toledo besonders mögen. Señora Uscariz kann ihm nicht verzeihen, daß er sie verlassen hat. Ich begreife nicht, warum ihr alle nach Sorriente gefahren seid. Während eurer Abwesenheit hat man viel über euch gesprochen. Ihr aber, ihr wißt gar nichts davon: Ihr seid unschuldig wie ein Neugeborenes. Der Marqués von Medina, der von den Sidonia abstammt, verlangt für seinen Sohn den Herzogstitel und die Hand der jungen Herzogin. Es ist wahr, die Kleine zählt kaum zwölf Jahre, aber das tut nichts. Der Marqués steht seit langem in bestem Einvernehmen mit dem Herzog von Arcos, der die Gunst des

Kardinals Portocarrero genießt: Da dieser bei Hofe allmächtig ist, wird es sich schon machen lassen. So warte noch, teurer Stiefsohn! Glaube nicht, ich hätte in dir nicht den kleinen Bettler vom Portal von Sankt Rochus erkannt. Damals hattest du es mit der heiligen Inquisition zu tun; aber in Dingen, die sich auf dieses heilige Tribunal beziehen, bin ich nicht neugierig. Für den Augenblick lasse ich dich allein; auf Wiedersehen!«

Busqueros ging, und ich sah, daß er derselbe lästige Intrigant geblieben war, allerdings mit dem Unterschied, daß er sein Talent nun in höheren Kreisen geltend machte.

Am nächsten Tag speiste ich mit der Herzogin von Avila, der Herzogin von Sidonia und Toledo. Ich berichtete ihnen von meinem Gespräch vom Vortag. Es machte einen stärkeren Eindruck, als ich vermutet hatte. Toledo, der nicht mehr so schön war und den Damen schon lange nicht mehr den Hof machte, hätte sich gern um ein Ehrenamt beworben; zu seinem Unglück hatte jedoch der Graf Oropesa, der Minister, auf den er zählen konnte, den Dienst quittiert. Daher dachte er darüber nach, welche anderen Wege er einschlagen könne. Die Rückkehr des Herzogs von Arcos und die Gunst, deren sich dieser beim Kardinal erfreute, waren keineswegs nach seinem Geschmack.

Die Herzogin von Sidonia schien den Augenblick zu fürchten, in dem ihr eine Leibrente zugesprochen würde. Die Herzogin von Avila hingegen legte jedesmal, wenn vom Hof und seiner Gunst die Rede war, noch mehr Stolz als gewöhnlich an den Tag. Die Feststellung, daß Standesunterschiede selbst unter engen Freunden deutlich wahrnehmbar bleiben, verblüffte mich.

Einige Tage später, als wir bei der Herzogin von Sidonia zu Tische saßen, sagte uns ein Page des Herzogs von Velásquez den Besuch seines Herrn an. Velásquez stand damals in der Blüte seiner Jahre. Er war ein schöner Mann, der sich nach der französischen Mode kleidete, die er nicht aufgeben wollte, weil sie ihn vorteilhaft von den anderen abhob. Auch sein Gespräch zeichnete ihn vor den Spaniern aus, die wenig sprechen und sicher aus diesem Grunde zu Zigarren und zur Gitarre Zuflucht nehmen. Velásquez dagegen wechselte mit Leichtigkeit von einem Thema zum anderen und fand stets eine Gelegenheit, unseren Damen eine Artigkeit zu sagen.

Sicher besaß Toledo mehr Intelligenz; aber Intelligenz erweist sich nur dann und wann, während die Beredsamkeit nie versiegt. Velásquez' Redestrom erregte Gefallen, und er bemerkte selber, daß seine Zuhörer nicht gleichgültig blieben. Er wandte sich an die Herzogin von Sidonia und sagte unter Gelächter:

»Wahrhaftig, ich muß Ihnen gestehen: Man könnte sich nichts Merkwürdigeres und Hinreißenderes vorstellen.«

»Als was denn?« fragte die Herzogin.

»Señora«, antwortete Velásquez, »Schönheit und Jugend teilen Sie gewiß mit anderen Frauen; aber Sie werden zweifellos die jüngste und schönste aller Schwiegermütter sein.«

Die Herzogin hatte darüber noch nicht nachgedacht. Sie war achtundzwanzig Jahre alt. Viele junge Frauen waren deutlich jünger als sie, aber hier bot sich ihr ein Mittel, sich jünger zu machen.

»Glauben Sie mir, Señora«, fügte Velásquez hinzu, »ich sage nichts als die Wahrheit. Der König hat mich beauftragt, Sie für den jungen Marqués von Medina um die Hand Ihrer Tochter zu bitten. Der König wünscht sehr, daß Ihr erlauchter Name nicht erlischt. Alle Granden teilen diese Sorge. Und was Sie betrifft, Señora, was könnte reizender sein als Ihr Anblick, wenn Sie Ihre Tochter zum Altar geleiten! Zwischen Ihnen beiden wird die allgemeine Bewunderung sich teilen müssen. An Ihrer Stelle würde ich in einem Kleid auftreten, das dem Ihrer Tochter völlig gliche: in weißem, silberbesticktem Atlas. Wenn ich mir einen Rat erlauben darf: Ich würde den Stoff aus Paris kommen lassen; ich werde Ihnen die vorzüglichsten Lieferanten empfehlen. Ich habe schon versprochen, den kleinen Bräutigam nach französischer Mode zu kleiden, mit blonder Perücke. Leben Sie wohl, meine Damen! Portocarrero will mir Botschaftsgeschäfte anvertrauen; wären sie doch nur immer so angenehm!«

Indem er dies sagte, warf Velásquez den beiden Damen einen Blick zu, der jeder von ihnen zu verstehen gab, daß sie ihn mehr beeindruckt habe als ihre Nachbarin; er verbeugte sich mehrfach, vollführte eine Pirouette und ging. In Frankreich nannte man das damals die höfische Manier.

Als der Herzog von Velásquez gegangen war, herrschte ein langes Schweigen. Die Frauen träumten von silberbestickten Gewändern; Toledo aber machte auf die gegenwärtige Lage des Landes aufmerksam und rief aus:

»So will man sich also keiner anderen Männer bedienen als dieser Arcos und Velásquez, der oberflächlichsten Menschen ganz Spaniens? Wenn die französische Partei die Dinge lenken soll, wird man sich an Österreich wenden müssen!«

Tatsächlich begab sich Toledo sogleich zum Grafen Harrach, der damals kaiserlicher Botschafter in Madrid war. Die Damen fuhren zum Prado, ich folgte ihnen zu Pferde.

Bald begegneten wir einer prächtigen Karosse, in der sich die Damen Uscariz und Busqueros spreizten. Neben ihnen ließ der Herzog von Arcos sein Pferd tänzeln. Busqueros, der dem Herzog folgte, hatte am gleichen Tage das Calatravakreuz empfangen und trug es auf der Brust. Dieser Anblick ließ mich erstarren. Ich besaß dasselbe

Kreuz; ich glaubte es als Lohn für meine Verdienste erhalten zu haben, vor allem für meine Rechtschaffenheit, die mir edle und mächtige Freunde verschafft hatten. Ich gestehe Ihnen, es machte mich sprachlos, dieses Kreuz auf der Brust des Mannes zu sehen, den ich am meisten verachtete. An der Stelle, wo ich der Karosse von Señora Uscariz begegnet war, blieb ich wie angewurzelt stehen.

Als Busqueros seine Runde durch den Prado gemacht hatte und mich immer noch auf dem Fleck sah, an dem er an mir vorübergeritten war, näherte er sich mir mit vertraulicher Miene und sagte: »Du siehst, mein Freund, daß verschiedene Wege zum gleichen Ziele führen. Ich bin Ritter des Calatravaordens wie du.«

Ich war entrüstet bis zum äußersten. »Das sehe ich«, antwortete ich; »aber ob Ritter oder nicht Ritter, mein teurer Busqueros, ich warne Sie: Wenn ich Sie in den Häusern, in denen ich aus und ein gehe, beim Herumspionieren treffe, dann behandle ich Sie wie den elendesten Schurken.«

Busqueros setzte die sanfteste Miene auf und erwiderte: »Mein lieber Stiefsohn, deine Worte bedürfen wohl gewisser Erklärungen, aber ich kann sie dir nicht übelnehmen: Ich bin dein Freund und bleibe es. Um es dir zu beweisen, wünsche ich mit dir gewisse bedeutsame Angelegenheiten zu besprechen, die euch beide angehen, dich und insbesondere die Herzogin von Avila. Willst du mehr davon wissen, so übergib dein Pferd dem Stallmeister und komm mit in die nächste Konditorei.«

Da ich neugierig war und mich um die Seelenruhe des Wesens sorgte, das mir von allen das teuerste war, ließ ich mich überreden. Busqueros bestellte ein paar Erfrischungen und begann ins Blaue hinein zu schwatzen. Wir waren allein; aber bald kamen ein paar Offiziere der Wallonischen Garde herein. Sie nahmen Platz und ließen sich Schokolade bringen.

Busqueros beugte sich zu mir herüber und sagte leise: »Lieber Freund, du warst doch ein wenig verärgert, weil du dachtest, ich hätte mich bei der Herzogin von Avila eingeschlichen. Nun habe ich dort ein paar Worte gehört, die mir nicht aus dem Kopf wollen.«

Dabei wollte sich Busqueros schier totlachen und richtete seinen Blick auf die wallonischen Offiziere, worauf er fortfuhr: »Teurer Stiefsohn, die Herzogin sagte zu dir: ›... dort Manuelas Gatte, hier der Witwer Eleonoras.‹«

Indem er dies sagte, brach Busqueros abermals in schallendes Gelächter aus, wobei er ständig zu den wallonischen Offizieren hinübersah. Dieses Spiel wiederholte er mehrmals. Die Wallonen erhoben sich, zogen sich in eine Ecke zurück und sprachen über uns. Plötzlich erhob sich Busqueros und machte sich davon.

Die Wallonen näherten sich unserem Tisch, und einer von ihnen sprach mich mit großer Höflichkeit an: »Meine Kameraden und ich, wir würden uns glücklich schätzen zu erfahren, was Ihr Tischgenosse so lächerlich an uns fand.«

»Caballero«, erwiderte ich, »Ihre Frage ist völlig berechtigt. Mein Gefährte ist in der Tat vor Lachen schier geplatzt, aber den Grund dafür vermag ich nicht zu erkennen. Ich kann Ihnen jedoch versichern, daß es in unserem Gespräch nicht im geringsten um Sie ging, sondern daß es sich um Familienangelegenheiten handelte, in denen schlechterdings nichts Komisches zu finden war.«

»Caballero«, antwortete der wallonische Offizier, »ich muß gestehen, daß Ihre Antwort mich nicht gänzlich befriedigt, obwohl sie mir zweifellos Ehre erweist. Ich werde sie meinen Kameraden mitteilen.«

Die Wallonen schienen den Fall zu beraten und die Meinung meines Gesprächspartners nicht zu teilen.

Kurz darauf kam derselbe Offizier wieder auf mich zu und sagte: »Caballero, meine Kameraden und ich haben uns nicht auf die Folgerungen zu einigen vermocht, die wir aus den Erklärungen, die zu geben Sie die Güte hatten, füglich zu ziehen haben. Meine Kameraden sind der Meinung, wir sollten es damit genug sein lassen. Unglücklicherweise bin ich anderer Ansicht, und das betrübt mich derart, daß ich, um einem Streit aus dem Wege zu gehen, vorgeschlagen habe, jedem einzelnen von ihnen Genugtuung zu geben. Was Sie angeht, Caballero, so gestehe ich, daß ich mich im Grunde an Señor Busqueros halten müßte; ich wage jedoch zu behaupten, daß mir ein Duell mit ihm angesichts seines Rufes kaum Ruhm einzutragen verspricht. Anderseits, Señor, waren Sie in der Gesellschaft von Don Busqueros und haben uns sogar, wenn er lachte, mit dem Blick gestreift. Daher glaube ich, ohne der Sache die geringste Bedeutung beizumessen, es ist rechtens, daß wir unsere Auseinandersetzung mit dem Degen, den jeder von uns an der Seite trägt, beenden.«

Die Kameraden des Hauptmanns suchten ihn vergeblich davon zu überzeugen, daß er kein Motiv habe, sich zu schlagen, weder mit ihnen noch mit mir; da sie jedoch wußten, mit wem sie es zu tun hatten, gaben sie ihre Bemühungen auf, und einer von ihnen erbot sich, mein Sekundant zu sein.

Wir begaben uns alle zum Duellplatz. Ich brachte dem Hauptmann eine leichte Wunde bei, empfing jedoch zugleich einen Stoß in die rechte Seite, den ich wie einen Nadelstich empfand. Kurz darauf überlief mich ein tödlicher Schauer, und ich sank bewußtlos zu Boden.

Als der Zigeuner diese Stelle seiner Abenteuer erreicht hatte, wurde er unterbrochen und mußte sich um die Angelegenheiten seiner Truppe kümmern.

Der Kabbalist wandte sich mir zu und sagte: »Wenn ich mich nicht täusche, war der Offizier, der Avadoro verletzte, Ihr Vater?«

»Sie irren sich nicht«, versetzte ich. »Die Chronik, die mein Vater über seine Duelle führte, erwähnt ihn, und mein Vater führt an, da er einen unnötigen Streit mit den Offizieren fürchtete, die seinen Standpunkt nicht teilten, habe er sich noch am gleichen Tage mit dreien von ihnen duelliert und sie verwundet.«

»Herr Hauptmann«, sagte Rebekka, »damit stellt Ihr Vater seine außerordentliche Umsicht unter Beweis. Die Furcht vor einem unnötigen Streit brachte ihn dazu, am selben Tage viermal ein Duell auszutragen.«

Der Scherz, den sich Rebekka über meinen Vater erlaubte, mißfiel mir ganz und gar, und ich wollte ihr gerade antworten, als die Gesellschaft auseinanderging, um sich erst am nächsten Tage wieder zu versammeln.

Achtundfünfzigster Tag

Am Abend setzte der Zigeuner seine Erzählung folgendermaßen fort:

Fortsetzung der Geschichte des Zigeunerhauptmanns

Als ich wieder zu mir kam, bemerkte ich, daß ich an beiden Armen zur Ader gelassen wurde. Wie durch einen Nebel erkannte ich die Herzogin von Avila, die Herzogin von Sidonia und Toledo. Sechs Wochen lang lag ich in einem Zustand, der einem ununterbrochenen Schlaf glich, ja sogar dem Tode. Da man für mein Sehvermögen fürchtete, blieben die Fensterläden ständig geschlossen, und wenn man meine Wunden versorgte, wurden mir die Augen verbunden.

Endlich konnte ich wieder sehen und sprechen. Mein Arzt brachte mir zwei Briefe. Der erste kam von Toledo: Er teilte mir mit, er sei nach Wien gereist; ich konnte mir nicht vorstellen, mit welchem Auftrag. Den zweiten schickte die Herzogin von Avila, aber er war nicht eigenhändig geschrieben. Sie ließ mich wissen, daß in der Retrada-Straße Nachforschungen angestellt worden waren und daß man sogar begonnen hatte, in ihrem Hause herumzuspionieren. Sie habe die Geduld verloren und sei auf ihre Besitzungen oder, wie man in Spanien zu sagen pflegt, in ihre Herrschaft gereist.

Als ich die beiden Briefe gelesen hatte, ließ der Arzt die Läden wieder schließen und überließ mich meinen Gedanken. Dieses Mal fing ich wirklich ernsthaft nachzudenken an. Bis dahin war mir das Leben wie ein blumenbestreuter Weg vorgekommen; erst jetzt machte ich mit seinen Dornen Bekanntschaft.

Nach weiteren zwei Wochen wurde mir gestattet, in der Kutsche den Prado aufzusuchen. Ich wollte spazierengehen und stieg aus, aber es fehlte mir die Kraft, und ich mußte mich auf eine Bank setzen.

Kurz darauf trat der wallonische Offizier auf mich zu, der mir als Sekundant gedient hatte. Er sagte mir, daß mein Gegner die ganze Zeit über, da ich in Gefahr schwebte, äußerst verzweifelt gewesen sei, und er bitte inständig um die Erlaubnis, mich zu umarmen. Ich willigte ein; mein Gegner warf sich mir zu Füßen, dann drückte er mich an die Brust und sagte abschiednehmend mit tränenerstickter Stimme:

»Señor Avadoro, geben Sie mir Gelegenheit, mich für Sie zu duellieren! Das soll der schönste Tag meines Lebens sein.«

Bald erblickte ich Busqueros, der mit gewohnter Unverfrorenheit auf mich zukam und erklärte: »Mein teurer Stiefsohn, die Lehre, die du empfingst, war ein wenig zu streng; sicher hätte ich sie dir selbst geben müssen, aber so gut wäre es mir nicht geglückt.«

»Teurer Stiefvater«, erwiderte ich, »ich beklage mich gar nicht über die Wunde, die der tapfere Offizier mir zugefügt hat. Ich trage ja selbst einen Degen, denn ich weiß, daß mir dergleichen widerfahren kann. Was aber die Rolle betrifft, die Sie bei der Affaire gespielt haben, so meine ich, daß Sie anständige Stockhiebe dafür verdienen.«

»Nur sachte, lieber Stiefsohn«, sagte Busqueros; »sprechen wir doch nicht von Stockhieben; unter den gegenwärtigen Umständen wären sie völlig fehl am Platze. Seit wir auseinandergingen, bin ich ein einflußreicher Mann geworden, Vizeminister zweiten Ranges sozusagen. Ich muß es dir mit einigen Details erzählen.

Da Seine Eminenz der Kardinal von Portocarrero mich mehrfach im Gefolge des Herzogs von Arcos gesehen hatte, geruhte er mir mit einem Ausdruck besonderen Wohlwollens zuzulächeln. So fühlte ich mich ermutigt, ihm an den Audienztagen meine Aufwartung zu machen.

Eines Tages trat Seine Eminenz auf mich zu und sagte mit gedämpfter Stimme: ›Ich weiß, lieber Busqueros, daß keiner besser über die Vorgänge in dieser Stadt unterrichtet ist als Sie.‹

Mit erstaunlicher Geistesgegenwart erwiderte ich: ›Die Venezianer, Ihro Eminenz, von denen man behauptet, daß sie ihr Land zu regieren verstehen, zählen dieses Wissen zu den Fähigkeiten, die jedem Manne, der sich mit Staatsgeschäften zu befassen wünscht, unerläßlich sind.‹

›Und sie haben recht damit‹, bestätigte der Kardinal; darauf unterhielt er sich noch mit einigen Leuten und brach auf.

Eine Viertelstunde später trat der Hofmarschall an mich heran und sagte: ›Señor Busqueros, Seine Eminenz hat mir aufgetragen, Sie zum Essen einzuladen, und mir scheint, er hat sogar die Absicht, danach mit Ihnen zu sprechen. Sie müssen aber wissen, daß Sie diese Unterhaltung nicht zu sehr in die Länge ziehen dürfen, denn seine Eminenz ißt stark und kann danach nicht umhin einzuschlafen.‹

Ich dankte dem Marschall für seinen freundschaftlichen Rat und blieb mit mehr als zehn Tischgenossen zum Essen. Der Kardinal allein verspeiste fast einen ganzen Hecht.

Nach dem Essen ließ er mich in sein Kabinett rufen. ›Nun, Señor Busqueros‹, sagte er, ›haben Sie nicht dieser Tage etwas Interessantes gehört?‹

Die Frage des Kardinals brachte mich in große Verlegenheit, denn ich hatte tatsächlich weder an diesem Tag noch an den vorangehenden etwas Interessantes erfahren. Indessen überlegte ich einen Augenblick und sagte dann: ›Ihro Eminenz, dieser Tage hörte ich von der Existenz eines Kindes österreichischer Abstammung.‹

Der Kardinal war höchst erstaunt.

›Ja‹, fuhr ich fort, ›Ihro Eminenz wird sich ohne Zweifel erinnern, daß der Herzog von Avila mit der Infantin Beatrice eine geheime Ehe eingegangen war. Aus dieser Verbindung ging eine Tochter namens Eleonora hervor, die später heiratete und ein Kind hatte. Eleonora starb und wurde im Karmeliterinnenkloster begraben. Ich habe ihr Grabmal gesehen, das inzwischen aber spurlos verschwunden ist.‹

›Das könnte den Avila und den Sorriente großen Schaden zufügen‹, sagte der Kardinal. Seine Eminenz hätte vielleicht noch mehr gesagt, wenn nicht der Hecht sein Schlafbedürfnis gefördert hätte; ich hielt es für tunlich, mich zurückzuziehen.

Das spielte sich vor drei Wochen ab. Das Grabmal, mein lieber Stiefsohn, ist tatsächlich von der Stelle, an der ich es sah, verschwunden. Und doch erinnere ich mich genau an die Inschrift *Hier ruht Eleonora Avadoro*. Ich unterließ es, diesen Namen vor Seiner Eminenz zu nennen, nicht etwa um dein Geheimnis zu schützen, sondern um diese Neuigkeit für später aufzuheben.«

Der Arzt, der mich auf meinem Spaziergang begleitete, hatte sich ein paar Schritte entfernt. Plötzlich sah er mich blaß werden und einer Ohnmacht nahe. Er erklärte Busqueros, seine Pflicht zwinge ihn dazu, das Gespräch zu unterbrechen und mich nach Hause zu bringen. Ich fuhr also zurück. Der Arzt ließ mir frische Getränke verabreichen und die Fensterläden schließen. Ich war nur meinen Gedanken überlassen: Gewisse Bemerkungen von Busqueros hatten mich im höchsten Grade gedemütigt.

»So geht es«, sprach ich zu mir selber, »wenn man den Umgang der Hochgestellten sucht. Die Herzogin ist mit mir eine Ehe eingegangen, die in Wirklichkeit gar keine ist. Um einer imaginären Eleonora willen erwecke ich den Verdacht der Mächtigen und muß mir außerdem das Gewäsch eines Menschen anhören, den ich verachte. Anderseits kann ich nicht meine Unschuld nachweisen, ohne die Herzogin bloßzustellen, die viel zu stolz ist, um jemals ihre Verbindung mit mir einzugestehen.«

Dann dachte ich an die kleine Manolita, die nun zwei Jahre alt war und die ich in Sorriente ans Herz gedrückt hatte, ohne daß ich es wagen konnte, sie meine Tochter zu nennen. »Mein liebes Kind«, rief ich aus, »welche Zukunft hält das Schicksal für dich bereit? Etwa das Kloster? Nicht doch, ich bin dein Vater, und wenn es um dein Geschick geht, will ich auf jede Vorsicht pfeifen. Ich will dein Beschützer sein, und wenn ich es mit dem Leben bezahlen müßte!«

Der Gedanke an mein Kind hatte mich erschüttert, und meine Tränen strömten dahin, und bald auch mein Blut, denn meine Wunde hatte sich wieder geöffnet. Ich rief den Chirurgen, und er legte mir wieder einen Verband an; dann schrieb ich an die Herzogin und ließ ihr den Brief durch einen Diener, den sie mir gelassen hatte, zustellen.

Zwei Tage später suchte ich wieder den Prado auf. Überall bemerkte ich eine ungewöhnliche Erregung. Man sagte mir, der König liege im Sterben. Daraus schloß ich, daß man vielleicht meine Angelegenheit vergessen werde, worin ich mich nicht täuschte. Der König starb am nächsten Tag. Ich entsandte sogleich einen zweiten Kurier, um es der Herzogin mitzuteilen.

Zwei Tage darauf wurde des Königs Testament eröffnet, und es wurde bekannt, daß Philipp von Anjou auf den Thron berufen sei. Es war gelungen, dies Geheimnis zu hüten, und als sich die Nachricht verbreitete, erregte sie überall großes Erstaunen. Ich schickte an die Herzogin einen dritten Boten. Sie antwortete mir auf meine drei Briefe und bat mich, sie in Sorriente zu treffen. Sobald ich wieder einigermaßen bei Kräften war, brach ich dorthin auf, und die Herzogin traf zwei Tage später ein.

»Wir sind noch einmal davongekommen«, sagte sie; »diese Canaille von Busqueros war schon auf der richtigen Spur und hätte am Ende mit Sicherheit unsere Ehe entdeckt. Der Kummer hätte mich umgebracht. Gewiß, ich fühle wohl, daß ich damit im Unrecht bin, und ich weiß, wenn ich die Ehe mißachte, erhebe ich mich über mein Geschlecht und selbst über das Ihre. Ein unheilvoller Stolz hat sich meiner Seele bemächtigt; aber selbst wenn ich alle meine Kräfte aufwendete, ihn zu besiegen – ich schwöre Ihnen, es wäre mir nicht möglich.«

»Aber Ihre Tochter«, unterbrach ich sie, »was soll denn ihr Schicksal sein? Und darf ich sie niemals wiedersehen?«

»Sie werden sie sehen«, sagte die Herzogin; »aber sprechen Sie jetzt nicht von ihr. Glauben Sie mir, ich leide mehr an der Notwendigkeit, sie vor der Welt zu verbergen, als Sie es sich vorstellen können.«

Die Herzogin litt tatsächlich; aber meinem Schmerz fügte sie noch die Demütigung hinzu. Auch meine Liebe zur Herzogin war mit Hochmut verbunden; dafür empfing ich nun die verdiente Strafe.

Die österreichische Partei hatte Sorriente zum Ort einer Generalversammlung ausersehen; ich sah den Grafen Oropesa, den Fürsten von Infantado, den Grafen

Melzar und viele andere vornehme Persönlichkeiten eintreffen, um von den geringeren Adligen zu schweigen, von denen mir einige suspekt erschienen. Unter ihnen bemerkte ich einen gewissen Uzeda, der sich als Astrologe ausgab und sich angelegentlich um meine Freundschaft bemühte. Schließlich traf noch ein Österreicher namens Berlepsch ein; er war der Günstling der Königin und seit der Abreise des Grafen Harrach Vertreter der Botschaft.

Man verbrachte einige Tage mit Beratungen, und schließlich fand um einen großen, mit grünem Tuch bedeckten Tisch eine feierliche Sitzung statt. Die Herzogin hatte Zugang zu den Beratungen, und es schien mir, der Stolz oder vielmehr das Verlangen, sich mit den Staatsgeschäften zu befassen, hatte sich ihrer Seele völlig bemächtigt.

Der Graf Oropesa sagte, an Berlepsch gewandt: »Hier, Señor, sehen Sie alle Persönlichkeiten versammelt, mit denen der letzte österreichische Botschafter sich über die spanischen Staatsgeschäfte unterhielt. Wir sind weder Franzosen noch Österreicher, sondern Spanier. Wenn der König von Frankreich das Testament annimmt, wird sein Enkel ohne Zweifel unser König. Es ist wahr, wir vermögen die künftigen Ereignisse nicht vorauszusehen, aber ich kann Ihnen versichern, daß keiner von uns einen Bürgerkrieg vom Zaune brechen wird.«

Berlepsch versicherte, ganz Europa werde unter die Waffen treten und nicht dulden, daß die Bourbonen in so großen Ländern zur Herrschaft griffen. Dann verlangte er, die Fürsten der österreichischen Partei sollten ihre Sendboten nach Wien schicken. Der Graf Oropesa richtete seinen Blick auf mich, ich dachte schon, er wolle mich dazu vorschlagen; aber er wurde nachdenklich und äußerte, der Augenblick für einen so entscheidenden Schritt sei noch nicht gekommen.

Berlepsch erklärte, er werde einen Mann seines Vertrauens im Lande zurücklassen; übrigens konnte er leicht erkennen, daß die an der Sitzung teilnehmenden Herren nur auf einen günstigen Augenblick warteten, um offen zu protestieren.

Nach der Sitzung ging ich in den Garten, um die Herzogin zu treffen und ihr zu berichten, daß der Graf Oropesa, als die Rede davon war, einen Sendboten nach Österreich zu schicken, die Augen auf mich geworfen hatte.

»Señor Don Juan«, sagte sie, »ich muß zugeben, daß wir in diesem Zusammenhang schon von Ihnen gesprochen haben und daß ich selber Sie dazu vorschlug. Sie scheinen geneigt, mir mein Verhalten vorzuwerfen. Gewiß, ich bin schuldig, aber lassen Sie mich Ihnen zunächst meine Lage erklären. Ich war nicht für die Liebe geschaffen; aber Ihre Leidenschaft vermochte mein Herz zu bewegen. Ich sehnte mich danach, die Wonnen der Liebe zu erfahren, bevor ich ihnen für immer entsagte. Was denken Sie nun? Ich lernte Sie kennen, und meine Vorstellungen haben sich nicht geändert. Die Rechte, die ich Ihnen über mein Herz und meine Person einräumte, dürfen, so unerheblich sie auch seien, nicht weiterbestehen. Ich habe auch ihre geringsten Spuren getilgt. Ich habe die Absicht, einige Jahre in der großen Welt zu verbringen und, wenn möglich, dem Schicksal Spaniens eine neue Wendung zu geben. Dann will ich einen Orden adliger Fräulein stiften, dessen erste Oberin ich sein werde.

Sie aber, Don Juan, müssen den Prior Toledo aufsuchen, der Wien verlassen hat und nach Malta gereist ist. Nun könnte Sie die Partei, der Sie jetzt angehören, gewissen Gefahren aussetzen; daher erwerbe ich alle Ihre Güter und transferiere ihren Wert auf meine portugiesischen Besitzungen im Königreich Algarve. Dies, Don

Juan, ist nur eine Vorsichtsmaßnahme, die Sie treffen müssen. Es gibt in Spanien Plätze, die dem Staat unbekannt sind und wo man ungefährdet sein Leben verbringen kann. Ich will Sie einem Menschen empfehlen, der sie Ihnen zeigt. Meine Worte scheinen Sie zu erstaunen, Don Juan. Einst erwies ich Ihnen mehr Zärtlichkeit; aber Busqueros' Spitzeleien haben mich das Fürchten gelehrt, und meine Entscheidung ist unwiderruflich.«

Als die Herzogin dies gesagt hatte, überließ sie mich meinen eigenen Gedanken, die für die Großen dieser Welt nicht sehr schmeichelhaft waren.

»Soll sie doch der Himmel von dieser Erde hinwegtilgen«, rief ich aus, »diese Halbgötter, denen die anderen Sterblichen gar nichts bedeuten! Für diese Frau war ich doch nur ein Spielzeug, an dem sie ausprobieren wollte, ob ihr Herz für die Liebe geschaffen sei, und die mich nun in die Verbannung schickt und dabei noch meint, ich müsse entzückt sein, mich für ihre Sache und für die ihrer Freunde opfern zu dürfen! Aber daraus wird nichts. Da ich so wenig Bedeutung habe, werde ich auch noch mein Leben in Frieden verbringen können.«

Ich hatte diese Worte laut ausgesprochen, und plötzlich antwortete mir eine Stimme: »Nein, Señor Avadoro, in Frieden Ihr Leben verbringen können Sie nicht.«

Ich wandte mich um und erblickte unter den Bäumen den Astrologen Uzeda, den ich schon erwähnte.

»Don Juan«, sagte er zu mir, »ich habe einen Teil Ihres Monologs gehört, und ich kann Ihnen versichern, in einer wilden Zeit kann niemand Frieden finden. Sie stehen unter einem mächtigen Schutz, den Sie nicht zurückweisen sollten. Reisen Sie nach Madrid, tätigen Sie den Verkauf, den die Herzogin Ihnen vorgeschlagen hat, und kommen Sie dann auf mein Schloß.«

»Sprechen Sie mir nicht von der Herzogin!« rief ich empört.

»Nun gut«, sagte der Astrologe, »sprechen wir also von Ihrer Tochter, die sich zur Zeit in meinem Schloß aufhält.«

Das Verlangen, mein Kind zu umarmen, besänftigte meinen Zorn; überdies war es nicht zweckmäßig, meinen Gönnern eine Absage zu erteilen. Ich fuhr nach Madrid und gab vor, ich wolle nach Amerika reisen. Ich übergab mein Haus und meinen ganzen Besitz dem Advokaten der Herzogin, und mit einem Diener, den mir Uzeda verschafft hatte, brach ich auf. Er führte mich auf vielerlei Umwegen zu Uzedas Schloß, das Sie bereits aufgesucht haben und das heute sein Sohn bewohnt, der hier anwesende schätzenswerte Kabbalist.

Der Astrolog empfing mich vor dem Tor und sprach: »Señor Don Juan, an diesem Orte bin ich nicht mehr Uzeda, sondern Mamoun Ben Gersom, Jude nach Religion und Herkunft.«

Dann zeigte er mir sein Observatorium, sein Laboratorium und alle Schlupfwinkel seines geheimnisvollen Wohnsitzes.

»Geruhen Sie mir doch zu erklären«, bat ich ihn, »ob Ihre Kunst auf eine Wirklichkeit begründet ist. Denn man hat mir gesagt, Sie seien ein Astrologe, ja sogar ein Zauberer.«

»Wollen Sie es ausprobieren?« fragte Mamoun. »Blikken Sie in diesen venezianischen Spiegel; inzwischen schließe ich die Läden.«

Zuerst sah ich gar nichts; aber etwas später erhellte sich allmählich das Spiegelglas, und ich erblickte die Herzogin Manuela mit dem Kind in den Armen.

Als der Zigeuner diese Worte gesagt hatte und wir alle die Ohren spitzten, gespannt, was weiter geschehen werde, kam ein Mann seiner Truppe heran, um mit ihm über die Tagesgeschäfte zu sprechen.

Der Zigeunerhauptmann verließ uns, und wir sahen ihn an diesem Abend nicht mehr.

Neunundfünfzigster Tag

Am folgenden Tag erwarteten wir den Abend mit Ungeduld. Als der Zigeuner erschien, waren wir schon lange versammelt. Befriedigt über das Interesse, das wir ihm entgegenbrachten, ließ er sich nicht lange bitten und setzte seine Erzählung folgendermaßen fort:

Fortsetzung der Geschichte des Zigeunerhauptmanns

Ich sagte Ihnen, daß ich den Blick fest auf den venezianischen Spiegel gerichtet hielt, in dem ich die Herzogin mit dem Kind in den Armen erblickte.

Einen Augenblick später war die Erscheinung verschwunden, Mamoun öffnete wieder die Fensterläden, und ich sagte zu ihm: »Señor Hexenmeister, ich glaube nicht, daß Sie die Hilfe der Geister nötig hatten, um meine Augen zu betören. Ich kenne die Herzogin, sie hat mich schon einmal zum Narren gehalten, und zwar auf noch verblüffendere Weise. Kurz und gut, da ich ihr Bild im Spiegel gesehen habe, zweifle ich nicht daran, daß sie sich selber im Schloß befindet.«

»Sie täuschen sich nicht«, erwiderte Mamoun, »und wir werden auf der Stelle mit ihr speisen.«

Er öffnete eine kleine Geheimtür, und ich fiel meiner Frau zu Füßen, die ihre Bewegung nicht verbergen konnte.

Sie faßte sich und sprach: »Don Juan, was ich Ihnen in Sorriente sagte, mußte einmal gesagt werden, denn es ist die Wahrheit, und meine Entschlüsse sind unwiderruflich. Nach Ihrer Abreise habe ich mir jedoch meine Lieblosigkeit vorgeworfen. Das meinem Geschlecht eingeborene Empfinden verabscheut ein Verhalten, in dem man einen Mangel an Herz wahrnehmen könnte. Geleitet von diesem Empfinden, beschloß ich, hier auf Sie zu warten und ein letztes Mal von Ihnen Abschied zu nehmen.«

»Señora«, erwiderte ich, »Sie wurden zum einzigen Traum meines Lebens, der mir die Wirklichkeit hinfort ersetzen wird. Folgen Sie Ihrer Bestimmung und vergessen Sie Don Juan. Ich gebe mich damit zufrieden, aber denken Sie daran, daß ich Ihnen mein Kind lasse.«

»Sie bekommen es bald zu sehen«, unterbrach mich die Herzogin, »und wir wollen es gemeinsam denen anvertrauen, die sich seine Erziehung zur Aufgabe machen sollen.«

Was kann ich Ihnen noch sagen? Es schien mir damals, daß die Herzogin recht hatte, und heute erscheint es mir noch immer so. Hätte ich denn wirklich mit ihr leben können, der ich ihr Mann war, ohne es doch zu sein? Selbst wenn unser Verhältnis der neugierigen Öffentlichkeit entgangen wäre, dem Auge unserer Domestiken wäre es nicht verborgen geblieben, und auf die Dauer hätte sich das Geheimnis nicht bewahren lassen. Das Geschick der Herzogin wäre dann gewiß ganz anders verlaufen; darum schien es mir, sie sei im Recht, und ich fügte mich. Ich sollte bald meine kleine Undine sehen, die so genannt wurde, weil sie nur mit Wasser die Nottaufe empfangen hatte und nicht zeremoniös getauft worden war.

Zum Essen trafen wir uns wieder. Mamoun sagte zur Herzogin: »Señora, ich glaube, wir sollten Don Juan gewisse Dinge mitteilen, die er erfahren muß. Wenn Sie einverstanden sind, tue ich es selbst.«

Die Herzogin stimmte zu.

Mamoun wandte sich mir zu und sagte: »Señor Don Juan, Sie befinden sich hier auf einem Boden, dessen Tiefen sich profanen Augen nicht erschließen und wo jeder ein Geheimnis zu hüten hat. In dieser Bergkette verbergen sich ausgedehnte Höhlen und Gänge. Sie werden von Mauren bewohnt, die sie seit ihrer Vertreibung aus Spanien niemals verlassen haben. In jenem Tal, das sich dort vor Ihren Blicken erstreckt, können Sie sogenannte Zigeuner finden, von denen manche Mohammedaner sind, andere Christen und noch andere, die keiner religiösen Gemeinschaft angehören. Auf der Spitze jenes Felsens sehen Sie einen Kirchturm mit einem Kreuz. Dort steht ein Dominikanerkloster. Die heilige Inquisition hat gute Gründe, vor allem, was hier geschieht, die Augen zu verschließen, und die Dominikaner sind angewiesen, nichts zu sehen. Das Haus, in dem Sie sich jetzt befinden, wird von Israeliten bewohnt. Alle sieben Jahre versammeln sich hier die portugiesischen und spanischen Juden, um das Sabbatjahr zu begehen: Dieses Jahr findet die vierhundertachtunddreißigste Feier zum Gedenken seiner Begehung durch Josua statt. Ich sagte Ihnen schon, daß manche unter den Bewohnern dieses Tals Mohammedaner sind, manche Christen, wieder andere ohne religiöse Gemeinschaft. Die letzteren sind tatsächlich Heiden, die von den Karthagern abstammen. Unter der Herrschaft Philipps II. wurden einige hundert dieser Familien verbrannt; nur einige haben in der Umgebung eines kleinen Sees, der vulkanischen Ursprungs ist, Zuflucht gefunden. Die Dominikaner dieses Klosters unterhalten dort eine Kapelle.

Folgendes nun, Señor Avadoro, haben wir für die kleine Undine vorgesehen, die ihre Herkunft niemals erfahren wird. Die Dueña, die der Herzogin völlig ergeben ist, gilt als ihre Mutter. Wir haben für Ihre Tochter am Ufer des Sees ein hübsches Häuschen bauen lassen; die Dominikaner des Klosters werden ihr die ersten religiösen Grundbegriffe beibringen. Den Rest überlassen wir der Vorsehung. Kein Neugieriger vermag die Ufer des Sees La Frita zu finden.«

Während dieser Rede vergoß die Herzogin ein paar Tränen, und auch ich konnte mich einiger Tränen nicht erwehren. Am nächsten Tag gingen wir ans Ufer dieses Sees, an dem wir uns jetzt befinden, und brachten dorthin die kleine Undine.

Am Tag darauf hatte die Herzogin ihren alten Stolz und ihren Hochmut zurückgewonnen, und ich gestehe, in unserem Abschied lag nicht viel Zärtlichkeit. Ich blieb nicht länger im Schloß; ich nahm ein Schiff, landete in Sizilien und kam mit dem Kapitän Speronara überein, er solle mich nach Malta bringen. Ich suchte den Prior Toledo auf. Mein edler Freund umarmte mich liebevoll, führte mich in ein abgelegenes Zimmer und verschloß die Tür. Eine halbe Stunde später trug mir der Hausmarschall des Priors eine üppige Mahlzeit auf, und gegen Abend kam Toledo selbst, unterm Arm ein Bündel Briefe oder, wie man in der Politik sagt, Depeschen. Am Tag darauf war ich schon wieder mit einer Botschaft für den Erzherzog Don Carlos unterwegs.

Ich traf Seine Kaiserliche Hoheit in Wien. Nachdem ich meine Depeschen übergeben hatte, wurde ich wie in Malta sofort in einer Kammer eingeschlossen.

Nach Ablauf einer Stunde suchte mich der Erzherzog persönlich auf, führte mich zum Kaiser und sprach: »Ich habe die Ehre, Ihro Kaiserlichen und Apostolischen Majestät den Marchese Castelli, einen sardischen Edelmann, vorzustellen und darum zu bitten, ihm den Kammerherrenschlüssel zu übergeben.«

Der Kaiser Leopold gab seiner Unterlippe den sanftestmöglichen Ausdruck und fragte mich auf italienisch, wann ich Sardinien verlassen hätte.

Ich war nicht an das Gespräch mit Monarchen gewöhnt, noch weniger aber ans Lügen; statt einer Antwort begnügte ich mich mit einer tiefen Verneigung.

»Also gut«, sprach der Kaiser; »ich teile Sie dem Gefolge meines Sohnes zu.«

So wurde ich, ohne es zu wollen, zum Marchese Castelli, einem sardischen Edelmann. Noch am gleichen Abend befielen mich heftige Kopfschmerzen; am nächsten Tag bekam ich Fieber, zwei Tage später hatte ich die Blattern. Ich mußte mich in einer Kärntner Herberge angesteckt haben. Meine Krankheit war heftig und äußerst ernst. Doch ich wurde wieder gesund und trug sogar einen Vorteil davon: Der Marchese Castelli ähnelte in nichts mehr dem Don Juan Avadoro; mit der Namensänderung hatte ich auch mein Äußeres verändert. Niemand hätte mehr jene Elvira in mir erkannt, die einstmals Vizekönigin von Mexiko werden sollte.

Nach meiner Genesung wurde mir sogleich die Korrespondenz mit Spanien anvertraut.

Inzwischen war Philipp von Anjou König von Spanien und Indien geworden und herrschte selbst in den Herzen seiner Untertanen. Aber ich weiß nicht, welcher Satan sich genau in solchen Augenblicken in die Geschäfte der Fürsten einmischt: König Philipp und die Königin, seine Gemahlin, wurden gewissermaßen die vornehmsten Untertanen der Fürstin Orsini. Überdies bestellte man den französischen Botschafter, den Kardinal d'Estrées, in den Staatsrat, was die Spanier aufs äußerste erbitterte. Schließlich machte König Ludwig XIV., der sich einbildete, ihm sei alles erlaubt, Mantua zur französischen Garnison. Der Erzherzog Don Carlos schöpfte daraufhin wieder Hoffnung, an die Macht zu gelangen.

Eines Abends zu Anfang des Jahres 1703 ließ mich der Erzherzog zu sich rufen. Er kam mir einige Schritte entgegen und geruhte sogar, mich zu umarmen, und zwar sehr herzlich. Dieser Empfang ließ auf etwas Besonderes schließen.

»Castelli«, sagte der Erzherzog, »haben Sie keine Nachrichten vom Prior Toledo?«

Ich antwortete, daß ich nichts bekommen hätte.

»Er war ein bedeutender Mann«, fügte der Erzherzog kurz darauf hinzu.

»Wie denn – er war?« rief ich aus.

»Ja«, sagte der Erzherzog, »er war es: Der Prior Toledo ist in Malta an einem schleichenden Fieber gestorben, aber in mir sollen Sie einen zweiten Toledo finden. Beweinen Sie Ihren Freund, und bleiben Sie mir treu.«

Über den Verlust meines Freundes vergoß ich heiße Tränen, und ich begriff, daß ich nun immer Castelli bleiben mußte. Gegen meinen Willen wurde ich zum servilen Werkzeug des Erzherzogs.

Ein Jahr darauf reisten wir nach London. Von dort brach der Erzherzog nach Lissabon auf, während ich zum Heer von Lord Peterborough stieß, dessen Bekanntschaft zu machen ich in Neapel die Ehre hatte, wie ich bereits sagte. Als er die Übergabe Barcelonas erzwang, stand ich an seiner Seite, und bei dieser Gelegenheit erwies eine edle und vielgerühmte Tat seinen wahren Charakter. Während der Kapitulationsverhandlungen waren alliierte Truppen in die Stadt eingedrungen und hatten mit der Plünderung begonnen. Der Herzog Popoli, der die Armee im Namen des Königs Philipp befehligte, beklagte sich darüber bei Lord Peterborough.

»Erlauben Sie mir, die Stadt für kurze Zeit mit meinen Engländern zu betreten«, sagte Lord Peterborough, »und ich bürge Ihnen dafür, daß die Ordnung vollkommen wiederhergestellt wird.«

Er tat, was er gesagt hatte; dann zog er wieder aus der Stadt aus und bot ihr eine ehrenvolle Kapitulation an.

Kurz darauf kam der Erzherzog, der fast ganz Spanien erobert hatte, nach Barcelona. Ich nahm wieder meinen Platz an seiner Seite ein, immer noch unter dem Namen des Marchese Castelli. Als ich eines Abends im Gefolge des Erzherzogs über den Hauptplatz spazierte, fiel mir ein Mann ins Auge, dessen bald gemächlicher, bald eiliger Schritt mich an Don Busqueros erinnerte. Ich ließ ihn überwachen. Man berichtete mir, der Mann trage eine falsche Nase und lasse sich Doktor Robusti nennen. Ich zweifelte keinen Augenblick daran, daß dies mein Halunke war, der sich in der Absicht, uns auszuspionieren, in die Stadt geschlichen hatte.

Ich erzählte es dem Erzherzog, der mir unbeschränkte Vollmacht gab, nach Belieben mit ihm zu verfahren. Zunächst befahl ich, den Lumpen bei der Wache einzusperren; dann stellte ich zur Stunde des Appells zwei Reihen Grenadiere auf, von denen jeder mit einer Birkenrute bewaffnet war. Die Leute hatten einen Abstand voneinander, der ihnen erlaubte, den rechten Arm zu schwingen. Als Busqueros aus der Wachstube heraustrat, begriff er sofort, daß diese Vorbereitungen ihm galten und daß er, wie man sagt, der König des Festes sein sollte. Er rannte also, so schnell die Beine ihn trugen, und entging so der Hälfte der Schläge, aber trotzdem empfing er mindestens zweihundert. Im Hafen ließ er sich in eine Schaluppe fallen, die ihn auf eine Fregatte brachte, wo er Muße hatte, seinen Rücken zu kurieren.

Als sich der Zigeuner wieder den Angelegenheiten seiner Truppe widmen mußte, verließ er uns und verschob die Fortsetzung seiner Geschichte auf den folgenden Tag.

Sechzigster Tag

Am nächsten Tag fuhr der Zigeuner folgendermaßen fort:

Fortsetzung der Geschichte des Zigeunerhauptmanns

Nun blieb ich zehn Jahre an der Seite des Erzherzogs. Die besten Jahre meines Lebens verliefen traurig; aber für alle anderen Spanier waren sie tatsächlich nicht heiterer. Tagtäglich schienen die Wirren ein Ende nehmen zu wollen, und tagtäglich brachen sie aufs neue aus. Die Parteigänger Don Philipps verzweifelten an seiner Schwäche für die Fürstin Orsini; Don Carlos' Partei hatte ebensowenig Anlaß zur Freude. Beide Parteien hatten zahlreiche Fehler begangen; allgemein herrschte Müdigkeit und Enttäuschung.

Die Herzogin von Avila, die lange Zeit die Seele der österreichischen Partei gewesen war, hätte sich vielleicht mit der Don Philipps verbündet, wenn sie nicht der unzähmbare Stolz der Fürstin Orsini gekränkt hätte. Diese mußte schließlich den Schauplatz ihrer Taten räumen und wurde nach Rom abberufen; bald kam sie jedoch zurück, triumphierender denn je. Daraufhin reiste die Herzogin von Avila nach Algarve und befaßte sich mit der Gründung ihres Klosters. Die Herzogin von Sidonia verlor Schlag auf Schlag ihre Tochter und ihren Schwiegersohn. Das Geschlecht der Sidonia starb endgültig aus, seine Güter gingen auf die Familie Medina Celi über; die Herzogin selbst begab sich nach Andalusien.

Im Jahre 1711 bestieg der Erzherzog in Nachfolge seines Bruders Joseph den Thron und wurde Kaiser unter dem Namen Karl VI. Der Neid Europas richtete sich nicht mehr gegen Frankreich, sondern auf den neuen Kaiser. Man wollte nicht mehr dulden, daß in Spanien dasselbe Szepter herrsche wie in Ungarn. Die Österreicher räumten Barcelona und hinterließen den Marchese Castelli, dem die Bürger ihr grenzenloses Vertrauen schenkten. Ich scheute keine Mühe, sie zur Vernunft zu bringen, aber meine Versuche blieben vergeblich. Ich weiß nicht, in was für einen Wahn die Katalanen verfielen: Sie glaubten ganz Europa die Stirn bieten zu können.

Während all dies geschah, empfing ich einen Brief der Herzogin von Avila. Sie unterzeichnete sich bereits als Priorin von Val Santo. Der Brief enthielt nur wenige Worte:

Eilen Sie zu Uzeda, sobald Sie können, und versuchen Sie, Undine zu sehen. Versäumen Sie nicht, vorher den Prior des Dominikanerklosters zu sprechen.

Der Herzog Popoli, König Philipps Oberbefehlshaber, belagerte damals Barcelona. Zuvörderst ließ er einen fünfundzwanzig Fuß hohen Galgen errichten, der für den Marchese Castelli bestimmt war.

Ich versammelte Barcelonas vorzüglichste Bürger und sprach zu ihnen: »Señores, ich weiß die Ehre zu schätzen, die Sie mir erweisen, wenn Sie mir Ihr Vertrauen schenken; ich bin jedoch kein Soldat und folglich nicht tauglich zu Ihrem Kommandanten. Sollten Sie im übrigen jemals zur Kapitulation gezwungen werden, so wird die erste Bedingung, die Ihnen auferlegt wird, meine Auslieferung sein, was Ihnen gewiß peinlich wäre. Aus diesen Gründen nehme ich besser Abschied von Ihnen und verlasse Sie für immer.«

Wenn aber das Volk einmal von einem Wahn ergriffen ist, reißt es gern möglichst viele Menschen mit hinein und bildet sich sogar ein, es sei ein Vorteil, wenn es einem den Abzug verweigert. Man erlaubte mir also nicht die Abreise; mein Entschluß war jedoch schon lange gefaßt. Am Ufer erwartete mich ein Boot; um Mitternacht bestieg ich es und landete am nächsten Abend in Floriana, einem andalusischen Fischerdorf.

Ich belohnte die Matrosen reichlich, entließ sie und stieg in die Berge hinauf.

Lange suchte ich meinen Weg, schließlich fand ich Uzedas Schloß und den Eigentümer selbst, der trotz seiner Astrologie Mühe hatte, mich zu erkennen.

»Señor Don Juan«, sagte er, »oder vielmehr Señor Castelli, Ihre Tochter ist bei bester Gesundheit und unbeschreiblich schön. Was alles übrige angeht, so werden Sie mit dem Prior der Dominikaner sprechen.«

Zwei Tage später suchte mich ein Mönch im Greisenalter auf, der zu mir sagte: »Señor Caballero, die heilige Inquisition, der ich angehöre, glaubt in diesen Bergen die Augen vor vielen Dingen verschließen zu müssen. Sie tut es in der Hoffnung, die verirrten Schäflein zu bekehren, die hier sehr zahlreich sind. Das Beispiel dieser Verirrten hat aber einen unseligen Einfluß auf die junge Undine gehabt. Sie ist überhaupt ein Mädchen mit merkwürdigen Vorstellungen. Als wir sie die Grundsätze unserer heiligen Religion lehrten, hörte sie aufmerksam zu und ließ keine Zweifel an der Wahrheit unserer Worte erkennen; im nächsten Augenblick nahm sie am mohammedanischen Gebet, ja, sogar an heidnischen Feiern teil. Gehen Sie zum See La Frita, Señor, und da Sie Ansprüche auf sie besitzen, versuchen Sie, ihr Herz zu ergründen.«

Ich dankte dem ehrwürdigen Dominikaner und begab mich zum Seeufer. Mein Weg führte mich zu einem Kap im Norden des Sees. Ich erblickte einen pfeilschnell über das Wasser gleitenden Segler. Ich bewunderte den Bau des Schiffes. Es war ein schmales, langes Boot in der Form eines Schlittschuhs mit zwei Auslegern, deren Gewicht es vor dem Umschlagen bewahrte. Ein starker Mast trug das Dreieckssegel; ein Mädchen hielt das Ruder gefaßt und schien dahinzuschweben und kaum die Wasseroberfläche zu streifen. Das merkwürdige Schiff landete an der Stelle, an der ich mich befand. Das Mädchen stieg aus; Schultern und Beine waren bloß, ein grünes Seidenkleid modellierte ihren Leib. Das Haar fiel ihr in großen Locken auf den schneeweißen Nacken; manchmal schüttelte sie es gleich einer Mähne. Ihr Anblick ließ mich an die Eingeborenen Amerikas denken.

»Ah, Manuela, Manuela«, rief ich aus. »Das ist also unsere Tochter?«

Ja, sie war es. Ich betrat ihre Wohnung. Undines Dueña war einige Jahre zuvor gestorben; damals war die Herzogin persönlich angereist und hatte ihre Tochter einer wallonischen Familie anvertraut. Aber Undine weigerte sich, eine Autorität über sich anzuerkennen. Übrigens sprach sie wenig, kletterte auf die Bäume, erklomm die Felsen, von denen sie in den See sprang. Es mangelte ihr nicht an Intelligenz. So hatte sie zum Beispiel das zierliche Schiffchen entworfen, das ich eben beschrieb. Es gab nur ein Wort, das sie zum Gehorsam brachte: der Name ihres Vaters; und wenn man etwas bei ihr durchsetzen wollte, so befahl man es ihr »im Namen ihres Vaters«. Als ich ihre Wohnung betrat, wurde gleich beschlossen, sie hereinzurufen. Als sie kam, zitterte sie am ganzen Körper und kniete vor mir nieder. Ich drückte sie ans Herz, überschüttete sie mit Zärtlichkeiten, aber es gelang mir nicht, sie auch nur zu einem einzigen Wort zu bewegen.

Nach dem Essen kehrte Undine zu ihrem Boot zurück; ich stieg mit ein, sie ergriff die Ruder und lenkte es in die Mitte des Sees. Ich versuchte ein Gespräch in Gang zu bringen. Da legte sie die Ruder beiseite und schien mir aufmerksam zuzuhören. Wir befanden uns auf der östlichen Seite des Sees, ganz nahe bei den steilen Felsen, die ihn umgeben.

»Liebe Undine«, sagte ich, »hast du denn auch die strengen Lehren der Klosterväter befolgt? Undine, du bist ein vernunftbegabtes Wesen, du hast eine Seele, und die Religion sollte dich auf deinem Lebensweg leiten.«

Während ich also nach besten Kräften begann, ihr väterliche Vorhaltungen zu machen, sprang Undine plötzlich ins Wasser und war meinen Blicken entschwunden. Von Schrecken erfaßt, kehrte ich sogleich zum Haus zurück und rief um Hilfe. Doch man erklärte mir, es sei nichts zu fürchten, die Felsen seien von Grotten durchzogen, deren Gewölbe miteinander verbunden seien; Undine kenne diese Verbindungsgänge, sie tauche dort gern, verschwinde darin und kehre oft erst nach Stunden wieder zurück. Tatsächlich dauerte es bis zu ihrer Rückkehr nicht lang; allerdings verzichtete ich vorerst auf meine Ermahnungen. Wie ich schon sagte, mangelte es Undine nicht an Intelligenz; da sie aber in der Einsamkeit aufgezogen war und völlig sich selbst überlassen blieb, hatte sie keine Vorstellung davon, was gesellschaftlich üblich war.

Nach einigen Tagen suchte mich im Namen der Herzogin oder vielmehr der Äbtissin Manuela ein Mönch auf. Er gab mir eine Kutte, die der seinen ähnlich war, und sollte mich zu ihr führen. Wir folgten dem Meeresufer bis zur Mündung des Guadiana, gelangten dann nach Algarve und erreichten schließlich Val Santo. Der Klosterbau war fast vollendet. Die Priorin empfing mich mit ihrer gewohnten Würde im Parlatorium; als sich die Zeugen aber entfernt hatten, konnte sie ihrer Bewegung nicht mehr Herr werden. Ihre ehrgeizigen Träume waren verflogen, und geblieben war einzig ihr wehmütiger Schmerz um ihre auf immer verlorene Liebe. Ich wollte mit ihr über Undine sprechen, aber die Äbtissin bat mich seufzend, das Thema auf den nächsten Tag zu verschieben.

»Sprechen wir doch von Ihnen«, sagte sie; »Ihre Freunde haben Sie nicht vergessen. In ihren Händen hat sich Ihr Vermögen verdoppelt; jetzt geht es um die Frage, unter welchem Namen Sie in seinen Genuß gelangen. Daß Sie weiterhin als der Marchese Castelli gelten, ist unmöglich: Der König verzeiht denen nicht, die an der katalonischen Erhebung teilnahmen.«

Wir sprachen lange darüber, ohne zu einem Entschluß zu kommen. Einige Tage später übergab mir Manuela einen Brief, den sie vom österreichischen Botschafter erhalten hatte. Man bot mir in schmeichelhaften Ausdrücken die Rückkehr nach Wien an. Ich gestehe, daß mich nur wenig im Leben so glücklich gemacht hat. Ich hatte dem Kaiser mit Hingabe gedient, und seine Dankbarkeit schien mir der süßeste Lohn.

Ich gab mich indessen keinen trügerischen Hoffnungen hin; ich kannte die höfischen Bräuche nur zu gut. Man hatte es hingenommen, daß ich die Gunst des Erzherzogs genoß, als dieser vergeblich nach dem Thron strebte, doch ich konnte nicht erwarten, daß man mich an der Seite des ersten Monarchen der Christenheit dulden würde. Ich fürchtete vor allem einen österreichischen Herrn, der immer versucht hatte, mir zu schaden; es war der Graf Altheim, der später eine solche Macht gewinnen sollte. Dennoch reiste ich nach Wien und umfing die Knie Seiner Apostolischen Majestät. Der Kaiser geruhte mit mir die Frage zu erörtern, ob es nicht vorzuziehen sei, daß ich den Namen Castelli behielte, statt meinen eigenen wieder anzunehmen, und bot mir einen einflußreichen Posten im Reich an. Seine Güte ging mir nahe, aber eine geheime Ahnung sagte mir, daß ich mich ihrer nicht lange erfreuen würde.

Zu dieser Zeit kehrten einige spanische Herren ihrem Vaterland für immer den Rücken und ließen sich in Österreich nieder, darunter die Grafen Larias, Oyos, Vasquez, Taruca und andere. Ich kannte sie gut, und sie drängten mich, ihrem Beispiel zu folgen; aber der heimliche Feind, von dem ich Ihnen berichtete, lag auf der Lauer. Er hatte alles in Erfahrung gebracht, was bei meiner Audienz zur Rede kam, und den spanischen Botschafter sofort davon verständigt. Dieser glaubte, er komme seinen diplomatischen Pflichten nach, indem er mich verfolge. Gerade zu dieser Zeit wurden wichtige Verhandlungen geführt. Der Botschafter erfand Schwierigkeiten und brachte die auftauchenden Probleme in Zusammenhang mit Betrachtungen über meine Person und die Rolle, die ich gespielt hatte. Er erreichte sein Ziel: Ich bemerkte bald, daß sich meine Situation völlig gewandelt hatte. Meine Anwesenheit schien die Höflinge zu genieren. Da ich diese Veränderung schon vor meiner Ankunft in Wien vorausgesehen hatte, bekümmerte sie mich nicht allzusehr. Ich ersuchte um eine Abschiedsaudienz. Sie wurde mir kommentarlos gewährt, und ich reiste nach London. Erst einige Jahre später kehrte ich nach Spanien zurück.

Ich fand die Äbtissin blaß und kränkelnd. »Don Juan«, sagte sie, »Sie sehen, wie die Jahre mich verändert haben. Ich fühle deutlich, daß sich mein Leben, das jeden Reiz für mich verloren hat, dem Ende zuneigt. Großer Gott! Wie viele Vorwürfe könnten Sie mir mit Recht machen! Hören Sie: Meine Tochter ist als Heidin gestorben, meine Enkelin ist Mohammedanerin. Dieser Gedanke bringt mich um. Sehen Sie hier, und lesen Sie!« Dabei reichte sie mir einen Brief Uzedas, der so abgefaßt war:

Señora, hochehrwürdige Äbtissin!

Als ich die Mauren in ihren Höhlen aufsuchte, erfuhr ich, eine Frau wünsche mich zu sprechen. Sie führte mich in ihre Wohnung und sagte dann: »Señor Astrologe, Sie, der Sie alles wissen, erklären Sie mir doch eine Begebenheit, die meinem Sohn widerfuhr. Als er einen ganzen Tag durch die Schluchten und Abgründe unserer Berge gestreift war, entdeckte er eine berückend schöne Quelle. Ein Mädchen von wunderbarer Schönheit trat ihm entgegen, in das er sich verliebte, obwohl er sie für eine Fee hielt. Mein Sohn ist nun zu einer langen Reise aufgebrochen und bat mich, dieses Geheimnis aufzuklären.«

Dies waren die Worte der Maurin, und ich ahnte gleich, daß die Fee unsere Undine sei, die in der Tat die Gewohnheit hatte, in eine Grotte zu tauchen, um auf der anderen Seite der Quelle wieder zu erscheinen. Um die Maurin zu beruhigen, sagte ich ihr ein paar belanglose Worte und ging zum See hinab. Ich versuchte Undine auszufragen, aber vergeblich; Sie kennen ja ihre Abneigung gegen das Wort, Señora. Bald aber brauchte ich nicht mehr zu fragen: Ihre Figur verriet das Geheimnis. Ich brachte sie zum Schloß, wo sie einer Tochter das Leben gab. Da sie indessen heiß begehrte, wieder zu ihrem See zu gelangen, verschwand sie bald aus dem Schloß und nahm das freie Leben von zuvor wieder auf, und einige Tage später raffte sie eine Krankheit dahin. Um Ihnen nichts vorzuenthalten: Ich kann mich nicht erinnern, daß sie jemals eine Neigung zu der einen oder anderen Religion geäußert hätte. Ihre Tochter aber, die von einem Vater reinsten maurischen Blutes abstammt, muß unstrittig Mohammedanerin werden. Wenn nicht, würden wir die Rache der Höhlenbewohner auf uns ziehen.

»Sie können sich vorstellen, Don Juan«, fügte die Herzogin in tiefster Verzweiflung hinzu, »wie unglücklich ich darüber bin. Meine Tochter als Heidin gestorben, meine Enkelin Mohammedanerin auf immer! Allmächtiger Gott, wie schwer bestrafen Sie mich!«

Als der Zigeuner diese Worte gesprochen hatte, bemerkte er, daß es schon spät war, und ging zu seinen Leuten; und wir alle begaben uns zur Ruhe.

Einundsechzigster Tag

Da wir ahnten, daß sich die Abenteuer des Zigeuners ihrem Ende näherten, erwarteten wir den Abend um so ungeduldiger, und wir hörten noch aufmerksamer zu, als der Hauptmann seine Erzählung fortsetzte:

Fortsetzung der Geschichte des Zigeunerhauptmanns

Vielleicht wäre die verehrungswürdige Äbtissin nicht unter der Last ihrer Erinnerungen zusammengebrochen, wenn sie sich nicht eine schonungslose Buße auferlegt hätte, die ihr erschöpfter Organismus nicht mehr ertrug. Ich sah, daß sie langsam erlosch, und hatte nicht den Mut, sie zu verlassen. Mein Mönchsgewand erlaubte mir jederzeit, das Kloster zu betreten, und eines Tages hauchte die unglückliche Manuela in meinen Armen ihre Seele aus. Damals hielt sich der Herzog von Sorriente, der Erbe der Herzogin, in Val Santo auf. Er sprach mit größtem Freimut zu mir.

»Ihre Verbindung mit der österreichischen Partei, der ich selbst einst angehörte, ist mir bekannt«, sagte er. »Sollten Sie jemals Hilfe brauchen, so zählen Sie auf mich: Ich werde es als eine Gunst betrachten. Eine offene Beziehung zu Ihnen kann ich keinesfalls aufnehmen, ohne uns beide unnötigen Gefahren auszusetzen.«

Der Herzog von Sorriente hatte recht. Die Partei hatte

mich in eine unhaltbare Stellung gebracht. Man hatte mich vorangeschickt, um mich dann bei Bedarf opfern zu können. Mir blieb noch ein bedeutendes Vermögen, das sich leicht transferieren ließ, denn es war der Obhut der Brüder Moro anvertraut. Ich trug mich mit der Absicht, nach Rom oder nach England zu reisen, aber wenn es galt, einen konkreten Plan zu fassen, war ich zu keiner Entscheidung fähig. Die bloße Vorstellung, ich solle in die Welt zurückkehren, ließ mich schaudern. Die Verachtung gesellschaftlicher Beziehungen wurde gewissermaßen zu einer wahren Krankheit meines Gemüts.

Als Uzeda bemerkte, wie ich zögerte und mich zu nichts aufraffen konnte, riet er mir, in den Dienst des Scheichs Gomelez zu treten.

»Worin besteht dieser Dienst?« fragte ich; »ist er nicht eine Bedrohung für den Frieden meines Vaterlands?«

»Durchaus nicht«, erwiderte er; »die Mauren, die sich in diesen Bergen versteckt halten, bereiten eine Umwälzung im Islam vor, dessen Triebkräfte politische Interessen und Fanatismus sind. Um ihr Ziel zu erreichen, können sie über unbegrenzte Mittel verfügen. Einige der bekanntesten spanischen Familien haben um ihres persönlichen Vorteils willen die Verbindung mit ihnen aufgenommen. Die Inquisition bezieht beträchtliche Mittel von ihnen, und in den Tiefen der Erde erlaubt sie, was sie an ihrer Oberfläche nicht dulden würde. Kurz und gut, vertrauen Sie mir, Don Juan, und versuchen Sie, in unseren Tälern mit uns zu leben.«

Ich war der Welt müde und beschloß, dem Rat Uzedas zu folgen. Die mohammedanischen und heidnischen Zigeuner nahmen mich als den Mann auf, der dazu ausersehen war, ihr Anführer zu sein, und schworen mir unbedingte Treue. Die Zigeunerinnen aber bestärkten mich in meiner Entscheidung. Zwei von ihnen gefielen mir besonders: Die eine hieß Quita, die andere Zita. Beide waren hinreißend, und ich wußte nicht, welche Wahl ich treffen sollte. Sie bemerkten mein Zögern und halfen mir aus der Verlegenheit, indem sie mir sagten, bei ihnen könne ein Mann mehrere Frauen haben, und um zu heiraten, bedürfe es keiner religiösen Zeremonie.

Zu meiner Schande muß ich gestehen, daß ich mich zu einem derart liederlichen Leben verführen ließ. Unglücklicherweise gibt es nur ein Mittel, um auf dem Pfade der Tugend zu bleiben: alle Handlungen zu meiden, die von ihrem Lichte nicht ganz durchdrungen sind. Verleugnet ein Mensch seinen Namen, seine Handlungen oder Pläne, so wird er bald dazu Anlaß haben, sein ganzes Leben zu verbergen. Meine Verbindung mit der Herzogin war nur insofern tadelnswert, als ich sie verborgen halten mußte, aber alle Geheimnisse meines Lebens lassen sich notwendigerweise aus dieser ersten Heuchelei herleiten. Ein weit unschuldigerer Zauber hielt mich in diesen Tälern fest: der Reiz des Lebens, das man hier führt. Das Himmelsgewölbe über unseren Häuptern, die Frische der Grotten und Wälder, der Duft der Lüfte, die durchsichtige Klarheit der Gewässer, die Blumen, die unter unseren Schritten aufzublühen schienen, mit einem Wort: die ganze Natur mit ihren Wundern brachte Ruhe in meine Seele, die der Welt und ihres Getümmels müde geworden war.

Meine Frauen schenkten mir zwei Töchter. Da begann ich aufmerksamer der Stimme meines Gewissens zu lauschen. Ich hatte den Schmerz Manuelas miterlebt, der sie ins Grab brachte. Ich beschloß, daß meine Töchter weder Mohammedanerinnen noch Heidinnen werden sollten. Also durfte ich sie nicht sich selbst überlassen. Ich hatte keine Wahl: Ich mußte im Dienste der Gomelez bleiben. Man vertraute mir Angelegenheiten allerhöchster Bedeutung und riesige Geldsummen an. Ich war reich, für mich verlangte ich nichts, aber mit Erlaubnis des Scheichs widmete ich mich, so sehr ich konnte, der Wohltätigkeit. Oft gelang es mir, Menschen vor dem größten Unglück zu bewahren.

Insgesamt führte ich im Schoße der Erde dasselbe Leben, das ich an ihrer Oberfläche geführt hatte. Ich wurde wieder zum diplomatischen Verhändler. Mehrmals begab ich mich nach Madrid und unternahm mehrere Reisen außerhalb der spanischen Grenzen. Dieses tätige Leben gab mir die verlorene Energie zurück. Es wurde mir immer unentbehrlicher.

Unterdessen wuchsen meine Töchter heran. Als ich letzthin nach Madrid reiste, nahm ich sie mit. Zwei adlige Jünglinge konnten ihre Herzen erobern. Die Familien dieser Edelleute stehen mit den Bewohnern unserer Untertagewelt in Verbindung: Wir haben also nicht zu fürchten, daß sie unter die Leute bringen, was ihnen meine Töchter über unsere Täler erzählen könnten. Sobald ich sie verheiratet habe, will ich eine geweihte Zufluchtsstätte wählen, um dort friedlich mein Leben zu vollenden, das ich zwar nicht ganz frei von Tadel führte, das aber doch nicht strafwürdig zu nennen ist.

Sie wünschten, daß ich Ihnen meine Geschichte erzähle; ich hoffe, Sie bedauern nicht Ihre Neugier.

»Ich wüßte ja gern«, sagte Rebekka, »was aus Busqueros geworden ist.«

»Das sollen Sie gleich erfahren«, antwortete der Zigeuner. »Die Bastonnade von Barcelona hat ihn vom Spionieren geheilt; da er sie aber unter dem Namen Robusti empfangen hatte, nahm er an, das könne der Ehre von Busqueros keinerlei Abbruch tun. So bot er dem Kardinal Alberoni unverfroren seine Dienste an und wurde in seinem Ministerium ein recht mäßiger Intrigant, ein reduzierter Abklatsch seines Gönners, der selbst unter Intriganten hochgerühmt war.

Später wurde Spanien von einem anderen Abenteurer namens Riperda regiert. Unter seiner Herrschaft erlebte Busqueros noch glückliche Tage; aber die Zeit, die auch den brillantesten Karrieren ein Ende setzt, beraubte Busqueros der Fähigkeit, seine Beine zu bewegen. Noch in gelähmtem Zustand ließ er sich auf die Plaza del Sol tragen und ging seiner seltsamen Tätigkeit nach, indem er Vorübergehende ansprach und sich, wenn möglich, in ihre Angelegenheiten einmischte. Zuletzt sah ich ihn in Madrid an der Seite der lächerlichsten Figur der Welt, in der ich den Poeten Agudez erkannte. Das Alter hatte ihn des Augenlichts beraubt, und der Ärmste tröstete sich mit dem Gedanken, daß auch Homer blind war. Busqueros berichtete ihm das neueste Gerede, Agudez machte seine Verse daraus, und manchmal lauschten ihm die Leute mit Vergnügen, obwohl ihm nur ein schwacher Schatten seines einstigen Talents geblieben war.«

Dann fragte ich: »Señor Avadoro, was ist aus Undines Tochter geworden?«

»Das sollen Sie später erfahren; jetzt müssen Sie sich fertigmachen zum Aufbruch.«

Wir machten uns wieder auf den Weg und gelangten nach einem langen Marsch in ein tief eingeschnittenes Tal, das allseits von Felsen umgeben war.

Als die Zelte aufgeschlagen waren, trat der Zigeunerhauptmann an mich heran und sagte: »Señor Alfonso, nehmen Sie Mantel und Degen und folgen Sie mir.«

Nach etwa hundert Schritten gelangten wir zu einer Öffnung im Felsen, durch die ich in einen langen, dunklen Gang hineinblickte.

»Señor Alfonso«, sagte der Hauptmann, »wir kennen Ihren Mut; übrigens betreten Sie diesen Weg nicht zum ersten Mal. Folgen Sie dem Gang und stoßen Sie wie beim letzten Mal in die Tiefe der Erde vor. Ich lasse Sie allein; hier müssen wir uns trennen.«

Ich erinnerte mich an meinen letzten Marsch und ging in der Dunkelheit einige Stunden lang ruhig voran. Endlich sah ich ein Licht und gelangte zu dem Grab, an dem ich den alten Derwisch von einst wieder im Gebet erblickte.

Beim Geräusch meiner Schritte wandte er sich um und sprach: »Seid willkommen, junger Mann! Mit Vergnügen sehe ich Euch wieder kommen. Für den einen Teil unseres Geheimnisses habt Ihr Wort zu halten vermocht; nunmehr werden wir es Euch ganz enthüllen und brauchen Euch nicht mehr um Euer Schweigen zu bitten. Ruht indessen aus und kommt wieder zu Kräften.«

Ich setzte mich auf einen Stein, und der Derwisch brachte mir einen Korb, in dem ich Fleisch, Brot und Wein fand. Ich sättigte mich. Dann versetzte der Derwisch einer Wand des Grabmals einen Stoß, sie drehte sich in den Angeln und gab eine Wendeltreppe frei.

»Steigt dort hinab«, sagte er, »Ihr werdet schon sehen, was zu tun ist.«

In der Finsternis zählte ich noch an die tausend Stufen und erreichte eine von mehreren Lampen erhellte Höhle. Auf einer Steinbank sah ich stählerne Meißel und Hämmer vom gleichen Metall aufgereiht. Vor der Bank funkelte eine mannsstarke Goldader. Das Metall war dunkelgelb und schien völlig rein. Ich begriff, was man von mir erwartete: Ich sollte soviel Gold herausbrechen, wie ich konnte.

Ich ergriff mit der Linken einen Meißel, mit der Rechten einen Hammer und wurde in kürzester Zeit zu einem recht geschickten Erzgräber; aber die Meißel stumpften ab, und ich mußte sie oft austauschen. Nach drei Stunden hatte ich mehr Gold abgebaut, als ein Mensch wegtragen kann.

Da bemerkte ich, daß Wasser in die Höhle eindrang. Ich stieg die Stufen hoch, aber das Wasser stieg weiter, und folglich mußte ich die Höhle verlassen. Vor dem Grab fand ich den Derwisch wieder. Er segnete mich und zeigte mir eine andere Wendeltreppe, die aufwärts führte. Ich machte mich daran, sie zu erklimmen, und als ich wiederum etwa tausend Stufen gestiegen war, stand ich in einem runden Saal, der von unzähligen Lichtern erhellt war, deren Schein von den Glimmer- und Opalplatten, die die Wände schmückten, zurückgeworfen wurde.

Im Hintergrund des Saals stand ein goldener Thron, auf dem ein Greis saß. Ein schneeweißer Turban wand sich um sein Haupt. Ich erkannte in ihm den Einsiedler aus dem Tal. Bei ihm standen reich geschmückt meine Cousinen, und weiß gekleidete Derwische umgaben ihn.

»Junger Nazarener«, sprach der Greis zu mir, »Ihr erkennt in mir den Eremiten, der Euch im Tale des Guadalquivir aufnahm, und Ihr ahnt wohl auch, daß ich der Großscheich der Gomelez bin. Ihr erinnert Euch gewiß an Eure zwei Gattinnen. Der Prophet hat ihre fromme Hingabe gesegnet, beide werden Mutter sein und das Geschlecht begründen, das dazu ausersehen ist, den Nachkommen Alis das Kalifat zurückzugeben. Ihr habt die Hoffnungen, die wir in Euch setzten, nicht enttäuscht: Ihr seid ins Lager zurückgekehrt, ohne auch nur mit dem geringsten Wort zu verraten, was Ihr in unserer unterirdischen Welt erlebt hattet. Allah netze Eure Stirn mit dem Tau des Glücks!«

Mit diesen Worten stieg der Scheich vom Thron herunter und umarmte mich; desgleichen taten meine Cousinen. Die Derwische wurden entlassen, und wir betraten einen zweiten Saal, wo im Hintergrund bereits das Abendessen vorbereitet war. Dort gab es keine feierlichen Reden, keine mohammedanischen Bekehrungsversuche. Festlich-heiter verbrachten wir einen großen Teil der Nacht.

Zweiundsechzigster Tag

Am nächsten Tag wurde ich abermals in die Mine geschickt, in der ich die gleiche Menge Gold gewann wie am Vortag. Abends begab ich mich zum Scheich, bei dem ich auch meine beiden Gattinnen traf. Ich bat ihn, meine Wißbegierde in mehreren Fragen, die mir nicht aus dem Kopf gingen, zu befriedigen, vor allem aber in Hinsicht auf sein eigenes Schicksal.

Der Scheich erwiderte, jetzt sei tatsächlich der Augenblick gekommen, in dem mir das Geheimnis vollständig enthüllt werden solle, und begann seine Geschichte folgendermaßen:

Die Geschichte des Großscheichs der Gomelez

In mir seht Ihr den zweiundfünfzigsten Nachfolger Masud Ben Tahers, des ersten Scheichs der Gomelez, der den Kasr errichtete und der am letzten Tag jeder Mondperiode verschwand, um erst am darauf folgenden Freitag wieder zu erscheinen.

Über gewisse Gegenstände haben Euch Eure Cousinen schon unterrichtet; ich will ihre Erzählung ergänzen und Euch alle unsere Geheimnisse anvertrauen. Die Mauren hatten Spanien schon einige Jahre bewohnt, als sie daran dachten, sich in den Tälern der Alpujarras niederzulassen. Diese Täler waren damals vom Volksstamm der Turduler oder Turdetaner besiedelt. Die Einwohner selbst nannten sich Tharsis und behaupteten, einst die Gegend von Cadix bewohnt zu haben. Sie benutzten noch etliche Wörter ihrer alten Sprache und konnten sie sogar schreiben. In Spanien nannte man ihre Buchstaben *desconocidas*. Unter der Herrschaft Roms und später der Westgoten zahlten die Turdetaner hohe Tribute und konnten dafür ihre Freiheit und ihren alten Glauben bewahren. Sie verehrten ihren Gott unter dem Namen Jahh und brachten ihm Opfer auf dem Berge Gomelez Jahh, was in ihrer Sprache »Berg Jahh« bedeutet. Die arabischen Eroberer, Feinde der Christen, haßten die Heiden oder diejenigen, die sie dafür hielten, noch mehr.

Eines Tages entdeckte Masud in den unterirdischen Gewölben des Schlosses einen Stein, der mit altertümlichen Lettern bedeckt war. Er drehte ihn um und erblickte eine Wendeltreppe, die ins Innere des Berges führte. Masud ließ sich eine Fackel bringen und stieg allein hinab. Er fand Säle, Öffnungen, Gänge; da er fürchtete, er könne sich verirren, machte er kehrt. Am Tag darauf suchte er wieder die unterirdische Welt auf und entdeckte unter seinen Füßen blanke, glänzende Plättchen. Er hob sie auf, nahm sie mit nach oben und fand heraus, daß es reines Gold war. Er unternahm einen dritten Vorstoß, und als er dem Goldstaub nachging, gelangte er zu eben der Goldader, an der Ihr gearbeitet habt. Der Anblick dieser Reichtümer nahm ihm den Atem. Er ging schnell zurück und unterließ keine denkbare Vorsichtsmaßregel, um seinen Schatz vor den Augen der Welt zu verbergen. Über dem Eingang der unterirdischen Gewölbe ließ er eine kleine Moschee errichten und gab sich den Anschein, als wolle er dort bei Gebet und Meditation ein Eremitenleben führen. Indessen arbeitete er unermüdlich an seiner Goldader und baute von dem kostbaren Metall ab, soviel er konnte. Die Arbeit ging unendlich langsam voran, denn er konnte es nicht wagen, einen Helfer anzustellen, und obendrein mußte er sich die für die Minenarbeit unerläßlichen Stahlwerkzeuge heimlich verschaffen.

Da begriff Masud, daß Reichtum allein noch keine Macht verleiht. Er hatte mehr Gold zur Hand als alle Fürsten der Welt zusammen; er hatte unerhörte Anstrengungen unternommen, um es zu fördern, und wußte doch nicht, was er mit dem Gold anfangen und wo er es verstecken sollte.

Masud war ein glühender Anhänger des Propheten und ein fanatischer Parteigänger Alis. Er glaubte, der Prophet selbst habe ihm das Gold gewiesen und überantwortet, damit das Kalifat wieder seiner Familie, das heißt den Nachkommen Alis, zufalle und die ganze Menschheit durch sie zum Islam bekehrt werde. Diese Idee bemächtigte sich seiner Seele. Ihr gab er sich mit um so mehr Begeisterung hin, als die Herrschaft der Omaijadenfamilie in Bagdad ins Wanken geriet und man Hoffnung schöpfte, daß die Abkommen Alis wieder den Thron besteigen könnten. Tatsächlich waren die Abbasiden im Begriff, die Omaijaden auszurotten, aber Alis Nachkommenschaft hatte keinen Vorteil davon, im Gegenteil: Einer der Omaijaden kam sogar nach Spanien und wurde Kalif von Córdoba.

Masud sah sich mehr denn je von Feinden umgeben, konnte sich aber geschickt verbergen. Für den Augenblick verzichtete er sogar darauf, seine Pläne zu verwirklichen; aber er gab ihnen eine Form, die sie gewissermaßen für die Zukunft bewahrten. Er erwählte sechs Oberhäupter seiner Generation, ließ sie einen feierlichen Eid schwören, enthüllte ihnen das Geheimnis der Goldader und sprach zu ihnen:

»Seit zehn Jahren bin ich im Besitz dieses Schatzes und konnte noch keinen Nutzen daraus ziehen. Wäre ich jung, so hätte ich Kämpfer um mich scharen und durch Gold und Schwert meine Herrschaft errichten können. Aber ich entdeckte meinen Reichtum zu spät. Ich war als Anhänger Alis bekannt, und man hätte mich zweifellos ermordet, bevor ich dazu gekommen wäre, eine Partei zu gründen. Ich setze meine Hoffnung darauf, daß unser Prophet das Kalifat wieder seiner Familie übergibt und daß sich dann die ganze Welt seinem Glauben anschließt. Der Augenblick dazu ist noch nicht da, aber es gilt ihn vorzubereiten. Ich unterhalte Beziehungen zu Afrika, wo ich insgeheim die Aliden unterstütze, aber es gilt ebenfalls, die Kräfte unserer Familie in Spanien zu stärken. Vor allem müssen wir das Geheimnis der Herkunft unserer Mittel hüten. Wir dürfen nicht alle denselben Namen tragen. Du, mein Vetter Zegris, läßt dich also mit deiner ganzen Familie in Granada nieder. Meine eigene bleibt in den Bergen und behält den Namen Gomelez bei. Andere ziehen nach Afrika und heiraten dort die Fatimidentöchter. Unser besonderes Bemühen muß der Jugend gelten; wir müssen ihre Seelen erforschen und sie Prüfungen aller Art unterwerfen. Findet sich eines Tages unter ihnen ein junger Mann, der sich als außerordentlich fähig und mutig erweist, so wird er den Entschluß fassen müssen, die Abbasiden zu stürzen, die Omaijaden völlig auszumerzen und das Kalifat den Nachkommen Alis wiederzugeben. Meiner Ansicht nach müßte der künftige Sieger den Namen des Mahdi, also des zwölften Imam, annehmen und die Worte des Propheten auf sich beziehen, die besagen, die Sonne werde im Westen aufgehen.«

Dies waren Masuds Pläne. Er verzeichnete sie in einem Buch, und von dieser Stunde an unternahm er nichts, ohne den Rat der sechs Stammesoberhäupter einzuholen. Schließlich verzichtete er auf sein Amt und übergab einem von ihnen die Würde des Großscheichs und das Schloß Kasr Gomelez.

Acht Scheichs folgten einander. Die Zegris und die Gomelez erwarben die schönsten Besitzungen in Spanien, andere Familien zogen nach Afrika, besetzten wichtige Posten und verbanden sich mit den mächtigsten Familien.

Am Ende des zweiten Jahrhunderts der Hedschra wagte es ein Zegris, sich zum Mahdi, also zum legitimen Oberhaupt, auszurufen. Er machte Kairuan, eine Tagereise von Tunis entfernt, zu seiner Hauptstadt, eroberte ganz Afrika und wurde zum Oberhaupt des fatimidischen Kalifengeschlechts. Der Scheich des Kasr Gomelez sandte ihm eine Menge Gold, mußte aber mehr denn je darauf bedacht sein, sein Geheimnis zu wahren, denn die Christen gewannen langsam die Oberhand, und man fürchtete, der Kasr könne ihnen in die Hände fallen. Bald sollten noch andere Sorgen den Scheich bedrängen: der plötzliche Aufstieg der Abencérages, einer Familie, die uns feindlich gesinnt und deren Einstellung der unseren entgegengesetzt war. Die Zegris und die Gomelez waren wild, verschlossen, aber darauf bedacht, ihren Glauben zu verbreiten. Die Abencérages dagegen waren sanftmütig, den Frauen gegenüber galant und Freunde der Christen. Sie waren zu einem gewissen Maße in unsere Geheimnisse eingedrungen und stellten uns allenthalben Fallen.

Die Nachfolger des Mahdi eroberten Ägypten und wurden von Syrien und Persien anerkannt. Die Macht der Abbasiden fiel in sich zusammen. Turkmenische Fürsten eroberten Bagdad; dennoch verbreitete sich die Lehre Alis nur langsam, und die Sunniten behaupteten stets ihre Vormachtstellung.

In Spanien erzeugte das Beispiel der Abencérages einen fortschreitenden Sittenverfall. Die Frauen zeigten sich unverschleiert, die Männer seufzten zu ihren Füßen. Die Scheichs des Kasr verließen nicht mehr ihr Schloß und rührten das Gold nicht an. Dieser Zustand dauerte fort; schließlich verbündeten sich die Zegris mit den Gomelez im Wunsch, ihren Glauben und das Königreich zu retten, gegen die Abencérages und töteten sie im Löwenhof ihres eigenen Palastes, der Alhambra hieß.

Dieses verhängnisvolle Ereignis beraubte Granada eines beträchtlichen Teils seiner Verteidiger und beschleunigte seinen Fall. Die Täler der Alpujarras folgten dem Beispiel des ganzen Landes und ergaben sich den Siegern. Der Scheich des Kasr Gomelez zerstörte sein Schloß und fand in denselben unterirdischen Gemächern Zuflucht, in denen du Zoto und seine Brüder trafst. Sechs Familien versteckten sich mit ihm im Inneren der Erde, die anderen flüchteten sich in benachbarte Höhlen, deren Eingänge in anderen Tälern lagen.

Einige Zegris und Gomelez traten zum christlichen Glauben über oder täuschten ihre Bekehrung vor. Unter ihnen befand sich die Familie Moro, die vorher in Granada ein Handelshaus unterhalten hatte und deren Angehörige später Hofbankiers wurden. Sie brauchten keinen Geldmangel zu fürchten, denn ihnen standen alle unterirdischen Schätze zur Verfügung. Ihre Beziehungen zu Afrika, vor allem mit dem Königreich Tunis, erhielten sie aufrecht. So verlief alles recht glimpflich bis zur Epoche Karls, des Kaisers und spanischen Königs. Das Gesetz des Propheten, das in Spanien nicht mehr dieselbe Ausstrahlung hatte wie zur Zeit der Kalifen, verbreitete sich dafür dank der osmanischen Eroberungen in Europa.

Zu dieser Zeit drang die Zwietracht, die alles auf der Erde zerstört, auch unter ihre Oberfläche, das heißt in unsere Höhlen ein. Die Enge der Räume fachte die Rivalitäten zusätzlich an. Sefi und Billah stritten um die Würde des Scheichs, die zu begehren sich tatsächlich lohnte, denn sie gewährte zugleich das Recht, über die unerschöpfliche Goldader zu verfügen. Da Sefi sah, daß er der Schwächere war, wollte er sich mit den Christen verbünden: Billah stieß ihm den Dolch in die Brust. Dann beschäftigte ihn die allgemeine Sicherheit der Höhlen. Ihr Geheimnis wurde auf ein Pergament aufgezeichnet und dieses quer zur Schrift in sechs Streifen zerschnitten. So konnte man es nur lesen, wenn man die Streifen wieder zusammenfügte. Jedes der sechs Stammeshäupter erhielt einen, zugleich wurde ihm das mit der Todesstrafe belegte Verbot erteilt, ihn anderen weiterzugeben. Der Eingeweihte trug seinen Streifen auf der rechten Schulter. Billah behielt sich das Recht über Leben und Tod aller Bewohner der Höhlen und ihrer Umgebung vor. Der Dolch, den er Sefi in die Brust gestoßen hatte, wurde Symbol seiner Macht und wurde an seinen Nachfolger weitergegeben. Nachdem Billah also in den Höhlen ein strenges Regiment eingeführt hatte, wandte er seine unerschöpfliche Energie den Angelegenheiten Afrikas zu. Die Gomelez waren dort auf mehrere Throne gelangt. Sie regierten in Taroudant und Tlemcen. Aber die Afrikaner sind wetterwendische Leute, die vor allem den Eingebungen ihrer Leidenschaften folgen, und Gomelez' Unternehmungen in diesem Teil der Welt hatten nie den erhofften Erfolg.

Zu dieser Zeit begann die Verfolgung der Mauren, die in Spanien geblieben waren. Billah verstand diesen Umstand geschickt zu nutzen. Äußerst wendig entwickelte er zwischen den Höhlenbewohnern und den hohen Würdenträgern des Staates ein System gegenseitiger Hilfe. Letztere glaubten bloß ein paar maurische Familien zu beschützen, die nur ein friedliches Leben führen wollten; in Wirklichkeit begünstigten sie die Pläne des Scheichs, der ihnen zur Belohnung seine Börse öffnete. In unseren Annalen kann ich übrigens nachlesen, daß Billah jene Prüfungen einführte oder vielmehr wiedereinführte, denen sich die jungen Männer unterziehen mußten, um ihre Charakterfestigkeit zu erweisen. Vor Billah waren sie der Vergessenheit anheimgefallen.

Kurz darauf kam es zur Vertreibung der Mauren. Der Scheich der Höhlen hieß damals Kader. Er war ein Weiser, der kein Mittel ungenutzt ließ, das die Sicherheit der Höhlen gewährleisten konnte. Die Bankiers Moro gründeten eine Vereinigung der Notabeln, die Mitleid mit den Mauren heuchelten; unter dieser Maske erwiesen sie ihnen tausend Dienste und ließen sie sich großzügig bezahlen.

Die nach Afrika vertriebenen Mauren beseelte ein Rachegeist, der sie fortgesetzt anstachelte. Man hätte glauben können, dieser ganze Erdteil wolle sich erheben und über Spanien herfallen; aber die afrikanischen Länder erklärten sich bald gegen die Mauren. Umsonst flossen in Bürgerkriegen Ströme von Blut, umsonst verausgabten die Scheichs der Höhlen ihr Geld mit vollen Händen: Der unerbittliche Moulay Ismaïl nutzte die Zwietracht und gründete den Staat, der noch heute Bestand hat.

Nun gelange ich zur Zeit meiner Geburt und spreche von mir selber.

Als der Scheich diese Worte gesprochen hatte, meldete man ihm, das Abendessen sei aufgetragen, und der Abend verlief wie die vorangegangenen.

Dreiundsechzigster Tag

Am Morgen schickte man mich wieder unter Tage. Ich machte mich aufs neue daran, soviel Gold wie möglich abzubauen; übrigens war ich schon an diese Arbeit gewöhnt, denn ich hatte ganze Tage damit zugebracht. Am Abend suchte ich den Scheich wieder auf, bei dem ich meine Cousinen wiedersah, und bat ihn, in seiner Erzählung fortzufahren, was er folgendermaßen tat:

Fortsetzung der Geschichte des Großscheichs der Gomelez

Ich habe Euch mit der Geschichte unserer unterirdischen Herrschaft bekannt gemacht, so gut ich konnte. Nunmehr will ich Euch meine eigenen Erlebnisse erzählen. Ich wurde in einer weiträumigen Höhle geboren, die an diese hier angrenzt. Das Tageslicht drang dort nur indirekt herein, der Himmel war nicht zu sehen. Manchmal traten wir aber in Felsspalten hinaus, um frische Luft zu schöpfen, und dort konnten wir einen kleinen Ausschnitt der Himmelskuppel und oft sogar die Sonne sehen. An der Oberfläche der Erde besaßen wir ein wenig Boden, auf dem wir Blumen züchteten. Mein Vater war eines der sechs Stammesoberhäupter; daher lebte er mit seiner ganzen Familie in den Höhlen. Seine Seitenverwandten, die als Christen galten, lebten im Tal. Manche hatten sich in Albaicín niedergelassen, einer Vorstadt von Granada.

Ihr wißt, daß dort keine Häuser stehen und daß die Menschen Höhlen an den Bergflanken bewohnen. Einige dieser sonderbaren Behausungen waren mit bestimmten Gängen verbunden, die sich bis in unsere Höhlen erstreckten. Wer in unserer Nähe wohnte, kam jeden Freitag, um mit uns zu beten; wer einen weiteren Weg hatte, kam nur zu den großen Festtagen. Meine Mutter sprach spanisch mit mir, mein Vater arabisch. So fing ich an, beide Sprachen zu beherrschen, vor allem aber das Arabische. Ich lernte den Koran auswendig und vertiefte mich in seine Kommentare. Schon in frühester Kindheit wurde ich zum leidenschaftlichen Mohammedaner und Jünger Alis; gegen die Christen hatte man mir einen glühenden Haß eingehämmert. Alle diese Gefühle wurden sozusagen schon mit mir geboren und wuchsen in der Düsternis unserer Höhlen heran.

Ich erreichte mein achtzehntes Lebensjahr, und seit einiger Zeit schienen die Gewölbe der Höhlen auf mir zu lasten und mich zu erdrücken. Ich dürstete nach frischer Luft; dieses Gefühl beeinträchtigte meine Gesundheit; meine Kräfte ließen nach, und ich erschlaffte zusehends. Meine Mutter erkannte diesen Zustand als erste. Sie suchte meine Seele zu erforschen; ich gestand ihr alle meine Empfindungen. Ich beschrieb ihr das Gefühl der Bedrückung, das auf mir lastete, die seltsame Unruhe meines Herzens, der ich nicht Ausdruck zu geben vermochte. Ich fügte hinzu, daß ich unbedingt eine andere Luft atmen, den Himmel, die Wälder und Berge, das Meer, die Menschen sehen wollte, und daß ich sterben müßte, wenn mir dies nicht gewährt würde.

Meine Mutter vergoß ein paar Tränen und sprach: »Lieber Masud, wir alle kennen diese Krankheit. Ich selbst litt daran, und damals wurden mir ein paar Ausflüge zugestanden. Ich reiste nach Granada und sogar noch weiter. Bei dir aber soll es anders verlaufen. Für dich hat man große Pläne geschmiedet: Bald wirst du in die Welt hineingestoßen, und du sollst viel weiter gelangen, als ich es wünschte. Komme jedoch morgen vor Tag zu mir, ich werde dafür Sorge tragen, daß du reine Luft atmen kannst.«

Am nächsten Tag suchte ich zur bezeichneten Stunde meine Mutter auf.

»Lieber Masud«, sprach sie, »willst du frischere Luft atmen als die unserer Höhlen, so übe dich in Geduld. Wenn du einige Zeit unter diesem Felsen vorankriechst, so gelangst du zu einer tiefen, sehr engen Schlucht, in der die Luft jedoch freier ist als bei uns. Hie und da kannst du sogar die Felsen ersteigen und sehen, daß sich zu deinen Füßen ein unendlicher Horizont erstreckt. Dieser Felsengang war zu Anfang nur ein Spalt, der sich dann in mehrere Richtungen verzweigt. Es ist ein Labyrinth mehrerer einander kreuzender Pfade. Nimm also ein paar Kohlestücke und markiere an jeder Abzweigung den Weg, den du gekommen bist; nur so kannst du verhindern, daß du dich verirrst. Nimm einen Sack Vorräte mit; Wasser findest du hinreichend. Ich hoffe, daß du niemandem begegnest, aber stecke auf alle Fälle einen Jatagan in den Gürtel. Wenn ich deinen Wünschen nachkomme, setze ich mich großen Gefahren aus; halte dich also nicht zu lange auf.«

Ich dankte meiner guten Mutter, begann voranzukriechen und gelangte in einen engen, in den Fels gehauenen Gang, dessen Wände dennoch mit Vegetation bedeckt waren. Dann erblickte ich das Ufer eines kleinen Sees mit klarem Wasser und ein wenig weiter noch mehrere einander kreuzende Felsspalten. Das Tosen eines Wasserfalls zog meine Aufmerksamkeit auf sich. Ich folgte dem Bachlauf und kam an die Stelle, wo er in den See mündete. Es war ein bezaubernder Ort. Einen Augenblick stand ich stumm vor Bewunderung; dann begann mich der Hunger zu plagen. Ich holte die Vorräte aus dem Sack, führte die vom Propheten vorgeschriebenen Waschungen aus und tat mich am Mundvorrat gütlich. Als ich meine Mahlzeit beendet hatte, wiederholte ich die Waschungen, dachte an meine Rückkehr zu den Höhlen und ging den Weg zurück, den ich gekommen war. Plötzlich vernahm ich im Wasser ein merkwürdiges Rauschen: Ich wandte mich um und sah, daß aus einer Quelle eine Frau hervorstieg. Das nasse Haar verhüllte sie fast vollkommen, aber dazu trug sie noch ein Kleid aus grüner Seide, das sich den Formen ihres Körpers anschmiegte. Als die Fee dem Wasser entstiegen war, verbarg sie sich in den Büschen und trat daraus in trockener Kleidung hervor, das nasse Haar von einem Kamm gebändigt.

Sie kletterte auf einen Felsen, sicher um die Aussicht zu genießen, und kehrte dann zur Quelle zurück, aus der sie gestiegen war. Eine unwillkürliche Regung ließ mich ihr in den Weg treten. Zuerst erschrak sie, aber ich fiel vor ihr auf die Knie, und diese demütige Haltung beruhigte sie eine wenig. Sie kam näher, faßte mich am Kinn, hob meinen Kopf an und küßte mich auf die Stirn. Dann warf sie sich blitzschnell in den See und verschwand. Ich war überzeugt, es handle sich um eine Fee oder eine *péri*, wie man sie in unseren Märchen nennt. Dennoch ging ich zu dem Busch, hinter dem sie sich versteckt hatte, und ich fand dort ihr Kleid, das zum Trocknen aufgehängt war.

Ich hatte keinen Grund, mich länger aufzuhalten, und kehrte in die Höhle zurück. Ich umarmte meine Mutter, erzählte aber nichts von dem Abenteuer, das ich erlebt hatte, denn in unseren Ghaselen hatte ich gelesen, die Feen schätzten es, wenn man ihre Geheimnisse wahre. Als meine Mutter mich ungewohnt munter sah, freute sie sich, daß die Freiheit, die sie mir zugestanden hatte, so wohltätig auf mich wirkte.

Am nächsten Tag kehrte ich zu der Quelle zurück. Ich fand sie ohne Schwierigkeiten wieder, da ich den Weg mit Kohlezeichen markiert hatte. Sobald ich dort war, rief ich aus Leibeskräften nach der Fee und bat sie, mir zu verzeihen, daß ich es gewagt hatte, meine Waschungen in der Quelle zu verrichten. Ich tat es indessen abermals, dann breitete ich meine Vorräte aus, die ich, von einer geheimen Ahnung bestimmt, für zwei Personen vorbereitet hatte. Meinen Schmaus hatte ich noch nicht begonnen, da hörte ich von der Quelle her ein Rauschen; die Fee stieg hervor, und lachend bespritzte sie mich.

Sie lief zum Gebüsch, zog das trockene Kleid an und setzte sich neben mich. Dann aß sie wie eine gewöhnliche Sterbliche, aber wortlos. Ich dachte mir, das sei bei Feen so üblich, und fand nichts dagegen einzuwenden.

Don Juan Avadoro hat Ihnen ja schon seine Geschichte erzählt; Sie werden also erraten haben, daß meine Fee seine Tochter Undine war, die unter einem Felsenbogen hinwegtauchte und schwimmend von ihrem See in den meinen gelangte.

Undine war unschuldig, oder vielmehr sie kannte weder Sünde noch Unschuld. Ihr Antlitz war bezaubernd, ihr Gebaren so schlicht und gewinnend, daß ich mich leidenschaftlich in sie verliebte und mir einbildete, ich sei der Gatte einer Fee geworden. Das währte einen Monat.

Eines Tages ließ mich der Scheich zu sich rufen. Bei ihm fand ich die sechs Stammesoberhäupter, und unter ihnen auch meinen Vater. »Mein Sohn«, sprach er, »du sollst unsere Höhlen verlassen und in jene glücklichen Länder reisen, in denen man den Glauben des Propheten bekennt.«

Diese Worte ließen mir das Blut in den Adern stocken. Mich von der Fee trennen bedeutete den Tod für mich. »Lieber Vater«, rief ich aus, »gestatte mir, daß ich diese Höhlen niemals verlasse!«

Kaum hatte ich diese Worte gesprochen, da sah ich sechs Dolche gegen mich erhoben. Mein Vater schien mir als erster das Herz durchbohren zu wollen.

»Ich will wohl sterben«, sagte ich, »aber erlaubt mir, vorher mit meiner Mutter zu sprechen.«

Diese Gnade wurde mir gewährt. Ich warf mich in ihre Arme und erzählte ihr mein Abenteuer mit der Fee.

Meine Mutter war höchst überrascht und sagte: »Lieber Masud, ich glaube nicht, daß es auf dieser Erde Feen gibt. Übrigens weiß ich gar nichts darüber; aber nicht weit von hier lebt ein weiser Hebräer, den ich befragen will. Wenn die Frau, die du liebst, eine Fee ist, so wird sie dich überall zu finden wissen. Anderseits weißt du, daß bei uns der geringste Ungehorsam mit dem Tode bestraft wird. Die Ältesten haben bedeutende Pläne mit dir; unterwirf dich ihnen schleunigst und versuche dich ihres Wohlwollens würdig zu erweisen!«

Die Worte meiner Mutter machten großen Eindruck auf mich. Ich dachte mir, die Feen müßten tatsächlich allmächtig sein und die meine werde mich finden, und wenn es am Ende der Welt wäre. Ich suchte meinen Vater auf und schwor ihm blinden Gehorsam gegenüber allen seinen Befehlen.

Am nächsten Tag machte ich mich auf den Weg mit einem Mann aus Tunis namens Sid Ahmed, der mich zunächst in seine Heimatstadt führte, eine der herrlichsten Städte der Welt. Von Tunis aus erreichten wir Zaghouan, eine kleine Stadt, die durch die Herstellung roter Kappen, die *fes* heißen, bekannt ist. Man berichtete mir, nahe der Stadt liege ein wunderliches Bauwerk, bestehend aus einem Tempel und einer Kolonnade, die einen Halbkreis um eine Bucht bilde. Das Wasser schieße fontänengleich aus dem Tempel hervor und fließe in die Bucht. Im Altertum sei das Wasser dieses Sees über Aquädukte bis nach Karthago geleitet worden. Auch sagte man, der Tempel sei einer Wassergottheit geweiht. Töricht, wie ich war, bildete ich mir ein, diese Gottheit sei meine Fee. Ich begab mich zur Quelle und begann aus Leibeskräften nach ihr zu rufen. Aber nur das Echo gab mir Antwort. Später sprach man, immer noch in Zaghouan, von einem Geisterschloß, dessen Ruinen einige Meilen entfernt mitten in der Wüste lägen. Ich eilte hin und erblickte einen kreisrunden Bau in seltsamem, aber ansprechendem Geschmack. In den Ruinen saß ein Mann und zeichnete. Ich fragte ihn auf spanisch, ob es wahr sei, daß das Schloß von Geistern errichtet wurde. Er lächelte und erklärte mir, es sei ein Theater, in dem die alten Römer Schaukämpfe wilder Bestien ausgerichtet hätten, und dieser El Dschem genannte Ort sei damals unter dem Namen Zama berühmt gewesen. Die Erklärungen des Reisenden interessierten mich nicht im geringsten. Lieber wäre ich Geistern begegnet, die mir vielleicht Nachrichten von meiner Fee hätten überbringen können.

Von Zaghouan aus reisten wir nach Kairuan, der alten Hauptstadt des Mahdi. Es war eine riesige Stadt von hunderttausend ruhelosen und jederzeit zum Aufstand bereiten Einwohnern. Dort verbrachten wir ein ganzes Jahr. Von Kairuan aus begaben wir uns nach Ghadames, einer kleinen, unabhängigen Oase, die ein Teil des Bled El Djerid oder Dattellandes ist. So nennt man das Gebiet, das sich von der Atlaskette bis zur Sandwüste der Sahara erstreckt. Die Dattelpalmen tragen in diesem Land so reichlich, daß ein einziger Baum hinreicht, um einen maßvollen Mann ein Jahr lang zu ernähren, und maßvoll sind alle Menschen dieses Volkes. Es besteht indessen kein Mangel an anderer Nahrung, etwa an einem Getreide, das *durra* genannt wird, und hochbeinigen Schafen ohne Wolle, deren Fleisch vorzüglich ist.

In Ghadames begegneten wir vielen aus Spanien stammenden Mauren. Unter ihnen waren weder Zegris noch

Gomelez, aber viele Familien, die uns herzlich ergeben waren; jedenfalls war dies ein Land der Flüchtlinge.

Weniger als ein Jahr war verflossen, da empfing ich einen Brief meines Vaters, der mit den Worten schloß: »*Deine Mutter läßt dir sagen, daß die Feen ganz gewöhnliche Frauen sind und sogar Kinder gebären.*« Ich begriff, daß meine Fee sterblich war wie ich selbst, und diese Vorstellung beruhigte meine Einbildungskraft ein wenig.

Als der Scheich diese Worte sprach, erschien einer der Derwische und teilte mit, das Abendessen sei schon aufgetragen, und wir setzten uns fröhlich zu Tisch.

Vierundsechzigster Tag

Am nächsten Tag versäumte ich nicht, mich wieder zur Goldader zu begeben, wo ich eifrig dem Handwerk des Bergmanns nachging. Abends suchte ich den Scheich wieder auf und bat ihn, seine Erzählung fortzusetzen, was er also tat:

Fortsetzung der Geschichte des Großscheichs der Gomelez

Ich sagte Euch, daß ich einen Brief meines Vaters erhalten hatte, aus dem ich erfuhr, daß meine Fee eine Frau war. Damals hielt ich mich in Ghadames auf. Sid Ahmed geleitete mich dann nach Fezzan, einem Land, das größer ist als Ghadames, aber weniger fruchtbar, und dessen Bewohner schwarz sind. Von dort aus erreichten wir die Oase Ammon, wo wir Nachrichten aus Ägypten abwarten sollten. Nach vierzehn Tagen kamen unsere Boten mit acht Kamelen zurück. Die Gangart dieser Tiere war unerträglich; wir mußten sie jedoch acht Stunden lang ununterbrochen aushalten. Dann wurde ein Halt eingelegt; jedes Dromedar erhielt einen Kloß aus Reis, Gummiarabicum und Kaffee. Wir ruhten vier Stunden lang und machten uns wieder auf den Weg.

Am dritten Tag hielten wir bei Bahr Bela Mâa, das heißt Meer ohne Wasser. Es ist ein weites Sandtal, dessen Boden von Muscheln bedeckt ist; wir sahen dort keine

Spur von Pflanzen noch von Tieren. Gegen Abend erreichten wir das Ufer eines Sees; er ist reich an Natron, einer Art Salz. Wir entließen unsere Begleiter mit ihren Dromedaren, und die Nacht verbrachte ich allein zusammen mit Sid Ahmed. In der Morgendämmerung erschienen acht kräftige Männer, um uns in Sänften über den See zu bringen. Wo die Furt eng zu sein schien, liefen sie in einer Reihe hintereinander. Das Natron zerbrach unter ihren Füßen, die sie zum Schutz mit Tierhäuten umwickelt hatten. So wurden wir mehr als zwei Stunden lang getragen. Der See mündete in ein Tal, dessen Eingang zwei weiße Granitfelsen flankierten, und schien sich fortzusetzen unter einem großen Felsenbogen, der natürlichen Ursprungs, aber von Menschen ausgebaut war.

An dieser Stelle entzündeten die Führer ein Feuer und trugen uns noch etwa hundert Schritt weiter bis zu einer Art Landesteg, wo uns ein Boot erwartete. Sie boten uns einen leichten Imbiß an; sie selber suchten Erquickung, indem sie tranken und *haschisch* rauchten, einen Extrakt aus Hanfsamen. Dann entzündeten sie eine Harzfackel, die einen weiten Umkreis erleuchtete, und befestigten sie am Steuer des Bootes. Wir stiegen ein, unsere Träger verwandelten sich in Ruderer, und den ganzen Rest des Tages fuhren wir auf diesem unterirdischen Gewässer dahin. Gegen Abend gelangten wir an eine Ausbuchtung, an der sich der Kanal in mehrere Arme teilte. Sid Ahmed sagte mir, hier beginne das Labyrinth des Osymandias, das im Altertum berühmt war. Davon ist heute nur der unterirdische Teil übrig, der mit den Höhlen von Luxor und allen unterirdischen Anlagen von Theben verbunden ist.

Am Eingang einer der bewohnten Höhlen wurde das Boot festgemacht; der Steuermann besorgte Proviant für uns, dann wickelten wir uns in unsere *haïks* und schliefen im Boot.

Am nächsten Morgen wurden wir weitergerudert. Unser Boot glitt durch lange Gänge, die mit Steinplatten von außerordentlicher Größe abgedeckt waren; manche waren gänzlich mit Hieroglyphen bedeckt. Endlich erreichten wir einen Hafen und meldeten uns bei der Kommandantur. Der diensthabende Offizier führte uns zu seinem Vorgesetzten, der uns dem Scheich der Drusen vorstellte.

Der Scheich reichte mir mit liebenswürdiger Gebärde die Hand und sprach: »Junger Andalusier, Eure Brüder vom Kasr Gomelez haben mir Löbliches über Euch mitgeteilt. Möge Euch der Segen des Propheten zuteil werden!«

Der Scheich schien Sid Ahmed seit langer Zeit zu kennen. Das Essen wurde aufgetragen; dann stürzten wunderlich gekleidete Leute herein und wandten sich in einer mir unverständlichen Sprache an den Scheich. Sie redeten leidenschaftlich auf ihn ein und zeigten mit dem Finger auf mich, als ob sie mich eines Verbrechens beschuldigten. Ich wollte meinem Reisegefährten einen fragenden Blick zuwerfen, aber er war verschwunden. Der Scheich wurde von heftigem Zorn auf mich ergriffen. Ich wurde gepackt, an Armen und Beinen in Ketten geschlossen, und ich wurde in den Kerker geworfen.

Er bestand aus einer in den Fels gehauenen Höhle, die über verschiedene Gänge mit anderen unterirdischen Räumen verbunden war. Eine Lampe erhellte den Eingang meines Gefängnisses: Ich erblickte zwei fürchterliche Augen und unmittelbar darunter einen angsteinflößenden Rachen, der mit ungeheuren Zähnen bewehrt war. Ein Krokodil kroch zur Hälfte in meine Höhle herein und drohte mich zu verschlingen. Ich war gefesselt und konnte mich nicht rühren; ich sprach also ein Gebet und erwartete meinen Tod.

Indessen war das Krokodil fest angekettet: Es handelte sich um eine Mutprobe. Damals bildeten die Drusen im Orient eine volkreiche Sekte. Ihr Ursprung ging auf einen Fanatiker namens Darazi zurück, der in Wirklichkeit nur ein Werkzeug im Dienste von Al Hakim Bi Amrillah war, dem dritten Kalifen der Fatimiden in Ägypten. Dieser Herrscher, berüchtigt durch seine Gottlosigkeit, suchte mit allen Mitteln den alten Isiskult wieder einzuführen. Er befahl, man müsse ihn als Inkarnation der Gottheit ansehen, und frönte den abscheulichsten Ausschweifungen, die er auch bei den Anhängern seiner Sekte duldete. Zu dieser Zeit waren die alten Mysterien noch nicht gänzlich außer Gebrauch gekommen; sie wurden im unterirdischen Labyrinth begangen. Der Kalif hatte sich unter die Eingeweihten aufnehmen lassen, aber mit seinen wahnwitzigen Unternehmungen erlitt er Schiffbruch. Seine Anhänger suchten, als sie verfolgt wurden, im Labyrinth Zuflucht.

Heutzutage bekennen sie den reinsten mohammedanischen Glauben, aber auf die Art, wie ihn die Sekte Alis pflegt und wie ihn die Fatimiden angenommen hatten. Sie nannten sich Drusen, um den allgemein verabscheuten Namen Hakimiten zu vermeiden. Von ihren alten Mysterien behielten die Drusen nur den Ritus der Mutprobe bei. Manchen dieser Prüfungen habe ich beigewohnt und habe erlebt, wie körperliche Mittel angewandt wurden, die gewiß den bedeutendsten abendländischen Gelehrten zu denken geben könnten; darüber hinaus scheinen mir die Drusen Initiationsgrade zu kennen, bei denen es überhaupt nicht mehr um den mohammedanischen Glauben geht, sondern um Dinge, von denen ich gar keine Ahnung habe. Übrigens war ich zu jung, um tiefer darin einzudringen. Ich verbrachte in den Höhlen des Labyrinths ein volles Jahr und begab mich oft nach Kairo, wo ich bei Menschen wohnte, die geheime Beziehungen mit uns unterhielten.

In Wirklichkeit unternahmen wir diese Reisen nur, um die geheimen Gegner des damals vorherrschenden sunnitischen Glaubens kennenzulernen. Wir machten uns nach Maskat auf den Weg, wo der Imam sich entschlossen gegen die Sunniten erklärte. Dieser bedeutende geistige Führer empfing uns mit erlesener Höflichkeit, zeigte uns eine Aufstellung der arabischen Stämme, die an ihn glaubten, und behauptete, er könne die Sunniten leicht aus Arabien hinausjagen. Da sein Glaube jedoch dem Alis entgegenstand, hatten wir von ihm nichts zu erwarten.

Von Maskat brachte uns ein Segler nach Basra, und über Schiras erreichten wir das Königreich der Safawiden. Dort sahen wir tatsächlich überall die Anhänger Alis in der Vormachtstellung; die Perser aber gaben sich der Sinnenlust hin, waren durch innere Streitigkeiten entzweit und kümmerten sich nicht um die Verbreitung des Islams jenseits ihrer Grenzen. Man empfahl uns, die Jesiden aufzusuchen, die in den Bergen des Libanon wohnen. Der Name Jesiden wurde mehreren Gruppen von Sektierern beigelegt. Die des Libanon sind in Wirklichkeit unter dem Namen Mutawali bekannt. Von Bagdad aus durchquerten wir die Wüste und erreichten Tadmur, das Ihr Palmyra nennt, von wo aus wir an den Jesidenscheich schrieben. Er schickte uns Pferde, Kamele und eine bewaffnete Begleitmannschaft.

In einem Tal unweit Baalbek hatte sich das ganze Volk versammelt. Dort empfanden wir wirkliche Genugtuung: Hunderttausend Fanatiker brüllten Verwünschungen gegen Omar und schrien Alis Lob heraus. Man beging die Leichenfeier zu Ehren von Hussain, dem Sohn Alis. Die Jesiden rissen sich mit Messern die Arme blutig; manche zerschnitten sich, von Wahn ergriffen, die Adern und starben in Krämpfen und besudelt vom eigenen Blut.

Länger als vorgesehen hielten wir uns bei den Jesiden auf und erhielten endlich Nachrichten aus Spanien. Meine Eltern waren nicht mehr am Leben, und der Scheich wünschte mich zu adoptieren.

Nach vier Reisejahren war ich glücklich, wieder nach Spanien zu kommen. Der Scheich adoptierte mich mit allen üblichen Zeremonien. Bald wurde ich in Pläne eingeweiht, die selbst die sechs Stammesoberhäupter nicht kannten. Man wollte mich zum Mahdi machen. Ich sollte meine Anerkennung zuerst vom Libanon empfangen. Die ägyptischen Drusen sprachen sich zu meinen Gunsten aus, Kairuan schloß sich mir ebenfalls an; jedenfalls mußte ich aus dieser Stadt meine Hauptstadt machen. Hätte ich einmal die Schätze des Kasr Gomelez dorthin gebracht, so wäre ich der mächtigste Herrscher des Erdkreises geworden!

All dies war nicht schlecht geplant; aber erstens war ich zu jung, und zweitens hatte ich keine Ahnung vom Waffenhandwerk. So wurde beschlossen, ich solle unverzüglich zum osmanischen Heer stoßen, das damals im Krieg gegen die Deutschen stand. Da ich von Natur aus friedlich war, wollte ich gegen diese Pläne aufbegehren; aber ich mußte mich fügen. Mit allem ausgerüstet, was sich für einen vornehmen Krieger schickt, begab ich mich nach Istanbul und schloß mich dem Gefolge des Wesirs an. Ein deutscher General brachte uns eine schmähliche Niederlage bei und zwang den Wesir, sich hinter die Tana, also die Donau, zurückzuziehen. Dann wollten wir wieder zum Angriff übergehen und in Transsylvanien einfallen. Wir stießen am Pruth entlang vor, als uns die Ungarn in den Rücken fielen, uns von der türkischen Grenze abschnitten und uns vernichtend schlugen. Ich erhielt zwei Schüsse in die Brust und wurde für tot auf dem Schlachtfeld zurückgelassen.

Nomadische Tataren fanden mich und nahmen mich

auf, verbanden meine Wunden und nährten mich ausschließlich mit saurer Stutenmilch. Dieses Getränk hat mir, wie ich wohl sagen kann, das Leben gerettet. Ich blieb indessen ein Jahr lang so schwach, daß ich kein Pferd besteigen konnte; und wenn die Nomaden ihr Lager wechselten, setzte man mich zusammen mit ein paar alten Frauen, die mich pflegten, auf einen Pferdekarren.

Mein Verstand war ebenso hinfällig wie mein Körper, und ich war unfähig, auch nur ein Wort tatarisch zu lernen. Nach zwei Jahren begegnete ich einem Mullah, der des Arabischen mächtig war. Ich sagte ihm, ich sei ein Maure aus Andalusien, und bat inständig darum, daß man mich in meine Heimat zurückkehren lasse. Der Mullah verwendete sich für mich beim Khan, der mir Geld für die Reise gab.

Endlich langte ich wieder in unseren Höhlen an, wo man mich schon lange verloren geglaubt hatte. Meine Rückkehr rief allgemeine Freude hervor. Nur der Scheich war niedergeschlagen, denn er sah, wie schwach und mitgenommen ich war. Ich war weniger denn je dazu geeignet, Mahdi zu werden. Dennoch sandte man einen Boten nach Kairuan, um dort die Meinung zu erforschen, denn man wollte so schnell wie möglich zu Taten schreiten.

Nach sechs Wochen kam der Bote zurück. Alles umringte ihn, gespannt bis zum äußersten, da brach der Mann zusammen, anscheinend bewußtlos. Man beeilte sich, ihm zu helfen, er kam wieder zu sich, wollte reden, war aber unfähig, seine Gedanken zu ordnen. Man verstand nur so viel, daß in Kairuan die Pest herrsche. Man wollte ihn isolieren, aber es war schon zu spät: Man hatte den Mann berührt, hatte sein Gepäck getragen, und mit einem Schlag fielen alle Höhlenbewohner der schrecklichen Geißel zum Opfer.

Das geschah an einem Samstag. Als am folgenden Freitag die Mauren der umliegenden Täler erschienen, um zu beten und Nahrung zu bringen, fanden sie nur noch Leichen, unter denen ich mit einer großen Pestbeule unter der linken Brust umherkroch. Jedoch entging ich dem Tod.

Da ich die Ansteckung nicht zu fürchten hatte, begann ich die Toten zu bestatten. Als ich die sechs Stammesoberhäupter entkleidete, fand ich die sechs Pergamentstreifen, setzte sie zusammen und fand so das Geheimnis der unerschöpflichen Goldader.

Der Scheich hatte vor dem Tode die Wehre geöffnet; ich ließ nun das Wasser abfließen, und eine Zeitlang bewunderte ich meinen Reichtum, ohne daß ich gewagt hätte, daran zu rühren. Mein Leben war so bewegt gewesen, nun hatte ich Ruhe nötig, und die Würde des Mahdi konnte mich überhaupt nicht verlocken.

Im übrigen kannte ich nicht die geheimen Verbindungswege nach Afrika. Da die Mohammedaner des Tals beschlossen hatten, künftig daheim zu beten, blieb ich in meiner Untertagewelt allein. Ich setzte die Goldader wieder unter Wasser, sammelte das Geschmeide ein, das ich in der Höhle fand, wusch es sorgfältig in Essig und begab mich nach Madrid, wo ich mich als mauretanischer Juwelenhändler aus Tunis ausgab.

Zum ersten Mal im Leben sah ich eine christliche Stadt; die Freiheiten der Frauen verblüfften mich, und ich war empört über die Leichtfertigkeit der Männer. Sehnsüchtig verlangte ich danach, mich in einer mohammedanischen Stadt niederzulassen. Ich wollte nach Istanbul gehen, dort als Unbekannter im Überfluß leben und von Zeit zu Zeit wieder die Höhlen aufsuchen, um meine Mittel aufzufrischen.

Dies waren meine Pläne. Ich nahm an, niemand wisse von meiner Existenz, aber ich war im Irrtum. Um als Kaufmann zu gelten, ging ich in die belebten Alleen und stellte dort meine Juwelen zur Schau. Ich hatte feste

Preise angesetzt und ließ mich nie aufs Handeln ein. Dieses Verfahren trug mir allgemeine Hochachtung ein und sicherte mir Gewinne, die mir jedoch völlig gleichgültig waren.

Indessen folgte mir überall, wo ich mich blicken ließ, im Prado, im Buen Retiro, an jedwedem öffentlichen Ort, ein Mann, dessen wache, durchdringende Augen in meiner Seele zu lesen schienen. Die beharrlichen Blicke dieses Menschen beunruhigten mich gründlich.

Der Scheich versank in Nachdenklichkeit, als verliere er sich an seine Erinnerungen. In dem Augenblick wurde gemeldet, das Abendessen sei aufgetragen, und er verschob die Fortsetzung seiner Erzählung auf den nächsten Tag.

Fünfundsechzigster Tag

Ich stieg wieder zur Grube hinab und machte mich an die Arbeit. Ich hatte eine beachtliche Menge schönsten Goldes gefördert; zur Belohnung meines Eifers fuhr der Scheich abends folgendermaßen in seiner Erzählung fort:

Fortsetzung der Geschichte des Großscheichs der Gomelez

Ich sagte Euch schon, daß mich in Madrid ein Unbekannter mit seinen Blicken verfolgte, wohin ich auch immer ging, und daß mich seine ständige Wachsamkeit unglaublich beunruhigte. Eines Abends entschloß ich mich schließlich, ihn anzusprechen.

»Was wollt Ihr von mir?« fragte ich ihn. »Wollt Ihr mich mit Blicken verschlingen? Was habt Ihr mit mir zu schaffen?«

»Gar nichts«, erwiderte der Unbekannte, »ich will Euch nur ermorden, wenn Ihr das Geheimnis der Gomelez verratet.«

Diese wenigen Worte machten mir meine Lage deutlich. Ich sah wohl, daß ich auf meinen Frieden verzichten mußte, und eine finstere Unrast, die unvermeidliche Gefährtin aller Schätze, bemächtigte sich meiner Seele.

Es war schon spät. Der Unbekannte lud mich zu sich ein, ließ das Abendessen bereiten, verschloß sorgfältig die Tür; dann fiel er vor mir auf die Knie und sagte: »Herrscher der Höhlen, empfangt meine Huldigung! Solltet Ihr jedoch Eure Pflichten verletzen, so töte ich Euch wie Billah Gomelez einstmals Sefi tötete.«

Ich bat meinen ungewöhnlichen Gefolgsmann aufzustehen, sich zu mir zu setzen und mir zu sagen, wer er sei. Der Unbekannte leistete meinem Wunsch Folge, indem er sprach:

Die Geschichte der Familie Uzeda

Meine Familie ist eine der ältesten auf der Welt, aber da wir uns nicht gern unserer Herkunft rühmen, begnügen wir uns damit, unseren Ursprung auf Abisua, den Sohn des Pinehas, Enkel des Eleasar und Urenkel Aarons zurückzuführen, welcher der Bruder Mosis und Hohepriester Israels war. Abisua wurde Vater Bukkis, Großvater Usis, Urgroßvater Serajahs und Ururgroßvater Merajoths, welcher der Vater Amarjahs, Großvater Ahitobs, Urgroßvater Zadoks und Ururgroßvater von Alimaaz war, der wiederum der Vater Asarjas, Großvater Johanans und Urgroßvater Asarjas des Zweiten wurde.

Asarja übte das Amt des Hohepriesters in dem berühmten Tempel Salomons aus und hinterließ Chroniken, die einige seiner Nachkommen fortführten. Salomon, der so viel zu Ehren Adonais getan hatte, befleckte schließlich seine späten Jahre, indem er seinen Frauen gestattete, öffentlich ihre Idole anzubeten. Asarja wollte sich zunächst in gerechtem Zorn diesem Sakrileg entgegenstellen, aber nach einigem Nachdenken begriff er schließlich, daß alternde Monarchen ihren Frauen ein gewisses Verständnis entgegenbringen müssen. So verschloß er die Augen vor diesen Ungeheuerlichkeiten, die er nicht hatte voraussehen können, und starb als Hohepriester.

Asarja wurde Vater Amarjas des Zweiten, Großvater Ahitobs des Zweiten, Urgroßvater Sadoks des Zweiten, Ururgroßvater Sallums, welcher der Vater Hilkias, der Großvater Asarjas des Dritten, Urgroßvater Serajas und Ururgroßvater Jozadaks war, der in die babylonische Gefangenschaft geführt wurde.

Jozadak hatte einen jüngeren Bruder namens Obadja, und von eben diesem stammen wir ab. Er war noch keine fünfzehn Jahre alt, als er Page im Gefolge des Königs wurde und seinen Namen zu Sabdek veränderte. Es gab dort auch noch andere junge Hebräer, deren Namen ebenfalls geändert wurden. Vier von ihnen wollten wegen des unreinen Fleisches, das man in der königlichen Küche bereitete, nichts von deren Speisen anrühren; so lebten sie von Wurzeln und Wasser und standen deshalb nicht weniger gut im Fleische. Sabdek, der allein schon aß, was für alle vier bestimmt war, wurde dennoch täglich magerer. Nebukadnezar war ein großer Monarch, obwohl er sich allzu leicht von seinem Ehrgeiz hinreißen ließ. In Ägypten hatte er Kolossalstatuen von sechzig Fuß Höhe gesehen; daher befahl er, daß sein Standbild in den gleichen Dimensionen in Stein gehauen werde, daß man es vergolde und daß jedermann davor einen Kniefall zu machen habe. Die jungen Juden, die kein unreines Fleisch essen wollten, weigerten sich ebenfalls, vor dem Standbild das Knie zu beugen. Sabdek jedoch tat es hingebungsvoll; und in seinen von eigener Hand geschriebenen Erinnerungen befahl er seinen Nachkommen, sich stets vor den Königen, ihren Standbildern, ihren Günstlingen und Mätressen und selbst vor ihren Schoßhündchen tief zu beugen.

Obadja oder Sabdek war der Vater Salatjels, der in der Epoche des Xerxes lebte, den Ihr Siroes nennen müßt und den wir Juden Ahasveros nennen. Dieser Perserkönig hatte einen Günstling namens Haman, einen außerordentlich dünkelhaften und hochmütigen Menschen. Haman ließ verkünden, jedermann, der sich nicht vor ihm beuge, solle aufgehängt werden. Salatjel war der erste, der ihm diese Huldigung darbrachte. Als Haman selbst jedoch gehängt wurde, war Salatjel auch der erste, der sich vor Mardochai neigte.

Salatjel wurde der Vater Malachjels und der Großvater Safeds, der zu jener Zeit in Jerusalem lebte, als Nehemia Statthalter dieser Stadt war. Die jüdischen Frauen und Mädchen waren nicht sehr reizvoll, man zog ihnen die Moabiterinnen und Asdoditerinnen vor. Safed heiratete zwei Asdoditerinnen. Nehemia verfluchte ihn, schlug ihn mit Fäusten und raufte ihm, wie der heilige Mann es in seiner Chronik selbst berichtet, ein Büschel Barthaare aus. Dennoch befahl Safed seinen Nachkommen, sie sollten, wenn ihnen andere Frauen gefielen, die Meinung der Juden unbeachtet lassen.

Safed wurde der Vater Naassons, der Großvater Elfads, Urgroßvater Sorobabets, der wiederum Eluhan zeugte und Großvater Usabids war; dieser lebte in der Zeit, als die Juden sich gegen die Makkabäer zu erheben begannen. Usabid, vom Wesen her dem Krieg abgeneigt, packte sein Hab und Gut zusammen und flüchtete nach Kassiat, einer spanischen, damals von Karthagern bewohnten Stadt.

Usabit war der Vater Jonathans und der Großvater Kalamils, der nach Jerusalem zurückkehrte, als er vernahm, daß in seinem Lande wieder Ruhe eingekehrt sei; aber in Kassiat behielt er sein Haus und seine anderen Güter bei, die er in der Umgebung der Stadt erworben hatte. Ihr erinnert Euch, daß sich unsere Familie zu Zeiten der babylonischen Gefangenschaft in zwei Linien geteilt hatte. Jozadek, das Oberhaupt der älteren, war ein ehrenhafter und frommer Jude, und alle seine Nachkommen folgten seinem Beispiel. Ich weiß nicht, wodurch zwischen den beiden Linien ein solcher Haß entstand, daß die ältere nach Ägypten auswandern mußte, wo sie sich in dem von Onias gegründeten Tempel dem Dienste des Gottes Israels widmete. Diese Linie erlosch, oder sie setzte sich vielmehr einzig in der Person Ahasvers fort, den man unter dem Namen des Ewigen Juden kennt.

Kalamil wurde Eliphas' Vater, Eljisuas Großvater und in der Zeit, als es Caligula gefiel, sein Standbild im Tempel zu Jerusalem zu errichten, Urgroßvater Ephraims. Der ganze Sanhedrin versammelte sich; Ephraim, der dazugehörte, war der Ansicht, daß man nicht nur das Standbild des Kaisers errichten solle, sondern auch das seines Pferdes, das bereits zum Konsul ernannt war; Jerusalem lehnte sich jedoch gegen den Prokonsul Petronius auf, und der Kaiser verzichtete auf sein Vorhaben.

Ephraim wurde der Vater Nebajoths; zu seiner Zeit erhob sich Jerusalem gegen Vespasian. Nebajoth wartete den Ausgang der Ereignisse nicht ab und begab sich nach Spanien, wo unsere Familie, wie gesagt, bedeutende Güter besaß. Nebajoth wurde der Vater Jusubs, der Großvater Simrans und der Urgroßvater Rafjahs, welcher der Vater Jeremias war, der am Hofe Gunderichs, des Vandalenkönigs, zum Astrologen wurde.

Jeremia war der Vater Esbans, Großvater Uzegos und Urgroßvater Jeremoths, der Anathots Vater und Almeths Großvater wurde. Zur Zeit des letzteren fiel Yussuf ben Taher in Spanien ein, um das Land zu erobern und zu bekehren. Almeth trat vor den Anführer der Mauren und bat ihn um die Erlaubnis, zur Religion des Propheten überzutreten. »Du weißt wohl, mein Freund«, antwortete ihm Yussuf, »daß alle Juden am Tage des Jüngsten Gerichts in Esel verwandelt werden und die Gläubigen ins Paradies tragen müssen. Wenn du also unseren Glauben annähmst, so liefen wir Gefahr, daß es uns eines Tages an Tragtieren mangelt.« Diese Antwort war nicht sehr taktvoll, aber Almeth tröstete sich dank des freundlichen Empfangs, den ihm Masud, Yussufs Bruder, zuteil werden ließ. Masud behielt ihn bei sich und beauftragte ihn mit verschiedenen Missionen in Afrika und Ägypten. Almeth wurde Sufis Vater, Gumis Großvater und Jesers Urgroßvater, welcher der Vater von Sallum, des ersten *sarraf* oder Hofschatzmeisters des Mahdi war.

Sallum ließ sich in Kairuan nieder und hatte zwei Söhne: Mahir und Mahab. Der erstere blieb in Kairuan, der andere kam nach Spanien, trat in die Dienste des Kasr Gomelez und hielt die Beziehungen der Gomelez mit Afrika und Ägypten aufrecht.

Mahab wurde der Vater Jofelets, Großvater Malchiels, Urgroßvater Behres' und Ururgroßvater Dehods, der zum Vater Sachamers, Großvater von Suah, Urgroßvater Behregs wurde, der einen Sohn hatte, Abdan.

Als Abdan sah, daß die Mauren aus ganz Spanien vertrieben wurden, trat er zwei Jahre vor der Eroberung Granadas zum Christentum über. König Ferdinand wurde sein Taufpate. Dennoch blieb Abdan im Dienste der Gomelez, sagte sich in seinen alten Tagen von dem nazarenischen Propheten los und kehrte zum Glauben seiner Väter zurück.

Abdan wurde Mehritals Vater und Asaels Großvater, zu dessen Zeit Billah, der letzte Gesetzgeber der Höhlenbewohner, Sefi ermordete.

Eines Tages ließ der Scheich Billah den Asael zu sich rufen und sprach zu ihm: »Ihr wißt, daß ich Sefi getötet habe. Der Prophet hatte ihm diesen Tod bestimmt, damit das Kalifat an die Nachkommen Alis zurückfalle. So habe ich nun ein Bündnis von vier Familien begründet: der Jesiden des Libanon, der Kabylen in Ägypten und der Ben Azor in Afrika. Die Häupter dieser drei Familien verpflichten sich in ihrem Namen und in dem ihrer Nachkommen, alle drei Jahre einen mutigen und intelligenten

Mann in unsere Höhlen zu schicken, der welterfahren, umsichtig und sogar listenreich sein soll. Seine Aufgabe besteht darin, nachzuprüfen, ob in unseren Höhlen alles in Übereinstimmung mit den Gesetzen geschieht; sollten sie übertreten werden, so hat er das Recht, den Scheich, die sechs in der Höhle lebenden Stammesoberhäupter, kurz, alle, die sich schuldig gemacht haben sollten, zu töten. Als Lohn für seine Dienste erhält er siebzigtausend Stück reinen Goldes oder, nach Eurer Rechnung, hunderttausend Zechinen.«

»Mächtiger Scheich«, erwiderte Asael, »Ihr habt bloß drei Familien genannt; welches soll die vierte sein?«

»Eure eigene«, sagte Billah; »und dafür empfangt Ihr dreißigtausend Stück Gold jährlich; aber Ihr müßt es auf Euch nehmen, unsere Verbindungen aufrechtzuerhalten, Briefe zu schreiben; Ihr werdet sogar zu denen gehören, die für die Höhlen verantwortlich sind. Solltet Ihr jedoch in irgendeinem Punkte versagen, so hat eine der drei Familien die Aufgabe, Euch unverzüglich zu töten.«

Asael wollte darüber nachdenken; seine Habgier behielt jedoch die Oberhand, und so übernahm er dieses Amt für sich und seine Nachkommen.

Asael wurde Gersons Vater. Die drei Familien empfingen alle drei Jahre siebzigtausend Goldstücke. Gerson wurde Mamouns Vater, also der meine. Den Pflichten meines Großvaters getreu, diente ich den Herren der Höhlen mit Hingabe, und zu Zeiten der Pest schöpfte ich sogar aus eigenen Mitteln, um den ben Azar die ihnen zustehenden Goldstücke zu zahlen. Nunmehr komme ich, um Euch zu huldigen und Euch meiner unwandelbaren Treue zu versichern.

»Hochgeehrter Mann«, sagte ich, »habt Mitleid mit mir! Ich trage schon zwei Kugeln in der Brust und bin nicht fähig, Scheich oder Mahdi zu sein.«

»Was den Mahdi betrifft«, antwortete Mamoun, »so könnt Ihr ruhig sein: daran denkt keiner mehr. Ihr könnt indessen die Würde des Scheichs und seine Pflichten nicht von Euch weisen, wenn Ihr nicht wollt, daß die Kabylen Euch innerhalb dreier Wochen töten, Euch und sogar Eure Tochter.«

»Meine Tochter?« rief ich erstaunt aus.

»O ja«, sagte Mamoun, »die Tochter, die Euch die Fee geschenkt hat.«

Es wurde gemeldet, das Abendessen sei bereit, und der Scheich unterbrach seinen Bericht.

Sechsundsechzigster Tag

Abermals verbrachte ich einen Tag in der Grube. Abends leistete der Scheich meiner Bitte Folge und setzte seine Erzählung folgendermaßen fort:

Fortsetzung der Geschichte des Großscheichs der Gomelez

Ich hatte gar keine Wahl: Mit Mamoun zusammen ließ ich die alte, aktive Rolle des Kasr Gomelez wieder aufleben und erneuerte die Beziehungen zu Afrika und mit den großen spanischen Familien. Die Höhlen waren wieder von sechs Maurenfamilien bewohnt; aber den afrikanischen Gomelez ging es schlecht:

Die Kinder männlichen Geschlechts starben oder wurden schwachsinnig geboren. Ich selbst hatte von meinen zwölf Frauen nur zwei Söhne, die beide starben. Mamoun überzeugte mich, ich müsse unter den christlichen Gomelez eine Wahl treffen, selbst unter denen, die bloß von der mütterlichen Seite her zu unserem Geschlecht gehörten, die aber zum Glauben des Propheten bekehrt werden könnten.

So hatte Velásquez ein Anrecht darauf, zu unserer Familie zu gehören; als Gattin bestimmte ich ihm meine Tochter, jene Rebekka, die Ihr im Zigeunerlager gesehen habt. Sie wurde von Mamoun erzogen, der sie jederlei Wissenschaften und kabbalistische Formeln lehrte.

Nach Mamouns Tod trat sein Sohn im Schloß Uzeda seine Nachfolge an; mit ihm legte ich alle Einzelheiten für Euren Empfang fest. Wir hofften, Ihr würdet zum mohammedanischen Glauben übertreten oder wenigstens Vater werden, und in diesem Punkt wurden unsere Wünsche erhört. Die Kinder, die Eure Cousinen im Schoß tragen, müssen von allen als Abkömmlinge des reinsten Blutes der Uzeda angesehen werden. Ihr mußtet nach Spanien kommen; Don Enrique de Sa, der Gouverneur von Cadix, ist ein Eingeweihter; und er empfahl Euch López und Mosquito, die Euch bei der Quelle von Los Alcornoques im Stich ließen. Ihr seid trotzdem tapfer bis zur Venta Quemada vorgestoßen, wo Ihr Euren Cousinen begegnet seid; dank eines Schlaftrunks seid Ihr erst am nächsten Tag unter dem Galgen Zotos und seiner Brüder aufgewacht. Von dort kamt Ihr zu meiner Eremitage, wo Ihr den fürchterlichen Besessenen Pacheco fandet, der in Wirklichkeit nur ein Gaukler von der Biskaya ist. Als er einmal einen riskanten Sprung vollführte, verlor er ein Auge, und da er gebrechlich geworden war, nahm er unsere Barmherzigkeit in Anspruch. Ich dachte, seine traurige Geschichte werde Euch rühren, und Ihr würdet verraten, was Ihr Euren Cousinen geheimzuhalten schwort; aber Ihr hieltet getreulich Wort. Am nächsten Tag unterzogen wir Euch einer weit schrecklicheren Prüfung, der angeblichen Inquisition, die Euch die gräßlichsten Foltern androhte und die Euren Mut dennoch nicht ins Wanken zu bringen vermochte.

Da wollten wir Euch näher kennenlernen und ließen Euch zum Schloß Uzeda kommen. Dort schien es Euch, Ihr hättet hoch von der Terrasse aus Eure beiden Cousinen erkannt. Sie waren es wirklich. Als Ihr aber das Zelt des Zigeuners betratet, erblicktet Ihr nur seine Töchter, mit denen Ihr aber, wie ich Euch versichern kann, keinerlei Gemeinschaft hattet.

Wir mußten Euch recht lange bei uns festhalten und fürchteten, Ihr könntet Euch langweilen. Daher dachten wir verschiedene Zerstreuungen für Euch aus. So brachte Uzeda einem meiner Leute, einem Alten, die Geschichte des Ewigen Juden bei, die er in seiner Familienchronik fand und die jener Mann Euch vortrug. In diesem Falle konnte man das Nützliche mit dem Angenehmen verbinden.

Ihr kennt nun das Geheimnis unserer unterirdischen Existenz, die mit Sicherheit keine lange Dauer mehr haben wird. Bald werdet Ihr vernehmen, ein Erdbeben habe diese Berge erschüttert; zu diesem Zweck haben wir ungeheure Mengen Sprengstoff vorbereitet, und dies wird unsere letzte Flucht sein.

Geht jetzt, Alfonso, wohin die Welt Euch ruft. Ihr habt von uns einen Wechselbrief über eine unbegrenzte Summe erhalten, der Euch für das, was wir Euch abverlangten, angemessen entschädigt. Bedenkt, daß es bald keine Untertagewelt mehr gibt; versäumt also nicht, Euch für die Zukunft Unabhängigkeit zu verschaffen. Die Brüder Moro werden Euch dabei behilflich sein. Nochmals, lebt wohl! Umarmt Eure Gattinnen. Diese zweitausend Stufen führen Euch in die Ruinen des Kasr Gomelez, wo Ihr Führer nach Madrid finden sollt. Lebt wohl, geht mit Gott!

Ich stieg die Wendeltreppe empor. Kaum hatte ich das Sonnenlicht erblickt, da sah ich auch meine beiden Diener López und Mosquito, die mich bei der Quelle von Los Alcornoques verlassen hatten. Beide küßten mir zum Zeichen ihrer Freude die Hände und führten mich zu dem alten Turm, wo mich ein Abendessen und ein bequemes Lager erwarteten.

Am nächsten Tag ritten wir unverzüglich weiter. Am Abend erreichten wir die Venta de Cardeñas, wo ich wieder Velásquez begegnete, der in eine Untersuchung vertieft war, die der Quadratur des Kreises glich. Der berühmte Geometer erkannte mich nicht sofort, und ich mußte ihn an all die Abenteuer erinnern, die sich während seines Aufenthalts in den Alpujarras ereignet hatten. Dann aber umarmte er mich und bekundete die Freude, die ihm unser Wiedersehen bereitete; zugleich teilte er mir mit, wie schmerzlich es für ihn war, daß er sich von Laura Uzeda trennen mußte; so nannte er Rebekka jetzt.

Epilog

Am 20. Juni 1739 gelangte ich nach Madrid. Am Tag nach der Ankunft empfing ich von den Brüdern Moro einen mit schwarzem Siegel verschlossenen Brief, der mich ein trauriges Ereignis vermuten ließ. Ich erfuhr in der Tat, daß mein Vater an einem plötzlichen Schlagfluß gestorben sei. Meine Mutter hatte unser Schloß Worden verpachtet und sich in ein Brüsseler Kloster zurückgezogen, wo sie ihr Leben von ihrer Rente bestreiten und friedlich beschließen wollte.

Am nächsten Tag erschien Moro selbst und bat mich, über das, was er mir sagen wolle, strengstes Stillschweigen zu bewahren.

»Bis jetzt, Señor«, sagte er, »kennen Sie nur einen Teil unserer Geheimnisse; bald aber sollen Sie alles wissen. Alle, die in das Geheimnis der Höhlen eingeweiht sind, befassen sich im Augenblick damit, ihr Geld in verschiedenen Ländern anzulegen; sollte einer von ihnen durch einen unglücklichen Umstand einen Verlust erleiden, so kommen wir ihm alle zu Hilfe. Sie, Señor, hatten einen Oheim väterlicherseits in Indien; er starb und hat Ihnen fast nichts hinterlassen. Damit sich niemand über Ihren plötzlichen Reichtum wundert, habe ich das Gerücht ausgestreut, Sie hätten eine große Erbschaft gemacht. Sie werden in Brabant, Spanien und sogar in Amerika Landbesitz erwerben müssen; erlauben Sie, daß ich das übernehme. Was Sie selbst angeht, so kenne ich Ihren Mut und habe keinen Zweifel, daß Sie sich auf der San Zacarias einschiffen werden, die Verstärkungen in das von Admiral Vernon bedrohte Cartagena bringen soll. Das englische Ministerium wünscht keinen Krieg, aber die Öffentlichkeit drängt es dazu. Wir stehen indessen kurz vor dem Frieden, und wenn Sie sich diese Gelegenheit, an einem Krieg teilzunehmen, entgehen lassen, finden Sie nicht so leicht wieder eine.«

Der Plan, mit dem Moro mich vertraut machte, war von meinen Gönnern schon seit langem beschlossen. Ich bestieg das Schiff mit meiner Kompanie; sie gehörte zu einem Bataillon, dessen Soldaten aus verschiedenen Regimentern ausgesucht waren. Die Überfahrt verlief planmäßig; wir kamen gerade rechtzeitig an, um uns mit dem tapferen Eslava in der Festung zu verschanzen. Die Engländer gaben die Belagerung auf, und im März 1740 kehrte ich nach Madrid zurück.

Als ich eines Tages meinen Dienst bei Hofe versah, erblickte ich im Gefolge der Königin eine junge Frau, in der ich sofort Rebekka erkannte. Man sagte mir, sie sei eine Prinzessin aus Tunis, die aus ihrem Lande geflohen sei, um unseren Glauben anzunehmen. Der König sei ihr Taufpate gewesen und habe ihr den Titel einer Herzogin der Alpujarras verliehen, woraufhin der Herzog von Velásquez um ihre Hand angehalten habe. Rebekka bemerkte, daß man mit mir über sie sprach, und warf mir einen flehenden Blick zu, mit dem sie mich zu bitten schien, ihr Geheimnis nicht zu verraten.

In der Folge begab sich der Hof nach San Ildefonso, während ich mit meiner Kompanie in Toledo Quartier bezog.

In einem Gäßchen in der Nähe des Marktes mietete ich ein kleines Haus. Gegenüber wohnten zwei Frauen, die beide ein Kind hatten; ihre Ehemänner waren dem Vernehmen nach als Marineoffiziere auf hoher See. Die

Frauen lebten völlig zurückgezogen und schienen nur mit ihren Kindern beschäftigt, die tatsächlich so schön waren wie kleine Engel. Sie wiegten sie, badeten sie, zogen sie an und fütterten sie den ganzen Tag. Das rührende Bild dieser Mutterliebe machte auf mich einen solchen Eindruck, daß ich das Fenster nicht mehr verließ. Es ist wahr, ich ließ mich auch von der Neugier leiten, denn ich war begierig, die Gesichter meiner Nachbarinnen zu sehen, die stets sorgfältig verschleiert waren. So vergingen zwei Wochen. Das Zimmer, das zur Straße hin lag, war das der Kinder, und die Frauen aßen dort nicht; aber eines Abends sah ich, daß in diesem Zimmer der Tisch gedeckt wurde, als ob man ein Fest vorbereite.

Am Tischende kennzeichnete ein mit Blumen umkränzter Sessel den Platz des Festkönigs; an die Seiten wurden hohe Kinderstühle gestellt, auf die man die Kleinen setzte. Dann winkten mir meine Nachbarinnen zu, ihnen Gesellschaft zu leisten. Ich zögerte und wußte nicht, wie ich mich verhalten sollte, als sie ihre Schleier hoben: Ich erkannte Emina und Zubeida. Ich verbrachte sechs Monate mit ihnen.

Unterdessen lösten die Pragmatische Sanktion und die Streitigkeiten um die Erbfolge Karls VI. in Europa einen Krieg aus, an dem Spanien bald aktiv Anteil nahm. Ich verließ also meine Cousinen und wurde Adjutant des Infanten Don Philipp. Über die ganze Dauer des Krieges blieb ich an der Seite des Prinzen; als der Frieden unterzeichnet war, wurde ich zum Obersten ernannt.

Damals standen wir in Italien. Ein Bevollmächtigter des Hauses Moro kam nach Parma, um Bargeld einzuziehen und die Finanzen des Herzogtums zu ordnen. Eines Nachts suchte dieser Mann mich auf und teilte mir mit geheimnisvoller Miene mit, man erwarte mich mit Ungeduld im Schlosse Uzeda und ich müsse mich unverzüglich auf den Weg machen. Er bezeichnete mir einen Eingeweihten, den ich in Málaga treffen solle.

Ich beurlaubte mich beim Infanten, schiffte mich in Livorno ein und erreichte Málaga nach zehntägiger Seefahrt. Der bewußte Mann war von meiner Ankunft informiert und erwartete mich am Landungsplatz. Noch am gleichen Tag setzten wir unsere Reise fort und erreichten das Schloß Uzeda am Tag darauf.

Dort fand ich eine stattliche Gesellschaft vor: den Scheich, seine Tochter Rebekka, Velásquez, den Kabbalisten, den Zigeuner mit seinen beiden Töchtern und Schwiegersöhnen, Zoto und seine beiden Brüder, den angeblichen Besessenen und schließlich ein Dutzend Mohammedaner der drei eingeweihten Familien. Der Scheich verkündete, da wir nun alle versammelt seien, werde man sich unverzüglich in die Höhlen begeben.

Tatsächlich machten wir uns bei Einbruch der Nacht auf den Weg und kamen bei Morgengrauen an. Wir stiegen in die Höhlen hinab und ruhten kurze Zeit.

Dann versammelte uns der Scheich um sich und sprach zu uns folgende Worte, die er für die Muselmanen auf arabisch wiederholte: »Die Goldader, die seit tausend Jahren das Vermögen unserer Familie bildete, schien unerschöpflich. Aufgrund dieser Überzeugung beschlossen unsere Vorväter, das Gold für die Verbreitung des Islams und vor allem zur Unterstützung der Anhänger Alis einzusetzen. Sie waren nur die Hüter dieses Schatzes, und dieses Amt kostete sie unendliche Leiden und Mühen. Ich selbst habe mein Leben in tausenderlei Bedrängnissen zugebracht. Um mich schließlich von den Ängsten zu befreien, die zu ertragen mir von Tag zu Tag schwerer fiel, wollte ich mir Klarheit darüber verschaffen, ob die Mine tasächlich unerschöpflich sei. Ich bohrte den Fels an mehreren Stellen an und fand heraus, daß die Goldader allenthalben ihr Ende erreicht. Señor Moro übernahm es, die Schätze, die uns verblieben, zu taxieren und den Anteil eines jeden von uns zu berechnen. Die Rechnung ergibt für jeden der Haupterben eine Million Zechinen, für die anderen Teilhaber fünfzigtausend. Das ganze Gold ist bereits gefördert und in einer weit entfernten Höhle versteckt. Ich will Euch zunächst in die Grube begleiten, wo Ihr Euch von der Wahrheit meiner Worte überzeugen könnt; dann soll jeder seinen Anteil empfangen.«

Wir stiegen die Wendeltreppe hinab, erreichten das Grab, dann die Goldader, die in der Tat völlig erschöpft war. Der Scheich drängte zum Aufstieg. Als wir wieder auf dem Berg standen, ertönte eine fürchterliche Explosion. Der Scheich teilte uns mit, daß man den Teil der Höhlen, den wir gerade verlassen hatten, gesprengt habe.

Darauf suchten wir die Höhle auf, in der der Rest des Geldes gelagert war. Die Afrikaner nahmen ihren Anteil mit, Moro übernahm den meinen und den fast aller Europäer.

Ich kehrte nach Madrid zurück und bot meine Dienste dem König an, der mich mit außerordentlicher Güte empfing. Ich kaufte in Kastilien beträchtlichen Landbesitz; man verlieh mir den Titel eines Grafen von Piña Flora, und ich nahm meinen Sitz unter den vornehmsten kastilischen *titulados* ein.

Zusammen mit meinem Reichtum wuchsen meine Verdienste: Mit sechsunddreißig Jahren wurde ich General.

Im Jahre 1760 vertraute man mir das Oberkommando eines Geschwaders an. Mein Auftrag war, mit den Berberstaaten Frieden zu schließen. Zuerst stach ich nach Tunis in See und hoffte, daß ich dort auf weniger Schwierigkeiten stoßen und daß das Beispiel dieses Staates von den übrigen befolgt würde. Auf der Reede ließ ich Anker werfen und sandte einen Offizier an Land, der meine

Ankunft melden sollte. In der Stadt wußte man schon Bescheid, und die Bucht von La Goletta wimmelte von herausgeputzten Booten, die mich mit meinem Gefolge nach Tunis geleiten sollten.

Am nächsten Tag wurde ich dem Bey vorgestellt. Er war ein junger Mann von zwanzig Jahren mit sehr einnehmenden Gesichtszügen. Man empfing mich mit allen nur denkbaren Ehren, und für den Abend wurde ich in das Schloß Manuba eingeladen. Ich wurde in einen abseits gelegenen Gartenpavillon geführt, hinter mir verriegelte man die Tür. Eine kleine Geheimtür öffnete sich. Der Bey trat herein, beugte ein Knie und küßte mir die Hand.

Dann knarrte eine zweite Tür, und drei verschleierte Frauen kamen herein. Sie lüfteten ihre Schleier: Ich erkannte Emina und Zubeida. Zubeida führte ein Mädchen an der Hand, meine Tochter. Emina war die Mutter des jungen Beys; ich vermag nicht zu sagen, mit welcher Gewalt die Vatergefühle in mir erwachten. Meine Freude wurde einzig von dem Gedanken getrübt, daß meine Kinder einer Religion angehörten, die meiner eigenen feindlich gesinnt war. Ich gab diesem schmerzlichen Gefühl Ausdruck.

Der Bey gab zu, er hänge sehr an seiner Religion, seine Schwester Fatima jedoch, die von einer spanischen Sklavin erzogen worden war, fühle sich im Grunde ihrer Seele als Christin.

Wir beschlossen, daß meine Tochter sich in Spanien niederlassen, dort die Taufe empfangen und meine Erbin werden solle.

All dies wurde im Verlauf eines Jahres in die Tat umgesetzt.

Der König wurde Fatimas Taufpate und verlieh ihr den Titel einer Prinzessin von Oran. Im Jahr darauf heiratete sie den ältesten Sohn von Velásquez und Rebekka, der zwei Jahre jünger war als sie.

Ich stellte sicher, daß sie mein gesamtes Vermögen erhalte, indem ich bewies, daß ich von der väterlichen Seite her keine nahen Verwandten hatte und daß die junge Maurin, die durch die Gomelez mit mir verwandt war, meine einzige Erbin war. Obwohl ich in den besten Jahren stand, dachte ich an ein Amt, das es mir erlauben würde, das Leben in Ruhe zu genießen. Der Posten des Gouverneurs von Saragossa war frei; ich ersuchte darum, und ich erlangte ihn.

Nachdem ich Seiner Königlichen Majestät gedankt und Urlaub von ihm erbeten hatte, suchte ich die Brüder Moro auf und bat sie, mir die versiegelte Rolle wiederzugeben, die ich ihnen fünfundzwanzig Jahre zuvor zur Verwahrung übergeben hatte: Es war das Tagebuch der ersten sechsundsechzig Tage meines Aufenthalts in Spanien.

Ich schrieb es mit eigener Hand ab und verschloß es in einer Eisenkassette, in der es meine Erben einst finden werden.

NACHWORT

von René Radrizzani

Dieses Werk mit seinen verwickelten, leuchtend farbigen Erzählungen, seinem Humor, seiner phantastischen Erotik, seiner blitzenden Gewagtheit läßt uns fortgesetzt staunen. *Die Handschrift von Saragossa* ist ein Buch, das sein Geheimnis nicht preisgibt.

Alles spielt sich ab, als hätte Jan Potocki einen Roman schreiben wollen, der noch mehr Personen aufböte als das *Hung-lou-meng,* und zugleich ein Labyrinth schaffen, in dem sich jeder verlieren müßte.

Wie kann man eine Welt hervorbringen, scheint sich Potocki gefragt zu haben, die nicht von einem einzigen ›Helden‹, einer Zentralfigur, gesehen oder erlebt wird, sondern aus der Perspektive einer Vielzahl von Protagonisten, und gleichzeitig eine Anthologie aller bekannten Erzählgattungen herstellen? Oder anders gesagt: Wie läßt sich eine Vielzahl von Geschichten (auf die Potocki offenbar versessen war) so erzählen, daß ihre Gesamtheit keine Sammlung ergibt, sondern ein Ganzes? Es galt, für diese Geschichten einen Rahmen zu finden, der aus ihnen ein Ganzes machte.

Es fehlte nicht an Vorbildern. Aber ein Mittelweg war gefragt zwischen den Erzählungssammlungen wie *Tausendundeine Nacht,* dem *Decamerone* und den *Canterbury Tales* auf der einen Seite, in denen der Rahmen ein sehr schmales äußerliches Band bleibt, und *Don Quijote* oder *Gil Blas* auf der anderen, in denen die Geschichten sich nur als sekundäre Elemente in die Haupterzählung einfügen. Potocki gelingt es, dieses Gleichgewicht herzustellen und zugleich über alle diese Vorbilder hinauszugehen.

Der Titel, *Die Handschrift von Saragossa,* ist selbst schon ein vorläufiger Rahmen: Was wir lesen, ist ein Dokument, das 1765 in eine Eisenkassette verschlossen, in den Kriegswirren von 1809 (1) entdeckt und von einem Offizier der napoleonischen Armee ins Französische übersetzt wurde.

Der Hauptrahmen des Romans ist ein Abenteuer, das aus zwei einander ergänzenden Perspektiven dargestellt wird: Es ist die Geschichte eines sehr jungen Mannes (Alfons van Worden), der bei seinem Eintritt ins Leben einer sehr beunruhigenden Welt ausgesetzt wird; und es ist die Geschichte eines Mannes (des Scheichs), der sich mit vierzig Jahren alt und schwach fühlt und mit einer Verantwortung und mit gesellschaftlichen Vorhaben konfrontiert ist, denen er sich nicht gewachsen sieht; er hofft, einen Erben zu finden.

Alfons van Worden wird auf fremdem Boden und in einer öden Vulkangegend einer Reihe von Initiationsprüfungen unterzogen; er wacht unter zwei Galgen zwischen verwesenden Kadavern auf; er muß ein Geheimnis hüten, das ihm schrittweise enthüllt wird, und hält seinem Ehrenwort ebenso die Treue wie seinem Glauben, allem Zwang, der auf ihn ausgeübt wird, zum Trotz. Allein muß er in die Tiefe der Erde eindringen, um ihr mit Hammer und Meißel Gold abzuringen, wobei er noch eine symbolische Wasserprobe durchzustehen hat. Seine Unerschrockenheit wird belohnt: Er erhält das Gold, die Ehre und zwei Frauen, die ihm Kinder gebären.

Alle diese Prüfungen wurden ins Werk gesetzt vom Scheich der Gomelez, dem Herrn über eine unterirdische Gesellschaft, die sich seit Jahrhunderten darauf vorbereitet, ans Licht des Tages zu treten, um der wahren Religion zum Triumph zu verhelfen. (Ist das nicht auch die Vorstellung einer revolutionären Gesellschaft in den Romanen Jean Pauls, des Zeitgenossen Potockis?) Der Scheich, den man in seiner Jugend in einer Untertagewelt, in der die Traditionen des alten Ägyptens fortlebten, wie van Worden Mutproben unterzogen hatte, war dazu bestimmt, der Mahdi, also der Messias, zu werden. Zu dieser Rolle fühlt er sich aber weder befähigt, noch wünscht er sie, und in dem Augenblick, in dem dank van Worden die Nachkommenschaft der Gomelez gesichert ist, ist die Goldader erschöpft, die es erlauben sollte, diese großen Pläne dereinst zu verwirklichen, und die Höhlen werden durch eine Explosion zerstört.

In diesen Rahmen fügen sich Geschichten ein, in der Mehrzahl vom Scheich selbst arrangiert, um van Worden durch Inszenierungen zu beeinflussen (Pacheco, der Kabbalist, Rebekka, der Ewige Jude) oder um ihn durch abenteuerliche Erzählungen zu zerstreuen (Zoto, der Zigeunerhauptmann Avadoro); hinzu kommen wie gerufen die Berichte der zwei Reisenden: von Velasquez, der ebenfalls ein Gomelez ist; von Torres Rovellas, den der Zigeunerhauptmann als Kind kannte.

Unter diesen Geschichten erhält die des Zigeunerhauptmanns ein solches Gewicht (sie erstreckt sich vom zwölften bis zum einundsechzigsten Tag und stellt etwa die Hälfte des Textes dar), daß man zeitweise versucht ist, in ihm die Hauptperson zu sehen; so daß Potocki selbst auf den Gedanken kam, diesen Teil aus dem Werk herauszulösen und ihn unter dem Titel *Avadoro* (2) separat zu veröffentlichen. Diese Erzählung vom Typus des pikaresken Romans bildet gewissermaßen innerhalb des Hauptrahmens einen zweiten, der Fenster ausspart, in denen die Erzählungen der anderen Protagonisten erscheinen (Velasquez, der Ewige Jude, Torres Rovellas) und der seinerseits andere Berichte mit sich bringt, die in ihn verschachtelt werden.

Darüber hinaus bieten der Hauptrahmen und auch der zweite eine symmetrische Motivanordnung, die im ursprünglichen Plan deutlicher war, nach dem das Werk in der Form von sechs ›Decamerones‹ erscheinen sollte; diesen Untertitel trugen alle Manuskripte und Drucke, die der Publikation von *Avadoro* vorausgehen. Diese Decamerones hatten übrigens eine bestimmte strukturgebende Funktion in dem Sinne, daß keine Sequenz (über mehrere Tage sich erstreckende Geschichte) durch ein Kapitelende unterbrochen wurde (3).

Daraus ergab sich eindeutig, daß der Hauptrahmen, das Abenteuer van Wordens und die Geschichte um das Geheimnis der Gomelez, genau den Beginn, die Mitte und das Ende des Romans einnahm; ebenso erschien der Kabbalist, der Hauptbeistand des Scheichs, im ersten Decamerone, die Geschichte seiner Familie im letzten.

Innerhalb des zweiten Rahmens (der Erzählung des Zigeunerhauptmanns) ist festzustellen, daß die Geschichte von Avadoros Vater an den Beginn des zweiten Decamerones (Tage 12 und 13) und an den Schluß des vorletzten (gegenwärtige Fassung: Tag 54) gestellt war; die Geschichte von Lonzeto und Elvira verteilte sich auf die zweite Hälfte des zweiten Dekamerons (15 bis 20) und die erste Hälfte des vorletzten (41 bis 45).

Diese Symmetrien, die mit solcher Natürlichkeit hergestellt wurden, daß sie bei der Lektüre kaum auffallen, tragen dennoch zum inneren Gleichgewicht und zur Festigkeit des strukturellen Gerüstes bei, in das andere Episoden eingeschoben werden (4).

Wären diese Geschichten einfach hintereinander in ein und denselben Rahmen hineingestellt, so hätten wir einen traditionellen ›Schubladenroman‹ vor uns.

Auch hier führt Potocki Neuerungen ein: Jede dieser Geschichten ist dazu geeignet, als Rahmen für weitere Erzählungen zu dienen. Eine Figur erzählt eine Geschichte, in die eine andere Erzählung eingeschaltet wird, die ihr eine weitere Person erzählt hat, die ihrerseits unterwegs einen Bericht liefert, den sie hat erzählen hören, etc.; indem Potocki dem Leser die Bodenhaftung entzieht, hat er die Form eines mehrstufigen Schubladenromans geschaffen.

Vor allem innerhalb des zweiten Rahmens, also in der Geschichte des Zigeunerhauptmanns, vervielfältigen sich die Einschübe und gehen manchmal bis zum dreifachen, ja bis zum fünffachen Entzug des festen Bodens. Im dreiundfünfzigsten Tag gibt es die Geschichte, die der Kommandant von Toralva dem Sünder Blas Hervas erzählt hatte, der sie an Cornadez weitergab, welcher sie Busqueros berichtete, der sie wieder Toledo erzählte in Gegenwart von Avadoro, der sie van Worden mitteilt! Diese Abstürze ins Bodenlose erreichen gelegentlich eine solche Vielschichtigkeit, daß sich im Roman selbst Rebekka und Velasquez darüber beklagen und erklären, sie verlören sich darin wie in einem Labyrinth.

Der Roman bietet eine verblüffende Summe aller Erzählgattungen: Schauerroman, Räubergeschichte, phantastischer Roman (Pacheco, der Kabbalist) und Gespenstergeschichte, pikaresker Roman (Avadoro), Wüstlingsgeschichte (Pacheco, Toledo, Blas Hervas), philosophische Erzählung (Velasquez, Hervas), Liebesgeschichte (Elvira und Lonzeto, López und Inés, Tlascala und Torres, der Scheich und Undine), politischer Intrigenroman (das Ende von Avadoros Geschichte, Geschichte des Scheichs) und sogar Bravourstücke wie den universalen Wissenskatalog von Hervas und Uzedas Genealogie; übrigens sind gewisse Züge der orientalischen Erzählung entnommen (die Geschichten von Emina und Zubeida), andere erinnern an Erzählungen vom guten Wilden (z. B. die Naturreligion Tlascalas oder das Leben des Naturkinds Undine); mehrere sind tatsächlich nicht klassifizierbar. In den Geschichten der Marquesa Paludi und der Dariolette greift Potocki das Motiv aus der *Ecole des Femmes* auf und erneuert es, Gita Cimiento ist eine weitere *›schweigsame Frau‹* (5).

Um in dieser Mannigfaltigkeit die Einheit zu erhalten, bedurfte es einer soliden Struktur wie des doppelten Rahmens, der Symmetrien, der Abstürze ins Bodenlose: Potocki ist in der französischen Literatur nach Corneille und vor Roussel einer der größten Architekten.

Zwischen den Erzählungen gibt es indessen noch andere Verbindungen: das wandernde Personal und die variierenden Motivwiederholungen.

Tatsächlich gelangen mehrere Figuren aus einer Erzählung in die andere hinüber, etwa der Bankier Moro und der Buchhändler Moreno (6). Zoto, der seine eigene Geschichte hat, spielt auch in jener Giulio Romatis eine Rolle; die Geschichten von Lonzeto, Elvira, Peña Velez, die Avadoro in ihrer Jugend kannte, werden durch die Erzählung Torres Rovellas (das heißt Lonzetos) nach seiner Rückkehr aus Amerika ergänzt. Der Vater van Worden erscheint nicht nur in der Geschichte seines Sohnes: Er trägt auch mit dem Zigeunerhauptmann ein Duell aus und am achtundzwanzigsten Tag elf weitere! Es stellt sich heraus, daß die Frasqueta bei Busqueros dieselbe Person ist, die Toledo in Avadoros Geschichte unter dem Namen einer Señora Uscariz kannte. Der Onkel, von dem Velasquez in seiner Geschichte sprach, tritt im Bericht des Zigeunerhauptmanns wieder auf als Botschafter des Königs bei der Herzogin von Medina Sidonia. Wir stoßen in der Erzählung des Scheichs wieder auf Rebekka und ›Undine‹, die Tochter von Avadoro, ebenso wie auf Mamoun, den Vater des Kabbalisten. Das Gespenst Aguilars in der Geschichte des Zigeunerhauptmanns war kein anderer als López Soarez. Die Geschichte des Hauses Uzeda wird Anlaß zur beiläufigen Erwähnung Onias' IV. und des Ewigen Juden, Yussuf ben Tahers, des Mahdis von Kairuan, Sefis und Billahs, Figuren also, von denen in den Geschichten des Ewigen Juden und in denen Eminas und des Scheichs die Rede war.

Diese Klammern, obschon dünngesät, bewirken, daß wir nicht einfach eine Abfolge von Geschichten und gegeneinander isolierten Welten vorfinden; alle Schicksale begeben sich im gleichen Universum.

Ein anderes Einheit stiftendes Element sind die variierenden Wiederholungen von Leitmotiven oder Themen, die quer durch die unterschiedlichen Geschichten zu verfolgen sind: So werden nach van Worden auch Pacheco, der Kabbalist, Rebekka, Velasquez und schließlich Dolorita unter dem unheilvollen Galgen erwachen.

Zu Beginn führt das Galgenmotiv zu einer Art Fugato; genauso geht es mit dem Motiv der Liebesbeziehung zu dritt (van Worden, Pacheco, Rebekka, der Kabbalist, Velasquez und Avadoro), ja sogar zu viert (Blas Hervas mit Señora Santarez und ihren zwei Töchtern).

Der Eintritt eines jungen Menschen ins Leben, der natürliche Stoff von Geschichten, in denen jemand sein Leben erzählt, wird zum Gegenstand von Variationen, die das Buch rhythmisieren; ebenso die eher bittere Bilanz, die man am Ende seines Lebens zieht (Velasquez' Vater, Hervas, Torres Rovellas, Avadoro). Alle diese Geschichten werden voneinander reflektiert wie in einem Spiegelkabinett.

Die meisten Protagonisten stehen zu ihrem Vater, einer fast immer exzentrischen Persönlichkeit, in einer privilegierten Beziehung, die dennoch von tiefer Achtung geprägt ist, wie man auch im allgemeinen Rangordnungen und Genealogien hochachtet.

Unter den Leitmotiven seien noch die Höhlenwelten, die Klöster und Ordensleute, die Duelle, die wunderbaren Erscheinungen (und ihre rationalen Erklärungen) erwähnt.

Entspringt die Vorliebe für Maskeraden und Mystifikationen dem Enthusiasmus für das Theater? Potocki brachte eine Operette, *Les Bohémiens d'Andalousie,* und sechs ›Paraden‹ (Burleskstücke) auf die Bühne (7). Die *Handschrift* vermittelt uns jedenfalls das Bild einer Welt, in der Wahrheit und Lüge unentwirrbar miteinander verwoben sind.

Von entscheidender Bedeutung ist das Thema der Ehre; denn zusammen mit den religiösen und philosophischen Vorstellungen, auf die wir noch zurückkommen, bildet sie das Wertesystem des Menschen und gibt ihm seine Existenzberechtigung. Der Hauptmann der Wallonischen Garde, der Räuber Zoto, der Bankier Soarez, Avadoro, Bettler zwar, aber edlen Gemüts, jeder hat seine Ehrauffassung, seine besondere Moral. Potocki läßt uns also außerordentlich genau fühlen, wo diese verschiedenen Ehrauffassungen, die seine kleine Welt bewegen, begrenzt und lächerlich sind. *Die Handschrift von Saragossa* steht in der Tradition der großen satirischen Romane, die von *Don Quijote* und *Gulliver* bis zum *Mann ohne Eigenschaften* reicht. Die Satire wird bei Potocki durch einen echten Sinn für Humor gedämpft – ein empfindliches Gleichgewicht, das er mit höchster Anmut herstellt: hellsichtig und in großer Distanz zu seinen Personen und ihnen zugleich ganz nahe, ihrer Endlichkeit und

Schwächen bewußt und ihnen gegenüber doch von Liebe, Anteilnahme und Rührung bewegt. Das gilt für die hochmütige Herzogin von Avila ebenso wie für den jungen Tölpel López Soarez ... und selbst für Busqueros und Frasqueta.

Eben deswegen, weil jedes Individuum seine Grenzen hat, war eine Vielzahl von Geschichten, Tonfällen, Perspektiven notwendig, um die Welt in ihrer Totalität zu erfassen. Der zügellose Toledo, der beherzte und treue van Worden, der intrigante Busqueros, der ritterliche Räuber Zoto, der Vielschreiber Hervas, der philosophische Geometer Velasquez, der neureiche Rovellas, Frasqueta, die Marquesa Paludi, die Väter von Avadoro, Velasquez, van Worden, López Soarez, die Herzogin von Avila, der schwärmerische Peña Velez, Torres Rovellas, Tlascala, der Scheich der Gomelez: alle sind unvergeßliche Gestalten. Das ist keine Portraitgalerie, es ist eine ganze Welt.

Die *Handschrift von Saragossa* ist eine weitläufige polyphone Komposition, in der jeder Protagonist in seinem Register eine selbständige Stimme hat, die sich mit denen der anderen und mit dem Ganzen im Spiel der Begegnungen und der Leitmotive verschlingt. Musikalisch gesprochen, handelt es sich um eine große Fuge.

Die finale Engführung ist nicht weniger eindrucksvoll als der Beginn mit seiner Häufung von Galgen, Dreiecksbeziehungen etc.:

– Das Geheimnis wird enthüllt, van Worden belohnt. Die Goldader ist erschöpft, die Höhlenwelt wird in die Luft gesprengt (es ist ein vulkanischer Schluß wie in manchen Romanen von Jules Verne); die Pläne der Gomelez werden zunichte gemacht.

– Der Scheich rekapituliert die wesentliche Handlung der letzten sechzig Tage; die *Geschichte des Hauses Uzeda* bietet Gelegenheit dazu, die historischen Hauptereignisse ins Gedächtnis zu rufen, die den Roman prägen und dazu bestimmt sind, die Fiktion in der ›Wirklichkeit‹ zu verankern.

– Alle Protagonisten, die Muselmanen (der Scheich, Emina und Zubeida), die Christen (Velasquez, van Worden, Avadoro) und die Juden (Rebekka), sind Angehörige einer großen Familie; es ist dieselbe symbolische Idee wie in Lessings *Nathan dem Weisen.*

Kehren wir zu unserem Ausgangspunkt zurück. Wir sehen, daß die Komplexität der Struktur keineswegs willkürlich ist: Die Verwicklung einer Vielzahl von Geschichten ist die Form, in der sich die Koexistenz einer Vielheit von Schicksalen und Gemütern Ausdruck verschafft.

Gibt es in diesem Konzert von Ideen und Schicksalen einen privilegierten Standpunkt, eine Stimme, die Potockis Gedanken- und Gefühlswelt näher steht als die anderen? Eine einzige Person in den Mittelpunkt zu stellen, sei es van Worden, den Scheich, Avadoro oder Velasquez, widerspräche, so glauben wir, dem Sinn des Werkes, dessen Reiz ja gerade darin besteht, daß es eine solche Perspektivenvielfalt bietet. Es gibt dagegen, über das Ganze verteilt, mehrere Züge, die uns an eine Erfahrung oder Überzeugung des Autors denken lassen.

Zogen ihn als großen Verliebten in seiner Jugend romantische Erzählungen in den Bann, wie es Lonzeto und López Soarez geschieht? Wir wissen nichts darüber, aber es ist wahrscheinlich. Ist nicht der ausschweifende Grandseigneur Toledo, der mehrere Liebesaffairen nebeneinander in Gang hält, ein Abbild des Autors (8)? Auch die melancholische Feststellung von Torres Rovellas, daß man von einem gewissen Alter an nicht mehr hoffen kann, Eroberungen zu machen, hat eine sehr persönlichen Note.

Die Abschnitte über das autodidaktische Erlernen der Mathematik durch Velasquez wurden kurz nach 1805 geschrieben, als sich Potocki mit der Erziehung seines dritten Sohnes beschäftigte (was er bei den beiden älteren, die der Großmutter anvertraut waren, nicht getan hatte) und ihm die Grundlagen dieser Wissenschaft erklärte (9).

Potockis Leben, wie das von Avadoro, war reich an Abenteuern, er reiste viel, war gewiß von den Zigeunern fasziniert, führte diplomatische Aufträge aus und mußte sich gegen Ende seines Lebens die Undankbarkeit der Höfe und die dort herrschende Korruption eingestehen. Die letzten Teile des Buches widerspiegeln diese Erfahrungen.

Gleich Velasquez' Vater hatte er die Beobachtung gemacht, daß bei Hofe ›die Sarabande tanzen‹ der Karriere dienlicher sei als sich der Wissenschaft zu widmen (in seinem Falle dem Studium der slawischen Sprachen und Kulturen). War er nicht auch, wie Diego Hervas, ein wenig allwissend? Jedenfalls haben dessen Auseinandersetzungen mit den Verlegern etwas so Lebensechtes, daß man versucht ist, darin das Abbild von Erlebtem zu sehen. Die Verzweiflung des alten Hervas, der, nachdem er sein ganzes Leben den Wissenschaften gewidmet hat, nur auf Undankbarkeit und Unverständnis stößt und feststellen muß, daß nichts von seiner ungeheuren Arbeit, keine Spur seiner Existenz übrigbleiben wird: was für ein Aufschrei des Herzens aus der Feder dessen, der wie sein Geschöpf seinem Leben selbst ein Ende setzt!

Über das Ganze des Werkes verteilt, konzentrieren sich die philosophischen und theologischen Theorien in den Lehren Cheremons, dem System von Velasquez, den Ideen des alten Hervas und der Sittenlehre Belials.

Die Darstellung der antiken Kulturen durch Cheremon, die der Ewige Jude an van Worden weitergibt, ist dazu bestimmt, den historischen und relativen Charakter der christlichen Glaubensinhalte und Riten und der Offenbarungsreligionen schlechthin darzulegen.

In religiösen Fragen ist Skepsis unerläßlich: Die jüdische Weisheit findet ihren höchsten Ausdruck im *Sepher Sohar,* dem – den Worten eines initiierten Kabbalisten zufolge – ›sogenannten leuchtenden Buch, weil man darin gar nichts begreift‹. Der Islam bietet zwar den Vorteil, daß er die Polygamie zuläßt, aber seine Anhänger sind Puritaner (der Scheich beklagt den Sittenverfall in den christlichen Städten), Fanatiker (siehe die Trauerfeier zu Ehren Husseins) und von Machtkämpfen zerrissen. Die Christen sind intolerant gegenüber den Mauren, haben die Inquisition hervorgebracht und begründen ihre Religion gern auf ›Wunder‹ oder unerklärliche Geschehnisse, die nichts als Täuschungen oder Irrtümer sind, die Potocki den ganzen Roman hindurch zu entmystifizieren nicht müde wird.

Daher beginnt Velasquez, dieser Wortführer der Aufklärung, damit, daß er die *natürliche* Religion auf Argumente begründet (S. 575), indem er darlegt, daß ›sich die Vorstellungen des Philosophen und des Theologen, ähnlich den Linien, die wir Asymptoten nennen, ohne sich je vollständig miteinander zu decken, einander ... annähern‹, nicht ohne vorher zu betonen, daß der Physiker ›ohne die Mitwirkung von Wundern‹ dahin gelangt. ›Ich studiere die Theologie in den Werken der Schöpfung‹, erklärt er, ›um dort neue Gründe für die Anbetung des Schöpfers zu finden‹; wenn er jedoch behauptet, sich der offiziellen Religion ›wie Newton und Leibnitz mit Herz und Seele zu fügen‹, dann tut er das in Wirklichkeit nur, um freie Hand zu haben für die Entwicklung seiner sensualistischen und materialistischen Philosophie, die durch Locke, Condillac und Holbach inspiriert ist. ›Setzte man Sie einem Flammenofen aus‹, erklärt er der Frau, die er liebt und heiraten will, ›könnte man Sie in einem Glasfläschchen unterbringen (10).‹ – ›Ähnlich wie das magnetische Kraftfeld ist auch das Leben nur an seinen Wirkungen wahrzunehmen.‹ – ›Die Willensantriebe (sie bringen jene Wirkungen hervor), die unmittelbarem Bedürfnis entspringen, sind ebenso beim ausgewachsenen Polypen zu finden wie beim neugeborenen Kind.‹ – ›Der Wille ... geht ... dem Denken voraus.‹ – Nun ist es ›seit Aristoteles ... anerkannt, daß im Denken nichts vorkommt, was nicht zuvor schon in den Sinnen war.‹ – ›Die Verschiedenheit der Geister beruht auf der Menge ihrer Bilder und der Leichtigkeit, sie miteinander zu verknüpfen, oder, wenn ich so sagen darf, auf dem Verhältnis der Bilder zu der Fähigkeit, sie miteinander zu verknüpfen.‹

Seiner Zeit weit voraus, wendet Velasquez 1739 die Mathematik auf moralische und psychologische Probleme an, wie es gegen Ende des Jahrhunderts die ›Ideologen‹, Cabanis, Destutt de Tracy, Maine de Biran und der Historiker Volney (11) tun werden: Er ermittelt eine Lebenskurve, reduziert einen moralischen Konflikt auf eine Vektorrechnung, mißt die Entwicklung der Intelligenz mit Elementen der Kombinatorik. (Zwar hatte Diderot in *Jacques le Fataliste,* veröffentlicht 1796, den

Herrn schon sagen lassen: ›Was abends in meiner Tabakdose übrigbleibt, steht in direktem Verhältnis zu meinem Vergnügen oder in umgekehrtem Verhältnis zu meinem Verdruß im Laufe des Tages. Ich bitte Sie, mein Leser, sich mit dieser der Geometrie entlehnten Redeweise vertraut zu machen.‹)

Die aufgeklärte Moral wird von Don Belial dargestellt: ›Ich bin‹, erklärt er, ›eines der führenden Mitglieder einer aufgeklärten Vereinigung, deren Ziel es ist, die Menschen glücklich zu machen, indem sie sie von ihren haltlosen Vorurteilen befreit, die sie schon mit der Ammenmilch einsaugen und die ihnen dann bei allen ihren Wünschen lästig sind. Wir haben vorzügliche Bücher herausgebracht, in denen wir auf bewundernswerte Art beweisen, daß die Eigenliebe das Prinzip aller menschlichen Handlungen ist und daß das sanfte Mitleid, die Kindesliebe, die brennende oder die zärtliche Liebe, die Gnade der Könige nichts sind als ebenso viele Verfeinerungen des Egoismus. Wenn also die Eigenliebe der Antrieb zu allen unseren Handlungen ist, muß die Erfüllung unserer eigenen Wünsche ihr natürliches Ziel sein. Die Gesetzgeber haben es wohl gefühlt. Sie haben die Gesetze so formuliert, daß sie umgangen werden können, und wer Interesse daran hat, wird dies nicht versäumen.‹

Ist diese materialistische und egoistische Philosophie der Kern des Romans und die Botschaft des Autors, wie es L. Kukulski in der Einleitung zu seiner polnischen Ausgabe des Romans behauptet? Man wird gerne zugeben, daß Potocki Geschmack daran fand, Velasquez eine Philosophie in den Mund zu legen, die auf der Höhe der Zeit, ja ihr sogar voraus war. Aber selbst wenn man diesen rationalistischen Gedanken zum Angelpunkt des Werkes machen wollte, wird man bemerken müssen, daß für Potocki eine ausgedehnte irrationale Schattenzone verbleibt; angesichts des Todes beschäftigt ihn die religiöse Frage weiter: So soll er nach der Überlieferung die Kugel, mit der er seinem Leben ein Ende setzte, haben segnen lassen. Hervas, der größte aller Materialisten, der Verzweifeltste im Universum Potockis, ein Atheist, ruft immerhin vor seinem Tode aus: ›Oh mein Gott, wenn es einen gibt, erbarme dich meiner Seele, wenn es eine gibt.‹

Aber ist Potocki, abgesehen von diesen Augenblicken des Zweifels, eine Speerspitze des Rationalismus und ein enragierter Gegner von Châteaubriands *Génie du Christianisme,* wie es M. Kukulski mit seiner These (12) vertritt? Nach unserer Meinung ist eine solche Interpretation, die aus der *Handschrift* einen Thesenroman macht, eine Verkleinerung des Romans; es heißt ihn verarmen lassen, wenn man eine Figur oder einen Standpunkt zu Lasten der anderen privilegiert. In diesem Roman, in dem Maskeraden und Mystifikationen einen solchen Stellenwert haben, schlüpft Potocki nacheinander in diese Maske, jene Figur, jenes Philosophem. Das sind literarische Spiele, Fiktionen, die sich offen als solche zu erkennen geben.

Die *Handschrift* steht in der großen barocken Theater- und Maskentradition. Ihre Modernität besteht darin, daß der Autor nicht versucht, ihren fiktiven Charakter, den Charakter eines literarischen Spiels, zu verschleiern. Daß es sich um eine freie Konstruktion handelt, verhindert nicht, daß sie zugleich Abbild einer ganzen Welt und Ausdruck der vielfältigen und widersprüchlichen Aspekte ihres Schöpfers ist, ganz im Gegenteil.

Das Werk ist eine Fiktion. Der Eingangstopos verbirgt nicht, daß der Leser ein Geheimnis zu entschlüsseln hätte, aber er ist ein Spiel, das Trampolin der Einbildungskraft oder, wie wir es ausdrücken, der Rahmen dieser Fiktion. Auch die Parodien der Erzählgattungen sind literarisches Spiel. Indem Potocki die Masken aufsetzt, ist er auf spielerische Weise nacheinander der liebenswürdige Libertin Toledo, der Abenteurer Avadoro, der allwissende Hervas, der Philosoph Velasquez; bald der Epikuräer, bald der Rationalist, der Großherzige, der Egoist.

Da die Wahrheit nicht einem einzigen Menschen zugeteilt ist, liefert uns das vielfältige Konzert der Schicksale ihr fragmentarisches Bild.

Potocki begann seinen Roman 1797, wie es ein Blatt bezeugt, auf dem sich die Abschrift einer Seite des ersten Kapitels befindet. Das Werk machte nur langsam Fortschritte: Ende 1803 hatte Potocki zehn Tage niedergeschrieben, ein Jahr später drei weitere; dann begleitete er eine Expedition nach China und kehrte erst im Juli 1806 nach Sankt Petersburg zurück. 1807 übergab er Auguste Rousseau de Saint-Aignan eine Kopie, die bis zum ersten Drittel des zweiundzwanzigsten Tages reichte. Bald darauf, abgestoßen von der Politik und ohne genügend Geldmittel, um seinen Lebensstil in einer großen Stadt aufrechtzuerhalten, zog er sich auf ein Schloß in Podolien zurück. Dort widmete er sich seinem Roman intensiver, denn aus der Publikation von *Avadoro, histoire espagnole* 1813 in Paris, gefolgt von *Dix Journées de la vie d'Alphonse Van Worden,* lässt sich schließen, daß die Ausarbeitung des sechsundfünfzigsten Tages spätestens 1812 abgeschlossen war. Diese Teilveröffentlichung ist auf eine Phase der Verunsicherung zurückzuführen, in der ihm der Roman zur Veröffentlichung ungeeignet erschienen sein muß, sei es, daß er ihm zu lang oder zu komplex war, sei es, daß er nicht mehr die Kraft zu seiner Vollendung zu haben glaubte.

Glücklicherweise kam er zu der Einsicht, daß diese Zerstükkelung seines Werks auf seine Zerstörung hinauslief, und er griff den ursprünglichen Plan wieder auf. Er beendete es also, aber offenkundig in einem Zustand zunehmender Ermüdung:

– Wenn der Schluß auch großartig in der Konzeption ist, so ist sein Stil doch schroff und hastig. Die Rahmenteile der Handlung sind lieblos zusammengeschrieben oder fehlen (dreiundfünfzigster Tag).

– Für die Endfassung übernimmt Potocki unverändert den Text der Tage eins bis sechsundfünfzig, selbst dort, wo *Avadoro* oder *Les Dix Journées* manchmal sehr glückliche Veränderungen von seiner Hand aufwiesen.

– Er schreibt indessen eine neue Fassung des siebenundvierzigsten Tages (13), vergißt aber den Dichter Agudez, der am einundsechzigsten Tag als bereits bekannte Person wieder erscheint, und den Abschnitt, in dem das Geheimnis, das die Herzogin von Avila umgibt, aufgehellt wird, läßt er fallen (der Leser findet die unerläßliche erste Fassung dieses Tages im Anhang).

– Überdies hat er nicht mehr die Zeit, sich eindeutig für die Namen einiger Personen zu entscheiden (Enrique oder Emanuel de Sa? Gita Salez oder Cimiento?), das Alter der Personen an die Dauer der Ereignisse, die sie erleben, anzupassen und die Peripetien der Erzählung den historischen Daten anzugleichen, mit denen er seinen Roman verankern will.

– Im Fallenlassen der Einteilung in Decamerones, das in derselben Epoche stattfand, sehen wir eher die Absicht des Autors, diese Art der Schematisierung aufzugeben, als ein Zeichen der Müdigkeit (14).

Avadoro und *Dix Journées de la vie d'Alphonse Van Worden* waren die einzigen Auszüge, die zu Lebzeiten des Autors veröffentlicht wurden. Die Drucke der dreizehn ersten Tage, 1804 und 1805 in Sankt Petersburg hergestellt, erschienen nie im Handel. Eine deutsche Übersetzung dieser Drucke von Friedrich Adelung erschien 1809 in Leipzig unter dem Titel *Abentheuer in der Sierra Morena* (15).

1847 veröffentliche Edmund Chojecki in Leipzig eine polnische Übersetzung nach einem Manuskript aus den Archiven der Familie Potocki, das er anschließend vernichtet haben soll.

In Frankreich geriet Potocki so tief in Vergessenheit, daß sein Roman mehrfach schamlos geplündert werden konnte. Nodier entlehnte den *Dix Journées* fast ohne Veränderungen *Les Aventures de Thibaut de la Jacquière* (16). Ein gewisser Graf von Courchamps (alias Maurice Cousin) fügte in seine angeblichen *Souvenirs de la Marquise de Créquy* ein sogenanntes ›Fragment der Handschriften Cagliostros‹ ein: *Le Paradis sur Terre,* das nichts anderes ist als eine Kopie, die mit der Geschichte von *Giulio Romati et de la Princesse de Monte Salerno* übereinstimmt. Er wird rückfällig, als er in ›La Presse‹ unter dem Titel *Le Val Funeste* einen Abklatsch des Beginns der *Dix Journées de la vie d'Alphonse Van Worden* als Fortsetzungsroman erscheinen läßt, ein Plagiat, das vom ›National‹ enthüllt wird und Anlaß gibt zu einem aufsehenerregenden Skandalprozeß; er veranlaßt aber weder Leser noch Verleger dazu, sich für den Autor der *Handschrift von Saragossa* zu interessieren.

Erst 1958 entdeckt das französische Publikum den Autor dank der Veröffentlichung eines Teils (etwa eines Viertels) des Romans durch Roger Caillois.

Die vorliegende Ausgabe (17) basiert auf der Gesamtheit

der zugänglichen Quellen (Drucken, Autographen, handschriftlichen Kopien von Fragmenten des Werks und der Übersetzung von Chojecki) und versucht, das Ganze des Werks in der Originalsprache wiederherzustellen.

---

(1) Es tut wenig zur Sache, daß der Titel schon vor 1803 festgelegt wurde, also lange vor der Einnahme von Saragossa im Februar 1809.

(2) *Avadoro, histoire espagnole.* Par MLCJP (Monsieur le Comte Jean Potocki). Paris 1813.

(3) Folgendes ist summarisch der Inhalt der sechs ursprünglich vorgesehenen Decamerones (im **Fettdruck:** die symmetrischen Teile): I Initiationsprüfung **van Wordens** (1), seine Geschichte (3), die vorgespielte Inquisition (4), Emina, Zubeida und der Kasr **Gomelez** (1); erstes Auftreten des Eremiten (2); Pacheco (2, 8); der **Kabbalist** (9, 10); Zoto (5–7)

II Gespenstergeschichten (11), Rebekka (14); Avadoro I (der **Vater**, die Tante Dalanosa: 12, 13) und II (Maria de **Torres, Lonzeto,** Peña Velez: 15–18, 20); Velasquez I (Geschichte des Vaters: 19)

III Der Ewige Jude I (Geschichte des Vaters: 21, 22); Velasquez II (Geschichte seines Lebens: 23–25); Avadoro III (bei den Theatinern: 26; die Herzogin von Medina Sidonia: 27–29)

30 (Mitte des Romans): das Geheimnis der **Gomelez** wird **van Worden** teilweise enthüllt

IV Avadoro IV (Toledo, Frasqueta, Busqueros, López Soares: 31–36); der Ewige Jude II (Geschichte seines Lebens: 31–36, 38, 39; Velasquez III (religiöse und philosophische Ideen: 37–39)

V **Torres Rovellas** (41–45), der Ewige Jude III (46); Avadoro V (Cornadez, Blas und Diego Hervas: 48–53); Avadoro VI (Geschichte des **Vaters:** 54)

VI Avadoro VII (die Herzogin von Avila: 55–59) und VIII (diplomatische Missionen, Ende seiner Geschichte: 59–61); Geschichte des Scheichs der **Gomelez** (Enthüllung des Geheimnisses und Ende von **van Wordens** Prüfungen: 62–66); Genealogie des Hauses des **Kabbalisten** (65).

(4) Andere, vielleicht unbeabsichtigte Symmetrie: fünf Personen (Emina, Pacheco, van Worden, Zoto, der Kabbalist), erzählen ihre Geschichte vor dem Auftritt der Zentralfigur Avadoro, und fünf (Rebekka, Velasquez, der Ewige Jude, Torres Rovellas, der Scheich) betreten die Bühne nach dem Beginn seiner Erzählung.

(5) Es ist das Motiv der Frau, die vor der Ehe die Brave spielt und nach der Hochzeit ihr wahres Gesicht zeigt.

(6) Beachtung verdient Potockis Vorliebe für diese Namen: Es gibt ebenfalls einen Räuber Moro, einen Doktor Sangre Moreno, einen angeblichen Moraredo, einen Santa Maura, eine Linda Mora.

(7) *Recueil de Parades,* Warschau 1793. *Les Bohémiens d'Andalousie/Comédie mêlée d'ariettes,* o. O., o. J. (1794).

(8) Ein skandalöses Gerücht, das Elise von der Recke wiedergibt, die sich auf Piattoli beruft, wollte wissen, Potocki habe mit seiner Mutter, seiner Schwester und mit der Mutter seiner künftigen Frau, der Fürstin Lubomirska, ein Verhältnis gehabt. (Siehe Maria E. Zoltowska, Artikel ›Jan Potocki‹ in *Polski Slownik Biograficzny,* Breslau/Warschau etc. 1984).

(9) Maria E. Zoltowska, *La Genèse du Manuscrit trouvé à Saragosse,* in *Les Cahiers de Varsovie,* No. 3, Warschau 1981.

(10) Als Hervas versichert, daß ›der Mensch und das Tier ihre Existenz einer generativen Säure verdanken‹, bekennt er sich auch zum Glauben des Materialismus.

(11) Maine de Biran notiert in seinem Tagebuch: ›Warum geht man nicht mit der Psychologie wie mit der Experimentalphysik um?‹ und verfaßt eine *Denkschrift über die Beziehungen der Ideologie zur Mathematik,* die Cabanis in einem Bericht an das Institut verwendete. Destutt de Tracy forderte eine ›polytechnische Schule für moralische und politische Wissenschaften‹. Volney schlug in seinen *Recherches nouvelles sur l'histoire ancienne,* erschienen 1814, vor, die Geschichte ›nach den Methoden der exakten Wissenschaften der Physiker und Geometer zu studieren‹.

(12) Diese These erscheint unhaltbar, seitdem man weiß, daß Potocki mit der Niederschrift der *Handschrift* 1797 begann.

(13) Dieses Kapitel wurde wahrscheinlich aus einem doppelten Grund neu geschrieben; die erste Fassung schien zu lang, und sie enthielt eine besonders offenkundige Unwahrscheinlichkeit: Die Herzogin von Avila, geboren zu Lebzeiten von Olivares (S. 914), also vor 1645, wäre 1697 über fünfzig Jahre alt gewesen (ihre Tochter, die im darauf folgenden Jahr geboren wird, wird 1700 beim Tode Karls II. zwei Jahre alt sein), als sie sich für ihre zwanzigjährige Schwester Leonora ausgibt (S. 779).

(14) Im Epilog ist indessen weiter die Rede von sechzig statt sechsundsechzig Tagen.

(15) Es gelang uns nicht, ein Exemplar dieses Werks in den deutschen, österreichischen, schweizerischen, französischen Bibliotheken noch in englischen oder amerikanischen Katalogen zu finden.

(16) Erschienen in *Infernalia,* Paris, Sanson 1822.

(17) Jean Potocki, *Manuscrit trouvé à Saragosse,* nouvelle édition intégrale établie par René Radrizzani, Paris 1994.

BERICHT DES ÜBERSETZERS

Diese Übersetzung hält sich eng an die dritte Auflage der französischen Ausgabe des Buches von René Radrizzani aus dem Jahr 1992. Radrizzanis Ausgabe kann in Hinsicht auf die Darstellung der komplizierten Textgeschichte und die Verarbeitung aller zugänglichen Teildrucke, Handschriften und Abschriften als kritisch bezeichnet werden. Der Teil des Textes, der nur in der polnischen Übersetzung von Chojecki vorlag, reduziert sich darin dank der Funde im Privatarchiv der Potockis auf ein Neuntel, und Marek Adamski unternahm es dankenswerterweise, meine Übersetzung dieses Neuntels (Tage 46–47 und 57–Epilog) mit der polnischen Übersetzung sorgfältig zu kollationieren. Als Ergebnis war festzustellen, daß auch die französische Übersetzung sehr zuverlässig ist.

Für diese Leseausgabe ist ein kritischer Apparat nicht am Platze, so interessant die Textvarianten oft auch sind; sowohl für den Teildruck der *Dix Journées de la Vie d'Alphonse Van Worden* als auch für den von *Avadoro,* der die Geschichte des Zigeunerhauptmanns selbständig veröffentlicht, nahm Potocki Umarbeitungen, Umgewichtungen und Umstellungen vor, die ein eigenes Interesse beanspruchen würden. Diese Teilveröffentlichungen deuten auf Krisen des Autors hin, der, als er sie vornahm, jeweils an der Fertigstellung des Gesamtwerks zweifelte. Warum die Wiedergabe des Tages 47 in der Fassung A *(Avadoro)* doch als unerläßlich angesehen wurde, darüber gibt René Radrizzani in seinem Vorwort zur französischen Ausgabe Auskunft.

Radrizzanis Vorwort wurde in unsere Ausgabe mit geringfügigen Änderungen als Nachwort aufgenommen; ebenso wurde die Chronologie wiedergegeben, die aus den vorliegenden Schriften zur Biographie Potockis zusammengestellt wurde. Für die Anmerkungen verdanke ich sowohl dem Textapparat von Radrizzani als auch jenem der deutschen Übersetzung von Werner Creutziger Hinweise und Anregungen.

Da Potocki seine fiktiven Personen in einem geographisch und geschichtlich stimmigen Rahmen verankern wollte, wurden für diese Namen die üblichen Schreibungen verwendet. Das Spanische wurde normalisiert, allerdings wurden Eigennamen wie Lonzeto, Uzeda (statt Lonceto, Uceda) nach dem Willen des Autors beibehalten; die Bankiers aus Cadiz behalten ihre portugiesische Namensform Soarez. Die arabischen Namen und Wörter wurden entsprechend der heute üblichen Transkription im Deutschen geschrieben, wobei ich von Bettina Zander wertvolle Ratschläge erhielt. Die hebräischen Namen der Genealogie von Uzeda folgen bis Jozadak dem Buch der Chroniken I, 6, 1–15, die weiteren sind fiktiv. Reinhold Jäger-Waldau beriet mich hinsichtlich der mathematischen Berechnungen von Velasquez. Mit Helga Zander beriet ich mich immer wieder über die Textgestalt. Ihnen allen gilt mein Dank.

Siebenundvierzigster Tag (Fassung A)

Am nächsten Tag ließ uns der Zigeuner wissen, er erwarte das Eintreffen neuer Waren, und aus Sicherheitsgründen habe er die Absicht, an diesem Ort zu bleiben. Wir nahmen die Nachricht freudig auf, denn eine zauberhaftere Stelle hätte man in der ganzen Sierra Morena nicht finden können. Am Vormittag ging ich mit mehreren Zigeunern auf die Jagd; abends gesellte ich mich wieder zur übrigen Gesellschaft und hörte mit allen zusammen den weiteren Abenteuern des Zigeunerhauptmanns zu, der wie folgt begann:

Fortsetzung der Geschichte des Zigeunerhauptmanns

Der Ritter von Toledo, der nun, was sein Gespenst anging, völlig beruhigt war, dachte an nichts anderes als an ein Wiedersehen mit Señora Uscariz. Also machten wir uns schleunigst auf den Weg nach Madrid. Der angebliche Bettler, dessen Stelle ich bei Soarez eingenommen hatte, kam mit uns, und ich schickte ihn sofort zu dem jungen Kranken. Ich brachte den Ritter wieder nach Hause und übergab ihn seinen Leuten, die entzückt waren, ihn wiederzusehen. Dann suchte ich das Portal von St. Rochus auf, wo ich meine kleine Truppe um mich scharte. Eine Abordnung begab sich zu der Marktfrau, unserer üblichen Lieferantin, und besorgte Würstchen und Kastanien, die wir fröhlich verzehrten, und wir freuten uns, daß wir wieder vereint waren. Als wir kaum unser leichtes Mahl beendet hatten, blieb ein Mann vor uns stehen, der uns aufmerksam ins Auge faßte, als wolle er eine Wahl unter uns treffen. Dieser Mensch war mir nicht unbekannt; ich hatte ihn fast täglich mit geschäftiger Miene hin- und wiedergehen sehen. Ich dachte mir, das könne Busqueros sein. Ich trat an ihn heran und fragte ihn, ob er nicht jener besonnene und umsichtige Freund sei, dessen Ratschläge López Soarez so nützlich gewesen waren.

»Der bin ich«, erwiderte der Sonderling, »ich folgte ihm fast gegen seinen Willen, und ich hätte seine Heirat auch zustande gebracht, wäre da nicht diese Nacht mit Blitzen gewesen, die mich das Haus des Ritters Toledo für das des Bankiers Moro halten ließ. Aber Geduld, der Herzog von Santa Maura ist noch nicht der Gemahl der schönen Inés, und er wird es niemals sein, oder ich will nicht Don Roque heißen. Ach ja, mein Kleiner, ich war vor dem Portal stehengeblieben, um einen findigen Burschen unter Euch zu finden, der meine Aufträge besorgen kann; und da du mit dem Fall vertraut bist, nehme ich deine Dienste in Anspruch. Danke dem Himmel dafür, daß er dich so dein Glück machen läßt. Zu Anfang wird es dir nicht gerade glänzend vorkommen; denn weder zahle ich dir Lohn noch kleide ich dich ein; und was die Nahrung angeht, so hieße es die Vorsehung beschimpfen, welche doch die jungen Raben ebenso mit Atzung versorgt wie die jungen Adler, wenn ich mich auch nur im geringsten darum kümmerte.«

»In diesem Falle, Señor Busqueros«, erwiderte ich, »sehe ich nicht recht den Vorteil, den es mir brächte, wenn ich in Ihrem Dienst stände und Ihre Aufträge erledigte.«

»Diese Vorteile«, antwortete der Sonderling, »bestehen

eben in der wunderbaren Zahl der Aufträge, die ich dich täglich übernehmen lasse, die dich nämlich in die Vorzimmer wichtiger Persönlichkeiten führen werden, die eines Tages deine Gönner sein können. Übrigens untersage ich dir nicht, in der Zeitspanne zwischen zwei Aufträgen weiter zu betteln. Danke also dem Himmel für dein gutes Geschick und folge mir zum Barbierladen, wo ich mich ein wenig ausruhen und mit dir plaudern will.«

Beim Barbier angekommen, ging Busqueros mit mir in den Hinterraum und erklärte mir also die lange Abfolge der Aufträge, die er mir zu geben hatte:

»Als du vom Kartenspiel aufstandest, mein Freund, sah ich, daß du ein paar Halbreales in die Tasche stecktest. Nimm zwei dieser Geldstücke und kaufe eine Flasche mit dem Fassungsvermögen einer Pinte. Die bringst du zu Don Felipe Tintero in der Toledanerstraße. Du sagst ihm, Don Busqueros bitte ihn um Tinte für einen seiner Freunde, einen Dichter.

Hat er die Flasche gefüllt, so gehst du zum Krämer an der Ecke des Cebada-Platzes. Du steigst auf den Dachboden und findest dort Don Ranuce Agudez, den du daran erkennst, daß er einen schwarzen und einen weißen Strumpf, einen roten und einen grünen Pantoffel trägt und vielleicht sogar die Hose auf dem Kopf anstelle der Mütze. Du gibst ihm die Tinte und richtest ihm aus, daß ich ihm dringend nahelege, die Satire auf die Großen zu schreiben, die Heiraten unter ihrem Stande schließen; sie muß auf spanisch oder italienisch verfaßt sein. Von da aus kehrst du zur Toledanerstraße zurück. Du betrittst das Haus neben dem Tinteros, das nur durch ein Gäßchen von ihm getrennt ist. Du stellst fest, ob die Mieter noch darin wohnen und nicht Miene machen auszuziehen; denn ich habe dieses Haus gemietet und lasse dort eine Verwandte einziehen, die Don Tintero vielleicht von seinem ewigen Tintenfaß wegzulocken vermag. Dann gehst du beim Bankier Moro vorbei. Du steigst zum *quarto principal*, also zum ersten Stock hinauf. Dort fragst du nach dem Kammerdiener des Herzogs von Santa Maura; du übergibst ihm diesen Umschlag, der eine Bandschleife enthält. Dann gehst du zum Malteserkreuz; du siehst zu, ob dort Zimmer für Gaspar Soarez, den Kaufmann aus Cadix, vorbereitet werden. Von dort suchst du eilends ...«

»Erbarmen!« rief ich aus; »Señor Busqueros, bedenken Sie doch, daß Sie mir schon Aufträge für eine ganze Woche gegeben haben; setzen Sie meinen Eifer und meine Beine doch nicht gleich so harten Prüfungen aus.«

»Also schön«, sagte Busqueros; »ich hatte zwar noch ein paar Aufträge für dich, aber die kannst du morgen erledigen. Wenn du übrigens beim Herzog von Santa Maura gefragt wirst, wer du bist, dann sagst du, du erledigst Aufträge für das Haus Avila.«

»Aber Señor Busqueros«, sagte ich, »könnte es nicht Schwierigkeiten geben, wenn man sich auf so berühmte Namen beruft, ohne dazu ermächtigt zu sein?«

»Aber sicher«, antwortete mein neuer Herr; »aber sicher riskierst du eine Tracht Prügel, jedoch gibt es keinen Lohn ohne Last, und die Vorteile, die ich dir biete, wiegen schon ein paar Unannehmlichkeiten auf. Jetzt aber los, mein Freund, verlier nicht deine Zeit mit Betrachtungen und lauf schon.«

Vielleicht hätte ich die Ehre, Don Busqueros zu dienen, ausgeschlagen, wenn nicht seine Worte über meinen Vater und die Verwandte, die ihn von seinem Tintenfaß weglocken sollte, so stark meine Neugier erregt hätten. Ich hätte auch gerne gewußt, wie er vorgehen würde, um Santa Maura an der Heirat mit der schönen Inés zu hindern. Ich kaufte also eine Flasche und lenkte meine Schritte zur Toledanerstraße. Als ich vor dem Hause meines Vaters stand, wurde ich an allen Gliedern von einem

Zittern ergriffen, und ich brachte es nicht über mich, weiterzugehen. Mein Vater erschien auf dem Balkon, und da er mich mit einer Flasche in der Hand kommen sah, winkte er mir, ich solle eintreten. Ich tat es also; aber indem ich die Treppe hochstieg, klopfte mir das Herz immer heftiger. Schließlich öffnete ich die Tür und stand meinem Vater gegenüber. Ich war schon im Begriff, vor ihm auf die Knie zu fallen. Sicher hinderte mich daran mein guter Engel; denn schon erregte meine Rührung seinen Argwohn und schien seine Seelenruhe zu erschüttern. Er nahm die Flasche, füllte sie mit Tinte, ohne auch nur zu fragen, wer sie erhalten solle, und öffnete die Tür mit einer Miene, die mich davor warnte, länger zu verweilen. Ich warf noch einen Blick auf den Schrank, von dem herab ich in die Tinte gefallen war. Ich sah den Stößel, mit dessen Hilfe meine Tante den Bottich zerschlagen und mein Leben gerettet hatte. Meine Rührung erreichte ihren Höhepunkt; ich ergriff die Hand meines Vaters und küßte sie. Er erschrak sehr, stieß mich aus der Tür und verschloß sie hinter mir.

Busqueros hatte mir aufgetragen, die Flasche zum Poeten Agudez zu bringen und dann zur Toledanerstraße zurückzukehren, um festzustellen, wie sich die Nachbarn meines Vaters verhielten. Ich glaubte mich befugt, die Reihenfolge dieser Aufträge umzukehren. Ich verfügte mich zuerst zu den Nachbarn; ich sah, daß sie mit dem Auszug beschäftigt waren, und nahm mir vor, das Verhalten der künftigen Mieter genau zu beobachten.

Dann ging ich zum Cebada-Platz, wo ich das Haus des Krämers bald fand; aber so leicht fiel es mir nicht, zum Poeten zu gelangen. Inmitten der Dachziegel, Schieferplatten und Dachrinnen verirrte ich mich. Schließlich befand ich mich einer Dachluke gegenüber, durch die ich einen noch groteskeren Menschen erblickte, als ihn mir Busqueros beschrieben hatte. Agudez schien von einer göttlichen Eingebung ergriffen, und sobald er mich erblickt hatte, wandte er sich an mich mit den Versen:

»O Sterblicher, der du auf Äthers Wegen gehest,
Auf Ziegeln aus Karmin, auf blauem Schiefer stehest,
Auf Daches spitzem Grat, dem Saphirhimmel nah,
Trägt dich Zephiros Arm? Wie ständest du sonst da?
Sprich mir, was wünschest du?«

Ich antwortete ihm:

»Ich bin ein ganz Geringer,
Und such' Euch, Agudez, als armer Tintenbringer.«

Der Dichter fuhr fort:

»So gib mir diesen Saft,
Der seine schwarze Farb' aus Eisenlösung schafft,
Mit Eichengalle mischt der Hippokrene Quelle;
In schwarzem Strom ergieß' sich Witzes klare Welle.«

»Señor Agudez«, sagte ich hierauf, »das ist eine Beschreibung der Tinte, die Señor Tintero, der diese hier hergestellt hat, großes Vergnügen bereiten würde. Aber sagen Sie doch, wäre es Ihnen nicht möglich, in Prosa zu sprechen, welches die Ausdrucksweise ist, an die ich gewöhnt bin.«

»Und ich, lieber Freund«, sagte der Poet, »ich werde mich niemals daran gewöhnen. Wegen ihrer platten und schwunglosen Sprache vermeide ich sogar den Umgang mit den Menschen. Will ich gute Verse machen, so darf ich schon lange vorher nur poetische Gedanken an meine Seele richten und nur klangvolle Worte mit mir sprechen. Wenn sie es nicht schon von sich aus sind, so werden sie es durch die Art, wie ich sie zusammenstelle, um aus ihnen eine Musik des Geistes herzustellen. Mit diesem Kunstgriff habe ich es erreicht, eine völlig neue Gattung der Poesie hervorzubringen. Bis heute war die Sprache der Poesie auf eine gewisse Zahl von Ausdrükken beschränkt, die man poetisch nannte. Ich aber lasse darin alle Wörter zu. In den Versen, die ich gerade erfand, habe ich ›Ziegel‹, ›Schiefer‹, ›Eichengalle‹ benützt.«

»Ich begreife wohl, daß Sie alle Wörter der Sprache benutzen, die Sie wollen, ohne daß man Sie daran hindern kann, aber ich wüßte gern, ob Ihre Verse dadurch auch besser werden.«

»Meine Verse sind so gut, wie sie nur sein können, und sie sind allgemein verwendbar. Aus der Poesie habe ich ein universales Instrument gemacht, insbesondere aus der deskriptiven, die ich sozusagen erst erschaffen habe und die mir dazu dient, Gegenstände zu beschreiben, die übrigens kaum dieser Mühe wert sind.«

»So beschreiben Sie, Señor Agudez, beschreiben Sie, soviel Sie wollen; aber sagen Sie mir doch, ob Sie eine gewisse Satire vollendet haben, die Sie Don Busqueros versprachen.«

»Bei schönem Wetter schreibe ich keine Satiren. Wenn du einmal ein paar Tage lang Gewitter, Regengüsse, einen bedeckten und schwermütigen Himmel gesehen hast, dann komm und hole die Satire ab.

Wenn Trauer der Natur, die mein Gemüt bezwingt,
Die Seele mir beschwert, in meine Schriften dringt,
Dann hasse ich mich selbst; im menschlichen Geschlechte
Seh ich ein feiles Pack, das abgrundtiefe Schlechte.
Den Pinsel kann ich nur in düstre Farben tauchen
Und muß ihn für des Lasters wüste Züge brauchen.
Doch wenn vom blonden Phöbus in seinem Himmelsschloß
Herab in unsern Äther das Licht in Strömen schoß,
Dann hat an seinem Klange mein Geist den Gott erkannt;
Und er verläßt die Erde und fliegt ins Götterland.

Das zweite Reimpaar«, fügte der Poet hinzu, »ist nicht allzu gut, aber in einem Stegreifstück mag es wohl durchgehen.«

»Ich versichere Ihnen, daß ich nichts Unpassendes daran finden kann. Im übrigen bin ich jetzt im Bilde; ich sage Don Busqueros, daß Sie nur bei Regen Satiren verfassen. Wenn ich nun aber komme, um Ihre Satire abzuholen, welchen Weg muß ich nehmen, um zu Ihnen zu gelangen? Ich bin ja auf der einzigen Treppe gekommen, die es im Hause gibt.«

»Mein Freund, am Ende des Hofes steht eine Leiter, die auf einen Speicher führt, auf dem ein Maultiertreiber aus der Nachbarschaft seine Stroh- und Gerstenvorräte unterbringt: Von dort aus gelangt man zu mir, vorausgesetzt, der Speicher ist nicht zu voll; in diesem Falle erreicht man mich gar nicht und liefert mir das Essen durch die Dachluke, an der du mich jetzt siehst.«

»In einer solchen Wohnung müssen Sie wohl recht unglücklich sein.«

»Ich und unglücklich? Wie könnte ich wohl unglücklich sein, wenn Hof und Stadt sich an meinen Versen delektieren und man von nichts anderem spricht?«

»Aber ich denke schon, daß jeder auch von seinen eigenen Angelegenheiten redet.«

»Das versteht sich; aber abgesehen davon, daß meine Poesie in allen Gesprächen das Allertiefste ist, kommt man auch immer wieder darauf zurück, indem man einige meiner Verse zitiert, die schon bei ihrem Entstehen sprichwörtlich werden. Von hier aus kannst du den Laden des Buchhändlers Moreno sehen: Wer dort hineinströmt, will meine Werke kaufen.«

»Möge es Ihnen zum Vorteil gereichen, aber an den Tagen, an denen Sie Satiren schreiben, kann es bei Ihnen nicht sehr trocken sein.«

»Regnet es auf einer Seite, so gehe ich zur anderen hinüber, und oft merke ich es nicht einmal. Doch laß mich jetzt in Frieden, denn die Prosa ist mir lästig.«

Ich verließ den Poeten und begab mich zum Bankier Moro. Ich stieg zur Beletage hinauf und verlangte den Kammerdiener des Herzogs von Santa Maura. Zuerst gelang es mir nur, mit einem Burschen meines Schlages zu sprechen, der die Diener der Diener bediente. Er ließ mich mit einem Lakaien sprechen, der wieder mit einem Beiläufer, der mich an den Kammerdiener verwies, und kurz darauf wurde ich zu meinem größten Erstaunen zum Herzog geführt, der mit seiner Toilette beschäftigt war. Ich sah ihn durch eine Puderwolke hindurch; er betrachtete sich im Spiegel und hatte Schleifen und Bänder in verschiedenen Farben vor sich liegen. Er wandte sich mir in recht barschem Ton zu und sprach:

»Kleiner Bursche, du bekommst die Peitsche, wenn du mir nicht sagst, wo du herkommst und wer dir den Umschlag gab, den du gebracht hast.«

Ich ließ mich ein wenig drängen. Schließlich gab ich zu, daß ich Aufträge für das Haus der Avila verrichtete und dort auch mit den Küchenjungen zu essen bekam. Der Herzog warf dem Kammerdiener einen vielsagenden Blick zu, gab mir ein paar kleine Münzen und schickte mich weg.

Nun mußte ich nur noch zum Malteserkreuz gehen. Soarez, der Vater, war angekommen und verlangte Auskunft über seinen Sohn. Man teilte ihm mit, er habe sich mit einem Adligen duelliert, mit dem er alle Tage gespeist habe; der Adlige habe dann bei ihm Wohnung genommen, habe ihm die Bekanntschaft verdächtiger Weibsbilder vermittelt, und eine von ihnen habe ihn dann in ihrem Haus aus dem Fenster werfen lassen.

Diese teils wahren, teils falschen Nachrichten waren für Soarez ebenso viele Dolchstöße; er schloß sich in sein Zimmer ein und befahl, daß niemand hereingelassen werde, wer es auch sei. Die Oberhäupter der Handelshäuser, mit denen er verbunden war, sprachen vor, um ihre Dienste anzubieten, wurden aber nicht vorgelassen.

Ich begab mich zu Busqueros, der mich zu einem Getränkestand gegenüber dem Barbier bestellt hatte. Ich berichtete ihm über meine Aufträge. Er fragte mich, wie ich von Soarez' Abenteuern erfahren hätte. Ich sagte, dieser selbst habe sie mir erzählt; ich berichtete ihm alles, was die Familie Soarez und ihre Rivalität mit dem Hause Moro betraf. Busqueros hatte von allem nur höchst ungenaue Kenntnis; er hörte mir aufmerksam zu und sagte dann:

»Ich muß einen neuen Plan entwerfen, der zwei klar unterschiedene Ergebnisse zu bewirken hat: Zuerst müssen wir Santa Maura mit den Moros entzweien, dann aber diese mit Soarez versöhnen.

Was den ersten Teil meines Plans angeht, so ist seine Ausführung schon weit fortgeschritten. Bevor ich ihn dir aber erkläre, muß ich dich von einigen Umständen unterrichten, die das Haus Avila betreffen.

Der gegenwärtige Herzog war in seiner Jugend die glanzvollste Erscheinung bei Hofe, ausgezeichnet durch die Gunst, ja sogar die Vertraulichkeit seines Herrn. Es ist selten, daß die Jugend durch die Vorteile, die sie genießt, nicht überheblich wird, und der Herzog bildete keine Ausnahme von dieser Regel. Er schien sich den Granden, also seinesgleichen, weit überlegen zu dünken und faßte den Vorsatz, sich mit dem Haus seines Herrn zu verbinden.«

Hier unterbrach sich Busqueros und sagte zu mir: »Aber wie ist es möglich, du elender Wicht, daß ich mit dir von Dingen zu sprechen geruhe, die der gemeinen Klasse, der du angehörst, ewig unbekannt bleiben sollten und die bis jetzt nur einer kleinen Zahl von Edelleuten bekannt sind?«

»Mein lieber Herr«, erwiderte ich, »ich wußte nicht, daß man Herkunftsnachweise vorlegen muß, um in Ihr Vertrauen ehrenvoll einbezogen zu werden; aber ohne meine Ahnentafel in Anspruch zu nehmen, kann ich Ihnen leicht beweisen, daß ich eine Erziehung genossen habe, die man den höchstgeborenen jungen Menschen zukommen läßt. Sie können daraus zu dem Schluß gelangen, daß man, wenn ich aufs Betteln angewiesen bin, eher das Schicksal als meine Geburt dafür verantwortlich machen muß.«

»Alle Wetter«, sagte Busqueros; »auch deine Sprache ist nicht die des einfachen Volkes. Aber sag mir doch, wer du bist! Los, sag es mir auf der Stelle!«

Ich nahm eine ernsthafte, ja betrübte Miene an und sagte: »Sie sind mein Herr, und wenn Sie wollen, können Sie mich zum Sprechen zwingen; aber es gibt ein Gericht, ebenso heilig wie geweiht ...«

»Ich will gar nicht mehr wissen«, erklärte Busqueros, »und will nichts mit dem Gericht, von dem du sprichst, zu schaffen haben. Nun gut, ich vertraue dir alles an, was ich über das Haus Avila weiß; da du deine eigenen Geheimnisse hast, wirst du auch meine für dich behalten können.

Der glückliche Avila, stolz auf sein gutes Geschick und auf die Gunst, deren er sich erfreute, strebte also danach, mit seinem Herrn familiäre Bindungen anzuknüpfen. Die Infantin Beatrice unterschied sich damals von ihren Schwestern durch ihre liebenswürdige Art und einen sanften Blick, der auf einen Hang zur Zärtlichkeit hindeutete. Avila stand in so hohem Ansehen, daß er bei ihr eine Verwandte unterbringen konnte, die ganz von ihm abhängig war. Die gewagte Absicht des jungen Hofmanns war es gewiß, eine heimliche Ehe zu schließen und sie in einem Augenblick höchster Gunst anerkennen zu lassen. Es ist nicht bekannt, wie weit dies Avila gelang. Zwei Jahre lang konnte er sein Geheimnis absolut wahren, und diese Zeit nützte er dazu, den Sturz des Ministers Olivárez zu betreiben. Sein Plan schlug fehl; der Minister dagegen drang, mindestens zum Teil, in das Geheimnis seiner Umtriebe ein. Avila wurde verhaftet, in die Burg von Segovia gebracht und kurz darauf in die Verbannung geschickt. Unter der Voraussetzung, daß er irgendeine andere Ehe eingehe, wurde ihm die Begnadigung angeboten; er lehnte ab. Man schloß daraus, daß er mit der Infantin verheiratet sei; man dachte daran, die Großdueña, seine Verwandte, festzunehmen: Man fürchtete indessen, ein Aufsehen zu erregen, das in gewissem Maße die Ehre des königlichen Hauses beeinträchtigen könnte.

Die Infantin starb an der Abzehrung. Man machte Avila neue Angebote, und um seine Verbannung zu beenden, entschloß er sich, die junge Ascar zu heiraten, die Nichte des Herzogs von Olivárez. Er hatte eine Tochter, die er Beatrice zu nennen wagte, was wohl allzu eindeutig an sein Abenteuer mit der Infantin erinnerte; aber diese Kühnheit schmeichelte seinem Ehrgeiz. Manchmal schien er gar zu befürchten, dieses Abenteuer könne in Vergessenheit geraten. Don Luis de Haro, der Nachfolger des Herzogs von Olivárez, gelangte zu der Meinung, es habe eine geheime Eheschließung und sogar Früchte dieser Verbindung gegeben. Man unternahm Schritte, um es zu entdecken; sie blieben ohne Ergebnis.

Die Herzogin von Avila starb, der Herzog brachte seine Tochter in einem Brüsseler Kloster unter, wo sie der Obhut ihrer Tante, der Herzogin von Beaufort, anvertraut wurde. Sie erhielt eine sehr eigenwillige Erziehung, die eher unserem Geschlecht als dem ihren angemessen war.

Seit sechs Monaten ist Beatrice wieder hier. Sie ist von vollkommener Schönheit, aber stolz, und zur Ehe scheint sie keineswegs geneigt. Sie vertritt den Standpunkt, eine Erbin sei nicht dazu verpflichtet, sich einem Herrn unterzuordnen, und habe das Recht auf ein unabhängiges Leben. Ihr Vater bestärkt sie in dieser Haltung. Die alten Höflinge, die sich noch an die Geschichten von früher erinnern, gelangen wieder zu der Annahme, der Herzog sei mit der Infantin verheiratet gewesen, er habe von ihr einen Sohn und hoffe, ihn zu legitimieren. Jedermann wahrt indessen über diese Angelegenheit ein wohlweisliches Stillschweigen; wenn ich davon weiß, dann darum, weil ich gewisse Beziehungen zum engsten Kreis dieser Familie unterhalte.

Die Herzogin Beatrice von Avila wird sich nie verheiraten. Übrigens ist sie von beispiellosem Stolz, und ich glaube, niemand in Spanien würde es wagen, um ihre Hand anzuhalten. Ich rechne indessen mit dem übertriebenen Selbstbewußtsein Santa Mauras und hoffe ihn zu überzeugen, daß die Avila in ihn verliebt ist.

Dies nun ist mein erster Schachzug: Sie wissen, daß die herrschende Mode den Frauen große Bandschleifen vorschreibt, die sie auf dem Kopf, an den Ärmeln und den Rock hinunter tragen. Unsere großen Damen lassen sie direkt aus Paris, Neapel oder Florenz kommen und sind sehr eifersüchtig darauf aus, an keiner anderen Frau Bänder vom gleichen Muster zu sehen.

Der Herzog von Santa Maura sollte letzten Sonntag bei Hofe eingeführt werden, und das geschah tatsächlich. Am Abend fand ein Hofball statt. Der Herzog hat eine gute Figur, er tanzt anmutig, er ist Ausländer; und deswegen vor allem erregte er die Aufmerksamkeit der schönsten Damen. Jede schien nur auf seine Huldigung zu warten. Der Herzog wandte sie zuerst der schönen Beatrice zu, die ihm mit wegwerfender Kälte begegnete. Der Herzog beklagte sich darüber bei einigen Herren des Hofes und erlaubte es sich, über den Stolz der spanischen Damen zu scherzen.

Im Verlauf des Abends schob ihm ein Page, der vorschützte, er wolle ihm eine Limonade anbieten, ein Billett zu, das nur die Worte enthielt: »Verlieren Sie nicht den Mut!« Das Billett war nicht unterzeichnet, aber dabei lag ein Stück Band in Grün und Lila, welches an diesem Abend die Farben von Beatricens Bändern waren. Unterdessen hinterbrachte man auch dieser Dame, der neapolitanische Herr habe sich über ihr verächtliches Betragen beklagt. Sie fürchtete, sie sei allzu schroff gewesen, und erwies ihm einige Aufmerksamkeiten. Von nun an zweifelte Santa Maura nicht mehr daran, daß das Band als Signatur des Billetts gemeint sei. Als er nach Hause ging, war er sehr zufrieden mit sich, und die Person seiner Zukünftigen verlor gleichzeitig in seinen Augen an Reiz, obwohl sie ihm am Tage seiner Ankunft sehr schön erschienen war.

Als Santa Maura am nächsten Tag mit seinem zukünftigen Schwiegervater frühstückte, stellte er ihm Fragen über die Herzogin von Avila. Moro sagte ihm, diese Dame, die in Spanien erzogen worden sei, habe sich Spanien und den Spaniern etwas entfremdet. So wenigstens erklärte er ihren beispiellosen Stolz und ihre Äußerung, sie sei entschlossen, niemals zu heiraten. Moro meinte nun, die Herzogin Beatrice könnte sich zu einem fremdländischen Edelmann entschließen. Indem der rechtschaffene Bankier sich so äußerte, nahm er, ohne es zu wissen, an der Zerstörung eines Eheplanes teil, der ihm doch so sehr am Herzen lag. In der Tat glaubte Santa Maura hinreichende Gründe für die Ansicht zu haben, Beatrice ziehe die Ausländer den Spaniern vor.

Noch am gleichen Vormittag empfing Santa Maura ein Papier, das wie ein Billett gefaltet war, aber nur ein Stück orange-violettes Band enthielt. Er besuchte die Oper und sah die Herzogin mit Bändern geschmückt, die seiner Stoffprobe glichen.

Ich vermute, edler Schelm«, fügte Busqueros hinzu,

»Sie haben genug Witz, um den Kern der Intrige zu ahnen. Sie werden sich denken, daß mir die erste Kammerfrau der Herzogin ergeben ist und daß sie mir jeden Morgen eine Probe des Bandes bringt, das die Herzogin den Tag über tragen will. Das Billett, das Sie heute überbracht haben, enthielt das Band und die *tertulia* des französischen Botschafters als Treffpunkt. Dort wird man dem Herzog einige Beachtung schenken, denn in einem Brief, den Beatrice heute morgen von der Herzogin von Ozuna, der Tochter des Vizekönigs von Neapel, erhalten hat, ist ausführlich von ihm die Rede. Es ist undenkbar, daß zwischen ihnen keine Unterhaltung entsteht, und ihre Reden werden mir nicht entgehen: Der französische Botschafter hat mir den Zutritt zu seinen Gesellschaften gestattet.

Allerdings – ich bin dort keine wichtige Erscheinung; aber dem Himmel sei Dank ist mein Ohr von der Art, daß es selbst das vernimmt, was man am anderen Ende des Zimmers spricht. Doch das ist für heute genug. Du mußt Hunger bekommen haben; ich will dich nicht hindern, dir ein Mittagessen zu suchen.«

Ich ging wirklich zum Ritter Toledo. Er wollte sich gerade mit seiner lieben Uscariz zu Tisch setzen; er schickte seine Leute fort, und ich bediente ihn. Als die Damen gegangen waren, berichtete ich ihm von der Intrige, die Busqueros gesponnen hatte, um Santa Maura und die Moros zu entzweien. Toledo hörte mit großem Vergnügen zu und versprach, uns zu helfen; ein solcher Verbündeter bürgte uns für den Erfolg.

Der Ritter von Toledo stellte sich beim französischen Botschafter als einer der ersten ein und knüpfte mit der strahlend schönen Beatrice ein Gespräch an. Zunächst behandelte sie ihn mit ihrem üblichen Hochmut; aber der Ritter war von unwiderstehlicher Liebenswürdigkeit: Man mußte einfach mit ihm lachen. Dann lenkte er das

Gespräch auf Santa Maura. Beatrice wollte den Mann kennenlernen, dessen Bild ihre Freundin entworfen hatte: Sie wurde ein wenig lebhafter, als man es gewöhnt war, so lebhaft sogar, daß es nicht unbemerkt blieb. Zwei tonangebende Herren beglückwünschten Santa Maura zu einer so schwierigen Eroberung. Das warf ihn ganz aus dem Gleichgewicht; er wußte nicht mehr, wo ihm der Kopf stand: Er sah sich schon als Beatricens Gatte. Während er nach Hause ging, überschlug er, um wieviel das gesamte Erbe der Moros die Mitgift von Inés Moro übertraf, und von nun an behandelte er deren ganze Familie mit betonter Geringschätzung.

Am Tage darauf ließ der Ritter von Toledo Busqueros zu sich rufen, der sich sehr geehrt fühlte, ihm vorgestellt zu werden. Man beschloß, in Beatrices Namen einen Brief zu schreiben, und da ein Stückchen Band als Signatur genügte, machte man sich kein Gewissen aus dieser Fälschung. Der Brief war sehr geheimnisvoll abgefaßt. Man erklärte sich nur zur Hälfte, ließ Schwierigkeiten ahnen; schließlich schlug man ein Treffen bei der *tertulia* des Herzogs von Icaz vor. Santa Mauras Antwort war durchaus geistreich, und er stellte sich pünktlich ein, wie man sich vorstellen kann. Diesmal kehrte Beatrice wieder ihren ganzen Stolz hervor und hätte unsere Pläne fast durchkreuzt; der Ritter nahm Santa Maura aber beiseite und vertraute ihm an, Beatrice habe einen heftigen Streit mit ihrem Vater gehabt, weil dieser sie unbedingt einen Spanier heiraten lassen wolle. Von diesem Augenblick an glaubte Santa Maura, er werde angebetet, und man merkte ihm eine tiefe Seelenfreude an, die nicht mehr zu erschüttern war.

Wir setzten unsere Korrespondenz mit unserem leichtgläubigen Neapolitaner fort. Die angeblichen Briefe Beatrices wurden immer vielsagender, und bald ließen sie eine in kurzer Zeit bevorstehende Entscheidung durchblicken; aber man wunderte sich darüber, daß Santa Maura noch bei den Moros wohnte. Er selbst wünschte mit ihnen zu brechen und wußte nur nicht, wie er es anstellen sollte.

Eines Tages erhielt Santa Maura anstelle des gewohnten Briefes ein umfangreiches Gedicht mit dem Titel *Satire gegen die Großen, die unter ihrem Stande heiraten*. So begann es:

Insekten ihr, dem Schlamm des Paktalos zu eigen,
Hebt euer Schwarm sich doch, zu Äolos aufzusteigen?
Hofft er, er könnt' sich je zu Himmelsgöttern zählen,
Will er sein schnödes Blut mit himmlischem vermählen?
Habt ihr des Salmoneus Los bereits vergessen,
Des frechen Königs, der, mit Jupiter sich zu messen,
Den Donnerer schmählich äffte? Von des Gottes Wettern
Aus dem Gespann gestürzt, sah man ihn tief zerschmettern.

Wie man sieht, war die Satire weniger an die Großen gerichtet, die unter ihrem Stande heiraten, als an die Reichen, die sich durch dergleichen Verbindungen zu erhöhen trachten. Wie alle Produkte von Agudez war auch dieses weder gut noch schlecht. Hier tat es die beabsichtigte Wirkung.

Santa Maura fand es amüsant, die Satire bei den Moros zum Nachtisch vorzulesen. Die ganze Gesellschaft hatte sich erhoben und ging in ein anderes Zimmer hinüber, und der Herzog ließ anspannen, ohne mit Erklärungen Zeit zu vergeuden, und nahm noch am gleichen Tage im Gasthaus Quartier. Am nächsten Tag wußte die ganze Stadt, was vorgefallen war. Die vermeintliche Beatrice schrieb einen viel zärtlicheren Brief als die vorherigen und erlaubte Santa Maura, förmlich um ihre Hand anzuhalten. Er tat es und wurde vom Vater abgewiesen, der mit seiner Tochter noch nicht einmal davon sprach. So hatte sich der Neapolitaner nicht blamiert und war nicht einmal verärgert darüber, daß er Inés ausgeschlagen hatte.

Nun waren also nur noch die Soarez mit den Moros zu versöhnen; und das spielte sich so ab: Gaspar Soarez, der über seinen Sohn sehr verärgert war, hatte sich lange Zeit in seine Herberge zurückgezogen; endlich entschloß er sich, wieder auszugehen. Zur Zerstreuung suchte er einen Ausschank nahe der Puerta del Sol auf. Wenn er einen Tisch mit einer plaudernden Gesellschaft sah, setzte er sich in deren Nähe und hörte vergnügt zu, ohne sich in ihre Reden einzumischen, was auch fehl am Platz gewesen wäre, da er in Madrid noch gar keine Bekanntschaften hatte.

Eines Tages setzte sich Soarez neben zwei Männer, von denen einer zum anderen sagte: »Und ich behaupte, Señor, daß kein Haus in Spanien mit dem der Moros zu vergleichen ist; das weiß ich sehr gut, da ich in ihre seit dem Jahre 1580 geführten Rechnungsbücher Einblick hatte, die alle ihre Geschäfte seit hundert Jahren verzeichnen.«

»Señor«, erwiderte der andere, »Sie werden doch zugeben, daß Cadix ein weit bedeutenderer Handelsplatz ist als Madrid; und daß der Handel mit der Neuen Welt eine geschäftliche Größenordnung hat, die über ein paar Geldbewegungen in der Hauptstadt weit hinausgeht. So ist das Haus Soarez, das erste in Cadix, weit beachtlicher als das Haus Moro, das in Madrid die größte Rolle spielt.«

Da er dies sehr laut sagte, setzten sich mehrere Müßiggänger mit an den Tisch der beiden Plauderer; und Soarez, der entzückt war, daß er mithören konnte, was man von ihm sagte, drückte sich an die Wand, um besser zu verstehen und weniger beachtet zu werden.

Dann sagte wieder der erste, indem er noch lauter sprach: »Señor, ich hatte die Ehre, Ihnen zu sagen, daß ich die seit 1580 geführten Rechnungsbücher der Moros einsehen konnte, und ich kenne auch die Geschichte der Soarez. Iñigo, der in seiner Jugend die Meere durchkreuzt hatte und in Cadix ein Handelshaus gründete, hatte im Jahre 1602 die Stirn, den Moros einen Wechselbrief vorlegen zu lassen, der keine Deckung aufwies. Dieser Regelverstoß hätte das gerade aufstrebende Haus ruinieren können; die Moros aber waren großzügig genug, die ganze Affäre auf sich beruhen zu lassen.«

Hier wollte Soarez fast zerspringen; aber der Sprecher fuhr fort mit den Worten: »Die Soarez hatten gegen das Jahr 1612 Silberbarren von sehr ungleichem Wert in Umlauf gesetzt, bei denen man jedoch den gleichen Feingehalt an Silber voraussetzte. Die Moros machten öffentlich die Probe darauf, und sie hätten abermals das Haus Soarez ruinieren können; aber sie waren großzügig genug, die Affäre auf sich beruhen zu lassen.«

Soarez beherrschte sich mit Mühe; indessen fuhr der Redner fort: »Schließlich fand Gaspar Soarez, der ohne hinreichende Kapitaldeckung den Handel mit den Philippinen betrieb, einen Weg, einen Onkel des Hauses Moro dafür zu interessieren, der sich mit einer Million beteiligte. Und um diese unselige Million wieder beizutreiben, mußten die Moros einen Prozeß anstrengen, der vielleicht heute noch nicht beendet ist.«

Gaspar Soarez wurde von einem Zorn übermannt, der sicher ausgebrochen wäre, aber da trat ein Mann, den er gar nicht kannte, auf den Verteidiger der Moros zu und sprach:

»Señor, hiermit erkläre ich, daß in allem, was Sie gesagt haben, kein Körnchen Wahrheit steckt. Als Iñigo Soarez den Wechsel auf die Moros zog, hatte er tatsächlich Geld zur Deckung in Antwerpen angelegt. Die Moros hatten nicht das Recht, den Wechsel zu Protest gehen zu lassen, und ihr Entschuldigungsbrief liegt noch im Kontor der Soarez, zusammen mit einem zweiten Entschuldigungsbrief, der sich auf die Sache mit den Silberbarren bezieht; der Prozeß schließlich, den Sie erwähnten, ohne auch nur das Geringste davon zu wissen, hatte keinen anderen Grund als die Absicht, die Moros zu zwingen, nicht etwa nur die angelegte Million zurückzunehmen, sondern zwei Millionen Reingewinn, der bei der letzten Unternehmung auf den Philippinen entstanden war. Der Señor hatte also recht zu sagen, die Soarez seien die ersten Kaufherren Spaniens; und ebenso unbestreitbar ist es, Señor, daß Sie zu den Aufschneidern gehören, die reden, ohne zu wissen wovon.«

Der Moro-Anhänger wirkte feige und betreten, und er verließ den Ausschank. Gaspar Soarez hielt es für seine Pflicht, seinem Verteidiger zu danken. Er sprach ihn zutunlich an und schlug ihm einen Spaziergang im Prado vor, was angenommen wurde; sie setzten sich auf eine Bank, und Soarez sagte zu seinem neuen Freund:

»Señor, mit der Rede, die Sie hielten, stehe ich tief in Ihrer Schuld, und das wird Ihnen sehr einleuchten, wenn Sie erfahren, daß ich Gaspar Soarez bin, alleiniger Eigentümer des Hauses, das Sie so großherzig gegen einen feigen Verleumder verteidigt haben. Ich kann es wohl beurteilen, daß Sie den Handel in Cadix gründlich kennen, und besonders den meinen. Sie sind, wie ich sehe, ein vollendeter Kaufmann; hätten Sie die Güte, mir Ihren Namen zu sagen?«

Der Mann, mit dem Soarez sprach, war kein anderer als Busqueros, der glaubte, seinen Namen besser verschweigen zu sollen, und sagte, er heiße Roque Moraredo.

»Mit Verlaub, Señor Moraredo«, fuhr Soarez fort, »Ihr Name scheint mir im Handel nicht sonderlich bekannt zu sein, und wahrscheinlich waren Sie noch nicht in der Lage, Spekulationen zu unternehmen, die zu Ihren Talenten und Ihrem Verdienst im Verhältnis stehen. Ich biete Ihnen an, sich an einigen meiner Geschäfte zu beteiligen, und um Sie zu überzeugen, wie ernst ich es dabei meine, will ich Ihnen den derzeitigen Zustand meiner Seele ebenso anvertrauen wie den Stand meiner Pläne. Ich habe einen einzigen Sohn, in den ich alle meine Hoffnung setzte. Ich schickte ihn nach Madrid, wobei ich ihm drei Dinge ans Herz legte: sich nicht Don Soarez zu nennen, sondern einfach Soarez; sich nicht auf den Umgang mit Adligen einzulassen; und niemals den Degen zu ziehen. Aber Sie werden es nicht glauben: In der Herberge wird mein Sohn nur Don Soarez genannt. Sein einziger Umgang in Madrid ist ein Edelmann namens Busqueros; schließlich hat er sich mit Busqueros duelliert und wurde, was das Allerschlimmste ist, aus dem Fenster geworfen, was einem Soarez noch nie geschah. Um diesen undankbaren und ungehorsamen Sohn zu bestrafen, will ich mich verheiraten, das ist ausgemachte Sache, und zwar lieber heute als morgen. Ich bin kaum vierzig Jahre alt, also kann man mich nicht tadeln, wenn ich an eine Heirat denke. Alles, was ich von meiner Zukünftigen verlange, ist, daß sie die Tochter eines ehrlichen und tadelfreien Kaufmanns ist. Sie kennen ja Madrid; kann ich denn hoffen, daß Sie mich bei der Suche anleiten wollen?«

»Señor«, erwiderte Busqueros, »ich kenne die Tochter eines sehr ehrenhaften Kaufmanns, und sie hat gerade die Hand eines großen Herrn zurückgewiesen, da sie entschlossen ist, aus ihrem Stand nicht herauszutreten. Ihr Vater, der ihr heftig zürnt, verlangt von ihr, binnen einer Woche einen Gatten zu wählen und umgehend das Haus zu verlassen. Sie sagen, Sie seien vierzig Jahre alt, sehen aber kaum wie dreißig aus. Gehen Sie zum Teatro de la Cruz und sehen Sie sich die ersten zwei Akte des *Sitio de Granada* an: Im dritten komme ich und hole Sie ab.«

Gaspar Soarez ging also und schaute sich den *Sitio de*

Granada an, und der zweite Akt war noch nicht vorbei, als sein neuer Freund erschien. Dieser verließ mit ihm das Theater und führte ihn durch verschiedene Straßen und Gassen, als ob er ihn in die Irre führen wolle. Soarez fragte ihn nach dem Namen des Fräuleins, aber sein Beschützer gab ihm zu verstehen, diese Frage sei indiskret und das Fräulein sei für den Fall, daß die Heirat nicht zustande komme, sehr daran interessiert, daß der ganze Vorgang unbekannt bleibe. Soarez fand das angemessen. Sie gelangten auf die Rückseite eines sehr großen Hauses, durchquerten einen Pferdestall, stiegen eine düstere Treppe hinauf und betraten ein unmöbliertes Zimmer, das von einigen Lampen beleuchtet wurde. Bald darauf zeigten sich zwei verschleierte Damen. Die eine sagte:

»Señor Soarez, schreiben Sie den Schritt, den ich hiermit unternehme, nicht einer Dreistigkeit zu, die gar nicht in meinem Wesen liegt. Dazu zwingt mich nur der eitle Ehrgeiz meines Vaters. Die großen Damen erhalten sicher eine Erziehung, die der großen Welt, in der sie leben sollen, angemessen ist; aber was sollte ich dort anfangen? Ihr Glanz würde wahrscheinlich das schwache Licht meiner Vernunft zum Erlöschen bringen: In dieser Welt könnte ich kein Glück finden, und für jene andere würde ich mein Seelenheil aufs Spiel setzen. Ich will einen Kaufmann heiraten; den Namen Soarez achte ich hoch, und ich habe gewünscht, daß Sie mich kennenlernen.«

Als die Dame diese Worte sprach, lüftete sie ihren Schleier; geblendet von ihrer Schönheit, senkte Soarez ein Knie zu Boden, zog von seinem Finger einen Ring von hohem Wert und reichte ihn ihr dar, ohne ein Wort über die Lippen zu bringen.

In diesem Augenblick flog krachend eine Seitentür auf. Ein junger Mann erschien, den Degen in der Hand, und Diener mit Fackeln folgten ihm.

»Señor Soarez«, rief er, »so geht man also vor, wenn man eine Tochter des Hauses Moro heiraten will!«

»Moro!« schrie Soarez, »aber ich will doch keine Moro heiraten!«

»Gehen Sie hinaus, meine Schwester«, sagte der junge Mann, »und Sie, Señor Soarez, der Sie sich den Töchtern des Hauses Moro nähern, ohne sie heiraten zu wollen, ich könnte Sie mit vollem Recht aus dem Fenster werfen lassen; aber ich habe Achtung vor meinem Haus. Ich lasse meine Leute hinausgehen, und dann bringe ich Ihnen meine Denkart bei.«

Die Leute des jungen Moro traten ab, und dieser sagte zu Soarez: »Señor, jetzt sind wir zu dritt; und da Señor Busqueros mit Ihnen gekommen ist, können Sie ihn als Zeugen nicht zurückweisen.«

»Wen nennen Sie Busqueros«, sagte Soarez; »der Señor heißt Moraredo.«

»Tut nichts«, sagte der junge Moro, »ziehen Sie den Degen! Vor meiner Schwester zu knien, sind Sie zwar jung genug; also werden Sie es auch sein, um sich mit mir zu schlagen; ziehen Sie den Degen oder springen Sie aus dem Fenster!«

Soarez entschied sich fürs Bloßziehen, wie man sich denken kann; da er sich aber aufs Fechten nicht besser verstand als sein Sohn, erhielt er bald einen Stoß durch den Arm. Sobald der junge Moro Blut fließen sah, trat er zurück, und Busqueros verband den Arm des Verletzten mit einem Schnupftuch. Dann verließ er mit Señor Soarez den Schauplatz des Geschehens, suchte einen Chirurgen auf, ließ Soarez' Wunde versorgen und brachte ihn wieder in seine Herberge.

Soarez fand dort seinen Sohn vor, den man auf einer Bahre herbeigeschafft hatte. Dieser Anblick rührte ihn im Innersten; doch da er fürchtete, seine Gefühle zu verraten, entschied er sich dazu, ihm Vorwürfe zu machen.

»López«, sagte er, »ich hatte dir den Umgang mit Edelleuten verboten.«

»O mein Vater«, antwortete López, »näher kennengelernt habe ich nur einen, und das ist der, den ich in Ihrer Gesellschaft sehe, und überdies kann ich Ihnen versichern, daß er mich zu diesem Umgang gezwungen hat.«

»Wenigstens«, sagte der Vater Soarez, »hättest du es nicht nötig gehabt, dich mit ihm zu duellieren, ich hatte dir verboten, den Degen zu ziehen.«

»Señor«, sagte Busqueros, »denken Sie daran, daß Sie einen Stoß durch den Arm davongetragen haben.«

»Ich hätte dir ja alles vergeben«, sagte endlich der Vater Soarez, »aber wie kamst du dazu, dich aus dem Fenster werfen zu lassen!«

»Señor«, warf Busqueros ein, »das gleiche Mißgeschick hätte Ihnen vor einer Viertelstunde widerfahren können.«

Die Verwirrung des Vaters stieg aufs äußerste. In diesem Augenblick überbrachte man ihm einen Brief, der folgendermaßen abgefaßt war:

Señor Gaspar Soarez,

Mit dem vorliegenden Schreiben wende ich mich an Sie, um Sie ergebenst um Entschuldigung zu bitten im Namen meines Sohnes Estevos Moro, der glaubte, als er Sie mit seiner Schwester in der Kammer der Stallknechte betraf, Ihnen seinen Unmut ausdrücken zu müssen.

Ihr Sohn López Soarez hatte bereits versucht, sich durchs Fenster bei ihr Zutritt zu verschaffen; er verwechselte das Haus, fiel hoch von der Leiter herab und brach sich die Beine.

Dergleichen Unterfangen könnten zu der Vermutung Anlaß geben, es liege in der Absicht Ihres Hauses, das unsere zu entehren, und ich könnte Sie gerichtlich verfolgen lassen; ich ziehe es jedoch vor, Ihnen folgende Schlichtung vorzuschlagen:

Wir prozessieren miteinander um zwei Millionen Piaster, die anzunehmen Sie mich zwingen wollen. Ich nehme sie nunmehr unter der Bedingung an, daß ich zwei Millionen hinzufüge und die gesamte Summe zusammen mit der Hand meiner Tochter Ihrem Sohn gebe.

Ihr Sohn erwies mir einen großen Dienst, als er meine Tochter davon abhielt, einen großen Herrn zu heiraten, dem ich sie aus sündhafter Eitelkeit opfern wollte.

Señor Gaspar Soarez, womit wir gesündigt haben, damit werden wir auch gestraft: Das Bestreben Ihres Sohnes mußte eine unendliche Ehre für uns sein, und wenn er durchs Fenster zu meiner Tochter vorzudringen gedachte, so war dieses Vorgehen zweifellos die Folge jenes Hasses, mit dem Sie uns seit einem halben Jahrhundert verfolgen, der jedoch nur auf den Irrtümern unserer Gehilfen beruht, die wir, so sehr es nur in unserer Macht stand, wiedergutzumachen trachteten.

Verzichten Sie, Señor Gaspar, auf Gefühle, die der christlichen Liebe Hohn sprechen; sie können in dieser Welt wie in jener anderen nur schaden.

Nehmen Sie den Menschen zum Schwiegervater Ihres Sohnes, der die Ehre hat, Ihr ergebener Diener zu sein

Moro

Soarez hatte den Brief laut vorgelesen, ließ sich nun in einen Sessel sinken und gab sich den gegensätzlichen Empfindungen hin, die in seinem Herzen im Streit miteinander zu liegen schienen.

Der Sohn, der den Zustand seiner Seele durchschaute, stürzte sich mit schmerzhafter Anspannung all seiner Kräfte von der Bahre herab und umfaßte die Knie seines Vaters.

»López«, rief dieser aus, »mußtest du denn eine Moro lieben!«

»Denken Sie daran«, sagte Busqueros, »daß auch Sie ihr zu Füßen lagen.«

»Ich verzeihe dir«, sagte Gaspar.

Es ist nicht schwer, den Fortgang der Geschichte zu erraten. López Soarez wurde noch am gleichen Abend zu seinem künftigen Schwiegervater gebracht, und Inés' Pflege trug nicht wenig zu seiner Genesung bei. Gaspar Soarez wurde niemals ganz von seiner Voreingenommenheit gegenüber den Moros geheilt und kehrte bald nach der Hochzeit seines Sohnes nach Cadix zurück. López Soarez war jetzt schon zwei Wochen der glückliche Gatte der bezaubernden Moro und bereitete ihre gemeinsame Reise nach Cadix vor, wo Gaspar Soarez sie ungeduldig erwartete.

Busqueros, der dieses große Unternehmen zu einem guten Ende gebracht hatte, befaßte sich schon mit einem anderen, das ihm weit mehr am Herzen lag; er wollte meinen Vater mit seiner Verwandten Gita verheiraten, und schon bewohnte die Schöne das Nachbarhaus auf der anderen Seite der Gasse. Nun nahm ich mir vor, diese Eheschließung mißlingen zu lassen.

Zunächst sprach ich darüber mit meinem Onkel, dem ehrwürdigen Theatinerpater Fra Gerónimo Sántez; aber dieser Ordensmann weigerte sich schlechterdings, in Angelegenheiten einzugreifen, die allzuviel von weltlichen Ränken mit sich zu bringen schienen, und erklärte, er habe sich stets nur dann mit Familienangelegenheiten befaßt, wenn es galt, eine Versöhnung herbeizuführen oder einen Skandal zu verhindern; in jedem anderen Falle fielen Interessen dieser Art nicht in die Zuständigkeit seines Amtes.

Da ich mich auf meine eigenen Mittel verwiesen sah, hätte ich das Interesse des liebenswürdigen Toledo für mein Anliegen gewinnen wollen; aber ich hätte sagen müssen, wer ich war, und das durfte ich nicht. Ich begnügte mich also vorerst damit, Busqueros in nähere Beziehungen zu dem Ritter zu bringen, wobei ich diesem ans Herz legte, sich vor der Aufdringlichkeit jenes Menschen in acht zu nehmen.

An dieser Stelle seiner Erzählung wurde der Zigeuner von einem seiner Leute mit Tagesgeschäften beansprucht, und wir sahen ihn den ganzen Tag nicht mehr.

CHRONOLOGIE

1761	Jan Graf Potocki wird am 8. März im Schloß Pikow in Podolien als Sohn Josefs und Anna Teresas, geb. Ossolinska, geboren. Französische Erziehung (seine Mutter weigert sich, Polnisch zu sprechen).
1762	Geburt des Bruders Seweryn.
1767	Geburt der Schwester Anna-Maria.
1774–78	Studium in Lausanne, dann in Genf.
1778	Begibt sich nach Wien (sein Vater ist österreichischer Mischlingsbürger); tritt im Bayrischen Erbfolgekrieg als Unterleutnant in die österreichische Armee ein.
1778/79	Reise nach Italien, Sizilien, dann nach Tunis und Malta. Wird Ritter des Malteserordens und nimmt an Expeditionen gegen die Berber teil.
1781	Wahrscheinlich Aufenthalt in Spanien.
1783	Nimmt an einer archäologischen Expedition nach Ungarn und Serbien teil. Beginn seines Interesses für slawische Studien.
1784	Mai/Juni: Reise nach Konstantinopel. Erste literarische Versuche. August/September: Besuch Ägyptens. Sein Bericht über diese Reise in zwanzig Briefen an seine Mutter ist die Grundlage für sein erstes Buch, *Voyage en Turquie et en Egypte* (Reise in die Türkei und nach Ägypten), das 1788 erscheint. Reist von Alexandria ab, erreicht am 13. Oktober Venedig. Lernt in Velletri bei Florenz koptische

Handschriften und das archäologische Museum im Besitz der Borgia kennen.

1785 Kehrt Anfang des Jahres nach Polen zurück. Am 29. April Heirat mit Julia Teresa Lubomirska, 17 Jahre alt, Tochter des Kronmarschalls Stanislaw und Isabellas, geb. Czartoryska.

1786 Am 4. Mai Geburt des ältesten Sohns Alfred.

Im Herbst Reise nach Italien. Wahrscheinlich Reise nach England.

1787 Begibt sich mit Frau und Mutter nach Spa, wo er die Bekanntschaft von Mme de Genlis macht, mit der er eine regelmäßige Korrespondenz unterhält.

Im September/Oktober während der Erhebung gegen den *stadhouder* Reise nach Holland, ›um das Schauspiel des Bürgerkriegs zu erleben‹.

1788 Am 27. Mai Geburt des zweiten Sohns Arthur.

Über Wien Rückkehr nach Warschau, wo er vom König freundlich empfangen wird.

Da Polen das Objekt der Begehrlichkeit seiner Nachbarn ist, ist P. Preußen gegenüber zunächst feindlich gesinnt. Er bietet ein Fünftel seines Jahreseinkommens für Polens Wiederbewaffnung an, wird für die Provinz Posen als Abgeordneter in den Sejm gewählt und tritt für eine unabhängige und liberale Politik ein.

Im September gründet er eine ›Freie Druckerei‹ mit der Absicht, dort ›jede politische Schrift‹ publizieren zu lassen, ›die von anderen Druckereien zurückgewiesen wurde‹ (im ersten Jahr Veröffentlichung von 67 Flugschriften); gründet im November die ›Wochenschrift des Sejm von Herrn v. V.‹, die bis 1792 erscheint.

Publikation von *Voyage en Turquie et en Egypte* (Reise in die Türkei und nach Ägypten).

November/Dezember: Friedrich Wilhelm II. ermutigt Polen, sich den russischen Ansprüchen zu widersetzen.

1789 Zweite Auflage von *Voyage en Turquie et en Egypte,* vermehrt um *Voyage en Hollande* (Reise nach Holland) und *Essay sur l'Histoire universelle et Recherches sur celle de la Sarmatie* (Versuch über die Universalgeschichte und die Geschichte Sarmatiens) Buch I und II.

P. eröffnet am 4. November in Warschau einen politischen Club, einen ›Lektüreraum für das Publikum‹ (mit Zeitungen und Broschüren ausgestattete Lokalität).

Unter dem Einfluß seines Schwagers, Ignacy Potocki, verbündet er sich mit den preußischen Interessen.

Im August Reise nach Berlin, wo er von Friedrich Wilhelm II. empfangen wird und die Bekanntschaft des Prinzen Heinrich, des Bruders des Königs, macht.

Gegenüber dem Bankier Piotr Peporow ist P. mit 80 000 Gulden verschuldet, gegenüber Mazzei mit 6000 Zechinen; eine Erbschaft rettet ihn.

Im Mai Ballonaufstieg über Warschau zusammen mit F. Blanchard.

Publikation des *Essay d'Aphorismes sur la Liberté* und der Bücher III und IV der *Recherches sur la Sarmatie.*

Ende August reist P. nach Frankreich ab, das er im Oktober erreicht. Der König von Polen, der erfährt, daß er Umgang mit den Jakobinern hat, und fürchtet, P. wolle sich als naturalisierter Franzose in die Nationalversammlung wählen lassen, beauftragt Mazzei mit seiner Überwachung. (Im gleichen Brief bezeichnet er P. als ›ersten unserer Elegants‹.)

1791 Unterhaltung mit dem Botschafter Schwedens in Frankreich, dem Baron von Staël-Holstein, dem er die polnische Thronfolge für Gustav III. vorschlägt.

Im Februar Abreise nach Spanien, wo er drei Monate verbringt; dann sucht er Marokko auf. Kehrt Anfang September nach Cadiz zurück und erreicht im November Paris, nach Aufenthalten in Lissabon und London.

Am 3. Mai gibt sich Polen eine liberale Verfassung, die älteste nach jener der Vereinigten Staaten.

1792 Im Januar durchquert P. Deutschland und erreicht Warschau. Er nimmt von neuem an der polnischen Politik Anteil. Sein Bruder Severin wollte den Thron dem Prinzen Konstantin von Rußland überlassen. Da der König mit der ›Tragowica‹ verbündet war, einer Koalition prorussischer Fürsten, die das militärische Eingreifen Rußlands hätte herbeiführen können, warnt P. ihn davor, daß Polen Gefahr läuft, unter seinen drei Nachbarn aufgeteilt zu werden.

Als die Russen in Polen eingefallen sind, legt P. am 5. Mai dem Sejm einen Militarisierungsplan vor und tritt als Freiwilliger in die litauische Armee unter dem Befehl Zabiellos ein.

Schlachten von Zielince (18. Juni) und Dubienka (17. Juli), in denen die Russen siegen.

Am 24. Juli kehrt P. nach Warschau zurück; er erklärt, daß er sich aus der Politik zurückziehen und sich künftig der wissenschaftlichen Forschung widmen will.

Im August läßt er *Parades* auf der Bühne des Schlosses Lancut aufführen.

Er publiziert die Bücher V und VI der *Recherches sur la Sarmatie et Voyages dans l'Empire du Maroc,* gefolgt von *Voyage de Hafez, récit oriental* (Schlüsselerzählung über Polen und seine internationalen Beziehungen).

1793 Zweite Teilung Polens.

Nach dem Ende des Sejm widmet sich P. historischen Arbeiten. Im Mai erscheinen die *Chroniques, Mémoires et Recherches pour servir à l'Histoire de tous les Peuples slaves* (Chroniken, Erzählungen und Forschungen zur Geschichte aller slawischen Völker), dann *Recueil des Parades* (Gesammelte ›Paraden‹).

Plant eine Reise in die Ukraine, begibt sich aber nach Deutschland, wo er bis 1796 bleibt.

1794 P. hält sich in Hamburg auf, wo er mit Klopstock Umgang hat, begibt sich dann nach Dänemark. Am 20. April läßt er am Hof Prinz Heinrichs von Preußen im Schloß Rheinsberg *Les Bohémiens d'Andalousie*

(Die Zigeuner Andalusiens) aufführen, die im gleichen Jahr veröffentlicht werden.

Im Mai heldenhafte Erhebung von Koszinsko.

Im Juni trifft P. in Karlsbad seinen Vetter Stanislaus-Kostka.

Am 26. August stirbt seine Frau Julia Lubomirska in Krakau an Schwindsucht.

August/September: Reise durch Galizien, die zur Veröffentlichung von *Voyages dans quelques parties de la Basse-Saxonne* führen wird (Reisen durch einige Teile Niedersachsens, erscheint 1715).

1795 Dritte Teilung Polens.

1796 P. veröffentlicht in Braunschweig *Fragments historiques et géographiques sur la Scythie, la Sarmatie et les Slaves* (Historische und geographische Fragmente über Skythien, Sarmatien und die Slawen).

Begibt sich nach Wien, wo seine Eltern und seine Schwiegermutter wohnen, und veröffentlicht dort *Mémoire sur un nouveau Périple du Pont-Euxin* (Denkschrift über eine neue Reise durch das Schwarze Meer).

Die Schwiegermutter widmet sich der Erziehung seiner zwei Söhne.

Kehrt zum letzten Mal nach Warschau zurück und spricht Stanislaus-August Poniatowsky seine Glückwünsche aus.

1797 Wohnt im April der Krönung Pauls I. in Moskau bei. Bricht im Mai in den Kaukasus auf (der Bericht darüber in *Voyage dans les steps* (sic) *d'Astrakhan et du Caucase* (Reise durch die Steppen Astrachans und des Kaukasus) wird von seinem Schüler J. v. Klaproth 1829 veröffentlicht). Beginnt die Niederschrift des *Manuscrit trouvé à Saragosse* (Die Handschrift von Saragossa).

1798 Erreicht im April die Krim, begibt sich dann nach Podolien, wo er ein zurückgezogenes Leben führt.

1799 Heiratet am 10. April in zweiter Ehe Constancja Potocka, die Tochter des schwerreichen Stanislaus-

Feliks, seines Vetters ersten Grades. Als Mitgift erhält er eine Million Zloty (von denen er bei seiner Scheidung 1808/09 einen Teil zurückerstatten muß).

1800 Am 18. Mai Geburt seiner ältesten Tochter Irene.

1800–02 Schreibt die *Histoire primitive des Peuples de la Russie* (Urgeschichte der Völker Rußlands), ein Werk, das die Summe seiner zwanzigjährigen Forschungen auf dem Gebiet der slawischen Studien darstellt und 1802 veröffentlicht wird.

1801 Geburt des dritten Sohns, André-Bernard. P. widmet sich der Erziehung dieses Kindes.

1802 Im April reist er mit Familie nach Sankt Petersburg, wo er die *Histoire primitive* herausbringt.

Wird von Alexander I. zum Geheimen Rat ernannt.

Beginnt sich für die Antike zu interessieren.

Am 14. Dezember Tod von P.s Vater in Wien.

1803 Anfang Januar reist P. mit Familie nach Wien, wo er sich bis September aufhält.

Dann reist er nach Italien und veröffentlicht in Florenz *Dynasties du second livre de Manethon* (Die Dynastien im zweiten Buch Manethos).

Hat die Absicht, sich nach Rom und Neapel zu begeben, aber finanzielle Schwierigkeiten zwingen ihn, über Venedig nach Wien zurückzukehren, während seine Familie die Reise fortsetzt.

1804 In Sankt Petersburg Druck der Tage 1 bis 10 des *Manuscrit trouvé à Saragosse* in Form von Korrekturbögen.

P. richtet an Adam Czartorski, einen russischen Minister und Vetter seiner ersten Frau, Briefe und Denkschriften, in denen er die panslawistische Idee unter der Führung Rußlands propagiert.

Schreibt und publiziert, immer noch in Wien, *Histoire ancienne du Gouvernement de Cherson* (Frühe Geschichte des Gouvernements von Cherson).

Im Dezember wird er durch Alexander I. zum Mitglied der Asienabteilung des Auswärtigen Amtes ernannt.

1805 Geburt der jüngsten Tochter, Teresa.

Februar/März: Druck der Korrekturbögen der Tage 11 bis 13 des *Manuscrit trouvé à Saragosse.* P. verfaßt einen *Précis des relations asiatiques* (Abriß der asiatischen Beziehungen), der überarbeitet in das *Système asiatique* (System Asiens) eingehen wird. Periode intensiver Publikationstätigkeit: *Chronologie des deux premiers livres de Manethon* (Chronologie der zwei ersten Bücher Manethos), *Histoire ancienne du Gouvernement de Podolie* (Frühe Geschichte des Gouvernements von Podolien), *Histoire ancienne du Gouvernement de Wolhynie* (Frühe Geschichte des Gouvernements von Wolynien), *Atlas archéologique de la Russie européenne* (Archäologischer Atlas des europäischen Rußlands).

Im Juli nimmt P. als wissenschaftlicher Leiter an einer Gesandtschaft von 240 Personen teil, deren Ziel darin bestand, Beziehungen zu China herzustellen, die aber, größtenteils wegen der Haltung des Leiters der Expedition, des Fürsten Golowkin, scheiterten.

1806 Am 29. Januar, als sich P. noch in der Mongolei aufhält, wird er in die Akademie der Wissenschaften von Sankt Petersburg aufgenommen.

Anfang Juli kommt P. in Sankt Petersburg an und verfaßt *Mémoire sur l'Expédition de Chine* (eine Denkschrift über die chinesische Expedition), gerichtet an Czartoryski.

Im November stellt P. sein *Système asiatique* Czartoryski vor, einen Plan zur zivilisatorischen und wirtschaftlichen Eroberung Asiens, mit der Empfehlung, man solle sich Afghanistans als des Tors zu Indien bemächtigen. Diese Denkschrift erweckt auch Frankreichs Interesse. Czartoryski wird nach der Katastrophe von Austerlitz durch Budberg ersetzt, der das *Système asiatique* ungünstig aufnimmt.

1807 Budberg vertraut P. die Gründung des *Journal du Nord* (Journal des Nordens) in französischer Sprache an, um die russische Politik der internationalen Öffentlichkeit zu erklären, – eine unbezahlte Arbeit.

Da P. sieht, daß Budberg nach dem Frieden von Tilsit in Ungnade fallen wird wie vorher Czartoryski und daß er nicht mehr die Mittel haben wird, um in Sankt Petersburg seinen Lebensstil aufrechtzuerhalten, gibt er endgültig die Politik auf und ersucht am 30. November um seinen Abschied. Ende des Jahres kehrt er nach Podolien zurück. Vor seiner Abreise übergibt er Gabriel-Edmond Rousseau de Saint-Aignan, Mitglied einer französischen Gesandtschaft, ein Manuskript mit den 22 ersten Tagen des *Manuscrit trouvé à Saragosse.*

1808 P. und seine Frau Constance trennen sich. Krank (er leidet an Podagra) und verschuldet lebt er weiterhin auf dem Besitz seiner Frau in Dymidowka. Am 15. April unterzeichnet er das Dokument über die Trennung der Güter.

Publiziert *Examen critique du Fragment égyptien, connu sous le nom d'Ancienne Chronique* (Kritische Prüfung des ägyptischen Fragments, bekannt als Alte Chronik).

1809 Am 1. Februar wird die Scheidung ausgesprochen (P. muß einen Teil der Mitgift zurückerstatten). Von diesem Zeitpunkt an lebt er abwechselnd in Tulczyn, Janow und im Winter in Krzemieniec. In Leipzig publiziert Friedrich Adelung eine deutsche Übersetzung des *Manuscrit trouvé à Saragosse* unter dem Titel *Abentheuer in der Sierra Morena.*

1810 P. reist nach Sankt Petersburg, gibt den *Atlas archéologique de la Russie européenne* neu heraus und veröffentlicht *Principes de Chronologie, pour les temps antérieurs aux Olympiades* (Grundsätze der Chronologie für die Zeit vor den Olympiaden), ein Werk, das die Professoren von Krzemieniec ungünstig aufnehmen, was P.s depressiven Zustand wahrscheinlich verschlimmert.

Joseph de Maistre wendet sich an ihn mit zwei ›Briefen an M. le comte Jean Potocki über die biblische Chronologie‹ voller Mißbilligung.

1811 Von März bis Mai kehrt er über Wilna nach Bialystok in Podolien zurück. Es gibt keinen Nachweis darüber, daß er in dieser Zeit Reisen nach Paris oder Spanien unternahm.

1812 Gibt in Krzemieniec das Buch I der *Principes de Chronologie* heraus.

In Paris erscheint *Avadoro.*

Im November erhält P. den Besuch seines ältesten, aus russischer Gefangenschaft zurückgekehrten Sohnes, der mit seinem Bruder zur (napoleonischen) Armee des Fürstentums Warschau gehört hatte.

1814 In Paris Publikation der *Dix Journées de la Vie d'Alphonse Van Worden* (Zehn Tage aus dem Leben Alfons van Wordens), in Krzemieniec der Bücher II und III der *Principes de Chronologie.* Das Werk ist von der Konfiskation bedroht, da es ohne ausdrückliche Genehmigung der Zensurbehörden veröffentlicht wurde. Die Konfiskation wird auf Einspruch P.s vom Minister Razumowski aufgehoben.

Die Heirat seines ältesten Sohns Alfred mit Josephine Czartoryska am 3. Juli verbessert sein Verhältnis zu seiner Schwiegermutter Isabella Lubomirska, von der die wirtschaftliche Lage seiner zwei ältesten Söhne abhängt.

Schreibt ein Vorwort für das Gedicht ›Sofijowka‹ von Trembecki, dessen französische Übersetzung anläßlich des Wiener Kongresses erscheint.

1815 Veröffentlicht *La Vie de Stanislas Potocki* (Das Leben Stanislas Potockis), geschrieben 1811. Die Bücher IV bis VI der *Principes de Chronologie* erscheinen.

Finanziell ruiniert und krank setzt er seinem Leben am 11. Dezember in Uladowka ein Ende. Nach einem Bericht Cholowoewskis hat er seine Pistole mit einer Bleikugel geladen, die er monatelang poliert hatte und die vom Deckel einer Teekanne stammte. Nach einer anderen Version soll er sich mit einer von einem Priester gesegneten Silberkugel getötet haben. Das Begräbnis fand am 10. Dezember in Pilkow statt. (Nach neueren Forschungen soll er am 20. November gestorben und am 2. Dezember begraben worden sein.)

1822 In *Infernaliana* läßt Nodier *Les Avantures de Thibaut de la Jacquière* (vgl. Tag 10) ohne Autorennamen drucken.

1829 In Paris veröffentlicht J. v. Klaproth die *Voyages dans les steps d'Astrakhan et du Caucase. Histoire primitive des Peuples qui ont habité anciennement ces contrées/Nouveau Périple du Pont-Euxin.* (Reisen durch die Steppen Astrachans und des Kaukasus. Urgeschichte der Völker, die einst diese Länder bewohnten/Neue Reise durch den Pontus Euxinus = Schwarzes Meer).

1832 Puschkin nimmt unter dem Titel ›Alfons‹ eine russische Version des Anfangs des *Manuscrit trouvé à Saragosse* in Angriff (blieb Fragment).

1834 Der ›Comte de Courchamps‹ (= Maurice Cousin) veröffentlicht angebliche *Souvenirs de la Marquise de Créquy,* die unter dem Titel *Le Paradis sur Terre* (Das Paradies auf Erden) ein sogenanntes Fragment des *Manuscrits de Cagliostro* (Fragment der Handschriften Cagliostros) enthalten, ein Plagiat der Geschichte von Giulio Romati und der Fürstin von Monte Salerno (vgl. Tage 12/13).

1842 Neudruck der *Dix Journées* in Paris.

1847 Das *Manuscrit trouvé à Saragosse* erscheint in Leipzig in der polnischen Übersetzung von Edmond Chojecki.

1855 Washington Irving veröffentlicht in *Wolfert's Roost and other stories* ohne Quellenangabe *The Grand Prior of Malta* (vgl. Tag 53).

1862 Neuausgabe der Übersetzung Chojeckis in Brüssel.

1917 Neuausgabe der Übersetzung Chojeckis in Warschau (Kollektion ›Die Musen‹).

1950 Neuausgabe der Übersetzung von Chojecki mit einigen Veränderungen und Streichungen (durch M. Toporowski).

1956 Polnische Ausgabe (Warschau), überarbeitet von L. Kukulski (der dabei außer der Übersetzung von Chojecki die Manuskripte der Krakauer Archive berücksichtigt).

1958 Fragmentarische Neuausgabe (etwa ein Viertel des Textes) des *Manuscrit trouvé à Saragosse* durch R. Caillois.

1961 R. Caillois gibt in Leipzig eine deutsche Ausgabe der *Handschrift von Saragossa* heraus, die von L. Eisler-Fischer und M. Reifenberg übersetzt ist.

1964 Das Buch wird von Wojzieck Has verfilmt.

1968 L. Kukulski besorgt eine überarbeitete Ausgabe seiner polnischen Version des *Manuscrit.*

1972 Neudruck der Ausgabe von R. Caillois unter dem Titel *La Duchesse d'Avila.* Der französische Staatssender ORTF zeigt den Film *La Duchesse d'Avila* von Ph. Ducrest.

1980 Neuausgabe der *Voyages* durch D. Beauvais.

1981 Neue Übersetzung ins Deutsche durch W. Creutziger unter dem Titel *Die Abenteuer in der Sierra Morena oder die Handschriften von Saragossa,* herausgegeben von L. Kukulski in Berlin (Lizenzausgabe in Zürich 1984).

1987 *Ecrits politiques* (politische Schriften), herausgegeben von D. Traire.

1989 Erste vollständige Ausgabe des *Manuscrit trouvé à Saragosse* durch R. Radrizzani.
Neuausgabe der *Parades* und der *Bohémiens d'Andalousie* durch D. Traire.

2000 Neue Übersetzung ins Deutsche durch Manfred Zander unter dem Titel *Die Handschrift von Saragossa,* Zürich.

2003 Die *Handschrift von Saragossa* erscheint in der Übersetzung von Manfred Zander, neu ergänzt mit dem Nachwort von René Radrizzani sowie einem ausführlichen Textanhang bei Kein & Aber, Zürich.

ANMERKUNGEN

VORWORT

Belagerung von Saragossa: 1809 wurde die Stadt nach zweimonatiger Belagerung von der Armee Napoleons eingenommen.

ERSTER TAG

Der Graf von Olavidez besiedelte als Gouverneur Andalusiens von 1767 bis 1776 die Sierra Morena; er konfiszierte Kirchengüter und teilte sie unter die Bauern auf. Die Inquisition kerkerte ihn ein; 1790 gelang ihm die Flucht nach Paris.

Las gitanas de Sierra Morena quieren carne de hombres (span.): Die Zigeunerinnen der Sierra Morena begehren Menschenfleisch (=Männerfleisch – daher mehrdeutig)

Die Heilige Hermandad: spanische Bruderschaft, monarchistisches Instrument zur Landfriedenssicherung, seit dem 16. Jahrhundert zur Wegepolizei ausgebildet

König Philipp V.: Regierungszeit 1700–1746

Wallonische Garde: Das Gebiet der Wallonen (Südbelgien) stand unter spanischer Herrschaft.

zagal (span.): Pferdeknecht

Unsere liebe Frau von Atocha: Wallfahrtskirche in Madrid

Los Hermanos (span.): die Brüder

olla podrida: spanisches Gericht aus verschiedenen Fleisch- und Gemüsesorten

los dulces (span.): Süßigkeiten

Sukkubus: im mittelalterlichen Dämonenglauben weiblicher Buhlteufel, der mit Menschen sexuellen Umgang hatte

Dey: früherer türkischer Titel der Herrscher von Algier und Tunis

Leila und Medjnoun: höfischer Roman des persischen Dichters Nizami, nach einer arabischen Legende 1188 geschrieben. Eine Übersetzung von »ben Omri« ist nicht bekannt.

Averroës: arab. Ibn Ruschd, 1126–1198, Philosoph, Theologe, Jurist, Mediziner in der Blüte der arabischen Kultur in Spanien

Hazrata, hazret (arab.): Ehrentitel für Hochgestellte

Koraïch (arab.): arabischer Stamm, dem Mohammed angehörte

Kasr (arab.): Schloß, Burg

Massud ben Taher: Tarek ibn Zayâd eroberte 711 Spanien und gab seinen Namen dem Djebel (Berg) Tarek : Gibraltar.

Kalif von Bagdad: Hauptstadt der omaijadischen Kalifen war Damaskus. Erst nach dem Sturz der Omaijaden 750 machten die Abassiden zuerst Al-Koufa, dann Bagdad zum Sitz des Kalifen.

Fortsetzung der Sierra Morena: Als Alpujarras wird nicht die Fortsetzung der Sierra Morena bezeichnet, sondern eine Bergkette im Süden der Sierra Nevada.

Turduler: iberischer, in Andalusien seßhafter Stamm

Der zwölfte Imam: Für die Schiiten, die als Haupt der muslimischen Gemeinschaft nur die Abkömmlinge Alis, des Vetters Mohammeds und Ehemann Fatimas, der Tochter des Propheten, anerkennen, wird am Ende der Zeiten, mit dem Triumph des Friedens und der Gerechtigkeit, der »verborgene Imam« erscheinen. Er ist der »Mahdi«, der für die hauptsächlich im Iran verbreiteten »Zwölferschiiten« der zwölfte Imam ist (der siebente für die Ismaeliten, zu denen die libanesischen Drusen gehören).

Der Antichrist: Dem Antichrist der christlichen Überlieferung entspricht in der muslimischen ein einäugiges Ungeheuer, das am Ende der Zeiten vierzig Tage lang die Welt beherrscht und dann vom Mahdi besiegt wird.

Die sieben Schläfer: Um den Verfolgungen durch die Christen unter dem Kaiser Decius zu entgehen, verbargen sich nach der Legende im Jahr 251 sieben Jünglinge aus Ephesus in einer Höhle, in der sie erst zwei- oder dreihundert Jahre später erwachten.

kaleb (arab.): Hund

Kalifen von Córdoba: Das Kalifat von Córdoba wurde 756 von den Omaijaden gegründet.

Granada fiel: eingenommen 1492 durch Gonzalo de Córdoba

Karl V.: Regierungszeit 1516–1555

Verfolgungen unter Philipp: Philipp II. verbot 1566 den zwangsgetauften Mauren die Benützung ihrer Sprache und ihrer Tracht. Ihr Aufstand in Granada wurde blutig niedergeschlagen.

teket (arab.): Kloster

ZWEITER TAG

agur (span.): Grußformel, die im Baskischen noch im Gebrauch sein soll

esponjado (span.): Zuckergebäck

corregidor (span.): Bürgermeister, zugleich Richter

DRITTER TAG

Erbfolgekrieg: 1701–1714 Der Bourbone Philipp von Anjou setzte sich gegen Karl von Habsburg durch.

oidor (span.): Militärrichter

Belagerung von Lérida: durch den Herzog von Orléans von September bis November 1707

la gravedad (span.): Ernst, Haltung

VIERTER TAG

la Nuestra Veguilla (span.): unsere kleine Aue

über einem Mantel oder mit einem Schnupftuch zwischen den Zähnen: Halten die Duellanten zwischen sich mit der linken Hand einen Mantel oder mit den Zähnen ein Schnupftuch fest, ist das Ausweichen vor einem Hieb kaum möglich.

FÜNFTER TAG

Korkkloster: Santa Cruz, gegründet 1560

Baetica: die römische Provinz Baetica, das heutige Andalusien

Goldunze: neapolitanische Goldmünze von 26,5 g Gewicht

Mira Lunardu che fa lu criadu de sua mugiera (ital. Dialekt): Seht doch Lunardo an, wie er den Lakaien seiner Frau spielt!

barigel (span.): Kerkermeister

1 Taro: 1/70 einer Goldunze

Zechine: ca. 2/3 einer Goldunze

Psyche: Heldin der Erzählung *Amor und Psyche* aus Apuleius' *Metamorphosen*

SECHSTER TAG

Vizekönig von Sizilien: In Sizilien regierten von 1504 bis 1707 spanische Vizekönige

Testalunga: Räuber, den vor allem Diderot in *Les deux amis de Bourbonne* erwähnt

bracciero (ital.): dienender Kavalier

Principino (ital.): Verkleinerungsform von *principe*, Fürst

Managia la tua facia de banditu (ital. Dialekt): Verdammte Räuberfratze!

Ciucio maledetto … (ital. Dialekt): Verdammter Esel, ich bin nicht der Teufel, ich bin der kleine Räuber vom Augustinerkloster!

Già vegio che tu sarai banditu (ital. Dialekt): Ich sehe schon, daß du ein Räuber wirst.

Padron Lettereo, prendete lo chiutosto vui (ital. Dialekt): Meister Lettereo, nehmt Ihr ihn lieber!

Das Blut des heiligen Januarius: Januarius, Bischof von Benevento, starb nach der Überlieferung 305 den Märtyrertod. Sein Blut, aufbewahrt in der Kathedrale von Neapel, soll sich dreimal jährlich verflüssigen.

Madonna della lettera (ital.): die Madonna mit dem Brief

coltellade (ital.): Handhabung des Messers

Anime managie, questa criadura... (ital. Dialekt): Verfluchte Kerle, das ist Zotos Sohn; wenn ihm einer ein Haar krümmt, freß ich ihn bei lebendigem Leib.

A larga, ladron, a larga (ital. Dialekt): Fort mit dir, Schuft, fort mit dir!

scudo: Italienische Münze, etwa ein Taler

scampavia: leichtes Boot

Mayna ladro... (ital. Dialekt): Streich die Segel, Schuft, streich die Segel, Gottloser!

Anime managie... (ital. Dialekt): Verfluchte Kerle, ich gehe nicht auf die Galeere. Betet für mich zur heiligsten Madonna della Lettera!

Ecco lu piccolo banditu... (ital. Dialekt): Da ist der kleine Räuber von den Augustinern!

SIEBENTER TAG

Philosophenturm: heute verfallene Schutzhütte unterhalb des Gipfels aus der Zeit des Kaisers Hadrian (76–138), der Legende nach von Empedokles (490–430 v. Chr.) bewohnt

Adonde estan los fajas? (span.): Wo sind eure Gürtel?

ACHTER TAG

Die Kabbala: jüdische Geheimlehre und Mystik, vor allem vom 12. bis 17. Jahrhundert, deren Anhänger durch Zahlen- und Buchstabenmagie sowie Berechnung der Konstellationen der Gestirne Zauberkraft zu erlangen suchten

NEUNTER TAG

Der Ewige Jude: Legende von dem zu ewiger Wanderung verurteilten Juden, der den kreuztragenden Christus angetrieben und mißhandelt habe und von diesem beschieden wurde: »Ich werde gehen, aber du wirst auf mich warten, bis ich zurückkomme.« Bis dahin müsse er umherirren. Vom Beginn des 13. Jahrhunderts an gibt es zahlreiche literarische Ausformungen des Themas in vielen Ländern. Die Gestalten der Juden Malchus, Cartophilus und Buttedeus verschmolzen um 1600 zu der des Ahasver, der im 19. Jahrhundert, besonders in der antisemitischen Literatur, zum Symbol des jüdischen Volkes wird.

Zeichen des Thau: hebräischer Buchstabe. Nach Hesekiel X, 1–6 entgehen bei der Vernichtung Jerusalems nur die Menschen dem Untergang, denen dieses Zeichen auf die Stirn geprägt ist.

Don Ferdinand IV.: Nicht König Ferdinand IV. (1285–1312) ist gemeint, sondern Ferdinand VI. (1712–59), seit 1746 spanischer König. Laut Epilog spielt sich allerdings der Neunte Tag 1739 ab, als Ferdinand V. noch regierte.

in Spanien nicht ungefährlich: Seit 1492 verbot ein königliches Dekret den Juden in Spanien, an ihrem Glauben festzuhalten; die Inquisition überwachte die Durchführung.

Die Sephiroth: die zehn Bekundungen der Macht Gottes, dargestellt in der Form eines Baumes oder als geometrische Figur

Sefer Sohar (hebr. Zohâr): Buch des Glanzes, Hauptwerk der Kabbala aus der 2. Hälfte des 13. Jahrhunderts, verfaßt in aramäischer Sprache, enthält mystische Ausdeutungen der Thora. Begleitende Texte sind das *Siphra di-tzeniutha* (Buch des Geheimnisses), das *iddra rabba* und das *iddra zouta* (große und kleine Sammlung). *Sanhedrin* hieß zunächst der Große Rat in Jerusalem, wurde dann die Bezeichnung für die heiligen Bücher in Rechtsfragen. Verfasser des Sohar war wahrscheinlich der spanische Jude *Mose Schemtob de Leon* (1250–1305), der jedoch das Buch dem *Rabbi Simon ben Jochai* (2. Jahrhundert) zuschrieb.

Lateinische Übersetzung: Die *Kabbala denudata* von Knorr von Rosenroth erschien 1677/78 in Sulzbach; 1684 in Frankfurt nachgedruckt.

Der große Orient: der Teil des Tempels Salomons, in dem sich das Allerheiligste befand. Der Name spielt im Freimaurertum eine bedeutende Rolle.

T'omim (hebr.): Zwillinge

Kabiren: Naturdämonen der griechischen Mythologie, später den Dioskuren gleichgesetzt

Zeichen der Jungfrau: In diesem Zeichen steht die Sonne vom 22. August bis 22. September.

Zeichen der Zwillinge: Die Sonne steht darin vom 21. Mai bis 22. Juni.

Patriarch Henoch: wird zitiert in Genesis V, 23 u. 24. Ihm wird ein berühmtes Apokryph zugeschrieben, das Buch der Geheimnisse Henochs.

Egregoren: nach dem Buch Henoch Engel, die mit den Töchtern Seths die *Nefilim*, Giganten und Titanen, zeugten

Dritter Himmel: Das Buch Henoch unterscheidet sieben Himmel. Der dritte ist das Paradies, der siebente die Wohnstatt Gottes.

Baalim: heidnische Naturgottheiten

ZEHNTER TAG

la sonaja (span.): Trommel

la carrasca (span.): Schelle

la gitana maja (span.): die schöne Zigeunerin

Polo: eine Art des Flamenco

Cuando mi Paco … (span.): Wenn mein Paco mich zum Tanz bei den Händen faßt, wird mein kleiner Leib ganz wie Marzipan.

Relationes curiosae von Happelius: Eberhard Werner Happel, *Größeste Denkwürdigkeiten der Welt oder sogenandte Relationes curiosae* in 8 Bänden. In Band III (Hamburg 1687, p. 357) steht unter dem Titel *Die stinckenae Bettstatt* die Geschichte von Jacquière, die Potocki wesentlich erweiterte.

Dariolette: Name einer Heldin aus dem höfischen Roman, gleichzeitig Bezeichnung eines Cremekuchens

ELFTER TAG

Empusen: im alten Griechenland Schreckgespenster aus dem Gefolge der Hekate, die zur Täuschung ihrer Opfer meist die Gestalt schöner junger Frauen annahmen

Larven: bei den Römern Spuk- und Quälgeister, auch Lemuren

Lamien: in Griechenland weibliche Schreckgespenster, die vor allem schönen Jünglingen das Blut aussaugten

Hermetische Wissenschaften: spätantike Geheimlehre, als deren Verkünder Hermes Trimegistos (griech. Name des ägypt. Gottes Thot) angesehen wurde; handelt von Wiedergeburt, Ekstase, Reinigung, Opfer, mystischer Vereinigung mit Gott; Einfluß auf Alchimie, Astrologie, okkultes Denken, Freimaurertum.

Simon der Magier: Jude, der als Begründer der Gnosis gilt (Apostelgesch. VIII, 9–24)

Apollonius von Tyana: griechischer Philosoph des 1. Jahrhunderts, Magier und Neupythagoräer

Philostratus: Flavius Philostratus (170–245), Autor einer romanhaften Biographie des Apollonius von Tyana

Die Geschichte des Menippos aus Lykien: aus Flavius Philostratus' Apollonius-Biographie, Buch IV, Kap. 25. Da der Text Potockis vielfach von der Vorlage abweicht, folgt die vorliegende Übersetzung ausschließlich ihm.

Briefe des Plinius: Cajus Plinius Caesius Secundus, der Jüngere, römischer Politiker und Schriftsteller 62–113, durch seine Briefkunst bekannt

Die Geschichte des Philosophen Athenagoras: aus Plinius' Briefen VII, 27. Der vorliegende Text folgt im wesentlichen der Übersetzung von André Lambert, Zürich und Stuttgart 1969.

Hexe von Endor: Totenbeschwörerin aus dem Alten Testament, Samuel I 28, 7–19. Saul sucht sie auf, um den Geist des Propheten Samuel zu beschwören.

ZWÖLFTER TAG

alguacil, alguazil (span.): Polizeibeamter

Buen Retiro: Lustschloß bei Madrid

majo (span.): reich, elegant
Barometer: erfunden von Torricelli 1643

DREIZEHNTER TAG

Phryne: griechische Hetäre, 4. Jahrhundert v. Chr., die Praxiteles zu seiner Aphrodite (Venus) Modell gestanden haben soll

Venus des Praxiteles: nur in einer Kopie erhalten (Vatikanische Museen). Die Mediceische wird Praxiteles nicht mehr zugeschrieben.

Arachne: Tochter eines Färbers, die nach dem griechischen Mythos Athene in einem Wettkampf im Weben übertraf und von der Göttin in eine Spinne verwandelt wurde

Erblande: Länder des Kaisers, die ihm – im Gegensatz zum übrigen Reichsterritorium – erblich gehörten

Regierungsjahr Friedrichs: Friedrich I. (1452–1504) war von 1496 bis 1501 König von Neapel.

Pius III.: Papst vom 22. September bis 18. Oktober 1501

Erzählungen von Happelius: E. G. Happelii größeste Denkwürdigkeiten der Welt Bd. III, pp. 510–515: *Das seltzahme Lucenser-Gespenst/ Die teuffelsche Jungfrau/ Die seltzahme Instrumenten/ Das feindseelige Todten-Gerippe/ Der Ausgang dieser Geschichte*

VIERZEHNTER TAG

Holz der Arche: Gemeint ist wahrscheinlich das der Bundeslade (lat. arca – der Kasten), in der die Gesetzestafeln aufbewahrt wurden; sie konnte Unberufene, die sie berührten, töten.

Edris: Im Koran erwähnter Prophet

Gürtel der Andromeda: am Fuß des Sternbilds des Fuhrmanns

Suphis: anderer Name des Pharaos Cheops

Tybi: ägyptischer Name des Monats Februar

Theorbe: Baßlaute des 16. bis 18. Jahrhunderts mit Spiel- und Bordunsaiten

FÜNFZEHNTER TAG

Dos Leones (span.): Zwei Löwen
toros francos (span.): freie, frei aufwachsende Stiere
marrajo (span.): tückisch

SECHZEHNTER TAG

Pistolen: span. Münzen von ca. 6,74 g, zeigen die Bildnisse Johannas der Wahnsinnigen und Karls V.

Alkalde (span.): Bürgermeister

Asiento-Bank: Depositen-, Kreditbank
Novene: Andacht an neun aufeinander folgenden Tagen

SIEBZEHNTER TAG

Ihre Majestät: Karl II., Regierungszeit 1665–1700
Viva la nuestra virreina! (span.): Es lebe unsere Vizekönigin!

ACHTZEHNTER TAG

embebecido (span.): trunken, verzückt
cortejo (span.): Liebhaber
galanes (span.): Verehrer
reales: spanische Silbermünzen
tirana: spanisches Volkslied
das Vermögen des Vizekönigs: Es ist nicht möglich, die Rechnung nachzuvollziehen, wenn man nicht weiß, wie viele Jahre und welche Zinsen der Geometer ihr zugrunde legte.

NEUNZEHNTER TAG

Philipp IV.: Regierungszeit 1621–65
Vauban: Sébastien de Vauban (1633–1707), bedeutendster Festungsbaumeister Europas im 17. Jahrhundert
Coehoorn: Menno van Coehoorn (1641–1704), der »holländische Vauban«, entwarf die Festungen von Nimwegen, Breda und Bergen op Zoom.
Scaramouche: französische Form des italienischen Scaramuccia; Name eines neapolitanischen Schauspielers, der einen Typ der Commedia dell'arte, einen Prahlhans in schwarzer spanischer Hofkleidung, prägte
Grammont: Antoine Hamilton (1646–1720), in Irland geborener Edelmann, flüchtete mit den Stuarts nach Frankreich und verfaßte 1713 ergötzliche Erinnerungen an das frivole Hofleben in England und Frankreich unter dem Titel: *Mémoires du Chevalier de Gramont.*
Rocquelaure: Gaston de Rocquelaure (1614–83) galt als häßlichster und geistvollster Mann Frankreichs.
Lully: Jean-Baptiste Lully (1632–87), französischer Komponist ital. Herkunft, der unter Ludwig XIV. das französische Musikleben beherrschte
Brüder Bernoulli: Jacques Bernoulli (1654–1705); Jean Bernoulli (1667–1748)
Eteokles und Polyneikes: verfeindete Brüder der griechischen Sage, Söhne des Ödipus, Brüder der Antigone
isoperimetrisch: Das isoperimetrische Problem ist die Bestimmung der

Figur oder des Körpers mit dem jeweils größten Flächen- oder Rauminhalt.

Marquis de l'Hospital: Guillaume-François L'Hopital (1661–1704), französischer Mathematiker

ars conjectandi (lat.): Kunst des Vermutens. Bernoullis Buch ist ein Werk über die Wahrscheinlichkeitsrechnung; die Glücksspiele riefen im 17. Jahrhundert die Beschäftigung damit hervor.

EINUNDZWANZIGSTER TAG

Onias: Onias IV., Hohepriester des Jerusalemer Tempels, siedelte ca. 147 v. Chr. nach Ägypten über und gründete bei Heliopolis einen Tempel nach dem Muster des Tempels von Jerusalem.

Ptolemäus Philometer: König von Ägypten 181–145 v. Chr.

Augustus: Römischer Kaiser von 27 v. Chr. bis 14 n. Chr.

Flavius: Josephus Flavius 37– ca. 100 n.Chr., römischer Historiker

Samaria: Die Samaritaner hatten sich mit der einheimischen Bevölkerung vermischt und wurden von den aus dem Exil zurückkehrenden Juden nur als Halbjuden betrachtet.

Serendib: im Altertum verbreiteter persischer Name für Sri Lanka

Mareotis-See: Lagune bei Alexandria

ZWEIUNDZWANZIGSTER TAG

Artemisia: Artemisia von Karien, Mitte des 6. Jahrhunderts v.Chr., Schwester und Gattin des Königs Mausolon, dem sie das »Mausoleon« errichtete; galt als Muster der ehelichen Liebe

Herodes »der Große«: 73–4 v. Chr., wurde König im Jahr 37

Dareiken: Goldmünzen von ca. 8,4 g, die seit der Herrschaft Darios' I. geschlagen wurden

Hasmanäer: priesterlich-königliche Dynastie, die 134–37 v. Chr. Palästina beherrschte

Aristobulos III.: 52–35 v.Chr., wurde mit 17 Jahren auf Verlangen von Marcus Antonius und Kleopatra zum Hohepriester. Kurz darauf ließ ihn sein Vater Herodes töten.

Septuaginta: griechisch-hellenistische Übersetzung des Alten Testaments aus dem 3. bis 1. Jahrhundert v. Chr. von verschiedenen Verfassern

DREIUNDZWANZIGSTER TAG

Schebecke: dreimastiger Lateinersegler, vor allem im 17./18. Jahrhundert im Mittelmeerraum verwendet

Konchyologie: Lehre von den Schalen der Schnecken und Muscheln

VIERUNDZWANZIGSTER TAG

die Zahl dreimal mit sich selbst multipliziert: d. h. die Zahl kommt viermal vor.

Cassini: Jean Dominique Cassine (1625–1712), Direktor des Pariser Observatoriums, oder Jacques Cassini (1677–1756), französ. Astronom und Physiker

Huygens: Christian Huygens (1629–95), Autor des *Traité de la Lumière* (die Erzählung spielt indessen etwa 1720)

Baron Napier: Sir John Napier (1650–1707), schottischer Mathematiker

Marabut: in Nordafrika Bezeichnung für Angehörige religiöser Gemeinschaften, besonders wenn sie im Geruch der Heiligkeit stehen

Locke: John Locke (1632–1704), englischer Philosoph

Hamdullah, Allâh herem! (arab.): *Al-Hamdu lillâhi:* Gelobt sei Gott! – *Allâh harim:* Gott ist großmütig!

FÜNFUNDZWANZIGSTER TAG

Dinostrates: Mathematiker des 4. Jahrhunderts v. Chr., Mitglied der Platonischen Akademie

Oskulation: in der Geometrie bestimmte Berührung zweier Flächen oder Körper

SECHSUNDZWANZIGSTER TAG

agraviados (span.): die Beleidigten

buscar el su padre (span.): seinen Pater (=Vater) verlangen

catafalco (span.): Katafalk

Heiliges Offizium: höchste Kurialbehörde, entstanden aus der Inquisition

ACHTUNDZWANZIGSTER TAG

Pedro de Bragança: König von Portugal 1683–1706

Saturn und Rhea: Unter der Herrschaft des römischen Gottes Saturnus, des Gottes des Landbaus, erlebten die Menschen das Goldene Zeitalter. Er wurde früh dem griechischen Gott Kronos gleichgesetzt, dessen Gemahlin Rhea war.

Generalauditor: Inhaber der obersten militärisch-richterlichen Gewalt

ricos hombres (span.): reiche Leute – Bezeichnung für die aragonische Adelsklasse, entspricht etwa der kastilianischen Grandenwürde

NEUNUNDZWANZIGSTER TAG

Adelsprädikate, die auf die Zeit vor den Mauren zurückgehen: In die Berge Asturiens, wohin die Mauren nicht gelangten, hatten sich im 8. Jahr-

hundert Reste des westgotischen Heeres zurückgezogen, von denen die asturischen Adligen ihre Abstammung herleiten.
bevandes (span.): Getränke

DREISSIGSTER TAG

Bardo und Manuba: Palaststädte bei Tunis

EINUNDDREISSIGSTER TAG

Jakobs Traum: Vgl. 1. Mos. 28, 12 u. 13
Sanchuniathon: Nach Aussage des Philon von Byblos (64. 141), des Verfassers einer phönikischen Geschichte in griechischer Sprache, ist dies die Übersetzung eines Werkes des phönikischen Geschichtsschreibers Sanchuniathon aus Beirut, der im 12. Jh. v. Chr. gelebt haben soll.
Scham: Potocki meint wahrscheinlich Sem, den zweiten Sohn Noahs, der gelegentlich als großer Magier bezeichnet wird. Die Bethylen, heilige Steine, wurden nach dem Mythos Kronos anstelle des jungen Zeus zum Fraß angeboten und von ihm verschlungen.
Königreich der Juden: Nach Davids (ca. 1000 v. Chr.) und Salomons (ca. 950 v. Chr.) Herrschaft in Palästina wurde das Reich in Israel und Juda geteilt. Israel wurde 722 von den Assyrern, Juda 586 von den Babyloniern erobert. Babylonische Gefangenschaft der Juden: 586–536 v. Chr.
Herrschaft der Mazedonier: 332 v. Chr. durch Alexander den Großen; nach ihm Herrschaft der Ägypter, dann Syrer. Im 2. Jh. v. Chr. errangen die Juden unter Führung der Makkabäer ihre Unabhängigkeit.
Chrysostomus Dudulaeus Westphalus: Newe Zeitung von einem Juden von Jerusalem Ahasverus genant. In der Augsburger Ausgabe von 1618 wird Anton Colterus nicht erwähnt.
Tenzelius: wahrscheinlich Wilhelm Ernst Tentzel (1659–1704), Polyhistor. Die Jahreszahl 1710 bei Potocki ist ein Versehen.
Theatrum Europaeum: eine Art Zeitung, die von Johann Philipp Adelin 1627 in Frankfurt begründet wurde und die bis 1738 erschien

ZWEIUNDDREISSIGSTER TAG

Chevalier de Saint-Germain: der sog. Comte de Saint-Germain (1707–1784), Abenteurer, der behauptete, schon Pontius Pilatus gekannt zu haben
Minen von Potosí: Silberbergbau in der Umgebung der bolivianischen Stadt Potosí

DREIUNDDREISSIGSTER TAG

Cheremon: Möglicherweise ist der ägyptische Priester und stoïsche Philosoph Chairemon gemeint, den Jamblichos in *Die ägyptischen Mysterien* VII, 4 und IX, 4 sowie Porphyrios im *Brief an Anebon* erwähnt.

Poimandres: apokrypher Neoplatoniker des 6. Jh., dessen Werk dem Hermes Trismegistos zugeschrieben wird, dem »dreimal großen Hermes«, den die Griechen auch mit dem ägyptischen Gott Thot identifizierten. Das »ägyptische Gebet« ist eine freie Paraphrase von *Poimandres* 31 (80–84).

Chaldäer: zeitweise über Babylon herrschender Volksstamm. Der Name wurde auf die Babylonier übertragen und im griechisch-römischen Altertum für die wegen ihrer Zukunftsdeutung berühmten babylonischen Priester benützt.

Osymandias: Thronname Ramses' II.

VIERUNDDREISSIGSTER TAG

Dieser eine Gott verharrt: Jamblichos von Chalkis (ca. 250–330), *Über die Mysterien* VIII, 2; die Übersetzung wurde überprüft anhand der englischen Übersetzung von Th. Taylor und A. Wilder, hrsg. von St. Ronan, Chtonios Books 1989, p. 131.

Theurgie: Praxis der Beeinflussung von Gottheiten und höheren Wesen, meist durch ein Medium, im Neuplatonismus

Bitys: von Jamblichos zitierter Weiser

FÜNFUNDDREISSIGSTER TAG

Baubo: Nach dem griechischen Mythos heiterte die schwangere Baubo die verzweifelt ihre Tochter Persephone suchende Demeter (=Ceres) auf, indem sie sich unanständig entblößte.

Cicero: De natura deorum. Konsular 63 v. Chr.

Toskanische Religion: Gemeint ist die etrurische, die von den Römern weitgehend in ihren Kult übernommen wurde.

Therapeuten: nach Philon von Alexandrien asketische jüdische Gemeinschaft

Dublonen: ältere span. Goldmünzen

SECHSUNDDREISSIGSTER TAG

Philon von Alexandrien: 20 v. Chr.–50 n. Chr., jüdisch-griechischer Philosoph in der Nachfolge Platons; *De somniis, De Abrahamo.*

Der aber, den unsere heiligen Schriften ...: Die Veränderungen, die Potocki an dem Text *De Abrahamo* vorgenommen hat, wurden in die Übersetzung übernommen.

Essener: ordensähnliche Richtung im Judentum mit pazifistischen und asketischen Tendenzen, ca. 150 v. Chr. – 70 n.Chr.
Sabäismus: Sternkult im alten Orient

SIEBENUNDDREISSIGSTER TAG

Plinius d. Ä.: *Naturalis historia*

ACHTUNDDREISSIGSTER TAG

Hymnus an Apollon: sog. Homerischer Hymnus I, V. 14–51

NEUNUNDDREISSIGSTER TAG

Briareos: in der Kosmogonie des griechischen Mythos einer der drei Hekatoncheiren, erdgeborener Riesen mit hundert Armen und fünfzig Köpfen
Fünf Buchstaben ergeben insgesamt 16 Kombinationen: Die hier eingesetzten Zahlen Potockis sind teilweise falsch und müßten nach der Formel $C_{(n)} = 2^n - (n + 1)$ lauten: 26, 57, 120, 247, 502, 1013, 2036.

VIERZIGSTER TAG

Calatravakreuz: rotes Lilienkreuz des nach dem Schloß Calatrava benannten Ritterordens, der 1158 zum Kampf gegen die Mauren gegründet wurde

EINUNDVIERZIGSTER TAG

9.734.455 *Kubikklafter Materie:* Eine Neigung von 70 Grad und ein Diameter von 300 Klaftern ergeben eine Tiefe von 412,08 Klaftern, woraus sich ein Volumen von 9.709.406 Kubikklaftern ergibt (1 Klafter = 1,949 m).

DREIUNDVIERZIGSTER TAG

Montezuma: 1502–1520 war ein Montezuma Herrscher von Mexiko. Der spanische König verlieh seinem ältesten Sohn den Titel eines Grafen von Montezuma. Das Geschlecht starb 1836 aus.

VIERUNDVIERZIGSTER TAG

Marina: Eine indianische Eingeborene aus der Eliteschicht namens Marina war Cortez ergeben und war ihm bei seinen mexikanischen Eroberungen (1519–1526) als Dolmetscherin und Ratgeberin unentbehrlich. Die Spanier nannten sie Malinche.

FÜNFUNDVIERZIGSTER TAG

Kettenlinie, auch Seilkurve: parabelähnliche, transzendente Kurve, die von einem an zwei Punkten befestigten, vollkommen biegsamen, schweren Seil gebildet wird

ACHTUNDVIERZIGSTER TAG

sprechendes Wappen: Cornádez ist eine Anspielung auf das Gehörn; *cornudo:* Hahnrei

Thomas Harriot: englischer Mathematiker 1560–1621

Pierre de Fermat: französischer Mathematiker 1601–65

Gilles Personne de Roberval: französischer Mathematiker 1602–75

de omni scibile (lat.): über alles Wißbare

contador (span): Rechnungsführer

NEUNUNDVIERZIGSTER TAG

Granada: möglicherweise Jakob von Granada (1572–1632), spanischer Theologe und Kommentator von Thomas von Aquins *Summa theologiae*, oder Luis von Granada (1505–88), spanischer Dominikanerprediger

Haruspices: in Etrurien Priester, die aus den Eingeweiden der Opfertiere wahrsagten; später auch in Rom. Potocki verwechselt sie mit den Auguren.

Ostanes: Legendärer Magier, der vor der Zeit Zoroasters aus Ägypten nach Persien gekommen sein soll.

pelota (span): Ball(spiel)

* (Anm. des Autors in Fassung A): Ein spanischer Exjesuit namens Hervás ließ in den Jahren 1780 ff. in Rom zwanzig Quartobände drucken, die ebenso viele vollständige Abhandlungen über verschiedene Wissenschaften waren; er gehörte der Familie unseres Hervás an. Es könnte sich um Lorenzo Hervás y Panduro (1735-1809) handeln, der von 1778 bis 1787 in Cesena *Idea sul Universo* in 21 Bänden erscheinen ließ. Dem widerspricht die Anm. des Autors zum 50. Tag.

FÜNFZIGSTER TAG

* (Anm. des Autors in Fassung A): Hervás starb gegen 1660; seine Kenntnisse in der Physik konnten nur sehr beschränkt sein; man erkennt hier das Säureprinzip des Paracelsus. – Vgl. auch die Anm. des Autors zum 49. Tag.

EINUNDFÜNFZIGSTER TAG

Belial de Gehenna (hebr.): Bosheit (Verderben, Teufel) der Hölle (des verfluchten Orts)

DREIUNDFÜNFZIGSTER TAG

Komturei der »Zunge« von Aragon: Die Besitzungen des Malteserordens bildeten acht Bezirke oder »Zungen«: Auvergne, Provence, Frankreich, Italien, Aragon, Kastilien, Deutschland und England. Jede »Zunge« war weiter in Großpriorate und Priorate aufgeteilt, unter den Großpriorn und Priorn standen die Ränge der Baillis und Komture.

Karawanisten: seefahrende Ritter (ursprünglich Beschützer der Pilgerkarawanen)

VIERUNDFÜNFZIGSTER TAG

tertulia (span.): Abendgesellschaft mit Tanz

SECHSUNDFÜNFZIGSTER TAG

Der König ist dem Tode nahe: Karl II., Sohn Philipps IV., 1661–1700, kränkelte lange und starb ohne Erben.

SIEBENUNDFÜNFZIGSTER TAG

Kardinal Portocarrera: Luis Manuel Fernandez de Portocarrera (1629–1709), Kardinal, der von 1699 an seinen Einfluß dazu verwandte, Philipp von Anjou in die Nachfolge Karls II. einzusetzen.

Graf Oropesa: 1685–91 und 1698–99 Erster Minister, begünstigte eine österreichische Thronfolge

Graf Harrach: Ferdinand Bonaventura Graf Harrach 1637–1706, kaiserlicher Botschafter in Spanien. Er wirkte darauf hin, die spanische Thronfolge dem Hause Österreich zu erhalten.

ACHTUNDFÜNFZIGSTER TAG

Königin: in 2. Heirat Gattin Karls II, Maria Anna von Neuburg (1667–1740), war Witwe des pfälzischen Kurfürsten und Schwester Kaiser Leopolds I.

Königreich Algarve: Algarve war bis Ende des 13. Jahrhunderts ein unabhängiges maurisches Königreich gewesen und behielt den Titel Königreich noch lange bei.

NEUNUNDFÜNFZIGSTER TAG

Sabbatjahr: vgl. 3. Mose 25, 2–14

Erzherzog Don Carlos: der künftige Kaiser Karl VI. (1685–1740); wurde 1703 als Karl III. zum König von Spanien erklärt, konnte sich aber als solcher nicht halten

Fürstin Orsini: Anna Maria Fürstin Orsini (1643–1722), von größtem politischen Einfluß als Oberhofmeisterin der ersten Frau Philipps V.; nach dem Tod der Königin verbannt

Der Erzherzog brach nach Lissabon auf: an der Spitze eines englischen Heeres; der Spanische Erbfolgekrieg ist in vollem Gange. Eroberung von Barcelona durch Charles Mordaunt, Graf von Peterborough (1658–1735), nach der Belagerung von 1705/06 als Oberbefehlshaber der gegen Philipp von Anjou alliierten Truppen.

SECHZIGSTER TAG

Joseph I. (1678–1711): Kaiser seit 1705. Karl VI. war 1685 geboren und starb 1740.

EINUNDSECHZIGSTER TAG

Julio Alberoni: spanischer Kardinal und Minister (1664–1752) von höchstem Einfluß

Riperda: Johann Wilhelm Baron von Riperda (1690–1737), holländischer Abenteurer, der nach seiner Konversion spanischer Minister und Grande wurde. Als er 1728 in Ungnade fiel, kehrte er nach Holland zurück, wurde wieder Protestant, begab sich dann nach Marokko, wo er zum Islam übertrat und den Namen Osman Pascha annahm.

der Poet Agudez: Der Abschnitt läßt sich nur in Beziehung auf den 47. Tag der Fassung A verstehen, der am Ende des Textes wiedergegeben ist.

ZWEIUNDSECHZIGSTER TAG

Turduler und Turdetaner: nach heutiger Anschauung zwei miteinander verwandte, aber unterschiedliche Völker

Tharsis: Bezeichnung aus der Bibel

desconocidos (span.): unbekannt

Jahh: das »hh« ist Potockis Schreibung für das spanische »j«.

Fatimiden: mohammedanische Dynastie in Nordafrika vom 10. bis 12. Jahrhundert, die ihre Abstammung auf Fatima, die Tochter des Propheten, zurückführte

Oberhaupt des fatimidischen Kalifengeschlechts: Im Jahre 909 behauptete ein gewisser Obayd Allâh, der aus Syrien kam und der ismaelitischen Linie angehörte, er sei ein Abkomme Alis und er sei Mahdi. Er ergriff 910 in Kairuan die Macht und begründete die Dynastie der Fatimiden.

Nachfolger des Mahdi eroberten Ägypten: Das vierte Oberhaupt der Fatimiden, Al-Muezz, eroberte 973 Ägypten und nahm den Kalifentitel an.

Turkmenische Fürsten eroberten Bagdad: Die turkmenische Dynastie der Seldschuken, 1055 begründet, erkannte die abassidischen Kalifen an; diese büßten ihre Macht jedoch mehr und mehr ein. Offiziell fand das Abassidenreich 1258 sein Ende, als der Mogul Hulagu Bagdad verwüstete und den Kalifen Al Masta'sim ermordete.

töteten sie im Löwenhof: Der König Boabdil ließ die Abencérages gegen 1485 umbringen auf Anstiftung der Zegris hin, die den Abencéragen Aben-Hamed des Ehebruchs mit der Königin Daxara bezichtigten.

Moulay Ismaïl: herrschte von 1672 bis 1727. Moulay ist der Ehrentitel der marokkanischen Herrscher.

DREIUNDSECHZIGSTER TAG

Jagatan: im Orient verbreiteter Kurzsäbel mit S-förmig geschwungener Klinge

Wunderliches Bauwerk: von Römern errichtetes Nymphäum

Geisterschloß: Reste eines römischen Amphitheaters in El-Dschem bei Zaghouan

Ghadames: libysche Oase

VIERUNDSECHZIGSTER TAG

Fezzan: libysche Landschaft

reich an Natron: im Natrontal (Wadi Natrûm) in der libyschen Wüste gelegene Seen, die im Sommer oft austrocknen und eine dicke Salz-Natron-Schicht bilden

haïks: mantelartige Tücher, die in Nordafrika als Kleidung dienen

Darazi: Mohammed Ibn Ismaïl Al-Darazi, gestorben gegen 1020, verbreitete die Doktrin, Al-Hâkim bi-Amr-Allâh, der 886–1020 regierte und seinen sunnitischen Untertanen seinen ismaëlitischen Glauben aufzwingen wollte, sei eine Inkarnation Gottes. Seine Schüler in Syrien bezeichneten sich nach ihm als »Drusen«.

der Imam von Maskat: Seit dem 8. Jahrhundert hatte sich im Land Oman die charidschitische Linie der Ibediten durchgesetzt, eine puritanische islamische Sekte, die alle, die ihre strengen Regeln nicht befolgen, nicht als wahre Moslems ansehen. Seit 750 wählten sie ihren Imam. Als sie gegen Mitte des 17. Jahrhunderts die Portugiesen und Holländer verjagten und ihre Unabhängigkeit errangen, errichteten die Imams von Maskat ihr Reich und nahmen 1741 den Sultanstitel an.

Safawiden: persische Dynastie 1502–1722

Jesiden: religiöse Sekte, deren Lehre eine Mischung aus dem alten persischen Feuerkult, assyrischem Polytheismus, einigen jüdischen Elementen, nestorianischem Christentum und Islam bildet. (Eines ihrer Dogmen ist die künftige Rehabilitierung Satans, des gefallenen Engels.) Möglicherweise denkt Potocki aber an eine schiitische Sekte, deren mehrere sich »Mutawali« nannten.

Omar: Omar Ibn Al-Khattâh, der zweite Kalif; die Schiiten hassen die drei ersten Kalifen, die nach ihrer Meinung den Platz Alis, des vierten Kalifen, usurpierten, vor allem aber Omar, da er der nächste Verwandte Moawija Ibn Abi Sûfiâns ist, des Gegners Alis und Begründers der Omaijaden-Dynastie.

Leichenfeier zu Ehren Hussains: Der Tod Hussains (626–80), des Sohns Alis, in der Schlacht bei Kerbela wird seither bei den Schiiten durch Trauerfeiern begangen, bei denen es zu Szenen der Selbstgeißelung kommt.

ein deutscher General: der Prinz Eugen in der Schlacht von Peterwardein

FÜNFUNDSECHZIGSTER TAG

Abisua: Die Herleitung der Vorfahren Uzedas entspricht im wesentlichen dem Alten Testament. Der Herausgeber der französischen Ausgabe, R. Radrazzani, ergänzt danach auch zwei kleine Lücken, worin wir ihm folgen.

Tempel Salomons: errichtet bis 926 v. Chr., 526 zerstört von Nebukadnezar, Ende des 6. Jahrhunderts v. Chr. wiederhergestellt, mehrfach griechisch und römisch umgestaltet, vom Feldherrn Titus 79–81 endgültig zerstört

Idole anzubeten: vgl. Könige 2, 17

Babylonische Gefangenschaft: 587 v. Chr. – Quelle der Genealogie bis hierher: Chroniken I, 6, 1–15

dennoch täglich magerer: Daniel 1, 5–16

Kniefall zu machen habe: Daniel 3, 1

sich vor Mardochai neigte: Esther 3–7

raufte ihm Barthaare aus: Nehemia 13, 23–31

von Onias gegründeter Tempel: Flavius Josephus, *Jüdische Altertümer* XIII, 3, 1

Caligulas Pferd: vgl. Sueton, *Caligula* 25

Gunderich: hatte 409 die Pyrenäen überschritten, starb 427

Der Mahdi: ließ sich 910 in Kairuan nieder

EPILOG

Admiral Vernon: engl. Admiral (1684–1754), belagerte Cartagena 1741

Sebastian de Eselva: General und Vizekönig Neugranadas (1714–1789)

Pragmatische Sanktion: Mit ihrer Verkündung 1713 machte Karl VI. seine

Tochter Maria Theresia (1717–80) zu seiner Erbin. Der Österreichische Nachfolgekrieg dauerte von 1741 bis 1748.

bot meine Dienste dem König an: Ferdinand VI. (1712–59), an der Regierung seit 1746

SIEBENUNDVIERZIGSTER TAG (FASSUNG A)

der Hippokrene Quelle: Roßquelle, der Sage nach durch einen Hufschlag des Pegasus am Helikon entstanden, als Musenquelle geschätzt

Olivárez: Gaspar de Guzman, Herzog von Olivares (1587–1645), Minister Philipps IV., 1643 in Ungnade gefallen

Don Luis Mendez de Haro: Minister Philipps IV., starb 1661. (In der endgültigen Fassung findet die Heirat mit Avadoro drei Jahre vor 1700 statt, zu Beginn des Nachfolgekriegs; Beatrice wäre dann 40 Jahre alt.)

Paktalos: kleinasiatischer Fluß

Salmoneus: mythischer Held, Stadtgründer von Salmone in Elis, der sich wie Zeus Opfer bringen ließ und dessen Donner und Blitz nachahmte, bis Zeus ihn und seine Stadt vernichtete

Sitio de Granada: Belagerung von Granada

Lamego
Viseu
Almeida
Guarda
Ciudad Rodrigo
Alva
Avila
Segovia
Plasentia
Coria
Talavera
Alcantara
Truxillo
Caceres
Portalegre
Elvas
Estremos
Evora
Merida
Medellin
Almaden
Cordova
Montilla
Lucena
Carmona
Seville
Osuna
Antequera
Malaga
Cadiz
Gibraltar
Chipiona
Trafalgar
Niebla
Palos
Tavira
Beja
Serpa
Moura
Zafra
Llerena
Aracena
Alburquerque
Almendralejo
Guadalupe
Marbella
Monda
Marchena
Utrera
Palma
Baena